《弟子规》到底说什么

郭文斌　著

中華書局

安详视野中的《弟子规》：回"家"
　　——与华一欣先生对话

打开《弟子规》的六把钥匙

践行《弟子规》的六条原则

附　录

安详视野中的《弟子规》：回「家」

——与华一欣先生对话

　　四种飓风把现代人带离家园。一是泛滥的欲望，二是泛滥的物质，三是泛滥的传媒，四是泛滥的速度。

　　泛滥的欲望抢占了人们的灵魂，泛滥的物质抢占了人们的精神，泛滥的传媒抢占了人们的眼睛，泛滥的速度抢占了人们的时间。

华一欣　郭老师，您讲过，要想提高人们的幸福指数，首先要搞清楚人们的痛苦到底是什么。在您看来，现代人最大的痛苦是什么？

郭文斌　在我看来，一是无家可归，二是找不到回家的路。

因为找不到一条回家的路，人们经历着一种从未有过的慌乱和空虚。

为了填充这种慌乱和空虚，只有以加倍的速度来掩饰，只有以拼命的忙碌来掩饰，只有以财富的积累来掩饰；好抓着速度、忙碌和财富让生命暂时逃避掉这种要命的空虚和慌乱。

生命进入巨大的两难境地：要么被速度累垮，要么被焦虑击垮。最后，速度本身又成为一种焦虑。生命的高速公路上，残骸历历。

更有一种人，因为迷失日久，他们压根就不记得还有一个家，或者压根就不相信还有一个家，也不相信有一条回家的路。

因此，他们以速度为家，以效率为家，以欲望的满足为家。利益的最大化成了他们生命的全部。

为了这个利益最大化，不少人直至把车开到不择手段那条路上去。谁都明白，要看风景就得先把车从高速公路上开下来，但是那个刹车已经失灵。

华一欣　您的比喻非常贴切，我非常认可，那么，又是什么原因让现代人远离家园呢？

郭文斌　四种飓风把现代人带离家园。一是泛滥的欲望，二是泛滥的物质，三是泛滥的传媒，四是泛滥的速度。

泛滥的欲望抢占了人们的灵魂，泛滥的物质抢占了人们的精神，泛滥的传媒抢占了人们的眼睛，泛滥的速度抢占了人们的时间。

四种飓风之所以能够得逞，一个十分重要的原因，就是安详的缺席。

因为安详的缺失，人们一点儿免疫力都没有，一点办法都没有。而消除这种焦虑的唯一办法就是回家。

安详就是想给现代人指出一条回家的路，一条最近的路，一条能够让生活和回家并行不悖的路，而且是不管你现在在任何方位，都可以随时切入的路，一条适合现代人的可操作的路。

华一欣　您能不能简单介绍一下安详？

郭文斌 安详不是别的，安详正是快乐的方法论。

它让我们从伪快乐回到真实快乐，从寻找快乐回到在现场打开快乐，直接享受快乐；坦然地活着，健康地活着，唯美地活着，低成本甚至是零成本地活着；喜悦着，快乐着，幸福着，满足着；同时又是最高质量地活着。

换句话说，安详是一种不需要条件作保障的快乐，如果一种快乐它还需要条件，那就不是安详。安详和快乐一体两面，就像我们拿到了一百元的正面，那么就意味着我们同时拿到了它的背面。

快乐是生命的意义，也是生命无上的尊严。如果一个人从孝敬中体会不到快乐，那么孝敬就无法深入；如果一个人从尊师中体会不到快乐，那么尊师重道的倡导就会成为一纸空文；如果一个人从奉献中体会不到快乐，那么奉献就会成为一种作秀；如果一个官员从廉洁中体会不到快乐，那么反腐倡廉就会永远成为一个难题……

追求快乐是人的本能，要让官员不贪就要让他找到一个比贪更快乐的东西，要让一个孩子不学坏就要让他找到比学坏更快乐的东西。

我孝敬是因为我快乐，我尊师是因为我快乐，我学习是因为我快乐，我环保是因为我快乐，我奉献是因为我快乐，我诵读是因为我快乐，我安详是因为我快乐。

这既是生命的意义所在，也是道德的意义所在。否则，道德就有可能是一种虚伪和欺骗，学问就有可能是一种虚伪和欺骗，生命就有可能是一种虚伪和欺骗。

华一欣　安详那么重要吗？

郭文斌　如果我们和安详错过，就是和喜悦错过，和时间错过，最终和生命错过，生命就成了一个大大的亏损。

不管我们绘制多么宏伟的蓝图，从事多么伟大的事业，如果属于喜悦的账面上有出无进，那么我们肯定在和生命错过。

现代人的共同体会是离幸福越来越远，却不知从欲望中寻找幸福犹如缘木求鱼，用物质解决心灵疾患犹如拿油灭火。

刺激欲望不但不会解决我们的心灵饥渴，反而火上浇油，只有水一般纯净的安详才能真正浇灭燃烧在人们心头的火焰。

一列列车，如果方向正确，速度越快越好；假如相反，越快越糟糕。细节决定成败，方向更加决定成败。生命的绚烂和精彩，快乐和幸福，固然来自细节，更来自一个正确的方向。

对于生命来说，安详既是目的，又是方向。

华一欣　那么，您说的安详与传统蒙学读物《弟子规》又有什么内在关系呢？

郭文斌　肯定有啊，如果一个人向外寻找幸福，恐怕生生世世也找不到。

现代人犯的一个最大的错误是，本身开着幸福的车子却满世界寻找幸福，最后把车子都开爆了，还不知道幸福是什么。

当一个人内心存有安详，仅仅从一餐一饮、半丝半缕中，就可以感受到世界上最大的幸福。否则，即使拥有世界，也可能和幸福无缘。

因此，安详既能给富人提供心灵着陆，又能给穷人提供心灵温暖。

中华民族的古传统是向"内"寻找幸福，因为幸福就是我们"本身"，只是我们已经习惯了向"外"看，那束天生的向"内"打量幸福的目光已经永久睡眠。

正是这种向"内"寻找幸福的文化，造就了中华民族五千年的辉煌和灿烂，也造就了中华民族五千年基本的社会稳定和安宁。

这，也许就是我们今天推行《弟子规》的意义所在。

《弟子规》360句，113件事，本质上是给我们提供了113个回家的入口，走进安详的入口。

安详是一条离家最近的路，又是家本身；安详是全然的喜悦，无条件的快乐；安详既是生命的方向，也是生命的目的。

让我们一同在安详中获得生命的尊严和幸福。

华一欣　那么，您是如何提出安详的？人们又是如何看待您的安详思想呢？

郭文斌　每天的报纸、电视、网络，重要位置多被天灾人祸占着，触目惊心。而这些天灾人祸又以惊人的速度更新着，人们甚至来不及记住标题，就被新的天灾人祸顶掉。就连天灾人祸都是如此匆忙，如此席不暇暖。

为什么？在我看来，天灾是因为自然失去了安详，人祸是因为人心失去了安详。为此，2006年我提出了安详这个概念，并尝试着进行了一些实践。

安详旨在帮助现代人找回丢失的幸福，让人们在最朴素最平常的生活现场找到并体会生命最大的快乐。

当一个人能够回到现场，获得现场感，那么我们就会在最简单最朴素的生活中体会到最丰饶最盛大的快乐。

安详是让我们进入时间，只有进入时间，人才会告别焦虑，才会告别无意义感带来的生命根本痛苦。

疾病来自对安详的缺失，或者说是安详的短路。安详不在现场，就像一个人灵魂一旦离开，就要开始腐烂。安详是快乐的灵魂，也是健康的灵魂。

这些句子，或被传媒摘引，或被人们作为短信互相转发。安详对人具有神奇的"改变"作用，在安详的影响下，不少问题学生得以改变，不少问题家庭得以改变，不少心灵疾患得以消除。领导们反映，听完有关安详的报告之后，职工会变得敬业起来，快乐起来。为此，每逢我们搞一些公益活动，那些从中受益的同志会闻风前来做义工。一些没有安排讲座的学校，学生家长强烈要求学校邀请，为的是让自己的孩子能够听到一堂关于安详和人生根本幸福的演说。

安详之所以如此受到大家欢迎，大概是因为它正好应对了现代人最大的痛苦。

打开《弟子规》的六把钥匙

古人在开发生命本身中寻求幸福，今人在开发地球中寻求幸福，这是两个天大的差异。引导人们向内寻找幸福，是《弟子规》的功能之一。

人生之根

《论语》中有一段话：子夏问曰："'巧笑倩兮，美目盼兮，素以为绚兮'，何谓也？"子曰："绘事后素。"曰："礼后乎？"子曰："起予者商也，始可与言《诗》已矣！"

"绘事后素"，是"绘事后于素"的承前省。这个"素"，应是那个原初，也即大美之洋。无论是形容的动人，还是眼神的动人，都来自于那个根本的美，或者说是本体的美，当本体的美消失，一切都化为零。就像一朵再美丽的花，假如离开了根，也无法保持它的美丽。保持花的美丽的，是它的根。人也一样，保持他的美丽的，是他的"根性"。就像一幅画，保持它的美丽的是素绢。素者，没有染色的丝绸。这个"素"，显然是根性的比喻。

而教育的意义，就是让人们不要丧失根性，唯有如此，才会"巧笑倩兮，美目盼兮，素以为绚兮"。

子夏说的"礼后乎"应是"礼于素后乎"的承前省。礼也来自这个原初。对于君子来讲，礼只不过是本善的自然流露而已，只有那些还没有达到君子境界的人才需要条理化了的礼的节制。

孔子感叹地说，现在可以和你讨论《诗经》了。就是说，当一个人在没有尝到本体的甘美前，他是无法理解什么是真正的美味的。同样，一个人如果没有尝到本体的甘美，他也是无法理解《诗经》的。

事实上，我们每一个人都有一个"原初"，只不过被习气的颜色掩盖了。因此，要想绘制灿烂的图画，就得绘本素洁，只有质地优良纯净的素绢才能绘写最新最美的图画。

> 《弟子规》的"规"，显然是讲人的规定性，也即人性。它在总体上引导着我们扎下人生之根。
>
> 人性是人的规定性，它是和天性、动物性相对存在的，是人之所以为人的一个属性。也就是人生的底色——"素"。

正是人性要求我们只能在人性规定的范围内行动，但是现在不少人却想突破人性去生活，天性够不着，就去实践动物性：以满足欲望为生活的目标，以感官享受为生命的意义，以征服自然为价值目标——把整个自然作为自己的消费对象，把除人之外的一切动物作为自己的消费对象，甚至把他人作为自己的消费对象，甚至把地球作为自己的消费对象，甚至把宇宙也作为自己的消费对象。

结果呢？

答案在《庄子》里："其耆欲深者，其天机浅。"

所以《弟子规》里说：

对饮食，勿拣择；食适可，勿过则。

人们之所以拣择饮食，是因为没有找到饮食的根。

而这一切都是从"觉"的丧失开始的。

首先，现代人的味觉产生了错位。现代人的口味已经很重，清淡的东西吃不下去。有一种名叫"麻辣烫"的小吃非常流行。在我看来，那不单单是一种菜，而是一个时代的口味，那就是足够的辣，足够的麻，足够的烫，才能让人舒服，让人过瘾。意味着人们的欲望升级了。

提醒大家留心一下现在的小学生，每天放学之后，相当一部分去了小吃店，买一种名叫"麻辣片"的小吃。

可不要小看了这个麻辣片，它在一定意义上决定了孩子今后的幸福。为什么？生产商为了把孩子套住，要不断增加麻辣的量，提高麻辣的程度，最后会让孩子的味觉要求膨胀到一种无以复加的程度。

他们在味觉上追求麻、辣、烫，那么他们长大后必然会在感情上也追求麻、辣、烫，在事业上也追求麻、辣、烫。想想看，传统的稳定的家庭和事业怎么能够满足他们的需求？

这些孩子长大后，已经很难从"平淡"中体会到快乐，而家庭和工作本身提供的是一种"平淡"的幸福，显然不能满足他们的口味，寻找刺激已经成为他们的惯性。而一个以寻找刺激为目标的人生，我们可以想象，它隐藏着多少变数和不测。

现代人的口味异常还表现在疯狂的蛋肉消费。而人类演化的研究显示，我们的祖先都是天生茹素者，人的身体结构并不适合肉食。哥伦比亚大学韩汀博士在一篇比较解剖学的论文中就证明了此论点。

他指出肉食动物的小肠和大肠都短，比如狼的肠子为身长的3～5倍，这是因为肉的纤维含量少，肠子不必慢慢地吸收养分。相反地，人类和素食动物的大小肠都长。人类的肠子约为身高的4～5倍。小肠来回重叠，肠壁有褶皱，所以我们吃下去的肉会在肠中久留、腐烂并产生毒素，成为结肠癌的诱因之一，同时还会给肝脏增加负荷，导致肝硬化、甚至肝癌。

肉类含有许多尿激酶和尿素，会增加肾脏的负担，破坏肾功能。尿激酶还会导致人体活细胞的新陈代谢功能退化，加速人体衰老。

此外，肉类缺乏纤维素及纤维质，容易造成便秘，进一步会导致大肠癌或痔疮。肉类中的胆固醇及饱和脂肪还会造成心脑血管疾病，而烧烤肉类所产生的化学物质更是严重的致癌物。

其次，现代人的听觉产生了错位。"反传统音乐"的流行，就是因为人们听觉功能的丧失。其实，最美的音乐大自然早给我们创造好了，那就是天籁之音。如果我们的心足够静，是能够在我们的心跳中听到世界上最美的旋律的，更不要说风声、雨声、溪声、涛声。

但是有谁平时注意过自己的心跳？有谁注意过血液在血管里轰然流淌的声音？

庄子讲过这样一则故事：

> 南郭子綦靠着几案而坐，仰首向天缓缓地吐着气，那离神去智的样子真好像精神脱出了躯体。
>
> 他的学生颜成子游陪站在跟前说道："这是怎么啦？形体诚然可以使它像干枯的树木，精神和思想难道也可以使它像死灰那样吗？您今天凭几而坐，跟往昔凭几而坐的情景大不一样呢。"
>
> 子綦回答说："偃，你这个问题问得很好，今天我忘掉了自己，你知道吗？你听见过'人籁'却没有听见过'地籁'，你听见过'地籁'却没有听见过'天籁'啊！"
>
> 子游问："我冒昧地请教它们的真实含义。"

　　子綦说："大地吐出的气，名字叫风。风不发作则已，一旦发作，整个大地上数不清的窍孔都怒吼起来。你独独没有听过那呼呼的风声吗？山陵上陡峭峥嵘的各种去处，百围大树上无数的窍孔，有的像鼻子，有的像嘴巴，有的像耳朵，有的像圆柱上插入横木的方孔，有的像圈围的栅栏，有的像舂米的白窝，有的像深池，有的像浅池。它们发出的声音，像湍急的流水声，像迅疾的箭镞声，像大声的呵斥声，像细细的呼吸声，像放声叫喊，像嚎啕大哭，像在山谷里深沉回荡，像鸟儿鸣叫叽喳，真好像前面在呜呜唱导，后面在呼呼随和。清风徐徐就有小小的和声，长风呼呼便有大的反响，迅猛的暴风突然停歇，万般窍穴也就寂然无声。你难道不曾看见风儿过处万物随风摇曳晃动的样子吗？"

　　子游说："地籁是从万种窍穴里发出的风声，人籁是从并列的各种不同的竹管里发出的声音。我再冒昧地向您请教什么是天籁？"

　　子綦说："天籁虽然有万般不同，但使它们发生和停息的都是出于自身，发动者还有谁呢？"

　　南郭子綦为什么会忘掉自己？是因为他听到了天籁之音。他的学生颜成子游问他究竟，他讲了一大篇，却讲的是地籁，他为什么不讲天籁？因为天籁无法描述。

而现在的情况是，人们不但丧失了欣赏天籁的能力，也丧失了欣赏地籁的能力，更为可悲的是还丧失了欣赏人籁的能力。

音乐就在耳根，但是人们已经充耳不闻。

再次，现代人的视觉也产生了错位。人们之所以贪"色"，是因为人们已经被眼睛掌控，事实上，眼睛已经成为现代人的主人。

看看现在的传媒，看看今天的报刊，看看今天的网络，是不是全奔着人的眼睛而来？

细想起来，色是一个假象，也是一个假想。如果我们的眼睛不存在呢？这个色就不存在。对于盲人来说，这个世界上只有一个美女，那就是他想象中的那一个。

如此想来，色是一个对应于眼睛的东西，如果我们把自己视为主人，那么眼睛就是守门人。人们贪色，其实是守门人玩的把戏，但最后受累的却是主人。

人们一味地追逐美色，正是因为找不到色的根本。色是阳光，但因为它的刺眼，我们常常看不到太阳本身。人们追色，正是因为已经看不到自己。

古人为了让人从色情的泥淖中出来，设计了许多方法，当我们看到一个美女，要把目光看进去，看到她的骨头上，然后目光会告诉你真相，再美的女人，真相都是一个骨架，如果不信，那你就等着瞧吧，百年之后，她会告诉你答案。可见从现象回到本质，自古就是一个大难题。

同味觉一样，我也不赞成强制戒色。一个人贪恋于色，本质是上因为他还没有品尝到"本质"的"大美"。当一个人品尝过"本质"的"大美"，属于色情层面上的那个"美"会自动脱落。

事实上，色是中性的。我不反对人们欣赏美色，但不赞成人们把美色变成色情。

色情的泛滥恰恰是对美的亵渎。

> 所以一本《弟子规》，360句、1080个字、113件事，就是讲这个"素"，本质上就是在讲如何扎下人生之大根。

步从容，立端正；揖深圆，拜恭敬。
勿践阈，勿跛倚；勿箕踞，勿摇髀。

是让孩子扎下端庄和安定的根。

势服人，心不然；理服人，方无言。

是让孩子扎下"理"的根。

能亲仁，无限好；德日进，过日少。

不亲仁，无限害；小人进，百事坏。

是让孩子扎下"仁"的根。

……

由此，我们发现，《弟子规》本质上是祖先的声声唤归。

这个世界上为什么有这么多灾难，自然灾害也好，社会灾害也好，都是人的背叛造成的，意味着人已经没有了根，回不了"家"，如同无根之"木"。

那么现代人的根在哪里呢？

答案是在安详里，但是对于大多数现代人来说，安详已经尽失。"安"是女人呆在家里。这是一个象征，女人在家为安，男人在家也为安，它暗示我们归位，这个"位"，就是安详。它告诉我们，人一旦离开家，社会就要出问题，就要经受风雨和不测。从最通常的层面来讲，父母以工作忙等诸多原因而不在家时，孩子肯定也不愿意回家。孩子不回家会到哪里去？大多数会去网吧。常常出入于网吧的孩子则有可能走上歧途，成为问题青年。一个家庭，当孩子成为问题青年，能安吗？一个问题青年出现，他会带其他的青年走上歧途，会让更多的家庭不安，最终会使整个社会不安。

现在的年轻人已经不愿意和老人住在一起，更不要说四世同堂。这说明了什么？说明人们已经不能在亲情中体会幸福，大多数人现在可怜到只能从欲望和刺激中体会浮浅的幸福，伪幸福，如梦幻泡影一样的转瞬即逝的幸福。正因为这种幸福是转瞬即逝的，因此人们不断地寻找，然后不断地破灭，最后只能失望，不，绝望。

现在的房价之所以上涨，大家找了一万条理由，但最重要的一个理由没有找到，那就是人们心里没有房子了。

房价之所以高，还因为人们追求大，其实我们是不需要那么大的房子的。房子再大，一个人每晚也只占用六尺空间。

人们之所以买大房子，并不是生活需要，而是心理需要、虚荣需要。

我们回想一下，当年住那种单身宿舍，既是办公室，又是卧室，又是厨房，其中留下的幸福记忆并不比大房子少。

人们之所以拼命买大房子，还因为已经在生命中找不到价值，房子的大小和多少成了一个价值的度量衡，成了一个人的价格标签。

因此，只要评判价值的标准一天不改变，房价就降不下来。当有一天，人们普遍认可人格，普遍爱戴人格，而不仅仅是财富，那么房价自然会回落。

从这个意义上讲，让孩子从小记住《弟子规》中：

唯德学，唯才艺；不如人，当自砺。

若衣服，若饮食；不如人，勿生戚。

行高者，名自高；人所重，非貌高。
才大者，望自大；人所服，非言大。

就显得格外重要。

这个"貌"，不单单指相貌，还有房子、车子、票子。

这个"言"，不单单指言语，还有名誉、声闻、虚荣。

《资治通鉴》讲：

> 智伯之亡也，才胜德也。夫才与德异，而世俗莫之能辨，通谓之贤，此其所以失人也。夫聪察强毅之谓才，正直中和之谓德。才者，德之资也；德者，才之帅也。云梦之竹，天下之劲也；然而不矫揉，不羽括，则不能以入坚。棠溪之金，天下之利也；然而不镕范，不砥砺，则不能以击强。是故才德全尽谓之"圣人"，才德兼亡谓之"愚人"；德胜才谓之"君子"，才胜德谓之"小人"。凡取人之术，苟不得圣人、君子而与之，与其得小人，不若得愚人。何则？君子挟才以为善，小人挟才以为恶。挟才以为善者，善无不至矣；挟才以为恶者，恶亦无不至矣。愚者虽欲为不善，智不能周，力

不能胜，譬之乳狗搏人，人得而制之。小人智足以遂其奸，勇足以决其暴，是虎而翼者也，其为害岂不多哉！夫德者人之所严，而才者人之所爱；爱者易亲，严者易疏，是以察者多蔽于才而遗于德。自古昔以来，国之乱臣，家之败子，才有余而德不足，以至于颠覆者多矣，岂特智伯哉！故为国为家者，苟能审于才德之分而知所先后，又何失人之足患哉！

一本《弟子规》，就是教我们如何才能不"失人"，就是《学记》中讲的"教也者，长善而救其失者也"。

一本《弟子规》就是让孩子从小通过衣食住行，扎下幸福人生的根，也就是孔老夫子讲的"素"。

孝顺之门

父母呼，应勿缓；父母命，行勿懒。
父母教，须敬听；父母责，须顺承。

"父母呼，应勿缓；父母命，行勿懒；父母教，须敬听；父母责，须顺承。"现在的情况是："父母呼"，不理睬；"父母命"，我不管；"父母教"，必顶嘴；"父母责"，我也责。

我们可以想象，一个孩子，从小养成这样一种习惯，到学校，他会听老师的话吗？到社会，他会遵守规则吗？那么跟老师对抗，跟规则对抗，意味着什么？意味着"不顺"，意味着他可能无法成功。

富士康"十二连跳"发生后，人们都在责怪那个公司，但是有一个根本性的原因人们没有讲出来。我有一个可能有点残忍的判断，这十二位孩子，至少有一点我们可以肯定，他们不是孝子。如果他们是孝子，他就应该想到，我从这个世界上消失，很简单，那么我的父母呢？我的亲人呢？他们将要忍受多么漫长的悲痛。所以问题出在哪儿？教育，这些孩子肯定没有学过《弟子规》，或者学过，却没有领会精神。

还有一个，我觉着这些孩子从小接受的挫折教育不够，从小到大，没有多少人给过他"责"。

禅宗中弟子问师父一个问题，师父先不回答你，而给你一棒，这叫棒喝。

这种做法有一定的道理。

一个人的成长过程中有许许多多这样的棒子，如果这一棒你受不了，将来的那棒自然受不了，受不了就要放弃。

棒喝教育有一个重要的动机，那就是让孩子从小接受挫折，过挫折关，让接受挫折成为习惯，从小培养孩子的承受能力。

古人讲，只有忍人所不能忍，才能成人所不能成。只有"苦其心志，劳其筋骨，饿其体肤，空乏其身"，才能接受天降之大任。

因此，对于父母的"责"，我们能够顺承，本身就是孝。

富士康的工作环境再恶劣，大概也没有当年先烈们所处的那个环境恶劣吧？但是，当年，有多少先烈轻生了？

因此，如果我们把这个根扎不下去，还会有十三跳、十四跳、十五跳、十六跳……

和十二连跳类似的悲剧还有不少，一个省好不容易考一个状元出来，但是到大学不到两周，有人竟然割腕、跳楼。

我们可能到了需要好好反省现行教育的时候了。那些过早结束的生命，它提醒我们，让我们去思考一个非常重大的问题，那就是今天的教育到底哪儿出了问题。每个人都要为人父为人母，教育问题不可避免地成了我们共同的问题。再大的官，再大的富翁，再大的明星，首先是父亲、母亲。

> 缓的反面是快，懒的反面是勤，敬听的反面是敷衍，顺承的反面是忤逆。显然，这是教育专列的开通训练，当然也是成功专列的开通训练，它的核心是一个字：顺。

为什么要"顺"？这里面有大秘密。

对于做人这门功课，只有顺，交流才会发生，"教"才能通畅。

作为生命，顺则意味着无恙。中医认为，痛则不通，也就是气血不顺。

作为命运，顺则意味着成功。一个人从小养成顺的品质，意味着他已经成功了一半。因为顺是天道，是宇宙品格。

天体无不在顺中运行，长河因为顺而不息。顺则意味着他今后肯定会跟环境和谐，而和谐本身就是成功。

一个能够和父母兄妹和谐相处的孩子，他的德行已经完成了一半。

一个能够和老师同学和谐相处的学生，他的学业已经完成了一半。

一个能够和领导同事和谐相处的员工，他的事业已经成功了一半。

一个能够和大自然和谐相处的人，他的爱心已经完成了一半。

一个能够和道德和谐的人，他的生命已经圆满。

对于"顺"，有多种多样的解释，我的理解是，一个人要顺流而下，因为只有顺流而下，才能到达人生的大海。

"顺"本身就是生命力。一个逆流而上的人和顺流而下的人，到达目的地的成本我们不难推算。逆流而上者，生命成本中相当的一部分要抵消水流的速度。而顺流而下者，水流的速度也变成了他抵达目的地的动力，成为他走向成功的加速度。对于顺流而下者来说，即使止于水面，他也在前进。

同样，孝是顺，因为孝是一条大河。不孝意味着一个人已经拒绝了顺流而下，拒绝了走向大海，走向整体。而整体是能量之源，也是幸福之源。人为什么睡一觉会精神倍增，就是因为通过睡眠我们进入整体，睡眠在本质上是一种"顺"，因为睡眠意味着"自我"睡眠，"自我"睡眠之后"无我"开始工作，而"无我"即是生命力。

顺时则得时，顺水则得水，顺天则得天，顺意则得意。"父母呼，应勿缓"，如果缓，就意味着顺已经断掉。顺断掉，则感应断掉。感应断掉，意味着这个人已经孤立。

生命只有进入胎盘才能诞生，这就意味着母体是我们出发的地方，也是我们成长的地方，也是我们的能量终端，孝是这个终端的良性延续。"孝"这个字，"老"字头，"子"字身，本身就是一个象征，通过孝我们回到整体，回到源头，回到根，回到无始，同时到达大海，到达无尽。因此，孝不是别的，孝是整体性。

一个人拒绝孝，本质上是拒绝整体性。

孝本质上是感恩。

我们看感恩心的"感"，上面一个"咸"，下面一个"心"，就是全部的"心"。"恩"怎么写？上面一个"因"，下面一个"心"，在我理解，就是心的源头。我们心的源头就是"恩"啊，我们就是从"恩"而来，因此我们要感恩。而感恩，就意味着我们接通源头，接通源头的能量。因此，当一个人的感恩心得到启发，他已把个体的能量变成整体的能量。由此可知，我们孝敬父母看上去是一个伦理姿态，最后你会发现它其实是一个道德姿态，同时它还是一个物理状态。

孝的外延不单单是行动，还包括起心动念，言语造作。它是自然界一种总的超越性规则。它既在维内，也在维外。因此，你的念头一动，它就知道。只要你冲撞了它，它就会制裁你。为此，我们要顺着它。

《弟子规》为什么要首倡孝？孝，实际上是对伦理的一种顺，它是天理。我们为什么要尊敬老师呢？尊敬老师是对智慧的一种顺。我们为什么要珍惜粮食呢？珍惜粮食是对时间和空间的一种顺。"自然而然"就是从此而来。我们问路于人，说某个地方怎么走啊？对方答，你顺着这条道过去就是，他没有说你逆着这条道过去。顺着这条道过去，顺什么呀？顺着"道"。多智慧啊！

"问渠哪得清如许，为有源头活水来。"因为身后是"流"，因此"源"要洁身自好；因为身前是"源"，因此"流"要洁身自好。而"源"和"流"是"一"，不是"二"，一个连绵相续的责任就这样产生了。

这也就是中华民族绵延不绝的秘密所在。

> 孝有三个层次。小孝"养父母之身"，就是保障父母的衣食住行，"亲有疾，药先尝；昼夜侍，不离床"是也。中孝"养父母之心"，就是好好学习做人，不让父母担心，让父母心里舒畅，因为"身有伤，贻亲忧；德有伤，贻亲羞"。大孝"养父母之志"，就是大儒张载讲的"为往圣继绝学"，"驯致""圣与贤"。
>
> 这三孝，我们可以把它简称为养身、养心、养德，

换句话说也就是顺身、顺心、顺德。因此，一个人能够
落实《弟子规》，推广《弟子规》，就是尽大孝。

《论语》中讲"三年无改于父之道，可谓孝矣"。这个三年
不是实指三年，意为很长很长的时间，你不改变父母的愿望，那
就叫孝。这句话表面看上去是讲孝，其实背后的用心十分良苦，
也隐藏着无比的智慧。周朝为什么能够绵延八百年？就是因为无
改父母之道。它的后代一代一代地继承祖先创建的价值体系，世
世代代继承下来，国家稳定，国泰民安。而一个常改父母之志的
家族，不会长久，国家也同样，这就是"传统"的本意。

因此，一个人能够从事民族优秀文化的继承工作，意味着他在
尽大孝。

身有伤，贻亲忧；德有伤，贻亲羞。

这是《弟子规》的灵魂性训诫，非常深刻，非常智慧。如果
一个孩子真的理解了这句话，很多问题会迎刃而解，父母会很轻
松，老师会很轻松。

如果一个孩子略略懂得这句话，他在学校就可能会好好学习，
他上班就可能会好好工作，他做官就可能会好好做官。为什么
呢？因为他的人生哪怕有一点点污点，都是对父母的一种羞辱。

如果他的身体受伤，父母心里会很疼；如果他的道德受伤，父母心里会更疼：因为身有伤，伤的是个体；德有伤，伤的是整体。

中国的所有传统节日，本质上都是一种教育。过去大年除夕，一族人都要在祠堂祭祖，事实上是一次大攀比。攀比什么？不像今天，比车，比穿，比阔。而是攀比谁的祖上贡献大，得到的封诰多。子孙们仅仅因为这一点，也会好好做人。他想我现在建功立业，将来我的儿孙到祠堂，看到我为国家为民族作了如此大的贡献，就会从心底油然而生一种敬意，一种自豪，一种向往，一种继承的冲动。

从这个意义上讲，孝不单单是对祖先的负责，还是对子孙的负责。

古代的结婚典礼上，父亲是要给做了新郎官的儿子敬一杯酒的，但是新郎官不需要还礼。这意味着什么？意味着从今天开始，你就是家道的传承人。因此在这一刻你不仅仅是一个儿子，更是一个传承人。所以，孝，不单单是对祖上的一个姿态，还是对后代的一个姿态。我们可以想象一下，那些被"双规"的人，银铛入狱的人，要如何不堪地度过一生。

总之，一个人活在生命的链条中、伦理的链条中，他不单单是个人，他是整体的一分子。一滴墨水可以使一杯水全部变黑。

一个家族，因为出了一个逆子，一个走失的人，一个触犯刑律的人，整个家族都被污染了。岳飞坟前的那副对联，"人从宋后羞名桧，我到坟前愧姓秦"，就是讲的这个道理。我们不难想象，秦桧和岳飞的后代，在岳庙前，该是一种多么不同的感受。

> 这个"羞"，它是一个疼痛，一个世界上最大的疼痛。

知耻近乎勇。如果我们把每个孩子的羞耻心唤醒，就不需要父母和老师的千叮咛万嘱咐了，不需要父母和长辈操那么多心了，因为他的心中有一种天然的自动的体系化的约束和制约。

晋人杨香，十四岁时随父亲到田间割稻，忽然跑来一只猛虎，把父亲扑倒叼走，杨香手无寸铁，为救父亲，全然不顾自己的安危，急忙跳上前，用尽全身气力扼住猛虎的咽喉，从虎口救下父亲。

十四岁的杨香能够扼虎救父，告诉我们一个道理，孝能生勇。

> 孝不但能够生勇，还能够生悌，生忠，生信，生礼，生义，生廉，生耻，生仁，生爱，生和平。这个"生"，究其本质，也是一个"顺"。

亲所好，力为具。

我们说顺是孝的主要指标，并非说无原则地顺着老人。《弟子规》没有这么呆板。

是不是在父母说错做错的时候，做儿女的也必须顺着父母的意愿呢？

亲有过，谏使更。

如果父母有错误，给他进谏，让他改变。方法是"怡吾色，柔吾声"，和颜悦色的，轻声细语的，让他去改变。

谏不入，悦复谏。

这一次进言没有成功，再找机会，等父母高兴的时候，再去劝说，哪怕"号泣"，哪怕"挞"，也"无怨"。

最究竟的孝是消除老人的归属焦虑，说白了，就是死亡恐惧。

东方文化有一个重要的功能，就是消除人们对死亡的恐惧感，而消除掉老人对死亡的恐惧，不但是养父母之身，还是养父母之心，更是养父母之志。

好多癌症患者都是被吓死的，就是因为不明白这个道理。

一个病房里住着两位同样病情的癌症患者，一位不到半年就去世了，一位却在那位病友去世后多活了二十年。有人问他的秘诀是什么。他说，我是军人啊，当年连日本鬼子都不怕，还怕它个鸟癌症吗？

朋友给我讲过这样一则故事：

有一年，他八十岁的父亲被查出来膀胱癌，大夫不主张动手术，他坚持让动，大夫说拍片发现那个瘤子正好在一个大血管上，担心手术下不来。兄长的意见也是回家。因为民间有一个观念，老人必须寿终正寝，就是要落点在老家，去世在外面的人是不能进祖坟的。而且八十岁的高龄，在他们家也创下高寿的纪录了。他说还是听听父亲的意愿吧，就给父亲说，大夫说不动手术也可以，可以回家保守治疗，动也可以，就看您老人家愿不愿意挨那一刀子。他父亲读过私塾，算是一个老秀才吧，非常智慧。说，你们看着办吧，动也行，不动也行。他就明白了老人的心思。正如《弟子规》中说："亲所好，力为具。"他跟兄长商量后说，动。

但是动嘛，大夫说瘤子正好在一个大血管上，很可能手术台上下不来，怎么办？他就跟父亲讲："生命就像旅游，无非是从这辆车上下来到另一辆车上去。这是一个小手术，肯定没事，手术肯定会成功，不过任何事情都有万一，如果碰上万一，您就要做好准备，那就是当您感觉真要换车了，一定要记住，换乘离咱家近的那趟，这样，说不定哪天我在小区散步，就会碰到您老人家，我们还会聊聊天，话话家常。说得明白一点，那就是，您投生的时候最好投在我们小区，那样我们就会不时见面的。"

他说当他这样说时，旁边的病人都紧张坏了，觉得这个人一定有神经病！

"我为什么要这么说呢？就是想让父亲放松。因为人最大的痛苦是死亡的恐惧，而对死亡的恐惧说穿了是对未来的不确定，或者说是怀疑。我这样说，就是想引导父亲看轻死亡，让他觉得，死亡就是换辆车而已，这样他就不会紧张。就是要时时提醒老人明白生命是怎么回事，让他明白生命无非就是从这个车上下来到另一个车上去，车在换，但主人永远不换，他只是一个愉快的旅行者，没必要留恋现乘的这辆车，也没必要担心这趟车的终点就是生命的终点，前面有更漂亮的风景在等着他。这样，他对死亡的恐惧就慢慢消失了。对于老人，不但要说破，而且要反复说，他听一次就会轻松一次。进手术室之前，我对父亲说，老爸，记住啊！他说记住了。结果三个小时后，父亲出来了，人很清醒。那一刻，我的眼泪就下来了。现在父亲已经八十六岁高寿，身体还好。"

因此，让父母接受传统文化中临终关怀的内容，消除他对归属感的焦虑，让他的身心产生一种大愉悦，既是养父母之心，也是养父母之身。吃得简单一点没关系，穿得简单一点没关系，但一定要让他内心有一种大安详。

看完湘潭大学2007级学生罗桂红背着母亲上大学的报道，大概没有谁不会感动。

> 二十三岁的罗桂红是湘潭大学的学生，家在湘乡市一个四面环山，没有马路的偏远山村。2008年，母亲杨国英确诊为风湿性心脏病。罗桂红四处举债为母亲筹集了六万元的手术费用。手术过后，医生告诉她，母亲的病需要休养，不能劳累、操心。就这样，当时读大二的罗桂红把母亲接到了学校，一边上学一边照顾母亲。更不幸的是，在外打零工的父亲意外地受伤了，家里唯一的经济来源断了。罗桂红现在除了要照顾生病的母亲，准备考试、毕业论文，还要每个礼拜从湘潭赶到双峰看望父亲。这一切反而让罗桂红更加坚强……

而浙江林学院十九岁的刘霆背着妈妈上大学的故事，同样感动中国。

> 老家在浙江省湖州市双林镇的刘霆原本有一个幸福的家。然而六年前，刘霆的母亲被检查出患了尿毒症，巨额的医疗费耗光了家里所有的积蓄。一家人不得已忍痛卖掉了房子，而为给母亲看病失去了工作的父亲，也一个人离开了家。刘霆母子流离失所，母亲寄宿在外婆

家，刘霆则在学校寄宿。然而刘霆并没有被这一切所吓倒，他勇敢地承担起照顾母亲的责任。母亲的病需要经常住院，送她远去山东看病的不是别人，正是十几岁的刘霆。由于母亲基本不能走路，一路上，瘦弱的刘霆就背着母亲远赴山东潍坊的肾病医院。在火车上，为了让母亲能够休息好，他买了一张卧铺票和一张站票，让妈妈睡在床铺上，自己则站在母亲身边，一站就是十几个小时。

虽然十分困难，各方面压力很大，但是这年夏天刘霆依然以重点线的成绩考上了浙江林学院。收到通知书的当天，他陷入了沉思，先不说自己的学费从哪里来，自己去读大学了，母亲怎么办？患有尿毒症的母亲，不仅不能参加劳动，连生活都不能自理。长时间住在外婆家，年迈的外婆又怎么能长期照顾好母亲？思虑再三，刘霆决定"背着妈妈上学"……

真是要给写下这些文字的记者致敬。写下这些文字的过程，本身就是唤醒孝敬的过程。

"背着妈妈上学"，让我们记住这个经典的句子，它们是世界上最感人的诗，尽管它平常。

"背着妈妈上学"，让我们对罗桂红、刘霆敬礼，他们才是我们心目中真正的"明星"。

　　而一个能够背着妈妈上学的孩子，他走向社会，自然能够担当，自然能够爱戴他人。因为"爱亲者，不敢恶于人；敬亲者，不敢慢于人"。

　　但是，对于更多的人来说，孝是日常。命运不会给每个人创造这种完成大孝的机会。但我们可以在内心深处"背着妈妈上学"。

　　在古代，哪个县要是出现一个逆子，县令就要把城墙砍去一角。为什么？他没有教育好这一方人民，以此忏悔，以此警示。一个社会把孝如此公约，如此维护，哪一个儿女敢不孝敬父母？

　　现在，孝之所以像《诗经》所云"式微式微，胡不归"，有一个重要的原因，那就是我们把孝狭隘化肤浅化。大孝是什么？建功立业，全心全意为人民服务，让父母觉得脸上有光、开心。而现在软硬件都出问题了。硬件方面，没有祠堂了，没有家谱了。祠堂是什么？是家族资质。一个人，如果他不好好做人，作奸犯科，将来就没有资格进入祠堂。没有资格进入祠堂意味着什么？意味着他的亲族系统在这儿断代，意味着他的后代将来没有脸面进入祠堂。想想看，一个人在祠堂找不到祖父、父亲的牌位那是一种什么感觉？所以仅仅凭着祠堂这个天然的教育场所，好多人都不敢做坏事了。家谱是什么？它有什么功用？它是天然的教科书。祖上的光荣被一路记录下来，一路传颂下来，对后人当然是一个再好不过的激励，它是一个天然的传承。

　　想想看，茶余饭后，三五童稚，于桌前灯下，围着一本发黄的家谱，听老人讲家族光荣，那是一种怎样的熏陶，怎样的教育。

当今社会的犯罪率之所以直线上升，不能说和孝这个体系缺失无关。

我们常说受人滴水之恩，当以涌泉相报。而一杯水中包含着多少滴水？我们每天又要使用多少水？如果以滴计量，那真是一个天文数字，这些以天文数字才能计算的水的恩情，我们几辈子都报答不完。

如果把养育我们的一切视为我们的父母，那么这个父母可以说是整个宇宙。因此，培养一个孩子的孝心，其实是培养他对整个大自然整个宇宙的一份感恩和敬畏。就拿普通的一天来说，我们要活下来，需要粮食、水、空气、电、空间、时间，等等。

因此古人把孝作为一个道德总部，从孝着手进行道德建设，真是太智慧了。过去讲举孝廉，其实孝和廉是统一的，如果一个人真有孝心他就会有廉心。他知道粮食来之不易，知道粮食是养活我们的，所以不敢浪费。反之，如果一个人不廉，那么他就不是一个孝子。不尽孝就是一种浪费，贪污就是一种浪费。

最大的节约是随顺道德，而孝则是道德的根。

如何重建孝的体系，我觉得至少应该从三个方面做起。

首先，政府要有一个倡导，选用干部、公务员和评选文明城市，应该把孝作为重要指标。

如果把孝的问题解决了，治安问题、教育问题、环境问题，等等，自然会有所好转。为什么呢？一个孝顺的孩子他不大可能学坏，不大会杀人越货，治安问题就可能解决了；一个孝顺的孩子他不会浪费光阴，会好好学习，教育问题就可能解决了；一个孝顺的公职人员他会努力工作，敬业的问题就可能解决了。等等。

真是"其为人也孝弟，而好犯上者，鲜矣；不好犯上，而好作乱者，未之有也。君子务本，本立而道生。孝弟也者，其为仁之本与"。

其次，孝的教育要跟上去，特别是学校教育要跟上去。

为什么？现在的学校唯分数论，唯高考论，老师鲜有时间和心力给孩子讲孝道。孝应该进学校，应该成为学校评价学生文明程度的指标，如果某个学生在他的人生历程中有不孝的记录，大学就拒绝录取，试试看是个什么效果。

因此，在孝道大断层的背景下，要想恢复孝，制度应先于引导。

第三，整个社会也要行动起来，化民成俗，把孝变成一种风尚。

以孝敬为美，以孝敬为乐，以孝敬为荣，以孝敬为风尚，追星就追孝敬星。当孝敬成为一种风气的时候，就不需要制度了。当一个民族以孝为荣，以孝为生命力，以孝为第一公理第一美德，这个大家庭怎么会不其乐融融。

自性之途

知识和智慧是两回事。我们都知道，禅宗六祖惠能并不识字，但是他说出来的话，却被称为经，即《六祖坛经》。而我们现在的教育，一味地填鸭，但是最后关于智慧的这一块，关于"性"的这一块，全被扫出课堂，真是太可惜了。

如果我们真能从这一块入手，就会明白《弟子规》里面有几句非常经典的话：

执虚器，如执盈；入虚室，如有人。

它有更深的含义。你看，端着一个空杯就像端着一个满杯，进了一个空屋就像进了一个坐满人的屋子。这两句是《弟子规》精华的精华，灵魂的灵魂。提醒大家注意一件事情，平时到餐厅吃饭，或者到茶楼去喝茶，稍微留心一下周边，你就会听到一种叮叮咣咣的声音，那是服务员在上菜。但是我们到韩国，在同样的地方，却没有这种声音。我没有考证过韩国是否在推广《弟子规》，但有一点是肯定的，那就是他们在践行《弟子规》的精神，至少在餐厅是这样，在茶楼是这样。

端着一个杯子，放在桌子上一点声音都没有，意味着什么？意味着你这一刻在当家做主，否则你不在家。小偷之所以光顾你，是因为他发现你那个屋子已经黑了好长时间了。《黄帝内经》上讲，"正气内存，邪不可干"。但更多的时候，我们都不在家。不是耸人听闻。有一次我跟儿子做试验，让他夹一筷子菜，送到嘴里面，观察这个过程有多少个念头光顾。他统计了二十多个。其实更多。古人讲，弹指之间，会有一千二百八十万亿个念头光顾，这意味着什么？意味着我们不在现场，不在性中，我们被隔断了，和性断开，和整体断开，和喜悦断开，和幸福断开，和快乐断开。

> 如果说前两句，讲的是对自己的严谨，那么后两句，既是对自己的严谨，也是对环境的严谨。如果世界上的每一个人，呆在屋子里面都不做坏事，天下还需要警察吗？所以这两句话是《弟子规》精髓中的精髓。

"本自"的密钥，性的密钥，安详的密钥，就在这里。但是很可惜，多少年来，我们却一直让它沉睡。

为此，我们就会明白，古人教学，为什么要先教定性，让学生头顶一杯水，站三四个小时，就是让学生回到现场。一个人假如回不到现场，他做什么都成功不了。有不少老师给我讲，现在的学生屁股上都安着滑轮，一堂课不知道要变换多少个坐姿，就是这一块缺了课。我们可以想象，一个连四五十分钟都无法安处的学生，他将来到办公室，怎么会安心工作？将来到实验室，怎么会安心科研？将来到讲台，怎么会安心讲课？将来到工厂，怎么会安心做工？

《弟子规》有言：

墨磨偏，心不端；字不敬，心先病。

这时，我们就知道为什么这么说了。古人认为，内在世界跟外在世界是一个对应。所以对衣服，它要求我们"勿乱顿"，要放好放整齐，是有道理的。如果孩子回家后把衣服随便一扔，书本随便一扔，最后他的内心也是一片狼藉，因为内外是一个对应，一个相应。

勿践阈，勿跛倚；勿箕踞，勿摇髀。

也是非常有道理，它是通过外在的形式来训练你内心的一种端庄。

步从容，立端正；揖深圆，拜恭敬。

也是同样的道理，只有我们把每一个外在动作做到位，我们的内心和外在就会形成一个对应，这样的人生将会是圆满的人生。敷衍潦草的结果是，我们的内心也会是敷衍潦草。

古人讲的报应本质上也是一个相应，一个人心中是善，世界跟他以善相应，一个人心中是恶，世界跟他以恶相应，这就是"命由我作，福自己求"的道理。

当年有人问孔子，说你的学生里面谁最好学，孔子说，"有颜回者好学，不迁怒，不贰过"。当时觉得这句话太平常，但是随着实践传统文化，越来越觉得奥妙无穷。

作为一个人，一个普通人，真是无法做到"不迁怒"的。

那么人在什么情况下会生气？大家肯定会说是不顺心的时候。最根本的原因，人之所以会生气是因为有自我在，是自我被冲撞了。庄子讲，如果你乘舟到海上去航行，撞着一条有人的船，你会很生气，你会质问对方，眼睛瞎了吗？假如撞到一条空船上，你不会生气，哈哈，没事的。说明什么？只要那条船上有人你就会生气。

反过来，人在什么样的情况下才会不生气呢？没有自我的时候。

孔子说"吾十有五而志于学，三十而立，四十而不惑，五十而知天命，六十而耳顺"，"耳顺"意味着什么？无我。

那么如何才能达到无我境界？按《弟子规》去做。一事当前，先替他人着想。时间久了，"我"就会淡化，"无我"就会显现。就像海潮退去，沙滩会自动显现，乌云散去，天空会自动出现。

这就要我们在平时的生活和工作中学会转身、转念。

这"二转"，说起来容易，做起来很难。因为生命的惯性从来都是朝着"我"的，何况在这个大家想着法子加强"我"的时代。

颜回能够"不贰过"，他是如何做到的呢？他是怎样用功的呢？肯定还是回到"本自"。因为只有回到"本自"，才能"本无动摇"。也就是我们常讲的"当家做主"。本自的状态就是"当家做主"。这个时候主人是在家的，只有主人时时刻刻在家里面，他才能避免犯错误。犯错误意味着主人不在家，小偷进来了。小偷一直在伺机而动，主人离开时，就是小偷动手时。就是说，我们要跟踪自己的心意达到一种不间断的程度，这就是功夫。

而要跟踪心意，就要我们识得一个个念头，古人把它叫惑。当一个人能够意识到自己的念头，已是不易。一个人能够做到断念那就是圣人了。对于常人来讲，这显然是一件几乎不可能办到的事情。要把念头断掉，就要把世事断掉，因为念头是世事的投像。可是一个人要把世事断掉可能吗？就算你把工作辞掉，隐迹山林，但你还得吃穿住行。冷了怎么办？饿了怎么办？遇冷求暖，遇饥求饱，这是不是念头？

于是古人开出一个药方，那就是伏住杂念。就是说，当念头到来，更为准确些说是当杂念到来，不必要的念头到来，我们能够降伏它。

我不喜欢降伏这个词，应该是看破它。当我们识破世俗的爱是一个假有，我们就不会为它而起心动念；当我们识破世俗的财富是一个假有，我们就不会为它而殚精竭虑；当我们真正明白了什么是"虚情假意"，当情意绵绵时，我们的心里就会升起一个幽默，嘿嘿，虚情，嘿嘿，假意。

一个虚，一个假，道尽了世俗真相。

见得多，肯定"惑"会多。这些惑，存在心里久了，古人把它视为"尘沙"，真是好。烦恼即是惑，即是念头组。当一个人的心里连念头都没有了，当然就没有念头组。没有了念头组，当然就没有烦恼。

因此，从另一个角度来看，断惑的程度，就是幸福的程度，快乐的程度。

现代人强调有尊严的活着。岂不知只有"独立自主"，才有尊严可言。当一个人不能"独立"，不能"自主"，时时嚷着向娘要奶喝，就没有尊严可言。而要真正"独立自主"，就必须学会向内。因为人本身就是一个宇宙的缩影，他是全息的。既然他是全息的，那就意味着他是自足的，什么都不缺的。既然什么都不缺，那么我们还有必要因为他求而奴颜婢膝吗？

向外求永远无法尊严的活着，因为有求就得卑躬屈膝。

而且"外"无止境，则"求"无止境，尊严就永无实现之日。

老祖先教育子女，"勿营华屋，勿谋良田"，就是看到，如果一个人把营华屋谋良田作为奋斗目标，那他一生都无法找到幸福。那在哪儿寻找幸福呢？——本自。

> 古人在开发生命本身中寻求幸福，今人在开发地球中寻求幸福，这是两个天大的差异。引导人们向内寻找幸福，是《弟子规》的功能之一。

近年来，全社会都很重视传统节日，而传统节日的仪式中都有唤醒自性的功能。特别是火。打火机刚打着的那一刹那，如果你有足够的细心，就会发现那一刻，你的心中是没有杂念的，这也就是几乎所有的传统节日都有香火出现的原因。

在民间，一些地方元宵节还保留着一种很古老的仪式——点明心灯。

小院里，月光溶溶，一家人围着一个小供桌，把一盏盏荞面灯从梦中唤醒。

在没点燃之前，灯是睡着的，随着种灯走过，就有一束火焰从梦中伸着懒腰，打着呵欠，睡眼惺忪地醒来。在那个过程中，你的心灵进入天然，进入纯粹，成为一盏灯。这时，火不再是一种状态，而是一个生命，一种精神。那一刻，你会觉得它是活着的，有生命的，会呼吸的。

点灯之后是守灯，守灯之后是落灯。

守灯时分，家长会有一个要求，绝对沉默，不能说话，不能想事。那么干吗？静静地守着灯头，看灯捻上的灯花是如何结起来的，如何盛开的。

那是一种神如止水的境界，你的心和眼前的灯合二为一，一种纯粹的幸福汪洋开来。

事实上，在当时，你的心中就连幸福这个概念都没有，那是一个近乎纯粹的"忘"的境界，正大、光明。它来自当下，来自无数的"这一刻"。

这，就是明心灯。

元宵节的灯必须要用荞面做，当我知道荞面有活血降火功效的时候，心里就生出一个赞叹，古人真是太聪明了，他们居然早就知道荞麦可以让人的血液静下来。古人认为只有你的血液先静下来，你的气才能静下来，只有你的气静下来，你的心才能静下来，而心静下来就是健康，就是安详，就是幸福。

到最后，你会看到灯捻上确实会有一个花蕾，非常神妙，黑色的花蕾，我的老家把它叫灯花。又是一个赞叹，灯花，灯就是花，花就是灯。这时，你才理解古人为什么要燃灯敬佛，因为这时候灯已变成一种花，一个生命，一种植物；你就会明白为什么古人要设计点明心灯这样的仪式，它无疑是祖先精心设计的，它是一条回家的路。而现在城里的花灯和灯会，已经变成了一种气氛的营造，一种竞技，一种规模型的文化活动，原来的那种心灵学的、原始的、点明心灯的意义丧失了。

古人把腊八作为大年的开始，把正月十五点明心灯作为大年的结束，具有非常强烈的象征意义。腊八演绎的是"难得糊涂"，是让人们从生活中回来，回到当下，享受生命，进入时间，而点明心灯是让你带着一种智慧，一种光明，一种明明白白的、当下的、现场的、天人合一的状态去生活。

因此古人最能教他的孩子在当下去享受生活。

点灯，这个再平常不过的事情，却成了值得我们深究，需要我们从哲学层面、心学层面好好探寻的事情。可见古人对他的子孙后代是如何慈悲如何爱护。他把我们的心灵叫做心灯，他以灯喻心，你就会明白心灯这个词，它事实上包含了对人的一种巨大关怀。

一团荞面，做成小茶盅形状，上面有个核桃大的小窝儿，可盛一勺油，其中有一个捻子，就能变成一盏灯。如果没有人去点燃它，它就永远沉睡，但当有一盏种灯走过，它就变成了一个活性的生命体。这时候你就会想，如果人是一盏灯，那么又是谁点燃的呢？你就不能不进入一种敬畏，思索宇宙的奥秘、生命的奥秘。

它会把你带到原点，那个原点就是老家。

当我们明白了灯的意义后，感恩自然在心里发生。因为你要追想是谁点亮了我们的第一盏灯，又是谁不断地给我们灯中添油。因此，元宵节最后会启发你去思考宇宙和生命的第一推动力，思考最初的那一盏灯是从哪里来的，谁点燃的，那才是真正的"种灯"。

讲一段小时候的经历。那时候家里很穷，元宵节只能给灯添一次油，但是看着灯里的油快没了，感觉着灯就要咽气的时候，马上就要蔫下去的时候，我就急得扑过去抢油碗给灯添油，不想却被父亲抓住，父亲说，天下没有不散的筵席。我说见死不救非君子！父亲说天下没有不灭的灯。我说见死不救非君子！在小时的我看来，灯其实就是一个生命，一个人对生命的珍惜和珍重，就从这里生发了。它还让你明白，既然有灯亮，就有灯灭，正因为灯总归要灭，我们就要更加珍惜，敬畏就从这里生发。同时，忧伤也从这里生发。而惋惜和忧伤又反过来促使你善待生命，善待缘分，从而更加珍重亮着的灯。

因此，古人教孩子点灯其实就是教孩子学会尊敬，学会感恩，学会珍惜，学会守护。

另外，如果我们懂得了灯节的精神，还可以教孩子在生活中的任何一种场景体会到灯。比如说在点燃煤气灶的那一刹那，在打火机啪地一下燃起来的那一刹那。

这时，我们就会明白，《弟子规》所讲的113件事，也是113盏灯。我们用心生活，用心工作，用心待人，就是一种灯的状态。因为古人理解我们的心本来就是一盏灯，所以叫心灯。而如果你把心理解成一盏灯，那么，这一盏灯其实是伴随我们一生的，它不单单是正月十五在亮着，它是日日夜夜时时刻刻都在亮着，如果一刻不亮，那就有麻烦了。所以古人启发我们，每时每刻都要守护心灯。这就是古人讲的善护念，其实就是护灯，就是不要叫狂风吹灭了我们心中的那盏明灯，只要这一盏灯亮着，小偷就进不来，强盗就进不来。只要这一盏灯亮着，那么凡是发生于黑暗中的一切错误就会避免。

由此，我们的脑海里就会出现一条长长的传灯之路。

我们再看汤圆的制作过程。先捏一个核，然后把这个核放在糯米粉上，用箩不断地摇摆，让核不停地去黏糯米粉，到一定程度，洒水再黏，如此反复，最后的成果就是汤圆。我觉得这个过程它更是一个象征，象征道家对宇宙形成的理解。古人为什么把这样一种食品叫汤圆，我觉得它同样是暗喻"元"。这个过程跟太乙神的诞辰直接促成了元宵节的被约定俗成，被法定，有着一种逻辑上的关系。"元"是意义，"圆"是形态。元者，第一也；圆者，圆满也。元用圆来演义，即是宇宙初开的意象——太极图。这个"元"，显然是太极的文字符号。所以它们可以互相借指。可见元宵节的汤圆不单单是食品，它本身和节日有一定的互指性。

这个汤圆我们还可以把它看成大地上的一轮又一轮月亮，就像无数的月亮仔儿一样，它是一个一个摆在你面前的月亮。

它是满月的一种象征，明月的一种象征。

而真正的明月在民间。如果你有幸在一个万籁俱寂的乡村欣赏过月亮，跟月亮有过神交，体会过那轮伸手能触的月亮，有过那种体验，那么你再回到城市，看到城里的月亮，你就会想到，月亮呀，你怎么会沦落到这种地步，显得这么尴尬。

现在你想和明月进行一次神交，只能在乡间。每一次回到老家后，只要有明月，晚上我都会一个人到山头上去。想想看，你一伸手，月亮就在你的手心里。这时你就会知道，什么叫自然，什么叫万籁俱寂，什么叫手可摘星辰，什么叫真正的宁静。

同样，民间的点明心灯，摇汤圆，有点像这时候的清和静。

世界上还有比这更棒的意象组合吗？天上一轮明月，地上一桌明灯。它是明月唤灯火，而不是"明月让灯火"。

由此可知，古人是活在一种怎样的诗意当中。

现代性在消灭传统的过程中也消灭了这种大美，也把人带离了家园。

现在我们使用的暖气片、地热，可能给我们提供了很多方便和舒适，但感觉却是冰冷的，而记忆中小时候的那个红泥小火炉，它可能提供不了像暖气片这样的热量，但当你看着那一束火苗的时候，你觉得心里是温暖的。

无疑，一个人心中有这样一团火苗，有这样一个月夜，你就会发现自己十分富有，你走到哪儿哪儿都有一盏灯在照耀着你，你就觉得不再贫穷；不管在任何地方任何时候，你都会觉得生命是富足的、活跃的、灿烂的。

因为它会不时提醒你回到本性，因为那是安详和幸福的源头所在。

诚信之则

凡出言，信为先；诈与妄，奚可焉。

话说多，不如少；惟其是，勿佞巧。

奸巧语，秽污词；市井气，切戒之。

见未真，勿轻言；知未的，勿轻传。

事非宜，勿轻诺；苟轻诺，进退错。

凡道字，重且舒；勿急疾，勿模糊。

彼说长，此说短；不关己，莫闲管。

见人善，即思齐；纵去远，以渐跻。

见人恶，即内省；有则改，无加警。

唯德学，唯才艺；不如人，当自砺。

若衣服，若饮食；不如人，勿生戚。

闻过怒，闻誉乐；损友来，益友却。

闻誉恐，闻过欣；直谅士，渐相亲。

无心非，名为错；有心非，名为恶。

过能改，归于无；倘掩饰，增一辜。

这一大段作者把它归到"信"的门下，但在我看来其实是讲"诚"。那么，诚的目的是什么呢？是让我们回归自性。因为自性本诚。所以这又是一个相应。

那么，什么是诚？孟子曰："居下位而不获于上，民不可得而治也。获于上有道：不信于友，弗获于上矣。信于友有道：事亲弗悦，弗信于友矣。悦亲有道：反身不诚，不悦于亲矣。诚身有道：不明乎善，不诚其身矣。是故诚者，天之道也；思诚者，人之道也。至诚而不动者，未之有也；不诚，未有能动者也。"

"是故诚者，天之道也。"在孟子看来，这个"诚"是什么东西？天道。就像整个天体都在表演一个"诚"字一样。如果哪一天，银河系宣布关门一天，那将是一个什么情形？如果哪一天，太阳说，我今天休一天假，世界将是一个什么情形？如果哪一天，月亮说，我今天不绕着地球转了，我要去绕着木星转一圈，那将是一个什么情形？如果春天说，哼，今年我就是迟迟不肯到来，等夏天过后再说吧，那将是一个什么情形？

如果你有过乡村生活经历，就会发现，"二十四节气"是如何伟大。该立春时它就立春，该惊蛰时它就惊蛰，该立秋时它就立秋，该霜降时它就霜降，同样在表演一个"诚"字。

整个宇宙道德都在表演诚信。人既然是宇宙中的一分子，就要向宇宙学习。

孔子说："人而无信，不知其可也。大车无輗，小车无軏，其何以行之哉？"可见孔子对信的重视。在《论语》中，信显然有两层含义：一是受人信任，二是对人有信用。人生活在群体中，与人相处，得到别人的信任和信任别人同样重要。

当年，子贡问孔子如何治国，孔子说要做到三点：一要"足食"，就是要有足够的粮食；二要"足兵"，有足够的军队；三要得到百姓的信任。子贡问，如果不得已必须去掉一项，去哪一项？孔子回答："去兵。"子贡又问如果还必须去掉一项，去哪一项？孔子说"去食"。"自古皆有死，民无信不立"。可见，在孔子看来，得到百姓的信任比什么都重要。治国如此，其他事何尝不是如此。如果得不到别人的信任，什么事都办不成，如果不信任别人，还是什么事也办不成。

有一个小孩，在外出的船上不小心掉进了海里，因为是从船尾掉下去的，所以船长不知道。但这个孩子没有放弃生还的信念，他坚持游泳，坚持向船靠近。就在这个时候，船长发现小孩不见了，忙让大家找，但是找遍船舱也没个人影儿。船长就断定孩子落水了。怎么办？有人说，这么长时间了，我们回头去找已经没有意义了。

但船长还是下令把船开回去，开到那个有可能是小孩落水的地方。

谁想就在此刻，小孩还在坚持。

结果是，小孩得救。

小孩当然非常感谢这位船长。等他缓过气来，看着船长，非常感激地说，谢谢您救我。船长说了一句什么话呢？船长说，谢谢小家伙，是你救了我一命。

这个对话有些难以理解，却真是精彩极了。

船长为什么要这么讲呢？船长说，我为我当时的犹豫感到耻辱，你这样相信我，我居然在当时犹豫了一下，幸亏我又把船掉转回来了，现在你认为是我救了你，但我觉得是你救了我。为什么呢？是你帮我在内心完成了一个信任。

是什么救了小孩一命？是信任。他坚信船长一定会来救他，同时这个船长坚信小孩一定会相信他去救他。

被人信任成了天下最幸福的事。

这就是诚信演绎的美，真是世界上最美的风景。

这个风景现在很难看到了。相反，我们看到的是有人落水了，一些施救者还要讨价还价，把报酬谈好再去救人。

不但如此，现在的很多不诚信实际上已经演变成图财害命。比方说，商家给农民出售假种子，一年之计在于春，农民把假种子买回去意味着什么？意味着会错过春播，意味着会一年没有收成。再比如说药品，还有我们已经不愿意再提起的三聚氰胺、地沟油、染色馒头了。人性泯灭到这种程度，真是一个民族的耻辱。

三聚氰胺不仅仅是伤害了小孩的身体，损害了企业利益，损毁了一个地方的形象，在国际上造成非常恶劣的影响，极大地损害了国家和民族的形象，更重要的是，它伤了诚信。

古人活着，目的是为了完成人格，现在我们更多的人活着，则是为了追求财富。这是两个截然不同的方向。这种方向如果不改变，诚信的问题解决不了。

在古代，诚和信其实是两个第次的价值观。在古人理解，诚所表达的更接近本体，或者说难度更高，或者说更本源化。前面已经讲过"信"字，说明至少在造字的这个时代，人是非常诚信的。所以"人的话"就是"信"。只有这样理解，我们才会知道什么是"信"。就像我们要理解"心理"，就要把它放在"天理""地理""物理"这个大的框架里面去理解，不用注解，你一下子就会理解什么是"心理"。就像我们要理解"人性"，就要把它放在"天性""兽性"中间来理解。同样，把"鬼的话"和"人的话"一对比，我们就知道什么叫"信"。"人的话"就是"信"，这说明了一个什么问题呢？说明"信"是人的法定性，是人作为人最起码的前提。它不仅是一种美德，还是一种本能，是人的基本素质。

古人是把"诚"和"信"放在一块儿来讲的。古人讲"诚"就是"真心"。孟子说，"诚者，天之道也"。那么，什么是人道呢？"思诚也"。就是说，天道本身就是"诚"的，而人道，就是通过"思"，到达"诚"。而"信"，就是实践"诚"。换句话说，它就是人道。所以孟子又说："至诚而未动者，未之有也。"然后说："不诚未有能动者也。"一票否决。就是说如果你不诚，什么事也做不成。成功也好，幸福也好，快乐也好，都必须以此为充分必要条件，一票也是全票，如果离开这个字再没有什么可谈的。

它是一个最基础的行为准则，也就是人的"天性"所在。

非常赞赏孟子把诚上升到天道。作为人来说，跟天道呼应的，就是真心。一个人如果离开诚，已经是假心了，或者说已经在假心中了。

由此，我们就能够理解为什么《弟子规》中要用30句共180字的篇幅来谈"信"。

回老家，去串门，大门开着，坐好久，主人不见。再坐好久，主人还是不见。猫在，鸡在。炉里的火没有熄，就自己炖罐罐茶喝。一罐茶喝完了，主人还是不见，然后翻书柜里的书，翻完了，主人还是不见。

正准备往出走，主人回来了，肩上是一把锄，或者是一个背篓，脸上落着尘土，头发上沾着草屑。然后折身，回屋和主人拉闲。

就很感慨，我就不敢把城里的家门大开着，让任何一个人进来先喝一杯茶，再看一本书。

问题出在哪儿？

城里人的心虚了，城则无诚，看上去是一个讽刺，其实是一个巨大的无奈。

古人喜欢把"诚"和"实"合起来用，名为"诚实"。如果老人评价谁家的孩子"诚实"，那是一个无上的肯定。

那么，"诚实"如今躲到哪里去了呢？

不好说。但有一点是肯定的，那就是现在找什么都容易，唯有找"诚实"难，大概比地质学家找稀有金属还难一百倍。

"诚实"溜走了，这是一个事实，一个让人心痛的事实。

为此，这个社会变得心虚。

"心虚"和"诚实的不在"，能不能视为因果？我看可以。

为什么"心虚"，因为"诚实不在"，为什么"诚实不在"，因为"心虚"。

那么，心如何才能"实"，这个"实"应该是"踏实"。如今的人心里为什么不踏实？因为"诚"不在。

当一个人诚实时，他的心是真的，否则，就是假的了。而一个人的心是假的，那么这个人还是真的吗？当一个人变成假的，那么他说的话，做的事，当然是假的。当我们身边的人都说假话，做假事，这个社会怎么不心虚？

当心虚成为社会的细胞，当心虚成为社会的表情，整个社会就是一个"大心虚"。

于是"防"成了社会的主题，也成了生活的主题。

防盗门是防，猫眼是防，监控是防，铁丝网是防，密码是防，法律是防，公检法是防，公证处是防，甚至教育也是防，医学也是防，包括婚姻，也是一个防。

人们都在忙着防别人，却没有谁想到防自己。

问题就出在这儿。

现代人防别人，古人防自己。君子慎独，"慎独"讲的就是防，防自己，防自己的念头发生闪失，防自己的行为发生闪失，为此战战兢兢、如履薄冰地做人。当一个人时时刻刻防着自己的时候，他会去偷人吗？抢人吗？杀人吗？不会。所以曾参说："吾日三省吾身：为人谋而不忠乎？与朋友交而不信乎？传不习乎？"这"三省"，就是对自己的一种防范。而现在呢？

套用孔子常讲的两个字，忠和恕？诚接近于忠，信接近于恕。诚相当于规律，而信就是按规律去做事。从这个意义上讲，诚是道，信是德。

《说文》注"诚"为"信"。什么是"信"？人说的话。千万不要随便从这个注释上滑过去。"人说的话"，就是"信"。"信"者，"人说的话"。先祖之所以如此造字，就是在他看来，"人的话"一定是可信的。以此推理，当时人的心肯定是真的，那么人也是真的。一个全是真人存在的社会，当然是大同社会。

说得严重一些，当一个人长期处在"虚心"状态，准确些是"心虚"状态，那么这个人必然气虚，气虚乃病，就是说，现代人多在病中。当每一个人都在病中，那么这个社会也在病中。

再看古人对"实"的解释：实者，富也，充满也。

现代人真穷，因为没有"实"在。

"诚"加"实"，名为"诚实"，这个词的本意，还保留在民间。那是一种像天地一样的富有和充满。

凡出言，信为先。

注释它的成语很多，一诺千金、一言九鼎。注释它的故事也很多。商鞅当年在南门立木，说，如果有人把它搬到北门去，他奖励十金。大家觉得这件事太简单了，都不愿意相信。于是商鞅将赏金加为五十金。有人尝试，商鞅就真的赏给他五十金。为此，商鞅取得了民众的信任，朝廷也借之取得了民众的信任。可以说，这件事情对于之后的变法、统一六国都产生深远影响。而同样在这片土地上，早推四百年，有一个让人啼笑皆非的烽火戏诸侯的故事，它虽然是一个故事，但已透露出一个消息，那就是周朝要灭亡了。

> 可见，诚信不但是一个人的生命力，更是一个民族和国家的生命力。失去诚信意味着丧失生命力。

大概是古人意识到诚信终有一天会丧失，因此给后人创造了一套完整的回到诚信的道路和阶梯。《大学》有讲："物格而后知至，知至而后意诚，意诚而后心正，心正而后身修，身修而后家齐，家齐而后国治，国治而后天下平。"何其智慧！

《弟子规》开篇中就在"孝悌"与"谨信"中间提到"信"，可见"信"是一个环节，就像孔子讲的连接车辕和横木的铆一样重要。如果无信，孔子说："其何以行之哉？"就是说，这个车怎么走啊？没办法走。

我们曾经有一套完整的诚信体系。就拿婚姻来说，过去有一个准则，门当户对。给儿子找媳妇，或者说给闺女找丈夫，首先看什么？门当户对。看门风，看对方是不是一个诚信的人家、忠义的人家、孝悌的人家？如果是，嫁过去，娶过来。否则，一票否决。

如果一个人有诚信的不良记录，他的后代连媳妇都讨不到。就是说，要让自己的子孙后代获得幸福，那么爷爷、奶奶、爸爸、妈妈就要先做到诚信。找工作也同样。古人为什么特别讲师承？比如说，承到张三名下还是从到李四名下？这里面有大奥秘。如果张三这个人，全社会都公认他非常诚信，那么将来国家选公务员，就肯定从他的学生里面选，为什么呢？一个诚信的老师教出来的学生肯定诚信。而李四的诚信差一点点，那么国家就不会从他的学生中选公务员，为什么呢？因为源头有问题。社会会视源头的健康与否去选择支流，这个是非常关键的。

这比西方国家到哪儿都背着一个长长的诚信记录让别人看是不是要科学得多人性得多？

对中国古人来说，不需要西方这种麻烦的办法。为什么？因为诚信记录都写在你的脸上。孟子有言："君子所性，仁义礼智根于心，其生色也睟然，见于面，盎于背，施于四体，四体不言而喻。"就是说，诚信的人看上去肯定很安详，不诚信的人他本身就带着一种不安详的信号。所以中国古人认为，你的表情就是你。一个人要为自己的表情负责，也是这个意思。

显然，要重建诚信，我们至少要做到以下几点。

首先要相信有天道存在。一个人只有相信有天道存在，才会相信在宇宙中有一种看不见的力量在制约着我们的行为，如果他一定要去做一些不应该做的事情，代价是很大的。从古至今，因为诚信的丧失而身败名裂的例子举不胜举，可以说，一部人类的成功史就是诚信的成功史，而一部人类的失败史就是诚信的失败史。具体到我们的生活中，我们每一天是不是尽可能说真话，尽可能做有意义的事情，尽可能按自己的良心去做事。古人为了让我们便于操作，给我们设计了许多方案。《弟子规》本身就是一部诚信的方法论。

一个单位，领导把重要的工作交代给你的时候，肯定是他对你信任的时候。这就是"信任"这个词暗含的意义。只有信才有任，没有信就没有任。反过来，只有任才有信，我给你这件工作，你确实按照诚信的原则做了，我则对你更加相信，将给你更大的任务，又是任了。这是一个良性循环。

除了要相信有天道存在之外，我们还要明白宇宙本质上是一种合作。科学已经证实，宏观世界里，地球围绕太阳转，月亮围绕地球转，微观世界里，有电子围绕原了核转，互相依存。

而人伦是天伦的相应。

由此推测，人体中，也有一个轴星系，有一个围绕轴运转的小星系，这个轴，就是人的"原子核"，那个围绕着轴转动的东西就是人的"电子"。那么这个轴星系是什么？就是原子的对应物，我们不妨把它名为"人原"。那个"电子"是什么，就是电子的对应物，我们不妨把它名为"人电"。而电子在围绕原子核转动的同时，也在自转。那就是说，"人电"也在自转。这个公转轨迹和自转轨迹，也许就是人们所说的因果轨迹，就是相士推算一个人命相的逻辑依据。

由此可见，世界本质上是一个合作，生命本质上也是一个合作，合作停止，生命终止。

这个合作，便是诚信的"物理"，当你诚信时，你进入了合作，进入了本性，进入了顺，而本性和顺本身就是成功和幸福。

相反，一个反合作的人，等待他的则是"逆"，是"厄"。

这时，我们就会明白，古人为什么讲舍而得之，因为舍是合作的前提。

而为了更好地合作他人，我们就要：

奸巧语，秽污词；市井气，切戒之。
见未真，勿轻言；知未的，勿轻传。

就要：

事非宜，勿轻诺。

就要：

见人善，即思齐；纵去远，以渐跻。
见人恶，即内省；有则改，无加警。

就要：

闻誉恐，闻过欣。

因为这些都是合作的保障和保证。

一个人只有在成功的合作中才能体会到安全感，安全感来自对整体的认同。西方的焦虑源于过分地强调个性，过分地强调防。

要重建诚信，我们还要让大家明白，奸诈的直接受害者是自己。如果我们细心体会，人在说假话的时候，浑身会出冷汗，脸会红，心跳会加速，就是说那一刻，他已经心不平气不和。而医学专家说，那一刻人的细胞大量死亡。从这个意义上说，诚信又是健康学。

也许有人会说，第一次说假话的时候可能会心跳加速，然后慢慢地说多了就麻木了，汗也不出，脸也不红。没错，但是一个正在说谎的人，他的血液会有反应，细胞会有反应，心是麻木了，但是细胞肯定有反应，因为不诚信不符合天道，所以它不符合宇宙的运行规律，就像春天树不发芽就违背天道、冬天不下雪就违背天道一样。所以古人为什么强调天人合一，是因为顺应就自然会得到幸福，得到健康。

可见，要重建诚信，关键要恢复"大逻辑"。诚信是人的本性。当你能回到真心的状态，你就在诚中。当你由真心驱动去行动，你就在信中。关于诚信的回归，只通过社会的呼唤是不够的，我们必须让人们回到"大逻辑"之中，相信"得"由一个大的逻辑在掌控，"失"也由一个大的逻辑在掌控。相信骗是暂时的，偷是暂时的，拐是暂时的。即你"大逻辑"上的钱别人永远偷不去，你"大逻辑"上的幸福别人永远骗不去。换句话说，失去的终会回来，骗去的终会回来，而且是增值地回来。而偷、骗、拐、抢来的也终要偿还，而且是加倍偿还，即使你侥幸逃脱现实法律的制裁，也最终逃不过大逻辑的制裁。为什么？因为有一个超越性的核算中心在高效运转，围绕着这一核算中心，有无数的超越性监控在服务，有无数的超越性探头永远在头顶三尺无比精准地工作。

因此，防好自己，成了问题的关键。当每一个人都防着自己，都把心思用在防着自己上，社会就会大安宁。

这就回到"敬畏"二字上。当每个人都怀着敬畏感生活，心也就活了，社会也就活了，幸福也就活了。为此，敬同诚，也同信。

还得回到"廉耻"二字上。因为一个人只有怀着廉耻心工作和生活，才会防好自己。为此，耻同诚，也同信。

一句话，要每个人都愿意自觉地防着自己，唯有恢复"大逻辑"。恢复"大逻辑"，成了关键中的关键。而要恢复"大逻辑"，就要首先恢复安详。

至此，我们可以得出一个结论："大逻辑"也是快乐的前提，因为"大逻辑"本身就是大看破，大看破自然大放下，大放下自然大自在，大自在自然大快乐。

可见诚信是快乐的底板和平台，是快乐的素质。如果没有诚信，人是找不到快乐的。一个战战兢兢的人，心虚的人，时时刻刻防着别人的人有快乐吗？连健康都没有。古人认为，健康是怎么得来的呢？心平气和。而一个没有诚信的人，防着别人的人肯定心不平气不和，当然就没有健康。没有健康，天天跑医院，肯定没有快乐。

> 一个没有诚信的人，肯定不会相信他人，而不相信他人，最终会导致不相信自己。忧郁和焦虑就这样产生了。

要让诚信之树常青，必须让人们从中体会到幸福。而体会幸福自然需要我们从自己做起。拿节约水来说，有的人会想，我今天节约了，但是你没有，大家都没有这么做，我的行为是不是有意义呢？算了吧，我也不做了。

这个想法当然是错误的。因为我诚信，我幸福，和别人没关系。这就像我吃了一顿早餐，自己得到了营养。如果把生命视为一棵树，它成长的全部意义就是结出人格的果实，而诚信，则是人格的核。在民间，人们为什么要给关云长建祠立庙？就是敬仰他的人格化一生，事业成败对他来说不是关键，关键是完成人格。

因此，诚信首先是一个向内的要求，只要自己完成一个诚信，就可以为自己鼓一次掌。这就是"学而时习之，不亦说乎"。我诚信，我快乐，足矣，跟别人没关系。

彼说长，此说短；不关己，莫闲管。

这句话看上去有些老好人的色彩，其实不然，它是让我们把心定在"忠"上，定在"性"上，定在安详上，不要粘在"长"和"短"上，因为一个人的心如果粘在"长"和"短"上，"不亦说乎"的"说"就会离我们而去。

甚至，即使"关己"，我们也完全可以"莫闲管"，因为我们的"本自"是流言伤不着的，流言能够伤着的，是我们的"名"，如果我们稍稍懂得"本自"，就会发现这个"名"和"我"一点关系都没有，既然一点关系都没有，我们为什么要计较呢？

在古代，之所以有那么多关于诚信的感人故事，就是因为古人知道它是幸福的源泉。如果我们看过《尾生抱柱》的故事，就会觉得今天的约会都不叫约会。

一对青年约定在大桥下见面，男青年先到了，等女青年，等也不来，等也不来，再等，大水就过来了。但这个青年坚信，她一定会来的，就抱着桥柱子等，等啊等，但是女青年始终没有来。大水就漫过他的脚、他的膝、他的腰、他的胸，最后把他带走了。今天的男女青年怎么约会？早晨跟甲喝咖啡，中午跟乙喝咖啡，晚上跟丙喝咖啡，这怎么能找到幸福？

看完《尾生抱柱》的故事，我们可能会觉得尾生很傻，其实傻的是我们自己。

如上所言，古人是把信作为人格建筑中的第一建筑去建造的，就是说，在信这栋人格大厦面前，生命成了材料。我的生命可以不要，但我要完成这栋建筑。对于尾生，他的生命相对于信誉来说已经不重要了，他是给我们演了一出大戏，什么戏呢？关于生命价值的大戏。沿着这个逻辑，我们就会明白，为什么颜回放着高官不做，放着钱财不赚，就要跟在孔子身边？同样，权力和财富对他来说已经不重要了，他的目标是完成人格，达到一个"不迁怒、不贰过"的君子状态，一种诚信的状态。所以在古人看来，生命的价值是什么呢？也就是人为什么要来到这个世界上？答案是完成人格。换句话说，在古人看来，这人，就是为完成自己的诚信而来。当年的那些燕赵侠客，只要答应他人的事情，即使献出生命，也必须完成，就是这个道理。

而现代人理解的生命价值是什么呢？就是去赚钱，去享受。

钱是赚了，得到的却是伪享受。为什么呢？因为"诚"是"真心"，是本体，当然就是快乐和幸福的根源，一个人连根和源都没有了，还能快乐吗？由此而知，诚信是快乐的代名词，诚信和快乐是一体两面。

"精诚所至，金石为开"，说明"诚"还是成功学，幸福学。

当然，我这样说，肯定会有人质疑。这不怪他们，为什么呢？因为他们从来就没有体会过诚信给自己带来的快乐。现在这个世界为什么看不到"船长和小孩"那样的风景？就是因为人们已经好久没有从诚信中体会到幸福和快乐了。

2010年2月9日，农历腊月二十六，为抢在大雪封路前赶回老家给民工发工钱，武汉市黄陂区建筑商孙水林连夜从天津驾车回家，遭遇车祸，一家五口不幸遇难。

2月10日下午，孙水林的弟弟孙东林给哥哥打电话，没人接，他当时就预感出了事，立即给北京警方报了案。

11日凌晨，他赶到了兰考县公安局，后来抱着试试看的态度，去了医院太平间。在那里，一个老人问他找的是不是一个五十多岁的男人，还有一个四十多岁的女人。他的预感越来越强烈。看到他们时，他当即就晕倒了。

2月12日，在开封高速交警支队民警的指引下，他在南兰高速二郎庙收费站附近，找到哥哥已被撞烂的轿车，在后备箱下放备用轮胎的地方，发现二十六万元现金完好无损地放在里面。

"取出钱的一刹那，要替哥哥结清工钱的想法就闪现在我脑海里。"孙东林说，"哥哥今生不欠人一分钱，不能让他欠下来生债。"三十多个小时没合眼的孙东林动身往家赶。

2月12日，已是腊月二十九，上午，孙东林赶回了武汉黄陂老家，来不及休息，就让民工互相通知上门领钱。面对大家，他说："账目及账单现在都找不到了，这是本'良心账'，大家也凭良心领钱，大家说多少钱，我们就给多少。"

"当时在孙家，一边是老人痛心哭泣，一边是孙东林让大家报账领钱。好多工友都说先办丧事，年后再说，可孙东林不同意，坚持让大家收下钱。"一起陪同孙东林来处理孙水林后事的农民工邹爱桥告诉记者说，年前他也领了一万多元工钱。跟着水林老板干了这么多年，还没被欠过工钱。

这真是一个让人肝肠寸断的腊月二十九，这一天，从早到晚前后六十多个民工上门领钱，二十六万元不够，孙东林又垫了六万多，丧子的老母亲也硬是拿出了一万养老钱，"拿去发工钱，不能让儿子背上欠钱的名声。"

孙东林坐在客厅，看着工友们领到一笔笔工钱。他说："哥哥就是为了给他们送钱，才赶夜路回乡的。只有把钱发到大家手中，才能告慰哥哥一家的在天之灵。"

13日，孙东林驱车五百余公里，返回哥哥孙水林的车祸事故现场河南开封处理后事，泪水再度喷涌而出："哥，工钱一分不少，年前全付清了，你可以安心地走了。"

这就是打动过很多人的《信义兄弟，接力送薪》的故事。一时间，这个发生在荆楚大地的信义故事，在全国引起强烈反响，各级媒体纷纷报道。"这对兄弟，感动中国；这样的良知，感天动地。"一位网友的留言代表了许多人的心声。孙家兄弟的感人故事也引发了社会公众的共鸣，有网友发帖留言说："一到年关，有些包工头就玩'潜伏'，逼得农民工跳楼、爬高塔讨薪。包工头成了黑心人的代名词，孙家兄弟让人改变了这个印象。"

这是非常中国的一个故事，是古老民间伦理的现代延伸，在古代中国，这种故事本不稀奇，现在我们之所以津津乐道，说明它已成了稀缺资源。

我们可以作一个初步判断，信义兄弟不一定学过《弟子规》，但有一点是肯定的，那就是他的父母从小是按《弟子规》的精神来教育他们的。因为我们从新闻报道中得知，不欠农民工的工资，他们兄弟已经坚持了二十年。为此，才能有那么多人追随他们，也才有那么多人在孙水林遇难后自发地吊唁。

真是要向信义兄弟深深致敬，因为他们给眼下这片缺失诚信的荒原增添了一抹绿色，也给我们的心中增添了一抹绿色。

让我们倍感安慰的是，这样的绿色越来越多，和信义兄弟一样，广州体彩销售中心林海燕的事迹又给这缺失诚信的荒漠增添了一片绿洲，大大增长了现代人对诚信的信心。

故事梗概是这样的：有一位先生长期在林海燕的彩票站买彩票，有一天，这位先生出差了，就委托林海燕帮他打彩票号，结果打出来的这张彩票中了518万元的大奖。这笔钱无论对于买彩票的先生还是林海燕来讲，都不是一个小数目。但是林海燕信守承诺，给这位先生打电话，说，您的彩票中了518万元的大奖，请您出差回来拿彩票。当时这位先生还怀疑是不是催他回去结买彩票的钱。大家知道，中国的彩票是不记名的。这张彩票在谁的手里谁就可以拿去兑奖。但是林海燕却一直把这张彩票留到这位先生回来。这位先生拿到彩票，感动得有点不知所措了，他根本不相信会有这样的事情，有人还能经得起这样的诱惑和考验。

这年林海燕被评为中国体彩先进个人，大家觉得这个奖励太小了，应该把她树立成雷锋那样的榜样，让全国人民学习。

有记者问我如何看待这件事时，我说，在我看来，社会的奖励是重要，但不是最重要的，最重要的是林海燕自己已经完成了对自己的奖励。从此，会有一种任何外在奖励都不能提供的幸福感伴随她的人生，那才是林海燕最看重的。

一个晚上，我打车回家，到地方后给司机师傅一张人民币，师傅给我找回一大把钱，我说，不对啊师傅我给你十块钱，你怎么找我这么多钱呢？他说，不对啊先生，你给了我五十块钱。那一刻我内心体会到的幸福确实是干别的事体会不到的。事实上，那位司机师傅获得的幸福感肯定要比我多得多。在我看来，他也是林海燕。换句话说，从518万元大奖的故事，我们可以推断，在林海燕的人生历程中，还有许多这样的故事，只不过我们不知道罢了。

恭敬之心

《弟子规》整篇都是在讲敬。

晨必盥，兼漱口；便溺回，辄净手。

斗闹场，绝勿近；邪僻事，绝勿问。

是讲敬身。

身有伤，贻亲忧；德有伤，贻亲羞。

用人物，须明求；倘不问，即为偷。

见人善，即思齐；纵去远，以渐跻。

唯德学，唯才艺；不如人，当自砺。
若衣服，若饮食；不如人，勿生戚。

是讲敬德。

或饮食，或坐走；长者先，幼者后。
长呼人，即代叫；人不在，己即到。
称尊长，勿呼名；对尊长，勿见能。
路遇长，疾趋揖；长无言，退恭立。
骑下马，乘下车；过犹待，百步余。
长者立，幼勿坐；长者坐，命乃坐。
尊长前，声要低；低不闻，却非宜。
进必趋，退必迟；问起对，视勿移。
事诸父，如事父；事诸兄，如事兄。

这一段是讲敬长。

冠必正，纽必结；袜与履，俱紧切。

是讲敬物。

非圣书，屏勿视；蔽聪明，坏心志。

是讲敬读。

朝起早，夜眠迟；老易至，惜此时。

是讲敬时。

它要求我们对待万物要有一种敬的姿态。

> 《弟子规》把对时间的珍惜放在"谨"的教育首位，真是英明，一切"惜"本质上都是对时间的敬畏，而敬畏时间的最好姿态是进入时间，"谨"这一节讲的就是如何进入时间。

人们之所以忽视时间，是因为时间过于和蔼，过于大方，过于从容。

时间也有严厉的时候，那些经过生死考验的同志可能会有体会，还有考场上的学子，情场中的恋人。但是，我们一旦从这些特定的情景中出来，就把时间忘在脑后。因此时间不得不制造一些特定的情景，慈悲地提醒一下这些忘性太重的人们。

放下是进入时间的一道门。事实上，真正的放下本身就是进入时间。老子讲无为，他的本意就是规劝人们进入时间。无为是放下那些和时间无关的东西，进入时间就是大有为，因为时间本身就是意义。

刚刚从睡眠中出来的人还在时间里，但是当第一个念头冒出脑海时，时光被遮蔽了，或者说时间被挤在身后。马上要进入睡眠的人在时间里，可是当人一旦进入睡眠，时间也随之睡眠了，时间的清泉在"休"和"息"之间流淌。

古人之所以倡导人们用减法生活，就是为了让人们进入时间，因为生命的屋子里堆积的东西越多，属于时间的空间就越小。

沿着呼吸可能走进时间。它是时间的花朵，一呼一吸之间，一朵花在盛开。我们的生命中每一分钟都有无数的花朵在盛开，但是我们却视而不见，我们只有在累了的时候，在供氧不足的时候，在大口大口出气的时候，才会意识到呼吸。喜欢游泳的同志可能对呼吸的体会更加强烈，但是可能很少有游泳队员意识到当他从水里伸出头来，张口呼吸的时候，那其实是从时间中借了一口生存的理由。

如果我们有足够的细心，就会发现，在深长的呼吸中间，有那么一个"零点"，那就是时间金山露出来的一角，当我们能够把握那个"零点"，就会渐渐看到时间的本来面目。

它是死，也是生；它是死的，也是活的；它是动，也是静；它是动的，也是静的；它是无为，也是有为；它是一，也是亿；它是一个巨大的安详体。

一个人只有进入时间，才会进入味道。如果我们和时间错过，事实我们已经和真正的"吃"错过，人之所以要每日三餐，并非因为能量的需要，而是造化让我们通过它进入时间。人们太马虎了，因此造化需要不可或缺的吃来"哄"人们进入时间。

> 其实吃并不能带给人们能量，真正的能量是时间。

人们错过了时间，本质上是对能量的浪费，或者说是辜负。因此，古人让人们在沉默中吃饭，事实上是对时间的礼敬。可是现在的吃场却成了斗闹场、情场、游戏场、生意场，时间很生气。时间一生气，生活中人们的胃就出问题。因为时间不在现场的吃是"不熟"的进食，饭菜没有熟，吃下去会生病。

如果我们一时无法从味道中进入时间，我们可以让自己把一口菜咀嚼十遍、二十遍，然后下咽，这可以机械地帮助我们进入时间。但生活中，人们更多的时候在狼吞虎咽。为此，地道的茶道就成为一种善，它通过唤醒人们的味蕾，唤醒人们对时间的感受能力。"品"是三个口，意味着我们只有把口细分，再细分，我们才能进入"品"。

> 时间的另一个名字叫慈悲。为什么积善之家，必有余庆，因为善行是时间的存折。换句话说，时间的账户上没有别的，只有善。

水之所以能够解渴，是因为水是液体的时间。水之所以能够洗涤，也是因为水是时间。只有时间能净。时间躺在清净里。

偶尔的痛疼是一种关怀，它来自时间，是时间对你的提醒，提醒你该回家了。

清晨窗外的鸟叫其实不是鸟叫，而是一群时间的孩子在吆喝时间，赞美时间，提醒你留心时间。这么说吧，是时间让它的孩子们手持杨柳，蘸了时间的露水，往你的心上滴洒。因此，当你听到每一声鸟叫的时候，千万不要觉得它是无谓，那才是我们应该用心珍藏的一粒粒如意种子。

爸爸妈妈！现在，你的小孩如此呼唤你，你开心极了，为什么？请注意，这不是孩子的呼唤，而是时间变了一个花样让你体会它。还有爱情，包括性，都是时间给它的孩子的慈悲。

因此，游戏爱情游戏性是不招时间喜欢的。如果你不能在爱情和性中体会到"真"，那你已经和时间错过。

心脏为什么会跳动？它的缘由是什么？答案只有一个，那就是时间。

金子是诚实的时间，玉是诚实又滋润的时间。

粮食是时间颗粒，浪费粮食就是浪费时间。粮食之所以比肉存放得久，因为粮食是自然的时间。流水之所以不腐，因为流水是活的时间。太极之所以会让人健康，因为太极接近时间。股票之所以会杀人，是因为股票是投机的时间。

春种秋收，是时间的成长。但是现代人整天想的是早种晚收，一天长成的菜和一年长成的菜，包含的时间自然不同。

种子是埋伏在果实里的时间，餐饮之所以能够给人精神，正是时间的供给。

反季节菜之所以会吃死人，是因为它是反时间。速成鸡之所以能够吃死人，同样是因为它是反时间。

树是生长在大地上的时间，砍伐一棵树，本质上是砍倒时间。

污染环境同样是污染时间。

而死，则是时间的收回。

> 为此，《弟子规》在"谨"这一节首讲时间，真是慈悲到家。我理解地道的"谨"，就是认识时间，进入时间；地道的珍惜，就是进入时间；地道的爱，就是进入时间；地道的诚信，也是进入时间；地道的顺，也是进入时间；因为时间是"本性"的果汁。

而时间的背面是空间。现在，我们在计算房子的成本时，常常包括地价、造价加税收，其实不对，我们忽略了其中最重要的构成，那就是空间。这个空间是谁的？既不是国家的，也不是地方的，更不是房产商的，当然也不是持有房产证的这个主人的，它是属于安详的。有空间，就有空间里的空气、光线，当然还有许多我们看不见的空间中的"空间"，这些东西，它们没有向我们收取任何费用。就是说，我们在无偿地使用它。而它们恰恰是无价的。既然是无价的，就意味着它是金钱无法买得起的，因为它不是商品，它是一个巨大的慈悲和馈赠。

因此，人的最大感恩应该是对空间和时间的感恩，是对这个无偿馈赠的感恩，能够和这个时空对话的，只有感恩，买卖靠不到边上。

因此，这个世界上本没有富翁，也没有产权。

从这个意义上讲，所有的房主都是债主，这个债，我们是无法还清的。因此，朱子在教导儿孙时说，"勿营华屋，勿谋良田"，他肯定看透了其中的秘密。

在民间，农民要用一块地作为宅基地，是要举行一个庄严的仪式的，退土方安土神的仪式。仪式之上，农民会如此请求：土地的主人啊，请你把这块土地让给我，让我暂时居住，我当感恩。当时以为是迷信，现在看来太有道理了。一个人只有真正理解了土地不是人所有的，他才能善用土地，他才能按照安详原则使用土地，他才不会把土地变成自己赚钱的工具。而现在，人们在大片大片开发土地的时候，是否举行过这个仪式？这个仪式意味着什么？意味着人们对时间和空间的敬畏。

如果我们稍稍走进传统文化一步，就会发现，古人对空间是有着高度敬畏的。所以，时间和空间，我们不要把它简单地理解为是一个无所谓的东西。而一定要记住，它是生命力，是资源，是值得我们敬畏的东西。只有在这个意义上你去给孩子讲珍惜粮食、珍惜水、珍惜资源，他才能理解，才能接受。

古人把房子叫安心福地，就是说，如果你住在这里心不安，那就不是福地。

无限度地占有空间是最大的奢侈，也是最大的危险，因为空间是公共的。这个房子内的空间看上去为我所有，其实不然。空间人神共用。因此为什么有些人刚一搬进大房子家里就出事，就是这个道理，因为我们消受不起。

这也是在农村为什么要把上房让老人住的原因。老人是经过时间证明的，为这个空间作过大奉献的，因此他住在那个地方平安。

衣贵洁，不贵华；上循分，下称家。

房子也同样。

人在什么情况下最焦虑？选择。工作去留，职位升迁，填报志愿，对象选择，等等，都是焦虑之源。拿择偶来说，本应是世界上最幸福的事情，但是现在却变成了痛苦。选择甲吗？如果乙是个厅长的料子呢？选择乙吗？如果甲是个省长的料子呢？难。再拿填报志愿来说，选择金融吗？如果将来金融不吃香呢？选择法律吗？如果将来法律没戏唱呢？难。投资也同样，现在有一笔钱，是买房呢还是炒股呢？到底哪个能增值？难。

许多失眠之夜就是这样到来的。

有没有解决的办法？有。答案就是进入第一逻辑。

什么是第一逻辑？大信任。

什么是大信任？把自己交出去。

因为选择压根就不是人分内的事。如果选择是人能够做主的，那么我们当初生到国王家里，不就一切都迎刃而解了吗？可是我们不能。

既然生命不是自己做主的，或者说生命不是自己制造的，那么我们就只有把它交给"制造商"。"制造商"之所以制造生命，就是为了让他创造价值，因此，肯定会让它到最能发挥作用的地方去。

靠着这个大信任，安详诞生。

"任"字是一个人荷担而行。什么意思？就是你能够担当大任，能够挑起担子。现在我们都喜欢挑好干的干，轻松的干，没有人挑难干的干。这些人其实有点傻。"任"意味着你干得越多，让你干的那个人对你的"信"就越大。"信"越大，就意味着将有更重要的岗位等着你。

这个世界上没有被别人耽误的人，只有被自己耽误的人。

这个世界不存在不公平，只要我们明白了真相。如果你一定要指出许多不公平的例子来，那也是暂时的不公平。大时间和大空间坐标上只有两个字，那就是公平。

"任"还有一个古义，就是抱着。抱是一个什么姿态？负责的姿态。只有母亲才抱着自己的孩子，只有恋人才会热烈拥抱。

因此"任"是什么？任是爱，任是负责。

如果第一逻辑不想"任"一个人，它就会把手松开，这个人就会掉下去。

当第一逻辑不再"任"这个人时，意味着它已经对这个人彻底失去了"信"。

这时候，他再怎么表态，再怎样表忠心，已经为时已晚，因为第一逻辑已经把他说的话不视为"诚"。

因此，中国人不讲自信，讲自足。自信是不可能的，人们连自己从哪里来到哪里去都搞不清楚，何谈自信。

> 信任，但不要自信，人所能做的，就是创造让第一逻辑信任的资本。当一个人带着这种态度工作，他就会把每一天过得非常充实，把每一个细节做得非常完善，把每一个顾客服务得非常满意，把单位当作自己的家来经营。

这时，我们再看

行高者，名自高。

就会有一种特别的意会。这个"名"，当指健康、幸福、成功。

人的另一个焦虑来自对健康的恐惧。今天想着自己的心脏是否正常，明天想着自己的肝脏是否正常，于是保健书成了最赚钱的。

这种焦虑其实来自对第一逻辑或者说是安详逻辑的不信任。

想想看，一家人好不容易盖成一幢房子，他们怎么会用了不长时间就把它拆掉呢？好不容易做成一张桌子，他们怎么会轻易把它废弃呢？

只要有用，就会被用。

健康的焦虑之所以折磨着现代人，就是因为现代人已经失去了对这一常识的信任。或者说，大家压根就不知道这个世界上还有这样一个逻辑。

再说，生命是第一逻辑创造的，那么产权就不在我们自己，我们只有使用权。既然产权不在我们这里，那么我们的担忧就是多余，我们的努力就是多余。

最好的保健就是忘掉保健，按照第一逻辑所爱去生活和工作。

那么，第一逻辑的所爱是什么？是奉献。

而真正的奉献需要爱心作保障，需要无私作保障，需要敬业作保障。

还有一些人，他们既对自己的健康焦虑，同时对家人的安全焦虑。我的孩子今天上学会不会遇上车祸？会不会掉到渠里边？会不会遇上强盗？会不会正好喝到那袋毒牛奶？等等。

这些恐惧同样来自对第一逻辑的不信任。

正因为我们每一个人无法为自己的安全负责，所以为自己的安全担忧就是一个伪命题。因为这压根就不是自己能力范围的事，当然也不是人的职责所在。

人的职责就是尽本分，安全是制定安全准则的那个人操心的事。

现在再看"听天由命"，其实是一个巨大的关怀，一把打开安详之门的钥匙。听天由命，这时就不是消极，而是积极。

那么听天的什么？听天的嘱咐。天的嘱咐又是什么？

爱自己，爱别人，爱社会，爱自然。

敬自己，敬别人，敬社会，敬自然。

一个词——敬爱。

我们只有在这个层面上去理解敬业，才会明白这个词的奥义。

工作看上去是我们的一份谋生职业，其实不然。你此生怎么单单要从事这个职业？这背后有一个大秘密。说明这个工作中有你的大缘分在。而只要是缘分，就是一个秘密，一个需要我们带着无比的恭敬和珍惜去对待的事业。

我们每天到单位，到办公室，更多的人是出于单位考勤的约束，签到制度的逼迫，可能没有人想过那个单位，那个办公室，是你的缘分。你为什么就没有到别的单位，没有到别的办公室，大概没有几个人想过。

你在办公室呆了一天，单位为你付薪水，这看上去是一个平等交易。其实不然，你在办公室呆了一天，你呼吸的空气的费用你付不起，如果空气收费的话；你流失的一天时间的费用你付不起，如果时光收费的话。因此，一个人如果在自己的岗位上没有兢兢业业的工作，那他已经欠了账。这个账，迟早要还。古人认为，许多人都是为还这个账而来。此生还不尽，来生接着还。

一个莫大的失败，就这样生产出来了。

如果细心观察一下周围的人，那些非常自私自利，非常不安详，把生活变成心计，把工作变成算计的人，第一逻辑会通过不断地敲打来让他意识到自己出轨了，如果一再提醒他还浑然不觉，那结局就可想而知，"不可救药"这个成语就是这么而来。

因此，"己有能，勿自私"，既是"泛爱众"的前提，也是幸福的前提。

用人物，须明求；傥不问，即为偷。

凡取与，贵分晓；与宜多，取宜少。

这是关于财富洁的教育，也是告诉我们什么才是安详的财富。

古人说，财有吉凶。钱不是中性的，不单单是钞票，它有性格。有些钱，你放在自家柜子里，会给你带来好运气，有些钱你存在自己账户上，它会给你带来坏运气。有些钱是天使，有些钱是特工，有些钱是特工埋下的定时炸弹。这就要看这个钱的来路是否安详。

因此，民间说银子会走路，这不是传说。因为银子有心，有性格。

现在我们虽然不用银子，用钞票，但附着在钞票上的信息是一样的。古人看得清楚，"君子爱财，取之有道"，"不义而富且贵，于我如浮云"，"守身如执玉，积德胜遗金"就是这个道理。一个人能够正确对待钱财，本身就是守身。他的方法是"如执玉"，小心翼翼，再小心翼翼。

民间有这样的说法，一家人在贫穷时可能平平安安，但是一旦家里有些钱，不是这个生病，就是那个出事，就是因为家里有不洁之财。

非圣书，屏无视；蔽聪明，坏心志。

墨磨偏，心不端；字不敬，心先病。

这是关于阅读的洁的教育。

"子不语怪力乱神"，这是写作和发表洁的教育。遗憾的是，"怪力乱神"恰恰是现代传媒争取观众的法宝，怪诞之事、暴力、反伦理、神异成了充斥人们每天视线的新闻大餐。可以说，现代的大多数传媒恰恰在反常识。

子为何"不语怪力乱神"，无非是为了让人们"思无邪"，使人们回到"温而厉，威而不猛，恭而安"的境界。

什么是圣书？就是讲安详的书。如果一本书读完不能给人带来安详，那就是非圣书。一本书可以杀掉一个人，一本书也可以拯救一个人。笔者在《寻找安详》中讲过一本书救了一个人的故事。其实这是常识。现在，我们到书店看看，都是些什么书？相当一部分是教人如何算计别人的书，"算计"二字，本身就已经失去了安详。

打开网站，鼠标点三下，就到"黄水层"。请问，我们的孩子看了这些网站之后，还能不能安心学习？通常情况下，他们会做些什么？按照生理常识，这些视觉信息传导到大脑，必然会刺激分泌荷尔蒙，而荷尔蒙一分泌，就必然会产生生理诉求，这个诉求一产生，就必然要寻找出路。许多青少年就是这样走上犯罪道路的，这是一个再简单不过的常识。

据一位中学校长透露，每当"五一"和"十一"假期，一些学生就"失踪"了，寻找的结果是，她们去那些三流诊所做人流，一是便宜，二是大医院不敢去。

这时，我们就会明白《弟子规》中所说：

斗闹场，绝勿近；邪僻事，绝勿问。

现在，我们去大街上看看，成人用品店比书店还多，一部分是青少年在买；而所谓的少儿不宜网站，恰恰是少儿在看。不少图书，充斥着色情暴力的内容。

更为可怕的是，这些信息会摧毁孩子的智力。现代传媒发表的不少内容都会引动精气。一个精气大伤的孩子，就像一个电池亏损的手电，它的光亮自然就会减弱，记忆力自然就会下降。

这时，才明白这个鼠标其实是一个暗喻，偷盗的暗喻。

非圣书，屏勿视；蔽聪明，坏心志。

这是《余力学文》一章最关键的一句话，就是说不是圣贤书，一定不能看。要想了解大海，就要读那些到过大海的人写的关于大海的书；要想了解蜡烛，就要读那些手中有蜡烛的人写的关于蜡烛的书，如果一个人连蜡烛都没有见过，那他写的有关蜡烛的书我们就最好别去看。圣贤书之所以为圣贤书，是因为圣人本身就站在人格的金字塔顶。

圣贤是什么？圣贤就是刚出厂的杯子，是亮着的蜡烛，是见到"本性"的那些人。这些人写的书我们要看，因为它是从源头流出来的活水，你的心里装着它，就等于装着智慧的源头活水，就等于时时和他们对话。当时可能没有感觉，但是到了一定时候，这些智慧，就会起作用，成全你的人生。打一个比方，如果我们的心灵是一台电脑，经典好比软件，我们是要安装圣人的软件还是普通软件，还是病毒软件？

有人讲，不要让孩子读五百年之内的书，我赞同。为什么呢？因为五百年以上的书经受了时间的淘汰和检验，经受了无数家长和智者的检验。

通常，我们读完一本书，需要三四天时间。花上三四天时间，如果你读的是一本垃圾书，多冤枉啊。生命就像一缸米，这勺米就浪费掉了，永远回不来了。

监狱的"狱"是什么意思？我的理解是两条狗把在门边才能看住那个"言"，言语的言，可见古人早就意识到信息是需要我们严加提防的。

为什么垃圾信息会坏人心志？打个比方，你的心是一碗清水，如果我们把一瓶墨汁倒进去，它会是一个什么情形？它还能喝吗？还能映照吗？还能洗涤吗？

何况，现在的不少垃圾信息向我们的心泉上浇的是硫酸。

因此，提高信息准入的门槛就成了一个国家最大的民生。

现在不少学校比赛学生的阅读量，这其实是很有问题的。

> 与其花时间读一千本垃圾书，还不如把一本经典读一千遍。
>
> 在学生的学习成长阶段，关键是要吃透，要消化，

要融在自己的血液里。如果有孩子愿意读得更多当然好，但必须是经典，必须是经过时间检验过的经典。

电影《英雄》中有个细节，音乐可以杀人，这不是耸人听闻。有研究表明，音乐的确可以杀人。中国古典音乐是五全音，宫商角徵羽，对应着人的五脏，对应着五色，对应着五方，它是一个相应，一个和谐。而现代音乐中有两个半音4（Fa）和7（Xi），听得多了会使人焦躁、焦虑、忧郁、疯狂。这时，你就会明白，孔老夫子当年为什么要那么重视音乐。

不但音乐可以杀人，文字也可以杀人。

古人把我们的心称作心田。人的心是一片田野，每一条进入我们眼睛的信息，都是一粒种子，当时我们可能没有感觉，久而久之，它就会变成我们潜意识中的一个分子，在人生最关键的时刻，它就跳出来起作用。

如果一个人在关键时刻从脑海里闪现出来的是"人生自古谁无死，留取丹心照汗青"，他就会做一个民族英雄；如果一个人在关键时刻想到的是"我是流氓我怕谁"，"过把瘾就死"，他可能就会做出另一个选择。

我这样说无意指责该作者，他肯定没有意识到这些句子会通过现代极为强大、迅速的传媒成为一种流行，成为孩子的潜意识。我只想提醒每一位作家，包括传媒人，包括文化工作者，写下每一句，说出每一句，唱出每一句的时候要慎之又慎，同时，每一位老师、家长给孩子选择读物的时候要慎之又慎，我们常讲的善恶其实就在这个选择和推荐里面。

大概智者在当初造词的时候就料到会有今天，因此把点击鼠标的这个指头叫做食指。这个"食"，早就暗示了是一个有可能和欲望有关的开关。现在，这个指头不知每天点击多少万次，而这数万次的点击中，真正用于生活和工作的可能不到十分之一，十分之九用于打开那些奔着眼睛来的图文。就像人们无法管住吃管住舌头一样，面对那些勾引人的图文，这个指头一次次地给眼睛大开绿灯。

《我被我的眼睛带坏》，这是一本诗集的名字。现在，还应该加上一句，我被我的食指带坏。人们大概不会想到，生命之水就在这个"内奸"的配合下成为暗流。而生命之水是个定量，流走的再也无法复原。人生的黄金就被这个名叫食指的败家子一次次挥霍了。

> 如何管住食指，成为最大的管理学。

不要以为那是轻易的一件事情，不要以为！一定要慎重，要警惕！因为那些信息一旦进入你的眼睛，你就扫不掉了。"时时勤拂拭，莫使染尘埃"。但是这个尘埃一旦进入，就抹不掉了。在神秀那个年代，环境是多么干净、简单、安详，他都要发出"时时勤拂拭，莫使染尘埃"的感叹，你都能够感觉到他在说出这句话时的畏惧，我们这个时代就更可怕了。这个最大的尘埃，在我看来，就是铺天盖地的垃圾信息。

所以《弟子规》中又讲：

此未终，彼勿起。

从另一个角度告诉我们要专注。

而当下，最紧要的，就是让孩子专注于经典。经典之所以为经典，因为它们都有"长善而救失"的功能。

同是人，类不齐；流俗众，仁者希。

> 对于现代人来说，"反流俗"成了我们最迫在眉睫的事情，因为它关系到一个民族的健康兴衰，因为流俗伤仁，伤精，伤气，最终会伤神。

对此，古人有太多的经验值得我们借鉴。

而经过先哲筛选留下的《弟子规》《三字经》《太上感应篇》《朱子家训》等等，既是绝佳的作品，也是一个民族最为宝贵的家底。正是因了这些家底，我们才有远离尘俗、远离功利的可能，或者说是反尘俗、反功利的可能，才成就了一个民族的从容、中和和安详。这是一个民族的大秘密，也是我们保持"心志"的大秘密。

《说文》注"诗"，志也，《孟子》言"志"，气之帅也，真是英明到家。

这个"诗"既是对诗人的期许，也是对文化人的期许。正所谓"风以动之，教以化之"。

记不得在哪儿读到一篇关于"掘藏师"的故事，才知道好文章是被赋予的，不是写成的。所谓文章本天成，妙手偶得之。而在什么时候写成，在什么时候被挖出来，都是一个秘密。有那么一些智者生前写了许多著作，却不行世，而是把它埋在深山，若干年后，机缘成熟时，由一个特定的掘藏师在特定的时空点把它找到，然后贡献给有缘人。想想看，世界何其大，而掘藏师却要在那个特定的时空点把它找到，那几乎是不可想象的事情。但却找到了，而且恰恰在世人需要它时。掘藏师的使命就是等待那个时空点，或者说他就是那个时空点。世人需要哪部，就正好找到哪部。从这个意义上说，编辑也好，作家也好，都是掘藏师。只不过是被造化赋予了特定的心灵掘藏权。但是，到底谁能够得到这个权力却又是一个秘密。

有人说，写作就是找到属于自己的密码。这话说得棒，但不全对。因为那个密码是被赋予的，而不是找到的，是配不配的问题，而不是能不能的问题。这就像干部任命，是领导选择你，而不是你选择领导。国家核武器的遥控器只能掌握在一个人手里，不是所有人想拿就能拿着的，一般公民甚至连看一眼都不可能。我们只能拿着自家门上的那把钥匙，甚至有时连拿着自家门上钥匙的权力都没有。没长大时，父亲是不放心把钥匙交给我们的。差不多所有人都有过为拥有一把钥匙而苦恼的经历。因为女同学给自己写了一封情书啊，送了一张照片啊，没地方放啊。但是父亲就是不给自己一把锁，当然就没有钥匙。因此，人的成长过程其实是争取拥有钥匙的过程。

> 圣人之所以为圣人，是因为他掌握了比别人多得多的钥匙，或者说密码，或者说接近本体宝库的密码。我们之所以不能成为圣人，是因为我们离配享有那个密码的距离还太远，更为准确些说，是造化还不放心把那个密码交给我们。

从另一个角度来说，古智者把自己的著作埋在深山，那是一种怎样的自信！又是一种怎样的随缘行！假如后人找不到呢？那不就白写了吗？而写作不就是为了发表吗？不就是为了成名成家吗？而且不是说成名要趁早吗？把倾其一生心血写出来的著作埋在深山，那是一种怎样的超脱和淡定！

既然是掘藏师，面对自己的勘挖对象，除了小心翼翼，恐怕更多的需要敬意、谦卑、神圣感。造化赋予人类以文字，本身就是赋予文字以神圣感。不然，仓颉造字时，为什么会天雨粟鬼夜哭呢。古人认为文字是有神性的，敬惜字纸便由此而来。

一个"洁"字，既是古代文化工作者的理想，也是操守。

唐朝有一位非常有名的禅师百丈怀海，每天升堂讲法，都有一位老人来听，可是有一天讲完课，众人散去，这位老人却站在道场不走，他问老人有事吗？老人说，他于五百世前曾住此山，也像百丈禅师一样每天给大家讲法，因为讲错了一句话，被罚作五百世狐狸，现已期满，请百丈禅师以僧礼烧送。百丈禅师就带弟子到后山寻找亡僧，弟子十分不解。不想到了后山，一块大磐石上果然有一只死狐狸，百丈就让弟子以亡僧礼把它火化安葬。

可见说话是一件十分危险的事情。那个老人讲错了一句被罚作五百世狐狸，那么那些写下整本书整出戏来海淫海盗的人，还有出头之日吗？

事实上，教人学坏比杀人罪还重，因为杀人只是杀了他的身体，而教人学坏是杀了他的灵魂。而且一本书、一出戏一杀人就是一大片，因为它们会流传，会世世代代去造杀业，就像洪水猛兽，一旦出笼，就再也难以管束了。就像把杂草种子撒在田里，要除尽就很难了。因此古人把人的心称为心田，要四季守护，精心守护。

　　要想让仁的温暖重回大地，就要全社会齐心协力地推动洁的教育。一个从小接受过洁的教育的人，将来从事文化工作，他就再也不会见利忘义，制造垃圾产品。

　　因为敬，所以洁。

爱众之道

《弟子规》是爱的教育：

首孝弟，次谨信。

泛爱众，而亲仁。

有余力，则学文。

孝悌谨信爱仁文，七个根，事实是一个根，那就是爱。孝是爱父母，悌是爱兄弟，谨是爱品格，信和仁是爱他人，文是爱的方法和途径。

凡是人，皆须爱。

为什么？因为

天同覆，地同载。

> 《弟子规》是一个比量境界。爱人，并不意味着凡
> 是物，勿须爱。人也要爱，物也要爱。东方传统视世
> 界皆为有情，皆须爱。

通读《弟子规》，我们会发现，作者虽然没有明说我们要去
爱物，但却通过字里行间告诉我们：

置冠服，有定位；勿乱顿，致污秽。

房室清，墙壁净；几案洁，笔砚正。
墨磨偏，心不端；字不敬，心先病。
列典籍，有定处；读看毕，还原处。
虽有急，卷束齐；有缺坏，就补之。

当你把衣服理解成生命时，你的心里多了一个生命。
当你把几案理解成生命时，你的心里多了一个生命。
当一个人的心里装着无数生命时，他的生命也升华了。

传统文化告诉我们，"天地与我并生，而万物与我为一"，"一日克己复礼，天下归仁"。你就是我，我就是你，这正是全息理论所讲的。

什么叫全息呢？专家作过如此描述：

比如，一张照片里面有一个人像，如果我们把这张照片剪成两半，从任何一半中都能看到原先完整的人像，如果再把它剪成许多碎片，仍能从每块小碎片中看到完整的人像，这就是全息照片。全息论的核心思想是，宇宙是一个不可分割的、各部分之间紧密关联的整体，任何部分都包含整体的信息。现代物理学中有一个概念"超距作用"，就是指任何两个粒子，无论距离多远，只要改变其中一个粒子的状态，另一个粒子的状态也会立即改变。

全息理论之父玻姆用鱼缸里的鱼来做实验：在一个长方体玻璃鱼缸中放进一条鱼，用两台相互垂直的摄像机观察鱼的活动，然后把图像直接在两台电视上播放，他看到电视上的两条鱼在分别作着方向相反速度相等的游动。如果其中一条鱼的状态改变了，另一条鱼的状态同时改变。玻姆以此解释"超距作用"——两个粒子应当被视为同一六维现实的两个不同的三维投影，在三维空间看来，二者没有相互接触，毫无逻辑关联，而实际情况是，两个粒子之间相互关联的方式，非常类似于上面所说的鱼的两个电视图像之间相互关联的方式。

因此，"隐秩序"极有可能是一个高维现实，这个高维，可能是一个不可分割的整体，它是一个包含着全部"场"和"粒子"的整体宇宙。

由玻姆所构想的宇宙本体论可知，我们肉眼直接可见的三维物质世界的独立个体，实际上是更高维整体的一个投映，由于我们不能理解更高维度的整体性而误以为我们所看到的一个个人或物是独立的个体。

生物学家张颖清教授创立的全息生物学也证实了这一点。从胚胎学观点看，由于在受精卵通过有丝分裂分化为体细胞的过程中，DNA经历了半保留复制过程，所以，体细胞也获得了与受精卵相同的一套基因，它也有发育成一个新机体的潜能。这在植物界表现得十分明显，如在吊兰长出软藤的末端或节枝处，可以萌发出一棵棵完整的植株。又如切下一块长芽的马铃薯，便可培育出一棵马铃薯。而更有力的证据是用胡萝卜的一个分离细胞或细胞团成功地培养成一棵胡萝卜植株。在动物界也可发现许多证据，如出芽繁殖。全息学说认为，每一个机体包括成体都是由若干全息胚组成的。任何一个全息胚都是机体的一个独立的功能和结构单位，或者说，机体的一个相对完整而独立的部分，就是一个全息胚。在每个全息胚内部镶嵌着机体各种器官或部位的对应点，或者全息胚上可以勾画出机体各器官或部位的定位图谱，全息胚犹如整体的缩影。这些对应点分别代表着相应的器官或部位，甚至可以把它们看作处于滞育状态的器官或部位。在全息内，各个对应点有不同的生物学特性，但是每一个对应点的特性都与其对应器官或部位的生物学特性相似。也可以把全息胚看作是处于某种滞育阶段的胚胎。这也是足疗、耳针治疗全身疾病的理论依据，也是你中有我，我中有你的道理。

世界到底从何而来？现在大家都在争论。其实老祖先已经讲出来了："何期自性，本自清净；何期自性，本不生灭；何期自性，本自具足；何期自性，本无动摇；何期自性，能生万法。"从哪儿来的呢？从"本性"来的，这个"本性"是一，不是二。所以孔子当年把他人生体验精华中的精华作为秘诀衣钵性地传给他的得意门徒曾参，说："参，吾道一以贯之。"通常我们给学生讲"一以贯之"这个成语的时候强调的重点是"贯"，就是做事要彻底持久，但是请注意，孔子在这个成语里面强调的重点是"一"。"一"是什么？就是老子也讲不清楚的那个东西。"道生一，一生二，二生三，三生万物"的"一"。它讲的是什么呢？性，本体。既然世界的本质是"一"，那我们大家都是"一"，不是"二"。既然是"一"，不是"二"，那就意味着你是我，我是你。所以我爱你，等于爱谁呢？爱自己。所以从这个意义上讲，我们确实要"凡是人，皆须爱"。

"钓而不纲，弋不射宿。"不幸的是，"钓而纲，弋射宿"，却成了现代人的经济策略，因为只有"钓而纲，弋射宿"，人们才能获得利润最大化。谁都知道"钓而纲，弋射宿"的后果是我们的子孙后代将失去可"宿"之地，那就是电影《2012》描述的情景。那么，在大灾难来临之前，我们该做些什么？

美国气候科学家预测北极在2012年夏天开始融化，现在全球非洪即火，非旱即震。如果人类再不反省，《2012》讲述的情景可能将不再是电影。有人统计，人类每年要吃掉4242亿只动物，也就是我们每天要吃掉12亿左右动物。且不说夫子讲的忠恕之道，我们单看饲养动物给气候造成的影响。

联合国粮农组织2006年底报告：饲养牲畜是造成气候变化的最大元凶。世界观察研究所最新研究报告指出：每生产1公斤肉类，排放36.4公斤的二氧化碳。牲畜和它们的副产品排放的温室气体占世界总排放的51%。世界上甲烷排放的37%来自牲畜，甲烷的温室效应是二氧化碳的23倍。

2010年全国政协一号提案"关于推动我国低碳经济发展的提案"，备受社会各界关注。文艺界知名人士姜昆、韩美林、郁钧剑三位委员在李玉玲委员提出的一份"低碳生活、每周一素"提案上联合签名，表示支持餐饮行业大力推广素食，倡导全社会通过在饮食上的变革为节能减排作贡献。

如果所有中国人一周吃素一天，将减少温室气体2.86亿吨。

减少牲畜养殖提倡素食是节能减排最有效的措施之一，更是提高国民健康水平的有效途径，还是培养一个孩子的爱心的主要途径。

一个小女孩的妈妈买了一件狐皮大衣，却引起了这个小女孩的伤心，因为她在书上看到一个母狐狸每次要产五到八只小狐狸，于是，她画了一幅画，一群可怜巴巴的小狐狸跟小女孩说，因为你的妈妈穿了狐皮大衣，我们才失去了我们的妈妈。这幅画参加国际儿童环保绘画比赛，使大家感动不已，组委会用它印制了海报，上面写了一行大字："你们的妈妈穿狐皮大衣，我们却因此失去了我们的妈妈。"

同样，我们可以推理，一个从小嗜杀成性的孩子，长大后，难保他不会杀人，更不要说让他有一颗同情心、爱心了。

孔子讲完"吾道一以贯之"后走了出去，曾参的师兄弟就围上来了，说，师兄啊，刚才老师给你吃什么偏分饭呢？曾参说，"夫子之道，忠恕而已矣"。

换了一个说法。这个"忠"，如果我们细心琢磨，非常有意思，"最中间"的那个"心"。在我理解，就是不左不右的那个心，没有污染的那个心，就是前面讲过的刚刚出厂的杯子，没有被污染的那个杯子。其实就是我们讨论的第三个问题，本性。

什么是恕？"如"下"心"，什么意思？就像你的心，将心比心。"将加人，先问己；己不欲，即速已。"让别人做一件事，先问问自己愿意不愿意做，如果自己不愿意做，那就不要让别人做。从这个意义上讲，孔老夫子讲的东西深奥吗？一点不深奥，他讲的全是常识。"忠"和"恕"其实是爱的两个方法论。我们为什么要爱人呢？因为"忠"，大家的本体是"一"，是相连的。为什么要"恕"？将心比心。"恕"，就是讲这个。当你想到刀子从自己的身上划过去是痛苦的，那么你就要想到，刀子从羊羔、鸡、鸭的脖子上划过去也是痛苦的，这就是"恕"。

如果一个孩子的心中有"恕"，他就会

父母呼，应勿缓；父母命，行勿懒；
父母教，须敬听；父母责，须顺承。

因为假如儿女呼，父不应，儿女求，父不准，儿女心里同样会很难过。

如果一个孩子的心中有"恕"，他就会

冬则温，夏则凊；晨则省，昏则定。

因为自己同样冬天不愿意被冻着，夏天不愿意被热着。

如果一个孩子心中有"恕"，他就会

出必告，反必面；居有常，业无变。

因为自己也不愿意在放学回到家时，迎接自己的是一个冷冰冰的空屋子。

如果一个孩子心中有"恕"，他就会

亲所好，力为具；亲所恶，谨为去。

因为自己喜欢做的事被父母阻止，自己一样会不开心。

如果一个孩子心中有"恕"，他就会

亲有疾，药先尝；昼夜侍，不离床。

因为自己病了，也希望父母陪伴在身边。

如果一个孩子心中有"恕"，他就会

对饮食，勿拣择；食适可，勿过则。

因为粮食来到我们面前，是用一生跟我们赴约，假如我们满腔热情地走了好远的路去找一个朋友，他却连面都不见，你是一个什么心情？

如果一个孩子心中有"恕"，他就会极力避免"德有伤"，因为父母在社会上活得光彩自己也觉得光彩，父母活得不光彩，自己也不光彩。

如果一个孩子心中有"恕"，他就会

凡出言，信为先。

他就会

奸巧语，秽污词；市井气，切戒之。

他就会

人不闲，勿事搅；人不安，勿话扰。

他就会

人有短，切莫揭；人有私，切莫说。

因为他不希望别人这样待自己。

至此，我们才能真正明白夫子的衷肠——达巷党人曰："大哉孔子！博学而无所成名。"子闻之，谓门弟子曰："吾何执？执御乎？执射乎？吾执御矣。"

在射箭和驾车二者之间，孔子选择了驾车。

一则驾车是非暴力，二是驾车事关方向。其实这句话是孔子关于人生理想的一个隐喻。他告诉人们，驾驭大局、带给人们一个正确的方向比射击难，比杀人难。驾驭之人首先要知晓目的地，否则就会带错路，甚至把人们带到邪路上去，带进死胡同去。

其实孔子一生所做的，就是教给世人一个正确的方向，告诉世人一个正确的道路，那就是"仁"，就是爱。

孔子为什么不选择射箭？射箭的技术再超群，也是伤人之术，也是伤仁之术。因此他不愿意选择，尽管他的射术很高超。

子曰："麻冕，礼也；今也纯，俭，吾从众。拜下，礼也；今拜乎上，泰也。虽违众，吾从下。"

这是两项改革。前者，把麻布做的礼帽改成丝来做，这个孔子接受了，因为他节俭。后者，把在堂下给君主行礼改为在堂上，孔子没有接受，因为这个没必要节俭。想到现在一些国家和地区的改革，人事的改革似乎越来越简单，但对自然的索取却越来越繁复。一切改革的目的是为了方便人，代价是不方便自然和环境。换句话说，现代的改革，大都是想着法儿向大自然榨取可供人们挥霍的东西。说穿了，一切都是为了方便我方而设计对方。

凡是人，皆须爱。

只有我们把握了这样一个总原则，我们才能做到

勿谄富，勿骄贫。

你就不会看见富翁非常欢喜，看见乞丐十分讨厌。

你才会

人有短，切莫揭。

为什么呢？因为你揭他的短，就是揭自己的短，我们本来是一体；相反，你应去宣扬别人的善。

因为

道人善，即是善；人知之，愈思勉。
扬人恶，即是恶；疾之甚，祸且作。

它是相连的；你才会明白

善相劝，德皆建。

你劝他改过，就是帮助你自己呀。

你才会明白为什么要

凡取与，贵分晓。

你才会明白

恩欲报，怨欲忘；报怨短，报恩长。

这些都是《弟子规》精华中的精华。

为什么要报恩忘怨呢？因为报恩意味着你进入顺，进入信，回到诚，回到源头。为什么要"怨欲忘"呢？因为那个怨从根上说是自产的。如果看完《周易》，我们就会明白一个道理，相应，那个怨，本质上是我们内心的一个相应。

古人说，行有不得，反求诸己。就是遇到麻烦事，一定要在自己身上找原因。但是现在人家全在别人身上找原因。

如此，我们就再不要埋怨丈夫不好，妻子不好，我们一定要把目光折回来，首先打量自己。一个怨产生了，一定是我们内心有一个怨，它是对等的。按照全息理论，确实是这样，你的心中一个念头产生，这个念头在所有人的心中都会有投影，这是全息。为什么善有善报？因为你的一个善念产生，发出去的是一个念头，反馈回来的是难以数计的念头，世界上有多少对象物就有多少念头，有多少接受者就有多少的反馈，这是大赚啊，大利息啊，真正的一本万利。

忍辱、报怨、无求、随缘。只要一个孩子略略懂一些，他就会快乐一生。想想看，一个人能在报怨中体会到快乐，这个世界上还有什么能让他不快乐呢？一个人能够从忍辱中体会到快乐，这个世界上还有什么能让他不快乐呢？别人打我的时候我快乐，别人骂我的时候我快乐，别人冤枉我的时候我快乐，别人陷害我的时候我快乐，如此，你就会觉着这个世界就是天堂啊。

因此，从抱怨到报怨，从有求到无求，从反抗到忍辱，从算计到随缘，这既是一个人完成人格的必由之路，也是寻找安详和快乐的必由之路。

而当一个人能够真正做到无求，就会有一个"大有"诞生。

一位作家说他的灵感大多来自两处，一是厕上，一是阳台。一直在想为什么？后来明白，厕上无贪。人在进食时有贪意，厕上没有，因此容易进入定。去阳台肯定是在劳累之后，为了放松，自然是一种无功状态。前者无贪，后者无功，本质上都是无求状态，灵感才来。

灵感如此，命运就更不用说了。

人类以滴计水的时代快要到来。

许多城市提高水价，我赞成，再高一些都可以。但是这个水费不应该由自来水公司收，而应该由制造水的那个公司来收，这个公司的名字叫慈悲。造化创造了地下水，是为了让人们饮用的，但是看看现在，人们都在拿水做什么。现在商家大赚，其实赚的是水的钱。如果没有水，房地产商没有一家能够赚钱，如果没有水，企业没有一家能够赚钱。可是，有几家商人想过报答一下大地，报答一下水？

如果按照现在的用法，人类以滴计水的时代终将到来。终有一天，人们会花一块钱去买一滴水。2010年初云南的一些地方，已离这种情况不远。可是没有几个人静下心来想想，这是为什么？

现在，除了大量的工业用水、建筑用水，生活用水浪费也是惊人。宾馆里，人们的一泡尿可能不到一公升，但是手指一按，却有差不多十公升的水陪葬。城里人每天要冲澡，一次用掉的水，一些缺水地区可能够一年用，各种各样的洗浴城更不用说。可能没有谁想过，大地是一个循环体。现在，据报道差不多有一半地下水被污染。

人们喝着被污染的水，将是一个什么情景？

拉动消费的主体是住房，消费住房看上去是房子，其实是资源，而且用在住房上的资源是不可再生的。当几十米的水泥柱打向土地，作为耕地的土地已经永远死去。水泥是土烧制的，当一栋摩天大楼拔地而起，意味着几座山永远死去，同时意味着地球上多了无数立着的尸体，那是拌着钢筋的水泥、砖、石灰。

因此，消费的终端是大地，说穿了是地球。

其实是整个空间。烧制水泥要排放污气、污水，付出代价的是空气和河流。

炼钢需要电，发电需要煤，而煤是大地母亲的血肉。

为了拉动消费，我们呼吸被污染的空气，饮用被污染的水，食用被污染的粮食，阅读被污染的文字，忍受被污染的心灵带来的焦虑。

我们最终在消费自己。

发明消费刺激生产理论的那个美国人无疑是一个魔鬼。刺激消费是一个深渊，只能加速人类的灭亡。因为消费的终端是资源，是大自然，是地球。按照人类现在的消费模式，地球到底能够存在多少年，是个值得思考的问题。

细想起来，生命是由无数的缘分组成的。

生命的奥秘说穿了是缘分的奥秘。

通常情况下，人们一讲到缘分，就会想到一些大事、巧事、奇事、趣事。

其实不然。缘分其大无外，其小无内，它是时时刻刻。

这一世，你生在中国，没有生在美国，这是缘分。

这一世，你和甲喜结连理，而非乙，这是缘分。

这一世，你是医生，不是老师，这是缘分。

这一世，你是厅长，不是部长，这是缘分。

这一刻，你的脑海里闪过一个念头，这是缘分。

这一刻，你突然想起一个故人，这是缘分。

这一刻，你完成了一次呼吸，也是缘分。

这一刻，你喝了一口水，同样是缘分。

……

在我看来，缘分是"后不再有"的代名词，也是"永不再来"

的代名词，它是一个特定的时空点，如果错过，就永不再来。比如初恋，对于这一世的这一对，它是唯一的，不可复制的，永不再来的。现在，我们后悔当初没有全心全意地投入，想再来一次，已不可能了。

人无法两次踏进同一条河流，讲的就是缘分。

如果我们懂得了缘分，就会发现，生命就像一次刺绣。

一件"绣"，看上去是"绣"，本质上却是一针一线。无数的一针一线连缀在一起，便成了"绣"。这个一针一线的"一"，其实就是"无数"，或者说，这个"无数"，其实就是"一"。

当下就是一切，就是这个道理。

因为如果缺了其中的任何一针一线，就没有这个"无数"。

这些缺下的"一针一线"，就是玉的瑕疵，就是堤的漏洞，就是生命的病。

一个人只有真正懂得生命是一次刺绣，才有珍惜可言，才有敬业可言，才有爱可言。

当我们把每一个来到我们生命中的缘分视为后不再有，我们自然就懂得珍重。

珍重，因为珍，所以重，因为对于生命来说，每一个来到我们面前的缘分，都是宝贝。

真正的宝贝是缘分。

为此，懂得惜缘的人，善于惜缘的人，成了这个世界上的首富。

那么，如何才能做到惜缘呢？

回到现场，只有回到现场我们才能抓住缘分的根，或者说是缘分的心。

纯粹地回到现场便是自在，这不容易，需要我们把所有的"非现场"放下。打个比方，一粒米来到我们面前，可是我们却在闲谈状态下把它吃掉，连一粒米是什么味道都不知道，这就是"非现场"进食，我们和一粒米的缘，就永远错过了。

或许有人会说，如果我一直沉浸在吃的现场中，那不就意味着我和闲谈错过了吗？

这就需要我们来讨论一个词——"本分"。

> 吃饭时吃饭，睡觉时睡觉，这是本分。
> 上班时工作，下班后休息，这是本分。
> 如果我们吃饭时睡觉，睡觉时吃饭，那就是非分。
> 如果我们上班时休息，休息时上班，那就是非分。
> 尽到本分即是善。

可见，尽到本分需要一种高度的警觉，因为人有惯性，稍不留意就会滑脱。

现在是上课的时间，但是某个学子却在宿舍睡大觉，那么对于这位学子来说，他没有尽到本分，恶便发生了。那么，这天他的衣食用度就是一次欠账，就是非分所享。

而非分意味着不吉祥，因为它不对等。

生命就像一次刺绣，每一针都不能落下，每一针都不能错误，这就需要我们时时刻刻守本分，在现场。

执虚器，如执盈；入虚室，如有人。

讲的就是这个姿态。

这种警觉需要在细节中训练。古人为了让人们回到这种警觉中，创造了许多方法。比如早课，就是提醒我们进入警觉；比如晚课，就是让我们检查今天是否在本分中度过，在现场中度过。如此天长日久，就是养成。

一个人的"成人之美"，就这样发生了。

践行《弟子规》的六条原则

　　《弟子规》是要我们去实践的，是要变成我们的习惯，然后成为自然的。如果我们把《弟子规》比作一个面包，那么，只有落地，才会变成我们身体需要的营养和能量，否则，它和我们的生命没有任何关系。

超越原则

随着实践的深入，你会发现《弟子规》也有矛盾之处。比如说

人有私，切莫说

和

凡出言，信为先

撞了车。对一个学生来讲，同学做了错事，老师问他谁做的呀？因为学过《弟子规》，就有了一个两难。跟老师说吧，《弟子规》说，别人的私密，一定不要说；不跟老师说吧，它要求我

们，凡是说话，要以诚信为先导。这个时候学生如果问你，作为老师你应该如何回答？这就要求我们找到一个更高的原则：

善相劝，德皆建。

就要看你的动机是什么，你的动机是让老师惩罚他一顿呢，还是帮助他改过。为此，《弟子规》需要我们辩证地学，辩证地用，更需要我们带着一种超越性精神去学习、教学、传播、实践。

如果我们不以一种超越性的精神去学习、教学、传播、实践，要想真正把《弟子规》推广开来，是很难的。大多数孩子会将信将疑，包括家长、校长，他们会认为《弟子规》解决不了问题。我们要让《弟子规》解决现代人的问题，一定要把《弟子规》背后隐藏的大逻辑给大家讲清楚，如果讲不清楚，那么《弟子规》只是一篇华文而已。怎样才能把这个大逻辑讲清楚？首先要发现问题。我们到底在哪儿出了问题，哪儿需要这把钥匙，要搞清楚。

现代人活得非常累，非常辛苦，非常可怜，比过往的任何一个时代人们的心灵负担都重，重在哪儿？重在我们这个时代是一个多元的时代、信息的时代，重在我们这个时代的风特别大，树欲静而风不止，你静不下来。如果一个人找不到一种强大的安妥自己的力量，那他的一生都在飘摇之中，更别说幸福。心理学家调查，现在绝大多数人都有焦虑症，不少是重焦虑症。

有人给我讲，他把钱存在银行觉得十分不安全，为什么呢？担心银行会破产，那样我存在银行的钱不是归零了吗？你说怎么办啊？我说那你把那些钱取出来兑成真金实银放在家里啊。他说那更不安全，如果被小偷盯上，归零得更快。我说那你把钱分存在不同的银行。他想了想说，还是不安全，要是哪一天，他发生一个什么意外，来不及把密码告诉妻子和孩子，这不又归零了吗？

还有一个朋友跟我说，他每天出门上班的时候，感觉很恐惧。为什么呢？他说走上大街的时候，看见那么多的车，万一哪一个车主正好是喝过酒的，或者正好是变态的，撞上来怎么办？

> 因此，给现代人提供一份心灵的清凉，就显得非常迫切，也非常重要。我们推广《弟子规》，也要从《弟子规》里提炼出来一种有普世意义的，能够被任何一个人作为开心钥匙去用的东西，这就是超越性。

以上焦虑和痛苦，其来源，可以用一个成语来概括：患得患失。

现代人患得患失到什么程度？到了有人说生吃泥鳅可以去虚火，大家居然相信。这是一个需要我们好好考量的问题。如何才能不患得患失？古人给我们开出的药方还是一个成语：心安理得。

这个"理"是什么呢?《周易·系辞上》有两句话:"观乎天文,以察时变,观乎人文,以化成天下。"透过这两句话,我们会发现一个原理,那就是人文其实是天文的一个倒影。天文演绎的是一个诚,一个信,就是一个人按照交通图出行,按照交通规则行走,就会顺利到达目的地,否则,红灯不停,绿灯不行,就可能会有危险等着他。

这个"理",我个人认为是天文的倒影,也就是我们通常讲的人文。

只有"理得"才能"心安"。《弟子规》就是一个绝佳的理。它告诉我们,怎样做是合法的,怎样做是跟幸福相对应的,跟快乐相对应的。

那么最大的"理"是什么?

厚德载物。这是生命走向成功走向灿烂的一个秘诀。在古代,财富、幸福、美丽等,都是"物"的范畴。这个"物"从何而来?从厚德而来,它是厚德之树上结出的果实。根有多大,冠就有多大。一个载字,道尽了其中的秘密。换一个说法,就是说你要走向成功的大海,那么载着你的船的河水要有足够的高程,这个高程,就是道德的厚度。

那么,什么是道德?

简单地说,道者,宇宙万物的运行规律;德者,按照规律去做。

换句话说，道者，就是天意；德者，就是如意。

> 《弟子规》讲的113件事，就是在讲德，就是在讲安心之理。

而安心，大概是世界上最难的一件事。

当年有一位叫神光的先生苦苦寻找安心之法。

当他知道达摩在少林寺面壁，就去拜访。但达摩仍在面壁。他就站在洞门恭候，不想天降大雪。神光就顶着大雪，在洞门外站了整整一晚上。

第二天的某个时辰，洞里传出声音，凭你这么一点诚心，就想得到我至高无上的安心秘诀吗？

神光说，请问末学如何才能证明有足够的诚心？

达摩说，除非天降红雪。神光很聪明，当即拔出佩剑，把他的左臂砍掉了。

然后说，师父，现在已经天降红雪，请传我安心之法。

达摩确实感动了，转过身来说，好啊，请拿出来你那颗不安的心，我替你安。

神光找啊找啊，结果是觅心了无所得，找了好长时间，却找不到那颗不安的心，拿不出来啊。

达摩说了一句话，我已经替你把心安好了。

神光恍然大悟。

之后，达摩把衣钵传给他，成就了历史上非常有名的禅宗二祖慧可。

神光当时为什么听到达摩的那段话后会恍然大悟？这是一个很大的话头。

那颗不安之心，本质上是一个假象，真实的那个心，是本自清净的，本不生灭的，本自具足的，本无动摇的，而且是能生万法的。

就是说，我们的心本来是很安定的，那么，又是什么让我们的心不安定了呢？

就是我们已经不在"理"中。

之所以要讲这个公案，只是想告诉大家，安心在古代都是如此之难，要人奉献出一条胳膊才能换得。而现代，一个多么纷繁的时代，多么复杂的时代，多么欲望的时代，要想获得，就更难了。因此，要让我们的孩子学好真是太不容易了。

我们每天都活得非常非常艰难，也非常非常危险，为什么？

我们做任何一件事情，都要经过一番选择。

拿饮食来讲，十位营养学家十种说法，到底听哪一位的？有人说食肉就是往身体埋定时炸弹，有人说不食肉会营养缺乏，我们到底听谁的？

其实古人早就给了我们答案，还是一个成语：自然而然。这个成语非常有意思。它告诉我们，在我们生存的大环境里面，有一种规律在，名曰自然而然。比如说早晨起来我们肯定会见到太阳，晚上会见到月亮。如果某一天早晨起来见到的是月亮，就不叫自然而然。但是我们现在已经不愿意相信这个成语。我们都想从一些速成，一些营销，一些经营中去获得成功。

举一个非常简单的例子，关于营养。有一次我在公园散步，听到两位高中生的母亲在讨论孩子的营养问题。听得出，是孩子马上就要高考了，她们变着花样给孩子做美食。一位母亲说，她最近看了一个材料，动物身体越小越有营养。另一位母亲说，她也看到一个材料，动物在宰杀的过程中会把它所有的仇恨变成毒素注入到血液和肌肉中，所以吃肉其实是服毒。她在网上查过，黄豆的蛋白质含量比瘦猪肉高四倍，比鸡蛋高三倍，其中铁的含量不但高，而且还很容易被人体吸收利用，比牛奶高十二倍……

听完之后，你就会发现，现在的母亲真是很焦虑，就像孩子能不能考上重点，是由她们手中的厨铲决定的，恰恰跟孩子手中的笔没关系。

这是一个常识危机的典型案例。

我们都知道，一粒种子进入土壤，它会长成一棵参天大树，但是请问把一块牛肉埋在土里面，能不能长出一头牛来？肯定不行。可见种子里面浓缩了宇宙精华，而且饱含着全息的持久的成长力。所以我们吃一碗米，其实是吃掉了一个森林，一个浓缩的森林，获得的是一个森林的潜在能量。种子在常温下可以存放好多年，说明它本身含有完善的防腐和免疫功能。我们的老祖先用自然而然之理告诉我们，自然而然的东西肯定是最有营养的。现在有一本书叫《水是最好的药》，但是我们已经不愿意相信，我们就要想着法子去喝那些保健品，岂不知，如果造化认为那些饮料有营养，那么当初肯定就造出来了。为什么？因为造化是最慈悲的，最有爱心的。他给我们当初创造的饮用品是水，那它肯定是无以复加的，肯定是最棒的。"塑化剂事件"的出现从反面证明了这一点。

何况营养学家给我们提供的只是营养的"物理"部分，而"天理"和"心理"部分，他永远无法分析，也无从分析。真正的营养，真正的蛋白质，真正的脂肪，真正的维生素，无疑在"天理"和"心理"里。就是说，我们现在看到的营养图谱，只是贴着地面的，和人等高的，高出地面的部分，高出人的部分，营养学家够不着。

现在，有许多人生命终结于消化系统癌症，什么原因呢？就是从这儿来的。想想那些油腻的动物性食品，它在经过我们肠胃的时候，我们的肠胃是一个什么样的现状？中国的老祖先，特别是道家，他们是不吃炒的东西的，所有的东西都是清炖、蒸。这是对自己的一份保护和关怀。这是常识，但已经没人相信了。没人相信生活就教你相信：地沟油出现了，六个翅膀的鸡出现了，垃圾肉出现了，瘦肉精出现了……人们这才明白，原来在家里吃饭最安全，原来"自然而然"最科学。

现在，人们什么都相信，就是不愿意相信常识。

听一位从美国归来的朋友讲，蛋肉营养学居然是当年的蛋肉企业雇佣的营养学家给他们写的广告词。

据说古人具有"日行千里，夜走八百"的能力，但是现在人们已经不愿意相信。人们相信什么？相信汽油，所以我们才走到了《2012》。

如果沿着"厚德载物"这个大前提去追索，你会发现古人给我们创造了很多走向成功和幸福的方法论。比如说"求之不得"，这个成语真是越琢磨越好，当你去拼命地追逐一个目标的时候，你恰恰得不到它。

幸福是什么？幸福就是你静静地坐在那儿，突然发现有一只蝴蝶落在你的肩膀上，这就是幸福。但是如果你说，哦，原来幸福是蝴蝶，就拼命地去追、追、追，蝴蝶却再也不回来了。现代人是开着幸福的车子满世界去寻找幸福，最终把轮胎都开爆了，还不知道幸福是什么。

有这样一个故事：姐妹两人两种人生观。姐姐认同安详，认同在最朴素最简单的生活现场寻找幸福。妹妹是一位浪漫主义者，她的理想是在大海边建一栋别墅，每天早晨推开窗户，面朝大海，春暖花开，但当她在大海边真的住了一段时间以后，却回来了。姐姐就对她讲，如果一个人的心中有大海，那么他会在世界的任何地方看到大海；如果一个人的心中没有大海，就是泡在大海里面，也不知道大海是什么。

事实上古人给我们提供的一切关怀都是从这个角度来的。如果大家看过《朱子家训》，就会发现朱子和现在的父亲是多么不同，他竟然给他的儿孙讲"勿营华屋，勿谋良田"。现在的家长和老师怎么给孩子讲？一扇房门上挂一只草鞋，另一扇房门上挂一只皮鞋，每天问孩子一次，你是想穿皮鞋呢，还是想穿草鞋？孩子当然说想穿皮鞋。那你就好好奋斗。却没有人给孩子说穿草鞋也会幸福，因为幸福在心里，不在鞋子上。更何况，在酷暑季节，穿草鞋就比穿皮鞋幸福。

现在我们教给孩子的是一种什么样的幸福观呢？角逐。古人他不这样讲，他引导孩子回到内心，回到本体，回到本性，回到根。他知道只要你回到根，就会春来草自青。只要春天来了，草自然会青，不用你去找的。只要我们完成一个顺，就能得到，多省事啊。

现在的教育，只有一个方向，那就是让孩子去远方，最后把孩子的心带到再也找不到回家的路的地带。社会上之所以有这么多不堪回首的事情发生，最根本的原因就是人们已经找不到回家的路了。

《弟子规》360句，113件事，本质上是给我们提供了113个回家的入口。

和"求之不得"对应的还有一个单词"舍得"。事实情况是，当你"舍"之后，"得"自然发生。

老子讲无为，原来不懂，怎么想都想不通什么是无为，后来有一天，突然明白，无为就是舍得，就是你把欲望的那一部分放下，把追逐的那一部分放下，把满世界去找蝴蝶的那些辛劳放下，静静地坐下来，自然得到，蝴蝶自然到来。

那个杯子已经用了好多年，被污染得很严重了，但是当你把污染的那部分放下、放掉，本体自然出现，这就叫无为。就是舍掉多余的、无用的、假的，那么本质的、有用的、真的自然呈现。

上善若水，择低而泄，就是讲水的无为，水的不争。

因此，人生的智慧在一定意义上讲是舍的智慧。

如果一件事情一百年之后它跟你的生命没有关系，就是假的。一根金条你花了很大的代价，放在你们家保险柜里，可是一百年之后呢？它是谁的？

万般将不去，唯有德随身。只有道德是永恒的。道德会通过一个家族流转。有人做过统计，到清朝时，范仲淹的后代中部长级的人物已经有七十二位。这七十二位是一个果，因是什么？"先天下之忧而忧，后天下之乐而乐"。这一句话讲的就是舍得，把我、自我舍下去，回归到忘我、大我、公益的海洋中。那是一个再大不过的"乐"，即便是忧，也是乐。因为对于一个忘我的人来说，忧，也是公益。

当一个人把开关拨到自私这一面的时候，他用的是电池，拨到公益这一面时，他用的是交流电。

求之不得，舍而得之，真是好啊。

与宜多，取宜少。

意要多给别人，少从别人那里索取。它是有道理的。当一个人能够从舍中体会到幸福，那他就真正领会了《弟子规》的精神，也领会了人的意义，就离真幸福真快乐不远了。

《朱子家训》有言："刻薄成家，理无久享；伦常乖舛，立见消亡。"真是好。

如果我们不遵从安详原则，不遵从《弟子规》，即便是发家了，赚大钱了，也会立见消亡，保不住呀。

就拿企业来说，如果我们把"成家"视为经济理想，那么一个企业之所以不能够实现这一理想，一个重要的原因就是"刻薄成家"，就是"伦常乖舛"。"刻薄"意味着不厚，"乖舛"意味着无德，而《易》理告诉我们，只有厚德才能载物，德是根，物是花。同理，经济之树要四季常青，必须仰赖于道德的厚土深根。

现代不少企业，之所以像秋叶一样随风飘落，就是忽略了这一点。

中国古人把夫妇、父子、兄弟、君臣、朋友称为"五伦"，把仁、义、礼、智、信称为"五常"。五伦之根是"亲"，五常之根是"爱"，合称"亲爱"，这个"亲爱"，既是价值，也是规律。如果把我们的生命视为一列驰向幸福的列车，那么，"五伦"和"五常"就是它的双轨，就是我们获得根本幸福的必由之路，也是我们获得成功的必由之路。而"刻薄成家"和"伦常乖舛"，究其实质，就是反规律。试想，一列列车，它脱轨而行，意味着什么？

"三聚氰胺"事件让三鹿集团倒闭，可谓再典型不过的例子。

相反，同仁堂历经三百年风雨，仍然屹立于世界企业之林，正是坚守企业道德的结果。"炮制虽繁必不敢省人工，品味虽贵必不敢省物力"，"修合无人见，存心有天知"，是他们几百年恪守的堂训。"修"是对药材的炮制，"合"是对药材的组合。即：

我们做事，虽然无人监管，或无法监管，但我们所做的一切，上天都是知道的。由此，我们就知道这个企业为什么要以"同仁堂"为名。当"仁"成为一个企业的目标，它怎能不受大家的爱戴。而一个受大家爱戴的企业，它怎能不成功。这真是常识中的常识。

"同修仁德、亲和敬业、共献仁术、济世养生"。透过同仁堂的这一训条，我们会觉得，它不单单是一个企业的经营理念，而是华夏五千年文化之精髓。如果我们把这个"术"看为经济，它的前提是"仁"，它的动机是"济世养生"，它的基础是"同修仁德，它的基础是"同修仁德，亲和敬业"。

"物格而后知至，知至而后意诚，意诚而后心正，心正而后身修，身修而后家齐，家齐而后国治，国治而后天下平。"《大学》中的这句话，讲尽了"同修仁德"和"济世养生"的关系。

同样，一个经济体要想健康发展，是需要以每个员工的修身为前提的。如果每一个员工都能够做到格物致知正心诚意，那么他们就会把任何一个生产环节都做到尽善尽美，而一个能够把任何生产环节都做到尽善尽美的企业，还能不被受众拥戴吗？

也许，真正的经济就是通过一种行为把生命的幸福最大化，而这个"大"，就在"诚"字里。这时，我们就会明白，孟子为什么说"诚者，天之道也，思诚者，人之道也"。既然"诚"是天道，那么，它无疑代表着成功、幸福、圆满、永恒。可见，它也应该是经济之道。

这时，我们再看同仁堂的训条，就会发现，古人经营企业，事实上也是在完成道业。他们在行走，但永远没有忘记因何出发。而一个没有忘记因何出发的人，他的行走，在我看来，就是"经济"了。

在中国古人看来，人之所以要来到这个世界上，就是为了完成道德。而现代人理解的生命价值是什么呢？大多是赚钱、享受。但到头来却发现这个享受要么是短暂的，要么是虚幻的。钱是赚了，得到的却是伪快乐、伪享受。为什么呢？因为这个快乐不是来自源头活水。换句话说，赚钱是会给人带来快乐，但不会是"根本快乐"，"根本快乐"在"舍"里，在道德里，在诚信里。古人把"诚"视为"真心"，一个人失去了"诚"，就意味着他已经失去了"真心"，而一个失去了"真心"的人，他已变成一个"假"，对于一个"假"来说，真正意义上的成功和幸福就无从谈起了。

而一个人要回到"真"，就要从"与宜多，取宜少"做起，因为最大的"假"是"自我"。"与"不是"真"，但是"与"可以帮助我们弱化"自我"，走向"真"。

可见，"舍"也是通向"诚"的门径，走向"真"的道路，获得"根本快乐"的方法论。

孟子曰："爱人者，人恒爱之；敬人者，人恒敬之。"

这个世界上没有哪一个人你给他好处他不回应的。一个念头产生，世界上就有一亿个对应，这就是古人讲的"千江有水千江月"，多好啊。这是中国人的智慧，你的念头就是天空中的明月，地下有多少江河就会有多少月亮，真是好。这时，我们就会明白为什么古人一直强调要善护念，要保护我们的念头，因为念头是一切事物的因，种子。

从"伦常乖舛"可以得出这样一个公式：一个人的道德存量跟他的支出、消费不对等的时候，他的生活就会发生不测，为什么？赤字了。赤字了别人就会封门啊。现在的孩子，大学刚毕业，还没怎么工作呢，就贷款买房子，而且一买就是一百多平米。请问，对于这些青年来说，他们的道德存量跟他的支出对等吗？

> 人的成功有三大条件，古人把它叫三大资粮。第一，天根，第二，福根，第三，苦根。

天根在出生时就赋予每个人了，我们无法改变，只能顺承。

福根是什么呢？就是你以前存过的，你的祖上存过的，好多善的存量，换句话说，就是你善的存折上的"钱"。

苦根是什么呢？就是一个孩子拿到的吃苦学分。一个人没有进入过田野，没有经过耕耘，没有经过骄阳下面的收获，没有体会过那种感觉，不知道粮食是怎么来的，你要叫他珍惜粮食，是很难做到的。只有让他经历播种、收获的过程，他才会珍惜。可是现在的孩子缺了这一课。

因此，建议家长一定要给孩子安排足够的吃苦作业，要让孩子一出生就去找苦吃，因为它是一个人成功的根之一。只有"天、福、苦"三足鼎立，孩子的人生才能立得稳。可是现在的情况是如何的呢？举一个大家都知道的例子：一个学生到学校，才发现妈妈把他的课本装错了，为什么装错了，今天老师调课了，而妈妈是按课表装的课本。请注意，这是一位四年级的学生，每天的书却是由妈妈来装的。

这样的孩子，将来怎么能够走向社会？怎么能够服务他人？

从这个意义上来讲，我们一定要想方设法给孩子提供一些吃苦的环境、情境，让他去锻炼，让他的手磨出一些老茧，流一些汗水，这是非常非常必要的。因为这符合先舍后得的原理。"伦常乖舛，立见消亡"，如果孩子吃苦的存量不足，其实最后是害了孩子。

最大的成功秘诀是什么？古人讲，但行好事，莫问前程。

最大的好事又是什么？当然是让更多的人明白这个道理。

由此可知，天下最有意义的工作，无疑是做一个好老师。

什么是善？点亮别人的心灯就是善。

什么是好老师？点亮孩子的心灯就是好老师。

这些年，给一些教师培训班上课，我常说，作为老师，一定要牢牢记住，从我们嘴里出来的不是普通的语言，是种子，是点亮那些可爱的小家伙心灯的种灯，这时候我们就对这一份职业生起一份敬畏、一份责任、一份恭敬。而一个人只有带着恭敬、责任去从事一项工作，才能真正把活干好。

> 爱是最大的技巧。一个人心中有爱，方法自然会出来，不需要读那么多教学法，不需要读那么多西式的激励技巧。带着一颗爱心，去把那一个个沉睡中的蜡烛点燃，让世界充满光明，让爱温暖人间，这就是好老师。

在这个价值多元、信息爆炸、诱惑众多、心灵重度污染的时代，老师肩负的使命比任何时期都艰巨，在一定意义上是从事着"刀下留人"的工作，眼看着一个孩子要进去了，要废掉了，拉他一把，这是多么有意义多么功德无量的事情！

做一个好老师是幸福的，学为人师，行为世范是幸福的，为人师表是幸福的。想想看，还有哪一种工作有比把心灵作为良田去耕耘更幸福？没有。

拿着火种，不停地去点燃那些小蜡烛。想想看，到了晚年，一回首，面前是一片灯的海洋，多幸福啊，还有哪一个行业能够收获如此的幸福的？没有了。

可见，最大的舍是舍智慧。

其实《弟子规》，113件事，360句，1080个字，已经等而下之了，它是给比较偷懒的人创造的一种方便，不用动脑筋，只是照着做就行了。事实上，如果按照《弟子规》的精神，我们接着写，完全可以写到一万多件事。因此，我们学《弟子规》，不能局限于《弟子规》，它是一个比量。

而且随着时代发展、语境变化，当时开列的行为菜单会和现实发生一定错位。

一个妈妈正在绣花，她怎么能想到会有一个锤子落在她的头上，而这个横空而来的锤子居然来自她的儿子，并且一下子就结束她的生命，这是我们在新闻中看到的发生在文明社会的事情。像这种儿子亲手把自己最亲爱的母亲送上西天的事情，在古代是不多的，是李毓秀先生始料不及的，因此没有写进去。否则他就会写一句：殴父母，兽不如；杀父母，理不容。

过春节的时候，一对夫妇收到儿子寄来的一个包裹，儿子在外地上大学，没回家，只寄回一个包裹，这对夫妇当然很高兴，觉得儿子还有孝心，给他们寄了这么多年货。可是打开一看，是一包衣服。什么意思呢？穿脏了的衣服全部寄回来，让妈妈洗。这样的事情也是李先生始料不及的，因此也没有写进《弟子规》。但并不意味着《弟子规》的精神就不适合这些孩子。

> 我们学习《弟子规》，一定要学习它的精神，它的精神永远不过时。

千万不要认为《弟子规》中要求的就是善，就是需要我们去做的,《弟子规》没有提到的就不是善，就不是需要我们去做的。

快乐原则

现在，已经有不少学校把家长和孩子能够背下来《弟子规》作为新生入学的必要条件。这个做法非常好。但要真正把《弟子规》变成营养，最关键的还是要和快乐接轨。

在推广《弟子规》的时候，我们一定要让孩子体会到其中的快乐，成人也一样。

如果一门学问，不管多么精彩，最后它不能解决你的问题，不能成为你的快乐资源，那门学问就是伪学问。

有许多站在知识金字塔顶端的人，他并不快乐，说明知识和智慧是两回事。

如果我们学了《弟子规》之后，没有变快乐，烦恼依旧，那就说明学偏了。我们让孩子学习，而他们没有从中体会到快乐，他们是不会真正去学的。"学而时习之，不亦说乎"，要让孩子在"习之"中体会到"说"。

过去那些江湖郎中为什么给别人看完病第一不收钱，第二不收物，第三还不留名，他要的是什么呢？他要的就是做完好事之后内心的这种喜悦。

我们教育孩子，孝敬老人，就要首先让孩子明白，孝敬绝对不是义务，孝敬是享受。父母爱儿女绝对不是义务，是享受。这个世界上再没有比天伦之乐更让人享受的了。当一个母亲面对孩子睡容的时候，那种快乐是无与伦比的。现代社会为什么会有不孝的现象发生？就是这些人已经很久没有尝到孝敬和爱的滋味了，他们从孝中打量快乐的那双眼睛永远闭上了。

孝敬为什么在中华民族的历史长河中，一直流传下来，因为它是一个巨大的快乐。我们唤醒人们孝敬老人，就要首先告知人们，孝敬是快乐源泉，然后动员大家去验证，体会。

孔子的学生子路因为贫穷，常常自己吃野菜，却从百里之外负米侍奉双亲。父母死后，他做了大官，奉命到楚国去，随从的车马有百乘之众，所积的粮食有万钟之多。坐在垒叠的锦褥上，吃着丰盛的筵席，却不快乐，他说，我现在非常想吃野菜，非常想去给父母到百里路上负米，但是时光不会倒流。

宋人朱寿昌七岁时，生母刘氏被嫡母嫉妒，不得不改嫁他人，五十年母子音讯不通。神宗时朱寿昌在朝做官，曾经刺血书写《金刚经》，行四方寻找生母，得到线索后，决心弃官到陕西寻找生母，发誓不见母亲永不返回。终于在陕州遇到生母和两个弟弟，母子欢聚，一起返回，这时母亲已经七十多岁了。

透过这两则故事，我们可以知道，古人是如何地痴迷于亲情，享受于亲情，陶醉于亲情。这种痴迷、享受和陶醉，可以让他们处荣华而无味，弃朝官而不悔。

现在有部分年轻人已经不愿意跟父母住在一起，大学还没毕业，就嚷着买房子。买房子干吗呀？娶媳妇。娶上媳妇干吗呀？跟父母分开住。我们都知道，古传统是四世同堂，甚至五世同堂。

因为人们已经从天伦、人伦中找不到快乐，所以才有这么多的原子家庭，而原子家庭给人带来的是什么？是冷漠，是冰凉。可以想象一下，你下班以后，回到家，那个屋子里面等待你的如果是冰凉的地板、空气，和老人给你开门的那种感觉，该是多么不同。

原子家庭生活方便是方便，但是生命中却少了来自老人的那种心灵上的安稳和温暖，这也是现代人越来越冷漠忧郁的一个原因。

> 幸福更多的时候是一种常温，如果一个人一生要活在激情之中，那个幸福要么会自燃，要么会他燃，甚至是一种危险。

四世同堂的好处是，它还是天然的一堂大课。你在家里孝敬父母，事实上是演给孩子如何孝敬父母，并把孝敬作为一种习惯，这种习惯，本身就是天伦，本身就是快乐。

春秋时期，楚国隐士老莱子，为躲避世乱，自耕于蒙山南麓。他孝顺父母，尽拣美味供奉双亲，七十岁尚不言老，常穿着五色彩衣，如小孩子般戏耍，以博父母开怀。一次为双亲送水，进屋时跌了一跤，他怕父母伤心，索性躺在地上学小孩子哭，二老大笑。

一个哭，一个笑，真是演尽了天伦中的快乐和感动。

利他本身就是一种快乐，我们一定要让孩子在利他中感受到快乐。

有一次我跟一位朋友在办公室聊完天，回家时，经过女卫生间，听见水在哗哗地响，我问了几声，有人吗？有人吗？没人应，就冲进去把水龙头关掉。朋友就嘲笑我，说，每天地球上有多少人在浪费水，你这样做能节约多少？我说别人怎么做我不管，也管不了，问题是，我在冲进去关掉水龙头的那一刻，非常快乐。

如此，你就觉得多干活对你来讲不是吃亏，如此，生活和工作就成为一种快乐的载体。

在我看来，获得快乐有两种方式。

一是"忠"之快乐，像六祖惠能那样，啪地一下就能进入快乐的源头，那就是"忠"之快乐。

二是"恕"之快乐，就是

将加人，先问己；己不欲，即速已。

为什么一个人心存利他就会快乐？

因为利他可以让自己从患得患失中解脱出来。人的烦恼来自患得患失，而当一个人主动利他时，得失之患自动脱落。因为"得"恰恰不利他，"失"恰恰利他。

一个奖人人都在争，但是当我想到因为我的失去而使他人快乐时，这种失去就成为一种利他，我们就从患得患失中解脱了。既然"失"可利他，我们为什么要"患"？

一个人因为患得患失而产生的焦虑就消失了。

一个没有焦虑的人，当然快乐。

释家为了让人们把残存在心底的最后一层焦虑消除，创造了"以德报怨"。有人就质疑，如果对方是一个十恶不赦的人，我们也以德报怨吗？这样不是纵容他吗？不是让他更加猖狂吗？岂不知我们在发出如此质问的时候，已经离开了释家的初衷，以德报怨是释家完成自己喜悦的一个功课，我报怨，我快乐，跟别人没有关系。

因为一个人心中还有"以牙还牙"，还有"反击"，还纠缠于恩怨，他就无法获得彻底的喜悦。

一个人要想获得彻底的喜悦，就要拔掉苦根。如何才能拔掉苦根？先要识得什么是苦根。最大的苦根是"我"。

拔掉这个苦根的方法是"转"：转身和转念。先从"转身"做起，再到"转念"。从"我"向"他"转身的过程，就是爱产生的过程，而人本质上是为完成爱心而来。

孟子有言："万物皆备于我矣。反身而诚，乐莫大焉。强恕而行，求仁莫近焉。"

这个"反身"，讲的既是转念，又是转身。

> 《弟子规》所列113件事，无非是舍我利他的途径，因此也是快乐的途径。在孝中体会快乐，在谨中体会快乐，在爱中体会快乐，在众中体会快乐，在信中体会快乐，在仁中体会快乐，在文中体会快乐。113件事，113眼快乐之泉。

为什么我们能够在"孝悌谨信爱仁文"中体会到快乐，因为它们是转身，是拔掉苦根用力的地方。

我们一定要引导孩子从中尝到快乐。要让官员不贪，必须让官员找到一种比贪更快乐的东西，不然他总会贪，如果他找不到一种快乐的替代品，他觉着数钱快乐，那你永远堵不住。为什么？贪快乐。天下没有哪一个官员在上台宣誓的时候，心里就想着将来我一定要被"双规"，肯定没有。那么是什么让他走上让我们觉得非常遗憾的道路？一个重要的原因，是他没有从生命中找到比贪更快乐的东西，这是很遗憾的一件事情。同样，我们要让孩子学好，就要让他找到一个比学坏更快乐的方向，《弟子规》本身就是一个方向。

引导学生、引导我们的孩子在生命中寻找快乐，这是老师的天职，也是现行教育需要补的课，也是整个社会需要补的课。当一个孩子从小就品尝过人格提供给他的快乐，那么我们就再不用担心了。曾经沧海难为水，除却巫山不是云。一些小引诱、小污染就影响不了他了。

> 《弟子规》所讲六种精神，其核心还是讲伦常。为什么古人要如此大做文章地讲伦常？因为伦常是快乐。四大文明古国中，为何唯独中华民族能够屹立到今日？有一个很重要的原因，那就是中国人是注重伦常的，是讲整体性的。生命只有在回归到整体之中，它才能绵延，才能传承，才能长久，因为伦常本身就是凝聚力。

当我们真的明白了根，明白了本性的时候，我们就会发现，既然我们大家都是一个统一体，那么大家在一起，本身就增加了快乐的量。所以，伦常是快乐的，它把一份快乐变成了一个整体性快乐，变成了众多的快乐。

孔子曰："孝者，德之本也，教之所由生也。"也是快乐所由生也。

古人以孝为根，以悌忠信为本，以礼义廉耻为枝，以仁爱和平为华，使道德成为一棵常青树，也使个体的快乐成为一棵常青树，最终使整体快乐成为一片森林。

"君臣有义、朋友有信"，自然社会和谐，而"君臣有义、朋友有信"首先是因为"父子有亲，夫妇有别，长幼有序"。而这五伦的基础则是"父子有亲"。

"父子有亲"是天然，天然自然有灵，有灵自然凝聚。

老子讲得好："致虚极，守静笃；万物并作，吾以观复。夫物芸芸，各复归其根。归根曰静，静曰复命。复命曰常，知常曰明。不知常，妄作凶。知常容，容乃公，公乃全，全乃天，天乃道，道乃久，没身不殆。"

这个"久"，是从"根"来，从"常"来，对于人类来说，五伦八德就是"常"，它并不是古圣先贤的发明，而是"自然"，本来就有的。

这个"本来"，就是坚固力，就是生命力，因为它从"本"来。

落地原则

不少学校把《弟子规》引入课堂，真是功德无量。但是我们一定要明白，《弟子规》绝对不单单是用来背诵和考试的。如果是用来背诵和考试的，那不如去背《道德经》和《论语》，更有文采，更养眼。

> 《弟子规》是要我们去实践的，是要变成我们的习惯，然后成为自然的。如果我们把《弟子规》比作一个面包，那么，只有落地，才会变成我们身体需要的营养和能量，否则，它和我们的生命没有任何关系。

荀子曰："学恶乎始？恶乎终？曰：其数则始乎诵经，终乎读礼；其义则始乎为士，终乎为圣人。"学习从哪里开始？在哪里结束？答曰：学习的方法，应当以诵读经文为起始，以研究礼法为目的。学习的意义，以做有志之士为起始，以成圣人为目的。

什么是礼？《弟子规》本身就是"礼"。它的目的是为了让我们"成人"。

现在，有些地区开始恢复成人礼，非常有意义，但是什么是成人，却众说纷纭。在我看来，一个孩子能够做到《弟子规》，就是成人。

荀子曰："德操然后能定，能定然后能应，能定能应，夫是之谓成人。天见其明，地见其光，君子贵其全也。"内有定，外有应，才可称为成人。真是至理名言。那么，如何才能得定，如何才能善应？落实《弟子规》。前文讲过《弟子规》的六大精神，"根本、孝顺、自性"是定，"诚信、爱众、恭敬"是应。

有人说《弟子规》太简单了，不适合现代的孩子，说这话的人，他连《弟子规》的门都没摸着呢，也说明他压根就没有落实过，如果他尝试过落实，他就不敢说这种肤浅的话。且不要说113件事我们件件落实，就是一天做到一件，已经非常了不起了。

凡出言，信为先。

仅这一桩，我们可能都落实不了。有几个人能够做到保证一天不说谎话？嘀——短信来了，妻子拿到阳台上去看，丈夫问，谁发来的呀？妻子说是同事。是同事发来的吗？显然不是。这已经不是"信为先"了。

男士们可能有共同的体会，我们可能给妻子千金容易，可是要对妻子说一声道歉却非常难。但是，当有一天这个道歉终于说出口了，成功了，你会发现生命有一种大的超越，生活会有一个大的超越，很喜悦，很快乐。因此我想，造化为什么要创造家庭、创造夫妻？就是为了这个而来，就是让你在最近的地方，最日常的地方，最放松的地方，"见人善，即思齐，纵去远，以渐跻。见人恶，即内省，有则改，无加警"。这真是一个再好不过的炼心平台。在单位，在社会，不愉快时，你会忍过去了，虚伪过去，但在家里面，难。因为它是家，所以你会卸下一切面具，脱下一切外套，一个最真实、最不伪装、最不提防的你被还原出来，这时，才是检验一个人是否达到真安详的时候。

但难并不意味着我们就要放弃。恰恰相反，快乐就在那个难里面。事实上难度和快乐是成正比的，那是一种超越的快乐。就像跳高运动员一样，不断地给自己增加超越的高度，每个高度都是纪录，每次都是破纪录，这样的生命是多么精彩啊。

那个不断增加的高度，就是人格的高度，就是生命的高度。

经过这样的一段熏习之后，你会突然发现，这两个月怎么这么平静呀，家里居然没发生一点事情。这时候你就觉着心里只有一种绝对的快乐，那是一种低潮的高潮。

生活进入一种低潮的高潮，意味着你的真快乐就要到来了，意味着安详就要到来了。

这个时候你就觉得来自家外面的一些小夜曲、小插曲、小品，再也引不起你的兴趣了，你会觉得呆在家里面就能找到快乐的大海，这时，你就会觉得落地不单单是落地，它还是一个境界。

落地本身就是一个境界。

种子只有落地，才会开花结果。

我们可能不知道，"监狱"的本意是讲落地。"监"是一个人睁大眼睛弯腰看着面前的一盆清水。干吗？质检，看自己脸上是笑容还是愁容。在我看来，不时"笑一笑"，就是最好的养生。同样要落地，一落地，你就会知道，"笑一笑"时，你的心咚地一下落地了，这时，我们发现，平时我们的心是悬着的、僵着的。这时，你会发现，我们的身体一直处在一种焦虑状态，脸上的肌肉是紧张的，五脏六腑是紧张的，十二指肠是紧张的。为什么？因为我们的心是紧张的。

如何才能放松？落实《弟子规》。

"书中自有黄金屋，书中自有颜如玉"，并不是说一本书你读着读着就会读出一个美女来，不是这个意思。什么意思呢？就是你按古圣先贤的教导去做，你就会获得财富和成功，你按照古圣先贤的教导去做，就会变漂亮。为什么？因为古圣先贤的书几乎无一例外都是教你如何走进安详，而安详的另一面就是漂亮。为什么？中医认为，生病是因为气不和。为什么气不和？心不平。为什么心不平？不安详。

有一天，一个朋友给我打电话，说他最近很烦，妻子患上了美容强迫症，他们夫妻二人的工资都不够妻子每月进美容院，很是苦恼。我说没关系，你让她去看《水知道答案》，她就会知道，美容的秘诀是让非常非常多的人对她说"我爱你""我喜欢你""我感谢你"。为什么？因为人的体内70%是水，想想看，当70%的水花纹变漂亮，人能不漂亮吗？新加坡有一位叫许哲的老太太，今年110岁，还能做高难度的瑜伽动作，有人问，她的身体怎么那么柔软啊？我说那是因为她的心柔软。

最根本的落地是回家。但现代人走失了太久太久，已经无法找到回家的路了。

怎么办？落实《弟子规》，通过《弟子规》，走近安详，走进安详。

老子有言："合抱之木，生于毫末；九层之台，起于累土；千里之行，始于足下。"

荀子有言："不积跬步，无以至千里；不积小流，无以成江海。"

《弟子规》就是我们的毫末、累土、足下，就是我们的跬步、小流。

　　为此，我们一定要留心，不要让生活轻易滑过，不要让每一个情境轻易滑过，如果我们轻易放过一个情境，就等于我们放走了一个让生命成长的机会。要带着警觉去生活，去对照。早晨起来洗脸的时候，本来用一个度量的水就可以把问题解决了，但我却用了两个度量，错了；上楼的时候，如果楼层不太高，我们是否乘了电梯？如果是，错了；在班上，我们是否把一件事做到圆满，如果没有，错了；接电话的时候，我们是否让对方感到不舒服，如果是，错了；打印文稿的时候，我们是否双面打印，如果不是，错了；在食堂吃饭的时候，点的菜是否剩了很多，如果是，错了；是否用了一次性筷了，如果是，错了；抽餐巾纸的时候，是否一次抽了很多张，如果是，错了；打豆浆的时候，是否用了一次性塑料杯装的，如果是，错了；一粒米掉在餐桌上，是不是捡起来了？假如没有，错了；收杯盘的时候，碗里是否还有剩饭剩菜，如果是，错了；下班回家的时候，是否把空调和照明灯关上，把电源拔掉，如果没有，错了；在开小车和坐公车之间，是否选择了开小车，如果是，错了……

　　因为这些都不符合《弟子规》的精神。

　　如果我们错过了这些"毫末""累土""足下""跬步""小流"，我们就无法长成合抱之木，无法筑成九层之台，无法完成千里之行，无法成为江海。

　　银川有一位老师倡导"日行一善"教育，在当地很有影响。

他让每个学生每天做一件好事，并且全程记录，最后编成一部书稿，拿给我看。我说非常好，但我对他说，还可以进一步，就是从机械的"日行一善"中走出来，不要让学生早上一起来，就寻思到底是在西街捡一份垃圾呢还是在东街捡一份垃圾，这就错了。正确做法是，引导孩子在他的本分中发现并实践善。如果学生真正懂得了什么是善，那么他在一堂课上就可以完成一千件。

前面讲过，如果你懂得了本性，懂得了现场，这一刻你回到现场就是善，不在现场就是恶。为什么呢？古人说"错过是罪"，这个错过即指跟自己错过，跟本体错过。当你不在的时候，小偷进来了，这是一个对等。只要你不在家，小偷就会在家，总有一个在现场，因此最地道的善，是当家作主。对一个学生来讲，老师讲四十五分钟的课，你认认真真地听四十五分钟，就是无数的善。再比如说，当老师讲到善，你的内心中生起一个欢喜，给他一个呼应的眼神，也是一个善。如果在这一刻，心中稍稍有一个不愉快产生，一个逆反产生，就是一个恶。等等。

无心非，名为错；有心非，名为恶。

这个时候，你就会发现，行动是重要，但不是最重要的，最重要的是什么？念头。

科学家发现，这个世界本质上是一种波动的存在，而人的念头据科学家猜测有可能是世界的本源，这时你就会发现念头可能跟你的生命与快乐息息相关，测不准理论就是从此而来。为什么会测不准？因为被测的对象是和每一个人的思想纠缠在一起的。江本胜先生的实验也告诉我们，给一杯水一个善的念头，它会变成美丽，给一个恶的念头，它会变成丑陋。

因此，我跟这位倡导"日行一善"的老师讲，作为"日行一善"的倡导者，一定要把"日行一善"内化成孩子的一种习惯和气质，让它和孩子的学习生活水乳交融，和他的本分水乳交融。

当一个人心里有了爱，他怎么做，做什么，结果都是爱。就像一个母亲，她站着，坐着，躺着，喂给孩子的都是奶。就像一个母亲，并没有按一种模式给孩子做饭，但每顿孩子都吃得津津有味。因此，最为关键的，我们要让孩子明白什么是真正的善。

"民可使由之，不可使知之。"

这是讲教育的常识。现代教育被一些所谓的教育家搞得太神秘，已让老师和家长无所适从。其实教育并不难，那就是"势服人，心不然；理服人，方无言"。就是"民可使由之，不可使知之"。意思是，你想让老百姓怎么做，你就带头怎么做。老师要让学生怎么做，老师就要怎么做。现在，老师在办公室看《蜗居》，却让学生在教室里背《论语》，学生自然没动力。既然《论语》这么好，读着可安详，可治病，可快乐，老师你为什么不乐于其中啊？

因此，教学生好好学《论语》的最好办法是，老师站在讲台上，无需拿书，满口《论语》中的句子；下课之后，闲谈之中，也是《论语》中的句子，以身演教，学生自然心向往之。

胡玫拍的《孔子》不是十分成功，但有一点要肯定，那就是影片把《论语》情景化，让观众特别是青少年观众看到《论语》的"用"，让大家觉得《论语》不但可以作为学问，而且可以用来交流，用来提高交流水平，包括谈情说爱。

让学生们百思也不得其解的"思无邪"，在电影中居然是孔子面对南子所说的那句话："男女相处，情思深深，但没有邪念。"这不正是青少年所需要的吗？

不力行，但学文；长浮华，成何人。

这是教育的常识。有一位女士在一篇文章中讲到，当年，她博览群书，寻找幸福的秘诀，一直寻了三十年，曾经有无数的文章，无数的方式，无数次让她感动，也无数次让她欣喜："这次终于找到幸福的秘诀了！"但结果却是无数次的失望，甚至绝望，直到后来她碰到了《寻找安详》，看到了其中的两句话："真正的阅读在'做'里，真正的幸福在'行'里。""……读安详的书，做安详的事。"她才幡然醒悟，原来三十年她一直找不到幸福的原因，并不是读的有关安详的书不够，而是她没有让"读"变成"行"，缺了"做安详的事"这一课。接下来，她按照"安详原则"去做，当一件件细行在生命中落地时，她才发现幸福就在脚下，就在身边，就在床前，就在灶头，甚至就在以前让她觉得十分乏味甚至厌烦的工作里。

这也就是为什么在电影院里，面对焦裕禄、孔繁森的感人故事，大家会一把鼻涕一把泪的，却很少有新的焦裕禄、孔繁森诞生的原因，因为我们一走出电影院，不过一个小时，又回到了惯性生活中，银幕上的那些细节，影院里的那些泪水，没有通过"行"转化成我们的血液和人格，因此无法成为真正的"学"。

可见，要想获得幸福美满的人生，"力行"是关键中的关键。

至此，我们便会明白，为什么《论语》开篇就讲，"学而时习之，不亦说乎"。因为只有如此，才会"有朋自远方来"，因为你已经是一个"说"的人，天下没有人愿意去找那些"非说"之人。也只有如此，你才会"人不知而不愠"，因为你的内心已经被"说"充满，被安详充满，再也不需要外在的幸福了，再也不需要来自浮名浮利的快乐了，再也不需要来自掌声和鲜花的快乐了。这时，我们也才能理解《孟子》中的这段对话：

> 孟子谓宋句践曰："子好游乎？吾语子游。人知之，亦嚣嚣；人不知，亦嚣嚣。"曰："何如斯可以嚣嚣矣？"曰："尊德乐义，则可以嚣嚣矣。故士穷不失义，达不离道。穷不失义，故士得己焉；达不离道，故民不失望焉。古之人，得志，泽加于民；不得志，修身见于世。

穷则独善其身，达则兼善天下。"

如果社会需要我服务，我则去服务，如果不需要，那我正好可以沉浸在本来就在的"说"里面，"反身为诚，乐莫大焉"。根本不存在得志不得志的问题，生命中最大的一个焦虑消失了。

改过原则

能亲仁，无限好；德日进，过日少；
不亲仁，无限害；小人进，百事坏。

不亲仁的结果是，小人进，百事坏。什么事都做不成。真是至理名言。在没有"亲仁"之前，我们的生命就像一团乱麻，当然无法成事。在没有亲仁之前，我们的生命就像埋在地下的一眼清泉，再好的滋养力也无从发挥，我们只有把它上面的泥沙清理干净，它才能涌出地面。

小人进，百事坏。这个小人，既指他人，也指自己。一个人如果没有仁作家底，或者说没有仁来看家，败家子就会出现，而且会越来越多，结果自然是百事坏。

因为仁是和谐力，也是复苏力，还是生命力。

那么，如何亲仁？

答案是，改过。

而要想改过，就要先识得过。如何识？拿《弟子规》作镜子照，把《弟子规》中的113件事，变成113面镜子，雷达一样跟踪自己，监控自己，合乎"规"的，放行，不合乎"规"的，逮住修正。

这就是《弟子规》的价值所在。比起"四书五经"，《弟子规》不够文采，不够华丽，但是它方便我们对照改过，它是113面镜子。一种知识，若不能供我们改过，我们就要警惕它，远离它，因为它仅仅只能给你长一些浮华而已。

不力行，但学文；长浮华，成何人。

子曰："法语之言，能无从乎？改之为贵；巽与之言，能无说乎？绎之为贵。说而不绎，从而不改，吾末如之何也已矣。"

对于至理名言，我们该抱着一种什么态度呢？以能够帮助自己改正错误为可贵；谦逊恭顺的话能不让人高兴吗？以能够分析一下对自己是否有帮助为可贵；只知道高兴却忘了分析，只知道顺从却无所改正，这种人我是没有什么办法了。

这也就是为什么有那么多的高级知识分子、高学历拥有者找不到幸福的原因。所以，我们一定要区别有用的知识和无用的知识。如果学富五车，但我们却没有从《弟子规》所列113件事做起，那你学这么多古圣先贤的教导没用啊。

所以经典是让我们作为镜子来用的，是让我们对照着来改过的，如果你不去改过，即使你把所有经典都背得滚瓜烂熟，没用，那只是增加一些负担而已，消耗一些脑细胞而已。

改过是一个人获得解放和自在的别无选择的道路。

王阳明说："夫过者，自大贤所不免，然不害其卒为大贤者，为其能改也。故不贵于无过，而贵于能改过。"只要是人，总会犯错误的，包括圣贤，但圣贤的伟大之处在于他们犯而能改。

有过错却不思悔改，则必然导致更大的过错。

过能改，归于无；倘掩饰，增一辜。

一个错误发生了，你改掉它，就等于零，不改呢，就增加了一个错误，成为两个错误。两个错误当然要比零错误让生命负累。而一个人老是不改过，或者说老是文过饰非，结果无疑是错误成几何倍数增加，错误的雪球越滚越大，最后，生命就被这个庞然大物压垮了，拖垮了，或者吓垮了。有不少人的后半生，都是为文饰或掩盖前半生的错误活着，而这种文饰和掩盖本身又是更大的错误，这列一错再错的列车，再也无法停下来了。

这种人生，还有幸福可言吗？

因此，孔子谆谆教导我们："过则勿惮改！"

要想真正改过，我们需要认同，生命的意义就在于向圣人看齐。"君子食无求饱，居无求安，敏于事而慎于言，就有道而正焉，可谓好学也矣。"活着的意义是什么呢？不在吃得多好，穿得多好，开得多好，玩得多好。那是什么呢？"就有道而正焉"。

"有道"在何处？经典。作为一个常人，我们每天都不可以离开经典。古人认为经典是每天不可以离身的，早晨起来，先读经典，就知道我今天应该怎么做。一天结束，再读经典，以此对照，我做到了吗？ 就像袁了凡，画一个功过格，看看我今天做的好事多呢，还是坏事多，看看我道德的存折上进了多少，出了多少，是赤字呢还是盈利。明吕坤说："只竟夕点检，今日说得几句话，关系身心；行得几件事，有益世道。自谦自愧，自恍然独觉矣！"

为此，朱子在《家训》中言："黎明即起，洒扫庭除，要内外整洁；既昏便息，关锁门户，必亲自检点。"

为此，荀子在《劝学》中言："故木受绳则直，金就砺则利。君子博学而日参省乎己，则知明而行无过矣！"

而《弟子规》，正为我们每天检点自己提供了最为方便最好操作的参照。

要想真正改过，我们必须把自己变成勇士，因为改过需要勇力，因为习气的力量非常强大，我们要想战胜习气，就要对等的力量和勇气。因此改过的过程，也是强大我们自己的过程，提高我们心力的过程。这样培养出来的心力，将会是我们成长道路上的力量，也是我们成功道路上的力量。如果这种和习气作斗争的力量没有成长，也就意味着我们不会有足够的力量成就事业。

这种勇力需要知耻心和敬畏心做后盾。一个人能够勇猛改过，一定是他的知耻心和敬畏心生起了。宋儒李觏说："过而不能知，是不智也；知而不能改，是不勇也。""孟子曰：'耻之于人大矣'，以其得之则圣贤，失之则禽兽。"袁了凡认为这个耻，既是圣贤和禽兽的分水岭，当然也是改过的推动力。而敬畏的关键是承认宇宙间有第一逻辑在，即使我们设法瞒过了人，也瞒不过第一逻辑。因为"吾虽过在隐微，而天地鬼神，实鉴临之"。即使我们做得再隐秘，但天地鬼神，看得一清二楚，因此千万不要行在邪径，欺在暗室。

要想真正改过，需要我们牢牢记住一点，那就是先从自己改起，千万别盯着他人。

孟子说："君子所以异于人者，以其存心也。君子以仁存心，以礼存心。仁者爱人，有礼者敬人。爱人者，人恒爱之；敬人者，人恒敬之。有人于此，其待我以横逆，则君子必自反也：我必不仁也，必无礼也，此物奚宜至哉？其自反而仁矣，自反而有礼矣。其横逆由是也，君子必自反也：我必不忠。自反而忠矣。其横逆由是也，君子曰：此亦妄人也已矣。如此，则与禽兽奚择哉？于禽兽又何难焉？是故君子有终身之忧，无一朝之患也。"

孟子还说："行有不得者，皆反求诸己，其身正而天下归之。"

这几年，有许多硝烟弥漫的家庭，当事者让我讲讲如何重归安详。我说，办法只有一条，先从自己做起，不要试图改造对方。如果你试图改造对方，他还试图改造你呢。如此，安详永远回不到家庭。现代人犯的一个重大错误是，眼睛永远盯着他人，唯独看不到自己，永远想教导别人，那就永远没有结果。

即便是错误真在对方，也要在自己身上找原因。

正如张载在《正蒙·中正》中说："过虽在人，如在己，不忘自讼。"

要想真正改过，我觉得必须做好过面皮关的准备。夫妻闹别扭，僵着，几天不说话，怎么办？如果没有谁愿意主动承认错误，那就会无限度地僵下去。这时，一个人先软下来，就成了善。表面上看，先软下来的人像是认了输，其实不然。真正输了的是后软下来的那个人。这个过程中，儿女是评委，在儿女的心目中，先软下来的那个人最伟大。

在社会上也同样，当一个人能够面对大家承认错误，恰恰会赢得大家的理解和尊重。

要想真正改过，我们要把所有人看成老师。吕坤说："常看得自家未必是，他人未必非，便有长进；再看得他人皆有可取，吾身只是过多，更有长进。"夫子讲得更加明白："三人行，必有我师焉，择其善者而从之，其不善者而改之。"

见人善，即思齐；纵去远，以渐跻。
见人恶，即内省；有则改，无加警。

我们既要在内心深处深深感激那些善人，也要深深感激那些恶人，因为通过善，我们能够思齐，通过恶，我们能够加警，这样我们既站在巨人的肩膀上，也借助人之恶少走了许多弯路，因此，这些恶，变成了善。

改过进行到一定程度，你会纳闷，怎么越改错误越多。这个时候大家千万不要沮丧，这恰恰说明我们进步了。就像一盆水，只有在它清静下来时，才能照见人影，水越清越静，人影就越清晰。事实上，未改之前，我们的错误更多，只是我们心里的那盆水是混浊的，无法照到而已。当我们改到一定程度，心中的那盆水越来越清，越来越静，一切行踪都映照在其中，因此就觉得错误越来越多。正如一件黑底衣服，我们不容易发现它的脏，但是一件白底衣服，有一点脏我们就不可忍受，也是这个道理。

改过进行到一定程度，你还会发现，错误会伪装，有时会伪装成崇高，有时会伪装成善良，有时会伪装成仁义，如果我们没有足够的警惕，就会上当受骗，习气会借助这种崇高、善良、仁义大行其道。因此，只有当一个人能够辨别真假错误，他才能真正做到改过。否则，改过的过程，也可能是再犯错误的过程。

改过如牧牛。习气就像刚刚出圈的牛犊，需要我们用力拉紧缰绳放牧。过上一段时间，缰绳可以放松了。再过上一段时间，可以不用缰绳了，但牧牛人手中还需要一个鞭子，还需要不时挥舞一下鞭子。再过上一段时间，连鞭子也不需要了，只需跟着。再过上一段时间，连跟着都不需要了，牛可以自己吃草了，主人可以躺在田头睡大觉了，只等向晚一声呼唤，牛就会自己回来，跟了主人回家。

如果我们要想获得究竟安详，就要认真牧牛，这头牛，就是习气，这个牧牛者，就是我们的本体。当有一天主人离开，牛也不会去吃人家的粮食，不会走失，改过完成。

再过一段时间，人牛双忘，大功告成，"随心所欲而不逾矩"的境界到来。

起初，《弟子规》是缰绳，接着是鞭子，最后，变成牧牛人甜美的鼾声。

改过和觉悟可以互相考量。错误存在时，肯定不在觉悟中，不在觉悟中，错误肯定会发生。这时，我们突然会发现，能够制止错误的那个正是我们的本体，换句话说，当本体露面时，错误自动终止。

六神无主，讲的就是习气和错误主宰我们的状态，当一个人六神有主时，他才会不做错事。因此，让"主"回到"六神"成了改过的关键。

由此，改过的过程就成了认识本体的过程，接近本体的过程，获得喜悦的过程。改掉一个错误，相当于进了一笔财富；改掉一个错误，相当于被提拔一次；改掉一个错误，相当于获得一次爱情。并且这种进账，这种提拔，这种获得将是一得永得，而不像财富、权力、爱情还会得而复失。

当改过成为一种自觉时，我们会发现，觉悟不单单是一种境界，它还是能量。它是连接整体能量和个体能量的通道，就像阳光，它本身是道路，也是能量。一个人只有拥有了觉悟力，才真正拥有生命力。

而这个觉悟力，正是来自改过，来自对习气的大无畏超越。

改过的最后功夫在一个我们再熟悉不过的单词里，那就是"观念"。

细看"观念"这个词，我们就会明白如何改过：盯着我们的念头，不要试图消灭它，只是盯着，久而久之，我们会发现，每一个念头的根上，都连着一个"观"，或者说每一个念头的背面，都有一个"观"，这个"观"，就是我们的觉悟力。当有一天，我们的"观"在任何时空点上都能够驾驭"念"，御念而行，才能驾驭我们的人生，才能找到我们不漏的安详和幸福。

因此，让"观"成为主导力量的过程，就是改过功夫成熟的过程。

再过一段时间，我们会发现，"念"成了"观"的助手，或者说是助力，或者说是燃油、土壤，为"观"所用。化敌为友，讲的就是这个道理。

因此，恶并不可怕，习气并不可怕，可怕的是我们没有驾驭力，没有驯服力。

这时，我们再来看通常意义上的"观念"，也会有新的理解，那就是，只有在正确观念指引下的行动才是"成功"，才会成为一个功德，否则，都是"事"和"业"，也就是我们通常所讲的所谓"事业"。一切活动，如果没有觉悟力做前提，那么我们就有可能制造新的错误。

榜样原则

榜样太重要了。

给大家说说我的恩师刘富荣，虽然他做我的班主任时，我已经上初三了，但我依然认为他是我最为重要的一位启蒙老师。

一天的数学课上，班长让大家自习，说刘老师回老家做新郎官去了，入洞房去了！教室里一下子炸开了！不想就在这时，刘老师却从教室门外进来了，整个人就像是刚从蒸笼里出来的一样，头上身上都在冒汗，那双黄色的军用鞋已经湿透了。

后来去过老师的老家之后，我做了一个估计，从老师家到学校，步行至少需要六个小时，就是说，老师大概没有在洞房呆过两小时。

从另一个角度讲，老师是不是有点残忍？把人家新娘扔在家里。

　　说来大家可能不会相信，刘老师教了我们两年，居然没有换过外衣。有一次上课，在黑板上写字时，露馅了。老师打着补丁的旧衣服下面，居然是一件新衣服！仔细一看，旧领子下面确实有一个新领子，因为风纪扣系得很严，刚进来我们都没有发现。再仔细观察，我们发现老师在那一周之内很害羞，原因是穿了一件新衣服。

　　此前，他都是周六把衣服洗掉，晾干，周一再穿。

　　要毕业了，每位同学收了两角钱，给每一位任课老师买了一个洋瓷盆子，上面写着"将台中学八二级初三二班全体同学留念"。但给刘老师的却无法送到他手中。他知道我们要送礼物，一直不开宿舍门。后来另一个老师在窗外给他说，马上要毕业典礼了，学生们都在等你。刘老师才开了门，收下盆子。

　　却提了一个条件，说你们稍稍等我一会儿，然后跑步出去了。

　　一会儿回来，我们已经排队准备开往操场参加毕业典礼了。老师气喘吁吁地站在我们面前，右手提着一大摞毕业证，左手攥着一大把钱，新崭崭的一叠钱，不知从哪儿换来的。他说，同学们的礼物我收下，但是这两角钱你们必须收下。大家说怎么可能啊，这是我们给老师的一份心意。老师说你们的心意我领了，但是这两角钱你们必须收下。我们当然不能收这两角钱。最后，老师拿出了杀手锏，好，你们不收这两角钱，我就不发毕业证。大家只好抹着眼泪把那两角钱收下了。

　　随着岁月的流转，这个细节在心中的分量越来越重，重到每每想起就一阵心疼。

2007年，我忝列鲁迅文学奖，从绍兴领奖回来，第一时间到老师任教的西吉县平峰中学看望老师。一进老师的宿舍，我的眼泪就下来了。不到二十平米的房间，一边是办公桌，一边是床，一边是灶，一边堆着炭，门后立着一辆破旧的自行车，轮胎上沾满了泥。这么一个仅可容身的小房子，既是办公室，又是卧室，又是厨房，但老师却是一脸的快乐，快乐到无以复加，这是我从他的目光深处读到的。

过了一会儿，老师把抽屉拉开，说，文斌你看，你写给我的信我都保存着呢。

厚厚的一叠信在老师手中错落开来，那是我在人生的不同阶段写给老师的信。既有在邮局买的信封，也有印着不同单位名称的公用信封，散发着过去岁月的气息。

真是无法描述当时心中的感受。

早知道老师会如此精心地收藏这些文字，真应该每天写一封才对。

在我的印象中，刘老师没有批评过哪位学生，但学生都十分尊敬他，也怕他。班里有几位捣蛋的学生，在别的老师上课时，老是不安生，但在刘老师的课上却是乖孩子。

记得我有次在课上打盹，被刘老师叫起来，当时自己都紧张坏了，不想老师却无比和蔼地说，昨晚没睡好？我惭愧地点了点头。老师笑了笑说，背哪一篇？

我说,《岳阳楼记》吧。

这就是刘老师,在他的数学课上,学生开小差或者打瞌睡,处罚方式却是让该生站起来背一段古文。

送走我们后,刘老师也调到县教师进修学校任教。可是不到两年,他就坚决要求调回平峰中学,在那里过且耕且教的生活。周六周天回家种地,周一至周五教学。

由此可以证实,老师新婚之夜让师娘独守空房,夜行百里来给我们上课,绝对不是因为他和师娘的感情不好,而是不愿意耽误一堂课。

一个人的心中装着这么一位老师,存着这么一些细节,你会觉得无比幸福!一个人的心中装着这么一个人,你会觉得无比富有。因此,我一直给儿子讲,心中一定要装几位这样的人,要么孔子,要么范仲淹,要么就是像刘老师这样的人,把他作为一本书去读,你的人生就会有一个动力,有一个标杆,有一个灯塔,你就不会走错路,走弯路。

行高者,名自高;人所重,非貌高。

才大者,望自大;人所服,非言大。

势服人,心不然;理服人,方无言。

汉文帝刘恒,以仁孝治国,国家兴旺,人民安居,首先是因为他给全国人民作出了榜样。母亲卧病三年，他常常目不交睫，衣不解带；母亲所服的汤药，他亲口尝过后才放心让母亲服用。给后人树立了一个典型：时疾并不难医，只要君王汤药亲尝。

韩国有一个明星李劾齐，倡导低碳生活，身体力行，她要求自己尽量减少洗衣服的次数，为什么？因为洗衣服用的清洁剂会污染地下水。如果不小心把油渍溅到衣服上，她不会去洗，而是在油渍上绣一朵花。当她站在你面前，你会看到一棵开花的树，她的表情也像花朵。她不穿皮草，不穿皮鞋，不背皮包，吃穿用度，全是低碳标准。"衣贵洁，不贵华；上循分，下称家"。

国内也有许多这样的艺术家，比如韩美林先生，有一次，服务员大概为了骗他多吃点佳肴，说韩老师啊，这些肉都是野生的，你多吃点。韩老师当时就生气了，然后给同桌不停地讲环保：

地球上的生物有数亿种，而今98%已经灭绝。人类出现前，每300年灭一鸟种，近300年是两年灭一种，而今是每天灭一种，人类的贪欲是不是应该收一收了！二十世纪10万只老虎剩下5000只，7万头犀牛杀成2800头，130万大象杀成60万，鲸鱼半个世纪就减少了90%，香港每年吃鱼翅6100吨。

现代人是不是疯了、狂了、野了，疯狂的掠取，填不满的欲壑。

地球开始反扑的时候也到了。

这就叫自食其果。

二十世纪，人们的砍伐总量是几千年伐木总和的81倍。

人口1800年才由2亿增加到10亿，现在是12年增加10亿（每年有8100万人出生），中国1949年才4亿，现在13亿也不止，那么300年以后，就按1970年世界增长率2.1%出生的话，再过300年世界人口将是36864亿。那么人吃、穿、用、住、行……地球有那么大本事养他们吗？！

一个美国人活到80岁，人均得消耗2亿升水、2000万升汽油、1万吨钢材、1千棵大树……

中国现在每天消耗的粮食是10亿斤，能源是美国的2.5倍，欧盟的5倍，日本的9倍，中国石油只够用1天，364天都得依赖进口……中国还要发展下去，即使有个袁隆平（解决1000亿斤粮食），这占世界7%土地的中国却养活着22%的人口呀！

今后20年地球将无力支撑其所载的人口，这个小小的星球撑死只能养活80亿人口，可现在地球就已经有65亿多了……

人类对物质的要求已膨胀到极致，可能源有限，地球受得了吗？

　　将来的战争将不是为宗教、信仰、意识形态、民族仇恨，而是为了争夺水，将来的战场肯定是尼罗河、多瑙河、亚马逊河……沙漠化了的世界，到处成了火药库……

我们走到今天，气温如此不正常，罪魁祸首居然是我们手中的筷子。换句话说，是没有落实《弟子规》的精神。

对饮食，勿拣择；食适可，勿过则。

若衣服，若饮食；不如人，勿生戚。

从前有位老人，跟儿子、儿媳和孙子住在一起。

老人老得连路都走不动了，眼睛花，耳朵背，双膝还经常不停地发抖，吃饭时汤匙也握不稳，常常会把菜汤洒在桌布或地上。

儿子和媳妇都嫌弃他。

有一回，老人吃饭时，又把汤泼了一地，碗也摔碎了。

媳妇大为生气，指着老人的鼻子大声嚷道，你怎么吃的饭！天天把汤泼一地，还把碗都给摔碎了，尽给我添乱！你知道我一天多忙吗？想把我累死呀！

于是，他们不许老人上桌吃饭了。

吃饭时，把他赶到灶后的角落里，给他一只瓦盆，瓦盆里只有一点点饭菜。老人每顿饭都吃不饱，还经常挨骂。

老人伤心极了，常常一个人在灶后的角落偷偷流泪。

有一天，老人的手颤抖得连那只瓦盆都端不稳了，瓦盆掉到地上打碎了。

儿媳妇没完没了地训斥，老人一声不吭，只是不住地叹气。

后来夫妻俩商量：咱这爹，什么都能被他摔碎，长此下去，咱得花多少钱给他买碗买盆呀，得想个办法，什么东西是不容易摔碎的呢？对了，用木头给他做个碗。于是，儿子找来了一块木头，开始动手做木碗。一会儿工夫，木碗就做好了。

媳妇正想把碎木片清除出去，老人四岁的小孙子跑了过来，把地上的碎木片拾掇到了一起。

"你这是干什么？要这些没用的碎木片做什么用？"老人的儿子问。

"我要把这些碎木片做成一只木碗，留着它，等我长大了，拿它给爸爸妈妈吃饭用。"

儿子和媳妇面面相觑，最后哭了起来。他们终于明白，自己的所作所为，孩子都看在眼里，记在心上。

从此，他们不再将老人赶到角落里吃饭，而且，即使老人泼了点什么，他们也不再说什么了，对老人也越来越好了。

这个在民间广为流传的故事，真是讲尽了榜样的奥义。

要让孩子落实《弟子规》，我们首先要做到，否则没有号召力。最有效的教育就是做给孩子看。你在那儿看电视、上网、打麻将、猜拳喝令，却让孩子好好做作业，没效果。教育不是别的，教育就是做给孩子看。推广《弟子规》的最好办法，就是推广者先力行。

一半原则

这是我近年自不量力的一个倡导，因为它有助于我们寻找安详，也有利于我们落实《弟子规》的精神。

通常情况下，度需要量来把握。拿吃饭来讲，纯粹一顿饭不吃容易做到，一顿吃得特别多也容易做到，最难做到的是在中途把筷子放下来。也许有人会问，我为什么要把饭量控制到一半呢？答案是，它有利于消除我们的焦虑。人的焦虑是如何形成的呢？才到科员位置上，当科长的想法又有了；才到科长的位置上，当处长的想法又有了；才到处长的位置上，当厅长的想法又有了……世人就是在这种无限度的欲望追逐中，跟自己错过，跟生命错过。所以当一个人这时候想到，有位作家说过，"要过一半的生活"，那我现在，已经很好了，把更多的时间拿来享受生命吧，体味快乐吧，服务苍生吧，这时候你就会发现，幸福就在

缓下来的没有迈出去的这一步中间，就在这一转身中间，就这么
简单。

一半里面有幸福。

蔼蔼堂前林，中夏贮清阴。

凯风因时来，回飙开我襟。

息交游闲业，卧起弄书琴。

园蔬有余滋，旧谷犹储今。

营己良有极，过足非所钦。

舂秫作美酒，酒熟吾自斟。

弱子戏我侧，学语未成音。

此事真复乐，聊用忘华簪。

遥遥望白云，怀古一何深。

这是陶渊明的《和郭主簿二首》之一。夏天的中午，午睡起
来，独对堂前林阴，开卷，抚琴，清风徐来，掀我衣襟；自斟，
自酌，想到所储谷蔬正好，过多了反而不是他所需要的；幼子绕
膝，牙牙学语，遥望白云，华簪忘尽。这一切，都多么让人知足
和快乐啊。

我们完全可以体味诗人内心那种难以言表的欣慰和喜悦，这
种喜悦来自于他与天地造化的深深默契：适时、适量，适道，不

求过多，亦无需过多。

再看孔子之叹："贤哉，回也，一箪食，一瓢饮，在陋巷，人不堪其忧，回也不改其乐。"如此简陋的生活，换了别人，将会是多么担忧啊，但颜回却不改其乐。

正是，我生本无乡，心安是归处。

现代社会之所以出现了许多病相，就是因为欲望和自私的一边倒，欲望和自私没有理性节制，就成了灾难的代名词。就拿道德病相来说，就是因为现代教育忽略了一半原则。我们都知道，知识和技能差不多成了现代教育的全部，如果品德教育和技能教育各占一半，现代教育和传统教育各占一半，赏识教育和挫折教育各占一半，道德病相就不会如此严重。

清代石成金在《传家宝》中说："以爱妻之心爱亲，则大孝；以保家之心保国，则尽忠；以责人之心责己，则寡过；以恕己之心恕人，则全交。"但现在的情况是，爱妻大于爱亲，保家大于保国，责人大于责己，恕己大于恕人。

对此，一半原则就有可能是一个提醒。

清人戴震在《孟子字义疏证》中说："天理者，节其欲而不穷人欲也。是故欲不可穷，非不可有；有而节之，使无过情，无不及情，可谓之非天理乎？"

一半原则，就是让情和欲有一个"节"，一个度，让它符合天理。

细想一下，这个节度，本身就是仁，就是爱。

如果每个人都过一半的生活，把桌上的饭菜减少一半，把用水减少一半，把用煤减少一半，把用电减少一半，把用地减少一半，把房子的面积减少一半，意味着什么？意味着给我们的子孙后代省下一倍的资源。

同时，这本身也是对大地母亲的孝，对环境的悌，对时空的谨，其本质是泛爱众，是亲仁。因此，只要我们按照一半原则生活，就是落实《弟子规》精神。

同样，对于国家来说，如果每个公职人员都能够把公心和私心作一半分配，那行政效率会大大提高。

一半里面有和谐。

想想看，如果这个世界没有女人，只有男人，或者没有男人，只有女人，将是一个什么情景。

想想看，如果这个世界没有白天，只有黑夜，或者没有黑夜，只有白天，将是一个什么情景。

白天和黑夜，男和女，阴和阳，都是一半。

细想起来，生命的秘密就在"一半"中，孩子刚生下来，先要呼一口气，就是这个道理，因为这一呼，吸到来，如果没有这一呼，吸就无法到来，呼和吸，各一半。

工作和睡眠，各一半，如果一个人只工作不睡眠，或者只睡眠不工作，灾难就会发生。

显见，"一半"是宇宙法则。

而我们主动过一半的生活，就是和宇宙法则相应，和宇宙法则相应，就是安详。

这时候，我们就能够明白《弟子规》为什么要讲：

衣贵洁，不贵华；上循分，下称家。
对饮食，勿拣择；食适可，勿过则。

因为"洁"是"华"的一半，"上"是"下"的一半。

而"勿拣择""适可""勿过"，正是"一半"的方法论。

一半里面有奥妙。

过一半的生活意味着我们把省下的那一半时空留给心灵，留给天机。庄子讲："其耆欲深者，其天机浅。"因为耆欲深者，通往天机的道路被"欲"堵死了，过不去了。而过一半的生活，就是在通往天机的道路上留一道口子。

登山家蒙克夫·基德，在未带氧气瓶的情况下，多次跨过6500米的死亡线，最终登上了世界第二高峰——乔戈里峰。这一壮举1993年被载入世界吉尼斯纪录。在颁发吉尼斯纪录证书的记者招待会上，他这样描述无氧登山的奥秘："无氧登山的最大障碍是欲望，因为在山顶上，任何一个小小的杂念都会使人感觉到需要更多的氧气。我之所以取得成功，就是因为我学会了清除欲望和杂念。"

蒙克夫·基德一语道破了欲望和杂念对生命力的伤害，也暗喻了最为究竟的成功秘诀。

这让我们明白，一个人过一半的生活，意味着获得了一倍的天机，一倍的生命力。

和天机相对应的是心机，现代人犯的一个致命错误是心机算尽，却独独丧失了天机。一半生活方式可以提醒人们放弃一部分心机，留一些心灵的空隙，让天机的阳光洒进来。钟鼓之所以能鸣，是因为它们学会留一些空间给自己，如果当初它们把自己填满，振聋发聩之声就无从诞生。

当然，我们要让现代人像庄子讲的神人那样，"肌肤若冰雪，淖约若处子；不食五谷，吸风饮露；乘云气，御飞龙，而游乎四海之外"，达到一种"无功""无名""无己"的境界事实上是不可能的，但是我们可以降而求其次，那就是过一半的生活，留一半的空间给心灵，让那一半的心灵"乘天地之正，而御六气之辩"，"独与天地精神往来"。这样我们的生命就多了一些诗意，多了一些逍遥游，同时多了一份力量。

一个人长期过一半的生活，渐渐地他会摆脱对物质的过度依赖，而一个人只有摆脱对物质的过度依赖，才有真正的解放可言，才有真正的自由可言，也才有真正的幸福可言。

要让人们自愿过一半的生活，还要大家明白，上苍赋予我们的幸福是一个总量，过一半的生活意味着我们把生命延长了一倍。

古人讲的惜福就是这个道理。

我们生命的存折上就那么多钱，省着花就是另一种培福。

懂得了这个道理，我们就会发现挥霍其实是挥霍生命本身。

因此，我不太赞成拉动消费论，这种引导本质上是反生命的，正确的做法是引导人们追求精神享受，做精神的逍遥游者，因为追求精神享受更多地是培福，而追求物质享受更多的是损福。

前文已述，最大的精神享受是奉献，是利他，是忘我，而"一半生活"、极简生活，本身就是利他。我们把过量的那部分进食留出来，就意味着有一个快要饿死的人有了生的可能；我们把过量的那部分衣服留出来，就意味着有一个快要冻死的人有了生的可能；我们把过量的那部分欲望降下来，就意味着有很多失学的孩子有了上学的可能，许多因贫流浪的人有了重返家园的可能，等等。

"一半"和"极简"本质是"让"，让利于他人，让利于环境，让利于自然，让利于和谐，让利于科学发展，最后它又变成爱国，爱民族，爱人类。

附录

《弟子规^①》诵读

【清】李毓秀^②

总　叙

弟子规　圣人^③训　首孝弟^④　次谨信

泛爱众　而亲仁　有余力　则学文

入则孝

父母呼　应勿缓　父母命　行勿懒

父母教　须敬听　父母责　须顺承

---

①《弟子规》：原名《训蒙文》，李毓秀根据朱熹《训蒙须知》改编而成，贾存仁修订并改为《弟子规》。

② 李毓秀：字子潜，山西新绛人，清代国学生员。

③ 圣人：孔子。《论语·学而》："弟子入则孝，出则弟，谨而信，泛爱众，而亲仁，行有余力，则以学文。"

④ 弟：悌，敬爱兄长。

冬则温　　夏则清^{qìng}　　晨则省^{xǐng}①　　昏则定②

出必告　　反必面　　居有常　　业无变

事虽小　　勿擅为　　苟擅为　　子道亏

物虽小　　勿私藏　　苟私藏　　亲心伤

亲所好^{hào}　　力为具^{wèi}　　亲所恶　　谨为去^{wèi}

身有伤　　贻③亲忧　　德有伤　　贻亲羞

亲爱我　　孝何难　　亲憎我^{zēng}　　孝方贤

亲有过　　谏使更^{gēng}　　怡吾色　　柔吾声

谏不入　　悦复谏　　号泣随^{háo}　　挞无怨^{tà}

亲有疾　　药先尝　　昼夜侍　　不离床

丧三年^{sāng}　　常悲咽^{yè}　　居处变　　酒肉绝

丧尽礼^{sāng}　　祭尽诚　　事死者　　如事生

---

① 省：向父母问安。

② 定：安定，这里指安排枕席，伺候父母入睡。

③ 贻：遗留。

出　则　弟（tì）

兄道友	弟道恭	兄弟睦	孝在中
财物轻	怨何生	言语忍	忿（fèn）自泯
或饮食	或坐走	长（zhǎng）者先	幼者后
长（zhǎng）呼人	即代叫	人不在	己即到
称尊长（zhǎng）	勿呼名	对尊长（zhǎng）	勿见能
路遇长（zhǎng）	疾趋揖	长（zhǎng）无言	退恭立
骑下马	乘下车	过犹待	百步余
长（zhǎng）者立	幼勿坐	长（zhǎng）者坐	命乃坐
尊长（zhǎng）前	声要低	低不闻	却非宜
进必趋	退必迟	问起对	视勿移
事诸父	如事父	事诸兄	如事兄

谨

朝（zhāo）起早	夜眠迟	老易至	惜此时

晨必盥^{guàn}　兼漱口　便溺回^{niào}　辄净手^{zhé}

冠必正^{guān}　纽必结^{niǔ}　袜与履　俱紧切

置冠服^{guān}　有定位　勿乱顿　致污秽

衣贵洁　不贵华　上循分^{fèn}①　下称家^{chèn}②

对饮食　勿拣择　食适可　勿过则

年方少　勿饮酒　饮酒醉　最为丑

步从容　立端正　揖深圆　拜恭敬

勿践阈^{yù}③　勿跛倚^{bǒ yǐ}④　勿箕踞^{jī jù}⑤　勿摇髀^{bì}⑥

缓揭帘　勿有声　宽转弯　勿触棱

执虚器　如执盈　入虚室　如有人

事勿忙　忙多错　勿畏难　勿轻略

斗闹场　绝勿近　邪僻事　绝勿问

---

① 循分：遵循名分。
② 称家：行事和自己的家庭条件相符合。
③ 践阈：踩踏门槛。
④ 跛倚：歪斜倚靠某物。
⑤ 箕踞：两腿叉开蹲着或坐着。
⑥ 摇髀：摇晃大腿。

将入门　问孰存　将上堂　声必扬
人问谁　对以名　吾与我　不分明
用人物　须明求　倘不问　即为偷
借人物　及时还　后有急　借不难

信

凡出言　信为先　诈与妄　奚可焉
话说多　不如少　惟其是　勿佞巧
奸巧语　秽污词　市井气　切戒之
见未真　勿轻言　知未的^(dí)　勿轻传^(chuán)
事非宜　勿轻诺　苟轻诺　进退错
凡道①字　重且舒　勿急疾　勿模糊
彼说长　此说短　不关己　莫闲管
见人善　即思齐　纵去远　以渐跻^(jī)②

---

① 道：吐字发音，发言，说话。
② 跻：使自己上升到某种行列、位置。

见人恶　即内省^{xǐng}　有则改　无加警

唯德学　唯才艺　不如人　当自砺

若衣服　若饮食　不如人　勿生戚^{qī}①

闻过怒　闻誉乐　损友来　益友却

闻誉恐　闻过欣　直谅士^②　渐相亲

无心非　名为错　有心非　名为恶^è

过能改　归于无　倘掩饰　增一辜^{gū}

泛　爱　众

凡是人　皆须爱　天同覆　地同载

行高者　名自高　人所重　非貌高

才大者　望自大　人所服　非言大

己有能　勿自私　人所能　勿轻訾^{zǐ}

勿谄富　勿骄贫　勿厌故　勿喜新

---

① 戚：忧愁，悲哀。

② 直谅士：正直诚实的人。《论语·季氏》："友直，友谅，友多闻，益也。"

人不闲　勿事搅　人不安　勿话扰
人有短　切莫揭　人有私　切莫说
道人善　即是善　人知之　愈思勉
扬人恶　即是恶　疾之甚　祸且作
善相劝　德皆建　过不规　道两亏
凡取与　贵分晓①　与宜多　取宜少
将加人　先问己　己不欲　即速已
恩欲报　怨欲忘　报怨短　报恩长
待婢仆②　身贵端　虽贵端　慈而宽
势服人　心不然　理服人　方无言

亲　仁

同是人　类不齐　流俗③众　仁者希

---

① 分晓：明白，清楚。
② 婢仆：婢女和仆人。
③ 流俗：世俗之人。

果仁者　人多畏　言不讳　色不媚
能亲仁　无限好　德日进　过日少
不亲仁　无限害　小人①进　百事坏

余　力　学　文

　　　　　　　　　　zhǎng
不力行　但学文　长浮华　成何人
但力行　不学文　任己见　昧理真
读书法　有三到　心眼口　信皆要
方读此　勿慕彼　此未终　彼勿起
　　　　　　　　　　　　　　　sè
宽为限　紧用功　工夫到　滞塞通
　　　　　zhá
心有疑　随札记　就人问　求确义
　　　　　　　　　　jī
房室清　墙壁净　几案洁　笔砚正
墨磨偏　心不端　字不敬　心先病
列典籍②　有定处　读看毕　还原处

---

① 小人：此处指人格卑鄙的人。
② 典籍：记载古代法制的图书，这里泛指各种图书。

虽有急　卷束齐　有缺坏　就补之
非圣书^①　屏勿视　蔽聪明　坏心志
勿自暴　勿自弃　圣与贤^②　可驯致

① 圣书：圣人所传之书，指儒家经典。
② 圣与贤：圣人和贤人。圣人，旧时指品格最高尚、智慧最高超的人物。贤人，有才德的人。

回归喜悦

郭文斌 著

中华书局

序：让教育和文化归位

生命观和喜悦

人生观和喜悦

幸福观和喜悦

附录二：霍金斯能量级

序：让教育和文化归位

母亲和妻子同时落水了，先救母亲还是先救妻子？这道题，人们争论了好多年，答案莫衷一是。有人说先救母亲，因为她是我们的唯一，妻子还可以再找。有人说先救妻子，因为孩子更需要她，等等。真是两难，觉得这是一道无解题。后来的一天，突然发现，这道题不但有解，而且背后还暗藏着嘱咐，那就是让母亲和妻子都不要落水。这才是出题人的用意所在。在我看来，这是一个关于教育和文化的寓言。

用南辕北辙来形容现行的一些教育方式，似乎并不为过。

教育的第一使命应该是认识生命，让人们知道人有天性、禀性、习性。秉性纯恶，需要去掉；习性善恶参半，需要化掉；天性纯善，需要保持。教育的一切方法论，都应该为此服务。从能量的角度，天性向上，禀性习性向下；从维次的角度，天性对应高维，禀性习性对应低维；从幸福的角度，天性对应喜悦，禀性习性对应烦恼；从性命关系的角度，天性体现在天命上，天命体现在使命上，使命体现在责任上，责任体现在本分上。本分圆满则责任圆满，责任圆满则使命圆满，使命圆满则天命圆满，天命圆满则天性圆满。天性圆满，教育完成。

永远从天性着眼，从本分着手，这是古人的教育框架。因此，教育应该紧紧盯着超越来进行。不但要完成生命的广度，更要完成生命的高度。把广度扩展一万倍，不如把高度提高一级。蚂蚁即使把它们认为的整个世界据为己有，还不如一跃为人。

所以，教育一定要回到对生命的认识上，回到对人的本性的唤醒上，回到对人的本能的维护上，回到人的根本性的教育上，回到孝敬、中和等基本价值的培育上，回到首先培养崇高人格上，回到连根养根上，回到开发智慧上，回到提高能量自由度上，因为这些都是提高生命维次的关键所在。但是我们遗憾地看到，许多家庭和学校，却在反其道而行之。

超越性思维对应到教育逻辑上，就是古人讲的"道、学、术、技"四个层面。相较而言，"技"是点，"术"是线，"学"是面，"道"是空间。"技"层面的问题，用"术"来解决，易如反掌；"术"层面的问题，用"学"来解决，易如反掌；"学"层面的问题，用"道"来解决，易如反掌。可我们看到的现行教育，往往是重视"技""术"有余，重视"道""学"严重不足。如此，怎能培养出栋梁之材。

现在，人们拼命地送孩子上面包大学，学做面包的技术，上饼干大学，学做饼干的技术，唯独没有教给孩子如何生产面粉，如何给生命的面缸里装上面粉，孩子到时候面包做不出来，饼干也做不出来。即使能做出来一些，质量也有问题。

要让面缸里的面粉永远是满的，除了不断地往里装，同时，还要堵住漏洞。而要高效实现这两点，就要把人们由"技"引导到"术"，由"术"引导到"学"，由"学"引导到"道"，因为"道"是宇宙间最大的面缸，最优质的面粉，最高超的生产力。

看过这样一则故事：一天晚上，一位老太太听见有人喊了声"地震了"，抱了一大袋面粉就跑到院子里。一看，星星还是那个星星，月亮还是那个月亮，房屋还是那个房屋，根本就没地震。她想把面再抱回去，不想挪也挪不动了。起初老太太是靠什么把这一大袋面粉抱出来的呢？本能。为什么又抱不回去了呢？从本能状态回到技能状态了。技能状态告诉她，能抱得动一大袋面粉是小伙子的事儿。这个分析判断一出来，老太太从本体层面掉到意识层面，本体状态的能量随之丧失了。

现行的一些教育问题就在这里，老师、家长拼命地教给孩子知识和技术，告诉他们抱这一袋面粉的时候，要先弓步，再马步，要憋住气，等等。孩子若先弓步，再马步，接着憋上三口气，房子早塌下来了。

所以说，教育的职责应该是维护本能，但现行的一些教育更多地在破坏孩子的本能，反而让孩子不知道如何生存，甚至连亲近父母的能力都丧失了。有一个省高考状元，与母亲去旅游，途中常常把母亲落在后面很远都不知道，让母亲辛酸不已。显然，这个孩子心中已经没有母亲了。一个心中没有母亲的孩子，考上状元又有什么意义？"世界上最遥远的距离，是妈妈正在看着你，你却看着手机。"这句网络流行语折射出的亲情冷漠，值得我们反思。

教育应该把孩子带向生命的本质状态，让他拥有本质状态的五种品质——喜悦、圆满、永恒、坚定、心想事成，这才是教育应该完成的课题。古人讲"黄金非为宝，安乐最值钱"，要教孩子先"安"，先"乐"，先"明明德"，而不是如何囤积黄金。如果我们给一个人的养成教育中，不能扎下德行的根、喜悦的根、爱的根，他学得越多，痛苦越多，给这个社会带来的负能量也有可能越多。

教育应该培养孩子在最日常的生活中享受最大快乐的能力。《朱子家训》讲："黎明即起，洒扫庭除，要内外整洁；既昏便息，关锁门户，必亲自检点。一粥一饭，当思来处不易；半丝半缕，恒念物力维艰。宜未雨而绸缪，毋临渴而掘井。自奉必须俭约，宴客切勿流连。器具质而洁，瓦缶胜金玉；饮食约而精，园蔬愈珍馐。勿营华屋，勿谋良田……家门和顺，虽饔飧不继，亦有余欢；国课早完，即囊橐无余，自得至乐。读书志在圣贤，非徒科第；为官心存君国，岂计身家。守分安命，顺时听天。为人若此，庶乎近焉。"这一系列，都无一例外地教子孙在最简单、最日常化、最生活化的现场享受生命。

教育应该首先开发孩子的智慧，而不是堆积知识。知识和智慧是有区别的。举个例子，我要走进一个会场，进了门以后，没开灯，只听外面的朋友描述，进场向右转，走几十步，上三个台阶，向左转，走十几步，再上一个台阶，那就是你的位置。这是知识。智慧是什么呢？进门先把灯打开，其他一切都不需要记了。优秀的传统文化正是高级智慧的开发说明书。

在古人看来，要开智慧，必须先培养定力，而要培养定力，就必须知止。"知止"有两层意思，一是知道什么该拿起，什么该放下，哪个道能走，哪个道不能走，哪些事能做，哪些事不能做，二是让"知"止息。事实上，"知"一旦止了自然就在定中。"知"是念头组合，念头停止，安静就会到来。就像睡眠，只有在意识停止之后才能实现。因此，在专和博之间，古人更注重专，因为专容易定。

古人讲究一通百通，讲究悟性，而不是知识的积累，因为积累再多的知识，也不能反映宇宙之万一，但是有了悟性，开了智慧，一切都会豁然开朗。

教育应该首先建立人的正确价值观。无论是"成功学之父"卡耐基还是"经营之父"稻盛和夫，都告诉人们，才华在人的成功中并不是主要因素。卡耐基认为，成功的主要因素是社会关系，事实上就是中国人讲的五伦。稻盛和夫认为，才华和热情在人的成功中各占一百分，而价值观却占二百分，前者分值是零至一百分，后者分值却是负一百到一百分，也就是二百分。他举例讲：假如一个人的才华占九十分，但他的热情只有二十分，二者相乘，一千八百分；假如一个人的才华是五十分，热情却是九十分，二者相乘，四千五百分。但是，"一千八"也好，"四千五"也好，仍然不是最主要的。小偷很有"才华"，热情也很高，深夜，人们都睡觉了，他还在加班，可是他成功了吗？因此，决定一个人成功的最关键因素，既不是才华，也不是热情，而是价值观。才华和热情是中性的，正面价值观主导时，它产生正能量，负面价值观主导时，它产生负能量。由此可知，为什么历史上有好多非常有才华的人，最终并不能取得成功。

现在的情况是，无论是家庭还是学校，大多把目光盯在教育对象的才华上，关注价值观的不多，这样，就不难理解著名的"钱学森之问"了。

现在有一种很流行的教育理念，叫体验式教育，让孩子充分地去尝试，所谓只有经历过的人生才算丰富。我认为，这种观点不但错误，还是非常危险的。心灵一旦被污染了，再去清理就会非常艰难。烟瘾养成再戒掉，抽烟的人都知道不容易；毒瘾染上再戒掉，几乎没有可能。

现在确实到了从制度上、体系上恢复孩子本能和教育本质的时候了。

要让文化归位，就要首先搞清楚什么是文化，什么是真正的文化。真正的文化是什么？在我看来，文化是一种把人带向高级生命认同的力量，一种把人从物质倾向带向精神倾向，又从精神倾向带向自然倾向的力量。历史一再证明，要想天下大治、国泰民安，必须让真正的文化归位。让文化归于顶层设计，归于政府行为，归于百姓生活，成为人们心灵不可或缺的阳光和空气。

可事实是，不少地方把娱乐当文化，把文化产业当文化，使文化严重狭隘化、低俗化、低能化了。这样的认识，让本该用于支持真正文化建设的项目资金大多投向娱乐，造成大量浪费。

真正的文化是核心价值系统，它是一种改造力、引导力、建设力、和谐力：让不孝敬的人变得孝敬，不尊师的人变得尊师，不爱惜资源的人变得爱惜，不爱国的人变得爱国，不敬业的人变得敬业，不诚信的人变得诚信，不友善的人变得友善，低趣味的人变得高雅。一句话，让高耗能生命变成高能量生命。它应该是优秀的中华传统文化的当代化，优秀的西方文化的中国化。

《乐记》有言："奸声感人而逆气应之""正声感人而顺气应之"，只有正念才能生正气，才能产生正能量。要提高中华民族的整体能量，我认为首先要扶正中华民族的集体意识，强化中华民族的集体无意识。一如礼乐，"在宗庙之中，君臣上下同听之，则莫不和敬；在族长乡里之中，长幼同听之，则莫不和顺；在闺门之内，父子兄弟同听之，则莫不和亲"，关键是要"同听之"，"同"生团结，团结生力量。

优秀的中华民族传统文化还应该成为社会主旋律，只有如此，才能保证这个"同"，否则，就会产生"五"加"二"等于"零"的现象，学校在教，家庭在消解，政府在倡导，社会在消解，结果只能是零。这也就是古人讲"礼乐不可斯须去身"的原因，因为"心中斯须不和不乐，而鄙诈之心入之矣；外貌斯须不庄不敬，而易慢之心入之矣"。

"治世之音安以乐，其政和；乱世之音怨以怒，其政乖；亡国之音哀以思，其民困。"艺术如此，文学如此，传媒更是如此，包括官风民意、社会舆论。为此，国家在让传统文化全面进入社会各个层面的同时，还要下大力气净化大阅读环境、视听环境、传播环境，让"安"和"乐"成为传统文化的基本"配乐"。

文化最终体现在一个民族的思维方式、生活习惯上，一定意义上，它就是人们的思维方式、生活习惯。只有如此，文化才能成为永恒生命力。因此，要让文化归位，就要让优秀的中华民族传统文化再度成为人们的生活方式、工作状态。

"大乐与天地同和，大礼与天地同节""春作夏长，仁也；秋敛冬藏，义也"，这种与天地的"同感"，既是中华传统文化的精髓，也是中国人的基本思维方式。正是这种同感性，让人们心中有孝、有敬、有惜、有谦、有中、有正、有和、有爱。让孝、敬、惜、谦、中、正、和、爱成为中国人为人处世的立场、原则和方法；正是这种同感性，让中华民族生生不息，天长地久。

激活这种同感性，维护这种同感性，应用这种同感性，正是教育和文化的天职。

生命观和喜悦

　　只有找到根本光明，才能找到根本快乐。如果找不到根本光明，健康、幸福、快乐、成功，都无从谈起。当你感觉到快乐的成本很高，就要意识到，这个快乐一定是错了。最大的快乐是零成本的。说得再究竟一点，生命本身就是一个快乐，人生下来就应该是一个快乐的资源，只要保持在现场感中。

生命就像一块黑板

要想幸福与健康，就要解决生气的问题。

用拔羊毛的办法，把生气一点点拔掉，显然是不可能的，如果像接收电视、广播电台的节目一样，把生气的频道调整到不生气的频道，就不生气了。那么，如何才能调整到不生气的频道呢？要先认识生气是怎么回事。

人流熙熙，你来我往，不少人活在一种假醒状态，看上去醒着，其实活在梦中。梦中不知在做梦，气中不知在生气。如果知道在做梦，就醒来了，如果知道在生气，就不生气了。就像捉迷藏，你藏在哪儿，对方都能发现，你就不愿意跟他玩了。相对于一个做噩梦的人来说，醒来是解决问题的最好办法。

传统告诉人们，生气其实是一个假象。就像一块黑板，人们在上面写了无数的"生气"，以为自己真生气了，但拿板擦一擦，黑板还是黑板，原来压根就没有"生气"两个字。可见，痛苦也是一个假象，仇恨也是一个假象，抱怨也是一个假象，焦虑也是一个假象，抑郁也是一个假象，只要找到那个黑板，擦掉假象就可以了。

擦掉假象后剩下的是黑板。黑板上面没有爱恨情仇，只有喜悦。那是一种不需要条件作保障的快乐，绝对的快乐。一个小男孩在黑板上学画画。爸爸妈妈说画得真好，爷爷奶奶也说画得真好，小家伙就很高兴。可是，过了一会儿，姐姐用板擦把画给擦掉了，小家伙就开始哭了："还我的画，还我的画。"姐姐说："哦，别哭别哭，姐姐帮你画。"可是姐姐画的和他画的不一样，他还是哭。他觉得姐姐把他的世界给擦掉了。小男孩误认为那画就是他的世界了，就是他的一切了。

小男孩长大了，会谈恋爱了，碰到了一个可心的女孩子，喜欢得要死要活。可是这个世界是残酷的，班上就那么一个漂亮女孩子，喜欢她的男生太多了，为了得到她的芳心，男孩还打过架。他不会想到，刻骨铭心的爱原来是自己在黑板上画的一幅画。人们往往只记住了黑板上的那一幅画，而忘记了自己本身就是那个黑板。

因为失恋，有人抑郁、跳楼、割腕，岂不知是被自己画的一幅画的假象所折磨。男生好不容易把那个女生争到手了，击败了班里其他男生，成为胜利者。这个女生也很甜蜜，说："你看，这么多人都在争我，这一位对我最好，我要巧克力他不敢买面包，我要手他不敢给脚，我要让他给我做凳子他就做凳子，我要他做什么他就做什么。"可是，一结婚发现不是这么回事，当年的甜言蜜语慢慢地不甜了，男生对自己也不如当年了，就想再换一个。然后就换。换完之后发现，怎么过了两天仍然是这个样子？然后就对人生持悲观的态度，原来男人都是这样，没有好的。这句话对吗？对，也不对。不是男人都这样，正确的说法应该是：人都是这样。更准确地说，只要你是黑板上的画，都是这样。

那就凑合着过。大多人把希望寄托在孩子身上。就给孩子找最好的学校，找最好的老师。某一天"父母呼"，孩子没有马上应；某一天他到网吧里不回来；某一天班主任通知家长去谈话……生命中怎么就这么多烦心事呢？自己活得麻烦，孩子又带来新的麻烦。新的一轮图画又开始了。好不容易熬到孩子成家立业，一照镜子，脸上有皱纹了，腰也弯下了，不像当年画册上那么漂亮了。一辈子在匆匆忙忙的图画中度过了一生，岂不知只要我们回到黑板，或者成为黑板，就万事大吉。对于黑板来说，写在上面的爱、恨、情、仇都是假象，既然是假象，我们为什么要计较呢？我们生的每一次气，吵的每一次架，全是我们自己在黑板上画的画，不过是一个假象而已。

心灯才是根本光明

我在长篇小说《农历》里曾经讲过一个故事：一个很黑的晚上，有一位盲女上完课，准备回家。老师说："打个灯笼吧。"盲女说："我是瞎子，打灯笼有什么用啊？"老师说："别人看见你可以让开你啊。"盲女就打了灯笼，但是半路上还是跟别人撞上了，她就埋怨："你难道没有看到我手中的灯笼吗？"对方说："你灯笼里的灯早已灭了。"盲女就恍然大悟，一切外在的光明都是靠不住的，灯笼里的灯，风大了会灭，油尽了会灭，摇晃的时候会灭，而生命中有一盏灯，再大的风也吹不灭，再剧烈的摇晃也摇不灭，是永远亮着的，那就是我们的根本光明。

只有找到根本光明，才能找到根本快乐。如果找不到根本光明，健康、幸福、快乐、成功，都无从谈起。当你感觉到快乐的成本很高，就要意识到，这个快乐一定是错了。最大的快乐是零成本的。说得再究竟一点，生命本身就是一个快乐，人生下来就应该是一个快乐的资源，只要保持在现场感中。

同样，当你感觉到挣钱没有给你带来喜悦，就要知道，一定是错了。财富应该是喜悦的副产品。关于财富，有三种境界：第一，让自己追着财富跑；第二，让财富追着自己跑；第三，以德为财，以善为宝，把品格变成永恒财富。毫无疑问，第三种才是最宝贵的财富。

现在，有许多人拼命地经营手里的灯笼，囤积了远比生命基本需要多得多的财富，到头来发现，这些都是盲人手里的灯笼，在生死攸关的时候，了无用处。一些官员，因为贪污受贿而早早结束生命，在生命的尽头，他们是否想过，这一切，都是因为没有点亮心灯。因为没有点亮心灯，就只好通过不断地经营灯笼获得一点点生命充实感、安全感，岂不知，生命的安全感在根本光明里。

许多家长都想让孩子好好学习，将来考研、考博。可是有的孩子考上博士了，却用自己的双手结束了年轻的生命，这一切也都是因为没有点亮心灯。心灯都没点亮，眼睛都没睁开，却把生命的列车开向高速公路，肯定会出事。

点亮心灯是生命最主要的任务。把生命的主次搞清楚，才是对自己、对孩子、对别人的最大关怀。一旦点亮了心灯，就找到了幸福，幸福就是心灯照亮的地方。要想帮人就帮他点亮心灯，把灯笼放下，把根本光明找到，带着根本光明上路，人就会轻松。我曾经看到报纸上有人求助，就拿出一点钱。现在基本上不拿了，而是把我的书捐到全国各地。当你看到，有人因为读了这些书，焦虑的喜悦了，抑郁的快乐了，离婚的不离了，吸毒的不吸了，不孝敬父母的开始孝敬了，不尊敬老师的开始尊敬了，不好好工作的开始好好工作了，反社会的不反社会了……于我，真是快乐无比。

帮人也要会帮，不是满足人的需要就是帮人。别人向你借钱，如果他投资建一个对社会有害的工厂，你借对了吗？可见帮人需要智慧。最究竟的助人就是帮他点亮心灯，帮他找到内在的本有的光明。

教育也需要智慧。很多时候，我们接受的教育，更多的是知识教育而不是智慧教育。学到的知识很多，拿到的文凭很高，但是并不快乐，反而是高学历的人往往轻易放弃生命。可见知识不是智慧，不能解决人的幸福问题。只要不把心灯点亮，人生的道路就免不了磕磕绊绊。因为这个世界有太多的障碍物，每走一步都是障碍。

开发智慧，才是教育的关键。

点亮人们的心灯，让人们不再走夜路，这是天地本有的情怀，也是一个喜悦者最基本的生命姿态。"未改心肠热，全怜暗路人。但能光照远，不惜自焚身。"这首诗，讲的就是这种境界。

快乐和喜悦的区别

在本体这个无比美好的生命地带里，到底有什么风景呢？按照古圣先贤给我们的描述，只要到达这个本质地带，我们就拥有了生命的五种属性。

第一，喜悦。它是一种无条件的喜悦，没有痛苦，没有烦恼。生命的本质地带只有喜悦这种构材，没有别的东西。这种喜悦是无条件的，跟我们平时所说的快乐不是一个层面，快乐需要条件，喜悦不需要条件。快乐是泡沫，会破灭。想打麻将了，坐在麻将桌上才快乐；想抽烟了，点上烟才快乐；想喝酒了，端上杯才快乐。这样的快乐不在本质层面上。

只要是生命，本身就是喜悦的。就像我们拿到一张纸，拿到它的正面意味着同时也拿到它的背面。正面是我们的生命，背面就是喜悦。所以，不存在寻找幸福，也不存在提高幸福指数，只

9

存在发现幸福。怎么去发现？转个身去打量生命就可以了。或者说，打开堵住幸福目光的窗户就行了，淘尽幸福之泉的泥沙就可以了。

如果我们现在感觉不到幸福，说明我们的生命不在本质状态。

通常情况下，人们认为通过发财可以得到快乐，通过升官可以得到快乐，通过考级可以得到快乐，通过爱情可以得到快乐。然而，这都是不究竟的、暂时的。只有找到了根，才能找到生命的另一面——根本快乐，那就是喜悦。《论语》开篇讲："学而时习之，不亦说乎？有朋自远方来，不亦乐乎？人不知而不愠，不亦君子乎？"一个人面对掌声和鲜花时快乐，独处时也快乐，才是根本快乐，才是喜悦。

生命本身是一个根本快乐。纵观历史，几乎所有的古圣先贤，都在引导人们认识这个根本快乐。

第二，圆满。它是一个圆满。生命本身是按圆满设计的，什么都不缺，要什么有什么。如果能到达本质状态，就意味着圆满，意味着不缺长寿、不缺富贵、不缺康宁、不缺好德、不缺善终，什么都不缺，坐在那里，就在五福当中。

如果缺了一福，就意味着生命离开了本质层面。生命本来具有的一切，在本质层面上都是圆满的，既然是圆满，那就是要什么有什么。倘若一个人还在寻找、追逐，还不满足，说明他没有回到本质层面。

第三，永恒。它是一个永恒。既没有生，也没有灭。如果还有生命不永恒的焦虑，说明生命离开了本质层面。就好像衣服可以常常换新的，而穿衣服的人却不换；常常换手机，而手机号码却不换。

人们相当程度上的恐惧，来自于对生命的一种非永恒性的焦虑。认为生命这一个片段结束后，就灰飞烟灭。表现出的生活态度就是拼命地享受、拼命地掠夺、拼命地挥霍，认为这个片段结束了就永远结束了，所以，既不会传家，也不会真正地奉献。

第四，坚定。这个地带没有动摇，没有诱惑，没有恐惧，就像大树的根一样坚定。如果一个红包就能让你动摇，一个诅咒就能让你动摇，那你就不在本质状态。本质状态的生命是坚定的，只有坚才有定。

有许多的不安全感，导致人们拼命囤积财富、占有物质。当认识到生命是坚定的、不可动摇的、不可侵犯的时候，这种由不安全焦虑带来的疯狂就会自动停止。

第五，全能。它本身具有心想事成的品质。这个地带是人的本能地带，想要什么就会有什么，想做什么就做成什么。

了解了生命本质地带的五种属性，就知道了快乐和喜悦的区别在哪里。喜悦是圆满的、永恒的、坚定的、高能量的；快乐是有局限的、暂时的、动摇的、低能量的；喜悦是无条件的，快乐是有条件的；快乐是喜悦海洋里的一朵浪花，喜悦是快乐的根部，是一种根本快乐。

心量越大能量越高

老天视人的心量配给能量。就像下雨天，你拿出去一只茶杯，就得到一茶杯的水；拿出去一只碗，就得到一碗水；拿出去一个盆，就得到一盆水；拿出去一口缸，就得到一缸水……决定了我们得到天雨多少的是心量。

既然老天根据人们的心量配给能量，又如何拓展心量呢？有两种方式可选择，一是扩展内涵，二是扩展外延。扩展内涵，是一下子认识到你是宇宙中的一个细胞，要想获得像宇宙那样的生命力，就要跟宇宙同频共振，于是放下自我，一跃跳进宇宙本体的大海里。但这需要大勇气、大智慧、大气势，一般人做不到。比较可行的方式是后者，有三个方面可供实践。

一是把财富奉献给社会。就像屋子里面堆着好多财富，拿出去给别人，屋子的空间就腾出来了。把这些占有物腾出来以后，阳光进来了，空气进来了，心量就扩大了。

我曾在报纸上看到有人生病没钱治，一激动，捐了两千块钱，过了一会儿就后悔了，觉得捐一千块就可以了，怎么一冲动就捐了两千呢。真切地体会到什么是心疼。可后来看到因为自己带头，好多人响应，把生病的人从死亡线上拉回来，就体会到了一种比把两千块钱装在兜里多得多的快乐，才发现自己赚了。第二次再拿出钱帮助别人的时候，心疼的感觉减弱了。通过不断地把自己可以拿出去的那部分财富分享给社会，我有一种切切实实的生命体验，财富的得与失，给自己造成的焦虑降低了。相反，体会到了一种心量渐渐打开的开心和喜悦，似乎能够看到以前像坚冰一样的那个"我"在慢慢地融化。

才知道人的心量越大，痛苦就越小。我在长篇小说《农历》里面写了一个故事，主人公五月和六月特别享受在大年初一早晨关起门来打牌的感觉。为什么呢？因为大年初一早晨，是一家人关起门来打牌，别人是不能介入的。赢也是自家人赢，输也是自家人输，没有患得患失的痛苦和烦恼。但跟别人家打牌，输了就痛苦。当一个人的心量是家的时候，钱被别人家拿去，他就痛苦。但是对村长来讲，同村人打牌，张三家赢，李四家输，他没有痛苦。因为他的心量是村。

在大兴安岭的加格达奇，有个开小超市的人，挣了点钱，自己省吃俭用，租房子住，却拿出钱一个月办一次传统文化教育论坛。受其感染，厨师找上门来了，司机找上门来了，摄影师找上门来了，听他召唤，齐心协力造福一方。他没有任何级别，没有任何权力，但大家非常尊重他，因为大家知道他是为了这一方水土，为了很多人不再得病，为了很多人不再离婚，为了很多孩子不再犯错误。

在苏州，有位企业家，把度假村改作教育基地，一家人长年义务举办各种传统文化讲座，其乐融融。他说，这种幸福，是当年一味想着赚钱时根本体会不到的。

在承德围场，有位企业家，把大量资金投向教育事业，甚至资助到宁夏南部山区。他说，做公益之前的人生，就像一场恶梦。

在烟台，有位企业家，印制优秀传统经典几百万册，捐赠到全国各地，2015年，他又申请建立面向全国招生的国学学校。他说，钱只有变成智慧才增值。

在高碑店市，有位企业家，每天免费为两百左右老人管饭，坚持举办公益课堂。他说，没有比爱心更好的企业文化。

在银川，有位企业家，租房子举办公益讲座，他说，世界上没有比看到受益者脸上的微笑更幸福的事情。

……

2015年6月7日，有一位南京的爱心女士到银川的"寻找安详小课堂"来听课，从她的同行分享中，我们得知她刚刚组织了一场特殊的拍卖会，在她的感染带动下，一帮朋友把自己的服装、鞋包、首饰、手表以及收藏，拍卖了180多万元，捐给长春一家致力于弘扬传统文化，提高民族精神的学校。她说，没有爱心，再美的装饰也不美，有了爱心，素面朝天也动人。

通常情况下，人都会把财富传给后代。这看似在关爱孩子，其实剥夺了他在劳动中获得成就感的机会。人的第一需要是在劳动中实现自己的价值，你现在把钱直接给他，他没有这个机会了。让孩子通过自己的汗水一步一步地从生命银行里取出属于自己的钱来，体会那种成就感，才是留给孩子最宝贵的财富。明白这个道理的父母，会把维持孩子基本生存需要的钱通过做公益变成隐性能量，存在云空间，这部分隐性能量，按照古人的观点，在家族间可以转移支付，会变成孩子的健康、智慧、品质、运气。

二是把体力奉献给社会。做义工就是最好的办法。现在有一种"全职义工"，把自己的工作放下投入到义工中去，做得无比喜悦，只讲奉献，不求回报。这对大多数人来说不太现实，但我们可以在自己的岗位上抢着干活，平常干一倍的活儿，现在干两倍，就等于拿出了一倍奉献给社会了。吝啬体力是人们的惯性。即使是夫妻两个，因为谁做饭都会打架的，如果抢着做，不仅不会互相抱怨，日子还会越来越和谐。

还有一种奉献的方式更加有意义，那就是拿出自己的智慧。大唐高僧玄奘当年在那样艰苦的条件下，向西而行，冒着生命的危险到异国他乡，在辩经的论坛上辩倒了所有的印度高人，为祖国、为祖先争得了光荣。按照当时的游戏规则，如果辩经失败，是要付出生命代价的。但玄奘击败了所有高人，用他的生命、他的智慧荣耀了祖国和祖先。这是一种智慧的跨地理大分享，也是一种无畏精神的跨地理大分享。回国后，他一边组织翻译经典，一边写下了震撼世界的《大唐西域记》，照亮了多少暗路人，唤醒了多少梦中人，指正了多少迷途人。从他身上，我们看到，财富、体力、智慧往往是一起奉献的。当然，一般人是无法像他这样奉献生命的，但是这种精神值得我们学习。

两年多的志愿者生活，让我切实体会到，只有通过不断地奉献，才能打开心量，提高能量。每当想到全国有那么多人需要帮助，个人的一些利害得失就可以忽略了，生命一下子就轻松了许多，考虑问题的坐标也就变了，以前认为多重要的事，现在可以放下了，因为任何事都没有比救人重要。为此，有段时间一直过着下了飞机上论坛，下了论坛上飞机的生活。有时课程密集时，一天讲三场，连饭都顾不上吃。奇怪的是，觉得快要累趴下了，一上讲台，却精气神十足，一站就是三个小时，连一口水都不用喝，确实感觉到有一种伟大的力量在支持。

当你把自己交给大家的时候，大家也会惦着你，成全你。两年多来，每到一处，我都体会到一种过往生活中无法体会到的温暖。白天讲课，晚上，会有精于医道的志愿者给我刮痧、拔火罐、火疗、按摩；早上，会有志愿者把熬了一夜的养胃粥送到房间来。

通过把可能的财富、可能的体力、可能的智慧给别人，终将拓展自己的心量。终有一天，你的心量会大到跟天地同频共振的程度，那么，你就拥有了天地精神，拥有了因为天地精神而带来的"天长地久"。为什么中华民族有如此旺盛的生命力？四大文明古国中，为什么中华民族仍然屹立在世界民族之林？因为中华民族是一个跟天地同样心量的民族。只要不改变这种心量，我敢肯定，五千年、一万年之后，中华民族仍然会是人类最旺盛生命力的见证者。

认同度就是喜悦度

生命其实是一种认同。

《庄子》中记录了这样一段文字：

孔子谓颜回曰："回，来！家贫，居卑，胡不仕乎？"

颜回对曰："不愿仕。回有郭外之田五十亩，足以给粥
餰；郭内之田十亩，足以为丝麻；鼓琴，足以自娱；所学夫
子之道者，足以自乐也。回不愿仕。"

孔子欣然变容曰："善哉，回之意！丘闻之：'知足者，
不以利自累也；审自得者，失之而不惧；行修于内者，无位
而不怍。'丘诵之久矣，今于回而后见之。丘之得也。"

简单翻译一下就是——

孔子对颜回说："颜回，你家境贫寒，地位卑贱，为什么不外出做官呢？"

颜回回答说："我无心做官，城郭之外有五十亩地，足以供给我食粮；城郭之内有十亩地，足够用来种麻养蚕；拨动琴弦足以使我欢娱，学习先生所教给的道理足以使我快乐，因此，我不愿做官。"

孔子听了深受感动，说："好啊，颜回的心愿！我听说：'知道满足的人不会因为利禄而使自己受到拘累，真正安闲自得的人明知失去了什么也不会畏缩焦虑，注意内心修养的人没有什么官职也不会因此惭愧。'吟咏这样的话已经很久了，如今在你身上才算真正看到了它，这也是我的不小收获。"

由此可见，要想让人们离开低层次生命状态，必须给他找到一个高层次的出路。追求喜悦是人的本能，当一个人尝到高层次喜悦，低层次快乐会自动停止。

要想找到这个高层次喜悦，就要首先弄清楚"我"。

"我"是什么？是个什么样子？由什么材料构成？

有一次，我到一所学校讲课，问孩子们，十位同学十种说法。

有一天，我突然发现，"我"其实并不存在，只是一个认同而已。"物我"的人，认同物质是"我"，这一类人特别在乎物质，对财富的占有欲极强；"身我"的人，认同身体是"我"，这一类人特别在乎身体，保健意识极强；"情我"的人，认同情感是"我"，这一类人特别在乎情感，对情感的质量要求极高；"德我"的人，认同道德是"我"，这一类人特别在乎道德，非常注重人格的完善，儒家讲的"杀身成仁，舍生取义"，就是这个层面；"本我"的人，认同本体是"我"，这一类人已经超越了前四个层面，活在一种无善无恶的清净状态里。

认识"我"的五个层面对生命有什么意义呢？它直接关系到人的解脱。一个人一旦由物质认同超越到身体认同，物质层面的痛苦就自动脱落了。"留得青山在，不怕没柴烧"，即讲这一类人。厂子破产了，破产就破产，他也不会焦虑，只要我人在，还会东山再起。这一类人他就活得比物质认同的人轻松一些了。一个人一旦由身体认同超越到情感认同，身体层面的许多焦虑就自动脱落了，他甚至觉得，只要我有过有质量的情感生活，活得寿命稍短一些也没有关系。一个人一旦由情感认同超越到道德层面的时候，个人情感的得失就不会给他带来痛苦了。我们知道好多人的痛苦来自于情感。一个人一旦由道德层面超越到本体层面的时候，一切痛苦和烦恼就自动脱落了。这时，他活在一种随缘状态里，他认为活一天就认真给天地干一天活，至于生死去留，全听天地安排。如果天地需要，他就一直干着，另有安排，他可以随时走人。

从能量的角度来讲，"我"的认同度越高，能量指数就越高，幸福指数也就越高。对照一下心理学家霍金斯的能量级会发现，一个人的自我认同到道德层面后，他的生命能量是前三个层面的很多倍，由此可知为什么那些特别有道德感的大家族往往兴旺发达。

从常识角度，也好理解，物质认同的人，他的生命能量是跟感官相连的，而跟感官相连，能量肯定会漏掉。因为感官本身就是能量漏失的通道，看东西的时候能量从眼睛漏掉了，听声音的时候能量从耳朵漏掉了，尝味道的时候能量从舌头漏掉了，抚摸的时候能量从手上漏掉了。道德认同的人，能量就保持在一个相对稳定的基本无漏的水平面上了，生命就成为一个精气神的聚宝盆。

前三个层面的认同，随着心量的变化会发生转变。比如一些人，特别认同物质，但认同的是公家的物质，保家卫国，就不一样了，物质认同又变成道德认同了。比如一些人，他特别认同情感，但维护的是一段人间真情，那又成了道德认同了。如果说，把身体维护好，不是为了享受，不是为了我长寿，而是为了孝敬老人，报效国家，这又变成道德认同了。

认同度高一级，对下面的那一级就会轻松看破，幸福指数就提高一级，幸福指数跟一个人的看破放下成正比。这就能够理解，古人为什么要讲"君子忧道不忧贫"，为什么讲"朝闻道，夕死可矣"。早晨听到道，晚上死了都可以。为什么呢？找到了最高一级的认同，而且掌握了最高一级认同，下面的就可以忽略了，不屑一顾了。这就是古人为什么孜孜以求君子人格的原因。这时，我们就能够理解清人李玉的一句话，"一身轻似叶，所重全名节"，也就能够理解历史上那些白雪肝肠、坚冰骨骼的英雄人物。

现在，有人常常拿孔子的弟子子贡和颜回对比，说到底谁最成功。如果说是颜回，可是他当时连饭都吃不饱，如果是子贡，可是孔子曾经谦虚地说连自己都不如颜回。这就要看拿什么标准来评价了。如果用五种认同一对比，就清清楚楚了。

如果依次建立一个纵坐标，物质认同、身体认同、情感认同、道德认同、本体认同。认同度越高，能量越高。再以心量建立一个横坐标，心量越大，能量越大。一分的心量对应一级认同，是个小圆；二分的心量对应二级认同，是个大圆；三分的心量对应三级认同，是个更大的圆。如果哪一天我的心量变得跟天地一样大，认同到达本我，就是天长地久的圆，就是心想事成的圆。为什么呢？能量自由度到达理想状态，就像一个人到了天地间最大的面粉厂里，想做多大的蛋糕，就做多大的蛋糕，想做多大的面包，就做多大的面包。空间障碍没有了，时间障碍没有了，真正的自由境界到来。

由此可见，这个"我"存在不存在呢？不存在。就像汽车挂挡一样，随着你换挡它就变了。"我"其实不存在，"我"是一个投影源投出来的像。投影源变了像就变了。换句话说，认同变了，"我"就变了。

如果身体是我，死后的那个身体应该还是我，但是明明不是了。所以，"我"只是一个认同而已。认同是什么？动了个念头。把两个念头建立了一种联系。我是房子，主谓宾建立了一种联系，我们就变成房子了；我是身体，建立了一种联系；我是情感，建立了一种联系。都是一样的，只是一种"认同"。

但这种认同非常重要，因为它直接决定了你使用哪个能量平台，如果把能量平台依次视为牛车、拖拉机、汽车、火车、动车、飞机、宇宙飞船，那么，上了什么交通工具享用的就是什么交通工具对应的能量、速度、方便。而决定上什么交通工具的是你的认同，也就是念头的最强烈指向，可见念头很关键。而普通人的念头往往是被惯性控制的，为此，就要在平时训练一种高级惯性，也就是建立一种高级认同。如何训练，没有别的好办法，只有重复，这也就是古人为什么要人把一部高能量的经典读一辈子的原因。因为生命的最高境界是无念，但是这对一般人来讲，根本做不到。能够做到的是尽可能地动高能量的念头，也就是尽可能建立高级的生命认同。

对于一个追求喜悦的人来说，认识五种生命认同也很重要。拿面包来说，如果所有的人都是面包它就高兴了，有饼干出现了它就不高兴了。只有它回到面缸，它的焦虑、痛苦才会消失，喜悦才会到来。可见痛苦来自于分别，喜悦来自于平等。

古人讲的"平常心"，就是指这个。"平"是什么意思？既不是高潮也不是低潮。"常"是什么意思？没分段。其实，"平常"不好理解，一说面缸大家就好理解了，面包和饼干回到面缸才发现它们都一样，这就是"平"和"常"啊。

人一有平常心之后，再苦的事，再累的事，再大的灾难，他都能接受，都能扛过去。有一次，我在承德讲完课，一位小伙子找到我，给我鞠了一躬，说："郭老师，谢谢你救了我一命。"我说："这话从何说起？"看他眼圈哭得肿肿的。原来他爱人二十天前刚刚过世。他说："如果没有你今天这一课，我可能熬不过去。"

原来是我讲的"面缸原理"这一部分，给了他心理支援。大意是讲，当真正回到生命的面缸里，回到原料部分，回到根本性故乡，你会发现，没有生和死。就像他妻子，只不过是"归去了"，不叫死啊，她还在啊。如果你的心足够灵，你们还会在一起。为什么呢？潜意识是永恒的，全息的。离去的是什么呢？身体认同。甚至情感都在啊，情感是什么？念头组合而已，也永恒存在潜意识账户里。

这就是我总结的"我"的五个层面：物我、身我、情我、德我、本我。

当认同物质，物质就是"我"，穿衣服的这个是"我"，吃的是"我"，喝的是"我"，拥有这个房子的是"我"；当认同身体，身体就是"我"，坐在这里的这个就是"我"，站在这里的这个就是"我"；当认同情感，情感就是"我"，正在喜悦的这个是"我"，正在忧伤的这个是"我"；当认同道德，道德就是"我"，感觉很高尚的是"我"，很纯粹的是"我"；当认同本体，本体就是"我"，发现者就是"我"，在现场的就是"我"。现场感的"我"接近于"本我"。

因此，找到现场感太重要了。

一个人，当他执著物质时肯定不在现场，执著身体时肯定不在现场，执著情感时肯定不在现场，执著道德时肯定不在现场。

可是，为什么古往今来人们都要强调道德呢？这是相对于下面三个层面来讲的。因为"本我"一般的人够不着。所以，通常情况下要强调这个层面，因为它连着"本我"，离"本我"最近，事实上，"德我"和"本我"基本上是一体两面了，从人格的完成上来讲，它已经接近圆满了。

社会要求人们做一个有道德的人，相比于"物我、身我、情我"而言，已经是很难得的高度了。当人们真的懂得了道德之后，那么最后连道德的概念都没有了。《太上老君说常清净经》里说："上德不德，下德执德；执著之者，不明道德。""无我"中的"我"一般的人摸不着，因为它连着"本我"。

古人早就知道，高维境界无法描述，一说就是错，"言语道断，心行处灭"，只要一说话，它就没了。就像雪一样，只要一碰，它就化了。能说的境界是"德我"。

由此可见，《了凡四训》的编排非常科学。先立命，树立一个人生目标，我要认同哪一个"我"，认同物质呢，认同身体呢，认同情感呢，认同道德呢，还是认同本我？对追求本我的人，下面的四个认同，他会轻松地放下，他看到为了情感要死要活的人会觉得可笑，觉得他们在玩过家家呢。就像看到幼儿园的小朋友在黑板上画了一幅画，老师或者同学擦掉了，他就哭嚷"还我画还我画"一样。

作家更在乎情感层面。作家一般写的都是自己的情感经历，对物质层面、身体层面不怎么在乎。作家一熬夜一晚上不在乎，只要能写出好文章。他多是第三个层面的认同，有些是第四个层面的认同。当然，那些第一动机只是为了赚钱的作家，那又是物质认同了。

人们之所以对财富执著，因为他认同财富是"我"，贪污受贿往往源于此。要解决这个问题，就要提高自我的生命认同度。

当一个人念念想着回到面缸里去时，他就对做面包没兴趣了。有人说我无偿给你一千万，你投资办个面包厂吧，他也不干。为什么呢？左边一个亿，右边一口气，他要一口气。先逮着这一口气回到面缸里去啊，哪一天这一口气没了，想回去都没有可能了。人生的第一意义是什么？回家。可见，认同度越高，对物质诱惑就越容易超越，这是人们回到快乐大本营的最为重要的方法论。

要想回到快乐大本营，就要消除我的低层次认同。为什么比较原始的瑜伽老师不让徒弟照镜子，就是因为一照镜子，就觉得这个模样的我是"我"，看一次投射一次，看一次投射一次，加固了你对这个"我"的执著和认识，现在不照镜子，时间一长，我长啥模样，忘了。就像面包天天照镜子，越看越自恋，饼干天天照镜子，越看越自恋，越看越加固了面包和饼干属性。它们不照镜子的时候，哪一天忘掉自己是面包是饼干，就回到面缸里去了。

当一个人没有"我"的时候，就进入了永恒地带，那是另一种生命状态。

事实上，永恒地带和非永恒地带是一体两面。关键是要认清真我和假我。无我即真我，对应着喜悦。认同习气的那个我是假我，认同非习气生命状态的即真我。念头和念头的跟踪者，都在真我的大地上。意识和潜意识都在超意识的大地上。生命即是真我和假我较量的存在。通过这种较量，生命得以反观本体。超意识是种子库，发芽是它的动，超意识变成意识。意识是动性，潜意识是静性，超意识是定性。

命运是可以改变的

"命运是可以改变的",这是明神宗年间的圣哲袁了凡科学实验报告的关键词,其正文,就是影响了明清两代人的《了凡四训》。袁了凡当年遇到神算孔先生,算他寿命只有53岁,命中没有儿子,只能考个秀才,官职为四川某县的一位县令,而且只能做三年半。他就活得很消极,觉得一切都是命中注定的,努力又有什么用呢?何以见得一切都是命中注定的呢?因为孔先生对他的前半生了如指掌,让他不得不相信命是注定的。

后来他遇到了云谷禅师,告诉他,生命的真相不是这样。孔先生算的对不对呢?也对,但不全面。云谷禅师认为命运是可以改变的,破除了孔先生的宿命论。他让袁了凡按他的理论去尝试。袁了凡依教奉行。先是考上功名,接着有了儿子,继而考上进士,先任宝坻县令,相当于现在直辖市的市长,后迁兵部职方司，相当于主管人，活了74岁。后被追封为尚宝司少卿。他的儿子袁俨，后来也中了进士。

可见，命运掌握在每个人自己的手里。正如《回生宝训》讲："一日行善，福虽未至，祸自远矣；一日行恶，祸虽未至，福自远矣。行善之人，如春园之草，不见其长，日有所增；作恶之人，如磨刀之石，不见其损，日有所亏。"六祖讲："一切福田，不离方寸；从心而觅，感无不通。"袁了凡的科学实验，证明了这两段话是真理。命由我作，福自己求。一点没错。

可是，如此简单的道理，为什么还是有人不愿意行善积福呢？还是没有深信。之所以没有深信，是因为人们不知道我们每个人都有一个永恒账户。

要感谢心理学，让人们知道这个永恒账户，就是潜意识，它有四大基本属性：

一是自动记录。人们做的一切事、动的一切念头它都自动记录，然后永久性收藏。它不会说这句话我喜欢就记录，不喜欢就不记录。有的人你只见过一面，许久以后你可能以为忘掉了，只不过是时间把他导入到潜意识里面。同仁堂《堂训》讲"修合无人见，存心有天知"，虽然我配这个药的时候顾客看不见，但还有一个眼睛在看，古人把它叫做天。在我看来，天就是人的心，就是人的潜意识，它具有自动记录功能。如此，再去理解古人讲的"三阳开泰从地起，五福临门自天来"的这个"天"，就知道它就是人的潜意识。包括"举头三尺有神明"，说的也是人的潜意识。

二是自动播放。潜意识会自动播放。现在的生命状态是前一个生命片段拍摄的电影的播放。吉祥如意的人生，是你上一个生命片段剧本写得好，演员选得好，导演做得好；相反，是自己把剧本写坏了，演员招错了，导演做失败了。都是自己拍摄的电影，跟别人没关系。所谓的命运，就是上一个生命片段自己拍摄的电影的播放而已。从一定意义上讲，生命就是一个投影。《零极限》讲，一个人要为他生命中发生的一切负百分之百的责任，就是这个道理。

这个世界上没有无缘无故播放的电影，全是人的底片在那里自动播放。凡是降临在生命中的不愉快的事情，如果高高兴兴地接受了，就在当时了结了。它意味着把对应的一部分电影底片曝光了，一旦曝光，它就再不播放了，如果不曝光，将来还会播出来。反省和忏悔的意义就是用这种方式去主动曝光当年那些底片，一曝光它就没了，这要比将来变成果实再承受经济得多。

生命中发生的一切，都是有底片的。比如别人的鼻梁比你挺，你别嫉妒，那是人家在前一个生命片段做对应的那个活的时候，做得完完美美，鼻梁就挺了；你做那个活的时候，敷衍了一下，鼻梁就塌下去了。前一个生命片段画图纸，这一个生命片段建大楼。图纸是什么样这个大楼就什么样。明白这个道理，就再也不会抱怨了。我的电影我拍摄，我的命运我做主。

命运是自己拍摄的电影，现在做的一切，动的一切念头又是下一部电影的底片的构成。想看《甜蜜的岁月》还是想看《悲惨的世界》，全由自己决定。中国人讲"积善之家，必有余庆"，就是这个道理。"积善"是拍电影，"余庆"是放电影。如果积不善，那么就必有余殃。

三是全息感知。潜意识具有共享性，现代科学已经证明，你的念头一动，脑电波会遍布宇宙，超光速。有一句话叫"若要人不知，除非己莫为"，其实应该改为"若要人不知，除非己莫想"。《弟子规》为什么说"入虚室，如有人"，因为念头一动，宇宙全知。过去皇帝办公的地方挂着"正大光明"四个大字，就是说不能言行有偏，要光明正大地进行。我们的一生也应该正大光明地度过，正大是因，光明是果，只有正大，才有光明。

做过母亲的一定有这样的经验，小孩子本来已经睡着了，但母亲一旦从屋子里出去，他就会哇的一声哭出声来，母亲返回来，一边说着"妈妈在，妈妈在"，一边在孩子身上拍几下，他就又睡着了。可见，孩子睡觉时关闭的只是意识层，潜意识永远不睡觉。小孩如此，大人也同样，只不过大人的潜意识被严重遮蔽，不像小孩那么灵了，但这并不影响它一直在底层工作。

心理学家智然先生曾讲，恐惧是一种善的力量。人之所以恐惧，是因为潜意识提醒我们有些事情做错了，聪明人一恐惧马上就会反省，就会改正自己的行为。如果执迷不悟，灾难就发生了。

四是永恒性。既然生命是底片的播放，那么它就是永恒的。

因为每一个现在时，都是未来时的底片，下一个未来时，又是下下一个未来时的底片，那就没有终结。催眠治疗已经成为一种常规性的治疗手段，证明了潜意识的永恒性。现代医学也证明，人在最终的那一刻，所做的一切就像放电影一样，不断地回放，这个快速播放的胶片就是潜意识。它是人的本质载体，是跟随人类走过一程又一程的永恒所在。

可见行善造恶决定着人的命运，也说明人的命运掌握在自己手中，甚至跟每一个念头息息相关。这一刻把念头从"我要"变成"我给"，命运就已经改了。底片变了，电影就变了。改变命运就从"这一刻"改。

潜意识的四大属性还让人们明白，遇到问题，要向内求解决的办法，要在修改自己的念头上下功夫。福田心耕，莫向外求。只要按照利他的念头去行动，命运肯定会改变。

当你带着这种理念去生活的时候，生活只剩下轻松自在。为什么呢？我不考虑我的命运了，只考虑把现在做好，只考虑现在轻松自在。"但行好事，莫问前程"，只考虑做好事，不考虑结果了，哪里有痛苦？人真是活得像神仙一样，这叫高等生命。一等凡夫抗命，二等凡夫认命，圣人改命。

《了凡四训》讲得好："从前种种譬如昨日死，从后种种譬如今日生。"从今天开始，把恶念的闸门关上，只动善念，厄运就自动终止了。

大阅读决定生命力

作为一个作家，我想提醒天下的父母，一定要让孩子们离开那些低能量的环境，首先要离开低能量的阅读环境。我们一定要清楚，输送到孩子潜意识里的每一句话都是一粒种子，只要是种子，它肯定会发芽、开花、结果。既然如此，假如它是毒草种子呢？

现在有这么多的抑郁症、焦虑症，其实跟人们的阅读对象有关，跟人们每天看的、听的有关。每天有七百本图书上市，让孩子自由去选择，他有这个能力吗？如果任由孩子去买、去读，那就意味着孩子是摸着石头过河。现在有许多家长比赛孩子读书，他的孩子一个月读多少本，我的孩子读多少本，互相炫耀。学校也这样，我们学校的孩子一周读几本书，他们学校的孩子一周读几本书，这个就要考量了。如果读的是负能量的书，那越多越糟糕。

要想让自己的孩子好，就应该把家里面一切低能量的阅读源清除掉。

标准是什么？我们没有时间，也可能没有能力选择，但古人已经替我们作了选择。经典，经过几百年之后留下来的书，它至少是无数家长筛选过的。有的家长担心，如果孩子只读经典，会读呆了读傻了。恰恰相反，孩子如果读低能量的书，才会读呆读傻。读经典不仅不会呆不仅不会傻，反而会越读越聪明。呆和傻是能量低的一种表现，而所有经典，都是高能量的载体。

当然，只读经典，现代书都不读了，那也不行。需要有一个取舍标准。有些书是把人带离家园的，有些书就是把人带回家园的。低能量的书读了一千遍，相当于浪费了一千次生命，还给生命引入了一千个单位的负能量。把一部经典读一千遍，既是给生命补充一千次正能量，还有一个好处，就是你的心是定的。打个比方，要打一口井水出来，你在某一个地方一直打，打一千次，水就出来了。有的人在这儿咚咚咚几下，没水，换一个地方，咚咚咚几下，遍地全是井口，就是没水出来。

我们的目的是为了打出水来，不是为了看打了多少个洞。许多家长和学校，不看孩子打没打出来水，只看孩子打了多少洞。全然不顾学生是否能消化。可以想象一下，一千个信息场放到潜意识里面，是多么的杂乱。一个仓库里面，有一千种东西堆在里面，跟一种东西堆在里面，是不可比的。所以，要给孩子创造一个比较轻松简单的成长方式。什么样的成长方式呢？让他的阅读在本能的状态下，在直觉的状态下，在定中进行。

最好的阅读是做，要求孩子做到的，家长一定要做到。如果家长做不到，去要求孩子，他也不听，即便听，也没真听。家长在那里噼里啪啦打麻将，让孩子去背《弟子规》。他虽然去背了，但心里想，《弟子规》既然那么好，你怎么不背？家长在看肥皂剧，让孩子去做作业，他也觉得不公平。家长做什么，孩子就会做什么。家长给老人做什么，孩子也会给他做什么。家长是孩子的榜样，最好的教育就一个字，"演"，做个样子给孩子看。

要给孩子建立一个概念，宁可不吃早点也不能缺少早读，吃早点是给身体提供营养，早读是给心灵提供营养。可以给孩子买带有注音的读本，不要管意思懂不懂，就让他读，他的潜意识懂。书读百遍，其义自见。读书不是为了长知识，而是心理暗示，心理暗示的目的在于提高能量，生命的所有意义就是为了提高生命能量。

特别需要说明的是，读经典更重要的意义，是培养人的直觉。刚开始读的时候，常常会走神，走神的时候，是直觉断档的时候；收神的时候，是直觉回来的时候。这样，通过不断地训练，如果哪一天一部经典读完，没有走一次神，说明你在一个很可观的时间段里，直觉是连着的。这对生命太重要了，因为人与存在的根性联系，就是直觉，它是最直接的生命力，也是最直接的返乡港口。

　　阅读构成了人的潜意识，而人的行动由潜意识决定，一个民族的生命力也由一个民族的集体无意识决定。凡是进入眼睛的信息都会变成一个种子，凡是种子，总会要发芽。所以，要保护自己的眼睛。从一个孩子现在看什么书，就能知道他的将来。看上去他在看书，其实是在动一个又一个念头，他动的念头是"执子之手，与子偕老"，他以后就跟妻子白头偕老；他如果动的念头是"不在乎天长地久，只在乎曾经拥有"，就是另一种态度。所以，读什么决定了活什么。做家长不仅是把孩子养大就行了，还需要给孩子慎重选择读本。

　　我们村有两位青年，一起闯世界，一位因为犯罪被判了八年有期徒刑，另一位却因为很偶然的一次机会，路过一个书摊，偷了一本书，改变了他的命运。这书就是《平凡的世界》。他说，当他读到书中的一句话"一个人总要觉悟的，觉悟的早晚决定了他命运改变的早晚"的时候，心中像投进一个炸弹。他觉得再不能这样下去了，萌生了重新做人的念头。带着这种动机，他去给那个书摊老板还书钱。老板很感动，又送他一本《了凡四训》。这个青年告诉我，正是这一本书，让他找到了做人的方向。

　　两本书可以让一个浪子回头。

　　人的心灵是一张白纸，你在上面画什么颜色，它就呈现什么颜色。

　　同样都是文学作品，《平凡的世界》却可以让一位浪子回头。但现在这样的长篇太少了，不少充满了杀、盗、淫、妄。文学应该保持在祝福这个频道上，成为一个祝福的媒介。当读者读到书中的某一句话的时候，他会心生安详，有放松的感觉，产生喜悦，产生爱，这部作品就成功了；如果他读了这本书，产生仇恨、嫉妒、傲慢和反社会倾向，这部作品就错了。著名心理学家霍金斯通过大量实验证明，所有的流行文化都是负能量，这让我惊醒，为什么那么多的青少年年纪轻轻，就已身心俱废。

让人感伤的是，当监狱里的那个青年回到村里的时候，那位因窃书而回头的浪子的孩子已经6岁了。人家都娶妻生子，过一个正常人生活的时候，他还在漫漫牢狱中服刑。在他服刑的八年中，我坚持跟他通信，发现他的心地并不坏，就是喜欢模仿一些畅销书、影视剧去逞能。我就鼓励他好好改造，从头开始，重新做人。出来后，他果然变化很大，现在还做一些小公益。所以，这个世界上没有好人和坏人之分，只有好运气和坏运气之别。好运气的人会在关键的时候，读到一本好书、听到一堂好课、遇到一个好人。

一个孩子走丢了，有责任感的人会把他带回家，但也有人会把他拐卖掉。有些书就是把人带回家的，有些书就是把人拐卖掉的。如果一本书看完，让人有孝敬老人的冲动，尊敬老师的冲动，节约资源的冲动，爱社会的冲动，那就是高能量的；反之，则是低能量的。

做家长的第一义务是保护孩子的眼睛。进入眼睛的任何一个信息都会成为潜意识构成。大家常常有这样的体会，晚上做的梦境是白天动的念头，就是这个道理。梦境是另一个维度的世界。那梦境播出来还好，报销掉了；如果没播出来，终究会变成一个人的生命实相。

一定意义上，每个人一辈子都要进行保护心灵的战争。

文学除了认识功能、审美功能、社会功能、教育功能，还有更重要的一个功能，我认为它是祝福。别人看了你的文字，他就能得到祝福。为此，我给自己主编的《黄河文学》定了三条底线。第一，办一份能够首先拿回家让自己孩子看的杂志；第二，办一份能唤醒读者内心温暖、善良、崇高和引人向上、向内的杂志；第三，办一份能够给读者带来安详的杂志。这是我的办刊理念，也是我的创作理念。

人之所以恐惧，是因为对未来没有了解。当对未来有了解，知道要到哪里去，心就放下了。小孩子在外面玩得很尽兴，突然发现天黑下来了，找不到回家的路了，他就会哇的一声哭出声来。这时候，妈妈唤归的声音成了世界上最温暖的声音。唤归的书，带我们找到那个根本故乡的书才是好书。

　　生命是一棵大树，要想枝繁叶茂，就要让它的根有生命力，这个根是生命的能量之源。

一切都是因为断根

生命是一棵大树，要想枝繁叶茂，就要让它的根有生命力，这个根是生命的能量之源。

根在哪里？相对于个体来讲，是你的从前；相对于家庭来讲，是你的祖先；相对于中华民族来讲，是炎黄先祖，古圣先哲。

为此，连根养根，就成了生命最重要的学问。

贪官之所以会贪污，除了道德作风问题，也可以从心理学上找原因。一个重要的心理学背景就是贪官的心灵深处有恐惧，这个恐惧其实连贪官自身都不知道。他们之所以贪污受贿，只是在消除他们的恐惧感。为什么恐惧？心不安。为什么不安？断根了。其实每一个人都一样，有一种隐藏很深的恐惧一生都在跟着，人之所以抓钱、抓房、抓名、抓利、抓地位，看上去是欲望驱动，其实根本原因是恐惧。

人一旦忘记了家，忘记了是从哪里出发的，恐惧就来了。死亡之所以让人恐惧，就是因为人们忘记了从何而来，向何而去。

在生命的出发地，一切都是本自具足的，什么东西都不缺少。

只是忘记了。因为忘记，所以流浪。因为流浪，所以恐惧。如果哪一天结束了流浪，回到了快乐老家，会发现平时孜孜以求的一切都在那里，无所不有。

断根带给人们的恐惧太严重了。即便你在世俗意义上特别成功，但如果断根了，这个成功也是伪成功，它带来的痛苦只会更严重。且不要说和本体层面的故乡断了联系，只是和父母断掉联系，问题都会非常严重。有一些家庭，孩子一生下来，就被他的父母交给老人去带，有的甚至三四年之内都没有见到过父母，恐惧感自然就到来。小时候靠哭喊，长大了则往往会做出一些让人难以理解的疯狂举动来掩饰他的恐惧。他们比常人更渴望被关注，得不到周围人的关注，就会不安，就会制造一些事端，引起人们关注。

他们的根断了，跟自己父母的连接断掉了，就意味着跟祖辈的连接也断掉了。为什么呢？因为父母是他跟祖先连接的第一个链条。跟父母断掉了，就意味着跟所有祖先断掉了，跟源头断掉了。那是生命的能量之源，是生命之河的源头。如果一个人不连根养根，他的整个人生就不得不在恐惧和痛苦中苦苦挣扎。有一个刚上幼儿园的孩子，一开始是妈妈送她，过了一段时间，妈妈不见了，改爸爸送，又过了一段时间，爸爸也不见了，变成了爷爷奶奶送。不久，孩子开始变得无精打采而不合群。接下来，班主任就怀疑孩子可能患上了抑郁症。经专家一确认，大家都感到不可思议，这么小的孩子为什么会患上抑郁症呢？一次，班主任发现这个孩子午睡时，怀里好像搂着什么东西，悄悄揭过被子，原来是一件妈妈的睡衣，我们可以想象一下这个孩子的内心世界。

我曾把两颗杏仁种在不同的地方，一颗种在老家的院子后面，一颗种在书房的花盆里。许多年后，院子后面的杏树已经长得和院墙一样高了，而书房花盆里的只不过像桌子那样高。是什么原因让两颗同样的种子，形成如此不同的结果呢？当然是根。花盆里的杏树之所以长不高，是因为花盆限制了根的延伸。

有多大的冠就需要多大的根作支持，根是生命能量的保证者。太多的人，变成了无根之木。

当今出现了越来越多的留守儿童，这个后果非常严重。如果父母仅仅因为挣钱，让自己的孩子断根，挣再多的钱，价值也是零。一代人毁掉了，挣再多的钱又有何意义？

一个人在小的时候断根，第一个反应是恐惧，第二个反应就是仇恨，而仇恨与恐惧带来的必然结果就是报复。

我在长篇小说《农历》中，用很长的篇幅写了过大年的情景。就是想告诉人们，过大年的意义，绝不是简单的吃吃喝喝，它是一年一度的教育，它的主旨在于连根养根。给祖先的一炷香，一个顶礼，都是对根的维系。心理学已经证明，潜意识是永恒的，既然潜意识是永恒的，那就说明祖先的潜意识还在，如此，祭礼就不单单是一种形式。通过过大年，我们给生命之树浇水，这是华夏祖先们发明的一年一度给子孙们补给能量的特有方式。

对于古人来说，过大年其实是一场教育。一族人在祠堂里面过大年，就是开总结会，哪一房的祖先给国家作的贡献多，为民族作的贡献多，他的后人就在那一刻享受到一种荣耀。犯了错误的人，死后牌位不允许进祠堂。如果谁走进祠堂去，找不到祖先的牌位，那将是一种无法忍受的心灵打击。为此，他也会好好做人。从这个意义上来讲，也是连根养根。

对于没有凭寄的人生，只有生命列车在飞速状态，这个人才有安全感，列车一旦停下来，他便会感到恐惧。试想，千年古树的根会飞速奔跑吗？黄河的源头会飞速奔跑吗？根是原始点，是源头，它不动。一如树木，春天来了枝叶吐绿，夏天来了枝繁叶茂，秋天来了枝叶变黄，冬天来了枝叶掉落。而根，永远在一种恒常状态，从来不变。为什么根能保持这种能量？因为它在定中。正因为它在定中，才会春有百花，夏有凉风，冬有丰雪。让生命回到根状态，这是人生无比重要的学问。

要想回到根状态，就要重建根文化，而要重建根文化，就要重新走进传统。如果重续亲情是血脉意义上的连根养根，那么走进传统就是精神意义上的连根养根。

传统之所以为传统，是因为它在讲关于根的常识，是一种根本学问，是生命根部本来就有的文化，是老祖先留给后人回家的路标。它有一个基本的逻辑，就是教人认识生命、维护生命、享受生命、超越生命。

也许有人会说，在这个现代的社会里，还讲传统是不是有些落伍呢？持这种观点的人显然没有了解传统。人类自在这个地球上生存以来，就沐浴在阳光之下，难道因为阳光照耀过古人，我们就拒绝阳光吗？难道因为大地承载过古人，我们就拒绝在大地上生存吗？难道因为时代进步了，我们要重新创造出一种母爱吗？从这个意义上来说，传统恰恰是最时尚最先锋的。

不存在过时了的传统，只存在不懂传统的人，不存在落伍的传统，只存在现在还没有走进传统实践的人。

谦德是生命的春风

《周易》有云:"天道亏盈而益谦,地道变盈而流谦,鬼神害盈而福谦,人道恶盈而好谦。"无论是天地鬼神还是人,对谦虚的人都喜欢,对骄傲的人都憎恶。积善、立命和改过让人成功,谦德让人不败。《易经》六十四卦中,只有谦卦大吉。可见,只有谦,才能带给人福气;只有谦,才能保持人的生命力。

《了凡四训》讲:"即命当荣显,常作落寞想;即时当顺利,常作拂逆想;即眼前足食,常作贫窭想;即人相爱敬,常作恐惧想;即家世望重,常作卑下想;即学问颇优,常作浅陋想。"也就是说,越有钱越要谦虚,越有权越要谦虚,越有名气越要谦虚,让生命保持在一种"花未全开月未圆"的状态。掌声再热烈,也不要得意;事业做得再大,也不要得意;荣誉再高,也不要得意;活做得再好,也不要得意;学问再高,也不要得意,就会做到成功不败。

生活中，谦德表现为连根养根、知命认命、知恩报恩、知过改过、孝亲尊师、爱国敬祖、勤奋好学、宽容忍让、敬业奉献、遵纪守法、廉洁奉公、洁身自好、诚信友善，等等。概括地说，就是古人讲的孝悌忠信礼义廉耻。

对应到生命气质上，是温良恭俭让，是文明、优雅、高贵、含蓄，等等。

就拿含蓄来说，只有"含"，才能"蓄"。倒水时，当有含劲时，水就不会溅到外面，因为能量是守住的；吃饭时，当有含劲时，饭就不会掉到外面，因为能量是守住的。包括行住坐卧，举手投足，放的时候，就要收住，推的时候，就要回力。医家讲，小解时要咬牙切齿，这样到老牙齿都不会脱落，就是这个道理。小解是放，咬牙切齿是收，看上去是两件事，事实上是一件事，因为能量是整体。有谦德的人，平时说话语速中和，不紧不慢，不多不少，因为他有含蓄的功夫，有随时把守能量的功夫。

投射到生命态度上，谦虚的人明高低知进退，既不会得意忘形，又不会固步自封。

一个人谦到最后就没有我了，没有我就是无。到达无的境界，大海也成了你，宇宙也成了你，天地也成了你，"从心所欲不逾矩"的人生境界就到来了。

没有了"我"，也就不会产生烦恼、痛苦和恐惧，真正到达安详的境界。无我之人，人人是我，当所有的人变成我，我的幸福就翻了无数倍。所以圣人的喜悦，是海洋般的喜悦，是无量无边的喜悦，因为一个"我"没有了，"我"变成了"所有"。

在所有的品德里面，谦德是第一德。《了凡四训》认为人成功有四个要素。第一，立命，就是树立理想；第二，改过；第三，积善；第四，修谦德。谦德要达到什么程度？"恂恂款款，不敢先人""恭敬顺承，小心谦畏""受侮不答，闻谤不辩"，即"荣辱不惊，且看庭前花开花落；去留无意，漫随天外云卷云舒"，外在世界，已经不能动摇你的心。

就世俗成功来讲，谦德也是巨大的生产力。子贡之所以能够取得多方面的建树与成就，和他的深厚谦德不无关系。《论语》记载，当年孔子问子贡："汝与回也孰愈？"回即颜回，是孔子最得意的门生，子贡对此是深知的，但孔子偏偏向子贡提这样的问题。子贡相当有涵养，说："赐也何敢望回？回也闻一以知十，赐也闻一以知二"，何其谦虚。但行动力却超人，《史记》载孔子困陈、蔡，绝粮，情形十分危急，当门徒们个个面面相觑，不知所措时，是"子贡使楚"，让"楚昭王兴师迎孔子，然后得免"。

他在学问、政绩、理财、经商等方面的卓越表现有目共睹，有耳共闻，故其名声地位雀跃直上，甚至超过了老师孔子。当时鲁国的大夫孙武就公开在朝廷说："子贡贤于仲尼。"另一大臣把这话转告子贡，但子贡却谦逊地说："譬之宫墙，赐之墙也及肩，窥见室家之好。夫子之墙数仞，不得其门而入，不见宗庙之美，百官之富。得其门者或寡矣。夫子之云，不亦宜乎？"意思是说，自己的那点学问本领好比矮墙里面的房屋，谁都能看得见，但孔子的学问本领则好比数仞高墙里面的宗庙景观，不得其门而入不得见，何况能寻得其门的又很少，正因如此，诸位才有这样不正确的看法。面对别人的质疑，他很坦然地说："使臣誉仲尼，譬犹两手捧土而附泰山，其无益于明矣。使臣不誉仲尼，譬犹两手把泰山，无损亦明矣。"就是说，孔子犹如泰山一般巍然存在，你说他好也罢，不说他好也罢，他都在那里。在诸多资料中，可以看到，子贡在彰显孔子的道德学问方面，不遗余力，孔子思想之所以大兴于天下，和子贡的努力不无关系。

孔子死后，学兄学弟们守墓三年，他却守墓六年，真是谦到极处。也因此，在孔子弟子三千贤人七十多人中，至今能近距离相伴孔子之墓，受后世无数人拜谒者，唯子贡一人。

谦德是生命的春风，所到之处，春意盎然。《了凡四训》第四篇"谦德之效"中，几种谦德的类型和效验，非常值得学习借鉴：

《易》曰："天道亏盈而益谦；地道变盈而流谦；鬼神害盈而福谦；人道恶盈而好谦。"是故谦之一卦，六爻皆吉。

《书》曰："满招损，谦受益。"予屡同诸公应试，每见寒士将达，必有一段谦光可掬。

辛未计偕，我嘉善同袍，凡十人，唯丁敬宇宾，年最少，极其谦虚。予告费锦坡曰："此兄今年必第！"费曰：

"何以见之？"予曰："唯谦受福。兄看十人中，有恂恂款款，不敢先人，如敬宇者乎？有恭敬顺承，小心谦畏，如敬宇者乎？有受侮不答，闻谤不辩，如敬宇者乎？人能如此，即天地鬼神，犹将佑之，岂有不发者？"及开榜，丁果中式。

丁丑在京，与冯开之同处，见其虚己敛容，大变其幼年之习。李霁岩直谅益友，时面攻其非，但见其平怀顺受，未尝有一言相报。予告之曰："福有福始，祸有祸先，此心果谦，天必相之，兄今年决第矣！"已而果然。

赵裕峰光远，山东冠县人，童年举于乡，久不第。其父为嘉善三尹，随之任。慕钱明吾，而执文见之，明吾悉抹其文，赵不惟不怒，且心服而速改焉。明年，遂登第。

壬辰岁，予入觐，晤夏建所，见其人气虚意下，谦光逼人，归而告友人曰："凡天将发斯人也，未发其福，先发其慧。此慧一发，则浮者自实，肆者自敛。建所温良若此，天启之矣。"及开榜，果中式。

江阴张畏岩，积学工文，有声艺林。甲午，南京乡试，寓一寺中，揭晓无名，大骂试官，以为瞇目。时有一道者，在傍微笑，张遽移怒道者。道者曰："相公文必不佳。"张益怒，曰："汝不见我文，乌知不佳？"道者曰："闻作文，贵心气和平，今听公骂詈，不平甚矣，文安得工？"张不觉屈服，因就而请教焉。

道者曰："中全要命，命不该中，文虽工，无益也。

须自己做个转变。"张曰："既是命，如何转变？"道者曰："造命者天，立命者我。力行善事，广积阴德，何福不可求哉？"张曰："我贫士，何能为？"道者曰："善事阴功，皆由心造，常存此心，功德无量。且如谦虚一节，并不费钱，你如何不自反，而骂试官乎？"

张由此折节自持，善日加修，德日加厚。丁酉，梦至一高房，得试录一册，中多缺行。问旁人，曰："此今科试录。"问："何多缺名？"曰："科第阴间三年一考较，须积德无咎者，方有名。如前所缺，皆系旧该中式，因新有薄行而去之者也。"后指一行云："汝三年来，持身颇慎，或当补此，幸自爱。"是科果中一百五名。

由此观之，举头三尺，决有神明；趋吉避凶，断然由我。须使我存心制行，毫不得罪于天地鬼神，而虚心屈己，使天地鬼神，时时怜我，方有受福之基。彼气盈者，必非远器，纵发，亦无受用。稍有识见之士，必不忍自狭其量，而自拒其福也。况谦则受教有地，而取善无穷，尤修业者，所必不可少者也。

古语云："有志于功名者，必得功名；有志于富贵者，必得富贵。"人之有志，如树之有根，立定此志，须念念谦虚，尘尘方便，自然感动天地，而造福由我。今之求登科第者，初未尝有真志，不过一时意兴耳，兴到则求，兴阑则止。孟子曰："王之好乐甚，齐其庶几乎！"予于科名亦然。

惜缘是一道升级题

缘分是不可再来的时空点。一对男女成为夫妻，这该是一种怎样的缘分。如果他生在唐朝，她生在宋朝，那就走不到一块；即便生在同一个朝代，他长她20岁，可能也走不到一块；即便年龄差不多，他生在美国，她生在中国，有可能一辈子也不会遇见，也就不会走到一块。现在想一想，即便都生在同一个地方，相识、相知、相爱的可能性有多大？地球上六十亿人，两个人能够结合在一块儿，概率实在太小了。

你寻寻觅觅，在茫茫人海中终于找寻到了那个人。可是回想一下，如果当时在人群中看到她的那一刻，有人咳嗽了一声，自己转眼一看咳嗽的人，就跟她错过了。那一刻为什么没有人咳嗽，你就看到她了呢？谁安排的？不是你的本事，也不是她的本事，这是老天的一个赏赐。婚礼上讲的"天作之合"，就是这个意思。

可见缘分是多么难得，又多么值得人珍惜。许多人不懂，轻易地离婚，如果不是万不得已，就是没有惜缘。

怎么度过这一辈子呢？无论是按照古人人生酬业的说法，还是按照现代能量梯次理论，都应该把夫妻做到极致。当把夫妻做到极致，除过它是回到故乡的一个重要资本，更重要的是，你本身会从中享受到凑合夫妻无法想象的幸福。当能量提高一个自由度，幸福指数就会提高很多倍。二维空间是一个平面，好比一张纸，在上面可以画一位人物，挂在屋子里欣赏，但不能动，也没有活力。变成三维的话，就是一个真正的人了。相对于纸上的那个人来讲，现实中的人有温度、有活力，可爱可近。据此来想，更高维度的生命所拥有的幸福只会更多。这种境界的差别，就如《庄子》中所说："井蛙不可以语于海者……夏虫不可以语于冰者。"与井底的蛙谈论大海的广阔，它根本不相信世上还有比井水更广阔的水源；与夏天的虫子谈论冬天的冰雪，它也不会相信世上还有冬天。高维度生命的幸福，低维度生命甚至都没有办法理解。

所以，要目光远大，生命的意义在于不断地提高能量。这一辈子夫妻如果做得非常圆满，对于人生的体验也就提高了一个等级。世界变了，美的程度、美的感觉变了，幸福指数也就变了。用一个凸透镜把阳光聚焦，就能点燃东西，一定意义上讲，做夫妻就是一次感情的聚焦，这就需要二人永结同心。一分心，生命就无法同频，不能同频就无法共振，不能共振生命就无法超越。所有的超越都是一次回家的进度，生命的根本意义是回到故乡。夫妻恩爱，是上苍让游子回家的重要编程。假如在这次夫妻旅程中没有体会到恩爱，我们肯定辜负了上苍的良苦用心。我们还要留级，还要补课。要回到真正的故乡，无法绕过这座独木桥。

从更深层面上讲，离婚的人缺乏一种向内寻找幸福的能力，这和他们受的教育有关，关于这一点，本书后面还要论述。夫妻的缘分是最大的缘分，家庭和睦了，子女也能潜移默化地从中受到影响，也能与人进行良性的相处，这个家就传下去了。如果夫妻双方整天爆发"战争"，子女也会受到负能量的影响，很可能最后家就不像家了。一个从"战争家庭"中走出来的人，性格也是残缺扭曲的；一个从没有温度的家庭中走出来的人，不可能给他人温暖；一个从婚姻的低频家庭中走出来的人，很难有积极向上的人生态度。

缘分事实上是天地的一个心意和恩情，珍惜缘分，自然会对天地生出感恩之心。六十亿分之二的恩情实在太大了。回到家再看坐在对面的妻子时，也会觉得跟以前看到的不一样了。她从唐朝的时候就出发了，直到现在才找到你。如此，伤人的话就不会说了，伤人的事就不会做了。有句很流行的诗"君生我未生，我生君已老"，说的就是没有缘分的两个人做不成夫妻的遗憾。可见夫妻之间的缘分之深，是老天宝贵的恩赐。"前世的五百次回眸，才换来今生的擦肩而过"，这句话也深刻道出了缘分的难得，由不得人不珍惜。

惜缘，惜的更是对上苍的一份感恩。轻言分手、随意处理婚姻关系的人，上苍恐怕很难再给他这样的好机会。不仅对于婚姻关系如此，对于工作也一样。世界上有那么多工作，为什么自己偏偏选择了这一份？客观的原因很多，也正是这些原因，表明了一切都是缘分。既然选择和被选择，就应该把这个工作干到极致。干不到极致，下一个生命片段就需要把欠缺的补回来。

惜缘要从激发一个人的惜心做起。一个人能爱惜粮食，爱惜水，自然就会爱惜初心。爱情之所以会变质，会出问题，是因为人们往往忘了初心。世界上，有多少人曾经双膝跪地，给另一个说，他会爱人家一辈子，但是，一结婚往往就忘了。究其原因，还是惜心不够。

我有一次送一位老师的父亲回家，老师的父亲已经八十多岁。在路上时，我突然发现他穿的毛衣袖子的毛边都露在了外边。我问他："怎么这样的毛衣您还穿着？"我知道，老人有不低的退休工资。老师的父亲告诉我："我就是舍不得让它退役。"其实这个心，就是一颗舍不得的心。

舍不得的心是一颗知冷知热的心，说穿了是一颗爱心。一件旧毛衣他都不愿意抛弃，当然就会和老伴和和睦睦过一辈子。一个人轻易地换、轻易地离，说明他的爱心热度不够，纯度也不够，这样的人没有恒常之心。喜新绝对不能厌旧。一个人有爱惜之心，肯定舍不得把一粒大米扔掉，肯定舍不得把半个馒头扔掉，肯定舍不得把妻子轻易换掉……

一个有惜缘姿态的人，做任何一件事情都能做到极致，包括夫妻相处。日本茶道用语"一期一会"说的就是这个道理。两个人坐在一起喝茶的机会，或许一生只有一次，所以喝每一杯茶时都要抱着感激的心，格外珍惜。因为下一次与你面对面喝茶的，有可能就不再是原来的那个人了，而你所喝到的茶，也不会再是原来那一杯。这就叫惜缘，理解了这一点，对生命的理解就不一样了。缘分是不可再来的时空点，错过了这一刻可能就永远错过。理解了这个道理，再思考问题时，就会更大限度地想到如何提高利他的可能性，一切都会想着利他。2013年8月，石家庄教育系统培训三千六百名教育工作者，有位爱心人士要给每一位听课人赠送一本《寻找安详》，跟出版社联络，库存只有三千册，还缺六百册，怎么办？我就打电话给"寻找安详小课堂"的一位同学，看能否在银川凑齐六百册。不想凑够了，就让立即寄，用特快。同学不解地说，平寄不行吗？如果用特快，估计要几千元邮费。我说，几千就几千，寄吧。听着同学十分心疼的口气，我安慰她说，换到以前，我也舍不得，但现在，我更看重缘分。六百册书就赶在论坛结束前寄到了石家庄。这就是惜缘。因为将来再想找个机会把这六百册书送到从各地抽调来的三千六百名教育工作者手上，几乎没有可能了。几千块钱少穿几件少吃几顿就省出来了，但这个缘分一旦错过就成为永远的遗憾。

当我们真的懂得了缘分，甚至都不敢轻易做事。2014年5月，有一位志愿者非常热切地邀请我去他们省给某行业讲课。看了仪程后，我忙给她说，行业培训要以讲为主，不能以演为主，何况只有一天的培训，开幕式闭幕式一定要去掉。她当时表示接受，不想第二天还是照旧进行了。结果可想而知。

送我到机场时，我给她说，知道你这次犯了多大的错误吗？她说不知道。我说你这一次等于把一万多人学习传统文化的缘分葬送了。这个系统大概有一万多名员工，今后相当长的时间内，他们不会安排同样内容的培训了，因为你让他们对传统文化产生了误会。因此，你做这件事比不做更糟糕，尽管你的动机是善良的。就好像馒头蒸夹生了，想再回到面粉的状态，没可能了。那一碗面你不做它，它还在那里放着，做成半成品，就再没办法还原了。缘分也同样。断送了一万多人学习传统文化的可能性，这个责任，你负得起吗？负不起啊。所以，在正己功夫不到时，千万别急着从事化人的工作。只有正己才能化人。这时，我看到她的眼泪哗地流了下来。

当时她一天给我一个电话，一天一个电话。本来那一月我的课都安排满了，见她如此迫切，就想办法挪了两天时间，不想是这个状态。事实证明我的感觉是对的。当初，老总给我表示，如果这次高层培训大家接受，他们将对全系统进行轮训，但那以后再也没有了下文，说明他们是不认可的，而我，又不能给他们解释传统文化远不是这些形式，这些形式也不是我讲课内容的有机部分。

往细里讲，每一个念头都是一个缘分。如果这一刻，该动认同的念，却动了一个反对的念，该动赞美的念，却动了一个嫉妒的念，该动谦虚的念，却动了一个傲慢的念，都是不惜缘。

稻盛和夫"六项精进"的第一项即讲"要付出不亚于任何人的努力"。为什么呢？只要有一个人比我努力，说明我还没有做到惜缘。而要做到"付出不亚于任何人的努力"，需要其他五项精进作保证。谦虚、感恩、利他、乐观、反省。如果缺了一项，都不能保证做到"付出不亚于任何人的努力"。傲慢的人做不到，没有感恩心的人做不到，没有利他精神的人做不到，没有反省精神的人做不到，没有乐观精神的人做不到。

那位志愿者不听我的劝告，说明她傲慢，尽管她看上去很谦虚，甚至把自己的财产拿出来弘扬传统文化，但傲慢有时恰恰以奉献和谦虚的状态表现出来。在傲慢没有消灭之前，一个人很难做到真正的惜缘，因为惜缘需要和气，而傲慢生戾气。

从稻盛和夫的《活法》中，可以看到他如何惜缘。为了把每件事做完美，他总是问自己还有没有更好的方案。为了发明一项新技术，他能够做到常年累月都想着这件事情，并且时常在现场，做调查研究的功夫。如此，不但灵感常常惠顾他，而且能够做到妥善决策。有人问他，你失败过吗？他说，没有。一个人一生居然没失败过，为什么？因为他做到了"六项精进"。永远在"付出不亚于任何人的努力"，永远在谦虚、感恩、利他、乐观、反省的生命频道上。凡事都是百分之百的准备，百分之百的投入，又有百分之百的谦虚和利他精神保驾护航，怎么会有失败呢？

只有惜缘，天地才给我们更好的缘分。一个人如果越活越精彩，并且能够保持精彩，他一定是个惜缘的人。据说李嘉诚在机场接机时，会给每人一张名片，上面连晚宴的座位号都排好了，可见他想事多细。成功不是因为奋斗，而是因为信任。领导提拔你，一定是首先信任你。为什么会信任你呢？因为你能担当，能惜缘。"信任"的"任"是单人旁一个"壬"字，就是担当的意思，挑着担子啊。因为你能担当，所以他信任你。因为信任你，所以给你更大的平台。这就是成功的原理。

八德的根本是孝道

中国人讲的"八德"是孝、悌、忠、信、礼、义、廉、耻。

第一德是孝，也是"八德"中最重要的一德。中国人为什么要讲孝道？因为孝道是天地伦理，也是第一能量。《说文解字》解释篆体"孝"字云："善事父母者。从老省，从子，子承老也。"可见它是一种由大到小的能量链，一种由上到下的势能。我们生存的宇宙里，都是小的围绕着大的，能量低的围绕着能量高的。就像月亮绕着地球转，地球绕着太阳转。枝和叶一定是从根上长起来的。不孝敬老人，就不可能吉祥如意。有句古话叫"老人堂上坐，一宝压百祸"，说的就是老人能给全家带来福气。《诗经》中的"寿考维祺，以介景福"，讲的也是同样的道理。

中国人为什么强调孝？因为孝道是回到生命大海的必由之路，一朵浪花，不执行大海的规则，大海就把它抛弃了。浪花如果一定要到沙漠里去生存，马上就会干涸。孝行让天人合一，让人有天的生机和能量。

孝从顺开始，故称"孝顺"。被称为"天下第一规"的《弟子规》第一句就讲"父母呼，应勿缓"，父母喊你，你马上反应，说明两个人的信息系统是畅通的；信息系统畅通，能量系统就是畅通的；能量系统畅通，物质系统也是畅通的。对应在两辈人上，身体就是健康的。

整个宇宙都在演绎着一个"顺"字。它们都在自己的轨道上运行，毫厘不爽。如果哪一天太阳说要换一个方向去旅行一下，人类可能就会遭到不测。春夏秋冬之所以存在，就是对大自然这种顺的状态的赞美。立春、立夏、立秋、立冬这些节令几千年不变，就是顺应节气而来。

现在的孩子，经常是父母千呼万唤都不应，从电脑前拉不过来。父母呼他没反应，老师呼他也没反应，如此，将来国家呼他肯定也没反应。"父母呼，应勿缓"，其实是一个人教育养成中的第一养成。

父母对子女的爱，有时能产生奇迹。我主编的《黄河文学》杂志曾发表过一篇散文，讲的是有一家医学院准备了十条狗进行医学解剖，其中九条很快完成了麻醉，但一条狗无论下多大剂量的麻醉药都无济于事。后来师生们就强行把这条狗绑在手术台上，当刀子从这条狗的腹部拉过的时候，他们惊呆了。原来这是一条怀了小狗的狗妈妈！我看了后非常震惊，打电话问作者这个故事从何而来？才知道是她亲历的一件事情。

原来这个世界上还有一种力量，可以让现代科技在它面前失去效力，这就是母爱。当不断增加的麻醉药在它的体内发作的时候，它是如何在跟这种力量作着较量？

丰子恺的漫画中，一条鳝鱼被厨师投到锅里，头和尾巴都下去了，肚子还鼓在上面，怎么摁也摁不下去。厨师把它捞上来，剖开腹部一看，才发现里面有鱼子。我看的时候，以为那只是画家的想象，现在才知这一切都是有可能的。汶川地震时，一位母亲用身体保护了她的孩子。搜救队员后来在这个孩子身边发现了一部手机，上面有一条短信："孩子，如果你能够活着出去，请记住，妈妈爱你。"世上居然还有一种骨头，比钢筋水泥造的楼房还要坚硬，那就是母亲的骨头。

可见，母亲对我们的爱，是一种怎样神奇的力量，如果我们拒绝了这份能量，将是多大的损失。曾有一位女士在听了我的课后问我，自己要不要重新考虑生个孩子。我说，如果不生孩子，那你结婚做什么？现在有不少人，为了所谓的事业，不要孩子，有的有了孩子，又打掉，这其实是没有了解生命真相。老天既然让人生孩子，自然就会把对应的能量匹配给她。在为纪录片《记住乡愁》踩点的时候，曾经采访过的一位大学教授告诉我，母亲生了他们兄弟姐妹十个，却享年96岁，可见，生养孩子累不倒人。生育是女人的天性，违背了天性，怎么可以呢？我给那位女士说，你不要孩子，无非是怕有了孩子分化你的精力。现在，如果随着这个孩子的到来，老天多给你十年光阴，哪个划算？

生育会激发出女性巨大的生命潜能，后文还会讲到。且不说十月怀胎，单说我们襁褓时期，母亲每天晚上为了给我们换尿布，她一两个小时就要起来一回，一晚上很难睡个好觉，但是哪位母亲因此累垮了？如果是平常，每晚起来三四次，白天哪里还会有精力干活。不但如此，母亲还要把她最宝贵的生命力变成奶水奉献给我们，据统计，每位母亲奉献给一位婴儿的乳汁，将近一吨。它们看上去是奶，其实是来自母亲的液体能量。

可见，母体是子体的生机，它是一种不求回报的大爱。天地之所以要创造父母，就是让这种大爱一代一代传下去。每一位子女长大后也要为人父母，就是为了让这种大爱延续。这样，世界才是生机勃勃的。正是这样的爱，唤醒了我们生命深处的感动，让我们知道，有没有孝心，是一个人成为人的第一合法性，也是考量一个人有没有生命力的标尺。

从启发良知的角度，人也要孝敬父母。母亲十月怀胎的辛苦，有首《十月怀胎歌》大家可以听听。其中有一句"十月怀胎在娘身，娘奔死来儿奔生。娇儿平安落下地，为娘九死又一生……"是说孩子的生可能意味着母亲的死。这才是辛苦的第一步，生下后还要一点点把他带大，为他操心。张三丰《水石闲谈》有云："人当亲在，须要及时尽孝为佳，否则亲容一去，因时追感，伤情有不可言者。今日当秋山林中，有守制者听吾道来：'又是秋商路满林，碧云天外望亲心。黄芦白草霜中老，泪洒泉台几尺深！'试诵此诗，能弗惨然。"

孝敬父母该从何做起？可以从给父母打一盆洗脚水做起，也可以从给父母做一顿饭做起。有些人一提到孝敬老人，就是给老人钱，给老人买吃喝，这很好，但仅止于此，仍然没有懂得孝的含义。孝的本质是敬。所以，孔子讲："今之孝者，是谓能养，至于犬马，皆能有养，不敬，何以别乎？"如果不敬，就跟动物没两样。

这就说到孝的第二个层次，养父母之心，做让父母高兴的事情。做个好人，忠于国家，在社会上赢得赞誉，都是能让父母高兴的事。在养父母之心方面，我们缺得太多。

父亲有一次生了重病，我带着妻儿回去探望。我平日对睡眠环境要求较高，哥嫂就给我安排了单独的房间。要去休息时，儿子跟了过来，悄悄对我说："爸，我建议你跟我爷爷睡一晚上。"我说："你爷爷的鼾声很重啊。"他说："你就听一晚上又何妨？"我一想有道理，父亲已八十多岁，以后恐怕很难有机会了。

躺在父亲的身边，听着父亲的鼾声，我就特别感激儿子的提醒。童年的一幕幕就从眼前闪过，像过电影一样。有那么一刻，心像被刀子拉了一下。工作之后，我曾许下一个愿望，等自己有了钱，一定要带父母出去旅行一次，让他们坐一次火车，坐一次飞机。母亲在儿子考上大学后，还一起去北京旅游了一次。而父亲则永远没有可能了，他已经失去了出远门的能力，想让他坐飞机都不行了。那一刻，我一下理解了"树欲静而风不止，子欲养而亲不待"这句话的含义。

世界上最等不住的事情就是孝敬老人。而真正孝敬老人，要从不嫌弃老人开始。父亲喜欢讲他年轻时那些光荣的故事。家里每来一个人他都要讲，我就觉得有点烦。以后逢到他讲第一句，我就接着讲第二句，他知道我烦了，就闭口了。但我儿子不是这样，爷爷什么时候讲他都倾听，有时候躺在爷爷奶奶的中间听他们讲大半个晚上。有时我进去，父亲正在给孙子讲当年的事情，一看我进来，就不说了，我当时就感到十分惭愧。

有一次我出差回来，妻子让我看一段视频，打开电视，父亲出来了，正在讲他当年的那些光荣事，无论是背景，还是场景，都有一种专业演播室的味道，一看就知道是儿子导演并拍摄的。父亲坐在一个摆着经典的书桌前，比平时讲得还要精彩。我既忍俊不禁，又羞愧难当，同时又感动于儿子的一番孝心。这对父亲将是一种怎样的安慰，让他觉得当年的那些光荣事没有白干，总算留给了后人，再也没有遗憾。我将父亲接到身边来住，却从未想到过这一点。可见养父母之心，是一个多么细微的工程。

说实话，我和妻都算孝敬老人，但是要把父母吃剩的饭菜吃掉，却一直没做到。当有一天，看着儿子一点嫌弃没有的把爷爷吃剩的饭菜吃掉，我们就不得不改。一天，当我首次把父亲吃剩的菜接过去吃完时，我从父亲的目光里看到了从前一直没有看到的欣慰，我也确确实实地感受到，只有不嫌弃老人时，才算真正迈进孝道的门槛。

关于儿子孝敬爷爷奶奶的故事，还有许多，我写过一篇散文《大山行孝记》，收在散文集《永远的乡愁》里。

养父母之心，还有一个非常重要的方面，就是行悌道。这就是《弟子规》里面讲的"兄弟睦，孝在中"，兄弟和睦本身就是孝敬老人，天下父母总是希望儿女们团结、互助、互爱。

我的母亲就是一个悌道的实践者。奶奶临去世给我父母留下了一句话："善待你的哥哥嫂子。"奶奶之所以要以此为嘱，一个很重要的原因是伯母不生育。这一句话就成了我们家的宪法。

为此，父亲与伯父他们一辈子没分家。母亲更是一辈子都把我伯母当作自己的婆婆一样对待。记忆中，母亲常常在伯母起来前就把扫院、挑水、掏灶灰、填炕一应事情做完了。每一次做饭的时候，母亲都要请示："嫂子，这顿做啥？"问烦了，伯母就会说："不要再问了，你做就行了嘛。"但下一顿母亲仍然是："嫂子，这顿做啥？"一辈子就这样。

从后来母亲帮我们带孩子时闹出的笑话，我们可以知道她老人家将这种习惯强化到何种程度。一天，妻子正在上课，母亲推开教室门，妻子问有什么事，不想母亲问："土豆是切成条呢，还是切成块呢？"惹得学生大哗。当妻子给我描述这个细节的时候，我的眼泪就下来了。母亲连土豆切成条还是块的主都做不了。这种状态，已经是古人讲的"忘我"状态了，没有自己了。

伯母每一次生病，母亲都像护工一样忙前忙后。伯母是小脚，每一次母亲给她拆洗裹脚布的时候，因为味儿不好闻，我们都躲得远远的，但母亲从未嫌弃过。公社里建了一个养老院，我们兄弟去看过后，觉得比我们家漂亮多了。回来就说养老院真好，让伯父伯母住进去该多好。就说了这一句话，没想到招来母亲的一顿好打。

现在，母亲已经是85岁了，还能给我们擀面条蒸馒头吃，成天闲不住，乐呵呵的，我把它视为上苍对她老人家尽悌道的奖励。

养父母之志，是完成父母的理想，也让父母活得有志向。往小了说，做老人的，都希望儿孙们身心健康，"身有伤，贻亲忧"。往大了说，望子成龙、望女成凤，希望儿孙们能成为国家栋梁。现在经常有报道，年轻人因为生活压力等原因跳楼自杀，很多媒体都对社会发出谴责。其实除了社会需要反思，动自杀念头的孩子也应该有所反思。从楼上一跃很容易，但父母的感受呢？如果这些孩子孝心是打开的，他不可能做这样的事。关键还是在于断根了。

"德有伤，贻亲羞。"道德受伤，伤父母最重。"人自宋后羞名桧，我到坟前愧姓秦"，这是秦桧的后人到岳飞坟前发出的长叹。宋朝以后，就没有人用秦桧的"桧"起名字了。而姓是没有办法改变的事情，作为秦家后人，他只能感到羞愧。让父母不蒙羞，就是养父母之志。

当下，治贪之所以成为一个难题，犯罪率居高不下，在我看来，正是因为人们的"孝心"是沉睡的，"我"的"幸福"就自然凌驾在家族幸福、民族利益之上了。人们的孝心一旦打开，个人的欲望冲动往往就会被家族责任意识降伏。

如果一个人想到父母还需要他养老送终，就轻易不敢冒险去贪、去腐。一个人无论是做官还是为民，心中始终想着父母，想着家人，就不会轻易地用自己的生命去冒险。要想让官员不贪污，就要让他找到一种比贪污更快乐的东西，那就需要打开他的孝心，让他从孝敬老人中找到快乐，从天伦之乐中找到快乐，因为天伦之乐离我们最近。

中华民族之所以能够绵延五千年，正是因为始终维护这种天伦之乐。它体现在国家意志上，就是以孝治国；体现在家族意志上，就是以孝治家；体现在生命意志上，就是以孝立身。

说"忠孝不能两全"，其实是一个误区。一个忠臣，哪怕血洒疆场，也是在孝敬老人。曾经有些不理解，忠臣战死后，皇帝还要给他许多封赏，到底有什么意义呢。现在才知，这些封赏一是荣耀他的父母，一是荣耀他的子孙后代。这种荣耀感本身就是尽孝。如果把工作、生活理解成这样一种状态，就没有一个人愿意敷衍手中的工作。

小孝是在爱家中完成的，大孝是在爱国中完成的，是更高层面上荣耀父母的方式。比如宋儒张载讲的"为天地立心，为生民立命，为往圣继绝学，为万世开太平"。如果再往大里讲，凡是让爱出发的行动，让爱成就的行动，都可视为孝行，那已经是一种普爱天地万物的生命状态了。

核心价值观讲爱国敬业，其实爱国敬业的本身就是孝敬。在单位认真做好自己的工作，赢得了赞誉，其实也是孝敬了父母。如果人不明白这个道理，不可能百分之百的敬业。懂得了这个道理，人就会抢着去干活。孝敬不单单是一个向上负责的姿态，还是一个向下负责的姿态。《了凡四训》里说："远思扬祖宗之德，近思盖父母之愆；上思报国之恩，下思造家之福；外思济人之急，内思闲己之邪。"古人不是只为自己活着，"立身行道，扬名于后世，以显父母，孝之终也"，是要荣耀他的父母。爱自己的孩子也同样是孝，孩子是传承祖上家业的链条，把孩子毁掉了，祖上的家业也就毁掉了。

孝敬不单单是一个向对方负责的姿态，还是一个向自己负责的姿态。如果没有长寿、康宁、善终，就不可能去爱国爱家爱亲人，连一个好的身体都没有，怎么可能去爱他人。爱他人需要强大的生命力。因此，《孝经》中讲："身体发肤，受之父母，不敢毁伤，孝之始也。立身行道，扬名后世，以显父母，孝之终也。"

中国人的传统节日，大多都有养父母之志的功能。时代的变化可以让经典传统中断，却无法让民间传统断流。没有谁能把老百姓的春节给取消了。中国人过春节，既是孝敬的演义、感恩的演义、狂欢的演义，还是教育和传承的演义。大年三十的时候，一族人在祠堂里过大年，其实就是开总结会，看一族人中谁获得国家的奖励最多，获得单位的奖状最多，这是一次无形的激励。更重要的是，当一个人在祠堂里找不到祖先牌位的时候，心中就有一种羞辱感产生，他就会想，仅仅为了他的子孙后代再不蒙受羞辱，也要好好做人。除了春节，清明、端午、重阳……每一个传统节日，都是中国人最天然的孝道教育平台，也是中国人的天然精神营养素。人们在这些化典成俗的节日中接受到的，是孝道的启迪，是一切德行的培养。

孝敬的第四个层面是养父母之慧，就是让父母心安，消除他们对死亡的恐惧。人到老了，都会被死亡的恐惧所折磨。从内心获得安详，是消除对死亡恐惧最好的办法。而安详，正蕴含在深厚的传统文化中。设法告诉老人，生命中有一个永恒性存在，不要让他觉着他这一生完了就什么都没有了。消除掉第一恐惧，老人才会心安，心安自然身健。我的父亲已经九十高龄，母亲也已经八十有五，但身体仍然硬朗，这和他们心里怀有安详不无关系。

有些家庭在父母活着的时候不好好孝敬父母，等到父母死了之后，花好多钱去办丧礼。认为丧礼办得越大，越能表达对老人的祝福。其实这完全搞错了。真正对老人的祝福，是提高自己的能量。当自己的能量提高了，父母的能量也提高了，因为父母与自己是一体。

再看"八德"——孝、悌、忠、信、礼、义、廉、耻，就会发现，它的根是孝。《大学》讲："所谓治国必先齐其家者：其家不可教，而能教人者，无之。故君子不出家，而成教于国。孝者，所以事君也；弟者，所以事长也；慈者，所以使众也。一家仁，一国兴仁；一家让，一国兴让；一人贪戾，一国作乱。其机如此。此谓一言偾事，一人定国。"这是讲孝悌和忠信的关系。而一个人一旦心怀"孝悌忠信"，已经没有理由不"礼义廉耻"了。不可想象，一个大孝子大忠臣还会做出无礼无义不廉不耻的事来。于此，《孝经》和《论语》中都有非常完整的论述。

舜为我们开创了孝的先河，也立下了一个孝的高峰。他的父母几次都要置他于死地，但他一点抱怨都没有，仍然对父母充满孝敬之情。历代皇室也极其注重孝行，汉朝的官制"举孝廉"，孝就占了很重要的一项。一个人如果不孝敬父母，不仅功名无望，在社会上都是很难立足的。后来虽然取消了这种选官的方式，但是对于孝行的倡导却一直延续了下来。

唤醒人们的孝心，培养人们的"孝思维"就成了道德归位的关键，也是文化归位的关键。

五伦的根本是婚姻

据民政部发布的《2013年社会服务发展统计公报》显示，2013年全国依法办理离婚手续的夫妻有350万对。自2004年以来，中国的离婚率连续10年递增。为什么会有这么多的夫妻劳燕分飞？许多人都在思考这个问题。但有一点可以肯定，这些夫妻找不到幸福与快乐了。这也是今天社会病象频出的原因。幸福应该源于家的美好。自古以来，中国人讲的幸福是天伦之乐，天伦里面都找不到快乐，维系家庭的纽带也就断了。

那么多夫妇申请离婚意味着什么？意味着孩子很有可能见不到爸爸，或者见不到妈妈，同时也意味着他们将会成为让家长、学校甚至于社会都头疼的问题少年。离婚后父母虽享有共同抚养的权利，但家长分居，肯定会让孩子失去与另一方家长相处的时间。离婚之后，有的夫妇会在孩子面前攻击对方，以表示自己的正确性、优越性，给孩子幼小的心灵埋下仇恨的种子。认为世界上要么女人很坏，要么男人很坏，要么男女都坏，让孩子从小对爱情和婚姻产生恐惧感，甚至对人本身产生怀疑。

我有一次到监狱去给少年犯讲课，刚走进去，那些孩子就刷地站起来，齐唱《世上只有妈妈好》。我的眼泪就下来了。后来了解，这些孩子中的很大一部分，生下来都没见过妈妈，但他们却给我们唱《世上只有妈妈好》，怎么不让人唏嘘。

离婚的夫妻想得更多的是自己的幸福，然而无辜的孩子，却要在病态的心理中长大。高离婚率的背后，纵然有一万条不同的理由，但有一条是相同的，那就是双方都少了些对孩子的爱和责任。

一些夫妻为了弥补离婚对孩子的伤害，对孩子千依百顺，又宠坏了孩子。从这样的家庭中走出来的孩子，在性格上一定是有缺陷的。有的孩子或许学习成绩很好，但他脸上没有笑容，拒人于千里之外，这样的孩子，很难和人们和谐相处。一个人的成长需要两种能量，一种来源于父亲的阳刚之气，一种来源于母亲的阴柔之气。阴阳和合谓之道，这是夫妻责任最为核心的内容，也是传家的根本所在。庄稼如果只晒太阳，没有月光长不大，相反亦如是。只有父亲没有母亲，或者只有母亲没有父亲，能量都是残缺的。孩子是一个生命，是天地之子，是爱的传人，我们不能对他不负责任。

如果把一个问题孩子推向社会，会给社会带来无尽的麻烦。

当一个家庭破碎了，孩子的心灵也随着产生了裂痕，将来很难体会幸福，也很难给别人带来幸福。

一个家的和谐，意味着一个孩子心灵的和谐，而一个孩子心灵的和谐，则意味着国家的和谐。国家是一个整体，每一个心灵单元是她的细胞，细胞若不和谐，整体又何谈和谐。从一定意义上讲，爱家就是爱国。

现在的离婚率高，与这一代人的成长有一定关系，他们是在"换的思维"中长大的。有一种家长，给孩子一天提供十个玩具，另一种家长呢，让孩子一天只玩一个玩具。两种玩法决定了两种活法。一天玩十个玩具的孩子，他会产生一种生命的惯性，觉得这个玩具不好，就换一个新的，是"换的思维"。一天把一个玩具玩十遍的孩子，玩着玩着没什么好玩了，拿过来找一个角度再玩，把一个玩具换十个角度玩十遍。两种玩法，导致了两种活法，也导致了对待婚姻的两种态度。

一个人来到这个世界上，总要与同类和睦相处，那就首先要处理好各种伦常关系，包括天伦、人伦与物伦。而人伦是人们必须首先处理好的。人伦有家庭与社会两大方面。家庭伦包括夫妇、父子与兄弟三组关系；社会伦包括上下级关系和朋友关系。

子夏说："贤贤易色；事父母，能竭其力；事君，能致其身；与朋友交，言而有信。虽曰未学，吾必谓之学矣。"重视妻子的贤惠而不看重她的容貌；侍奉父母能够竭尽全力；服侍君主能够奉献自己的生命；和朋友交往能够信守承诺。这种人即使自谦说自己没学过什么，我必定说他已经学过了。

子夏把夫妻关系放在首位，可见它是五伦的基础。试想一下，一个从小就开始仇恨父母的孩子，长大后"事父母"，能"竭其力"吗？"事君"，能"致其身"吗？"与朋友交"，能"言而有信"吗？这样看来，儒家讲，夫妻关系是"人伦之始""王化之基"，非常有道理。

感动的背后是珍重

有一天晚上，我都躺在床上准备休息了，突然听到一个声音对我说："爸，洗个脚再睡觉吧。"好久都没有做过好梦了，今天怎么做了这么美的一个梦。睁眼一看，儿子果然在床前，床前果然有一盆洗脚水。语无伦次地起身，把双脚伸到洗脚盆里面，确实感觉比自己打的洗脚水温暖，双脚都有化掉的感觉。第二天一大早起来，又听见儿子说："爸，吃完早点再去上班吧。"一看，早点已经做好了。

那一个假期，我常常有种进入了另一个星际的感觉。每天在单位上班特别有劲，盼望着下班的时候早点到来。非常贪恋一回家儿子给我倒一杯水的感觉，接过我包的感觉，在我的身上蹭一蹭的那种感觉，觉得家就是天堂。为此，差不多把所有的应酬都婉谢了，一下班就准时回家。身上的许多毛病也改掉了。更加注意言行，寻找着一个父亲的角色感，尽量做到位。还能够对照《弟子规》和《朱子家训》，修改一些自己的行为。同时发现对待妻子也和以前不一样了，多了几分尊重，甚至客气，尽可能往儿子认为的标准丈夫上靠。否则，就觉得对不住那一盆洗脚水，对不住那一份早餐。一次，妻子把一件事没有做到位，我居然没有生气，而是自己动手矫正了它。儿子看在眼里，说，我爸真进步了。他知道，如果是从前，我非得生气不可，弄不好要因此和妻子吵起来。后来想，自己之所以进步了，是因为不好意思生气了，否则，就对不住那一盆洗脚水和那份早餐了。

一天，我在日记上写了这样一句话："感动是最好的改造人的力量，它的背后是珍重。"只有感，才能动；没有感，动不了。换句话说，感动才是最好的改造力。是啊，自己曾经指责过，呵斥过那么多次，把谁改造了呢？但是儿子的一盆洗脚水，就能让一位生硬苛刻的父亲变得柔软起来。

也许是上苍要让我更加深入地体会感动，曾经，我的命运进入低谷，就在这时，妻子以柔弱的肩膀给了我最有力的分担和支持。岳父一家更是鼎力相助，家务事基本都替我们担当了，让我安心在全国做志愿者，帮助更加需要帮助的人。妻侄们身上表现出的仗义，同样让我们感动。正是这种感动，让我更加珍重这份情义，更加善待妻子，几年来，很少有不愉快的事情发生了。这些年，自己的一些演讲，之所以能够让一些闹矛盾的夫妻握手言和，包括让一些破碎的家庭破镜重圆，大概是和自己的现身说法有关。

同样是在那个生命低谷期，一天晚上，有几位跟我一块儿学习《弟子规》和《了凡四训》的同学，硬要叫我们夫妻二人出去，说有个急事。到了饭桌上，我就愣住了。原来那一天正好是我的生日。当朋友把"生日皇冠"戴在我头上的时候，多少事情面前没掉眼泪的我，眼泪下来了。那两年，就是这些朋友和我们一道度过了生命中非常值得怀念的一段岁月，也让我更加坚定了踏上超越性人生之路的决心。

一天，有位母亲委托朋友给我们送来一包野菜，说在我和另外几位好心人的帮助下，她女儿的抑郁症好了，让她一直悬着的心放下了，因为家庭困难，她买不起别的东西来表达一份感激之心，只有一根一根地摘些野菜送来，表达一位母亲由衷的感激。捧着那包野菜，我既感动又惭愧，自己付出了这么一点点，就能得到一位母亲如此的感激。我给妻子说，这已经不是一包野菜，而是一份母亲的期许，它鼓励我，要把这条公益之路走好。

也就是在儿子给我端洗脚水的那个假期，我开始给父亲洗脚。当时的感受特别强烈。当我的手碰到父亲的脚底的时候，一种来自肌肤接触的亲情从心底涌动起来。我想那才是真正的肌肤之亲吧。同样让我惊喜的是，之后，我让父亲修改他的一些不良习惯，比如抽烟，他居然不像以前那样反对，而是表示接受。不久，他就真把烟戒掉了。曾经每当我建议，他都是反驳，理由充足得让你找不到一点突破口。这也让我联想到平常的思想政治工作到底应该怎么做才有效果。

因此，在一些论坛的答疑中，我常常给一些抱怨甚至仇恨父母的青少年讲，如果父母关系不和，除了他们的问题外，更要在自己的身上找原因。一个人下了决心要准备解除这个家庭，一定是这个家里面没有温暖了，包括来自孩子的温暖。家是如此，社会也是如此。只要我们真干，在不断地感动之中，就会把世界从非和谐带到和谐状态。我们甚至可以认为，感动是宇宙法则。

如果我们的夫妻关系不够好，不要吵，不要争，只有一个办法，那就是感动。感动里面有一个很重要的方面，就是示弱。真正聪明的人，会娴熟地运用这个方法。示弱是最厉害的战斗力。跟其他的朋友相处这一原则也适用。因为没有哪一个人能把拳头伸向一个示弱的人。这种示弱，事后会变成感动。示弱是一种姿态，它的底部是敬。"敬"里面有能量，"敬"会产生感动，为什么要讲"相敬如宾"呢。很多人一结婚，把"敬"字丢了。

有许多家长跟我倾诉，孩子叛逆，自己都把心肝掏出来了，但是孩子不买账，自己很苦恼很痛苦。我说："这句话里面就包含着一个不敬，换句话说就是有求心。"我把我的心肝掏给你，就是为了你要听我的。这是不对的。当动了求心之后，对孩子的关爱就会变成压力。只有无求心作前提的关爱才能被对方接受。因为无求的背面是感动。对于对抗情绪非常强烈的孩子，感动是最好的方法。一定要先沉默一段时间，千万不要再唠叨，然后用心在他身上寻找切入点，用感动去改变他，效果会很明显。

最重要的播种原理

常识告诉我们，要给自己生命的面缸里装面粉，就要找一块肥沃的土地去播种，这个土地就是人的心。古人有副对联："心田存一点子种孙耕，世事让三分天阔地宽"，即言心为田地。那种子呢？就是人的念头。那哪一个念头产量最高？《了凡四训》里面讲："有百世之德者，定有百世子孙保之；有十世之德者，定有十世子孙保之；有三世二世之德者，定有三世二世子孙保之；其斩焉无后者，德至薄也。"如果把"百世子孙保之""十世子孙保之""三世二世子孙保之""斩焉无后"视为产量，其对应的种子就是"百世之德""十世之德""三世二世之德""德至薄也"。而这四个层面的德，追究到最后，其实是一个个念头组合。念头的境界决定了德行的深浅。按照古人的说法，救人之灵性最有功德，其次为救人之灵魂，救人之身体，救人之环境。

有一些职业，不但不能往心田播种庄稼，还在播种杂草，比如污染环境的职业，污染人类心灵的职业，损害人们健康的职业。比如有些人专门卖死猪、病猪，腐臭的肉无法直接销售，便做成香肠，运送到全国各地销售。还有一些人专门卖死鸡，甚至把因鸡瘟而掩埋掉的鸡挖出来再卖，那鸡都烂到无法提起来了，他们就把爪子和脖子弄下来，用硝酸处理，卖给一些饭店，做凤爪凤脖。这些从业者，不用说，是属于"德至薄也"那一类。他们不但给消费者带来灾难，也会给家族带来灾难。

孔子讲忠恕之道，"己所不欲，勿施于人"，说的就是这个道理。自己不愿意吃坏掉的肉，就不要卖给别人；自己不愿意硝酸中毒，就不要用它加工肉制品；自己不愿意吃重金属中毒的海鲜，那让海洋产品遭到污染的这些人就要负责任。这种给人带来灾难的职业，一定是"德至薄也"，而"德至薄也"对应的则是"斩焉无后"。

孔子创下的业绩是真正的百世之业，甚至可以说千世之业。孔氏家谱已经记到八十三代了。当年台湾的"考试院"院长，孔子第七十七代嫡孙孔德成先生到美国去访问，返程时在机场受到国王级的礼遇，就是因为他的祖先播下了"百世之德"，传了那么多代，还有那么大的能量荫及子孙。孔子选的职业是替老天在大地上建立一套心灵秩序，为历史弘正气，为世人存美德，让人间有正道，有正能量。换句话说，他办的这个企业是生产能量、生产福气的，而且这个能量是跟天地同志、同源、同频的。他教给人们一个字，仁义的"仁"。可见，凡是播种"仁"的职业都是"百世之德"，凡是能持续产生正能量的智慧系统、生命工程就是"百世之德"。

《曾国藩家书》有言："吾细思凡天下官宦之家，多只一代享用便尽。其子孙始而骄逸，继而浪荡，终而沟壑，能庆延一二代者鲜矣。商贾之家，勤俭者能延三四代。耕读之家，谨朴者能延五六代。孝友之家，则可以绵延十代八代。"咸丰四年，当时已经官居正二品的曾国藩给老家的兄弟寄去了一封信，信中写到："吾家子侄半耕半读，以守先人之旧，慎无存半点官气。不许坐轿，不许唤人取水添柴等事。其拾柴收粪等事，必须一一为之；插田莳禾等事，亦时时学习之。""子侄除读书外，教之扫屋、抹桌凳、收粪、锄草，是极好之事。"咸丰十年，升任两江总督的曾国藩在给儿子曾纪泽的信中又说："昔吾祖星冈公最讲求治家之法，第一起早；第二打扫洁净；第三诚修祭祀；第四善持亲族邻里……此四事之外，于读书、种菜等事尤为刻刻留心。故余近写家信，常常提及书、蔬、鱼、猪四端者，盖祖父相传之家法也。"

曾国藩后来将他祖上的"耕读"生活归纳成八个字——"书、蔬、鱼、猪、早、扫、考（祭祖）、宝（维护亲族和睦）"，也是曾氏家族所谓的"治家八诀"。曾国藩的父亲曾麟书也亲自撰写过一副对联作为家训："有子孙有田园家风半耕半读，但以箕裘承祖泽；无官守无言责世事不闻不问，且将艰巨付儿曹。"

后来，曾国藩在他祖父的"治家八诀"基础上，又提出了"耕读孝友"的治家主张，正是因为他认为"孝友之家，则可以绵延十代八代"。

《了凡四训》为我们详尽地介绍了高能量职业的种类：

随缘济众，其类至繁，约言其纲，大约有十：第一、与人为善；第二、爱敬存心；第三、成人之美；第四、劝人为善；第五、救人危急；第六、兴建大利；第七、舍财作福；第八、护持正法；第九、敬重尊长；第十、爱惜物命。

何谓与人为善？昔舜在雷泽，见渔者皆取深潭厚泽，而老弱则渔于急流浅滩之中，恻然哀之，往而渔焉。见争者皆匿其过而不谈；见有让者，则揄扬而取法之。期年，皆以深潭厚泽相让矣。夫以舜之明哲，岂不能出一言教众人哉？乃不以言教而以身转之，此良工苦心也。

吾辈处末世，勿以己之长而盖人，勿以己之善而形人，勿以己之多能而困人。收敛才智，若无若虚。见人过失，且涵容而掩覆之，一则令其可改，一则令其有所顾忌而不敢纵；见人有微长可取，小善可录，翻然舍己而从之，且为艳称而广述之。凡日用间，发一言，行一事，全不为自己起念，全是为物立则。此大人天下为公之度也。

何谓爱敬存心？君子与小人，就形迹观，常易相混，唯一点存心处，则善恶悬绝，判然如黑白之相反。故曰："君子所以异于人者，以其存心也。"君子所存之心，只是爱人敬人之心。盖人有亲疏贵贱，有智愚贤不肖，万品不齐，皆吾同胞，皆吾一体，孰非当敬爱者？爱敬众人，即是爱敬圣贤；能通众人之志，即是通圣贤之志。何者？圣贤之志，本欲斯世斯人，各得其所。吾合爱合敬，而安一世之人，即是为圣贤而安之也。

何谓成人之美？玉之在石，抵掷则瓦砾，追琢则圭璋。故凡见人行一善事，或其人志可取而资可进，皆须诱掖而成就之。或为之奖借；或为之维持；或为白其诬而分其谤。务使之成立而后已。

大抵人各恶其非类，乡人之善者少，不善者多。善人在俗，亦难自立。且豪杰铮铮，不甚修形迹，多易指摘。故善事常易败，而善人常得谤。唯仁人长者，匡直而辅翼之，其功德最宏。

何谓劝人为善？生为人类，孰无良心？世路役役，最易没溺。凡与人相处，当方便提撕，开其迷惑。譬犹长夜大梦，而令之一觉；譬犹久陷烦恼，而拔之清凉，为惠最溥。韩愈云："一时劝人以口，百世劝人以书。"较之与人为善，虽有形迹，然对症发药，时有奇效，不可废也。失言失人，当反吾智。

何谓救人危急？患难颠沛，人所时有。偶一遇之，当如痌瘝之在身，速为解救。或以一言伸其屈抑；或以多方济其颠连。崔子曰："惠不在大，赴人之急可也。"盖仁人之言哉。

何谓兴建大利？小而一乡之内，大而一邑之中，凡有利益，最宜兴建。或开渠导水，或筑堤防患；或修桥梁，以便行旅；或施茶饭，以济饥渴。随缘劝导，协力兴修，勿避嫌疑，勿辞劳怨。

何谓舍财作福？释门万行，以布施为先。所谓布施者，只是舍之一字耳。达者内舍六根，外舍六尘，一切所有，无不舍者。苟非能然，先从财上布施。世人以衣食为命，故财为最重。吾从而舍之，内以破吾之悭，外以济人之急。始而勉强，终则泰然，最可以荡涤私情，祛除执吝。

何谓护持正法？法者，万世生灵之眼目也。不有正法，何以参赞天地？何以裁成万物？何以脱尘离缚？何以经世出世？故凡见圣贤庙貌、经书典籍，皆当敬重而修饬之。至于举扬正法，上报佛恩，尤当勉励。

何谓敬重尊长？家之父兄，国之君长，与凡年高、德高、位高、识高者，皆当加意奉事。在家而奉侍父母，使深爱婉容，柔声下气，习以成性，便是和气格天之本。出而事君，行一事，毋谓君不知而自恣也；刑一人，毋谓君不知而作威也。事君如天，古人格论，此等处最关阴德。试看忠孝之家，子孙未有不绵远而昌盛者，切须慎之。

何谓爱惜物命？凡人之所以为人者，惟此恻隐之心而已。求仁者求此，积德者积此。《周礼》："孟春之月，牺牲毋用牝。"孟子谓："君子远庖厨。"所以全吾恻隐之心也。故前辈有四不食之戒，谓闻杀不食、见杀不食、自养者不食、专为我杀者不食。学者未能断肉，且当从此戒之。

渐渐增进，慈心愈长。不特杀生当戒，蠢动含灵，皆为物命。求丝煮茧，锄地杀虫，念衣食之由来，皆杀彼以自活。故暴殄之辜，当与杀生等。至于手所误伤、足所误践者，不知其几，皆当委曲防之。古诗云："爱鼠常留饭，怜蛾不点灯。"何其仁也？

善行无穷，不能殚述；由此十事而推广之，则万德可备矣。

幸福观和喜悦

要想让人们离开低层次生命状态，必须给他找到一个高层次的出路。追求喜悦是人的本能，当一个人尝到高层次喜悦，低层次快乐会自动停止。

长寿的学问和表现

我曾到南京去看望一位老人，朋友介绍他已经138岁。见到老人时，他说话声音洪亮，走路稳健有力，和我们聊了两个小时，思路清晰，不喝一口水。墙上挂着另外一位老人的照片，看上去仙风道骨。他介绍说是他父亲，居然活了178岁。没想到现实生活中居然有如此长寿的人。

许多人退休以后往往会有种失落感，认为退休了，人生的黄金阶段就结束了，要么养猫养狗，要么养花养草，要么打牌，更多的老人呆在家里不出来，又没有活干，马上就衰老了。一个人从忙碌的工作岗位上退下来后，常常有一种无着感、无聊感与无奈感，觉得过日子就是推日下山。

古人到了五六十岁的时候，会进行人生的转段，要么从世俗生活阶段转入到生命解脱阶段，要么从个人奋斗阶段转入到家族传承阶段。修祠堂、续家谱、制定家规、修订家训，把自己的一生与整个家族的链条连上。这样，他就会忘掉衰老，自然就会长寿。

新加坡有一位老太太叫许哲，110岁的时候还能做高难度瑜伽动作，整个人十分有精神。她一辈子都在帮助穷人，帮助孤残的人。她在世界上建的孤儿院自己都记不清数字了，人们捐给她的钱她花都花不完，但她穿的衣服却十分寒酸。她说："我平常跟穷人打交道，我要穿得跟他们一样，才能走进他们中间去啊，穿得太好了，会给别人压迫感。"

可见，长寿的秘诀在助人为乐里。古人讲"仁者寿"就是这个道理。为什么做公益的人能长寿呢？他拥有的能量高。他的付出是不求回报的，他的心态平常就在这个层面上，没有别的念头，早晨一起来就想着帮别人，就在想着爱别人。而心理学已经证明，一个不求回报的利他者，他的生命能量将是普通人的很多倍。事实上，这些忘我的利他者，都没有把能量全部用作保养身体去希冀长寿，而是留作提高生命层次，转换能量自由度上了，长寿只是用了其中的一点点而已。

乌龟和兔子赛跑，兔子跑得快，乌龟跑得慢，但是放到一个更长的时间段里看，乌龟跟兔子谁最后是赢家呢？兔子跑得快，但兔子命短，乌龟跑得慢，但它长寿。当今的人立志也好，人生规划也好，往往把长寿忽略了。

在人类的历史长河中，中华民族是最有生命力的民族之一。

为什么她拥有如此强大的生命力？在我看来，她是一个懂得维护、保持自己生命力的民族，而传统文化的核心，就是让人的生命力永远处在一种生机勃勃的状态。

专题片《大国崛起》讲述了世界上许多民族，你方唱罢我登场，好多民族都消亡了。当年葡萄牙、西班牙把世界的黄金垄断了百分之七十，但不多时就衰落了。中华民族虽然经历了风雨，却一直屹立于世界民族之林。对比一下，就会发现，但凡消亡的民族，都秉持着利我逻辑、殖民逻辑、霸道逻辑。而中华民族在童蒙养正阶段，就教育孩子，"凡是人，皆须爱；天同覆，地同载"，所以她长寿。

真正的"长"在"中国"的"中"里，因为"中"，所以"长"。《中庸》里面有一句话，"喜怒哀乐之未发，谓之中"，它永远没发出来，就永远不会凋谢。中国人的思维方式是中庸之道。孔子甚至说："中庸之为德也，其至矣乎"，将其看作是最高道德。因为我在"中"，我就在原点，我在"中"，我就在根上。花朵一度一凋零，但根却永远在。

"中"就是做任何事情不追求极端，所以中华民族拥有了五千年的长寿，我敢肯定再过五千年，中华民族仍然存在，因为中国人的基因性的价值观是中道。

太极拳核心的理论基础就是"中"，它的速度是心跳的速度，是血液流动的速度，是天人合一的速度。它是一种养生的锻炼，养的是生机。

中国这个土地有春、夏、秋、冬，"春有百花秋有月，夏有凉风冬有雪"，天地对中国人是厚爱的，让人体会到春生、夏长、秋收、冬藏，完完整整地体会生命的过程，春夏秋冬的核心在哪里？就在"中"上。

这让中国古人天然地拥有"四季思维"。现代人放弃"四季思维"，灾难就多起来。现代人普遍追求高潮，其实高潮是低潮的另一面而已，到达高潮的时候意味着低潮马上就要到来。这对人生有非常大的启迪意义，一个人在特别得意的时候，要警惕。越得意的时候，要越想到低谷。高潮意味着低潮就要到来，而当你到达低潮的时候，意味着又一个高潮即将到来。曾国藩讲人生最好的境界是"花未全开月未圆"，他知道花只要一开就要谢，月只要一圆就要缺，他用一种心态来做平衡，事上花开，心上花不开。

如果找不到根本快乐，一切需要条件作保障的快乐，都是短暂的，稍纵即逝。而"中"是一个海平面，它永远在，我也不做浪花，我也不做瀑布，我也不做飞流，我就做大海，它是一个平面，它是永恒的。所以，儒家讲"君子中庸，小人反中庸"，中庸之道既是方法论，也是道德，也是长寿的秘诀。

说得再简单一些，长寿的秘诀就两个字，那就是信念。这是一种来自对生命真相洞彻之后的信念，那就是：如果大老板还需要我，他就不会让我轻易下岗。也许有人会说，这不和你的能量说相矛盾吗，事实上不矛盾。一个人如果能量不够，是不会生起这个自信的。因此，心理学家霍金斯把自信定为正能量和负能量的分水岭。

长寿不单单是对应于人的一个概念，家族、民族也有长寿的问题，一本书一出剧一种思想也有长寿的问题。长寿也不单单是一个相对于身体的概念，它还指涉情感、精神、道德。有些人身体长寿，但情感、精神、道德已经早夭了；有些人虽然早逝，但他留在这个宇宙间的情感、精神、道德却不朽。

为此，老子说："不失其所者久，死而不亡者寿。"从更加究竟的层面上讲，真正的长寿是无极之寿，那是生命的本质地带，是一个无生无灭的永恒地带。

富贵的学问和表现

什么是富贵？富好理解，就是有钱、有物。但是"贵"呢？贵是一种受人尊敬的状态。

有一位企业家跟我说，自己一个人晚上都不敢出门，一出门总觉得有人在尾随他，平常出去跟人吃饭，不敢吃分餐，一大盘子菜，别人夹一筷子，他才敢夹第二筷子。他问我怎么办？我说非常好办，高调行善，让全国人民都知道你的钱做公益了，这个焦虑就没有了。他就真做起来。过了一段时间，我们又坐到一块儿，他高兴得不得了，说："不但那个毛病没了，而且还找到了一种之前从来没有体会过的快乐。"他现在什么时候最开心呢？拆阅他帮助过的那些孩子给他的来信时，他没有想到，读信成了他人生的一大享受。他的生命状态从富变成了贵。

我们完全可以想象孔子这样的圣人一生的喜悦。有许多人说孔子如何苦，如何如丧家之犬，那是压根儿不懂孔子的喜悦，他周游列国播撒的就是这种来自"贵"的喜悦。一个人的生命观高尚，价值观就高尚；价值观高尚，人生观就高尚；人生观高尚，肯定会赢得人们的尊重，肯定会走到哪里就把生机带到哪里。虽然当时人们可能认识不到这一点，但它是种子，迟早会长成参天大树，成为森林。

贵之人格的典型历史上太多了，古圣先贤、民族英雄，虽然已经去世了，但他们永远活着，这就是一种"贵"。把富和贵分别开来，强调由富转贵，是中华民族的智性优势。晋商为什么能够把他的家业传五六百年？如果没有一种让能量保持的系统，是不可能的。一个家业传六百年，靠的是"贵"这样一种生命状态。大多数晋商、徽商生活非常节俭，却把赚的钱大量捐给国家，捐给公益事业。他们明白，赚钱只不过是把祖先留下来的面缸里的面粉做成了面包而已。面缸里没面粉，再有本领也做不出来面包。所以，他们修祠续谱兴学，感谢祖先的恩德，通过感恩把"富"变成"贵"。

孔子有个学生叫子贡，当年做生意做到什么程度呢？《史记·货殖列传》记载："子贡结驷连骑，束帛之币以聘享诸侯，所至，国君无不分庭与之抗礼。"子贡是当时的首富，但不是"土豪富"，而是"贵富"。孔子周游列国，是他解囊资助；孔子困于陈、蔡，是他搬来援兵解救。这是行，再看他的言。齐景公问子贡拜谁为师？子贡回答说拜孔子为师。齐景公问，孔子贤德吗？子贡回答，贤德。齐景公问，怎么贤德？子贡说，不知道。齐景公说，知道孔子贤德，却不知道哪里贤德，又是怎么回事？子贡回答说，现在都说天很高，无论老人小孩愚昧聪明的都知道天很高。可是天有多高呢？却都说不知道。如同我知道孔子很贤德，却不知道到底有多贤德。

若是心中无贵，说不出这样的话。孔子仙逝之后，别的学生守墓三年，子贡一守就是六年，六年之后才去赚钱。这是大贵。

当人们看到，如今孔子墓前不是他的家人，而是学生子贡的庐墓相伴时，充溢在心里的，我想已经不仅仅是感动。

这是古人。在当今社会，被称为"经营之圣"的日本企业家稻盛和夫，也是一个既富又贵的人。有意思的是，当记者问他是靠什么创造了商业奇迹的时候，他却十分谦虚地说，他本没有创造什么商业奇迹，如果说做出了一点成绩的话，也是孔孟哲学的功劳，因为他是按照中国的孔孟哲学来经营企业的。子贡被称为"儒商第一人"，官为宰相，稻盛和夫被称为"经营之圣"，拥有众多世界性商业和公益组织的头衔，二人的成就，让人思考一种穿越时空的普遍规律，那就是："君子先慎乎德。有德此有人，有人此有土，有土此有财，有财此有用。德者本也，财者末也。"

可见，由富变贵，只需转一个念头，把"我要"变成"我给"，就"贵"了。当把"我要"变成"我给"的时候，生命能量呈几何倍数增加。

荀子说，如果我们的道德基础不够，财富甚至都可以看成是祸患。真正懂道理的人，不认为赚钱都是好事。他要看财富的质量，不仅仅追求数量。有质量的财富一分钱可生无量福，因为它的背后是人格，是天地之心。

2007年10月28日，第四届鲁迅文学奖颁奖典礼在绍兴举行，从鲁迅先生的儿子周海婴先生手里接过获奖证书的那一刻，我的眼前闪现出一串身影，有我的亲人、恩师、领导、同事、朋友、学生。其中有那么一位，让我心生疼痛，那就是我的初中班主任刘富荣老师。当时，就动了个念头，回去后一定要去看望老师。

当我出现在老师面前的时候，我感觉到他有点意外，但很喜悦。老师住的房子只有几平米，既是办公室又是宿舍又是厨房，一张床旁边一堆炭，门后一辆自行车，沾满泥土，窗前一个小课桌，摆满了学生作业。但我没有从他的表情中看到一点难为情。过了一会儿，他把抽屉拉开，说："文斌你看你写给我的信我都存着呢。"我一看那些信，眼泪就下来了。

我从离开刘老师，在不同的学校、不同的单位，用不同的信封和笔迹写给他的信，他整整齐齐码在那里。老师写给我的信，我因为搬家早就不知道放在哪里了。可以想象他看重的是什么。他拉开抽屉，里面放着学生写给他的信，你就一下子能看到他的内心，他注重什么。坐在那里，透过泪光，当年的岁月一幕幕在我眼前展开。

毕业了，每一位同学凑了两角钱，给老师买了一个洋瓷盆子作为纪念。所有老师的都送出去了，他却坚决不接受，甚至最后关上了宿舍门。这时候，另一位老师说："刘老师，开门，校长等你啦，要搞毕业典礼了。"

老师才出来，我们已经在教室门前列好队。他说："同学们等一等，老师马上回来。"他跑步出去，跑步进来，手上是一叠崭新的两角钱。他要给我们每一位同学发两角钱。他说："同学们，你们的礼物我收下，但我的礼物你们也要收下。"我们当然不愿意接受。老师就拿出杀手锏："如果你们不接受，我就不给你们发毕业证。"对此，当时我们有些不可理解，甚至觉得他有些绝情，现在看来，他是给我们上最后一课。

有一天上课，班长说："同学们，好好复习啊，老师昨天回老家了。"干吗去了呢？做新郎官去了。没想到，过了几分钟，老师从教室门外进来了。当时我的感觉是，一个刚刚从蒸笼里出来的馒头从门外飘进来了，浑身上下都在冒热气，上台气喘吁吁地写下课题给我们讲课。下课以后我们就议论，说老师肯定是包办婚姻，肯定不爱师母，不然的话怎么昨天回去，今天就返校了。

但后来发生的事实证明，我们都错了。教育局看到我们那届考得特别好，就调老师到县教师进修学校任教。没想到两年后，他强烈要求调到一所乡下中学任教，因为师母在那里务农，他要调回到师母身边。我在教育局当过两年秘书，知道许多人为了进城，真是把局长的门槛都踏断了，他到了县城又要调回去，可见他与师母的感情之深。可见他当年之所以夜行百里，只是不愿意耽误我们的一堂课而已。

老师很清贫，教了我们那么多年，印象中，没有看他换过新衣服。那次他结完婚从老家回来，转身写字的时候，我们发现他后腰地方露出来半截新布。做新郎官，添了一件上衣，居然不好意思穿在外面，而是套在一件旧衫子的下面。因为领子风纪扣系得很严，我们没发现，一写字才露馅儿了。

老师的儿子考上了大学，我打电话让他到银川来，我们送他走。临行前，我让妻子准备了一个红包，没想到根本送不到他手上，那神态让我再次想起老师当年拒绝我们礼物的情景。

我就给儿子说，你想办法让弟弟把这个红包带走。儿子趁他上卫生间不注意的时候，把红包装在他的眼镜盒里面。火车开了，发给他一个短信，才让他把那个红包带走了。

试想，这样的一个孩子，将来做了高官会贪污吗？他现在能够面对你的红包不动心，将来就会面对巨额贿赂不动心。所以，老师传的是什么呢？传的是家风，是人格，传的是一种高能量的生命姿态，这就是"贵"。中国人讲究传贵不传富，他知道富不永恒，贵永恒。几乎被中国人作为公共家训的《朱子家训》谆谆教诲后人"勿营华屋，勿谋良田"，而要"读书志在圣贤""为官心存君国"。

贵为君子，贱为小人，这已经是中华民族的集体认同。中华民族之所以五千年不倒，有一个重要的原因，那就是有一个脊梁性的人格没有倒塌，这个人格，就是君子人格。

君子人格的特征，就体现在"贵"字上。"君子怀德，小人怀土。"君子在乎的是道德，不在乎利益，不在乎环境，不在乎待遇。"君子怀刑，小人怀惠。"君子注重的是他做的这件事情对社会公德有什么贡献，不在乎实惠。"君子周而不比，小人比而不周。"君子考虑全面，考虑整体；小人考虑个体，考虑局部。"君子矜而不争，群而不党。"君子什么时候看上去都是灿烂的严肃的美好的，不结党营私，不拉帮结派。"君子泰而不骄。"君子无论什么时候看上去都泰然若素，绝不骄傲，小人骄而不泰。"君子坦荡荡，小人长戚戚。"君子睡得香，吃得饱，因为君子心中没有自己的担忧，如果有担忧，是为了天下人而担忧。"君子有终生之忧，无一朝之患。"君子念念在成就自己的人格，不会患得患失。"君子无忧无惧。"之所以无忧无惧，是因为君子活在一种超越性的知天命的境界里。"君子之德风，小人之德草，草上之风，必偃。"君子活在大地上，就像东风一样，所到之处，万物葱茏。他是这个大地的晴雨表、风向标。

不管是经商、做官还是从文，君子无一例外地都是盯着一个方向去的，那就是君子人格，目的是"贵"。

康宁的学问和表现

康是没病，宁是没灾。但现在谁能保证自己没病，谁能保证自己没灾呢？山东电视台的吕明晰导演曾经做过一个调查，说一年没进过医院的，在人群中占百分之一；五年没进过医院的，占千分之一；十年没进过医院的，占万分之一。就可以知道现代人的健康状况堪忧，大多数人亚健康，尤其严重的是焦虑症，13个人里面就有1个。据报载，2011年中国精神病患者达到1600万人。

根据国家统计局的数据，每年全国死亡人口大约890万人，非正常死亡人数超过320万。其中因自杀死亡28.7万，因药物不良反应死亡约有20万，因道路交通事故死亡约10万，因装修污染死亡11.1万，因工作事故死亡约13万，各类刑事案件死亡近7

万，因过劳死亡近60万，因大气污染死亡38.5万。

在320万非正常死亡者中，主动死亡者居然近30万。原因出在哪里？在我看来，是这些人没有找到一个向上的出路。大家都在非本质非安详层面奋斗，一旦进入死胡同，又找不到向上的出路，就出不去了。

如果从社会学的角度看，不康不宁有多种原因，但是如果从能量的角度看，是生命库里的能量不够了，形象地说，就是面缸里没面粉了，或者不够了，是面粉亏欠的一种必然表现。

总结古人的说法，通过大量的实例验证，我发现，凡是一个人生活不如意，除过客观原因外，还有四个主观原因：第一，不孝敬老人；第二，夫妻关系不和谐；第三，拿过不干净的钱；第四，做过亏心事。

不孝敬老人，能量就断掉了，相当于把根拔掉了，根和枝干脱离，生命之树就会枯萎；夫妻关系不和谐，生命大树的枝干就病了，花叶就会凋零；拿过不干净的钱，做过亏心事，相当于树得了病虫害。

有的人不发财家里还平安，一发财就有事；不提拔还平安，一提拔就有事；不住大房子还平安，一住大房子就有事。因为他把他康宁名下的专项生命能量转移到大房子、好车子、级别上面去了。

一个人能否科学分配生命能量，显示出他的智慧程度。不然，即使拥有全世界的财富，也没有幸福可言。从整体论的角度看，康宁互为前提。有些人暂时有"康"这一福，但"宁"没有，要么孩子不听话折腾得要死要活，要么妻子闹别扭，要么丈夫有外遇，要么跟领导有矛盾。时间久了，"康"这一福就会出问题。一个人的神不闲，肯定就会气不定，气不定，肯定就会生病。那么，如何才能避免和减少得病呢？《黄帝内经》讲："恬淡虚无，真气从之。精神内守，病安从来。"没恬没淡，哪有真气呢？没有真气，哪有健康？精神都不能内守，能量总在散失之中，哪有健康呢？为什么康在宁前面呢？康比宁简单，身体得病容易发现，心不安，若非智者是很难发现的。中国人讲的心物一元，心是图纸，身体是建筑物，这个建筑物是按照图纸来建造的。看到一个人脸上有喜悦，就基本可以肯定他是健康的。

现代人大多处在一种不康不宁的状态。之所以不康宁，是因为不康宁的生活方式。换句话说，人已在不康宁的轨道上。如果非常严格地按照生命交通规则去运行，康宁是有保证的。现代人已经很难做到《朱子家训》中讲的"守分安命，顺时听天"，而是成天想入非非。这种心态，让生命能量处在一种吹沙扬尘的状态，怎么能够康宁呢。

好德的学问和表现

好德这一福，是长寿、富贵、康宁、善终的大前提，是根，是幸福的说明书。没有这张图纸，就无从建设长寿、富贵、康宁、善终的生命大厦，人是如此，国家是如此，民族也是如此。

如果没有好德，其他的四福无从谈起。人不但拿不到幸福，还会招来麻烦和灾难。缺少对生命的真正认识，一味地去发财，到一定程度，没有方向肯定会挥霍，会吃喝玩乐，甚至做一些反社会、反人类的事情，最后，当生命能量的账户上出现赤字的时候，疾病就会到来，灾难就会到来。

不明理的人是不会过日子的。现代人糊里糊涂地结婚，糊里糊涂地生，再糊里糊涂地养。其实，生产饼干还要看说明书呢，但结婚不看说明书，生孩子不看说明书，夫妻之间凭着感觉生活，情绪一上来，恶语就出来，心就会受伤。心一旦受伤之后，要想疗治就难了。所以要认识生命，学习生活，善待生命，善用生活，这就是好德。

想要建一个幸福的大厦，你得先拿到图纸。拿到图纸，还得会看。生命这台精密机器，更需要学习，不学习就想让他健康地运转，那是不可能的。好德就是读懂生命的说明书。想要成为高能量生命，不看说明书不行，学习要天天进行，好德也要天天进行。古人早晨一小时的定课，晚上一小时的定课，读经典，就是好德，就是在看生命说明书。

好德是五福里面最重要的一福，有了好德，就会有长寿，就会有康宁，就会有富贵，就会有善终。好德就是让人们认识如何得到五福。

好德是中华民族的传统。正如曾国藩祖父曾星冈立在家庙神位前的对联所言："敬祖宗一炷清香，必恭必敬；教子孙两条正路，宜读宜耕。"读，就是好德，读经典，读圣人之言。耕，告诉人们做本分的事，从劳动和汗水中获得生存的权利和报酬，不要通过算计去获得。正是这种家训，让曾家门庭大旺，人才辈出。有人统计，仅曾国藩兄弟五房里出过的大成就者就有二百四十多位，其有用人才之多，分布行业之广，影响之大，为人所赞。

单说晚清重臣湘军之父曾国藩，他就是一位战略家、理学家、政治家、书法家、文学家，晚清散文"湘乡派"创立人，晚清"中兴四大名臣"之一。毛泽东曾说："愚于近人，独服曾文正。"蒋介石亦言曾国藩为人之道"足为吾人之师资",把《曾胡治兵语录》当作教导高级将领的教科书,自己又将《曾文正公全集》常置案旁,终生拜读不辍。

曾国藩能够取得如此成就,正是靠着祖上留下的耕读精神。祖父靠勤勉耕种、勤俭持家让全家人过上了温饱生活。父亲曾麟书开始读书,但一生乡试17次不第,最后只比曾国藩早一年考中补生员。但这种精神却深深地影响了曾国藩,让曾国藩自幼勤奋好学,22岁考取秀才,24岁中举,入省学岳麓书院,28岁中了同进士,进入翰林院。

需要我们注意的是,在给子侄的必读书单中,曾国藩第一推荐《了凡四训》。

无独有偶,对这样一本好德范本,还有一位享有世界声誉的现代企业家用它来经营企业,就是被称为"经营之圣"的日本企业家稻盛和夫。我们看他畅销全世界的著作《活法》,就知道他一生在实践《了凡四训》的要义。有人曾建议稻盛和夫投资房地产,他说,不通过劳动和汗水赚来的钱是不吉祥的,他不干。可见,虽然他从事的是现代产业,但其经营理念却是中国人讲的耕读精神。因此,他的企业能够稳健运营,几次大的金融危机,让多少企业倒闭,多少公司破产,但丝毫没有影响到他的企业,说明"耕读"是一条人间正道。

善终的学问和表现

善终是个什么状态呢？无疾而终，寿终正寝。民国时有个叫汪逢春的名医，提前一年告诉家人，这是跟你们过的最后一个年了，明年就跟你们不过了；提前一个月处理家产；提前一周把一些老朋友聚在一块儿，告诉他们，一周之后，你们就见不着我了。时间一到，他沐浴更衣，躺在床上走了。这叫善终，能够给生命当家做主。

寿终正寝是指无疾而终，而且去世在自己家里。医院不是家，就不叫正寝。关于善终这一福，现代人拥有的不多，有几个人是躺在自家床上含笑而去的呢？

现在的人大多是在医院抢救过程中去世的，那个过程可以说就是炼狱，病人是在完全被动的情况下离开人世的，做不了主，当不了家，任人摆布，一点身体的尊严都没有。

要想给生命当家做主，平时就要惜福。穿得尽量简单一点，吃得尽量简单一点，住得尽量简单一点，用得尽量简单一点，把能量留下来，让它变成"善终""长寿"。

弘一法师讲："惜食，惜衣，非为惜财缘惜福。"并不是说你用不起那个东西，而是要你把福气节约下来在"那一刻"用。如果临终的那一刻，氧气管、输液管还插在自己身上，哪里有幸福可言呢？要学汪逢春先生，给自己的生命当家做主。

善终不是简单的结束，它意味着一个正确的开始。如果不是正确的开始，生命肯定无法善终。下错车就很难上对车了。生命的旅程需要精心设计，一定意义上，整个活着的过程就是为换乘车作准备。如果没有这个思想准备，等终点站到了再准备买票钱，根本来不及。看看汪逢春的一生是如何度过的，就知道，他临终的潇洒不是偶然，而是他一生彩排的一出大戏。

传统印度人的观念里，理想的一生要经历四个阶段：

梵行期，5到8岁开始，到25岁。这个时期主要是学习期，是体力和精神的养成期。

家居期，25岁到50岁。学业完成后，回到家里，开始家庭生活，结婚生子，以一定的职业养活家人，履行属于自己的社会职责。

林栖期，50岁到75岁。离开家庭和自己的村庄，到森林里去居住。不再注重衣着，只捡些别人丢弃的褴褛披在身上，四方流浪，行无定踪，旁观世事，荣辱不惊，在断绝一切世俗的欲望之后，专心致力于经典的钻研和思考，或者修苦行，以获得控制自我的能力。这是一个无家、无火、无快乐、无保护的生活阶段，显然是为解脱作准备。

遁世期，75岁以后。把感官的感受力限制到最低的程度，摒绝一切爱和恨的冲动，既不关心自己的生死，更无喜怒哀乐之情。专心追求对于最高本体梵的亲证，以实现梵我合一为目标，并把此视为人生的极致。

对于现在的人来讲，走这样的人生路线，恐怕不现实，但一个清醒的生命，应该以此为精神性参考，为生命当家做主，至少可以降低终极归属焦虑，减少临终时的痛苦和无奈。

综观那些善终的人，一定是在一种非常真诚的人生态度下度过一生的。人的一生都要问，我自己能够做到真诚吗？能够坦荡荡吗？明朝的大哲学家王阳明将死的时候学生问他，还有什么话要说，王阳明说："此心光明，夫复何憾。"活到怎样才值得？死时坦然。无论什么人到最后还是要问，你的心可以放得下吗？

庄子讲："相视而笑，莫逆于心。"对于生命和死亡，我们也应该有这个态度。

人有善终的问题，情感、精神、思想、体制也有善终的问题。怎么样的情感、精神、思想、体制可以善终，很简单，符合天地精神的。

健康的学问和表现

现代科学指出，任何东西都由三要素组成，信息、能量、物质。信息就是我们现在讲的核心价值，杯子有杯子的核心价值，人有人的核心价值。在我看来，健康的核心价值就是《黄帝内经》。相传当年黄帝想给他的子孙后代找健康，在崆峒山找到高人岐伯，跟岐伯聊了七天七夜，对话的记录就叫《黄帝内经》。《黄帝内经》是健康的权威读本，阐述了健康的核心价值是"恬淡虚无，真气从之；精神内守，病安从来"。这十六个字无比重要。"恬淡虚无，真气从之"是说一个人的心态恬淡虚无的时候，真气就会存于体内，人就会健康。"精神内守，病安从来"意思是如果一个人的精神是内守的，就不会有病。

"恬淡虚无"讲了四种心态。

第一，恬。就字义而言是放下其他一切事情，去安心地感受滋味的甜美。引申为活在现场感之中，在日常生活中体会幸福。

第二，淡。就字义而言是放下浓厚的味道，从本觉中感受存在的甜美。只有丧失了本觉，才需要强刺激满足味觉。饮食要麻辣烫鲜，感情要热烈燃烧，挣钱要迅速暴发。

第三，虚。就字义而言是放下实和重，从空和虚中体会存在的甜美。用现在的话说，就是提高能量的自由度，提高空间维次，在超越性中提高我们的能量水平。现在我们把生命搞得太实了，好忙、好烦、好累就是非虚生命状态的写照。

第四，无。就字义而言是放下物质性执著，甚至精神性执著，在自然性中体会存在本来状态的甜美，即回归到生命的根本性喜悦。

对应到日常生活中，应该怎么做？答案同样是《黄帝内经》讲的三句话。

第一，起居有常。跟着太阳生活，太阳"起床"就起床，太阳"睡觉"就睡觉。一天跟一年一样，晚上九点是一年的立冬，需要睡觉以补充阴性能量。凌晨三点是立春，阳气生发的时候，需要起床以补充阳性能量。这时候如果仍躺在被窝里，就补不上阳气。同样，该睡觉的时候不睡觉，就补不上阴气。阴阳两失，人就会生病。古人是跟着太阳走的，也是跟着时令走的，春种夏长秋收冬藏。在古代，即便是罪大恶极的杀人犯，也要等到秋天才处决，所以有个词叫"秋决"。现在的情形却是，一年四季人们都在磨刀霍霍向猪羊。这就不是有常，而是反常。反常，就会受到大自然有常规律的惩罚。

有了电，夜生活丰富了很多，晚睡也就越来越成为人们的生活习惯。学生睡得更晚，因为作业很多，怎么办？可以调整一下次序，九点睡，四点起来做作业。同样的时间，效果就不一样。"药补不如食补，食补不如天补"，吃再好的药，不如一个馒头，吃再好的食物，不如按照天地规律去生活。现在人们讲养生，往往是昂贵的食材买了一堆，却不重视不用花钱的"天补"，也就是养顺应天地之气的生机。没有长养生机，又从何养生呢？养生养生，就是养生机，只有"生机"才能"勃勃"。

中国古人的一切生活方式，都是按照"天补原理"设计的。就连坐姿，也是一种补充能量的方式，讲究挺胸拔背，当背是直着的时候，脊椎就是直的，脊椎直，天地之气就是畅通的，中气就足。对应到坐具，也是按此功用设计的。不像现代人，窝坐在沙发里，久而久之，脊椎就变形了，天地之气不畅，中气就会不足，各种疾病就上身了。行住坐卧也是这样，"站如松、坐如钟、卧如弓"，都是这个意思。

第二，食饮有节。古人讲究"话说三分，饭吃七成"。如果感觉肚皮撑，那就已经是过量了。再吃下的东西，不但没营养，胃也会被伤到。如果吃饭时咀嚼不到嘴里有甜甜的感觉，这一顿饭是白吃的，因为食物要变成营养需要经过五次生化，首先必须有嘴里的酶参与分解才能变成能量。没有经过酶参与分解的食物，到身体里，只是一堆垃圾。帮助消化的酶没有参与进来，身体还得用精气神来消化，不仅相当于白吃，还耗费生命的能量。所以才有"吃汤喝饭"一说，就是说，汤在嘴里也要咀嚼，饼子和饭菜要咀嚼到像汤一样再咽下去。

人们常常认为吃得越多越有精神，其实这是不对的。一个人平常吃的饭菜，大概只有两三成能被身体吸收，其余的七八成，成了身体的负担，要把这七八成东西清理出去，太费精气神了。所以，应该是吃得少一点更精神。

晚餐一定要少吃，吃得多了，晚上休息时，肠胃就会反抗。它们会说，你们都休息了，还要我工作，不公平！时间一长，毛病就出来了。据专家讲，不少肠癌、胃癌，除了情绪上的原因外，是和不良饮食习惯大有关系的。我们常常看到，人们为了多吃，想出许多办法，让肠胃不堪其累。只听胃一遍又一遍地说："饶过我吧。"但舌头却撺掇主人："别听它的，我说你停你再停。"听一位专家讲，西方人之所以饭前喝一杯加冰的冷水，就是先让胃失去知觉，然后不断地满足舌头的快感。

"食饮有节"还有另外一个意思，就是食物种类的比例。《黄帝内经》讲"五谷为养"。说明最有营养的是种子。五谷放在常温下，可以放置很长时间。但是菜和肉在常温下不多时就腐烂了。一粒种子就是一个世界，它能从土里长出来，成为参天大树，足见它的生命力。但把一块肉埋到土里，长不出对应的动物来。按照宇宙全息论的说法，一粒米里有全世界的信息和能量。现代人的饮食比例恰恰相反，饭食基本都被肉食取代了。很多人长期大鱼大肉，摄入了过多的油脂和蛋白质，加之不运动，慢慢地就有了高血压、糖尿病等所谓的富贵病。不说成人，就青少年来讲，我国目前有250万糖尿病患者，他们就占了糖尿病总人数的5%，并且以每年10%的速度递增，这不能不说是不正确饮食比例种下的恶果。现在，家长们都在想方设法提高孩子的智商、情商，甚至胆商、艺商、逆商，唯独忽略了食商，让孩子每天和垃圾食品为伴，年纪轻轻就失去健康的体魄，实在让人怜惜。

在古代，人们只有在祭祀的时候，才有权利宰杀动物，而且有严格的级别限制，但是现在，宰杀泛滥，生活空间充斥着杀机，生机就变得特别稀薄，怎么能够身心健康呢。自古以来，人们看到尸体，都有一种畏惧感，就是因为它上面的生机离去了。现在，家家户户把动物的尸体放在冰箱里，事实上是把杀机存在冰箱里，使家里的生机被兑冲，这是一个再简单不过的常识。

现代心理学已经证明，情绪具有传染性，请问，动物在宰杀的时候，会愉快吗？不愉快，它能让相关责任人愉快吗？美国斯坦福大学的艾尔玛教授做实验，把一位盛怒中的人呵出来的气注入到老鼠体内，老鼠会瞬间倒毙。那么，动物在宰杀的时候该是何其愤怒，它释放出来的气体去了哪里？是否仍然存在于这个宇宙空间？最直接的则存在那些肉和血液里。人们长期吃这些食物，会是一个什么结果？这又是一个再简单不过的常识。

能量有多种来源，饮食只是其中之一。有那么一段时间，我拿自己做实验，同样的疲累之后，用三种方式补充能量，一是在放松态中沐浴阳光，一是深呼吸，一是进食。我发现，前者效果最好，后者最次。进食之后，不但不能马上恢复精力，人还有昏沉感。细想一下，进食会产生废渣，呼吸会产生废气，唯独沐浴阳光不会有废光，而且处理废渣是需要一定的生命能量的。可见进食不是唯一的能量来源，也不是最好的补充能量方式。

第三，不妄作劳。是说要真作劳，不要妄作劳，不要为错误的事情去支付生命能量，最大的错误就是私心和杂念。对应到生活上，以下几个方面要节制。

一是性生活。无节制的性生活最耗费生命能量。古人讲，三伏天不能行房，三九天不能行房，刮风下雨不能行房，祖先的祭日不能行房，二十四节气不能行房，酒后不能行房，病后不能行房，感冒时不能行房，劳累时不能行房，庄严之地不能行房，露天空旷之地不能行房等等，据相关专家讲，这些都是有道理的，因为生命是全息的，是天人合一的。而婚外性生活更加折损人的能量，除了双方祖先的集体无意识扣分外，还有生理自身机制的惩罚。综观诸多禁忌，无非是保护人们的精气神的。现在有一种说法，说是人们在房事中损失的，一杯牛奶就可以补充回来，这是自欺欺人，男女之精可以孕诞生命，牛奶可以吗？有学者认为，男女房事时损失的是脑髓，是有道理的，因为它可以孕育生命，有完整的生命信息。

现在好多人以找情人为荣耀，聚在一起就比谁的情人多，且以为这是你情我愿的事情，无所谓危害。这真是不了解生命真相。古人讲，只有名正才能言顺，只有自己的配偶才是得到家族承认的伴侣，找情人就意味着对配偶的背叛。名不正则气不顺，气不顺，肯定就会让人病。另外，男女之事损福最快，因为那是一种放电式快乐，祖先积的一点阴德，会被瞬间放电。那些落马官员，基本都是在这个方面出事的，就可以理解了。

二是焦虑。现代科学已经证明，焦虑最耗费生命能量。近年来，脑血管病的发病率不断上升，并出现低龄化趋势，每年约有120万人死于脑血管病，死亡率位占死因第二；每年约有150万新发脑血管病病人，在现存的脑卒中患者中，约75％不同程度的丧失了劳动能力，40％重度致残。北京地区，因脑卒中所致的死亡已跃居死亡原因的第一位。为什么？在我看来，这和北京地区人们生活压力大，焦虑严重有关。焦虑让大脑持续兴奋，而脑组织耗氧量约占全身总耗氧量的20％—30％。这也就是为什么人干一天重活都不觉得累，而焦虑片刻，就非常疲累的原因。

要消除焦虑，就要寻找安详，回归喜悦。

三句话，其实是一句话，即按照天人合一的原则去生活，肯定会健康长寿，因为天行健，因为天长地久。

能量的还原和表现

长寿、富贵、康宁、好德、善终,是五朵花,都是从能量之根上绽放出来的。

长寿的面条也好,富贵的面包也好,康宁的点心也好,善终的饼干也好,都是面缸里能量的面粉变的。因此,提高能量就是生命的第一使命。换句话说,给面缸里装进去面粉才是最关键的。那么,怎么给面缸里装进去面粉呢?农民最懂得这一点,你看他一年准备了那么多种子,敢种下去,究其原因,是一个"信"字。信什么?信大地,信四时。不像企业投资,要调研,要论证。他相信只要种子选好,只要风调雨顺,肯定有收获。这是一个大信任,对天地有常的信任。

要想实现五福临门,还要时时刻刻注意把面缸的漏洞补上。没有漏洞的状态,生命就会实现一种效果,心想事成。现在为什么心想事不成？因为有漏。本来就不多的一点面粉，做了面包没做点心的，做了点心没做面包的，若不补充，结果可想而知。所以，有些人没提拔之前还比较平顺，一提拔，事事不顺遂，为什么？有些人住小房子还可以，一住大房子，家里孩子生病了，为什么呢？就那么点面粉啊，变成房子，康宁这一块就没面粉作保障了。如果面缸是满满当当的，自会如《中庸》里面讲的："大德必得其位，必得其禄，必得其名，必得其寿。"

生活中常常有这样的事例，那些过度拥有财富的人，要么儿女有缺憾，要么长寿缺一点，要么功名缺一点，要么健康缺一点。既长寿又富贵又康宁又善终的人少之又少。为什么呢？面缸里的面粉是个定量，分配的时候比例不当，能量就失衡了。

所以，生命需要规划，能量需要预算，每个人要想办法把生命能量用在更有永恒价值的方面。

为什么有那么多晋商、徽商省吃俭用，却拿赚来的钱做公益事业？他懂得能量还原的价值。财富是天地的，取之于天地，回馈于天地。《大学》讲："财聚则民散，财散则民聚。"他在赚这些钱的过程中，经营了他的人格，往出捐这些钱的时候，再次经营了人格，生命产生了双倍的价值。经由还原，这些生命能量从富变成贵，变成长寿，变成康宁，变成好德，变成善终，变成满堂子孙，兴旺家业，他的生命层次也由低至高。

假如不还原，生命层次不但会降低，而且往往有横祸。老子讲："甚爱必大费，多藏必厚亡。"古往今来因贪得无厌而人财两亡的例子不计其数。东汉时的大将军梁冀，贪财贪到了令人发指的地步，大凡想在仕途上腾达者，必须行贿于他。他专权二十多年，疯狂敛财，难计其数，用搜刮的钱财建造的私人苑囿绵延近千里。最终，不但三十多万不义之财被没收国库，而且遭满门抄斩。堪称第一贪的清朝权臣和珅，搜刮的财物价值达白银八亿两，相当于清政府当时二十年的国库收入，结果不到50岁就被送上了断头台，落了个人财两亡的可悲下场。历朝历代，"多藏必厚亡"的事例举不胜举。

之所以"多藏必厚亡"，从生命本身就可得知。身体扎了东西进去，如果不及时取出来，就会发炎；河水如果不流动，就会发臭。因此，财富还原能量的过程，也是生命本身的诉求。由此就可理解，古人为什么讲人不应该占有除生存本身需要之外的东西。一方面，财富是上苍的，理应天下万物共享，另一方面，如果占有生存需要之外的财富，就相当于给身体里扎进去一根刺，给眼睛里打进去一粒沙。"金屑虽贵，在眼成翳"，就是这个道理。古人还认为，财富就像人身上的血液，只有流动起来才能成为精气神。如果不流动，就到了生命结束的时候了。

由此，我们就会知道，为什么晋商、徽商能够把家族商业传承五六百年，而现代民营企业的平均寿命却只有三年左右。

要抢时间把生命的重量变成能量。什么是生命的重量？多余的东西。凡是走的时候带不去的东西都是重量。我原来喜欢收藏，无论到哪里，首先会去转文玩市场，看到一件喜欢的，又有能力收入囊中，就觉得不虚此行。突然有一天，发现这是些累赘，就把它们渐次送给亲朋好友。送掉一件，轻松一下，送掉一件，轻松一下。

人们负荷的东西太多，就像冰一样，动不了，太重了。当你把这些生命的重量放下，能量自由度就提高了，冰就会变成水，就能流动了，就可以到大海里面去看风景了。但是水只能在大地上流动，还没有本领到彩云上面去看风景。当它继续放下重量，把能量自由度再提高，再变轻盈，就化成水蒸气，到彩云上面去看风景。我认为生命的意义就是这样一个渐次升华的过程。怎么样把生命的重量变成能量？助人为乐。帮助别人的时候，能量一直在提高。天天帮助别人，天天就在乐的状态，能量不可能不高。从这个角度来讲，就要做聪明人，抢时间把生命的重量变成能量。因为生命确实在呼吸之间，抢出来的就是你的。只要是没有变成能量的财富，都不是我们的。一个人的生命结束，就是能量账户上的能量用完了。

有一句话叫生命不可承受之重，一定要把不可承受之重变成永恒能量。能量是最好的行李，它是富足的，也是轻盈的，任何人都可以带它上路。

我写过一篇文章叫《生命就像一缸米》，当你把生命想成一缸米，用掉一勺少一勺，对生命就会有一种紧张感。如此，我们更要抓住有限的生命，行人间正道，做人间正事，提高生命能量。

能量级和喜悦

　　美国有一位著名的心理学家霍金斯，通过三十多年的人体运动学实验得出一个结论：生命能量来自意识。换句话说，就是人的精神。他认为，人的意识是有亮度的，亮度越高，对应的生命能量就越高。著名心理学家智然先生用人们好理解的话对此进行了概括：生命能量藏在念头里。

都一样

美国有一位著名的心理学家霍金斯，通过三十多年的人体运动学实验得出一个结论：生命能量来自意识。换句话说，就是人的精神。他认为，人的意识是有亮度的。亮度越高，对应的生命能量就越高。著名心理学家智然先生用人们好理解的话对此进行了概括：生命能量藏在念头里。

事实上，中国古人早就知道能量和念头的关系。《尚书》就言："唯圣罔念作狂，唯狂克念作圣。"意思是，圣人如果没有了"念"就会变成狂人，狂人如果能够克制"念"就能变成圣人。《大学》也讲："所谓修身在正其心者，身有所忿懥，则不得其正；有所恐惧，则不得其正；有所好乐，则不得其正；有所忧患，则不得其正。心不在焉，视而不见，听而不闻，食而不知其味。此谓修身在正其心。"北宋理学家程颐注"身"为"心"。简单翻译一下，就是："之所以说修养自身的品性要先端正自己的心思，是因为心有愤怒就不能够端正；心有恐惧就不能够端正；心有喜好就不能够端正；心有忧虑就不能够端正。心思不端正就像心不在自己身上一样：虽然在看，但却像没有看见一样；虽然在听，但却像没有听见一样；虽然在吃东西，但却一点也不知道是什么滋味。所以说，要修养自身的品性必须要先端正自己的心思"，讲的仍然是念头和身心的关系。

孟子讲"我善养吾浩然之气"，养的就是能量。怎么养，通过心态，"富贵不能淫，贫贱不能移，威武不能屈，此之谓大丈夫"。

那么，哪一个念头能量最高呢？霍金斯用从零到一千级来标示生命能量。二百级是正能量和负能量的分水岭。二百级之上是正能量，之下是负能量。六百级之上我们几乎触摸不到，为"不可思议"级。我们能够得着的是六百级，这个能量级有一个对应的念头：都一样。

就是说，当我们的念头时时刻刻处在"都一样"状态的时候，生命能量在六百级。霍金斯研究发现，一个人把他的能量从二百级提高到六百级，相当于一千万个二百级之下的人的能量总和。就可以想象那是一个多么高的能量状态。

那么，"都一样"心态的人在生活中有些什么表现呢？简单地说，外在条件已经不会影响他的生命状态。妻子表扬他，他快乐，批评他，他也快乐；吃新饭，他高兴，吃剩饭，也高兴；涨工资，开心，不涨，也开心；提拔，喜悦，不提拔，也喜悦。这就是孔子60岁达到的生命境界：耳顺。

如此，这个人就几乎没有烦恼了。人的烦恼哪里来？听不得批评，听不得抱怨。霍金斯的实验跟孔子的体验有异曲同工之妙。孔子60岁证到了"都一样"，霍金斯证明六百级能量层对应的念头是"都一样"，东方的圣人和西方的心理学家居然在"六"这个中国人认为的吉祥数字中找到了同一个点。

我以前总爱跟妻子争理，不留神一两天的时间就花进去了。现在，努力训练自己把她的每一句话都听成赞美诗，生命成本一下子就降低了。除了节约时间，更重要的是，幸福指数提高了，能量保存下来了，可以做更多的事情了。

这大家可能都有体会，吵完架之后会感觉特别累，手都是冰凉冰凉的，为什么？能量释放完了，吵架是极耗费能量的。如果不吵架，省下来的那些能量就会变成我们的长寿、富贵、康宁、善终。吵一架，都少了。从这个意义上讲，不吵架就是好德。

所以，一个人在生活中训练"都一样"的心态，很关键。我以前有洁癖，出差的时候都带着床单和被罩，觉得宾馆里的床单洗得再干净，都是脏的，铺上自己的床单才睡得着。现在进步了，为什么呢？"都一样"啊。很管用。以前妻子做上来可口的饭菜就高兴，不喜欢吃的就吊脸。现在不管什么我都会说："好吃，真好吃！"有一天，走神了，筷子还没拿起来，说了句"好吃"。妻子说："郭文斌，忽悠人！"但她也高兴，总比你说"做的什么呀"要好。

现在我出去吃饭，会找机会练习"都一样"，把别人吃剩的饭菜里我能吃的那一部分吃掉。起初觉得很难，练着练着就容易了。有一天，有人给我出了一道难题，我亲眼看着他把馒头咬了几口剩下，牙印都在上面。说一点不介意是假的，就给自己说，郭文斌，我看看你今天怎么拿到"都一样"这一分。吃不下去，怎么办？换念头。就想着这个馒头是亲人吃剩的，一口就吃下去了。因为我现在吃父亲的剩饭，没有障碍。

当哪一天你认为天下没有脏东西时，幸福指数就一下子提高了。你也许会说，这样多不卫生啊，如果得上病怎么办呢？在我看来，有时候疾病恰恰是因为"担心有病"这个念头才得上的。稻盛和夫在他的《活法》里写到了一个故事，他的叔叔当年得了肺结核，他的父母每天尽心地照顾，一点没事，但他每走过叔叔那个屋子的时候，都捂着鼻子，倒得了肺结核。是不是可以理解，你的心里如果没有肺结核这个底片的时候，不可能有对应的电影情节。同样，不动"会得上肺结核"的念头，也就是不启动"会得肺结核"这个信息系统，对应的能量系统和物质系统就不会发生。这个"不担心"，可能就是最好的免疫力。当然，这需要科学验证。但有一点可以肯定，那就是，当生命能量在六百级的时候，免疫力也对应在六百级，免疫力也是能量变的。

"都一样"这个念头之所以能量最高，因为它是整体性，是道。圣人之所以为圣人，就是他的心态保持在"都一样"。

孔子暮年给他的弟子曾参说："吾道一以贯之。"道出了他的心法。"一以贯之"的"一"强调的就是"都一样"。它不是"二"，如果是"二"就"不一样"，就有矛盾与对抗。"道生一，一生二，二生三，三生万物"，是"三"生出"不一样"。如果我们从"万物"回到"三"，从"三"回到"二"，从"二"回到"一"，就是"都一样"。"一"是整体。相对于五十六个民族来讲，中华民族是"一"；相对于世界各民族来讲，人类是"一"；相对于万事万物来讲，宇宙是"一"；相于低维空间来说，最高维的那个空间是"一"。

孔子之所以能够在60岁时修到"耳顺"境界，得益于这一心法。所以他能够做到"其为人也，发愤忘食，乐以忘忧，不知老之将至。"70岁时，能够达到"从心所欲不逾矩"的境界。

"都一样"是一个大学问，我们有太多的文化，都在描述这个境界。尧能把天下让给别人，就是意识到了"都一样"。"天下为公"就是"都一样"。既然"都一样"，就不应该存在多和少、优和劣、远和近。"先天下之忧而忧，后天下之乐而乐""全心全意为人民服务"，都是把"都一样"换了个说法。范仲淹当年用他的俸禄买义田让整个族人用，就是认为整个族人都是他的亲人。海瑞死后居然需要人们凑钱为他办理丧事，同样是把老百姓视为亲人，没有为自己私存一文一物。

在为百集大型纪录片《记住乡愁》做文字统筹的时候，我也看到，但凡那些旺族，他们把家族的价值系统都调整在接近"都一样"的状态。江西白鹭村的王太夫人，去世时留下遗言，要求后人一年必须存够一千石义粮，当年要发放完，发给谁呢？村子里贫苦的人家。这个遗言就成为家规，持续了二百多年。江西义门陈氏，三千人聚族而居，三百年义不分家。受其家风影响，就连所养一百条犬，也是同室同食，"一犬不至，众犬不食"，成为千古一绝，被载入世界吉尼斯纪录。就可以想象这个家族的心态，如果不在高度的"都一样"状态，是不可能出现这种连动物都被感染被驯化的人间奇迹的。

和《记住乡愁》编导到徽州踩点，我看到一句话"千年之家不动一抔，千丁之族不散一人"，也是讲"都一样"。即使千口人的大家族，不让一个人走散，不让一个人受到饥饿的威胁。徽商为什么特别有凝聚力和战斗力，正是因为他们的心态是"都一样"。我们看到，许多人发财了，不会只图自己享受，而是要想方设法带领族人共同致富发家。

"都一样"是一个跟天地等量的状态。一个人的心态如果在"都一样"上，就会跟天地同频共振。天地的富有也是你的富有，天地的能量也是你的能量，天长地久也是你的"天长地久"。大地也是一样，你播种了什么，它就还给你什么。整个宇宙和天地演绎的一个基本的生命状态，就是大家"都一样"。

看过一则轶事：汉文帝小时候，春柳初长时折了一枝，老师批评了他。显然，在老师眼里，树木也是生命，尤其春天万物生长的季节，折断柳枝，就是损毁一个生长的生命。作为皇帝，只有怀有爱一切生命的心，才能普爱世人，这就是"都一样"。如果葆有这种心态，那么他对人对物，对宇宙中的一切，包括一粒米、一滴水、一口空气，也会怀着深深的感恩、敬畏和爱去对待。这样，生命的质量就提高了，因为诗意随时就在你身边。

我们的民俗里，每年都有一段特殊的时间禁牧、禁伐、禁渔，应用的原理就是"都一样"。当一个人保护树木的时候，就把树木跟人看成了一样，庄子在《齐物论》里面讲，宇宙间的一切生命是平等的，所以它叫"都一样"。

如果没有"都一样"的认识，许多民间传统，就可能没办法理解。有一个地方，正月初十是老鼠的节日，为什么老鼠也会有节日？老百姓有多种说法。总的说来，这来自于中国人对生命的平等观，即便是老鼠也要给它设一个节日。

听我的父母讲，旧时老人们有给老鼠留饭的习惯，老鼠就到指定的地方吃饭，不咬粮食袋子，后来人们不给它留饭了，它就开始咬粮食袋子了。当你平等地对待别的生命的时候，对方对你也会有一个姿态。你善待它，它也善待你。

一天下班，回到家里，看到小狗便血，我问妻子："小狗怎么了？"她说："可能是吃了什么东西，饭后带它去看看。"饭已经做熟，我就洗手吃饭。到中间，心里突然惭愧了一下，就放下饭碗往出跑，到药店，买了几袋药，回来喂给小狗，不多时，就看到它好受些了。惭愧之前，我的心态是"不一样"，惭愧之后，变成"都一样"了，心想，如果是自己的孩子便血，还能心安理得地坐在那里吃饭吗？

才知道一个人只有把心态调整到"都一样"的时候，才会生起同情心。

持"都一样"心态的人，看一切都是平等的，心气就是中和的。钱多钱少一样，房大房小一样，车新车旧一样，就没有因为对比取舍而产生的那一份焦虑。从这个意义上，再去理解"都一样"，就会发现，它是体验幸福的大前提，是回归喜悦的基础。

这是一种对于条件完全可以忽略的快乐状态。坐硬板凳和软板凳都一样，睡硬床和软床都一样，听到表扬和诅咒都一样，外在已经不能影响内在的那一份快乐和幸福。一个人能够到达这个境地，就没有痛苦了。人之所以有痛苦，是因为"不一样"，所以才有太多的取舍。《中庸》讲："君子素其位而行，不愿乎其外。素富贵行乎富贵，素贫贱行乎贫贱，素夷狄行乎夷狄，素患难行乎患难，君子无入而不自得焉。"君子只按照他当下的地位去做事，不羡慕职位以外的。平素富贵，做富贵该做的事；平素贫贱，做贫贱该做的事。无论在什么情况下都是安然自得的。一个人知足的状态决定了他幸福的状态。因此，老子说："知足者富。"

既然工资多少都一样，山珍海味和粗茶淡饭都一样，就不会为了吃别人一顿饭而去受贿；衣服新的和旧的都一样，就不会为了名牌而痛苦；大房子和小房子都一样，就不会为了买大房子去拼死拼活；人和动物都一样，就不会轻易为了满足自己的欲望而结束动物的生命；人和植物都一样，就不会乱砍乱伐；人和山川大地都一样，就不会浪费。

"都一样"如果成为习惯之后，人会活得很快乐。痛苦来自患得患失，来自得失分别。明白了得到和失去都一样，快乐就是顺其自然的事情了。这个世界上所有的人看上去都是亲人，你的幸福指数瞬间提高。人们活得苦，是因为他心中有分别、有对抗、有仇恨。

生和死也都一样。庄子的妻子过世后，他能鼓盆而歌，就是看透了生死都是一样的。"出生入死"说的也是这个道理，出来就是生，回去就是死。"视死如归"说的也是这个道理，死不过是归去而已。

日常生活中，我们可以通过换念头实现心态上的"都一样"。著名心理学家智然先生曾经讲过这样一则故事：

一位糖尿病患者去看病，大夫让他把肉戒掉，他说："那不可能，让我不吃肉，还不如让我去死。"大夫就跟他说："没啥戒不掉的，只要换个念头，说'请吃北京烤鸭'，你的口水就下来了。换个念头，说'请吃鸭的尸体'，你就觉得恶心。"同样的一个东西，念头一换，感受就变了。

念头一变，剩饭剩菜可口，念头不变，山珍海味也不香。这个世界因为人们眼镜的颜色呈现出不同境界。戴一副绿颜色的眼镜，世界是绿色的；戴一副红颜色的眼镜，世界是红色的。天堂就在人的目光里。

还可以通过每时每刻为他人着想达到"都一样"。圣雄甘地上火车的时候，车门把他的一只鞋夹到了火车下面，火车这时已经开了。他把另一只也赶紧脱下来扔到窗外，别人问他为什么这么做。他说，我把剩下的这只穿走，而掉落的那只还留在下面，别人捡去也没有用，我赶快把剩下的这只扔下去，若有人捡到还可以穿。"甘地之所以能马上舍弃脚上的鞋，因为他的心里只有他人，当一个人心里只有他人，分别已经没有了，自然就是"都一样"。

应用好"都一样"，可以解决许多问题。就拿教育孩子来说，当你心里有"都一样"做底时，就不会对孩子期望过高，首先自己就能轻松下来。当自己轻松了，这种轻松的心态就会投射给孩子，孩子恰恰也会返还给你一个积极的态度。孩子之所以叛逆，很多时候是因为大人抓得太紧了。紧张的气氛，让效果适得其反。当你的人生底片变成"都一样"了，孩子自然会向你希望的方向转化，因为孩子是大人的电影。

儒家讲，对待每一个人都要像对待亲人一样，从孝敬父母开始，爱自己的父母，然后爱自己的兄弟姐妹，然后爱自己的亲族邻人，最后扩展到爱一切人。到了释家和道家，不但要爱一切人，还要爱一切动物，爱一切植物，爱一切矿物，然后彻底地到达"都一样"。至此，人就会把天底下所有的生命看成是自己。江河大地是自己，动物是自己，植物是自己，矿物也是自己，一切都是自己。渐渐地，我们就归于本体了。本体世界的五种生命状态就会到来，这时，你的生命就是一个喜悦的海洋。

这时，你的心中就会有一种大爱产生。看到刀子捅进动物身体，你就会感同身受。这时，你就会理解，孔子为什么要讲"己所不欲，勿施于人"。这时，你就能够理解，过去那些行者，为什么可以放弃家园，背一个行囊上路，去随缘济众。这时，你也就能够理解，达摩为什么东来，玄奘为什么西去。

只要每个人的心态都到达"都一样"，夜不闭户，路不拾遗的和谐社会就能实现。因为每家都是一样的，不用争也不用偷。

把任何情境都设置成"都一样"，人心就会保持在一种清净的状态，海平面的状态，皓月当空的状态。那时，就会万物不贪，万境不染，万恶不嗔，万难不退，万缘不攀，万法不着，活在一种"春有百花秋有月，夏有凉风冬有雪。若无闲事挂心头，便是人间好时节"的喜悦海洋里。

当然，对芸芸大众来说，要攀登"都一样"这个生命高峰，需要一个渐进的过程。《弟子规》之所以伟大，就在于它设计了一个阶梯，让人们一步一步靠近"都一样"层面。"父母呼，应勿缓；父母命，行勿懒；父母教，须敬听；父母责，须顺承"，它从顺进入，首先从对自己的父母好开始；"兄弟睦，孝在中"，其次对自己的兄弟姊妹好；"事诸父，如事父；事诸兄，如事兄"，第三对待别人的父兄如同对待自己的父兄；"凡是人，皆须爱"，最后归到"都一样"上面来了。

孝道仍然是第一台阶。

我爱你

虽然"都一样"对应的生命能量极高，但普通人很难做到。有一次我到一所大学演讲，说道："男同学如果一眼看过去，学校里所有的女生都一样，就不会为争校花打架了，幸福指数就一下子提高了。"就有一位男生举手站起来，说："郭老师，但我还是看着特定的那位最漂亮，怎么办？有没有稍低一些的我们能够得着的高能量念头给我们介绍一下。"我说："有，还是三个字，'我爱你'，这个你能够得着。"这个"我爱你"指的是那种不求回报的大爱，它对应的能量有多高呢？五百级，相当于七十五万个二百级之下的人的能量总和。

为什么"我爱你"这个念头能量如此之高，因为它是从"都一样"这个根上生发出来的。"都一样"是体，"我爱你"是用。不求回报的"我爱你"其实就是天地精神。天地对万物的爱是不求回报的。

那么，在日常生活中如何才能打开这份五百级能量的大爱宝藏，它的开关在哪里呢？当然是把生命认同调整到天地频道上。如何调整？直接找天地频道，可能有些无从下手，但是天地的代理是可以找得到的，就在每个人的身边。

这就是我们的父母。我们不也常常说，父亲的胸怀像天空一样阔大，母亲像大地一样生养了我们，这都是天地给我们的隐喻。我到一家省重点小学去讲课，一位老师悄悄给我说，郭老师到我们学校去千万不能讲《弟子规》。我问为啥？她说，孩子的家长大多数都是西方教育理念，好多人是从国外回来的，不认同这些。我说，那我讲什么呀？就边走边想。到了课堂上，突然来了灵感，首先问同学们，学生学什么？他们回答，当然学知识啊。我说，我跟你们的理解有点不一样，学生就学"生"，生机勃勃的"生"，换句话说，就是学"生机"，跟"杀机"相对应的那个"生机"，"养生""卫生"的"生"，都是这个意思。

大家要想长高个、漂亮、聪明、健康，都得靠生机。可是，我们到哪里去找生机呢？他们说不知道。我说，到妈妈那里。他们问为什么。我说，我们都是妈妈生的，难道生机不在她那里吗？由此，开始了我的分享。

我曾想，过去的那些母亲，常常会生七八个孩子，那该是一种怎样的生命力。一个瓜蔓上结七八只瓜都会老得不像样子。但这些母亲恰恰长寿，活八九十岁的多的是。这种能量从哪里来的？天地所赐。母亲在养育儿女的过程中，把她的生命频道切换到天地频道上了，她用的是天地大能，天地生机。

想想看，当年她们每晚要起来好几次，有时我们哭闹，母亲就整夜地抱着我们，但哪一位母亲因此累倒了？换了平时，如果晚上被丈夫吵醒一次，她都会生气，但是我们吵醒了母亲那么多次，她为什么不生气？换了平时，如果晚上醒来一两次，第二天就没有精神，工作起来没劲儿，可是那段时间，母亲晚上要起来四五次，甚至七八次，为什么白天还那样有精神？

母亲身上爆发出来的这种爱力，如果我们不用太可惜了。如果这还不能让我们对母亲身上的能量有所理解，我们再想一个孩子要吃多少奶水。那全是能量。当我们孝敬老人的时候，直接进入这个能量的轨道。这就像我们考上公务员，就拿公务员工资一样，如果我们的孝心没打开，就像没有考上公务员，就无法享受这份工资。

但凡不如意的人生，在这方面多多少少都缺课了。看过一个"疯狂英语"创始人李阳的报道，说他外出在机场，明明早到了，但就是不登机，非要等到广播里说："李阳，李阳，你所乘坐的某某航班马上要起飞了，请你赶快由某某登机口登机。"还非得播两三遍。究其深层心理原因，说明他是非常缺乏爱和关怀的，登机时的表现也只是希望一点点被人尊重被人注意的感觉。那么，这又是为什么？报道中有一个细节值得注意，说是李阳当年在西安工作的时候，父亲去看他，打算晚上和他住一屋。李阳怎么说？我都吓死了，我宁可去死。这是他自己对记者讲的。怪李阳吗？也不怪。怎么回事呢？父母生下他后，就把他交给外公外婆带，他们去支边。这当然很值得我们敬佩，但是对李阳本人来讲，却落下一个无法解决的心理疾病，没有得到来自"天地代理"的父母最初的最基本的爱和关怀，根部的能量断掉了。他后来的一些行为、生活处世的方式，莫不受此影响。李阳的英语为什么叫"疯狂英语"，就是他的心态的投射。

相反，如果根连得好，孝心深厚，这个人身上就会爆发出无法想象的力量。

2014年2月，我到大兴安岭加格达奇讲完课，和大孝子王希海一同去漠河，当时零下四十度的气温，我们一行人穿着厚厚的棉衣都冻得在地上跳，他却可以只穿一个短裤光着身子躺在雪地上给我们做造型，长达半个多小时。他的身体为什么这么好？了解了情况后就知道，因为他的孝心是打开的，能量在天地频道上。

1980年，王希海的父亲因脑出血成了植物人，母亲体弱多病，弟弟又患有先天性肢体残疾，不能就业，全家的重担都落在了23岁的王希海的肩上。面对这样的情况，王希海先是放弃了去马来西亚工作的机会，后来又请长假照顾生活不能自理的父亲。当时，他就在心底向父亲承诺："一定要将您照顾到80岁。"

从那以后，每天晚上，他都会隔半个小时给父亲翻一次身，每晚12时准时喂父亲吃下一天中的第5顿饭。为了让父亲躺着舒服，他用8个枕头垫在父亲后背、腿下等不同部位。母亲让他去工作，自己照顾老伴，可他不让，说："您可不能病倒了，要那样，两个人我也伺候不过来呀。"

有一天，王希海突然发现父亲身上有了瘀青，连忙送父亲去医院。一位从医四十多年的老教授看了身体状况后问他，老人瘫痪在床多长时间了，王希海说："二十多年了。"老教授转身走了，他不相信一个老人瘫痪在床二十多年身体还能保持得这么好。可没多久，老教授又流着眼泪回来了，手中拿着王希海父亲厚厚的病历说："我从医四十年了，从来没见过像你这样伺候老父的，你父亲有福啊，你该去医科大学给学生们讲讲护理课，比起你来，他们做得太微不足道了。""一位瘫痪在床二十多年的植物人，浑身竟然没有一点褥疮，不但肌肉没有萎缩，还能有八十多公斤的体重……"大连市第二人民医院院长王冰在为王希海父亲检查完身体后，情不自禁地说："这在医学护理史上简直是个奇迹！"

不知不觉中，王希海早已过了该成家的年纪。为了照顾父亲，他放弃了工作和个人婚姻，在他的生命中最重要的就是父亲。他说："如果成了家，肯定会以家庭为第一位，而我不成家，那父亲永远是第一位。这么多年来，有许多人要给我介绍对象，但我不能放弃父母家庭，我首先要做好的是一个儿子的角色，我觉得很满足。"

据王希海的母亲讲，老伴虽然没法表达自己的感情，但儿子能读懂老人的每一个微小的表情。"每天晚上,儿子会过半个小时来给他翻一次身,他也早已熟悉了儿子的脚步声。每到儿子过来时,他都会屏住呼吸,兴奋地等着儿子来给他翻身。因为每次儿子都会给他按摩,让他舒服舒服,那是他最高兴的事。"

老父亲瘫痪多年不会自己吐痰,经常会被痰噎着。每次,王希海都把一根管子一头伸到父亲嗓子里,另一头放在自己口中,用力一吸,父亲口中的痰就进到了他的口中,然后再吐出来。为了给父亲刷牙,王希海真是想尽了办法。他先是用牙刷,结果发现牙刷给父亲的牙龈造成了损伤。接着又改用棉签、纱布擦,也不行。家里养了三盆君子兰,一次在给花浇水时,他突发灵感:"用喷壶给老人刷牙行不行?"就在喷壶中装了温开水,一手握着喷壶向父亲嘴里喷水,一手拿着脸盆在下面接着,一试还真灵。一位社区负责人曾对王希海说,等他父亲"百年"之后一定帮他找个好姑娘。听了这话,王希海哭了。他说:"去年父亲80大寿,我好好给过了一回,当时我跟父亲说他活到什么时候,我就伺候到什么时候,我自己的事以后再说。因为他活着,我从心眼儿里高兴,我害怕失去父亲,真的……"

提起王希海,一位老邻居说:"现在有的子女总想着跟父母要钱、要房子,有的甚至把老人赶出家门。但是希海为了老父亲,却把自己的一切都牺牲了、舍弃了,这不是谁都能做到的。"

王希海的精神感动着每一个人,当地政府及一些企业、个人向他伸出了援助之手。从2000年起,他所在的站北街道为他办理并破格提高了低保标准，社区每月免费送来两箱牛奶，大连市第二人民医院经常送来日常需要的药品，社区卫生服务中心每月为他父亲普查一次身体。一家企业也与他结成了帮扶对子，吸纳他成为企业的正式职工，享受企业职工的待遇，使王希海没了后顾之忧。还有一些企业要为他捐款。北京一位女士甚至要出几十万元在大连为王希海买一套房子，并表示要嫁给他，这些都被他婉言谢绝了。王希海说："伺候自己的父亲是应该的，党和政府给我的帮助已经够多了，我不能以这个名义来敛财。"

让人不可思议的是，如此照顾父亲，王希海一干就是26年。《孝经》曰："孝悌之至，通于神明，光于四海，无所不通。"王希海的孝行可谓感天动地，父亲得病之初，他就发愿，希望老父亲一定要度过80岁生日。苍天不负有心人，天遂人愿！

2015央视春晚现场直播时，包头市第三届全国道德模范朱清章携母亲韩福珍出现在亿万电视观众的视野里。他31年如一日照顾植物人养母直至其苏醒的孝心故事瞬间感动了数亿中国人。"我是世界上最幸福的人，89岁的老妈妈还健在，我还能尽孝。我的愿望就是希望再让老妈妈多活30年，我每天拉着妈妈的手出去遛弯儿。"

1950年出生的朱清章是包头石拐矿务局退休职工。黝黑、憨厚的他脸上总是挂着微笑。但命运似乎总在和他开玩笑。1975年，他的养母韩福珍因误将家里积攒的1300元焚毁，气急攻心突发脑溢血成了植物人。屋漏偏逢连日雨，朱清章的父亲随后被诊断患有外伤性震颤麻痹综合症，生活逐渐无法自理，两个瘫痪老人的压力让年轻的朱清章喘不过气来。

"那会儿想过放弃，在家对面山上差点想滚下去一了百了，可想到爸妈，若自己先走了，不就等于也将他们杀害了吗？"朱清章觉得不能这样做，既然做了这个家的儿子，就得挑起这副担子。

转眼朱清章也到了该成家的年纪，可相亲的姑娘一看两位卧床老人和潦倒的家境便没了下文。或许上天安排要有另外一个人帮助他操持这个家。来探亲的河南妹子张凤英看上了老实厚道的朱清章，两人挂了张毛主席像就结了婚。"当时她说，只要咱们夫妻恩爱，面前的这些问题就都不是问题，说得我一个大男人抱头痛哭。"

结婚第二天，勤快的张凤英把家里打理得干干净净，把老人也伺候得很舒适，光屎尿布就准备了五六十块，朱家门前常年飘扬的布头也成了邻居们眼中熟悉的景象。

"如果当儿的不侍奉妈妈，那还是个人吗！"朱清章说支撑他这么多年过来的动力很简单，就是作为一个儿子的责任。然而，命运并没有就此放过朱清章，瘫痪在床14年的父亲去世后，妻子也患胃癌离开了人间。

2004年的一天，朱清章照例来到母亲床边，给她擦洗身体，可就在他转身欲离开的时候，他感觉母亲伸手拉了拉他。朱清章说他当时"高兴得简直要跳起来"。从那时起，朱清章每天给母亲擦身子，然后用热毛巾敷在母亲的胳膊和腿上帮助母亲弯曲关节、活动肌肉。就这样又过了3年，韩福珍老人慢慢能行动自如了。

是什么力量，让一位患病三十年的植物人活了过来，创造了又一个医学史上的奇迹？答案很简单，那就是孝心。还是《孝经》上的那句话："孝悌之至，通于神明，光于四海，无所不通。"2014年夏天，我在包头党校举办的论坛上讲课，当我讲到孝心本身就是能量，孝敬本身就是快乐时，坐在会场第一排的朱清章双手合十，向我致意。课后，我们一起用餐，他说，我非常同意你的观点，没有比孝敬老人更快乐的事情，如果我们错过了这个快乐，真是太可惜了。

第二是爱另一半。这是一种非血缘之爱，一定意义上，比爱父母子女还重要，当能对一位没有血缘关系的人爱到像有血缘关系一样，爱就完成了，毕业了，五百级的能量通道就打通了。

要实现这一份爱，就要按照古人讲的"同心同德"去建设家庭。没有同心就没有同德，既然要同心，就不能给自己留下自留地，如果一个人的心还给别人留着一块，是不可能同心的。

我曾在演讲中做过多次调查："回家后敢把手机交给另一半保管的请举手"，不想应者寥寥。说明现在给自己留有感情空间的夫妇很普遍。事实上，一旦留有空间，夫妻恩爱就已经不是全频的了。不全频，能量自然也不圆满。个体能量不圆满，家庭能量就更不圆满，五福肯定就会受限，家人的健康、智慧当然就受限。特别是自己的幸福指数，会非常低。曾经的我，就常常被手机惊吓，如果哪一天到了单位，发现手机落在家里，会吓坏的。多少生命能量，就在如此惊吓中漏失了。现在，我的手机落在家里多少天，也不会有什么担心，幸福指数一下子提高了。

曾给一位朋友讲，一个人如果能够把散落在外面的心全部收回来，会一下子体会到曾经无法体会到的幸福和富有，那是留有空间的人无法想象的，就像浪花无法想象大海的幸福和富有一样。这位朋友怔怔地看着我，好一会儿，然后说，这是我最近听到的最震撼人心的一句话，理论上我完全能够接受，但我需要实践。事实上，当自己一旦把心收回来，原来的那些异性朋友从中得到的关怀更多，因为你的能量提高了，你的朋友系统的能量自然也会提高。我常常打比方，五伦关系就像一个手掌，当某一个指头提高时，另外四个同时提高，当某一个指头堕落时，另外四个同时堕落，因为它们是一个整体。朋友是十分重要的缘分，只要有缘分，就能够受到你的能量影响，你比他高，你补给他，你比他低，你也把他拉低。

1665年，荷兰科学家贺金斯发现了"共振原理"：当两种有着不同周期的物质能量相遇时，振动韵律强大的物质会使较弱的一方以同样的速率振动，而形成同步共振现象。贺金斯在房间里的墙上并排放置不同速率的老爷钟，然后走出房间，第二天再回来时发现老爷钟的钟锤皆以同速率同步摆动。其后，许多人相继重复此钟锤实验，结果都是一样的。事实上，"共振"可以说是一种共鸣现象，在日常生活中到处可见。比如，未振动的琴弦会受强烈振动琴弦的影响而一起共振；比如，高音高频的歌声能提高玻璃杯的振动速率，当振动高到某一程度，玻璃杯会碎掉，因为玻璃无法再维持玻璃的形状了，这是无形影响有形的典型例子。

我们都有这样的体会，和人谈话很投机产生共鸣时，或课堂上老师的谈话很吸引你让你不断点头时，你的脑波可能正在共振；有时与人相处，彼此虽无言语却灵犀相通，也是共振的现象。

因此，交友很关键。这也让我们思考到底如何祝福亲人，有些人，老人活的时候不好好孝敬，等过世了，却花很多钱举行各种仪式，有作用吗？我不敢评说，但是通过"五指同体"原理，我可以肯定，最好的祝福方式就是提高自己的能量，而要提高自己的能量，就要提高自己的德行。可见，好德本身就是祝福。

通过大量案例，我发现，那些想换一个配偶过上好日子的人，成功率非常低。为什么？因为自己的底片没有修改，再换银幕，都是枉然。电影好不好看来自底片。婚姻的电影是心灵的投射，心灵没有得到改变，投影怎么会改变呢？因此，还不如借着目前这位把底片一次性修改成功，生命成本既低，见效又快。换是非常辛苦的，代价很大的。

因此，当下就要把心收回来，让能量回流，尽量靠近"都一样"的生命境地。

第三是爱孩子。如果说爱父母是回报，是回家最近的路，爱自己的另一半是从非血缘关系的组合那里拿到满分的爱，那么，爱孩子则是更重要的传承。爱孩子是关乎到把爱传下去的大问题，人类要繁衍生息，就要用心爱孩子。

也许有人说，这一点你不用讲，我最爱自己的孩子了。我相信，天下没有谁不爱自己的孩子。可是，我们真的会爱吗？如果会爱，怎么有那么多孩子，手执凶器，将父母致死；如果会爱，怎么有那么多孩子被投进铁狱？如果会爱，怎么有那么多孩子，小小年纪，就身有顽疾？

如何爱孩子，简单归纳一句话：帮他建立一个正确的生命价值系统、能量系统、生理系统。再简化，就是培养他的爱力。怎么培养？把爱表演给孩子看，把对父母的"孝"，对配偶的"爱"，对老师的"敬"，对万物的"惜"表演给孩子看，这是个万通的方法。

爱父母、爱另一半、爱孩子，做到了这三点自然会爱社会上的一切对象，包括时间、空间、缘分。因为爱已经成为一种习惯，爱心已经养成，爱力已经具备。国家也是爱的重要对象。国是大家，可见爱国也就是爱家。爱国是个体对整体的义务，在家里把自己的角色做到极致，在单位把自己的本分做到极致，就是爱国。爱国不是喊口号，它体现在日常生活的方方面面。

这时候，"我爱你"的"你"已经由人变成了事。"我爱你"还可以随着自己的心量无限扩展。觉着动物与人一样的时候，就会爱动物；觉着植物与人一样的时候，就会爱植物；觉着粮食与人一样的时候，就会爱惜粮食。

懂得了这个道理，就会知道一粒米来到自己面前，是多么的不容易。它要在土壤里面经受黑暗，拼命地顶破土层，保证不要被牛羊吃掉，好不容易活下来，还要风调雨顺，才能够长成。浪费一颗粮食，其实就是无视一个生命。

记得有一次，下班后跟朋友一起从办公室出来，听到女卫生间的水哗哗哗地流，我就问了几句"有人吗"，里面没人应，我就进去把水龙头关掉了。朋友笑我，地球上每天有多少人在浪费水，靠你这样能节约多少？我说，别人怎么做我不管，也管不着，可我在关上水龙头的这一刻，特别快乐。

在如此方便的情况下，收获一次开心，何乐而不为呢？生命的意义是收获快乐，快乐是人生第一义，跟对象没关系。通过关水龙头这个动作，是否达成了一种物质上的交换？没有；感情上的交换呢？也没有。物质与感情的交换，都是非本质认同，而本质认同不管外在，只管我在这一刻是否给自己生命的大厦累积了坚实的基础。知道了"我爱你"的意义，就可以随着你的心量扩展它的外延，外延越广阔，收获的爱就越多。到了一定程度，就会知道，空间、时间也需要爱。每一个念头都要爱，甚至要爱自己。"我爱你"的内涵太丰富了，当我们能够从一切对象物上找到爱的动力的时候，就是在完成爱的根本大厦。爱得越丰富，收获就越多。爱空间、爱时间、爱缘分、爱工作、爱情义，爱一切。

"你"是"爱"借助的对象，爱一切的目的，是为了让人回到爱中去。

最终要抵达的效果，就是让自己的心保持在爱的状态，爱也就成了自己心的构成。就像炼钢一样，对原矿的锻炼，是为了最终提炼出来钢。把生命的钢炼出来，它就成了我们的归属。炼成了"爱"，也就跟天地拥有了一个心，因为天地的心就是爱。

所以说，"我爱你"的目的不是为了你，也不是为了我，而是为了完成爱，为了能跟天地保持同一个频道。既然"我爱你"如此重要，那就要把这个念头变成条件反射。如何建立这个条件反射？把它配到一切行为中去。如此，幸福指数也会得到提高。按照宇宙全息论的说法，任一部分都包含着整体的全部信息，相对应，一个念头本身就是一个完整的宇宙。如此，我们建立"我爱你"的条件反射，不但具有心理学意义，还具有现实意义。

不少人常常对人生产生一种无聊感。当年，每到打麦子的时候，我就想，这人生到底是怎么回事呢？种了长，长了收，收了碾，碾了吃，然后来年再种，年复一年，活着有什么意思呢？找不到生命的意义。为此，我甚至写过一篇小说，名字就叫《没意思》。后来我发现，如果把"我爱你"的念头配到要干的活上，无聊感顿时就会消除。而且做得越多，享受得越多。跟在恋人面前说"我爱你"，感受是一样的。

接下来，再用"我爱你"的念头，代替一切念头，尤其是痛苦的念头。

有一天散步，我突然意识到一个问题，散步本来是想休息大脑的，却常常被私心杂念充斥着，完了更加劳累。现在我在散步的时候，就把"我爱你"的念头配进去，发现效果比以前好多了。但"我爱你"三个音节，和两只脚移动的节奏不协调，还是有些影响静心。一次，写东西，累了，无意间"啊——"了一声，发现这个音节可以释放疲劳。发这个音的时候，心窝有震动，明显感觉到有开心的作用。才知道"开心"这个词，就是把心打开的意思。"啊——"一次，打开一次。我们看到，小孩子生下来，发出"啊——"的一声，也许就是先把心门打开。好多人的痛苦就是因为心结打不开。既然这个音有这种作用，就把它放在"我爱你"前面，变成"啊我爱你"，成为四个音节，再配到散步中去，发现特别舒服。刚开始走快一些，走着走着慢下来，当慢到不能再慢的时候，就会听到自己的心声。那个时候，对生命会有一种新的理解。

只有能够倾听自己心声，才能倾听别人的心声，这叫做知冷知热。《弟子规》讲"冬则温，夏则凊"，就是教这个的。这样的一种心声，要首先从听到自己的声音做起，这就要让我们的心灵起来。妻子想什么，丈夫想什么，孩子想什么，自己都不知道，就谈不上去爱对方。把对方"强暴"得一塌糊涂，还不知道自己做了些什么，于是矛盾与隔阂就产生了。"我爱你"，需要从提高心的灵敏度开始。而要提高心的灵敏度，首先要提高心能。

我体会，提高心能有三个重要方面，一是保持念头的纯粹度，二是保持念头的持续度，三是保持念头的力度。

纯粹度体现在忘我里，忘我程度越高，纯粹度越高，换句话说，越没有有求心，纯粹度就越高。就像母亲对孩子的爱。没有哪位母亲，给孩子换尿布时，换一块，在心里说，十元，换两块，说，二十元。喂一次奶，在心里说，十元，喂两次，说，二十元。但是夫妻之间的爱往往有交换，当夫妻之爱到达恩爱的境界，没有交换的时候，婚姻的价值就完成了，这一门课就毕业了。

持续度指念头中间不能有杂音。私心杂念就是杂音，那就要把私心杂念去掉。如何去？我个人体验有两种办法，一种是以"一念"代"万念"，比如把"啊我爱你"配到日常行住坐卧、穿衣吃饭、举手投足中间去，不让它间断。一种就是借助高能量的媒介，代替私心杂念，比如经典诵读，如果用直觉读一个小时，这一个小时生命就持续在高能量层。比如参加正能量的公益论坛，听一天，正能量就持续一天，听两天，正能量就持续两天。我周围也有一些同学用听论坛或讲堂老师讲课录音的方式保持持续度，听他们分享，效果更好，因为一分心，能量就会漏掉。力度体现在迫切上，它跟一个人的愿力有关系，也跟一个人的行功有关系。愿力大，行功深，念头就有力度。而一个人的愿力，又体现在实践天地精神的程度上，和天地精神越同步，就越大。行功好理解，表现为知行合一的程度，改过迁善的力度、速度，以及对恶习毫不留情的果断。

我错了

在一次论坛分享中，有位同学讲，听了我的课后，晚上回家就给丈夫说一了句"啊我爱你"，不想丈夫先是一怔，用诧异的目光看了她好一会儿，然后说："神经病！"她问我为什么。我说，很简单，就像你给丈夫泡了一杯你认为的世界上最好的茶，可他认为是陈茶，哪怕你再强调是新茶。什么原因？茶杯的问题。如果茶杯没有洗干净，再好的茶泡出来也是陈茶的味道。同样，如果心灵积垢没有清除干净，给别人"我爱你"这杯茶，可能就会是"神经病"的味道。我们也常看到一些报道，好多妻子控诉自己对丈夫如何如何好，但他还是喜欢上别人，原因很多，但有一条是肯定的，那就是对丈夫的爱中有软暴力，也即对丈夫的爱是非妥善的、攻击性的。真善一定是妥善。

那怎么办？先清理心灵积垢。如何清理，还是靠一个念头，

"我错了"。它是我们打扫心灵积垢的铁抹布。霍金斯通过科学实验发现，这个念头的能量也非常高，三百五十级，相当于十多万个二百级之下的人的能量总和。

为什么这个念头有这么高的能量，因为它的体是谦德，也是天地频道。整个天地演绎的都是一个"谦"字。在整个宇宙星体中，一定是小星体围绕着大星体，低能量的星体围绕着高能量的星体，这种运行伦理，正是谦德的演义。维护宇宙秩序的就是"谦"字。《了凡四训》引用许多前代典籍和生活实例证明唯谦受福。只有谦德才能给人带来福气，说明谦是最重要的能量来源。谦德体现在生活中，就是常说"我错了"。

当把"我错了"说到一定程度，谦德到达一定程度，"我"不存在的时候，就能尝到心想事成的味道。天地有一个基本的心肠，就是"心想事成"。

"我错了"是一种巨大的生产力。事实上，能说"我错了"就是"我爱你"。当你把身上的刺拔掉，把手里的武器放下，本身就是爱对方。这样，帮人时，对方就不会感受到攻击性。可见，"我爱你"落实到生活中，就是通过两个念头："我帮你"和"我错了"。"我帮你"是往面缸里装面粉的方法，"我错了"既可以打扫面缸，也是把面缸下面的漏洞堵上的方法。一边往面缸里装面粉，一边把下面的漏洞堵住了，面粉才能越来越多。当然，最好的办法是先把漏洞堵上再装，不然装一把漏一把，竹篮打水一场空，可见，"我错了"比"我帮你"更重要。

生命的茶杯用了许多年，满积灰尘，透不过光来，心就不灵。说一句"我错了"，就是在生命的茶杯上擦一抹布，不断地擦，最后擦到像刚出厂一样，也就成为圣人了，圣人有反污染的能力。当泥沙堆满泉池的时候，水就出不来了，一句"我错了"挖掉一铲泥，最后泉底的泥沙挖尽，生命就是一汪清泉，智慧与能量就都出来了。不用做什么，泉水都是满的。所以"我错了"应该是落实"我爱你"的第一个念头。

生活中，人们习惯于说"你错了"，习惯于把错误都归结给别人。如果每一刻都建立一个条件反射"我错了"，就会从极端的"你错了"平衡到"中"上。只有平衡到"中"上，生命才有充盈的能量。因为"中"是一个人呆在面缸里的状态。由此我想到"中医"二字，一定意义上，"中"本身就是"医"。病是因为离开了"中"。一旦离开"中"，生命的平衡就被打破了，用古人的话说，就是阴阳失调了。从这个意义上，常说"我错了"，是有一定医疗作用的，因为它把人的心气调整到"中"上。

由此我也想到，能够作为一个中国人，非常难得，所处地理位置刚刚好，四季分明，五谷丰登。不像印度太热，不像俄罗斯太冷，太热让印度人悲伤，太冷让俄罗斯人忧伤，因此印度人对现世没兴趣，只追求来世，他们甚至都不关心时间；俄罗斯人对平常生活没有兴趣，他们崇拜英雄，太关注时间，渴望激情和燃烧。而这一切，都会投射到文化上。而中国人既怀念过去，又展望未来，更热爱当下，核心价值观是中庸。因此，能够诞生在中国，本身就是一种福气。这样一想，我们就要更加热爱祖先，把我们带到这片难得的土地，更要热爱祖国，让我们在这片土地上平安的生息。

话说回来，为什么有些人学了传统文化以后，反而会给家人带来压迫感呢？因为没有动"我错了"的念头，心态还是冰，还是水，没到达气的状态。气为人服务，但不给人压迫感。气相对于冰和水来讲更为谦虚，谦虚的人往往给人一种轻松感。当一个人骄傲的时候，就给人以压迫感。就像一只刺猬，去拥抱人，只会让对方受伤。

有一次，在一个特定的情境中，我练习说"我错了"，刚开始感觉只是嘴巴在说，说着说着就认真了，泪水就出来了。泪水一出来，心就变软了。心一软，就能发现错误，准确些是承认错误，再准确些说，是开始接受一种心态，那就是人一定要认错，甚至认输，错了就错了，输了就输了，不能自欺欺人。认识到这一点，感到无比的庆幸，因为我还有机会说一句"我错了"，多少人想说一句"我错了"，老天不给机会了。只要还有机会说"我错了"的人，都是有福之人。秦桧如果有机会给岳飞说一句"我错了"，他该多幸福。

一句"我错了"可以解决许多问题。一个人只有点亮心灯，找到自觉，所说的话、做的事才有可能是正确的。不说"我错了"，说"我爱你"是假的，自己都不承认错误，不愿意打扫生命中的垃圾，去不掉自己的傲慢，如何去说"我爱你"。只要傲慢在，就不可能去爱人，真正的爱心里没有傲慢、嫉妒、抱怨。

有一次，我因为一件小事和妻子有了争执，僵持不下。最后，她问我到底认不认错。我说我要捍卫真理。她说，好，那我就让你尝一尝捍卫真理的味道。说完，拎了包走人。吃晚饭的时候，我就后悔了。第二天，有一件非常着急的事必须她处理，更加后悔。这时，一位学生提醒我，说"我错了"啊。就只好说。酝酿了半天，打算说句"亲爱的，我错了，回来吧"，拿起电话，没想到"亲爱的"没说出口，"回来吧"也没说出口，勉强说出"我错了"三个字。但效果非常好，过了一会儿，就听到了钥匙插在锁孔里的很温柔的声音，回头一看，她回来了。这时候，我就明白了一句话，"天下本无事，庸人自扰之"。我把它改了一下，"天下本无事，只因不说'我错了'"。晚上，我在日记上写下了这样一句话："不说'我错了'，正确也是错误；能说'我错了'，错误也是正确。'我错了'是一把万能钥匙，可以打开世界上一切心结！"

一定意义上讲，这个世界上压根就没有什么理好争。一个女孩子，大家看着可能模样丑陋，恋人却爱得要死要活。同样一个客体，当人们的念头变了，感觉就变了。还争个什么呢。对于一个醒着的人来说，梦游的人讲的一切，都是滑稽。世界线收束理论讲，世界之所以是这个样子，是因为我们观测到它是这个样子。世界的模样，是观测者心态的折射。

如果大家都能说"我错了"，这个世界显然要和平得多。战争的动因是动了一个"你错了"的念头。从这个意义上，能说"我错了"是第一生命力。同样，用行动说"我错了"，本身就在行善。给父母说"我错了"，给妻子说"我错了"，给先生说"我错了"，给儿女说"我错了"，给伤害过的人说"我错了"，就在行大善。

第一个"我错了"要说给父母。我们欠父母的太多。当年父母衣食住行样样为我们操心，每晚辛苦起来给我们换尿布，现在我们却一次脚都没给他们洗过；当年父母抱了我们无数次，现在我们却一次背都没给他们捶过；当年父母端详着我们长大，现在我们却连认真地打量父母一眼都没有过。父母给我们的爱与我们返还给他们的爱是多么不对等，认识到了，就赶快用行动给他们说一声"我错了"。

第二个"我错了"要说给另一半。大多数人都或多或少地伤害过对方，要真诚地给另一半说"我错了"。当面做不到，可以留纸条、发短信，不管何种方式，让对方感受到自己的态度，矛盾就缓和了，家庭气氛就轻松了。

第三个"我错了"要说给孩子。不要认为给孩子说"我错了"会降低家长的权威，是一件丢人的事情，恰恰相反，给孩子说"我错了"，是直接教给孩子谦德，孩子会更加尊敬你。包括对配偶犯了错，也要当着孩子的面给对方认错，因为这本身就是教给孩子做人的态度，这比给他几百万存折有价值得多。做老师的也一样，讲错了知识，马上矫正，学生会尊敬你；如果讲错了，还想蒙过去，学生就会看不起你了。错了就错了，大家共同学习。一个孩子带着"我错了"走上人生道路，是不会出事的。因为他能说"我错了"，说明他有自我校正的能力，一个有自我校正能力的人，是不会出大事的。

能说"我错了"，家庭就一定其乐融融，就是一个乐场，"家和万事兴"。"万事兴"是一棵参天大树的枝和叶，"家和"的"和"是根，要想"和"，就离不开说"我错了"。

第四个"我错了"要说给自己。如果污染了自性，要给自性说"我错了"；如果伤害了身体，要给身体说"我错了"；如果伤害了胃，要给胃说"我错了"；如果伤害了肺，要给肺说"我错了"。

第五个"我错了"，说给领导、同事、同学、朋友，包括单位、国家、天地、万事万物。

说"我错了"要和赞美结合起来。而要赞美别人，就一定得看他人的优点。人之所以说"你错了"，一定是看他人缺点了。

每天给自己定一个任务，送出去十个赞美。如果一开始做不到，先定一个目标，每天早上赞美爱人一次。不管怎样，他（她）身上总有值得赞美的地方。这样，夫妻关系就改变了。千万不要以为结了婚，另一半就装到保险柜里了，说话不注意。时间长了，负情绪积累到一定程度，就会引起质变，最终引起感情的破裂。

孩子也需要赞美。对着自己的孩子，千万不能说负能量的话，"笨蛋，脑子进水了"，这些念头经由父母反复地说，说不定哪一天就真进水了，因为信息暗示会产生对应的能量和物质。绝对不能用负能量的念头对亲人，对一切的人。千万不能把否定式批评当作教育方式，批评的直接后果是毁掉孩子的自信。一个孩子不够聪明，一定是父母对应的心理暗示造成的。

美国心理学家罗森塔尔到某校从各班随意抽了18名学生，写在一张表格上交给校长，极为认真地说，这18名学生经过科学测定全都是高智商人才。事过半年，罗森又来到该校，发现这18名学生的确超过一般人，长进很大，再后来，这18人全都在不同的岗位上干出了非凡的成绩。这就是著名的罗森塔尔效应，说明暗示会产生巨大能量。

戴尔·卡耐基很小的时候，母亲就去世了。在他9岁的时候，父亲又娶了一个女人。继母刚进家门的那天，父亲指着卡耐基向她介绍说，以后你可千万要提防他，他可是全镇公认的最坏的孩子。卡耐基本来不打算接受这个继母，但继母的举动却出乎他的意料。她微笑着走到卡耐基面前，摸着卡耐基的头，责怪丈夫，你怎么能这么说呢？你看哪，他怎么会是全镇最坏的男孩呢？他应该是全镇最聪明最快乐的孩子才对。继母的话深深地打动了卡耐基，从来没有人对他说过这种话啊，即使母亲在世时也没有。就凭着这一句话，他和继母开始建立友谊。也就是这一句话，成为激励他的一种动力，使他日后创造了成功的28项黄金法则，帮助千千万万的普通人走上成功之路。

有一位父亲用存了很久的钱买了一部新车，非常爱惜，每天都精心清洗它。他5岁的儿子总是跟着他一起清洗。有一天，他累了，就没有清洗，尽管车很脏了。儿子知道父亲累了，便想背着父亲把车洗完。可他怎么也找不到抹布。后来，他想到了母亲平时刷锅的钢丝刷子，就拿它独自清洗起来。洗完发现车上留下了一道道花纹。他忙去叫来父亲，边哭边向父亲道歉。父亲看见自己的新车被刷成这样，气得走进房间，跪在地上祷告，上帝啊，我该怎么惩罚我的儿子呢？一会儿，父亲走出房间，把正坐在地上哭泣的儿子拥到怀里，说，傻孩子，谢谢你帮爸爸洗车，爸爸爱车，但更爱你。

赞美不嫌多，把赞美别人变成习惯，把看别人的长处、看自己的缺点结合起来。聪明人绝不看别人缺点，对孩子、爱人、父母都应该这样。要把眼前的任何对象看成是最美的，要对孩子说"你最棒"，对妻子说"你最贤惠"，对丈夫说"你最优秀"，包括对社会，对一草一木，对山河大地，都要赞美。当赞美成为一种习惯的时候，你会发现世界就变了。一个人的念头在赞美的时候，得到的反馈也是赞美。

如果能从所有的事物上都看到优点，就会变成这个世界上最伟大的诗人，苏东坡就说过："吾上可以陪玉皇大帝，下可以陪卑田院乞儿，眼前所见天下无一不好人。"

　　有一则教育家陶行知先生的故事：一天，有人报告操场上有位学生拿泥巴砸另一位同学，陶先生过去处理，让他住手，并让他放学之后到校长室去。放学后，陶先生来到校长室，学生早已等在校长室准备挨训了。陶先生却掏出一颗糖，对他说："奖励你的，我让你放学后到办公室来，你就来了。"又掏出一颗糖，说："奖励你的，我让你住手你就住手。"再掏出一颗糖："奖励你的，我调查了，你拿泥巴砸那个同学，是因为那个同学欺负一位女同学，你有正义感。"这位学生眼泪就下来了，说："校长，我再有正义感，也不能拿泥巴砸人啊。"陶先生的第四颗糖就掏出来了，说："奖励你的，你认识错误的速度太快了。"如果换了别人呢？可能噼里啪啦几巴掌就打过去了，就把孩子改过的自信打掉了。

　　改过需要自信，说出"我错了"也需要自信。陶先生用前三颗糖让这位学生找到自信，他才能把"我错了"说出来，不然这个学生既认识不到拿泥巴砸人是错误的，还会想，我帮助别的同学，你还为什么要批评我。可见赞美、鼓励的重要性。

　　赞美别人，给别人一份生机，也给自己一份生机。

　　要把赞美变成习惯。只有你爱他，希望他好，你才会赞美他，赞美就要带着这种成全他人的心。著名心理学家智然先生在他的《〈大学〉与中国管理功夫》里曾经引用一位老将军的话说："表扬使人谦虚，批评使人骄傲。"表扬要记住一个原则，表扬他的人品，不要表扬他的外貌；表扬他的精神，不要表扬他的财富。容貌是先天生成的，不论怎样赞美，都不能改变。而品行则可以通过后天培养来改变。为什么有许多漂亮女孩，长大以后命运不济呢？被别人捧杀的。还在妈妈怀抱里的时候，别人就说："真漂亮啊。"她就会变成宇宙的中心，生活中遇到一点挫折，就受不了，甚至会自动放弃生命。跟当年赞美她的人不无关系。

如果非批评不可，也要看对象与方式。比如说，小孩子犯错误，你敲他一竹板，没问题。如果他有自尊心之后就不能敲竹板了。对成人不仅不能敲竹板，有时候暗示他都会受不了，更不要揭短说私。《弟子规》讲："人有短，切莫揭，人有私，切莫说；道人善，即是善，人知之，愈思勉；扬人恶，即是恶，疾之甚，祸且作"，真是至理名言。

过去那些大家族中，有许多有智慧的婆婆，都在成功地应用赞美艺术管理着一个大家庭。有一位婆婆，逢人就讲儿媳孝顺，每天给她倒尿壶。一天早上，儿媳就真端着她的尿壶倒去了，原来之前儿媳从来就没有给她倒过。终有一天传到儿媳耳朵里，让儿媳既感动又惭愧，当然要做到名副其实，自然就落实到行动上。现行社会婆媳关系普遍紧张，一个重要的原因就是互相揭短说私。

当赞美成为一种习惯，自然就会想方设法看人优点，当看人优点成为一种习惯，自然会容易发现自己的缺点，这有两个方面的原因，一是他人的优点本是一面镜子，可以照出自己的缺点，一是通过看人优点提高了自己的能量。因为看人优点是动高能量的念头，而能量藏在念头里。一个人如果能量不够，是轻易发现不了自己的缺点的。

让侄子戒烟，他总是戒不掉，我十分生气。后来的一天，我看到自己的一个毛病后，突然理解了他。当我把烟、酒、肉都戒掉时，味觉就非常敏感。以前吃不出来白面馒头有什么味道，现在，在一个馒头里，我会尝到阳光的清香。如此，总是忍不住在正餐外要吃一块。一天，当再次败给感官时，我就一下子理解了抽烟的人。抽烟是动了一个念头，吃馒头也是动了一个念头，本质上是一样的。好色的人是动了一个念头，吃馒头也是动了一个念头，对待美色动了心和对待馒头动了心，看上去有区别，本质上是一样的，都是因为心动了。以前看着好色的人，很厌恶，现在转为同情了。

一种宽容之心就生了起来。再说"我错了"，就发现更有力量了。后来，我还发现，正是这种宽容之心，在不断催促自己改过。

无疑，"我错了"要落实在改过上。改过从何入手？《了凡四训》讲得透彻：

春秋诸大夫，见人言动，亿而谈其祸福，靡不验者，左国诸记可观也。

大都吉凶之兆，萌乎心而动乎四体，其过于厚者常获福，过于薄者常近祸，俗眼多翳，谓有未定而不可测者。

至诚合天，福之将至，观其善而必先知之矣；祸之将至，观其不善而必先知之矣。今欲获福而远祸，未论行善，先须改过。

但改过者：

第一，要发耻心。思古之圣贤，与我同为丈夫，彼何以百世可师？我何以一身瓦裂？耽染尘情，私行不义，谓人不知，傲然无愧，将日沦于禽兽而不自知矣。世之可羞可耻者，莫大乎此。孟子曰："耻之于人大矣！以其得之则圣贤，失之则禽兽耳。"此改过之要机也。

第二，要发畏心。天地在上，鬼神难欺，吾虽过在隐微，而天地鬼神，实鉴临之。重则降之百殃，轻则损其现福，吾何可以不惧？

不唯是也。闲居之地，指视昭然，吾虽掩之甚密，文之甚巧，而肺肝早露，终难自欺，被人觑破，不值一文矣！乌得不懔懔？

不唯是也。一息尚存，弥天之恶，犹可悔改。古人有一生作恶，临死悔悟，发一善念，遂得善终者。谓一念猛厉，足以涤百年之恶也。譬如千年幽谷，一灯才照，则千年之暗俱除。故过不论久近，唯以改为贵。

但尘世无常，肉身易殒，一息不属，欲改无由矣。明则千百年担负恶名，虽孝子慈孙，不能洗涤；幽则千百劫沉沦狱报，虽圣贤佛菩萨，不能援引。乌得不畏？

第三，须发勇心。人不改过，多是因循退缩；吾须奋然振作，不用迟疑，不烦等待。小者如芒刺在肉，速与抉剔；大者如毒蛇啮指，速与斩除，无丝毫凝滞。此风雷之所以为益也。

具是三心，则有过斯改，如春冰遇日，何患不消乎？然人之过，有从事上改者，有从理上改者，有从心上改者；功夫不同，效验亦异。

如前日杀生，今戒不杀；前日怒詈，今戒不怒。此就其事而改之者也。强制于外，其难百倍，且病根终在，东灭西生，非究竟廓然之道也。

善改过者，未禁其事，先明其理。如过在杀生，即思曰：上帝好生，物皆恋命，杀彼养己，岂能自安？且彼之杀也，既受屠割，复入鼎镬，种种痛苦，彻入骨髓。己之养也，珍膏罗列，食过即空，疏食菜羹，尽可充腹，何必戕彼之生，损己之福哉？

又思血气之属，皆含灵知，既有灵知，皆我一体。纵不能躬修至德，使之尊我亲我，岂可日戕物命，使之仇我憾我于无穷也？一思及此，将有对食伤心，不能下咽者矣。

如前日好怒，必思曰：人有不及，情所宜矜；悖理相干，于我何与？本无可怒者。

又思天下无自是之豪杰，亦无尤人之学问；行有不得，皆己之德未修，感未至也。吾悉以自反，则谤毁之来，皆磨炼玉成之地，我将欢然受赐，何怒之有？

又闻谤而不怒，虽谗焰熏天，如举火焚空，终将自息；闻谤而怒，虽巧心力辩，如春蚕作茧，自取缠绵。怒不唯无益，且有害也。

其余种种过恶，皆当据理思之。此理既明，过将自止。

何谓从心而改？过有千端，唯心所造；吾心不动，过安从生？学者于好色、好名、好货、好怒，种种诸过，不必逐类寻求；但当一心为善，正念现前，邪念自然污染不上。如太阳当空，魍魉潜消，此精一之真传也。过由心造，亦由心改，如斩毒树，直断其根，奚必枝枝而伐，叶叶而摘哉？

大抵最上者治心，当下清净；才动即觉，觉之即无。苟未能然，须明理以遣之；又未能然，须随事以禁之。以上事而兼行下功，未为失策。执下而昧上，则拙矣。

顾发愿改过，明须良朋提醒，幽须鬼神证明。一心忏悔，昼夜不懈，经一七、二七，以至一月、二月、三月，必有效验。或觉心神恬旷；或觉智慧顿开；或处冗沓而触念皆通；或遇怨仇而回嗔作喜；或梦吐黑物；或梦往圣先贤，提携接引；或梦飞步太虚；或梦幢幡宝盖。种种胜事，皆过消罪灭之象也。然不得执此自高，画而不进。

昔蘧伯玉当二十岁时，已觉前日之非，而尽改之矣。至二十一岁，乃知前之所改未尽也。及二十二岁，回视二十一岁，犹在梦中。岁复一岁，递递改之，行年五十，而犹知四十九年之非。古人改过之学如此。

吾辈身为凡流，过恶猬集，而回思往事，常若不见其有过者，心粗而眼翳也。

然人之过恶深重者，亦有效验：或心神昏塞，转头即忘；或无事而常烦恼；或见君子而赧然消沮；或闻正论而不乐；或施惠而人反怨；或夜梦颠倒，甚则妄言失志；皆作孽之相也。苟一类此，即须奋发，舍旧图新，幸勿自误。

这一刻

前面讲了给生命田野里播撒的三种高产量种子，它是三个念头，"都一样""我爱你""我错了"。有了肥沃的土壤，加上高产量的种子，能量面缸里的面粉就是满的，想做长寿的面条就做长寿的面条，想做富贵的面包就做富贵的面包，想做康宁的点心就做康宁的点心，想做善终的饼干就做善终的饼干。但是，面条也好，面包也好，点心也好，饼干也好，时间长了，都不能长久的保质，保质的最好办法就是呆在面缸里不出去。那有没有一个念头，可以让我们呆在面缸里不出去？有，"这一刻"。

生命是由无数的"这一刻"构成的，如果每一刻你在，你就永远在；如果每一刻你幸福，你就永远幸福；如果每一刻你明白，你就永远明白；如果每一刻你圆满，你就永远圆满；如果每一刻你喜悦，你就永远喜悦；如果每一刻你永恒，你就永远永恒；如果每一刻你心想事成，你就永远心想事成。如此，就是"都一样"，就是"我爱你"，就是"我错了"。不管是吃饭的"这一刻"，还是走路的"这一刻"，都是"这一刻"，不管是你的"这一刻"，还是我的"这一刻"，都是"这一刻"，不就是"都一样"吗？能够回到"都一样"，当然是"我爱你"，能够回到"这一刻"，是最好的纠错，因此也是"我错了"。

能够回到"这一刻"，对生命太重要了。

讲课分享时，我常常让大家做一个实验，在一分钟内，用右手从左到右划一个半圆，看大家是否能够只是纯粹地做这个动作，一直不走神。大多数人往往划不到一半就开始走神了，起杂念了。那么，是哪一个"我"在起杂念？又是哪一个"我"发现自己起了杂念的呢？

细心体会，就会对生命有新的认识，原来这个"我"由两部分构成。一部分是正在起杂念的"我"，一部分是发现有杂念起来的"我"。换句话说，一部分是生产杂念的"我"，另一部分是生产线的观察者。如果把起了杂念的"我"看作是舞台上正在表演节目的演员，那么发现者就是观众；如果把起了杂念的这个"我"看作是牛，那么发现者就是牧牛人。

生命在一定意义上来讲，就是牧牛。需要把牛调教到让它在庄稼地边吃草又不吃庄稼的状态。需要防止牛把粮食吃了而牧牛人却睡着了的情况。小牛犊刚出圈的时候，活蹦乱跳的，需要你抓着缰绳；抓上一段时间缰绳以后，只需要拿着一根鞭子；再牧养上一段时间，鞭子也不需要了，跟着它就行了；再过一段时间，跟都不需要了，只需看着它就行了；再过一段时间，如果境界高的话，早晨把它赶出去，晚上它会自动回来，那就成功了。对于被发现者这样一个生命客体，要用牧牛的方法把它驯服。

夫妻两个吵架，白热化了，妻子说："你有本事就动手吧。"丈夫说："你以为我不敢？"妻子说："那你动啊。"丈夫的菜刀就过去了，一条人命就没了。挥动菜刀的时候，是发现者在做主呢，还是被发现者在做主？答案是被发现者。挥动菜刀的时刻，发现者缺席了。

这就是生命存在的两种状态，本质状态和非本质状态。生气的时刻，挥动菜刀的时刻，丈夫在非本质状态；不生气的时候，又回到了本质状态。菜刀挥过去的时候，如果发现者在场，菜刀就会停下来。为了避免这样的悲剧，找到这个发现者就无比重要。当人处于生气、嫉妒、抱怨的时候，发现者是在睡眠的。

生命中有太多的悲剧，就是在发现者不在场的时候发生的。很多人常常有这样的体会，吵过架就后悔了，但当时实在忍不住。因为发现者不在场，被发现者做了主。也就是主体不在场，客体做了主。"当家做主"这个词语说的"主"就是发现者，就是生命之灯亮着的一种状态。

如果找不到这个发现者，意味着生命没有安全可言。一个人正在管电闸，但发现者不在场，本来该拉下来的，却推上去了。如果正好有员工在进行作业，事故就会发生；一个人掌管着国库，出门的时候却没有锁好门，安全就没有保障；一个人手里拿着冲锋枪，本来不应该扣扳机的时候，却扣了，就会出人命。

在相当多的时候，主体都是沉睡的。如果一个人找不到主体，就不可能提高学习效率，提高工作效率，也不可能提高生命的质量，更不可能体验到幸福。虽然幸福就在那里，就像停在你肩头的蝴蝶，但你看不见，最后蝴蝶只好伤心地飞走了。

在没有找到生命的主体之前，在没有自己当家做主之前，谈民主、要求别人都是没有作用的。自己的主体都还在沉睡。民主是自主之后的一个状态，没有自主如何谈民主呢？所以，传统文化是落实核心价值观的根本。而传统文化的核心，就是找到生命的主体。如果一种文化没有带人们找到主体，那么这个文化就没讲到究竟处。只有把一个人的主体从梦中唤醒，生命才算自立。不然我们就一直在梦中，要么被老虎追得跑，要么被狗吓得流汗，要么金榜题名，要么洞房花烛，但醒来以后，什么都没有。

一个健康的生命，一定是主体和客体同步的。主体和客体同步，就是我在《寻找安详》一书中用大量篇幅讲的现场感。过去讲究师徒传承，刚开始徒弟跟着师父，师父是不会讲什么心法、奥义的。往往先让他到后院砍柴去，砍到手上磨出老茧了再说。如此好几年，都在干一些打杂的活。这种好像不人道的做法，事实上是一种智慧。如果师徒之间的频率没有调整到一种同步的状态，心灵传承是无法进行的。这就像要收听中央人民广播电台的节目，却没有把频道调好，就收不到。内容再重要再精彩，也听不到，播了也白播。可见主客同步的重要。

中国民间有许多传统仪式，就是把人带向现场感的。小时候过大年，会有"傩舞"的表演。其实是让人进入"傩"的状态，不能随便说话，不能随便做动作，就是让人们进入绝对的在现场状态。我后来才明白，古代的社火、仪式、舞蹈，全是让人们进入现场感的方法论，为的是把人们引到主体那里。

关于舞蹈的起源，有多种说法，在我看来，正是为了把人们带回主体之中，包括杂技等众多表演艺术。一个人要做两个三百六十度的空翻，如果没有现场感，是不可能完成的，这个过程需要明明白白。

如果找不到现场感，幸福无从谈起。幸福是在最朴素的生活和工作现场就能尝到的，而且是百分之百的幸福。但人们常说，现在好好学习，将来去享幸福；现在好好工作，将来去享幸福。这两句话把人带离了生命根本快乐的海洋。

学生如果在写"人"字一撇一捺的时候没有体会到快乐，等把"人"字写完才快乐，都已经晚了，何况等到"将来"。但有些同学会说，问题是我在写一撇一捺的时候不快乐，为什么？答案很简单，不在现场。现场感里只有快乐。我尊师，我快乐；我节约，我快乐……一定要在"这一刻"找到快乐。如果在"这一刻"没有体会到快乐，就永远找不到快乐。

生命的快乐就在"这里"，要时时刻刻地还原。"这一刻"自己在做什么事情，就要把自我还原到这件事情之中，让自己全身心处于当下这件事情中。这个"在"本身就是快乐。时时刻刻要意识到这个"在"，就是现场感。

如果在吃饭的时候错过吃饭，睡觉的时候错过睡觉，走路的时候错过走路，工作的时候错过工作，一定会在幸福的时候错过幸福。幸福本身就是一个不错过，就在"这一刻"，并且一直就在"这一刻"。如果每一个"这一刻"我们没有体验到幸福，想到别处去寻找，是永远找不到的，因为没有养成每一刻幸福的习惯，换一个地方还是错过。

幸福是不错过。幸福就在这里，幸福就是自己，幸福就是生命本身。我活着，我快乐；我呼吸，我快乐。在出这一口气的时候就要快乐，在吸这一口气的时候就要快乐。古智者讲的快乐，是零成本的快乐，活着就是快乐。讲得极端一些，甚至痛苦时，也要快乐。一次接受刮痧治疗，在一阵让人就要背过气去的剧痛中，我居然笑出声来，大夫纳闷，说，他治疗了这么多人，没有见过这时还能笑的。我说，很享受啊。笑出声的那一刻，我换了一个念头，要享受那种在别人看来可能无法忍受的疼痛，结果疼痛就变成了笑声。

生命的本体层面就是幸福。只要你不错过，它就在。痛苦就是跟本体错过。就像一个人拿着金盆到处讨饭一样。只要离开这个"本我"，就会焦虑、痛苦。小孩子为什么要到妈妈怀抱里？因为妈妈让他感觉到安全。花朵一旦离开了根，就会枯萎。

一个人只有找到现场感，才能变成一个美的欣赏者，才会变成诗人，变成作家，才能满眼看过去都是诗情画意。

在《寻找安详》一书中，我讲过可以通过"退"的方法，回到没有念头的地带。没有念头的境地，就是纯粹的"这一刻"。不想将来，不想过去，也不想任何关于幸福的事情，只呆在"这一刻"，就呆在了永恒幸福当中。那是一种喜悦，它不是高潮，也是不低潮，它是中潮。当一个钟摆摆到上面去的时候，它一定会到下面来。所以，高潮事实上是一个泡沫。浪花无论有多高，终归是要回到大海，回到大海里面才是永生，才是永恒。回到每一个"这一刻"，就回到了大海。

古人为什么讲"吉人自乐"，一个人真找到安详之后，多余的话都不说了，每天就笑嘻嘻地坐在那里，你问他才说，你不问他，他不会说多余的一句话。他不会说"你吃了吗""今天股市怎么样"，他处在无念状态，那种状态是一种保持能量的最好状态。要接受这个宇宙中的高级能量，最好的办法就是呆在"这一刻"。任何情况下，都不动私心杂念。只要时时在现场，人人皆可为尧舜。《论语》记载：

> 师冕见。及阶，子曰："阶也。"
> 及席，子曰："席也。"皆坐，子告之曰："某在斯，某在斯。"师冕出，子张问曰："与师言之道与？"子曰："然。固相师之道也。"

简单翻译一下就是：乐师冕来见孔子，走到台阶沿，孔子说："这儿是台阶。"走到坐席旁，孔子说："这是坐席。"等大家都坐下来，孔子告诉他："某某在这里，某某在这里。"师冕走了以后，子张问孔子："这就是与乐师谈话的道吗？"孔子说："这就是帮助乐师的道啊。"孔子如何帮助盲人乐师，帮助他找到现场感。这显然是一则关于现场感的寓言，一个乐师如果找不到现场感，他的音乐是没有力量的，作家、书画家、表演艺术家，都如此。

因此，我理解"仁"的根本义是合二为一，是在现场。

生命是由无数的"这一刻"构成的，如果每一刻你都"在"，你就会永远"在"。这一个"在"是下一个"在"的种子，下一个"在"又是下下一个"在"的种子，"在"就成为永恒。这一刻的电影是上一个生命片段的底片变的，这一刻的"在"又是下一部电影的底片，下一个"在"又是下下一个生命片段的底片，底片永远在，电影还能消失吗？生命的永恒性由此得以实现。只要你感觉到"在"，就不会有"不在"的恐惧。这个地盘被"在"占着，"不在"就沾不上边了。

这个世界上真的没有别的重要的事，除了回到快乐老家。而回到快乐老家有一个我们能够共同拥有的媒介，就是"在现场"。你也在现场，我也在现场，他也在现场，宇宙也在现场，人们就是一体。

常常体会到存在感，对生命来讲太重要了，它的直接效果是消除恐惧感，带来安全感。人们之所以焦虑、抑郁，就是这个"在"没了。所以，从一定意义上来讲，它是生命的根。

把每一个"这一刻"抓住太关键了。因为都是"这一刻"，吃在"这一刻"，穿在"这一刻"，走在"这一刻"，听在"这一刻"，睡在"这一刻"，不是"都一样"吗？吃、穿、住、行变成了人们回到"这一刻"的媒介。

回到"这一刻"，就实践了"都一样"，你也在"这一刻"，他也在"这一刻"，我也在"这一刻"，大家都在"这一刻"，这时候你才能够理解什么叫"同心同德"，因为"同心"，所以"同德"。《了凡四训》里面讲立命"要从无思无虑处感格"，"丰歉不贰，然后可立贫富之命；穷通不贰，然后可立贵贱之命；夭寿不贰，然后可立生死之命"。这个"不贰"就是"这一刻"，如果你离开了"这一刻"，一定走神了，只要走神，生命面缸里的面粉就跟出去了；只要不走神，面缸里的面粉永远在那里。

无思无虑是处理问题的最好办法。一切外在纷扰都是思虑溅出的浪花，当归于无思无虑，浪花会自动平息。因此，智者从来不从外在着手解决问题，而是直接从内在着手解决问题。换句话说，智者只管清理自己内心的纷扰，不去直接插手解决别人的问题，因为清理自己本身就在解决外在一切问题。就像他看到两个人在打架，他会认为这是自己内心纷扰的投射，会马上作自我清理。

法国国家科学研究院阿斯拜克特发现，在特定的情况下，次原子的粒子们，同时向相反方向发射后，在运动时能够彼此互通信息。不管彼此之间的距离多么遥远，它们似乎总是知道相对一方的运动方式，在一方被影响而改变方向时，双方会同时改变方向。可见，每个事物都沟通贯穿着一切事物，一切事物都交互贯穿于一个事物。这也可以帮助我们理解一切问题都可以在内部获得解决，因为主体内在联系着所有客体外在。这就像电视台换节目，所有接收器会随之换一样。

伦敦大学的物理学家鲍姆进一步认为，客观现实并不存在，尽管宇宙看起来具体而坚实，其实宇宙只是一个幻象，一个巨大而细节丰富的全息摄影相片。那就意味着这个宇宙有一个投影源，有人认为，这个投影源可能是另一个高维宇宙，而另一个高维宇宙又是更高维宇宙的投影，一直到N维，直至N趋于无穷大。尽管如此，按照全息理论，它仍然和人的心性是全息的，既然和人的心性是全息的，那么改变心性就在改变世界。

我理解，人的心性层次和宇宙维次是对应的，要想摆脱维度对人的束缚，就要不断提高心性的层次，不断提高能量自由度。而维度，就是能量自由度。王阳明讲："无善无恶心之体，有善有恶意之动，知善知恶是良知，为善去恶是格物。"非常清楚地讲了能量的四个层面。一个人当他归于无善无恶的本质地带，能量就是圆满的，而一切问题，归根到底都是能量问题，一个人如果把心频调整到本质地带，他就拥有了圆满的能量，投射到外在，问题自然会迎刃而解。而一个低能量生命，要去解决高能量纷扰，只是徒增烦恼而已。

现场感后面是根本归属感。人如果没有归属感，无论再有钱，再占有物质，他都恐惧痛苦。找到现场感，还会找到一种力量感。觉得自己非常强大，非常有力量，可以控制一切场面，包括把握自己的命运。找到现场感，是找到安全感、幸福感、美感、归属感、力量感的前提。

现场感甚至还带来一种优雅感。有的人在台上讲话，内容很好，但嘴在讲脚也在讲，抖动的腿把桌子都掀得忽悠忽悠的，这个人显然没找到现场感。找到现场感的人，会常常体会到自己的存在。找不到现场感，人们常常有一种好动、焦虑的表现，比如常常会弄自己的头发，拿一支笔在手上转，反正就要做个事。男士如果找不到现场感，没有绅士感可言；女士如果找不到现场感，没有优雅感可言。

人能够抓得住的最有价值的财富是什么呢？就是现场感，就是"这一刻"。生命是由无数的"这一刻"构成的，每一个"这一刻"抓住了，就成功了。现场感最后表现为成功感、成就感。每一刻我都在，每一刻我都实现，我就永远在实现理想。把"这一刻"抓住，就抓住了永远。"这一刻"很可能就是多维次生命的一个共同港口。因为你也在"这一刻"，我也在"这一刻"，就是同一趟车。

我们要想回家，就要呆在"这一刻"。《礼记》里面有一个重要的经典叫《乐记》，讲"礼乐不可斯须去身"，心如果离开了礼乐一会儿，就会被别的东西占领；"心中斯须不和不乐，而鄙诈之心入之矣；外貌斯须不庄不敬，而易慢之心入之矣"。

中国文化的核心是一个字："中"。"中"是生命力，最好的"中"就是"这一刻"。想过去的时候不在"中"，想未来的时候不在"中"，只有"这一刻"才在"中"上。所以，《中庸》里面讲："喜怒哀乐之未发，谓之中；发而皆中节，谓之和。"礼的作用就是把我们的情绪保持在一种"中"的状态。

中庸之道的"中"，如果找不到现场感，往往会理解成折中主义。中国人把中庸之道作为方法论用，也作为价值观用。"这一刻"是"喜怒哀乐之未发"的那个"中"，"这一刻"是让生命面缸里的面粉保持不变质、不流失的最好的办法。如果每一个"这一刻"我都明明白白，生命面缸里的面粉就永远是满的。

平常人们面缸里的面粉是怎么漏掉的呢？动一个杂念、走一次神，能量就消耗了。古人把能量描述为三种状态——精、气、神，"神"是最高级的能量。"精足不思欲，气足不思食，神足不思眠"，神是最高的能量，走神就是能量走掉了。长期流浪养成的生命惯性，老是喜欢变，朝三暮四，总是想着到远方，唯独回不到现场。当安处在一个巨大的"在"中，还要到"那里"去吗？"这里"也是"在"，"那里"也是"在"，都在"在"当中，它不就是永恒家园吗？如果在"这里"找不到"在"，在"那里"

也找不到的；如果在这个院子里面找不到喜悦，换一个院子找到喜悦也没把握。

找到了"这一刻"，我时刻都"在"，小偷就不敢进来。小偷之所以造访某一家人，是他观察好久了，这家人的灯好几个晚上没亮，说明主人"不在"。所以，防盗的最好方法是把屋子里的灯亮着，不是防盗门有多好，而是现场感。如果找不到"这一刻"，生命就常常处在一种被盗的状态。而最可怕的盗，是自己盗自己。贪财、贪色、贪名、贪食、贪睡、贪酒、贪玩，都是在盗自己。

明明白白吃，明明白白走，明明白白睡，明明白白工作，让明明白白成为习惯，将来就不会搭错车。《黄帝内经》里有句话"正气内存，邪不可干"，只要正气在，邪气就进不来。邪气进来一定是正气不在的时候，所以，《黄帝内经》讲健康的第一原理是"正气内存""精神内守"。精神内守的状态就是现场感，时时意识到自己"在"。这也就是"自在"。

在现场，既是方法论，又是世界观，又是生命观，又是价值观。如果生命出现了不平衡、不和谐，一定是离开了现场。要牢牢地盯住"这一刻"，这个生命的单元，去建设生命大厦。每一个"这一刻"就是一块砖，把这一块砖抓住了，生命大厦就建立起来了。

在《寻找安详》一书中，我较为详细地介绍了找到现场感的几个渠道，本书着重从"这一刻"的角度介绍，方便读者掌握。

找到主体本身就是生命的意义。对应到生活中，吃饭的时候，要明明白白吃饭；睡觉的时候，要明明白白睡觉；走路的时候，要明明白白走路；工作的时候，要明明白白工作。最后要明白到每一个"这一刻"。

生活节奏的加快，让很多人吃饭的速度也增快了许多，根本没有尝出来面包的味道、大米的味道、蔬菜的味道。香不香呢？舌头根本没尝出来，因为人没在现场。第一口还没咽下去，眼睛已经在第二口菜上了，第二口菜才到嘴里，眼睛已经到第三筷子菜上了。客体会撺掇主体赶快吃"那一口"，唯独不在"这一口"上。多少人一辈子就像吃饭，永远被目标带着奔跑，唯独忘记了自己的双脚。因为永远盯着外在，没有尝到当下生命这道大餐的美味。

如果不在现场把一碗米饭吃掉，就好像一个友人不远千里来探望自己，自己都不抬头看一眼，就把人家打发掉了，友人是一种什么感觉？所以，吃饭的时候，一定要明明白白吃，就是负责任的态度。吃得太快，没有咀嚼，酶没分泌出来，食物下去以后根本吸收不了，白白地给五脏六腑增加了负担而已。平常吃得多，以为是为自己增加营养，其实只是满足了一点点舌头的快感，肠胃并没有吸收多少养分。

古人喝水的时候，为什么要喝一口咽三次。后来找到现场感之后，我发现他是通过这个方法让你保持在现场。如果找不到现场感，去讲茶道，就只能讲个皮毛，茶道的目的是让人们回到现场。

睡觉的时候，也要明明白白睡。要知道自己在睡觉，最起码要听到自己的心跳。那个旋律无比美妙，是最好的音乐。身体就是一架最好的木琴。有一个词叫"天籁之音"，还有一个词叫做"人籁"，就是老天造的音乐。听着心跳的声音，再配上"啊我爱你"，一会儿就睡着了。走路要明明白白走。要跟踪脚怎么提起来，怎么挪动，怎么落下去，怎么触到地面，提、移、落、触，都要交待清楚。

工作也同样，一边干活一边想别的事，不可能把活干好。如果找不到现场感，要做到全神贯注是不可能的，要做到全心全意为人民服务，也不可能。全心全意就是现场感的另一个表述。心如果常常跑掉，怎么能全心全意呢？

我有个朋友正给学生上课，上到一半突然说："同学们等一等，老师有急事。"一路小跑回家，因为突然想起门是否关好。一试，门关得好好的，回来又给学生上课。如此往返，折磨他半辈子。心理医生给他下的定义是强迫症。不想他在看了《寻找安详》，找到现场感之后，居然好了。再一次冒出来门是否关好的念头时，发现者告诉他："关好了。""何以为证？""当时我在现场，因此记得清清楚楚，我甚至都听到了咔的一声。"强迫症的毛病就解决了。

还有位朋友，总是担心自己的身体有问题，常常到医院体检，结果都正常，但他还是担心，平常根本从他的脸上看不到微笑。后来他看了《寻找安详》，找到现场感后，这种担心渐渐没有了，人们从他的脸上能够看到微笑了。他告诉我，之前他做什么事都容易走神，现在能专注了，能从工作中体会到幸福了。

真正的学问是让在现场和喜悦成为一种生命的惯性。甘地讲过一句话，生命的激情恰恰是因为你找到了那个巨大的沉静。一个自在的人，不用求人。不求人，就没有烦恼。人需要，我就去帮他；人不需要，我就静静地呆在这里。人需要，我把这个活儿干得百分之百的圆满；人不需要，我就享受百分之百的自在。

要想非常质感地体会"这一刻"，在日常生活中，就要训练动作的准确性。站在那里，是否端正；行走的时候，是否沉稳；坐在那里，是否端庄；洗脸的时候，是否让盆里的水不溢出来；放器物的时候，是否能够放得刚刚好，不前不后不左不右不歪不拧；拖地的时候，是否既能沿着墙脚又不碰着墙脚；吃饭的时候，是否不掉饭粒；上卫生间的时候，是否不发出声音。

包括语言的准确性，不多一句，不少一句。一个人闲话太多，是典型的不在现场的表现，说明他的念头根本不在"这一刻"上。

读经典是呆在"这一刻"的好办法。比如读诵《了凡四训》，如果今天走神十次，明天减少一次，就接近现场感一步。后天接着来，再少一次，更近一步。最后全部读完，一次神也没有走掉，就走进快乐老家了。走一次神就是一次流浪。现在我前脚迈出去，后脚就收回来，就不会走丢了。

保障性和喜悦

为了方便交流，也为了读者好记，我把近些年研习实践传统文化的体会归纳为四句话和大家分享："三习二惯意纷纷，三途二径知道中，三根二本通天地，三警二卫护航程。"

三习二惯意纷纷

"三习二惯意纷纷"，指的是没找到安详之前的生命状态。

"三习"指非本质动机、非本质取舍、非本质占有。占有来自取舍，取舍来自动机。人每做一件事情都有一个动机作驱动，当生命能够有一定的安静之后，会越来越明晰地发现这个动机。《了凡四训》把人的行善，做了细微的区分。通常情况下，人们认为表扬别人是善，批评别人是恶。但是，如果表扬别人的动机是为了自己好，而不是为了对方好，那这种表扬就不是善。通常情况下，打人是恶，不打人是善，但如果今天给了他一记耳光，动机是为了他好，那么打人也不是恶。

在没有找到本质属性之前，人的念头大多都是自私的。饭上来了，第一个念头往往是我先吃，等到想起"长者先，幼者后"，已经是第二念了；公交车来了，第一个念头往往是我先上，等到想起"长者先，幼者后"，已经是第二念了。

古人讲"三思而后行"，就是让人们在行动之前多想想再行动，以免冲动误事。自私的念头最伤人，它伤的是自己的本质属性。细心体会，但凡自私的念头，都是"我"字打头的，它的后面常常跟着一个"要"，"我"和"要"一联手，就把生命的本质绑架了，生命的内涵和外延就被篡改。

找到本质属性之后，动的第一个念头就是正确的了。这也是寻找生命本质状态的价值。圣人动的每一个念头，第一念都是为别人着想的，他的生命就在本质地带。人的痛苦往往来自于非本质取舍，因为非本质取舍是一种不平等取舍。不平等，痛苦就来了。人们追求自由的人生，面临的选择多种多样，在生活中常常动取舍心。好的想要，不好的不要。这种取舍心来自于习惯，那就是对事物的"分别"。喜欢这个人，不喜欢那个人；喜欢吃这个，不喜欢吃那个。有一句话说："女人衣柜里永远少一件衣服。"就是因为衣服太多了，不知道如何取舍。如果只有一件衣服，就没有这个痛苦了。是取舍心让人痛苦。

自由恋爱之前的婚姻基本都是包办，不给人选择的可能，很多人在红盖头掀起来之前，都不知道对方长什么样。现在有机会可以选择对象了，却总是选不了。谈了九十九次恋爱，第九十九位已经很好了，但仍然想，万一第一百个更好呢？有不少人，就是因为这个原因落了个独身。自由恋爱带来了自主，也带来了痛苦和烦恼，因为有太多的选择摆在人们面前。

要想实现公平，首先要在心中找到公平；要想在心中找到公平，就要消灭取舍心。

非本质动机让人产生非本质取舍，非本质取舍引导人去占有。人总是看到一个好东西就想拿到自己家，看到一个漂亮的女子就想让她做自己的妻子，看到别人有掌声和鲜花就想自己也拥有。这是一种非本质占有。人的心若能像镜子一样，猫过来照猫，人过来照人，猫和人走后，又归于平静，就没有烦恼了。镜子之所以能照能现，正是因为它什么都不留，它只服务，不索取，来者不拒，去者不留，一切随缘，永远不动取舍心。

对应到生活中，一个人若想要幸福，就要降低取舍心。我原来出门住宾馆都带着床单被罩，可是铺上以后，还是感觉脏都会透过来。如果降低取舍心，认为所有的床单都是干净的，幸福指数就提高了。一个人读《弟子规》我就喜欢，另一个人不爱读《弟子规》我就不喜欢，这就是烦恼的来源。如果所有的人看上去都像一个人，就没有烦恼了。

在生活中，要尊重所有的文明。如果用面包的文明去要求饼干和点心的文明，不仅永远做不到，只会让自己心里充满痛苦。

人在没有找到安详之前，一般都活在两种状态中。要么在抱怨，要么在生气，这就是"三习二惯意纷纷"的"二惯"。不在怨中即在气中。为什么会抱怨呢？觉得不公平。别人的妻子怎么那么贤惠，我的妻子怎么这么不贤惠；别人的丈夫怎么那么有出息，我的丈夫怎么这么没出息。只要觉得不公平，就会抱怨。只要抱怨就会生气。生气又加重抱怨，抱怨又加重生气。在恶性循环中度过一生。

造了一百年的林，种了一百年的树，会被生气的一把火烧个精光，之前的努力都付诸东流了。所以，古人把生气叫"火烧功德林"，只要一生气能量就漏完了。生气是走反了方向的能量。当把嫉妒、贪婪、仇恨、抱怨这样的负能量心态掉个头，就变成了喜悦、包容和宽容这样的正能量心态，对应的，生命能量也提高了。

当年鲁哀公问孔子，说你的学生谁的境界最高？孔子说："有颜回者好学，不迁怒，不贰过。"第一是不生气，第二是同样的错误不犯两次。这是两个最基本的条件，也最难做到。

生气先伤自己，再伤别人，情绪具有极强的传染性。人在生完气之后，手是冰冷的，因为消耗了能量。而人之所以会抱怨生气，是因为有非本质动机，没有认同本我。用古人的说法，就是没能完成从小我到大我，再到无我的转换。强烈物质化认同的人，工厂一破产就会自杀，他认为工厂是自我；强烈身体认同的人，天天惦记着到医院去体检，以身体机能正常为最高目标；强烈情感认同的人，失恋了就会跳楼；强烈道德认同的人，物质可以丢掉，身体也可以丢掉，但他还要一个仁，别人只要说他不好他就受不了。

只有把物质认同、身体认同、情感认同和道德认同都抛掉，当别人说你好，你快乐，说你不好，你也快乐，也就是孔子讲的"耳顺"。只有到达这个境界，才能接近于无我境界，才能"从心所欲不逾矩"。一味追求房子、钱、衣服、女人、车子、鲜花，这就是非本质认同。非本质认同让人产生取舍心，想要，就要去赚、去争、去生产。如果生产成功了、赚到了，就骄傲。如果实现不了，就绝望、恐惧。

古人讲的四种关系，孩子来到你的生命中，要么是报恩来的，要么是讨债来的，要么是索命来的，要么是还账来的。报恩来的孩子对你特别孝敬，真是"亲所好，力为具；亲所恶，谨为去"；讨债来的孩子把你的钱花完了，他就走人了；索命来的孩子，比如武汉有一个学生，他母亲正在绣花，他拿起一个榔头就把母亲给砸死了，这是索命来的；还账来的这种呢，对父母感情上一般，但他对父母的生活照顾得很好，管吃管喝。

我后来也用这四种关系理解朋友圈，一下子放松了。我曾经掏心掏肺地帮助过别人，后来反而被背叛，当时又是后悔又是抱怨，认为人生再也没有比这更让人生气的了。用四种关系一对照，你跟他的关系就很清楚，就不抱怨了。你现在杀了我一个回马枪，我抱怨你；我下一个生命片段又杀你一个回马枪，永远没完。

现在不管谁陷害我、伤害我，我都欢欢喜喜接受，让所有的恩怨到此为止，下一个生命片段我要全部的喜悦。如果我现在一个不喜悦的念头都不动，那我的下一个生命片段播放出来的电影里面就不可能有抱怨。

"意纷纷"是指惯性的生命状态。在没有知止之前，人是没有定性的，没有定性，生命就被雪花一样纷飞的杂念做主。动了一个麻辣烫的念，就到了麻辣烫摊上；动了一个打麻将的念，就到了麻将桌上；动了一个喝酒的念，就到了酒馆里。

要想从"三习二惯"的生命状态中出来，就要从"意纷纷"的状态回到定的状态，静的状态。那么定和静怎么得到呢？遵守规则。家训也好，学生守则也好，国家法律也好，都是规则。通过这些规则，让纷乱的心有一个依靠。平常在念头的河里随波逐流，读经典的时候，通过经典，让自己暂且上岸。

如果有足够的智慧，通过识破念头的欺骗性就可以把生命从非本质状态带到本质状态。抽烟是因为动了一个想抽烟的念头，打麻将是因为动了一个打麻将的念头，当认识到一切都是念头在后面撺掇时，欲望就会降下来许多。这就像一个人一旦认识到那位对自己爱得要死要活的女子，原来是冲着自己的钱来而非真情时，就会从中抽身一样。

念头起自欲望的惯性，欲望带有强烈的欺骗性。就像美餐，舌头尝到的已经不是食物的本味了，而是调料。有谁把羊肉一刀割下一块就生吃呢？没有。人们说，这个羊肉好吃，这个鱼好吃，是鱼和羊肉好吃吗？非也。是那个调料好吃，换句话说，是那个欺骗高明。

当你有一天发现，抽烟是一个欺骗，喝酒是一个欺骗，打麻将是一个欺骗的时候，就会大呼一声"冤枉"。然后生命就会从非本质状态回到本质状态。

就这么一个转向，生命的奇迹就会发生。

三途二径知道中

"三途二径知道中"，是走进安详回归喜悦的六条干道。

第一途，读经典。经典是找到了根本光明的人关于根本光明的描述，是已经站在山顶的人关于登山的描述。经典是一条回家的路，是点亮了心灯的人给我们留下的一盏盏灯。读经典要成为定课。人是一天都不可以离开经典的，就像一天都不可以离开大米和水一样。因为经典是心灵最好的粮食。身体一天不吃饭就会饿，灵魂一天不读经典也会饿，只不过人们常常感觉不到。现在都喂养这个身体，却常常忘记了喂养灵魂。读经典就是给灵魂吃饭，那要比进按摩院的效果好，既按摩身也按摩心。

早晨读一遍，提醒自己一天怎么度过。比如《弟子规》113件事今天怎么落实。晚上读一遍，对照一下，哪些做到了，哪些没做到，有空就读。《弟子规》出自《论语》，但它比《论语》

好操作。113件事，拿过来就可以照着做。除此之外，还有《了凡四训》。《弟子规》让人这样做，《了凡四训》告诉人们为什么这样做。先把这两部搞熟搞懂，就会初步给生命找到方向，找到可操作的方法。当读经典已经变成生活习惯时，再读"四书五经"……对世界的认识就越来越通透了。但首先要把基础吃透，就像小孩子得先学会走路，才能跑。

阅读，事实上是在动念。你读了句"人生自古谁无死，留取丹心照汗青"，事实上是动了一个"人生自古谁无死，留取丹心照汗青"的念；读了一句"他人是地狱"，事实上是动了一个"他人是地狱"的念。同样的一个念，能量不一样。"全心全意为人民服务"是一个念，"全心全意为自己服务"也是一个念。它是两种不同的念头。两种不同的念头就是两种不同的能量。两种不同的能量，影响着两种不同的人生命运。

前文已述，经典是高能量生命的投影，因此也是高能量载体，既然是高能量载体，每天诵读，自然就会提高诵读者的生命能量，生命能量提高了，命运也就改变了。这一点，已经在"寻找安详小课堂"得到证实。

诵读经典的能量不但可以让本人受益，还可以转移支付。我曾在一位朋友身上做过一个实验。他的孩子在上高三的时候精神分裂，用尽一切医疗手段都没有效果，他们夫妻只好轮流看护。知道这个情况后，我给他推荐了一部经典，让他每天去读，以此祝福孩子，看有没有效果。他就带着试试看的态度，开始读起来。不想效果非常明显，孩子一天天好转，最后自己提出返校复读，最后以高出当地重点分数线七十多分的成绩被一所著名高校录取。这件事让我对读经典的现实意义有了新的认识，对能量的转移使用也有了新的认识。

经典怎么读呢？用直觉读，不用解读，不考虑意思，把文字读准、字句读顺。用直觉读，用的是来自于天地的通性能量。标准是很舒服很喜悦，嘴里有甜甜的唾液产生，就读对了。所以，古人说："腹有诗书气自华"，这个书就是经典，高能量的书。如果读对了，都不愿意停下来，如果读到中间，觉得怎么还没完呢？不停地看页码，肯定是方法错了。没有读出享受来，赶快调整方法。终有一天，会读到那种享受，身体有一种通畅通泰的感觉。有人讲经典的"经"就是经络的"经"，读经典就在打开经络。现在都知道用外在的方式锻炼身体，却忽略了读经典带来的心灵滋养。

要抓住一部经典读到底，不要换。如果常常换，就是动了换的心，换的心是乱的心。在一个地方咚咚咚准备打一眼井，没水，换个地方咚咚咚，最后遍地全是井口，却没有一眼井出水。抓住一部自己最喜欢的，读到底。最后一通百通，一条道才能爬到山顶去。如果前山爬一爬，觉得可能后山近，又跑到后山爬一爬，觉得还是前山近，换来换去，永远到不了山顶。

读经典还有一个作用，练习回家。读到"对饮食，勿拣择"时，虽然眼睛在读嘴在读，人已经跑到餐厅里面去了。过了一会儿回来了，发现这两页我怎么读过去了？都不记得了。这就是一次流浪。读到"报怨短，报恩长"，想到那个人当年怎么陷害我的，将来要怎么报复他，在出来这一串意识的过程中，嘴还在读。就在这一刹那我们已经出去流浪了一会儿了。由此可知平时生命是一种什么状态，真是流浪又流浪，没有完结。读一部经典的过程，其实就是一辈子人的过程。

一部经典读下来，走丢了无数次，就白读了。如果一部《了凡四训》读下来，一次都没走丢，那要恭喜你，你已经在快乐老家。

经典是一面镜子，也是检测仪，看我们现在回家的能力到什么程度。没有经典就检查不出来，一读经典就知道，心是很静还是乱得一塌糊涂。

当一个人带着恭敬心、感恩心去读经典的时候，会发现感觉不一样。与其花时间读一千本没有经过时间检验的书，还不如把一部经典读一千遍。读一千遍经典，相当于接受一千次圣人对我们的祝福。圣人是高能量的生命状态，读一次经典就像给自己充了一次电一样。

许多人将《弟子规》背得滚瓜烂熟，但如果不去一条一条落实，就不能成为自己的能量。如果依教奉行，积少成多，最后就能成为生命超越性能量。在山脚下徘徊的人没办法理解山顶的圣人发出"一览众山小"的感叹。我们要想理解"一览众山小"，必须靠着经典的阶梯，登到山顶。

经典的诵读教学，一定要落到一个逻辑关系上，就是把人们引到谦德之上。背诵经典，并不是为了去表演，这样只会越来越傲慢，觉得自己高人一等，连身边的人都看不起了。花只要一开就会谢掉，月只要一圆就会转缺。

第二途，写反省日记。就是把自己一天的所思、所想、所为用流水账的方式记录下来。有人在写反省日记时发现，有一段时间自己干了什么记不起来了，那一刻肯定不在现场。反省日记就是对白天生活质量的打分，是生命现场感程度的检测。为了晚上能写好反省日记，你白天也要好好过。

反省日记可以养成反省力，提高反省力。通过写反省日记，养成一个习惯，每天晚上把白天做的一切回忆一遍。时间长了就变成跟踪力，它是一个无比重要的生命能力。跟踪自己的念头，跟踪自己的行为。如果时时刻刻能跟踪自己的念头，就不会犯那些冒天下之大不韪的错误。官员如果有过写反省日记的训练，当接红包的手要过去的时候，马上反省到了，他就收回来，"双规"就免于发生了。一个人时时有反省的训练，他在对待感情的时候就会有自己的慎重，恶言恶语就不会出口。有许多家庭悲剧本来没什么大的问题，只因为说话不注意，没有反省力。

反省日记还可以提高幸福指数。不少人都有过这样的经历，曾经在箱底藏着一封信，过一段时间拿出来看一下，幸福一次，过一段时间再拿出来看一下，再幸福一次。幸福有时候就是一个复习。复习一下当年的幸福，把那些话再读一遍，心再跳一次。如果我们幸福了一天，再写一遍反省日记，就幸福了两次。

反省日记还可以作为家训传至后代。当你想象到自己的这一部反省日记，将来子孙后代会看，就会变着花样去做好事。只有做出来，才有资格写。你就会带着创意去生活。

反省日记不在字数多少，也不在文学水平有多高，在于每天写。今天的言行中，高能量的哪几件，低能量的哪几件，本质层面上的哪几件，非本质层面上的哪几件。晚上结算时，看看自己的人生账户上是进项多，还是出项多。当进项越来越多的时候，一个人也就真正踏上了凡之路了。中华民族是一个注重反省的民族。中国有着太多的家谱家训就是供子孙后代作为反省的镜子用的。过去家家有家谱，现在几乎都没了，不少人成了没谱的人，做起事来就没谱、没章法。一个家没有家训，就没有家风，家族的船不知道开向哪里，肯定走不远。

树立家风比给孩子存银存金更重要。给孩子留下太多的财富，往往会让孩子失去奋斗的动力，一些孩子会拿它吃喝嫖赌，反而害了他。如果家长把反省日记留给他，告诉他提升能量的秘密，让他自己去奋斗，那才是对孩子莫大的关怀。

第三途，改过。古人讲："人非圣贤，孰能无过，过而能改，善莫大焉。"说明改过是最大的善，如果不改过，积善无法完成。就像一个有漏洞的面缸，再怎么往里装面粉，也是盛不满的。如果不改过，智慧无法出现。就像一个被油污遮蔽的灯泡，只有去尽油污，才能透出光来。生命就是一个不断污染的过程，反污染应该成为人们的日课。就像灰尘落在桌子上，不擦，就会越来越脏了。

为此，《了凡四训》讲："今欲获福而远祸，未论行善，先须改过。"当人生方向错误的时候，停止人生错误的脚步，就是进步。

有的人改过，改之前觉得没有过错，改之后却越改越多。其实是没有改之前，已经有太多的过了，因为心没变灵，发现不了它。通过改过后，心越来越灵了，就能发现它了。就像一个暗屋子，你看不见有灰尘，一束光打进来，才看见这么多灰尘。发现错误多了，恰恰是心有能量，心变灵了。一束光打进生命中，就能看清自己有多少次跑丢了，多少次回到了快乐老家。

帮助别人的时候，内心产生一种喜悦的感觉，那就是能量，那就是面缸里的面粉。做一件多一份能量，做一件多一勺面粉。所以，要不断地助人。《了凡四训》"积善之方"中举的许多例子，证明了这一点。真是积善之家，必有余庆。那个"庆"，就是能量。

只行善不改过，生命能量的面缸就一定有漏洞，只行善不改过，生命能量的面缸就会落上灰尘。每个人在刚出厂的时候都一模一样，跟圣人也一样。老子和孔子为万人敬仰，而我们却不能，因为我们被污染了。别人已经看不到我们刚出厂时的样子了，只有改过，才能洗去泥垢。

改过最终要从念头上改。如果不换底片，要想把电影换过来是不可能的。《了凡四训》里面讲："务要日日知非，日日改过，一日不知非，即一日安于自是。一日无过可改，即一日无步可进。"生命的意义，从某种程度上来讲就是改过。改过本身就是回家。

改过要从说"我错了"开始，从当下开始。这一刻有不好的念头，当下发现了，当下改正。当天的事情当天了结，不要留着明天再去反省，再去向别人道歉。忏悔的目的是让人养成一个改过的心，养成改过的习惯和能力。当人把说"我错了"变成习惯的时候，哪里有什么纠纷和矛盾呢？

但通常情况下，人们是不容易认识什么是错误的念头的，下面摘录《云谷禅师授袁了凡功过格》，供读者参照。一定意义上，它正是祖先们的集体约定，现在仍然是重要的"民间法"，对照此"民间法"，就比较容易理解那些高能量的大家族是如何诞生的，知道那些高能量生命是如何成就的，更加实实在在地感受到古人是如何鉴定念头的，防非杜过的，就会对改过的重要性有了新的理解。

功

准百功：

救免一人死。完一妇女节。阻人不溺一子女。为人延一嗣。

准五十功：

免堕一胎。当欲染境，守正不染。收养一无倚。葬一无主骸骨。救免一人流离。救免一人军徒重罪。白一人冤。发一言利及百姓。

准三十功：

施一葬地与无土之家。化一为非者改行。度一受戒弟子。完聚一人夫妇。收养一无主遗弃门孩。成就一人德业。

准十功：

荐引一有德人。除一人害。编纂一切众经法。以方术治一人重病。发至德之言。有财势可使而不使。善遗妾婢。救一有力报人之畜命。

准五功：

劝息一人讼。传人一保益性命事。编纂一保益性命经法。以方术救一人轻疾。劝止传播人恶。供养一贤善人。祈福禳灾等，但许善愿不杀生。救一无力报人之畜命。

准三功：

受一横不嗔。任一谤不辩。受一逆耳言。免一应责人。劝养蚕、渔人、猎人、屠人等改业。葬一自死畜类。

准一功：

赞一人善。掩一人恶。劝息一人争。阻人一非为事。济一人饥。留无归人一宿。救一人寒。施药一服。施行劝济人书文。诵经一卷。礼忏百拜。诵佛号千声。讲演善法。谕及十人。兴事利及十人。拾得遗字一千。饭一僧。护持僧众一人。不拒乞人。接济人畜一时疲顿。见人有忧,善为解慰。肉食人持斋一日。见杀不食。闻杀不食。为己杀不食。葬一自死禽类。放一生。救一细微湿化之属命。作功果荐沉魂。散钱粟衣帛济人。饶人债负。还人遗物。不义之财不取。代人完纳债负。让地让产。劝人出财作种种功德。不负寄托财物。建仓平粜、修造路桥、疏河掘井、修置三宝寺院、造三宝尊像及施香烛灯油等物、施茶水、舍棺木一切方便等事。自"作功果"以下,俱以百钱为一功。

过

准百过:

致一人死。失一妇女节。赞人溺一子女。绝一人嗣。

准五十过:

堕一胎。破一人婚。抛一人骸。谋人妻女。致一人流离。致一人军徒重罪。教人不忠不孝大恶等事。发一言害及百姓。

准三十过:

造谤污陷一人。摘发一人阴私与行止事。唆一人讼。毁一人戒行。反背师长。抵触父兄。离间人骨肉。荒年积囤五谷不粜生索。

准十过：

排摈一有德人。荐用一匪人。平人一冢。凌孤逼寡。受畜一失节妇。畜一杀众生具。恶语向尊亲、师长、良儒。修合害人毒药。非法用刑。毁坏一切正法经典。诵经时，心中杂想恶事。以外道邪法授人。发损德之言。杀一有力报人之畜命。

准五过：

讪谤一切正法经典。见一冤可白不白。遇一病求救不救。阻绝一道路桥梁。编纂一伤化词传。造一浑名歌谣。恶口犯平交。杀一无力报人之畜命。非法烹炮生物，使受极苦。

准三过：

嗔一逆耳言。乖一尊卑次。责一不应责人，播一人恶。两舌离间一人。欺诳一无识。毁人成功。见人有忧，心生畅快。见人失利、失名，心生欢喜。见人富贵，愿他贫贱。失意辄怨天尤人。分外营求。

准一过：

没一人善。唆一人斗。心中暗举恶意害人。助人为非一事。见人盗细物不阻。见人忧惊不慰。役人畜，不怜疲顿。不告人取人一针一草。遗弃字纸。暴弃五谷天物。负一约。醉犯一人。见一人饥寒不救济。诵经差漏一字句。僧人乞食不与。拒一乞人。食酒肉五辛，诵经登三宝地。服一非法服。食一报人之畜等肉。杀一细微湿化属命以及覆巢破卵等事。背众受利，伤用他钱。负贷。负遗。负寄托财物。因公恃势乞索、巧索，取人一切财物。废坏三宝尊像以及殿宇、器用等物。斗秤等小出大入。贩卖屠刀、渔网等物。自"背众受利"以下，俱以百钱为一过。

"二径"就是看别人优点，找自己缺点。当时时刻刻都看别人优点的时候，焦虑就没有了。人们之所以会生气、会抱怨，一味指责别人，一定是看到了对方的缺点。看优点的最大好处是不生气、不焦虑、不痛苦。

看别人优点，就像蜜蜂造蜜一样，去采每一朵花上的精华。

看到了优点，还需要表扬别人的优点。不单是小孩子需要表扬，很多人以为父母不需要表扬，领导不需要表扬，他们其实都需要你看到优点，都需要表扬。我母亲每次把饭做好，我说真好吃啊，她就一脸的灿烂。我父亲平常喜欢躺在床上，不喜欢散步，有一天他走了一圈。我说，爸，你走路腰板还挺直，走得很稳。第二天他就走了两圈，现在就越来越多了。

夫妻之间也要这样。我们之所以在结婚之前觉得甜蜜，因为结婚之前大家都在看对方的优点。夫妻双方要学会鼓励对方，表扬对方，即便妻子脸上多了皱纹，你也要说，这才更有成熟女人的味道。即便丈夫两鬓添了白发，你也要说，这才更有男人味儿。就是变着法子赞美对方。

《了凡四训》讲："见人有微长可取，小善可录，翻然舍己而从之，且为艳称而广述之。"什么意思？看到人有优点，讲一百遍一千遍一万遍。看人优点，止怨生福。当明白了正念产生正能量，就会明白看别人优点就是吸收正能量，因为看人优点是动了一个"优点"的念。人们之所以活得不开心，正是因为常常看人缺点。而一个常常看别人缺点的人，自然就会抱怨、生气、吵架，就会动手，战争就是这么发生的。

因此，要训练从任何人身上看到优点，哪怕是不喜欢的人。包括对这个社会，也要多看优点，多表扬、少批评，因为优点会点燃优点，缺点会引发缺点，优点会引发祝福，缺点会引发抱怨。而祝福提高生命能量，抱怨降低生命能量。

"知道中"就是时刻体会现场感。在三维空间，时间是个常量。正因为时间是常量，才会有生老病死之苦，生离死别之痛。如何超越这些痛苦，在我看来，就是回到现场。超越了三维，时间成为变量，可以重叠，"过去"就是"未来"，"未来"就是"过去"，自然就是"过去心不可得，现在心不可得，未来心不可得"；超越了三维，空间成为变量，可以折叠，"东方"就是"西方"，"西方"就是"东方"，"大"就是"小"，"小"就是"大"，自然就是"须弥藏芥子，芥子纳须弥"。但不管空间如何折叠，时间如何重叠，都离不开"这一刻"，离不开由"这一刻"组成的"现场",换句话说,即使空间折叠,时间重叠,它也要折叠在一个"点",重叠在一个"点",这个"点",就是"这一刻",就是现场。也就是说,过去、现在、未来共存于当下一念。现代物理全像理论,也支持这一观点。

可见,活在现场是穿越多维的公共通道,也是回到第一投影源的公共通道。

"知道中"体现在生活中,就是明明白白地生活,知道自己在吃,知道自己在穿,知道自己在走路,知道自己在工作。

没有"知道中",就没有前面的一切。"现场步"是训练"知道中"很好的方法。什么是"现场步"呢?走路时脚提起来、移动、落下来、触到地面,每一个环节甚至每一刻都要明明白白,都要在"知道"当中。这样做的好处,就是把所有"知道"都连成线,由点连成线的时候,你的生命能量就没有漏洞了。

一个人是否在"知道中",有如下几个标志:一是当下感。能够随时回到当下。二是喜悦感。觉得生命中时时都有一种喜悦感,也就是焦虑感消失了。三是享受感。觉得时时事事都在享受。这才发现,快乐就在"现场",就是"现场"的一种"感"。四是同味感。如果找到"知道中",就会发现这个世界上还有一种不是甜却又在甜中、不是辣却又在辣中、不是苦却又在苦中的味,这个味,就是"无味之味",它事实上是一种更重要的味。

一个人能时时刻刻都在明白当中,全神贯注,每一刻当家做主,那么他的电影就是一个明明白白的电影。能时时刻刻在"知道中"，就知道幸福；能时时刻刻在"知道中"，就知道回家的路；能时时刻刻在"知道中"，就能知道自己在哪里走丢的；能时时刻刻在"知道中"，就能把无数走丢的人带回家。

三根二本通天地

"三根"是孝敬老人的"孝",尊敬老师的"敬",珍惜粮食的"惜"。"二本"呢?感恩心、敬畏心。有了"三根二本",才能通达天地。

孝、敬、惜,是天地精神的演绎。如果能够跟天地精神同频共振,那么天地所拥有的财富、能量、生命力,我们也就拥有了。天地精神是一个母系统,孝、敬、惜是此母系统中三个最重要的子系统。从能量的角度讲,它们是三条最重要的能量通道,或者说它们本身就是三种最重要的能量。

关于孝,前面已经专章论述,这里重点讨论一下敬和惜。

"敬"由"茍"(音jí)"攵"组成,"攵"由"攴"(音pū)字演化而来。《说文解字》认为,"茍"字为"自我告诫、自我反省"之义,"攴"为"以手执杖或执鞭",引申为"敲打",二者相合，会意为"端肃、认真、自我谨慎修持"。换句话说，敬是一种维护性能量。如果一个人心存敬意，就能得到这种力量的支持。

祖先们留下来的许多传统节日，一大半都是表达感恩和敬畏的。因为只有感恩和敬畏才能与天地同频，才能实现天人合一，所谓"与天地合其德，与日月合其明，与四时合其序，与鬼神合其吉凶"。没有敬畏感，这些都合不上了，合不上，人就无法得到天地、日月、四时、鬼神频道的能量。人类自从进入工业时代以来，随着技术的发展，渐渐萌生了征服世界的野心，疯狂开采，疯狂生产，疯狂消费，结果呢？大家都看到了。

历史和现实都证明，人们只有心怀对"天地君亲师"的恭敬，才能吉祥如意。

恭敬教育要从珍重生命开始。我常常给青少年讲，人生有两个不可再生资源不能轻易开发，一个是初恋，一个是初夜，因为它们是生命能量的两个重要关口。一旦青少年意识到它们是极为重要的能量节点，自然会慎重对待。初恋前，人的能量无漏，初恋后，就开始漏了。这件事非常难以控制，但家长和老师保护得好，引导得好，让孩子少接受污染源诱导源，可以延后，即使延后一年，对孩子都非常关键。

重点说初夜，一定要先拜高堂，再进洞房。现在有很多人结婚不愿意举办仪式，也有很多人选择婚前同居。基于各种现实的原因考虑，还有一些年轻人选择旅游结婚。其实，这是忽视了一个问题，即夫妻双方对对方的正式承认的过程。婚礼节俭值得提倡，但婚礼庄严仪式对于夫妻双方责任感的确认更为重要，如果我们深入到能量角度考量，就会更加感受到婚礼的价值。

仪式是能量的通道，一定意义上讲，它本身就是能量。

先说拜天地，人是天地之子，没有天地厚赐，生命无法生存。保障生命的大地、水、火、空气、粮食、时间、空间，等等，都是天地所赐，没有这些天地恩情，爱人就无法长成。现在，天地把一个用无限恩情和缘分养成的生命送到我们面前，我们居然没有正式向天地行个大礼，如此，来自天地之间的一份能量就关闭了。没有得到天地祝福的婚姻，是很难幸福的。

再说拜高堂。生命是家族的延续，结婚是传家的站点，两个长长的家族链条，要在两个新人身上展开新的画卷，有多少位祖先在看着，在盼着，可是，我们要合二为一了，却没有给祖先打声招呼，祖先会高兴吗？心理学已经证明，人的潜意识是永恒的，既然潜意识是永恒的，那么祖先的潜意识就在，祖先的潜意识在，就一定盼着一对后人从他们手里接过祖辈们代代相传的衣钵和旗号，那是生命接力不可或缺的庄严仪式，也是传家系统工程中不可或缺的庄严环节，可是，我们却忽略了这一传钵授旗仪式，祖先能高兴吗？据说每年黄帝公祭，天气都会晴好，有时天气预报有大雨，到公祭时却会晴空万里。2015年清明公祭，我在现场见证了这一点。这让我实实在在地感受到祝福的力量。现在，我们却放弃或拒绝这种力量，不是有些太遗憾了吗？

继说夫妻互拜。不要小看这一拜，它是对缘分的谢仪，是对恩情的谢仪，是对对方长长的过去时积累的能量和缘分的谢仪，说穿了，是对人的来处的谢仪。这一切，都是能量。当我们这一拜下去，这些能量都接通了，都正式签署命令，归我们调用了，可是我们却将它省略了，实在是一个很大的遗憾。这些年，我也做过一些调查，但凡省略了这个环节的婚姻，无论是长度还是幸福度，都是打折扣的。

问题就来了，不少人说，我已经颠倒次序了，怎么办？要向祖先，向相关人，包括向自己的本体，作真诚地忏悔，可以从一定程度上找回来一部分生命能量。这一点，也已经被心理治疗成功应用。《弟子规》讲："无心非，名为错；有心非，名为恶。"

不只夫妻间如此，对待一切我们都要敬。《弟子规》里甚至说"墨磨偏，心不端；字不敬，心先病"。因为你在敬的同时，看上去是对书本的一种姿态，事实上是通过这个姿态，动了一个恭敬的念头。恭敬的念头一动，潜伏在生命深处的根性能量就被激活，生命由此获得了一份来自源头的力量。恭敬本身是能量，因为它是一种面向根性的姿态，有种反身而诚的味道，也有种靠近生命零极限的味道。而心理学研究成果已经证明，零极限里潜藏着生命最圆满的能量，它是整体宇宙和个体宇宙的全息接口。《礼记》开篇就讲"毋不敬"，说明古人早就发现了这个秘密。

现代科学也证明，低维世界的事物是高维世界的投影，经典也不例外，它有一个高维投影源，因此，当怀着恭敬读诵经典时，就可以借之触碰到那个高维，获得从高维投射过来的巨大能量。所以，古人才说，经典所在之处，就是圣人所在之处。

书法美术作品也是如此，如果书写者本人生命能量很高，其作品本身能量就高。以前，小孩子哭，家人求秀才写一句经典中的话，贴在墙上，小孩子往往就不哭了。有些有修持的秀才，即使不写经典中的话，只签上他的名字，也有作用，是同样的道理。如此说来，家里挂什么画，摆什么艺术品，也就不是一件平常的事情了。

看过书法家徐晓玲的一篇文章，说她在抄写经典时，越写人越精神，写别的内容，不多时就累了。这一点，也被中国书协副主席吴善璋先生证实，他说，书法的最高境界应该是表达生命灵性，调动生命灵性。表达生命灵性的载体和非灵性的载体，投射给受众的能量是不同的。正如李叔同先生晚年的墨宝，虽然朴素简约到极致，却有一种让人一下子静下来的力量。

要想恢复人们的敬畏感，要首先恢复师道尊严。

自古以来，但凡大成就者，无不敬师。七十二贤对孔子的敬，就是典范。韩美林先生为什么能够成为工艺美术大师，是和他的敬师不无关系的。据他的老师黄苗子讲，韩美林先生因冠心病住院，他到医院看望，不想一进病房，韩美林先生竟拔掉输液管，翻身下床跪地叩头，把他和医生、护士都吓坏了。

再说"惜"。每一个珍惜的念头都连着一份能量。生命能量如面缸里的面粉，既需要装进去，又需要堵上漏洞。一个人有珍惜的心，说明他心的面缸下面没有漏洞。无漏的缸里装的就是无漏的幸福和快乐，古人把这叫做无漏之乐。古人讲惜福，惜的就是生命能量，他们深知，但凡节约下来的能量，都会变成他们的五福。现在，国家倡导"光盘行动"，一方面省下了巨大的财富，同时也保护了中华民族的集体能量，提高了中华民族的集体生命力。

我现在到学校讲课，常常给同学们讲，如果你昨天花了一百元钱，今天变成五十，意味着你的寿命可能增长一倍；如果你昨天用了两个剂量的水，今天用了一个剂量的，意味着你的寿命可能增长一倍；如果你昨天倒掉了一半饭菜，今天没有倒掉，意味着你的寿命可能增长一倍。听老师们反馈，效果很好。

克服欲望本身就是惜福。福惜下来，就会变成生命能量，变成人的长寿、富贵、康宁、好德、善终。明白这个道理的人，他们会尽可能控制生活用度，有些人甚至把饭量减少到一半。著名实业家李嘉诚把清儒左宗棠的名句"发上等愿，结中等缘，享下等福；向高处立，就平处坐，从宽处行"作为自己的座右铭，就是这个道理。

有一位日本青年中岛光藏，为了学习雕刻佛像，去拜日本优秀的雕刻家高村东云为师。高村东云只叫他到井边学习汲水，再没有对他说什么话。中岛光藏就到井边汲水。不想高村东云看到他汲水的动作，破口大骂，让他滚回去。其余的弟子看到中岛光藏可怜的样子，就留他住宿一夜。半夜时，中岛光藏被人叫醒，带去见高村东云，不想高村东云温和地对他说："你大概不知道我骂你的原因吧，现在我解释给你听，佛像是神圣的，雕刻佛像的人绝不能没有一颗虔诚高尚的心。虽然水不怎么值钱，可是珍惜的心值钱。我看你汲水的时候，水泼到地上，你都毫不在意。一个糟蹋了东西而没有丝毫反省的人，怎能刻佛像呢？"听完这番话，中岛光藏深受感动，痛改前非。高村东云看他还是可造之才，准许他投入门下。中岛光藏随之学习，后来成为有名的雕刻家。

可见，要成就大事业，一定要有一颗珍惜的心。

感恩心、敬畏心、珍惜心，是一个人最重要的三种能量。一个人如果缺了孝，缺了敬，缺了惜，就缺少了在社会中立足的根本，要成功很难，要健康也很难，要幸福更难。如果我们把人生视为一个大鼎，孝、敬、惜就是三足。只有做到孝、敬、惜，才能把这个大鼎立起来。

孔子讲："吾欲仁，斯仁至矣。"只要你想要，你今天就可以做到，你这一刻就可以做到。为啥？念头一换就在这里，一切都在念头里。如何换？把"我要"的念头变成"我给"。孝敬老人是"我给"，尊敬老师也是"我给"，珍惜粮食也是"我给"，对爱人好也是"我给"，对国家好也是"我给"。

我们家每餐前都要念一段话："感恩天地，感恩祖先，感恩国家，感恩父母，感恩老师，感恩农民，感恩社会，感恩食物，感恩做饭的人。"之后才吃饭。粮食牺牲了它的生命，来保障我们的生命，我们怎么连声谢谢都不说呢。这样的念诵对孩子就是一种教育。宇宙间的规则是对等奉献，如果享用着人家用牺牲生命提供的营养，却没有做出对应的奉献，就在欠账。大米来到人生命中，是在演绎天地精神，我们食用它，就要向它学习，践行天地精神，这才对等，而对等是吉祥如意的大前提。

惜缘的道理看起来很深，做起来其实没有那么难。在工作岗位上，动了一个尽善尽美的念头，动了一个敬业的念头，也就动了一个惜缘的念头。有了这个念头，就会指示自己做到真正的尽善尽美。这跟一个居于高位上的人在他的岗位上，动了一个敬业的念头，惜缘的念头，从心的收获上来说其实是一样的。

三警二卫护航程

"三警"说的是爱国、爱岗、爱自己。

在岗尽力把工作做好，做合格的员工、合格的领导，你就爱国了；在家尽力把本分做好，做合格的爸爸、合格的妈妈，做合格的妻子、合格的丈夫、合格的儿女，做到这些，就在爱国；爱岗体现在爱自己上。爱己的目的是爱岗爱国。要想爱己就要爱护我们的身心。要想爱护我们的身体，首先要爱护自己的心，因为一个人的心是自己的核心价值体系。核心价值体系出了问题，能量系统、物质系统也好不了。爱己最终要落在保持高能量的念头上。

一切要落在爱自己上。儒家给我们开出来的药方是："古之欲明明德于天下者，先治其国；欲治其国者，先齐其家；欲齐其家者，先修其身；欲修其身者，先正其心；欲正其心者，先诚其意；欲诚其意者，先致其知；致知在格物。物格而后知至，知至而后意诚，意诚而后心正，心正而后身修，身修而后家齐，家齐而后国治，国治而后天下平。"如果不修身，想齐家、治国、平天下是不可能的。而要想修身，就要先格物。格物什么意思？不要做物质的奴隶，不要被金钱、房子、车子绑架，不要被权力、荣誉绑架。

爱国体现在爱岗上，爱岗体现在爱自己上，而爱自己最具体的要"起居有常、食饮有节、不妄作劳"。

爱自己要落实在爱本性上，让本性不受污染，那就要时时刻刻捍卫这个本性，做错事要对本性说"我错了"。如果一个人都天天与家人闹矛盾，怎么爱国？一个人都回不到现场，事都常常做错，怎么去爱国？可见"三途二径知道中"也是爱国敬业的前提。

从这个意义上，孝敬父母、夫妻和气，就是爱国。

"二卫"的第一卫是礼。礼就是秩序，秩序是逻辑。对应在我们的生活当中，就是"我的电影我拍摄，我的命运我做主"。这是生命的逻辑关系。

第二卫是"谦"。关于谦德，前文已经论述。这里从小孩教育和执行力的角度再赘几句。一个孩子如果有了谦德，就会成功不败。教给孩子谦德，是做家长和老师的第一义务。有许多孩子特别有才，但往往不能成功，都是因为骄傲。恰恰一些当年学习一般的孩子，却干成大事业，因为有谦德。《了凡四训》第四部分"谦德之效"用大量的事例告诉我们，"唯谦受福"，只有谦德才能给我们带来福气。

现在有许多家长，让自己的孩子背经典、学传统文化，但如果一个孩子因为背经典学传统文化而骄傲了，还不如不学。背经典只是一种形式，检测孩子背对了、学对了与否，看他是不是变谦虚了。而是否变谦虚了可依据"三根二本"来衡量。是不是更孝敬父母了，是不是更尊敬老师了，是不是更节约粮食资源了，是不是更有感恩心了，是不是更有敬畏心了。老子曰："上士闻道，勤而行之；中士闻道，若存若亡；下士闻道，大笑之。"传统文化的学习践行要落实在六个字上，那就是"老实、听话、真干"。在宇宙逻辑、宇宙原理面前，我们是它其中的一个分子，如果不老实，就被它清零了。只有合它的频道，才能心想事成。心想事成是宇宙法则，只有进入这个频道，才能获得。为什么要听话呢？有句老话叫做"不听老人言，吃亏在眼前"，"老人言"是经过时间检验过的，"老人言"是摔过无数次跤总结出来的。所以要听祖先的话，听父母的话，听老师的话，听经典的话。

如果你学了这么多，不真干，那只是热闹了一番，最后自己什么都没有改变。想要体验到幸福，就要靠真干来变成自己的生命力，变成自己的能量。真干从改过开始，从这一刻开始。这一刻动了个不好的念头，马上改；这一刻做了一个不良的动作，赶快改。从现在做，不要等明天。要给孩子做一个真干的榜样，给员工做一个真干的榜样。这样的话，我们才能获得宇宙心想事成法则给我们的馈赠，抵达吉祥如意的彼岸。

一定意义上，传统文化可以简化为一句话、一个念头、一个字。一句话"我的电影我拍摄，我的命运我做主"，一个念头"我错了"，一个字"谦"。检验一个人是否学对了，谦是一个最重要的标准。

深远性和喜悦

当一个人真把传统文化变成生活方式，一定会变得谦虚、敬畏、感恩、节俭、利他、奉献、喜悦、平常、看得破、放得下、荣辱不惊、去留无意、只问耕耘、不问收获。

如何从传统文化和安详中真正受益，有一些切身体会。

必须知行合一 中华文化是力行文化，尤其强调知行合一。只有一边践行，一边领会，才能体味其中真味。如果不践行，只是研究，得不到利益。如果不践行，还以传统文化从事者的名义，享传统文化的福，不但没有利益，可能还有灾祸。

伦理教育家王凤仪先生曾讲，讲道不行道，是最大的恶人。恶就恶在败坏了道的名声，让人们误会了道。在给大型纪录片《记住乡愁》做文字统筹的过程中，我实实在在地看到，但凡名门旺族，正是因为族人们在集体行道。这一点，无比关键。

两年多的志愿者经历也让我深深体会到这一点。曾经的我也热爱中华文化，弘扬中华文化，却没有从中体会到永恒性快乐，也没有给我带来命运的切实改变。区别在哪里？前些年是把中华文化作为知识作为谈资来学、来研究的，没有一一对照力行，没有变成自己的生活方式。

如果中华文化不能成为人的生活方式，只是一些记问之学，世智辩聪，不但对现实不能产生积极作用，甚至还有反作用，那就是长浮华，长傲慢。明清之后，传统文化之所以被人抛弃，我认为主要原因之一就是读书人多空谈，多以此作为科举之梯，没有以此修身齐家，落在细行上，给传统文化脸上抹了黑，让人们把学人的错误怪罪在先人身上，连累传统文化差点受灭顶之灾。

当一个人真把传统文化变成生活方式，一定会变得谦虚、敬畏、感恩、节俭、利他、奉献、喜悦、平常、看得破、放得下、荣辱不惊、去留无意、只问耕耘、不问收获。心里的抱怨、嫉妒、傲慢、贪婪、自私会越来越少，会活得越来越放松、轻松、自在、超脱，会敬业，却不争，会爱人，却不执著。

这是一个标尺，让我们甄别学人和行人。

习总书记强调，核心价值观一定要落小、落细、落实，正是看到了这一点。如何落小、落细、落实，我个人认为，必须先从常识做起，先从培根做起。和大家的交流中，我之所以推荐一定要从《弟子规》和《了凡四训》学起，体会到它是基础中的基础，最初的台阶，如果没有这个基础的学习和实践，我们是很难从中受益的。"四书五经"是好，但它们是上层建筑，不是地基。试想，一个没有地基的摩天大楼是什么结果。

认识到这一点，同样无比关键。近年来，我们欣喜地看到，上上下下都开始重视传统文化，全社会掀起了学用传统文化的热潮，但是，我发现，学界大多把目光投向"四书五经"等，对训蒙养正的重要性没有引起足够重视。古人之所以一上手就从"四书五经"开始学习，是因为训蒙养正功课在幼年就已经完成了，那些功课，目不识丁的农村妇女都懂得。但是现在做妈妈的知道幼儿养性、童蒙养正、少年养志、成年养德道理的毕竟是少数，从另一个角度来讲，《弟子规》和《了凡四训》把"四书五经"的精神精华变成了交通规则、生活手册、菜单、药方，直接让我们应用。

体会到这一点，我突然对一味地谈玄说妙十分厌恶，做人是实实在在的事，一步一个脚印改过的事，是咬定牙关力行的事，就像建大厦，只有老老实实扎扎实实地打好地基，才能在上面建高楼，否则，终归要出事的。楼越高，就对地基的要求越高。由此可知，打地基的事，不能急，不能偷工减料，不能搞跨越，不能赶工期。也像登山，只有一个台阶一个台阶地攀登，才能上到金顶。

特别是到了险峰，更要把每一步踏稳，才能保证安全。到了极险处，尤其要懂得从容移步，从容换手。等左手抓牢铁索，再换右手；等左脚踏稳石阶，再换右脚；中间容不得一丝分心，容不得一丝没有交接好的空隙。稍不留心，就会葬身悬崖。有一次，攀登梵净山金顶，我切切实实体会到这一点。常识告诉我们，山越高越险。在金顶，我甚至有种感觉，如果心神稍不在现场，稍一走神，就会被过往的风云裹了去，卷了去，挟持去。这个过往的风云，有可能是骄傲，有可能是嫉妒，有可能是得意，有可能是抱怨，有可能是生气，有可能是贪欲，有可能是懒惰，有可能是粗心，更有可能是谈玄说妙，好为人师。

由此，再看"云谷禅师授袁了凡功过格"，看《弟子规》，就既羞愧，又感动。羞愧的是，当年竟十分不屑，觉得过于繁琐，过于麻烦，过于笨拙，感动的是，其中难得的古道热肠。它们，不正是先哲们为他的后代一凿一凿刻出的石梯修出的栈道吗？我们欲登上顶峰，体会一览众山小的喜悦，没有近道可抄，没有捷径可上，一句话，没有别的路可走，唯有老老实实地行脚。登上一个石阶，就离金顶近一步，登上一个石阶，就离风景近一步。

这个攀登，首先是改过，每改一过，即进一步。然后才是做功，每做一功，即登一阶。如何改，如何做，可以《弟子规》和"云谷禅师授袁了凡功过格"为鉴。

值得我们深思的是，云谷是禅师，最有资格谈玄说妙，但他却没有谈玄说妙，而是推荐了供了凡先生力行的功过格。因此，我特别建议一些愿意学习传统文化的同学，直接对照《弟子规》113件事和《了凡四训》中讲的"十善"——与人为善、爱敬存心、成人之美、劝人为善、救人危急、兴建大利、舍财作福、护持正法、敬重尊长、爱惜物命——入手。同时，对善的真假、端曲、阴阳、是非、偏正、半满、大小、难易进行辩证，深入理解，圆融而行，为世人做个好榜样，以澄清世人"行善的人怎么没有好结果"的疑问，增加人们去恶从善的信心。

还可以参照《弟子规》或"云谷禅师授袁了凡功过格"，把功夫做到细行上，集中一个时间段完成一个功课，比如如何做到"用人物，须明求，倘不问，即为偷"，如何做到"恩欲报，怨欲忘，报怨短，报恩长"，如何做到"凡取与，贵分晓，与宜多，取宜少"，如何做到"非圣书，屏勿视，蔽聪明，坏心志"，如何做到"发一言利及百姓"，等等。如果还要深入，可以对照《太上感应篇》，《太上感应篇》直接让人们从起心动念处防非杜过，闲邪存诚。

特别需要指出的是，在这个鱼龙混杂的时代，要想攀登生命的金顶，经典是唯一可供我们依靠的栈道。要想修改自己的行为，首先要修改自己的念头，而要修改自己的念头，首先要认识念头，要认识念头，就得找到镜子，这就要每天读诵经典，特别是可操作性经典。需要注意的是，《弟子规》是供我们落实的，不是供我们研究的。背诵《弟子规》，演讲《弟子规》，研究《弟子规》，写有关《弟子规》的论文，如果没有一一对照落实，不但不能变成我们的生命力，恰恰会变成生命力的遮蔽。

必须敦伦尽分 习总书记在2015年春节团拜会上讲："中华民族自古以来就重视家庭、重视亲情。家和万事兴、天伦之乐、尊老爱幼、贤妻良母、相夫教子、勤俭持家等，都体现了中国人的这种观念……家庭是社会的基本细胞，是人生的第一所学校。

不论时代发生多大变化，不论生活格局发生多大变化，我们都要重视家庭建设，注重家庭、注重家教、注重家风，紧密结合培育和弘扬社会主义核心价值观，发扬光大中华民族传统家庭美德，促进家庭和睦，促进亲人相亲相爱，促进下一代健康成长，促进老年人老有所养，使千千万万个家庭成为国家发展、民族进步、社会和谐的重要基点。"

我个人理解，总书记这番话讲到了和谐社会建设和中国梦实现的关键之处：家庭建设。那么，家庭建设的关键又是什么呢？我认为，应该是敦伦尽分。每个人能把自己的角色做好，家庭自然就和谐美满。当父母尽到父母的责任，儿女尽到儿女的责任，丈夫尽到丈夫的责任，妻子尽到妻子的责任，公婆尽到公婆的责任，儿媳尽到儿媳的责任，兄长尽到兄长的责任，弟妹尽到弟妹的责任，这个家庭，怎么能够不和谐呢？这个社会怎么能不和谐呢？

而这个责任，又如何体现呢？在《弟子规》中，一个"孝"字，是通过"父母呼，应勿缓，父母命，行勿懒；父母教，须敬听，父母责，须顺承；冬则温，夏则清，晨则省，昏则定；出必告，反必面，居有常，业无变；事虽小，勿擅为，苟擅为，子道亏；物虽小，勿私藏，苟私藏，亲心伤；亲所好，力为具，亲所恶，谨为去；身有伤，贻亲忧，德有伤，贻亲羞；亲爱我，孝何难，亲憎我，孝方贤；亲有过，谏使更，怡吾色，柔吾声；谏不入，悦复谏，号泣随，挞无怨；亲有疾，药先尝，昼夜侍，不离床；丧三年，常悲咽，居处变，酒肉绝；丧尽礼，祭尽诚，事死者，如事生"等诸多细行来体现的。在古人看来，一个儿子，只有做到了这些，才是尽到了做儿子的本分。当然，时代在发展，其中一些内容已不可取，但其原理性部分，是值得我们借鉴的。

前文也谈到，"八德"的根本是孝道，"五伦"的根本是婚姻。家庭建设，根本也是孝道和夫妻道。孝道是立柱，夫妻道是横梁。此柱不立，此梁不正，家庭建设就是一句空话。事实上，孝道和夫妻道是一道，那就是和气。没有和气，孝也难，爱也难。而和气，来自正气，也就是现在大家都在讲的正能量。正气又来自正念。

正念又从哪里来？在我看来，就是祖先们留下来的神圣经典，比如《了凡四训》《孝经》《弟子规》等等。

所以，家庭建设还是要从学习传统文化入手。

必须深明因果 现在一谈因果，人们就有一种谈虎色变的感觉，其实大可不必，因果是最古老的哲学概念，也是最基本的科学概念。饿了是因，吃饭是果，吃饭是因，不饿是果。就这么自然。但是，就是这个如此自然的逻辑关系，如果我们忽略它，就要受到它的规律的惩罚。吉祥如意的艺术，趋吉避凶的艺术，说到底，都是遵守因果规律的艺术。

"三聚氰胺"事件让三鹿集团倒闭，正是因为反因果的结果。相反，同仁堂历经300年风雨，仍然屹立于世界企业之林，正是遵循因果的结果。"炮制虽繁必不敢省人工，品味虽贵必不敢省物力""修合无人见，存心有天知"，是他们几百年恪守的堂训。"修"是对药材的炮制，"合"是对药材的组合。意即我们做事，虽然无人监管，或无法监管，但我们所做的一切，上天都是知道的。过去一讲天，我们就觉得虚无缥缈，现在科学已经证实，潜意识有四大属性，在我理解，它就是天。

"同修仁德、亲和敬业、共献仁术、济世养生"，透过同仁堂的这一训条，我们会觉得，它不单单是一个企业的经营理念，而是华夏五千年文化之精髓。如果我们把这个"术"看为经济，它的前提是"仁"，它的动机是"济世养生"，它的基础是"同修仁德，亲和敬业"。没有厚德，就无法载物。这还是因果。

"物格而后知至，知至而后意诚，意诚而后心正，心正而后身修，身修而后家齐，家齐而后国治，国治而后天下平"，《大学》中的这句话，讲尽了"同修仁德"和"济世养生"的关系。同样，一个经济体要想健康发展，是需要以每个员工的修身为前提的。如果每一个员工都能够做到格物致知正心诚意，那么他们就会把任何一个生产环节都做到尽善尽美，而一个能够把任何生产环节都做到尽善尽美的企业，还能不被受众拥戴吗？受到大家的拥戴，还能不长久吗？

《中庸》讲："故大德必得其位，必得其禄，必得其名，必得其寿。"

如此，哪一个公司不愿意接受传统文化？公司如此，个人亦然。

从更深的层面看传统文化，我们就会发现，它是古人早就发现的回家之路。"八德"和"五伦"是传统文化的核心元素，为什么古人世世代代都认同和践行它们，因为它们是最重要的能量通道。"八德"又归于孝，"五伦"又基于婚，把孝道和夫妻道行好，就成了提高我们生命力的关键，也成为提高我们幸福指数的关键。从缘分的角度看，孝道和夫妻道，本质上是惜缘，如此，对生命就具有超越性意义。惜缘如果我们做得不圆满，就结束不了流浪生活，回不了家。时间久了，第一恐惧就产生了，根本焦虑就发生了。一定意义上，惜缘是生命最重要的事情，因为"惜"的背面是"了"，这个"了"，是把生命从低能量频道切换到高能量频道的必须。这就像一个人从出发地到机场的一段路，如果我们走不完，就上不了飞机。这样想来，我们就会自觉地践行"八德"和"五伦"，特别是自觉地践行它们的核心部分孝道和夫妻道。

还是因果，认同是因，践行是果。

因果的科学性，已经被心理学家霍金斯证明。一个人在违法犯纪的时候，做见不得人的事的时候，他的身心在恐惧状态，而霍金斯的能量级表明，恐惧状态的人能量在一百级，也就是负一百级，说明已经被扣分了；接下来，他会自责，又到了七十五级，也就是负一百二十五级，被继续扣分；自责时间久了，就会绝望，五十级；到了内疚，三十级，这个人肯定要得病了；最后是羞愧，二十级，这个人面临崩溃，因为生命积分被扣完了。

究其根源，一个人的恐惧是从骄傲开始的，因为骄傲，所以自我，因为自我，所以愤怒，因为愤怒，所以报复，因为报复，所以贪婪，因为贪婪，所以非分行事，因为非分行事，所以恐惧。虽然从骄傲到恐惧，经过了自我，愤怒，报复，贪婪，非分，但仍然可以看出它们之间的因果关系。而骄傲又是因为不自信。不自信是一个人堕落的开始，自信是一个人进步的开始。这大概是霍金斯把它定为正负能量分水岭对应心态的原因所在。

因此，只有深明因果，才能防微杜渐，也才能从根本上查找原因，根治问题。

这时，我们就会明白，提心吊胆事实上是生命能量被扣分的一种状态。心之所以会提，胆之所以会吊，说明能量正被吊销，当一个人明白了这个道理，但凡让自己提心吊胆的事情，他就不干了，自然就会吉祥平安。

从霍金斯的意识图①，可以清晰地看到心态和快乐的关系，这也是因和果，心态是因，快乐是果。

必须长养谦德 《周易》八八六十四卦，卦卦有吉凶，只有谦卦全吉，说明谦德是生命的春风。狭义的谦是谦虚，广义的谦可以囊括所有道德和美德。忠孝勤俭廉，仁义礼智信，都可以归

---

① 详见附录二。

到谦德里面。但这些道德和美德，从谦的角度讲，对人更有提醒作用、关怀意义。在此道德体系中，当下社会，尤其要强调：敬天爱人、孝亲尊师、知恩报恩、知错改错、养正化怨这些谦德。表现在具体生活中，就是常说"我错了"；就是看人优点，看自己缺点；就是多赞美，少批评；就是谦让、礼让、忍让；就是爱国、敬业、诚信、友善。但首先要从常说"我错了"开始。现在之所以犯罪率、离婚率连年上升，诉讼频繁、纷争不断、兵戈四起、硝烟弥漫，从根源上讲，除过利益之争，还因为人们总在争理，都在说"你错了"。关于这一点，在前文中有多处论述，在此从略。

必须引低为高　要想让人们离开低层次生命状态，我们必须给他找到一个走向高层次的出路。追求快乐是人的本能，当一个人尝到高层次快乐，低层次快乐会自动停止。当一个人的自我认同从"物我"超越到"身我"，对物质的占有欲就会降低；当一个人的自我认同从"身我"超越到"情我"，对感官的占有欲就会降低；当一个人的自我认同从"情我"超越到"德我"，对情感的占有欲就会降低；当一个人的自我认同从"德我"超越到"本我"，对荣誉的占有欲就会降低。如果我们在一个层面上突围，几乎没有可能。关于这一点，在前文已有论述，此处从略。

必须尝到快乐　如果学习传统文化没有让我们一天天变快

乐，变喜悦，证明我们学错了。就像有人说，凭什么要我说"我错了"，他怎么不说。我说，就凭只有说"我错了"，你才能快乐。我谦我乐，和他人没关系。我傲我苦，也跟他人没关系。谦人气和，气和身健，傲人气戾，气戾身病。自愿选择。

一个人谦虚到极致，他甚至都看不到他人的缺点，一眼望去，全是优点。但他发现自己缺点的能力极强，任何一个不谦的念头出来，他都会明明白白。试想，当一个人的眼里全是世界之美，生命之美，没有缺点，他是不是已经活在天堂？世界上最耗费我们生命能量的是抱怨和生气，而抱怨和生气来自傲慢，来自看人缺点，放大他人缺点。事实上，当自己谦虚了，他人也会随之谦虚，因为谦德会点燃谦德。关于这一点，前文中有专门的章节论述，在此从略。

必须建立机制　自己在传统文化中受益之后，就想让更多的人受益，于是就通过诸多方式，比如写作、演讲、举办各种活动，分享自己的心得，推广传统文化，但最后发现，有效果，却不明显，原因在于这些方式很难把人们从一种惯性生活中拉出来。要改变这种状态，需要一个长效机制。这时，正好有两位同学想办一个小课堂，就鼓励他们办了起来。每周末大家在一起读经典，分享学习体会。不想效果非常好。两年多来，但凡能够坚持在课堂听课的，进步都非常明显，个别同学也被邀请到一些单位和论坛讲课了。

从中，我得到许多启示：

生命需要反复唤醒。就像小孩子起床，一次叫醒他，翻一个身，又睡过去了，二次叫醒他，伸一个懒腰，又睡过去了，做母亲的就要有耐心，反复叫他。传统文化学习也如此，许多人在大论坛上被点燃，但因为没有跟进，当时激动，过后不动。自从发现这一点后，每到论坛讲课，我会把小课堂的信息告诉大家，给一些愿意深入学习的同学一个平台。果然，有一些就走进了小课堂，并坚持了下来。虽然人不多，但我非常看重他们。

近年来，有不少人邀请我合作推广传统文化，我总是让他们先到小课堂去听课，如果他真能够坚持去听，我就答应他们，否则就婉言谢绝了。我深知，只有正己才能化人，要想照亮别人，首先得把自己的心灯点亮。要想给他人带路，自己先得把路走正。还有一层意思，弘扬传统文化需要谦德，能否到小课堂听课，正好可以检验他有没有谦德，谦德是有效合作的大前提。

生命需要崇高化。要想提高生命维度，必须走崇高化路线。但崇高需要激励。在小课堂，大家互相激励，当大家感受到崇高化生活带来的喜悦、健康、吉祥，就对崇高有了信心，对崇高有了信心，自然就会放下自私自利和欲望化生活方式，身心自然就安泰，良性循环就形成了。

每位同学的检视报告，正是这种崇高化生活的记录。

生命需要温暖。在小课堂，大家互相支持，互相关心，不少同学曾经离开，但当他们苦了时，又回来了。因为这里是一个经典场，但凡经典都讲利他，当人人思利他时，这个场就是一个像母亲怀抱的所在。一位同学在检视报告中说，那种感觉，仅仅只是怀念一下，都很幸福。平常，人们的社会关系多是建立在互相利用的前提下，包括不少夫妻之间、亲人之间，但在这里，基本是一个纯粹的友谊场，大家互相付出，不求回报。

事实上，当一个人把这种温暖复制到生活中，本身就在弘扬传统文化。为了保持这种温暖，我一再给主持人叮嘱，不能收一分钱学费，就连一些长班的食宿，也要全免，如果办不下去了，可以休课，但绝对不能收费，要让每一位同学走进来，丝毫不要感觉到有交换在其中，有功利在其中，有利益动机在其中。

生命需要激励。在课堂分享中，当自己的小小进步获得同学们的掌声；在生活中，当自己的奉献得到大家的赞许；在工作中，当自己的困难得到大家的帮助，都会产生激励效果。小课堂还有一个特别要求，每位同学必须每天坚持写检视报告，让老师批阅，也是一种很好的激励。每天得到老师肯定，时间久了，就会产生自信。而自信，是正能量和负能量的分水岭。我曾经看到，一些同学在旅途中，利用空闲时间用手机写好检视，发给老师。一个人能够时时检视自己，本身就是一种最好的自我激励。

生命需要共振。贺金斯共振原理告诉我们，低频可以通过共振高频化。小课堂正好起到了一个共振作用。同学们都有体会，参加完周日的学习之后，周一去上班，做什么都有好心情，看什么都顺眼，但到了周末显然就不行了，明显感觉能量用完了，不够了，期待着到课堂充电。还有一些同学，憋着一腔的委屈和烦恼，只要走进小课堂，听上一会儿课，这些委屈和烦恼就烟消云散了。在这个小课堂里，大家既是共振对象，又是共振源，团队的价值变成自己的价值，自己的价值变成团队的价值，生命的价值就放大了。

四天的视频班，大家普遍反映，前两天比较难过，后两天会非常享受，就是因为前两天能量不够，有些人会感觉腰酸背疼，打瞌睡。后两天，大家既觉得享受，也变美了。因此我常常说，开班前大家照张相，结业后再照张，两张照片放在一起比较一下，你会觉得自己判若两人。为什么？能量提高了。就像同样的灯泡，当电量不同时，亮度是不一样的。

生命需要安静。小课堂是大家共同营造的一个安静场，在这里，大家可以四小时不喝一口水，不上卫生间，不知不觉间，一上午就过去了。这在除此之外的任何场合恐怕都很难做到。有一位很著名的专家来银和我做了一次对话，觉得很有水平，就想请他第二天到小课堂给同学们讲一天，他说下午已经安排了活动，只能讲一上午，但课间休息时，他主动提出下午继续给大家讲课，活动不参加了。返程后，又发来短信，表示还想到小课堂给大家上课。连讲课的人都觉得享受，何况同学们。这种安静对生命太重要了。因为只有安静，才能回归本体。所谓"无为自化，清净自正"。

安静是一条回家的路，也是一种开发智慧的方法。一个湖面，当它安静下来，彩云、飞鸟、树木都会倒映其中，如果波翻浪涌，倒映就无法实现。课堂也同样，哪怕小小的一点声音，都是对安静的打扰，就像一粒石子投进湖面，湖面的倒映机制就被破坏了。还有，在小课堂，老师是用直觉讲课的，任何一个打扰，都会打断老师的直觉。直觉流被打断，老师需要再次启动，再次连线，大家也需要再次调频，非常耗费能量不说，更重要的是，一个特定的时空点就被错过了。每个时空点都有自己的使命，当后一个时空点要补充前一个时空点的缺憾时，就会产生连锁反应。懂得了这个道理，如果不是万不得已，同学们基本不会制造出响动，更不会出出进进走动。一位同学在分享中讲道，为了不打扰课堂，她强忍住咳嗽，最后居然超越了，让她惊喜的是，在经历了那次极限性的感受后，她的习惯性咳嗽竟然好了。

生命需要载波。一个人要回到故乡，可以有多种方式，步行，自驾车，乘火车，坐飞机，常识告诉我们坐飞机最快。载波原理告诉我们，弱信号可以通过载波放大。当一个强波已经存在，我们只需搭乘它，就会到达目的地。这个小课堂能够健康运行两年多，并且很见成效，说明这个载波可以搭载。当搭载上这个载波后，剩下的事情，事实上就是一件事，那就是大家共同维护这个载波。从这个意义上，学生的功德和老师是平等的。如此，来到这里听课本身就是功德。古人讲究随喜功德，就是这个道理，通过随喜，对方的波段成为自己的波段，既放大了对方的频率，也放大了自己的频率。

在课堂，每个人都是一个载波聚合芯片，因为同心同德，所以频率一致，因为频率一致，所以能够进行有效的干扰抑制，长时间保持这种干扰抑制，就会形成一个强大的保护频谱，把负能量拒之门外，吉祥如意就会到来。

从2012年底开始，我之所以暂停写作，到全国大型公益论坛做志愿者，给央视做百集大型纪录片《记住乡愁》的文字统筹，都是基于以上考虑。全国性大型公益论坛和央视都是强波，我搭乘上去，为他们服务，他们的功德就是我的功德。当然，做事不能有功德想，但客观事实是如此，通过搭载这些强波，我的生命价值放大了。小课堂也同样，每次开班，都有一些老同学来做志愿者，为大家服务，看上去他们没有机会听课，但由此得到的能量和大家是一样的，甚至比大家得到的还要多，因为这是一个强波场，连接着每个人的自动化信息系统。我的家人和一些亲友、同事之所以给我分担家务、工作，让我能够分身从事公益事业，也是如此，有多少人从中受益，就有他们的多少份价值。我的一些同事和同道之所以加班加点地给我整理校对书稿，也是如此，这本书有多少人受益，就有他们的多少份价值。

因此，走进小课堂，就是走进祝福。生活中，常常有人问，如何才能到达那个快乐老家，我说，只需要把小课堂的经验复制放大即可。如何复制，对比一下，在小课堂为什么快乐，在生活中为什么不快乐，就知道如何做了。生活中看的听的全是烦恼的事，小课堂看的听的全是快乐的事；生活中大家各唱各的调，小课堂大家同读一部经；生活中人们起心动念多为自己着想，小课堂更多的时候为他人着想；生活中衣食住行是有分别的，有高低好坏不同的，小课堂大家都一样；生活中人们被世事追赶，觉得什么事都重要，放不下，小课堂大家可以做到几天不开机，觉得没有比认识生命享受喜悦更重要的；生活中每做一件事，每走一步路，都需要随时打开钱包掏钱，小课堂一切都是现成的，只需要享用即可，几天都可以忘记钱包；生活中人们处处设防，小课堂门无需上锁，钱物随意存放，不用担心失盗；在小课堂，大家每天活在至诚、感恩、恭敬之中，活在连根养根、养正化怨、养谦生信、改过迁善之中，时时认错，事事反省，累了一起拍拍肩揉揉背，困了一起休息，人人礼让谦让，生活中就不一定是这样了……

如此，要想最终回到快乐老家，只需反复体验小课堂经验，平时在生活中尽可能保持即可，如果觉得在社会上复制有难度，至少在家里可以首先复制，如果在家里复制有难度，至少可以在自己心里每天复制，复制那种由"都一样""我爱你""我错了""这一刻"念头主导的场频，并保持，将来自然就能回到快乐老家。

天天彩排成功，回家只不过是一次正式演出而已。天天彩排都成功，演出自然会成功。

在2015端午小课堂电教班结业当晚，正好公布高考成绩，有几位考生住在我们家，他们的淡定让我感动。十二点一过就可以查分数了，他们几位居然十分踏实地睡到天亮才查。有一位考生落榜了，我给他母亲打电话表示祝贺，起初她还以为我不知道分数，我说我知道了，我祝贺的是她成为了凡母亲。我说，在我心目中，孩子能够成功地参加一次为期五天的人生方向学习，比考上一所重点大学更重要，如果不明白人生的方向，上大学并不是一件好事，如果是好事，就不会有那么多大学生跳楼，如果真正明白了人生方向，即使不上大学，也未必是坏事，古今中外，有杰出成就者未必都是大学生。这个社会不缺大学生，缺的是喜悦的人，能带给他人喜悦的人。让我感动的是，这位落榜考生也这么认为。还有一位上榜考生给我说，他哪里都不去，志愿就报当地的大学，为的是能够常常到小课堂听课，做义工。可见明理是多么重要。正好有一位刚刚大学毕业的学生也到我家，非常认同我的观点。也是在这个小课堂上，一位准备出国读书的孩子，改变了计划，她认为，脚下遍地都是黄金，还需要到远方去学习淘金术吗？

石家庄有一位明理的婆婆，在体验过小课堂后，和儿子商量，让儿媳长期给小课堂帮忙，不需要出去工作。这位儿媳很感动，但内心总觉得这样欠着婆婆一家人的，加上作为一名大学生，不能到自己专业对应的领域上班，觉得有些不正常。在参加了一期电教班后，她分享说，这才应该是一位女性正常的生活，如果工作不能带给自己和家人喜悦，工作到底有什么意义。

一位企业家在参加完电教班后说，如果不明理，有时没钱可能要比有好，因为不明理，钱越多危险性越大，不明理的人，巨额财富在他手里，就是一个隐性炸弹。

必须化文为习　仪式本身是能量，祭礼本身是能量，建筑本身是能量，祠堂本身是能量，文字本身是能量，家谱本身是能量，风俗本身是能量，礼节本身是能量。因为仪式、建筑、文字都是人的意识的投射物。意识是能量，它的投射肯定是能量。同样，习惯也是能量。戒烟为什么那样难，因为它已经变成人的惯性能量。因此，中华文化的传承，本质上就是恢复并完善一套优秀的习惯系统。仁义礼智信，最终要落在行为习惯上。《弟子规》113件事，就是从小培养人的系统性高能量习惯。

古人讲，高高山顶立，深深海底行。再伟大的文化，也必须通过细行才能实现价值。在《弟子规》中，一个"谨"字，是通过"朝起早，夜眠迟，老易至，惜此时；晨必盥，兼漱口，便溺回，辄净手；冠必正，纽必结，袜与履，俱紧切；置冠服，有定位，勿乱顿，致污秽；衣贵洁，不贵华，上循分，下称家；对饮食，勿拣择，食适可，勿过则；年方少，勿饮酒，饮酒醉，最为丑；步从容，立端正，揖深圆，拜恭敬；勿践阈，勿跛倚，勿箕踞，勿摇髀；缓揭帘，勿有声，宽转弯，勿触棱；执虚器，如执盈，入虚室，如有人"等等品质和习惯来体现的。一种文化只有化文为俗，化文为习，才能成为生命力。传统文化之所以在民间没有断代，正是因为这一点。精英传统之所以容易断代，则是因为相反。为此，我们就要特别注意，既让孩子背诵经典，更要教他们洒扫应对，待人接物，养成良好的行为习惯。当然，要教好他们，大人就要先补课。

曾经的我总是喜欢翘二郎腿，明理之后，就下决心改，但是在现场时，会放下来，一旦离开现场，又翘上去了。但这并没有影响我继续改。大约用了一年时间，基本上改过来了。接着改交踝坐，改得很难。后来发现，人之所以喜欢交踝坐，是因为腰没有挺直，平常在电脑前，总是驼着背，就有意识地把背拔直，背一直，两腿就提起来了，就自然不会交踝了。同样，一旦不在现场，就又驼下去了，踝就又交上了。也是大约通过一年的时间，改了过来。明白了"都一样""我爱你""我错了""这一刻"是四个能量极高的念头后，我就开始建立条件反射。先从"啊我错了"开始，也是断断续续，大约一年之后，情急的情况下，也能够脱口而出了。比如水壶打倒了，几乎在同时，我会说出"啊我错了"。现在，妻子不管给我说什么，我往往都是一句"啊我错了"，效用自然不用多言。目前，我正在建立另一个条件反射"啊我爱你"，不管做什么事，都把它配进去，行住坐卧、穿衣吃饭、洒扫应对。当自己有了一定的功夫后，就可以影响他人了。现在亲戚到我们家，都会跟着念感恩词，看到我们以碗就口吃饭，也会把身子直起来，把碗端起来吃饭。看到我饭后以水涮碗，也会照样做。

必须化文为福 供给一个人万盏油灯，不如把他的心灯点亮。传统文化正是点亮人们心灯的。但如何让人们接受，是个大学问。现代人是商业思维，要想人们接受传统文化，就要让人们看到接受传统文化的"利润"。那就要和人们的切实利益联系起来。

而人最大的利益，莫过于获得幸福，提高幸福指数。但现在，一提到幸福，人们都会说，它是一种感觉，是摸不着的，虚无缥缈的。传统不这样认为，传统讲幸福是实实在在的，而且有很具体的指标，就是长寿、富贵、康宁、好德、善终五福。而五福的基础是好德。这个"德"，在我看来，就是生命的核心价值系统，它是长寿、富贵、康宁、善终的图纸。没有这张图纸，就无从建设长寿、富贵、康宁、善终的生命大厦。人如此，国家如此，民族也如此。

社会病相就是反常识和错用能量的结果。只有生产才有面粉，这是生命最大的常识，但是不少人恰恰忽略了这一点，总是幻想着通过变魔术的办法得到面粉，投机心理害死人。还有错用能量，面缸里就那么一点面粉，本应平均分配给长寿、富贵、康宁、好德、善终，可是不少人全拿去发财了，或者用于出名了，"五福"就向生命报警。

足见认识生命的重要。我们每天都在奔忙，却忽略了一件大事，那就是认识自己。平时买一件东西，我们都要看说明书，但很少有人去读生命的说明书。为此，不少人活在多灾多病和焦虑抑郁之中，又不知其所以然。单说焦虑，如果我们把焦虑看作一根一根的羊毛，这个羊毛之所以存在，是因为羊皮存在，羊皮之所以存在，是因为羊存在。要想让焦虑的羊毛不存在，我们只有一个办法，让羊不存在。那么，如何让这个羊不存在呢？

这正是传统文化的长项。传统文化告诉我们，在我们的生命中有两个"我"，一个是行住坐卧的"我"，一个是能够欣赏行住坐卧的"我"，也即一个是客人，一个是主人。许多悲剧之所以发生，是因为肇事者没有在那一刻当家做主，说得严重一些，他们很有可能压根就没有意识到生命还有一个主人在。

我们想一想，一生有多少次给自己当家做主呢？走、走、走，搓一把，就跟人去搓了；走、走、走，喝两杯，就跟人去喝了。看到别人贪，我也想贪；看到别人盗，我也想盗。当家做主的时候不多。因为没有当家做主的能力。不少人活在一种假醒状态，看上去醒着，但其实在睡觉。相对于一个做梦的人，核心价值就是醒来。

本质状态的生命里，只有五样东西，喜悦、圆满、永恒、坚定、心想事成。这就是古人讲的生命圆满状态。而要实现这种圆满，需要我们把每一个生命细节做到完美。看过一篇文章，说在日本，工人即使对老板非常有意见，也不会敷衍工作。他会在头上绑一根白布条，表示抗议，但对手中的工作，永远尽心尽力。因为他知道，工作是在完成自己，跟老板没有关系。

2010年，中国申请结婚的青年男女是120万对，却有196万对夫妇申请离婚，离婚是一个结果，原因是什么呢？原因是人们找不到根本幸福了，人们总觉得幸福在对象那里。那么，如何才能找到根本幸福？这也正是传统的长项。传统让我们在生命内部寻找幸福，只要我们把目光折回来，会发现幸福就在最近的地方。

如果我们真的学懂了传统文化，就会发现，个人幸福正是国家利益。

就拿核心价值观中的个人层面来讲，要真正实现爱国、敬业，仍然要让"当家做主"起作用。监督有用，但不能从根本上解决问题。如果没有自觉性，即使我们把摄像头安到员工头顶，也没多大用。我们管住的只是他的身体，不是心。再说，这种监督，本身已经伤害了人的尊严。可是，当人一旦找到根本性，找到主体性，明白了潜意识的四个属性：自动记录，自动播放，全息感知，永恒存在，一下子就会自觉起来，敬业起来。我们再不需要说举头三尺有神明，明白做任何事潜意识都在自动记录，永久收藏，成为底片，到下一个生命片段播放出来，就是我们的命运。

中华历史上为什么出现了那么多忠臣良将？正是受到传统的熏陶。传统告诉人们，忠和良本身就是能量。按照整体性理论，信息和能量是对等的，我们动一个爱国的念，意味着我们启动了根本性中对应的高能量，因为国比家大。为什么要"全心全意为人民服务"，因为"全心全意"对应的是没有缺陷的能量，如果有百分之一的心没到位，就不是"全心全意"，只要有一分私心在，就不叫"全心全意"，相应的，我们得到的能量就是局限能量。

再说诚信、友善。当我们"全心全意为人民服务"的时候，没有了自己；没有了自己，就没有恐惧，心就是安的，当然就是平的，自然就是灵的；就像一汪湖面，天上的任何一片云彩都映照得清清楚楚，整个世界都收在我们眼底，我们还要跑到远方看风景吗？既然世界在我们眼里一望无余，贪污受贿不就是自欺吗？若要人不知，除非己莫为。这时我们才能真正理解这句话。因此，一个人回不到根本性，不可能有诚信。

事实上，诚信是两个境界，信来自于诚，诚来自于对生命本体"一性"的认识。既然是"一"，你就是我，我就是你，还有必要欺人吗？既然是"一"，心就是灵，灵就是心，还有必要自欺吗？既然是"一"，我们就不应该挑三拣四，在任何岗位上好好工作都一样的，我在我的岗位上动了一百个"全心全意为人民"的念头，跟他在他的岗位上动了一百个"全心全意为人民"的念头，从本质上来讲，是一样的。为什么呢？都是一百个"全心全意为人民"的念头，在心的收获上是一样的。这是一种平等性。

传统的"自由"是孔子所讲的"七十而从心所欲不逾矩"。我怎么做都正确，怎么做都是人民欢迎的，这才叫做真自由。也就是说，我的自由不会给他人造成伤害。正文已经多处论述，真正的自由在生命的本体界面上，因为只有本体层面的能量才有绝对的自由度，所有非本体层面的能量都有局限性。同理，真正的公正、法治、平等，也在本体层面上，富强、民主、文明、和谐亦然。

在这里，个体生命拥有的爱国、敬业、诚信、友善和国家、社会层面的富强、民主、文明、和谐、自由、平等、公正、法治，通过本体变成了"一"。这又归于传统文化的核心理念。

附录一：读者心中的安详和喜悦

在皇家园林奇遇《寻找安详》

张秀超

这个周末，市里要开一个关于创作的研讨会，我特意起了个大早，驱车从坝上草原驰行三百里，赶到市里，是为了腾出一点时间，一个人到山庄走一走。

这里是清代的皇家园林，五月，正是迎春花盛开的好时节，湖光潋滟，花团锦簇，山庄又迎来了生机勃发的好时节。清早，人不甚多，还算清净。我一个人慢慢地走过一片松林，前边是金水桥，拱形的红木桥梁如彩虹般卧在波光荡漾的湖水之上。我刚刚走上桥，就见桥的那一边，走来了一个人，那是一个老人，身穿黑裤子，蓝上衣，花白的短寸头，他一步步上了桥，近了。我才看到，他的身上还背着一个人，那是个老太太，穿天蓝色大襟夹袄，头上戴白布帽，她的脸上挂着笑，老头也笑着。就在我呆望着他们的时刻，他们迎面走来了，再有两步就要与我擦肩而过了，我边慌忙掏相机，边往后退了几步。还好，我把他们摄入了镜头。

"姑娘，看不得了，老得没个模样了。"老太太抬手遮掩了半张脸，有几分羞涩地笑着说。似乎，她很有些歉意，觉得她的这个样子有点对不住我，我如置身一幅画中，不知道说什么好了！

我握了一下老人的手，她的手如孩子一样搭在老头的肩上。她那没有一颗牙的嘴，那么笑着，像个婴孩。

他们笑着走过去了。

我快步走下桥，来到湖边的一个亭子前，赶忙看我的宝贝，摄像机屏幕里，映现出老人朝阳般生机盎然的笑脸。

"你，为什么要拍他们？"

这个时候，我才看到，我的对面坐着个人，是个四十多岁的女人，身穿黑色的开领衫，脖子上搭着藕荷色的披巾，她的目光很特别，亮而有一点清冷、隐含着淡淡的忧伤。她很专注地看着我，似乎要从我身上找到点什么。这目光，这突兀的发问，让我稍稍有点发毛。我不知道该怎样回答她，还没等我说什么，她又问我：

"你，相信爱情吗？"

"这……"我又不知道该怎么回答了。

"那你呢，你相信吗？"我反问她。

"哈，我？……离了，我们过了十五年，他在外边有人了，我想毁了他们，我也不活了……"

我的心，如一潭平静的水被扔进一块石头，颤颤地抖动起来。

"那你现在？"

"我，好多了。"

"那个时候，我看到他们，我跟了他们好久，他们是一对夫妻，据说，那老头背了妻子三十年了。"

"那，你是因为看他们……是他们挽救了你？"

"不，不全是，是读书，是书救了我。"

我刚要问她读什么书，手机响了，我接了个电话。

当我转过身的时候，我看到女人从一个随身携带的纸袋里，拿出一个盛开着大红牡丹花的坐垫，铺在廊檐前的木椅子上。接着她又从手提兜里，取出一个白布包，打开，拿出一本书，居然是郭文斌的《寻找安详》。

我的眼睛瞪大了，心热热地跳动起来，就如在异地他乡，忽然看到从一个陌生的大门里走出来一位亲人。我知道，郭文斌是一位大作家，曾以小说《吉祥如意》荣获鲁迅文学奖。近日，他做文字统筹的百集大型纪录片《记住乡愁》在中央电视台热播，受到广泛关注和好评。他的《寻找安详》出版后一直受到读者喜爱，纯净的文学书籍竟然迅速进入畅销书排行榜，一版再版。尽管在书店、书亭、地铁，到处会看到这本书的影子，但是在遥远的塞外，在眼前的这个女人的手中，看到这本书，我还是觉得分外惊奇！

我的手伸了过去，拿起了这本书。

书里有许多折页，我翻开一个折页，这是203页，书上角有两行字用红笔画上了横线：

"天灾是因为大地失去了安详，人祸是因为人心失去了安详。"在这话的一旁，用绿色的彩笔写有这样的字迹："心安、吉祥。"

一个页码里夹着一枚飘着红丝带的书签，那是第81页，书中间的两段话，用红笔粗粗地描画着方框：

"一个男人的真正魅力来自于心灵，来自于觉悟，来自于安详，来自于他内心的正直，纯净和强大。"

"一个没有信念或者说是没有信仰的男人，是不值得女人爱的，一个没有定力的朝三暮四的男人是不值得女人爱的。"

在这话的旁白处是用蓝色的彩笔，写着几个字："好！好！"

我又翻开一个折页，在一段文字下用绿色的彩笔画着波浪线：

"孔子说，真正的君子，是在任何情况下都不能够改变他的开心，或者说是在任何情况下，包括无饭吃，无房住，甚至被杀头，都不改变他的开心，那才是君子。"在这文字的下边用黑笔写有一行字迹：

"是的，真君子，永远开心，什么时候都不愁苦，不绝望！"

我翻看着，这书里，几乎没有一页是不带标注的，文字下的点点线线，写在书页上的字字句句，是那样的鲜明、郑重，那手写的字迹，大多是这样的话语："心安""战胜""放下""活下去""做快乐君子""挺住，就有一切"……看着这些词句，我的心抽动着，眼窝里阵阵发热。

在这折页里，我看到一个遭遇了心灵重创的女人，她的一颗心是怎样在痛苦中流浪、挣扎；我也从她写下的文字里，欣喜地看到，一颗受伤的心魂，从这书的字缝间寻找到怎样的慰藉和力量！她已经走在安详、回家的路上。

"这书，我看着好，又买了一本，存起来了，这一本随时看看，心里怎么想的，就随手写下来了。"

"看这本书，我的心一天比一天亮堂，心安定了，就没有什么扛不过去的了。"

她又对我说："我会一天比一天好的，我会越来越好的。"

"会的，你会越来越好的。"

我的眼泪就快要落下来了。"我给你签个字好吗？代作者。"

"你……"她有点惊异地看着我。

"我也是写作的。"我解释说。

"您，认识这个写书人？"

"是的，认识。"她眼神中依旧带着疑惑望着我。

我赶忙拿出手机，翻出一张照片，是与郭文斌的一张合照，她看看照片，再看看《寻找安详》上的照片，立即眉宇舒展，那神采，就如太阳忽然跃出云层，一下明媚了。

"真好！"

"这可真好！"她搓着手，有点不好意思地望着我。

我从包里取出笔，在书的扉页签下"郭文斌，己未年春"。

我把签了字的书送到她的手里。她双手合十，把那书夹在手中，摸索着，眼里一下涌满了泪水。接着，转身把书放在白绸布上，忽然拥抱住我，声音颤抖着说："谢谢！谢谢！我会好的！"

这个可怜的女人，她瘦得只剩一把骨头，隔着一层衣衫，嶙峋的瘦骨，在我的手下耸动，我的泪夺眶而出。

"你会好起来的，会越来越好的！"

我不得不走了，会场已经来电催促几次了，我走出好远，回头看，她还站在那，向着我行走的方向张望着，我的泪又下来了。我快走了几步，隐在一棵迎春花树后，远远地，我看她坐下了，又翻开了那本书。

我的心再也不能够平静了。

我又走在彩虹桥上，想到了那一对老夫妻，这个不幸的女人，是看到我给他们拍照，她定是想我也如她一般遭遇了婚姻的波折，就如她一样，因为破碎，所以才仰望那圆满、美好，因而她视我为同命相怜人，才肯向我倾吐心灵的隐痛。

"冒着风险活！"是的，人活在这个世界上，的确是冒着风险的。这就犹如天有阴晴，月有圆缺，大地享受和风细雨也要承受风暴雷电的侵袭一样，人活着能够享受来自人世来自命运带给你的好，同样也要承受身外身内降给你的坏。世上有恶，有破碎，但也有善，有圆满。让人有所仰望，有所期盼！就如这个女人，她在家庭遭遇背离失散的厄运中，看那对相濡以沫的老夫妻，那美好，让她削减或者淡化了一些仇恨或绝望的心绪，放慢毁人毁己的脚步，但这还不能够彻底解决问题。她需要心魂的安妥，只有心安，才能够吉祥。

幸运的是这个女人，寻找到了挽救心灵的良方，在郭文斌的文字里。她从那文字里开始思考，自己的一切系念，放在一个背叛了自己的人身上，值不值得？她想到这个的时候，离放下就不远了；在她看到"人祸是因为人心失去了安详"时，她就思悟：伤害他人、毁灭自己，只在一念之间，只在把锋利的刀举起，把一瓶硫酸打开。想到这些的时候，她的心就走向安静了。当她看到"安详是一种来自生命本身的快乐，一种只有向内求才能够得到的快乐"的时候，她把仇视的目光收回来，开始观望内心，她就彻底清醒了。她会感受到：放下，是多么的地阔天宽；放下，是多么的自在、自得、自乐。于是，她能够在寸心间见千湖浩荡、看万马奔腾。

这次奇遇让我看到了文字的价值。我们写作，我们千辛万苦，如穿珠雕玉般把一个个方块字呈现在人们的眼前，可这文字，谁人在看它，它的价值何在？这样的问题，不能不在每一个视写作为神圣事业的作家的脑海里回旋，并且时时在打量，就如迟子建在飞机上看到一个小青年在读萧红的《呼兰河传》，感动得几乎下泪，后来她写《寂寞的文字打动了人》，纪念那场景及她深切的所思所感。今天，我看到一个徘徊在生死边缘的灵魂，在读郭文斌的《寻找安详》，我看到安详的文字感动了人，我感动得落泪，因为我看到了文字的价值、作家的价值！

是的，还有什么样的文字，能够比帮助人们越活越好更让人感动的吗？还有什么比让一颗焦躁不安的心魂得到安抚更让人感到振奋的吗？还有什么能够比让我们看到，自身这个行当具有济世救赎力量，更让我们富有仰望激情的吗？

此刻，我在走向一个会场，一个研究文学的会场，研究文学该怎么写和写什么。写什么，怎么写?《寻找安详》给了我启示。

岁月可以如此静好

王雨薇

从有缘遇到他的文字的那一天开始，他的每一部作品我都要拜读。《寻找安详》《〈弟子规〉到底说什么》是我每晚的必读书。

朴素、宁静、空灵的文字，如春风细雨般滋润着我干渴的心田，一场渴望已久的关于孝、悌、忠、信、礼、义、廉、耻的大戏向我徐徐拉开大幕。读着这些温暖的文字，被一种从未有过的能量包围着，我会情不自禁地扪心自问，你这样活过吗？你这样做过吗？生活原来可以如此清风明月。但我们给生活戴上了过多的枷锁，步履蹒跚与多少幸福擦肩而过。

在他文字的细流里，我尘封已久的爱被激活，被厚厚的积垢包裹的心被清洗，千疮百孔的灵魂被修补。

缘分让我看到了他的文字，他的书。带着感恩的心，寻来他的所有著作，细细品读。

　　静谧的夜晚，一个人，一杯茶，一本书，此时一切都已静止，只有心在他宁静的文字的滋润中变得鲜活，不知什么时候我已泪眼朦胧。这时候我才懂得了什么是春雨润物细无声。在书里面我找到了缺失已久的精神家园，怎么去爱，怎么去孝。读进去，才发现我们离开了人之根本已经很远。

　　世上最伟大的爱是母爱，虽然我们每一个人都熟记于心，但欲望与速度让我们变成了一个个名副其实的理论者，而不是实践者，我们只会说，而不会做。太多的物质需求一层又一层裹住了我们的心，让我们不会去爱了，去孝了。是啊，从十月怀胎，从呱呱坠地，从换第一块尿布，吃第一口奶开始，我们便欠下了父母巨大的恩情。我们能还得起吗？还不起啊。父母用他们不求回报的爱小心翼翼地呵护着我们，夏天怕我们热，冬天怕我们冷，好吃的好穿的永远留给我们，看着我们吃，看着我们穿，他们已心满意足。我们病了，他们整夜不眠，守在我们的床前。我们在父母无私的怀里慢慢长大，上小学，上中学，上大学，当我们成人时，蓦然回首，我们的父母不知什么时候腰弯了，头发白了，脸也不再圆润，岁月无情地在他们的脸上留下了沧桑。父母为我们耗尽了一生的心血，但有几个人能做到像父母对待我们那样，对待他们呢？有几个人能真正地孝敬父母呢？享受着父母的爱，我们觉得理所应当，岂不知父母也同样需要我们的爱。

　　他的一行行文字触碰到了我心最柔软的地方。曾经的我就像一个迷路的人，在黑暗中没有方向，漫无目的只是一味地向前，突然，一盏温暖的灯火出现在了我的面前，一个引路人指引着我走出了迷途，让我重获新生。

面对着他的文字，我有了更多的思考，更多的羞愧，更多的反省。试问，还有谁能写出如此滋养人心的文字？如若不是一个真正的用生命去体悟，用行为去践行的智者，他的文字怎会有如此大的穿透力？如此大的反照力？

我觉着自己还算孝敬父母，但当读了他的书后，觉着那一点点孝跟书中所写，真是浪花跟大海的比对。他说，孝敬父母要从四个层面做起，养父母之身、之心、之志、之慧。完成这四个层面才算是真正的孝。他不但这样说，也这样做。他的父母就在他的身边养老，父亲今年九十岁了，母亲也八十多岁了，身板硬朗，乐观向上。他做到了孝的四个层面，让父母活得快乐、心安。比一比，我们对父母所做的那一点点能叫孝吗？

爱可以无声，但不可以无行。在我的身边有这样一位良师益友用他的文字修正着我，用他的行为影响着我，让我重拾那种久违的中华美德；让我知道爱是一种能力，孝是一种本能；让生活有了方向，行为有了参照；让我知道人生原来可以如此简单，生命原来可以如此恬淡，亲情原来可以如此幸福，岁月原来可以如此静好。

在对的时间里遇上了一本对的书，那该是一种怎样的缘分，怎样的恩情？

　　我儿子是一名大二的学生，每每读郭文斌的书时，我都会推荐给他。儿子跟同龄人相比还算懂事，但总觉得还缺些什么。自从接触了郭先生的书后，他整个人都变了。假期回家会帮我干家务，陪我锻炼身体，给我按摩；我不高兴时，他会开导我，安慰我，给他的肩膀让我靠……这些都是我以前从来没有享受过的。从儿子的身上，我感悟到，孝其实是人的一种本能，是我们骨子里本来就有的东西，只是因为中华文化的断裂，让我们忘记了老祖先留下的最宝贵的财富，现在只要有人能唤醒这种本能，我想孝行天下不会只是一个愿望。

　　他的书就是唤醒我们这种本能的灵丹妙药。

　　他的书里充满了对世间万物的爱、感恩与敬畏。他说，一粒米，历经了千辛万苦来到我们面前，跃入一百度的沸水中牺牲了自己成全了我们，它是用它的一生来跟你约会。一生啊，面对这样大的一个恩情，我们怎么能不动容？怎么能不感恩？怎么能不珍惜？读多了这样的文字，我削苹果皮，都会不忍心。

　　在他的文字中我处处都能感受到世间万物的平等，一种万物皆有灵的虔诚感动着我。给大地说，我爱你；给小草说，我爱你；给树木说，我爱你；给水说，我爱你；给空气说，我爱你；给空间说，我爱你……

　　徜徉在这样的文字河流中，我的心变得柔软，目光变得美好，生活充满了诗意，言行充满了慈悲。一粒米不再是一粒米，而是天地的一个大的恩赐；一朵花不再是一朵花，而是跟我一样有着生命的天地之子。我的心瞬间如水，看世间万物都有了人性味。每一口饭菜我会认真地吃，每一分钟我会认真地过，看到小草我会绕着走，看到鲜花我会微笑，脚踩大地我会心生敬畏。

现在，才明白，为什么有人说，读书一定要读好书，因为一本好书里蕴藏着可以改变人的力量。

他的文字永远是安详的，波澜不惊的，但却有一种无法抗拒的力量深深地吸引着我，指引着我，总让我有一种山重水复疑无路，柳暗花明又一村的惊喜感。让我在他如人生灯塔的文字中领悟到人还可以这样活，路还可以这样走，生活还可以这样过。

他的书让我的人生有了宁静，有了归属，有了幸福。

很喜欢他讲的一个念头"我错了"。看似很平常的三个字，却蕴含着很深的人生哲理。

我有个毛病就是爱胡思乱想，尤其心情不好的时候，总有些不好的念头会出现在脑海，我的心会瞬间提起，有一种莫名的恐惧让我的心跳加速。后来听他的演讲，知道"我错了"这个念头的功用，就试着应用。只要不好的念头一出现，我就立刻按他教的方法，在心里不停地说"我错了"。真奇了，我的心果然慢慢平复，不跳了，恐惧也随之消失。

"我错了"真是一剂良药。他说"我错了"可以修改我们的底片，底片修改了，那些不好的念头也就没有了生存的土壤。人的心在焦虑恐惧时是需要安抚的，是需要力量支撑的。

他介绍的这个念头背后有一种无形的力量安抚着我的心，给我信念与力量，让我在焦虑和恐惧时找到了灵魂的归宿，生命变得强大而又自信。现在偶尔我还会胡思乱想，但有了这个法宝，我已经不惧怕那些讨厌的念头了。我的心变得安宁了，超然了。简单的三个字，能有如此大的能量，这是一种怎样的人生智慧？

读他的文字总有一种冲动：赶紧让我的孩子看看，赶紧让我的朋友看看。放眼看去，现在还有哪些书会让我们有这种冲动？还有哪些书能让我们的孩子放心阅读？可以说百分之八十的书里都充满了功利、算计、仇恨、嫉妒等等。不少作家为了一己欲望，为了谋取利益，已经违背了作为一个作家的基本的底线。而他——郭文斌，在这个偏僻的小城，秉持着一个作家的操守，苦苦地寻觅着，苦苦地实践着，经历着心灵的万重苦旅，为我们生产着这样的精神食粮，让我们蠢蠢欲动的心变得安宁，让我们贫瘠的精神变得饱满。

捧着他的书，我们的心永远如初时般纯洁美好。

苦乐皆由心造

多　吉

2010年7月8日

忽然发现自己的黑发失去了原有的光泽，新生的根根白发嘲笑我的神经质我的偏执狂……

2013年3月10日

惶惶不可终日，我控制自己不要去想，不去想也没有办法，看满世界都在乱飞一些英文字母的符号，让我心里不安，让我茫然，恐惧至极。我很羡慕那幅户外的广告画里的场景，孩子坐在父亲肩膀上的亲密无间。将来我要是做了父亲，有了儿子，儿子会继承我的不安吗？能够自己排解内心的焦虑吗？

碌碌无为，把我所做的一切都看成碌碌无为，我彷徨，我挣扎，我困惑，我不解，我站在飘忽的中间，我不知道该如何脚踏这片土地，还是向上帝祈求长出一对丰满的翅膀飞翔。我害怕地上绊脚的地缚灵，空中似乎有张牙舞爪伪善的吸血蝙蝠，我不知道进退了，老天爷你告诉我，我该如何解开我的心结，我轻轻地飘着，我不安全，我怕掉下来，我怕疼……

这是几年前自己QQ空间里的日志，焦虑、心慌、恐惧、失眠、情绪低落、食欲不振……一直困扰着我，并且这样刺心的文字一直持续到2014年6月。

2014年的某一天，我的手机突然接到一条短信，领导让我去一家酒店接郭文斌老师参加一个新闻发布会……

就这样我认识了郭文斌老师。来回途中我们一直在交谈，虽然刚刚认识几个小时，但交谈的内容却突破了我内心的禁区，我告诉郭老师我一直焦虑、恐惧、注意力不集中。郭老师在车上笑着对我说，这没什么，只要提高自己的能量，改善自己的能量场，找到"现场感"，当身心合一后，这些状态就消失了。我问如何提高能量。郭老师说，每天早晚全身贯注地诵读经典，比如《弟子规》《三字经》等，大声诵读。我当时持怀疑态度，因为我看过身心科的大夫，去医院做过全套检查，吃过半年的中药都没有改善我的焦虑，按照这方法能行吗？

回到家里我抱着试试看的态度去诵读经典，一周后我忽然发现我会笑了，会发自内心地笑了，笑对于别人来说是多么容易的事情，可对于我来说，这些年却求之不得。怀着激动的心情，马上找出郭老师送我的《寻找安详》来看。当读到"回到现场"这四个字的时候，我生命中的奇迹发生了，我像被什么重重敲击了一下，只觉得心扉被打开了。有一种大梦初醒的感觉。是的，我被这四个字敲醒了。我想，这大概就是古人讲的醍醐灌顶吧。书中说，只有回到现场才能"躲开"时间，只有"躲开"时间才能免于焦虑，一切焦虑，究其根源，都是因为时间。只有回到现场，才能进入整体；只有回到现场，才能把生命变成和谐；只有回到现场，才能获得真正的智慧。

读郭老师的文字，有一种如沐春风的感觉。书中一直在强调回到现场，找寻真实的自己。反复地阅读中，我终于体味到，如果不在现场，就难免分心，分心让我灵魂出窍，焦虑的心、恐惧的心时刻占据了我肉体的整个时间，我能快乐吗？我是一个有声语言工作者，一直以来，我不承认我的专业技术不扎实，我甚至觉得自己的声音条件比谁都好，可为什么我播读的作品没有分量，不能打动受众，而且在播读的过程中总会出错呢？今天我终于明白了，是因为不在现场。以前的我一直在焦虑的状态下工作，走神，看着稿子的时候自己的"神"跑了，把自己丢了，神都不在了，能不出错吗？只有回到现场，身心合一，筑起身体的铜墙铁壁，让焦虑的心无空可钻，焦虑的根就断了，因为现场感中无焦虑。

可以带着无比的喜悦向读者分享的是，之后的我，在现场感的七彩光环下生活，幸福无比。现场感像一个七色彩球的罩子时刻包围着我，让我感到生命既安全又美好。蓦然回首，已经半年过去，我仍然在坚持诵读经典，改善能量场，并且有信心选择更有难度的人生课题，但干得自在喜悦。

越来越清晰地认识到，生命的意义就是寻求真我，解放自我。如果读者朋友和我有同样的焦虑，请试试郭老师介绍的方法。不妨静下心来，放松自己，体会自己的呼吸，用潜意识和自己说话，和自己的心聊天，告诉自己的心，我爱你，告诉生活，我爱你，告诉万事万物，我爱你。如此，修心，养心，正心。

我特别地感谢郭老师，是《寻找安详》让我走出了焦虑，同时给了我一个高能量的七彩人生。

我的命运我做主

朱　娟

　　每个人一生中都在扮演许多角色，十四年前，我是一名军人；十二年前，我是一名打工妹；九年前，我是一名国企打字员；八年前，我差一点沦为因犯；四年前，我成为一名监狱警察。

　　角色转变有点传奇，老师说"我的电影我拍摄，我的命运我做主"，人生就是一部电影，果然如此。

　　2001年飘雪的冬季，刚满16岁的我被送进部队，父母的心愿是让我成为一名军官或者复员进入银行系统工作。但是，命运不济，上苍并没有给我期望的厚爱和馈赠，一切落空，我从此陷入无尽的得与失的烦恼痛苦之中，黯淡无光的青春岁月就那样蹉跎。

　　后来，18岁的我开始了漫长的打工生涯。先是做电信公司的接线员，因为不适应工作环境，背着父母偷偷辞去了工作；接着去商场做促销员，因卖手机粗心大意忘记收款，赔偿全部货款后即被开除；随后又做售楼员，试用期内一套房屋没有卖出，被劝退离开；后来当花店送花员，在送花的途中遭遇车祸，伤好后被老板以不适合这份工作为理由婉言辞退。

我的打工经历磨难重重，让父母愧疚又心疼，从来不愿意求人的他们，万般无奈，到处低三下四去求人，为我的漂泊不定买单。

再后来，亲戚帮忙给我找了一个国企打字员的工作，平淡无趣的工作让长年放任自流的我既自卑又自负，内心极其抵触这份工作，无法适应新的环境。从此，我又切换到另外一种生活模式，和许多年轻的朋友频繁进入酒吧、KTV等各种娱乐场所，喝酒、唱歌、宵夜，整夜疯玩，透支着年轻的生命，挥霍着大把的青春。

灯红酒绿的生活让我迷失，徘徊在危险的边缘。像许多吸毒犯一样，我极想尝一口毒品的味道，看看这个神奇的东西是否能够让我忘掉烦恼，登上飘渺的高峰；也曾和许多故意伤害犯一样，在娱乐场所和人发生口角，差点大打出手；也曾和许多虚荣的女孩一样，为了过上舒适华丽的生活，差点成为破坏别人家庭的第三者。总之，渐渐走向堕落的境地，无力自拔。

悬崖勒马，是需要神奇的力量的。就在我即将堕入万丈深渊之际，上苍为我安排了一次不可思议的相逢。八年前的一次公益活动上，我与郭文斌老师终得相遇，被深深感染，然后便跟随老师寻找安详，开始了读经典、写检视报告、改过迁善的生活。

初始迷茫之时，老师告诉我：但行好事，莫问前程。

老师的话简单却又光亮十足，像一盏明灯照耀着我内心的黑暗。老师说，只要你做好准备，总会有用武之地，最怕的是机缘到了，我们却没有拿得出手的本事。

就按老师的话踏踏实实地做。随着内心的安静和干净带来的喜悦和幸福感，使我开始厌恶和远离吃喝玩乐、灯红酒绿。

老师说，真正的安详是不需要条件作保障的快乐。在安详带来的喜悦面前，从前的那些肤浅快乐，真是不值一提。2011年，为了完成老师将传统文化带入监狱系统的心愿，我报名参加了监狱系统公务员考试。也许正是这一点报恩心和利他心，我居然名列榜首，如愿进入监狱系统，成为一名国家公务员。经过两年的岗位培训，2014年我正式成为一名光荣的人民警察，并顺利地在单位为服刑人员开展国学教育，之后被单位聘任为警察国学教师。在受到感化的犯人的泪水中，在领导的肯定和鼓励中，我切实体会到了老师平时苦口婆心劝我们去亲尝的奉献之乐，切实感受到了一种被人尊重的滋味，一种从前在索取和欲望满足中无法想象的幸福，知道了怎样做一个女孩子才是真正的自尊自爱，知道了怎么样的活着才是真正的人生。当我把这一切向父母讲述时，父母的开心像鲜花一样在脸上绽放，我也才知道什么是真正地孝敬老人，就更加珍惜这份可以体现我生命价值的工作。

今天，当我的父母因为自己的女儿是一名国家公务员而骄傲的时候，当我的战友因为我是一名人民警察又是国学教师而羡慕的时候，当我旧时的朋友因为我的榜样也远离过往的生活，并一起寻找安详的时候，当老师因为我的努力获得好成绩而感到高兴的时候，当"我的电影我拍摄，我的生命我做主"被自己验证的时候，我看到了盛大的美好正在向我走来，我才更加相信老师在"鲁迅文学奖"获奖感言中讲的那句话："做一个吉祥的人，就一定会事事如意。"

深深地被老师折服，正是安详带我进入生命的吉祥如意。

安详治好了我的重度抑郁症

崔净莹

感恩《寻找安详》，感恩"寻找安详小课堂"，短短一年半的时间，彻底治愈了我的重度抑郁症，让我重新打开生命的诗意，找到了生命的精彩。

2011年8月，我被北京海军总医院鉴定为重度抑郁症。后来同事与家人才敢告诉我，当时从北京回来的我精神恍惚，面容黑青虚肿，走路都摇摇晃晃。常常躺在床上七八天，连在枕头上转一下头的力气都没有，脖子稍一动或想侧转身，就感觉天旋地转，就像天要塌下来。一直试图自杀，各种结束生命的方法都想到了，偷偷攒了大把的安眠药。母亲怕出事，寸步不离地守着我。只觉得身体里就剩最后一口气，在苟延残喘。我的生命真是到了彷徨失措、走投无路的地步。一度，就要挺不过去了。

可能是余福未尽，缘分到了。2013年1月1日，我强打精神参加一个学生的婚礼，不想遇到了郭文斌老师。他看到我有问题，就委婉地给我一些建议。

在那样的绝境中，我尝试着接受老师的建议，效果很好。就在老师的引导下，进入寻找安详的生命历程。奇迹发生在2013年8月9日，"寻找安详小课堂"电教班最后一天的下午，郭老师现场授课答疑，朦胧间，只觉得心里有一扇窗户打开了，接着，我看到讲台上的花盆里，一朵花儿正在美丽绽放，感恩树上的绿叶熠熠生辉，可是此前，它们在我眼里是根本不存在的，因为我的心灵是混沌的，眼神是混浊的。

当我十分激动地举手，请求分享这一惊人的发现时，郭老师鼓励并赞叹我生命的诗意将从此打开。十年了啊，我的周遭不缺花儿草儿，但我就是看不见，每日里如行尸走肉，疲惫不堪，完全生活在地狱般的生命景象里，又怎么能感知生命的蓬勃生机和美好呢？从此，我坚信了老师的教导，开始按照老师教的"三途二径知道中"去实践，每日读经典，写检视报告，找好处，认不是，迁善改过，练习"知道中"。

首先从保证每天不间断诵读经典入手。起先由于带着功利心读，能量又低，常常读得上气不接下气，非常的累。在老师和同学们的关心和鼓励下，我渐渐学会了直觉诵读法，纷飞的思绪渐渐有了着落，心一点一点静下来，有了一些安详之气，现在的我已经放不下经典了。

现场感也是我的弱项，一度无法认知，老师就指导我每天清清楚楚明明白白地吃饭、走路、睡觉、说话、读经典，念"我错了"，总之，做一切事，都要在"知道中"，渐渐地就能回到现场，进而治愈我的抑郁症。

为了练习现场感，我用数数的方式十个十个地念"我错了""我爱你"等高能量的词。当时脑子乱到什么程度呢？念完三个，到第四个就糊涂了，只要超过三个数，脑子里就一团乱麻。现在我每天念一千个"我错了"，一千个"我爱你"没有任何问题，感觉头脑比以前清爽了不少，清净了不少。

通过直觉诵读，练习现场感，我开始对自己的过失有所认识，看到了父母、家人、老师、朋友和同事的优点和好处，能在心底给他们真诚地说"我错了"，对家人和前夫的怨恨也逐渐化解，身体和精神状态一天天好起来。

2014年5月，经医院确诊，我的重度抑郁症彻底痊愈了！

现在的我和以前相比，用身边人的话说，简直就是天壤之别。

"如果不学习安详，现在的我该是个什么样子？"写下这个疑问句时，我的心里猛地一沉，可能已经失去生命，没有生活了，所以，就没有"现在的我该是个什么样子"一说了。

细想一下，如果不学习安详，我现在不外乎有三种情况：要么得精神病，成为一个在大街上疯疯癫癫乱跑的傻女人；要么自杀，给亲人、朋友带来无尽的遗憾和痛苦；要么想尽各种手段杀死前夫，然后坐牢或被枪毙，让儿子失去双亲，背负永久不能愈合的伤痛，永远生活在耻辱中，后果真是不堪设想。

现在，这一切将不再发生。跟随老师寻找安详，怨气、怒气和恨气正在渐渐远离我；跟随老师寻找安详，我找到了生命的诗意和美好；跟随老师寻找安详，喜悦、幸福、坚定、圆满的生活画卷正在向我徐徐展开。

老师说，我们每个人都有一个能量的面缸，尽本分，真奉献，就能源源不断往面缸里装面粉；痛改前非，后不再造，就能堵上面缸的漏洞。如此，能量与福气有了，抑郁和焦虑，恐惧和担忧就不复存在。

这，在我身上成为现实。

现在的我心无旁骛，只想更加坚定地跟随老师，找到老师说的那种不需要任何条件作保障的快乐，回到真正的快乐老家。

对老师的感恩，我无以言表，就像母亲亲手为老师拔苦苦菜，亲手为老师蒸山东大馒头，母亲对我说，我们家没有钱，也没有权，只能用这样的方式感谢老师对你的救命之恩。

我的生命历程证明了老师"三途二径知道中"的方法是能够解决问题的，证明了老师的安详学说是能够治愈抑郁和焦虑症的，是能够帮助更多正在饱受疾患之苦的人的，但愿世界上和我一样的人能够看到此文，和我一样寻找安详，结束厄运，享受生命，造福社会。

深深地感恩老师，感恩安详，感恩生命中发生的这一切。

那一刻的幸福，千金不换

杨新书

2013年的8月和10月，我在石家庄的两次论坛上做义工，任务是接送机，从而认识了郭文斌老师。但因接送其他老师，两次错过现场聆听他演讲的机会。但来往机场的途中，与老师短暂的交流中，他清澈见底的智慧眼神、一身的安详之气和看似普通单薄却又不失力量感的身影却深深地刻在我的脑海中。

我应该是一个很幸福的人：四位老人身体健康，先生厚道有本事，儿女车房俱全。但是，我感觉不到生活的幸福和美好，无名的烦恼经常把我折磨得死去活来。我渐渐不满足平常安逸的生活，任由内在欲望以及幸福标准直线攀升。不知何时起，家庭开始刀枪棍棒、硝烟弥漫。我东奔西颠、日思夜想，想找一份女强人的事业，想从外面寻找人间真爱，还想有朝一日，把四个老人和一双儿女安顿好后，就远走高飞。

然而费尽心机，却没有丝毫收获，相反，幸福离我越来越远，烦恼与痛苦如影随形，甩也甩不掉，仿佛生活在了人间地狱。

或许是还有一点余福，或许是祖宗护佑，让我今生有缘认识老师。清楚地记得老师对我说："要想让自己真正活得幸福，就一定要让流浪多年的心回归家庭；要想让家庭回归安详，办法只有一个，那就是先从自己做起，不要试图改造对方。"老师还说，"即便是错误真在对方，也要在自己身上找原因。"

此时我已是头破血流，无路可行。带着对幸福的渴望，对安详的向往，我走进了银川的"寻找安详小课堂"，跟随老师"三途二径知道中"的方法进入正规学习，早晚诵读经典、每日写检视报告成为我生活的常态。

我其实是一个有学习障碍症的人，从小到大连一本几十页的小人书都没能静下来逐字逐句地读完，现在我已经能够流利地读诵上万字的经典；曾经电脑盲和网盲的我现在能顺利完成每天一两千字的检视报告作业；从前的我骄横强势，总以自己的标准要求他人，从不认错，通过历事练心，反躬自省，我才知道生活中的显现都是我生命的镜面反射，一切都是因为我的错而引起。

听老师的话，退下来，多看别人的好处、难处、苦处，多找自己的过失，认自己的不是，才发现正是因为把一切错都归于对方，生活中才处处是障碍和险情。当我沉下心来，时时处处练习"知道中"，才发现自己从来都在不知道中，早已忘记初心，虚度了多少红尘岁月，枉费了多少美好时光。

原来认识生命、热爱生命是有一套博大精深的学问的，这些都在古圣先贤留下的经典里。

安详，真是一把打开幸福大门的金钥匙。

这辈子如果不是遇到老师，后半生是个什么情景，我都不敢设想。有时候，也会有反复，甚至有逃跑的心思。毕竟战胜自我要比战胜别人难得多，尤其像我这样一直往前奔跑的人，想要停下来静下来更难，抱怨生气依旧会出来，惯性让我试图走捷径，企图一下子把我的困惑和问题都解决。然而所有仰仗外力的方法都无法如愿，只能从逃离的路上重返课堂，继续老老实实地听老师的话，真干、改过。

渐渐地，家中的欢声笑语多了起来。对儿女信任地放手，换得女儿生活和学习的可喜进步，六岁的儿子玩耍时突然对我说："妈妈，最近怎么不生气了"，让我初尝难得的欣慰。先生越来越多地早归，与一双绕膝的儿女嬉笑欢乐，让我真切感受到了曾经渴慕的天堂一景。而我学习安详之后的里外变化，也让70岁的老父亲和姐姐同时走进了"寻找安详小课堂"，成为同学。最后的分享课上，父亲与我们姐妹相拥在一起，纵横的泪水融化了我们之间多年积怨的坚冰。我一下子体悟到这就是老师说的那种不需要任何条件作保障的快乐！

那一刻的幸福，千金不换！

随着学习的深入，我更加真切地感受到真正的快乐不在金钱和物质里。

　　带着无法表达的感恩上路，今生我将跟定老师，跟定安详小课堂，像老师那样，让更多的人找到安详，找到生命的方向。

现场感让我摆脱了恶性依赖

焦瑞平

十几年前，我做过一次宫外孕手术。术后，我被人生最大的恶魔缠绕——我离不开水了。水是生命之源，离不开水太正常了，但我的"离不开"登峰造极，无人能比。

我家的冰箱里一年四季冰着水，我家的桌上、床头、茶几上永远是大大小小的一杯杯水，以备我随时随地可以喝到水。晚上上床前，夜里醒来，早上睁开眼，第一个念头就是"水"，第一件事就是喝水，冰水、热水交替进行。我不敢出远门，不敢去旅游，心被恐惧占满，极度担心找不到水和洗手间顷刻间我就会失去生命。

如此过量的饮水使肾脏负担过重，给身体带来了很大的伤害。晚上躺下，都要用双手托住两肾，要不就憋得难受，听力也开始下降。医生告诫我，这样的喝法，过不了几年，就会丢掉性命。但对于水，我避不开，逃不掉。也曾东奔西跑，求医问药，甚至连神仙都求过，但都无济于事。十几年来对水的依赖已成习惯，哪怕只有一会儿不喝水，也会口干舌燥，嗓子眼要冒出火一般。

先生儿女心疼我，在我疯狂喝水的时候，会忍不住劝止，要我控制一下，但我却不领情，指责他们不顾我的感受，如果不是渴得要命，谁会想喝那么多的水呢？百般委屈之下赌气说，左右是个死，啥时死了啥时算。先生儿女只好说，喝吧，喝吧，咱家有的是水，你随便喝。

我明白我的生命最终会早早地终结于水上，也许我的父母、先生、儿女都会因此而经受失去女儿妻子母亲的人生最大痛苦，但我无可奈何。

上苍慈悲，祖宗有德，就在这时，我遇到了《寻找安详》的作者郭文斌老师。从此，我与水的超乎寻常的冤结开始化解，这是我从来没有想到也不敢去想的。

两次参加"寻找安详小课堂"电教班，一次在石家庄的藁城，一次在银川。说实话，如果不是同学们的鼓励，如果不是还有一点点对活着的依恋，渴望有奇迹发生，我是不敢去的，因为我对水太依赖了。但两次课程神奇验证，我是可以离开水的。

培训班课程密集，每节课两个小时左右，班规不允许水杯入场。第一次在藁城，我的座位在第一排，不带水杯进教室，我很恐惧，我想如果实在忍不住就出去喝，也顾不上是否影响课程。起初每节课我都会出去，但时间逐渐延长。让我大为惊奇的是最后一节课大分享，18时30分进教室，22时30分出教室，四个小时居然一动未动，破天荒啊。第二次到银川，因为同学们大多知道我的情况，都非常关心我，处处给我关注和爱护，让我有种回家的感觉。我觉得不能给老师丢人，虽然课下曾管不住自己偷偷跑出去买了冰水，但课堂上，我基本做到了不喝水。

两次课程给了我极大的信心，但回家后不久，一切又回归原样。于是请教老师，为什么在课堂我可以不喝水，回家了就不行？

老师说，因为课堂上，你在"知道中"，在家里，你不在"知道中"。

知道？什么是知道？难道我天天都不知道？

我开始看老师的《寻找安详》。原来，"知道"就是回到现场，让心归到本位，让我思我想与我正在做的事合一。

哦，课堂上，我认真听课，汲取智慧，时时被老师折服，因为专注，所以在现场，而忘了喝水；而在家里时，我的念头就常常游离出当下，离开了"这一刻"，远离了现场，被水俘虏，就放纵自己，畅饮过瘾。就这样，被念头带着跑，被水牵着走，流离失所，陷入一轮又一轮的痛苦中不能自拔。

老师又继续引导，你可以啜饮，每一次一小杯，每次一小口，一点一点地咽，要感觉到每一口水通过唇、舌、喉咙、食道，直到胃里，并记录每天喝水的次数、每次喝水的间隔和时长。我开始跟随老师的引领去练习，又按照老师提醒，减少了晚饭的进食量，我的生活境况由此转身。

我所居住的县城平山有一个"寻找安详小课堂"，每周日上午同学们共同学习，一节课下来，大约三个小时。刚开始，我都是携带几大杯水，听课期间不停地喝，不停地起身去卫生间。后来，我把水放在教室外，实在忍不住时，才出去痛快地喝上几大口，有时会出去好几次。但是最近的一节课，我只带了一杯水，居然是原样带去，又原样带回，一口未动。那时的欣喜之情，难以言表，同学们也都高兴地给我以祝贺，并祝福我从此摆脱对水的依赖。

今后的日子，也许我还会有反复，但老师说了，反复是允许的，但反复要有反复的质量。我坚信，总有一天，我和水的缘分会回归正常，因为我的生命中有老师，有"知道"，我就能回到现场，而现场里没有依赖，没有干渴，只有安详和喜悦。

天堂不在世外

王　晓

从小到大，我成绩优异，深得老师和父母的欢心。大一第一学期，我遇到了《弟子规》和传统文化的老师，开始以传统文化的标准严格要求自己，用温顺、善良、俭朴、隐忍等种种所谓的美德包装着我，见过我的人都赞叹我是一个好女孩。

其实我并不愿意废寝忘食地学习，但我从小喜欢被父母和老师肯定，逼着自己用勤奋刻苦为人生注释；我很想像其他同学那样在歌厅尽展歌喉，哪怕只是偶尔放纵一下，但"斗闹场，绝勿近"压制住了我的欲望。

我从小渴盼一个豪华的婚礼，能着美服，能乘豪车，能食美味，成为一个大放光彩的美丽新娘。但公婆父母说那样会损我们的福气，所以我的婚宴全是素食，只有两件生活化的新衣服，我的同学参加完婚礼后，立马就到其他饭店大快朵颐。我感到很没面子，也觉得自己可怜，但还要表现出懂事的样子。

我参加过四大银行招聘笔试，一路过关斩将，却在最后一轮面试时被刷下；我参加国家公务员考试，几乎门门优秀，却因申论只有38分而落败。我的心里憋满了抱怨，就像有一团火要烧起来，却硬要装作不在乎，觉得不能丢掉学习传统文化的宽宏大量。

我的同学大多有很好的工作，有的在银行，有的在国企，还有的是公务员，我羡慕得不得了，也嫉妒得不得了，但我还是要假模假样地祝贺。我好像背着两个厚重的书包，一个装着高标准严要求，一个装着因违背标准而犯下的错误。重不堪言，苦不堪言。我觉得自己就是一个苦行僧，看到了前方的光明，却又被围困在沉沉的黑暗之中。

我的脸上在笑，但只有我知道自己并不快乐。因为我要做好榜样，殊不知这个好榜样做得夹生，做得悲壮。

2015年春节，我走进了银川的"寻找安详小课堂"。遇到了安详，也终于碰触到了那个真正的我。我仿佛看到，一只有力的大手紧紧地牵住了我的小手，把我拉上一条阳光灿烂的道路。

老师说，学习传统文化应该是轻松的，不要老背着一个重重的壳子嘛，你才这么小，如果你样样都做得特别好，这儿也做得标准，那儿也不落痕迹，却把自己弄得灰灰暗暗的，没有了这个年龄应有的亮度，不但会吓死人，还会让大众对传统文化失去向往的心。

真是一语惊醒梦中人。原来我是"装假兵"，学成了两张皮，表里不一。我把传统文化和世俗生活用一条宽宽的门槛隔开，而它们本来是一不是二。我站在门槛上摇摆不定，左右徘徊，从一个境界到另一个境界，从一个偏执到另一个偏执。一方面以传统文化的眼光排斥着红尘中的灯红酒绿，却又在揣测向往着我没体尝过的纸醉金迷到底是什么样。

我试着将学习传统文化与世俗相融，不再刻意，不再古板，不再伪装，做一个活活泼泼、内外合一的真人。以前我每天挣扎着三点就起床读经典，百分之二百地不愿意，但咬牙坚持了。在银川上课时我住在一位阿姨家，有一天睡到七点四十，这是自我记事以来起得最晚的一次。但我却满心欢喜，原来仅仅只是一次睡足就能如此幸福，相信我不会再贪恋睡懒觉。以前，因为惧怕"德不配位，必有灾殃"，我拒绝所有的善意，看着对方脸上的难堪与失望，依然故我地生硬。但是当阿姨陪我上街给我买好多东西，还开心地一起吃零食，我再也没有以前被我死死遏制住却又馋涎欲滴的恋食癖了，感受到的是一种阳光般的爱的融化。

老师说，幸福的天堂不在远处，不在他方，就在当下，就在这一刻。而我，却错过了蓝天白云的美好，错过了鲜花绽放的诗意，错过了爱人亦被人爱的温暖，到处飘荡，以为天堂在世外，在遥远的另一个世界。

曾经的我也热爱传统文化，却没有从中体会到发自内心最真实的快乐。读《寻找安详》,听老师论坛课程,学习《弟子规》的教诲,才知道自己这些年的学习是把传统文化当知识来学的,追求博学多闻,渴望侃侃而谈,没有真正的力行,特别是感知其中的快乐。也才认识到自己好高骛远,没有打好坚实的生命地基,而一个没有地基的摩天大楼,即使是万丈拔地起,也是空中楼阁,也是隐患重重。

其实,我本来就在幸福里,又何需重新搭建自以为是的世界?我只须把当下做好,只须活在"这一刻"。

附录二：霍金斯能量级

生命观	水平		能量	情绪	生命状态
不可思议	开悟	↑	700-1000	不可说	妙
都一样	和平	↑	600	至喜	平等
好美呀	喜乐	↑	540	清朗	清净
我爱你	爱	↑源	500	敬爱	慈悲
有道理	理智	↑能	400	理解	知止
我错了	宽恕	↑&	350	宽恕	修身
我喜欢	主动	↑动	310	乐观	使命感
我不怕	淡定	↑力	250	信任	安全感
我能行	勇气	↑△	200	肯定	信心
我怕谁	骄傲	↓▽	175	藐视	狂妄
我怨	愤怒	↓压	150	憎恨	抱怨
我要	欲望	↓力	125	渴望	吝啬
我怕	恐惧	↓&	100	焦虑	退缩
好可怕	悲伤	↓抗	75	失望	悲观
好无奈	冷淡	↓拒	50	绝望	自我放弃
没意思	罪恶感	↓	30	自责	自我否定
死了算了	羞愧	↓	20	自闭	自我封闭

.

寻找安详

郭文斌　著

中華書局

引 子

走进安详

享受安详

向孔子学习安详

引子

一个人，一个家庭，一个单位，一个国家，
要想康泰，就要长养安详之气。

若干年前，我得了一种怪病，遍寻良医均不得治。就在我心灰意冷的时候，上苍让我碰到了一位高人。

那是一次想来都有点传奇色彩的邂逅。故事的过程不在此赘述，单表结果，那就是折磨我多年的顽症居然被他治好了。

许多亲戚朋友问我，那人到底用了什么灵丹妙药，竟有如此神效。我说，说来你们也许不会相信，他开给我的全部药只是一个词：安详。

事实确是这样。

他说，所有的疾病都来自非安详，一个人，一个家庭，一个单位，一个国家，要想康泰就要长养安详之气。

我问如何才能安详。

他说，安详有许多层次，获得安详是一生的事情。

我请教他，就我而言，当下应该怎么做。

他说，读安详的书，做安详的事。

病急乱投医，带着试试看的态度，依教奉行，不想身体果然渐渐好起来；两个月后，折磨人的病痛基本消失；半年后，我成了一个让大家羡慕的健康人，生活和事业也顺起来。

走进安详

通过"给""守""勤""静""信"，我们走
进安详。

安详是一种不需要条件作保障的快乐，换句话说，它是一种根本快乐、永恒快乐、深度快乐，它区别于那种由对象物带来的泡沫快乐、短暂快乐、浅快乐。

安详强调亲证性。打个比方，一杯水，只有我们尝了之后才知是那个味儿，否则，即使读上几十本关于水的书，也仍然不知何为水味。

通过"给"走进安详

"给"就是把我们能拿出来的那份物力、体力、智力奉献社会，并且不求回报。只有如此，我们才能融化"自我"这块坚冰，清除这一通往安详道路上的最大障碍。

一个人要想走进安详，首先要和天地精神相应。

而"给"，就是天地精神。

阳光、空气、时间、空间都是免费为我们提供的。有人收取土地出让金，但是大地本身没有收取；有人收水费，但是水本身没有收取。

为此，天才长，地才久。

当年鲁哀公问孔子，你的弟子中谁的境界最高？孔子的回答是颜回。因为他"不迁怒、不贰过"。孔子为什么要首先强调不生气呢？当年搞不清楚，后来突然明白了。人为什么会生气？生气是因为自我被冲撞啊。人在什么情况下不生气？无我啊。那么，如何才能无我？利他差不多是一条最重要的途径。

我们且不要说像颜回那样基本消灭自我，就是尽可能地弱化自我，快乐也会成倍增长，因为烦恼和焦虑来自患得患失，而要消除"患得患失"，唯一的办法就是去掉得失心。

而要去掉得失心，就要向天地学习。

日月无语，昼夜放光；大地无言，万物生长。

放光，又无语；生长，又无言。

当我们尝试着把能拿出来的那份财物给更需要的人，一段时间之后，我们对财物的占有欲就降低了。渐渐地，就能体会到钱财的得失不再对我们造成很大的焦虑了。同时发现，把财物给急需的人更有增值感，这种增值感既是物质的，又是精神的。这样，附着在财物上的那个"我"融化了，另一个"我"诞生了，它就是本我。

这时，我们就会明白，所有的痛苦都是因为"小"造成的，宇宙、苍生、人类、国家、家族、家、小家、本我、大我、小我，层层隔离，逐次成"小"。为了捍卫这个"小"，焦虑产生了，痛苦产生了。

可见痛苦是因为我们心的"小"。这是我的，那是我的，得到喜，失去苦。一个宝物，到了我家，我高兴，到了别人家，我沮丧。但在"整体者"看来，放在谁家都一样啊。

可见，分别越小痛苦越小，分别越大痛苦越大。

反之，当这个"小"按照小我、大我、本我、小家、家、家族、国家、人类、苍生、宇宙这样的次第扩展，来自小我的焦虑便逐次削弱，直至于无。

可见，这个"小"是被"分别"出来的。

现在，我们反其道而行之，通过把自我认同的财富、力气、智慧给予他人，我们的心量就打开了、扩大了，结果是，焦虑消失，安详到来。

对于一个村落级心量的人，家的得失已经不会对他造成焦虑了；对于一个世界级心量的人，村落的得失已经不会对他造成焦虑了。而对于一个以"大整体"为家的人，已经不需要作"回家"想了，终极归属的焦虑自然消失了。

实践上一段时间，我们会发现，"给"的方式更加润物无声，比如一个公益倡导，比如一个公益访谈，比如给世人作一个好榜样，比如用"四两拨千斤"的方式引动更多的人去给予，等等。

再实践上一段时间，我们还会发现，在给别人的过程中，我们有了力量感，还有包容感、温暖感、自愿感。这时，我们就懂得了什么叫"量大福大"。事实上，量大也会力大。我们才知道，真正的力量是与我们的心量对应匹配的，这大概就是古人讲的大则势至吧。

无疑,最究竟的"给"是点亮他人的心灯,帮助他人找到本有的光明。在长篇小说《农历》中,我写到这么一个故事:盲尼夜行,观音菩萨让她掌灯避人,不料还是被一个和尚撞了个满怀。盲尼说,难道你就没有看到我手里的灯吗?和尚说你手里的灯早已灭了。盲尼当下开悟,原来任何外在的光明都是不长久的,靠不住的,一个人得有自己的光明。

通过"守"走进安详

"守"是让行归到伦常，让心归到本位。

要让行归到伦常，就要首先搞清楚什么是缘分和本分，这我在《〈弟子规〉到底说什么》一书中有过专门阐述。

而要让心归到本位，就要回到现场。

更多的时候，人的心不在现场，所谓"神不守舍"。许多错误和灾难都是在神不守舍时发生的，比如司机走神，比如口舌之战。在我看来，疾病也是在神不守舍时发生的。当我们长期心不在位，与之一一对应的"身"就会出问题，因为只有身心匹配才会阴阳两全，只有阴阳两全，才不会造成生理的短路和断层。而焦虑和抑郁就更是心不在现场的结果。

只有心回到现场，我们才能"躲开"时间。只有"躲开"时间，我们才能免于焦虑。一切焦虑，究其根源，都是因为时间。人们之所以患得患失，是因为有时间在；人们之所以恐惧，是因为有时间在；人们之所以悲观，是因为有时间在。

只有心回到现场，我们才能进入整体。一定意义上，整体也是安详之体。因为整体，我们释然；因为整体，我们安然；因为整体，我们放心；因为整体，我们放松；因为整体，我们自信；因为整体，我们满足。就像一个孩子，当他回到家里，回到父母身边，就再不需要提心吊胆一样。同样，因为整体，我们能够听；因为整体，我们能够看；因为整体，我们能够呼吸。以呼吸为例，它的生生不息及无条件关联性告诉我们，所有生命都是整体的一部分，所谓同呼吸，共命运。因为同呼吸，所以共命运。相反，因为共命运，所以同呼吸。既然整体如此优越，那么我们只需要把自己交给整体即可，因为整体什么都不缺，什么都不坏，它的特性是生生不息，圆满自足。

只有心回到现场，我们才能把生命变成和谐。曾经很重地关门，心想门无知，轻重何妨？后来悟到，轻重和门无关，而是轻时，自己收获了一份爱心。当我们能够轻轻地把门关上，轻到听不到门和门框的触碰声，我们会觉得门不再是门，而是一个生命。这时，我们的心里会有爱发生。一个人总是对物件轻拿轻放，时间久了，也会对感情轻拿轻放，小心翼翼，伤感情的话就会少说，伤感情的事就会少做，家庭冲撞就会减少，和谐就会增

走进安详

多。到单位也同样，到社会也同样。一个人总是对物件轻拿轻放，时间久了，也会对责任轻拿轻放，小心翼翼，错误就会减少，遗憾就会减少。同理，他也会慎重对待欲望、诱惑。因此，"缓揭帘""宽转弯"，看上去是一个动作，却关系到人的成功和幸福。

只有心回到现场，我们才能把生活变成诗意。当我们回到现场，再看到一个水果，会有一种感觉，它是一个十分自足的世界，那么美妙，那么不可思议。面对它们，有时会有种非常强烈的感觉，仿佛能进入它们的内部——因为它本身就是一个世界，完美的世界——我们甚至都有些不忍心吃它们。一个人的慈悲心就生起了。真是"一花一世界，一叶一菩提"。

只有心回到现场，我们才能获得真正的智慧。现场是智慧的源泉。智慧和知识不同，智慧是一个人的慧力，它是由能量、妥善、圆满、速度、成功构成的，或者说，它是由能量、妥善、圆满、速度、成功体现的。有些人可能学富五车，但处理问题却是一塌糊涂；有些人只字不识，却可度人于岸——六祖慧能就是典型。来自现场感的智慧是由源头提供的，它有些类似于写作中的"灵感"。它显然是一个赏赐。既然是一个赏赐，就对接收者的清净度要求很高。当一个人"接收"它的时候，他的清净心就生起了。

只有我们随时随地都能回到现场，并且明明白白地感受着这

13

个现场，安详才能到来。

那么，如何才能回到现场？

有以下几种方式可以采用：

一是找到现场感。

所谓现场感，就是不要离开本体，或者说和本体保持同步。这个"感"，近似于"感觉"，又不同于"感觉"，它是感觉的总部，比感觉更自觉、更主动、更永恒。

就像一棵树上的花朵虽然有别，根却只有一个，这个"根"，就是现场感。热是感，冷是感，饥是感，寒是感，疼是感，痛是感，都是感。热、冷、饥、寒、疼、痛有别，但"感"无分别。这个无分别的"感"，也许就是本质所在，就是整体所在，就是永恒生命力所在。由此可知，只有进入这个"感"，才能进入平等。

这时，我们就会明白，为什么徒弟问师父"父母未生我之前如何"时，师父答"转头就是"。把头转向哪里？在我看来，答案或许就是这个"感"。

为此，古人为我们设计了许多方便。《弟子规》讲，"执虚器，如执盈"，端着一个空杯，就像端着一个满杯；"缓揭帘""宽转弯"，只有"缓"，只有"宽"，我们才能"感到"自己。

具体来说，吃饭时要明明白白地尝到每一口饭菜的味道；喝茶时要明明白白地让口唇、舌头、喉咙、食道感觉到茶的存在，并且明明白白地跟踪它，一直到胃里；走路时要明明白白地觉到每一步提、移、落、触的过程；睡觉时要明明白白地听到自己的心跳；说话时要明明白白地听到自己在说什么；起心动念时要明明白白地知道如何"起"，如何"动"，如何"落"等。

对于生命来讲，这个"明明白白"太重要了。如果我们在品"这一口"茶时错过了茶，我们即使把《茶经》背个滚瓜烂熟，也找不到茶。如果我们在喝"这一口"水时错过了水，我们即使泡在大海里，也找不到水。

当我们体尝过一段时间"现场感"之后，就会发现"感觉"比"思想"离本体更近，离安详更近，离喜悦更近，也离能量更近。就是说，它更有价值。"感"是我们和大本体的通道，它通过眼、耳、鼻、舌、身、意发生，它本质上是我们的"神"，是一种来自整体性的能量。

当这种"感"稳定下来时，本体能够时时刻刻跟踪"我"。同时我们会明明白白地感觉到我们和大本体的同根性、同源性。随之，我们会有一种安全感、力量感，因为同根，因为同源。这时，焦虑自动消失，烦恼自动消失。这时，我们不由得不感恩。这，也许就是"感恩"一词的来处。由此可知，只有"感"到，才能"得"到。

一个人，只有他的这个"感"出来，才能和天、地、人"交流"，否则，他是一个闭塞的系统，一个"伪生命"系统，维持其生命运转的就只是惯性，不是本性。本性的枝叶是"感"，本性的触须是"感"。

当一个人的"感"打开时，喜悦之泉就会打开，这时，幸福就不再是盛装在杯里，而是在源源不断地流淌。现在有不少人在讲成功学，但大多在讲如何把水存在壶里，倒在杯里，而不是让它汩汩流淌，源源不断。就是说，他讲的还是流的原理，不是源的原理。有了源，就有了一切，因为源来自大本体。"泉水在山乃清，会心当下即是"，"是"什么？真之所在，美之所在，这个"是"，正是通过现场感获得的。如果我们舍近求远，舍本求末，结果是一生都在追逐，到头来既见不到"山"，也见不到"水"，当然也见不到"心"。

一个人如果找不到现场感，要想做到"守"是不可能的。比如我们常常犯的错误，打开水龙头往桶里接水，心想还得等一会儿才能接满，就去干别的事了。可是这一干，就把接水的事给忘了，结果让水溢了一地。再比如上网，本来是要到网上搜索一句话的，但搜着搜着，就被别的信息勾引跑了，上网的初衷被忘得一干二净，有时一两个小时都浑然不觉。正是因为走得太远，我们常常忘了因何出发。而一个有过现场感训练的人，他会分配他的知觉的，"分知觉"的"目"在劳动，"总知觉"的"纲"永远把控着这个"目"，而不会让他因为"目"的精彩而忘了"纲"。

由此可知，现场有大现场和小现场，知觉有总知觉和分知觉，人格有大人格和小人格。

据我的经验，一个人是否找到了"现场感"，有如下几个标志：

一是当下感。能够随时回到当下，随时清晰地"感"到呼吸，甚至感到"呼吸之根"。会对身体非常敏感，接着对环境非常敏感，身体对环境也非常敏感，冷热痛痒都有种放大之感，比如累了，会知道那个"累"是在什么地方发生的，如果能够成功跟踪这个"累"，它会渐渐化掉。后来还会有宏观和微观通感，虚空和微尘通感。可以随时"入流"，但不"忘所"。

二是喜悦感。觉得生命中时时都有一种喜悦感，也就是焦虑感消失。如果一个人的焦虑还在，说明还没有找到现场感，因为"现场"中无焦虑。比如，去缴电话费，如果前面排着长队，找到现场感的人将不再着急，不再催促；如果他还着急，还埋怨工作人员怎么这么慢啊，说明还没有找到现场感。

三是享受感。觉得时时事事都在享受。这才发现，快乐就在"现场"，就是"现场"的一种"感"。因此，回到"现场"是一个境界，体会这个"感"又是一个境界。回到"现场"是寻证，而"感"既是寻证，又是享受寻证。由此，曾经让我们厌烦的工作转为我们喜悦的资源，工作量变成了喜悦量。一个找到现场感的人，他对世界的感知力提高了，世界在他面前变得更丰富，更有层次感、维度感，更有诗情画意，更有生命力，他的幸福指数自然就大幅度提高了。这才明白，无用之用，才是大用。相对于世俗目标来说，现场感是无用的，但事实上，它是大用，是生命的全部，因为我们恰恰在这个"无用"中尝到了生命的原味。

四是同味感。如果我们找到现场感，就会发现这个世界上还有一种不是甜却又在甜中、不是辣却又在辣中、不是苦却又在苦中的味，这个味，就是"无味之味"，它事实上是一种更重要的味。就像水——它不是咖啡，但没有它我们尝不到咖啡味；它不是茶，但没有它我们也尝不到茶味。它是味的"底"。这样，我们会觉得生活中的一切都是那么美好，由此，我们就能够全然享受生活，包括曾经厌恶的生活。

五是超然感。因为能看清世间的真相，所以能超然于生活之外，甚至生命之外，但又不排斥生活，不排斥生命。他会非常淡定，又非常积极。他在奔走、奉献，但心如止水。可谓"随心所欲而不逾矩"，可谓"达则兼济天下，穷则独善其身"。

六是整体感。能够用"一"思维看问题，它的特性是整体性、圆满性、平等性、智慧性、力量性。中华民族一直强调集体意识，强调利他，强调爱，强调"家和万事兴"，正是因为"和"是整体的表现，爱是生命力的表现。

回到现场的第二个方式是"后退"。

比如，我们看到或者想到了一个目标，心里有了占有的念头时，会马上意识到进入了"想法"；如果我们立即从这个"想法"

里"后退"，退到一个"没有想法的地带"，就会发现因占有欲而产生的焦虑消失了，我们重新回到喜悦中。同时还会有种荒唐感，觉得自己刚才怎么动了这么一个无聊的念头。这个"没有想法的地带"，应该就是本体地界，或者说是本体地界的通道了。

一切焦虑都产生在"想法层"。理论上来讲，当我们把"想法层"端掉，焦虑的根就被挖了。

但事实上，对于现代人来讲，要把"想法层"彻底端掉，是几乎不可能的。因为这本身就是一个生产"想法"的时代，面对洪水一样的意识流，怎么会没有"想法"？因此，用闭关自守、逃脱生活、减少意识关联点、消灭"想法"诱因的办法，已经无法做到。

可以采用的办法是随起随退，就是"想法"才起，马上就退，让焦虑没有浮出水面的机会。当然，要马上退，首先要我们马上意识到"想法"已经起来。通常情况下，当我们意识到时，"想法"自动破灭（这个"意识到"，就是本觉。我们之所以会有不安全感，是因为我们把错觉当本觉。我们之所以会有终极焦虑，仍然是因为我们把错觉当本觉）。

这种"马上"的功夫，决定了一个人回到现场的功夫，也在一定意义上决定着一个人的幸福指数。

如果没有这种"马上"的功夫，生命常常被惯性掌控。

换句话说，更多的时候，生命都由惯性体操作，本体在沉睡。只要我们能够随时发现惯性体，本体就会随时醒来。原来平时跟我们捣蛋惹我们烦恼的正是惯性体。比如，等我们发现，水已经倒在杯里了，你会惊讶，是谁指挥身体倒的？是惯性体。那个指挥者是如何发出的指令，我们不知道。可以肯定的是，那一刻，我们不在现场。许多错误都是在那时发生的，因为惯性体没有无条件准确性。

只有我们能够随时发现"想法"，认清"惯性"，才能真正回到现场，走进安详。人之所以烦恼，是因为"走丢了"。而消除烦恼的唯一途径就是"回归"。

回到现场的第三个方式是进入"不允许分心环境"。

不允许分心环境可以让我们"强行"体会"准现场感"。比如用极简方式洗茶：把开水倒进茶杯，倾斜杯子，用一根筷子把茶挡在杯口，把杯里的水倒尽，但又不让一叶茶"随波"出来。

可见，日常生活中，很多时候我们是在"准现场"的，却没有意识到，比如把刚开的水倒进暖瓶，比如走单杠，比如打球，比如书画家进入创作状态。只是我们没有把它自觉化、日常化，特别是没有把它"感"化。

当然，最终我们要从"不允许分心环境"到"现场感"。

由此可知，在现场是一种身心全然在场又被"感"的状态，特点是"这时""这事"同时和"身""心""感"发生关联。更多的时候，我们身在心不在，或心在身不在，因为我们的身心没有一个调和者："现场感"。

回到现场是瞬间发生的，就像一个动作突然停止、一个思绪突然停顿，它是一个着陆的过程，只不过很快，不需要过渡。训练有素之后，我们会发现，烦恼是雪，现场感是阳光，阳光出来，雪自动化掉；烦恼是黑暗，现场感是阳光，阳光出来，黑暗自动消失。我们还会觉得，现场感是一个巨大的熔炉，无论多么顽固坚硬的烦恼之木、痛苦之铁，一旦进入它，都会顷刻熔化。这种熔化力，来自安详，就是安详。

通过"勤"走进安详

金刚钻之所以无坚不摧，是因为它的密度；而生命的密度，正是由"勤"决定的。相同时间里，我们比他人完成了两倍的细节，我们的密度就是他人的两倍。

"勤"在本质上是对时间的致敬。通常情况下，人们认为时间是无生命的。这不对。在传统生命维度内，时间一定是生命体，一定是呼吸体，我们浪费时间，就是在欠大账。

在寻找安详的过程中，我越来越深切地感到时间是物质的、具体的，就像手上的粉笔，只要你写，它就会短下去；又像阳光下的雪，即使你不动它，它也会薄下去。对于一个人来说，它有一个总量，就像一缸米，只要你用，它总会完。

那么，拿这有限的时间用来做什么，就成了关键。对于一个要成为物质富翁的人来说，把一天时间耗在股市上是正确的，但对一个想做精神富翁的人来说，把一天时间用在股市上显然是错误的。精神富翁也许不反对财富，但财富应该是朝着精神高地行走产生的副产品。对有更高超越性追求的人，他就会把这"一碗米"用在终极目标上，哪怕进项不多。由此看来，目标成为关键中的关键。

"勤"意味着行动力。一粒种子，只有落地才能生根发芽开花结果，否则，它永远是一粒种子；一块面包，只有我们食用它，才能变成我们的能量，否则它跟我们的生命没有任何关系。

有一些儒学专家、道学专家、佛学专家、心理学专家，虽然学术水平很高，但烦恼依旧，灾疾依旧，什么原因？就是因为他知而无行。这就像许多"财富专家"恰恰没有财富一样，因为赚钱除了要知晓理论，更需要去播种，去耕耘。

还有一些人，要么去寺院、道场皈依，要么拿出一生的积蓄去朝圣，但仍然和吉祥如意无缘，原因何在？在我看来，问题就在"行"字上。

我们要收看某套电视节目，必须和它的频道相应才行，否则，即使你坐在电视台台长的家里，也无法看到这套节目。可见"同频"是关键中的关键。因此，真正的朝圣，在我理解，应该是和圣人的频道相应，是完全按圣人的教诲去做事。如果我们不依教奉行，那么即使每天把圣人的名号挂在嘴上，把圣人的经典背个滚瓜烂熟，也没有用。同样，我们要获得安详和喜悦，就要和安详、喜悦的频道一致。

一个密不透风的"勤"，背面就是安详。许多人的安详之所以不能出来，就是因为"勤"是透风的，不究竟的；因为这个透风，这个不究竟，才有了心猿意马，就是说，我们给了意识开小差的机会。而在意识开小差时，感和觉就被干扰，来自本体的安详之光就无法流淌。我们一定有这样的体会，当专注于一件工作时，恰恰没有焦虑；闲下来时，焦虑到来。可见带给我们焦虑的是意识。为此，仅仅从消除焦虑的角度，"勤"也非常重要。这时，我们突然会发现，"勤"在本质上也是现场感的一个媒介。

强调"勤"事实上是强调从细节做起，从改过做起，从衣食住行、待人接物做起，不放过每一个因缘。

为什么不能放过每一个因缘？打个比方，我们要拨通一个人的电话，需要把每个号码都拨对才行，如果对方的号码是七位数，我们只拨对了六位，电话是通不了的。在日本，工人即使对老板非常有意见，也不会敷衍工作。他会在头上绑一根白布条，表示抗议，但对手中的工作，永远尽心尽力。因为他知道，工作是在完成自己，跟老板没有关系。

一个人因为对老板的不满生产了一个次品，他生命的账单上就永远留下了一个漏洞，对于生命本体来讲，这是一个永远无法弥补的遗憾，因为时空的特性是不可再来，不可复制。如果我们在一个特定的时空点把一个工序做错了，把一句话说错了，将不再有可能更正，因为那个特定的时空点已经永远像流水一样流走了。这正好反证了"在现场"的重要，因为一个人如果不在现场，事实上是不可能不犯错误的。

回头再说老板，其实，我们所有人都在给一个"大老板"打工，所有工作事实上都是自己和"大老板"的一个约定，和小老板没有关系。一个个缘分，看起来是我们和世事的关系，究其本质，是"大老板"在我们生命中的展示。我们错误地处理了一个缘分，就等于我们向"大老板"犯下了一个错误。

因此，写下"不用扬鞭自奋蹄"这句话的人，肯定明白这一点。它是一个主动、一个自愿，真正的敬业正是从此而来，真正的心量正是由此而来。想想看，一个人心怀与"大老板"的约定做事和他心怀与"小老板"的约定做事，其效果该是多么不同。

通过"静"走进安详

在十分热闹的聚会中，却听到一则安静的故事：一个农民为一家寺院送豆腐，看到和尚们整天在那里静静坐着，很享受的样子，很是好奇，就请求加入进去体会一下。不想刚一坐定，就想起有人若干年前欠他的一笔豆腐款还没收齐，当即起身告退，找人要账。

在我看来，这是关于一个时代的寓言。之于卖豆腐者，"静"太不重要了。

但事实真相是，静是最重要的。没有静，我们感受不到世界的富有和美丽；没有静，根本智慧无法起作用，诗意无法发生；没有静，心神无法安宁，而心神不宁的直接结果是灾疾。对于整个社会来讲，没有静，就意味着没有和谐，没有幸福。

古人之所以十分看重静，因为静是生命力。累了一天，睡一觉，精神百倍，补给能量的，正是静。这个静，既是状态，又是能量。男女之爱之所以吸引人，正是因为借助于对方让我们暂时回归静。如果我们能够在自身找到这个静力，就再不需要借助对方回到静了。同时，它还告诉我们，生命是在静中孕育的，尽管它看上去是激情，但那个激情正好是另一种静，因为在那个时间段里，我们没有杂念产生。因此，这个静和速度无关。出色的舞蹈演员在舞蹈时，看上去在动，但她的心是静的，因此才打动人，而她自己也在享受中。

既然静能够孕育生命，那就意味着它能够孕育一切，包括智慧。现在我们就会明白，古人为什么半日读书半日静坐。明白了其中的道理，我们就会知道，读也是静，静也是读。

在今天，能够体会到静、享受到静的人，已经不多了。因为我们的环境已经没有了静地。古人对静地的要求是，九里之内听不到牛叫声，显然，现代社会无法找到这样的地方了。当年回老家，当我走进那个小山村，从那个山头走过的时候，就觉得进入了一种节奏，那是一种巨大的、充沛的、富有磁性的静。每晚，我都要出去，一个人坐在山头上。抬头，明月就在当空；一伸手，星星就在掌心。那种寂静，真是有种融化人的力量。那一刻，我能够实实在在地体会到来自浩瀚宇宙的无尽滋养。这几年，已经没有当年的感觉了，因为村里已经有拖拉机和摩托车这些东西了，当年那种持久的浓烈的厚实的寂静，已经无缘享受了。

为此，"闹中取静"就成了一个课题。我尝试过通过一个对象物，致心一处取静。比如把一本经典读一千遍，把一首歌唱一千遍，觉得有效果。当下瑜伽之所以流行，大概也是这个原因，通过一定难度的动作，让如猿之心、如马之意暂时粘在上面，给本体一个浮出水面的机会，回家的机会，喘息的机会。也就是通过一念，到达无念。

之后，我又尝试通过"现场感"取静，不料效果更好。比如，在非常热闹的环境，完全跟随那种热闹；在非常喧哗的场合，完全跟随那种喧哗。不久，我就体会到了一种粘在言行思维上的"反照力"，然后回住在这种"反照力"上，一种原来不曾体会过的喜悦发生了，有些妙不可言。

现在看来，它是一种跟踪力、观照力、觉察力。

它，应该就是静的核。

蓦然发现，由不安静带来的焦虑消失了。

因此，对于现代人，我更愿意推荐通过现场感取静。一个人找到了现场感，他就会发现，生活和工作本身就是瑜伽；他就会发现，曾经在瑜伽馆里做的那些还是一个生活的分别，还不究竟。

自此，我不再赞同那些执意放弃城市生活到乡村去寻觅桃花源的做法，因为"放弃"这个词本身就是执著，正确的做法应该是安处。就是说，如果我是城里人，我安处在城里；如果我是乡村人，我安处在乡村。问题是，现在的乡村人想到城里，城里人想到乡村，时代处在一个"大非分"之中，一个再大不过的"非静"就这样产生了。桃花源不在别处，就在心里。如果一个人的心里有桃花源，他就会随时随地安处。想想看，如果世界上的每一个人都能随时随地安处，这个世界是不是就是和谐社会了？这时，我们就会理解老子为什么要讲"鸡犬之声相闻"，却"老死不相往来"，因为没有必要，因为当处就是桃花源，不需要跑来跑去，徒劳心神。

这才明白，"农历精神"之所以滋养人，因为农历本身就是一个静，这在古老的年俗中体现得尤其突出。无论是守岁、点明心灯，还是出傩，都会把人导入大静。这才明白，既然生命来自静，来自安详，那么我们进入静，进入安详，事实上就是回家。这才体会到为什么年关到来，人们要不顾一切地回家。可见，大年本身就是一个回家情结的集体无意识，是中华民族的一次集体精神还乡。为此，我很早就建议把春晚从除夕挪开，因为春晚让我们在最需要最值得沉浸于祝福现场时，却在兴致勃勃地"走神"——一次长达四小时的集体"走神"，严重干扰了"回家"的主题。守岁，作为中华民族集体公约的进入时间的方式，进入祝福的方式，一年只有一次，却被春晚闹掉，真是太可惜了。春晚是完全可以提前一天，或者推后一天的。

这才明白，静是一种回家的方式。放过爆竹的人一定有这样的体会，在爆竹点燃到爆破的那个时间段里，人是在现场的，虽然这个过程看上去"热闹"，但它本质上是"寂静"的，因为在那一刻我们的内心了无杂念，只有"期待"。事实上，它是一种不需要期待的期待，说静候可能更准确。就像鞭炮，当火星从捻子迅速地走向炮的主体，直到那一声脆响发生的时候，一个人的心里只有现场，和现场感。这不正是一种通过动态完成的静吗？在那一刻，你会发现，你的心和时间是平行的，如果说时间是一个湖面，那么你就是静泊在湖面上的一叶扁舟。

让我们乘着这叶再美丽不过的扁舟，回家。

通过"信"走进安详

一个人要找到安详，应该让心先定下来，而要让心定下来，就要在心中存有"天意"。在人间，天意表现为道德、伦理、因缘、程序。信天意，就要我们遵守道德、伦理、因缘和程序。道是生命的交通规则，德是按照交通规则去行走，红灯停，绿灯行，车走车道，人走人道；伦理是天地人的关系；因缘是古人对生命运化的规律性认识；程序就是"瓜豆原理"，种瓜得瓜，种豆得豆。

中国文化之所以推崇道德，是因为道德是人格动机。一个追求道德的人，他自然会向人格处用力，而不是"物格"。一个向人格用力的人，他的目光自然在"内"，心思自然在本质，这也就是古人为什么强调省察、觉察、觉悟。就是说，古圣先贤他们

更加注重跟踪心意，而不是跟踪物意，不是跟踪股票行情，不是跟踪机会。

中国文化之所以强调伦理，是因为伦理本身就是快乐，所谓"天伦之乐"。古人发现，父子之亲是快乐的种子，因此古人特别强调孝道。孝看上去是一个"向上"的姿态，事实上更是一个"向下"的姿态，这种"向上向下"的交汇，就像是植物在白天借茎叶把光变成能量，夜晚再用根把能量提供给茎叶，从而给家提供一种绵延不绝的温暖。一个充分体会过家的温暖的孩子，成人之后，自然会把这种温暖带到社会，成为一个温暖的种子。相反，一个从破碎家庭走出来的孩子，往往是对社会带有敌意的，这种敌意，很可能是一个反道德反社会的潜在因素。想想看，假使核武器掌握在一个内心充满着仇恨的人手里，将意味着什么？

中国文化之所以特别注重因缘，是因为因缘观让人释然。当一个人的心中有因缘这个概念时，他的辩证法就会完美得多，因为他知道一切都是因缘际会，所以就不会对物质过度贪恋，也就不会对爱恨情仇过度计较，因而淡泊，因而坦然，因而轻松，因而快乐。现代人之所以活得特别累，特别焦虑，就是因为大多人心中没有因缘这个概念，认为一切都是奋斗所得，包括爱情，包括幸福，这个逻辑自然会派生痛苦，派生焦虑，当然会派生灾难。

中国文化之所以特别敬畏程序，特别是无漏的程序，是因为它来自"天造地设"。这个无漏的程序，我把它称为"第一逻辑"。"第一逻辑"告诉我们，种瓜得瓜，种豆得豆，福自我求，命由我造，天网恢恢，疏而不漏。它是一种"天意版"的"大自然"系统，它在每个个体生命中自动运转，正是这套自动化的"大自然"系统，分毫不差地记录着人的所有言行，成为了每个人的福气存折。一个人的健康、美丽、荣誉、成功、富有，都以此为据，从此生发，它是一个看不见的"根"，也是一个最大的"缘"。

相对于种子来说，缘就是土壤，就是气候，只有肥沃的土壤、适宜的气候，才能长出参天大树。这一信念，同现场感一样，也会让我们的焦虑自动脱落。一个心存"第一逻辑"的人，肯定会"但行好事，莫问前程"。而一个"但行好事，莫问前程"的人，还有什么焦虑呢？一个人的心中存有"第一逻辑"，他就会比他人少去许多得失之苦。就拿当下非常严重的健康焦虑来讲，心存"第一逻辑"的人会作如是想：如果上苍觉得我有用，自会留我。为此，只管成为一个好员工，其他的事不用多想。这样活着，多简单，多轻松。

无论是道德，还是伦理，抑或是因缘，包括程序，无一例外地都让人们去行善。但"行善"这个词，现在被讲滥了，其实，它是"行在善中"的意思。行在善中，首先要我们的念头保持在善中，也即念在善中。要想念在善中，就要不断训练自己的跟踪力。只有念头正了，行为才能正。因此，行在善中，首先是念在善中。

而要做到念在善中，首先要警惕惯性。通常情况下，人的"第一念"都是"恶倾向"的，因为我们平时生活在惯性中，这个惯性，一定意义上讲就是习性。就拿我们的日常生活来说，早晨起来，每个人都内急，大家的第一念往往是"我先上"，这就是一个"恶"，善的念头应该是"他先上，我等等"。虽然我们会通过礼节让给别人，但那已经是第二念作出的决定了；公交车来了，第一念往往是"我先上"，虽然有时我们会让老人孩子先上，如果我们有足够的细心，就会发现这已经是第二念作出的决定了；单位要向上级报一个先进，第一念往往是"那当然是我了"，虽然我们接着会让给别人，但这也已经是第二念作出的决定了。因此，古人讲"三思而后行"是非常有道理的。事实上，不需要"三思"，只要"二思"就够了。经典的价值之一就是把我们从惯性的道路上唤回来，换句话说，它们都是在提醒我们警惕"第一念"。古人之所以让我们"见人之得，如己之得，见人之失，如己之失"，就是因为我们见人之得，往往嫉妒；见人之失，往往幸灾乐祸。古人之所以告诫我们"过能改，归于无，倘掩饰，增一辜"，就是因为我们平时犯了错误，往往不是首先忏悔、改正，而是设法辩解，设法遮掩，设法推诿。我非常敬佩民间礼仪中的让饭让茶，家里来了客人，父母明明知道对方不会吃的，但总要我们礼让一番。即使出门在外，面对陌生人，也要这样。现在想来，其实就是培养我们一事当前，先想到别人的潜意识。

当我们能够成功地把握好"第一念"时，就能体会到古人讲的"一切福田，不离方寸，从心而觅，感无不通"了。

如果我们真正走进安详，就会发现安详和世俗成功并不矛盾，因为安详会感召大善缘。就是说，世俗成功是安详感召来的一个副产品。这就像一个人，职务是厅级，国家自会配发厅级工资，是处级，国家自会配发处级工资一样，关键是看我们拥有哪一级的安详。如此，我们就不会为一时之逆而沮丧，也不会为一时之顺而得意。天意就是这样，当时我们是看不出来的。但在我们内心，一定要有一个坚信，那就是天意是存在的，而且是毫厘不爽的。

有一个晚辈向我倾诉工作变动的事，并言倒霉。我听完后问他，你是缺儿还是少女？是缺吃还是少穿？是在贫中还是病中？如果不是，那怎么能够轻言倒霉？或许我们谁都可以不相信，但一定要相信上苍；我们谁都可以怀疑，但一定不能怀疑上苍。如果我们连上苍都不相信，还能相信什么？而一个心中无信的人，又何言安详？一个心中没有安详的人，又何言幸福？一个心中没有幸福的人，又何言成功？同样，一个心中有上苍的人，怎么能轻言倒霉？他当时就申明收回所言。之后，坦然面对变动，乐观应对生活，不料一个个意想不到的好事接踵到来。

积善之家，必有余庆。如果善人被饿死，那就没有天理。但是，怎么会没有天理呢？每一个城市都有它的规划，每一个单位都有它的制度，怎么会没有天理呢？

为了方便读者借鉴，我把自己当年"由信得定"的一个口诀分享如下：

"大有我无，思非当是，但行莫问。"

当自己遇事焦虑时，就把这个口诀念一下，很有效果。

"大有我无"，是说一切都是由"大逻辑"决定的，自己想也是白想。再说，连"我"都是一个假象，还有一个谁在乎得和失呢？同时提醒自己，只有我们的言行合乎大道，"有"才会发生，才会到来。也即只有"公"，才有"益"。"公"是根本，"益"只不过是"公"这棵大树上结出的一个果而已。佐证这一原理的，有"求之不得""舍而得之"这些成语。另外，当"大我"在现场时，"小我"消失了，焦虑也消失了。

"思非当是"，是说一旦思想，已经错了，正确的做法应该是从思想回到现场，因为真正的"现场"一切都不缺，并且是"真有"。

"但行莫问"，是说尽管去做好事，不要考虑结果，因为结果之想会把我们带出现场，产生焦虑。

通过"给",我们把心路腾开,把心的空间放大,从"小我"转变到"大我";通过"守",我们回到现场,回到本质,回到根;通过"勤",我们给自己不断"升级",同时不给习气以空间和机会;通过"静",我们的心湖能够映照明月,能够明察秋毫;通过"信",我们的心得到大定。

最终,通过"给""守""勤""静""信",我们走进安详。

从欲望中寻找幸福，犹如缘木求鱼；用物质解决心灵疾患，犹如拿油灭火。

刺激欲望不但不会解决我们的心灵饥渴，反如火上浇油，只有水一般纯净的安详才能真正浇灭燃烧在人们心头的火焰。

生命最大的快乐是什么？或者说，人生真正的快乐是什么？

　　释迦牟尼当年放着国王不做，放着全国的财富不占有，放着国色天香不享用，放着极致的权力不使用，而要去做一个苦行僧，这就说明，还有一个比王位、比财富、比国色天香、比权力更能带给他快乐的东西。

盗不走的坦然

事多不怕累，事少不怕闲；人多不怕闹，人少不怕静；位高不怕显，位卑不怕贱；财多不怕富，财少不怕穷。

时时处处，跳出事相之外，以一种观者的姿态，清醒地活着。

挣钱，但在钱之外；做官，但在官之外；从事，但在事之外。

如此，既是一个演员，又是一个观众。

作为演员，要全心全意地进入角色；作为观众，要全心全意地感受角色。

一个出自济世动机的游戏人生者，就是安详的人了。

而无论是济世，还是游戏，都要以自己明白作保证。

"不迷"，应该是安详最为重要的气质。

如何才能"不迷"？

首先要了解事实的真相，特别是"我"的真相。

我们可能无法相信，通常意义上的"我"是一个假象，但这就是真相。

在这个假象的背后，还有一个真相在。

那个真实的"我"，超然于权力、名望、财富和爱恨情仇，但又可以欣赏这一切；超然于美色、美声、美味、美食、美体之上，但又能够了解这一切。

就像阳光，可以照耀万物，但又超然于万物。

既然"我"是一个假象，那么我们还有必要为之焦虑吗？而人生最大的痛苦正是来自"我"的诸多"失"的焦虑。红颜易衰，青春短暂，财富不保，宦海沉浮，人生无常。既然"我"是一个假象，那么这个"失"也是一个假象。

因此，"不迷"就要从认识这个假象开始。

只有如此，我们才能从物理到情理再到真理。

而现实生活中很多人人生的导向却是想方设法地加固这个假象。

为此，"忘我"变得格外困难。

而我们只有通过"忘我"，才能到达真相。

这就是现代社会的悖论。

既然我们已经明白，生命就是一次播种和收获，那么就没必要焦虑。

种瓜得瓜，种豆得豆。只问耕耘，不问收获。人生应该从这个理解出发。

但知行好事，莫要问前程，前程自会不错。

因为没有哪个长官不喜欢品学兼优的人，而让他们过早出局。

如果一定要让他出局，那也一定是另有重用。

因此，只要是一个心存吉祥的人就会时时处处获得如意，那么，我们就没有必要担忧，为前途，为健康，为生死。

这样的人生，该是多么快乐的人生。

既然我们已经明白，生命的意义就是给人方便，那么"舍"就不再是一种痛苦。

一天晚上，七里禅师在禅堂诵经时，有一强盗手拿利刃进来恐吓道："把钱拿来，否则这把刀就结果你！"

禅师头也不回，安然无事地说道："不要打扰我，钱在那边抽屉里，自己去拿。"

强盗搜刮一空，正要起身时，禅师说："不要全部拿去，留一些我明天买花果供佛。"

强盗想了想，扔下几文钱，慌张离去。禅师又说："收了人家的钱，不说声谢谢就走了吗？"

强盗一怔，说了声"谢谢"，走了。

后来强盗因其他案子被捕，衙差审问，得知他也偷过禅师的东西。可是请禅师指认时，禅师说："此人不是强盗，因为钱是我给他的，记得他已向我谢过了。"

强盗非常感动，刑满后，特地皈依七里禅师，成为门下弟子。

安详是坦然地活着，坦然来自清醒，来自对真相的明了。

知足的蹄声

终日忙忙只思饱，食得饱来便思衣；

衣食两样皆具足，便想娇容美貌妻；

娶得三妻并四妾，出门无轿少马骑。

良田万顷马成群，家里无官被人欺，

七品八品犹嫌小，三品四品又嫌低，

当朝一品为宰相，又想君王作一时；

心满意足为天子，又想同仙下局棋。

此古谣是说人的欲望是没有止境的。

如果一个人把追求欲望的满足作为幸福，那么幸福就永远跟他捉迷藏。就像一个人骑着幸福的驴拼命寻找幸福，最后把驴都累死了，却不知道幸福是什么。

幸福就在当下，就在驴背上，就在驴的一摇一晃里。注意，是每一摇，每一晃。

就在驴的蹄声中，注意，是每一声，注意，是这一声。

就在驴的脚印里，注意，是每一个，注意，是这一个。

我们却浑然不知。为什么？因为驴蹄才在"饱"上，可我们的目光已经在"衣"上；驴蹄才到"衣"上，可我们的目光已在"容"上；驴蹄刚到"容"上，可我们的目光已在"轿"上……

目光和蹄永远不同步，不和谐，分裂就发生了。精神就是这么发生分裂的。

这一切，都是那个假象捣的鬼，都是那个"我"在作祟，而打鬼的前提则是对鬼的识破。

当一个人在"忘我"时，那种不知足就变成一种随缘。所谓"达则兼济天下，穷则独善其身"，就是说，如果社会给我奉献的机会，我就努力去奉献；如果社会不给我奉献的机会，我则完善自己。

焦虑消失了。

喜悦发生了。

"安贫乐道"这个成语告诉我们，只有"乐道"才能"安贫"。

"道"是明白，"安贫"是明白之后的安详。

反过来，也只有"安贫"才能"乐道"，因为道在知足。

"足"离大地最近，也离我们自己最近，它是离我们最近的"蹄声"。

当喜悦成为习惯

安详本身就是喜悦。

就像月光，无论照在谁家的屋顶上，它的清辉都是皎洁的。

就像清泉，无论用什么勺子舀出来，用什么杯子去喝，它的味道都是甘醇的。

孔子六十而耳顺，说明孔子六十岁时已经被喜悦充满心田，而且是无条件地充满。环境已经无法影响这种喜悦，任何恶风苦雨已经无法影响这种喜悦。

庄子能够在爱妻去世时鼓盆而歌，说明他的喜悦已经超越了生死，或者说，就连生死都无法在他的喜悦之海中激起一丝涟漪。

佛陀可以坦然地接受婆罗门吐在他脸上的痰，说明他的喜悦已经盛大到可以把一口痰忽略不计。

传说大学士苏东坡被贬到江北瓜洲时，和仅一江之隔的金山寺住持佛印交情甚笃，经常高谈阔论。

一日，他自觉修持有得，即撰诗一首："稽首天中天，毫光照大千。八风吹不动，端坐紫金莲。"再三吟咏，颇为自得，便派书童过江，送给佛印印证。

岂料佛印阅毕，只是莞尔一笑，不疾不徐地批了两个字，随即交给书童原封带回。

欣然等待佳音的东坡居士，以为佛印定会赞叹一番，急忙开封。

万万没有料到，诗稿上面被歪歪斜斜地批了"放屁"两个大字。苏东坡非常愤怒："岂有此理！本居士一定要讨个公道。"随即叫书童备船渡江。

船刚靠岸，便发现佛印身边的一个小和尚已经含笑相迎了。小和尚说，他家师父今天行脚在外，让他把这封信转交给大居士。

苏东坡展信一看，就傻了眼。只见信上写着："八风吹不动，一屁打过江。"

苏东坡恍然大悟，面红耳赤，惭愧不已。

夸口"八风吹不动"，竟然被"一屁打过江"，东坡与佛印的修持，孰高孰下，不言自明。

看完这个故事，许多人都会取笑东坡居士，却很少有人取笑自己。

细究起来，我们可能天天都在"过江"呢，弄不好可能一天要"过"无数次"江"呢。那是因为我们的心里有太多的风，有远比东坡居士多得多的风。

识破"八风"（利、衰、毁、誉、称、讥、苦、乐），是收获喜悦的关键。

忍人所不能忍，行人所不能行，成人所不能成。

当喜悦成为习惯，这个"忍"都没必要了。

当一个人在任何情况下，都能处在喜悦中，那他就是真正的富翁，真正的王，真正的仙了。

还求什么？

对于生命来说，喜悦难道不是全部的意义吗？

那么，不管从事什么，不管身在何地，只要我们在收获喜悦，不就在最大的实现中吗？

请问，除过喜悦，我们还要实现什么？

我们追求财富，不就是追求财富带来的喜悦吗？

我们追求权力，不就是追求权力带来的喜悦吗？

我们追求爱情，不就是追求爱情带来的喜悦吗？

我们追求荣誉，不就是追求荣誉带来的喜悦吗？

可是，如果我们在当下就能让喜悦充满，为什么还要舍近求远？

我们追求的，不就是这个"满"吗？

如果我们在当下就能把喜悦的坛坛罐罐装得满满当当的，还需要起早贪黑地去千里之外挑桶水回来吗？

现在，我们已经沉浸在喜悦的大海里，我们还需要不辞辛苦地去江河里再挑一担水来沐浴吗？

可是，现代人不就在乐此不疲地干着身在大海还觅江河的事吗？

生命因为太多的多此一举而憔悴不堪，而疲于奔命。

奔命，成了现代人的生动写照。

因为这个"奔"，我们和大地错过，和岁月错过，和时间错过，和喜悦错过，最终和生命错过。

生命成了一个大大的亏损。

不管我们绘制多么宏伟的蓝图，从事多么伟大的事业，如果属于喜悦的账面上有出无进，那么我们肯定在和生命错过。

我们的两眼应该紧紧盯着喜悦开盘，这样的股才是牛股，这样的市才是牛市，否则，等待我们的肯定是"错过"。

流自源头的美

疾病来自对安详的缺失，或者说是安详的短路。

安详不在现场，就像一个人灵魂一旦离开，身体就要开始腐烂。

安详是健康的灵魂。

安详不但能够使自己健康，使自己灿烂，更能使他人健康，使他人灿烂。

因为安详会传染。

有研究结果显示，人的恐惧情绪能够散发出气味并且为他人所感知。恐惧和焦虑会促使身体分泌特定的化学物质，而且其他人在闻到这种气味后，能对这种恐惧或者焦虑感同身受，产生"移情"。

德国杜塞尔多夫大学的贝蒂娜·波塞博士和同事做了这样一个实验：

他们邀请四十九名学生志愿者，让他们在参加大学口语考试前在腋下夹脱脂棉垫，收集考试期间分泌的汗液；以同样方法收集四十九名学生平时骑自行车锻炼时所流的汗液。随后，研究团队请另外二十八名志愿者嗅闻这两种棉垫，同时借助核磁共振成像技术分析他们的脑部活动。大脑扫描发现，当志愿者闻到"恐慌汗"时，大脑中掌管情感和社交信号的区域活跃程度比他们闻"锻炼汗"时要高得多，而且与"移情"相关的部分区域也受到了影响。

因此，群体中若有人恐惧，他释放出的恐惧气味，能导致这群人出现不同程度的恐惧情绪。

近年，科学家们也发现，来自焦虑者身上的气味可以激发其他人的脑部恐惧相关区域的反应。

美国莱斯大学心理学家丹尼斯·陈1999年进行的试验似乎更能说明问题：让一组志愿者嗅闻看过恐怖电影和喜剧电影的人的汗水，超过半数的人可分辨出哪些是看了恐怖电影的。此外，2002年奥地利维也纳大学的一个同类试验中，六十个参与者也称，看了恐怖电影的人的汗水气味更强烈，更难闻。

如果这些实验的结果没有刚好都是错的，那么我们可知，不单单病毒会成为传染源，焦虑也会成为传染源，恐惧也会成为传染源。

如此，安详也可以成为传染源。

如果全人类都成为一个安详的传染源，这个世界该是一个什么样子？

其实这个道理老祖先早就发现了，他们讲"境由心造"，病也由心造；他们还讲"一人得道，鸡犬升天"，在我看来，就是一人获得安详，全家都跟着沾光，周围的人都跟着沾光。

那么，当世界上的每一个人都"得道"呢？安详本身是大美，因为美在源头，而安详则是从心灵源头流出的清泉。

孔子为什么有那么多学生愿意终生跟着他？有许多许多答案，但在我看来，最重要的答案应该是孔子获得了安详，他的身上有一种安详之美，有一种来自安详的磁力。

佛陀是世间第一美男子，连阿难看到都喜欢。佛经上讲，阿难就是看到佛陀的相太好了，心想："这相绝对不是父母所生的，一定是他修来的，我也想跟他一样相好。"所以出家，跟佛陀学佛了。

佛陀的美，当然来自安详。

一个安详的人，不需要唱念做打，不需要丹青渲染，不需要起承转合。他坐在那里，本身就是美了，就是一台让人百看不厌的大戏了，就是一本让人百读不厌的大著了。

如水的清明

茶杯刚喝完就洗，在清水中冲一下就可以了。但是过上一会儿，就需要茶巾了。过上一天，茶巾都没办法了。

这让我蓦然想到时间，结在杯子上的，不是茶垢，而是时间，一种非当下的时间。

由此想到古人为什么强调要回到当下，因为回到当下是对时间的最大礼敬，而延误了的时间即变成了"业"，它的功能是"障"，这也许就是民间"业障"（孽障）一词的含义吧？

再漂亮的杯子，由业所障，也变得丑陋了，甚至失去本来面目。

这让我想起神秀的偈：身是菩提树，心如明镜台。时时勤拂拭，莫使惹尘埃。

因为有慧能对比，曾经觉得神秀的这首偈不怎么样。但是现在看来，神秀已经了不得了，而且他的药方可能更适合我们。因为更多的人根本无法做到真空，而只要"有"在，就不可能不染尘，因此还是"时时勤拂拭"靠得住。

慧能的"菩提本无树，明镜亦非台。本来无一物，何处惹尘埃"，妙是妙，却让我们无法企及。

明珠之所以蒙尘，是因为它没有一双除尘的手，为此明珠不明。

那么生命呢？一个双手被绑的人是无法自己松绑的，就像一支沉睡的蜡烛无法自燃。为此，"对方"就显得重要，火种就显得重要，已经解脱的人就显得重要。

沉睡何尝不是另一种尘垢，绳子何尝不是另一种尘垢。

它是何时落在我们身上的呢？

我们又是如何落入它的圈套中的呢？

我们找不到答案，因为我们的心上满是尘垢。

尘是最不起眼的东西，最容易让人忽略的东西，但正是这种不起眼，让我们不知不觉地蒙上了眼睛，一双蒙尘的眼睛当然看不到真相。

一颗蒙尘的心灵呢？

尘是落的，垢是结的；尘是无法避免的，垢是可以避免的。因此尘可以借助吹气扫除，垢则需要水了。这让人不由想到水，假如这个世界上没有水——

剩下的话都无须说了。

水，一个多么盛大的慈悲。

水不能洗水，尘不能染尘。

一个多深多大的奥妙啊！

水为什么不能洗水？因为水是无分别的，准确些说是无法分别的，是"一"，一滴脏了，所有都脏了。

水是无法把其中的任何一滴脏水从中清除的，因为一即亿。

这个秘密真是太大了，大得让人胆战心惊。

那么怎么办呢？只有防微杜渐，只有从"防"做起。

这就回到尘。

但尘几乎是无法避免的，为此，除尘显得必需。

剩下的事情，就是除尘了。

甚至可以说是全部。

尘为什么不能染尘？还是因为尘是无分别的，只要是尘，不论你是哪路来的，姓甚名谁，都是一样的。

为此，尘就有机可乘。

因为前尘，后尘得逞；因为后尘，前尘得逞。

这个天大的掩护，就打到底了。

只要是尘。

这个世界上最可怕的尘垢，可能就是不洁的文字。它们不经意落入我们心田，积久成垢，再久成岩，洗也难了。

灵魂往往就是这么窒息的。

即使洁净的文字，假如不能变成水，也是灰尘之一种了。

为此，水性的文字才是地道的文字，善的文字。

而要把文字变成水，或者说让如水的文字流布人间，需要怎样的一种心泉？

由此观之，一直争论不休的真假文学之辩，也许就有了依据，同时也变得明了起来。

尘是无法避免的，只要我们在时间里。

那么洗就成为生命的必需。

那么如水的文字就成为生命的必需。

那么生产净水的人就成为生命的必需。

那么，文学还会死吗？

那么，安详还愁无人问津吗？

活在当下

日月是喜悦的，那是因为它对大地的爱。

大地是喜悦的，那是因为它对万物的爱。

爱是奉献的代名词。

那么奉献就是喜悦的代名词。

如果一个人没有品尝过奉献的喜悦，那他等于没有品尝过生命。

奉献差不多是进入喜悦的唯一途径。

而回到当下，回到本分，就是最大的奉献。

回到当下意味着首先点亮自己手中的蜡烛，而一个人只有首先点亮自己，才能点亮别人。

回到当下意味着首先让自己手中的这份工作获得圆满，当每一个人手中的工作都获得圆满的时候，世界该是一个什么样子？

回到当下意味着放弃争夺，意味着给别人一份安全。若世界上所有的人都回到当下，请问，还会有掠夺，还会有战争吗？

这个社会之所以纷乱、动荡、多事，就是因为太多的人没有回到当下。

终日寻春不见春，芒鞋踏破岭头云。

归来偶把梅花嗅，春在枝头已十分。

这是唐代一位比丘尼的诗作。

"终日寻春""芒鞋踏破岭头云"，这不正是现代人的生活写照吗？

可结果却是"不见春"。

就在人们"归来"时，却发现"春在枝头"，而且"已十分"。就是说，"一分"至"九分"我们已经错过。梅花并不因为主人浪迹天涯就不盛开。

这首诗告诉我们，生命本身就是一个勃勃生机，可是我们却每每错过。

这首诗告诉我们，春色就在家里，就在最近的地方，可是我们却偏偏要向外去求。

这首诗告诉我们，永恒幸福不是向外能够找得到的。

从喜欢并享受当下的生活进入喜悦，从喜欢并享受当下的工作进入喜悦，从喜欢并享受当下的家庭开始进入喜悦，从喜欢并享受当下的团队进入喜悦……

不要分别，不要觊觎，不要好高骛远，因为喜悦不在工种中，不在贵贱中，不在高低中，不在早晚中。

喜悦不喜欢分别，喜悦是平常心开出的花。

喜悦来自全然地接受生活。

全然，绝不挑肥拣瘦，绝不厚此薄彼。

因为不挑肥拣瘦，我们的目光是通畅的，我们的心灵是通畅的，喜悦随之得以通畅。

当我们挑拣时，喜悦短路了，这时心灵被挑和拣占着，而挑和拣是没有止境的。跟着它，我们会一直找不到尽头，会走失，会找不到回家的路。

世界上最大的痛苦就是选择，就是挑肥拣瘦。

阳光不挑肥拣瘦，因此阳光永恒。

大地不挑肥拣瘦，因此大地永恒。

没有哪个父亲会因为大儿子个子高就喜欢他，因为二儿子个子矮就不喜欢他。

没有哪个母亲会因为大女儿漂亮就爱她，因为二女儿不漂亮就不爱她。

因为爱是平等的。

爱是最大的喜悦。

从今天开始，从现在开始，试着对我们当下的工作、当下的环境、眼前的人、眼前的事，包括一杯茶、一页纸、一支笔，连同一枚图钉、一个螺帽，真诚地说一声"我喜欢你"，体会一下发生在我们心间的感觉，然后不断地积累这种感觉，再细心地打量你的人生，看有什么变化。

素食伦理

小城的第一家素食店开张了，朋友请我去尝鲜。菜上来的时候，我傻眼了，这是什么素食啊，鸡鸭鱼虾样样俱全。餐后，朋友问和其他店的饭菜相比如何。我说差不多，只不过这鱼好像没有刺，鸡骨头好像不硬。

朋友大笑。

就这样，我度过了一个愚人节。

之后才知道这些鸡鸭鱼虾全是假的，它们的本质是豆制品。

同样的原料，却作出了五花八门的美味，满足了我们的"看"，也满足了我们的"尝"。

随之悟到了一个重要的道理：

原来，所谓的美食压根儿就是一个欺骗，我们津津乐道的就是那个欺骗。世界上最高超的厨师，原来就是最高超的"骗子"，而我们却是那么乐意被骗。

伙同这些美味欺骗我们的是我们的舌头，它"里通外国"。

还有我们的眼睛，它也"里通外国"。

如果我们把形形色色的人比作这些鸡鸭鱼虾，那么内里应该有一个相同的本质，就是那个原料，就是那个豆。

这让我想到"性相近，习相远"的"性"。

而给我们提供了不同味道的调料和工艺的，应该就是这个"习"。

如果我们找不到这个本质，那么我们所做的一切都在欺骗中打转，都是欺骗的堆积。

因了这个欺骗，我们离原味越来越远，离本质越来越远。

最终，我们在长长的欺骗链中丧失了辨别真假的能力，再也回不来了。我们有舌头，却已经丢失了"舌头"；我们有眼睛，却已经丢失了"眼睛"；我们有耳朵，却已经丢失了"耳朵"；我们有鼻子，却已经丢失了"鼻子"。

由此追想，这个世界上有两种食品：一种是不需要调料就可以吃的，苹果从树上摘下来，不需要添加调料，就可入口；但是另一种不行，比如羊肉，没有谁喜欢吃生羊肉，也没有几个人喜欢吃没有添加调料的熟羊肉。我们吃羊肉，其实已经跟羊肉无关，我们吃的是那些调料，那个欺骗。

那么我们为什么不单单吃调料，而要宰杀那么多无辜的生命？

为此要向素食店的创办者致敬，既满足了人们的欲望，又让许多生灵免遭杀戮，真是功德无量。

如果我们有足够的细心，就会发现一杯白开水也是非常香甜的，甚至它的香甜程度超过饮料；白米饭也是非常可口的，甚至它的可口程度超过大鱼大肉。可是，人们却不愿意相信这一点，而往往舍近求远，买椟还珠。

我们已经不知道什么是"味儿"了，我们尝到的都是一种猛烈的调料和工艺味儿，品尝本味的味觉丧失，再也回不到本味上去了。越是如此，越需要猛料，于是猛料一路升级。

离开了这些变换着花样的猛料，我们再也体尝不到生活本身的美味，于是有了五花八门的餐厅，五花八门的中心，五花八门的俱乐部，五花八门的夜总会，五花八门的网吧、茶吧、水吧、冰吧、摇吧、蹦吧、浪吧，甚至"毒吧"。这些东西的兴盛，本身说明生命的萎缩，说明生命的不自信、不自知，说到底是人们快乐能力丧失的表现。

为此，原料不值钱，调料和工艺值钱；真的走投无路，假的大行其道。

生活就是如此变得粗糙起来，但人们不认为这是一种粗糙，反倒把它叫创造，叫时尚，叫情调，叫酷。

岂不知这一切最后都变成一个"苦"，因为它们不是快乐的

"源"，不是"种子快乐"，不是"根本快乐"。

因为太厚太厚的遮蔽，他们无法知道，"根本快乐"在"源"那里，在安详那里，在最基本最朴素最天然的生活"现场"里。

所以说，认识"根本快乐"的过程，其实就是向回走的过程，就是跟欺骗作斗争的过程，就是回到原料的过程，这就需要我们清除"汉奸"，清除"狗腿子"。

但看看现在，人们都在做什么？都在想方设法提高那个欺骗的水平，都在想方设法把你带离"老家"，都在想方设法培训"汉奸"，培训"狗腿子"。美其名曰：生活的品质，生命的格调。于是，"创意"产业成了最赚钱的产业，"策划"公司成了最赚钱的公司。甚至，"创意"和"策划"成为生活本身。

谁来揭穿这一点？

颜回大概很早就看破了这一点，才能"一箪食，一瓢饮，在陋巷，人不堪其忧，回也不改其乐"。因为他知道，在这个身体之外，还有一个本质在。身体是生命的原料，却不是最本质的原料。因为他明白，生命的长度不能说明生命的质量。颜回在短暂生命里体会到的快乐，是我们一生也难以比肩的。

错过是罪

　　"感知"是一个词，却包含着两个境界：感和知。感是心灵的冷暖，知是客观的认识。一个来自生命的天然，一个来自课堂和书本。现在的孩子，"知"多"感"少，甚至有"知"无"感"。

　　而生命的质量恰恰来自"感"。

　　儿子喜欢在吃饭时和我说话，但我常常扫他的兴，提醒他"吃饭时吃饭"。我说，如果你跟我说话，一碗饭吃完了，都不知道它是什么味儿，第一辜负了你妈妈的劳动，第二辜负了粮食。一粒米来到你的面前，来到你的碗里，对你来说只是一粒米，但对那粒米来说却是它的一生，我们怎么能够漫不经心地让它滑到我们的胃里去呢。

　　错过是罪。

想想看，一位故人，不辞辛苦，千里迢迢来看你，可是你却爱理不理，他该是一种什么感受？

何况一粒米、一杯茶，是用它们的整整一生来赴约，可我们居然漫不经心毫无感觉地就把它们打发了，它们该是多么伤心。

我常跟儿子说，专注在饭的味道上，专注在水的味道上，品"味"，进入那个味儿，我们就会从中看到平时拿着巨额门票看不到的风景。我们就会发现，原来白米饭和菜一样香甜，甚至比菜的味儿还要周全，还要盛大，还要丰富；我们就会发现，白开水的味儿要比茶、比可乐的味儿还要周全，还要盛大，还要丰富。如此日久，我们就会发现，在别人看来可能百无聊赖的日子，之于我们，远比那些所谓轰轰烈烈的日子的味儿还要周全，还要盛大，还要丰富。

吃是如此，睡也同样。有不少人习惯在阅读中睡去，有不少人习惯在音乐中睡去，更多的人则在心事中睡去。大概没有几个人愿意在"睡"中睡去，甚至没有几个人听着心跳睡去，就是说，我们压根儿就没有进入我们的"睡"。我们还是错过，错过了生命最悠长的"味儿"。

如果在吃饭时错过吃饭，在睡觉时错过睡觉，我们就必然在快乐时错过快乐，在幸福时错过幸福，甚至在爱时错过爱，在活着时错过活着。

看上去我们错过的是一粒米，其实我们错过的是生命，是宇宙。

看上去我们错过的是心跳，其实我们错过的是时间，是本质。

"吃饭时吃饭，睡觉时睡觉"，细思量，这句话中，包含着多大的智慧啊！

人生最大的快乐来自安详，随缘是安详之门；而要随缘必须自在，要自在必须放下，要放下必须看破。

放下什么，放下"假"；看破什么，看破"假"。

可是现今社会却在鼓励人们执著，加固人们的执著，加固那个"假"。许多人在非自然状态中，在追逐通用价值"权、名、利"的奋斗中迷失了自己。

人们共同的体会是离幸福越来越远。

从欲望中寻找幸福，犹如缘木求鱼；用物质解决心灵疾患，犹如以油灭火。

刺激欲望不但不会解决我们的心灵饥渴，反如火上浇油，只有水一般纯净的安详才能真正浇灭燃烧在人们心头的火焰。

人生最大的悲剧莫过于开着幸福之车却拼命寻找幸福，最后把车子都开爆了，仍然不知道幸福是什么。

幸福是自在。

什么是自在？本来就在。可是我们却要拼命从本来之外去寻找，向外的寻找变成一种反随缘。

缘是什么？相对于种子来说，缘是土壤；相对于鱼来说，缘是湖海。如果鱼进入土壤，就是不随缘；如果种子进入湖海，就是不随缘。

但是看看现代人，拼命经营的是不是让种子进入湖海，让鱼进入土壤？

我们口口声声说随缘，但是我们真正懂得"缘"吗？

缘是一个规律背后的规律，要想弄懂它，就得首先弄懂"因"，弄懂种子和鱼，只有如此，我们才不至于张冠李戴，才不至于饮鸩止渴，才能够"随心所欲而不逾矩"，才能进入一种大安详。

向孔子学习安详

在陈蔡之地，在月黑风高的夜里，随着夫子的琴声，响起了众弟子"关关雎鸠，在河之洲，窈窕淑女，君子好逑"的合唱。

在我看来，孔圣一生所做的事大概就是教弟子如何找到安详。"三十而立，四十而不惑，五十而知天命，六十而耳顺，七十而从心所欲，不逾矩。"我想那个"三十而立"，大概就是初证安详；然后他又修行了三十年，通过不惑、知天命，才达到"耳顺"境界，应该是无漏安详；"七十而从心所欲，不逾矩"，就是究竟安详了。再看有关孔子家族的报道，两千多年绵延不绝，我想这可能就是安详的绵延不绝，他的子孙从他那里继承下来的不是金银珠宝，而是万贯安详。那部《论语》本身，就是一个大安详源。由此推论，中华民族几千年的绵延不绝，也是安详的绵延不绝。又想，四大文明古国中，只有两个追求安详的国家存了下来。

"学而时习之，不亦说乎？有朋自远方来，不亦乐乎？人不知而不愠，不亦君子乎？"在我理解，就是只有把安详理念拿到生活中去实践，我们才能体会到实实在在的喜悦，如此，自然会有朋自远方来，因为通过口耳相传，大家都知道我这里有喜悦的宝藏，当然会前来掘宝。而一个真正拥有了大喜悦的人，是不在乎是否被别人知道的，因为生命的意义就是获得喜悦，现在，我已经得到了，怎么会在乎他人是否知道呢？如果还在乎他人是否知道，那说明他的心还没有被喜悦占满，说明他获得的喜悦还是不圆满的、有缝隙的、有漏洞的、有杂质的，一句话，还没有真正找到安详，还需要进一步"学而时习之"。

走向"反动"

众所周知，孔子的核心思想是仁。那么到底什么是仁？千余年来，仁者见仁，智者见智，至今没有定论。在我看来，它和"反动"大有牵连。

"颜渊问仁。子曰：'克己复礼为仁。'"怎么理解？

关键在"克己"。如果从字面上理解，这两个字非常简单，就是战胜自己。而战胜自己的什么？众说不一。我的理解是，自己身上什么最难以管束，就战胜什么。

比如各种感官享受，比如自私、贪婪、嗔恨、嫉妒、傲慢、懒惰等。假如我们把这些难以管束的东西称为生命的惯性，那么"克己"的过程就是战胜生命惯性的过程。

人的成长过程从一定意义上说是一个不断被污染的过程，所

谓"人之初，性本善"，而且彼此"性相近"，只不过因为"习"而"相远"。这个"习"在我理解就是生命的惯性，它来自欲望，来自后天的污染。因此，"克己"就是一个往回走的过程，克服生命惯性的过程，"反动"的过程。

由此，我认为，"反动"在古代应该是一个褒义词。

它的最早出处我没有考证，但老子的《道德经》有言："反者道之动。"

老子非常喜欢婴儿，他说，你看那初生的婴儿成天啼哭嗓子却不嘶哑；你看那小拳头紧紧攥着，连大人都掰不开。一切看上去都是美不可言，为什么？

因为他是当初，当初最美，当初也最有生命力。婴儿脑海里想的是什么，我们不知道，但是有一点是肯定的，那就是他没有过分的欲望，没有房子、票子、车子、位子和美女，包括自我实现等马斯洛讲的人的五种需要，在小肚子吃饱的情况下，他更多的是处在安详和自足里，可谓大自在。

但这个"克"说起来容易，做起来却非常难。

就像人们明明知道抽烟有害，戒之却难；明明知道酗酒有害，戒之却难；明明知道贪污有罪，戒之却难。

古人把人的这种后天"习气"形容为"飓风"，一点也不过分。许多时候，我们明明知道某件事是错的，不合道的，但就是忍不住去做，那个惯性真是太强大了。"习相远"，正是这种像飓风一样的"习"，使我们的"性"不再"相近"。

为此，孔子才要我们"克己复礼"，才要我们向回走。

一直在想，释家为什么那么看重莲花。直到有一天站在一个烂泥塘边，才明白：

莲是花里面的行者，它是一种会修行的花，一种会"克己复礼"的花。它生在污泥当中，长在污泥当中，却能够保持自己的高洁。我们可以想象它是如何打扫心里的污泥浊水，如何保护它的身口意的。对于莲来说，能够在污泥中完成它的成长、绽放、盛开，已经足够。至于是否有人观赏，那已不是它的事。

"雁过潭不留影，风过竹不留声"，乍一看，这句话是在说雁，在说风。但其实，我们都上当了。它明明是在说潭和竹啊！雁飞过，风刮过，对于潭和竹有什么意义呢？潭和竹的高明之处在于它们什么都不留。故而雁才能飞过，风才能吹过。多少年来，它们一直是雁的路，是风的路，而雁和风却全然不知。

莲为我们作出了"保持"的榜样，潭和竹为我们作出了"坚守"的榜样。

而从一定意义上讲，要想保持和坚守就得向回走，因为只有向回走才能把"根"留住。

两个指标

在"克己"方面，颜回是一位成功的实践者。

三千弟子中，孔子最喜欢的就是颜回了。《论语》中有多处孔子对颜回的赞美，大家最熟识的是："贤哉，回也！一箪食，一瓢饮，在陋巷，人不堪其忧，回也不改其乐，贤哉回也。"孔子甚至这样在子贡面前夸颜回："弗如也，吾与女（汝）弗如也。"连他自己都不如颜回，这个评价够高了。但我特别看重的却是另一句赞美："哀公问：'弟子孰为好学？'孔子对曰：'有颜回者好学，不迁怒，不贰过，不幸短命死矣，今也则亡，未闻好学者也。'"

孔子赞扬颜回的两个依据是"不迁怒""不贰过"。孔子认为，他的三千弟子中，能够做到这两条的，除了颜回，没有第二个人了。

孔子为何如此重视"迁怒"？

有了生活阅历，才发现孔子简直是太伟大了，才发现是否动怒是衡量一个人修养的极重要指标、极重要尺度。

孔子在《论语·为政》篇中讲，"吾十有五而志于学，三十而立，四十而不惑，五十而知天命"，直到六十岁才"耳顺"。就是说，他从十五岁开始"克己"，一直"克"了整整四十五年，到六十岁的时候才"耳顺"。

什么叫"耳顺"？在我理解，就是荣辱不惊，就是别人赞美你的时候你开心，别人咒骂你的时候你也开心。

在众多需要我们"克"的惯性中，最难的是爱面子，也就是说人最难过的是面皮关。当一个人能够在被别人侮辱的时候不发怒，说明他的面皮关已经过了。

士可杀不可辱，说明受辱比受杀难。从这个意义上说，受辱是一个已经超越了生命本身的概念。释道两家说如果"杀身成仁"为"仁"，那这个境界还不究竟，还是一个限量境界，还有一个"杀身以求成仁"的"求"在。如果一个人不是为了苍生，不是为了大众，而仅仅是为了"仁"而杀身，那还不圆满，还是贪，还是自私，只不过它更隐蔽，但是仍然需要"克"。甘地说，真正谦逊的人意识不到自己的谦逊。可见这个"克"是一个了不得的功夫。

再比如，子贡曰："贫而无谄，富而无骄，何如？"

子曰："可也，未若贫而乐，富而好礼者也。"

子贡所言还是小我，还暗藏着有求，还在有为里，还在执著里，还有一个对比的外在对象在，是"贫时不怎么，富时不怎么"。而孔子所言则是大平常心了，贫时向内求乐，富时向外施爱，仍然是乐，是"贫时怎么，富时怎么"。一个是否定，一个是肯定，功夫却差了十万八千里。

当一个人能够真正做到"耳顺"，说明他的小我已经没有了，大我也没有了，既然什么都没有了，当然不可能有那个动怒的我了，自然也就没有那个"怒"了。

一次，佛陀在树下禅坐，一位婆罗门气急败坏地上前大骂佛陀，随侍在旁边的阿难听到后心里很不舒服，可是佛陀却如如不动，非常平静。婆罗门见状怒不可遏，用力吐了一口口水在佛陀的脸上，反身而去。回家的路上，婆罗门想起自己刚才的粗言恶行，相对佛陀的平静，感到很羞愧，又转回去向佛陀忏悔。

佛陀笑答："昨天的我，已经过去了；未来的我，还没有到；当下的我，刹那生灭，请问你要向哪一个我道歉呢？"佛陀认识到世间万法本是"缘起缘灭"，所以能以平常心去对待婆罗门无礼的谩骂。

生活中，迁怒伤身；工作中，迁怒误事；治理国家中，迁怒甚至可以亡国。

这方面的例子举不胜举，刘备就是一个。当时蜀国举兵伐吴，就是典型的迁怒，结果被火烧连营。司马懿则修到家了，诸葛孔明以女人衣羞辱他，他也不动怒，不发兵，所以最后得天下的是司马家族。

虽然这是小说演义中的"三国"，但也可以看出作者对人生境界的一种理解。

"不迁怒"如此，"不贰过"就是更高深的境界了。

先哲认为，人的一生要完成八万四千个功课，才能圆满毕业，如果一个人在一件事上犯同样的错误，那就意味着有一个功课永远完不成了，所谓不圆满，就是指这个。

假如太阳在它的轨道上稍微打一个盹儿，那太阳系就要出问题。这个世界上之所以有时间，有历法，就是因为我们拥有一个永远"不贰过"的太阳。手表是我们每个人的必需品，但是很少有人想过，它是太阳"无过"的成果，那永不停歇的嘀嗒嘀嗒声，其实是对太阳的礼赞。

当然，人非圣贤，不犯错误是不可能的。问题是，一个错误犯了，**立即改掉，就没有错误**；如果不改，就是两个错误；如果再犯，那就不是用倍数能够计量的了。

故而曾子在《论语·学而》篇中说:"吾日三省吾身——为人谋而不忠乎? 与朋友交而不信乎? 传不习乎? "这个"三",并不仅仅是说我一天要三次反省自己,而是说要时时刻刻地反省,看自己是否在道中,在仁中,即"君子无终食之间违仁,造次必于是,颠沛必于是"。就是说,如果你一顿饭的工夫离开仁,那你已经不是君子了,就是罪人了。一个人只有时时刻刻在仁中,在道中,才能做到"不贰过",否则就会给自己留下"非仁"的缝隙。而只要有缝隙,强大的狡猾的生命惯性就会乘机而入,所谓"留下一个缝,黄金捅个洞"。

一个人能够做到"不贰过",说明那个人心中已经是一片"仁"的晴空了。而一个人只有处在一种绵延不断的仁中,身心才能得到大滋养,对于外界,也才能随处结祥云。

就像打太极拳,如果一套拳打下来,能够做到"意"始终不断,身心就会感到通泰;假如"意"断掉,就会觉得特别难受,比不打还难受,就像身心被什么分割了一样。打过太极拳的人都知道,要从"坚守"过渡到"不守而守",再到"随心所欲",需要一个漫长的训练过程。颜回能够做到"不贰过",就意味着他人生的太极拳已经没有那个"断",而是"不守而守"了。

为了训练这个"守",先贤们有许多办法,比如头顶一碗水长时间站着,比如在悬崖上走钢丝。假如有一丝杂念,前者就会洒水,后者就会葬身深渊。

我们的一生，又何尝不是顶水而立，何尝不是走钢丝？因此，古人用"战战兢兢，如临深渊，如履薄冰"来形容人生。

一个标准

"子曰：'参乎！吾道一以贯之。'曾子曰：'唯。'子出。门人问曰：'何谓也？'曾子曰：'夫子之道，忠恕而已矣。'"

假如我们把"忠恕"拿到现实生活中经世致用，不妨可以理解为将心比心，设身处地。

事实上，一个人能够真正做到设身处地，恐怕已经离君子不远了。

当发动战争者能站在难民的角度考虑问题，这个世界上的战争会减少一些；当开发者能站在自然的角度考虑问题，生态失衡的状况会改变一些；当包工头能站在民工的角度考虑问题，拖欠工资的现象会减少一些；当管理者能站在被管理者的角度考虑问题，被管理者也能够站在管理者的立场上做事，对抗肯定会大幅度下降；当丈夫能站在妻子的角度考虑问题，妻子也能站在丈夫的角度考虑问题，家庭矛盾肯定会大幅度减少，离婚率肯定会大幅度下降；当父母能站在儿女的角度考虑问题，儿女也能站在父母的角度考虑问题，真正的父慈子孝才会发生；当老师能站在学生的角度考虑问题，学生也能站在老师的角度考虑问题，真正的尊师重教才会发生……

设身处地，应该是"夫子之道"一个最为重要的标准。

曾看到这样一个故事：

无著是四世纪最著名的印度瑜伽士。他进入山中闭关，专门观想弥勒，热切希望能够见到弥勒，从他那里接受教法。无著极端艰苦地做了六年禅修，可是连一次吉兆的梦也没有。他很灰心，以为他不可能达成看见弥勒的愿望，于是放弃闭关，离开了闭关房。

在下山的路上走了没多久，他就看见一个人拿着一块丝绸在磨大铁棒。无著走向那个人，问他在做什么。那人回答，我没有针，想把这根大铁棒磨成针。无著惊奇地盯着那人看。他想，即使那人能够一百年内把大铁棒磨成针，又有什么用？但又一想，人们居然能够如此认真地对待这种看起来荒谬透顶的事，而自己在做真正有价值的修行，还如此不专心，于是调转头，又回到闭关房。

三年又过去了，还是没有见到弥勒的丝毫迹象。无著心想，看来此生和弥勒无缘。因此又离开了闭关房。

不觉间，到了一个摩天巨石下，看见有一个人拿着一根羽毛浸了水刷石头。无著问，你在做什么。那人回答，这块大石头挡住了我家的阳光，我要把它弄掉。无著甚感讶异，对自己的缺乏恒心感到羞耻，于是，又回到闭关房。

可三年又过去了，仍然没有一个好梦，这下子他完全死心了，决定永远离开闭关房。在下山的路上走了没多久，他看到一只狗躺在路旁，整个下半身已经腐烂，布满密密麻麻的蛆。

无著的心中一阵难过。他从自己身上割下一块肉，拿给狗吃。然后蹲下来，想把狗身上的蛆抓掉。但又想到，如果用手去抓蛆的话，会把它们抓死，唯一的办法就是用舌头去吮。于是双膝跪地，看着那堆恐怖的蠕动的蛆，闭上他的眼睛，倾身靠近狗，伸出舌头。下一件他知道的事是舌头碰到了地面。他睁开眼睛，那只狗已经不见了，同样的地方出现了弥勒，四周是闪闪发光的光轮。

终于看到了，无著说，为什么从前您不示现给我？弥勒说，你说我从前不示现给你，那不是真的，我一直都跟你在一起，但你心上的积尘挡住了你的视线。你十二年的修行，慢慢除去了这些积尘，使你看见了那只狗。今天，你以难得的慈悲心，清除了残留在心上的最后一层灰尘，终使你如愿以偿。不信你把我扛在肩膀上，看别人能不能看得见。

无著就把弥勒擎在他的右肩上，到市场去，逢人便问能看到我的肩膀上有什么东西吗？没有，人们说。只有一个托钵僧说，你把一条腐烂的老狗扛在肩上做什么。无著终于明白，是慈悲的力量清除了他的业障，打通了他和弥勒的通道。于是五体投地，向弥勒顶礼。弥勒就传给他无上的瑜伽法门，使他成为四世纪印度最著名的瑜伽大士。

在此，我更愿意把这个故事看作一个寓言，一个象征。它告诉我们，慈悲是一条道路，一条通往光明、通往真理的唯一通道。

长处乐

一次，儿子问我，这个世界上什么人最快乐？有人说得到爱情最快乐，有人说得到财富最快乐，有人说得到权力最快乐……我说你这个问题提得好，我用孔子的一句话向他作了回答。"子曰：'不仁者，不可以久处约，不可以长处乐。'"可见仁是大快乐之源。

我还要帮孔子加一句，不仁者，不可久处美，因为"里仁为美"，住在仁里最美、最享受。曾经沧海难为水，除却巫山不是云，尝过了那个大快乐，一切小情小调就没有多少诱惑了，一切痛苦也是小菜一碟了。

在《论语·述而》篇中，孔子的弟子是这样描述夫子的："子之燕居，申申如也，夭夭如也。"申者，舒展状；夭者，灿烂状；既舒展又灿烂，大快乐啊！

看完《论语》，我的脑海里冒出一个句子：大快乐者孔子。他对万事万物看得是那么开，他是那么随缘自在，通情达理，不执著，不僵化，申申如也，夭夭如也，活活泼泼，开开心心，让人看着心生欢喜，所以有那么多弟子愿意终生跟着他。像颜回，为了常和夫子在一起，居然愿意吃粗食，穿布衣，住在高危的房子里而不出仕。如果孔子是一个僵化的老头子，不讨人喜欢的老头子，大家会如影随形地跟着他吗？

孔子师徒在前往楚国的路上被困在陈蔡，粮食吃完了，只能以野菜充饥。后来野菜也没有了，弟子们都愁苦不堪，孔子却兀自在那里抚琴。更让弟子们不理解的是那琴声无比的欢快，了无愁情怅绪。

子路终于沉不住气了，就问，都什么时候了，您还有闲情弹琴啊。孔子听了后反问，那你说我应该怎么做才对。子路说，至少不应该现在寻开心吧。孔子说，真正的君子是在任何情况下都不能改变他的开心的；或者说只有在任何情况下，包括无饭吃，无房住，甚至被杀头时，都不改变他的开心的人，那才是君子。

这是我的演绎。

真实的情况是子路站起来向孔子提问，君子也有贫困的时候？孔子说，这要看你如何理解贫困，一个人如果不能处在道中（里仁），或者说与道无缘，或者说错过了道，那才是真正的贫；而一个人如果因为挫折降低自己求道的志向和追求，那才是真正的困。简言之，无道为贫，失道为困。子路听了夫子的话后，一边惭愧得流泪，一边把琴从孔子的行帐里抱出来，说，夫子，您接着给我们弹吧。

于是，在陈蔡之地，在月黑风高的夜里，随着夫子的琴声，响起了众弟子"关关雎鸠，在河之洲，窈窕淑女，君子好逑"的合唱。从中，我们听到了大富有、大快乐，尽管，他们一个个面如菜色。在我理解，这个"窈窕淑女"，不是别的，就是"仁"，就是"道"。

一个人得到快乐不是一件难事，难的是"长处乐"，永远处在快乐中，在任何情况下都处在快乐中，无条件的快乐。

孔子为什么能够长处乐？

心理学家说，人的痛苦都来自理想和现实的矛盾。其实说得更准确些，是来自物质企图和现实的矛盾，来自想住华屋而不得，想食美味而不得，想求佳人而不得。试想，当一个人把他的生活目标定位为孔子说的"食无求饱，居无求安""就有道而正焉"，那他的人生还会有多少烦恼呢？

亚历山大大帝在征服了印度之后，谁都不想见，就想见一下大乞丐第欧根尼。他听说第欧根尼一贫如洗，却是天下最快乐的人。

第欧根尼奉行的是大减法原则，他不要房子，不要老婆，不要钱财，甚至连衣服都不要了，最后手里只剩下一个讨饭钵了。

这天，他生命中一个无比重要的"导师"出现了，那是一条到河里喝水的狗，第欧根尼无比震惊地发现，一条狗到河里喝水，居然不用钵！他就把那件最后的"家产"扔到河里去了，狗不用钵能够喝水，我为什么不能？

这个攀比真是精彩到家，第欧根尼把这视作自己的最后革命。

扔掉钵之后，他高兴得在河边手舞足蹈，把那条狗都惊呆了。现在，他终于成了一名地道的无产者。

这天，亚历山大在海边找到了第欧根尼，看见第欧根尼赤身裸体地躺在海滩上晒太阳，就以一种无比优越的救世主的语气问第欧根尼，第欧根尼先生，请问我能为你做些什么？

他的部下对第欧根尼说，知道他是谁吗？他就是亚历山大大帝。

不想第欧根尼连眼皮都没有抬一下，说，在下没有什么要劳驾您，只是请您往开挪一挪，不要把我的阳光挡住了。

亚历山大受到的打击是可想而知的，但他的心里又分明是羡慕和尊崇。杀人如麻的亚历山大带着几分恭敬离开了第欧根尼，他对自己说，如果说我的快乐和富有是河，他的快乐和富有则是海，下辈子，我要做第欧根尼。

这个画面真是有趣：一个是世界的超级富有者，一个是世界的超级贫穷者，但是这时，超级富有者却主动在心里举起了白旗。

造化就是这样平等地爱着他的每一个孩子。和亚历山大比起来，第欧根尼的确是穷，但是他却没有被人谋财的烦恼，没有被人谋妻的烦恼，被人谋国的烦恼，没有被人谋命的烦恼，他可以在任何地方闭着眼睛睡大觉。

但是亚历山大就不行。他即使睡觉也要睁半个眼睛，他有太多的事在心头。若无闲事在心头，便是人间好日月。他的心头有太多在第欧根尼看来的闲事。他有这个世界上最多的财富怕被人窃，他有这个世界上最漂亮的妻子怕被人偷，他有这个世界上最大的权力怕被人夺。尤其可怜的是，他想放弃这一切都不可能，他穷到连想做个穷人都不可能了。他怕一旦失去手中的权力就有人要他的命，是真正地被剥夺了政治权利终身了。

现在，你说谁是这个世界上最富有的人？这就是英雄和圣贤的区别：王者征服天下，圣人征服自己；王者享受大荣耀，圣人享受大自在。各得其所。一个人只有彻底达到无我境界，才会得到无漏快乐。

当然，我这样称许第欧根尼，并非教唆世人无所作为。事实上很少有人能够成为第欧根尼，我的担心肯定是多余的。但我相信没有人不喜欢第欧根尼，特别是在一个被欲望和速度摩擦得火星四溅的时代，第欧根尼的"反动"无疑是一味清凉剂。

如果说第欧根尼的喜悦来自大无为，那么孔子的喜悦则来自大有为。无为和有为，通过那个"大"相通了。

甘地说："只有永不停息的信念才能换来真正的休息，拥有从不懈怠的激情才能最终抵达无法言说的平静。"

孔子虽然马不停蹄地在大地上奔波，但因为他的无我和忘我，大地变成了他的海滩，信念变成了他的阳光，马蹄声变成了他的风。

如果我们稍微留心就会发现，孔子身上有一个和第欧根尼扔掉讨饭钵一样无比经典、无比优美的动作在不停地发生：世人心中的那个小家、那个安逸，就像第欧根尼手中的钵，被他一次次扔到生命的逝川里去了。于是，"子在川上曰：'逝者如斯夫，不舍昼夜。'"

因此说，把人们从欲望中堵住是无用的，当人们找到比欲望更高的享乐时，欲望必然会自动终止。

久存仁

孔子能够长处乐，还因为他的大无畏。

"子畏于匡，曰：'文王既没，文不在兹乎？天之将丧斯文也，后死者不得与于斯文也；天之未丧斯文也，匡人其如予何？'"

鲁国有个叫阳虎的人，在匡地为非作歹，引起公愤，被追缉，这人长得非常像孔子。一天，孔子在匡被宋人误认为是阳虎，欲围而杀之，形势非常严峻，弟子们都吓坏了。但孔子却从容如常，他说，你们放心，他们杀不了我的，自文王之后，文化衰落到现在，如果上天有意要让礼崩乐坏，那我该死，如果上天不想断绝这条文化命脉，那我就死不了。

何其坦然！知人者智，自知者圣，这是一种大看破。

甘地说，奉献者不必为自己担忧，把一切担忧留给神，奉献者甚至不会为明天储备粮食。

何其相似乃尔!

我小时候特别喜欢风水，把能够找到的有关风水的书都看完了。谁想最后却发现，压根儿就没有风水，只有德行。种瓜得瓜，种豆得豆，种下瓜绝对收获不了豆，种下豆也绝对收获不了瓜。所谓有福人不睡无福之地，如果功德配睡在福地，死后各种因缘自然会让你睡到那个地方；如果不配，即使睡到龙穴上，也会因为地震什么的让你出局。

有段时间也喜欢占卜，在当地都小有名气了，但是最后还是放下了。同风水一样，一个人的命运是卜不出来的，还得靠奉献去积功累德，还是"瓜豆原理"，所谓善易者不卜。

所以古人说：但知行好事，莫要问前程。这话真是好。试想一下，当一个人超越了幻想，超越了企图，超越了担心，超越了对技术的诉求，只问耕耘，不问收获，他能不快乐吗？

孔子周游列国的时候，各国都排斥孔子，生怕他夺取政权。唯有在卫国，卫灵公、南子、一般大臣，都对孔子很好。孔子的弟子听了谣言，认为孔子可能要当卫国的国君。一天，冉有跟子贡说，夫子是否真像大家说的那样，要在卫国做王？子贡就去问孔子："伯夷叔齐何人也？"曰："古之贤人也。"曰："怨乎？"曰："求仁而得仁，又何怨？"出，曰："夫子不为也。"宁为帝王师，不为帝王位。

我越来越觉得，多年来，我们一直都在误读孔子，认为他一生在为出仕奔波；事实恰恰相反，他的不出仕不得志是故意的。他如果想当国王，那太容易了，在当时小国寡民的情况下，他有弟子三千，贤者七十二，其中有像颜回那样的道德家，像子路那样的军事家，像子贡那样的外交家（当时有人问楚王，楚国有这样的人才吗？楚王说，一个都没有），但他就是不那样干。他故意在大地上奔走，他故意不如意，他的身影，让我想起和他遥相呼应的佛陀，那个不做国王要做苦行僧的佛陀。

看《西游记》，一个问题冒出脑海，妖精为什么最爱吃唐僧肉？

问孩子，孩子说，因为吃了唐僧肉能成仙。

为什么吃了唐僧肉能成仙？

孩子说，唐僧吃素，身上有一股芳香味。

我说，那妖精为什么不去吃花，吃牡丹，吃玫瑰，吃菊，吃荷，而要千方百计地吃唐僧？

孩子回答不上来了。

我跟孩子说，唐僧是吴承恩给女人设计的偶像，是吴承恩借妖精表达他的价值观。他告诉人们：

一个男人的真正魅力来自于心灵，来自于觉悟，来自于安详，来自于他内心的正直、纯净和强大。

吴承恩还告诉读者，一个没有信念或者说是没有信仰的男人，是不值得女人爱的，一个没有定力的朝三暮四的男人是不值得女人爱的。

唐僧能够受到妖精青睐，正是因为他无求于妖精，也无媚于妖精。他修的是称法行，无所求行，更难得的是报怨行。你看，那妖精害得他那样苦，可就在悟空举起金箍棒要灭掉她的时候，他反而让悟空手下留情，多难得。作为一个女人，不爱这样的男人还爱什么？

常克己

"克己"功夫到家者，印度为最。大家熟知的佛陀是一例，达摩初祖是一例，"圣雄"甘地是一例。而把仁的修养成功用于经世致用者，"圣雄"甘地是一个最为突出的典范。

就衣食住行而言，他坚持穿自己织的土布衣衫，每天只吃一顿饭，而且是素食，从来没有桃色新闻，三十五岁就彻底禁欲。

蹲监狱像做客。今天，英国人说，甘地你被捕了。他什么话都不说，没有一点怨尤，跟了去；明天，英国人说，甘地，你被释放了，他也没有多少兴奋。

印度教和回教打起来，他绝食，二十天不吃饭。直到印度教徒说，国父，您吃饭吧，我们再也不打了；回教徒也说，国父，您吃饭吧，我们再也不打了。看到两方确实和好了，他才喝下绝食二十天之后的第一口橙汁。多么伟大的一位非暴力运动的践行者！最终，他领导的非暴力不合作运动，和印度人民的各种解放运动一起把英帝国主义从印度大地上赶出去了，可以说是一个以"克己"制胜的典型吧。

原来在课本上学"圣雄"的非暴力，以为不动刀不动枪才是非暴力，及至后来看了"圣雄"的著述，才知道暴力的外延十分宽广。偷窃是暴力，说谎是暴力，不守信是暴力，浪费是暴力，包括不敬业，甚至不作为，等等。一天，我突然意识到，孔子让我们"克"的东西就是"圣雄"指的那个暴力，而他所讲的那个"仁"应该和"圣雄"的"非暴力"是一个等量概念。

甘地小时候并不是一个天资聪颖的学生，他勤奋刻苦却反应迟钝，记忆欠佳，从小学到中学一直成绩平平。他生性腼腆，胆小怕事，是个诚实规矩又很怕羞的孩子。但是他的身上却有许多别的孩子没有的非智力亮点。

一天，一个督学到学校视察，让学生听写五个英语单词来测验他们的拼写能力。甘地写出了四个，第五个怎么也想不出来。正在他皱眉挠头、冥思苦想的时候，站在一旁的老师用脚尖轻触了他一下，暗示他抄旁边同学的，可诚实的甘地却低着头，不为所动。结果除他以外，别的学生都写对了。督学走了以后，老师批评他："单词你不会，我让你看看同学的，这你也不会吗？"全班同学都嘲笑他，甘地却没有不高兴，他认为自己做得对。

甘地成年后，孩子们非常喜欢他。有一次，一个小男孩看到甘地的穿着，非常伤心，因为他竟然光着上身。

"您为什么不穿一件衬衫呢？"小男孩忍不住问道。

"我哪里有钱买呢，孩子？"甘地亲切地说，"我很穷，买不起一件衬衫。"

小男孩心中充满了同情："我妈妈针线活做得可好了，我的衣服都是她做的，我让她给您缝一件衬衫，好吗？"

"那你妈妈能做多少件衬衫呢？"甘地微笑着问道。

"您需要多少件呢？一件，两件，还是三件？我妈妈都能做的。"

甘地想了想说："可是我的家里不是只有我一个人啊，孩子。如果只有我一个人穿上衬衫，那怎么行呢？"

"那您需要多少件呢？"小男孩眨着眼睛继续问道。

"我有一个很大的家庭，孩子，有四亿兄弟姐妹。"甘地注视着小男孩闪亮的眼睛说道，"直到他们都有衬衫穿，我才会穿。好孩子，你的妈妈能不能帮所有人都做一件呢？"

小男孩的眼中充满了疑惑，他想："四亿兄弟姐妹，妈妈可做不了这么多。可是，为什么要所有人都有衬衫穿，您才穿呢？"

曾经，敬爱的周恩来总理在我心中只是一个可亲可敬的表情，一个人民公仆的符号。及至年长，知道了一些历史深处的隐情后，一个"鸿儒"的形象才真正在心中矗立了起来。他为国家、为民族、为人民忍辱负重鞠躬尽瘁死而后已的精神，家喻户晓，妇孺皆知，在此不表。后来的一天，当我读到这样一段文字资料时，禁不住泪湿衣襟：

1976年1月8日，周恩来逝世时，设在美国纽约联合国总部门前的联合国国旗降了半旗，这是非常罕见的事。

自1945年联合国成立以来，世界上有许多国家的元首先后去世，联合国还没有为谁降过半旗。一些国家感到不平了，他们的外交官聚集在联合国大门前的广场上，言辞激愤地向联合国总部发出质问：我们国家的元首去世，为何没有这种待遇？

时任联合国秘书长的瓦尔德海姆站出来，在联合国大厦门前的台阶上发表了一次极短的演讲，总共不过一分钟。

他说："为了悼念周恩来，联合国降半旗，这是我决定的，原因有二：一是，中国是一个文明古国，它的金银财宝多得不计其数，它使用的人民币多得我们数不过来。可是它的周总理在外国银行没有一分钱存款！二是，中国有十亿人口，占世界人口的四分之一，可是它的周总理没有一个孩子。你们任何一个国家的元首，如果能做到其中一条，在他逝世之日，总部将照样为他降半旗。"

说完，转身离去，广场上的外交官们哑口无言了，随后响起雷鸣般的掌声。

瓦尔德海姆机敏而锋利的谈吐，不仅表现了他机智无比的外交才能，同时也反映了我们敬爱的周总理的高尚品格是多么举世无双。

周总理的魅力无疑来自"克己"。从一定意义上说，生命的光彩就是"克己"的光彩，因为"克己"是奉献的基础，也是爱的基础。

时习之

"学而时习之,不亦说(悦)乎?"什么意思?解释很多。

有人说,学习并且常常温习,不是一件很快乐的事情吗?有人说,让仁德的思想成为社会的一种时尚,不是很快乐吗?我的理解是,拿"仁"到生活和工作中去实践,不是一件很快乐的事情吗?

古之"习之"者举不胜举。范仲淹、岳飞、辛弃疾、文天祥、谭嗣同等,他们一个个用生命的耀眼弧线划亮了历史的天空,众所周知,在此不谈。

这里我想说说《宋史》中记载的一名大儒赵清献。赵清献,名抃,字阅道,官至殿中侍御史,人称"铁面御史",以太子少保致仕,卒谥"清献"。其诸多事迹中最让我动容的是"日所为事,夜必衣冠露香以告于天"。请问,我们有谁敢把自己白天所做的事情悉数告知天地？因为俯仰无愧天地，所以才有"晚学道有得，将终，与觇诀，词气不乱，安坐而没"。

有研究者取证，人在临终时有那么一个瞬间，一生的所作所为会在几十分之一秒的时间里像电影一样在眼前浮现，许多人的大恐惧大慌乱大痛苦都在那时发生，赵清献能够"安坐而没"，是其"日所为事，夜必衣冠露香以告于天"功夫对他的应现和表彰。设若每个官员都能够"日所为事，夜必衣冠露香以告于天"，那将是一种什么局面？因此，一定意义上，道德才是第一生产力。

"仁远乎哉？我欲仁，斯仁至矣！"孔子说难道"仁"离我们很远吗？只要你想"仁"，那"仁"就在你身边。

每早睁开眼睛，第一个念头如果是利他的，"仁"就在我们身边，反之它已离我们远去；到洗手间，用尽可能少的水完成洗漱，"仁"就在我们身边，反之，它已离我们远去；买早点时，不用一次性餐具，"仁"就在我们身边，反之，它已离我们远去；上班途中，给每一个迎面走来的路人报以微笑，"仁"就在我们身边，反之，它已离我们远去；公交车上，给每一个比我们年长的乘客让座，"仁"就在我们身边，反之，它已离我们远去；到单位，把每一个工作细节都做到尽善尽美，"仁"就在我们身边，反之，它已离我们远去……

可见，如果愿意，"仁"完全可以成为我们的生活方式。

我常对儿子说，我不要求你一定要考第一名的成绩，但必须要求你争取第一名的人格。

为此，我常拿先贤"勿以恶小而为之，勿以善小而不为"的警句教育他。他说他也想做好事，只是没有时间。我说，你不做坏事就是做好事，再说，你可以在顺便的情况下做好事啊。比如，喝完饮料你总可以把易拉罐扔在垃圾箱里，上完公厕你总可以把洗手的水龙头关上，到公园你总可以绕过草坪，到大街上你总可以做到不随地吐痰，遇到哪位同学有困难你总可以力所能及地帮他一下，等等。

有时，饭不可口，他不免会发些小脾气。我说："子曰：'饭疏食饮水，曲肱而枕之，乐亦在其中矣。'""君子食无求饱，居无求安，敏于事而慎于言，就有道而正焉，可谓好学也已。"儿子便面生愧色，把吊着的脸子放下来，拿起筷子吃饭。

平时，儿子讲起他们哪个同学的父亲在如何重要的部门，如何日进斗金。我说："不义而富且贵，于我如浮云。"儿子神情中的艳羡也会去之大半。

儿子没有想到，孔子的每一句话，都是说给他的。

有位老师来家访，听得出她的最高教育目标是教会学生竞争。我说我的要求正好相反，我不要求你一定要给我带出来一个状元，我希望几年后你交给我一个懂得敬畏，知道廉耻，具有爱的能力、感恩的能力、回报的能力、快乐的能力的人，而不是一个考试机器、竞争机器。

儿子没有让我失望。高中文理分班时，他被原班主任极力挽留。我把这看作是"习之"的成果。

就出版工作者而言，编发有益于世道人心的稿子，就是在"习之"。

一篇文字垃圾被签发，要比洪水猛兽还可怕，其罪业和印数成正比，和读者成正比。有一千个读者就等于种下了一千个恶因，有一万个读者就等于种下了一万个恶因！

电影《功夫》里有个情节，音乐可以杀人，我觉得这不是演绎，音乐的确可以杀人。文字也可以杀人。当我们每天看着安详的文字，就心平，而只有心平才能气和，而气就是原始生命力。恶劣的文字通过眼睛，种在心田，无异于毒药。所以，作为出版工作者，真应该以一种战战兢兢、如履薄冰的姿态供职。

作为一个作家，更应如此。已有相当长一段时间，每有新作诞生，我都先让儿子看，我把能够拿给儿子看，作为我写作的底线标准之一。现在，有人把拙著当作枕边书每晚给自己的小孩读，有学校把它作为辅助教材，有心理医生把它作为"心灵鸡汤"推荐给患者，我觉得这是我的无比光荣。

我想，这也是"习之"。

通过"习之"，我们得以尝到"说（悦）"；通过"习之"，我们得以走进安详。

在大年中感受安详

　　过完大年，点完明心灯，我们又要出发。所以大年是一个巢，也是一个港口；是归帆的地方，也是千舟竞发的地方；它是驿站，又是岸；最终是伴随游子走天涯的三百六十五个梦。

腊八一过，心里就乱起来，做事不能专注，思绪总是往老家跑，就像着了魔一样。再看新闻，整个中华大地涌动着回家潮，让人感动，也让人忧伤。这，到底是怎么回事呢？为此，我写过长篇小说《农历》、中篇小说《大年》，还有许多散文，但仍然觉得没有走进大年。因为一个特殊的因缘，今年只能在城里过年，在一种类似失恋的状态中，我站在大年的门外，重新打量，蓦然发现：大年是一出演义。

感恩的演义

寻根问祖也好，祭天祭地也好，给老人拜大年、走串亲戚也好，都是教人们不要忘本。连同一草一木、一餐一饮，半丝半缕，都在感念之列。

《说文》释"年"为五谷成熟。而五谷成熟之后呢？感恩啊！于是便有了"腊"，《说文》释"腊"为十二月合祭百神。把一年的收获奉献于祖先灵前或诸神的祭坛，对大自然和祖先来一次集中答谢，知恩思感，这便是中国人的逻辑。

在品尝佳肴美味的时候，在享受五谷丰登之喜的时候，在沐浴合家团圆、天伦之乐的时候，感念天地化育，感念风调雨顺，这便是"年"了。

这种感恩之情，渗透在大年的每一项活动中。而诸如"三阳开泰从地起，五福临门自天来"这些对联，则是对天地直截了当的感恩词。而每年必请的年画《孔子演教图》《三皇治世图》，则是对致力于改良世道人心的圣人的礼赞。

禅宗有句话头"因何而来"，是问人因何而来，生命因何而来。我想可能就是为感恩而来。所以我们最感动的时候，恰恰是在感恩的时候。

如果我们有足够的细心去体味，就可以从一粒米中看到造化的恩情。一粒米，从作为一颗种子进入土地，到来年变成一株庄稼的过程，我们可以想象，其中包含着多少阳光、地力、风之调、雨之顺，包括时间，包括耕耘者的汗水和期待。

年的意义，就是要让我们在大丰收之后，回到一餐一饮，回到一粒米，去发出我们内心的那一份感激，对阳光的，对大地的，对雨水的，对风的，包括对时间和岁月的。

真是岁月不尽，感激不尽。

这种感恩之情在最为典型的社火祝词《十进香》中体现得淋漓尽致：

> 刘彦昌进庙来双膝跪倒，经炉里点着了十炷信香：一炷香烧予了风调雨顺，二炷香烧予了国泰民安；三炷香烧予

了三皇治世，四炷香烧予了四海龙王；五炷香烧予了五方土地，六炷香烧予了南斗六郎；七炷香烧予了北斗七星，八炷香烧予了八大金刚；九炷香烧予了九天仙女，十炷香烧予了十殿阎君。

从中，我们既看到了中国老百姓智慧而优美的数字修辞，从一到十，十大关系，真是再圆满不过，再巧妙不过；又看到了中国老百姓全面系统的感恩和敬礼，把这些给了他们无限希冀和心怀美好幻想的古典意象全部纳入歌颂之列、恭敬之列、感谢之列。

每次倾听，都忍不住热泪盈眶。

感恩是乡土中国永恒的话题。

它渗透在中华民族的每一个节日中，渗透在中国人的每一项活动中，包括婚葬嫁娶。

且不说葬礼，单拿人们最熟悉不过的婚礼来讲，它本身就是一个感恩节。

夫妻双双拜天地、拜高堂、互拜，就是最为集中的章节。

我们可以想象一下，一个人的成长，包含着多少造化的慈悲，包含着多少父母的心血。只要是一个有心人，在男婚女嫁的时刻，首先应该想到的就是感谢父母。而在民间比较古典的婚礼上，是必设一个祭桌的，必要请祖先来见证我们的誓言、我们的爱情。那一炷香不点燃，是不能结婚的；那一个头不磕下去，是不能成为严格意义上的夫妻的。所以古典的婚礼，它既是婚礼，也是感恩礼。

夫妻互拜，那也是感恩的范畴。我们可以想象一下，在数十亿的人群中，一男一女能够相识、相知、相爱，最终走到一起，结为百年之好，这中间有多少需要我们去感念的东西。

所以古典的婚礼其实是一场哲学的演义和教育。

现在都市的婚礼很大程度上已经变成了一种游戏，一个司仪在那儿不着调地造一些幽默，引导大家说闹，然后大吃大喝。中国古典的婚礼不是这样，它是非常神圣的，也是非常庄严的，它要让我们通过它深深地体会一个词：天作之合。

现在有不少爱情专家鼓吹，爱情可以通过他们发明的公式谋算所得、经营所获，假如古人听到，一定会笑掉大牙。

天作之合，这个词，只是想想都觉得奥妙无穷。天作之合，那是一个多么浩大的恩情。

想想看，两个人能够同时诞生到同一个星球，又能够在茫茫人海中相遇，该是一种多大的稀奇和多大的恩典；相遇又能相识，相识又能相知，相知又能相爱，相爱又能相合，又该是一种多大的稀奇和多大的恩典！

只要我们想想这种递进关系中的概率，想想那个时空点的因缘际会，从时间的无量劫分之一，到空间的千百万平方公里分之一，到人头的数十亿分之一，再到亿分之一、万分之一、千分之一、百分之一、二分之一，这其中，该是蕴藏着多少缘分，多少慈悲。

只有这样去推想，我们才能理解什么叫天作之合。既然是天作之合，我们怎么可以不去珍惜这份苦心和成果？所以古人所说的"结发"二字、"连理"二字、"秦晋"二字中该是包含着多少的期待和嘱托！因此不能轻言分手，因为它是天作之合，它是秦晋之好，它是连理之枝。

这个恩情，我们如何报答得了，更别说蕴藏在两人身上的"年"。这也许就是民间为什么认为把婚礼安排在"乱岁"（腊月二十三至除夕）期间才大吉大利的真实"内幕"。

孝敬的演义

孝是中国伦理的基础。

《弟子规》有言："身有伤，贻亲忧；德有伤，贻亲羞。"它提醒我们，做学生应是一个好学生，做农民应是一个好农民，做官应是一个好官。为什么呢？因为任何人生的污点和道德上的缺失，都会使父母不开心，都是不孝。

这也就是中国文化把孝作为根本的原因，因为它本身就是强大的凝聚力和号召力，或者说是道德力。而大年则把孝以一种约定俗成的方式仪轨化，又把一系列仪轨神圣化。

在古代中国，大年的许多仪程，都是在祠堂进行的，它的核心内容是一个孝字。当一个人进入祠堂的时候，就不由得不心存高远，志在圣贤。因为只有如此，才能让子孙后代沐浴来自自己的光荣。否则，一个人如果因为"德有伤"而被从祠堂开除，那对子孙后代将是一种怎样的打击？如此看来，每年的祭祖大典，既是感恩，又是鞭策，本质上是在演孝。

比如，大年初一，作为儿孙，都要很庄严地给祖父祖母和父母高堂磕上一头。那一刻，你会觉得不如此不足以表达对老人的祝福，只有当你的膝盖落在土地上的时候你才能体验到那种恭敬和崇敬，才能体会到一种站着或躺着时无法体会的感动和情义，因为那一刻你变成了一种接近于母体胎内的姿态。我想那也是一种孝的姿态，感恩的姿态。

单说大拜年，它在故乡既轻松又庄严。

先从谁家开始，有讲究。不是说谁家有权有势就先去谁家，而是看谁辈分最高谁最年长。无论穷富，无论性别。人们尊的就是一个寿、一个辈分。对长者的尊重是中国古老伦理中一个非常重要的强调。如果细细考究，这个大拜年，包含着很多很多的人情在里面。

正月初一在村里拜年，正月初二做女婿的要去岳丈家拜年。这样的一个次序是符合中国人的伦常逻辑的。在故乡，初二去岳丈家拜年是"法定"的，娶了人家的女儿就意味着要承担一部分孝道，这也是感恩的要义。

因此，我是不同意"年是怪兽"说的。

如果说真有一种怪兽需要在岁尾年初去驱逐，那这个怪兽就在人的心里，它是贪婪、自私、嗔恨，包括无情无义，包括没有

感恩心、敬畏心和慈悲心。

"志在春秋功在汉，心同日月义同天"，这是关帝庙门的对联；左秦琼，右敬德，这是门神。每逢大年，这些句段和形象都不可避免地进入我们的视线，这是我们对忠义的最初感知。

借助大年这个必由之路，中国人让一代又一代的后生一年一度地接受对忠义的怀想和敬仰，潜移默化地让孩子们知道，只有忠义才配在如此庄严和神圣的时刻享受礼敬。

在古人看来，年一定是神圣的。且别说古人，就是父辈，对年的感情也和我们大有不同。

洋蜡出现好长时间了，但父亲坚决反对我们用洋蜡祭神，说洋蜡不干净，而坚持亲手用蜂蜡做；洋纸马出现有些年头了，父亲也不让我们图省事，还是坚持让我们自己用印模印；同样，父亲反对我们买机印对联，坚持手写；反对我们买机封年礼，坚持手包。元宵节也同样，每年夏天打麦的时候，父亲就已经准备元宵节点灯用的麦秸了，挑最正直的，用净纸包了，放在院墙高处的蜂窝里，以免污秽。

他之所以如此，无非是想保持一个"恭"，坚守一个"敬"，完成一个"真"。再比如，父亲把买灶神、门神像不叫"买"，而叫"请"；把点香不叫"点"，叫"上"，则是直接的敬词了。

而敬，在更多的时候则体现为一种静。

大年中的一切仪轨，可能都是为了帮助人们进入这个静，包括社火和爆竹那种动态的静。

因此，在老家，春晚恰恰是一种打扰。为什么呢？

除夕的本意是守岁。我们且别去追溯"守"的原义，单看字面："屋子"下面一个"寸"。在我理解，它是告诉我们，屋内是一寸一寸的光阴，需要我们一寸一寸地用心去守护。

故乡又把守岁叫"过夜"。

我是反对简化汉字的，但是这个"过"我觉着简化得非常到位：

"走"上面一个"寸"，它告诉人，时间在一寸一寸地移动。当我们回到当下，去一寸一寸地体味时间的时候，那才是真正意义上的"守岁"，才是真正意义上的"过年"。

从这个意义上说，什么叫大年？

大年就是一寸一寸地享受时间和空间。这时的任何喧闹，或者说任何非自然的喧闹，都是一种打扰，何况像春晚那样人为的巨大的喧闹。

因此我想，假如把春晚提前或挪后一天，可能会让年味大增。

"和合"的演义

和是和谐，合是团圆。一年的奋斗和汗水，只有回到团圆，落实到和谐上才有意义。这，也许就是回家潮势不可挡的缘由吧？

一年是如此，一生也同样。假如我们的一生不能落实在"和合"二字上，也是虚度，也是错过。正是基于这样的理解，才有"和气生财""和气致祥"这些俗语。

在古代，人们干脆把"和合"尊为仙人，称为"和合二仙"。无论是万里之遥、朝发夕返的"万回"说，还是亲如兄弟、爱如夫妻的"寒山拾得"说，都不离"和合"二字的本义。每一个上了年纪的中国人，大概脑海中都有一个"和合"二仙的模样，也有一个"荷"和"盒"的意象。

团圆饭，特别是除夕的团圆饭，它不是简单的一顿饭，在更多意义上它是一个伦理上的安慰，或者说是一个伦理上的需求，一个伦理上的象征。

团圆意味着健康，意味着平安，意味着绵延昌盛。

这也就是为什么一年的辛苦和汗水只有落实到团圆上才有意义。所以中华民族关于家关于族的理解中，最为核心的，或者说最有代表性的体现，就是大年除夕的团圆饭。一家人一族人能不能坐在一桌上，它已经不单单是一顿饭的问题，而是这个家的圆满程度、幸福程度、昌盛程度。

大年三十，习惯上我们都要吃饺子。而饺子呢？它不同于面条，不同于菜，它是一种包容，一种和合，一种共享，一种圆融，它象征着团圆、幸福和美好。

团圆之所以如此重要，还因为它是一个忧伤的话题，一个永恒的忧伤话题，从一定意义上讲它是分别的代名词，因为没有分别就没有团圆。

团圆给人们的渴望因何如此强烈？就是因为这个世界上有太多的分别，而且分多合少；也正是因为分得太久，合才显得特别甜美。

而作为人在这个世界上生存，奔波是难免的，出游是难免的，为了生计走南闯北是难免的，无论做官经商打工。

特别是现代社会，大多数人事实上都是游子，而游子盼归，这本身就是忧伤的话题。所以如果我们在喜庆之外，在大红大紫之外，要给大年再找一个色彩，那一定是忧伤了。

过完大年，点完明心灯，我们又要出发。所以大年是一个巢，也是一个港口；是归帆的地方，也是千舟竞发的地方；它是驿站，又是岸；最终是伴随游子走天涯的三百六十五个梦。

再说和合。可以作为中国人表情的年画《一团和气》，居然能让一个人端居圆中，甚至就是一个圆，真是再智慧不过。

而中国人记忆中的经典形象"福、禄、寿"三星，在我理解，和"和合"二仙有着脱不了的干系。

他们笑口常开，以八千岁为春，以八千岁为秋，经百万亿劫不恼不怒，历百万亿劫无怨无尤。

当一个民族以这样的意象作为图腾，她，怎么能不万古长青？我们可以想象一下，设若一个人正在生气，看到这样的年画，脸上该转化为怎样的表情？

什么是福？什么是禄？什么是寿？答案就在他们的脸上。

在我老家，只要有人家"填了三代"（在红纸上填写祖宗三代神位敬供），人们就都要在大年初一进去上香的，即便之前与这家是仇人。在老家，许多冤家就是于大年初一这天和好的。人家都能进门来，在"三代"前上香，在祖宗前磕头，我们还有什么不能原谅的？于是握手言和。就是再大的仇恨，如果这天不去人家"三代"前上香，那全村人都会看不起他；假如去了，对方不让进门，那全村人从此就会不进那家的门。

正是基于这样的民间"条例"，大年成了一个天然的和事佬。包括大年初二之后的"走亲戚"，除了体现着感恩、孝和敬的主题之外，还是对乡村伦理的一种自然维护。

这种和合还体现在非人间伦理上。比如，大年期间天官、城隍、土地、龙王、山神、树神、灶神、门神、药神、喜神、吉神、财神、井神、梯神、路神、场神、车神、水神、牛头马祖等等众神共庆的场面，无不上演着一出和合大戏，也体现着中国文化让人感动的包容性。

再比如，"三十"的火、元宵的灯，要每个房间都通明。这是在两个不同的时空点上，以火和灯演义一种平等性。故乡的讲究是大年三十晚上每个屋子都不能黑着灯，无论是牛窑羊圈还是鸡棚狗舍，都要给它一盏灯，都要"进火"，不能有一处黑暗，不能有一处光明的盲区。真是天涯共此时，光明共此时。

元宵节的灯也一样，应该分配在每一个层面，包括仓屯、井栏、草垛、磨台、蜂房、燕窝，甚至桃前李下，都要和家中一样拥有一盏灯，都不能有遗漏。

这就是中国人的"众生"理念和平等观，它的背后其实还是一个"合"。

祈福和欢乐的演义

在大年期间，无论是年画、社火，还是大戏，还是各种祭礼，包括一言一行，都是祈福。

《一团和气》《连年有余》《五福临门》《出门见喜》《天官赐福》这些年画，既是公认的中华民族符号，也是中华民族文化的核心意象，同时也是人们美术化了的祈福。

而社火则纯粹是一种媚神之歌舞。社为土地之神，火是火神，社火中的仪程则是纯粹的祝福。比如《财神颂》："财神进了门，入着有福人，福从何处来，来自大善心。"就是说，财神进门是有前提的，那就是你首先要是一个有福人。而福从何来，福从善来。由此，我们发现，这个《财神颂》，实际上是告诉我们财神的本意。

这便是古人对祈福的理解。

　　还有就是作为祭祀主体的祭祖。儿孙福自祖德来，这是中华民族最为广泛的因果认同。既然儿孙福自祖德来，那么托庇于祖先保佑，则是千家万户再自然不过的心愿。

　　在古老中国朴素的因果传统中，认为一个人做了大官发了大财不是自己的能耐，而是祖宗阴德。为此我想，大年期间的祭祖也是在表达着一种古人对祖先的理解：祖宗是快乐的源头，是财富的源头，是显贵的源头，祖宗和后代之间有一种深沉的隐秘的逻辑关系，甚至人们把一切好运的到来都归功为祖上有德。我们怎能不去认真地感谢祖德，去认真地祭祖呢！

　　《朱子家训》有言"祖宗虽远，祭祀不可不诚"，并且把它置于"子孙虽愚，经书不可不读"的前面，以此呈现一种承接关系。从这个意义上说，春节期间的祭祖，既是感恩，也是祈福，又是教育：你能有今天的健康，今天的平安，今天的荣华富贵，是因为你有一个大后方，那就是祖宗功德。它告诉我们一个公理，做好事不吃亏，做好事绝对正确。

　　什么叫"五福临门"，什么叫"出门见喜"，什么叫"天官赐福"，都是一个人为自己的行为负责的一种比较仪式化的训诫，这才是祈福的本质意义。如果带着很强的功利心去求荣华富贵，是求不来的。

　　大年的喜庆如汪洋大海。

它在香喷喷的饭菜和茶饮里，在红彤彤的"门迎春夏秋冬福，户纳东西南北财"的春联里；它在排山倒海的爆竹声中，在喧天动地的锣鼓声中，还在漫山遍野的秦腔中；它在一家人团圆的天伦之乐中，也在孩子们的新衣服和压岁钱中；它在灯方，在墙围，在年画，在门神，在社火，更在老百姓的把酒相邀共话桑麻里；它在瑞雪兆丰年的期盼里，在普天同庆的氛围里，甚至在"猫吃献饭""老鼠娶亲"这些窗花里。

想想看，雪打花灯，喜鹊啄梅；想想看，热炕在暖，子孙在绕；想想看，抬头迎春春满院，出门见喜喜盈门；想想看，一元复始，普天同庆。注意，是"普天"，是"同庆"。

大年的喜庆像根一样扎在大地深处，扎在季节深处，也扎在华夏儿女心灵深处，它像庄稼一样成长，也像华夏儿女的心事一样成长。

这大年，就是为生长喜庆而来。

大年的快乐也如汪洋大海。

且别说在现场，就是每一次回想，都让人的心灵为之战栗。在写完长篇小说《农历》之后，我再也没有经历过类似享受的写作流程，那真是一段黄金般的记忆。如果说我这一生还有什么足以让自己庆幸的地方，那就是拥有如此黄金。我非常感激上苍没有把我降生在城里，包括豪门显贵之家，却投放到宁夏西吉县将台堡一个名叫粮食湾的小山村，它让我能够从童年开始就享受大年所带来的那种刻骨铭心的快乐、销魂的快乐、无缘无故的快乐。我曾在长篇《农历》"大年"一节中写到一个细节，当五月和六月把新衣服穿上以后，正式守岁的时候还没有到来，他们俩就在院子里莫名其妙地跑，从这个屋跑到那个屋，从那个屋跑到这个屋，没有缘故，就像两尾鱼，在年的夜色河流里穿梭。

那种没有缘故的快乐，在我人生自此以后的乐章中再也体会不到了。那种快乐之所以让我那样迷恋，就是因为它是纯粹的快乐，没有任何污染的快乐，没有任何杂质的快乐，纯天然的快乐。事实上，这个快乐我现在还说不透，它到底为何如此让人怀念，让人感动，让人难以忘怀，但有一点是肯定的，那就是它跟大年有关。

也许大年它本身就是童年的，或者说它本身就是人类的童年，本身就是无尽岁月的一颗童心，所以才让人如此彻骨地怀念和感动。所以，大年事实上已经不单单是一个节日，它是一种类似于母亲怀抱的幸福所在。在这个特有的母亲怀抱里，我们的灵魂得以舒展，得以灿烂，得以滋润，得以狂欢。

"天人合一"的演义

大年的这种演义从"腊八"就开始了。

关于"腊八"的传说有许多，在我看来，它旨在提醒我们从功利中回来，"难得糊涂"一下，享受生活，享受当下。因为回到当下是对诸神最大的礼敬，也是对生命最大的关怀。

"慈悲"的"慈"，字面是"兹"下面一个"心"，我认为就是"这里、现在的心"。它告诉我们，回到当下是最大的慈悲，因为只有回到当下，你的心才在现场，而只有心在现场，你才在"生"之中，才在"人"的"职分"之中，你也才有感恩的资质，甚至就是感恩的本意。而"忙"则是"心"的"亡"。

在中国古老的哲学体系中，无论是儒，还是释，抑或是道，

"天人合一"都是它们的核心旨归。为了达到这种天人合一，我们需要腊八的"难得糊涂"，需要从小年（腊月二十三）开始的除尘。"难得糊涂"是让我们从惯性和速度中解脱出来，从功利和世俗中解脱出来；除尘是让我们从污染中解脱出来，从尘垢中解脱出来，而从一定意义上讲，惯性和速度也是灰尘。

我们之所以能够在井里看到自己，那是因为井的安静，我们之所以在湍急的河流里面看不到自己，那是因为河流的匆忙。

人们只有扫净心灵的灰尘，回到当下，才能走进"天人合一"，才能和万物沟通，才能和天地同在。

这也就是古人要让我们"时时勤拂拭，莫使惹尘埃"的原因。

因此，在大年中有许多具体的要求和程序。

听父亲讲，社火中陪伴仪程官的几大灵官，在上妆之后便不许说话，多数情况下是整整一天。因为在进入"社火"之后，他们就不再是世俗意义上的人，而是傩，而傩就意味着是天地中介，人神共在，凡圣一体，任何世俗的表达都是不敬，都是冒犯，都是非道——包括世俗的念头都要警惕。这种极为强烈的角色意识和纯粹的进入，其实贯穿在大年的所有祭礼中。为此，从腊月三十开始的一个个祭礼，无不都是一种走进天人合一的门径。关于爆竹，也有许多说法，但在我理解，它既不是为了驱邪，也不是为了热闹，它仍然是唤醒世人的一种方式：通过那一声声一串串或脆或钝的响声，让我们从迷糊中警醒过来。

"古寺无灯明月照，山门不锁白云封"，当第一次在老家的山神庙门看到这样的对联时，一种难以言说的美感使我心灵战栗。那种美超尘超凡，真是深入人的骨髓。在大年，随时会体会到这种心灵的震颤。

而月圆之夜，点灯时分，则纯粹是一种天人合一。有一年我去逛一个城里的灯会，有烟花，有铺天盖地的花灯，心里却觉得十分的"隔"，不多时就打道回府了。当我站在阳台上，向老家张望的时候，有一串火苗就在心里展开，心一下子静了下来。多年以来，我都在寻找一个词去表达心中的那种感觉，却很难表达得贴切。我只能勉强说，它是一种大喜悦，或者是一种大安详。

那是老家的元宵，深甸甸的月色中，一桌的荞面灯渐次亮起。

永远亮在一个游子的梦里。

点灯时分，它是一种怀念，更是一种引领。借助那些摇曳的灯苗，我们得以走进生命的原初，得以看到释家所讲的那个"在"。

也许这灯，就是灵魂的形状，或者说是生命的形状，或者说是天人合一的形状。它本身给人一种召唤。我想每一个人在看到灯的时候、火的时候，都会有这种回到自身的感觉。我曾在一篇散文中写到，尽管暖气片给了我们热度，可我们觉得它是冰凉的，而炉火可能提供不了暖气片那样的热度，但当我们看到那一束火苗的时候，一种莫名的温暖就从心底升起。这也就是为什么许多祭礼中都要出现火的缘由吧。

也许，火的状态就是一种当下的状态，火在点燃之前是沉睡，燃烧之后则进入另一个沉睡，只有燃烧的那一刻是醒着的。

而只有亮着灯光的房间才是小偷不敢光顾的，可是一生中做客我们心宅的小偷何其多也。这也就是元宵节点灯时分，老人为什么不让我们心生任何杂念的缘故吧！比如我问父亲，可以想发财吗？他说不可以。可以想当官吗？他说不可以。那干吗呢？他说你就静静地看着，看那灯捻上的灯花是怎样结起来的。看着看着，我们就进入一种巨大的静，进入一种神如止水的状态。

那一刻，我们的心灵可以说是一尘不染，就像头顶的一轮明月。真是敬佩元宵节的创造者，他能够把点灯时分和月圆时分天然地搭配，简直是一种再高妙不过的创造。

你的面前是一片灯的海洋，头顶却是一轮明月——那事实上就是你的心了。这一刻，你怎么能够不天人合一呢？

而那灯本身就引人思索。一勺油、一柱捻、一团荞面，就能够和合成一盏灯，而且油不尽则灯不灭。而最终让这灯亮起来的则是人手里的火种，那么，人手里的火种又是谁点燃的呢？

这难道不是生命和宇宙的奥秘吗？

为此，古老的元宵节，在我理解，它是古智者苦心为他的后人设计的一场回到当下的演习。

相比点明心灯，城里的闹花灯事实上已经变成了一种竞技，或者说一个规模性的文化活动。而只有保留在民间的点荞面灯，还保存着心灵的意义，还保留着元宵节点明心灯的原始意味。

如此看来，人们把以纪念释迦牟尼成道之日的腊八作为"大年"的开始，把元宵夜点明心灯作为"大年"的结束，有着特别强烈的象征意义。因为在东方人看来，成道、明心见性，意味着大解脱、大自在、大安详、大快乐、大幸福。这些"大"，也许才是"大年"的真正含义，也是人们为何如此迷恋"过年"的秘密所在。

为此，"五谷"和"丰登"才有了真实的贡献意义。否则，人生就是浪费，生命就是罪过。所谓"施主一粒米，大如须弥山，此生不了道，披毛戴角还"，何况我们受用着天地造化如此丰厚的馈赠。为此，我们就不难理解孔子为何感叹：朝闻道，夕死可矣。

教育和传承的演义

大年时时处处都在演教。无论是对联、年画、社火，还是祭祖、守岁、拜年，无一不是为了唤醒人们的正知见，让人们回到真善美，甚至回到生命本质。

"第一等好事只是读书，几百年人家无非积善"这样的对联自不必说；"欲高门第须为善，要好儿孙必读书"这样的仪程词自不必说；《朱子家训》《弟子规》这样的书法作品自不必说；《和气生财》《和气致祥》这些年画自不必说……这种教育，还渗透在大年的每一项活动和每一个细节之中。

小时候，我们去跟年集，父亲都要叮嘱：请灶神时，灶君脚下的鸡一定要向家里叫，狗一定要向门外咬。问父亲，为什么呢？回答是"鸡"者，吉也，故纳之；而一个称职的狗是不咬自家人的。贴门神时，他则叮嘱我们，秦琼、敬德一定要面对面。问为什么，回答是面对面是合相，脸背脸是分相。

再比如，在故乡，人们把初一到初七的七天分别名为鸡日、狗日、猪日、羊日、牛日、马日、人日。问父亲，为什么把初一定为鸡日？回答是鸡是"五德之禽"，头上有冠之美是文德，足后有距能斗是武德，敌在前敢拼是勇德，有食招呼同类是仁德，守夜报晓不失时是信德。

还比如，每家的老人都要叮嘱孩子，过年要断"三恶"、修"四好"。"三恶"是恶口、恶行、恶念，"四好"是存好心、说好话、行好事、享好福。单说断"三恶"，不"恶口"与不"恶行"大家努力一下也许可以做到，但是要不动"恶念"就很难了，但古人并没有因为难，就降格以求。想想看，当每一个人都做到了断"三恶"修"四好"时，那日子该是多么的吉祥！

在乡土中国，大年还是一个文化展览和交流的平台。

在我们老家西海固那一带，有许多人家藏着字画，但平时舍不得挂，害怕尘土把它们染脏，只有在每年除尘之后才把它们挂上。

比如说，最经典的《朱子家训》，差不多是每一家都要有的。《弟子规》也是一样。大年初一，大家在走村串户拜年的时候，一方面是在拜年，另一方面就是成群结队地去巡览字画。"黎明即起，洒扫庭除，要内外整洁；既昏便息，关锁门户，必亲自检点。一粥一饭，当思来之不易；半丝半缕，恒念物力维艰"，这些句子就是在小时候大拜年期间识得，并潜移默化记住的。

还有一些人家在"文革"期间大着胆子把一些古字画存了下来，这更让现在的年轻人稀罕、着迷。大年初一大拜年时，他们往往可以一饱眼福。

每年除夕，村里人都有一种习俗，就是到庙里去抢头香。而在庙中等待子时到来的时间里，大家在干什么呢？在看展览。展现在我们面前的，是整整一庙墙的对联，整个一面庙墙上全是红彤彤的对联。

"古寺无灯明月照，山门不锁白云封"这样绝妙的句子就是在庙门上看到的。在那样绝尘、肃穆的环境中，看到这种超凡脱俗的句子，心灵经历的该是一种怎样的美的洗礼！

再比如，"保一社风调雨顺，佑八方国泰民安"，则是一种怎样宏大的境界！他们不但要"风调雨顺"，还要"国泰民安"，这就是中国老百姓的情怀。他祈祷，他祈福，但他没有说"保我家风调雨顺，佑我家荣华富贵"。从这个意义上讲，大年是不是一种爱国主义教育呢？

还比如，我们最熟悉的"天增岁月人增寿，春满乾坤福满门"，它包含着一种多大的祝福啊，同时又体现着一种无法言说的天地伦理。"天增岁月人增寿"，它的大前提是"天增岁月"，才能"人增寿";"春满乾坤福满门",它的大前提是"春满乾坤",才能"福满门"。"岁月"在前、"乾坤"在前,"寿"在后、"门"在后,这就是中国人的逻辑。

中华民族在任何时候都在讲"国家",讲"入世",在讲儒家学说的核心概念"仁",让我们走出小家,从一个人变成两个人,就是一事当前要能想到别人。事实上这就是"天增岁月人增寿,春满乾坤福满门"表达的要义。首先强调共体,再强调个体,我想这也就是中华民族能够屹立在世界民族之林的原因,因为我们永远先强调国,再强调家。中华民族所信奉的人生进修的程序是"格物、致知、诚意、正心、修身、齐家、治国、平天下"。前边是讲人,中间是讲家,然后是国,最后是天下。每一个婴儿从诞生的那天起就在如此的教育体系中,这样的民族怎么会不绵延不绝呢?

而从腊八开始,回旋在村子上空铺天盖地的一出出秦腔,则是戏剧化了的教育范本。在《葫芦峪》中我们接受忠义的感染,在《铡美案》中我们接受公义的熏陶。大西北每一个老百姓的记忆中,大概没有谁不知道《铡美案》中的《三对面》,请听这段像阳光一样照耀和温暖着一代又一代中国老百姓的唱词:

公　　主:你向秦氏因何故

包文正：陈世美杀妻害子罪非轻

公　主：你能问他什么罪

包文正：定赴铜铡不留情

公　主：当朝驸马你焉敢

包文正：龙子龙孙依律行

公　主：我要传令把秦氏斩

包文正：为臣在此你不能

公　主：要斩要斩实要斩

包文正：不能不能实不能

公　主：欺君罔上包文正

包文正：理直气壮为百姓

……

一种大慈大悲的旋律在村子上空回旋，一种善恶分判的节奏在黄土地上激动，荡人气，回人肠，催人泪，热人血，直人骨，正人髓。那是简单的音符和旋律，却是深沉的关怀和鼓励，让人在心里默默地向那个黑脸红心的人致敬，向高悬在公堂之上的天地精神"正大光明"匾致敬。

大年是一出中国文化的全本戏，是一出真善美教育和传承的全本戏，是中华民族基因性的精神活动总集，是华夏子孙赖以繁衍生息的不可或缺的精神暖床，是中华民族的一种准宗教性质的体统。

它是岁月又超越了岁月，它是日子又超越了日子。它带有巨大的迷狂性和神秘性，这种迷狂和神秘，可能来源于中华民族的精神源头"巫"传统，其核心是"天人合一"。而要达到"天人合一"，"格物致知"是必要条件，"诚意正心"是必要条件，"修身齐家"是必要条件，"治国平天下"同样是必要条件。回到大年本身，祈福也好，祝福也罢，"天人合一"既是目的又是方法，为此，我们需要不打折扣的诚信和敬畏，需要不打折扣的神圣感，所谓"与天地合其德，与日月合其明，与四时合其序，与鬼神合其吉凶"。这大年，不就是一个"合"字吗？和天地相合，和日月相合，和四时相合，和鬼神相合。这种迷狂，这种大喜悦大自在大快乐，不就来自于这个"合"吗？现在再去回想，为什么爱情那么让人着迷，因为它是一个合；为什么合家团圆那么让人着迷，因为它也是一个合；为什么天降大雪那么让人着迷，因为它也是一个合。所以这个"合"字可以说是中华民族的一个代表性符号，或者说代表性的意象，我们也许只能从"年"的味道里去体味，从那种无缘无故的喜悦和狂欢中去体味。

正是这种迷狂性，才造成了海潮一样的回家潮，造成了季风一样的春运，才让人们在季节的深处不顾一切地回家，候鸟一样，不由分说地，无条件地，回家。为此我说，娘在的地方就是老家，有年的地方才是故乡。

我们甚至可以说，大年是中华民族一桩无比美好的计谋，它把华夏文明的骨和髓，通过连绵不绝的仪式，神圣化，民间化，亲切化，轻松化，出神入化……

大年像一个循循善诱的导师，又像一个天才的导演，演义着中国文化的无尽奥义。

懂了大年，就懂得了中华民族，也就懂得了生命本身。

在文学中传播安详

写作的过程就是一种情怀、一种理念、一种价值取向诞生的过程，它本身是在发出一种信号，是在召唤和它有缘的人。

一种文学是否会成为最终的赢家，需要时间检验，非常喜欢著名作家陈建功先生讲过的一句话——优秀作家只追求来世报。

　　是什么让《弟子规》《了凡四训》这些读本经久不衰？在我看来，是一种母乳般的品质。如果我们能够把目光拉长，在一个大的格局中去审视，传统恰恰是最时尚的、最有生命力的、最能保质保鲜的。

　　这个世界上，总有一些东西是人们永远需要的，这些东西，在我看来，就是传统。传统作家要做的事应该是把传统现代化，就像过去蒸米用柴禾，现在用电饭锅一样。作家的使命，不应该是重新创造一种大米，而是去探索更好的蒸法，把大米做成适合现代人胃口的美餐。

起于随缘

这个世界上为什么有作家？因为有读者。

什么样的作家才是好作家？还得从读者说起。

作者和读者的相逢是一个因缘，一个充满偶然但又必然的因缘。

一粒种子进入土壤，这个种子就是因，土壤就是缘。只有在因和缘同时具备的情形下，一棵庄稼才会长出来。一粒种子，我们把它放在干燥的玻璃器皿里面，可能千年万年都不会发芽，可一旦植入适宜的土壤，它就发芽、开花、结果。

一粒文字的种子在进入读者心田的时候，它是带着这种奥妙的因缘去的；什么样的土壤更适合种子发芽，它们是同气相求的。这既是文字对读者的选择，又是读者对文字的选择。文字之所以诞生，正是因为读者的召唤。正是因为有召唤在，所以才有诞生在。

在我看来，写作的奥妙就在这里。

写作的过程就是一种情怀、一种理念、一种价值取向诞生的过程，它本身是在发出一种信号，是在召唤和它有缘的人。

我们经常在讲随缘，实际上我们是不大懂得什么叫随缘的。随缘不等于随波逐流，一个人对这个世界了悟于心之后的一种选择，才能叫随缘，它是一种大觉悟的境界。当一个人或一篇文章到你面前的时候，你能"识得"其背后的宿命，这才叫随缘。

农民是最随缘的，他们知道在什么季节种什么粮食，在什么地里下什么种子，绝对不会逆岁月或逆时序去做。他们知道"清明前后栽瓜点豆"，就不可能在秋天或冬天去播种，这是一种了不得的了悟世界或觉悟世界的方式。

一个成熟的作家，他在代表他的文字去旅行的时候，是最尊重他的读者的，而他的读者也最尊重他，热爱他。

中国古人讲"慈"，讲"悲"，说穿了就是讲"爱"。他们甚至认为世界的原点就是爱，造化的心脏就是爱。从这个意义上去理解，人为什么渴望爱？人为什么会被爱打动？因为那是我们的当初，是我们的原点，是生命出发的地方，也是归宿。

中国古人还讲"人之初，性本善"，"本善"就是本来的那一块创造生命的材料。打个比方，如果我们把世界看作千姿百态的美食，那么"本善"就是造化之厨手中最初的那一团面粉。

为什么人是千差万别的呢？因为"性相近，习相远"，是习气和污染把生命变得千差万别。

因而，回归生命的过程实际上就是反污染的过程。在我理解，文学和文字在一定意义上讲，就是帮助人们清洗心灵灰尘的一个载体，这是文学在"本来面目"上的一个意义。

因为生命最本质的诉求是回归，回归本有的光明，回归本善。

如果一篇文字没有帮助读者清洗心灵，没有帮助他回家，没有帮助他找到本原意义上的光明，反而给明珠又增加了一层污染，这样的文字是需要我们警惕的。

如果眼睛和耳朵把不好这道关的话，就会使心灵遭受污染和侵害。

古人讲"舍得"，就是告诫我们要时时刻刻警惕应该舍去什么，留下什么；欢迎什么，拒绝什么；拿起什么，放下什么。

生命的艺术说到底是"舍得"的艺术。

舍什么？怎么舍？

并不是要我们把世界舍掉，把生命舍掉，把生活舍掉，而是把自私舍掉，把欲望舍掉。

"舍得"是讲只要我们把物质诉求打扫干净，不用去求，明珠自会焕发光明，这叫做无求自得、自然所得。

什么叫自然？本来就是。我们本来就是一颗明珠，只不过被污染了而已。只要我们把外在放下，内在自然出现。由此可知，"得到"只不过是"放下"的代名词。

古人讲人人都有智慧，有大智慧，只不过是被遮蔽了而已。

真正的文化就是要扫除这一层遮蔽，就是要扫除掉世世代代积淀在我们心灵上的那一层灰尘。由此看来，"身是菩提树，心如明镜台。时时勤拂拭，莫使惹尘埃"讲的正是文化的要义，就是不断把我们的心灵擦亮，保持光明。如果镜子上有灰尘我们是看不见自己的，更不要说去看世界。

本来我们每一个人都能看见自己，只不过被灰尘障住了视线。帮助读者擦掉这一层灰尘，就是文化的使命，也是文学的使命。

忠于使命

文学要向太阳学习。

太阳每天从东边升起，照耀四方。它没有想着今天要照哪个人不照哪个人，只要出来就行了，只要把自己的光辉散发出来就行了。

文字就是那一束阳光，把自己的光芒散发出来，使命就完成了。至于读者怎么选择、怎么收藏、怎么相守，那是读者的事情。作家的职责就是把自己的一份光辉散发出来，通过文字完成他的使命。

为此，我们不能在写每一篇文章的时候，都假定一个读者群。现在有好多作家就这样假定，有些说他是为孩子写作的，有些说他是为中年妇女写作的，有些说他是为空巢家庭写作的……这种战略和战术是对的，如果从商业策略来讲的话。

而文学则是反商业的，它是神圣的、崇高的，是要我们带着神圣感去从事的。

当我们带着神圣感去从事这份工作的时候，神圣感会成全我们，因为"爱"是相互的。当我们心里有一个很大的愿望，要为世道人心，为苍生，为这个民族，为这个国家去做一些什么的时候，境界就不一样了。

不要小看古人常常讲的"国泰民安"这个词语，过去的士大夫文人就是有这个愿望，希望国家昌盛平安，希望老百姓过上好日子。这不是作秀，是他们认为这就是自己的一份职责，就要铁肩担道义。想想，当一个人把道义扛在肩上的时候，那是一种什么样的重量，什么样的感觉。特别是在现在这个社会，铁肩已经不行了，要担起那个道义，需要钢肩才能担得动。

"天生我材必有用"，在我理解，就是讲人是为使命而来的。

任何作品，它打动读者的无非是真善美，无非是温暖、崇高和关怀，无非是爱，说得形象一些，就是能够撞击到读者心中最柔软地方的文字。

它首先应该是美的文字。

那么什么是美？争论了几千年，仁者见仁，智者见智。

比较一致的看法是，美是和谐。这是美的通义，应该没错。

但我后来发现，和谐强调的还只是形式，是"相"。就像谈恋爱，往往是对方的外表先打动了自己，但是漂亮而不善良，还是经不起时间的考验。

追溯到善，就觉得比和谐进了一步，但还是不究竟。后来读典，每当读到一种永恒的感动和喜悦在心里发生的时候，蓦然觉得"真"才是最美的，因为"真"是归途。

由此就可以区分一流作家与二流作家。

一流作家占领的是原点，他给人的是从心灵原点流淌出的清泉，他启迪的也是读者的原点。而二流作家只能摩擦心的表皮，甚至连表皮都触不到，他可能会把人挠得痒痒的，但不解决问题，读完后生活还是老样，涛声依旧，这是一种文学搔痒，浇花没有浇根。一流作家和二流作家之间的区别就在这里。

二流作家是在玩文字游戏，建文字迷宫，看上去是在追求和谐，其实是一种伪和谐，他连"善"那一层都没有达到，怎么可能达到"真"那一层呢？所以这种文字注定不能传世，即便擦出火花来，也注定是短命的，因为火花毕竟是火花，不是火炬，不是夜明珠，不是金子，没办法长久保持它的生命力。

"真"随着时代的变化需要不同的文化载体，这就是为什么老子和孔子会诞生在中国，释迦牟尼要出生在印度，他们是奔着特定的因缘去的，奔着他们特定的土壤去的。如果我们把他们看成是种子，他们是在寻找属于他们的那一块土壤。但是他们的目的一致，都是为了演说那一个字：真。

通常情况下，它以爱体现。

一个正直的文化人应该向这个世界发出正直的声音，那就是爱，没有区别的爱。

我特别喜欢"众生"这个词。在古人看来，不但人是一个共同体，动物也被纳入到这个共同体中，统一叫生物，叫"众生"，叫"有情"。

在古人看来，所有的生物，包括一草一木，和我们都是平等的。带着这样一种心态去面对世界，心里就会充满快乐，因为满眼都是我们的父母兄长，都是我们的兄弟姐妹，如此我们就不会在大地上看到一只小羊羔的时候把它视为盘中餐，在天空中看到一只大雁的时候把它视为碗里羹。

让所有人都成为自己的利润对象，事实上已经成为现代伦理。当我们制定一个商业政策，或者营销方案的时候，我们是不是把对方看成我们猎取的对象？我们有没有想过我们的这一个商业计划、写作计划是为了满足对方，是为了关爱对方？很少。我们都想着如何把对方据为己有，把对方腰包里的东西据为己有，把对方的心灵据为己有，我们很少想过把我们的光明辐射出去，用我们手中的蜡烛去点燃别人。

这是一个掠夺逻辑，所以大家都活在焦虑之中、不安之中，没有幸福感，没有快乐感，没有安全感，这是因为大前提是错误的，大方向是错误的。

古训"求之不得"告诉我们，以一种欲望的心态向大自然和本体世界去索取的时候它不给予，因为它知道这种需求是物质的，不是本源的。

由上可知，天堂就在我们的心里，只不过我们已经迷失了它，我们已经找不到通往天堂的路。

如此看来，文化是道路，是方向，文学亦然。

归于大同

一次演讲时学生给我递条子，问怎么样才能获得好运气。我说，只要你是一个吉祥的人，就会时时刻刻在如意里，这是一个天然的关系，也是一个必然的关系。

古人的逻辑是，积善之家必有余庆，积恶之家必有余殃。就是说家族也好，人也好，只要从善，肯定有好的结果。

什么叫好运气呢？好运气就是在为别人着想、为这个群体着想时自然开出的花，好运气是爱的副产品。财富是从哪来的呢？好多人以为到庙里面去烧一炷高香，就能发财。不是的。如果这条路线能够走通，那庙里面的神也不是神了，不值得我们尊重了。

财富到底是从什么地方来的呢？

古人的逻辑其实很简单，就是种瓜得瓜，种豆得豆，我把它称作"瓜豆原理"。现代人的逻辑呢？不少人信奉种豆得瓜，这是一种投机逻辑。股票和彩票的逻辑就是一种投机逻辑，每一个人都想通过注入两块钱赚得一百万，而财富的总量就是那么一块，但每个人都想以少换多，不是投机逻辑是什么？所以美国要爆发次贷危机是必然的，是迟早的，是不奇怪的，它是这个逻辑之树结出来的必然恶果。

原本财富就这么多，它不会因竞争技术的提高而使总量增加。所以竞争得越快，消耗得越快，塌陷来得也越快。

当年孟子见梁惠王。梁惠王说，老先生，您不远千里而来，将有什么有利于我的国家的高见吗？孟子回答道，大王，您为什么一定要言利呢？只要有仁义就够了……上上下下互相争夺利益，那国家就危险了。在拥有万辆兵车的国家，杀掉国君的，必定是拥有千辆兵车的大夫；在拥有千辆兵车的国家，杀掉国君的，必定是拥有百辆兵车的大夫。在拥有万辆兵车的国家里，这些大夫拥有千辆兵车；在拥有千辆兵车的国家里，这些大夫拥有百辆兵车，所得不算是不多了，而如果轻义而重利，他们不夺取（国君的地位和利益）是绝对不会满足的。反过来说，没有讲仁的人会遗弃自己父母的，没有行义的人会不顾自己君主的。大王只要讲仁义就行了，何必谈利呢？

孟子已经意识到上下交相征利的时候，就是国家要灭亡的时候，因为争利的结果是公义的丧失。现代社会不但是一个争利的社会，还是一个刺激争利的社会。而争利的结果是毁灭。

中国古老的逻辑讲"合"，字面看是"一人一口"，有锅大的一块是一人一口，有碗大的一块也是一人一口，不要全给你或者全给他，这就是大同啊！

释家说，众生平等，这四个字里蕴涵着无尽的关怀和真理。世界现在沸沸扬扬，硝烟弥漫，每一个发动战争的人，每一个为战争去游说的人，根本就没有弄懂什么叫人；他把手放在胸口称赞上帝，但他根本没懂上帝。

当然，这个世界也有一部分人可能需要用一种强制的手段教育他，但是教育不等于消灭，所以孔子当年在大地上奔走，用教化，用教育；而释迦牟尼提供的是一种更极端的方式，他甚至连王位都放弃，从皇宫里逃跑，出去做一个苦行僧，他要用这样的方式找到一种大爱、大自在、大幸福，他觉得权力解决不了问题，金钱解决不了问题，军队解决不了问题，这些都解决不了人的烦恼，他要为人们寻找一种真正幸福的方式。

圣哲提供的就是这种东西，包括老子、庄子，有人请庄子去做宰相，他不去，宁愿做泥塘里面自由的龟。

这又回到价值取向的问题了。

道家的无为并不是消极不做事。无为是什么意思？无为就是不要为欲望去做事，不要为感官去做事，无为就是我们刚才谈到的"舍得"。

舍掉那种短暂的形而下的东西，而去证得永恒，这叫无为。就像一个杯子，要让它能有水装在里面，就必须让它先空着，这叫无为；把物质占领的空间空出来，让灵魂得以滋养自在，这叫无为。

现在有些父母不敢让小孩去看老庄哲学，认为会让人消极，那是没有读懂老庄。有些人甚至不敢给自己的小孩提禅宗提佛学，认为那也是消极，这也是一个天大的误会。

大乘佛教是和儒家哲学一脉相承的，打个比方，就是我们常说的全心全意为人民服务，只有如此，才能大成就。它消极吗？

当每一个学子都带着一种为大家服务的心态去学习的时候，那种动力，还需要父母督促吗？还需要老师督促吗？不需要了，他已经把学习变成一种快乐了。他会把"苦其心志"作为乐途，为什么呢？"天将降大任于是人也。"

现在，有不少老师一上讲台就跟学生讲，你们要好好学习，将来才能买到大房子，才能找到漂亮媳妇，才能过好日子。这种教育的方向堪忧。

我们现在给孩子提供了太多反常识的东西，这样教育出来的孩子，不懂得如何去表达自己的一份孝敬，不懂得如何去表达自己对师道尊严的一份理解，更别说对世界，对宇宙了。

止于至善

我们应该重新打量"敬畏"这个词。现在的不少决策者、不少开发商，面对自然时心里可能没有这个概念，只想着经济指标，没有想到如果把地球比作一个人，我们已经快要抽干他的血，快要吃完他的肉，正在敲骨吸髓了。

一些科学家甚至预测，如果按照人类目前这个速度发展下去，地球还能不能存在一百年都值得思考。那我们的子孙后代怎么办，搬到其他星球去住吗？

这几年我写传统节日比较多，因为节日是属于中国古人的非常经典的一种天人合一的方式，一种回到岁月和大地的方式。不然，我们虽然在大地上生存，但是已经忽略了大地；我们虽然在岁月之河中穿梭，但是已经忽略了岁月。

恰恰是给了我们生命以保障的东西，我们反而忽略了它，比如水、空气、阳光、时间、空间，还有爱。

我们可能满眼都是别墅，都是高楼大厦，却看不到空气，看不到阳光，看不到水，更看不到时间和空间，还有爱。

就是说，最有恩于我们的东西，我们倒对它熟视无睹，这是我们现代人最要命的一个缺失。

而传统节日事实上就是以一种强迫的方式让我们面对土地，面对岁月，感谢后土，感谢造化，珍惜资源，珍惜恩情。

造化创造了万物，或者说万物都是她创造的，那么万物都是她的孩子。所以古人讲，大地无言，万物生长，日月无语，昼夜放光。如果我们有足够的细心去打量，就会发现大地真是太伟大了，她生长鲜花生长庄稼生长快乐，同时她也承载污秽承载坏苦承载灾难，我们每天把多少脏东西给她，但她没有怨言，从来没有说要选择哪一部分，拒绝哪一部分，而是全然接受，她表达的是一种平等，一种无分别。

想想她的这种无言，她的这种大爱！

如果我们读懂了大地，就明白了什么叫爱，什么叫善，什么叫美。日月也一样，也没有根据自己的好恶去选择照耀哪一个人。

借用一个古词，就是"无缘大慈"。在我理解，这是中国文化的根本背景，也是中华民族的根本美德。

中国古人有一个词叫"布施"，用现在的话说就是奉献于对方，这个奉献有物质的，也有精神的。

作家应该带着一种布施的心态去写作，这个布施不是给读者一块金或银，而是给他一个火种，给他一杯水，让他那一颗明珠恢复到本来面目，让他本有的心灵明珠焕发出光彩，这也就是感动发生的所在。

就像一只困在笼子里面的鸟，当别人帮它打开笼门的时候，当它在天空翱翔的时候，感动发生了吗？肯定发生了。所以说，文字是一条回家的路，更为准确些说，从"真"那里来的文字是一条回家的路。

从这个意义上来讲，文字不但是一条回家的路，也是打开自己的一个方式，一串串钥匙。

一个被捆绑的人是没办法自己打开自己的，必须有一个第三者去打开。几千年流传下来的古圣先贤的教诲，那些经典，其实就是一串又一串的钥匙。

在我看来，现在不是文学已经死亡了，文化已经衰落了，是我们文化人自己把自己的行情搞坏了。因为每个人都有心灵中所缺失的那一块，作为作家，只要我们能满足他的缺失，能够填充那一块缺失，文学就不会死亡。

只要人存在，文学就会存在。

我们为什么要悲观呢?

我们之所以悲观,是因为找不到读者心中缺失的是哪一块东西,因而没有自信。当真正懂得了读者心中的缺失所在,随着人口的增加,文学应该是与之成正比例发展的。而事实现在文学有点不景气,作家应该从自身去找原因。

期待把弄反的文学正过来。

当一个人以执玉的姿态守身行事，那么他的人生还能不精彩，事业还能不顺遂吗？

最大的危险是一个人的放浪，所有的失败者都是被自己心中的浪头打翻的。

安详既能让富者贵，亦能让贫者尊。

　　当一个人内心存有安详，仅仅从一餐一饮、半丝半缕中，就可以感受到世界上最大的幸福。否则，即使他拥有世界，也可能和幸福无缘。

　　对于生命来说，安详既是目的，又是方向。

　　让我们一同在安详中获得生命的尊严和幸福。

生命的方向

现代人最大的焦虑是什么？

没有方向感。

以教育为例，不少老师告诉我，每天上讲台时内心很恐慌，因为找不到一种方向感，不知道该给学生说什么。

教师如此，学生尤甚。因为教育本身失去了方向感，孩子自然也就没有方向感。许多学生高考后填报专业时不知如何选择，既不知自己到底喜欢学什么，也不知自己将来究竟要做什么，唯一可以依照的就是从别人那里听来的哪个专业就业好、挣钱多，就选择哪个，至于自己到底喜不喜欢这个专业，置之不论。

方向感对于生命的重要，无须多言。一列火车，如果方向正确，速度越快越好；假如相反，越快越糟糕。

细节决定成败，这句话已经成为人们的口头禅，但是却没有谁说方向决定成败。生命的绚烂和精彩、快乐和幸福，固然来自细节，更来自一个正确的方向。

要让孩子好好学习，就要让他感受到学习的快乐；要让官员不贪，就要让他找到比贪更快乐的东西……追求快乐是人的本能。

诸葛亮为什么不贪？因为他找到了比贪更快乐的东西，他觉得静以修身、俭以养德、澹泊明志、宁静致远比贪更快乐；范仲淹为什么不贪？因为他找到了比贪更快乐的东西，他觉得"先天下之忧而忧，后天下之乐而乐"比贪更快乐；于谦为什么不贪？因为他找到了比贪更快乐的东西，他觉得"粉身碎骨浑不怕，要留清白在人间"比贪更快乐。

文化的义务可能就是帮人们找到一个快乐的方向。比如孔子，比如老子，比如庄子。

但是，古圣先贤用生命给我们开辟的快乐道路一度荒芜了，人们或无法找到，或无缘找到，或不愿意找到。

现代人生活在一种巨大的茫然中，一种没有方向感造成的巨大的茫然中。由此，方向的选择成了现代人的集体焦虑，也是最大的焦虑。

摘录几段日本科学家江本胜所著《水知道答案》中的文字：

把水装进瓶里，我们在纸上写了一些字，把字面朝里贴在瓶壁上。我想知道分别给水看"谢谢"和"混蛋"这两个词，它们的结晶有什么不同。

结果揭晓时，真的又令我大吃一惊。看到"谢谢"两个字的水结晶，非常清晰地呈现出美丽的六角形；而看到"混蛋"两个字的水结晶，像听到重金属音乐的水那样，破碎而零散。同样地，把"让我们做吧"这句话贴在瓶子上给水看，它的结晶就很整齐；采用命令式口气要求它"一定要做"，它甚至无法形成结晶……

当我开始研究水的时候，心里就曾有一个愿望，那就是尽可能地帮助更多的人恢复健康。我确信，有些疾病不仅仅在于个人问题，很多还源于整个社会的扭曲。

如果不改变这个扭曲的世界，恐怕在肉体上患病的人数不会减少，患有心理疾病的人也无法得到救治。

那么让这个世界扭曲的到底是什么呢？是心灵。扭曲的心灵影响到全世界。

正如一潭积水中有一滴水落入，就会有无尽的波纹扩展开来一样。只要有一个人的心灵产生扭曲，他就可以影响周围的人群，乃至影响到整个世界。

世界正在向我们发出祈求，它想变得更美，它在向我们祈求一种达到极致的美丽。请回想一下我们最初的定义：人是水做的……

如果所有人都心怀着爱与感谢，连法律的存在都会显得多余。现在相信你已经知道了答案——"爱与感谢"将是引导整个未来世界的关键……

水是如此，那么粮食呢？一草一木呢？飞禽走兽呢？人呢？

其实，我们老祖先很早就发现了这一点，他们把这个世界叫"有情世界"，把一切生物叫"众生"，甚至直呼"有情"。

曾有朋友向我诉苦，他面临很大的经济压力，原因是妻子患上了一种美容强迫症，两人的工资还不够她半月的开支。我说我可以帮你解决这个问题。他惊喜地问是什么好办法。我就给他介绍了江本胜先生的《水知道答案》。我说只要她认真看了这本书，自会把进美容院的那些钱省下来捐给灾区。我说你想想，人的体内有百分之七十的水，假如有无数的人向她发来感激的信号，那么这些水的纹理就会变得特别漂亮；这些水的纹理全变漂亮，人还能不漂亮吗？他说这真是一根不错的救命稻草。

江本胜的这个实验，不但是美容原理，还是美体原理、美心原理。它让我们明白，美在给予，健康在奉献。如果整个人类都处在一个巨大的、连绵的、爱的、感恩的对流中，那么岁月就是甘露，大地就是乐园。

因此，《水知道答案》这本书，完全可以作为所有行业的职业道德教材。如果每个人都带着祝福的心态、感恩的心态去工作，去生活；带着为自己积累世界上最为漂亮的生命之水的纹理的心态去供职，那么纪律还有强迫感吗？制度还有约束感吗？

这也就是古代那些有名的江湖郎中，看完病一不收财二不收礼三不留名的原因。他们要什么呢？就要一个感激，甚至连感激都不要，就只要做了好事之后的那种幸福感。

想想看，假如每一家医院的大夫都能像他们一样，现在的医疗环境该是什么样子；假如每一所学校的老师都能像他们一样，现在的教育环境该是什么样子；假如每一个公务员都能像他们一样，现在的公务环境该是什么样子。

由此，我们不难得出结论，生命的方向到底是什么。

经典的爱情

曾有女作家来找我，说她遇到了人生难题，有两个条件不相上下的男孩追求她，让她难以取舍，问我如何是好。

我说这好办，你去调查，谁最孝敬老人你就选择谁，肯定没错。

女作家十分意外地看着我，问，为什么呢？

我没有直接回答她，先给她讲了两则故事：

某医学院外科实习基地进行解剖课实验，从市场买进十条狗，其中九条一次性完成了麻醉，可是有一条无论如何无法完成麻醉，多大剂量的麻醉药都无济于事。最后，指导大夫只得让实习生强行把这条狗绑在手术架上。当手术刀从这条狗的腹部划过时，大家都惊呆了，原来它正怀着小狗。

一架飞机在飞过茫茫雪原时失事了，一对母子幸免于难，但因为是茫茫雪原，搜救的飞机无法找到目标，做母亲的眼看着飞机一次次从头顶飞过，就是发现不了他们。这时，这位母亲作出了一个决定，她咬破血管，让鲜血染红了身边的雪层，让飞机得以发现目标，让她的孩子得以获救。

我们当然不希望这样的故事发生，但我们每个人可能都体会过同样品质的母爱、父爱。

有人说，上帝忙不过来，就创造了母亲。对于我们来说，母亲就是我们的上帝，她的身上蕴含着上帝的情感和品质。

想想看，一个连母亲都不爱的人，怎么可能爱你一生呢？一个连自己父母都不孝敬的人，怎么会爱你一辈子呢？

这位女作家说这倒是个好办法，就去调查。

过了段时间，女作家又来找我，说两个男孩都非常孝敬老人，还有什么好办法吗？我说你再去调查，看谁最尊敬师长，你就选择谁。她同样十分意外地看着我，问，为什么呢？我就问她过去把老师叫什么？她说叫"shī fu"。我问她怎么写。她写成"师傅"。我说错了，应该是"师父"。我说造这个词的人真是太伟大了，他告诉我们，亲生父母给我们血肉之躯，老师给我们智慧之躯，都是"父母"。一个连给自己智慧之躯的老师都不尊敬的人，能和你举案齐眉地过日子吗？

同样给她讲了几则故事：

宋朝理学家杨时从小聪明伶俐，四岁入村学，七岁写诗，八岁作赋，人称神童。有一天，杨时与他的学友游酢因对某问题持不同看法，便一同前往老师程颐家请教。时值隆冬，天寒地冻，朔风凛凛。二人匆匆赶至老师家时，却发现老师正坐在炉旁打坐养神。二人不敢惊扰，恭恭敬敬侍立门外。等老师醒来，二人已通身披雪，脚下的积雪已一尺多厚了。

丰子恺先生的《护生画集》是怎么来的？初衷是为了给师父弘一法师祝寿。1929年，弘一法师五十寿辰，他画了五十幅护生画给师父祝寿；1939年，弘一法师六十寿辰，他画了六十幅护生画给师父祝寿；1942年，法师在泉州圆寂，但先生并没有停止对师父的祝福，依然十年一集，每集画幅和师父的冥寿一致，直到他自己去世。1979年，新加坡的广洽法师把六集合在一起，化缘在香港出版，就是现在广为流传的《护生画集》。

每次翻阅这部画集，都会被他们空谷足音似的师徒情谊感动。请问，这样的心灵美景，在哪里还能看到？没有任何功利目的，有的只是纯粹的祝福、纯粹的怀念。

而孔子所体会到的这种来自师生情谊的幸福，更是无出其右了。颜回有多次出仕的机会，但是为了早晚陪伴师父，都一一拒绝了。有次在卫国，师徒被变故冲散，颜回最后才得以回来，孔子心有余悸地说，我以为你已经死了呢！颜回说，先生未死，我岂敢死！多么感人！

在一些学校，当我给学生讲要无条件地尊敬老师时，有学生说，现在的老师不值得我们尊敬。我问为什么。学生说，没有师德，谁的爸爸官大，上课就提问谁；谁的妈妈有钱，就给谁开小灶；还有些老师，上课时不好好讲，留一手，为的是让学生下课后到他们家去补课，赚补课费，等等。我说，老师做得不对，那是他的错误，但是，作为一个学生，尊师应该是无条件的。

曾有好友告诉我，有次上街，看到一个高中生跪在那里化缘，面前是一张告示，大意是考上某大学，却因家境贫寒付不起学费。他觉得挺可怜的，就给了五十块钱，不料后来有人揭发那是个骗子，他就很懊丧。我说，没关系啊，他骗你是他做人的失败，但你在拿出那五十元时，已经完成了一份爱心。

一天晚上，我和一位朋友在办公室聊完天回家时，听到女厕所里的水哗哗响，连着问了两声"有人吗"，里面没有人应，我就进去关掉水龙头。出来后朋友笑我。我说，听着水这样哗哗地流，心里就难受。朋友说你又何必，大家都在浪费，靠你一个人能给地球节约多少？我说别人怎么做我管不了，但我可以管住我自己，当我把水龙头关上的那一刻，我的内心是快乐的，我已经知足了。在如此顺便的情况下，收获了一份快乐，何乐而不为呢？

尊师也同样，不管老师如何对待我们，当我们的心中有一个"尊"时，我们的心灵已得到升华，同时也给自己营造了一个良性的智慧场。换句话说，尊师本质上是让我们从内心深处升起一个"敬"，升起一个对待智慧海洋的"敬"，只有具备了这个姿态，我们内心才能形成一个顺差，智慧的大门才会向我们打开，智慧的甘泉才会流进我们心田。可见，尊师事实上是对未知世界的尊敬，是对智慧世界的尊敬，因为老师是这个智慧世界的代表，或者说是媒介。

更何况，当一个老师处在被尊敬的状态中时，他也会为这份尊敬而严格要求自己的。

寒假，有个亲戚硬把他的儿子送到家里来，让我教他安详；被逼无奈，我就答应了，不想这一答应，麻烦就来了。从此，时时处处都觉得有双眼睛在盯着自己，让你一举手一投足都要作出一副老师的样子来。这才理解了什么叫教学相长。每天看他的改过笔记，发现其中好多过都是我也正在犯的，就马上改，偷偷地改。而节日到来，家长按照古制十分真诚地来给"老师"祝节，就更觉得不能辜负了人家，一定要严格要求自己，作出一个样子来，才能对得住这份祝福。由此明白了一个道理：

如果说还有一种力量能够改造世界，那就是感动。

同时明白，现在之所以没有经典的老师，可能是因为没有经典的学生。当学生撤去他的那份尊敬时，老师也就收回了他的那份责任。同理，没有经典的学生，是因为没有经典的老师。当老师收回他的那份责任时，学生也就撤去了他的那份尊敬。

一个瓦解师道尊严的恶性循环就这样形成了。

过了段时间，女作家又来找我，说，他们都非常尊敬老师，还是难分伯仲。我说那你就让他们每人请你一顿，看谁点菜恰到好处，谁最后把盘子扫得最干净，你就选择谁。她同样十分意外地看着我，问，为什么呢？

我说你想想，一个人一天能离开粮食吗？能离开水吗？没有粮食和水，我们能生存吗？从另一个角度来说，粮食和水也是我们的父母啊！从一个人对待粮食的态度，最能看出他有没有一颗爱惜之心。一颗种子，从播种到收获，其间包含了多少耕耘的辛劳和造化的慈悲。"足蒸暑土气，背灼炎天光。力尽不知热，但惜夏日长"，且不论日月精华，天地灵气，单说耕种者插秧除草，施肥松土，收割打谷，真可谓"粒粒皆辛苦"。一个人如果对维持自己生命、一餐不能相离、饱含着无数辛勤汗水和天地造化的粮食都不能珍惜，有可能珍惜你的感情和付出吗？

白居易有感于百姓劳苦贫困，自己无功无德，却能丰衣足食，作诗"今我何功德，曾不事农桑。吏禄三百石，岁晏有余粮。念此私自愧，尽日不能忘"。《朱子家训》告诫后代"一粥一饭，当思来处不易；半丝半缕，恒念物力维艰"，认为珍惜粮食，节约物力，是治家修身之道。古代知识分子每餐前都要念诵"计功多少，量彼来处，忖己德行，全缺应供"，意思是说，这顿饭菜的来处包含着多少造化的慈悲和耕耘的辛劳，想一想我的德行，配享受这些美味吗？

有个年轻人首次去未来的岳父家吃饭。女朋友一家当然盛情款待，做了一桌子的好菜好饭。盛饭时，女朋友把一撮米掉在了地上，却似没事一般，不理不睬，继续盛饭。这个年轻人从小家境贫寒，父母都是农民，掉在地上的饭粒从来都是立马捡起来吃掉的，当然无法忍受一撮米掉在地上，就寻机迅速捡起那撮米喂进嘴里。不料被女朋友看到了，女朋友认为丢了她的人，哼了一声，拂袖而去。这时，未来的岳父发话了，厉声叫住女儿，命其坐下，然后宣布：我们家向来民主，但今天我专政一次，这小伙子就是我的女婿，就这么定了。显然，这是一位有智慧的老人。

过了段时间，女作家又来找我，说这两个家伙点菜时都十分切合实际，最后都把盘子扫得十分干净，现在怎么办？我说那你就去考证，谁的父母最大限度地做到了孝敬老人、尊敬师长、珍惜粮食。女作家说，假如仍然不分上下呢？我说那你就去考证他的爷爷奶奶。

至此，我们已经不单单是在择偶了，而是客观地加入到中华文明传承的行列里。如果每个中国人都这样做，就会促使为人父母者不得不做一个好人，否则他的儿子就找不到媳妇，女儿就要做老姑娘。民间之所以信奉"前院的水不往后院流"，就是这个道理。古人讲"门当户对"，也是这个道理。这个"门"，并不一定要是"侯门"，而绝对要是"善门"；这个"对"并不一定要"势对"，而绝对要"淑对"。

一个天意一般的传承的大秘密，居然就在这里藏着；一个天然的自动化的灵魂环保系统，就是如此不动声色地发挥着作用。

据说，当年孔家向颜家求亲，颜父一听是孔家，立即同意了这门亲事。颜母说，女儿的终身大事，怎么能如此草率，也不去考察一下，至少应该见一下当事人。不想颜父说，不用，孔门乃积善之家，不会有错。

颜父的话果然应验，女儿嫁过去就生了一位圣人不说，而且家道两千余年不衰，至今家谱已经记载到七十几代，仍未有衰相。

这是一位多么英明的父亲！

颜父的逻辑是，只要是积善之家，他的儿子肯定不会有错。这是一种怎样的自信！

讲了这么多，概括起来就是三个字、三句话。

三个字是：孝、敬、惜。

不占我们多大的大脑内存，每天起来，就念叨几句"孝、敬、惜"，然后按照它的频率开始一天的生活；晚上睡觉前，再念叨一下"孝、敬、惜"，检查我们是否做到了。不久，我们的人生就会有大的改变。

三句话是：

一个不孝顺老人的人，他信誓旦旦地宣称会一生爱你，那是

假的。

　　一个不尊敬老师的人，他信誓旦旦地宣称会一生敬你，那是假的。

　　一个不爱惜粮食的人，他信誓旦旦地宣称会一生疼你，那是假的。

财富的秘密

财富是人的另一个焦虑源。穷人患得，富人患失。患得患失，是财富跟世人玩的一个游戏。这个游戏之所以让人们痛苦不堪又乐此不疲，是因为我们没有看破财富的真相。

"拥有财富"是一个错误的概念，正确的叫法应该是"保管财富"。我们费尽周折把一块美玉弄到手，看上去美玉在我们手中，事实上到我们手中的只是几十年时间；几十年之后，它属于另一个人。

我们都是保管员。

既然如此，我们何必为之焦虑？

古人认为，财富来自布施，所谓"舍得"，大舍大得。在这里起作用的是一个数学原理，种一收百，种百收千。

小时候不懂人们为什么把范蠡和关公尊为财神，后来才发现这一"尊",真是再高妙不过。

尊范蠡为财神是因为他懂得财富的秘密:千金散尽还复来,只有"散尽",才能"复来"。

当年,范蠡带着西施逃离越国到齐国做生意,从小生意做起,没多久就发了大财,可旋即他们就举财布施,把财富统统布施给穷人。然后又从小生意开始做起,结果没多久又发了大财,然后再布施。如此三聚三散。以散为聚,以舍为得,真是聪明到家,智慧到家,当然最终是爱心到家。

人们尊范蠡为财神,还在于他的知足。古人讲,知足为富,人敬为贵。假如他不知足,帮越王办完事后,肯定会赖在那里不挪窝儿。结果会怎么样呢?文种的结果就是下场。

越王在范蠡的帮助下打败吴王,成就了霸业,但庆功会上独少范蠡。原来他隐姓埋名,逃到齐国去了。他在齐国给文种写了一封信:"高鸟已散,良弓将藏;狡兔已尽,良犬就烹。夫越王为人,长颈鸟喙,鹰视狼步。可与共患难,而不可共处乐;可以履危,不可与安。子若不去,将害于子。"文种不信,终成剑下之鬼。

文种真不信?

想也未必。那是什么让他流连忘返,让他迟迟"不去"?

而尊关公为财神,那是因为古人明白,忠信才是这个世界上最大的财富,才是取之不尽用之不竭的财富。

财富是一次"结果"，是善良、忠诚、信誉之树"结"出来的"果"。

汶川地震后，有个乞讨者把她辛苦化缘所得的一包零钱全部捐了出来，在我看来，这比把全世界所有的财富加起来都值钱。在我看来，她也是财神。

人有善愿，天必从之。自古以来，大财富拥有者也多是大慈善家。或者说，大财富拥有者和大慈善家是一体之两面。

关于财富最机密的要诀应该是：

造化给你财富，那是因为他对你的信任；造化给你好运，那是因为他对你的赏识。除此之外，没有别的生财之道，也没有别的走运之道。

如果一个人对苍生有益，造化肯定会使他走红；如果一个人对苍生无益，造化迟早会封杀他。因此，一个人的自信，其实是对爱和奉献的自信。

"求之不得"，这是一个词语，更是一个秘诀。为什么求之不得？因为造化不喜欢那些"求"的人。

财富是一种给予，就像权力、爱情、荣誉，包括好运，都是一种给予一样。

财富还是春种秋收。某个人发了大财，看上去是发了大财，事实上是他的麦子熟了，收获的季节到了。

如果一个人春天没有播种，秋天收获什么？当然颗粒无收。

同时，在我看来，发大财还是发小财，也是一个"瓜豆原理"：种瓜者收获不了豆，种豆者收获不了瓜。

可是现在有不少人种豆却想收瓜。这些人生产的食品会吃死人，酿的酒会喝死人，盖的楼房会压死人，拍的戏会看死人，出的书会读死人。

一夜之间，一块钱变成一百万，这是多少人甜蜜的美梦。人人都想把一块钱变成一百万，那个一百万从何而来？金融危机就这么到来。

什么是资本？最大的资本应该是对资本的清醒。

古人还讲，子贵为富，真是高妙。

儿子在北京上大学。一次到北京出差，正碰上他放寒假，邀我同坐火车，可是我已经买不到火车票，就动员儿子转让掉那张火车票和我一起坐飞机回。儿子坚决地说，等他啥时能够十九小时赚够机票的钱再坐飞机，否则，就一直坐硬座。在我看来，儿子的这句话顶一百万。

儿子还说，钱这个东西，只不过是银行账户上的一串数字，说有就有，说没就没，一夜之间。

还真让我对钱有了新的认识。

俗话说，养个儿女比我强，要他银钱做什么；养个儿女不如我，要他银钱又做什么。

就是说，如果儿女有出息，他不需要你的金钱；如果儿女没出息，你的亿万资产在他手中也可能顷刻化为乌有，且会害了儿女。古人早就看到这一点，因此才有"勿以嗜欲杀身，勿以财货杀子孙""积金以遗子孙，子孙未必能守；积书以遗子孙，子孙未必能读；不如积阴德，以为子孙长久之计""善为玉宝一生用，心作良田百世耕"的劝勉；才有"道德传家，十代以上；耕读传家次之；诗书传家又次之；富贵传家，不过三代"的告诫。世界首富比尔·盖茨有三个孩子，他却表示："我不认为这些巨额财富对他们有什么好处，我将在余生捐光我所有的家产。孩子们每人只会得到我财富的很小一部分，这意味着他们将不得不自食其力。"数据显示，在2007到2012年间，他就已向慈善事业捐出二百八十亿美元。

古人还讲，平安是福。

眼下，我的父母都八十多岁高龄的人了，还能下地干活，在我看来，也顶一百万。

他们的一生虽然普普通通，但大幸福就在普通里。想想看，当下有多少"富人"，成天处于疲于奔命的状态，顶着有可能随时到来的危险，包括牢狱之灾，提心吊胆地过日子，这样的财富拥有，到底有多大意义？而且时时招人嫉妒，处处有可能被暗算，真是如激流泛舟，悬崖走马，安危系于一线。

没有安，何谈享？

要想明白财富，就要首先明白增值。

就像我们给水池蓄水，入流虽大，但若有孔，水也难存；如若无孔，即使入少，水也看涨。又像我们吃梨，如果狼吞虎咽，即使三个五个，也难知味；如果能够专注于牙齿咀嚼梨子的每一次闭合，体味着味蕾如何接触沁凉的甘甜，虽唻一梨，享受却远超过狼吞虎咽者。

给生命提供增值的，正是安详。一种明察的生活，洞悉的生活，真相的生活，回归的生活，无漏的生活，享受的生活，就是安详。

安详不是加法，也不是减法，而是乘法。

这个乘法，在我看来，才是真正的财富。

这时，我们就会明白，当年弟子问佛陀，若有人拿出一块像须弥山那么大的金子布施，值钱吗？佛陀说，值钱，但还没有他给别人一句唤醒他们灵魂的话更值钱。

可见，最大的财富是智慧，是安详。

常识的价值

"安详"是一个形容词，但我却把它看作一个因果关系，那就是：只有"安"，才能"详"；只有"大安"，才能"大详"。

《尔雅》注"安"为"定"，《周书》注"安"为"好和不争"；《说文》注"详"为"审议"，《书》注"详"为"审察"。

当一个人真正能够得定，他的身心自然轻安；而一个人只有真正身心轻安，他的心灵才会变成一个纯粹的镜面，世界在它面前才不变形，不打折扣的审议才能发生，真正的审察才有可能，否则那个"察"一定是"谬察"。

而明察是我们正确表达世界的前提，也是我们正确改造世界的前提。

如果我们把"安"视为"定"，那么"详"就是"慧"，而"定"和"慧"的前提是"戒"。由此，"戒"就成为关键。

这个"戒"，说穿了，就是常识。

要想拒绝小偷进屋，光有防盗门是不行的，光有铁护栏是不行的，更为重要的是，要让屋子里亮着灯。

亮着灯是最好的"戒"。严防死守并不是最好的办法，一味地堵并不是最好的办法。如果说，大多数人可能整整一生都呆在黑屋子里，也许会让大家沮丧，但事实确是如此。如果我说我们把一口菜从盘子里夹到嘴里，那个过程可能就有一百个小偷光顾过，也许大家会震惊，但事实就是如此。

那个小偷就是杂念。

当小偷在场的时候，主人肯定不在场；正因为主人不在场，小偷才敢光顾。小偷之所以敢光顾，是因为他发现我们的屋子黑着。

为此，"知道"就成了我们的生命线。知道你在吃饭吗？知道你在看电视吗？知道你在上网吗？知道你在接电话吗？知道你在走路吗？

说个故事：两个射手去应试，其中一个百发百中，另一个百发百不中，但师父最终收下了那个百发百不中的射手。人们百思不得其解。师父的回答是，那个百发百中的虽然命中了目标，但他却没有"命中"。那个百发百不中的虽然没有命中目标，但他却"命中"了。听上去像在绕口令——且听师父高论：那个百发百不中的，看上去偏离了目标，但他却没有偏离目标，因为箭射出的那一刻他是"知道"的；而那个百发百中的虽然训练有素，技术过关，但是在箭出弦的那一刻他是"睡着"的。

师父的标准是"知道"。

在这个过程中，我们重新理解了一个词"知道"：只有当你"知"了那个"道"，才是真正的"知道"。我们口口声声说我们"知道知道"，其实什么都不知道。

安详让人们回到现场，在体味现场感中体味幸福。

现场感是幸福的充分必要条件。

当我们能够回到现场，获得现场感的时候，就会在最简单最朴素的生活中体会到最丰饶最盛大的快乐，否则，即使我们跑遍世界，也无法找到真实的快乐；即使我们把"奋斗"二字嚼碎，也无法找到真实的幸福。

安详来自人们对真相的体认。

而要体认真相，就要让我们的屋子里亮着灯。

朋友告诉我，几位慈善家到贫困地区献爱心，大冬天，发现有一家的孩子大多光着脚丫，心里非常难受。他想，一定是艰苦的生活环境使这位母亲麻木了。我说不对，小时候那么困难，母亲也没让我们光着脚丫，现在总要比过去好得多，所以不能怪罪生活环境，真正的原因其实是她没有把孩子光着脚丫看作是一个母亲的重大失职。

其实，在城里，也有无数这样的"光脚丫妈妈"。孩子回到家里，爸爸妈妈都不在，桌上是十块钱、一张便条："买包方便面吃吧！"想想看，当孩子看到这个情景心里该是什么感觉？一些孩子拿着这十块钱去了哪里？极有可能是网吧。

当孩子在网上游戏、聊天的时候，爸爸、妈妈在干吗？也许在酒吧，也许在美容院。

这些孩子虽然没有光着脚丫，但他们"心灵的脚丫"是光着的。

更有不少孩子，他们"心灵的脚丫"早被冻伤了，而且终生难医。

据报，2010年，我国有200多万对夫妻喜结连理，却有196万对夫妇劳燕分飞。2011年第一季度，我国共有46.5万对夫妻离婚，较2010年同期增长17.1%，平均每天有5000多个家庭解体。这是一个多么让人心惊的数字！想想看，每天有5000多个家庭走向解体，意味着什么？意味着有多少个孩子成为"光脚丫"！

每次去监狱讲课，面对那些少年犯无辜的目光，我的心里都会特别难过，他们中间，甚至有人不知道父母为何人。但每次课前，他们却要齐声高唱《父亲》《妈妈的爱》这些歌。据警官介绍，这些孩子，差不多都有两个背景，要么有网瘾，要么有一个问题家庭。

可见，生存环境不是问题，问题出在责任感的丧失。

一个人连自己的孩子都不爱了，怎么能够去爱他人？而一个从小就没有感受到爱的孩子，长大之后会用爱回报社会吗？

一个没有爱的社会，是不是一个"光着脚丫"的社会？

说到底，这是一个常识问题。

暑假的一个晚上，我正要就寝，儿子端来一盆洗脚水，说："爸，您洗完脚再睡吧。"我真是难以描述当时的激动，都有些语无伦次了，那么的不适，那么的紧张。这是怎么回事？太阳从西边出来了！第二天早晨，等我洗漱完，发现儿子已经把早餐做好了，我同样的"受宠若惊"。

按理，作为父亲，享受儿子的这种待遇应该是自然的、常态的，现在却有一种受宠若惊之感。为什么？

稀罕啊！

细想起来，这不能怪孩子！现在的孩子即使想孝敬父母，大都不知如何去做了。不少已经丧失了孝敬的能力，就像他们已经丧失了快乐的能力。

谁之过？

曾经看到一个先进经验报道：某地以儿子和父亲签协议的形式开展孝德建设。看完这个"先进经验"，我真是赞赏不起来，倒是有些酸楚。对于中华民族来说，父慈子孝是天经地义的事情，是最起码的常识，现在却要用"协议"来保障，这难道不是一个天大的讽刺？而现在，我们却把它作为经验来推广，可见孝道沦丧到什么程度。2011年12月22日，中国人口宣传教育中心、中国社科院调查与数据信息中心在北京共同发布了《2011年中国家庭幸福感调查》。在关于生活压力的调查中，受访者选择最多的是"婆媳、翁婿关系紧张"，占75%。看看这个，我们就会明白，当下社会，人们缺失了什么。

懂得养花的人都知道，浇花要浇根。而孝，在我看来，就是中华民族文化的根。中华民族之所以能够保持她的生命力，一个最为重要的原因就是中华民族是一个倡导孝的民族，倡导安详的民族。

不少教师埋怨，现行的应试教育让人无暇搞人格教育，包括孝道的教育。我说不对，孝道的教育和应试教育并不冲突，相反还有促进。一个有孝心的孩子，自会好好学习，因为不好好学习父母不开心。

古人把孝分为四个层次：小孝养父母之身，即保障父母基本的生活；中孝养父母之心，即做让父母开心的事情；大孝养父母之志，即完成父母的理想；至孝养父母之慧，即做儿女的要安放父母的灵魂，让他们寿终正寝，了脱生死。

同理，一个有孝心的人也不会堕落。如果是一个孝子，他仅仅为了不给父母脸上抹黑，也不会轻易贪赃枉法，更不要说锒铛入狱让父母揪心！正可谓"身有伤，贻亲忧；德有伤，贻亲羞"，正可谓"其为人也孝弟，而好犯上者，鲜矣；不好犯上而好作乱者，未之有也"。

这就像我们一直在争论的体制问题，我觉得不管哪一种体制，关键是它的领导人要有爱心，要有爱的能力。如果权力掌握在一个从小接受仇恨教育的人手中，"民主"也好，"集中"也好，都会变成仇恨的工具；如果权力掌握在一个从小接受爱的教育的人手中，"民主"也好，"集中"也好，都会变成爱的工具。

因此，能不能让孩子保有一颗爱心，才是关键。

而孝心是爱心的根，这是常识。

要回到常识，就要求我们首先要回到阅读的常识。

现在有不少专家在给青少年开书单，书目确实很丰富，但我觉得同样应从常识开起。在许多名家开的书单中，鲜见"训蒙养正"类读本，比如《弟子规》，比如《朱子家训》，比如《了凡四训》，我觉得这样的书单是空中楼阁。也许专家觉得这些"训蒙养正"读本太简单了，开在书单上显示不出名家的水平。的确，它们十分简单，但正是这些"简单"，可能离成长最近，也离真理最近，因为它们是常识，是根。

弟子"入则孝，出则弟，谨而信，泛爱众，而亲仁。行有余力，则以学文"。在我看来，这才是根本的"书单"。一个人只有首先落实了最基本的道德和品格，才有可能具备学习能力，才能够不读死书，才能将知识转化为智慧，将所学落实于生活，才能够有主见有正见，举一反三，"告诸往而知来者"。

想必这也是司马光为什么要讲"德者，才之帅也"的道理。

而"训蒙养正"的书籍就是让我们首先具备才学的根本——品德，再用品德来统帅才能。

再说，在这个疯狂出版时代，开卷未必有益，家长和老师一定要替孩子甄别清楚。全球性出版机构麦格劳·希尔国际出版集团每年出版两千多种新书，以四十多种语言同步出版。中国亦是如此，三联书店前总编辑董秀玉曾经质问，当下中国，每天竟然有七百多种新书上架，请问我们生产出来的到底是书还是纸？这些数据告诉我们，当今书籍出版的速度远远超过了人类阅读的速度和能力，再能读书的人也不可能阅尽群书。所以，读书要甄别，不能什么书拿来就读。

在我看来，把一本好书读一千遍，比读一千本普通的书要受益得多。究其精神营养，当下以如此速度出版的书籍，一万句大概也比不了经典之一句。更何况，许多书本来就不是本着为读者提供精神营养而出的，说得严重一些，不少都是"毒品"。现代读书人中，有多少饮苦食毒者，真是无法估算。

阅读的标准在哪里？在我看来，仍是安详。

出版的标准在哪里？我认为还是安详。

为此，我给我主编的《黄河文学》提出一个办刊理念："倡导办一份能够首先拿回家让自己小孩看的杂志；倡导办一份能够给读者带来安详的杂志；倡导办一份能够唤醒读者内心温暖、善良、崇高和引人向内向上的杂志。"

我是想借此倡导一种底线，一种"父母心肠"。我们编发的所有稿子，都要保持在"父母心肠"这个频道上。常识告诉我们，父母留给自家孩子的东西一定是最好的，谁也不忍心毒害自己的孩子。由此可知，先祖一代代为我们挑选出来的书籍肯定是最好的，而那些流传下来的家训无疑是珍宝中的珍宝。

所以说，无论是阅读，还是出版，我们都要到"父母心肠"那里寻找标准。

要真正读懂一本书，需要我们换一个读的方法，那就是"做"。《弟子规》讲得好："不力行，但学文；长浮华，成何人。"假如我们不去实践，即使满腹经纶，对生命又有什么意义呢？只不过是多长些浮华而已。《弟子规》就是让我们从常识做起，从一言一行、一粥一餐做起，从一件衣服怎么放、一个杯子怎么执做起。看上去平常，但事关宏远。

"执虚器，如执盈；入虚室，如有人"，假如我们不去身体力行，就无法体会其中的奥妙。我们可能懂得如何端着一个满杯，却并不懂得如何端着一个空杯；我们可能懂得如何身处满室，却并不懂得如何身处虚室。在我看来，"执虚器，如执盈"正是佛教精髓，它其实和"器"无关，而是借助这个"器"，让人反观自身，正可谓"观自在"。

就像通过草动而知风在，通过芬芳而知花在。

而"入虚室，如有人"是儒家精髓，它强调的是"守"，是"慎独"。"守"是一种本领，是一种功夫。想起来，"入虚室，如有人"不正是圣贤之道吗？那该是一种多么庄重的风度，又是一种多么浩大的喜悦啊！

而这个无比美妙的"如"却是通过"守"发生的。

守着，一寸一寸地守着，寂静又芬芳。

守身如执玉，还需要多说吗？

灿烂生命的秘诀，无疑就在这里了。

如果一个人以执玉的姿态守身行事，那么他的人生还能不精彩，事业还能不顺遂吗？

最大的危险是一个人的放浪，所有的失败者都是被自己心中的浪头打翻的。

如此看来，每个人都是看守所，每个人都是"看"和"被看"者。

可见，安详才是常识中的常识。

最大的好事

古人曾说：但行好事，莫问前程。这话真是好。试想一下，当一个人超越了幻想，超越了企图，超越了担心，只问耕耘，不问收获，他能不快乐吗？

那么什么样的事才是最大的好事呢？

我认为是教育和文化。

而且必须要认定，教育和文化是需要我们战战兢兢、如履薄冰地去从事的。

百丈禅师每日上堂，常有一老人听法并随众散去。有一日却站着不去，师乃问："立者何人？"老人云："我于五百世前曾住此山。有学人问，大修行人还落因果否？我说不落因果。结果堕在野狐身。今请和尚代一转语。"师云："汝但问。"老人便问："大修行人还落因果否？"师云："不昧因果。"老人于言下大悟。告辞师云："我已免脱野狐身。住在山后。乞师依亡僧礼烧送。"次日，百丈禅师令众僧到后山找亡僧，众人不解，师带众人在山后大盘石上找到一只已死的黑毛大狐狸，斋后按送亡僧礼火化。

当年看到这个故事的时候，心里一惊，一个法师因为讲错了一个字就被罚作五百世狐狸，那么，以牟取暴利为目的不惜败坏世道人心的教育、出版和传媒工作者，将会被罚多少世？

这个故事警示我们：教育是危险的，文化是危险的，文学自不例外。

心理学告诉我们，一个人在做一些重大事情的时候，往往是由潜意识决定的，而潜意识是怎么形成的呢？有可能是老师讲过的一句话，有可能是我们念过的一句诗，有可能是我们读过的一本书。

如果一个人在人生道路的非常关口想起"人生自古谁无死，留取丹心照汗青"这类话，他就有可能做一个民族英雄，想起"过把瘾就死""我是流氓我怕谁"这类话，可能就会作出另一种选择。

古人认为，凡是进入我们视线的信息，都会成为一粒种子种在我们的心田，只要是种子，迟早会发芽，迟早会影响我们的行为。

所以孔子讲要"思无邪",所以佛经讲要"善护念",要善于保护我们的念头。

如果我们每天阅读的是温暖的、崇高的、引人向上的读本,我们的心田中种下去的也就是这样的东西;如果我们长期处在一种对抗的、矛盾的、仇恨的信息当中,久而久之,我们的心田也长满了这样的东西。

古人认为,心平才能气和。《黄帝内经》讲健康的唯一途径就是心平气和,所有的非健康,都是因为气不和造成的,而气不和的原因就是心不平。

那么怎样才能心平呢?

训蒙养正。

但训蒙养正已非易事!

为什么呢?因为师道被破坏了。

父亲曾对我说,爷爷当年带他去见私塾老师,一见面就行三拜九叩大礼。父亲说,在此之前他认为爷爷最值得尊敬,最权威,可那一天,爷爷的举动分明告诉他,老师更值得尊敬,更权威。以后还有什么好说的?对老师毕恭毕敬吧!

而现在,很多老师不敢批评学生,稍稍说重一些家长就会打上门来,教育的难度确实很大。

为什么现在的学生动不动就自杀?有一个重要的原因,我们的挫折教育不到位。

古人是非常重视挫折教育的。过去弟子提问时，老师不管学生怎么讲，先来一棒，即所谓"棒喝"。它除了让弟子回到当下外，就是要训练他在一切逆境面前保持强大的心灵承受力，而现在我们的孩子没有这种力量。

父亲说，当年被批斗，不少人都寻了短见，他却坚持活了下来，除了不忍丢下亲人，就是当年挨老师竹板的那些功夫起了作用。

近年来，国家非常重视教育事业，许多措施都是空前的，真是做到了《礼记·学记》中说的"建国君民，教学为先"，但遗憾的是我们的教育环境没有跟上来。到书店和报摊看看，《我拿什么勾引你》《一脱成名》等等充斥视野，让人不能不觉得牧养人们灵魂的文化正在走向低俗甚至色情化。被我们老祖先认为是神传的无比庄严的汉字，现在却被糟蹋到如此地步，怎不让人心生悲哀。

成功的秘诀

到一些学校讲课，常常有学生递条子：郭老师，能告诉我一个成功的秘诀吗？

我说，要问成功的秘诀，还真没有，但有句话我可以送给你，那就是：

"三心"走遍天下。

哪"三心"呢？如果我们把"孝、敬、惜"分别延展一下，就会变成感恩心、敬畏心、慈悲心。

先说感恩心。

古人说，受人滴水之恩，当以涌泉相报。试想，我们每天用掉了造化的多少滴水？仅此一项，我们怎么报答得了。还有，空气我们不会制造，阳光我们不会制造，但我们却在无条件地享用。

而它们，却从未向我们收取一分钱，这是一种怎样的慈悲？

面对这种没有缘故、没有条件、不计回报的慈悲，我们除了感恩，还能做什么？

我们再想想，一个人的成长道路上，洒有多少这样的阳光，以及阳光一样的母爱、师爱和慈爱。

单说父母的恩情，我们一生也难以报答。

山东电视台的《天下父母》栏目播过一则大导演翟俊杰的故事：

女儿小乐出嫁时，他说，爸爸要送你一件礼物。孝顺的女儿说，我什么都不缺的。他说，这件礼物你一定要收下。说着就从箱底拿出了一个珍藏多年的小瓶子。看着这瓶血红色的液体，女儿有些不明白是怎么回事。当他告诉她这是母亲二十多年前的奶水时，女儿愣了一下，然后扑通一声跪下，泣不成声。

一瓶二十年前采集的母乳，二十年后变成了"血液"，仅这个意象就足以让我们震撼。

当心里的感激一次次变成泪水，这才明白，泪水是一种感恩的液体。

一个没有感恩心的人，上苍是不大喜欢的。当下社会，成功学成了最受人们关注的学说，但是人们却忽略了感恩是成功最大的秘诀。

看过一则故事：

　　一天，佛陀出去托钵时，在路上碰到一位年迈的婆罗门老人，拄着一根拐杖，捧着一个破碗，十分吃力地行走。佛陀看在眼里，怜悯在心，加紧脚步上前扶着老人说，老人家，你走路这么不方便，为什么还要出来托钵，难道没有孩子照顾你？老人回答说，有，我有七个儿子，但是都娶妻成家了，他们有妻子要照顾，有孩子要养育，所以无法容纳我，把我赶出来了。说着抬头一看，认出是佛陀，赶紧跪下说，佛陀！您救救我！我到底用什么道理，才能感化教育我的儿子？佛陀说，你什么都不要想，只要记着将你手中的拐杖，用心拿好，走路时用心走稳，然后用最虔诚的心去感恩这根拐杖，因为它不但扶你走路，还帮你赶走恶狗，还帮你涉水时探测深浅，等等。这一切，你都要用心去感恩。如果你用心去做，就能感化你的儿子。老人有些不明白，却按佛陀的教导去做了。从此，不再抱怨儿子，而是一心感念拐杖，时时刻刻都感念着拐杖的恩情。人们听到他边走路边念叨，感恩你，拐杖！感恩你助我走路，感恩你帮我探测水的深浅，感恩你帮我赶走恶狗！过了一段时间，老人的七个儿子听说城里有一位佛陀能够赐福给世人，就相邀一起去求佛赐福，甚至连妻儿都带上了。到达王舍城耆阇崛山时，佛陀正在为大众开示。这时的老婆罗门心中已经没有任何烦恼了，只有感恩。这天，他照样念着感恩上路乞讨，一个过路人看到他如此老迈，却是满口感恩，就好奇地问了他经过，然后对他说，今天佛陀正好在王舍城耆阇崛山说法，您想不想去看看？老人就随着好心的过路人去了耆阇崛山。他们到时佛陀已经开始说法了。老人照样一边念着感恩，一边走到佛陀前。佛陀看他上前，说，老婆罗门，听你满口感恩，看你一脸欢喜，你给大家再大声念几次吧。他就十分自然十分欢喜地给大家念，感恩你，拐杖，是你助我走过险路；感恩你，拐杖，是你帮我探测水的深浅；感恩你，拐杖，是你帮我赶走恶狗；感恩您，佛陀，是您让我明白感恩的道理。佛陀听了很欢喜，用眼睛扫视着老人的七个儿子和七个媳妇，语重心长地说，对，人生最重要的就是要有感恩心，一根拐杖尚且被老人如此感恩，何况生养我们的父母！世间有很多人还不如一根拐杖，不知孝敬父母，将来肯定会受到儿子同样的对待。你们想从我这里得到祝福，岂不知真正的福就在孝养父母中，就在感恩中。七个儿子和媳妇惭愧得无地自容，同时上前向佛顶礼，感恩佛陀，然后向老父亲叩头认罪，争着迎请老父亲回家孝敬。

可见，修福最好的方法就是常存一颗感恩心，老人感恩拐杖和儿子回心转意，看上去是个巧合，其实暗含大逻辑，正是老人的感恩之心召来这一"巧合",这个过程中的许多"巧遇",正是"恩"在安排,它的名字叫"感",这就是古人讲的"境随心转"。有位哲人说过,人生除过感恩和改过,再无他事,真是再正确不过。

通常情况下,人们一提到报恩,就会想到恩人,其实,还有天恩、国恩、亲恩、师恩,换句话说,除过恩人,还有恩天、恩地、恩风、恩雨、恩米、恩面、恩水、恩火、恩国、恩社、恩家等。凡是保障我们生命的,都是我们的"恩人",当我们意识到这一点,就再也不会浪费光阴,再也不会玩忽职守,再也不会狂妄自大了。所有人都活在一个"恩字号"的世界里,乘在"恩字号"列车上,那么,活着的意义,无疑就是报恩。

再说敬畏心。

在过去的某个年代,中国成了一个生产口号的工厂,在众多的口号中,我最不喜欢"人定胜天"。试想,当我们失眠的时候,连一个小小的失眠都没办法,何谈人定胜天。再说,人为什么一定要胜天,天人合一不是更好吗?再想想,人一出生,心脏就随我们跳动,直到生命终止,这难道不是一个奇迹吗?就是一架机器,持续运转上几十年,可能都要报废,而我们的心脏却要随我们跳动一生,这是多么奇妙,更不要说已经运行了百千万亿年的宇宙。

2003 年,我和几位同学因"非典"被困在鲁迅文学院,校方不让我们离开校门一步。每天隔着铁大门，看着空空荡荡的马路，听着救护车呼啸而过，每天都有不好的消息传来，心里有种无法言说的滋味。

那段时间，恐怕没有谁不思考死亡的问题，思考灾难是怎么到来的。

我觉得"非典"之所以到来是因为人们的心中有了"非典"。

"非典"虽然给我们带来了巨大的损失和伤痛，但也培养了中国人的敬畏心。

古人的逻辑是顺时敬天。为什么在春天判决的死刑犯一直要等到秋天才处决，就是因为古人认为春天是万物生发的季节。有年春天，年幼的宋哲宗折了一根柳枝，就被程颐直言不讳地劝诫，"方春发生，不可无故摧折"，可见古人是如何地敬畏自然。

古人之所以格外强调敬，因为敬生诚，生和，生福。而诚是天地动能，和是天地静能，福是天地定能。正是此"三"，生健康，生荣誉，生成功。为什么说家和万事兴？因为一个和合的家庭，本身就是一个大能场。而和合的前提是敬，包括夫妻互敬，包括长幼互敬，包括人境互敬。

小家如此，国家同样，宇宙亦然。

现在，每当出差，要离开宾馆时，我都要把房间收拾整洁，然后恭恭敬敬地给房间鞠三躬，再拉上门去退房。不如此，觉得内心就无法安宁。尽管那个房间此生有可能只住一次，尽管它的属性是商品，但我深知，在商品的"底部"，是一个和商品无关的东西，无疑，它是一个莫大的缘分。

当我们对时间和空间真的有了"感觉"，就会发现，不要说一个为你服务了三四天的房间，就是每一个时空点都是需要我们敬畏的，因为生命本是一个个时空点构成的。包括每一次呼吸，也是需要我们敬畏的，因为生命本在呼吸之间。换句话说，正是这一次次呼吸，一个个时空点，维系着我们的生命。但呼吸之主、时间之主，却不是我们自己。如此想来，我们怎能不在内心生起深深的敬畏。

最后说慈悲心。

一次，在公园里听到两位女同志聊天，内容是互相支持素食主义。一位说她曾到乡下支教，住在一个老乡家里，老乡为了感谢她，硬要给她杀羊。当老乡从羊圈抱了一只羊羔往外走时，乳羊像是知道将要发生什么似的阻拦。可是羊羔终究被老乡带离羊圈，只见被关在栏内的乳羊拼命地撞击圈栏。当羊羔在老乡刀下的叫声渐渐弱下去的时候，那只乳羊停止了冲撞，呆呆地站在那里，头上流着血，嘴里喘着气，脸上的表情让人不敢也不忍去看。她说那是她有生以来从未见过的一种表情，说她当时从未有过地想念孩子，恨不得立即回到城里，回到孩子的身边。当煮热的肉端上来时，她觉得那不再是一盘羊羔肉，而是一位母亲的眼神，让她不寒而栗，更不要说动筷子了。

另一位说，不吃是对的，科学家说当动物被宰杀时会把所有的仇恨都转化为毒素注入到肉中，人吃肉其实是吃毒，是往身体里埋藏定时炸弹。"口蹄疫"是吃出来的吧，"禽流感"是吃出来的吧，"非典"是吃出来的吧……

同样是两个素食主义者，境界却是天壤之别。后者是出于保护自己才茹素，前者则是出于善良，出于慈悲，出于设身处地、将心比心。

古人认为，宇宙就是由"爱"构成的，它的原点就是一个字："爱"。一个人若具备慈悲心，则会感得慈悲的照耀和庇护，正如一个人心中有感恩、有敬畏，就会感得感恩、敬畏的照耀和庇护一样——因为"爱"既是节目源，又是发射塔，还是转播站，更是频道和频率。为此，古人把为自己着想的人叫"业力身"，把为别人着想的人叫"愿力身"。"业力身"生长烦恼和不幸，"愿力身"生长智慧和福德，因为业力和爱不共振，只有无私的愿力才和爱同频共振。

一个有慈悲心的人，必定是一个勇于担当的人；一个勇于担当的人，必定是一个成功的人。

初版后记

2006年，我提出了安详生活的概念，并尝试着进行了一些演讲，受欢迎程度大大出乎我的意料。

让我惊喜的是，在"安详"的影响下，不少问题学生得以改变，不少问题家庭得以改观，不少心灵疾患得以痊愈。从此，每逢我们搞一些公益活动，那些从中受益的同志都会闻讯前来做义工。

作为一个作家，去四处演说，似乎是不务正业；但是当对方的邀请到来，特别是学校，一想到孩子们那些渴望的目光，我就下不了拒绝的决心；因之，写作搁置；因之，稿债高筑；最后都不敢接听催稿电话。

现在，中华书局能够出版这本书，将会大大缓解我的压力。再有单位和学校邀请，我就可以让本书"代劳"了。

"我一直在想，现代人拿什么稳住自己？看了你的这个书稿后，我有了答案。"本书编辑祝安顺老师如是说，"看完你的书稿，我强烈地感受到一种稳定人心的力量。这是我们期待已久的一部书稿。"

在安顺老师身上，我深深地体会到了一个词——鞭策。正是在他不停地电话、短信和E-mail的鞭策下，这部放了许久的书稿才得以出版面世。

借这个机会，我要深深地向他敬礼。

让我感动的不仅仅是他的相知，还有他强烈的关怀意识、敬业精神，尤其是他为天下苍生铁肩担道义的大丈夫气概。

我没有想到，把书稿发给他的第二天，就收到他的短信：

> 郭老师您好！您的文字我反复读啊！真好！于丹的华丽，激励人心；您的朴素，安稳人心……特希望能与您面谈啊！我日夜看，感动啊！

随后，每天都会收到他的几条短信。

而我每每发过去稿件，他几乎超不过一刻钟就答复。让人觉得他从来就没有离开过邮箱。

唯一一次迟到的回复是：

> 郭老师，非常对不起，早上开车带父亲到八达岭长城，

终于完成我的一个心愿；回来又是大雨，不敢马虎，没有及时给您回信，十分抱歉。

我的脑海里出现了一个词：安顺速度。这一刻，我已毅然铁了心决定跟他合作了。

一种终于"找到组织"的欢喜充满心底。

发过去由朋友帮我改定的出版协议，他在一刻钟内就答复，几乎没有异议。

更让人不得不相信他常说的那句话，出版是一种救赎，是一项利益苍生的事业，而不仅仅是获利。

……我希望这本书能将您的安详立在时代的潮流中，犹如一尊铁锚，将这艘被物欲冲击得东倒西歪的大船定住，造福大众！

读来让人动容。要把这艘巨轮定住，谈何容易，但不容易并不意味着我们就放弃努力。

说起努力，我要借本书一角深深地感谢，感谢那些在"安详"成长过程中给予过无微不至关怀的领导、鼎立支持的同道和家人以及休戚与共的同事和团队，感谢一路送我到达文学最高殿堂的各位恩师。正是他们，让我拥有了一个以演说的方式行愿的资质，一个回报社会的资质。

我要深深地感谢中华书局的副总编顾青先生，从安顺老师的口中，我得知了顾青先生对本书的格外支持。连同感谢为本书的出版付出辛劳的曹雅欣老师。

我还要深深地感谢朋友高以谨和中山图书馆的吕梅馆长，是她们把安详介绍到南国，接着又由吕梅馆长介绍给祝安顺老师。

最后，我要深深地感谢安详。因为没有安详，就没有我的今天，当然也就没有这部书稿。

郭文斌

2010年1月

再版后记

　　对我来说,《寻找安详》能够出版是一个意外, 成为畅销书就更是一个意外, 估计出版社也没有料到, 不然不会在书发行不到一个月就断货。对于一个作家来说, 这当然是一件开心的事情。但更让人开心的是有许多读者从中受益。这既给我很大的安慰, 也给我很大的信心。让我感动的是, 有不少热心读者, 在自己受益之后, 还倾力让更多的人受益。因为他们的汲引, 我得以到全国一些高校和省市分享有关安详的心得体会; 因为他们的影响, 许多人对安详产生兴趣; 尤其让人感动的是, 有不少读者批量义捐, 其中有位叫楚文的女士, 用自己的工资多次购捐《寻找安详》和《农历》数千册, 一家人却住在只有六十平米的旧房子里。

　　当然, 安详作为一种理念, 相对于现实生活, 难免有不同的见解，这从媒体朋友的提问中可以知道。两年来，新华社、新华网、中国作家网，《人民日报》《文艺报》《中国艺术报》《中国青年报》《中华读书报》《文学报》《天津日报》《海南日报》《羊城晚报》《春城晚报》《济南时报》《深圳特区报》《珠海特区报》《北方周末报》,《天涯》,湖南卫视《芒果》及宁夏本土多家媒体，就安详，或关于安详，提了许多有质量的问题。这些疑问，也是不少读者的。正好借这次修订的机会，作一次集中答复。

有问，作为一个安详生活的倡导者，如何看待不久之前盛行一时的"末日论"？

我说，事实上"末日论"我在很小的时候就听到了，但当时人们却没有像今天这样恐慌，因为老人告诉我们，即使老天收人，也会留下一些人种，所谓"择良留种"。我们只需把自己变成一个好人，变成一个有用的人，变成有种子品质的人。这种教导在很大程度上成为我的潜意识，成为我做人行事的潜在标准。

在我看来，安详正好可以缓解人们的"末日"焦虑，因为安详是一种稳定的现场感，正是这种现场感，让我们不念以往，不思将来，只是安处于当下，当然也就远离了"末日"焦虑。换个角度来讲，只要我们能够遵从"整体"原则，把自己全然地融进"整体"，"末日"事实上也消失了，因为"整体"是无始无终不生不灭的。退一步说，就算通常说的"末日"是一种可能，但当所有人从现在起开始修改心念，把言行调整到生机频道，补种生机之种，那么杀机就不会到来，或者会推迟到来。而安详，在我看来，是最大的生机。

不可否认，人类到了天灾人祸最频繁的时代；同样不可否认，这是一个全民焦虑的时代。对于一个个被天灾人祸夺去生命的人来说，生命终止的那天就是他们的"末日"；对于一个个被焦虑和抑郁夺去生命的人来说，生命终止的那天就是他们的"末日"。在我理解，天灾是因为大地失去了安详，人祸是因为人心失去了安详。因为安详的缺席，很多人才生活得如此痛苦，如此不快乐。其实，当年的我也不例外。比他人幸运的是我碰到了安详，把我从地狱带到天堂。

我的体会是，当一个人内心存有安详，仅仅从一餐一饮、半丝半缕中，就可以感受到世界上最大的幸福，否则，即使拥有世界，也可能和幸福无缘。安详是一种来自生命本身的快乐，一种只有向内求才能得到的快乐，一种反条件的快乐。只是因为我们没有"醒来"，因而感觉不到它；或者是因为它太简单了，我们不愿相信它。正如幸福就是我们"本身"，只是我们已经习惯了向"外"看，那束天生的打量幸福的目光就渐渐"睡眠"。结果是，我们本身开着幸福的车子，却满世界寻找幸福，以至于把车子都开爆了，最终却和幸福擦肩而过。

因此我以为，一个人错过安详，不仅仅是错过幸福，还意味着错过了生命本身。

有问，唱首歌也能快乐，美餐一顿也快乐，为什么偏偏要学安详呢?

我说,来自安详的快乐和来自物境的快乐不一样。来自物境的快乐会消失,来自安详的快乐永远存在,因为它是一种根本快乐,它和我们的本质一体两面,只要我们找到本质,它就自然发生。打个比方,如果说生命是太阳,那么安详既是太阳,又是阳光;如果生命是月亮,那么安详既是月亮,又是月光。其实生命本身就是快乐的矿藏,只不过因为我们太粗心太大意,或者说是被粗心被大意,而舍近求远,舍本求末,这个"灯下黑",就成了天下最大的冤枉!

有问,不少知识分子认为,人生的本质是痛苦是悲剧,但你却讲根本快乐,是不是有些矛盾?

我说,这些知识分子讲的痛苦,恰恰是生命的现象,而不是本质。就生命现象来讲,确实是痛苦的、悲剧的,因为既然是现象,就不永恒,有生灭,因此痛苦;再好的良辰美景都会逝去,再动人的人事都会逝去,包括我们"自己",因此痛苦。如果他们看到这个现象的背面到底是什么,就不会发出生命的本质是悲剧之叹。现象的背面是什么呢?全然的快乐。如何看到,需要我们走进安详。用思考永远无法找到生命的本质,生命的本质只有"过来人"才能告诉我们。因为意识本身是我们生命的一个局部,我们怎么能够通过局部认识全部?就拿眼睛来说,它甚至无法看到自己,怎么能够看到后背,看到五脏六腑?但我们没有看到,并不等于它们不存在。

因此，对于持"痛苦之见"的知识分子，更需要从知识走向安详。一个人要想不受噩梦折磨，首先需要醒来。一个没有醒来的人，他所做的一切事，都有可能是错事。这就像一个迷路的人，他走得越快，可能离目标越远；这就像一个人在梦中拼命完成了一项天大的工程，但是梦醒之后，全是懊丧。如果我们稍稍知道一些"醒来"的常识，就会发现，醒来的过程就是痛苦消失的过程。从这个角度来讨论，最有意义的事就是先让自己醒来，再把他人唤醒。很显然，没有谁愿意永远生活在梦中。而安详，正是生命"醒"的状态。

有问，安详的人是否会在这个充满竞争的社会中无法立足？

我说，如果一个人真正找到了安详，他肯定是一个受社会欢迎的人。真正的竞争力是爱，而安详正是成全人的爱力的。如果我们承认没有谁会拒绝母亲，就会承认没有谁能够拒绝爱。既然没有谁可以拒绝爱，那么，拥有爱力的人怎么会在社会上没有立足之地呢？我有一个朋友，当初想方设法赚钱，但是一直没有赚到；后来跟我一起实践安详，不到两年，一个老板愿意把一层楼给他，让他成立一个文化公司。老板为何要如此支持他？因为他用安详思维解决了老板用经济思维无法解决的烦恼。

有问，安详是否会把一个人变消极？

　　我说，人们一旦尝到安详，就会发现它不是消极，恰恰是大积极。一个获得安详的人，他会非常好学、非常勤奋、非常敬业、非常有爱心，却不执著、不计较，因为他的心中没有了"我"，只有整体。而整体的品质本身就是积极、和谐、利他、生机勃勃、天长地久。

　　有问，安详是否要以牺牲人的尊严为代价？
　　我说，恰恰相反，如果说生命是旅行，那么"回家"便是必然，"回家"不但意味着归属，还意味着温暖、安全，当然包括尊严。一个无家可归或者说迷失在外的游子是没有真正的尊严可言的，更不要说浪子。而安详，是生命最终的家园。

　　有问，顺民根本没有一个现代公民所应具有的对社会的批评、监督意识和行动，安详会不会把人变成顺民？
　　我说，安详不等于放弃责任，只不过它的方式方法会更加妥善，相对于反社会却没有建设力的人来讲，一个既不反社会又具有建设力的人，是不是更有价值呢？事实上最彻底的监督是让被监督者走进安详，因为安详力本身就是监督力。就像一个人愿意承认有天，就会承认"人在做，天在看"，就会自动约束自己。因此，要想真正实现监督，就要恢复人们的敬畏心。事实上，当安详成为人们的自觉，成为人们的生活方式，甚至不需要监督了。阻止作恶的最好办法是让恶自动终止，而让恶自动终止的最好办法是让它变成无聊，或者说无趣。而要让恶成为无趣，就要让人们尝到善的有趣。就像一个见过大海的人，河湖将不会成为他追求的目标。生命的意义无非是获得喜悦，如果我们现在就在喜悦之中，为什么还要舍近求远？如果一个官员没有找到比贪更快乐的东西，制度再健全，刑罚再严厉，他也有可能铤而走险，因为贪快乐。因此，让官员找到一个比贪更快乐的东西，就成了关键。安详正可以帮助官员找到这种超然的快乐，可以代替一切泡沫快乐的根本快乐，古往今来，有许多清官已经给我们作了证明。安详除了能够让人们对外在诱惑产生无趣感，还可以给生命提供多层次感和无限超越性。从这个意义上来讲，安详也许是最好的"制度"。

有问，面对社会两极分化、贫富不公，你能安详吗？

我说，一个人如果找不到自己真正的"富贵"，即便是亿万富翁，也是贫穷的；如果找到他本原意义上的"富贵"，即便是一贫如洗，也是富有的。当一个人心存这样的概念，他就会是安详的。人一旦尝到安详的滋味，渐渐就不会"在意"贫富了，因为根本快乐不会因贫而少，因富而多，它是一种超越贫富的存在。因此，我们要不断提醒人们思考一个问题：一个人拥有亿万财富，却是零喜悦；另一个人虽然贫穷，却拥有亿万喜悦，谁更成功？更快乐？

安详是一种发自心底的快乐。请留心一下古人讲的"心地"

这个词。在我看来，它暗示了一种自然生发力，就像大地，它本身具有生长力。真正的幸福正是从这个心灵的大地上自然生长出来的，只要"春来"，就会"草自青"。这个"心地"，就是安详。再说，一个安详的人，他会明白，人的财富是一个总量，这个总量失之东，会补之西。因此，对于不正常原因造成的贫富不公，包括许多读者问到的强拆强占，他可能会据理力争，但绝不会走极端动用非常规手段，绝不会自焚，绝不会动刀子。

安详既能让富者贵，亦能让贫者尊。

有问，安详是克制欲望的武器，但欲望也是人类前进的动力，如果人人都没有了欲望，社会或许就停止了进步。

我说，在回答这个问题之前，我们得好好讨论一下这个"前进"。如果一种"前进"让我们丢掉了健康，丢掉了幸福，丢掉了安全感，丢掉了起码的生存环境，它还是"前进"吗？我的父母都八九十岁高龄了，任何时候，他们的脸上都是欢喜。可我从中年人的脸上已经看不到那种程度的欢喜了，在青年人的脸上又看不到中年人脸上的那种欢喜了。由此我想，我们一直在追求进步，这没错，但是如果人们的目光中没有了喜悦，这还算不算进步？中国古人在"反动"中完成"前进"，或者说是保持"前进"，它的逻辑是"天人合一"，是"天地与我同根，万物与我一体"；但是欲望逻辑疯狂鼓动人们，"天地"是我们消费的对象，"万物"是我们挥霍的对象，欲望膨胀的结果将是人类的末路。古人早就发现，人的欲望是一个巨大的惯性，如果没有一套"反动"机制，就会把人类带向灭顶之灾。安详的作用之一，就是"反动"。可见，社会越发展，越需要安详对人们内心的调养。就像一列列车，它速度越快，越需要保障系统安全无误，越需要轨道安全无误。发展的动力是刺激欲望，但欲望过度会毁灭生命。这就需要在欲望和灵魂之间增设一道润滑，在"发展"和"安全"之间增设一个制动阀，这个"润滑"，这个"制动阀"，在我看来，就是安详。

有问，我愿意过安详的生活，如果在乡村，至少不会被饿死，只要有地种；但我现在生活在城市，没有工作我怎么安详？

我说，这是一个问题。人当然先要满足最基本的生存需求。但是另一方面，城市也有不少人，他们已经不需要为生计发愁，但仍然不安详，为什么？不少富翁，赚钱的目的已经不是为了保障生存；一些官员，贪污的目标已经不是为了保障生存，为什么？因此，对于城市人来讲，安详有可能是他们最后的土地，或者说是最后的故乡。

有问，我愿意过安详的生活，但是我身处闹市又如何安详？现在有不少人选择在城郊、山林、海边等清静处买房买院，过隐居或半隐居的生活，这是否也是一种寻找安详的方式呢？

我说，首先，我们要对这些"隐者"表达敬意，因为他们毕竟在一定程度上向世人演绎了"放下"。但在我看来,环境不是主要的,关键在心。如果一个人的心中没有宁静,他即使整天呆在深山老林中,还是找不到安详。如果一个人的心是静的,那么他即使处在闹市,也可以找到安详。在我看来,最大的自然应该是心的"自然"。人们之所以渴望自然,是因为心里没有"自然"。如果一个人在他的心底建立了"大自然",任何地方都会成为他的桃花源。这个"大自然",就是安详。因此,我更愿意把"桃花源"这个词看成是安详的象征。如果我们稍稍懂得安详,就会发现,公益恰恰是我们走进安详的重要途径。那么,一个人对环境的选择,应该以是否方便从事公益事业为标准。

有问,安详能否在新一代青年身上发生作用?

我说,在我看来,新一代青年面临的主要问题正是安详的缺失。现在,有不少"80后""90后"缺乏孝敬能力、快乐能力、生活能力、抗挫折能力、爱的能力,一句话,缺少安详力。十几年的应试教育让他们成为考场上的高手,生活中的低能儿。但社会毕竟不是一次次纸上答卷,当他们踏上社会,一个巨大的不适应就以排山倒海之势到来。现在有许多年轻人轻生,有生活压力的原因,更重要的是以上原因。孝子是不会轻易自杀的,从小接受过挫折教育的人是不会轻易自杀的,懂得安详的人是在任何环境中都能安处的。这些年轻人,要想适应社会,补安详之课就成了当务之急。

要想让孩子获得生命的灿烂，需要我们把目光投向根。如果根出了问题，叶和果就可能是昙花一现。换句话说，我们在给孩子构建生命大厦的时候，千万不要忽略了地基，否则，他们的一生都可能生活在不安全不稳定之中。这个地基，就是安详。因为安详的品质是"根"，是"性"，是"顺"，是"诚"，是"爱"，是"敬"，是"悦"。

我的体会是，在没有找到安详之前，教育一不小心就会成为乱上添乱，就像梦游者给梦游者带路，结果是两倍的梦游。这就像自由主义者一直在讲，一切都要按个体心中最好的想象建构这个世界，但是什么是最好，他们却无法回答。这个世界就变得混乱不堪。因此，找到一个普遍真理就成了关键中的关键。就拿好人好事来说，通常的标准是利他，那么如何才是利他？有人说他要什么你给什么。那么请问，他要吸毒呢？

如果不搞清楚"给"和"要"的标准，教育还有可能"引狼入室"，因为这个社会上有着太多的人在打孩子的主意。别的不说，就拿眼下铺天盖地的励志书来说，有多少是具有父母心肠的？一个孩子走丢了，具有父母心肠的人应该把他带回家，可是有人却在干着拐卖的事；一个孩子跟父母闹别扭，具有父母心肠的人应该劝孝，可是有人却在干着劝逆的事。不少书籍，孩子不读还好，越读越焦虑、越自私、越狭隘。真正的励志书，应该是励奉献之志，而非索取之志；应该是励家国之志，而非一己之志；应该是励大爱之志，而非小爱之志。因为只有通过奉献、大爱、家国情怀，我们才能走进安详。

有问，这毕竟是一个多元时代，在强势东进的西方文化面前，安详到底有多少用武之地？

我说，正因为西方文化强势东进，安详在一天天增值。因为安详的底料是"中"，既然是"中"，"东""西"都离不开它。单就年轻人喜欢过洋节来说，大家有些紧张，在我看来，也没什么大不了的。就像是一个有根基的大户人家，家里来几个客人挂单，也许是一件值得庆祝的事。问题是，我们自己首先要是一个大户人家，要有足够深厚的家底，要有能够拿出来让客人观赏和享用的东西。如果我们一贫如洗，那客人的到来不但是一件十分尴尬的事情，也是一件十分危险的事情，弄不好，我们的孩子都会跟了客人私奔。这个"家底"，在我看来，还是安详。当一个人尝过了"本有"的山珍海味之后，他自然会对"舶来"的小茶小点没有兴趣了；即使有兴趣，也只是作为茶点用用，绝不会以其为主食。我之所以写《寻找安详》《农历》这些书，就是想和大家一起体味我们本有文化的自足性、圆满性。这就像各种新式营养品在想方设法争宠，大米从不吭声却从未失宠过一样。这个世界上，总有一些东西是人们永恒需要的，这些东西，在我看来，就是传统。我们现在要做的事应该是把传统现代化，就像过去蒸米用柴禾，现在用电饭锅一样，安详的使命，不应该是重新创造一种大米，而是制作更好的电饭锅，探索更好的蒸法，把大米做成更适合现代人胃口的美餐。

有问，如何用安详视角看待"全球一体化"？

我说，"全球一体化"本身不存在善恶分别，关键是要看这个一体化是什么的一体化，如果是古人理解的大同社会；那一体化就是善，如果是道德沦丧、欲望膨胀、享受泛滥的一体化，那可能就是深渊。现在的一体化，是否合情，可能还需要观察，但有一点我们已经看到：文化在受害。一个个文化自足体在这个洪水猛兽面前决堤了，留在大地上的是一个个文化的空村、空巢、空壳，最后也许就是一片空白。所以，在全球化的浪潮下，我们更应该自觉维护中华民族传统文化的独特性、完整性，全球化只有与文化的多样性相辅相成，这个世界才是一个丰富、可爱、有趣的世界。

有问，这毕竟是一个经济时代，有几个人能够对安详产生信心？

我说，正因为这是一个经济时代，安详才弥足珍贵。因为经济，人们焦虑；因为欲望，人们痛苦。安详正好发挥药用。如果我们肯定到医院就诊的人越来越多，那么我们就会肯定走进安详的人会越来越多。因为安详让我们善待心跳，善待呼吸，让身心保持一个妥善的状态、和谐的状态、健康的状态、快乐的状态。

有问，要让他人对安详产生信心，最关键的是什么？

我说，首先要自己找到安详，享受安详。一个没见过安详的人，是不可能让别人分享安详的，一个没有安详的人，是不可能给别人安详的。事实上，当一个人真正找到了安详的时候，他什么都不做，就在传播安详。这个人，他无论是坐在办公室，还是走在大街上，别人看着都会心生欢喜。这个世界上，有谁会不喜欢欢喜呢？这时，你拥有的欢喜既是贡献，也是广告，因为天下不欢喜的人太多了，只要他不欢喜，他就会想，那个人怎么就那么欢喜呢？就会来向你请教如何欢喜。这样，点亮他心灯的机会就来了。另外，一个人只有真正找到安详，才会对他人有一种摄受力，因为对于一个安详者，他的所有言行本身就是一种安详的展示。还有一点，当我们按照安详精神去生活、去工作、去做人时，真正意义上的生命诗意诞生了，一个小我无法享有的诗意王国便会次第打开"山门"。这个诗意，本身就是一种感染、一种感召、一种动员。

有问，安详与和谐是什么关系？

我说，安详本身就是和谐力。一个安详的人，必然是一个知行合一的人，而知行合一产生真诚、信誉、奉献，最终产生榜样，这不正是和谐社会最需要的吗？如果每一个人都做到"守"，都归到本位，都做好本分，都不做非分之想，那么这个社会不就是和谐社会吗？

现在的情况是，好多人占着本位，却想着他位，非和谐就产生了，分裂和动荡就产生了。只要我们不归位，冲突就不可避免，战争就不可避免。我们知道，冲突来自分别，而一个人找不到现场感，就永远无法消灭分别。再说，安详让我们向内寻找幸福，而一个向内寻找幸福的民族，不会将幸福建立在损人利己的基础上。向外寻找幸福的结果是欲望的过度膨胀、资源的过度消耗、环境的过度污染、竞争的过度激烈，最终的结果将是人类的末日，要么被天灾吞没，要么被战争吞没。中华民族五千年基本的社会稳定和安宁，正是得益于这种向内寻找幸福的文化。

有问，要找到安详，最关键的是什么？

我说，我的体会是首先要把傲慢放下，把偏见放下，把成见放下，然后把心灵调整到一种归零状态，读安详的书，做安详的事。事实上，每个人都是一个安详的拥有者，只不过它在沉睡，只要"唤醒"它就足矣；或者说，每个人都是一眼安详的清泉，只要把其中的泥沙淘尽就是。

郭文斌

2015年9月

永远的乡愁

郭文斌 著

中华书局

目录

代　序

面向价值的写作

汪　政　晓　华

　　也许，对郭文斌的创作可以作阶段性的总结评价了，但怎样的定性式的概括才准确呢？我想起前不久的一次文学研讨会上，一位青年学者说她推崇"建构性"的写作，并且认为中国当代文学中真正的建构性的作家并不多。由于当时论题的限制，她没有就建构性写作做具体的阐述，我想所谓建构性的写作的内涵是非常丰富的，它包含了个性、创新、思想、风格，包含了作家自己文学理想的提出和对这一理想的有效的实践，而且能开一代文风。我特别地认为建构性的写作是一种"正面"的，面对价值的写作。如果我的理解大致不差的话，那么，郭文斌的写作应该是建构性的，因为，他是少有的坚持并且以自己的文学宣示着鲜明价值立场的作家。

价值是客体与主体需要之间的一种关系，它关系到主客体方方面面许多要素。因为社会在变，人在变，人们的实践活动也在变，所以价值也在变。特别是社会发展迅速的时期，价值的变化也更为剧烈。说到价值的变化与人们价值观的变化，大概没有哪个时代比得上中国这几十年了。价值有许多种，自然价值，经济价值，知识价值，审美价值，道德价值。这几十年，中国创造了多少价值，又激发了多少需求，相对这些需求，又需要创造更多的价值。过去，人们对价值认识很单纯，不管是物质与精神都是如此。思想解放与改革开放将人放到了主体的位置，人的需要与发展被认为是天经地义的，个人的需求也被赋予了从未有过的合法性。在八十年代，人的价值，包括个人价值的实现几乎成为流行的口号。不能不承认它们对社会发展的巨大推动，因为人的价值虽然说与人享用的价值有关，但决定性的意义在于他所创造的价值，尊重人的价值，实际上就是尊重创造价值的自由。所以，为什么说这几十年是中国生产力的大解放，就是这个道理。但是，对这几十年的历史从价值哲学的角度进行反思也不是没有问题，因为不管是从社会还是从个体来说，物质价值的创造与拥有在相当大的程度上压倒了精神价值的创造与实现。功利主义的价值观占据了主流。这必然导致价值与价值观的复杂和混乱，一些社会与个体发展的根本性的价值被悬置了，碎片化了，空心化了。社会的建设、连续与进步被畸形地理解和推进，大大小小不同类型的人类生命与文化共同体面临分化和解体，个体的物质与欲望被开发和放大，而精神与心灵的完善则弃之如敝履……这些发展中出现的现象与问题正考验着一个民族的道德与伦理智慧。

如此的价值失衡特别是负面价值与伪价值的生成已经近乎一场人文灾难。大概在上世纪八十年代中期，它开始引起人们的警觉，并且成为许多人文工作者包括作家们工作的逻辑起点。这样的工作有两个向度，一是对现实的否定与批判，一是从历史、现实与理想中寻找与构建正面的价值观念。其实，这两个向度是一枚分币的两面，并不可以分开，但是对个体来说，却由于环境、心性、认知等方面的原因而有所侧重与选择。在我看来，郭文斌选择的是第二个向度。

我不知道郭文斌这种面向价值的写作的自觉意识起于何时，从他的早期作品来说，虽然题材广泛，视野遍及城乡，但他的触须似乎都伸向生活中那些向善的人与事。像《玉米》《剪刀》《水随天去》（见短篇小说集《瑜伽》）等，在郭文斌的作品中已经算是有些寒冷的作品了。《玉米》中红红的不幸，《剪刀》里无名夫妻生活的艰难，《水随天去》中父亲对平庸和世俗名利生活的厌倦都从不同的角度写出了生活中的杂色，写出了人们物质与精神两方面的困境。但就是这样的作品，郭文斌也是有所保留，有所控制的，并没有写成不幸的控诉，仇恨的集聚，他寻找的是人们对这些不尽如意的生活的态度，他在探讨我们还有没有力量去应对，特别是在我们的内心，是不是已经丧失了应对苦难的能力，宽容、善良、忍耐、牺牲等等还在不在。所以，《剪刀》中的女人决绝地以自己的结束为家庭和亲人获得新的开始，而《水随天去》不但用童年的视角化解了形而上的沉重，而且将生活方式的冲突作了诗意的浪漫化的处理。系列短篇《小城故事》（见短篇小说集《大年》，宁夏人民出版社2005年5月版）也是类似的作品，只不过更轻松，甚至有些喜剧的味道。这些作品体现了郭文斌对社会风潮起于青萍之末的敏感。小城虽小，但是同样被社会的变革所冲击，人们的生活方式与精神状态同样在发生变化，许多的社会病也同样侵蚀着人们。从外部讲，体制的变化使作品中不少角色的生活陷入了困顿，社会的矛盾与问题让小城的人们应对失措、举止狼狈，更重要的是内部，是社会的转型搅动了人们的内心，腐败、堕落、纵欲、冷漠、失望，都是渐成风气的精神生态。不过，这只是郭文斌叙述的起点、背景和故事的表层，作者的目的并不止于此，他在寻找，通过一个个小故事在找人们内心的底色，而正是这些底色，人的基本的道德、良心与人伦使得许多人物与故事得以曲终奏雅，竟然能够让郭文斌的叙述也变得轻灵甚至欢快。

这样简单的回顾已经显示，虽然郭文斌与我们面对着同样的社会状况与精神生态，但是他作了不同的选择。这些作品的主题还不统一，作者对正面力量的寻找的方向也是犹疑的，不一致的，而且，郭文斌还没有完全调整好自己的写作目标，但是有一点是明确的，郭文斌显然认为隳败与沉沦不是我们生活的全部，批判、怨怼与绝望也不是我们全部的态度。我们还应该有更为积极的方式，那就是探讨或肯定理想与价值。在我的理解中，郭文斌的写作伦理显然基于这样的思考和判断，人与社会都是自觉的生活主体，他们按照自己设定的目标来设计和规约自己的生活，并且认为只有这样的生活才是有意义和有价值的。所以，人们对生活的权衡，也必定从这意义和价值出发。也正因为此，我们当下生活所出现的问题并不在现象与问题本身，而在于意义与价值出现了偏差，比如什么是幸福，什么是成功等等。当人与社会在意义与价值这些根本性的基准出现偏差以后，个体的生活方式，人与人的关系，人与自然的关系，社会的结构与动作模式，一直到人与社会形而下的技术层面都随之发生变化。所以，不少学者与社会管理者都在呼吁重建社会，不是说社会不存在了，而是说这个社会不是原先的社会，也不是理想的或好的社会。所以，郭文斌的写作方式完全可以转换成社会建设的一个思路，那就是寻找或建设社会的意义与价值。

这样的方式实际上是基本的和朴素的，也是历史上每个社会动荡与下坠的时候都必然启动的拯救模式。困难不在于启动这一模式，而在于对价值与意义的正面解释的倡导。郭文斌对这个问题的思考和回答经过了相当长的一个时期，从上面早期的作品来看，郭文斌的想法还比较宽泛，但是到后来，他就越来越集中，目光也越来越坚定了。他做的是减法，他主张回到历史、回到经典、回到传统、回到生命的原点，用郭文斌的话说就是"寻找我们本有的"。在他看来，传统就是"本有的光明"，是能够"让每个人点亮那盏永远不灭的，能够照亮他一生的心灯的方法"。所以，在这个问题上，郭文斌后来做减法，价值不是少了，而是多了，人们并不是创造不出价值，而是在无数的"价值"中迷失了。因此应该删繁就简，回到起点，回到那不变的上面去。有时，回撤可能是一种进步，因为存在这样一种可能性，"传统恰恰是最时尚的。当所有人都在兜圈子的时候，你站在原地不动，也许是最好的抵达方式，因为当人们兜了一圈回来，发现你已经早在目的地了。你原地不动，但你却成了最先到达的。……这就是先锋"。只不过人们回不去了，成了"一群试图还乡者，却总是找不到回家的路"。于是，重新言说和阐释传统价值就有了路标式的意义。这样的想法不是突然的，在他的早期作品里也有，比如《大生产》《开花的牙》（见短篇小说集《郭文斌小说精选》，宁夏人民出版社 2008 年 12 月版）等等，但是《大年》显然是一个标志，而长篇《农历》则是一个总结或集大成。

因为是回到传统，在中国，就是回到古典，回到乡村。在郭文斌的价值谱系里，中国的农业文明和乡土文化依然是重中之重。乡村作为一种社会形态，它的延续或成长的因素是复杂的，有横向的水平影响，更有垂直的线性伸展。因此，对乡村的传统价值观，郭文斌并不是静态地展示，而是动态地揭示其功能。书写传统与乡村，节令与风俗自然地成为郭文斌作品的叙述内容和叙事线索。汪曾祺说:"风俗,不论是自然形成的,还是包含一定的人为成分(如自上而下的推行)的,都反映了一个民族对生活的挚爱,对'活着'所感到的欢悦。他们把生活中的诗情用一定的外部形式固定下来,并且相互交流,融为一体。……风俗中保留了一个民族的常绿的童心,并对这种童心加以圣化。风俗更使一个民族永不衰老。"风俗的这些内涵与功能在郭文斌的小说中都得到了体现,由于风俗是建立在自然、生活、劳动与血缘基础上的,在规范与调节人与自然、人与人的关系上具有坚实而隐秘的作用,是道德、生活习惯等等的集中体现,它实际上以生活的具体方式参与了乡村价值体系和观念形态的培育、塑造、修复甚至重建。这是乡村地域文化中蕴藏着的教育资源和生活规范。所以,我们不难发现,郭文斌的这些作品都是童年视角,都有一个父母与孩子对话或教诲的结构,都有一个感悟的语义模式。孩子们从中汲取着乡村社会世代相传的生活方式、禁忌与文化理念。从本质上说,风俗就是一种仪式,是一种文化记忆,是我们集体记忆的重要途径之一,相对于其他形式,仪式的记忆更加经典化。郭文斌笔下的这些日常生活中的仪规、礼俗与程序,实际上都是一些特殊的文化文本,积淀了深厚的文化内涵,有着丰富的象征意义,虽然五里不同语,十里不同风,但在一定区域与社群范围内,通行的礼俗作为一种特殊的行为通过外在的符号、工具、程序以及组织者的权威而具有强制性,会营造出特殊的氛围,而使参与者在哀伤、敬畏、狂欢与审美的不同情境中获得行为规范、道德训诫与心灵净化，从而上升为价值哲学。

毫无疑问，长篇小说《农历》在这方面更集中，也更全面。作品中的人物用一年的时间为我们演示了中国农村原汁原味的日常生活，给现代化中的人们讲述他们生命的节奏，生活的原则，感情的寄托，他们的价值和他们的根。

这部长篇从"元宵"开篇，到"上九"结煞，刚好一个轮回。中间既有我们非常熟悉的大年、中秋，但也有我们非常陌生的龙节、中元，有的是农历的节气，有的是农历的节日。农历是中国古人发明的，它是根据太阳和月亮运行的规律总结推衍出来的，因为太阳的运行产生了季节的变化，农事的安排必须适应这种变化，古人据此设置二十四节气以指导农业生产。农历文化实际上是一个非常丰富的话语系统，它不仅仅是一个时间表，也包含着天文、地理、宗教、习俗、生产、生活等许多方面。在古代，二十四节气对农业生产具有强制性指导意义，而每一次生产行为都包含祭祀、禁忌、庆祝、劝勉以及实际生产行为等许多程序和仪式，每一道程序又都包含着它的起源、沿革、传统等文化增殖。对中国人来说，这是一笔丰厚而宝贵的文化遗产。郭文斌说得很明白，"十五个传统节日，就是十五个不同的意象。它事实上是传统留给后人的十五种精神营养"。

如果郭文斌关于价值的寻找或重建的书写只到这里，那还是传统的狭义文学层面，但是，他的脚步并没有停下来，这就有了文化随笔集《寻找安详》（中华书局2010年1月版，2012年6月修订)、《〈弟子规〉到底说什么》(中华书局2011年7月版)和散文集《守岁》(本书修订后由中华书局于2015年10月出版,更名为《永远的乡愁》,已收入本精选集)。这时,郭文斌的价值观已经很明确了,就是"农历精神"和"安详"。这两者其实在内存上是统一的,农历精神就是传统的文化,而传统文化按郭文斌的说法就是安详的宝藏。"安详是一种不需要条件作保障的快乐,这个条件,也包括时间。这种快乐是以一种绵延不绝的整体性为源泉的。因此,安详提供给人们的是一种根本快乐,它区别于那种由对象物带来的短暂快乐。具体来讲,它是一种稳定的现场感,正是这种现场感,让我们不念以往,不思将来,只是安处于当下。"郭文斌虽然将价值的源头认定在传统,实际上他对中外生活、道德、伦理与审美等价值还是作了比较和研究的,上述对安详的描写就既有中国传统哲学,也有西方古希腊的生活哲学和现代简朴主义与生态思想。当然,我看重的并不是郭文斌有关安详的倡导有多切实而重要,在这个问题上,我以为文学与社会的管理与建设是有区别的,与人文工作者的研究也是有区别的。文学可能免不了书生的坐而论道,但它可以理想,可以唯美,可以超越,甚至可以幻想、天真和不切实际,它的以虚务实,恰恰可以打开思路,提供愿景,营造氛围。因此,我觉得有意义的是郭文斌对自身文学的超越,一种将自己和自己的工作介入当下的强烈意识。这是文学中难能可贵的需要复兴的人文主义传统。我们不能不看到,许多年来,一方面是文学自觉地向内转,大踏步地从社会生活的现场撤退或者加入到欲望化的消费狂欢，一方面是社会的转型将包括文学在内的人文主义思想行为的边缘化。而郭文斌对价值的宣示，特别是近期对安详的书写，尤其是通过对《弟子规》等传统经典的解读和倡导，极富个性地凸显了一个作家的现实情怀，这是不是文学和作家在现实逼迫下的新的转型？

郭文斌的探索还没有停止，他对现实的解剖越来越深，问题意识也越来越自觉，对价值的理解也越来越明晰和具体。不过，这个领域显然是没有止境的，也不可能是封闭的，真的希望更多的作家进行这样的探索，来寻找和传播价值，这是文学面对人的困境时应有的担当。

点灯时分

　　总觉得城里的元宵夜有点过于热闹，热闹得让人几生迷失之感。在街上转了一会儿，就急切地往回赶。可是热闹是躲不脱的。紧紧地关了门窗，热闹还是不可阻挡地挤将进来，让人无可奈何。就索性站在阳台上，面向老家出神。

　　岂料身心就一下子踏实下来。

　　那是因为有一片火苗在心里展开。

　　老家的元宵夜没有汤圆，也没有眼下这绚丽多彩的华灯和开在天空的一树树银花，更没有震耳欲聋的炮声和比肩接踵的人流，而是一片夺人的宁静，活生生的宁静，神一样的宁静，似乎一伸手就能从脸上抓下一把来。

　　那宁静，是被娘的荞面灯盏烘托出来的。

　　灯盏拳头一般大，上面有一盏芯，可盛得一勺清油，捻子是半截麦秆上缠了棉花。夜幕降临时分，几十个灯盏便被点燃，端到当院的月光中，先让月神品赏。如果没有风，几十尾灯焰静静地在乳样的月光中泊着，那种绝尘之境，真是用文字难以表达的。

赏完月，灯盏便被分别端到各个屋里。每人每屋每物，都要有的，包括牛羊鸡狗、石磨、水井、耕犁等。让人觉得天地间的所有物什连同呼出的气都带有一种灵性，似乎耕犁磨盘也会不时扯着你的手跟你攀谈几句。那时，谁也没有问为什么要给这些没有"生命"的东西点灯，只觉得这是再自然不过的事情，如果不这样做就是不应该了，而生命不正是一种"应该"吗？现在想来，这其中包含着多么朴素多么深厚的善和美，连同真啊。

在给养了多年的老黄牛的槽上放灯盏时，老黄牛竟用微笑向我表示了它的心情，而那只小黑狗简直是欢欣鼓舞了。我一直奇怪，面做的灯盏放在平时从我们手里叼饼子吃的鸡狗面前，它们竟一派君子风度，而牛羊就更不必说。

用老人们的说法，这正月十五的灯盏，很有一点神的味道。一旦点燃，则需真心守护，不得轻慢。就默默地守着，看一盏灯苗在静静地赶它的路，看一星灯花渐渐地结在灯捻上，心如平湖，神如止水，整个生命沉浸在一种无言的福中、喜悦中、感动中。渐渐地，觉得自己像一朵花一样轻轻地轻轻地绽开。我想，佛家所说的定境中的喜悦也不过如此吧。现在想来，当时守着的其实就是自己，就是自己生命的最深处。那种铺天盖地的喜悦正是因为自己离自己最近的缘故，那种纯粹的爱正是因为看到了那个本来。

默默地注视着灯盏，我问父亲，到底是油在着呢，还是棉花在着呢？父亲示意我不要说话。现在想来，父亲是正确的，这样重大的一个话题，我等岂敢又岂能说得。我不知道正月十五为什么要点灯盏，但有一点是肯定的，那就是留下这个风俗的人一定是深深懂得生命的。他用一个最具活性的东西，在春天到来的时候，向人们表明了生的意义和状态，也说明了生命在怎样地行进和更替。后来，每每去看电华灯，一种深刻的虚假和巨大的呆板就让人生厌，因而，我宁可回家待在怀念中。后来看了一些资料，知道既甘又苦且柔且韧的荞面具有别的食品不能代替的活血降火功用，就更为祖先用荞面做灯盏叫绝。它，不正是对被人们炒得过热的生命的一种清凉的制衡吗？

天下没有不灭的灯。大人们用灯捻上留下的灯花来安慰灯的熄灭给儿女们的打击，说，那灯花将预示着来年的收获和前途，又将我们的心思转移到期冀当中。

但是熄灭毕竟给了我们不小的打击。当时又没有足够的清油供我们将灯多点一会儿。事实上点灯成了一种名副其实的短暂仪式。可是那时的我们不可能想那么多，我们只将它看作一种无比美好的过程，因而，在那灯焰一闪一闪就要熄灭的时候，心里还是一阵阵生疼。

亮着，是多么地好啊。

然而，那最后一闪终于到来。

整个屋子一下子失魂似的空落。

这时，母亲就要说，尝尝娘做的灯盏是什么味道。

我不知母亲是不是存心转移我们的心思，但有一点是肯定的，那就是这种空落真的被产生于舌头上的实在的喜悦安抚了。一种大美在双齿合上的同时变为一种实在的满足。

现在想来，人又何尝不是如此。

有一个巧合。

在我们弟兄中，最是弟弟生得可爱，真是人见人爱，差不多村里所有人几天不见就说想得不行。可是有一年元宵夜，一股风突然进来将弟弟的灯吹灭了，一家人一下子脸上都挂了霜。

弟弟用火柴再次将灯点着。风又将它吹灭。弟弟就再点。

可是弟弟手中的火柴最终没有抗拒过风，七个月后，可怜的弟弟死于痢疾。

十几年过去了，死别的悲痛渐淡，生命的感伤更浓。我不止一次地想，如果弟弟还活着，他该走过怎样的一条人生之路。我甚至想，是聪明的弟弟耍了一个花招，将生命中的许多艰辛一下子甩开了。

活着，到底有什么意义呢？

再后来，我想，弟弟正是用他的"去"，保全了他的宁静。

而我们就不能披拨红尘，于纷繁中守持那个宁静吗？倘若能够，那不更为上乘之功？可是，我们为什么就往往迷失了呢？

现在，我站在这个城市的阳台上，穿过喧哗和骚动，面对老家，面对老家的清油灯，终于明白，我们的失守，正是因为将自己交给了自我的风，正是因为离开生命的朴真太远了，离开那盏泊在宁静中的大善大美的生命之灯太远了，离开那个最真实的"在"太远了。

灯，又何尝是风能吹得灭的。

清明不是节日

春分过后是清明，这是小时候从父亲口中听到的一句话。现在想来，它既是一句话，又是一个哲理。只有太阳直射到黄经，才有昼夜等长、阴阳平衡。而只有昼夜等长、阴阳平衡，才有"清明"。

创设了清明这个节日的，无疑是一个大智者。

"山""水"同在为"清"，"日""月"同在为"明"，一个"同"字，道尽了天地秘密，也道尽了中国文化的秘密。无水之山少了情韵，无山之水少了风骨；无日之月少了热烈，无月之日少了温柔；水因山不浊，山因水不枯；日因月不烈，月因日不晦。这一切，都在一种"大同"之中实现了。

这便是"清明"。

清明看上去是季节，其实是人格。没有山水精神的人格是残缺的人格，没有日月精神的人格同样是残缺的人格。

而山水日月精神，说到底则是天地精神。

天同覆，地同载。

齐生死便是由此而来。

对于中国人来说，从来就没有生，也从来没有死，因为中国人有怀念，真诚又深沉的怀念。

怀念来自人格，人格来自奉献，奉献来自觉悟，觉悟来自天地精神，来自"清明"。

而要参透这个"清明"，则需要昼夜等长、万物复苏相佐。唯有此时，人们才能生死并参。而只有生死并参，人们才能留意生死之间的"我"，才能把握生的"清"、死的"明"，才能让灵魂春色永驻。

清明处心积虑，它让我们看破，死是一个假象。就像春分过后，杨柳依然，所谓春来草自青。或者说，只要我们在"清明"之中，"死"就会成为杨柳，就会成为春色，就会成为秋千，就会成为风筝，就会成为踏青途中的欢声笑语。

为此，清明前后，栽瓜点豆。这时候的瓜和豆睡醒了，开始了它们新一轮的生命旅程，带着山水之清气和潮湿，带着日月之光辉和温暖，带着主人之期待和叮嘱，开始它们的旅行，走进农历，走进它们的缘分，走进它们的因果。

而充盈在天地间的灵魂又何尝不是如此。

大家把郊游看作是在扫墓之后乘机呼吸新鲜空气，锻炼身体，显然表面化了。真正郊游的意义在《庄子》中。庄子认为，人不必执著于生，因为生若是一次远游，那么死就等同于归。

出游是惬意的，惬意可能让人流连忘返，但天黑下来了，所有的惬意都成了归意。路上行人欲断魂，正是因为我们在路上。

出游的目的是让你体会那个"归"。

庄子说得好啊，天地赋予形体让我承受，赋予生命让我劳累，赋予衰老让我安逸，赋予死亡让我安息，所以，把活着看作是乐事，也就是把死去看作是乐事了。

这是一种"归"。

面对人们对"死"的看不开，庄子又说：丽姬是艾的女儿，许配给晋王时，哭得死去活来，对未来的陌生环境充满着不安全感。嫁过去住进王宫，每晚与晋王缠绵床笫，享受美食，就对自己在家中哭泣感到好笑，早知道宫中如此舒服，还哭个什么劲呢？同样的道理，我们现在对死亡恐惧不安，是否到头来也会笑自己对世界的依恋不舍很幼稚呢？

视生若死，视死如生，这是庄子的安详和智慧。

孔子说得更彻底："朝闻道，夕死可矣。"在我看来，清明讲的就是这个"道"。在杨柳依依中，在草色青青中，在旧墓，在新坟，在山麓，在河滨，如果我们没有看到这个"道"，我们已和"清明"擦肩而过。

中国的节日，大凡都是诱发你对道的感悟，诱发你对山水精神的感悟，对天地精神的感悟。依山悟崇高，傍水悟清廉；以日月悟光明，由天地悟正大；假生之乐悟慈，借死之苦悟悲；从而珍惜青春，珍惜年华，珍惜生命，珍惜因缘，感念造化宏德，善待自然有情，鞠躬尽瘁，死而后已。

中国的节日，大凡和祭有关。以祭悟道，这是中国人的智慧。在我理解，清明是春祭，中元是夏祭，寒衣是秋祭，大年是冬祭。而一切祭的背面却是暗藏的狂欢。哀以乐感，乐以哀感，一体两面，这便是中国人的大幽默、大安详。

如此，真正的《清明上河图》在阴阳两界展开。把追思和狂欢均匀地洒在四季，让岁月芬芳，让大地馥郁，让灵魂清明，中国文化的大戏就这样一代代演了下来，一如长河。

这时的"上河"已不单单是清明的"上河"了。

如果说上巳节是中国的情人节，那么清明节无疑是中国的感恩节。有意思的是，它俩居然比肩接踵，让人不由赞叹中国人的智慧：昨天上巳，今天清明，如同一家人的前院和后院。前院求生，后院念死；环绕着前院后院的，是青青杨柳和无尽春色。上巳的主旨是幽会求子，清明的主旨是鉴死知生。这两个节日的奇妙联袂，真是让人叫绝。幽会之后是求子，求子之后是祭祖，生死相续，以生观死，以死鉴生，一个中国人特有的生命链就这样形成了。它同时叮嘱我们，子不必求，因为子在祖德；祖不必祭，因为建功立业光宗耀祖就是最好的祭。

清明不是节日，清明其实是人格，炎黄子孙的人格。

红色中秋

当城里大大小小的店铺争相打出月饼广告时，我就闻见了中秋的味道，一种在月饼之外的中秋味道。

一挂车就往记忆深处开去。开向故乡，开向童年，开向一种冰凉而又温热的意境。

关于月饼，准确些说，在我成为城里人之前，只在词典里品味过，想象过。我对中秋的所有记忆，月饼始终只是一个提示。

有一两个西瓜和数十只梨什么的已经觉得相当地阔绰了。以至我至今仍将中秋和一个西瓜画等号，和一种冰凉画等号。

无法叙述当时是怎样战胜让人不由得打一个个激灵的一刀将西瓜切开的那种冲动的。

那一天就比涎水还漫长。太阳简直就在原地踏步。我能闻见我身体里焦急的味道。我将切瓜的刀擦了又擦，将盛瓜的盘子抹了又抹。用量角器将西瓜按家里人分成等份，准确到毫米。然后一遍又一遍地想象着刀切进西瓜时的情景。太阳落山时分，我看见这种黏稠而又轻盈的想象一片通红。

这种红色和月亮有关。

先要献月亮。

爹说这是他小时就有的风俗。我至今仍不明白为什么农村所有的好吃喝都要在月亮品尝之后人们才能动口，总觉得这是一种寄托，一种希望，一种勉强的酬谢，但又不能具体。因为月亮本身是清晰又模糊的，切近又遥远的。

月亮总算露了半个脸儿，哥就迫不及待地将刀切入西瓜，西瓜就如莲花盛开在盘子里。哥让我先往当院放炕桌，我没有落实，我实在没有力量动员自己离开"莲花"在哥手里盛开的动人情景。直到哥放下刀时，我才将炕桌放到当院。老实说，我是作了弊的，我将炕桌放得尽可能靠近月光，事实上已越过"当院"了。

哥将"莲花"端出来，放在炕桌上。我们就静静地等待着月光一线一线往炕桌这边移。这时，我发现鲜艳的西瓜水在悄悄地往盘子里淌，我有点忍无可忍了。然而神秘的东西实在太强大了，在月亮玉口未开之前，我的心里没有丝毫邪念，我敢发誓我的心里一片忠贞一片美丽。我们静静地看着月亮沿着炕桌腿不紧不慢地接近西瓜，心里有种无比宁静的激情在奔涌。

我想哥也同样，我看了哥一眼，哥一脸的肃穆。

现在想来，那种表情不就是一种朴素的宗教么？我们都被一种仪式感动着。

月啊，月。

大概在月亮抹嘴唇的时候，我们小跑着将盘子端进上房。

哥以长者的风度分着西瓜。

等哥给家里人全部分到时，实在不好意思，我的第一牙西瓜已经暖着肚皮了。

就这样，我尝到了实实在在的中秋的味道。

因月光而朦胧，因西瓜而实际的中秋节，就在我恋恋不舍放下最后一片西瓜皮时落幕了。我有点后悔自己吃得太快了。

倒西瓜皮时，我猛然发现，中秋的月亮原来就是一半拦腰切开的西瓜，那么红那么红，那么冰凉那么冰凉。

腊月，怀念一种花

腊月，在故乡，曾经是一种花盛开的季节。

多年来我一直回味着那个大年三十晚上发生的情景，当我们父子第一次将一种幽闭多年的鲜花复活于窗格子里时，院子里一下子拥满了人，至今我仍难以描绘人们被一种美惊吓的样子。

后来才知道，自家的窗花是很有些名气的，远近方圆包括陇上人都来我家"请"花样。

一个"请"字包含着多少意味。

这些花样都是父亲凭记忆恢复出来的。

这一年之前，我的头脑中似乎没有"窗花"这个概念。那个晚上，当父亲将几色纸认真地叠成方格，戴上老花镜，将剪刀插进纸里的时候，我还不知他要做什么。只记得当一幅传神的"喜鹊啄梅"在父亲手中脱胎时，父亲眼里含着泪花。父亲将喜鹊在窗格子里比画了一下，我的小小的心里就咯吧响了一声，我被一种搭配震惊了。

后来看油画展览，眼见那些笨拙的框子将一幅幅莫名其妙的意象框死，总觉得不如窗花贴在窗格子里那么自然，那么美。农村的窗格子如同现在的格子田，老百姓通过它看山看水看风看雨，窗花贴上的时候，山也好水也好风也好雨也好，都是花。

父亲剪着剪着，剪刀不由停下来，好像一个迷路的孩子，无比地茫然，往往需要抽上几锅烟才能回忆起下一步。就这样父亲花了好长时间才完成一种美的平反工作，但是有几幅他最终没有记起来，神情中有一种认真的负债感。我说，你为啥当时不偷偷藏下花样呢？父亲笑了笑，如同窗外的风。

现在想来，父亲能做到这一步已是非凡，几十年的寒风苦雨居然没有将这些美的形式彻底从他的生命中清除出去。

因此，那个大年三十晚上出现的场景就不难理解了。记得那晚我们常常将窗花贴反。父亲说，不要紧，贴反再倒过来。父亲极耐心地教我们如何小心地抹糨糊，如何搭配色彩，如何组织图案和意境。心中暗暗惊叹着美的生产过程竟是如此地富有学问富有秩序。贴完最后一格窗花，父亲将油灯挪到窗台说，你们出去看看。后来上美学课时老师讲过一个"审美紧张"的词，用在这儿真是再也合适不过了，我们兄弟姊妹都被一种意外的梦里天国似的意境给镇住了，以至忘记了天上纷纷扬扬落下的大雪，直到那个串门的表哥啊地叫了一声，才回过神来。

不一会儿，院里就拥满了人。我的心灵经受着一种难言的情绪的袭击，我想仅仅用激动和感动是无法概括的。

现在想来，父亲不单单是挽救了一种美。

但是，这种被父亲竭力挽救下来的美在眼下的老家已经只有靠记忆来回味了。

小花格窗换成了大方框窗，白纸换成了玻璃，不知是人们没有时间剪窗花，还是怕糨糊弄脏了玻璃，反正，我是好些年没有看见窗花了。然而，父亲似乎并没有多少惋惜，只是在他的抽屉里锁着些花样，临到腊月常常翻出来给孙子说，知道吗，这就是窗花。

守　岁

一夜连双岁，五更分二年，这个"夜"，中国人把它叫除夕。"除"者，台阶也，像台阶一样的晚上，就是除夕。通过这个台阶，过去的一年成为年轮，被时光之主回收，新的年轮向我们展开。逝去的变成忧伤，即将到来的成为期待。忧伤和期待的交接，在我看来，就是祝福，就是"年"了。

让我百思不得其解的是，散居在中华大地的炎黄子孙们为何不约而同地选择这一夜举行如此盛大的交接大典？这种让人震撼的"约定"是如何完成的？又为何千百年来会被如此彻底如此坚贞如此心甘情愿地遵守？

蓦然回首，发现答案就在古词"守岁"里。

而要搞懂"守岁"，先得推倒一个传说：

相传远古有一种凶恶的怪兽，人们叫它"年"，每到腊月三十晚上，它就要从海里爬出来攻击辛苦了一年的人们。为了躲避年兽，人们天不黑就早早关紧大门，不敢睡觉，坐等天亮。大年初一，一见面就互相拱手作揖，互祝没被年兽吃掉。有一年除夕，年兽突然窜到一个村子里，差不多把一村人吃光了，只有一对挂红布帘、穿红衣服的新郎新娘平安无事。还有几个童稚，在院里点了一堆竹子玩耍，火光通红，爆竹声声，年兽没敢光顾。此后，人们知道年兽怕红、怕光、怕响，每至年末岁首，家家户户就争相贴红纸、穿红袍，挂红灯，敲锣打鼓，燃放爆竹。可是有的地方老百姓不知道这些办法，常常被年兽吃掉。后来有一个聪明人燃香向天官求救，年兽才被彻底降服。从此，每到过年，人们总要以燃香为暗号，请天官赐福。

突然发现，这个"年"，说的就是时间。想想看，在时间面前，无论是飞禽走兽，还是鳞介虫豸，包括作为万物灵长的人，都未能幸免。

而要逃脱时间之"年"的攻击，唯有进入时间。而回到当下回到现场又是进入时间的唯一方式。过去心不可得，未来心不可得，我们唯一能够得到的，就是当下。

于是便有了"守岁"。

"守岁"是中国人度过除夕的专用词。越来越觉得这个词妙不可言。岁者，光阴也。为什么要守岁，因为它的特别。

守岁显然是一个象征。古人特意拿出这个带有交接意味神圣意味甚至基因意味的夜晚，让我们打量被平时忽略了的时间。

换句话说，守岁，就是让我们进入时间，因为只有进入时间我们才能真正进入幸福，或者说进入真正的幸福。

而要进入时间，需要给灵魂松绑。而要给灵魂松绑，就要人们从物质中跳出来。而对物质的依附是人的常态。事实上"跳"是不可能的，灵魂被缚日久，只有"解"才能"脱"。

回到当下，无疑是给灵魂松绑的最好方式。

香烛爆竹也好，社火大戏也好，都是对时间的提醒，人们在爆竹声中是在当下的，人们在傩意识中也是在当下的。

如果我们体会过真正的守岁，就会发现，"当下"是快乐的代名词，全然的当下就是全然的快乐，只有快乐，没有别的。

如果我们能够回到当下，那么时时刻刻都是守岁。

先人通过这种方式，让后生们学习品尝时间，品尝生命，学习和灵魂促膝对烛。

当祭桌上的那一缕香烟袅袅升起，我们仿佛能够看到，祖先向我们走来。那个平时给父母遮风挡雨的屋子里，此刻，除了父母和他们的儿孙，还有爷爷奶奶、太爷太奶，等等。他们的目光在屋子的任何一方打量着你，亲切、温暖、绵长。这时的屋子是一个空间，又不仅仅是一个空间。它在时间之河上漂移，又让时间之河凝固。

恍惚间，它让你觉得有无数同样的屋子交织在一起，让你觉得这时的空间不单是空间，还是时间，还是"岁"，被一家人守着的"岁"。

爹和娘在炕上拥被而坐，兄和嫂在炕头围炉而坐，小子们环绕在周围，静听年的脚步响过除夕，天伦之乐如水弥漫，直到"坐久灯烬落，起看北斗斜"。这是乡土中国经典的守岁样式。那也许就是幸福最原始的状态了，就是亲情最原始的状态了。时间变得可看、可听、可嗅、可触。

桌上的烛光让我们看到被我们守着的"岁"是一种如何摇曳的状态，院子里贴花的灯笼把我们守着的"岁"染成温暖，墙里墙外的爆竹声把我们守着的微醺薄醉的"岁"一次次惊醒。

守，首先是守着一份怀念，对恩情的怀念；守，同时还是守着一份敬畏，对时间的敬畏；守，当然还是守着一份感恩，对造化的感恩。

守，还让我们明白，大年是时间的一个结扣、一个站台，时间在大地上以春夏秋冬四季的形态存在，过大年其实是上一个轮回的结束，新一个轮回的开始。古人让我们通过过年，了解生命的真相：生命是一个轮回。如果把人的一生看作一年，那么也是一个春夏秋冬的过程。而除夕夜之所以让人们既留恋又伤感，就是因为它是生命轮回中最重要的一个站台。

这是一段被轮回迷狂化了的时间，就像是恋人初约；这是一段被轮回痴情化了的时间，就像是新婚之夜。"晨鸡且勿唱，更鼓畏添挝。"真是希望它的脚步慢些慢些再慢些，非常非常害怕它的失去，就像小时候把一年才能得到一次的水果糖含在嘴里，非常非常怕它融化掉一样。

至此，我们不难明白，和所有的节日一样，守岁，无疑是古人劝归的一声长调。

我的大年我的洞房

因为忙碌，今年的大年是在没有丝毫心理准备的情况下到来的，就像一列飞奔的列车，突然遇到了路障，不得不刹车。腊月三十下午，处理完单位上的事回到家中，妻在洗衣服。我说，总该准备一下吧？妻说，我这不是在准备嘛，如果你愿意就去擦玻璃吧。我说，洗洗衣服擦擦玻璃怎么算是过年的准备呢？妻说，那你说还要怎么准备？想想，也的确没有什么可准备的，就去擦玻璃，但总觉得还应该为年准备些什么。可是几个窗子都擦完了，脑海里除过一副对联要买，还真想不起有什么需要准备的。

就上街买对联。一出小区门，发现许多人跪在门口左侧的空地上烧纸，按照老家的习俗，这应是"请祖先"了。不知为何，看着这些"请祖先"的人，我的心里一阵难过。那地方是平时倒垃圾的地方，怎么能够"请祖先"呢。停下来打量，发现他们是那么地底气不足，紧张、瑟缩、局促，小偷似的。细想起来也是，这本来就不是自家的地盘，而且身后是喧闹的车水马龙，一个人怎么可能从容自在呢？思绪就飞到老家去了。"请祖先"的时辰到了，一家或一族的男众向着自家的祖坟走去，远远看去，一串串葡萄似的挂满山坡。阳光温暖，炮声悠扬，在宽阔绵软的黄土地和黄土地一样宽阔绵软的时间里，单是那种不疾不徐的散淡的行走，就是一种享受。一般说来，坟院都在自家的耕地里。宽阔、大方、从容，让你觉得那坟院就是一幅小小的山水画，而辽阔的山地则是它的巨幅装裱。说是坟院，其实没有院墙，区别于耕地的，是其中的经年荒草，还有四周的老树，冠一样盖着坟院，让那坟院有了一种家的味道。坟院到了，一家人跪在经年的厚厚的陈草垫上，拿出香表和祭礼，焚香，烧纸，磕头，孩子们在一边放炮，那是一种怎样的自在和安然。且不管祖先是否真的随了他们到家里来过年，请祖先的人已获得一份心灵的收成。

这样想时，觉得留在乡下的哥不再那么苦了，而且有了一种正当理由，老人坚持住在乡下也有了一种正当理由。物质上他们是拮据一些，但他们却享有另一种富裕。而且因为有他们在乡下，自己就不需要在这个污秽的地方"请祖先"了，这些跪在垃圾场里"请祖先"的人，肯定是从乡下连根拔起了。

街口就是一家卖对联的摊儿。在老家，每年全村的对联都是父亲写的，后来父亲把衣钵传给我。有一年自己因病没有回家，村里人就只好买对联贴了。第二年再回去，乡亲们就又买了红纸让我写。我说，买的多好看啊，也省事。他们说，还是写的好，真。一个"真"字，让我思绪万千。现在，也只有在乡下，老乡们才认这个"真"。其实我知道，我的那些蹩脚的字，并没有买的好看。那么这个"真"到底指的是什么呢？现在，一个平时给大家写对联的人，却来地摊上买对联，心里一阵好笑。

想想自家能贴对联的门也只有防盗门了，却买了两副。另一副往哪儿贴心里无数，先买上再说。心想，在老家，只有那些特别穷的人家才写一副对联，只在大门上贴贴，表示这个家还有烟火。

摊主说，不请门神？我说，不请了。一个"请"字，让我想起小时候请灶神的事来。随父亲上街办年货，发现父亲买别的东西叫买，买门神和灶神却是"请"。问为什么。父亲说，神仙当然要请。我说，明明是一张纸，怎么是神仙？父亲说，它是一张纸，但又不是一张纸。我就不懂了。父亲说，灶神是家里的守护神，也是监察神，一家人的功过都在他的监控之中，等到腊月二十三这天，他会上天报告一家人一年的功过得失，腊月三十再回来行使赏罚。父亲还说，这请灶神是有讲究的，灶神下面通常画着一狗一鸡，鸡要向屋里叫，狗要向屋外咬。仔细看去，确实有些狗是往外咬的，有些是往里咬的，就看你家厨房在东边还是西边。还有那秦琼和敬德，一定要脸对脸。我问，为什么一定要脸对脸？父亲说，脸对脸是和相，脸背脸是分相。贴灶神也有讲究，一定要贴得端端正正，灶神的脸还要黄表盖着，不能露在外面，不然将来进门的新媳妇不是歪嘴就是驼背。这样，再次走进坐了灶神的厨房时，一股让人敬畏的神秘的气息就扑面而来。

买好对联之后，主意又变了，心想再往里边走走，说不定会发现自己没有想到的年货。

在一家卖香表的摊前，脚步不由自主地停了下来。以往，腊月三十天一亮，父亲让我们干的第一件事是拓冥纸，先把大张的白纸裁成书本宽的绺儿，用祖上留下来的刻着"中华民国冥府银行"的木板印章印钱。小的时候觉得非常不耐烦，及至成人，觉得一手执印，一手按纸，然后一方一方在白纸上印下纸钱的过程真是美好。不知从什么时候起，开始有了机印的冥钱，上面的面值是一万元，有的还是华盛顿的头像，显然是来自国际接轨的思路。但父亲还是坚持用手印，有时来不及了，哥就拿出祖父传下来的龙元（一种上品银元），夹在白纸里用木桩打印纸锭，父亲虽然脸上不悦，但终没有反对。纸锭虽然讨巧，却总要比从大街上买的那些花花绿绿好得多。买不买，要收摊了，小贩说。我说，不买了。他说，过年不给先人送点钱花啊，市场经济社会，哪儿都得用钱的。我说，我们祖先那边还在计划经济时代。

到了炮摊前，花花绿绿的炮群让人眼花缭乱。想买，但一想儿子坚决不让买，就打住了。儿子已经对放炮没有了兴趣，他现在感兴趣的是考重点。而一个不放炮的年还是年吗？小时候，一进腊月，父亲就带着我们做炮了。父亲先用木屑、羊粪、硝石、硫磺一类的东西做火药，然后用废纸卷大大小小的炮仗，剩下的火药装在袋子里，侍候铁炮。铁炮有大有小，小的像钢笔一样细，大的像玉米棒子那么粗，屁股那有个眼儿，用来穿引信。过年了，只见小子们差不多每人手里都有一个沉沉的铁炮。村前的空地里，一排排铁炮对着美帝国主义，整装待发。小子们先把火药装在炮筒里，然后用土塞紧，然后点燃引信，人再跑开，捂着耳朵等待那一声来自大地深处的闷响。父亲还给我们用钢管做长枪，用车辐条做"碰炮"。长枪大家知道，和当年红军用的那种差不多，只不过腰身小一些。说"碰炮"——把一个车辐条弯成弓形，在弓尾绾上橡皮筋，橡皮筋的另一头拴着半截钢条。这种"碰炮"不用火药，用的是火柴头，把几个火柴头放在辐条帽碗里，用钢条碾碎，然后把系在皮筋上的钢条塞在辐条帽碗里，拉长的皮筋起到了用拉力把钢条撬在辐条帽碗里的作用。这样，你的手里就是一张袖珍的长弓。然后高高举起，把钢条向砖上一碰，就是一声脆响。现在想来，那时的父亲真是可爱，在那么贫穷的日子里，在五两白面过年的日子里，他居然有心思给我们做这一切，他的开心来自哪里？而现在，什么都不缺了，但是我却没有见过哥给他的儿子做过这一切。而在城里的我，别说做，就是想给儿子买个炮，他自己却不要了。

到了电灯笼摊前，手又痒了。往出掏钱时，却是一股煤油的味道扑面而来。那是三十年前的供销社，父亲带着我，站在那个比我还高的大油桶前，把带嘴的油壶放在木板柜台上，那个穿着蓝卡其制服的漂亮的女售货员用一个竹竿舀子，把油从油桶里提上来，往油壶里倒。父亲拿出布做的钱包，把几角钱错来错去，艰难地做着是否还要第二提的决定。女售货员的舀子就停在空中，一脸理解的微笑，等待父亲的决定。我仰起头来，看着父亲的眼睛，父亲的眼里是一万个铁梅。最终，女售货员悬在空中的那提煤油一路欢歌进了我家的油壶。父亲说，就是再穷，腊月三十晚上每个屋里的灯都是要亮着的。有时实在买不起煤油，就先保证院子里的灯笼。

有那么几年，日子好过一些，父亲就用清油和蜂蜡做蜡烛，为的是敬神。当然，如果充裕还可以用来照明。做蜡的具体细节记不准确了，只记得父亲在一个个竹棍上缠了棉花，然后伸在清油和蜂蜡混融之后的锅里一遍遍地蘸，几次之后，一个黄萝卜似的米黄色的蜡烛就成了。一个个蜡烛插在麦秸编的塔形的蜡座上，看上去像个宝塔。最后一个蜡烛做完后，父亲就把那个宝塔倒提起来，挂在房檐上。刚包产到户的那一年，房檐上玉米粩一样挂满了蜡烛串儿，每天看着它们，心里就是一个灯海。在后来的作文课上，我好像写过这么一句话：那不是蜡烛，那是一串串在房檐上睡觉的光明。赢得了老师的表扬。接着几年，父亲都是亲手做蜡烛。再后来，有了洋蜡，虽然比自己做成本低，但父亲还是坚持自己做。父亲说，这敬神就是一个"诚"字，买来的东西怎么能够敬神呢？

要说这红灯笼，比父亲竹做骨纸糊面的灯笼好看多了，却一点也没有父亲做的那种"活"的感觉，但还是买了一个。人山人海，车不好打，就提了灯笼往回走。走着走着就走到老家的土路上了。在老家，年三十早上讲究跟抢集。一大早，差不多每家都有人到集上去，没买的再买，没卖的全部出手，有些几乎是送了。有那么一个时刻，街上哗地一下就没人了，一下子成了空街，看着让人心里有些害怕。多少年来，那种哗地一下就没人的情景一次次在梦中出现，让人思索这个"年"到底是什么，为何如此的神通广大，让人们一个个心甘情愿地"自投罗网"，无可抵抗。

看时辰，这一刻老家应该是上坟回来了。心里一下子着急起来，小跑回到家里。一看儿子挥汗用功的背影，又被刚才行色匆忙的自己惹笑了，今年本来就没有打算回老家过年的啊。一放寒假，儿子就一再重申今年春节不回老家。一天，我动员儿子说，回去把三天年一过就回来，你也放松放松。儿子用不容商量的口气说，不可能！妻子附和，年，年年过，高考只有一次，就依儿子。再说，等你儿金榜题名日，咱们再衣锦还乡，那种感觉该多好。儿子抱了他妈的脖子说，俺妈说得太对了，我们可以回去住它个十天半个月，好好显摆显摆。我说，那你娘俩在城里过，我一人回去。妻说那不行，单位安排她从初二晚上开始卖戏票。二比一，今年过年不回家的决议形成。当时是那么地不可接受，觉得这过年不回老家就像结婚不进洞房一样不可思议。现在，儿子坚毅的背影似乎又在重申：对不起老爸，今年你就先把你的那个年瘾放放吧。

看来这年贴只能在书房里进行了。书房在阁楼，因为是斜窗，不好弄窗帘，搬进来后，为了给自己制造一个相对隐秘的小天地，就顺手把几张报纸贴在玻璃上，不知为何，当时感到的却是"年"的味道。自己知道，这种感觉肯定来自老家八卦窗里新贴的窗花，来自被父亲熬罐罐茶熏黄的房墙上新贴的年画。就过段时间把旧的剥下来，换上新的。每换一次，年的味道就被复习一次。小时候，一进腊月，父亲就早早让我们裁窗花：用纸搓针，把上年的花样钉在一沓新买的红黄绿三色纸上，衬了木板，然后照着花样裁。刀子从纸上噌噌噌地划过，一绺绺纸屑就从刀下浪花一样翻出来，那种感觉，真是美好，更别说看着一张张窗花脱手而出的那种喜悦了。父亲还教我们画门神、画云子（一种往房檐上挂的花饰，我不知道父亲为何把它叫"云子"），包括给戏子打脸。

报纸已经贴好，年的味道再次扑面而来，那是一种被阻止了的光，或者说是一种被减速之后的光。恍然大悟，原来年的味道就是停下来的味道。那么，这个停下来又是谁的发明呢？而人又为何如此地喜欢这个"停下来"呢？莫非它是一个速度和惯性制造的阴谋？我的胡思乱想被窗外的一声炮响打断，好一阵懊悔，多少年神秘在心里的一种美好，一种鸡蛋清一样漾在心里的美好，满月一样圆在心里的美好被刚才的胡思乱想划破了。从未有过地觉得思想这东西的坏。"时时勤拂拭，莫使染尘埃"，才觉得这话说得真是好。就用一把想象的大扫帚把这些胡思乱想从心里扫去，连同懊悔。

再次回到腊月三十进行时。下来该干什么呢？在老家，应该是安喜神和天官神位的时候了。喜神位在大门，天官在当院，或者正面的山墙。显然，这两项在我的书房是无法完成的。就把书柜打开，找出《论语》，放在书柜的最上方，然后找了一个茶杯，在里面装了米，算是香炉，却没有地方放，就把一本精装书抽出来一半，用一摞书压了另一头，把香炉勉强放在抽出的那半面上。人民群众的创造力是无穷的，自己把自己惹笑了，一个模仿年俗的城里人。不知孔圣看着他的这样一个不地道的供奉人，该作如何感想。父亲说，他们上私塾时，每天早上起来都要在"大成至圣文宣王"的神牌前磕头的，赶考前也是一定要到文庙上香的，考完回来也是一定要到文庙谢恩的，大年三十也是要先到文庙敬献的。现在，文圣的牌位有了，那么祖宗三代的呢？想填一个牌位，却找不到红纸，而白纸是不能设牌位的。再想，就是设了，先人们也识不得城里的路；况且他们压根就不想到城里来。

父亲算是半个现代人了，但来城里没住几天，就嚷着要回家，别说先人。还是让他们在老家列席吧。

贴好窗纸，设完祭坛，拖完地，还是觉得不像，发现问题出在这地板砖上。老家的黄土地面，扫净，洒上清水，有一种来自地气的氤氲，感觉就出来了。还有，地上没有一个炉子，也就没有那种炭火的香味，没有一壶水在炉子上吱吱作响；没有炕，也就没有炕上的爷爷奶奶，当然也就没有一个偎着他们打盹的猫。"猫儿吃献饭"，这是窗花，也是老家"年"的经典意象，而此刻，这一切，于自己都是梦想。

最后发现，城里最大的问题是没有地方祭祀，老家年的气氛多半是上房里那个天地供桌渲染出来的。才明白，这个"年"，它是"土"里长出的一朵花儿，它姓"乡"名"土"，它本来就和这个一厢情愿者是两路人。

老家把张贴对联、门神、云子一应叫"贴巴"。贴巴一毕，该干什么呢？该做泼散和供献了。所谓泼散，就是饭前由长男端半碗饭菜到大门上去布施，大户人家一般有一个节日专设的散台，一般人家就由泼散的人挑了碗里的饭菜反手向四方扔扔，让无家可归的游魂野鬼们享用。所谓供献，就是一家人团坐在上好的饭菜前，供养天地，供养众神，供养祖先，也有点请他们给年夜饭剪彩的意思。然后一家人坐在上房里吃头道年夜饭。头道年夜饭通常是长面，这个妻子倒是做了。妻子也是从农村出来的，这个年俗她懂。

吃过长面该干什么呢？在老家，对于男人，这段时间是一年中最为享受的时光。准备工作做完了，香已上起，烛已点燃，酒已热上。孩子们在院里噼噼啪啪地放炮，男人们就坐在炕上过年。

那个"过"，真是只可意会，难以言传。勉强说，有点像"闲"，但你又觉得它非常地紧张，是非闲；是静，但你又觉得它非常地热烈，是非静；是温暖，但你又觉得它非常地清凉，是非温暖。那是什么呢？是和祝福的同在，是躺在一叶时间的舟上赏月，任舟下碧波荡漾，只不过那月不是月，那碧波也不是碧波，而是一种叫"年"的东西。如果一定要我找个词来称呼它，那就叫它"逍遥"，或者"静好"也可以。后来回想，这种静好大概和神同在有关，神像一个过滤器一样把平时浮泛在我们心海的那些杂七杂八的东西"过"掉了，让你心里的水还原到当初的纯净，那是一种液体的烛光。当然，这种静好还和供桌上请的是家神有关系。因为和神同在，大家比平时有些庄严；又因为是家神，就不必像庙里那么肃穆。

如果说年是岁月的精华，那这段静好就是年的精华。多少年来，只要一闭上眼睛，我就能闻到它的香味，那种超越一切香味的香味；看到它的颜色，那种超越一切颜色的颜色；感到它的温暖，那种超越一切温暖的温暖；听到它的脚步，那种超越一切脚步的脚步，糖一样的脚步。

回过头来，觉得能够表达这段时光的，还是那个"过"字。我反对把汉字简化，但对"过"这个字的简化却非常地赞佩，一寸一寸地——过——多好。

男人们"过"年的时候，女人们大多在厨房里，收拾第二轮年夜饭。给孩子们散糖果、发压岁钱一般都在第二道年夜饭上来时进行，论时辰应该是亥尾，十点半左右。因此，这段十点半之前的时光，男人们就像茶仙品茗一样，陶醉而又贪婪。

回过头来说泼散，城里人显然没有条件做。因为没有地方可供你去泼，去散。你不可能把一碗饭端出楼道，泼散在小区里，那样别人会认为你是神经病。

供献倒是可以做，就三口人坐在一起献了饭，然后开吃。

吃完长面呢？应该是品尝那段静好的时间了。在老家，为了把这段静好延长，由我带头，把贴对联的时间一再提前，后来干脆不跟抢集了，一大早就开始贴了。依次类推，上坟的时间也提前了，有时如果效率高赶得快，那段无所事事的静好就从黄昏开始。按照习俗，一般情况下，只要大门上的秦琼敬德贴好，黄表上身（把黄表折成三角，贴在神像上方，意为神仙已经就位），别人就不到家里来了，即便是特别紧要的事，也要隔着门，这种约定俗成的禁入要一直延续到第二天早上行过"开门大礼"，就是说，这是一段纯粹属于自家人的时光。

但是放下碗筷，却一点也没有那种感觉。儿子已经迫不及待地打开电视，手机也不安分，祝福的短信声频频响起。是啊，该给师长、领导和亲朋好友拜年了。就坐在沙发上编词儿。儿子见状，拿了饮料和干果就着春节联欢晚会自斟自饮。编了许多句子，都删掉了。祝福的时刻也是感恩的时刻。年年岁岁，每当写下那个"祝"字，心里就是一阵莫名的感动。才知道什么叫词不达意，再美好的贺词也难以表达心中的那份感念，对亲人，对师长，对善缘，对大地，对万物。真是岁月不尽，祝福不尽。

从小，父亲就给我们灌输，一个不懂得惜缘和感恩的人是半个人，常言说，受人滴水之恩，当以涌泉相报，可是你想想，一个人一生要用掉多少水，造化的这个恩情，一个人怎么能够报答得了。当时不懂得父亲话里的意思，及至年长，每次打开水龙头，就觉得父亲的话真是至理名言，假如这地球上没有水，没有粮食，没有阳光，别的一切又从何谈起？我们还谈什么荣耀，谈什么理想和幸福？这样想来，就觉得在我们生命的背后确实有一个大造化在，她给我们土地，让我们播种、居住；她给我们水，让我们饮用、除垢；她给我们火，让我们取暖、熟食；她给我们风，让我们纳凉、生火；她还给我们文字，让我们交流、赞美，去除孤独和寂寞。要说，这才是真正的"供献"，但对此勋功大德，造化却默默无言，无言到普通人连她在哪儿都不知道。

为此，感恩成了我的一大情结。以至于自己的一些古旧的做法在别人看来可能有些可笑。但要改变，似乎已不容易。父亲说，感恩是一个人的操守，应该知行合一，落实在默默的行动上，不要修口头禅。那么短信呢？短信当然不是行动，有些口头禅的嫌疑，但不发心里又过意不去。可身为作家，却写不出一句自己满意的贺词来。就在作难时，一句春联出现在脑海：天增岁月人增寿，春满乾坤福满门，横批，出门见喜。觉得不错。在春联中，最喜欢这句了，尤其"天增岁月""春满乾坤"这对，真是大美。就把按键想象成毛笔，把彩屏想象成红纸，书完赵家书钱家，写完孙家写李家。恍然间又回到了老家，身前是一个方桌，左边是研墨压纸的侄子，右边是排队立等的乡亲，身后是一院红。又被自己惹笑了，一家家住在火柴盒一样的单元楼里，哪里有什么院啊。突然觉得这城里人真是可笑，一个家，怎么可以没有院呢？

如上所述，觉得祝福是一种近似于祈祷的庄严行为，就算做不到虔诚，至少也应该真诚，因此不喜欢那些从网上下载的段子，尤其厌恶群发，就逐个发。

发完已是老家上第二道年夜饭的时间。一般家庭，第二道年夜饭的主菜是猪骨头，我们家因为祖母信佛，父亲又是孝子，尊重祖母的信仰，也就变着花样做几道素菜。妻子征求儿子意见，把这个环节干脆省掉了。但压岁钱是要发的，虽然要比老家散的多得多，可儿子却丝毫没有几个侄子从我手里接过压岁钱的那种开心，手伸过来了，眼睛还在电视上。

老家也有电视了，多少对那段静好有些影响，但深厚的年的家底还是把电视打败了，大家还是愿意更多地沉浸在那种什么内容也没有又什么内容都有的静好中。说到电视，思绪就不停地往前滑。平心而论，有电是好事，但在没有电之前的年却更有味。想想看，一个黑漆漆的院子里亮着一盏灯笼，烛光摇曳，那种感觉，灯泡怎么能够相比。再想想看，一个伸手不见五指的村子里，一盏灯笼像鱼一样滑动，那种感觉，手电怎么能够相比。假如遇到雪年，雪打花灯的那种感觉，更是能把人心美化。细究起来，灯是活的，灯泡是死的；灯笼是活的，手电是死的。这到底是怎么回事呢？为什么越先进的东西给人的感觉越是死的呢？怎么社会越发展活的东西越少，死的东西越多呢？

刚才说过，尽管有了电视，有了春晚，但老家的孩子却没有完全被吸引。吃过第二道年夜饭，他们就穿了棉衣，打了手电，拿了香表和各色炮仗，到庙里抢头香了。几个同敬一庙之神的村子叫一社，那个轮流主事的人叫社长。说来奇怪，那一方水土看上去极像一个大大的锅，那个庙就在锅底的沟台上，但是这种体制并没有限制"锅"外面的信众翻过"锅沿"来敬神。特别是那个灯笼时代，一出村口，只见"锅"里的、四面"锅沿"上的灯火齐往庙里涌，晃晃荡荡的，你的心里就会涌起莫名的感动。如果遇到下雪，沟里路滑，大家就坐在雪上往沟底里溜，似乎那天的雪也是洁净的，谁也不会在乎新衣服被弄脏。

然后，一方人站在庙院里，静静地等待那个阴阳交割的时刻到来。通常在春节联欢晚会主持人宣布新年的钟声敲响的时刻，庙里的信俗两众就一齐点燃手里的香表。这里不像大寺庙那么庄严，大人的最后一个头还没有磕完，一些胆大的小子已经从香炉里拔了残香去庙院里放炮了。这神仙们也不计较，爷爷宠着淘气的孙子似的乐呵呵地看着眼前造次的小家伙们。不多时，香炉里的残香都到了小子们的手里，变成一个个魔杖。只见魔杖指处，火蛇游动，顷刻之间，整个庙院变成一片炮声的海。

现在，窗外也是一片炮声的海，但怎么听都让人觉得是假的。想想，是这高楼大厦把这炮声给破碎了，不像在老家，炮声虽然闲散，却是呼应的，"聚会"的。还有一个不像的原因，就是这小区不是院子，再好的炮声也让人觉得是野的。

小子们放炮时，有点文化的成年人则凑在庙墙下欣赏各村人敬奉的春联。什么"古寺无灯明月照，山刹不锁白云封"，什么"志在春秋功在汉，心同日月义同天"，什么"保一社风调雨顺，佑八方四季平安"，等等。长长的一面庙墙被春联贴满，假如你是白天到庙里去，一定会远远地就看见一个穿着大红袍的老头蹲在那里。庙院里插满了题着"有求必应""威灵显应"一类的献旗，庙堂里"感谢神恩"一类的丝质挂匾堆积如山。每年社上的还愿大礼上，社长就叫人把那些丝绸献匾缝成一个帐篷，供戏班子搭台用。

从庙上往回走的那段时光也非常爽。脚下是宽厚的大地，头顶是满天繁星，远处是隆隆炮声，心里是满当当的吉祥和如意。上了沟台，坐在沟沿上歇息，你会觉得年是液体的，水一样汩汩地在心里冒泡儿。要是天天过年就好了，一个说。人家神仙天天过年呢，另一个说。目光再次回到庙上，觉得年又是茫茫黑夜中的一团灯火。

可是现在，我站在自家的阳台上，目光望断，那团灯火却固执地不肯出现在我的视线中。

从庙上回来，一家人往往要同坐到鸡叫时分，由孙辈中的老大带领去开门，然后留一个人看香（续香火），其他人去睡觉，但也只是困一会儿，因为拂晓时分，长男还要去挑新年泉里的第一担清水，等太阳出山时全家人赶了牲口去迎喜神。再想想看，一村的人，一村的牲口，都汇到一个被阴阳先生认定的喜神方向，初阳融融，人声嚷嚷，牛羊撒欢，每个人都觉得喜神像阳光一样落在自己身上，落到自家牲口的身上，那该是一种怎样的喜庆。一村人到了一块净土的正中间，只见社长香表一举，锣鼓消歇，众人刷地跪在地上。社长主香公祭。祭台上有香蜡，有美酒，有五谷六味，也有一村人的心情。社长祷告完毕，众人在后面齐呼，感谢神恩！然后五体投地。牲口们也通灵似的在一边默立注目（更为蹊跷的是，有一年，在大人们叩头时，有一对小羊羔也跟着跪了下来）。

那一刻，让人觉得天地间有一种无言的对话在进行，一方是大有的赏赐，一方是众生的迎请。一个"迎"字，真是再恰当不过。立着俯，跪着仰，正是这种由慈悲和铭感构成的顺差，让岁月不老，大地常青。现在想来，那才是原始意义上的祝福。礼毕，大家都不会忘记铲一篮喜神方向的土回家去，撒在当院、灶前、炕角、牛圈、羊圈、鸡栏、麦田菜地、桃前李下。

大年初一的早上，通常是吃火锅。那火锅和现在城里人用的火锅不同，是祖上留下来每年只用一次的砂锅。说是砂锅，又和现在饭店里的那种砂锅不同，中间有卤灶，四周有"菜海"，卤灶中装木炭火，下面有灰灶。木炭把年菜熬得在锅里叫，就菜的是馒头切成的片儿，那种放在嘴里能化掉的白面馒头片，热菜放在上面一酥，你就知道了什么叫化境。菜的主要成员是酸菜、粉条、白萝卜丝，主角是酸菜，一种母亲在秋天就腌制的大缸酸菜。现在一想起它，我就流口水，那种甘苦同在的酸，只有母亲能做出来。进城之后，我曾让妻子按母亲的方子做过好多次，都失败了。妻子无奈地说，有些东西，城里人就是无福消受。

初一下午的那段时间也不错。记忆中永远是懒洋洋的阳光，就像那阳光昨晚也在坐夜，没有睡好的样子，现在虽然普照大地，但还在眯着眼睛睡觉。我和哥走在那种睡觉的阳光里，去找那些长辈和填了"三代"（在红纸上填写的祖宗三代神位，比如我们郭家，就写"郭氏门中三代宗亲之神位"）的人家拜年。一般来说是按辈分先后走动，但最后一家往往是我们爱去的地方。

因为我们会在那家坐下来，喝着小辈们炖的罐罐茶，吃着小辈媳妇端上来的甜醅子，有一搭没一搭地说着在心里存了一年的闲话，直到晚饭时分。不知内情的人会想这家肯定是村里的大户人家，其实情况恰恰相反，他是我的一个堂哥，论光阴是村里最穷的人家了，但他却活得开心，永远笑面弥勒似的，咧着个大嘴，让人觉得没有缘由的亲，没有缘由的快乐，没有一点隔膜感。自己虽然穷，却不抠门儿，假如有些什么好东西，往往留在这天让大家分享。大家都愿意上他家的那个土炕，无论是大人还是小孩。大半村的人，炕上肯定坐不下，小子们就只能围了炉子坐在地上。通常情况下，炕上的大人在说闲，地上的小子们在打牌。那种感觉，让人想起共产主义。有时我们干脆不回家吃饭，接着打牌，堂嫂就给我们做大锅饭。吃完大锅饭，接着打，堂嫂就把馒头笼子提了来，放在牌桌下，谁饿了只要一伸手就可以解决问题。父亲说，奶奶活着时，正月时，一村人差不多都围着奶奶过。奶奶去世后，这坛场就转到堂哥家去了。

父亲还说，那时的年要过整整一正月的。而年的准备工作一进腊月就开始了。父亲说，家里有两台石磨子，四头驴换着推，要转整整一个月，因为奶奶磨的是一村人吃的面。腊八一过，村里的戏班子就住到我们家了，开始排戏。腊月二十四彩排之后，大家回家过年，三天年一过，出庄演出，演戏回来，戏班子就干脆住在我们家打牌，等下一方人下红帖。不过那时村里人不多，正好一台戏，父亲说粮食湾的戏是远近出了名的。关于粮食湾的戏，有许多的故事可讲，别的不说，单说有一年，伯父为了做一尊龙王，三九天在沟泉边往麦草扎的龙骨架上浇水，整整浇了一个月，硬是冻出了一尊活生生的龙王，一出庄，把外方人的眼睛都惊直了，代价是伯父的手指差点被冻掉。多少年来，我一直在想，伯父的这种近似着魔的热情到底从何而来？

相比之下，城里的初一就有些百无聊赖。傍晚，我打开电脑，开始写这些文字，以一种书写的形式温习大年，我没有想到，它会把我的伤心打翻，把我的泪水带出来。

全本戏

腊八一过，心里就乱起来，做事不能专注，思绪总是往老家跑，就像着魔一样。再看新闻，整个中华大地涌动着回家潮。让人感动，也让人忧伤，这，到底是怎么回事呢？因为一个特殊的因缘，今年只能在城里过年，在一种类似失恋的状态中，我站在大年的门外，重新打量，蓦然发现，大年是一出演义。

大年是感恩的演义。寻根问祖也好，祭天祭地也好，给老人大拜年、走亲串戚也好，都是教人们不要忘本。连同一草一木，一餐一饮，半丝半缕，都在感念之列。《说文》释"年"为五谷成熟。而五谷成熟之后呢？感恩啊。于是便有了"腊"，《说文》释"腊"为十二月合祭百神。把一年的收获奉献于祖先灵前或诸神的祭坛，对大自然和祖先来一次集中答谢，知恩思感，这便是中国人的逻辑。在享受五谷丰登的喜悦的时候，在品尝佳肴美味的时候，在沐浴阖家团圆天伦之乐的时候，感念天地化育，感念风调雨顺，这便是年了。这种感恩之情，渗透在大年的每一项活动中。而诸如"三阳开泰从地起，五福临门自天来"这些对联，则是对天地直截了当的感恩词。而每年必请的年画《孔子演教图》《三皇治世图》则是对致力于改良世道人心的圣人的礼赞。

禅宗有句话头"因何而来"，是说人因何而来，生命因何而来，我想可能就是为感恩而来。所以我们在最感动的时候，恰恰是在感恩的时候。

如果我们有足够的细心去体味，就可以从一粒米中看到造化的恩情。一粒米作为一颗种子进入土地到来年变成一株庄稼的时候，我们可以想象，其中包含着多少阳光、地力、风之调、雨之顺，包括时间，包括耕耘者的汗水和期待。所以年的意义，就是要让我们在大丰收之后，回到一餐一饮，回到一粒米，去发出我们发自内心的那一份感激，对阳光的，对大地的，对雨水的，对风的，包括对时间和岁月的。

真是岁月不尽感激不尽。

这种感恩之情在最为典型的社火祝词《十进香》中体现得淋漓尽致：

> 刘炎昌进庙来双膝跪倒，经炉里点着了十炷信香：一炷香烧与了风调雨顺，二炷香烧与了国泰民安；三炷香烧与

了三皇治世，四炷香烧与了四海龙王；五炷香烧与了五方土地，六炷香烧与了南斗六郎；七炷香烧与了北斗七星，八炷香烧与了八大金刚；九炷香烧与了九天仙女，十炷香烧与了十殿阎君。

从中，我们既看到了中国老百姓智慧而优美的数字修辞，从一到十，十大关系，真是再圆满不过，再巧妙不过；又看到了中国老百姓全面系统的感恩和敬礼，把这些给了他们无限希冀和美好幻想的古典意象全部纳入歌颂之列、恭敬之列、感谢之列。每次倾听，都忍不住热泪盈眶。

感恩是乡土中国永恒的话题。它渗透在中国人的每一项活动中，渗透在中华民族的每一个节日中，包括婚丧嫁娶。且不说葬礼，单拿人们再熟悉不过的婚礼来讲，它本身就是一个感恩节。夫妻双双拜天地、拜高堂、互拜，就是最为集中的章节。我们可以想象一下，一个人的成长，包含着多少造化的慈悲，包含着多少父母的心血。只要是一个有心人，女嫁男娶的时刻，他首先应该想到的是感谢父母。而在民间比较古典的婚礼上，是必设一个祭桌的，是必要请祖先来见证我们的誓言、我们的爱情的。那一炷香不点燃，是不能结婚的；那一个头不磕下去，是不能成为严格意义上的夫妻的。所以古典的婚礼，它既是婚礼，也是感恩礼。再说夫妻互拜，那也是感恩的范畴。我们可以想象一下，在数百万亿的人群中，一男一女能够相识、相知、相爱，最终走到一起，结为百年之好，这中间有多少需要我们去感念的东西。所以古典的婚礼其实是一场古典哲学的演义和教育。现在都市的一些婚礼很大程度上已经变成了一种游戏，一个司仪在那儿不着调地造一些幽默，引导大家说闹，然后大吃大喝。但是中国古典的婚礼不是这样，它是非常神圣的，也是非常庄严的，它要让我们通过它深深地体会一个词：天作之合。现在有不少爱情专家鼓吹爱情可以通过他们发明的公式谋算所得、经营所获，假如古人听到，一定会笑掉大牙。天作之合，这个词，只是想想都觉得奥妙无穷。天作之合，那是一个多么浩大的恩情。想想看，两个人能够同时代生到同一个星球，该是一种多大的稀奇多大的恩典；之后又能够在茫茫人海中相遇，又是一种多大的稀奇多大的恩典；相遇又能相识，又是一种多大的稀奇多大的恩典；相识又能相知，又是一种多大的稀奇多大的恩典；相知又能相爱，又是一种多大的稀奇多大的恩典；相爱又能相合，又是一种多大的稀奇和多大的恩典。只要我们想想这种递进关系中的概率，想想那个时空点的因缘际会，从时间的无量劫分之一，到空间的千百万平方公里之一，到人头的百万亿分之一，再到亿分之一，再到万分之一，再到千分之一，再到百分之一，再到二分之一，这其中，该是蕴藏着多少缘分，多少慈悲。只有这样去推想，我们才能理解什么叫天作之合。既然是天作之合，我们怎么可以不去珍惜这份苦心和成果。所以古人所说的"结发""连理""秦晋"诸词中，该是包含着多少的期待和嘱托，因此不能轻言分手，因为它是天作之合，它是秦晋之好，它是连理之枝。这个恩情，我们如何报答得了，更别说蕴藏在两人身上的"年"。这也许就是民间为什么认为把婚礼安排在"乱岁"（腊月二十三至除夕）期间才大吉大利的真实"内幕"。

大年是孝的演义。孝是中国伦理的基础。一个孝子，他做学生会是一个好学生，做农民会是一个好农民，做官会是一个好官，为什么呢？因为任何人生的污点和道德上的缺失，都会使父母不开心，都是不孝。这也就是中国文化把孝作为根本的原因，因为它本身就是一个万能的凝聚力和号召力，或者说是道德力。而大年则把孝以一种约定俗成的方式仪轨化，又以一系列仪轨神圣化。在古代中国，大年的许多仪程都是在祠堂进行的，它的核心内容是一个"孝"字。当一个人进入祠堂的时候，就不由得不心存高远，志在圣贤，因为只有如此他将来才有资格位列"仙班"，并且让他的子孙后代沐浴来自他的光荣；否则，如果因为"德有伤"而被从祠堂开除，那对他的子孙后代将是一种怎样的打击？为此，每年的祭祖大典，既是感恩，又是鞭策，本质是在演孝。比如，大年初一，作为儿孙，都要很庄严地给祖父祖母和父母高堂磕上一头，那一刻，你会觉得不如此不足以表达对老人的祝福，当你而且只有当你的膝盖落在土地上的时候才能体验到那种恭敬和崇敬，才能体会到一种你站着或躺着时无法体会的感动和情义，因为那一刻你变成了一种接近于母体胎内的姿态。那本身就是一种孝的姿态，感恩的姿态。

单说大拜年，它在故乡既轻松又庄严。先从谁家开始，有讲究。不是说谁家有权有势就先去谁家，而是看谁辈分最高谁最年长。无论穷富，无论性别，人们尊的就是一个寿、一个辈分。对长者的尊重是中国古老伦理中的一个非常重要的强调。如果细细考究，这个大拜年，包含着很多很多的人情在里面。正月初一在村里拜年，正月初二呢，做女婿的就要去岳丈家拜年，这样的一个次序是符合中国人的伦常逻辑的。在故乡，初二去岳丈家拜年是"法定"的，你娶了人家的女儿就意味着你要承担一部分孝道，这也是感恩的要义。

因此，我是不同意年的怪兽说的。如果说真有一种怪兽需要在岁尾年初去驱逐，那这个怪兽就在人的心里，它是贪婪、自私、嗔恨，包括无情无义，包括没有感恩心、敬畏心和慈悲心。

大年是敬的演义。"志在春秋功在汉，心同日月义同天"，这是关帝庙门的对联；左秦琼，右敬德，这是门神。每逢大年，这些句段和意象都不可避免地进入我们的视线，这是我们对忠义的最初感知。因此，借助大年这个必由之路，中国人让一代又一代的后生一年一度地接受对忠义的怀想和敬仰，潜移默化地让孩子们知道，只有忠义才配在如此庄严和神圣的时刻享受礼敬。

在古人看来，年一定是神圣的。且别说古人，就是我的父辈，对年的感情也和我们大有不同。洋蜡出现好长时间了，但父亲坚决反对我们用洋蜡祭神，说洋蜡不干净，而坚持亲手用蜂蜡做；洋纸马出现有些年份了，父亲也不让我们图省事，还是坚持让我们自己用印模印；同样，父亲反对我们买机印对联，坚持手写；反对我们买机封年礼，坚持手包。元宵节也同样，每年在夏天打麦的时候，父亲就已经准备元宵节点灯用的麦秸了，挑最正直的，用净纸包了，放在院墙高处的蜂窝里，以免污秽，等等。他之所以如此，无非是想保持一个"恭"，坚守一个"敬"，完成一个"真"。再比如，父亲把买灶神、门神像不叫"买"，而叫"请"；把点香不叫"点"，叫"上"，则是直接的敬词了。

而敬，在更多的时候则体现为一种静。大年中的一切仪轨，可能都是为了帮助人们进入这个静，包括社火和爆竹那种动态的静。因此，在老家，春晚恰恰是一种打扰。为什么呢？除夕的本意是守岁。我们且别去追溯"守"的原义，单看字面，"屋子"下面一个"寸"。在我理解，它是告诉我们，屋内是一寸一寸的光阴，需要我们一寸一寸地用心去守护。故乡又把守岁叫"过夜"。我反对简化汉字，但这个"过"我觉着简化得非常到位，"走"上面一个"寸"，它告诉你，时间在一寸一寸地移动，当我们回到当下，去一寸一寸地体味时间的时候，那才是真正意义上的"守岁"，才是真正意义上的"过年"。从这个意义上说，什么叫大年？大年就是一寸一寸地享受时间和空间，这时的任何喧闹，或者说任何非自然的喧闹，都是一种打扰，何况像春晚那样人为的巨大的喧闹。

为此，假如把春晚提前或挪后一天，可能会让年味大增。

大年是"和合"的演义。和是和谐，合是团圆。一年的奋斗和汗水，只有回到团圆，落实到和谐上才有意义。这，也许就是势不可当的回家潮的缘由吧。一年是如此，一生也同样。假如我们的一生不能落实在"和合"二字上，也是虚度，也是错过。正是基于这样的理解，才有"和气生财""和气致祥"这些成语。在古代，人们干脆把"和合"尊为仙人，称为"和合二仙"。无论是万里之遥朝发夕返的"万回"说，还是亲如兄弟爱如夫妻的"寒山拾得"说，都不离"和合"二字的本义。每一个上年纪的中国人，大概脑海中都有一个"和合"二仙的模样，也有一个"荷"和"盒"的意象。

团圆饭，特别是除夕的团圆饭，它不是简单的一顿饭，在更多的意义上它是一个伦理上的安慰，或者说是一个伦理上的需求，或者说是一个伦理上的象征。团圆意味着健康，意味着平安，意味着绵延昌盛。这也就是为什么一年的辛苦和汗水只有落实到团圆上才有意义。所以中华民族关于家关于族的理解，它的最为核心的，或者说最有代表性的体现，就是大年除夕的团圆饭，一家人一族人能不能坐在一桌上，它已经不单单是一顿饭的问题，而是这个家的圆满程度、幸福程度、昌盛程度。大年三十，习惯上我们都要吃饺子，而饺子呢，它不同于面条，不同于菜，它是一种包容，一种和合，一种共享，一种圆融，它象征着团圆、幸福和美好。

团圆之所以如此重要还因为它是一个忧伤的话题，一个永恒的忧伤话题，因为从一定意义上讲它是分别的代名词，因为没有分别就没有团圆。团圆给人们的渴望因何如此强烈？就是因为这个世界上有太多的分别，而且分多合少；也正是因为分得太久，合才显得特别甜美。而作为人在这个世界上生存，奔波是难免的，出游是难免的，为了生计走南闯北是难免的，无论做官经商打工。特别是现代社会，大多数人事实上都是游子，而游子盼归，这本身就是忧伤的话题。所以如果我们在喜庆之外，在大红大紫之外，要给大年再找一个色彩，那一定是忧伤了。过完大年，点完明心灯，我们又要出发。所以大年它是一个巢，也是一个港口；是归帆的地方，也是千舟竞发的地方；它是驿站，又是岸；最终是伴随游子走天涯的三百六十五个梦。

再说和合。可以作为中国人表情的年画"一团和气"，居然可以让一个人端居圆中，甚至就是一个圆，真是再智慧不过。而中国人记忆中的经典意象"福""禄""寿"三星，在我理解，和"和""合"二仙有着脱不了的干系。他们笑口常开，以八千岁为春，八千岁为秋，经百万亿劫不恼不怒，历百万亿劫无怨无尤。当一个民族以这样的意象作为图腾，她，怎么不可以万古长青？我们可以想象一下，设若一个人正在生气，看到这样的年画，他的脸上该出现怎样的表情？

什么是福，什么是禄，什么是寿，答案就在他们的脸上。

在我老家，只要人家"填了三代"，大年初一都要去上香的，即便两家是仇人。在老家，许多怨家就是大年初一这天和好的。人家都能进门来，在"三代"前上香，在祖宗前磕头，我们还有什么不能原谅的，于是握手言和。就是再大的仇恨，如果这天你不去人家"三代"前上香，那全村人都会看不起你；假如你去了，对方不让你进门，那全村人从此就会不进他家的门。

正是基于这样的民间"条例"，大年成了一个天然的和事老。包括大年初二之后的"走亲戚"，除了体现着感恩、孝和敬的主题之外，还是对乡村伦理的一种自然维护。

这种和合还体现在非人间伦理上。比如，大年期间天官、城隍、土地、龙王、树神、灶神、门神、药神、喜神、吉神、财神、井神、梯神、路神、场神、车神、水神、牛头马祖等众神共庆的场面，无不上演着一种和合大戏，也体现着中国文化让人感动的包容性。再比如，"三十"的火元宵的灯，每个房间要通明。它是在两个不同的时空点上，以火和灯演义一种平等性。大年三十晚上每个屋子都是不能黑着灯的，无论是牛窑羊圈还是鸡棚狗舍，都要给它一盏灯，都要"进火"，不能有一处黑暗，不能有一处光明的盲区，真是天涯共此时，光明共此时。元宵节的灯也一样，应该分配在每一个层面，包括仓屯、井栏、草垛、磨台、蜂房、燕窝，甚至桃前李下，都要和人一样拥有一盏灯，都不能有遗漏，这就是中国人的"众生"理念、平常心和平等观，它的背后还是一个"合"。

大年是"天人合一"的演义。这种演义从腊八就开始了。关于腊八的传说有许多，在我看来，它旨在提醒我们从功利中回来，"难得糊涂"一下，享受生活，享受当下，因为回到当下是对诸神最大的礼敬，也是对生命的最大关怀。"慈悲"的"慈"，字面是"兹"下面一个"心"，我认为就是"这里、现在的心"。古人借之告诉我们，回到当下是最大的慈悲，因为只有你回到当下，你的心才在现场，而只有你的心在现场，你才在"生"之中，才在"人"的"职分"之中，你也才有感恩的资质，甚至就是感恩的本意。而"忙"则是"心"的"亡"。

在中国古老的哲学体系中，无论是儒，还是释，抑或是道，"天人合一"都是它们的核心指归。为了达到这种天人合一，我们需要腊八的"难得糊涂"，需要从小年（腊月二十三）开始的除尘。"难得糊涂"是让我们从惯性和速度中解脱出来，从功利和世俗中解脱出来；除尘是让我们从污染中解脱出来，从尘垢中解脱出来，而从一定意义上去讲，惯性和速度也是灰尘。我们之所以能够在井里看到自己，那是因为井的安静，我们之所以在湍急的河流里面看不到自己，那是因为河流的匆忙。

人们只有扫净心灵的灰尘，回到当下，才能走进"天人合一"，才能和诸神沟通，才能和天地同在。

这也就是古人为什么要让我们"时时勤拂拭，莫使染尘埃"的原因。

为之，在大年中有许多具体的要求和程序。

听父亲讲，社火中陪伴仪程官的几大灵官，在上妆之后就不许说话，多数情况下是整整一天。因为在进入"社火"之后，就不是世俗意义上的人，而是傩，而傩就意味着天地中介，人神共在，凡圣一体，任何世俗的表达都是不敬，都是冒犯，都是非道，包括世俗的念头都要警惕，都要观灭。这种极为强烈的角色意识和纯粹的进入，其实贯穿在大年的所有祭礼中。为此，从腊月三十开始的一个个祭礼，无不都是一种走进天人合一的门径。关于爆竹，也有许多说法，但在我理解，它既不是为了驱邪，也不是为了热闹，它仍然是唤醒世人的一种方式，通过那一声声一串串或脆或钝的响声，把我们从迷糊中警醒过来。

"山门不锁白云封，古寺无灯明月照"，当第一次在老家的山神庙门看到这样的对联时，一种难以言说的美感让我心灵战栗。那种超尘超凡，真是深入人的骨髓。在大年，你会随时体会到这种心灵的震颤。

而月圆之夜，点灯时分，则纯粹是一种天人合一的方法论。有一年我去逛一个城里的灯会，有烟花，有铺天盖地的花灯，心里却觉得十分的隔，不多时就打道回府了。当我站在阳台上，向老家张望的时候，有一串火苗就在心里展开，心就一下子静了下来。多年以来，我都在寻找一个词去表达心中的那种感觉，却很难确切。我只能勉强说，它是一种大喜悦，或者是一种大安详。

那是老家的元宵，沉甸甸的月色中，一桌的荞面灯渐次亮起。

就永远亮在一个游子的梦里。

点灯时分，它是一个怀念，更是一个引领。借助那些摇曳的灯苗，我们得以走进生命的原初，得以看到释家所讲的那个"在"。

也许这灯，就是灵魂的形状，或者说是生命的形状，或者说是天人合一的形状。它本身给人一种召唤。我想每一个人在看到灯的时候、火的时候，都会有这种回到自身的感觉。我曾在一篇散文中写道，暖气片尽管给了我们热度，可我们觉得它是冰凉的，而炉火可能提供不了暖气片那样的热度，但是当我们看到那一束火苗的时候，一种莫名的温暖就从心底升起。这也许就是为什么许多祭礼中都要出现火的缘由吧。也许，火的状态就是一种当下的状态，火在点燃之前是沉睡，燃烧之后则进入另一种沉睡，只有燃烧的那一刻是醒着的。而只有亮着灯光的房间小偷才是不敢光顾的，可是一生中客串我们心宅的小偷何其多尔。这也就是元宵节，点灯时分，老人为什么不让我们心生任何杂念的缘故吧。记得当时我问父亲，可以想发财吗？他说，不可以。我说，可以想当官吗？他说，不可以。那干吗呢？他说你就静静地看着，看那灯捻上的灯花是怎样结起来的。看着看着，我们就进入一种巨大的静，进入一种神如止水的状态。那一刻，我们的心灵可以说是一尘不染，就像头顶的一轮明月。真是敬佩元宵节的创造者，他能够把点灯时分和月圆时分天然地搭配，简直是一个再高妙不过的创造。你的面前是一个灯的海洋，头顶却是一轮明月，那事实上就是你的心了。这一刻，你怎么不天人合一呢？

而那灯本身就引人思索。一勺油，一柱捻，一团荞面，就能够和合成一个灯，而且油不尽则灯不灭，而最终让这灯亮起来的则是人手里的火种，那么，人手里的火种又是谁点燃的呢？

这难道不是生命和宇宙的奥秘吗？

为此，古老的元宵节，在我理解，它是古智者苦心为他的后人设计的一场回到当下的演习。

相比点明心灯，城里的闹花灯事实上已经变成了一种竞技，或者说一个规模性的文化活动。而只有保留在民间的点荞麦灯，还保存着心灵学的意义，还保留着元宵节点明心灯的原始意义。

如此看来，人们把以纪念释迦牟尼成道之日腊八作为大年的开始，把元宵夜点明心灯作为大年的结束，有着特别强烈的象征意义。因为在东方人看来，成道，明心见性意味着大解脱、大自在、大安详、大快乐、大幸福。这些"大"，也许才是"大年"的真正含义，也是人们为何如此迷恋"过年"的秘密所在。为此，"五谷"和"丰登"才有了真实的贡献意义。否则，人生就是浪费，生命就是罪过。所谓"施主一粒米，大如须弥山，此生不了道，披毛戴角还"，何况我们受用着天地造化如此丰厚的馈赠。为此，我们就不难理解孔圣为何感叹："朝闻道，夕死可矣。"

大年是祈福的演义。无论是年画、社火、大戏，还是各种祭礼，包括一言一行。《一团和气》《连年有余》《五福临门》《出门见喜》《天官赐福》这些年画，既是公认的中华民族符号，也是中华民族文化的核心意象，同时也是人们美术化了的祈福。而社火则纯粹是一种媚神之歌舞，社为土地之神，火是火神。社火中的仪程则是纯粹的祝福。比如中国人妇孺皆知的《刘海撒钱》："一撒风调雨顺，二撒国泰民安，三撒三阳开泰，四撒四季平安，五撒五谷丰登，六撒六畜兴旺，七撒北斗七星，八撒八大金刚，九撒九天吉祥，十撒十方如意。"比如《状元郎》："大门楼子高院墙，凤凰落在房顶上，凤凰展翅人发旺，辈辈儿孙状元郎。"比如《祭灶词》："今年又到二十三，敬送灶君上西天。有壮马，有草料，一路顺风平安到。供的糖瓜甜又甜，请对玉皇进好言。"比如《财神颂》："财神进了门，入着有福人，福从何处来，来自大善心。"就是说，财神进门是有前提的，那就是你首先要是一个有福人。而福从何来，福从善来。由此，我们发现，这个《财神颂》，实际上是告诉我们财神的本意。

而作为祭祀主体的祭祖，更不必说。儿孙福自祖德来，这是中华民族最为广泛的因果认同。既然儿孙福自祖德来，托庇于祖先保佑，则是千家万户再自然不过的心愿。

这便是古人对祈福的理解。福是怎么来的呢？福从积德行善来。在古老中国朴素的因果传统中，它认为一个人做了大官发了大财不是他自己的能耐，而是祖宗功德。为此我想，大年期间的祭祖它也是在表达着一种古人对祖先的理解：祖宗是你快乐的源头，是你财富的源头，是你显贵的源头。祖宗和后代之间有一种深沉的隐秘的逻辑关系，甚至人们把一切好运的到来都归功为祖上有德。我们怎能不去认真地感谢祖德，去认真地祭祖呢。《朱子家训》有言"宗祖虽远，祭祀不可不诚"，并且把它置于"子孙虽愚，经书不可不读"的前面，以此呈现一种并列关系。如此说来，春节期间的祭祖，它既是感恩，也是祈福，又是教育：你能有今天的健康，今天的平安，今天的荣华富贵，是因为你有一个大后方，那就是祖宗功德。它告诉我们一个公理，做好事不吃亏，做好事绝对正确。什么叫"五福临门"，什么叫"出门见喜"，什么叫"天官赐福"，都是一个人为自己的行为负责的一种比较仪式化的训诫，这才是祈福的本质意义。如果说你带着很强的功利心去求荣华富贵是求不来的。

所以，五代的冯道才说："但知行好事，莫要问前程。"

大年当然是喜庆和快乐的演义。大年的喜庆如汪洋大海。它在香喷喷的饭菜和茶饮里，在红彤彤的"门迎春夏秋冬福，户纳东西南北财"的句子里；它在排山倒海的爆竹声中，也在喧天动地的锣鼓声中，还在漫山遍野的秦腔中；它在一家人团圆的天伦之乐中，也在孩子们的新衣服和压岁钱中；它在灯光，在墙围，在年画，在门神，在对联，在社火，更在老百姓的把酒相邀共话桑麻里；它在瑞雪兆丰年的期盼里，也在普天同庆的氛围里；甚至在《猫吃献饭》《老鼠娶亲》这些窗花里。想想看，雪打花灯，喜鹊啄梅；想想看，热炕在暖，子孙在绕；想想看，抬头迎春春满院，出门见喜喜盈门；想想看，一元复始，普天同庆。注意，是"普天"，是"同庆"。

大年的喜庆真是像根一样扎在大地深处，扎在季节深处，也扎在华夏儿女心灵的深处，它像庄稼一样成长，也像华夏儿女的心事一样成长。

这大年，就是为生长喜庆而来。

大年的快乐如汪洋大海。且别说在现场，就是每一次回想，都让人的心灵为之战栗。在写完长篇《农历》之后，我再也没有经历过类似享受的写作过程，那真是一段记忆中的黄金。如果说我这一生还有什么足以让自己欣慰的地方，那就是拥有这样的黄金。我非常感激上苍没有把我降生在城里，包括豪门显贵之家，却投放到一个名叫粮食湾的小山村，它让我能够从童年开始就享受大年所带来的那种刻骨铭心的快乐，销魂的快乐，无缘无故的快乐。我曾在长篇《农历》"大年"一节中写到一个细节，当五月和六月把新衣服穿上以后，正式守岁的时候还没有到来，他们俩就在院子里莫名其妙地跑，从这个屋跑到那个屋，从那个屋跑到这个屋，没有缘故，就像两尾鱼，在年的夜色的河流里穿梭。那种没有缘故的快乐，在我人生以后的乐章中再也体会不到了。那种快乐之所以让我那样迷恋，就是因为它是纯粹的快乐，没有任何污染的快乐，没有任何杂质的快乐，纯天然的快乐。这个快乐我现在还说不透，它到底为何如此让人怀念，让人感动，让人难以忘怀。但有一点是肯定的，那就是它跟大年有关。

也许大年原本就是童年的，原本就是人类的童年，原本就无尽岁月的一颗童心，才如此让人彻骨地怀念和感动。它事实上已经不单单是一个节日，而是一种类似于母亲怀抱的所在。在这个特有的母亲怀抱里，我们的灵魂得以舒展，得以灿烂，得以滋润，得以狂欢。

大年最终是教育和传承的演义。时时处处，都在演教。无论是对联、年画、社火，还是祭祖、守岁、拜年，等等。无不是为了唤醒人们的正知见，让人们回到真善美，甚至回到生命本质。"第一等好事只是读书，几百年人家无非积善"这样的对联自不必说；"欲高门第须为善，要好儿孙必读书"这样的仪程词自不必说；《朱子家训》《弟子规》《和气生财》《和气致祥》这些年画自不必说；这种教育，还渗透在大年的每一项活动和每一个细节之中。比如长篇《农历》"大年"一节中父亲写错了一副对联，很可惜，六月说没关系的，我们可以送给傻子家。父亲就生气了，他批评六月只有小人才欺负傻子。腊月三十，父亲带领五月、六月上完自家的坟，没忘去乱人坟。再比如，在故乡，把初一到初七七天分别名为鸡日、狗日、猪日、羊日、牛日、马日、人日。问父亲为什么把初一定为鸡日。回答是鸡是"五德之禽"，它头上有冠之美是文德，足后有距能斗是武德，敌在前敢拼是勇德，有食招呼同类是仁德，守夜报晓不失时是信德。还比如，每家的老人都要叮嘱孩子，过年要断"三恶"、修"四好"。"三恶"是恶口、恶行、恶念，"四好"是存好心、说好话、行好事、享好福。单说断三恶，不恶口、不恶行大家努力一下也许可以做到，但是要不动恶念就很难了，但古人并没有因为难，就降格以求。想想看，当每一个人都做到了断"三恶"修"四好"时，那日子该是多么地祥和。

在乡土中国，大年还是一个文化展览和交流的平台，在我的老家西海固那一带，有许多人家藏着一些字画，但平时舍不得挂，害怕尘土把它染脏，只有在每年除尘之后才把它挂上。比如说最经典的《朱子家训》，差不多是每一家都要有的，还有《弟子规》。大年初一，大家在走村串户拜年的时候，一方面是在拜年，另一方面就是成群结队地去巡览字画。"黎明即起，洒扫庭除，要内外整洁；既昏便息，关锁门户，必亲自检点；一粥一饭，当思来之不易，半丝半缕，恒念物力维艰"，这些句子就是在小时候大拜年期间识得并潜移默化地记得的。还有一些人家在"文革"期间大着胆子把一些古字画存了下来，这更让现在的年轻人稀罕、着迷，大年初一大拜年时，他们往往可以一饱眼福。每年除夕，大家都要到庙里去抢头香，在等待子时到来的时间里，干什么呢？看展览。展现在我们面前的，是整整一庙墙的对联，整个一面庙墙上全是红彤彤的对联。"古寺无灯明月照，山门不锁白云封"这样绝妙的句子就是在庙门上看到的。在那样绝尘、肃穆的环境中，看到这种超凡脱俗的句子，你的心灵经历的该是一种怎样的美的洗礼。

再比如"保一社风调雨顺，佑八方国泰民安"，则是一种怎样宏大的境界。小的时候不觉得，现在回味，真是佩服得五体投地。他们不但要"风调雨顺"，还要"国泰民安"，这就是中国老百姓的胸怀。他祈祷，他祈福，但他没有说"保我家风调雨顺，佑我家荣华富贵"。从这个意义上讲，你说大年它是不是一种爱国主义教育呢？而"志在春秋功在汉，心同日月义同天"这样很文气的礼赞，你丝毫不觉得它是一个民间的赞美，但是像这样的句段，都会出现在每一方每一社的庙院里。

特别是"天增岁月人增寿，春满乾坤福满门"，是所有春联里我最喜欢的，它包含着一种多大的祝福，同时又体现着一种无法言说的天地伦理。"天增岁月人增寿"，它的大前提是"天增岁月"，才能"人增寿"；"春满乾坤福满门"，它的大前提是"春满乾坤"，才能"福满门"。"岁月"在前"乾坤"在前，"寿"在后"门"在后，这就是中国人的逻辑。中华民族在任何时候都在讲"国家"，在讲儒家学说的核心概念"仁"，它就是让我们走出小家，从一个人变成两个人；就是一事当前要能想到别人。它首先强调共体，再强调个体，我想这也就是为什么四大文明古国中，唯独中华民族还屹立在世界民族之林的原因，因为它永远先强调国，再强调家，先强调共体，再强调个体。它的程序是"格物致知诚意正心修身齐家治国平天下"。前者是讲人，中间是讲家，然后是国，然后是天下。每一个婴孩儿从诞生的那天起他就在如此的教育体系中，这样的民族怎么会不绵延不绝呢？

而从腊八开始，回旋在村子上空铺天盖地的一出出秦腔，则是情节化了的教育范本。在《葫芦峪》中我们接受忠义的感染，在《铡美案》中我们接受公义的熏陶。在大西北每一位老百姓的记忆中，大概没有谁不知道《三对面》，请听这段像阳光一样照耀和温暖着一代又一代老百姓的唱词：

> 公　　主：你向秦氏因何故
>
> 包文正：陈世美杀妻害子罪非轻
>
> 公　　主：你能问他个什么罪
>
> 包文正：定赴铜铡不留情
>
> 公　　主：当朝驸马你焉敢
>
> 包文正：龙子龙孙依律行
>
> 公　　主：我要传令把秦氏斩
>
> 包文正：为臣在此你不能
>
> 公　　主：要斩要斩实要斩
>
> 包文正：不能不能实不能
>
> 公　　主：欺君罔上包文正
>
> 包文正：理直气壮为百姓
>
> ……

一种大慈大悲的旋律在村子上空回旋，一种善恶分判的节奏在大地上响起，荡人气，回人肠，催人泪，热人血，直人骨，正人髓。那是简单的音符和旋律，却是深沉的关怀和鼓励。它让人在心里默默地对那个黑脸红心的人致敬，向高悬在公堂之上的天地精神"正大光明"致敬。

现在，我才发现，大年是一出中国文化的全本戏，是一出真善美教育和传承的全本戏，是中华民族基因性的精神活动总集，是华夏子孙赖以繁衍生息的不可或缺的精神暖床，是中华民族的一种准宗教性质的体统。它是岁月又超越了岁月，它是日子又超越了日子。它带有巨大的迷狂性和神秘性，这种迷狂和神秘，可能来源于中华民族的精神源头巫传统，其核心是"天人合一"。

而要达到"天人合一"，"格物致知"是必要条件，"诚意正心"是必要条件，"修身齐家"是必要条件，"治国平天下"同样是必要条件。回到大年本身，祈福也好，祝福也罢，"天人合一"既是目的又是方法论，为此，我们需要不打折扣的诚信和敬畏，需要不打折扣的神圣感，所谓"与天地合其德，与日月合其明，与四时合其序，与鬼神合其吉凶"。这个大年，不就是一个"合"字吗？和天地相合，和日月相合，和四时相合，和鬼神相合。这种迷狂，这种大喜悦大自在大快乐，不就来自这个"合"吗？现在再去回想，为什么爱情那么让人着迷，也是一个合；为什么阖家团圆那么让人着迷，也是一个合；为什么天降大雪那么让人着迷，也是一个合；等等。所以这个"合"字可以说是中华民族的一个代表性符号，或者说代表性的意象，它所承载表达传承的文化的指涉、会意、象征，简直是无法用语言去描述的，我们也许只能从年的味道里去体味，从那种无缘无故的喜悦和狂欢中去体味。

正是这种迷狂性，才造成了海潮一样的回家潮，造成了季节一样的春运，才让人们在季节的深处不顾一切地回家，候鸟一样，不由分说地，无条件地，回家。为此我说，娘在的地方就是老家，有年的地方才是故乡。

我们甚至可以说，大年是中华民族一桩无比美好的计谋，她把华夏文明的骨和髓，通过连绵不绝的仪式，神圣化，民间化，亲切化，轻松化，出神入化……

从腊八开始，到二十三结束，整整四十五天，大年像一个循循善诱的导师，又像一个天才的导演，演绎着中国文化的无尽奥义。

懂了大年，就懂得了中华民族，也就懂得了生命本身。

大年，中国人的心灵底片

流行无限：打捞乡愁的团队

蛇年腊月，由央视四套《流行无限》编导宋鲁生先生汲引，受制片人王海涛先生之约，我到京担任八集电视纪录片《中国年俗》的文字统筹。由此，得以观看被派往二十多个省市的编导拍摄上来的年俗镜头。

从中，我强烈感受到，中国年，是中国人最浓重的乡愁。

无论是"忙在腊月""守在三十""回在初二"，还是"玩在正月""乐在正月""吃在正月"，等等，一组组散发着泥土芬芳的唯美的镜头，如同一位位故人突然出现在我的面前，让人惊喜。

世界还是原来的世界，看你用什么目光去打量。这些充满着大美的画面，让人相信，"美丽中国"就在大地之上，只要我们愿意下去，愿意欣赏。

王海涛和他的团队，更是以拼命工作来享受着这种美好。由于立项较晚，进入正式编辑阶段已经离年仅仅十天时间了。在我陪伴他们的一周内，他们几乎在夜以继日地工作。他们住在"影视之家"宾馆里，各自的房间既是办公室，又是工作室，稿子改了又改，结构讨论了又讨论。整个过程就像急行军一样。那是一种速度极快的争论，打机关枪似的；那是一种不留情面的争论，辩论会似的；那是一种当下解决问题的争论，常常以执行总导演的一句结论结束。随着执行总导演一句"散了，回去干活吧"，大家迅速撤离。大家的脚步还没有走出房间，执行总导演的目光已经在稿子上了。

我怕烟味，但我对这几天一根连一根抽烟的制片人和执行总导演却充满了敬意，我知道，他们借助烟来提神。

我留意到，大家在离开执行总导演房间时，会到摆放战备物资的房子一角拿上几包咖啡，抓上几个面包。

我留意到，大家在走进执行总导演房间时，会撕开桌上的蛋卷，快速塞进嘴里，而整个人，还在稿子里。

晚饭的时间是大家放松的时间。二十三小年那晚，制片人还特意为大家订做了饺子。我看到，他给每位编导都倒了柚汁，然后清点人数，最后发现分集导演宋鲁生还在机房，执行总导演周密就拿起电话，"快点快点，大家都等着你呢"。不多时，鲁生笑嬉嬉地走进餐厅。然后大家一起举杯。

这晚，桌上除了我们，还多了一位亲戚，那就是一位土家族小编导的丈夫，他从远方拍片回来，来妻子这里拿房门钥匙，制片人给我说，他们二人常常是他上飞机，她下飞机。这次，他们已经十多天没有见面了。

他们的小年，在中国年俗的现场团圆了。

晚上，大家到机房看第一期成片，那位小编导要去，制片人说，你就不去了，和老公说说话吧，目光是关切的，心疼的。

但是不多时，我发现他们也站在我们身后看片，小编导说，只有他才会给我们说实话。

从制片人口中，我听到了"播出安全"四个字。为了这个安全，他在分分秒秒地算着时间，大家在分分秒秒抢着时间。谁谁谁干到天亮，把片子交到谁手上，"然后给我马上上床睡觉"，几个小时后起来做下一道工序。我还听到一种"借活"的说法，就是现在我有空帮你干，到时你帮我干。这，不就是一种"大年精神"吗？小时候，村里人正是这样"借活"的，今天我给你家帮忙炸油饼，明天你给我家帮忙做蜂蜡。这是腊月，如果是平时，谁家有了红白大事，主人恰恰是轻闲的，一切都由乡亲来张罗，这是一种不成文的约定俗成。

腊月二十四的晚上，制片人给大家要了菜，但他一直没有出现在桌上，等我吃完，才看见他在另外一个空桌上紧张地发着短信。编辑们告诉我，频道总监审了片子，提出一些意见。

二十五日早，我收到一则短信："新闻联播从初一到初四将每天口播30秒配画面，播报《中国年俗》内容，谢谢您的辛勤努力！！！"后面是三个惊叹号。我想这肯定是制片人群发给团队的激励短信。作为一个中国人，我能够收到这样一则短信，觉得十分安慰。我总算能够以一己之力，为祖先做点事，为祖国做点事。

显然，他们在超常调度着他们的体力和精力，但我没有从他们脸上看到埋怨和疲惫，而是越战越勇，一些编导太累了，就头搭在凳子上打个盹，接着工作。其中执行总导演周密既要统稿，还要编片，还要协调诸多事项，我眼睁睁地看到，她从坐在沙发上看稿，到斜躺在沙发看稿，到溜到地板上看稿，最后干脆坐在地板上了。无疑，这是身体多么想躺下睡倒的一个潜意识信号。

我仿佛能够感受到，冥冥之中，有无数的手在给他们传递着能量；我仿佛能够看到，华夏先祖，正在注视着他们，加持着他们，希望他们能够把这件炎黄子孙盼望了许久的工程完成，可谓为往圣继绝学。为此，我也放弃了在工作间隙会几位朋友的计划，静静地坐在房间里，随时等待他们传唤。我做不了大事，但愿意通过自己的文字，为《中国年俗》略尽绵薄。

尤其让我感动的是，分集编导大多是年轻人，他们不可能像我这样，是一个大年迷，但是每当我谈起年俗，给他们一些建议，他们都是两眼放光，欣然接爱。

执行总导演周密干脆说，她因此喜欢上年了。

大年，中国人最浓重的乡愁

通过几天的工作，我再一次感受到，大年是中国人最浓重的乡愁。

大年中的仪式，已不单单是仪式，而是华夏子孙最稳固的基因排序，只要这样的基因排序不断裂，华夏儿女的精神大树就会长青，中华民族的生命力大厦就会永远屹立。在我的长篇小说《农历》的创作谈中，我讲过，之于经典传统、精英传统，民间传统更牢靠，更有生命力，一些特定的历史时期，人们一度中断了经典传统，但是没有谁能够取消民间传统，没有谁能够取消掉春节。因此，回到春节，就是连根养根。在商风日盛，道德沦丧，人情冷漠的今天，人们更是希望有一棵棵参天大树出现在中华大地上，为人们的心灵遮风挡雨。对此，作为中国人集体无意识的年，当是苍松翠柏。现在，央视以八集年俗的方式为这棵大树浇水培土，无疑是在做着一件功德无量的事情，可谓"为天地立心，为生民立命，为往圣继绝学，为万世开太平"。

看着一篇篇文稿，我在想，大年中的道具，已不单单是道具，它是一个个符号，这种符号对应到人们心里，则是一个个念头，这些念头，一如一幕幕电影的底片，决定了中华大地这一巨大银屏上展演的一出出电影的内容。春联、窗花、年画、戏词、社火队的服装，都是如此。他们看上去是符号，其实是一粒粒正面力量的种子，每年春天，都要播种一次，每年腊月，都要收获一次，如此反复，形成中华民族超稳定的心理结构和集体无意识。

为此，春联已不单单是春联，而是中国人的心灵底片，中国人的生命大戏，正是这些底片的播放；窗花已不单单是窗花，而是中国人的心灵图纸，中国人的生命大戏，正是这些图纸的展现。

爆竹、锣鼓、秧歌，是中国人向天地致敬的媒介，花馍馍、馒头、长面、饺子，则是中国人以食为敬，以食感恩的载体。

一则则魔杖一样的春节故事，一幅幅让人陶醉的画面在眼前展开：无论是黄土高原，还是岭南乡村，人们无不慢下脚步，放下心事，在欢声笑语中，在微醺薄醉中，享受正月特有的光阴诗意、人间幸福。这种幸福，离开了大年，将不复存在。它是大年之树上结出的特有的岁月果实。

想一下腊月的集市都让人美得颤栗，小时候的我，拿着自己画的门神，到街上卖掉，换得一挂挂鞭炮的情景，手里攥着几张红纸，拿着一瓶墨汁，走在回家路上的情景，一如幻灯，一一浮现。累了，坐在山坡上，看着面前的集市，觉得那已不是一个集市，而是另一个世界，一个非人间世界，人们把对祖先的敬重，对儿女们的祝福，对美好生活的期盼，都化在匆匆脚步里。

现在回想，腊月的时光已经不是时光，而是天地共庆的道路。现在回想，腊月的日子已经不是日子，而是诸神降临的台阶。

关于除夕守岁，我写过散文《守岁》，写过中篇《大年》，写过长篇《农历》，但仍然觉得没有抵达那个"守"字，儿时那种一寸一寸品尝时光的情景，讲给现代人，恐怕也难以体会了。包括大年初一出行，迎喜神，大拜年。

但在这几天里，通过《中国年俗》的一组组镜头，我看到了当年的身影，它让我相信，在中华大地上，还有很多像我这样的大年迷，在津津有味地过年。

我喜欢编导们以"忙在腊月"为题讲腊月的年事，也喜欢"守在三十"这样的意象，但我把"乐在初二"改为"回在初二"，在我看来，初二是一个巨大的人伦美丽，这种美丽的背后，藏着我们无法言说的崇高。想想看，一个女子，从呱呱坠地，到长大成人，饱含着多少父母的辛劳，可是，正当她们有能力回报父母的时候，却离开了父母，转嫁他乡，为人妻，为人母，传人后，兴人家。对于娘家，这是怎样的一种舍，对于婆家，这又是怎样的一种得。

大年初二，中国人集体向这种养育之恩鸣谢。没有女子，就没有子孙后代，就没有家族血脉的延续。这女子，是岳丈岳母无私奉献的。他们把她们养大，奉献给婆家，传宗接代，繁衍生息，人类才得以延续。为此，初二女婿拜岳丈，就是再自然不过的事情。

"桃之夭夭，灼灼其华，之子于归，宜其室家。"正是这些像桃花一样开遍大地的女子，在延续着一家又一家的命脉，也延续着人类的命脉。因此，初二回娘家，已不单单是女婿对岳丈岳母大人的回敬，而是一种天地伦常了。

作为中国年的一个经典意象——回娘家，既展现了中国人无限的感恩情怀，也演绎着中国礼仪的深厚和美丽，一个"回"字，让大年初二充满了亲情，也有了一丝甜蜜的忧伤，正是这个"回"字，让两家亲如一家，而让无数的两家亲如一家，正是华夏先祖梦寐以求的人间理想。

初一祭祖，迎喜神，给本族长辈拜大年，天经地义。初二带着妻子回娘家，给岳父岳母大人拜年，地义天经。

想想吧，这一天，中华大地上，有多少条道路，有多少对小夫妻，走在回娘家的路上。

想想吧，这一天，中华大地上，有多少双眼睛，在望着大门口，盼着女儿女婿和外孙出现在他们的视线里。

年三十的饺子还留在锅里，给外孙准备的压岁钱还装在兜里，只等那一声清脆的"姥爷姥姥"传到耳边。

如果说大年初一是一棵树干，初二就是它的枝了，通过一根根华枝，亲情在大地上延伸；如果说大年初一是心脏，初二就是血管了，通过一道道血管，亲情在大地上流淌。

给岳丈岳母拜完年，接下来就要给所有亲戚拜年了，那将是乡村中国整整半个月的事情，之于重礼守义的中国人来说，它的重要不亚于春种秋收，就这样，人们通过大地，收获庄稼，通过走动，收获情义。

我不知道是否可以这样说，有娘的地方才是故乡，有年的地方才是中国。

人们之所以越来越重视大年，正是因为她是中华民族的根系所在，元气所在。

她无以伦比的精神力量、情感魅力，有效调剂着现代人的危机感、失落感，缓解着超快生活节奏给现代人带来的同样无以伦比的压力和焦虑。

无疑，大年是中国人最浓重的乡愁。

留住了大年，就留住了中华民族的根。

愿人人都能顺利返乡

我是一个大年迷，迷到什么程度呢？用十二年的时间写长篇小说《农历》，其中"过大年"占了将近三分之一篇幅。但仍然觉得没有传达出心中的那种"年"味儿。

这些年，有好多记者问我，为什么年味越来越淡了呢？在我看来，是因为我们把大年里面的祝福性因素给剔除掉了。只要把祝福性恢复之后，年味自然会浓起来。

去年帮中央电视台做百集大型纪录片《记住乡愁》的文字统筹工作，发现但凡传承千百年的旺族，都没有丢掉祝福。

心理学告诉我们，每一个人都有一个永恒账户，就是我们的潜意识，它是永远不会消失的，那就意味着我们祖先的潜意识还在。既然我们祖先的潜意识还存在，那我们对祖先进行怀念，本身就是价值。

心理学告诉我们，当我们想一个人的时候，生命能量就在交流。

那么，当我们祭祖的时候，能量就在对接，生命就在充电。

古人正是把过大年作为一个恢复我们生命力的非常重要的平台和缘分来用的。在长达一个多月的怀念、感恩当中，跟生命的根部能量源头能量进行连接。

中华民族为什么能够保持持久生命力，正是因为中国人是讲究祭祖的。其中最为隆重，最为集中，最为普遍的，就是年祭。

因此，只要我们恢复了大年的祝福性，经济再发展，生活再现代，也冲淡不了我们的年味儿。可以看到的例子是，周边一些国家和地区，虽然现代化程度很高，但节日的味道没有淡下来。

所以，对于过大年，我是一个乐观主义者，我想，随着我们对一系列神圣性祝福性仪轨的恢复，中国人的过大年，一定会回到当年的那一种氛围中去。

从这个意义上，我多次呼吁，为了让年味大增，要把春节的假期再延长，要把春晚提前或者推迟一天，把除夕给人们留出来，否则，因为春晚长达四小时的集体走神儿，大年中最美的一段时光，最香甜的一段时光，最神秘的一段时光，最能感受心身交融，天人交融的一段时光，就被冲淡了，破坏了。

春晚是一个巨大的打扰。

古人把除夕叫过夜，正如"过"字一样，人们是一寸一寸地感受时间挪动的。正如守岁的"守"一样，人们是在一寸一寸地守护着时间的。我小的时候体会到的除夕的感觉，就是如此，真是一寸时间一寸金。我在长篇小说《农历》里面写到一个细节，茫茫雪原上，一位穿着大红袄的女子在款款走来，留下了一串香喷喷的脚印，但那脚印，马上就要融化在你的目光里，让你心疼。

为了享受除夕的这个感觉，我们就把守岁前的准备工作比如贴对联一类拼命地往前赶，好把更多的时间抢出来，来体会那一种一寸一寸进入时间的过程，那种味道，提前一天，推后一天，都无法找到。这，大概就是古人讲的时间意义上的缘分吧。

在中华民族的意象性岁月中，大年是最持久最强大的心理暗示，而心理学说明，暗示可以产生巨大生命能量，那些窗花，那些对联，那些年画，那些社戏，那些仪式，等等，都是暗示源。

大年是千百年来天地交融人神共庆的永恒约定。在这个约定中，我们回到一种类似娘的怀抱的所在，有娘在的地方，就有大年，这个娘，有生身的，也有生心的。

为什么过大年的时候人们要拼命地往回赶呢？在我看来，它不是一个社会学问题，而是一个心理学问题。人的第一需求是回家。我们每一个人都是游子，终归要回家的。一个人再怎么奋斗，再怎么拼搏，最后他一定要面临着一个根本性的问题，那就是返乡，踏上归程。

一生是如此，一年也同样。我们漂泊奋斗了一年之后，必须要经历一次返乡。这是每个人的潜在需要，人人如此。为此，过大年就成了中华民族的集体精神还乡。

事实上，一天也是如此，进入梦乡，说到底也是返乡，梦乡也是乡。

由此，我们再看春节回家潮，带有一定迷狂性一定神秘性的回家潮，不顾一切的回家潮，我们就知道，它是跟人的本质需求相关的。就是说，每一个人他有一个第一需求，那就是，最终我们要回到故乡。

那么，在大年这个时间的轮回港口，我们每一个人事实上是预演了一次返乡，练习了一次返乡。

愿人人都能找到故乡，愿人人都能顺利返乡。

这才是本质意义上的吉祥和如意。

一片荞地

接到电话时，我没有丝毫紧张，我想娘一定会等我的。如果她真要走的话，也会给我打个招呼的。娘果然等着我。当我站在炕头时，她的眼角流下泪来。

娘已经好几天没有吃东西了，吃下去就吐。前不久，我回去时，她说她奇奇地想吃个化心梨，我却单单地没有拿。这次我特意为她买来了化心梨，她却吃不下了。我想这笔债定是欠下了，永远欠下了。

想不到娘最后的一站路竟是揪心裂肺的疼痛。娘的这种疼痛，我只在妻生孩子时领略过，但娘要被动得多。牙关咬得咯吧咯吧响，眉头上集中了世界上所有的苦难。一而再地往起翻着，但身体已经叛变，死死地不肯配合，一切努力最终都变成大颗大颗虚弱的汗珠。连汗珠都显得那么虚弱，一层一层地，往出渗。最新的止疼药都不起丝毫作用，包括杜冷丁和鸦片。

娘开始绝食。可怜的娘只好以此和疼痛抗争。叫来医生给娘输液，也难以完成。因为娘总是趁人不注意将针头拔掉。娘使劲咬住呻吟，不将痛苦表现出来。枕巾一夜间被撕成碎片，床单被抓成洞。后来，就连撕挖也变成了蠕动。再后来，只从不时紧皱的眉头和刚出壳的小鸡似的抓挖的双手中可见死神在如何一点一点消灭她。娘唯一能够做的就是抓住一片卫生纸一点一点将它撕碎。喃喃着，而又不知所云。将耳朵贴到最近也不知所云。我只好将想象连根拔出来，猜测娘的需求。试探着将手给她，她就一把抓住。内里觉得她在使尽全力抓着，我的心也好受些。但很快又放开，希望破灭的样子，如同一声叹息。揣摩着娘要喝水了，给她水喝，她就咬住壶口不放，一直将一壶水喝尽才肯松口，喉头一鼓一鼓的。揣摩着她的心里烧，给她用酒洗胸口，她就停止了喃喃，似乎连呼吸都停止了，屏息凝神地享受着冰凉的酒带给她的一会儿稍微的轻松。

拒绝了所有人的侍候，霸占地守候在娘身边。总觉得别人无法摸透娘的心思，侍候不到地方上。其实是怕失去哪怕一次满足娘需要的机会。

我不知道娘当初送我出远门时是一种什么心情，但我这时却充满了矛盾。我既希望我的娘多在几天，不愿让娘的音容成为怀想和追忆，但又不忍心让她继续经受痛苦。每当娘痛得惨不忍睹时，我就祈祷着上苍的宽恕。可是细一想，这时的宽恕，竟是让娘早点上路。因为娘的后路已被封死。但我仍然力主给娘再挂一瓶液体，弄得大夫很不高兴。而挂液体的结果正如大夫所言，是娘痛苦的再生。针头插进去不久，娘又疼得抽搐起来。想不到拯救成了痛苦的再次放大。但我还是坚持挂完这个瓶子。

"天黑了，亮亮还没回来。"

"萌萌不知乖着么。"

我忙叫来儿子，儿子喊了一声奶奶，喊得惊天动地。娘嘴皮动了一下，却流下泪来。惹得我们都抹泪。每次给娘买些东西，让娘存着想吃了吃，娘口头上答应着，但还没等我从房门口出去就喊孙子。娘的眼睛看不见，以为我走远了。我生气地说，娘你真是。娘就笑一下。

娘到如今还没有走出生活，还在为儿孙操心。我们又何曾时时想起娘。总在忙碌之中，总在奔波之中，一年四季在娘身边的日子真是屈指可数。谁都知道娘将她的眼睛交给弟弟带走了。弟弟死于痢疾。娘为了弟弟哭瞎了双眼，我们呢？竟连一点时间都挪不出来！总想等消闲些富裕些带娘到大医院好好地检查一下身体，等新房子成了接娘到城里尽一个儿子些微的孝心，总想着娘的走是十分遥远的事情……岂料，她说走就走呢。

当我将妻子第一次领到娘身边时，娘摸着妻的脸说，我的娃给我找了这么乖的一个媳妇。我的鼻子就酸了。如果不摸，娘连妻的高矮都不可能知道，更别说长相。将刚出月的儿子从县上领回家，大门还没进去，娘就早早地喊，快让我看看。我将儿子交给娘，娘作出一副打量的样子，左看看，右看看，说，天下第一美男子，心疼死奶奶了。我的泪就下来了。儿子长得虎头虎脑，聪明伶俐，比他老子体面得多，但娘却只能凭借想象。后来打听到上海有一家医院能做复明手术，就恨不能立即带娘去，却一直没有成行。娘到死也没能知道她的儿媳和孙子的本来面目。

且不说眼睛，如果早一点将娘带到大医院检查一下，娘的胃病也不至于癌变。哥说，娘躺倒的时候，我正在办调动。娘不让他告诉我。娘的病给耽误了。

其实娘是被带走的。娘被押解着。娘并不愿离开。娘一步三回头。娘拼上所有的生命做着抵抗，但无济于事。

只好眼巴巴地看着娘被带走，两手空空地被带走。马达声惊心动魄地响着，车门已经关闭，娘的口已被封上。我只能在站台上将心一点一点变成泪水。尽管我知道泪水不是行李。

妻子要带妹妹上县里复习考试。走时给娘说，娘你歇着，我们走了。娘说，还回来吗？妻子说，你想让我回来吗？娘的眼里就溢出了泪水。

从娘脸上的表情我知道又一次疼痛的浪峰袭来。一生咬着牙关度过的娘竟然主动向我们求援，你们得给我想点办法。我一遍又一遍地祈祷着，但是娘的疼痛却有增无减。这种持续不断的疼痛让乡亲们开始怀疑善恶因果的朴素天理。谁都知道娘是一个大善人，不想却是这么一个落点。

残酷的命运并没有改变娘的性格，她是多么不甘心。她仍在搏斗，她在奋力往起翻身，但是所有的结果不是恶心，就是晕过去。我们说，你睡着歇着么，挣着干啥。娘说太阳红红的，我睡到啥时候。

一如一盏燃尽了油的灯，娘又转入沉沉昏睡。当一种动态的痛苦一旦转入静态其实更让人受不了。娘就那么一整天一整天地昏睡。面对儿子的呼唤，偶尔答应一声，也像小时候她正忙着我们叫她她有一搭没一搭地应一样。我不知道娘现在在忙什么。

娘是被她的性格打败的。大冬天也不穿棉裤。以前是没有，后来有了也舍不得穿。将儿媳的炕填得烫热，自己却常常睡冷炕。农业社里挣工分比男人还挣得多。中午累了就睡到地上。有病也不吃药，硬是往过扛。但她最终没有抗过命运。命运好像故意教训她似的让她领略病魔的厉害。

"太滑了。"

"全是冰。"

"天黑了就睡觉。"

守在娘身边的人都被娘的胡话怔住。我却无比地感动。人生果真如此，娘今天才悟透。

接着，娘就转入很深的沉默，居然以一个姿势睡上整整一天，只有游丝似的一些气息和脉跳说明娘还在着。有人说娘是看店去了，有人说娘是办户口去了。但是一个户口就办了这么长的时间？

夜深了，炕上炕下坐了许多人，这儿歪着一个，那儿趴着一个。卷烟弥漫了整个屋子。茶罐不倒。醒着的在说着一些闲话，和娘好的时候一样。娘的活人好，村里人的闲时光差不多都是在娘屋里度过的。特别是晚上，他们有一搭没一搭地直将话说得带了瞌睡，还是不愿走。娘也不急，总是那么宁静地坐着，如同守护着自己的儿女一样。我曾经埋怨娘，费水费烟不说，还让人睡不成觉。娘说，你别嚷，等我死了，人家就不来了。噎得我说不出话。娘病了时发生的事情让我为当年羞愧。这几天，全庄人几乎停了家事，自动给娘取药，帮哥磨面，收拾丧葬一应物什……如同亲儿孙一样，不辞劳苦。

娘居然是被一泡尿胀醒的。居然在努力地往起翻。居然清楚地说，我要尿。我们说，给你衬着卫生纸，你就尿吧。娘说，将床单尿湿了湿洼洼的。我说，外面太阳很红，一会儿就干了。娘仍不尿，仍往起翻。头上的汗就一层一层的，直到晕过去。

娘到底还是尿到卫生纸上。给娘换纸时，我想起小时的尿布。人真怪，一辈子原来是转了个圈儿，临末，又回来。

也许娘真已报了到，将疼痛上交了，才能这样安稳地大段大段时间长睡。

深夜，我一个人时，娘就大大地睁了眼睛，定定地瞅着我，法官似的审视着，似乎要将我看穿，让人毛骨悚然；要么就像打量一个久别重逢的故人似的，目光中含着辨认、怀疑和回忆，让人觉得这不是娘的目光，而是谁冷地里打过来的一把刺目的手电，不容躲避地逼迫地照着你，而她却躲在某个角落的深处细细地察看着；一会儿，又觉得所有的娘都到了瞳仁里，要从中走掉似的；突然又眼珠子一个转动将我一下子扔开，定定看着屋子的某个角落，仿佛那里有两个孩子正在捣蛋，她要过去看看；一会儿，又像什么都没看，如同一只灭了的灯笼，有种近乎残酷的冷漠，好像在说，这一切与我有什么关系呢？让人伤心得想哭。我小心地叫了一声娘，但她没有丝毫反应，如同我叫了一声天，天没有反应一样。我突然觉得有一种陌生横亘在我和娘之间，不知是谁陌生了谁。我记起小时候一次迷了路，突然看着前面走着一个人，追上去叫了一声姑夫，他却没有回应，我又拽一下他的衣角叫了一声，他回过头来，我才发现叫错了人。

　　也许这才是真正的可怜。人睡着着，手却一直在动。撕自己的衣襟，抓床单，一双枯瘦的手在炕上摸过来摸过去。挣扎着往起翻，但只有往起翻的意向，却不能实现，就叹息一声，在身体里边，几乎听不见，似乎隔着一个世界，只有亲生儿子用心才能听得些。

　　"哎，我没有一钱力。"

　　"这样睡到啥时候。"

　　我静静地守候在娘头顶，生怕漏了娘的一个字。也许世界上没有比这更珍贵的了。尽管听到更让人心碎。

突然，娘问，荞花该开了吧？

我说，开了，娘。

娘说，一辈子就开一次？

我说，一年一次。

娘坚持说，不对，是一辈子一次。语气肯定、坚决而又超然，不容辩驳。让人觉得荞花真是一辈子才开一次。

那年，也是这个时候，我和娘在荞地拔野燕麦。看着眼前灯海一样的荞花，我问娘，荞麦是粮食吗？娘说，是啊。我说，我怎么觉得它不是粮食。娘看着我笑笑说，那你说它是啥？我说，它是娘。娘怔了一下，蹲下来，放下手中的燕麦，捧住我的脸一个劲地看。我就在娘的眼睛里看到了一片荞地。

手似乎经历了千山万水，才到嘴边。事实证明她是多么渴。当我将水壶送到她嘴里时，她一下子咬住不放，刚从沙漠里出来的样子，好像要将整个水壶吞下去。但我又不敢让她喝得太多，她的肚子很胀很胀。

人生最大的痛苦莫过于绝望，而绝望莫过于等死。现在，我们就等着娘死。天很热，我想将她的棉袄脱掉，正是夏天，穿什么棉袄。人们说，那不行，弄不好穿不上了。就这样，夏天的娘竟要提前进入冬季。莫非那个世界永远是冬天？走时带上不行吗？人们笑我不懂事。

　　我的目光在娘穿着绣花鞋的小脚上停下来。娘的脚除过大拇指其余几个脚趾都被活活折断。娘的一生就在这双小脚上展开。当年，娘就是用这双小脚，往山顶挑粪，种田，到沟里担水，背着我们去看戏，抱着我们去看病，给我们往学校送吃喝……娘啊，当年，你的一双小脚是如何欢快地踢踏着生活，给你的儿子教着站姿、走样，让我们知道了怎样走路才能不摔跤，如何过河才能不湿鞋。娘啊，这些你的儿至今还没有真正学会，你却猝然撒走，你就不怕你的儿有个闪失？

　　当年你穿着绣花鞋来到这个家里，今天却要穿着绣花鞋离去，娘啊，你到底要到哪里去？

　　渐渐地，娘就连些微的运动也停止了。手放在哪儿就永远放着，如同置于地上的一截枯枝。也看不出棉袄带给她的急躁，虽然头上一直在往出渗汗。才知道娘已离开了衣服。

　　这天，娘竟然能吃下去东西。我们乘机灌药，奇怪的是药却一吃下去就吐。老年人说，这是娘在吃她的最后几口禄粮。我忙跑到街上，买娘能吃的小吃。不讲价钱，要多少给多少。也不等对方找钱，拿上东西就走。一个卖牛肉的摊贩听说我是给弥留之际的娘买肉时，又要回割给我的肉，换上另一块，说他刚才卖给我的是驴肉。我的眼里充满了感动的泪水。我不知道他是在尊重娘还是死亡。路上，我不止一次地想起一盅蜂蜜，那是小时候不懂事的我大病中向娘提出的一个愿望。后来我才知道那个愿望是多么奢侈。那时的娘哪里来的钱买蜂蜜啊。但是娘还是弄来了一盅儿。蜂蜜是姐给我的。我问娘呢，姐说娘出工了。娘好几天没有回来。后来才知娘去捅马蜂窝被马蜂蜇得面目全非好不容易才抢救过来。

谁知娘对我买来的东西只那么轻描淡写地尝了一下。

最后娘要了荞面凉粉，我为娘终于能够向她的儿子开口感动不已。这在我的记忆中是没有过的。娘一直在节制之中，只有被动没有主动，只有接受没有要求。娘一生没有为自己向她的儿女提出过一个要求。听见娘要吃凉粉，村里能来的媳妇子都来了。厨房里的空气一下子比战前还紧张，抢挖工事似的。大家都知道，娘的车已经发动，稍一迟延就顾不上吃了。尽管人已多得站不下，有些工序只好在院里完成，但我还是见缝插针，手术室里的护士似的留心配合一切细节，力争最大限度地提高效率和质量。

想不到娘竟像好时吃了一碗，吃得无比庄严无比高贵无比悠闲，如同阳光舔着我心中久积的雪花。

然后，娘让我给她梳头、洗脸。完毕，又要过镜子，极认真地打量着自己，同样一种贵族作风。左看看，右看看，好像那双眼睛根本就没有失明。我想，娘出嫁的那天一定也是这样打量着自己。

娘要动身了。

我们就手忙脚乱地给娘穿衣服。娘眼睛巨大地睁着，打量着我们，似乎对我们的举动不可思议。有时配合一下，好像不忍心让我们累着。一如一个扯闲的人见你正忙着，就边扯闲边漫不经心地帮你一把。

我是在给娘系大襟上的一个纽扣时忍不住哭了的。我怕被哥看见，忙背过脸。我想起小时候娘给我穿衣服时的情景。我耍耍打打的，总不好好穿，直到娘举起巴掌，才配合一下。想不到今天我却给娘穿衣服。那时娘给我穿衣服时常说，快穿，穿好了下去耍去，院里太阳红红的。今天，院里太阳仍然红红的，但娘却再也无法走下炕。而且仅此一次，穿上就再不脱。娘啊，今后，您的衣服该由谁来穿呢？又是怎么个穿法呢？您的院里是否也有红红的太阳在照着？

不知为何，这时，我觉得穿着红棉袄红鞋的娘与死无关，倒像一个待嫁的新娘。

早上还晴晴的，下午却下起雨来。这时的娘好像知道了她要走似的，神情中一副等待的样子，不时看看房门，好像在说，这雨还不停。

突然，娘说，再让我吃一口凉粉唻。语气纯粹是一个向大人讨要的小孩。我忙喂了一口凉粉，娘安闲地吃着，脸上漾着淡淡的欢欣。

突然，娘暂停了咀嚼，说，丑子来了。我们都以为娘在说胡话，不料没过多久，丑子大姐真的从门里进来。

只一口。再喂时，娘就睡着了。

是，我听你的。娘一步比一步紧地走着，像生着气，又带着逃离的欢欣，我追不上，只听见她说，是，我听你的。路遇一神算，打卦，卦辞曰：禄粮尽。我一急，惊醒，摸娘的手时，已凉了。哥已将地上的桌子挪到院里去，在地上洒了水。我知道我的娘将要离开烟火了。

但娘又回过气来，庄里人不忍目睹娘停留在阴阳交界的样子。一个远重孙大声喊，太太，有啥说的你说，说了去！但娘固执地不走，什么话也不说，脉一阵有一阵无。

雨出奇地大了起来。我想象不出娘的一双小脚该怎么走。心里说，娘你要走就等到雨小了走吧。但娘并没有等到雨小，可见娘的路与雨水无关。

但娘最终暴露了她的留恋和牵挂，走了好几次都没有走起身。

接下来我就听见娘在一种杂沓的声音中。那种声音告诉我，娘在拼命地奔跑，身后是千万追兵。我的泪水又来了。沿着泪水，我看见二十年前的我绕着表姐家的院子拼命奔跑，身后是气得不成样子的娘，娘在叫我回去上学，我说学有什么上头啊，还不如和表姐玩有意思。但是我最终被娘带走。我抹着泪一步三回头地走着，娘说，等到过年我再带你来和姐姐玩。娘啊，现在，你又是被谁追赶呢？过年，我站在老家的大门口，是否能够等到你回来？一如小时候，你站在大门口手搭在额头上望着我回来一样。

蓦地，娘体内风一样的声音像被什么砍断。我清晰地看见，娘愣了一下神。

妹妹就从门里走进来。

我就看见娘搭在额头的手放了下来。

雨是随着娘咽完最后一口气停的。娘被人们从炕上挪到地上，脸被白纸苫着。这时，我竟没有丝毫的悲痛。我在专心地给娘正相、凉尸、守丧，为的是让娘体体面面干干练练地上路。

一庄人自觉地忙乱着。木匠叮叮当当地做着寿木，厨子吵吵嚷嚷地煎着献饭，阴阳写着领魂幡，香佬杀着引路鸡……

总觉得娘在某个地方藏着，总觉得娘会趁我不注意站在我身后，如同小时候娘找我吃饭我却藏在门背后或房梁上，等娘找不见又要出去找时，我却端着娘放在桌子上的饭跟在娘身后，做着鬼脸一口一口地吃。

但是几个时辰过去了，却不见娘从什么地方闪出来，才知娘是真的出门了，不在家了。

不久就有人来吊丧。献馍馍摆了一桌子，却不见娘动一指头。纸钱烧了又烧，也不见娘动一指头。姐成天地哭丧，嗓子都哭哑了。人真怪，来时自己哭，走时别人哭，两头都是哭，中间呢？

夜深了，人们一一散去。我跪在娘的身边守着娘。不顾犯忌，不时取开苫脸纸看看娘。这时的娘是那么安详，大海一样睡着，在痛苦之外，在感情之外。

凉尸用的是井水。里面泡了砖。砖轮换着置于娘的两肋间。心口上用荞面圈了一个圈，里面倒着白酒。我和哥不停地添着酒，换着砖。小时候，发高烧时，娘也是这么给我降体温。等我从昏迷中醒来，娘的脸上挂满了泪水。我的心里是多么甜啊。流着泪的娘是多么好看啊。娘啊，现在已经几个时辰过去，你怎么还不醒来，看看儿子脸上的泪水。

躺在地上的娘以无言面对世人，正是这种无言受到了人们的格外尊敬。娘一下子拥有了香火，不再用筷子吃饭，不再用勺子喝粥，变得神秘莫测起来，不再喝鸡喊狗，不再呻吟，不再看世界，不再为哭声所动。娘是真正地成熟了。

突然，我有种被什么欺骗了的感觉。

天黑了时，大伙让我去睡，我不肯。娘明天就要赶路，娘在这个屋里的时间仅有一个晚上，我不愿将这个晚上交给瞌睡。我小心地给娘赶着苍蝇。提醒打盹的姐不要压了娘的腿，娘有严重的关节炎。将油灯挑得很亮，娘的眼睛看不见。后来，我让哥和姐都睡去，说不清这是不是一种自私，我想和娘单独坐坐，聊聊。这样的机会再也没有了。

当偌大的上房里只剩下我和娘时，我觉得我一下子越过了生死关界，恍惚中看见娘在时间中穿梭如鸟。我关了房门，我想通过这个动作提醒娘留心一下她身边的儿子。

　　果然，娘突然翻起身来，说，一觉咋睡了这么长。娘拍打着身上的草屑，说，放着炕不睡，睡在地上做啥。娘一把推掉身上的砖，说，还没压够么……不由伸手摸摸娘的心口，心口是那么冰凉；看看苫脸纸，苫脸纸一动不动。才知道娘是再也回不来了，一切都是妄想。

　　悄悄地叫声娘，娘。但是娘却无动于衷。小时候，自己重疾气绝，娘抱着一直叫，叫了整整一个时辰，竟将一个被大夫判了死刑的儿子叫了回来。父亲说等我睁开眼睛，娘的嗓子已经哑了。娘啊，现在你的儿同样哭哑了嗓子，你怎么就不醒来？那时，累了一天的你不也睡着着么，但是你的儿子哪怕是说个梦话，你也会惊醒。现在你怎么就这么无动于衷呢？

　　快起快起，迟到了……娘啊，这不是你在叫儿起来上学吗？那时家里没有钟，你就是一挂钟啊。有一次真的要迟到了，我耍了脾气不去学校，你哄我哄着哄着就晕倒了。但是你很快就醒过来，自己掐着自己的人中说，快去快去，迟到就迟到，你就说娘没有叫你。现在，你就不能也迟到一次吗？

　　坏蛋，差点将娘吓死了……娘啊，你是否还记得那次，你从地里回来，我躺在炕上"已咽了气"。你吓得直叫我的名字，我也"活"不过来，你的眼泪就出来了。我就哇的一声抱了你的脖子。你就将我一顿好打。打完，说，坏蛋，差点将娘吓死了。现在，你怎么就不吓一下你的儿子呢？

　　娘啊，如果有缘，我们再做一次母子。

就这么相守着。母子二人。在草铺里。如同一对羁旅的游子。娘啊，我们这是在哪一站呢？到底走了多少路，你咋就这么累呢？

娘就躺在我面前，我却觉得无比遥远。仅仅一口气就将我们隔得这么遥远。

娘是真的走了？那么眼前躺的又是谁呢？没走么，又为啥叫不喘呢？叫不喘的娘还是娘吗？

天快亮时，哥来了。他让我去睡。我说，坐着吧。哥说，我听见娘在喊我起来套牛去。我说你是被娘叫惯了。灶上端来一碗饭，我吃不下去。我的娘已经一天没吃东西了。她就不饿吗？我让哥吃，哥也不吃，哥在一根一根地抽烟。

院子里渐渐热闹起来，有说有笑的。我才知一个人的死对这个世界是多么地无足轻重。曾经给别人送过葬，也觉得不过是将一个人埋进土里去，并未如此的伤心和牵挂。这时才发现，儿子的脐带压根就没剪断过，扯心啊。当初，儿从娘肚里走出来；现在，娘要从儿心里走出去。

按照风俗，每当亲戚来祭奠时，孝子都要哭的。第一批亲戚来时，姐就大放悲声。我却哭不出来。不料学姐叫了一声"娘啊"，泪就像早等着似的涌出来，伤心就如一个滚下山的碌碡，收也收不住。原来，娘就是伤心，就是泪啊。娘啊，小时候，什么时候脸上有泪水什么时候就有你的一双大手伸过来。现在，泪水就要将儿的心扯走，怎么就不见你的手伸过来？

殓棺的时刻终于到来。人们紧张地将娘抬进棺材，恐怕误了车似的；紧张地用麦草和白纸将娘卡死，可见娘的路一定很颠簸；不许人们互相叫名字，好像娘一下子就要叛变。娘被紧紧地卡死在棺材里，永远地仰面朝天，想翻个身都不能了。人们只听阴阳先生的，连征求一下我的意见都不。她是我的娘，你们怎么说打发就打发呢？说啥时间起身就起身呢？

按照习俗，最后的一次洗脸应该由长子完成。这让我觉得长子很幸福。人们一再催着，哥却洗得十分仔细，直到众人怒气冲冲，他也没发觉似的。这让我很感动。娘的包头已经松动，哥又仔细地绾好；娘的几根白发露在外面，哥又小心地把它归整到包头里。我知道哥当时的心情。我的泪水从未有过地多，以至最终掉到娘身上。

泪眼中的娘被一股仙气笼罩着，我十分挑剔地让人们将娘的脚再搬搬正，将娘的衣服再扯扯直。我想起第一次出远门，要到城里去上学，娘就是这样给我扯着衣襟，正着衣领；我想起我相亲的那天，娘也是一边给我扯着衣角，一边让我将头理理，不要让人家嫌弃。现在，我的娘要出平生最远的一次门，我也要让她体体面面地上路，同样不要让人家嫌弃。

好心的庄里人第一次给娘用了"八抬"。花花绿绿的纸火、穿着雪白孝衫的孝子，被几丈长的纱布做成的"纤"连成长长的送葬队伍，十步一小驻，百步一大歇。响器班吹吹打打，纸钱纷纷扬扬。整个气氛显示着隆重和热烈。娘坐在她的船里，被一庄人和四方亲戚邻人以及专门为娘放了半天假的学生送着，从未有过地风光。我和哥走在棺材前面，极力压着速度，尽量让娘走稳些，我知道，娘的腿疼，眼睛看不见，而路上刚下过雨。

坟院不可抵挡地到来。感觉里不是我们走向它，而是它走向我们。

当众人将娘吊下那个比棺材宽不了多少的深坑里去时，我觉得无法忍受，觉得拖着棺材的不是绳子，而是我的肠子。小时候，不小心丢了大门上的钥匙，娘就是这样用绳子把自己吊进院子去开门。娘啊，如今，你又是去给谁开门？

吊到地坑的棺材被正棺师推进一个和棺材等身的狭小的窑里。

窑里点着"长明灯"，丫鬟一样，早等着娘到来似的。我的心里升起许多温暖，许多感激，还有一丝嫉妒。

正当阴阳先生打开针盘时，天上挂了两天的云帐像是被谁拨了一把似的豁然开朗，一束水生生的阳光射进墓坑，洒在磨得光滑无比的针盘和半面棺材上，让墓坑里的一切显得无比富丽堂皇，充盈着一种明媚的神秘气息。阴阳先生说，老太太好积修，这是天照路。

哥和阴阳先生看着针盘给娘正相，如同一个行人在看地图和列车表。

据说这种情况极难遇到，于是人们再次谈到娘的好积修。既像在致悼词，又像在开总结会。谈论娘自从进了郭家的门是如何地上敬老下爱小，啥事都做到婆婆的心坎上，如何地挣下一个好名声，如何地一副菩萨心肠，就是在最困难的时候也不忘周济揭不开锅的人，就在腿疼得动弹不了时还给村里几个单身媳妇子带孩子，一手抱着自己的孙子，一手抱着别人家的孙子。因而卧病时一直吃不下去，临终却想吃啥就吃啥；肚子胀得那么大，临终却瘪了；六月天尸凉得那么好；停丧时间也短，也能进老坟；天上浓云滚滚却没有雷声；雨正好在咽气时停了；天气预报都不灵了；等等。我知道我愿意附和乡亲们的说法。甚至在第二天天上响起雷声时，干脆认同了他们的说法。咽气之前是大雨，埋完之后是雷声，苦命的娘真有这么大的道行？这样说来，活着时的那点疼痛就不算什么了？难道人的一生就是为死做个准备，为写这一终极意义的总结准备一个体面的材料？

跟着哥给娘身上苦上一把土，我不知道这把土是太轻还是太重。接着，众人就齐心协力地往墓坑填土。

最后，人们用一个馒头似的土包将娘标志出来，不知为何，我却觉得那是娘的一个乳房。我一下子扑到这个土腥味的"乳房"上，将娘曾给予我的乳汁变成泪水。

娘啊，你用你的身子将你的儿子带到这个世界上来，临完儿子却只能还你一把黄土。

娘啊，你用你的乳汁将儿养大成人，到头来儿子却只能还你一把泪水。

娘啊，难道你就这么撒手而去？难道你就没有看见儿的泪水它不罢休，它在拼命追赶你？

才知道什么是真正的绝望。我唯一能做的就是流泪。

娘啊，儿只能用一把泪送你上路！

娘啊，儿只能用一把泪给你做行李！

娘啊，您走好！

泪水就长成根。

人们拉我起来，但泪水已长了根。直到一位堂兄生气地说快回去给大家磕头。

记不得是如何走回家的。第一次真正体会到了离别的味道。那是一段铅做的道路，一段拖不动的脚步。从前口口声声说离别离别，原来都是假的。

院墙下立满了沾着黄土的铁锨，就是它们刚刚把娘埋葬，我不知道应该感谢它们还是仇恨它们。大家噼噼啪啪地拍打着身上的黄土，动作里带着收工的欢畅和轻松。一院的人在说"入土为安"。

我的心里又是一阵恓惶，好一个"入土为安"！

我想起一位朋友说过的一句话，"人吃黄土一辈子，黄土吃人一口"。

太阳落山时，我和哥去给娘打灯笼。往坟地走时，我蓦然觉得那不是坟地，而是一个家，我仿佛能够看见娘就在那里忙着，叮叮当当地，等着我们回去。

原来，我们是有两个家的。

将灯笼挂在坟上。我给哥说，坐一会儿吧。哥说，坐一会儿吧。

两人都未说话，任暮色一层层落下来。

一家家的炊烟次第升起来，却没有娘那一柱。一家家的灯火次第亮起来，却没有娘那一盏。

我的泪又来了。

突然，哥说，这块地是留下种荞的。

永远的堡子

至今没有写成一篇关于母亲的文章。这并不是因为我的疏懒，而是因为一个堡子，一个我从中长大可是至今仍然难以进入的堡子。

三十年前的一天，祖母撒手人寰。她老人家辛苦一生给父亲留下了两样东西。一样是一个具有职称意义的大堡子，一样是一句具有宪法意义的遗嘱。临终时她将父亲和母亲叫到炕头说，好生待你兄嫂，就咽了气。祖母之所以要以此为嘱，除过伯父较之父亲有点老实外，更重要的是伯母不生育。

一个堡子难坐两家人，按照常理，分家是难免的。然而事实却大大走向人们的意料之外。到了我能记事时，"堡子里"已经成为一个传奇式的家庭话题，一个稀罕的伦理现象，从而具有了传颂的意义。以至母亲偶尔去一趟街上，人们都要争相观看。为此每当人们提到"堡子里"时，我的脸上就像将军的后代听到人们谈论将军的赫赫战功似的大放光芒。

可是随着我年龄的增长，这种光芒却渐渐变成一种揪心而又难以言说的滋味。

在"堡子里"的故事中，母亲是一个关键性人物。

母亲不知书却达理，她待伯母一直如古式的儿媳待婆婆。她自己为自己编排了一套行为规范，事实上也就编排了她的一生。

伯母每天早起时都有一声习惯性的干咳，而母亲在这声干咳前已经干完了掏灶灰、扫院、挑水、垫牛圈等一应事务。大概是伯母感到这样有点不妥，一再将干咳的时间提前，但是总也赶不到母亲的前边去，就说，以后灶灰放下我来掏，院让我来扫……母亲说，我是大脚么。母亲显然将此作为一种礼仪贯彻着，几十年如一日，即便在大病之中也要挣扎着起来干完这些再回屋躺下，几次都晕倒在院里。

每次做饭前，母亲总要去问伯母，嫂子，这顿做啥？伯母常常就生气，你想做啥就做嘛，问啥着呢。但下顿母亲还是要问，嫂子，这顿做啥？可见请示已成了她的习惯。从后来母亲帮妻子带孩子时做饭闹出的笑话，我们可以知道她老人家将这种习惯强化到何种程度。一天，妻子正在上课，母亲推开门问，把土豆切成丝还是块？惹得学生大哗。做好饭，如果伯父和伯母不在，她就不让其他人动筷子。中午，眼看上学时间已到，我们急得直哭，母亲却压死阵脚不从锅里往出舀饭，因为伯父和伯母还没有回来。我们就抹着泪空着肚子去上学。一个夏天，伯母因为一件事耍了脾气不吃饭，一锅饭就馊在锅里。

我们出外买些衣物回来，她总要说，给你娘给你娘我能行。所以即便是最困难的时候，伯父伯母还有两件新衣服，而她和父亲则一直穿着我们的退役货。偶尔有些好吃的，她也是先给伯父伯母送去，而伯父伯母也大多是尝一下就给了我们，但是这个程序却历来一丝不苟。

伯母是一双小脚，隔一段时间就要像给伤员换药似的拆洗一次裹脚。每当拆裹脚时，我们总是捂了鼻子躲开，因为那种气味实在太逼人。但是伯母后半生的这个工作却全由母亲承担了下来，而且做得让人看起来是那么富有诗意。剥呀剥，剥了再洗，洗了再剪，眉头也不皱一下。也正因为伯母是小脚，所以家里家外的重活母亲都包在身上。我真担心，这样整天超负荷高速旋转的母亲，说不定在什么时候会突然熄火，或者爆炸。

人毕竟是人，这么长的岁月里，说她们之间完全没有摩擦是不真实的，但是要想找出她们之间的一点具体纠葛还真不容易。显然，她们即使有过摩擦也是对晚辈严密封锁的，对外就更不用说了。有一次她们的口舌相对公开化，可怜母亲在没有丝毫防备的情况下被父亲一顿铁尺差点打断了脚踝骨。没想到母亲却对此守口如瓶，隔壁就是她的娘家，她也没有去诉一下冤屈，只是躺在炕上"害了半年病"。亲戚邻人来看，也不知道事情真相。

现在想来，如果分开过，无疑对大家都有好处，特别对母亲是一个巨大的解放。但他们几十年一直将分家作为一个大忌小心翼翼地回避着，就连曾经有过的几次堂皇的分家机会他们也都坚决放弃了。一次是乡上养老院建成，条件十分优越，让许多非"五保"老人眼馋，但当队长动员伯父和伯母时，平时老实巴交的伯父措辞却极尽敏锐：是人家两口子待我们不好呢，还是儿女们对我们不孝顺，要到那个地方去？噎得队长说不出话。一次是我工作后，让伯父伯母随我住进城里，但他们却执意不去。由于"堡子"的缘故，我们成了队里成分最高的人家，为此受到当时高成分人家通常的待遇，口粮也就常常接不上。一个很冷很冷的冬天，伯母背上背篓出门讨要，被母亲夺下。事情坏就坏在她夺下背篓时说的一句话，要也轮不到你要。惹得伯母生了平生最大的一次气。她当即哭着进了屋子，关上房门。母亲意识到是自己说岔话了，就忙敲伯母的门，嫂子，你别往心上去，我的意思是说我是大脚。两天后，感冒发着高烧又被狗咬得遍体鳞伤的母亲回来，没有坐下喝上一口热水，却被父亲兜头就是一顿拳脚。同样，她仍然十分平静地接受了父亲的毒打，没有丝毫反抗。而且等父亲停下拳脚就奔向伯母屋里给伯母再次下话。这件事将我们都搞懵了，后来才知是伯母从母亲的话中听出了生分：为什么不能轮到我去要，不就因为娃娃不是我的吗？母亲就晕过去了。保健员说狗咬伤最忌生气，况且她正重感冒。伯母就伏在母亲的身上哭了起来。谁料就在第二天做午饭时，母亲竟又颤巍巍地站在伯母的门口，问，嫂子，这顿做啥？

就是在这样困难的时候，父母也忌讳接受针对伯父伯母的任何照顾性项目。大哥好不容易为伯父申请来一笔"五保"津贴，却惹得父亲发了一通火，你们有本事就自己挣钱孝敬老人……

后来，嫂子进门，这给母亲带来了从未有过的困惑，到底该以如何姿态出现？是当婆婆呢还是继续当她的弟媳？最终，她选择了后者。这让不知内情的人一直搞不清她们婆媳妯娌之间的关系，几次陌生人到家里都闹出了笑话。更重要的是，母亲的选择给"堡子里"的运转造成难释的尴尬。所以在我结婚后，族人召开"堡子会议"，让父亲指定伯父的继嗣人分开过，但父母却坚决不肯。这多少让一些人怀疑父母在继嗣问题上的态度。

1994年，伯母的人生列车开到最后一站。在她咽气的前三天，母亲为她洗最后一次脚。这个工作完全可以由儿媳和女儿来完成，但是她执意不让。伯母咽气有过一个长达半天的滞留徘徊。这一阶段母亲正在厨房里忙活。突然，她像记起什么似的一边在护巾上擦手，一边跑过去站在伯母头顶，拉着伯母的手叫了一声嫂子。不想很久不能动弹的伯母竟动了动手指，然后咽了气。也许她要向母亲表达的太多太多了，以至平时任何一个场合任何一种方式都难以容纳，最后她选择了永别这一时刻。这真是一种极致的言简意赅。

接着，一个门扇将父母的道德水准送达别人永远无法企及的高度，也翻开了他们对待兄嫂暨祖母遗言实质性的一页，让人们心里一直悬着的一个惊叹落到实处。

老人去世后的出门告是农村继嗣关系的核心一环，谁是谁永久的儿子就确立在那一页贴在立在大门外门板上的白纸上。我的身下曾有一个弟弟，据说是指给伯父母的，但老天却像存心要创造一个人伦道德的险峰让父母攀越似的将他带走了。儿女中有继嗣权的男性就剩下哥哥和我，伯父伯母去世后必须要有一个续"香火"的人。可以说，这在农村是一个高于活着本身的重大习俗。多少人英明一世却因为在这个问题上留下败笔而被人唾骂。阴阳先生在写门告时问写哥还是我。可是我们两个感情上都无法接受因此被截然分开。写哥，那么我就不是伯父母的儿子，写我，那么哥就不是伯父母的儿子。总之，这是一种排斥关系，而排斥是一种生分，我们被温情的太阳永远不落的"堡子"孵化的心灵拒绝这种生分的寒风陡然刮过。

说起来大概人们有点难以相信，我十几岁了还不知道到底谁是我的亲生父母。通常我是管伯父伯母叫"爹""娘"，管父母叫"大""妈"的，并且觉得"爹""娘"要比"大""妈"亲得多。因为他们总是和优待有关，和救护有关，往往是他们将我们从父母的鞭笞中搭救出来。所以，我们弟兄差不多是在伯父母怀里睡大的。及至到了三弟，伯母的母性简直达到极致，没有满月更多时间就在伯母怀里……

事情进入僵局。这时母亲提议将我们二人都写上。阴阳先生说，自古以来没有这么做的。母亲说，等我死了你也将他们两个都写上不就行了。阴阳先生说，那不行。你没有看过《包公断子》一戏吗？到阴间你们两个争儿子怎么办？不料一向"迷信"的母亲却说，活着时都没有争，死了还争个啥，就这么办吧。于是就有了这个旷古奇闻，一个一生没有生养的女人却拥有两个具有"法定"意义的亲儿子，我们兄弟就有了两对超血缘意义上的亲生父母。阴阳先生含泪写上了我们弟兄的名字，办理丧事的亲邻莫不唏嘘垂泪感慨万千。

办理完丧事，母亲让我在家里多住些日子，给伯父做个伴儿。伯母活着的时候，晚上睡觉时母亲严格地将儿孙等分到她和伯母之间。现在，伯父的衣食住一应由她料理，这并不是说嫂子不愿做，母亲是想做完自己最后的一件活。每逢伯母的祭日，即使自己住院也绝不通知我们的母亲总要捎话带信地将我们叫回，并叮嘱买上伯母生前喜欢吃的东西做祭物。一回去，她就嚷着让我们早点将伯父的棺木准备好，有可能的话将伯父带到城里去看看。

布底鞋

月光从淡蓝色的纱窗里照进来，小屋子便如一个缥缈的梦。梦中，这声音便有一种邈远而又古旷的味道，似乎它并不出自母亲的双手，而是来自遥遥上古、茫茫天外。

儿子和妻已睡熟了。我翻完了一本杂志的最后一页，拉了灯，准备休息，却听见母亲还在外屋刺儿刺儿地纳鞋底，仿佛被什么击了一下似的，我呆坐在凳上……

这声音太熟悉了，熟悉得有点陌生。

当我还在母腹中时，我就听到了这种声音。那时，母亲给我纳着第一双鞋底。之后，便有了第二双，第三双……

鞋底一年比一年宽肥，声音一双比一双浊重，母亲手上磨起的老茧也一年比一年粗厚。母亲就那样不停地纳着，纳了一双又一双，纳进她的期冀，纳进她的慈爱。我也就在这亲切的声音里拔节。多少次，当我惊醒时，那摇篮曲似的刺儿刺儿的声音仍在响着，母亲还在穿针引线，或借一盏荧荧油灯，或借一月脉脉清辉。

以后，我上学了，每晚，母亲在操劳完家务后，就坐在或读书或写字的我的身边纳起来。不时看看我，将满心的希冀纳成慈祥而又温暖的歌，纳成一条清凉而又温柔的溪流，承载着我，鼓励着我，给我意志，给我力量，洗去不时向我袭来的倦意，抚平不时向我挑衅的浮躁。

那时，我才懂得，真正的监督和鼓励是无声的。

有一年，母亲上山打柴时，摔了一跤，右手被镰刀割伤了。看着连筷子都拿不成的母亲，我的心里很难过。不单单是因为疼母亲，还意味着我将要光着脚板上学了。当时，我脚上的鞋已经藏不住大拇指了，母亲正在给我赶做一双新的布底鞋。

庄户人的活计是一天也不能停的。放学后，我必须接替母亲上山打柴，而脚上的鞋是再也不敢穿了。因为它已经经不起上一次山了。明天，我还要穿着它去上学。小的时候，穷得做不起鞋，光着脚板上学没什么，而眼下我已经是四年级了，四年级了还光着脚板同学们会笑的。

于是，我只好光着脚板上山打柴，于是，恶毒的刺就故意和我作对似的一根接一根扎进我的脚板。我疼得哇哇直叫，回到家里，母亲流着泪给我用针挑刺。

第二天，我醒来时，眼前放着一双新鞋。可以穿新鞋上学了！我高兴得不知说什么好，拿起来就要试穿，却怔住了，那白色的鞋底上沾满了鲜血，触目惊心。

泪就来了。

那一天上课，我第一次改掉了做小动作的坏毛病，听得格外认真。

我是穿着母亲做的布鞋走完人生第一程的。

那年，我怀着万分喜悦的心情，穿着母亲新做的布底鞋踏进师范的大门，但是，没过多久，我就和布底鞋告别了。

当我怀着复杂的心情，脱下那双母亲熬了几个通宵赶出来，料最好、工最细的毛边布底鞋，换上一双新买的运动鞋时，我的脑海里冒出一个词：叛变。

夜，很深了。月光从窗外照进来，小屋子便如一个缥缈的梦。如同当年在月下入迷地倾听母亲娓娓讲述远古的传说似的，我静听着这亲切的刺儿刺儿的声音，带着母亲的乳香，溪流般在深夜里流淌。流淌出一段甜蜜而又苦涩的记忆，冲刷着我被岁月尘封了的心。

人往往最容易忽视别人。

当年母亲点灯熬夜，用心用血纳鞋底是为了生存，想不到今天也是为了生存。

下了班，匆匆吃饭后，妻子争分夺秒地给儿子教识字，而我纯粹用小说打发时光，母亲一人坐在外屋里，孤单单地，多寂寞呀！

不纳鞋底再干什么呢？纳鞋底成了母亲排遣寂寞的一种方式。我知道，只要这刺儿刺儿的声音响起，她老人家就会看见她的儿女们一串歪歪斜斜的脚印、歪歪斜斜的故事，她的心里也就充满了儿女们跌跌打打的欢声笑语，就不再寂寞，不再孤独。

我开门出去，走近在灯下弯成一张弓的母亲身边，问，妈，给谁纳呢？

纳成了再说。母亲一边用牙咬住穿在鞋底中的大针，使劲往外拽，一边说。

我能穿吗？

母亲抬起头来，非常意外地看着我。

时间简史

　　没有等汽笛响起，我就匆匆离开车站。及至从车站出来，我才发现这种匆忙是一种逃避，逃避一种深不可及的疼痛，一种由儿子亲手制造的疼痛。

　　车很挤，座位都属于成人。但儿子今天必须赶这趟车，因此儿子必须往成人里挤，于是就只好站着。

　　没等安排好儿子的座位，售票员已厉声赶我下车。我匆匆地向儿子招了招手。儿子也停下寻找自己位子的努力向我挥了挥手。可见他还是看重这种分别的方式的。

　　要说儿子挥动的小手并没有在我心中掀动多大的风暴，让人受不了的是他的眼神，简直是一团积雨云。

　　站在站台上，看着载着儿子幽怨的车徐徐开走，伤心的眼泪就不由落下来。我知道，这趟车的意义不单是将儿子载回家。

儿子走得无比扯心。午休的时候，儿子说，爸爸，以后中午睡觉我再不吵你行吗？我说行。那你就让我再玩几天。我说你明天要上学了。儿子就背过脸去，生我的气。过了会儿，儿子又转过脸来说，爸爸，我以后每天将日记写好行吗？我说行。那你就让我再玩几天。我说你明天要上学了。儿子就背过脸去，生我的气。儿子一中午没睡着。

眼看发车的时间已到，儿子却迟迟不肯动身。妻和我轮番做着动员工作：明天你就背上书包去上学了，多神气。儿子不语。

出去爸爸给你买许多好东西。仍不语。

你说你要当"三好"学生呢，迟到了就当不上了。仍不语。

最后，儿子看见我们都有点生气，就慢腾腾地起身，无精打采地擦了把脸，有气无力地喝了杯水，将两个胳膊套进双背带书包，率先走出屋子。书包里装满了书籍、礼品，有点沉。为了保持平衡，儿子将小身体往前倾着，一副负重而行的样子。

我们原以为儿子是走向大门，不料他却向另一个方向走去。我们忙说，大山，你走错路了。儿子却像没听见似的头也不回地径直朝前走，然后到了新认的表姐四霞家门前，敲了敲门，里边没有人应；又敲了敲门，里边仍没人应。儿子就试图趴上窗台，但最终没能成功，就又回到门前，站了会儿，说，四霞姐，我走了。然后，低着头向我们走来。四霞是我一位同事的小女儿，比儿子大许多，却和儿子能玩在一起。儿子来单位的这些日子里，整天和四霞在一起玩，差不多吃住都在四霞家里，晚上也不回来。

一次我和妻带儿子出去买了个大葵花头。儿子不让我和妻吃，一直抱到家里，直到他去敲四霞的门时，我们才知他的心思。不料那晚四霞正好没在。我说葵花是爸爸买的，咱们和妈妈三人应该一人一份才对。儿子想了想，就分成三份给我和妻一人一份，给他留了一份却不吃，蹲在外面门台上等四霞姐回来。

我们为一种变化震惊。平时买上一包东西还没等从售货员手里接过来就已开封，而今天他却如此坚守，不知需要多么深厚的感情作支持。

一直等到四霞回来，然后喜不自禁地抱了葵花，去和四霞姐姐睡。出门时回头看了我们一眼，似乎在向我们做着道歉。

和四霞在一起，儿子将在家里必须由妻督促做的事情做得自觉而又妥帖，并且新上了许多连我们都没想起的项目。每天早早地起来煞有介事地洒扫房子，然后正襟危坐了背唐诗，再写日记，再做手工。我给妻说，知道了什么是教育吗？

我们竟将这一点给忽视了，忽视了儿子无言的背后是对四霞姐姐的依恋。真想退掉车票让儿子再玩一天。但是明天仍要分手。因为他要和所有的人一样进入人的成长程序，去上学。

自愿的要放弃，不自愿的却要投入，而且非投入不可，这就是人生！

在往车站走的途中，儿子一语不发，从前面走到后头，不时回一下头，但直到上车，四霞仍没有来。

汽车从我眼前开过，我站在车站门外的台阶上，看见车上的儿子仍然向我们单位方向望着，泪水就不由落下来。

余下的时间就被伤心浸透。坐在办公室里，我想象着此刻的儿子坐在班车上，穿行在时间里，穿行在思念里，穿行在伤心里……想象着他背上的那个有点沉重的书包，心想，儿子的童年结束了，明天早上，他将走进校门。

儿子的童年的确是结束了。不管你愿意也罢，不愿意也罢。

无奈，作为人生的基调，一开始就涂在每个人的底色上。

儿子如书

一

把一篇稿子赶完，妻已经睡了。就到儿子房里，站在他身后，看他做作业。儿子始终不理睬我，但我仍站着。时间一长，儿子终于耐不住，回过头来，说，你没事干啊？没事干睡觉去！说得我后背一凉，又好笑。这话怎么这样熟悉啊。想想，是当年自己正写东西儿子进来捣蛋时给他说的话。不想今天弹了回来，落到自己身上。

只是这个球是从哪里弹回来的呢？

遂讪讪地离去，又忍不住在儿子脸上亲了一下，儿子躲避着，心思还在题上。

不免怅然。

二

儿子这两天咳嗽得厉害，我和妻劝他早点休息，但他坚持十二点才上床，上床之后还要在被筒里看一会儿书。我说，知道为什么感冒吗？就是因为你的休息时间不够，免疫力下降的缘故。儿子仍然不听。今天放学回来，咳得更加厉害。眼见体力不支，趴在桌上写作业，我和妻让他休息，他仍不肯。我说，明天不去了。他说，没有请假。我到电话旁边，要给班主任打电话请假。他扑过来夺掉电话。我说，那好，那就早点吃药，上床休息。他躺了会儿，又起来写作业，持续的咳嗽让人心疼。我说，明天不去学校了，到医院检查。他说，好，你们出去吧，先让我把作业写完。

十点半时，他自己关灯睡了。

早上，我迷糊中听到屋外有响动，忙下床，不想到儿子被窝一看，人已不在。

三

铃响了，儿子仍无动静，知道他坚持不住了，就没有叫醒他。平时中午睡半个小时，一点半准时起来去学校。两点半时，他起来洗脸，要去学校。我说，欲速则不达，先将病看好再说。他说，下午还有一节化学。我说，没关系，谁都要生病的，谁都要耽课的。他又说，那书包还在学校。我说，我替你去拿。他说，没有请假，我说，我已经请过了。他说，别骗人，我们马老师刚换的手机。我就认账地向他问了号码，给他请了假。

去医院时，我要他穿上大衣，他不。我要打的，他也不，一副钢铁男儿的样子。天特别地冷，我就解下自己防寒衣上的帽子，硬给他戴上，他再没有反对，但也没有配合。

验血，拍片，都是一副小事一桩的表情。

四

睡觉前，儿子洗了脸，然后对着镜子用手挤脸上的青春痘。我说，你这样把你们班上女生心疼坏了吧。儿子说，那当然，一下课，全班女生都过来，凑在我的脸上看，一个个变成皮肤专家，纷纷献计献策，要多热情有多热情。这样说话，已经成了我们父子的习惯（一般情况下，我很少问儿子在班上考了第几名什么的）。我觉得这样十分开心，我喜欢这样和儿子聊天。我说，有没有你最喜欢的？儿子说，现在不考虑这些问题。我说，还是我儿子有出息。不过，我在北京见到许多女博士，都非常非常地漂亮，你说为什么？儿子惊异地看了我一眼，说，那是北京嘛。

但话一出口，我就觉得我的这句话真没水平，以这种方式给儿子动力，实在有些卑鄙。

五

给儿子买了一个商务通，上面带表，儿子原来的那块手表就多余了出来。

一天，外甥女打电话说要来玩。儿子给我说，那就把我的这块表送给她吧。我说，你自己的东西，自己决定。儿子说，那就送给她吧，我姨平时对我挺好的。我说，是，感恩是一个人的起码品质。

但外甥女走了后，我发现表还在他的抽屉里放着。我说，你不是说要给表妹吗？儿子说，我变主意了。我说，舍不得了？儿子说，这是你送给我的生日礼物，我怎么能随便送人呢？我的心里一热。对，珍惜别人的情感，也是一个人的起码品质。

又过了几天，乡下侄子来玩。走时，儿子把那块表给了堂弟。

侄子走后，我问儿子，不给表妹是因为表是我送给你的生日礼物，给堂弟就不是了？儿子说，给你说实话吧，那天本来我要给表妹，但想我姨有工作，买一块表不是什么问题，可我大伯却买不起。我的心里涌起一阵感动。我说，儿子你做得对，同情弱者，是一个人最起码的品质。儿子说，不过你不要伤心啊，你每次给我买的生日礼物，我都在日记上记着，等于我存着了，对吗？我说，你这是照顾我的情绪？儿子学我的口气说，珍惜别人的情感是一个人起码的品质嘛。

六

2001年，我奉调到银川工作，儿子仍然在固原上学。平时难得回家，一旦回去，儿子从学校回来，就饿虎扑食似的一下子扑到我怀里给我汇报最新消息，当然以他在班上取得的荣耀为主。这次回去，主动问儿子有什么喜事报告。儿子却说，平平常常。但回到单位，妻打电话告诉我，她去参加家长会，发现了一个重大秘密。我问，什么秘密。妻说，你儿子已经修炼到荣辱不惊了。我问，怎么个荣辱不惊法。妻说，老师一通报情况，才知道儿子是今年的"三好"，但六一那天，她问儿子怎么空手而返，你猜他说什么？他说，"空手把锄头，步行骑水牛"嘛。当时，她还以为儿子今年真是败走麦城哩，谁想这小子给他娘藏了一手。我说，也给他老子藏了一手。妻说，往年，别说是"三好"，就是一个小小的单科优秀奖，他也是唱着回家的，差不多一里以外就能听到他的歌声，上楼道的脚步声简直就是快乐的锣鼓，而奖状当然是像旗帜一样举着进门的，然后当然是要贴在床头好长时间的。但这次她压根就没有见奖状，更别说向她夸耀了。放下电话，我的心里好一阵不是滋味。我不知道应该是为儿子高兴还是惋惜。

大山行孝记

知道我喜欢吃榴莲，他会不时买一个，自己却只尝一口，然后就再不动勺子，凭你怎么动员。"对我来说，觉得吃一口和很多口是一样的，都是那个味道，后面的都是重复。"不由惭愧，还不如儿子，就是喜欢重复，喜欢重复那个味儿。

在享受上不喜欢重复，在孝行上却永不满足，这就是儿子。

妻说，上幼儿园时，姥爷姥姥到县城，儿子回来从兜里掏出两块蛋糕，说，这是阿（我）给阿姥爷姥姥的。姥姥闪着泪花说，这么大的一点人儿，咋想起来的，知道给姥爷姥姥留着吃。妻说，儿子把两块蛋糕装回来，意味着一顿没有吃主食。妻说，每逢发了新鲜的东西，儿子都要装回来让她尝，虽然每次都要挨她一顿训斥，但下次还是装回来。知道她晕车，每次回老家，都要抢先上车给她占座位，有年春节，挤车的人特别多，儿子竟从别人裆下钻过去，上车给她抢了一个座儿。

去北京上大学后，每学期放假回来，都要带一箱东西，一人一份。特别是给爷爷奶奶，必不可少的是"稻香村"的软点心。当然，那一天我拉开自己的书桌抽屉，往往会看见多了几袋茯苓饼、几盒干果。一次，还给妈妈买了一个发卡，亲手给妈妈戴上，问他怎么会的，说是让商场阿姨教的。一次，给大伯买了一把二胡，只为我们在聊天时讲到大伯当年喜欢拉二胡。还要到中关村给大伯买电脑，被我阻拦了，我怕电脑拿回家侄子会上网。

近几年，每逢寒假，他都会接爷爷奶奶到城里，也只有他能把爷爷接来。换了我，父亲总是一概拒绝。儿子不但能把二老接了来，而且留得住。2011年寒假接来，一直住到隔年夏至才送回去，长达半年时间，算是破天荒了。期间，父亲数次嚷着要回老家，都被他成功留住了。正好大四最后一学期，他就索性回来陪爷爷奶奶。为了让爷爷安心，他动了许多脑筋，想了许多办法。首先是严密监理着每一顿饭菜。我觉得妻做的花样已经够多的了，比我们平时丰富多了，但他还是要隔两天亲自去买一趟他认为更适合爷爷奶奶吃的菜。父亲不愿意戴假牙，早点妻就给烙软饼子吃，在我看来已经够软的了，但他还是要切成米豆大的小方块儿，让爷爷泡到牛奶中吃。爷爷的床头上，永远放着几罐糖果，各式各样的。每半个月给爷爷洗一次澡，每两天洗一次脚。怕爷爷奶奶晚上去卫生间磕着碰着，就买了一个可以在卧室用的便盆，还配了手电扶椅一应需要的东西。父亲眼睛不好，看电视要凑到屏幕前，妻就给他一个小木凳，儿子看见马上在网上买了一个同样高低的软凳子来。同时买来的还有足浴器，给爷爷洗完，给奶奶洗，然后自己洗，也不嫌弃他们用过的水。完了抱着爷爷奶奶的脚剪指甲，每次要剪半个小时左右，细致和耐心使我这个做儿子的惭愧。不巧，快要过年时，微波炉坏了，为了方便给爷爷奶奶每天热牛奶，他大年三十上街买新的，打不上的，就步行抱回来，到家，脸都冻肿了，累得睡了一下午，好几天胳膊还酸痛。知道我分身无术，他就每天拿出一定时间，陪爷爷奶奶说话，有时爷爷奶奶已经躺下了，他就上床躺在他们中间，和他们聊天，往往大半晚上。我在书房，都能感受到父母的开心。父亲永远在讲他当年那些事，我都能背下来了，但儿子却一遍遍倾听，他知道爷爷只是想和人说话。有空他就给爷爷奶奶录视频，包括每次回老家录的，估计超过一百小时。为了解除爷爷奶奶的终极焦虑，他不停地在网上寻找相关视频，下载下来让他们看，为此，还专门买了一个U盘播放器。这也为留住爷爷起了很大作用，父亲不再时时嚷着回老家，而是每天准时坐到电视机前，让孙子给他播放下一集。我们欣喜地看到，半年下来，二老变得更加乐观、安详、喜悦，可以坦然面对归属话题。

在孝顺爷爷奶奶方面，儿子显然制订了近期计划、长远规划。对于大学生来讲，最后一学期意味着什么，不用多说，但儿子却把自己强行安排在爷爷奶奶身边。还剩最后两个月时，我半开玩笑地催他回校，说，快回去陪女朋友吧，孝敬爷爷奶奶的时

间长着呢。他说，我的女朋友是天使，不用陪的。仍然尽心为
爷爷奶奶服务，直到毕业典礼前才返校。为了方便接送爷爷奶
奶，他专门考了驾照，说等家里宽裕了，买个车，想啥时去接
爷爷奶奶就啥时去，虽然至今我都没有满足他这一愿望。

　　这些年我之所以能够坚定地推广"安详生活"，有一个重要
的力量就是儿子的支持，才知人生最大的幸福来自后代对你价
值观的认同。上大学后，儿子通过学习西方文化，接触外国人、
外国公司，更加认同我的观点，成为一个最坚定的"安详理念"
支持者，并为此放弃出国、到外企工作等计划，决定回家给我
做秘书。

　　早在大二第一学期，他就写了长达万字的《让全世界人民都
来学汉语》，《文学报》更名发了一个整版。在把东西方文化作了
对比后，他说："在这一切对于经典文化的论断中，我们不难发
现中华经典文化的魅力，遗憾的是，世界上至今没有一种语言能
代表汉语来描述出这种文化。汉语的魅力，是中华经典文化五千
年的魅力，它所代表的智慧，是中华五千年文明的智慧。中华经
典文化可以说是本世纪地球上仅存不多的文化宝库，而汉语，正
是这座宝库大门的钥匙。"之后，他对中国经典文化的热爱与日
俱增，到了大三，甚至到了非文言文不读的程度，说读白话文淡
如白水。他说，这才真正体会到什么是爱国之情了，一个人在没
有爱上自己的传统文化之前说爱国，肯定是言不由衷。

为此，大学期间，特别是后两年，他想方设法帮我，只要他能承担的，都主动承担了。

大三暑假，更换了已经老得不能再用的洗衣机、电饭锅、微波炉、淋浴器等。换洗衣机、淋浴器时，我正在楼上睡午觉，他都没有叫我帮忙，待我下楼时，一切都已做好。看到他累得满头大汗，我心里一阵自责，这本该是我的活儿，现在却让他来做。再看，还给卫生间安了换气扇，装了毛巾架等。说来惭愧，住进这个屋子已经七年了，这些基本设备我都没有顾上置办。对此，从未听到他埋怨，不想现在他竟自己动手了，而且摆出一种永远自己动手的样子，这从他在网上买了一套电钻等工具可以看出来。

大四最后一学期，他在孝敬爷爷奶奶、背诵《论语》等经典的间隙，抽空网上购物，给客厅买了一个书架和衣帽架，给厨房买了一个菜架，自己看着图纸组装。还把家里所有电源换成分项的，不用妈妈每次使用时都要拔插，保证安全。那几天，门铃只要一响，他就下楼搬东西，然后拆箱，看着图纸组装，汗流浃背的。不多时，一个柜子就立在客厅了，一个衣帽架就立在门厅了，一个菜架就立在厨房了。那是赶二十二届图书博览会书稿最忙的一段时间，其间，我都没有认真看过他是如何组装的，当然就没有给他搭一手。他还给我的卧室床头买了一盏十分温馨的仿古灯笼形布艺彩绘罩式台灯，换下了我直接插在墙壁插座上的牛头灯。旁边配了一个小电扇，把遥控器放在我的枕头边，让我暑期舒服一些，因为暑期阁楼就是一个火炉。同时配了一个自动加湿器……让人躺在床上，有种重换天地的感觉。

一天下班回来，看见儿子映在一团橘黄色的光芒里。定睛一看，原来是他在往新书架上摆书，已经快摆完了，那是他给我网购的中华书局版的全本全译全注经典系列，摆了整整一书架。我说，郭大山同志，你想开书店啊。他有些得意地说，是啊，您老以后基本不必再买书了。说着，拉上窗帘，把刚刚安好的落地灯摁亮，柔和的灯光打在书架上，再加上妻摆在书柜顶端的吊兰，让客厅一角一下子温馨起来，有意境起来。接着，他拉过来一个简式靠椅，让我坐上去，又从书架抽出一本书给我，说，您老今后就坐在这里看书，一边晒太阳，一边看，把这些书齐齐看一遍，再出去讲安详，就是另一种感觉了。

说到书，我的每部书稿，特别是中华书局出的两部书稿，他都在紧张的学习期间和同事、朋友一起帮我作了校对，确实增色不少。为了帮助我取证，他十分关注出版动态。这些年，只要有快递摁门铃让我下楼取东西，我就知道他又在网上给我买了书。打开一看，正是我当时最需要的。

看到我在全国讲课总是穿着同一件外套，他就开始在网上给我选衣服，不断地发来样照，让我确定后他下订单，我觉得没必要买那么多花样，就说都不喜欢。他就失望地回一句，我觉得挺好的啊，我妈也说挺好的。接着找，接着发，接着被否定。有一次学校组织去台湾，他还是自作主张买了一件回来，说实话，我是打内心里喜欢的，但表面上还是作出不冷不热的样子，怕他今后再买。每次回家，他都要给我把电脑重新装一遍，增加一些上档次的电子词典，还有一些我需要的软件，确实为我节省了许多时间。

除此之外，儿子还主动承担了对堂弟的教育工作，写给堂弟的励志信，估计也有上万字。2011年，堂弟终于考上大学，他包揽了大人应该做的一切工作，从填志愿，到装扮，到送行。堂弟考取的学校远在长春，中间要换车，他不放心，就一直送到学校，办好住宿，给购置好生活用品后，才回京上课。

我这些年不揣浅陋，到全国学讲安详，一个重要的动力就是儿子，因为他时时处处身体力行，让我讲起来非常有底气。

上初二时，十一放假，妻带他到银川来，说要给买件防寒衣，我就带他们去华联商厦。不想看遍所有衣服柜组，也没有他看上的。他说，还有没有类似于固原商城那样的地方。我说有啊，东方商城就是啊。他说，那我们去东方商城吧。到了东方商城，他才真正进入买的状态。在一家卖休闲服的摊位前，他停了下来，要过一件，试了一下，然后和老板砍价。老板要了一百二，他还六十。老板说，六十我进也进不来。他就拉了我和妻走。老板说，如果要，就八十给你吧。他回过头说，七十？老板说，七十五行不行？他继续作出要走的样子。我和妻说，买上算了吧。他说，不买，刚才我看的那家，和他的货一模一样，人家才六十五。老板说，行行行，七十就七十吧，就算我没挣钱。就买了下来。往回走时，他说，如果换了你们，人家要一百二，你肯定给一百。我说，你什么时候学会的这一手？他说，早了。我说，真厉害，要不要奖励你一瓶康师傅？他说，要奖励就奖励一瓶酸奶，一瓶酸奶一元钱，有营养，还解渴，康师傅三块，不过是个水。我说，郭大山同志，你今天纯粹是给我和你妈现身说法来了嘛，哪里是来买衣服。他说，是啊，我就发现你们花钱太不仔细。就像刚才，你们怎么对五块钱是一种无所谓的样子。一个五块是五块，十个五块就是五十，一百个就是五百。我说，这又是谁教你的？你妈？他说，是我自己悟出来的，这衣服和华联的相比也不差嘛，但华联的价格却是这里的好几倍。爸，你以后买衣服就在商城买。再说，衣服要会穿，如果你会穿，十几块钱的粗布衫也能穿出时髦来，如果不会穿，几千元的名牌也一样没档次，你说对不对？我说，对极了，为了表示我虚心接受，请你们吃肯德基吧。他说，我才不去附庸风雅呢，那是暴利，知道吗？再说，专家说了，饮食要素一点，生一点，少一点。书上说了，消化相同单位的肉需要血液的供应量是素食的十几倍，给心脏和肠胃增加的压力非常大，得到的能量和失去的能量相比，根本得不偿失。还有，动物在宰杀的时候，把所有的仇恨都变成毒素注入到肌肉和血液内，人吃肉就是吃毒。听得我心里一惊一惊的。我说，你是从哪儿看来的这些理论？他说，好多书上都这样说。我愕然。看妻，妻一脸的得意。我说，那今晚我们吃什么？

火锅还是煲仔？他说，我们回去自己做吧。

大四实习，我让他到一所小学讲《论语》和《西游记》，觉得应该装扮他一下，不要太学生气，就让妻带他去百货大楼买衣服。但是看了一圈回来，他都觉得贵，就在网上买了一套三百元左右的咖啡色休闲西装，配了一双褐色皮鞋，穿上，站在镜子前左照照右照照，还真像个小老师的样子。那大概是他在穿着上出手最阔绰的一次了。

儿子如此节约，但在帮助别人上却十分大方。去年暑假的一个晚上，他给妈妈认错。妈妈问什么错。他说前年他其实给×××借了一万元。妈妈问那另外五千元哪里来的。他说是他上大学时爷爷、奶奶、伯伯、舅舅、姨姨和几位叔叔阿姨给的，他瞒了我们数目。前年的一天，他打来电话说，同学×××家的房子很危险，急需改造，让我们支持五千元。妻就给打过去五千元，不想他还把自己的五千元私房钱打过去了。听妻讲完，我既震惊又惭愧，儿子拿出他的私房钱，相当于我拿出所有家底。近年来我也做一些小公益，但要我拿出全部家底，扪心自问，还真做不到。2012年春节，他又给妈妈说，借给同学×××的那一万元，咱们就不要了吧，一万元对我们不算少，但没有也能过得去，可对×××来说，却是一个大数字。这次我就不单单是惭愧了，而是觉得有一种力量拽着我的衣领，硬是把我带到一个开阔地带……就让妻告诉儿子，我们不但同意他的意见，而且欣赏他的做法。

　　实习结束时，儿子又给我出了一道考题，问我能不能给他的每位学生送一本我的《〈弟子规〉到底说什么》。我问一共多少人。他说大概五百人，如果算上另外一位实习老师的学生，大约八百人。我想了想，这等于把这本书的稿费全部捐赠了，心里多少有些不忍，但表面上还是十分痛快地答应了。他鼓励我说，老爸这次表现不错啊，有些真放下的样子了。真是羞愧。

　　在儿子的鞭策下，我把刚刚出版的散文集《守岁》、随笔集《寻找安详》修订版的首印版税全部折合成书，捐了出去，包括第三次重印长篇小说《农历》，直捐到出版社无书可供，真正体会到了一点放下的感觉。但我深知，离真正的放下，还远着呢。

　　平时，我们是最好的"朋友"，"朋友"到可以无话不谈甚至交换感情隐私的程度，但在一些关键时刻，他又会以古礼把我推到父亲的角色里，让我体会为人父的尊严和幸福。高考完的一天晚上，我都迷迷糊糊地睡着了，听到一个声音，爸，洗个脚再睡吧。睁眼一看，床前站着儿子，笑呵呵地，地上果然有一盆洗脚水。起来把双脚伸进盆里，心里有一种无法言说的幸福。第二天早上，他又为我做好了早点，让我用后再去上班。儿子的这一频道切换让我一时有些手足无措，甚至不适。那是一种需要狠劲才能消化的幸福，不同于以往"最好的朋友"带来的那种惬意和开心。随之而来的身心感受真是无比特别，工作起来特别有劲头，一下班就急切地回家。

贪恋他听到我的脚步声提前把门打开探出头来的那种感觉，贪恋他从我的手里一边接过包一边跟我说话的那种感觉，贪恋刚一坐定他就剥一个香蕉递过来的那种感觉……于是，每次课后回答提问，当被问到如果老公有了外遇怎么办等问题时，我就讲"一盆洗脚水"的故事，告诉提问者，千万不要抱怨，不要跟踪，不要争吵，只是准备好一盆洗脚水，静静候着，他凌晨三点回家，你就三点端到他床前，第二天他肯定两点回家，你照样两点端到他床前，第三天他肯定一点回家，如此，一直奉陪到他准时回家为止，成本很低，效果很好。

去上大学那天，表哥表姐来送行，他拉了行李箱都要出门了，却掉转身，把我和妻叫到卧室，关上门，让我们并排坐在床上。我说，干吗啊？寻思间，他已经跪在地上，说，爸，妈，儿子给你们磕个头。起身磕第二个时，眼里已经含满泪水。送走儿子，我回到电脑前，想写一段文字，但好长时间，却不知写什么。儿子用三叩首表达了他想表达的，我却无法用文字表达我想表达的。但我分明听到心里有一个声音在说，从今天开始，做一个好父亲。

此后，儿子十分自然地在孝子和朋友之间做着角色切换，比如遇到我和妻的生日，他都要五体投地行礼；遇到他的生日，也要给妈妈磕头感恩；遇到大事，他都要先征求我们的意见，然后再作决定，等等。但在平时，他也会在我看电视时搂一下我的脖子，揪一下我的耳朵，有时也会倒转乾坤，批评我不在现场时做错的事，当然是以我愿意接受或者能够接受的口气。总之，度把握得非常好，直接效果是促成了我的责任心和庄严感。

儿子的成长几乎没有让我们操心。很小的时候，都可以放心地让他一个人待在家里。妻去上班时，叮嘱他从里面扣上门链，交代任何人叫门都不能开。他就真不开。有一次，乡下姑父来，在门外叫他开门，他脸贴着门缝说，我妈说过不让开门的。姑父说，我是你姑父。他说，我妈说任何人来都不让开的。姑父说，你妈说的任何人不包括姑父，你看我给你拿了你爱吃的油饼。儿子看了看油饼，仍然说，还是等我妈来了再说吧。姑父只好蹲在门外抽烟，一边抽烟一边跟儿子聊天，直到妻下班回来。

上小学一年级时，他就能帮妈妈做饭，常常妈妈还未回来，他就把面和好饧在盆里，单等妈妈来擀。一次妈妈下班回家，看到他正在和面，校服都没顾上脱，就说，你手洗了没有这样和面？他的眼泪就刷地一下掉了下来。妈妈看到他眼泪下来了，忙说，妈妈和你开玩笑呢。儿子看了妈妈一眼，用胳膊肘擦了眼泪，继续和，一双小手像模像样地在盆里搅和，等妈妈换完衣服过来，一团面已经坐在面板上了。二三年级时，他已经能把饭做熟等着妈妈。有一次，舅舅来家里，等妈妈从单位回来，他都用炒面片招待过了。

儿子小学也贪玩，但到考初中那年，开始拼力学习。玩伴在门外喊，我们要去开门时，他就使劲摇手，示意说他不在家。他想考固原一中，就用粉笔沿途写"一中"二字，从学校开始，一直写到家门口。可以想象，他在和贪玩的习气作着怎样的斗争。当年果然顺利考上固原一中。初中时也玩，但到考高中时，同样的办法，同样地用功，同样考到他想上的银川一中。到了高中，差不多班里同学都用手机了，我说如果需要就给你买一个，他说不需要。我知道，有一个女生对他有好感，常常把电话打到家里来，但他仍然用初中时的办法，没有分心。谁想高考失利，刚刚上重点线。他决定复读。那年，他总结出一套理论，人是没必要睡那么多时间的，考前是没必要放松的，平时怎么作息就怎么作息。遂把休息时间压缩到六小时，甚至五小时。考前一天，仍然做题到晚上十一点。果然比上年增加了七十多分，达到人民大学录取线。一年下来，书房四面墙上贴满了他的励志便条，如同时间老人的胡须，有一条写道，"以成绩报恩"。还有一条写道，"结果并不重要，重要的是完成一次超越"。

儿子曾画过一组图画，是他的成长史。除了在北京上大学，事实上也是我的迁徙史，从乡下，到县城，到地区，再到首府，外加两次进修，可谓一路辗转。每次观看，我都十分愧疚，这除了给妻平添了许多风尘和辛劳，也给儿子增加了许多新挑战，要不断适应新环境，建立新秩序。但他并未以此为怨，反而心存感恩，画面上写满了不同阶段关心帮助过他的人，有老师同学，有亲朋好友，并用粗笔标注了几位决定我命运转折的关键性人物。后来的一天，当我从妻口里听到儿子之所以用心记住我讲的每件事并不断向她求证像是要准备为我写传记时，泪水就不由打湿了我的双眼，他本已自觉承担了超过他年龄段应承受的一切，还时时处处想着成就我们，这该需要一种怎样的心力。

在儿子身上，我真切地体会到了什么是"顺"。小学三年级时，亲戚说把还给妻的钱放在棉衣夹层里让孩子从老家带过来，但妻翻遍衣服也没有找见。我便断定是儿子拿了。妻说从未发现儿子有此毛病，平时花一块钱，都是向她要的，如果不给，决不自己动手取。但我那天感觉儿子神态有点不对。就举起竹竿，让儿子说实话。儿子的眼泪夺眶而出，但我的竿子还是下去了，心想在品德教育上不能手软。不想在我抽第二下时，儿子突然止了哭声，说，你说是我就是我吧，要打要杀由你吧。然后转过身去，坐在桌前写作业，把后背给我，意思是，本人没时间正面奉陪。我手中的竹竿就尴尬在空中。晚上，妻在亲戚家孩子的鞋子里找到了钱，我才知冤枉了儿子。十分不安，默默站在儿子身后，看着他脖颈里红肿着两绺，心里很难过。想说一声对不起，却无论如何说不出口，就温了一块毛巾，敷在他脖子上，算是道歉。

母亲牙疼，半边脸都肿了，我和妻分别在合谷穴和足三里给按摩。儿子进来，看了一眼母亲，打开冰箱找东西。妻问他找什么，他不说话，只是找。妻说，你今天是咋了？刚吃过饭，不赶快去做作业，磨蹭什么？他仍不理会，又拉开冰箱底层，在里面倒腾了一会儿，然后出去。过了会儿，又进来，拉开冰箱门取东西。妻生气地说，你今天到底是咋回事？他仍然没有搭理，从中取出几牙冻成冰的橘子瓣，过来放在母亲肿着的脸上。我和妻都愕然。从初二开始，发现儿子已经对我们的唠叨不屑一顾，全然一种"小人不计大人过"的样子，只顾做自己的事；有时妻生气，冲在他面前，他也笑脸相迎，不顶撞，不辩解，不争论，只是那么笑笑，然后趴在桌上做作业，或者倒在床上看书，妻的火力就那样哑在枪膛里，有气没力地扯几下后火，自动熄灭。在这方面，我觉得儿子做得要比我好，同样的情境，我就做不到这样，往往要论理，要计短长，不留神就把一件小事争大，甚至反目。看来，年龄和智慧并不成正比。

近几年，儿子几乎没有了脾气，对我和妻几乎百依百顺。我们约定六点起床，但他有时晚上忍不住要看书，睡晚了，早上就起不来。我进去在大腿上掐一下，他呀呀叫一声，换个身，乐呵呵地，说，马上马上，五分钟。五分钟后，再掐一下，他又换个身，乐呵呵地，说，马上马上，五分钟。再五分钟后，我的手就要过去时，他就忽地坐起来，眯缝着双眼，冲我傻笑。然后说，把我衣服拿来。我就真给拿过去了。妻有时看见，说，呵，真"孝顺"啊。虽然听着不顺耳，但心里却是一种别样的幸福。小时候，他睡懒觉时，我这样掐他，他会不高兴，有时还发脾气。现在，我的手再重，也激不起他一丝情绪。如果不监督，他就坐在马桶上看书，我进去把书夺掉，他嘿嘿笑一下，盯着我看，让你觉得他之所以要在马桶上看书，就是为了让你夺掉，而让你夺掉，就是为了报你一个乐呵呵的笑。

不知是孝顺给了儿子开心，还是开心给了儿子孝顺，大四这年，儿子的开心饱满得到处洋溢。吃饭时，往往我们一碗都吃完了，他还盯着奶奶笑呵呵地傻看，吃一口，盯着奶奶看一会儿，吃一口，盯着奶奶看一会儿，看得奶奶都不会吃了。奶奶嚷着要回老家。他问为什么。奶奶说，你们这里把人坐朽了。他就嘿嘿一笑，然后按着奶奶的双肩，推着奶奶在地上转圈儿。奶奶就咯咯咯地笑。他说，看能把你坐朽吗。之后，一有空儿，就推着奶奶在地上转圈儿，祖孙俩的笑声花瓣一样落满一屋。奶奶走累了，坐下来，他就蹲在面前，抱了奶奶的脸，欣赏桃花一样地看。看得奶奶不好意思，常常捂了眼睛。坐在沙发上看电视，常常搂着奶奶，否则那胳膊就没地方放似的。

大四寒假，他把同学之间的约会能取消的都取消了，非常要好的几位，非去不可的，也把时间尽可能地压缩。显然，他想念同学，但更依恋这个家，我甚至能够感觉得到，他聚会完是跑步回家的。一进门就"爸"地叫一声，然后跟我说话。我说把衣服放好。他一边把放错的衣服放整齐，一边等不及似的跟我说话。我说把袜子放在鞋窝里。他一边把袜子放好，一边眼睛盯在我脸上，说，爸，我给你说啊……

平时想跟我说话，到书房来，看见我写东西，就什么都不说，轻轻带上门，出去。有时实在想说，就在书柜悄悄取一本书，坐在地板上看，直到我告一段落。还没等我把文档存完，就开始说了。往往有许多让你意想不到的悟处，关于生命，关于人生，关于灵魂……大学期间，差不多每天都要来电话，有时我忙，往往会十分残忍地说，今天就说到这里，明天再说。也没觉得他有多少失落，说，那就明天再说。第二天仍然会按时打过来，每件事都讲得津津有味。有人说，只有恋人之间才有说不完的话，而我体会到的却是父子之间有说不完的话。上大学后，每学期回来他都要和妈妈睡一晚上，不停地说话，说得没了睡意，干脆坐起来说，直到妈妈的鼾声响起来。

虽然我是他的父亲，但在不少方面，他是我的老师。有时甚至觉得我和妻是他的孩子，什么都要他操心，都要他料理。

上高中时，正是韩剧流行时，为了控制妈妈看电视，他把天线给锁了，直到他高考完，才取出来，为此，我们养成了晚上读书的习惯，已经好多年没有看过电视剧了。

一度，我的写作有些背离方向，他就提醒我，钱这个东西，只不过是银行账户上的一串数字，说有就有，说无就无，手头宽余了日子可以过舒适一些，不宽余了日子可以过清淡一些，不必为了挣稿费降低写作格调，说得我心里一震。为此，他的生活会更加节俭。一次，我在北京出差，正好遇到他放假，他就邀请我一起坐火车回，但是已经买不上票，我就让他退掉火车票，和我同坐飞机回，他说什么都不干，说，等我啥时能挣来飞机票的钱再坐飞机。和他一起出门，没有赶急的事，你就别想打的，要么坐公交，要么步行。

有一年，我的人生进入低谷，有种扛不过去的感觉，儿子几乎每天都打电话来，给我打气，说，天地太广阔了，一定要把心量放大，当你的心量大到可以把小气候忽略不计时，大境界就到来了。还说，当外界还能影响你的心情时，说明你还没有找到本质，还在现象世界，平时多想一下孔老夫子的"朝闻道，夕死可矣"，你就能超然了。按他说的去做，还真有效果。

一次回老家，晚上哥安排我单独睡一屋，因为我的瞌睡轻，怕人惊动。不想儿子悄悄跟过来说，你应该和我爷爷奶奶睡，一年睡不了几次。我说，你爷爷打鼾。他说，那也没关系，听爷爷打一晚上鼾也挺好，不然将来您老会后悔的。觉得有道理，遂去父母身边睡。果然睡不着，但听着父亲平添了许多老态的鼾声，就更加佩服儿子。大三那年，儿子和妻带母亲去了一趟北京，把该看的地方都看了，包括他的校园、宿舍，从照片上，可以看到母亲有多开心。但对父亲，此生就永远没有可能了，因为父亲已经八十七岁高龄，已经没有能力出远门了，于我，这个账，就永远欠下了。心里的懊悔，真不是语言能够表达的。有时心想，这些年都忙了些什么？忙来的那些东西，到底都有什么意义？居然一直没有拿出时间，带父亲出去一趟。就在那晚，我在心里说，一定要在哥嫂还健康时，带他们坐一次火车，坐一次飞机。

说实话，我和妻都算孝敬老人，但是要把父母吃剩的饭菜吃掉，一直没做到。但有一天，看着儿子一点嫌弃没有地把爷爷吃剩的饭菜吃掉，我们就不得不改。一天，当我首次把父亲吃剩的菜接过去吃完时，我从父亲的目光里看到了从前一直没有看到的欣慰，我也确确实实地感受到，只有不嫌弃老人时，才算真正迈进孝道的门槛。

2012年春节，几个妻侄张罗在大年初二进行了一次新年聚餐，一方面因为我的父母正好在银川，一方面也算是团拜，大家以此方式互道祝福，之后就不再一家家走动了。我是一个时间葛朗台，既然已经团拜，就不打算每家每户地去拜年了，因为岳丈岳母已经过世。不想儿子说，还是要去，你忙你的，我去，反正我姥爷姥姥不在了，你可以不去，但我做外甥的，不去给舅舅舅母们拜年，说不过去。我说已经搞过团拜了。他说，那是新式的，古礼还是要尊的，就一一去拜。

可见，他在如何地弥补着我的过错，减少着我的遗憾，维护着我的声誉，提升着我的威望。一次回老家，他甚至专程去看望我嫂子的母亲，临行把身上所有的钱留给老人家，让嫂子无比感动，对我的父母更加孝顺。

此后的一天，他给我说，爸，你什么时候能够修到平等对待郭、田（妻姓）两家，就真安详了。同样说得我心里一震，是啊，自己的心里还有分别，还有远近，还有亲疏，还有自私，怎么能够找到真安详呢。又一天，为了阻止我接一个书稿，给我说，生命的意义在于不断提高灵魂的等级，而不是老在一个平面上重复。更是让我惭愧。没错，这部书稿确实是一次重复。当晚，我就给对方写了长信，致歉解除了草签的协议，决定从儿子希望的层面上，开始新的人生。

曾有朋友问我，怎么老是那么知足。我说，儿子已经把我的心装满，又有何求？

也有朋友问我，怎么听不到你的抱怨？我说，此生已经拥有这样的儿子，又有何怨？

安详银川

这一刻，我站在阅海万家十八楼的阳台上眺望贺兰山，有些不敢相信，这就是我生活了快十五年的银川，她美丽得有些虚幻，有些不真实，甚至有些非人间味。

在我和贺兰山之间，湖光和灯光交辉，悄然进行着一场光的交响。

这些年，因为到全国做志愿者，差不多走遍了全中国，北到漠河，南到天涯海角，也到过不少发达国家，还真没有看到这种童话般的美丽画面。

突然觉得，银川的美丽是文学的。

她不像欧洲的城市那样老气，不像美国的城市那样肥腻，不像上海、广州那样洋气，不像丽江小镇那样媚气，独有一种安详气、文学气、芬芳气。难怪，一个个作家、艺术家，要从江南出发，到塞上成就。文有张贤亮，书有吴善璋，画有周一新，包括画坛黑马任重，在全国走了一圈，也最终定居银川，连同来自孔孟之乡的沈德志，等等，还有许多作家、艺术家。难怪，在这里，"十户之内，不废诵读"，大街小巷，全是书香；崇高之举频见报端，善良之动多现银屏；全国性的诗会不断，世界性的交流正热；音乐诗歌节，万人参与；每年的赏月诗会，百姓自由报名，同沐月晖，共浴诗情。

2014年初，银川市拿出巨资奖励尖端文艺家，同时大面积奖励了草根文艺家和书香大使，让全国瞩目，现在看来，这不单单是奖励草根文艺家，而是一次留根行动。

这一刻，我站在阅海万家十八楼的阳台上眺望贺兰山，有些不敢相信，这就是我生活了快十五年的银川，它美丽得有些虚幻，有些不真实，甚至有些非人间味。神情恍惚间，我常常觉得，身边有无数的凤凰正在展翅，有无数的妙音鸟正在歌唱；西夏国孔子学院里的读书声仍在朗朗，那是中华大地上最早的孔子学院；党项人发明的活字印刷机还在叽叽，那是中华大地上最早的印刷车间。

有时，觉得银川就像一位美丽的少妇，黄河水像绸缎一样缠在她的腰间。

有时，觉得银川就像一位英俊的少年，太阳神像父亲一样把他抱在怀里。

突然觉得，银川的美丽是神秘的。

这一刻，我站在阅海万家十八楼的阳台上眺望贺兰山，有些不敢相信，这就是我生活了快十五年的银川，它美丽得有些虚幻，有些不真实，甚至有些非人间味。贺兰岿然，长河不息；塞上江南，回族之乡，西夏古都，丝绸之路；黄河金岸，内陆港口，书香气韵，文学之乡；七十二连湖，心心相连，八十万同胞，亲如一家；爱伊河畔，渔歌唱晚，鸣翠湖上，鸟语花香；中国电影从这里走向世界，韩美林、周国平是她的荣誉市民。这些句子，已不知到全国各地讲了多少遍，但仍然觉得，这远不是我要表达的银川，当然更加无法代表此刻我心里的银川，我深深爱着的银川。

阅海万家，万家阅海，这是银川市的公职人员体会政府温暖的地方。目光从如林的楼丛里穿过，通过一扇扇窗户，随着一盏盏灯光，我把无尽的祝福送达。

这一刻，我90高龄的父亲、84岁高龄的母亲已经安睡。他们的对面是同样梦幻一般的霓虹灯海。这灯海，虽然没有老家小山村的安谧，没有老家小山村手可摘星辰的天人合一，但也足以启发他们对天地新的想象，这从他们的问题可以得知。

一天，母亲说，小时候，你奶奶说，大山外面有一个花花世界，叫城里，现在，才知道什么叫花花世界。

我问母亲，花花世界好，还是咱们那个小山村好。

母亲说，各有各的好。

父母被接到银川生活已经一年。当初，和父亲谈判的结果是在银川度过晚年，但叶落还是要归根的，我答应了这一点之后，父亲才同意到银川来。

但在张贤亮先生去世之后的几天，父亲的口气松动了。张贤亮先生遗体告别仪式那天晚上，我有意告诉父亲，张贤亮先生选择了火化，遗骨将安葬在影视城。然后试探性地问他，您老人家百年后，可否像张贤亮先生那样火化，骨灰也可以像张贤亮先生那样，随我走四方。父亲说，可以，口气是轻松的。

我不由看了一眼父亲，父亲的脸上全是安详。

陡然间，一种无法言说的滋味涌上我的心头，既高兴，又感伤。我不知道父亲是出于什么考虑，这样轻松地回答了我的问题。因为在我的心理准备中，要让父亲的归属情感走到这一步，将是一个长期战役。

也许，是父亲真的相信了，有那么一天，我会辞掉工作，带着妻子云游天涯。父亲知道，在南京等地，有那么几位从事传统文化的好友，或者办了书院，或者建了学校，非常真诚地邀请我和妻子到他那里，以院长或主讲的身份常住，所有生活用度都不用我操心，特别是南京的那处，古色古香，安静又美丽，我和妻子看了之后，真动了心。回来给父亲说，他说，太远了，住在银川都觉得远，何况南京。

心想也是，真不能再折腾他们了。

但父亲显然认定我终有一天是要走四方的。现在，张贤亮先生把骨灰安置在他孩子每天上班的地方的遗嘱，给了他启示。

随之，一份无比深沉的感动涌上心头，父亲是以这种方式支持我走四方，他原来反对我出去做志愿者，我妻子就让他看我的光盘，不想父亲由反对到支持。

我把父亲同意放弃叶落归根，视为对我将来云游天下生活方式的支援。

不由得，我的鼻腔就酸了。

话说远了，回到银川上。

我不能就这样挥别银川，西海固生养了我，银川成就了我。在这里，有那么多支持我的亲人，关怀我的领导，照顾我的朋友。在这里，有我十五年的光阴，连同十五年的梦想，还有那些牵挂在心头的人事，甚至一街一巷。

每当乘车经过老市委大楼，我的心里就会一动。刚从西海固调到银川，我就住在市委大门楼上的一间房子里，虽然如涛的噪音常常让我彻夜难眠，但是现在想起来，心里却是如此的温暖。还记得，每当周六周天，那位点名调我到市上的领导会到单位加班，还记得，有位好心人把买好的饼子悄悄放在我的门廊上。

每当乘车经过民族南街，看到水利家属院，我的心里就会一动，在我过了几年单身汉生活之后，在领导的关心下，妻子终于调到银川，儿子也正好从固原一中考到银川一中，我们一家就在这个院子里租了套房子住。在那里，有妻子留下的柴米油盐的味道，在那里，有儿子留下的欢声笑语。

一次，会见完一位朋友，回家时，不觉走进民生巷，不防，被一阵伤感击中。那是银川市文联当年办公的地方，对面的几家面馆，是我下班后常常光顾的地方。陡然间，我的眼泪居然出来了。我意识到，已经好久没有来这里了。我信步踏进那个小院，伫立在那里，让感伤伴着思绪流淌。

现在，我已经十分稳定地生活在银川，不但衣食无忧，而且被人关怀，受人尊重，并且能够放开手脚做自己喜欢的事情，这该是一种怎样的福气。

更让我欣慰的是，每天下班回家，一进门，还能够叫一声老爸和老妈，吃到老母亲做的饭菜，蒸的馒头，烙的饼子，这该是一种怎样的福气。

此刻，夜已安静，让心灵沐浴在这美丽又温情的万家灯火里，觉得整个天地都被感动装满。

才发现，我是如此深沉地爱着这片土地。

记忆的影集一页页打开，我才意识到，在这个小城里，有那么多值得我怀想的人事，大大小小。我才意识到，他们已经成为我生命的一部分，我是如此地在乎他们，爱着他们，包括那些给我端过面的小服务员，理过发的美容师，修过自行车的师傅，我都是那么怀念他们。

现在，我的心里只有一个声音，我爱你们。

父亲大概没有想到，他的晚年要在这个小城度过，更没有想到，终有那么一天，这个小城的几尺泥土，将要把他拥抱。

同样，我对将要接纳父母的那方泥土，充满感激。儿女再有孝心，也无法让父母长生不老；儿女再有能耐，也不能代替收容父母遗骨的那方泥土。

那方泥土不过三尺，但对于一个生命来讲，却是故乡。

想象着，有那么一天，我老了，同样站在银川的某一栋高楼上，抬眼就能够看到父母所在的某一家陵园，我的心里该是多么安慰；想他们时，就到他们脚下，静静地坐一会儿，那将是多么安慰。

不由得对妻心生感恩，父亲之所以这么快在情感上接受了银川，是和她一年升级版的大孝行动分不开的。

当年，问父亲，世界上最好的地方在哪里，父亲说，粮食湾。粮食湾是西吉县将台乡明星村七组，是父亲出生并生活了一辈子的地方。曾经多少次，我把父亲接到银川来，住一段时间，他都要嚷着回去。有一次，我不送他回家，他居然像小孩子一样用绝食逼迫我，我只得把他送回去。回到老家，他逢人就说，银川，一个让人受罪的地方。

现在，父亲大概不会再这样说话了。母亲更加可爱，她以我们吃惊的速度接受着新生事物，已经学会了打手机，用电磁炉、电饭锅、电热器，等等。能叫得上不少亲戚朋友包括同事的名字，也知道了什么是清真，什么是穆斯林。

既然选择了这个城市作为归宿，他们就要努力地适应它的味道，融入它的气息，为此，父母都在做着让人感动的努力。

眼看着父母的精神头越来越好，每天生机勃勃的样子，就更加不用担心，他们会变卦了。

此刻，我终于理解了一个词，落点。父母的落点是银川。我不知道我是否也要落在这里，但我知道，这已经是一个让我魂牵梦萦的地方。

写下以上文字不久的一天，路过老百货大楼旁边一个小摊，看到一位大哥正在捧读一本书，书被牛皮纸包着，走近一看，竟是拙著《寻找安详》。可以想象作者本人当时的激动，差不多把那位大哥的核桃全买了。

回家的路上，一个词跳出脑海：安详银川。

许多问题一下子有了答案：

不少地方之所以不安宁，正是因为不安详。"满堂珍藏不及身心安泰，万千事业何如家室平安"。当大多城市把兴奋点放在"满堂珍藏万千事业"上时，银川的心思则在"身心安泰家室平安"上，为此，就有了安，有了详。

上上届市委领导说，要像办大银川一样办大文化。

上届市委领导说，要像岿然贺兰那样反浮躁，要下气力提高市民素养。

本届市委领导说，文联的同志能办多大的事，市委政府就给多大的支持；兰州的《读者》以转载取胜，银川的《黄河文学》

要以精神坚守取胜，并批示让全市领导干部阅读其中的华章。

安详，就这样，同富裕、和谐、开放一起，在银川生长。

最近，同样一直在想，到底是什么，把父亲留在这片土地上。

现在，我终于明白，正是安详。

蛋黄色的办公室

描绘这种情景，不敢动用写惯了公文的笔。我只能说这是黄昏，太阳的一只脚还没有从山头迈下去，善解人意的窗户将蛋黄色阳光的余息悄无声息地笼罩在办公室蛋黄色的静物上、粉白墙上，营造出一个无比静谧一洗人间烟尘的梦幻世界。说仙界没有仙界的灵动和烟岚，说人间又没有人间的嘈杂和浮尘。

门反锁着。地早擦过。

黏稠又飘忽的时间被缩短又拉长。

短于无，长于无。

恍惚中办公室已移交给了另一世界，但又找不见他们是谁。是一种感觉，一种即使最天才的诗人也难以描绘的感觉。总觉得她随时会飘起来，或者已经飘起来，我真担心她会黄鹤一去不复返，或者长眠，再也叫不醒来。

反正，我流泪了，不知道是出于感动还是别的什么。

我只恨我不会画画，要是能涂几笔就好了。而且是蛋彩，只能是蛋彩，除此，一切语言苍白无力。

倚窗而立，面对这些恍若隔世的静物，仿佛躲进了一个走空了人的教堂，黄昏时分的蛋黄色的教堂。白天嘈杂不堪繁忙不堪复杂不堪的办公桌、椅子、窗户，甚至文件柜，以及拓印在这些东西上面的种种面料的脸蛋、各种花色的形容、各种档次的官的屁股和丢来丢去的香烟，一时都睡着了。或者说被一种看不见的风轻轻抹去了。

一种幽冥的东西接过了时间的钥匙和公章，水一样暖洋洋地散漫开来，制造出一副无比宁静的睡相。白天被钥匙骚扰得疲惫至极的锁子，酣眠如婴，仿佛就要那么几百年。

总觉得那锁子不是一块铁，柜里锁着的也不是头儿们签发的用铅字打出的白纸黑字的文件，而是一种悠悠上古的一打开就如轻烟一样飘去的东西，或者是被谁忘记在这里的一段旧情、一个百年故事、一个不安分的精灵。或者什么也没有，只是因为有了门就需要挂个锁，正如有了办公室就需要有一个柜，有个柜就需要一个守柜的秘书，有个秘书就需要有个主任……

下班时擦得极净的水泥地因宁静而宽阔如傍晚的大海。

墨水瓶静静的，其中的蘸笔静静的。

日月还在今天停着；电话也如泊岸的船；茶叶盒和暖瓶已离开了人间水火，成为时间逝水中的两个容器，打开盖子，里边一定不是茶叶和用煤烧开的氢二氧一；茶杯响亮地飘逸出一股仙气，恍惚间似有仙人举杯相邀，我十分清醒而又万分迷醉；仙人的胡须如杨柳撑在我的心中；我为仙人倒水，仙人哈哈大笑，暖水瓶中什么也没倒出，仙人却说杯子满溢了。

白天的喧嚣和繁乱，窗外的热闹和浮躁如一个乒乓球拍将我扇到这幅不知谁的妙笔涂抹出的蛋彩中。在我怀疑我是否存在时，强烈地感到我的存在。我的呼吸如狂飙从我生命的水面上刮过。

懒得干一切事。总觉得一切都太遥远又太短暂太没意思。奋斗太费时间太耗神太虚荣，消遣太浅薄太无聊太无味太倒胃口，灵魂早已消融为一缕蛋黄色的烟雾，涂在四周的粉白墙上，栖息在蛋黄色的地板上，化在没有任何生命躁动的空无中，最后静泊于宇宙的风港云台。不愿打开书，尽管眼前的书很著名；不愿思虑，尽管有许多事情要想。伟人也好，情人也好；欢乐也好，忧愁也好；善也罢，恶也罢。不愿喝茶，不愿抽烟，不愿挥动肤浅无聊的笔，不愿翻开名缠利绊的故事，一切声响、语言，包括思维都会打破这天意般的静谧和安详。这太阳不经意生产的一个处子，时间随意留下的一个脚印，上帝不小心遗失的一块手帕，光阴的风暴过后的一片沙滩，月亮的潮汐平息后的一方港湾，卸装之后走下戏台的一个面孔。

我只愿躺在这蛋黄色的时间的屏风背后长睡不起。

我知道我留不住它，当那种蛋黄色的影子悄悄溜走时，办公室又变成了实实在在的办公室。

我不喜欢这种实实在在。我愿意永远留在刚才那种恍然如梦微醺薄醉而又空空如也的世界里，变成一缕风或者一段蛋黄色的时间、一种色调，什么也不想、不做、不求、不怕。

夜幕如潮似的卷了过来，不可抵挡。蛋黄色的影子扯走她的最后一方裙裾。我闭上眼睛以期随她而去，既然不能恳求她留下。

然而一切都无济于事，我看见我的胃里是一包实实在在的土豆丝。我清清楚楚地记得我刚放下海口大碗。

特别想抽烟。睁开眼睛，才知道刚才看到的一切其实是我黄昏时分的一颗蛋黄色的心。

办公室还是那个办公室。

生命之河

似乎沉思着什么，又像在讲述着什么，娓娓地。这泛着微澜、缓缓东去的，就是古老的黄河？就是自天而来的黄河？

船在黄褐色的水中行驶，按理说，我应该感到兴奋，感到喜悦。因为这是我平生第一次泛舟黄河，然而，当马达响起时，我却感到了一种彻骨的遗憾，柴油机用声音和速度生产的遗憾。要是一叶木舟，或者羊皮筏子，让自己亲手去划，到了河心，静静地停一会儿，那该多好。一时间我觉得自己被这机动船给敷衍了，耍弄了。我成了一位乘客，而不是艄公。乘客总是悲哀的，被别人摆渡是悲哀的。自由的是河上翻飞的燕，而我，却在船上。我不会游泳，我只好在船上。

阴郁的心底刮起一阵风。艄公的草帽如一种充满个性的思想随水漂去。在它落水的刹那，我心中的一件东西也随之落水了。明明看见它就在草帽上面，却说不出它是什么，只感到很激动。心中的黄河为之奔涌。

艄公掉转船头，去追草帽。我趴在船帮上。草帽到了我的手边。我热情地伸手去抓，又热情地放它而去。船再次掉转方向去追，我心花怒放。恍惚间我觉得那草帽很古老，很神秘，渐渐地就觉得它不是一顶草帽了，而是一个从远古流来的传说，从天际飘来的一缕意绪，或者别的什么。最后，竟觉得它就是自己了。

就在这个念头闪过的刹那，草帽又到了自己手边。猛回头，艄公阴冷着目光向草帽走来，我一伸手，草帽又回到了艄公的头上。草帽本来就在艄公头上。艄公需要草帽。既为遮风挡雨之物，就得遮风挡雨。

太阳躺在黄河上分娩，一河的太阳崽子。

我在渡水，太阳在进山。幻觉中听到太阳在讲什么。我没有听懂，却感到心里很沉重。

彼岸渐近，恐惧渐近。船靠岸时只觉得一个精美的器皿被打碎了，一个迷离而又美妙的梦被惊破了。美在过程中。我不愿意上岸，却不得不上。

回首，来路那端的夕阳很辉煌。又觉得回首还是相当地有景致。

蛙声很灿烂。我伫立岸边，送夕阳下山。这时，我感到了一种壮烈。我想到了生和死。我说不上太阳在生还是在死，也说不清到底是死壮烈还是生壮烈。黄河是一汪激动了的血泊。生是血，壮烈的死还是血。

蓦地发现同伴已经不在，却看到一位扳罾的老头。老头自然没有像我这样胡思乱想，他在专心地打鱼。在他的脑海里，也许只有鱼的数量，我便觉得自己很傻。

为过河而过河。

落霞似一金曲的余音飘绕在地平线上时，船回转了。暮色中行船更使人思绪缤纷。我求艄公放慢了速度。这时的黄河分外宁静和空阔，微微的细浪制造着恬淡。河面似乎被暮色延伸了，正如思维一样。

这时，同伴拿出了酒杯，强邀了艄公斟饮起来。暮色在酒杯中醉眼蒙眬，艄公的心事在酒杯中醉眼蒙眬。他索性息了马达，任船随水徐行。那船就漂进流逝的河中去了……

摆渡了一辈子别人，却永远没有摆渡得了自己。似乎在自言自语，凄然如同严合的暮色，忧伤宛如初升的弯月。我们原以为他会说下去，都住了酒杯，等待着一个或凄厉或悲壮的船帮故事。

然而，就在这时，他却一仰脖尽了杯中的酒，说，走！

假如没有艄公呢？船至河心时，一个同行说。

假如没有船呢？另一个说。

假如没有河呢？我说。

我的心里不由得一阵感动。我将一杯酒洒进河中。清风将酒香传播开去。眼前便有人影开始晃动，喧嚷而又幽冥。那位把酒临风，横槊赋诗的不是孟德吗？那位布衣薄衫，面容憔悴连一杯浊酒都喝不上的不是子美吗？太白任一叶扁舟在水上漂荡，东坡纯粹醉卧舟中；季凌虽然更上一层楼，终叹道，春风不度玉门关；祖逖击着船帮，击起一片讪笑，但仍在击……他们是在摆渡什么呢，还是被什么摆渡？蓦地，他们腾云而起，一齐向我招手。我分辨不清他们是在向我召唤还是交接什么。

这时，船停了，面前是坚实的码头，我才知道他们是送我上岸，我感到了一种沉重的轻松，一种欣然的悲凉。当脚落在地面上时，我觉得地面太实在了。

我也很实在。

再次回首，对面的渔翁已经隐约成一个黑点。灯火一点点亮起，如同思绪。

而河，仍在流。

我是一杆什么笔

深入贺兰山，其实是深入石头。

石头是冰凉的，尽管是炎夏；石头让我感动，尽管被柏油路和现代交通工具宠坏了的脚板早已叫苦。

树还没有长成气候，只是一种点缀，而这正好突出了石头。

为了认识石头，我摘下了有色眼镜。

山顶青雾缭绕，如同一种情绪，从遥遥上古流来。我的心是一个盆子。我不敢说话，我怕稍不小心就会打翻盆子。同行的欢声笑语这时听来恍如隔世，古怪而又陌生。

我尽量磨蹭在后边，为的是保卫自己的一种心境。

才知道真正的旅游是多么孤独，我是多么希望身边有一个知心的朋友，能够帮我端好盆子而不将它打翻或搅浑的朋友。

然而，今天没有。

我将孤独折叠起来，上路。

石头是无处不在的。

无处不在，就成了山。反而让人忽略了石头的具体。石头貌似散漫，似乎表达着一种极大的自由，而又那么富有秩序。石头似乎并不在乎自己的位置，一派道家风骨，那么坦然、宁静。我真纳闷，这些石头怎么就不躺到舒适的城市或者平川里去呢？

等同行远去，我偷偷买了炷香，为太上老君点了，并且极其虔诚地磕了头。这倒不是我一定要走他老人家的后门，而是感动于他的宁静淡泊。在世人疯狂地追金逐银的今天，他仍能一如既往地隐居山中，将心变成一颗冰凉的石头，这该是一种何等的超脱。

从老君庙出来，一阵刺耳的乐声摇滚而来，有着很强的霸道味道。原来前面是一个小亭子，在几条路的汇合处。无法逃避。各种饮料横亘着，同样无法逃避。这种曲子，不知太上老君是否听得惯；这种饮料，不知太上老君是何见地。

倒是送子娘娘的香火更要旺盛些。

同行在一个阴凉处歇了。我却决定爬笔架山。这个决定是在我一听到这个名字时就作出的。

做一次真正的笔。

才知道做一次真正的笔是多么不容易，需要带盐的墨汁和孤寂。

终于搭在那个笔架上。

笔架无比气势地打量着一望无际的平川。我说不清它在欣赏自己的杰作，还是在面对方格稿纸凝神遐思。

这时，我从未有过地强烈感受到，什么才是真正的笔杆子。

笔杆子是一种汗水的高度，一种孤独的高度，一颗摩天的头颅……

我是一杆什么笔呢？

我头上的狼毫在风中根根耸立，红色的墨汁在体内奔腾喧嚣。

四面陡然低落的笔架山异峰突起，显然无比孤独。不知是何人将她置于此地。又到底是等待一杆什么笔？又是为谁恣肆胸臆做这千年的铺垫？

塞上明珠莫非就是她的点睛之笔？

躺在被时间打磨得无比光滑的石头上，静静地将自己变成一杆笔。夏天，我的头上冷汗涔涔。你是一杆什么笔？笔架山知道。它是一杆秤啊！

做一支真正的笔。

而要做一支真正的笔，就要先将心变成石头。

也许世上最能保持自己的就是石头了。

对石头来说，日月星辰也好，风雨雷电也好，同是一件衣裳。

不是金子。

金子可以穿过时间，却穿不过世人的心。

身上白云悠悠，身下笔架巍巍。我不知停留在时间的哪一截，又是为哪一篇文章而来。

既然是一杆笔，就得离开笔架。

再回首，迎着的是笔架山深情的目光。我不知该以一种什么方式向她告别。

山水写意

荷花沟

荷花沟最大的特点在于它一贯的绿，那种压迫得人喘不过气来的绿，那种处女一样一尘不染的绿，就是偶尔有那么一两株红桦点缀其中，也是那么蕴蓄，让人丝毫想不到衬托之类的概念。总之，荷花沟不允许你乱加形容。荷花沟只属于眼睛，不属于话语。

行进在一条绿色峡谷中，你的身心被清凉的绿色过滤。你的所有思想都被染成绿色。你被绿色挟持了。最后，你成为峡谷中的一棵树，而物我两忘荣辱不惊。你的精神渐渐进入一种定态，一种绿意充盈的定态。你才知道一些高人为什么要到深山中修炼，你开始相信济公曾在这里得道的传说。

你被一种彻底的安详所包容，所感动。荷花沟的安详源于它的无欲。你看那些树，那么密集那么密集，但是你无论如何看不出它们的排挤来，你也很难看出它们哪一个正在为职务、职称、工资、住房等一应事情所烦，你更看不出哪些百年老桦在给哪棵幼树摆姿态，或者为那些小树在它们上面而不平。鸟儿在它们的头上唱歌它们也不恼怒，金鸡在它们的身下筑巢它们也不担心。它们在风中歌唱但从不收门票什么的。它们为所有喜欢它们的人演出，从不挑肥拣瘦。它们不因为外宾来就奴颜婢膝，也不因为柴夫上山就不予理睬。

和这种安详相呼应的是田田荷花。荷花把向下流着的水变成一种向天的姿态，变成一个向天的绿吻。和江南的荷花不同，泾源的荷花让你从未有过地感到它是那样地和水如影随形。可以说，有水的地方就有荷花。我们没有走到水源，但我坚信，水的源头一定是荷花的源头。荷花给人的感觉依然是安详。同牡丹、芍药等花卉相比，荷花更有道性。我盘腿坐在一大片荷花中，将心交给水，希望得到荷花的点化。

然而荷花毕竟过于淡泊。在荷花沟我最后被一顶开在炊烟中的"荷花"灌顶。我敢说在荷花沟人们看见一缕炊烟时的惊喜一定和看见天空飞过一尾鱼差不多。在一个人迹罕至的地方，我们被四面持久的绿弄得有点疲倦的感觉终于得到了敲击。我们向着炊烟升起的方向奔去。

原来是一堆野火。野火的旁边有铁皮水壶、瓷杯。水壶里有水，瓷杯里有茶叶，却没有人。不远处有一树枝依崖搭成的草棚。草棚里有炕，炕上铺着麦草。在人们喝茶的时候，我睡上去，觉得天地间真正的席梦思，还要算这幕天席地的去处。我想，这炕的主人一定是半个仙人。每天他躺在炕上看着一堆红火摇曳在扯天扯地的绿色中，不知该是一种怎样的心境。他一定认为那一堆篝火，就是这个世界上最动人的荷花。

凉天峡

进入凉天峡其实是进入树。那种让你忽略山的树，忘记其他一切存在的树。凉天峡的树让你的思想无能为力。在它空气一般的笼罩下，你的思想只能是一个带雨而翔的燕子。你的燕子无法穿透一个词"森林"，你平生第一次对"森林"一词有了彻悟。凉天峡的树横空而来，绝尘而去，兀自一个世界。

我不知道凉天峡这个名字所包含的特定意义，但和荷花沟显然不同的是，凉天峡让人感到忧伤。如果将荷花沟看成一个道士，那么，凉天峡就是一位诗人。凉天峡的忧伤缘于不时出现的红桦。面对红桦，你一定会认为它喝醉了酒，要不就是因为一腔热血无法倾诉。因此凉天峡让一帮文人差点晕倒，他们只差没有抱了红桦放声大哭。

在向林子深处走去的时候，我们发现了一道红光。

走近去看，我们都惊呆了，是一株巨大的倒下的红桦。它的姿态、颜色都让人想起一个倒下的新娘，或者一团凝固的火焰。因了这种倒下的姿态，才有一片天光豁然进来，为它平添了一种迷离的效果，有种贵妃醉酒的味道。我们不知它在倒下的一刻是如何的心态，但我们差不多都同时想到了悲壮之美。为什么就它独独地红在一片白桦中？红在这个不通人烟的地方，没有歌楼酒肆烟花柳巷的地方？莫非也同我一样厌了滚滚红尘，倦了喧喧闹世？不可想象，如果整个一片树林都是这种红色，那该是一种怎样的情形。久久地，我们谁也不愿离去。

因了它，凉天峡陡添了悬念和戏剧。

同样具有悬念效果的是和这株红桦遥相呼应地造就了凉天峡阳刚之势的几块石头。同红桦一样，几块石头之所以牵扯人的思绪，还是因为它的独异。在一个树木封锁的狭窄的峡谷突现一片阔可走马而又没有一树一木的平地，平地上又兀地摆着一块打有人迹的整个峡谷独一无二的非集体不能搬运的巨石，巨石上又分明地有一个一寸口径的深洞，这就让你不由得要相信这里的确是成吉思汗的练兵场，那个深洞自然是他插旗的地方了。我们去的时候，旗杆洞里正蓄着水。我们不知道这是否就是凉天峡为凉天峡的原因，但起码让人感到了一种历史的清凉。物是人非，留下的只有石头，以及一些只有石头才能承担的传说碎片。

果然，我们的思绪还没有撤离练兵场就被无比葱茏的树木浸渍、淹没。

汽车从绿色中开辟而过，我用我被树木染成绿色的眼睛看了一眼那团红雾和透着白色天光的练兵场。

花　　事

开花的春节

开开门，就有一股清香扑鼻而来。

是那种来自自然深处的没有丝毫做作的清香。

进客厅一看，才知是茶几上的那盆水仙以一种灼人的姿态盛开了。

我的心里不由充满了感动。水仙居然将花期选择在我们回家的时候。

我们是腊月二十八回老家的。回家的那天，我特意给她添足了水。添水的时候，我丝毫没有注意到她要开花。今天是正月初六，仅仅一个星期的时间，她就出落得这样美丽，美丽得让你心里无端地生出一种绝望之感。

让我想不通的是，水仙为什么要将她生命中最为得意的时刻选择在她最为知心的观众离开的时候。整整一个冬天，我们都在等待她开花，但是她偏偏没有。在这七天里，她却盛开了。如果我们把她的出蕾看作是一次分娩，那么，这个分娩则是在寂寞中进行的；如果我们把她的盛开看作是她生命中最重要最灿烂的一次展示，那么，这个展示则是在孤独中进行的。

无人喝彩。

没有掌声。

一切都在无比的寂静中进行着。

即使窗外偶尔传来的几声鞭炮声，也是别人家孩子的心情。

我不知道，我的水仙该是在怎样的一种心境中，从箱底一件件拿出她的金冠银裙，兀自戴在头上，穿在身上。

我不知道。

我只知道在这七天里，我在争分夺秒地给人拜年。

就在我步履匆匆地穿行在人间街衢上的时候，我的水仙却在专心致志地开花。

能够超然于一种选择之外，看来，我的水仙要比我成熟得多。

尽管水仙无言，但是她分明在说，舞台就是舞台本身。

也许是为了弥补一种遗憾，或者是出于一种敬仰，我拿起洒壶，打了一壶水，怀着一种特别的心情，开始这个春天最为虔诚的一次沐浴。

水仙则以一个战栗以及战栗之后蓬勃的芳香表达了她的感激。

那一刻，我在想，对于水仙来说，开花也许只是对一杯水的报答。

由此，我又想到，开花，仅仅是开花，而且只有开花，从来就没有什么观众。

花　伞

立秋前一天，我在房子里坐着，却被雨打得很湿很湿。

雷声一直没停地在天上滚着，强渡长江似的，让人担心天兵天将正在惩罚什么。少见的雨乘了少见的风势在空中撒欢了翻跟头，在房顶上毫无规则地东奔西驰，一贯的瓦沟失去了效应，地上的水变成白花花的雾一茬一茬地赶趟儿，院子不一会就成了湖泊。

不知为什么，我开始坐不住，门刚一开，就有雨墙乘机抢进来。只好临窗，打量着老天爷惊心动魄的行动。

雷声越滚越重，风将天地甩成麻鞭。

突然我觉得无比孤独。

不由想起我的亲人、朋友……无论谁，只要在身边。

但没有。

正好是星期天，院子里空空荡荡的。

似乎在向世界宣布着什么，提醒着什么，只有无边无际的雨声、雷声、风声……还有我的心跳。

总觉得每一个雷声都是奔我而来。我想起小时候老人说谁谁谁做了亏心事，被雷将头殛去了，一大堆娃娃在一个炕上，只有那个做了亏心事的被雷将头殛去了。

我尽量回忆着我是否做过什么亏心事，想起了一些，但不知算不算亏心事。

总之，我很孤独。

我开始后悔，后悔我的固执，总是将自己弄得孤鬼一样。

我希望有人在这时冲进院子，我会将门打开，给他毛巾，给他衣服……

但没有，院子在一片喧哗里静默着。

一院喧哗的静默。

这时，我看见了一朵花。

那是一朵刚开的牡丹，它是怎样地躲避着，反抗着，但最终，被雨珠一片一片敲落了。

我的眼睛潮湿了。

多么美丽的一朵牡丹啊。

谁让你不是松树呢？

谁让你不像我一样待在房子里呢？

我从未有过地觉得房子是那么亲切。

房子静静地守护着我，如同我的娘。

躲在房子里，我可怜着牡丹。心想，牡丹怎么就不到房子里避雨呢？又想，怎么不给牡丹打个伞呢？

这样想着，雨却停了。

丢 失

一个人住进这个屋子之后，我只置办了一床一桌一椅，留下大片的地面，并打算保持下去。要说也并非完全是因为拮据。

和一种心境有关。

早晨起来，可以在宽阔的水泥地上活动筋骨，伏案久了，可以信步放神。

更多的是反转了椅子，独对一片空地。让思绪空茫而富有，富有而自由，自由而旷怡。

因了这种空，往事才可以破尘而出；因了这种空，心事才可以展开脚步……

因为没有多余的凳子，客人来了，主人便伫立奉陪，客人也便不敢贪坐；因为没有多余的床，因而也少了留宿的麻烦。

这种习惯保持了好长一段时间。

破戒是一组沙发。

莫名其妙地想买一组沙发。

就在一个沙发摊前徘徊了足足一个月。

回屋看看空地，又去看看沙发；在空地上走走，在沙发上摸摸。

当那组沙发终于在屋子里落座时，我觉得一件什么事结束了。

躺在舒适的沙发上，眼前的空地显得有点苍白和轻淡，甚至在一段时间里，我竟忽略了它的存在。

我的屁股落在舒适上，落在和空地迥异的另一种得意里，尽管不是最好的沙发。

后来我就躺在沙发上睡着了。

一觉醒来，有人敲门，一反往常，我麻利地开了门。并且说，请坐，并且手向沙发指了指。接下来又买了一个茶几，是为了配沙发；又买了烟灰缸和茶具，是为了配茶几……

后来，我再不能黑了灯在屋里行走了。一天，当我不防被沙发绊了一跤时，我发现有一件事情结束了。

等待十一点

自从在这儿工作以后，我就等待十一点，每一天。十一点是一个湿漉漉的时刻，每当这个时刻姗姗而至，我的一种心情便乱了脚步，工作中的许多差错就在这个时刻产生。

十一点邮差来送信。

是否有我的什么？

有什么呢？细细一想，不会有谁寄来什么，即便有朋友记起你，信封里一定装的是"金锁链"。

人一成家，同学之间的那种傻乎乎的情谊和痒丝丝的思念都变成了"金锁链"。除过妻子儿女和钱，真可谓四大皆空，没有什么能够入脑入耳入梦，也无花也无果，也无蜂也无蝶，只一家的树枝上挑着一天比一天苍老的日子。

一次，邮差将一封大学女同学的信交给妻子，惹得我被提审好长时间，也不知是哪位写来的，也不知信里说了些什么，从老婆的气色上看，说不定那信挺有意思的。

为此，我请了邮差老兄一顿羊肉馆子，让他无论如何将我的信交到我手中。但从此却没有哪位女同学为我写信，就连"金锁链"也没有。

至于豆腐块，因为久不写稿，一家报社连定期寄的内部通讯也中断了。

但是每到十一点，还是急切切地等待邮差那声似乎比儿子喊爸爸还要亲切的敲门声。希望有奇迹发生，希望有一封写着自己名字的信或者别的什么，即便是"金锁链"也好。

但大多还是失望。

失望之后，心想，本来就没有什么。

就拿出心在一种怅然的风中晾晒，才发现心还是湿的，还有许多莫名其妙的等待和企盼，等待得莫名其妙，企盼得莫名其妙。莫名其妙之后，我惊奇地发现这莫名其妙真有点莫名其妙。

才是去年买的剃须刀啊！

有一天，在大街上遇到一个退休老头，寒暄过后，他问，单位有我信吗？我想说没有，因为确实没有，但不知为何却回答说，我没有注意。老头说，我去看看。

我说，你去看看。

是的，去看看，有没有又有什么关系呢？

看着老头远去的背影，我想，什么时候才能不理会这些呢？

又是十一点，窗外，可爱的邮差如期而来。我的一种心情如期而来。

重温一串脚印

每次去母校，总要去操场的。在那条笼罩在落日余晖中的跑道上，细心地迈开每一个步子，一种遥远了的生命体验就强烈地袭上心头。血管里就一阵阵万马奔腾，脚底下就不由得奇痒难熬。

你差不多和枪声同时飞出起跑线；你胸有成竹地调整着步幅和倾斜度；打了钉的跑鞋将大地化为你的力，你很快刮成了一阵风，你遥遥领先；你将生机勃勃的肌肉和技巧发挥得淋漓尽致；你将一种精神发挥得淋漓尽致；一首燃烧的歌飘荡在大草原上，飘荡在男女同学们的心上；同学们的热血被你点燃；同学们的目光便如琴弦颤动，汗水在阳光下闪闪发光；生命在阳光下闪闪发光。你感到一种无法言说的痛快。这时，你来不及思考，但你感到什么样的人生才是真正的人生。你整个的生命都变为一种生机勃勃的得意，一段虎虎生风的幸福。

终点就要到了，你启动双腿犹如启动两座山。两座山开始游说。这时，你只要松一口气甚至只要在脑海里闪过哪怕只有一丝懈怠的念头，两座山就会如尘土般散落在地上。终点就要到了，索性由腿去吧，反正第一名是你的。但现在的你已不属于你自己。同学们的目光是血，呐喊声是风，你意志的帆被大风鼓满；你的步子迈得更大，速度更快，你在和另外一个你比赛。

冲刺！

你如一支响箭射出终点。喝彩声如潮涌起。你被潮声托着，装点着。你慢慢降下速度。你一步一步地体味潮水的滋味，咀嚼甘甜如琴声的目光。你谢绝了好心同学的搀扶，你觉得这时接受友情是一种屈辱，尽管你是多么地想靠在同学的肩上。你不愿意马上停下来。阳光很好，风很好，潮声很好。

勃勃肌肉不让你马上离开它们。

你就那样穿着背心短裤躺在草坪上，很久，很久。

这时，一个你并不认识的队员从你身边跑过，你情不自禁地喊了声"加油"，尽管那声"加油"好像是从海底发出来的。将别人给你的鼓励又给别人，你感到一种从未有过的幸福。

啊，跑道上的人生！

暮色浓重如铁，椭圆的跑道没有尽头，记忆没有尽头。我悲哀地看了看业已萎缩了的肌肉，连同萎缩了的日子，一丝凉意袭过，变成一个寒战。

子在川上曰

　　我实在无法描述乍一发现它时它带给我的惊吓。我只知道我的心被季节抽了一下，顷刻间不可遏止地发黄。

　　事情就这样不容分说地发生了，我眼巴巴地看着，却没有丝毫办法。我第一次懂得了当年老师在课堂上怎么也讲不明白的两个字。

　　无奈。

　　那是一道浩大的逝川之水走过后留下的宽阔得无法涉渡的沙河；一条上帝偷偷打上去的再也解不下来的铁索。尽管它是那么细那么细，粗心的人简直可以忽略过去。

　　但是，我还是看见了它。

　　它给予我的惊吓胜于突兀闪现在眼前的一条蛇。

　　我的手剧烈地颤抖着。

　　三十年修筑的生命工事，不防竟被一张照片压垮。

　　我差不多无力仔细地打量一下这条皱纹。

　　我的心顷刻一派酥脆。

　　我知道这是防不胜防的光阴向我的第一次正式挑衅，也是我生命的大后方向对方竖起的第一面白旗，接下来马上就会有第二面第三面……

　　有什么办法呢？我生命中最嫡系的部分开始反戈，我已被束手，除过眼巴巴地等待就擒，还有什么办法呢？

接下来就有一种液体从那条线上逶迤而过。而液体最终是液体，永远填不平生命的沟壑。

一件很近的事情就要到来了。

八年前，当我第一次拿起刀片时，就发现它已经虎视眈眈地向我走来。

那是一次偷袭，敌人是在不知不觉中登陆的。不用说，我同样只有无奈。我眼巴巴地看着对方在我的领土上布置下黑压压的兵力。我奋力杀敌，到头来才发现输是注定的。这种攻势没有对手。

就知道有一种收割生命的力量比刀片还锋利。

敌人杀回去一次又上来一次，杀回去一次又上来一次，而且频率越来越快。

敌人用的是持久战术，刀片太无力了。

那是我首次体会到真正意义上投降的滋味。

当我按照父亲向我传授的经验第一次向脸的下半部分抹上香皂，敷上毛巾，然后胆战心惊地将刀片搭上去时，眼泪就不由得刷刷落下来。

生命中有一种多余的东西需要冰冷的金属来收拾。刀片走过，脸上就露出一片虚假的洁净。我知道真正的洁净没有了，我知道生命自从需要打扫就开始向回走了。

就在泪水迷蒙了我的双眼时，刀片趁机在我的脸上弄出一个口子来。我的眼里一片红色，我知道我是站在茫茫逝川上进行了一次鲜艳的祭奠。

二十岁生日那天，我怀着一种无法言说的心情推开商店门，磨磨蹭蹭地踅到卖刀片的柜台前。

之后，就常听见妻子唠叨，你不大扫除就别上床；每次出差回来美其名曰给我买的礼物也全是各式各样的剃须刀。

大扫除就运动一样进行着。

多余的可以打扫，那么残缺的呢？

我努力平静着心气，放下照片，拿起笔，顺着那条很细的皱纹，写道：

子在川上曰……

想起了旧房子

说搬就搬了。

生怕耽误了什么似的。急急忙忙地赶回家，开门一看，屋里什么也没有，只剩下一种类似于催泪弹的东西。

就这样搬走了。说搬走就搬走了。我没有赶上，没有赶上一次送行、一次出发，欠了这屋子一大笔债似的。怅怅地立在空屋子里，才知道人生不过是一张床、几件家具、几个凳子而已。

有一种声音隐隐传来。

是空屋子在说着什么吗？

说不清楚。但是有一点是肯定的，那就是这种声音马上就会属于别人。

不禁有些类似失恋的惆怅，让人难以承受。

在这个屋子里生活了这么多年，我留下些什么呢？

值得搬走的都搬走吗?

没有,有些东西是搬不走的,比如故事。

但也留不下的。故事是一种记忆,记忆是人,而人,只不过是一叶浮萍。

就这样,在屋子里怅立了很久很久。但终是无可着落。走吧。

没有忘记将自己贴在墙上备忘的纸条撕下来,新主人看了会笑话的。

房子还是这个房子,人却要换了。那么,有权利先后住同一个房子的人又有什么关系呢?

这个曾给过我无限温暖和安全的房子,曾滋生过掩盖过许多故事的房子,将要分别了。这把钥匙将要属于别人了,将要为别人打开一些新的故事了。此刻,她该是一种怎样的心绪呢?

我承认我赶向新房子的心情更为急切。

赶到新房,刚帮完忙的人正在吃饭,过节似的。老家具们神气地坐在新房子的相应位置上,一下子气派了许多,年轻许多。还有人。家具因宽敞和新鲜而气派,人因气派而气派。

等待着来家的第一个客人。

居然是当地首富。妻高兴得又是茶又是烟的,说,昨天她发了一盆面的,果然应验,似乎有许多好事已跟了这人在外面等着似的。

等打发走客人,一家人在新房里重复昨天的故事时,觉得有点兴奋，莫可名状的兴奋，我想这就是幸福的感觉吧。

让儿子写日记，平时让写几个字很不容易的儿子不假思索地写道：新家真好！

据说儿子搬家时搡车子搡得汗流浃背，平时懒得不起床，今天却早早地起来，帮妈妈又是扫又是拖的。

小侄子用不惯新便池将尿憋了一天。妻用不惯新锅灶将饭下生。旧门帘挂上去太土气终被压到纸箱子里。

累了一天的妻儿都睡了。我本来说好晚上出去干一件重要的事，却最终磨蹭到取消。实在没有力量离开这强烈的新鲜。

八年多总是在小房子里夹着，喘不过气，如今终于有个宽敞了，有个书房了，有个自在了。

不忍心早早地睡去，似乎应该为新房说点什么，做点什么。

多不容易的一个转折。总该为它打个记号。

将睡熟的妻捣醒。妻问干什么？我说在搬进新居的第一夜就这么睡吗？你不觉得太轻视太无礼太麻木不仁了吗？妻说那干什么？我说，我们该抒抒情才是，该庆祝一下总结一下回顾一下展望一下才是。

总算可以大幅度地和妻说些话做些事。多少年，总是小心翼翼战战兢兢，因为一个"匣子"里装着几代人。

总算有个家，总算……

从梦中惊醒，我感到了一种巨大的异样，我陡地想起旧房子，现在，皎洁的月光一定从那扇纱窗里照了进去，同往日一样，却没有人。

我的眼里就有一种液体悄悄地爬出来。

风　　景

　　宁夏新十景的评选，引发了我对风景的思考。什么是景？原始意义上的景指日光，后变成与人相对的环境，宁夏新十景的"景"当指风景。那么，什么是风景？《现代汉语词典》的介绍是"可供观赏的风光和景色"。

　　细想一下，通常意义上的风景有这么几个方面：

　　把人们带进美学享受的地方，比如沙湖；

　　把人们带进生命思考的地方，比如西塔；

　　把人们带进精神图腾的地方，比如太阳神岩画；

　　把人们带进时间隧道的地方，比如水洞沟遗址；

　　把人们带进文化隧道的地方，比如西部影城；

　　把人们带进历史隧道的地方，比如西夏王陵；

　　把人们带进精神高地的地方，比如六盘山；

把人们带进心灵诗意的地方，比如文学之乡；

把人们带进安详温暖的地方，比如安详银川；

从非通常意义上讲，每个人都有自己心目中的独特的风景，那就是他们生命中感动发生的地方。

对于崇尚孝道的人来讲，二十四孝发生的地方，就是最美的风景地；对于崇尚忠义的人来说，忠臣良将诞生的地方，就是最美的风景地；对于崇尚奉献的人来讲，志愿者所在的地方，就是最美的风景地。

对于一位母亲来说，熟睡中的婴儿，可能是世界上最美的风景；对于一个小孩来说，妈妈的怀抱，可能是世界上最美的风景；对于一位倡导和谐的人来说，父慈子孝、夫妻敬爱、家庭和睦、民族团结，可能是世界上最美的风景；对于一位喜欢读书的人来说，散发着墨香的书页，可能是世界上最美的风景；对于一位热爱工作的人来说，倾注着他心血的工作现场可能是世界上最美的风景。

一个小孩正给妈妈洗脚，这何尝不是人间最美的风景；一个儿媳正给婆婆梳头，这何尝不是人间最美的风景；灯下，娘在穿针走线，这何尝不是游子心里最美的风景；窗前，儿在挑灯夜读，这何尝不是父母心里最美的风景。

有人丢了一个耳蜗，银川全城寻找，这何尝不是大地上最美的风景；汉族孕妇遭遇歹徒抢劫，回族青年李潇、纳振东挺身而出，与持刀歹徒殊死博斗，这何尝不是大地上最美的风景……

宁夏虽小，却能被《纽约时报》评为全球必去的第二十个最佳旅游地；银川虽小，却被《中国国家地理》杂志评为新天府，似乎在说明，风景和大小无关。

"山不在高，有仙则名，水不在深，有龙则灵。"

真正打动人的风景，除了美丽，还在美好。

从地理美丽，到心灵美好，这，也许正是新十景评选倡议者的初衷所在。

结果固然重要，但引导人们对美丽的认识，对美好的赏识，也许更加重要。

生命就像一缸米

越来越深切地感到时间是物质的，具体的，就像手上的粉笔，只要你写，它就会短下去；又像阳光下的雪，即使你不动它，它也会薄下去。总之，现在在我心里的时间它是量化的。

而对于一个人来说，它有一个总量。就像一缸米，只要你用，它总会完。

那么拿这有限的时间用来做什么，就成了关键。

假如今天我盯了一天股市能够赚十万元，自己是赚了还是赔了？通常看来，肯定是赚了。但在我看来，肯定是赔了，因为你时间之缸内的一碗米没了。也许有人说，那你不去股市，这一碗也没了啊。对，但对还有更高超越性追求的人，他就会把这一碗米用在终极目标上，哪怕进项不多。

因此看来，目标成为关键中的关键。

对于一个要成为物质富翁的人来说，把一天时间耗在股市上是正确的，但对一个想做精神富翁的人来说，把一天时间用在股市上显然是错误的。精神富翁也许不反对财富，但财富应该是朝着精神高地行走产生的副产品，比如你讲完一堂课，临行对方给你一份谢仪，那是你今天精神劳动的副产品，它也许没有你守在股市上挣得多，但它的价值非常大，因为你点亮的是无数心灯。

同样，文字是能够看得见的时间。比如现在，我在电脑上写下一行字，看上去是写下一行字，其实是写下一行时间。再打个比方，比如今天你写下一万字，为一个你并不看重的征文，也许可以挣十万元奖金。但对于真正懂得财富的人来说，他也会放弃，他宁可拿用来挣这十万元的时间写一千跟终极目标有关的字，因为这虽是一千字，可能只能挣来一百元，但它是朝着目标前进的，是正值。而那十万元奖金则是负值，因为你在与终极相反的方面消耗了时间，你退步了。

时间从嘴巴里也溜走了不少，一句话就是一粒米，两句话就是两粒米，有谁算过，或者有谁留心过，每天从我们嘴巴里溜走了多少米？大半碗吧？那么，我们时间之缸内的米就少了大半碗。如果我们把时间看成是缸内的米，把每天从我们嘴里出去的话看成是缸内的米，我们就会被吓一跳。

人们之所以挥霍时间，正是因为他们没有意识到时间之于生命，是一个量，是一个限量。

时间从我们眼睛里溜走得更多。当我们打开报纸，打开网络，时间的闸门就已经打开了，时间的水就哗哗流淌了。如果我们继续借用米来说事，那么小偷已经大碗大碗地从缸里往出舀米了，只是因为我们的眼睛被花花绿绿占着，而浑然不知。蓦然回首，大半天已经漏了。

因此，释家追求无漏境界，首先应该是对时间的无漏。而一切打我们眼睛主意的人，都十分清楚眼睛的天真，在他们的老谋深算面前，没有几双能够幸免。且别说是现代传媒，就是古典小说，所有的功夫，都是朝着如何占有你的眼睛来的，他们的目的就是让你粘在上面，永远不要下来。因而，要想逃脱被缚，就要首先明白前方是一个骗局，这是解决问题的根本办法。

如此看来，谋事之前，行事之前，甚至动脑之前，先想想是否有益于终极目标，便成为正确事业的生命线。就拿工作中的引进人才、争取经费、组织活动来说，都要以是否朝着终极目标为公式为标准答案进行换算，去找那个朝向终极目标的最大值，去选择该做什么，不该做什么，这才是正确的取舍。如果你引进的人才有助于你探索终极目标，那么调动就是正向的，否则就是负向的，因为你引进的这个人很可能是你前进道路上的消极因素。

通常来说，钱是好东西，但是在智者看来，也许没钱更好，因为钱在手里，总要花掉，而计划花钱是需要时间的。对于一个乞丐来说，一块钱买一个烤红薯，不需要动脑筋，但是对于一个富翁来说，他就要为了把手里的钱花出去用心学习名牌，学习财会，学习金融，学习别墅，学习豪车，包括学习女人，连同医学，当然包括增值术。还得掌握怎么样才能既把钱花在女人身上又不染上病，怎么样把钱花在一些特别的人身上又不染上官司，怎么样把钱投出去才能一本万利。这都需要时间。而名牌层出不穷，豪宅层出不穷，美女层出不穷，增值术层出不穷，如果把这些弄通，那一缸米也就完了，一辈子人也就完了。何况，很大一部分有钱人最大的烦恼还不是这些，而是怕钱的失去，因此还得学习防盗，甚至学习防身。显然，乞丐是没有这些烦恼的。

因此，禅宗说好事不如无事。

当然，如果我们把这些钱用在配备朝向终极目标前进的工具上，它又变成正值，如果花在最需要它的那些人身上，并且随走随花，它又变成轻松，变成幸福。

但是很难，钱的习性是声色犬马，是欲望附庸，是囤积居奇。

挣钱难，花钱难，花好钱更难。

到此，我才真正理解了古人为什么要发出"一寸光阴一寸金"的感叹。

说这话的人，如果不是时间本身，就是金子本身。

时间果汁

人们之所以忽视时间，是因为时间过于和蔼，过于大方，过于从容，时间的本质是大方，是从容。

时间也有严厉的时候，那些死而复生者，可能会对时间有过体会，还有考场上的学子，还有情场上的恋人。

但是我们一旦从这些特定的情景中出来，就把时间忘在脑后。

因此时间不得不制造一些特定的情景，慈悲地提醒一下这些忘性太重的人。

放下，是进入时间的一道门。

事实上，真正的放下本身就是进入时间。老子讲无为，他的本意就是规劝人们进入时间。无为是放下那些和时间无关的东西，进入时间就是大有为，因为时间本身就是意义，而且是唯一的意义。

刚刚从睡眠中出来的人还在时间里，但是当第一个念头冒出脑海时，时光被遮蔽了，或者说时间被挤在身后。马上要进入睡眠的人在时间里，可是当人一旦进入睡眠，时间也随之睡眠了，时间的清泉在"休"和"息"之间流淌。

古德之所以倡导人们用减法生活，就是为了让人们进入时间，因为生命的屋子里堆积的东西越多，属于时间的空间就越小。

沿着呼吸可能走进时间。

事实上呼吸本身就是时间，它是时间的花朵，一呼一吸之间，一朵花在盛开。

生命中每一分钟都有无数的花朵在盛开，但是我们却视而不见，我们只有在累了的时候，在供氧不足的时候，在大口大口出气的时候，才会意识到呼吸。

喜欢游泳的同志可能对呼吸的体会更加强烈，但是可能没有一个游泳队员意识到当他从水里伸出头来，张口呼吸的时候，那其实是从时间中借了一口生存的理由。

如果我们有足够的细心，就会发现，在深长的呼吸中间，有那么一个"零点"，那就是时间金山露出来的一角，当我们能够把握那个"零点"，就会渐渐看到时间的本来面目。

它是死，也是生；它是死的，也是活的；它是动，也是静；它是动的，也是静的；它是无为，也是有为；它是一，也是亿；它是一个巨大的安详体。

一个人只有进入时间，才会进入味道。

如果我们和时间错过，事实上我们已经和真正的"吃"错过，人之所以要每日三餐，并非因为能量的需要，而是造化让我们通过它进入时间。人们太马虎了，因此造化需要不可或缺的吃来"哄"人们进入时间。

其实吃并不能带给人们能量，真正的能量是时间。

人们错过了时间，本质上是对能量的浪费，或者说是辜负。因此，古人让人们在沉默中吃饭，事实上是对时间的礼敬。可是现在的吃场却成了斗闹场、情场、游戏场、玩场、生意场，时间很生气。

时间一生气，人们的胃就出问题。

因为时间不在现场的吃是"不熟"的进食，饭菜没有熟，吃下去会生病。

如果我们一时无法从味道中进入时间，我们可以让自己把一口菜咀嚼十遍、二十遍，然后下咽，这可以机械地帮助我们进入时间。人们更多的时候在狼吞虎咽。

为此，地道的茶道就成为一种善，它通过唤醒人们的味觉，唤醒人们对时间的感受能力。

"品"是三个口，意味着我们只有把口细分，再细分，我们才能进入"品"。

一个人只有进入时间，才会进入行走。古人能够日行千里，夜走八百，那是因为古人御时间而行。以时间代步，因此可以日行千里，甚至不行也可以千里。

我愿意相信古人会穿墙而过，因为对古人来说，时间活着。

时间和空间在"根"上是相通的，彻底的时间没有障碍。

和谐是进入时间的另一个通道，因为时间本身就是一个巨和谐。

时间的另一个名字叫慈悲。为什么积善之家，必有余庆，因为善行是时间的存折。换句话说，时间的账户上没有别的，只有善。

水之所以能够解渴，是因为水是液体的时间。

水之所以能够洗涤，也是因为水是时间。

只有时间能净。

时间躺在清净里。

偶尔的疼痛是一种关怀，它来自时间，是时间对你的提醒，提醒你该回家了。

时间是我们唯一的故乡。

清晨窗外的鸟叫其实不是鸟叫，而是一群时间的孩子在吆喝时间，赞美时间，提醒你留心时间。

这么说吧，是时间让他的孩子手持杨柳，蘸了时间的露水，往你的心上滴洒。

因此，当你听到每一声鸟叫的时候，千万不要觉得它是无谓。

那才是我们应该用心珍藏的一粒粒如意种子。

爸爸妈妈！现在，你的小孩如此呼唤你，你开心极了，为什么?

请注意,这不是孩子的呼唤,而是时间变了一个花样让你体会它。

还有爱情,包括性,都是时间给他的孩子的慈悲。

因此,游戏爱情,游戏性是不招时间喜欢的。

如果你不能在爱情和性中体会到"真",那你已经和时间错过。

错过是罪。

心脏为什么会跳动?它的"原油"是什么?

答案只有一个,那就是时间。

金子是诚实的时间,玉是诚实又滋润的时间。

反季节菜之所以会吃死人,因为它是反时间。

速成鸡之所以能够吃死人,同样因为它是反时间。

粮食是时间颗粒,浪费粮食就是浪费时间。

粮食之所以比肉能够存放,因为粮食是自然的时间。

流水之所以不腐,因为流水是活的时间。

太极之所以会让人健康,因为太极接近时间。

股票之所以会杀人,因为股票是投机的时间。

春种秋收,是时间的成长。但是现代人整天想的是晨种暮收,一天长成的菜和一年长成的菜,包含的时间自然不同。

种子是埋伏在果实里的时间,餐饮之所以能够给人精神,正是时间的供给。

树是生长在大地上的时间，砍倒一棵树，本质上是砍倒时间。

污染环境同样是污染时间。

而死，则是时间的收回，或者说回收。

人生就像一次刺绣

细想起来，生命是由无数的缘分组成的。

生命的奥秘说穿了是缘分的奥秘。

通常情况下，人们一讲到缘分，就会想到一些大事、巧事、奇事、趣事。

其实不然。

缘分其大无外，其小无内，它是时时刻刻。

这一世，你生在中国，没有生在美国，这是缘分。

这一世，你和甲喜结连理，而非乙，这是缘分。

这一世，你是医生，不是老师，这是缘分。

这一世，你是厅长，不是部长，这是缘分。

这一刻，你的脑海里闪过一个念头，这是缘分。

这一刻，你突然想起一个故人，这是缘分。

这一刻，你完成了一次呼吸，也是缘分。

这一刻，你喝了一口水，同样是缘分。

……

在我看来，缘分是"后不再有"的代名词，也是"永不再来"的代名词，它是一个特定的时空点，如果错过，就永不再来。比如初恋，对于这一世的这一对，它是唯一的，不可复制的，永不再来的。时间、地点、感情凑巧，初恋的缘成熟了。现在，我们后悔当初没有全心全意地投入，想再来一次，不可能了。

同样，我们在大街上碰到一个陌生人，如果当时没有对他报以微笑，想再来一次，也没有可能了。也许你会想，接下来我还可以碰到无数的陌生人，我还可以对他们微笑啊，不错，但在那个特定时空点上对那个特定人的特定微笑则永远成为遗憾。

学生在课堂听课，如果在老师讲某句话时走神了，那么属于这个特定时空点上的"听"就永远错过了。你或许会说那我下课后还可以再问老师啊。不错，但下课后老师再也无法回到当时的状态了。而且，当你下课后再问时，又把课间那个时空点上的"缘分"挤掉了，一个错变成两个错。

人无法两次踏进同一条河流，讲的就是缘分。

如果我们懂得了缘分，就会发现，生命就像一次刺绣。

一件"绣"，看上去是"绣"，本质上却是一针一线。无数的一针一线连缀在一起，便成了"绣"。这个一针一线的"一"，其实就是"无数"，或者说，这个"无数"，其实就是"一"。

当下就是一切，就是这个道理。

因为如果缺了其中的任何一针一线，就没有这个"无数"。

这些缺下的"一针一线"，就是玉的瑕疵，就是堤的漏洞，就是生命的病。

一个人只有真正懂得生命是一次刺绣，才有珍惜可言，才有敬业可言，才有爱可言。

当我们把每一个来到我们生命中的缘分视为"后不再有"，我们自然就懂得珍重。

珍重，因为珍，所以重，因为对于生命来说，每一个来到我们面前的缘分，都是宝贝。

真正的宝贝是缘分。

为此，懂得惜缘的人，善于惜缘的人，成了这个世界上的首富。

那么，如何才能做到惜缘呢？

回到现场，只有回到现场我们才能抓住缘分的根，或者说是缘分的心。

纯粹的回到现场便是自在，不容易，需要我们把所有的"非现场"放下。打个比方，一粒米来到我们面前，可是我们却在闲谈状态下把它吃掉，连一粒米是什么味道都不知道，这就是"非现场"进食，我们和一粒米的缘，就永远错过了。

或许有人会说，如果我一直沉浸在吃的现场中，那不就意味着我和闲谈错过了吗？

这就需要我们来讨论一个词，本分。

吃饭时吃饭，睡觉时睡觉，这是本分。

上班时工作，下班后休息，这是本分。

如果我们吃饭时睡觉，睡觉时吃饭，那就是非分。

如果我们上班时休息，休息时上班，那就是非分。

尽到本分即是善。

可见，尽到本分需要一种高度的警觉，因为人有惯性，稍不留意就会滑脱。

比如说，现在应该是处理公文的时刻，但是我却把网站打开，点击了一则娱乐新闻，而且不防就一两个小时过去了。那么对于这天的这个时空段，我没有尽到本分，恶便发生了。那么，我们拿到的这一时空段的工资，就成了非分之得。

现在是上课的时间，但是某个学子却在宿舍睡大觉，那么对于这位学子来说，他没有尽到本分，恶便发生了。那么，这天他的衣食用度，就是一个欠账，就是非分所享。

而非分意味着不吉祥，因为它不对等。

生命就像一次刺绣，每一针都不能落下，每一针都不能错误，这就需要我们时时刻刻守本分，在现场。

"执虚器，如执盈，入虚室，如有人"，讲的就是这个姿态。

这个警觉需要在细节中训练。古人为了让人们回到这个警觉中，给人们创造了许多方法，比如早课，就是提醒我们进入警觉。比如晚课，就是让我们检查今天是否在本分中度过，在现场中度过，如此天长日久，就是养成。

一个人的"成人之美"，就这样发生了。

不知道的人在说知道

　　夏天是扇子的春天。扇子在夏天赴约。秋冬春三个季节里，扇子都在睡觉。扇子一醒来，夏天就醒来了。一同醒来的还有儿子的眼睛。儿子说，扇子里为什么有风？我回答不上来。儿子说，扇子是折起来的风，一打开，风就跑出来。我觉得有道理，但细一想又不对了。仅仅打开还不行，还必须摇起来。

　　带儿子到公园，起风了，儿子突然停下来。我问，怎么了？儿子皱了眉头说，你说，这阵风从哪里来？我想了想，没有想出答案。就勉强说，从天边来啊。儿子说，那我怎么看不见那个扇子，还有那个摇扇子的人？

　　我说，你看见风了吗？儿子说，看见了。我问，在哪儿？儿子说，在树上。过了一会儿，儿子又说，在女人的裙子上。我说，这就对了，可见风不单在扇子上，还在树上，在女人的裙子上。

我想给儿子说，其实这些都不对，可是我没有这样说。我知道，我的这个想法本身也是风。

进城后，暂住在机关，前面是马路，后面是球场，很是热闹，有许多体会。先是热。得开窗子，可是一开窗子，就有一种极可爱的动物来造访，单等你晚上灭了灯时前来亲吻你。就驱，却是战果平平。后来才发现，这家伙有着足够的智能，轻易逮不着的。就索性耐着性子让它吃，等对方吃饱了，自己也不觉得有多难受了。

正要准备写东西，外面传来咚咚的声音，一听就是有人在打球，是那种投球技术很不好的投，球总是无法进篮，咚，咚，咚。很闷，每一下都响在你的肚子里，时间一长，就条件反射。每咚一下，肠子就拧一下，拧麻花。实在难以忍受。怎么办呢？塞上耳机听肖邦，但那咚咚咚的声音还是瞅着音乐的间隙钻进来。神经发毛，便夺门而逃。到了楼下，手却突然痒起来，竟想打。就混在一帮小子中。同样投不中，但无妨，关键是，再也不觉得这球撞击篮板的声音有多难听了。

冬天到了，有一种坦克开进的声音，是锅炉。整夜难以入眠，觉得世界就是锅炉，能闻到自己被噪音烤煳的味道。后来发现锅炉是间隔烧的，每当锅炉停时就抓紧睡觉。但锅炉停的时间实在太短。后来发明了一个办法，同打球一样，每当锅炉响起来时，我就唱歌。

问儿子，什么是幸福？儿子的回答出人意料。儿子说，口渴了喝水，肚子饿了吃饭，天冷了烤火，尿憋了撒尿。我一惊。显然，儿子的脑海里还没有关于幸福的名人名言。就是说，儿子还没有把幸福弄丢，还没有骑着幸福的驴找幸福。幸福在近处，真幸福。

每次买新衣服来，总得难受好长时间，比如裤子，蹲时怕弄折了，坐时怕弄脏了，处处得小心。所以既怕穿旧，又希望早点穿旧。等"旧"这个概念一从脑海里冒出来，心里倒轻松许多。再也不必担心被弄折，不必担心被弄脏。突然感到旧东西的好处来。联想到人生、爱情、婚姻，恍然大悟：只有用旧的东西才不怕用旧。

一日，一人在屋里呆，突然想跳舞。就跳。直跳到自己像火一样燃烧，像雪一样融化。没有跳的人，只有"跳"。最后连"跳"也没有了，剩下的是一种难以言传的近似于整体的"空"。从一种长久的"空"中回过神来，我才发现，真正的舞蹈是因为情不自禁，是出自一种极乐的驱动，而跟表演无关，换句话说，如果谁是为了表演而跳舞，那个舞蹈多半是假的。

从假象里出来

一个无法用文字表达的地带

《礼记·中庸》曰:"道不可须臾离也",那就意味着,我们随时能在身上找到道。如何去找呢?既然善和恶不是道,那么,在那个不善不恶的地方去找,就能触摸得到。换句话说,我们总能在身心深处找到一个不善不恶的地方,它就是道了,那是一个不动心处,一个不间断的光明灿烂地带,一个无法用文字表达的地带。

由此可知,一旦我们能够离开文字相,即在道中,凡是念头,都会生文字相,如影随形。平时要用心体会离开文字相的感觉,让心无尘、空妙、无著。

既然常清净是道,那么当我想吃想喝时,就在非道中,特别是馋时，已离开道，那么我们再返回去，到那个不馋的地方，就是道了。

道在我们身上，微妙地发生着作用，只是我们太粗心了，忽略了它，比如听到刺耳的声音，刚听到时，我们只是听到了一种声音，用的即是道，接着就生讨厌心，就从道中出来了，被非道接管了。

也许连吃都是一个多余

突然意识到，既然一切食品皆是分子、原子、中子，甚至只是波存在，就不必贪馋它们了。

茄子也只是茄子属性加能量构成的，它只是能量和一个茄子属性的编程而已；白菜也只是白菜属性加能量构成的，它只是能量和一个白菜属性的编程而已。

医家讲，食物要经过五道程序才能气化，口、胃、肠、脾、肺，不能气化的食物恰恰是毒，那么，我们在吃饭时就要用心感受，当胃已经撑了时，说明我们已经在食毒了。

有一天，看着面前的饭菜，突然觉得，它是天地之生命力，一口都不敢浪费，不由坐直身子，以饭就口，恭敬进食。既然是天地生命力，那能少吃就不能多吃，还有那么多人无饭可吃，省下，就是功德。

既然吃饭是为了满足咀嚼感，那把每口饭菜多咀嚼一些时间，可以少吃许多。如果平时人们吃一只饺子咀嚼五次，我吃一只饺子咀嚼二十次，别人需要吃四碗，我一碗应该够了。

有那么几天，学习辟谷，不食任何东西，只喝水，见美食居然可以不动心，而且神清气爽，不昏沉，不打瞌睡，并且灵感泉涌。才知要戒掉美食必须要找到比美食更享受的东西，才知宇宙间的能量可以通过气定神闲获得。

既然粮食是宇宙大能所生，那我们绕开中间环节，直接去接受原始能量，理论上应该可以的。

为什么说饭后一支烟，胜过活神仙呢？因为吃饭时你的欲望惯性打开，但胃不可能让你吃八大碗，惯性需要着陆，这时烟成了替代品。所以，要想刹住这种惯性，赶快刷牙。

想吃、爱吃、不爱吃，原来都是自己的旧记忆在作怪，也就是想吃、爱吃、不爱吃的念头在作怪。我有次辟谷到第三天，本来准备当天早上回谷，但当到餐厅时，却不想吃了，因为当下把吃的念头看破了，或者说当下看破了想吃的念头，欲望居然自然脱落了。

一个人能对食物不动心，就能做到对美色不动心，因为同样都是一个不动心。

行善和持咒

为了让了凡先生改变命运，云谷禅师告诉他两个方法，一是积德，一是持咒。

先说积德。只有我们认识到积德对于生命的意义，才能去掉自我，而自我消灭的程度，就是无思无虑境界增加的程度，因为思虑来自自私，来自自我，所谓患得患失是也。

积德从两方面下手，一是改过，一是看念头："至修身以俟之，乃积德祈天之事，曰修，则身有过恶，皆当治而去之；曰俟，则一毫觊觎，一毫将迎，皆当斩绝之矣。到此地位，直造先天之境，即此便是实学。"前者讲改过修身，后者讲跟踪念头，二者相辅相成，最后落在跟踪念头上。当我们能够牢牢盯住念头时，像猫盯着老鼠时，念头的老鼠便会渐渐少去，因为它知道那个猫不会打盹的，便不抱任何幻想，换地方了。

再说持咒。咒语没有意义，我们一遍遍诵读没有意义的文字，就会离开"意思"，也就离开意识，归入灵性了。但积德和持咒同样重要，因为没有积德作保障，我们会在持咒时走神，因为只要人生目标离开积德，就会患得患失；同样，如果没有持咒作保障，我们会在积德时陷于事务。

这是说内在，外在的行善有多种方式，多种渠道，但行孝第一。

孝心即天心，动孝心即打开天力之开关。

母亲给我四百元

下午，母亲推开书房门，问，看着呢还是写着呢。我说，既看又写。她说，你还本事大，能够既看又写。然后给我四百元，说是YM给的压岁钱，叫我拿上，我高兴地接过。又说我姐给她一千元，我妹给她三百元，她直接给妻，叫买菜。我说，你老人家偏心啊，给儿媳一千三百元，给儿子才四百。母亲呵呵笑了笑，拉上书房门，出去了。

不想母亲晚上给妻时，妻表现得很生气，说你老人家怎么能拿人家的钱，人家正盖房着呢，你怎么不跟我商量就拿钱。母亲就尴尬在那里。我忙给母亲解围。

母亲离开后，我轻声给妻说，你有没有发现，刚才把话说错了，女儿给母亲给钱，是应当的，母亲接受女儿的钱，也是应当的，母亲把钱拿出来给我们，更加值得赞赏。一个给，说明有孝心；一个把钱给我们，说明不贪钱；我们接受母亲给的钱，让母亲觉得她有价值，觉得她还可以给儿子和儿媳妇钱，有成就感，满足这种成就感，也是孝心啊。因此，我就乐呵呵地接受了，让母亲很开心。虽然四百元对我来讲不算什么，但是在这个特定的交接情境中，它已经不是钱，而是孝敬老人的方式。如果我们说，我有钱，四百元算什么，四万都不缺，老人就会伤心。

妻沉吟了一下，似乎觉得有道理，说，那放着，到时人家孩子上学时，我们给他。我说错了，恰恰应该拿这些钱去买菜，给姐和妹积福报，孩子上学，我们应该拿我们的钱给他们，这样钱在流动，情义也在流动。你刚才的念头里，有傲慢——我有能力养活老人，可是，人家也有权力孝敬老人，你不能拒绝人家孝敬老人，你说人家盖房，难道盖房就不行孝了；有分别——你的钱，我的钱；有生分——我不要你的，你们只能要我的。所有这些，把我们的能量隔在外面，我们怎么提高生命力？

再说，当时你给母亲说话的口气，本身就是错误，晚辈面对长辈，任何时候都要乐呵呵。

她想了想，说，是我错了。

在经典诵读班上想到的

参加一个经典诵读班，当大班分为两个小班时，陡觉音流稀薄，没了力量，明显感到大家读得不像大班时起劲，这才明白，古圣先贤为什么要度尽众生，自己才成就，或者说，才能成就。因为没有众力，也就没有自力，自力只有通过众力这个麦克风放大，才能远播。

可见心量即能量。

实验证明，配给熟米饭以善念，保质久；以恶念，保质短；而最短的是无念。正如无论是善人还是恶人，只要灵魂在，他就有血有肉地活着，一旦灵魂离开，身体就腐烂了。蒸熟的米饭，大概它的魂已死，是靠人的意念为"魂"了。如此想来，饭前祝福就非常关键。包括读书、用电脑、用桌椅、穿衣服，等等，事前感谢它们就不单单是一个道德问题，而是"现实"问题了。

静心有多种方法，我现在更倾向于推荐人们诵读经典。之所以推荐人们诵读经典，是因为诵读经典可以保持知觉的长度。打坐也好，观气息也好，都容易让思维跑掉，而诵读经典可以通过经典这样一条红线，让我们思维的风筝永远系在上面，不至于跑远。一部经典的长度往往是一个小时左右，这样的时间正适合人的专注力限度。这样每天读一遍相当于充了一小时电，读两遍相当于充了两小时电。

另外，诵读过程，还是生命回到高能量层面的过程，至少这一个小时，生命在高级层面。如果说平时因为杂念纷纷我们的生命在冰层，那么这一个小时则我们有可能在水层或者气层。

经典是圣人的一个个念头组合，每个念头都向宇宙发出永不消逝的电波，我们读这句话的时候就和这个念头接洽，自然会得到这个电波提供的能量。

圣人之所以为圣人，因为他们的生命能量高级。而经典，是他们的心声，当然是高能量载体。无数的高能量念头加在一起，就是一个高能量群，我们读它，就是进入这个群。

身体需要吃饭，灵魂也需要吃饭，诵读经典就是给灵魂吃饭。

喂养好身体重要，喂养好灵魂更重要。

生命就是一个黑板

黑板什么都没有，但可以写出任何一个字来。

小朋友在黑板上画了一幅美丽的图画，被另一个小朋友擦掉，他就哭闹，让赔，岂不知那是他画出来的世界，只要黑板在，只要有粉笔，还可以画。

有人因财失而死，有人因情灭而亡，都是把字当黑板。换句话说，他们是没有把目光从字和画移到黑板上，事实上字就是黑板，黑板就是字，但是他们的目光只盯着字和画，因为目光已经习惯了字和画，或者说字和画成了他们的目光本身。

追求财富的人，是在往黑板上写钱字；做官的人，写官字；求学问的人，写知识。在写钱、名、利的过程中，忘了黑板的存在。黑板本身没有爱恨情仇。

我们怕死，是因为盯着黑板上的死字，忘了我们手里有个板擦，一擦，死就没有了，世界重新回到黑板。

父亲舍不得故乡，岂不知故乡是他画出来的一幅画，如果看明白了，真正的故乡是黑板，因为它能生一万个故乡，因为它可以画出一万幅画。

妹妹来看父亲，离去时，父亲老泪纵横，我却没有此感，为何？因为我相信黑板，哪天想见妹妹，写上去即可。

突然发现生命就是在黑板上写字，写一个爱，一个爱的世界出现了，父子亲情出来了；写一个恨，仇人世界出现了；写一个情，情人世界出现了；写一个地狱，地狱世界出现了。但是，当我用板擦擦擦几下，什么都没有了。

由此可知，心想事成是真理。只要你手里有粉笔，只要你学会写字，只要你会画画，想要什么，就写什么。

可我们为什么心想事不成，因为总是在修改程序，比如晚上睡前给自己说明早要四点起床，但到时我们没有执行，生命中负责程序的平台就有一个失信记录，久之，失信堆积物就会把我们的能量通道堵塞。说假话也是堵塞，一句假话，把我们的真诚通道堵塞。同样，贪心、生气、抱怨，都会产生能量垃圾，堵塞我们的能量通道。久之，我们的心就没有力量，而心没有力量，就事不成。

生命是一个同心圆

一天，突然意识到生命是个同心圆，最核心层为本体，它同时是真我、真心、真爱、真能，围绕着它的是高能量，表现为喜悦、永恒、圆满、坚定、能生，换一个角度看，是无痛苦、无烦恼、无生死、无缺少、无动摇、无求、无控制、无杀机、无占有，等等；再换一个角度看，是常清净心，无思无虑心。如果把它视为树干，它的枝是爱心、细心、安心、诚心、耐心、信心、敬心、畏心、廉心、耻心，等等，花叶是温暖、善良、崇高，包括孝悌忠信礼义廉耻仁爱和平，等等。

又一天，觉得生命是一个翻转片，正面为阳，背面为阴，阳为善，阴为恶，中间是本体。掌握这个翻转片的，当是本体。沿着这个思维，觉得生命还可作内外解，核心层是真我，外面为习我；还可作净染解，净我为真我，染我为习我。

它因不断局限而小而私而恶。那么，解脱的过程，就是反局限的过程。

只要这一刻我们还有痛苦感，我们就还没有回到本我中。

去执著，从绑中解脱，回到松体，松是通道；去分别，从小中解脱，回到大体，大是能到一切；去妄想，从动中解脱，回到定体，定是回到核心。

既然动能来自本体，那当我们的动作特别缓慢时，就容易体会到本体，当慢得不能再慢时，动作的根出现了。

本性背面为因果，深信因果，也会体会到本体。

本性背面为谦德，长养谦德，也会体会到本体。

五伦八德都是本性的背面，沿着它们走到头，都会见到本性。

"我"在本体之海中是安全的，作为浪，一出来，另一浪会攻击。敌人攻击我们，一定要把我们从营地调动出来。用什么调动？贪嗔痴慢疑，财色名食睡，怨恨恼怒烦。当我们守在本体大海中时，敌人拿我们没办法。故，真正的安全是回到本体。

既然灵魂是灵性大海中出来的浪花，说明它本身也是灵性，只是被污染了，被念头和念头的果所污染，除去这些污染，浪花的品质等同大海，因此，悟为本性，迷为灵魂，应表达为未染时为本性，染为灵魂，污染水净化后即为纯净水。

没有假，我们发现不了真，明月帘下转头难，荆棘丛中下足易，只有通过荆棘，我们才能意识到脚，否则，我们平时都忽略了脚。虽然我们一步都离不开脚，但我们往往忽略了脚。

没有真，我们看不到假。是谁发现你抱怨的？真我发现的。

答案不在思考里，静下来，答案就在那里。往往在放下时，答案自然到来。

因此，抱怨到来的时候，我们要感谢它，借之，我们"看"到那个发现抱怨的"我"，"发现"抱怨的"我"，就是真我。

一位朋友说，她的老师一天指着蚂蚁给她讲，你看这些蚂蚁，在很久以前的一个时空点上，也许是人呢，但不知因何沦落到如此地步，现在要想回去，就难了。她一下子觉醒了，放下曾经认为非常重要的生意，一心寻求解脱之道。

朋友问我，如何看待亲人的突然离去，我说，如果因为他的离去让你走向觉悟之路，那么亲人就是菩萨来度你，否则，让你更加沉沦，更加悲观，更加消极，甚至赔上性命，那这位亲人就是为讨债而来。

当我们明白了一无所有就是什么都有时，我们才算真正上路。

从此，不用分别好人坏人，好事坏事了，好吃不好吃，好法不好法，只是处在知道之中，无分别的当下的活着。

包括法，也放下，只是纯粹地活着。

为一事生烦恼，当即想到，就连生命本身都是梦，何必计较。

心生一偈：

都是梦中事，何计好与坏。

在生死大背景下看蝇头小利，太没有意义。

真正的智慧是突破维层，小蚂蚁为保卫自己的国土牺牲了，岂不知它一旦成为人，当年的保卫显得可笑至极。对于人类来说，卫星上天已经堪称伟大，但是对于那些在宇宙中自由穿梭的生命来讲，他们也许在忍俊不禁呢。一直在一个维度努力太辛苦了，聪明的做法是突破，是超越，而不是拓展。

生命如此简单，但我们却把它搞得十分复杂。

从假象里出来

有位同学上课时咳嗽得厉害，但在做操时却一声未咳，突然明白，这是因为做操时没有给咳嗽的念头出现的机会，因为操是才学的，她需要全力记动作，可见，任何行动都是念头这个种子结的果。同样，如果我们把咳嗽视为灾难，咳嗽停止就是平安，而实现这个平安的办法，就是不给灾难的念头登场的机会。原来灾难是给了灾难的念头一个机会。如此可见，咳嗽是一个假象，如此可见，烟瘾也是一个假象。

古人寻找安详，全在不起心动念处做文章。《了凡四训》中，云谷禅师明确告诉了凡先生此一秘法：

"符箓家有云，'不会书符，被鬼神笑'，此有秘传，只是不动念也。执笔书符，先把万缘放下，一尘不起，从此念头不动处，下一点，谓之混沌开基，由此而一笔挥成，更无思虑，此符便灵。凡祈天立命，都要从无思无虑处感格。

"孟子论立命之学，而曰，'夭寿不贰'。夫夭与寿，至贰者也。当其不动念时，孰为夭，孰为寿？细分之：丰歉不贰，然后可立贫富之命；穷通不贰，然后可立贵贱之命；夭寿不贰，然后可立生死之命。"

假如起心动念，我们就从本体掉在第六意识里，而第六意识的特征是分别，既然是分别，就已经失去整体性，既然失去整体性，就无法保证信息的正确性、准确性、全息性，因此不灵。

同样，只有我们消灭了"丰歉""穷通""夭寿"的分别时，把它们看成"一"时，我们才能真正立贫富、贵贱、生死之命。因为只有我们消灭了"丰歉""穷通""夭寿"的分别，我们才能触摸到生命的根地，也就是夫子讲的"绘事后素"的那个"素"，借用释家的话说，就是法性。法性中没有"丰歉""穷通""夭寿"之别，甚至连这些概念都没有，它只是一个完美，一个清净，一个圆满，一个具足，一个能生性。换句话说，只有我们回到这个境地，我们才能拥有真正的命，它不善不恶、不生不灭、不增不减、不净不染、不动不摇、不缺不少、能生一切，那才是真正的富、真正的贵、真正的生、真正的命、真正的福。

换个角度去看，生死为假象，永远不穷为真福，永远不夭为真寿，永远不歉为真丰。

假如我们带着死生分别目光去看，当然有顺逆。一个觉悟者，要看到一切都是幻象，都是风景，都是戏，都好，"春有百花秋有月，夏有凉风冬有雪，若无闲事挂心头，便是人间好日月"，全然接受来到生命中的一切，与一切事，一切人，一切物，一切情，一切绪，都不起心，不动念，不执著，不分别，让心灵永远处在常清净心中。

傲慢会变着样子欺骗我们，以极谦虚极温和的姿态出现。如果我们有足够的警惕，有时会吃惊地发现，傲慢会变成同情心出现。细想一下，人是平等的，我们凭什么同情别人，我们有什么资格同情别人。那么，他需要帮助，我们怎么办？以无同情之心帮助他。而要不动同情心帮助人，我们似乎觉得没有可能。不错，在没有到达常清净心或者说是零极限，我们做的一切事都是错事，动的一切念都是错念。

一只南美洲亚马逊河流域热带雨林中的蝴蝶，偶尔扇动几下翅膀，可能在两周后引起美国德克萨斯一场龙卷风。其原因在于蝴蝶翅膀的运动，导致其身边的空气系统发生变化，并引起微弱气流的产生，而微弱气流的产生又会引起它四周空气或其他系统产生相应的变化，由此引起连锁反应，最终导致其他系统的极大变化。此效应说明，事物发展的结果，对初始条件具有极为敏感的依赖性，初始条件的极小偏差，将会引起结果的极大差异。

此效应让人对"第一个念头"心生畏惧。

为什么杂念消耗能量，因为念头一动，传遍宇宙，说明它的速度比光速还快，既然比光速还快，说明有一种超能运载它，这样的超能，如果节约下来，就是生命力。打个比方，每个念头是一个宇宙飞船，要进入宇宙轨道，首先需要火箭把它送上天空。这一个个运送念头飞船的火箭，在消耗着生命能量。现在，我们不起心不动念，能量就储藏下来。可见，安于当下是节约能量的最好方式。

　　为什么所有爱国的商人都成功，晋商、徽商证明了这一点，港商的成功证明了这一点。因为爱国时，心量为国，而心量为国，自然对应的能量是国，国比家大，比公司大，当然成功。再说，国家是有能量的，天地让一个国家存在，肯定有它的能量上的理由。爱国，就在通这份能量，就在用这份能量。

　　为什么忠孝之家，子孙昌盛，因为忠于国家，即为保护国土，保护国土，一方面为保护人民，更为重要的是保护祖先留下的文化，特别是中华文化，那是天道文化，天人合一的文化，大爱的文化，故，天地会荫泽这样的忠孝之后。

　　定是性体，性体本身是圆满的，本自具足的，既然本自具足，就包括一切可能性。

　　为此，目标不重要，重要的是通过目标得定；用什么方法不重要，重要的是通过方法得定。只有大定才能大悟。正如得和失不重要，重要的是获得根本快乐。用餐时极静，会碰到极静；听课专心到极处，会碰到极专。极静和极专连着能静和能专，也即知道力。

　　要常常提醒自己，我知道我在听课。内容不重要，知道自己在听才重要。

　　如果我们无法体会这种"知道"，那就退一步，和老师保持同步，同频共振，这也是古人为什么强调止语，因为只有止语，我们才能让频率不间断，才能和老师印心。

觉之粗细长短深浅

当粗觉变成细觉，我们吃饭时再也不需要借助于调味品，比如辣椒酱油一类，一些人没有这些刺激品就无法下咽，说明他们的觉还在粗频上。当粗频到了细频，我们吃任何东西都香得不得了，大米有大米的香，白面馒头有白面馒头的香。甚至在吃米饭时，吃面条时，吃白面馒头时，不愿意下菜，或者等吃完白面馒头再下菜，否则，和在一起，浪费了，因为和在一起成为一个杂味，分开是两个纯味。因为任何东西都是本性生的，而本性本身就是香的。

当粗觉变成细觉，我们会发现身体里还有无数小身体。也就是大系统里还有许多子系统。再细，我们还会发现子系统中还有子系统。同样，我们会发现大念头里含着小念头。甚至从谦虚里，我们会发现藏着骄傲，在崇高里藏着卑鄙。

短觉容易消失，长觉比较稳定。读经典是训练长觉的好方法。这个是一个功夫上升的过程。一下子难以做到，需要时间和反复练习。

深觉和浅觉有些只可意会，难以言传，它需要定力作保障。定有多深，觉就有多深。

我们通过呼吸和宇宙交流，呼吸是暂时身和宇宙的脐带，现场感是永远身和宇宙的脐带。

"高深"这个词，细细玩味，有深义，"深"比"高"深，如果想远方，一直想下去，和想内在，一直想下去，是两种体会。想内在，想到一定程度，我们会有突破感，似乎从一个层面，到了另一个层面；想外在，一直想下去，总在一个层面上。打个比方，我们沿着衣袖想下去，觉得那个袖子无限长，但一直是袖子；如果往里想，会从一层衣服到另一层，一直到内衣。

训练现场感，也可以通过反省身体和念头进行，身体的运动来自念头驱动，念头由主体驱动，当我们时时觉知念头的起处，事实上我们就在觉知主体，因为主体是念头的根。

回到现场感真是重要，否则，我们可能连大便都无法通畅地解决，大便的通畅需要当下念的通畅作保障。

活着的意义可能就是为了让我们体会"知道"，也即本体之尊严，之能耐，之美妙。

知觉会有断点，特别慢时会连绵，当我们所有的动作都不发出丁点声音时，知觉接近圆满。

平时我们可以在作用中体会作用的主体，也可以在主体中直接体会主体，但后者较难，因为我们常常灯下黑，就像眼睛常常忘记眼睛一样。

云世界

早十点出门，给手机卡升级。到移动营业厅，才知可以通过微信转移通讯录，原理是进入"设置"，再进入"通用"，再进入"功能"，把通讯录备份到"云"中，然后恢复到新手机中。这让人对存储介质有了新的认识，也可以帮助理解生命。1600个手机号码，居然可以如此轻松的转移，那么灵魂呢？

同时想到，一定要学习高科技，高科技是天力，靠人力，太费时间了。

又想，微信和QQ等，事实上都在利用云世界工作了，换句话说，它们已经告别了可视可见可触介质工作了，它们由几何世界到了云世界。

无线网络的存在，让人觉得人类已经进入自由王国，大大解放了生产力，原来要换一个手机，往往要把通讯录重录一遍，现在居然可以如此迅速的转移。

又想，这些由高科技省下来的时间，我们用来做什么呢？

宇宙本是一爱字

爱整体必定是爱整体的组成部分，如爱一家必定是爱一家的每个人。"凡是人，皆须爱"，因为人为道所生，亦即整体所生。事实上，凡是物，我们也"皆须爱"。因为爱能转化一切，把丑转为美，把凶狠转成慈悲。

爱力要在公益事业中培养。

常清净体让个体生命生无明，也许正是为了栽培个体生命的爱心，因苦生求乐心，因离家而生回家心，因为只有"家"中有真爱。

找优点到最后，一直找到根部，发现宇宙是一爱字，最大的优点在本性，它的体相是爱，整个天地都是一爱字尔。

这让我想到，我们之所以要感恩，是因为我们不是自己生的；我们之所以要感恩，是因为我们不是自己养活的；我们之所以要感恩，是因为我们不是生而知之的；我们之所以要感恩，是因为我们不是独立存在的。

当我们暗示自己爱蚊子，会发现蚊子极美。

妻让我看蚊子是如何吃她的。拿了照相机，放大，我发现它的肚子是一点一点红的，就像一个注射器，十分安静地往里吸血，然后从容地离开，趴在纱窗上，负重已经让它飞不动了。

由此受到启发，以后但凡有蚊子来，就自愿献血。才发现，当一个人主动让别人吸血时，烦恼没有了。以前总会打，现在连打的念头也没有了，喜悦到来。

"泉涸，鱼相与处于陆，相呴以湿，相濡以沫，不若相忘于江湖。"其中，"相濡以沫"形象地体现了黄河文化的代表孔子、孟子所倡导的"仁义"关怀。长江文化的代表则认为，还有比"仁义"关怀更好的存在方式，就是"相忘于江湖"。在一个顺应自然规律，生存状态良好的社会里，人们会忘掉"仁义"。老聃、庄子所憧憬的理想社会，是一个完全按照自然规律构建、最适合人类生存发展而无需"仁义"关怀的社会。

当下乐是江湖，寻找乐是濡沫。当下乐是大爱，寻找乐是小爱。

小生命　大启迪

小　孩

　　教一位朋友家的小孩写繁体字，他问我，繁体有什么好处啊？我说好看啊。我写了两个字，让他对比一下，他说，没觉得有多好看啊。我说，如果你写繁体，人们就会觉得你有文化。他说，要文化有什么用啊？我说，文化是气质啊。他说，气质可以干吗啊？我说，可以赢得人们赞美啊。他说，赞美有什么用啊？我就无言了。

　　这时，另一位朋友说，繁体字比简体字值钱。他说，你怎么知道它比简体字值钱？朋友说，你看大书法家吴善璋、大作家张贤亮，一幅字好几万元，你妈妈开的那个车，都没有人家一幅字值钱。这位小朋友一下子来了精神，那我也要写繁体字。

说着，照我写的样子写了两个繁体字，展给这位朋友，说，给我几万元！

小　狗

天冷，母亲和妻在院子里捡了一只刚出生的小狗回来，家里就有了笑声，也有了"活力"，它的每一个动作，都会成为大家的笑料。比如妻给它喂饼子吃，却不放在盆里，而是拿在手上，它就后脚立地，身子直起来，像个小孩子一样从妻手里往去叼，或者就那样站着，把一片白菜吃完；比如，妻在地上跑，它也跟着跑；比如，让它仰躺了，四脚朝天地听人说话。

它让我明白，动物是通人性的，每次出差回来，它就扑上来，抱着你的腿，亲个不够，像是抱怨，你怎么才回来；这么多天，咬你的手，却不往疼里咬，火候把握得很到位，给它好吃的，也不动心，只是咬你的手。

正和你起劲地玩呢，但当你进入安静，它也会进入安静，蹲下来，或者趴下来，眼睛一眨一眨地看着你。晚上，当你把它关在阳台，它会抗议，但当你真睡定时，它也会悄声。早上，乍一听你醒来，它就开始叫。整个晚上，它都是静悄悄的，像是担心会打扰了你的梦境。

今天，我还发现，它会哭。和它玩了一会儿，当我从阳台出来，把玻璃门反关上时，我看到它后脚站起来，前脚在玻璃上拼命地抓，抓了一会儿，终于判定不可能把门抓开，就停住，两眼泪汪汪地看着你，哭。

静是一种回家的方式

在十分热闹的聚会中，却听到一则安静的故事：一位农民为一家寺院送豆腐，看到和尚们整天在那里静静坐着，很享受的样子，很是好奇，就请求加入进去体会一下，不想刚一坐定，就想起有人若干年前欠他的一笔豆腐款还没收齐，当即起身告退，找人要账。

在我看来，这是关于一个时代的寓言。之于卖豆腐者，静太不重要了。

但事实真相是，静是最重要的。没有静，我们感受不到世界的富有和美丽；没有静，根本智慧无法起作用，诗意无法发生；没有静，心神无法安宁，而心神不宁的直接结果是灾疾。对于整个社会来讲，没有静，就意味着没有和谐，没有幸福。

古人之所以十分看重静，因为静是生命力。累了一天，睡一觉，精神百倍，补给能量的，正是静。这个静，既是状态，又是能量。男女之爱之所以吸引人，正是因为借助于对方让我们暂时回归静。如果我们能够在自身找到这个静力，就再不需要借助对方回到静了。同时，它还告诉我们，生命是在静中孕育的，尽管它看上去是激情，但那个激情正好是另一种静，因为在那个时间段里，我们没有杂念产生。因此，这个静和速度无关，出色的舞蹈演员在舞蹈时，看上去在动，但她的心是静的，因此打动人，她自己也在享受中。

既然静能够孕育生命，那就意味着它能够孕育一切，包括智慧。现在我们就会明白，古人为什么半日读书半日静坐。明白了其中的道理，我们就会知道，读也是静，静也是读。

在今天，能够体会到静、享受到静的人，已经不多了。因为我们的环境已经没有了静地。古人对静地的要求是，九里之内听不到牛叫声，显然，现代社会无法找到这样的地方了。当年回老家，当我走进那个小山村的时候，从那个山头上走过的时候，就觉得进入了一种节奏，那是一种巨大的、充沛的、富有磁性的静。每晚，我都要出去，一个人坐在山头上，抬头，明月就在当空，一伸手，星星就在掌心。那种寂静，真是有种融化人的力量。那一刻，我能够实实在在地体会到来自浩瀚宇宙的无尽滋养。这几年，已经没有当年的感觉了，因为村里已经有拖拉机和摩托车这些东西了，当年那种持久的浓烈的厚实的寂静，已经无缘享受了。

　　为此，闹中取静就成了一个课题。为此，我尝试过通过一个对象物致心一处取静，比如把一本经典读一千遍，把一首歌唱一千遍，觉得有效。当下瑜伽之所以流行，大概也是因为这个缘由，通过一定难度的动作，让如猿之心如马之意暂时粘在上面，给本体一个浮出水面的机会、回家的机会、喘息的机会。也就是通过一念，到达无念。

　　之后，我又尝试通过"现场感"取静，不料效果更好。比如，在非常热闹的环境，完全跟随那种热闹，在非常喧哗的场合，完全跟随那种喧哗。不久，我就体会到了一种粘在言行思维上的"反照力"，然后回住在这种"反照力"上，一种原来不曾体会过的喜悦发生了，有些妙不可言。

　　现在看来，它是一种跟踪力、观照力、觉察力。

　　它，应该就是静的核。

　　蓦然发现，由不安静带来的焦虑消失了。之于现代，"农历时代"肯定是回不去了，但是我们完全可以找到"农历精神"，作为人的基因也好，作为人类的集体无意识也好，它永恒存在，确确实实存在，不会因为时代变迁而消失，不会因为骚动喧哗而消失。

　　它就是安详。

　　因此，对于现代人，我更愿意推荐通过现场感取静。当一个人找到了现场感，他就会发现，生活和工作本身就是瑜伽，他就会发现，曾经在瑜伽馆里做的那些还是一个生活的分别，还不究竟。

自此，我不再赞同那些执意放弃城市生活到乡村去寻觅桃花源的做法，因为"放弃"这个词本身就是执著，正确的做法应该是安处。桃花源不在别处，就在心里。如果一个人的心里有桃花源，他就会随时随地安处。想想看，当世界上的每一个人都能随时随地安处，这个世界是不是就是和谐社会？这时，我们就会理解老子为什么要讲"鸡犬之声相闻"却"老死不相往来"，因为没有必要，因为当处就是桃花源，不需要跑来跑去，徒劳心神。

这才明白，"农历精神"之所以滋养人，因为农历本身就是一个静。这在古老的年俗中体现得尤其突出。无论是守岁、点明心灯，还是出傩，都会把人导入大静。这才明白，既然生命来自静，来自安详，那么我们进入静，进入安详，事实上就是回家。才知为什么年关到来，人们要不顾一切地回家。可见大年本身就是一个回家情结的集体无意识，是中华民族的一次集体精神还乡。为此，我很早就建议把春晚从除夕挪开，因为春晚让我们在最需要最值得沉浸于祝福现场时却在兴致勃勃地"走神"，一次长达四小时的集体"走神"，"回家"的主题就被严重干扰了。守岁，作为中华民族集体公约的进入静的方式，进入时间的方式，进入祝福的方式，一年只有一次，却被春晚闹掉，真是太可惜了。春晚是完全可以提前一天，或者推后一天的。

这才明白，静是一种回家的方式。放过爆竹的人一定有这样的体会，在爆竹点燃到爆破的那个时间段里，人是在现场的，虽然这个过程看上去"热闹",但它本质上是"寂静"的,因为在那一刻我们的内心了无杂念,只有"期待",事实上,它是一种不需要期待的期待,说静候可能更准确。就像鞭炮,当捻子迅速地走向炮的主体,当那一声脆响发生,一个人的心里只有现场和现场感。这不正是一种通过动态完成的静吗?在那一刻,你会发现,你的心和时间是平行的,如果说时间是一个湖面,那么你就是静泊在湖面上的一叶扁舟。

让我们乘着这叶再美丽不过的扁舟,回家。

给是天地精神

一个人要想走进安详，获得真幸福，首先要和天地精神相应。而"给"，在我理解，就是天地精神。

日月无言，昼夜放光；大地无语，万物生长。细思量，保障我们生命的最基本条件如阳光、空气、时间、空间都是免费为我们提供的。有人收取土地出让金，但是大地本身没有收取；有人收取水费，但是水本身没有收取。

为此，天才长，地才久。

当年鲁哀公问孔子他的弟子里谁的境界最高，孔子回答是颜回。因为他"不迁怒、不贰过"。孔子为什么要首先强调不生气呢？当年搞不清楚，后来突然明白了。人为什么会生气？生气是因为"自我"被冲撞啊。人在什么情况下不生气？"无我"啊。也即孔老夫子所讲的"耳顺"境界，所谓荣辱不惊，毁誉不动。

一个人，只要有自我，就无法荣辱不惊。所谓"名关不破，毁誉动之；利关不破，得失惊之"。

那么，如何才能"无我"？在我看来，"利他"差不多是一条最重要的途径。

我们且不要说像孔老夫子和颜回那样消灭"自我"，就是尽可能地弱化"自我"，心态也会趋于平静，快乐也会成倍增长。因为烦恼和焦虑来自患得患失，而要消除"患得患失"，唯一的办法就是去掉"得失心"。

而要去掉"得失心"，就要向天地学习，包括向它们的使者动植物学习。

记得小时候，天上还满是星斗，许多人还沉浸在梦乡，父亲就赶着老黄牛上地了，夜色漆黑，那串叮咚叮咚响过巷道的铃声，永远留在我的记忆中。从老黄牛身上，我知道了什么叫任劳任怨，那种不辞辛苦的乖顺，真是让人感动。特别是看到它一边犁田，一边拉屎，心里就特别难过。但是如此辛劳生产出来的粮食它自己又何尝品味过？还有毛驴，不但要拉犁，还要驮运，面对需要两个人才能抬到它背上的沉沉的麦垛，一点逃避的意思都没有，而是静静地站在那里和你配合。

再比如，有一天我突然意识到，原来我们平时吃的东西，全是种子，心里就打过一个闪电。想起每次用夹子捏核桃，我都有一种强烈的罪恶感，一个那么完好的世界，却让我们咔嚓咔嚓地捏破。终于明白古人为什么要说，如果不是一个奉献者，活着就是犯罪。一颗土豆是一个世界，一粒玉米是一个世界，一只苹果也是一个世界，每天，有多少个"世界"到了我们的胃里。而它们，是种子。这些种子如果到了田野，将是一个无法估量的生机。再想，它们是用一生的光阴来供养我们，更是让人惊心动魄了。

默默奉献，这一"天地精神"在动植物身上得到了充分体现。

如果我们愿意依此实践，就会实实在在地体会到"自我"这块坚冰被融化的过程。

当我们尝试着把能拿出来的那份财物给更需要的人，一段时间之后，对财物的占有欲就降低了。渐渐地，就能体会到钱财的得失不再对我们造成很大的焦虑了。同时，发现把财物给急需的人更有"增值"感，这种"增值"感既是物质的，又是精神的。如此，附着在财物上的那个"我"融化了，另一个"我"诞生了，它就是"本我"。

这时，我们就会明白，所有的痛苦都是因为"小"造成的，宇宙、苍生、人类、国家、家族、家、小家、本我、大我、小我，层层隔离，逐次成"小"。为了捍卫这个"小"，焦虑产生了，痛苦产生了。

可见，痛苦是因为我们心的"小"。这是我的，那是我的，得到喜，失去悲。一个宝物，到了我家，我高兴，到了别人家，我沮丧。其实在"整体者"看来，放在谁家都一样啊。

可见，分别越小痛苦越小，分别越大痛苦越大。

反之，当这个"小"按照小我、大我、本我、小家、家、家族、国家、人类、苍生、宇宙这样的次第扩展，来自"小我"的焦虑便逐次削弱，直至于无。

可见，这个"小"是被"分别"出来的。

如果我们反其道而行之，通过把自我认同的财富、力气、智慧给予他人，我们的心量就打开了，扩大了，结果必然是：焦虑消失，安详到来。

对于一个"村落级"心量的人，"家"的得失已经不会对他造成焦虑了；对于一个"世界级"心量的人，"村落"的得失已经不会对他造成焦虑了；而对于一个以"大整体"为家的人，已经不需要作"回家"想了，终极归属的焦虑自然消失了。

实践上一段时间，我们会发现，"给"的方式可以各种各样，比如一个公益倡导，比如一个公益访谈，比如给周围人作一个好榜样，比如用"四两拨千斤"的方式引动更多的人去给予，等等。

再实践上一段时间，我们又会发现，在给别人的过程中，我们有了力量感，还有包容感、温暖感。这时，我们就懂得了什么叫"量大福大"。事实上，"量大"也会"力大"。也才知道，真正的力量是与我们的心量对应匹配的，这大概就是古人讲的大则势至吧。

继续深入，我们还发现，"给"有着非常广泛的内涵和外延，比如放下名利之心，放下对立分别，包括忍辱、随缘、以德报怨，等等。有时，"给"还以"接受"的方式发生。通常情况下，我们认为把好吃的东西留给父母是善，但也要看具体情境。父亲87寿辰，孙子给买了一盒蛋糕，仪式过后，父亲分给我们。我和妻子都说不爱吃蛋糕，让他老人家吃。但父亲坚持让我们吃，说如果我们不吃他也不吃。我们就切了点，装作吃的样子，陪他和母亲进用。不想父亲切了一大块递给我，我躲，刀叉上的蛋糕就掉在桌子上了。父亲不高兴地放下刀叉，说，你们不吃，我也不吃了。我忙捡起来，说，好，我们一起吃。父亲才又拿起刀叉。这时才知，"接受"也是孝敬。

当然，最究竟的"给"是点亮他人的心灯，帮助他人找到本有的光明。太阳出来，大地自会一片光明；春天到来，大地自会一片生机。因此，光明不是关键，关键是太阳；生机不是关键，关键是春天。

好老师是一盏灯

老师的儿子考上了大学，开学走时，我让他提前从乡下上来，在我家住了一夜。孩子落落大方，彬彬有礼，让人喜欢。妻子自然用心款待。晚饭后，一家人听他不卑不亢地讲老家的事，包括老师和师母，觉得格外亲切，也特别欣慰。出乎我们意料的是，给他备了一些零用钱，却无论如何送不到他手中，那种从容的训练有素的拒绝方式，让我看到了当年的老师。

老师名叫刘富荣，是我初三的班主任。毕业时，每位同学收了两角钱，给每一位任课老师买了一个洋瓷盆子，但给老师的却无法送到他手中。他知道我们要送礼物，一直不开宿舍门。直到另一位老师在窗外给他说，富荣，马上要毕业典礼了，学生们都在等你呢。老师才开了门。却提了一个条件，说你们稍稍等我一会，我会接受你们的礼物的。然后跑步出去了。回来，我们已经排队准备开往操场参加毕业典礼了。老师气喘吁吁地站在我们面前，右手提着一大摞毕业证，左手攥着一叠两角面值的新钱。一边打开一边说，同学们的礼物我收下，但是这两角钱你们必须收下。我们当然不能收这两角钱。不想，老师拿出了杀手锏，好，你们不收这两角钱，我就不发毕业证。大家就只好抹着眼泪把那两角钱收下了。

随着岁月的流转，这些细节在心中的分量越来越重，每每想起就一阵心疼。

在我的印象中，老师没有批评过哪位学生，但学生都十分地尊敬他，也怕他。班里有几个捣蛋的学生，别的老师上课时，老是不安分，但在老师的课上却是乖孩子。记得有次我课上打盹，被老师叫起来，紧张坏了，不想老师却无比和蔼地说，昨晚没睡好？我惭愧地点了点头。老师笑了笑说，背哪一篇？我说，《岳阳楼记》吧。这就是老师，在他的数学课上，学生开小差或者打瞌睡，处罚方式却是让站起来背一段古文。

这天的数学课上，班长让大家自习，说老师回家做新郎官去了！教室里一下子炸开了！谁想就在这时，老师却从门外进来了，头上身上都在冒汗，像是刚从蒸笼里出来。再看脚上的军用鞋，都湿透了。老师显然有些害羞，笑着看了大家一眼，转身在黑板上写课题。就有同学指着老师的后背悄悄说什么。再看，就发现老师的旧上衣下摆处露出一截新衣服边儿，如果不是抻着身子写字，是看不出来的。写完课题，老师转过身来，正对上大家急收兵的目光，就有些不好意思地看了大家一会儿，向下抻了抻衣角，笑了笑，说，咱们开始上课。说来大家可能不会相信，老师教了我们两年，居然没有换过外衣。常常周六晚上把衣服洗了，晾干，周一再穿。今天终于添了一件，当然很让我们开心。

送走我们后，老师调到县教师进修学校任教。可是不到两年，他就坚决要求调回平峰中学，在那里过且耕且教的生活。周六周天回家种地，周一至周五教学。由此可以证实，老师新婚之夜让师娘独守空房，夜行百里来给我们上课，绝对不是因为他和师娘的感情不好，而是不愿意耽误一堂课。

后来我又听说，到了平峰中学后，老师在不停地变换着角色，语文老师紧张他教语文，数学老师紧张他教数学，化学老师紧张他教化学，政治老师紧张他教政治，美术老师紧张他教美术，全听学校安排。让人觉得老师不但崇高，而且有些神奇了。

2007年，我侥幸获得第四届鲁迅文学奖。从绍兴领奖回来，就回家看望老人，接着到老师任教的平峰中学看望老师。

不到二十平米的房间，一边是办公桌，一边是床，一边是灶，一边堆着炭，门后立着一辆破旧的自行车，轮胎上沾满了泥。这么一个仅可容身的小房子，既是他的办公室，又是卧室，又是厨房。如果换了我，如果学生到来，会多少感到局促，但老师却是一脸的快乐，这是我从他的目光深处读到的。

过了一会儿，老师把抽屉拉开，说，文斌你看你写给我的信我都珍藏着呢。

厚厚的一叠信在老师手中错落开来，那是我在人生的不同阶段写给老师的信。既有在邮局买的信封，也有印着不同单位名称的公用信封，散发着过去岁月的气息。

真是无法描述当时心中的感受。

早知道老师会如此精心地收藏这些信件，平时应该多写一些才对。

就在我写下这些文字的时候，听说老师带的学生考了市上第一名，学校要奖给他几千元，他同样婉谢了。他说，作为一名老师，带好学生是自己的本分，还拿什么奖金呢。

我不知道现在同学们毕业时给他送的是什么礼物，也不知道他是否还像过去那样给每位同学发钱，但那张两角面值的人民币，一直伴随着我，护身符一般，陪我走过一站站人生旅程，每当自己心里有苦，有怨，有屈，有风，就掏出来看看，心就会一下子定下来。

追月之彩云

肯定是冬天，不然先生不会戴着手套给我们讲课，雪白的手套。

却穿着灰白的风衣，那就应该是秋天？到底是秋天还是冬天，真是记不大清了。

如果能够找到当年的课本，一查就知道是何季节，但是课本也找不到了。

留下了什么呢？

一位先生，穿着当时只有在电影上才能看到的风衣，戴着白手套，给我们讲孔乙己，这幅画面，作为一个经典的意象，永远留在学生的记忆里。

先生穿着风衣，孔乙己穿着破旧的长衫，真是一幅有趣的时空画面。

那时的先生在高处，让我们有些不敢亲近。也比别的老师多了一些神奇。课后，我们总是喜欢悄悄地跟踪先生。

天啊，那位最漂亮的女先生居然在先生的宿舍里给先生炒菜，神情是自愿的、光荣的、甜蜜的。这时的先生已经脱下风衣，但学生分明看到他的身上还有另外一件风衣，这时的先生已经摘掉手套，但学生分明看到他的手上还有另外一双手套。

先生的脸上笑容灿烂，那是我们在课堂上看不到的。

先生像是有意让我们分享他的甜蜜，把门半开着。

说老实话，那时我们并不懂什么叫"漂亮"，只是觉得那位女老师身上有一种"贵族味"，其实那时我们仍然不知道什么是"贵族味"，只是觉得那位女老师和别的女老师不一样，年轻、好看、美。

先生的宿舍门，也就成了学生的好奇门。我不知道先生是否意识到有那么多弟子在每天窥视着他。如果他意识到后背上每天黏着那么多眼睛，就像他笔下的梅花篆字一样，那他每天走进教室时，该是一种什么心态。

但有一点是肯定的，那就是他的学生在幸福着他的幸福。

后来发生了一件大事，那位女先生的男朋友带了一个连的兵力包围了学校，学生们当然摩拳擦掌了，准备誓死保卫老师，不想战火还没有燃起，就熄灭了。

据说是正义给先生撑了腰。

这让学生感到多么遗憾啊。

生活重新进入平常。

现在看来，先生之所以让学生难忘，正是因为他给了平常的生活以不平常。

不平常，是先生的人生，也是他的气质。

后来看到先生写狂草，觉得合路，也合理，如果先生写正楷，那就不正常了。

再后来听到中国书协副主席吴善璋先生说，他的草书路子对，会有大出息，也觉得正常，如果没出息，那就不正常了。

回头再说当年。模仿特别是学生的天性，先生特别，学生当然模仿。当先生走下讲台，从教室门出去，我们就奔上去，把两手握成抓球势，罩成"孔乙己空心球"，其中是我们想象的茴香豆。

然后拔着身子，一只手背在风衣后面，一只手在黑板上写字。

还有先生走路的姿势，风一样的飘逸，却总是学不像，后来看了他的书法作品，才知道先生的双腿压根就不是双腿，而是一对不知握在谁手里的笔管。如果大家见过先生，这时一定会联想起先生的头发，现在想来，那也不是头发，而是狼毫，嘿嘿，其实叫"人毫"更准确。

包括先生的眼神，那种不食人间烟火的眼神。

学不像，却心向往之。

顺便说一句，如果他的学生中有人命犯浪漫，那也是有出处的，那是一种追求"不平常"生活的必然逻辑。

大家可千万不要怪这些学生，要怪就怪法帖，就像写字一样，没有谁生下来就是书法家，当初都得临帖，我们临的就是先生的帖，如此，先生成了我们潜意识中的法帖。

至此顿悟，什么是教，什么是学？这就是教，这就是学。

做个样子给学生看。

如此而已。

回头再想当年啃过的砖头一样厚的《教育学》，真是冤枉。

做学生的法帖，这就是老师，就是教育。

那时还觉得先生有些傲，好像不把平常生活放在眼里，当然也就不把眼下的一切放在眼里，包括我们这些学生。感觉里他是站在云端讲课的，一直没有降到人间来。我估计，他也没有把别的老师放在眼里，包括他脚下的大地。如果你有足够的细心，就会发现，他是行走在大地上，但脚步却是在云端的。

由此推断，他的心肯定在天空。诗人们说，去远方，远方有风景，看来诗人们还是目光不够，我要说，去云端，云端有风景。

果然，一年没有下来，老师就驾着云走了。

上了县。

属于将台中学的天空，就一下子暗了下来。

属于同学们的日子，就一下子平常了起来，就像谁突然把一幅绝美的风景画翻到了背面。

就是我们那段时间的心情。

直到后来刘富荣老师到来。

现在想来，可能更伤心的是女老师们，当然包括女同学们。

哼！伤心去吧！就让她们好好伤心一番吧！

打听老师的消息，就成了我们的主要牵挂。

不久就听说他又从西吉二中调到一个叫彭阳的地方。

后来的一天，我和先生"撞"了个满怀。那是一列从将台开往固原的班车，我在将台上的车，先生家在将台东坡，离班车始发地兴隆镇不远。先生坐在车门口，膝盖上是一本我从来没有见过的书，大，厚，后来回想，那应该是《辞源》。先生一点都没有意识到我上车，也许压根就没有意识到车在停。

我怔了一下，慌忙选了一个先生身后的座位坐下来。

这一路就在矛盾中度过，要不要和先生打个招呼呢？

结果一直没有付诸行动。

为什么？是先生的专注拒绝了自己，还是别的原因？无从查考了。

犹豫之间，固原小城到了，不知为何，先生在城外下了车。

如果先生当时向车上回头看一下，也许会看到身后这名学生，但是先生的目光仍然在云端，人在下车，目光仍然在云端。

踩着彩云飘开去。

那是一朵心中的彩云。

它也许是一位窈窕淑女，也许是一个像窈窕淑女般的梦想。

仍然是那件风衣，只是没有戴白手套。

那时候还不知道什么叫苍凉，现在回想，那个背影是多少有些苍凉的。

谁也没有想到，十几年之后，我们会在一个叫固原的小城相遇，那时我在《六盘山》编辑部做编辑，他在固原地委宣传部任一个部主任。

在固原小城的日子里，先生的身体已经从天空降到了人间，只是眼神里还保留着天空味，后来看了他的书法专题展，才发现这种天空味全部转移到他的笔墨中去了，当然还有他的诗。

为先生写过一篇文章，大意是先生的书法，每幅都是创造，区别于制造，这是先生书法的"不平常"所在。现在回想，这个不平常，正是因为先生的作品中比别人多了些"天空味"。眼下，流行书法中的铜味，在先生的笔墨中还看不到。

在固原的小城里，降到人间的先生，当然懂得了关心学生，让我结束了租居生活的那间旧房子就是先生给我打听并一再催促我下决心买的。现在，那个六十平方米的房间已经在城市统建中拆掉了，但有一种亲情、一种温暖、一种缘分，却是永远拆不掉的。

那是我这个漂泊的游子落在小城的家，南关巷二号楼一单元302，也叫老地委二号楼，大概是小城最老的楼房了。

在那个六十平方米的家里，我沐浴过世界上最灿烂的阳光，听过世界上最动听的雨声，看过世界上最美的雪花；在那个六十平方米的家里，我出版了第一本散文集《空信封》，写下了后来作为第一本小说集书名的短篇《大年》，也写下了第一部非虚构长篇《第三种阳光》；在那个六十平方米的家里，儿子念完小学，上完初中；在那个六十平方米的家里，我给父母疗过伤，给岳父母洗过脚，尽过孝……

每天，站在那个阳台上出神时，我都会看到先生家的阳台。

在那个通往固原地委大院的小巷里，我偶尔会碰到先生，和他有一搭没一搭地说些话。当然，先生也会不时到我的办公室来看我，这让学生既激动又惭愧。

当然，也会不时接到他的电话，通知我去他办公室，让我看他新写的书法作品。往往是我最赞叹哪一幅，他就会立马把哪一幅送给我，就像是找着理由给学生送墨宝似的。

……

因为本质上是天空的，因此，看破、放下、自在、潇洒、包容、大方这些对于我们常人来说，需要修持才能抵达的果地，在先生则是自然。因此，当命运把他推向另一个单位的一把手宝座后，他干了没几天，就让我赶快在银川给他找一个悠闲的去处，换一句话说，就是他十分不愿意做这个"官"。

不平常，细想起来，却平常。

至此，我才明白，天空其实是大地。

想念那位穿风衣戴手套的先生，想念当年讲台上的所有先生，包括那位为先生炒菜的女先生。

想念所有的同学。

想念小城，想念小城里和先生毗邻的那个家，包括小城里的所有朋友，包括儿子的先生。

想念之后是感念。

二十年前的一则日记

后面的山似乎马上要扑下来，盖了学校。

木框泥大门上的青瓦如老妪的齿，稀稀落落地残缺不全。

上完二十九级土梯，便是校门。进了校门是一个缓坡，缓坡上去是一排教室，教室背后是一个土台，土台上顶着几间泥房子。泥房子靠着崖背，贴了崖背竖一木杆，木杆上飘着一面国旗，已被风雨漂洗成白色。崖背上飞出一棵杏树，紧依国旗，粉生生放着花，仿佛有人掩了面，只从山崖上偷偷献出一束花给谁，让人猜不透，却给小学平添了许多精神和味道。

崖背后的山坡上吊着一头驴，低了头磨嘴皮。驴肚下坐着一个放驴娃，身边放着一根木棍，抬了头看天。

走走走，风大得很，快进屋。

才知道已失了态，忙握了校长的手，进屋，屋是崖背下的泥房子。

炉子是洋炉子，却烧的是木柴，火也旺，火苗上架一茶罐，茶罐黑黑泛油光。课表、计划、制度贴了满满一房，冒着校长气。老到的书法显示出一种不容忽视的力量。作业本、粉笔盒、锅碗瓢盆摆成一幅油画。土炕味很浓，大红喜字枕巾黑光灿灿。老羊皮衣叠在炕角，让人想起雪和西北风。

翻了翻教案和作业，无论如何也挑不出刺儿来。

有两位学生蹲在地上。问是几年级，校长笑着说，他们是两位老师，刚从师范毕业，家在苏堡，苏堡到这儿要近二百里路。校长以感叹的口气说，这两个娃娃从开学到现在一直没回家。

问有什么困难。他们说没有，只是害怕星期六，星期六学生一走就寂得慌，被遗弃了似的。空荡荡一深山上只一座学校，空荡荡学校里只他两人，就脸也懒得洗，饭也懒得做，刮大风的时候，闪电打雷的时候，他们觉得满山都是狼和鬼。

学校距乡上约三十里路，鸡肠狗肚似的山路得靠两只脚一步一步地往过量。菜该怎么买？面该怎么打？信该怎么发？他们说菜有乡亲们送的洋芋，面是赶集的乡亲们捎着打的，信也是赶集的乡亲们捎着发的。

一年级大教室里坐了二十名学生，后面空出更大的一块地，洒了水，让人想起空阔辽远的大草原，担心不久会长出什么来。

娃娃教师正讲课，只听得有麻雀在叽叽喳喳地说话，抬头，原来就在大梁上，盯了讲台上的老师，仿佛正在回答提问。又看老师和学生，才知我的担心纯属多余，他们压根就没有听见，依然专注地讲，依然专注地听，房梁上什么也没有。又抬头时，那麻雀就悠悠然不慌不忙从没有被胡墼垒严的窗口飞出去了。

窗子被胡墼垒着，风从胡墼缝里往进挤。

黑土墙上贴了红字标语：好好学习，做共产主义事业接班人。

老师让学生背一首诗，学生就大声地背，声音震天。第一句是普通话，第二句是半普通话，继而带有土味，最后能掉土渣了。

老师就纠正学生的舌头。

下课了，校门外子弹似的射进几十个小孩，和奔出教室的学生在一起玩，玩得很亲很热。

上课了，又自动出去。

有的爬在大门槛上，面向教室，一种朝圣的目光，透人脊骨。

下课，又应铃声跑进来，打伏击一般。

去年五谷颗粒未收，开学初学校无"米"下锅，教师就逐户往来叫，答应将自己工资垫书费，才动员来几十个；还有更多的孩子，不久将要随父母进山抓发菜。

这是五年级教室，讲台下四个学生，讲台上一个教师，合起来才够"狼牙山五壮士"，不由得我想起红军，想起长征。

天黑了路上有狼，学区主任催我们回乡上。

校长送我们下完二十九级台阶，再回首，那两个娃娃教师还在校门口站着，一脸的憨厚和宁静。

怀念一位把人们从梦中叫醒的老人

那头猛兽就要追上来了，就要逮着我的脚后跟了，却无路可逃，前面要么是千仞悬崖，要么是万丈深渊。猛兽扑上来咬住我的脖子，我急呼救命。娘的手就伸过来，猛兽就消失了。在我看来，南师的著作，就是娘伸过来的那只手。那是一种能够把人从假象、执着、错觉、迷信中带出来的文字，它让我们明白，真幸福只有我们醒来才能感受得到。

已记不得是哪一年的哪一天，在固原的一家私营书店里，一本名叫《〈金刚经〉说什么》的书进入我的眼帘。近前一看，作者是南怀瑾，北京师范大学出版社出版的。翻开封面，就被一种无法言说的目光击中了，比温暖温暖，比清凉清凉，比感动感动。看简介，分明是一位年过古稀的老者，但那目光却是孩童的；看简介，分明是男性，但那目光却是母性的……假如那个店主有足够的细心，就一定会发现，一个身穿藏蓝色风衣背着黄书包的小伙子陷入一束目光之海，不能自拔。

一看内容，却被"吓"了一跳：居然是一本"迷信"读本。再看出版社，又找不出什么不对劲。国家允许出版"迷信"读物了？看看四周，确认没有认识的人，赶快付钱，然后跑步回家，闭门掩窗，狂读一气。得出的结论是：反迷信。

那是一种从未有过的阅读体验，比看自己最喜欢的小说快乐，比和自己最喜欢的人在一起开心。世上居然还有这种读本！山城固原居然有这样的书店！更为重要的是，国家居然允许这种"迷信"读本出版了？

又到书店，把仅有的几本全买了，放在书柜里，遇到人生失意者、病苦者，就送他们一本，不想很有疗效。之后，一旦碰到南先生的书，不管是什么内容，不管是哪家出版社出版的，总要买了回来，并不为看，只是放在书柜里，就觉得心里踏实。

但在先生的著作中，我读得最认真的还是他的《论语别裁》，在拙著《寻找安详》的引文里，我曾讲过这本书对我的启迪。2006年，银川市委宣传部杨萍副部长邀我在银川市图书馆讲孔子，便找了不少《论语》注本来读，同时重读《论语别裁》，对比之下，还是更喜欢先生演义的那个孔子。为此，我又读了他的《原本大学微言》，真是好。

在市图书馆首讲之后，有不少单位邀请我讲孔子，包括全国一些地区和高校。在学讲过程中，特别是在答问中，我发现，焦虑症已经成为这个时代最大的猛兽，因之自杀者已经远远超过交通事故。遂把更多的精力放在安详的研究上，儒家的训蒙养正读本就成了我的主要研读对象。实践过程中，脑海里渐渐形成了人的人格成长次第，那就是建筑原理。建筑原理告诉我们，地基是第一需要重视的。

为此，我在多个场合建议喜欢南怀瑾先生书的家长们，一定要把扎根教育和读南先生的书结合起来，南先生也强调扎根教育，但更侧重心灵的"上层建筑"。依我浅见，在当下社会，我们首先要补的课可能更是扎根教育、奠基教育，尤其是孝道和师道的教育，否则，我们很难真正走进南先生所描述的智慧喜乐世界，南先生晚年倡导"儿童中华文化导读"，也许正是看到这一点，如果天假时日，相信先生还会倡导"儿童中华文化导行"，因为只有落实在"行"字上，才能把文化变成我们的真实受用。正是基于这样的思考，我不揣浅陋，写了《〈弟子规〉到底说什么》一书，用一半篇幅探讨了"行"的问题、"落地"问题，多少引起了一些同道的共鸣。

我也提醒过正在读南先生著作的朋友们，在遍览先生著作的基础上，我们一定要选择先生介绍的醒来方法中的一种一门深入地学习，不要面面俱到，否则最后可能会一事无成。从家长和朋友们反馈来的信息中得知，这些建议还是有些道理的。

壬辰中秋，一个伟大的灵魂离我们远去，愿我们共同为他祝福！也让我们共同祈求，愿先生能够乘愿再来，普被苍生！

雷抒雁老师和他的第二故乡

　　稍稍懂得一些祝福大义后，愿意在亲人或者亲戚朋友的亲人归去后的一段时间内，每天为他们读一些祝福性的文字，觉得以这种方式送他们一程，很是安慰。有时甚至觉得，夜深人静的时候，随着文字，走进祝福，要比到现场送行，更"真实"。但自去年以来，明显感到，人们归去的脚步匆忙了起来，以致给一位还没有读完，另一位的消息就来了。这不，雷抒雁老师的消息又到了。2013年2月14日丑时，他归去了。

　　坐在电脑前，首先冒出脑海的是十前年，他手术后，我去北京看他，他在病房给我讲的两个细节：

　　一是大夫让他的家属在手术单上签字，他说，给我动手术，让家属签什么，我自己签，他就在手术单上签了字。大夫十分诧异地说，从来没有谁自己给自己签字，你是一个特例。二是手术时，他感觉他的灵魂在天花板上，看着大夫在紧张地修理着他的身体，直到结束。

说实话，那次之所以赶去看望老师，是概念里他不久就要归去了，正如我急着去看望杨志广老师，他果然不久就归去一样。

不想抒雁老师却从阎王的腋下溜了出来，在这个世界上，又旅行了十年。

曾在一篇文章里写到，当年，是我的老领导高耀山老先生硬把我赶到鲁迅文学院去的，那是鲁院第二届高研班，大概也是鲁院历史上唯一一次主编班。当时，听说宁夏还有一位前辈想去学习，但一个省只有一个名额，我就主动放弃了报名，高老先生知道后，训斥了我一通，然后给时为常务副院长的抒雁老师打电话，给宁夏又争取了一个名额。不想正好碰上"非典"。按照去留自愿的精神，我们班上有十一位同学选择了留守，我是其中一员。那期间，每次接到老师们的问候电话，就觉得非常不好意思，可以想象，老师们是在如何地为我们操心。那真是一段让人刻骨铭心的经历。复学后，抒雁老师会不时把我叫到他办公室，聊聊老家的事情，从中，能够感受到他是怎样地惦念着那片土地。

大概是自己没有正儿八经上过大学的原因，潜意识里，就特别在乎鲁院的这次师生同学情谊。随着岁月的流逝，越来越思念那个校园，那些老师，那些同学，觉得其中有着无法言说的缘分，让人一次次心生感恩。也就越加感念我的老领导，也是雷抒雁老师的好友，高耀山老先生。

因为这种师生关系，加之宁夏是他的第二故乡，我曾两次请老师到银川参加我们的大型诗歌活动，一次是"第二届中国银川音乐诗歌节"，一次是"宁夏首届黄河金岸诗歌节"。当然，每次都会给宁夏大地带来难得的诗意。宁夏人民，从领导到学生、农民，都把真诚的欢迎给了老师。活动期间，银川市的主要领导，都专门安排时间接见了老师，和老师进行了深谈。

2011年，作为"宁夏首届黄河金岸诗歌节"承办人之一，我提议为老师安排一个诗歌朗诵专场，得到了负责这次诗歌节的领导宁夏党委宣传部尤艳茹副部长和宁夏文联哈若蕙副主席的肯定和支持。为此，我让银川诗歌学会的张涛会长联系宁夏大学、北方民族大学、矿业大学等高校，得到了几校领导特别是宁夏大学宣传部李斌部长、北方民族大学人文学院左宏阁院长的热情呼应。为了让大学生们感受诗歌，感受时代，我们没有走专家朗诵路线，而是选择了草根性推广式排练，让愿意参与的大学生和群众都参与了进来。一度时间，校园里掀起了"人民诗人"热。

朗诵会在宁夏大学音乐系非常专业的音乐大厅进行。银川诗歌学会、宁夏大学宣传部、北方民族大学人文学院等承办单位组织得非常用心，气氛格外热烈，为了抢座位，不少学生提前一小时到场，连走廊里都挤满了人。从朗诵者的状态上，我感受到了"人民诗歌"的魅力和力量；从老师那晚的神情上，我感受到了他的满足。有几个细节：一是老师几乎答应了每一位要求合影同学的要求，直到会场灯灭，不得不结束。二是离开会场时，老师摸黑走到后座，捡了几份没有带走的节目单，十分爱惜地装在包里。第二天，宁夏的所有媒体都报道了朗诵会。

从高耀山老先生手里接过《黄河文学》后，老师多次支持大作给拙刊，有不少被转载。近几年来，他给我谈得最多的是对《诗经》的理解，看那架势，要下决心把《诗经》普及到全球去。虽然在对《诗经》的理解上，我们有些不同之处，但我非常敬仰老师的精神，也许正是因为这一点，阎王才有意打了一个盹，让他从腋下溜走，让他在这片古老的诗国又驻留了十年。

一直在想，老师为何要选择这个日子，2013年2月14日，大年初五，立春之后，雨水之前，动身。现在似乎有些明白了。

再次想起十年前，他是如何地自主签单，如何地在天花板上，从容地看着大夫在修理他的身体。

现在，老师又在哪里，又在做什么呢？

恍惚间，我仿佛听到，有人在春风中吟咏：

> 葛之覃兮，施于中谷，维叶萋萋。
>
> 黄鸟于飞，集于灌木，其鸣喈喈。
>
> 葛之覃兮，施于中谷，维叶莫莫。
>
> 是刈是濩，为絺为綌，服之无斁。
>
> 言告师氏，言告言归。
>
> 薄污我私，薄浣我衣。

害浣害否，归宁父母。

无疑，这是老师，这是归途中的老师！

愿老师走好！

用怀念为先生守灵

2014年9月27日，这是一个无比痛疼的日子：张贤亮先生谢世了。

妻子听了消息，让我赶快给冯老师打个电话，我几次拿起电话，却不知道说什么，最终只能发短信表示安慰。

然后呆呆地坐在书桌前，心想，今晚，应该陪着先生度过才是。

就打开电脑，用怀念为先生守灵。

第一次见到张先生，是1990年，那时我在宁夏教育学院进修，他来给我们讲课，倍感幸运的是，稍后，在校园的马路上单独碰到先生，鼓足勇气请先生签名，不想先生十分和蔼地接过笔记本，写下他的大名，之后在我的肩膀上拍了一下，说，好好学习。对于一位文学青年来讲，当时的激动可想而知。之后，再读先生的作品，就多了一份亲切和温度。

真是要感谢命运，2001年，我同时拿到了宁夏、银川两级组织人事部门开出的调令，出于十分现实的生活考虑，我最后选择到银川市文联《黄河文学》编辑部工作。此后的日子里，总觉得亏欠着一位老师的情意，她就是考察推荐我的时任《朔方》常务副主编的冯剑华老师，此后的日子里，每次见到张贤亮先生，我都会说起这份歉意，他总是安慰我说，都是一家人，你在银川市做出成绩，同样是宁夏文联的光荣。

2007年，我的短篇《吉祥如意》忝列第四届"鲁迅文学奖"，出版社要出我的小说集单行本，我和哈若蕙老师商量，还是出一套我和贤亮先生、石舒清三人的丛书更好，就相约去征求张贤亮先生的意见，不想他欣然同意。而且还让我给他写序。起初我以为他只是半开玩笑地说说而已，不想进入实质性操作阶段，才知他是认真的。让一位晚辈给蜚声世界的文坛大家写序，当然不敢从命，但再三婉谢，他还是坚持让我写，再谢，就是傲慢了。就十分惶恐的从命，写下了《再造之德》一文。发过去让先生审阅，不想他未改一字，说很满意。我知道，这是一位文学前辈对晚学的鞭策和鼓励。

2006年，我强烈地感受到，世道人心滑坡，社会极需传统文化，就自不量力地开始学讲孔子，推广传统文化。之后又提出安详生活的理念，首先在全国高校宣讲，受到欢迎。出乎我意外的是，随着影响的扩大，支持和反对的声音同时到来。有那么一段时间，反对的声音更加强烈，我感觉压力很大，如果不是市上主要领导的鼓励支持，我都有些打退堂鼓了。

就在这时，我接到了张贤亮先生的邀请，让我到影城给全体员工讲一堂课。那是一个让人难忘的下午，先生在百花堂等着我，同样鼓励我一番之后，居然让助理给他点了崭新的二千元钱，亲手给我，说这不是讲课费，是他对我弘扬传统文化的奖励，我说我怎么能拿先生的钱呢。他说，如果你不拿，就是生分了，再说，你不能拒绝我对你的奖励啊。我就只好接受。他说，本来他也要听课的，但是怕他坐在台下，我放不开讲，他就等着看光盘吧。不久，我果然收到印有影城漂亮封面的光盘。我的心里有种说不出的感动。我非常清楚，他一定知道了我当时面对的压力，就用这种方式表示对一位弘扬传统的晚辈的支持和呵护。我也确实从中得到了很大的心理支持，更加坚定了推动传统文化的信念。

2008年6月29日，我有幸被选为奥运火炬手，跑宁夏第八棒，张贤亮先生跑完第一棒，协助"央视奥运"解说火炬传递，这当然是宁夏的骄傲。回到家，我还沉浸在一种节日的兴奋之中，手机响了，一看，是张贤亮先生的来信，出乎我意外的是，祝贺之后是道歉，说他漏掉了一个我的重要荣誉。同样让我感动。从中可以看到他的严谨，看到他生怕伤害一位文学后生的热肠，看到他对一位文学新人的负责之心。

2010年，我安排副主编郭红通读了张贤亮先生的全部作品，给《黄河文学》采写一篇有关先生的深度访谈，采访中，当话题进入到传统文化，郭红顺便讲到我近年推广的安详生活理念，不想先生说：

"我跟他一起去大学讲课，他讲得很好，能契合大学生的需要，他有这种状态，把它发挥出来，感染别人，很好。他活得很快乐，能把快乐给别人，我们社会恰恰缺少这样的人。"

当我从郭红的整理稿中看到这段文字，真是无比感动。

2011年8月，我的长篇小说《农历》进入第八届"茅盾文学奖"提名，张贤亮先生也和省市关心我的领导、老师、朋友一样，发来短信表示的祝贺，从中，我能感受到他的开心。

此后的日子里，我无数次地想到，在这个充满着偶然性的世界里，有多少生命的幼苗，有力量的人扶一把，他就会长成参天大树，踩一脚，他就会从大地上消失。这让人尤其感念那些心存慈悲的力量拥有者，每每想起他们，都让人心生温暖，他们是天地的良心，是我们生命中永远的感动和怀念，他激励我们向他们学习，用同样的胸怀力所能及地扶持弱小者。宁夏文学之所以走在全国文学的前面，正是领导和前辈们这样栽培和激励的结果，宁夏作家群之所以特别纯粹、特别团结、心善人好，正是被这种温暖滋养的结果。

对照之下，常生惭愧之心，觉得自己对服务范围内的文艺青年照顾不周，爱护不够，今后要好好补课。为此，在今年召开的银川市第七次文代会期间，在市委政府一贯支持文联工作的基础上，我们再次报请市委政府表彰奖励了本届以来的突出贡献专家，同时以每人万元的奖金表彰奖励了奋斗在基层的十二位草根文艺家。在市委政府的关怀下，市财政除了加大了对《黄河文学》的支持力度，还以增加五倍的力度加大了对协会工作的支持，算是一个美好的开始，从中，我确实体会到了一种雪里送炭的幸福。

同时想到，在自己任银川市文联主席的十年里，没少打扰过张贤亮先生，市上的一些重要活动，需要请他出席的、帮忙的，但凡我出面邀请，他基本都答应了。可是，年前节下，市上领导让我联系慰问他，他基本都婉谢了，包括在得知他病了之后。他说，领导的心意他领了，也让转告他的祝福和问候。

诚然，谁都无法永远活在大地上，但是他可以永远活在人们心里。因为上苍在创造人的同时就创造了怀念，它不但让感恩成为可能，还让一种温暖成为永恒，让一种在一定意义上比生命本身更重要的美丽价值成为永恒。

2013年，《江南》杂志编辑让我联系张贤亮先生，做一个大访谈，先生婉谢，但编辑说这是社领导的特别要求，恳望能帮助成全，我就把先生的联系方式给编辑，不想编辑来电说，联系的结果是，先生说除非对话人是郭文斌。

说实话，听到这句话，我的心里除了感动，还有痛疼。我仿佛能够看到先生在说这句话时的心态。我何尝不知道先生的用意，我也特别想和先生深谈一次，不谈别的，只谈我们共同感兴趣的那一部分。但是我过高地估计了他的生命力，觉得来日方长，因为每次见他，他都给我说，他的心态还是少年，他的身体很好，他正在写自传，那将是他最满意的作品。加上那段时间我的心境在低谷，我怕会牵出不该牵出的话题，心想等段时间再说。不想不久就惊闻先生病了的消息。忙给他发去短信，想去看看他，他来信说，过段时间再约时间。只好让朋友带过去一些关东山参，聊表心意，他也很快来信表示感谢。不想之后，命运再也没有给我们见面的机会。

就不时给他发一个问候短信，他也很快会回过来，还乐观地说：

"药物反应很严重，这是好现象，表示药物在起作用。"

为了给他送去一些我能送到的小小的心理支援，我不时选一些古人讲的超越性句子给他，比如"相由心生，境由心造"一类，让他调动心能，战胜病魔，不想他来信说：

"无心何来相，无心何来境，无生无灭，四大皆空，方能欢喜！"

看着这样的回信，我一下子觉得无比放松，甚至有一种生命的幽默感，反倒觉得是先生在安慰我了。

后来的一天，我在一位慰问我的自治区领导那里得知，张贤亮先生有许多超出我们想象的崇高决定，突然明白，真正的欢喜是在纯粹里。也突然明白，对于一位清醒的灵魂来讲，所有的事业都是工具，完成人格、实现生命的超越才是终极目的。

2014年2月28日早晨，同平时一样，伴着日出，我又给先生发去一个短信：

"祝福先生，吉祥如意！"

他回：

"谢谢！同享吉祥！"

此后，再发短信，他就不回了。但我仍然不时给他发一个，伴着日出，我相信，生命中一定有一个永恒的手机，会收到我的祝福！

此刻，窗外再次透进如信的晨曦，该给先生说些什么呢？

找不到合适的语言，正如先生在答《黄河文学》的访谈中所说："言语道断，心行处灭。"

但我还是想说，祝福先生，去抵达那个永恒意义上的吉祥如意！

鲁甸七日适逢中元

鲁甸地震，让我们看到生命的脆弱，中午还在一条桌上吃饭，还在一张床上睡觉，午后，便是阴阳两隔，平时的音容笑貌，永远成为往事。

有多少儿女，多想再听一句父母的唠叨，却突然发现，再也没有可能。

有多少父母，多想再给儿女做一顿饭菜，却突然发现，再也没有可能。

那把属于他的凳子，永远闲着了；

那张属于他的床，永远空着了；

多少人，第一次体会到天塌下来的感觉；

多少人，第一次体会到物是人非的滋味；

整个世界，都被逝者带走了；

剩下的日子，成为一种空壳；

生命的确是无常的。

但爱有常。

七天来，无数的爱心从四面八方汇聚到灾区，让人感动，让人落泪。

突然对同胞之情有了新的理解。

如果没有这些同胞，那些停止了的生命该如何收场；

如果没有这些同胞，那些被困者该怎样从死神手里挣脱；

如果没有这些同胞，那些幸存者又该如何在废墟上度过震后生活。

羞愧的是，我也是一位"同胞"，但我没能走进灾区。曾经无数次动过组织一次文艺界义卖的念头，就像当年汶川地震、西南旱灾时那样，但最终因为种种顾虑没有付诸实施，只能让妻子找个通道捐些款表达一份心意，只能每天关注着相关报道，含泪为他们祝福。

凑巧的是，鲁甸七日，正好是中华民族集体祝福的日子，相信那些逝者、伤者、悲者，都能在这集体祝福的日子里，得到一份安慰，一份能量。

愿所有的逝者，安息！

愿所有的伤者，安康！

愿所有的悲者，节哀！

愿所有的同胞，吉祥！

文学到底是什么

这个世界上为什么有作家？因为有读者。

什么样的作家才是好作家？还得从读者说起。

作者和读者的相逢是一个因缘，一个充满偶然但又必然的因缘。

一粒种子进入土壤，这粒种子就是因，土壤就是缘。只有在因和缘同时具备的情形下，一棵庄稼才会长出来。一粒种子，我们把它放在玻璃器皿里面，可能千年万年都不会发芽，可一旦遇到土壤它就发芽、开花、结果。

一粒文字的种子在进入读者心田的时候，它是带着这种非常奥妙的因缘去的；怎么样的土壤更适合种子发芽，它是同气相求的；这既是文字对读者的选择，又是读者对文字的选择。文字之所以诞生，正是因为读者的召唤。正是因为有召唤在，所以才有诞生在。

在我看来，写作的奥妙就在这里。

写作的过程就是一种情怀、一种理念、一种价值取向诞生的过程，它本身是在发出一种信号，是在召唤和它有缘的人。

我们经常讲随缘，实际上是不大懂得随缘的。随缘不等于随波逐流。当一个人对这个世界了悟于心之后的一种选择，才能叫随缘。它是一种大觉悟的境界，当一个人或一篇文章到你面前的时候，你能"识得"其背后的宿命，这才叫随缘。

农民是最随缘的，他知道什么季节种什么粮食，什么地里下什么种子，绝对不会逆岁月逆时序去做；他知道"清明前后栽瓜点豆"，不可能秋天冬天去栽瓜点豆，这是一种了不得的了悟世界或觉悟世界的方式。

一个成熟的作家，他是最尊重他的读者的，而他的读者也最尊重他、热爱他。

中国古人讲"慈"，讲"悲"，说穿了就是讲"爱"。他们甚至认为世界的原点就是爱，这个造化的"心脏"就是爱。从这个意义上去理解，人为什么渴望爱？人为什么会被爱打动？因为那是我们的当初呀！是我们的原点！是生命出发的地方！也是归宿！

中国古人还讲"人之初，性本善"，"本善"就是本来的那一块，本来的那一块材料，创造生命的那一块材料。打个比方，如果我们把世界看作千姿百态的美食，那么"本善"就是造化之厨手中最初的那一团面粉。

为什么人是千差万别的，因为"性相近，习相远"，是习气和污染把生命变得千差万别。

因此，回归生命的过程就是反污染的过程。我理解，文学和文字在一定意义上讲就是帮助人们清洗心灵灰尘的一个载体，这是文学在"本来面目"上的一个意义。

因为生命最本质的诉求是回归，回归到本有的光明，回归到本善。

如果一篇文字没有帮助读者清洗心灵，没有帮助他回家，没有帮助他找到本原意义上的光明，反而给明珠又增加了一层污染，这样的文字是需要我们警惕的。

眼睛和耳朵如果把不好这道关的话，就会使心灵遭受污染和侵害。

古人讲"舍得"，就是告诫我们要时时刻刻警惕应该舍去什么，留下什么，欢迎什么，拒绝什么，拿起什么，放下什么。

生命的艺术说到底是"舍得"的艺术。

舍什么，怎么舍？

并不是要我们把世界舍掉，把生命舍掉，把生活舍掉，而是把自私舍掉，把欲望舍掉。

"舍得"是讲只要我们把物质诉求打扫干净，不用去求，明珠自会焕发光明，这叫做无求自得，自然所得。

什么叫自然？本来就是。我们本来就是一颗明珠，只不过被污染了而已。只要我们把外在放下，内在自然出现。由此可知，"得到"只不过是"放下"的代名词。

古人讲，人人都有智慧，有大智慧，只不过是被遮蔽了而已。真正的文化就是要扫除这一层遮蔽，就是要扫除掉世世代代积淀在我们心灵上的那一层灰尘。由此看来，"身是菩提树，心如明镜台，时时勤拂拭，莫使染尘埃"讲的正是文化的要义。就是不断把我们的心灵擦亮，保持光明。如果镜子上有灰尘我们是看不见自己的，更不要说去看世界。

文学要向太阳学习。

太阳每天从东边升起，照耀四方。它没有想着今天要照哪个人不照哪个人，只要出来就行了，只要把自己的光辉散发出来就行了。

作家的职责就是把那一份光辉散发出来，通过文字。至于读者怎么去选择你，怎么收藏，怎么相守，那是读者的事情。

因此，我们不能在写每一篇文字的时候，都假定一个读者群。现在有好多作家就这样假定，有些说他是为孩子写作的，有些说他是为中年妇女写作的，有些说他是为空巢家庭写作的。这种战略和战术是对的，如果从商业策略来讲的话。

而文学则是反商业的，它是神圣的崇高的，是要我们带着神圣感去从事的。

当我们带着神圣感去从事这份工作的时候，神圣感会成全我们，因为"爱"是相互的。当我们心里有个很大的愿望，要为世道人心，为苍生，为这个民族，为这个国家去做一些什么的时候，境界就不一样了。

不要小看古人常常讲的"国泰民安"这个词语，过去的士大夫文人就是有这个愿望，希望国家昌盛平安，希望老百姓过上好日子。这不是作秀，他们就认为这是自己的一份职责，就要铁肩担道义。想想，当一个人把道义扛在肩上那是一种什么样的重量，什么样的感觉。特别是在现在这个社会，铁肩已经不行了，要担起那个道义，需要铜肩钢肩才能担得动。

"天生我材必有用"，就是讲人是为使命而来的。

任何作品，打动读者的无非是真善美，无非是温暖、崇高和关怀，无非是爱，说得形象一些，就是能够撞击到读者心中最柔软地方的文字。

它首先应该是美的文字。

那么什么是美？争论了几百年，仁者见仁，智者见智。

比较一致的看法是，美是和谐，这是美的通意，应该没错。但我后来发现，和谐强调的还只是形式，是"相"。就像谈恋爱，往往是外表先打动了自己，但是漂亮不善良，还是经不起时间的考验。

追溯到善，觉得比和谐进了一步，但还是不究竟。后来读典，当一种永恒的感动和喜悦在心里发生的时候，蓦然觉得"真"才是最美的，因为"真"是归途，是生命的原点。

由此就可以区分一流作家与二流作家。

一流作家占领的是原点，他给人的是从心灵原点流淌出的清泉，他启迪的也是读者的原点。而二流作家只能摩擦心的表皮，甚至连表皮都触不到，他可能会把你挠得痒痒的，但不解决问题，读完后生活还是老样，涛声还是依旧，这是一种文学搔痒，浇花没有浇根。

二流作家是在玩文字游戏、文字迷宫，看上去在追求和谐，其实是一种伪和谐，连"善"那一层都没有达到，怎么可能达到"真"那一层呢？所以这种文字注定不能传世，即便擦出火花来，也注定是短命的，因为火花毕竟是火花，不是火炬，不是夜明珠，不是金子，没办法保持它的生命力。

"真"随着时代的变化需要不同的载体，这就是文学，在我看来，这也是为什么老子和孔子会诞生在中国，乔达摩·悉达多要出生在印度，他们是奔着特定的因缘去的，奔着他们特定的土壤去的；如果我们把他们看成是种子，他们找到了属于他们的那一块土壤；但他们的目标却惊人地一致，都是为了演说一个字：爱。

一个真正的作家，包括文化人应该向这个世界发出正直的声音，那就是爱，没有区别的爱。

我特别喜欢"众生"这个词。在古人看来，不但人是一个共同体，动物也被纳入到这个共同体中，统一叫生物，叫"众生"，叫"有情"。

在古人看来，所有的生物，包括一草一木和我们都是平等的。带着这样一种心态去面对世界，心里就会充满快乐，因为满眼都是我们的父母兄长，都是我们的兄弟姐妹，如此我们就不会在大地上看到一只小羊羔的时候把它视为盘中餐，在天空看到一只大雁的时候把它视为碗里羹。

让所有人都成为自己的利润对象，事实上已经成为现代商业伦理。当我们制定一个商业政策，或者策划的时候，我们是不是把对方看成我们猎取的对象？我们何曾想过我们的这一个商业计划、写作计划是为了满足对方，是为了奉爱对方，很少。我们都想着如何把对方据为己有，把对方腰包里面的东西据为己有，把对方的心灵据为己有，我们没有想过把我们的光明辐射出去，用我们手中的蜡烛去点燃别人，很少。

这是一个掠夺逻辑，所以大家都活在焦虑之中，不平之中，没有幸福感，没有快乐感，没有安全感，这是因为大前提是错误的，大方向是错误的。

古训"求之不得"告诉我们，以一种欲望的心态向大自然和本体世界去索取的时候它不给予，因为它知道这种需求是物质的，不是本原的。

天堂在什么地方，天堂就在我们的心里，只不过我们已经遗忘了它，我们已经找不到通往天堂的路。

如此看来，文化是道路，是方向，文学亦然。

一次演讲时学生给我递条子，问怎么样才能获得好运气？我说，只要你是一个吉祥的人，就会时时刻刻在如意里，这是一个天然的关系，也是一个必然的关系。

古人的逻辑是积善之家必有余庆，积恶之家必有余殃。就是说家族也好，人也好，只要从善，肯定有好的结果。

什么叫好运气呢？好运气就是去为别人着想为群体着想时自然开出的花，好运气是爱的副产品。就拿财富来说，好多人以为到庙里面去烧一炷高香，就能发财。不是的。如果这条路线能够走通，那庙里面的神也不是神了，不值得我们尊重了。

财富到底是从什么地方来的呢？

古人的逻辑其实很简单，就是种瓜得瓜，种豆得豆，我把它称作"瓜豆原理"。而现在不少人信奉种豆得瓜，这是一种投机逻辑。股票和彩票的逻辑就是一种投机逻辑，每一个人都想通过注入两元钱赚得一百万，而财富的总量就是那么一块，不是投机逻辑是什么？所以美国要爆发次贷危机是必然的，是迟早的事情，是不奇怪的，它是这棵逻辑之树结出的必然恶果。

原本财富就这么多，它不会因竞争技术的提高而使总量增加。所以竞争得越快，消耗得越快，自然就崩溃得越快。

当年孟子见梁惠王。惠王说，老先生，您不远千里而来，将有什么有利于我的国家吗？孟子回答道，大王，您为什么一定要言利呢？只有仁义就够了……上上下下互相争夺利益，那国家就危险了。在拥有万辆兵车的国家，杀掉国君的，必定是拥有千辆兵车的大夫；在拥有千辆兵车的国家，杀掉国君的，必定是拥有百辆兵车的大夫。在拥有万辆兵车的国家里，这些大夫拥有千辆兵车，在拥有千辆兵车的国家里，这些大夫拥有百辆兵车，不算是不多了，如果轻义而重利，他们不夺取（国君的地位和利益）是绝对不会满足的。但没有讲仁的人会遗弃自己父母的，没有行义的人会不顾自己君主的。大王只要讲仁义就行了，何必谈利呢？

孟子已经意识到当上下交征利的时候，就是国家要灭亡的时候了。因为争利的结果是公义的丧失。现代社会不但是一个争利的社会，还是一个刺激争利的社会。争利的结果是毁灭。

释家说，众生平等。这四个字里蕴涵着无尽的关怀和真理。世界现在沸沸扬扬，硝烟弥漫，每一个发动战争的人，每一个为战争去游说的人，根本就没有弄懂什么叫人，他把手放在心房上称赞上帝，但他根本不懂上帝。

当然，这个世界也有一部分人可能需要用一种强制的手段教育他，但是教育不等于消灭，所以孔子当年在大地上奔走，用教化，用教育；而释迦牟尼提供的是更极端的一种方式，他甚至连国王都放弃，从皇宫逃跑，出去做一个苦行僧，他要用这样的方式找到一种大爱、大自在、大幸福，他觉得权力解决不了问题，金钱解决不了问题，军队解决不了问题，这些都解决不了人的烦恼，他要为人们寻找一种真正幸福的方式。

圣哲提供的就是这种东西，包括老子庄子，有人请庄子去做宰相，他不去，宁愿做一只泥塘里的龟。

这又回到价值取向的问题了。

道家的无为并不是过去我们在历史课本中学到的消极不做事，无为是什么意思？无为就是不要为欲望去做事，不要为感官去做事，无为即"舍得"，是大积极。

舍掉那种短暂的形而下的东西，而去证得永恒，这叫无为。这就像一个杯子，要让它能有水装在里面，就必须让它先空着，这叫无为；把物质占领的空间空出来，让灵魂得以滋养自在，这叫无为。

现在有些做父母的都不敢让小孩去看老庄哲学，认为会让人消极，那是没有读懂老庄，如果读懂他，人生态度就会更积极。

有些人甚至不敢给自己的小孩提禅宗提佛学，认为那也是消极，其实也是一个天大的误会。

大乘佛教是和儒家哲学一脉相承的，打个比方，就是我们常说的全心全意为人民服务，只有如此，才能大成就。它消极吗？

当每一个学子带着一种为人民服务的心态去学习的时候，那种动力，还需要父母督促吗？还需要老师督促吗？不需要了，他已经把学习变成一种快乐了。他会把"苦其心志"作为一种快乐，为什么？"天将降大任于斯人也"。

现在的教育是一个怪圈。老师一上讲台就跟学生讲，你们要好好学习，将来才能买到大房子，才能找到漂亮的媳妇，才能过好日子。这种教育方向令人担忧。

现在给孩子提供的是反常识，这样教育出来的孩子，不懂得如何去表达自己的一份孝敬，不懂得如何去表达自己对于师道尊严的一份理解，更别说对世界，对宇宙了。

我们应该重新打量"敬畏"这个词。现在的不少决策者，不少开发商面对自然时心里可能没有这个概念，只想着经济指标，没有想到如果把地球比作一个人，我们已经快要抽干他的血，快要吃完他的肉，现在正在敲骨吸髓了。

一些科学家预测，如果按照人类目前这个速度发展下去，地球还能不能存在一百年都值得思考，我们的子孙后代怎么办？搬到其他星球去住吗？

这几年我写传统节日比较多，因为节日是中国人非常经典的一种天人合一的方式，一种回到岁月和大地的方式。不然，我们虽然在大地上生存，但是已经忽略了大地；我们虽然在岁月之河中穿梭，但是已经忽略了岁月。

恰恰给了我们生命以保障的东西，我们反而忽略了它，比如水，比如空气，比如阳光，比如时间，比如空间，还有爱。

我们可能满眼都是高楼大厦，都是红灯绿酒，但是我们看不到空气，看不到阳光，看不到水，当然更看不到时间和空间，还有爱。

就是说，最有恩于我们的东西，我们反倒对它熟视无睹，这是现代人最要命的一个缺失。

而传统节日事实上就是以一种强迫的方式让我们面对土地，面对岁月，感谢厚土，感谢造化，珍惜资源，珍惜恩情。

造化创造了万物，或者说万物都是她创造的，那么万物都是她的孩子。所以古人讲"大地无言，万物生长；日月无语，昼夜放光"。如果我们有足够的细心去打量，就会发现大地真是太伟大了，她生长鲜花生长庄稼生长快乐，同时她也承载污秽承载坏苦承载灾难，我们每天把多少脏东西给她，但她没有怨言，从来没有说要选择哪一部分，拒绝哪一部分，而是全然接受，她表达的是一种平等，一种无分别。

想想她的这种无言，她的这种大爱！如果我们读懂了大地，就明白了什么叫爱，什么叫善，什么叫美。日月也一样，也没有根据自己的好恶去选择照耀哪一个人。借用一个古词，就是"无缘大慈"。

在我理解，这是中国文化的根本背景，也是中华民族的根本美德。

中国古人有一个词叫"布施"，用现在的话说就是奉献于对方，这个奉献有物质的，有精神的。

作家应该带着一种布施的心态去写作，这个布施不是给读者一块金或银，而是给他一个火种，或者说给他一杯水，让他的那一颗明珠恢复到本来面目，让他本有的心灵明珠焕发出光彩，这也就是感动之所以发生的所在。

这就像一只困在笼子里面的鸟，当别人帮它打开笼门的时候，当它在天空翱翔的时候，感动发生了吗？肯定发生了。

所以说，文字是一条回家的路，更为准确些说是从"真"那里来的文字是一条回家的路，从"真"那里流淌出来的文字是一条回家的路。

从这个意义上来讲，文字不但是一条回家的路，也是打开自己的一个方式，是一串串钥匙。

一个被捆绑的人是没办法自己打开自己的，必须有一个第三者去打开。几千年来流传下来的古圣先贤的教诲，那些经典，其实就是一串又一串的钥匙。

在我看来，不是文学已经死亡了，或者说文化已经衰落了，是我们文化人自己把自己的行情搞坏了。因为每个人都有心灵中所缺失的那一块，作为作家，只要我们能满足他的缺失，能够填充那一块缺失，文学就不会死亡。

只要人存在，文学就存在。

我们为什么要悲观呢？

我们之所以悲观，是因为找不到读者心中的缺失所在，因而没有自信。当真正懂得了读者心中缺失了哪一处，随着人口的增加，文学应该是成正比例发展的。

而现在我们看到的事实好像是文学不景气，我认为作家要从自身去找原因。

期待把弄反的文学正过来。

提防不洁的文字

茶杯刚用完就洗，在清水中冲一下就可以了；但是过上一会儿，就需要茶巾了；再久一些，茶巾都没办法了。

这让我蓦然想到时间。结在杯子上的，不是茶垢，而是时间，一种非当下的时间。

由此想到古人为什么强调要回到当下，因为回到当下是对时间的最大礼敬，而延误了的时间即变成了"业"，它的功能是"障"，这也许就是民间"业障"一词的含义吧？再漂亮的杯子，由业所障，也变得丑陋了，甚至失去本来面目。

由此又想到神秀的偈："身是菩提树，心如明镜台，时时勤拂拭，莫使染尘埃。"

因为有慧能对比，曾经觉得神秀不怎么的。但是现在看来，神秀已经了不得了，而且他的药方可能更适合我们。因为更多的人根本无法做到真空，而只要"有"在，就不可能不染尘，因此还是"时时勤拂拭"靠得住。

"菩提本无树，明镜也非台，本来无一物，何处染尘埃"，妙是妙，却让我们无法企及。

明珠之所以蒙尘是因为它没有一双除尘的手，为此明珠不明。

那么生命呢？一个双手被绑的人是无法自己松绑的，就像一根沉睡的蜡烛无法自燃。为此，"对方"就显得重要，火种就显得重要，已经解脱的人就显得重要。

沉睡何尝不是另一种尘垢，绳子何尝不是另一种尘垢？

它是何时落在我们身上的呢？

我们又是如何落入它的圈套中的呢？

我们找不到答案，因为我们的心上满是尘垢。

尘是最不起眼的东西，最容易让人忽略的东西，但正是这种不起眼，我们被不知不觉蒙上了眼睛。一双蒙尘的眼睛当然看不到真相。

一个蒙尘的心灵呢？

尘是落的，垢是结的；尘是无法避免的，垢是可以避免的。因此尘可以借助吹气扫除，垢则需要水了。

这让人不由想到水，假如这个世界上没有水？

剩下的话都毋须说了。

水，一个多么盛大的慈悲。

水不能洗水，尘不能染尘。

太喜欢这个句子了。一个多深多大的奥妙啊。

水为什么不能洗水？因为水是无分别的，准确些说是无法分别的，更为准确些说是同体相生的。它是"一"。一滴脏了，所有都脏了。水是无法把其中的任何一滴脏水从中清除的，因为一即亿。

这个秘密真是太大了，大得让人胆战心惊。

那么怎么办呢？只有防微杜渐，只有从防做起。

这就回到尘，回到"小土"。

但尘几乎是无法避免的，为此除尘显得必需。

剩下的事情，就是除尘了。甚至可以说是全部，生命的全部。

尘为什么不能染尘？还是因为尘是无分别的，只要是尘，不论你是哪路来的，姓甚名谁，都是一样的。为此，尘就有机可乘。因为前尘，后尘得逞；因为后尘，前尘得逞。

这个天大的掩护，就打到底了。

只要是尘。

在我看来，这个世界上最可怕的尘垢，可能是不洁的文字。它们不经意落入我们心田，积久成垢，再久成岩，洗也难了。

灵魂往往就是这么窒息的。

即使洁净的文字，假如不能变成水，也是灰尘之一种了。

为此，水性的文字才是地道的文字、善的文字。

而要把文字变成水，或者说让如水的文字流布人间，需要怎样的一种心泉？

由此观之，一直争论不休的真假文学之辩，也许就有了依据，同时也变得明了起来。

而尘是无法避免的，只要我们在时间里。

那么洗就成为生命的必须和必需。

那么水就成为生命的必须和必需。

那么如水的文字就成为生命的必须和必需。

那么生产净水的人就成为人类的必须和必需。

那么，文学还会死吗？

以笔为渡

鲁院的课堂。一位老师在说文解字，老师的意思很明确：文字绝对不是来源于劳动，而是圣人所造。我同意老师的观点。老师借助文字讲了许多"新意"，有许多绝妙的引申和发挥，我很佩服。比如他说，"错"是"像金子一样的过去"，"对"是"手中的叶子"，相比之下，"错"更值钱。老师没有深讲，但我的理解是，对于生命成长来说，错误要比正确有价值。智者说，错误像柴，生命之水只有通过八万四千捆柴禾才能烧开。但也有个别的字，我有不同看法，比如"知识"的"知"。老师说，"知"是射入口中的箭，是一种伤害，所以知识并不可爱。我对"知"的理解恰恰相反，我觉得它不是射入口中的箭，而是射出口中的箭。它的意思是说，话一出口，它的错误已经像射出的箭那样离题千里，不可收回，所谓"一言既出，驷马难追"是也。它事实上是一个圣人心中巨大的焦虑。它告诉我们，不要说，不要说，一说就是错。换句话说，就是语言永远无法抵达目的，要想借助语言表达，永远是一个遗憾。所以古人以"不立文字，以心传心"为心灵交流的理想方式。

不知出于什么考虑，老师讲完，主持课的张晓峰老师点名让我提个问题。我是个不善于在大众面前出头露面的人。而且一学期下来，主讲课的老师从来没有点过我的名，为什么恰在这堂课上要我提问？但老师点名了，就不好拂其意，让老师冷场。于是硬着头皮讲了自己对"知"的理解。不想，老师很赞同。但我马上想到，我又向老师，向五十位同学，向这个世界，射了一支无法收回的箭。

下课之后，就把这事忘了，但同学们却没有忘。我一开口说话，捣蛋的同学就说，不要说，不要说，一说就是错。后来，我还真不敢轻易说话，或者要说时，先要考虑一下这话是否必须要说。总之，有那么一段时间，我的话少了起来。

现在，我的手指在键盘上飞舞，在狂奔，在欢腾，在兴致勃发地"说"。我看到，有无数的箭经由我的十指，在我面前纷飞。我问自己，为什么要把这些箭射出去？为什么要给这个宁静的时空增添这些纷乱？

此后的一天，还是鲁院的课堂。一位英雄在给我们讲其英雄事迹。讲得如何暂且不说，但当听到他说中国的道家无非是两个玩意"一是长生不老，二是金枪不倒"时，我就不可忍受了，一种从未有过的冲动让我想站起来反驳，但又想这一做法可能给学校带来麻烦，不是一个好学生要做的。可我的屁股动员我离开，就离开了课堂。应该说，我是一个好学生，毕业时因为缺课少得到了学校的通报表扬，但是那堂课我没有听完，也是唯一一堂我没有听完的课。请原谅我的冒失，但把自己的本教用"玩意"称，我实在不敢恭维；把我们老祖先博大精深的"道"用"长生不老"和"金枪不倒"概括，我也不敢恭维。我知道自己的量级不够，不能捍卫真理，但我起码可以捍卫我的耳朵，我不想让这样不干净的句子弄脏了我的耳朵。

静下来后，我又想到了那个"知"，想到了"说"，既然"说"如此不可靠，为什么要如此介意一个人的信口雌黄？为什么要如此介意自己的耳朵？

苏东坡到金山寺和佛印禅师打坐参禅，觉得身心通畅，问禅师道，禅师，你看我坐的样子怎么样？佛印说，好庄严，像一尊佛！东坡听了非常高兴。佛印禅师接着问东坡道，学士，你看我坐的姿势怎么样？东坡从来不放过嘲弄佛印的机会，马上回答，像一堆牛粪！佛印禅师听了也很高兴。东坡见将佛印喻为牛粪，佛印竟无以为答，心中以为赢了佛印，于是逢人便说，我今天赢了。消息传到妹妹的耳中，妹妹问道，哥哥，你究竟是怎么赢了禅师的？东坡眉飞色舞神采飞扬地叙述了一遍。苏小妹听了哥哥得意的叙述之后，拍案大笑。东坡问，你笑什么？小妹说，你今天可是输惨了。东坡问，为什么？小妹说，亏你学佛多年，连一个基本的道理都不懂，佛理上不是说，境由心造，相由心生，心里是什么，看到的就是什么。人家心里是佛，看到的也是佛，你心里是牛粪，看到的当然是牛粪！东坡哑然。

一天，当我整理书柜，翻检自己十几年来发表的所谓作品的时候，再次想起这个故事，突然有种获罪的感觉。十余年就这样过去了，以写作的名义。这十余年来，我不知道都看到了些什么，又"说"了些什么。我不知道在我的"小妹"眼里，是输得多还是赢得多。真是诚惶诚恐。

喜欢一个人：六祖慧能。他是中国禅宗的实际开创人，他的学说是中国禅林典籍中唯一被称作经的，即著名的《六祖坛经》。它不但成为中国禅宗的一个杰出经典，也是东方文学艺术的一个重要方法论，中国许多著名文学艺术大家都从其中得到营养。但是有一个现象似乎没有引起人们的关注，那就是六祖慧能一字不识。一个一字不识的人，能够成为中国禅宗的开创人，其学说为历代高级知识分子仰视，不能不说是一个值得研究的现象。按照现今的逻辑，他是一个最没有经过"说"的训练的人，也就是最没有资格"说"的人，但他的"说"却恰恰使听者大欢喜。为什么？

由此我再次想到"知识"，想到那些箭。经由技术超越技术，是一个方法论的问题，最终也是世界观的问题，更是一个立判凡圣的分水岭。就像一头狮子，它没有学过武术，但是学过武术的人不一定打得过它。

路逢剑客须呈剑，不是诗人莫献诗。细想起来，写作者的幸运也是剑的幸运，同样，写作者的烦恼也是剑的烦恼。一个人，在路上，怀揣一把天命之剑，苦苦寻觅，寻觅那个识剑者，生生世世。直到一天，一双慧眼出现了，像道路一样出现在持剑者面前，那是一对宿命的慧眼，像剑一样把剑照亮，也把持剑人的泪水照亮。持剑人便到达，剑的"说"便到达。一把剑，就这样涉过了它宿命的茫茫大海，完成了它的"说"！

从此得渡。

欸乃欸乃！

但我依然不明白的是：是剑得渡，还是持剑人得渡？

如莲的心事

非常喜欢老祖先的一个词"种智"。它可以作动词，即种下智慧，也可以作名词，即智慧的种子，或者说是智慧的根本。智慧如此，我想美也同样。曾经以为和谐就是美了，后来发现它不是，它强调的还是形式。有那么一段时间以善为美，但渐渐地发现它仍然不究竟。后来找到"真"那里，觉得到家了。有一天仿古人自造了一个词"种美"，觉得很得意。这个"种美"应该就是那个"真"。需要说明的是这个"真"和通常意义上我们讲的"真善美"的"真"不是等量概念。它是一个背后的东西，是时间之洋，原因之洋，也是大美之洋。心向往之，尝试着把它变为实践，写过一些短篇，多数人读过的感受是清凉、安详、开心，还有人说有一点点治疗的效果。但自己觉得仍然没有触摸到它（种美）的边儿，为此羞愧。

曾经喜欢"不平常"的文字，但是很快就发现"平常"才是"不平常"。作为一个作家，需要时刻检点自己的文字，收敛我们放纵的习气、卖弄的习气。要使自己手中的笔具足方便之德。现在，我们有些文字太不方便，让别人读起来吃力不说，更重要的是污染、带坏人，那种文字肯定来自不方便的心灵。在做人上方便别人是一种美德，在作文上可能是一种美学。电影《英雄》里有个情节，音乐可以杀人，我觉得不是演绎。音乐的确可以杀人，文字也可以杀人。当我们每天看着安详的文字，就心平，而只有心平才能气和。而气，在中国就是原始生命力。恶劣的文字通过眼睛，种在心田，无异于毒药。在我看来，文字就是大米，大米养身，文字养心。古人说，量彼来处，计功多少，忖己功德，全缺应供。这几年，每当我喝一口水，吃一粒米的时候，都要在心里默诵这句古训。它的意思是：想想我们用的这些东西，其中包含着多少造化的慈悲和人的辛苦，再想想我们的德行，配用这些慈悲和辛苦吗？对于文字，我想也同样。

先哲讲，定能生慧，也只有定才能生慧。我想文字也同样。定是一条道路。据说走钢丝的人假如心中稍稍有一丝杂念闪过，便会葬身深渊，他需要一种持久的如不动的定。带着文字行走的时候，我也觉得自己是在走钢丝。左和右都是死路。唯一的道路只有一条，即是那个不左不右。因为能够带读者回家的文字，肯定是那个"不左不右"，因为它是活路。功夫界有个词叫"中门"，当你处在"中"点上时，你也就处在了"力"点上。所以，能够"得定"理应是一个写手必然的追求。定能生慧，定也能够生静，生美。具有定感的文字肯定是透明的，滋润人心的。"开心"这个词大多时候被人们当形容词用了，我觉得它更应该是一个动词，"使心开之"。人们之所以烦恼，就是因为心没有开。当一个人的文字能够使别人开心，那是不小的功德。但我的文字还有风，还有摇摆，还有浮躁，还不到家，还需要下大功夫修"定"。

一直在想释家为什么那么看重莲花。直到有一天站在一个烂泥塘边，我才明白，莲是花里面的行者，它是一种会修行的花。它生在污泥当中，长在污泥当中，却能够保持自己的高洁。我们可以想象它是如何打扫它心里的污泥浊水的，如何保护它的身口意的。对于莲来说，能够在污泥中完成它的成长、绽放、盛开，已经足够。至于是否有人观赏，那是观众的事。

有两个射手去应试。一个百发百中，一个百发百不中。但师父最终收下了那个百发百不中的。人们百思不得其解。师父的答复是，那个百发百中的虽然命中了目标，但他却没有"命中"，那个百发百不中的虽然没有命中目标，但他却"命中"了。听上去像在绕口令。且听师父高论：那个百发百不中的，看上去偏离了目标，但他却没有偏离目标，因为箭射出的那一刻他是知道的；而那个百发百中的虽然训练有素，技术过关，但在箭出弦的那一刻他是"睡着"的。师父的标准是"知道"。多年来，一直对这个公案百思不得其解，心想这个师父真是一个不讲道理的家伙。五年前，我开始写一个具有交代性的短篇《水随天去》。当我跟着我的人物水上行行走到某一天的时候，我无比震惊地发现，我们拼着命命中的目标其实不是目标，那个我们千辛万苦追索的目标恰恰就在目标背后，就在"出发"的地方，就在被我们忽略的地方，如同一个淘气的孩子，藏在门背后咧着嘴笑那个自以为找到目标了的傻瓜。那一刻，我对文字有了一种新的理解。也是在那个过程中，我重新理解了一个词"知道"。只有当你"知"了那个"道"，才是真正的"知道"。我们口口声声说我们"知道知道"，其实什么都不知道。

一个东西，当它看上去非常有力量时，恰恰说明它没有力量。对于圣雄甘地来说，当时的英帝国是有力量的，但是最终，胜利者是圣雄。在我看来，主张非暴力的甘地是有力量的。我一直认为，文字是存在着教科书三种功能之外的第四种功能的。为欲望写作的人肯定不懂得生命的意义是什么，不懂得读者内在的需求是什么，不懂得生命最需要的那眼泉水是什么。欲望肯定不是人的天然渴求。就像一个孩子，在外面玩了一天，很尽兴，但是天黑下来了，一个必须的问题横在眼前。是什么呢？回家啊。这才是最根本的（恐怕没有比这更残酷的问题了）。但是天已经黑得伸手不见五指了。这时，道路是需要的，月光是需要的，包括星光，包括母亲唤归的声音。

我固执地认为人的成长是一个不断被污染的过程，只不过有些人能够通过污染超越污染，有些人则不能。而写作应该是一个反污染的过程，接近生命本意的过程。中国汉语有一个词叫"天性"。它是和人性对应的一个词。这些年，人们过于强调了人性，却忽略了天性。而我觉得，作家的使命可能就是传达、传承这个"天性"。只要我们回头去看看那些流传下来的文字，那些像火种一样流传下来的文字，能够让人百读不厌的文字，我们就知道什么叫生命力。目前，我还没有碰到哪部当代文学作品是因为人们出于喜悦、出于生命本质渴求而读一百遍的（至少对我是这样），但是确有一些文字，是我们愿意每天都诵读的，而且每读一次都有大欢喜，都有新收获。这些文字肯定是传承"天性"的文字，而不是现代人所谓的"人性"的。当然，当天人合一时，人性即天性。但当天人严重地不和谐时，那么人性就不是天性，可能就是别的什么性。

几近不惑之年，才悟透一个问题：一个人只有具足了人格，才能有资格以作家的名义去下种，去播下心灵的种子，美的种子，才能把人带到人道里去。非常喜欢一个词"人味儿"。但是看看我们当下许多文学作品里的人物，有多少是有"人味儿"

的？包括我自己。

好长时间以来，都处在一种零创作状态，这除了自己在写作上一贯的散淡随缘心态外，更重要的是突然有一个问题出现了。我发现我这么多年写下的文字大多是河伯之叹，没有几篇不是"盲人摸象""指鹿为马"。开始琢磨一个词"整体"。这也许是我此生要解决的最大也是最难的一个问题了。窃以为只有当一个人找到了"整体"，他的笔下才会没有分别，才会无漏，他的文字所到之处，才会随处结祥云。因为它是理解的基础，沟通的基础，也是心灵的基础。"问渠那得清如许，为有源头活水来"，对于心灵，它既是目的又是源头。只有这样你才能够遵从"整体"的逻辑，才能从个人逻辑中跳出来。因为"个人"在更多的时候则意味着自私，意味着有求。可以肯定，一个人当他以一种有求心去写作，他已经背弃了写作的原意。这就需要设法找到一个可靠的路径，而要通过分别寻找无分别，通过局部寻找整体，本身就是一件盲人摸象的差事，但是我们又别无选择。所以，我写作是因为我尚未知道。那就在写作的行脚中、叩门声中等待启示的降临吧。

在尘境中寻找真境

先报告身份：我和文字都是行者。我是大行者，随我而行的文字是小行者。因为辛劳，小行者一次又一次地问我，你要把我带到哪里去？我说，寻找真境。小行者问，为什么要寻找真境？我说真境里有真实的快乐。

一天，当我带着小行者经过一个荷塘时，听到一阵笑声。驻足一看，发现一塘的莲都在笑我。好一阵羞愧，原来真境就在尘境里。之所以走了这么长的冤枉路，是因为我们的眼睛是被障着的。真境和尘境之间，其实就隔着一层尘。它有意障住你的视线，逗你玩儿。

如同小时候蒙着眼睛丢手绢儿。如果我们把睁着眼睛看作真境，那么蒙着眼睛跑圈儿就是尘境。如此说来，尘境比真境好玩？不好说。但可以肯定的是，借助于蒙着，我们体会到了揭开的快乐；借助于揭开，我们体会到了蒙着的快乐。为此，我们睡着又醒来，醒来又睡着，乐此不疲。

在睡和醒之间，哪个是真境哪个又是尘境呢？这是一道难题。当我们的眼睛永远被蒙上的那一刻，那个手绢又丢向哪里呢？又是一道难题。还有蒙我们眼睛的那个人，他是谁？他是什么时候到我们身后的？我们怎么就没有察觉呢？他是什么模样儿？还是一道难题。

孩子们不管这些，他们玩完丢手绢，又开始玩捉迷藏。借助于"藏"，他们体会"捉"的快乐；借助于"捉"，他们体会"藏"的快乐。那么，在"捉"和"藏"之间，哪个是尘境，哪个是真境呢？还是不好说。但有一点是肯定的，那就是当肚子饿了时，"捉"和"藏"都不能解决问题，他们这才想到妈妈。

而一些孩子因为玩兴大发，走得太远，等他们意识到天黑下来，已经找不到回家的路。怎么办呢？哭是没有用处的。有经验的孩子会静下来，倾听母亲唤归的声音，然后循声回家；如果听不到声音，那再静心观望哪个方向有灯火摇曳，然后跟光回家。相对于这个"黑"，唤归和灯火成了真境。没有"黑"我们无法看到灯火，没有"黑"我们也无法听到母亲唤归的声音；相反，没有灯火我们也看不到"黑"，没有母亲唤归的声音我们也听不到"黑"。

这时，灯火成为一种道路，唤归成为一种道路。对于走失的孩子，跟着灯火和唤归回家，成为最大的德行。

　　在"道路"上"德行"，世界上最美的意境就这样发生了。此刻的意境，已不是意境，而是一种道德。什么是真文学什么是伪文学，什么是善的文字什么是非善的文字，似乎也有了答案。如此，我们便明白如何才能为读者找到"真实"的快乐。

　　小行者又问，"真实"的快乐是什么？我说不知道，但我们可以用反证法寻找答案。子曰，朝闻道，夕死可矣。可见这个"道"高于生命，或者说比生命还贵重。由此可知，"真实"的快乐应该在"道"中。那么"道"是什么？还用反证法。释迦牟尼当年放着国王不做，而要去做一个苦行僧，按照常识，说明还有一个比财富、比美色、比权力更能给他带来快乐的东西。这是一种什么东西呢？无疑还是这个"道"。那么"道"在哪里呢？

　　夫子暮年，给他的高徒曾参说了一句带有总秘诀性质的话："吾道一以贯之。"可见这个"道"和"一"有关联，差不多能够等量代换。那么什么是"一"呢？

　　曾参给他的师兄师弟的回答是"夫子之道，忠恕而已"。那么，什么是"忠恕"呢？

　　夫子一生演说的，就是这两个字。依浅见，这个"忠"就是不左不右的心，没有偏移的心，没有污染的心，没有遮蔽的心，没有走失的心，纯粹的心，故乡的心，原始的心，"人之初，性本善"的那个心。"忠"要让我们认识这个"心"，"恕"则是在我们认识这个"心"之后行动的总原则。按照最原初的那个"心"的本质、本意、指令去做事，就是"恕"。勉强说，就是按照

"本善"去做事。勉强说，就是按照天意去做事。唯此，才能吉祥，才能如意。

显然，在认识这个"忠"之前，我们无法做到究竟的"恕"，因为盲人只能摸象。因此，要想真正做到"从心所欲不逾矩"，我们就得睁开眼睛，否则所做的一切，都是盲人摸象，都在"恕"之外。

为此，让盲人获得光明就成了最大的"善"，因为只有盲人睁开眼睛才能看到"真"，看到"美"。可见"善"是"真"的途径，也是"美"的途径。自然，人生最大的快乐就在对"忠"的认识里，然后按此认识去"恕"，去行动。

认识这个"忠"，相当于我们在沉沉长夜燃得一灯，只有掌灯行动我们才不会走错路，不会碰壁，当然快乐。由此看来，认识"忠"成为问题的关键。

夫子讲得更多的是"恕"，释迦牟尼讲得更多的是"忠"。真是幸运，我们既有一盏"恕"的种灯，又有一盏"忠"的种灯，这个长长的灯的链条才得以延续，才不至于"万古如长夜"。

小行者说他知道了，道即真境，道路即意境。

我说好啊，可是，你真"知道"了吗？

文学的祝福性

在北欧访问的时候，有一位学者问我，为什么你的文字总是那么安详温暖，是否有意规避现实？我告诉他，恰恰相反，那正是中国真正的现实，如果把中华民族看成一棵参天大树，它的根部正是安详温暖，否则，就无法保持五千多年的生命力。我的文字只是向此靠近，远没有表达出她真正的魅力。他又问，那又如何理解文学的批判功能？我说，在我理解，文学除了教科书上讲的认识、教育、审美、娱乐、批判等功能外，应该还有一个更加重要的功能，那就是祝福功能。近些年，我收集到了许多事例，证明了这一点。

我们村上有两位小伙，一同闯世界，一位因犯罪被判八年，另一位因为偶然读到两本书，走上改过自新的道路，2010年还被评为孝亲模范。当那位被判八年的小伙子从狱中出来，这位因两本书而脱胎换骨的青年，孩子已经六岁了，这是多么让人悲伤的人生画面。几年来，我坚持和这位服刑的小伙子通信，发现他十分单纯，只是喜欢模仿一些书上的情节逗能。读着他的来信，我想，写这些书的作家是否想过，他们的文字可以把一个孩子送进牢狱？

细想起来，这是一个再简单不过的常识，人的心灵是一片田野，任何进入眼睛的信息都会成为一粒种子，这些种子构成人的潜意识，而人的行动是由潜意识支配的。古人甚至认为，潜意识具有异地成熟性，我们今天读到的一句话，可能在很多年之后开花结果。当一个人在关键时候脑海中闪过"执子之手，与子偕老"，他对婚姻是一种态度；如果闪过"不在乎天长地久，只在乎曾经拥有"，可能就是另一种态度。还有那些寻求短见者，很可能是当年读过的一本书或者一首诗成为他轻生的推力。也看到一些报道，某电视剧播出后，有不少小孩模仿剧情上吊，差点闹出人命。据报，现在自杀人数已经远远超过交通事故的死亡人数，如此惊人的数字，除了全民焦虑的大背景之外，恐怕和传媒有很大的关系，而这些传媒的底本，却是文学。

曾有这样的体会：看到别人有好事，心生嫉妒时，赶快起诵《太上感应篇》中的"见人之得，如己之得"，就释然；送别人一件东西，不久又后悔了，赶快起诵《太上感应篇》中的"与人不追悔"，就释然；帮了别人一个忙，却未得到对方的感谢，心里不快，赶快起诵《太上感应篇》中的"施恩不图报"，就释然；

想起曾经伤害过自己的人，心里不免会有怨恨，赶快起诵《弟子规》中的"恩欲报，怨欲忘；报怨短，报恩长"，就释然。可见潜意识中的句子对人的解脱作用。

另一个常识告诉我们，一个人在接受了欲望的诱导后，必须要寻找欲望的出路，那么满足欲望的行为就发生了。以性行为为例，在不少文章中看到，许多人的第一次性冲动都是在阅读（大阅读）中发生的。现在，全球每年有四千五百万人堕胎，有近七万人死于堕胎，不少为未婚青少年，这些青少年在性行为前，难道没有受过不良信息诱导？如果有，制造这些不良信息的同志是否想过，正是他们间接地给这些青少年制造了不幸？

祝福功能必定来自于祝福性。在第二十二届图博会上，有位出版家说，他认为书没有好坏标准。我说书绝对有好坏标准，一个孩子走丢了，有责任感的人应该把他带回家，但也有人在干着拐卖的事，如果我们承认在带回家和拐卖之间有价值差别，我们就要承认书是有好坏标准的，因为有些书就是把读者带回家的，有些书就是把读者带离家园甚至拐卖的。一本书让人读完，就有孝敬的冲动、尊师的冲动、节约的冲动、环保的冲动、感恩的冲动、爱的冲动，无疑是好书，相反，自然是坏书。

也有人说，文学毕竟是文学，不是教育学，没必要让它承担教化义务。在我看来，这无异于说，菜不是主食，没必要讲究卫生一样。因为无论是主食还是菜，我们的孩子都在吃。

如果看过江本胜先生的《水知道答案》，我们就知道祝福不但是一种心理存在，还是一种物理存在，那么，接受一部带着祝福心态创作的作品，无疑就是自我保健，接受一部带着怨恨仇视心态创作的作品，无疑就是自我伤害。

我以为，要想保证文学的祝福性，写作动机和出版动机显得非常关键。就像为了孩子成长，有些父母也可能打孩子，骂孩子，但他的出发点都是为了孩子好。有些人尽管甜言蜜语，却会把孩子带向歧途。所以说，一本书有没有祝福性，关键要看作家和出版家的动机。如果我们在下笔时，在出版时，心中没有读者，只有利润，祝福性是很难保证的。

那么，我们应该带着怎样的动机写作？依我浅见，"父母心肠"是一个底线。带着"父母心肠"写作，带着"父母心肠"出版，应该是作家和出版家最基本的品质。

在拙著《农历》的创作谈中，我写了这么一段话："奢望着能够写这么一本书，它既是天下父母推荐给孩子看的书，又是天下孩子推荐给父母看的书，它既能给大地带来安详，又能给读者带来吉祥，进入眼帘它是花朵，进入心灵它是根，我不敢说《农历》就是这样一本书，但我按照这个目标努力了。"为了尽可能接近这个标准，我反复修改书稿。书稿排版后，我仍然让出版社寄来校样修改，同时复印多份，让同事、朋友、包括妻儿看，对于他们提出的不妥之处，我基本都作了修正，一次又一次，直到第六次时，编辑说他作了几十年编辑，出了几百本书，没有见过像我这样追求完美的，他实在没有耐心再给我寄了，我才作罢，否则大概还要修改第七次、第八次……《寻找安详》等书也同样。这些拙著出版后有不少读者批量义捐，让我更加坚信，心灵感应是存在的。

当然，也有即使拥有"父母心肠"也难下手的时候，这时，找到一个基本原则就显得特别关键。在我看来，能给读者提供正能量，是祝福的下线，能够打开读者本有的光明，是祝福的中线，能够把读者带进根本快乐，是祝福的上线。

而要"唤醒"他人，唤者要首先"醒来"。同样，要想保证文字的祝福性，写作者自己首先要拥有祝福力，最起码，要把生活方式变成祝福方式。只有把生活方式变成祝福方式，才能让我们的想象力成为有根之木、有源之水，也才能真正保证我们的真诚心和敬畏心。一个人如果没有登到山顶，肯定是无法描述真正登到山顶的体会的。因此，要写一本让读者"一览众山小"的书，作者就必须先登到山顶。现代社会之所以有那么多伪幸福学的书，就是因为写作者自己都没有找到幸福，却在大谈幸福，当然不能解决读者的心灵疾患。阅读也同样，一个没有登到山顶的人，也是无法理解"一览众山小"的境界的。人们之所以感叹读不懂经典，正是因为我们没有按经典去生活。也许有人会说，作家不可能把所有生活都体验到，这是事实，但生活虽然不同，爱的成熟度却可以类比。就像古人登到泰山之顶，我们登到华山之顶一样，最关键的是，我们都要登到山顶。见过大孝子王希海父亲的人都惊讶，一位卧床二十多年的植物人，身上居然没有疮痕，原来二十多年来，王希海都是把手放在父亲身下睡觉，当他感觉手掌被压麻了时，就给父亲翻身。如果没有实行，只凭想象，是很难写出这种孝敬方式的。

要想保证文字的祝福性，写什么比怎么写更重要，大米再简单地做，也是大米，沙石再精心地做，也是沙石。

要想提高文字的祝福性，方向比细节更重要，高速列车走错了路，显然要比牛车走错了路麻烦大得多。

要想提高文字的祝福性，安全性比精彩性更重要，原子弹投向人群显然要比石子投向人群更可怕。一部作品能给读者带来祝福，发行量越大越好，否则，发行量越大危害越大。

好散文当是生命必需品

　　好散文当是生命必需品。当散文像食物一样成为人们每天不可缺少的精神必需品时，自会繁荣。身体没有食物提供营养会垮掉，灵魂没有"食物"作营养也会垮掉。身体需要每天三顿饭作保障，灵魂同样需要。这也就是古人为什么有早晚课的原因。明白这个道理之后，我开始实验，近半年来，获益很大。每当诵读，状态好时，全身舒坦，口有清香，舌下有甜甜的津液产生，如品佳茗。需要说明的是，这样的美好感觉只有诵读才能得到，就是说，对于选定的经典，先不要理解它的意思，只是把字音读准，文句读顺，在直觉状态读即可。如果读进去，会有不忍释卷之感，总想待在那种纯粹的读的美妙状态之中。如果某一天没有诵读，一天都会觉得没有精神。后来觉得，这样的早读比早点都要重要。它还有一个好处，就是提醒我们如何度过一天，经典成了我们一天生活的线路图，依此行事，可以免去许多错误。晚上再读，对照检查今天是否有做错的事。如此天长日久，我们会发现，灵魂比以前干净了一些。

好散文当需无菌作业。去年以来，我基本停止了传统意义上的写作，但我每天在写反省日记，越写越喜悦。因为我想，当我自己还很假时，大概写不出真正真的文字，而一种文字如果真不起来，是不可能真正打动读者的。比如某一天，因为我没有带水杯，服务员用一次性杯子给我倒了水，就浪费了一个一次性杯子。晚上，我就要在反省日记上作检讨。也许大家会说，郭文斌你太作秀了吧，浪费一个一次性杯子有什么要紧的。但在我看来，这个问题很严重，因为它让我的生命中少了一个圆满。在我看来，节约整个地球的资源和节约一个一次性杯子，虽在事上有大小，但在心上没有大小，因为都是一个节约的心。有许多错误，正是在不间断的反省日记写作中改掉的。比如吃零食的毛病，天天检讨却天天犯，但时间久了，就觉得这样天天检讨实在不好意思了，第二天，就下决心把它改掉了。再比如上班期间，当我有一天终于做到了公事用公家电话，私事用个人电话时，觉得生命有了一个重大超越，晚上在反省日记上写下这件事时觉得很光荣很喜悦。这样的文字，我不知道是不是散文，但是我觉得很真，如果将来我愿意交给出版社，相信读者也会喜欢。

好散文当有改造力。近年来，我收集到了大量正能量的文字改变读者命运的案例。我们村上的两位青年，其中一位因为犯罪被判了八年，另一位却因为读到两本好书走上改过自新的道路，这个故事，我写在《文学的祝福性》一文中。去年，一位朋友的孩子出了问题，很严重，严重到她都准备辞职专门在家看护孩子。就在她快要绝望的时候，有人告诉她试着读一些正能量的经典，向孩子表达祝福，她就试着去做，不想奇迹出现了，孩子真的渐渐好转起来，居然以高出他们省重点分数线七十多分的成绩考到一所重点大学。这件事给我的震动很大，它让我想到，古人所讲的祝福不单单是一种形式。后来看"霍金斯能量级表"，才知人的生命观本身就是能量，那么，文学观也不应例外。表的下限是20，上限是1000，分水岭是200，之上产生的情绪对世界有积极影响，之下产生的情绪对世界有消极影响。个体生命是如此，文化产品也如此。而研究发现，绝大多数流行文化对应的能量在200之下。那么，在浩如烟海的文学作品中，能量级在200以上的又有多少呢？因此，我们要让散文真正繁荣起来，散文本身是重要，但写作者的价值观可能更重要。因为一个能量级在300的人，相当于九万个在200之下的人。因此，我们的崇高感提高一分，慈悲感提高一分，喜悦感提高一分，也许会多赢得成千上万的读者。

记住乡愁，就是记住春天

记住乡愁，就是记住社稷。

记住乡愁，就是记住祖宗。

记住乡愁，就是记住恩情。

记住乡愁，就是记住根本。

记住乡愁，就是记住春天。

这是我做百集大型纪录片《记住乡愁》文字统筹时脑海中一遍遍闪过的句子。2014年12月26日，《记住乡愁》开播通气会在梅地亚中心举行，到了现场，我才知道，由中宣部、住房和城乡建设部、国家新闻出版广电总局、国家文物局组织实施，中央电视台组织拍摄的百集大型纪录片《记住乡愁》将于2015年1月1日正式开播了。

这真是一出再好不过的元旦献礼。

中宣部领导和中央电视台台长到会讲话，听得出，他们都很激动。

看着一出出唯美又感人的样片，我再也止不住热泪，心里充满了对决策者、支持者和拍摄者的无限敬意。

大地和岁月终于等来了这一天，华夏儿女终于等来了这一天。

尘封了百年的传统文化实体，将以百集纪录片的形式重回岁月和大地。这无疑是民族之福，社稷之福。文化虚无主义者，如果认真看完这些节目，一定会走出虚无；丧失民族自信心的人，如果认真看了这些节目，一定会重新找回民族自信；道德悲观主义者，如果认真看了这些节目，一定会重新找回乐观；迷茫无助的人，如果认真看完这些节目，一定会重新找回方向。

这些节目，既是一出出生命大题，又是一份份绝好的答卷。

格物、致知、诚意、正心、修身、齐家、治国、平天下。这道大题，在这一百个考场里，一次次展开，一次次收起，仁心写，义举答，子子孙孙答不够，一答就是百千年。这种耐心，这种淡定，这种安详，如果没有巨大的幸福感作支持，如何可能？

从中，我看到，但凡得高分的家族、村落，他们都有着共同的遵守，那就是，他们没有忘记国家社稷，没有忘记祖先，没有忘记恩情，没有丢掉根本。

但凡兴旺的家族，都有家谱、祠堂、祖训。

但凡兴旺的家族，都在像守着生命一样守着这些家谱、祠堂、祖训。

仁义礼智信，孝悌勤俭廉，在这些土地上，已经化为人们的思维方式，成长方式，生活方式，工作方式。

从中，我看到了真正的励志；从中，我看到了真正的制度；从中，我才真正理解了什么叫师道尊严；从中，我才真正懂得了什么叫商道贾德。

当你发现晋商成功的秘密并不在经营里，徽商成功的诀窍并不在谋略里，你的心里该是一种如何的震撼。当你发现幸福原来就在"五常十义"里，甚至就在一餐一饮里，一草一木里，你的心里该是一种如何的震撼。

看着这些台本，我突然觉得，人类一旦没有故乡的概念，一切病相就要来了，现代人生活在城里，没有一个共同的地理凝聚力，房子常常在换，漂泊感就来了，漂泊感带来无根感，无根感带来焦虑。人的目光一直是断的，思想就是断的，能量就是断的，不像古人，不管走多远，心系故乡，能量是全的，长的，满的。

中华民族近当代之所以遭受巨大苦难，有多种原因，但废止祭礼是最重要的原因之一，如果我们承认潜意识的永恒性，我们就要承认祖先的存在，承认祖先的存在，我们就要承认祭祀的重要。而现代科学已经证明，潜意识是永恒的，否则催眠治疗就无从说起。既然潜意识永恒，那么祖先的潜意识就永恒，祭祀就成为我们从祖先那里获得生命能量的通道。

甘肃哈南村的故事读得人泪眼婆娑，这是一个把忠自觉化的村落，忠于国家，忠于单位，忠于自然，忠于内心。战时，他们把忠用于卫国，和时，他们把忠移于建设。据《哈南朱氏族谱》记载，明初时，朱氏祖先立下赫赫战功，家族中不断涌现出忠君爱国的将领，从那时起，朱氏后人便把"忠勇传家"作为家规祖训写进了族谱。在历史上，朱氏一族先后有11人为国捐躯，从军报国也就成为哈南村的传统。每当外敌入侵的时候，"母送儿，妻送郎，父子争相上战场"催人泪下的场面，就会在这个小村庄里出现。汶川地震后，哈南村成为重建速度最快的村落，就是因为忠字效应。

在安徽屏山村，我看到，明嘉靖年间，舒善天进京赶考，高中探花。衣锦还乡之际，发现相依为命的老母病倒家中，便弃官侍母，直至终年。还是屏山村，我看到，在电影《一江春水向东流》中成功地塑造了"抗战夫人"王丽珍的人民艺术家舒秀文，当年一月挣30块大洋，会把25块寄到家里。

在浙江杨家堂村的故事中，我看到，一个医生，早晨起来，先要巡视一圈，看到家家烟囱里都在冒烟，他就放心了，否则一定要上门问讯，这是何等美丽的人间热肠。一个医生，遇到穷人，不但不收钱，还要倒贴钱，这是何等美丽的人间风景。

还是杨家堂村，我看到，这一天，宋宏堂挑着柴准备去县城卖，走到半路坐在凉亭休息，意外捡到一个包裹，摸摸里面似乎有一些银两，于是宋宏堂就坐在凉亭里等，来往的人问起来，他只是说坐在这里休息。直到一个衢州商人满面愁容地走来，一副欲哭无泪的样子，宋宏堂断定这就是丢了包裹的人，经细问果然不出所料。衢州商人打开包裹，里面有2000两银票和部分银两，看到自己多年的积蓄完好如初，不禁流下了眼泪。就是这样的一个缘起，让他成为失主的学徒，开始了他的生意旅程，最终成为巨商。多么浪漫的商道。

在山西静升村，我看到，王氏十六世祖王寅德和人合伙做生意，对方早亡，他能够把属于对方的钱分文不少地还给人家后代，这是多厚的德行。王家不发，没有道理。第二十世祖王廷仪，当年的当铺小伙计，不忍把还有一天就到期的翡翠手镯卖给洋人，托辞钥匙找不到了，这是多么美的一出人间智慧大戏，小人物演的大爱之戏。这一刻，小伙计心里除了商业诚信，还有爱国之心，不能让祖国的东西流失到洋人手里；更有怜悯之心，一般来讲，手镯是一个女人最爱之物，多是夫君所赐，是爱情的见证，万不得已，是没有人拿出来当的。如果第二天，主人来，镯已不在，该是多么伤心啊。现在，小伙计以计成全了这一美事，这心多厚啊。天不助这样的人家发家，没有道理。做月饼的吴丽霞家，其父为什么那么在乎月饼切开后的匀称，也不单单是月饼的品相，而是考察做月饼的人心是否匀称，心匀称，手下的活无不匀称，心不匀称，手下的活难以匀称。为此，其父宁可把过了保质期的月饼卖给猪厂，也绝不减价给人。此心多厚啊。天不助此人，没有道理。

非常庆幸，能够为这一巨大工程做文字统筹，我甚至觉得，即使为此累倒在现场，都值得。

在这间名叫如家的宾馆里，在看一出出台本的时候，我就像是在给祖先的老屋拂尘，给祖先的德容擦灰，给祖先的衣襟掸土。

我是那么急切地想等到下一出，又是那么紧张地看着每一出，一遍不够，两遍不够。

好多出节目看完，我的键盘上都会落下一个不肖子孙的滴滴热泪。就连晚上做梦，都在乡愁之中。

作为炎黄子孙，我们是多么幸运，我们有这么伟大的传统，这么优秀的祖先，这么智慧的文化，这么可爱的同胞。

作为一个作家，我是多么幸运，能够以这种方式，亲近我们伟大的传统，为祖先尽上一份小小的孝心。

在这些节目中，我看到的孝悌忠信礼义廉耻故事，远比在任何一部小说中读到的都精彩，它超出了我的想象。如果没有这四十个摄制组长达九个月的艰辛打捞，任凭他们被淹没，流失，这对中华民族来说，将是何等的损失。

有了这一百集，我们就可以回答，人类将来要走向何方。

有了这一百集，我们就可以回答，我们的子孙将来要向哪里去。

有了这一百集，我们就有了底气。孔子不但是中国人，而且还活在大地上，正在以乡愁的方式。端午不但是中国的，而且还美丽在大地上，正在以乡愁的方式。从中，我看到了二十四孝的现代版，看到了精忠报国的现代版，他们有名有姓，有脸有面。

有了这一百集，我们就能够回答人们的叩问：三鹿奶，红心蛋，地沟油，瘦肉精，我们还能吃什么；天价药，过度疗，小悦悦，楼脆脆，我们还能乐什么；周老虎，躲猫猫，假慈善，卢美美，我们还能信什么；范跑跑，韩抄抄，假作真，钱规则，我们还能做什么。

此刻，我会非常自信地告诉问者，只要我们把根留住，只要我们回到根那里，这一切，都将不是问题。因为春来草自青。草的答案不在草本身，而在春那里。

乡愁中的传统，传统中的乡愁，正是我们一刻都不能离开的春风。

中国之中

能够以文字统筹的身份，加盟百集大型纪录片《记住乡愁》工程，真是无比幸运。幸运的是自己能够通过阅读这些台本，感受到我所热爱的中华民族传统文化的温度、美丽、优雅和强大生命力，让我更加热爱创造了她们的先祖，孕育了她们的祖国，传承并发展了她们的古圣先贤，对中华民族优秀传统文化更加自信，也更加感受到作为一个文化人身上责任的重大。

许多台本，我都是流着热泪读完的，透过泪水，我仿佛看到，中华民族的万姓先祖，站在岁月的根部，正在向我致意，我甚至能够感觉到，祖先从远方伸过来的手掌，轻按在我的肩头，加持我，给我力量。

《记住乡愁》的拍摄，是传媒人的无比光荣。历史将会证明，这一巨型工程所挖掘出来的生产力，是一种藏在大地深处的生命力、和谐力、建设力、战斗力。它连着天地，连着先祖，连着岁月，它是生机，是春意，是真理在大地上生长出来的庄稼，是四两拨千金的"四两"，是万变不离其宗的那个"宗"，是"君子务本，本立而道生"的那个"本"。

一个家族，能够传承千年，超过许多民族，许多国家，这本身就是奇迹。

一个族谱，能够保留千年，无论是战乱还是瘟疫，都未能让它从大地上消失，这本身就是奇迹。

一个村落，能够成为状元村、翰林村、将军村、长寿村，肯定有它的秘密。

一个村落，几百年来没有刑事犯罪，肯定有它的秘密。

一个村落，能够做到路不拾遗，夜不闭户，肯定有它的秘密。

在阅读这些台本的时候，我在想，一个受过重伤的人，最重要的是恢复他的元气。当下社会，各种危机困扰着人们，说一千道一万，正是我们没有把这些隐藏在人民之中，深埋在岁月深处的原始生命力恢复。管理层辛苦得一塌糊涂，手忙脚乱，却是按下葫芦起了瓢，结果不但于事无补，往往情况更加麻烦。就像古人几味草药就可以治好的病，现在动辄要成千上万。这种高治理成本，正是因为我们迷失在头痛医头脚痛医脚的"技"之层面，而忽略了"技"上面还有"术"，"术"上面还有"学"，"学"上面还有"道"。而一个"技"层面的问题，在"道"层面，简直就不是问题，一些在"技"层面需要千斤之力才能完成的事情，在道层面也许用四两力就够了。老子讲的无为正是强调的这个"四两"。

因此，在我看来，百集大型纪录片《记住乡愁》的拍摄完成，是中国文化史上的一件大事，大到我们现在可能无法估量它的价值的程度。传统文化式微几百年，断代一百年，后果大家都看得清楚。但如何恢复传统，近年来悄然兴起的经典诵读，公益论坛，包括去年中央各部委出台的许多制度性措施，都是值得肯定的方式，但是经典如果不能化为生活方式、工作方式、伦理方式，它也只是知识而已，无法成为人们安全感的提供者，幸福指数的支持者。这也就是为什么有许多高学历的人，他的日子却过得很糟糕，幸福指数很低，不少人焦虑抑郁，甚至放弃生命。而往往有一些大字不识的老太太，不但自己活得幸福，还可以把一个家庭管理得井然有序。可见，知识不能代替智慧，学习不能代替行动，智慧主导下的行动力才是最关键的。

在《记住乡愁》中，我们看到，支持这种行动力的，首先是天地敬畏、祖宗信仰、德性建设，表现在仪式上，就是像生命本身一样重要的文化传承硬件：祠堂、族谱、书院、私塾、戏园、公共建筑；软件：族规家训、节日、祭礼、婚礼、葬礼、寿礼、开蒙礼、成年礼，等等。

《记住乡愁》在九套、一套播出之前，2015年元旦首先在国际中文频道黄金时间播出，这本身就是一件十分吉庆并具有强烈象征性的事情。它将让全世界人民看到，这个世界上，曾经有一种生活，是那么自足、自在、自得、自由、潇洒、浪漫、诗意、喜悦、幸福、圆满，但成本却低得只需要一片土地就足矣，甚至只需要一个好心情就足矣；它将让全世界人民看到，这个世界上，有这么一个民族，他们强大的目的是为了帮助弱小者，发达的目的是为了接济困难者，他们"读书志在圣贤，非徒科第，为官心存君国，岂计身家"，他们"顺时听天，守分安命"，奉行"第一等好事只是读书，几百年人家无非积善"，秉持"积善之家，必有余庆，积不善之家，必有余殃"；它将让全世界人民看到形象生动的中国之"中"，活灵活现的中国之"中"，它表现在生命上是清净、平等、觉悟，表现在为人上是温良恭俭让，表现在伦理上是孝悌忠信礼义廉耻仁爱和平，表现在管理次序上是诚意正心修身齐家治国平天下。他是自觉，而非强制，他是自愿，而非逼迫。

就是说，这个民族，他们不单单追求法律意义上的社会成就，更追求心灵意义上的生命成就，他甚至追求要在起心动念处，享受生命，超越生命，完成生命能量的管理和应用，他懂得在出发地就享受生命和生活之大美，而不是一定要到远方，要到成果那里，甚至不惜以伤害他人为代价。

一句话，这是一个懂得并善于以最低成本享受最大幸福的民族。

从这个意义上说，记住乡愁，不但是华人之福，更是人类之福，不仅是中国梦的一个原型，也是人类梦的一个模型。

所重全名节

在《回归喜悦》中，我曾讲过这样一个观点："要想让人们离开低层次生命状态，必须给他找到一个高层次的出路。追求喜悦是人的本能，当一个人尝到高层次喜悦，低层次快乐会自动停止。"在总结古人各种说法的基础上，我把人的生命状态概括为五个层面：物我、身我、情我、德我、本我。

"物我"的人，认同物质是"我"，这一类人特别在乎物质，对财富的占有欲极强；"身我"的人，认同身体是"我"，这一类人特别在乎身体，保健意识极强；"情我"的人，认同情感是"我"，这一类人特别在乎情感，对情感的质量要求极高；"德我"的人，认同道德是"我"，这一类人特别在乎道德，非常注重人格的完善，儒家讲的"杀身成仁，舍生取义"，就是这个层面；"本我"的人，认同本体是"我"，这一类人已经超越了前四个层面，活在一种无善无恶的清净状态里。

从能量的角度来讲，"我"的认同度越高，能量指数就越高，幸福指数也就越高。对照一下心理学家霍金斯的能量级，我们会发现，一个人的自我认同到道德层面后，他的生命能量是前三个层面的很多倍，由此，我们就会知道为什么那些特别有道德感的大家族往往兴旺发达。

从常识角度，我们也好理解，物质认同的人，他的生命能量是跟感官相连的，而跟感官相连，能量肯定会漏掉。因为感官本身就是能量漏失的通道，看东西的时候能量从眼睛漏掉了，听声音的时候能量从耳朵漏掉了，尝味道的时候能量从舌头漏掉了，抚摸的时候能量从手上漏掉了。道德认同的人，能量就保持在一个相对稳定的基本无漏的水平面上了，生命就成为一个精气神的聚宝盆。

前三个层面的认同，随着心量的变化会变化。比如说有些人，特别认同物质，但认同的是公家的物质，保家卫国，物质认同又变成道德认同了。比如一些人，他特别认同情感，但他维护的是一段人间真情，那又成了道德认同了。如果说，把身体维护好，不是为了享受，不是为了长寿，而是为了孝敬老人，报效国家，又变成道德认同了。

古往今来，为什么人们都要强调道德呢？这是相对于下面三个层面来讲的。因为"本我"一般的人够不着。事实上，"德我"和"本我"基本上是一体两面了，从人格的完成上来讲，它已经接近圆满了。

认同度高一级，对下面的那一级就会轻松看破，幸福指数就提高一级，幸福指数跟看破放下成正比。这时就能够理解，古人为什么要讲"君子忧道不忧贫"，为什么讲"朝闻道，夕死可矣"。早晨听到道，晚上死了都可以了。为什么呢？找到了最高一级的认同，而且掌握了最高一级认同，下面的可以忽略了，不屑一顾了。

如果依次建立一个纵坐标，物质认同、身体认同、情感认同、道德认同、本体认同。认同度越高，能量越高。我们再以心量建立一个横坐标，心量越大，能量越大。一分的心量对应一级认同，是个小圆；二分的心量对应二级认同，是个大圆；三分的心量对应三级认同，是个更大的圆。如果哪一天我的心量变得跟天地一样大，认同到达本我，就是天长地久的圆，就是心想事成的圆。为什么呢？我们的能量自由度到达理想状态，就像一个人到了天地间最大的面粉厂里，想做多大的蛋糕，就做多大的蛋糕，想做多大的面包，就做多大的面包。空间障碍没有了，时间障碍没有了，真正的自由境界到来。

这就是古人为什么孜孜以求君子人格的原因。这时，我们就能够理解清人李玉的一句话，"一身轻似叶，所重全名节"。也就能够理解历史上那些白雪肝肠，坚冰骨骼的英雄人物。

在中华文化传承工程百集大型纪录片《记住乡愁》第一季中，我们看到了太多的实例。

在诸葛村繁衍生息的孔明后人自不必说，他们以先祖一千七百多年前结庐隆中、晴耕雨读、养性励志、治学修身，后逢明主，尽忠效力、披肝沥胆、鞠躬尽瘁、死而后已为榜样，在医药、建筑、机械等诸多方面，作出了杰出成就。单拿医药事业来说，明清以来，诸葛村人把两百多家中药房开到了东南沿海各省，并远赴港澳，成就了"天一堂"等一批金字招牌。武侯"淡泊明志，宁静致远"的思想，在他们身上多有体现。

广西江头村生活着理学鼻祖周敦颐的后人，他们世世代代坚守着莲之品格，清白做人。周履谦是清朝乾隆时期的举人，历任知县、知州等官职，以"贪一文断子绝孙"自律，在四川为官期间，勤政廉洁，传授灰土粪田法，解决了农田病虫害，受到当地百姓的爱戴。寿终身无分文，当地人民凑钱为他买了棺材，专程把他送回故乡。曾经在县政府部门担任秘书的周崇德原本可以推荐儿子参加县里的招工，但他考虑如果这样做有营私之嫌，终未同意，至今三个儿子还在家务农。

在浙江仙居李宅村，我们看到，明人嘉靖七年李一翰乡试中举，官至都察院左副都御史，负责监察工作。他为官三十年，廉洁公正，勤政爱民，史书称他"一尘不滓"，至死"囊无长物"。第十六代裔李镶担任粮长，遇交不起粮食的，即用自家粮食代交，以免乡民为此流放。耄耋老人李桂鉴四十年为村人义务送邮，没有出现过漏送，足见其心之细之诚，其修身功夫，可见一斑。

在深圳鹏城村，我们看到，一个村子居然出了十三位将军，被称为"将军村"。有着六百多年抗击外来侵略英勇保卫祖国的历史。"文官愿为清吏瘦，武将敢当沙场卒"。无论是和林则徐一起英勇抗击倭寇的广东全省水师军务提督赖恩爵，还是东江纵队情报员黄月娣，还是牺牲时年仅27岁的传奇英雄刘黑仔，还是转战大江南北的著名革命将领罗贵，都将生死置之度外，一心保家卫国。受此精神激励，留学国外的罗海岳作出了一个令很多人意想不到的决定，回到中国投身公益事业，成为中国留学生爱心助学基金创始人。

在甘肃哈南村，我们看到，人们已经把忠自觉化。忠于国家，忠于单位，忠于自然，忠于内心。战时，他们把忠用于卫国，和时，他们把忠移于建设。明初时，朱氏祖先立下赫赫战功，家族中不断涌现出忠君爱国的将领。历史上，朱氏一族先后有十一人为国捐躯。每当外敌入侵的时候，"母送儿，妻送郎，父子争相上战场"的场面，就会在这个小村庄里上演。汶川地震后，哈南村成为重建速度最快的村落，就是因为忠字效应。

在黑龙江街津口村，我们看到，抗日战争期间，涌现出了很多奋勇杀敌的赫哲人，沉重地打击了进犯的日军，就连女人和孩子都驾着小船给抗联运送弹药，翻山越岭传递情报。七星岗战斗中，赫哲族军队激战三天三夜，打死打伤鬼子数百人，其中尤山尤江两兄弟打死打伤鬼子近百名。为了把赫哲人赶尽杀绝，日军强行把他们集中起来分成几个部落，赶到离江边一百多公里的沼泽地生活，企图用这种方法困死赫哲人。但是赫哲人顽强地存活下来。抗战胜利后，赫哲族人口从一千七百人下降到不足三百人。

在福建培田村，我们看到，在上海生活多年的吴初兴，并没有在大都市中寻找到归属感。随着年龄的增长，他渐渐萌生了回乡生活的念头，也越来越想为家乡作出自己的一份贡献。2013年，吴初兴开始行动，他先从恢复家乡的传统文化做起，召集几位老人商量如何修复南山书院，并在村里开办文化大讲堂。

这种当下中国最需要的还乡行动，在《记住乡愁》第一季中，不乏其人。贵州岜沙村的滚水格就是一个突出典型。同许多偏僻乡村的青年人一样，他带着对外面世界的向往，高中毕业后即去广东打工，但一年后，他却选择了回家。他说，我觉得外面没我们这边好，虽然我们这里经济比较困难，但是我们能够知足，自己种的米饭自己吃，自己织的布自己穿。而且大家都互相认识，走到哪里，大家都能互相问候一声。这一切都有一种家的味道，我就想过这种有家的味道的生活，就不愿在外面待了。从本质上来讲，这也是追求一种"全名节"的生活，这种"节"来自对生命的正确认识。

同样，因为身处远离城镇的大山之中，湖南石堰坪形成了一种完全自给自足的社会模式。粮食产自土地，古老的油坊直到今天还在出油，铁匠铺按照生产需要锻造出各式的劳动工具，篾匠包揽了村庄的一部分生产生活用品。人们活得安恬舒适，悠然自得。这种自尊、自在、自足、自愿的生活，不正是所有仁人志士视身为轻视节为重苦心营造并誓死保卫的吗，不正是最值得我们现代人深情守望的乡愁吗？

徽商并未失败

因为担任《记住乡愁》文字统筹的工作，我查阅了有关徽商的资料，也到黄山市所辖徽州区和黟县实地考察，渐渐对人们所谓的徽商失败论有了不同看法，觉得徽商不但没有失败，反而空前成功。

这种成功是以能量转移的方式完成的。

人们通常评说的几种失败的原因，在我看来，恰恰是徽商巧妙转移能量的方式。

如果没有他们当年修建一座座宗祠、支祠、家祠，一家家庭院，一座座牌坊，一架架桥梁，建设一所所义学、书院，哪里有今天黄山市的巨额旅游收入？如果没有他们当年拿出巨额资金支持教育事业，哪里有明清两代九百六十名进士及第、忠臣良将辈出的盛况？哪里有和藏学、敦煌学并肩的徽文化热？

我们又到何处去实地观瞻传统沐浴德风？

用心端详一座座"承志堂"上的对联：

第一等好事只是读书，几百年人家无非积善；

积德不倾择交不败，读书不贱守田不饥；

黄金非为宝，安乐最值钱；

孝悌传家根本，诗书经世文章；

教孝悌此乐何极，嚼诗书其味无穷；

万世家风惟孝悌，百年世业在诗书；

心田存一点子种孙耕，世事让三分天宽地阔；

二字箴言惟勤惟俭，两条正路曰耕曰读；

力田岁取千箱稻，好事家藏万卷书；

书是良田传家休言无厚产，仁为安宅居家何用有华堂；

大富贵必须勤苦得，好儿孙是从阴德来；

世事每从谦处好，人伦常从忍中全；

……

我仿佛能够看到他们当年的一个个念头，看到他们在挣了钱后，如何迫不及待地进行着能量转移，把一锭锭黄金白银抢时间变成供奉祖宗的祠堂、颐养老人的庭院、培育后人的学校，变成接济族人的义田、族金、学费，变成祭礼中的福胙、戏资、奖金，包括灾民口中食、游子身上衣。

藉此，悄然完成藏富于贵化财为慧的工程，完成由富而贵由贾而儒的身份转换，由被人羡慕嫉妒到受人爱戴尊敬，由低能量生命状态一跃为高能量生命状态。

可以说，没有他们的这一漂亮转身，就没有"十户之村，不废诵读""山间茅屋书声响"的盛况；就没有"十里五翰林""兄弟九进士四尚书"的奇迹；就没有"东南邹鲁""文献之邦""礼仪之乡"的美誉；就没有人皆孝悌、家皆和气、族皆和睦的宗法盛世；就没有被多国文化学者叹为观止、视为宝藏的徽文化。

想想，当年的徽州大地上，是怎样的一片祝福之声，它们给天地祖先一种怎样的礼敬和追怀。

想想，当年的徽州大地上，是怎样的一片斧凿之声，它们给老人孩子一种怎样的安慰和感动。

想想，当年的徽州大地上，是怎样的一片诵读之声，它们给父母师长一种怎样的信心和幸福。

无疑，这是一片爱的合奏。

孝悌忠信礼义廉耻，是他们表达爱的八种方式。

一本本志书、一牒牒族谱、一座座牌坊，是他们记录爱、激励爱的方式。

千年之冢，不动一抔；

千丁之族，未尝散处；

千载谱系，丝毫不紊。

这背后，该是凝聚着徽商们怎样的心血。

这一切，又岂是一个"商"字能够承担得了的。

试想，如果没有这一切，即使胡雪岩还在，又将如何？当今中国，比胡雪岩富有的商人大有人在，可是，他们成功了吗？

没有尊敬和传诵的成功，是成功吗？

没有成为精神风尚的成功，是成功吗？

没有成为永恒价值的成功，是成功吗？

在歙县，有这样一位商人，为朱元璋进徽一次性捐饷银十万两，他名为江元。

在休宁，有这样一位商人，他在嘉兴、湖州囤积了大量粮食。有一年，当地遇上灾荒，有人为他庆幸，发财的机会来了，劝他乘机狠狠赚上一笔，但他却将所囤之粮全部减价出售，同时还命人煮粥免费供给灾民，他的名字叫刘淮。

在歙县，有一个乐善好施牌坊，记录着鲍志道、鲍淑芳父子的义行：

为朝廷修筑河堤八百里，为三省发放军饷不计其数。远在扬州，却在徽购置两千多亩义田，每年租谷三万斗，让族内扶贫救孤。粗略统计，其为赈灾捐米达十万石，捐银三百万两。为重修包括朱子曾经讲学的紫阳书院在内的多家书院，捐银一万多两。

贾而好儒，贾儒结合，是徽商最显著的特点。不惜重金支持教育，是他们的自觉行动。明代歙县盐商鲍柏庭的话"富而教不可缓也，徒积资财何益乎"，道出了他们的共同心声。他们一方面经商，一方面购建书屋，购买书籍，延请名师，让子弟专心致志地读书。并且，在爱国爱家、乐善好施、扶贫济困、勤俭持家、明礼诚信方面，为儿孙做出典范。

仅以明礼诚信为例，"以诚待人，以信接物，以义为利"是他们的公共商德，货真、价实、量足、守信是他们的普遍操守。

"泪酸血咸悔不该手辣口甜只道世间无苦海，金黄银白但见了眼红心黑哪知道头上有青天。"以此告诫自己和后代诚实经营，切不要发昧心财。

不少徽商，其诚其信不但言成行成，而且直抵心性。

清代黟商胡荣命因为诚信经营，名重吴城，晚年归乡时，有人想用重金买他的店名，被他拒绝了。他说，你如果诚实经营，何必借我的名声，你现在想借我的名声，已经动了一个不诚实的念头，将来必定连累我的名声。

细心体味此话，可见胡氏已经不仅仅是名商了。他所经营的，已经不是财富，而是人格了；他所追求的，已经不是商业成就，而是心灵成就了。

绩溪商人章通，不但"创建支祠，兴造文昌阁，廉而且勤，凡修桥路及赈贫恤寡，倾囊无难色，有借难偿者焚其券"。别人还不上他的钱，他居然把借据焚掉，以安人心，这是何等的胸怀。

歙县商人吴自充更加干脆，把别人欠他钱的借据"悉焚之"。称"当见贷时，吾已心赠之矣"。

更有甚者，歙商黄应宣，压根就不要贷券，"乡人有以窘急，求济其门具贷券，处士欣然出金胭之，却其券而不受。贷者疑之，处士曰：'噫，与其异时裂券，孰不若不纳券之为愈乎。'义声翕然播州间。"

这些人，纯粹在以"无我"状态在做人做事了。正如《了凡四训》所言："以财济人，内不见己，外不见人，中不见所施之物，是谓三轮体空，是谓一心清净。"

清代著名思想家戴震用"虽为贾者，咸近士风"评价他们，我都觉得有些不够了，事实上，这已是一种"道风"了。

聚财成功，是拿得起；舍财成功，是放得下；拿起是能耐，放下是境界；通过"大有"，抵达"大无"。

对于相当一部分徽商来说，经商已经变成手段，成人才是他们真正的目的。

"虽为贾者，咸近士风"。这让我想起夫子之言，"君子之德风，小人之德草，草上之风，必偃"。

华夏大地，有此春风留存，生机还在。

当代商人曹德旺、李林才、陈逢干等，港商邵逸夫、汤恩佳、田家炳、冯燊均等给我们传递的，不正是这种德风吗？

雷锋精神脱胎于传统文化

朋友问我，雷锋精神和传统文化是什么关系？我说，雷锋精神脱胎于传统文化。"真正的青春，只属于这些永远力争上游的人，永远忘我劳动的人，永远谦虚的人。"精进、忘我、谦虚，正是中华民族的传统美德。"在工作上，要向积极性最高的同志看齐，在生活上，要向水平最低的同志看齐。"正是《弟子规》所讲的"唯德学，唯才艺，不如人，当自砺；若衣服，若饮食，不如人，勿生戚"，等等。

雷锋是集体主义的化身，而中华传统文化的最大特点是共体意识。"天同覆，地同载"是这个文化背景的逻辑依据。"全心全意为人民服务"，事实上是中国传统人格追求的现代表达。"一滴水只有放进大海里才永远不会干涸，一个人只有当他把自己和集体事业融合在一起的时候才能最有力量。"传统文化告诉我们，这个世界上没有离开整体存在的个体，就像没有离开母亲存在的婴儿一样。孝道为什么成为中华民族的第一美德，就是因为孝道本质上是在讲整体，或者说孝道就是我们回到整体的方法论。

整体观为什么会成为中国文化的核心？因为整体是生命力、免疫力、和谐力、幸福力、快乐力，当然也就是繁衍力。

"人的生命是有限的，可是为人民服务是无限的，我要把有限的生命，投入到无限的为人民服务之中去。"这是雷锋名言。"万物都会消散，唯有道德流传"，这是先贤古语，是不是有点异曲同工？道德是什么？在我理解，就是整体规则和整体行动。

"凡是脑子里只有人民、没有自己的人，就一定能得到崇高的荣誉和威信。反之，如果脑子里只有个人、没有人民的人，他们迟早会被人民唾弃。"为什么？因为自私自利和整体规则不相应。

相应是生命原理，就像火和燃烧相应，水和熄灭相应，零上气温和水相应，零下气温和冰相应，开心和微笑相应，焦虑和愁眉苦脸相应，奉献和幸福相应，利他和快乐相应。

孩子问我雷锋为什么能够做到"全心全意为人民服务"，我说，那是因为雷锋从中尝到了无比的快乐和幸福。因此，他才能"把别人的困难当成自己的困难，把同志的愉快看成自己的幸福"。

"一个人的作用，对于革命事业来说，就如一架机器上的一颗螺丝钉。机器由于有许许多多的螺丝钉的连接和固定，才成了一个坚实的整体，才能够运转自如，发挥它巨大的工作能力。螺丝钉虽小，其作用是不可估计的。我愿永远做一个螺丝钉。螺丝钉要经常保养和清洗，才不会生锈。人的思想也是这样，要经常检查，才不会出毛病。我愿永远做一个螺丝钉。"这是雷锋的整体观，如果雷锋再往传统文化深处走一步，他就会发现，螺丝钉就是机器本身，这是中国古人讲的"全息"，在中国古人看来，整个宇宙都是一体的，都是一个"一"，这也就是孔老夫子为什么说"吾道一以贯之"，为什么要大讲特讲忠恕之道，要尽形寿而弘扬仁义道德。在我看来，"仁"这个字，就是整体观的形象表达，当两个人成为一个人，就是"仁"。而要两个人成为一个人，就要这两个人的心里没有自己，只有对方。那就是"全心全意为人民服务"，而"全心全意为人民服务"就意味着这个人要"零心零意为自己服务"，而"零心零意为自己服务"，就是古人讲的忘我之境了。

古人为什么要孜孜不倦地追求忘我境界？因为古人明白，一个人只有达到忘我境界，"根本快乐"才能到来，安详才能到来，因为"我"是烦恼之根，一个人连烦恼的根都挖掉了，自然只剩下快乐了。换句话说，一个人连烦恼的皮都消灭了，当然也就把附在它上面的毛消灭了。

因此，利他从本质上来讲，还是利我。由此可知，利他才是真正的投资学。

如果雷锋再往传统文化深处走一步，他也就可以把下面这段话讲得更完美。"对待同志要像春天般的温暖，对待工作要像夏天一样火热，对待个人主义要像秋风扫落叶一样，对待敌人要像严冬一样残酷无情。"他就会说，对待敌人也要像春天般温暖。因为如果我们真正了解了整体观，了解了老祖先的全息观，我们就会发现，敌人也是朋友，因为我们是"一"，不是"二"。为了彻底回到整体，回到"一"，中国古人开通了许多航线，"以德报怨"就是其一。因为我们只有以德报怨，才能完全回到整体，才能完全让我们的心灵和整体相应，而究竟的幸福和快乐就在没有缺陷的整体中。只要我们心中还有一个敌人，那我们的心就是分裂的，而分裂意味着还有漏洞，而漏洞本身就是病，心有漏洞是心病，肝有漏洞是肝病，肺有漏洞是肺病。

只有无漏，才能健康，才能超越，才能成功，一个有漏的气球是上不了天空的，一个有漏的潜艇是下不到海底的。大地之所以能载，是因为大地无漏；天空之所以能容，是因为天空无漏；圣人心之所以仁慈，是因为圣人心无漏。

"如果你是一滴水，你是否滋润了一寸土地？如果你是一线阳光，你是否照亮了一分黑暗？如果你是一颗粮食，你是否哺育了有用的生命？如果你是一颗最小的螺丝钉，你是否永远守在你生活的岗位上？如果你要告诉我们什么理想，你是否在日夜宣扬那最美丽的理想？你既然活着，你又是否为了未来的人类生活付出你的劳动，使世界一天天变得更美丽？我想问你，为未来带来了什么？在生活的仓库里，我们不应该只是个无穷尽的支付者。"

非常喜欢这段话，因为他告诉我们什么是本分，如何尽本分。

我有些不大喜欢把雷锋精神形式化，比如每年在3月5日这天，让医生到学校门口打扫卫生，让老师到医院门口打扫卫生，等等。雷锋精神的核心应该是把本职工作做到尽善尽美。想想看，当每一个人都把本职工作做到尽善尽美，不就是和谐社会了吗？当每一个螺丝钉都尽善尽美地运转，这个机器不就是和谐社会了吗？

新大禹治水

　　十几年前，曾经写过一篇关于黄河的散文，名为《生命之河》，赢得了不少读者的喜爱，自己也很得意，觉得读懂了黄河，现在看来，那纯粹是一位游子的伤怀。这一刻，作为游子的我，居然把家安在了黄河边，再次读她，不知为何，浮现在眼前的，却是一位教子有方的母亲，在宁夏河套，在黄河金岸，我面前的母亲，一派从容，大方，胸有成竹，我仿佛看到，她略显沧桑的目光里，已经没有了担忧，全是自信和喜悦。

　　就像生养我们的母亲一样，黄河母亲，对自己的孩子，也是呕心沥血，任劳任怨，不求回报，只盼成才。她从寒冷的青藏高原出发，历经千难万险，东流到海。每到一处，都留下无数的稻谷，无数的牛羊，并把她满腔的爱嘱托给这些稻谷和牛羊，让它们以同样的牺牲精神，喂养出世界上最有爱心，最有和平精神，最自强不息的人群：华夏儿女。

作为母亲，她养育了世世代代的优秀儿女，更塑造了千千万万的伟大人格。她用乳汁喂养婴孩，用特意创设的艰苦情境锻造具有担当精神的英雄儿女。被孔子无比推崇的禹，就是其中的代表。

孔子在《论语·泰伯》中说："禹，吾无间然矣。菲饮食而致孝乎鬼神，恶衣服而致美乎黻冕，卑宫室而尽力乎沟洫。禹，吾无间然矣。"即："对于禹，我没有什么可以挑剔的了。他的饮食很简单，而尽力去孝敬鬼神；他平时穿的衣服很简朴，而祭祀时尽量穿得华美；他自己住的宫室很低矮，而致力于修治水利。对于禹，我确实没有什么挑剔的了。"大禹治水，三过家门而不入，这在中国，几乎是妇孺皆知的故事。禹之父亲鲧，治水用堵的办法，没有成功，被舜所杀。之后舜又起用禹来治水。禹吸取父亲失败的教训，改用疏导的方法，终于大治水患。在当时的条件下，那该是一种怎样的壮举。感于大禹的德才，舜把天下传给了他。在当时的情境下，这又是一种怎样的胸怀和胆识。通过这个故事，我们看到两个伟大的人格，一是禹，一是舜。舜用禹的父亲治水，无功杀之，接着起用其子治水，这种决策，非大公无私者，不敢选择。更加出乎人们意外的是，禹治水成功后，舜又把天下传与他。这在古今中外的历史上，恐怕没有第二例。孔子讲，禹是无可挑剔的。父亲被杀，临危受命，毫无怨恨之心；治水期间，舍小家为大家，三过家门而不入；受禅之后，作为天子，自己的生活简朴到极致，但为公为祭，却尽心竭力。这样的国王，当然无法对他挑剔了。

无疑，大禹是孔子心目中的完美人格，完美到就连尧舜都不及。而这样的一位伟大人格，正是黄河哺育的。换句话说，是黄河成全了禹。

如果说中国历史也是一条大河，那么禹的身影一直伴随左右。

可见，黄河文化是一种养育文化，是一种成就文化，它通过黄河儿女的集体人格展示出来。

比如团结互助，没有团结互助就没有大禹治水的成功，大禹治水看上去是在治水，事实上是黄河母亲用她的生命让她的儿女们学会团结，学会互助；比如顺应自然，黄河母亲让她的儿女们通过水道认识天道，通过天道认识人道，通过人道找到安宁、和平、幸福，"与天地合其德，与日月合其明，与四时合其序，与鬼神合其吉凶"，这个"合"，在我看来，正是"河"的品质，离开河道，大利之水就成了大害，离开人道，造福社会的人就变成危害社会的人；比如全局意识，要想治水，就要胸怀天下，这种全局意识，只有在治水中才能体悟，如果没有全局观念，而是头痛医头，脚痛医脚，是无法实现根本大治的。正是这种全局意识、整体意识，造就了中华民族的大一统思想、团结思想，给了中华民族基本的稳定和安宁，也给了中华民族恒常的生命力；比如辩证意识，黄河母亲让她的儿女们通过土认识水，通过水认识土，"龙"意象说到底就是土和水最完美的拥抱姿态，这种完美，到了河洛交汇处，成太极，生八卦，成为黄河儿女的基因，中华民族性格中的中和，包容，谦谨，重规律，尊道德，守伦常，包括"执其两端，用其中于民"的中庸思维，都是由其生发。黄河九曲，不离归意，树分九枝，不离根本，以此，才有生机，才有活力，这，正是"龙"图腾给我们的启示。

而勤劳勇敢、自强不息，包括仁义礼智信，积德传家，这些中华民族的核心价值，本身就是黄河的直接遗传。不舍昼夜，不辞辛劳，冲破千山万嶂，奔流到海，这是勤劳勇敢、自强不息；哺育万物，承载货运，无怨无悔，这是仁义；依岸而行，就低而流，不离河道，这是礼；千回百转，不忘初心，终归大海，这是智；冬封春融，不误农时，提供灌溉，这是信。

特别是她的永不断流气概，对应在人伦上就是强烈的传家意识。当人一旦有了传家意识，就会珍爱生命，追求人格，就会把立功立言立德作为人的第一追求，自然就会克制欲望，建功立业，尽忠行孝，友悌爱人，以光宗耀祖，激励后人。这正是中华民族屹立于世界民族之林的深层动因。

审视当下社会，我们会发现，和大禹时代有着惊人的相似性，虽然大地上没有水患，但是人们的心里巨浪涛天，表现在生活中，就是反道德反伦理反人类反社会的心理和言行频发，这种巨浪，在一定意义上比洪水猛兽还要可怕。好在新时代的大禹已经出发，其治水方略是堵疏结合，以疏为主，堵是强力反腐反浮反贪反奢，疏是让中华民族优秀传统文化和社会主义核心价值观进行科学对接，重新疏通中华民族五千年的心灵河道，事实证明，它已初见成效。

百川东流，因为大海在东方，那是它们的安身安心处。而让人们回到安身安心处，中华民族有一条永不过时的大运河，她的名字叫母亲。

有娘在，自会心安；听娘的话，自会平安。

让我们共同祝福，共同期待，新的大治时代到来，也让我们共同祝福，天下母亲，包括黄河母亲，健康长寿。

传统文化即能量管理

在文艺志愿者实践中，我发现，用现代科学加文学手法推介传统文化，是一个好方法。

比如用电影原理解释命运。电影原理告诉我们，任何一部电影都是底片播放的。人的命运也是这样。现在的级别、财富、荣誉，等等，都是我们前一个生命片断录制的电影底片的播放，现在的所作所为，又为下一个生命片断拍摄新的电影。生命就这样一直拍摄下去，播放下去。因此，这辈子顺，我们也别太高兴，逆，我们也别太沮丧。因为顺逆全是自己写的剧本、招的演员、做的导演。为此，我们就会对每一个起心动念负起责任，因为它们都是下一个生命片断要播放的电影底片。为此，一事当前，我是要名要利还是要道要德，就很容易把握了。

也有人说，你如何保证这种可比性的同理性呢？

我就告诉大家潜意识的四大属性，一是自动记录，二是自动播放，三是自动共享，四是永恒。这是科学啊。这些原理，已经被现代医学成功用于临床治疗。比如有一个女孩子看见河水就发疯，中西医都治不好，催眠却在成功的治疗。怎么治呢？让这个女孩子进入催眠态，原来她是在前一个生命片断被人摁到河里淹死的。医师告诉她，这一页已经永远翻过去了，你不必再为此恐惧了。治疗结束，女孩子再看到河水，就不会发疯了。

这充分证明，我们每一个人有一个永恒的生命账户。

当一个人一旦意识到自己有一个永恒的生命账户，他的原始恐惧就消失了。而生命的所有悲剧几乎都是由原始恐惧造成的。包括贪欲。一些人之所以疯狂地贪，看上去是道德问题，其实是心理学问题。贪污正是为了填补他内心深无边际的原始恐惧。读史我们会发现，凡是清官，他基本都是认同生命永恒性的。比如范仲淹和袁了凡。这种生命的永恒观，也会变成家族传承的永恒观。据统计，至清末，范氏后人中仅部长级的人物就72位，证明了这一点。《记住乡愁》中能够延续几百年，甚至上千年的大家族，也证明了这一点。

比如用能量解释福气和道德。

如果你说吃亏是福，节俭生福，人们会觉得抽象，什么是福？换个名词——能量，大家就一下子理解了。如果你说，积善成德，厚德载物，人们也会觉得抽象，什么是德？换个名词——能量，大家就一下子理解了。原来，中国人讲的"五福"——长寿、富贵、康宁、好德、善终，全是能量变的。既然全是能量变的，那幸福的学问就是提高能量了。

如何提高生命能量？现代科学已经证明，能量藏在意识里。意识的纯度、广度、精度决定了能量的高低。意识越是和天性同质，就越有纯度；越是和万物同频，就越有广度；越是把天性和物性统一，就越有精度。这时，我们就会明白，为什么古人要讲"泛爱众"，要讲"天下为公"，要讲"君子爱人"。因为天性是平等，是仁爱，是谦让。纵观历史，凡是反天性的朝代都是短命的，相反，以民为本的朝代都是长寿的。王朝是如此，家族也一样，《记住乡愁》中，能够延续几百年，甚至上千年的大家族，都是维护天性的，都是按照"五常十义""四维八德"教育子女的。

事实上，能量守恒原理把电影说和能量说打通了。既然能量是守恒的，那我们的生命就是永恒的。

既然能量是永恒的，生命是永恒的，那生命的意义又体现在哪里呢？生命的意义就在于提高我们的能量自由度。比如现在是冰，将来要成为水，现在是水，将来要成为气。现在坐拖拉机，将来要坐轿车，现在坐轿车，将来要坐飞机，现在坐飞机，将来要坐宇宙飞船。后者的成本要比前者高，因此我们要积攒能量。

如何积攒，扩大心量，因为天地视人的心量匹配能量。如何扩大心量，全心全意为人民服务。我有两年做文艺志愿者，实实在在体会到这一点。发现自己的念头从利己渐渐转为利他，做事的平台一下子变大了，以前觉得千难万难的事情，现在也容易做成了。《记住乡愁》中的大多事例，也证明了这一点。

为此，圣贤教化无非是为了后人管理好生命能量，传统文化无非是一种管理生命能量的智慧。

为此，我提出三观——底线出版观、祝福性文学观、正能量阅读观，在全国公益论坛上宣讲，受到大家的普遍欢迎。

底线出版观，就是出版应该有一个底线，那就是所出作品能否首先让自己的孩子阅读，如果不能，这种出版就是负债出版，获得的利润就是负债利润。换句话说，我们因之挣的钱越多，欠的账也越多。将来是需要我们拿生命能量去偿还的，也许用于偿还这个债务的，正是用来做我们长寿面条的面粉，康宁面包的面粉，善终点心的面粉。这一点，我们从古往今来那些负债出版的人身上，看得清清楚楚。为此，古人认为财有吉凶之分，而最凶的财，就是以败坏世道人心为代价赚的钱，这种钱，是要不得的。

祝福性文学观，就是文学首先应该有祝福性，应该首先为阅读者带来祝福。什么样的作品才能给读者带来祝福？无疑是具有天地精神的，生机勃勃的。天地精神的人间伦理是孝悌忠信礼义廉耻。而当下，我们看到太多的作品中，是反此八德的。事实上，能够意识到文字直接关乎到人的生命力的作家不是很多，当他一旦意识到，他就会觉得作家是一个需要每天枕着责任之枕睡觉，端着责任之碗吃饭，握着责任的锄头耕耘的从业者，他就会带着父母心肠写作，用干净、温暖、诗意的文字点亮读者的心灯，安妥读者的灵魂。

正能量阅读观，就是要选择正能量的作品去读。因为一切阅读对象都是生命力载体，都是能量载体。正面价值的文字会给读者带来正能量，负面价值的文字会给读者带来负能量。无论是东方文明，还是西方文化，都一再证明，平等、仁爱、崇高、宽容、谦虚、善良、忏悔、利他，是正能量的价值载体，歧视、仇恨、贪婪、抱怨、狭隘、嫉妒、傲慢、利己，是负能量的价值载体。

中华民族是一个讲究内圣外王的民族，作家当然也不例外，也首先要在做一番内圣的功夫之后，才能进行外王的写作的。否则，我们就会如总书记批评的，让文艺粘上铜臭气，成为市场的奴隶。

真快乐零成本

打开每天的报纸、网站、电视，重要位置多被天灾人祸占着，触目惊心。而这些天灾人祸又以惊人的速度更新着，人们甚至来不及记住标题，就被新的天灾人祸顶掉。就连天灾人祸都是如此匆忙，如此席不暇暖。为什么？在我看来，天灾是因为自然失去了安详，人祸是因为人心失去了安详。为此，2006年我提出了"安详生活"的理念，并尝试着进行了一些实践。人们的欢迎程度大大出乎我的意料，在安详的影响下，不少问题学生得以改变，不少问题家庭得以改变，不少心灵疾患得以痊愈。讲稿《寻找安详》也被一位受益者推荐给中华书局出版，并且成为畅销书。

安详之所以受到大家欢迎，大概是因为它正好应对了现代人最大的痛苦。现代人最大的痛苦是什么？在我看来，一是无家可归，二是找不到回家的路。想想看，当你漂泊一生，回到老家，却发现那个家已经不在，那是一种什么感觉；想想看，当你身处迷宫，却总是找不到出路，那是一种什么感觉；想想看，当你身陷沙漠，不辨东西与南北，又是一种什么感觉。

食品危机，健康危机，感情危机，安全危机，教育危机，文化危机，环境危机，等等，说穿了都是"归属危机"。因为找不到一条回家的路，人们从未有过地慌乱和空虚。为了填充这种慌乱和空虚，只有以加倍的速度来掩饰，只有以拼命的忙碌来掩饰，只有以财富的积累来掩饰，好抓着速度、忙碌和财富让生命暂时逃避掉这种要命的空虚和慌乱。生命进入一个巨大的两难：要么被速度累垮，要么被焦虑击垮。最后，速度本身又成为一个焦虑。生命的高速公路上，残骸历历。更有一种人，因为迷失日久，他们压根就不记得还有一个家，或者压根就不相信还有一个家，也不相信有一条回家的路。因此，他们以速度为家，以效率为家，以欲望的满足为家，利益的最大化成为他们生命的全部。为了这个利益最大化，不少人直至把车开到不择手段那个道上去。请问，不择手段会给这个社会带来什么？又会给这个不择手段的人带来什么？尽管大家都明白这是在沙漠上盖房子，在火上筑巢，知道这是蒸沙成饭，但是别无选择。没有谁愿意把车开出高速公路。谁都明白要看风景就得先把车从高速公路上开下来，但是那个刹车已经失灵。

在我看来，是四种飓风把现代人带离家园。一是泛滥的物质，二是泛滥的传媒，三是泛滥的速度，四是泛滥的欲望。泛滥的物质抢占了人们的精神，泛滥的传媒抢占了人们的眼睛，泛滥的速度抢占了人们的时间，泛滥的欲望抢占了人们的灵魂。这四者攻守同盟，狼狈为奸，陷套并设，圈人圈地，最后织就一个天罗地网，让天下无辜难以幸免，难以逃脱，难以挣脱。四种飓风之所以能够得逞，一个十分重要的原因，就是安详的缺席。因为安详的缺失，人们一点儿免疫力都没有，一点儿办法都没有。就像一条被投进滚锅的鱼，除了在烈火沸水中挣扎，别无他法。烈火沸水一般的焦虑将会成为远比艾滋病和癌症更让人们束手无策的集体疾患。而消除这种焦虑的唯一办法就是回家，但是我们已经找不到回家的路。安详就是想给现代人指出一条回家的路，而且是一条最近的路，而且是能够让生活和回家并行不悖的路，而且是不管你现在在任何方位，都可以随时切入的路，一条适合现代人的可操作的路。

在此我想真诚地告诉大家的是，回到快乐老家是可能的，回到全然的喜悦是可能的，是和现代社会不矛盾的，只要我们找到那把钥匙，因为它在许多人身上发生了。我的体验是，快乐不在别处，快乐就在我们身上，快乐就是我们自己。生存的成本之所以加大，就是因为人们寻找快乐的成本加大，就是因为人们修筑寻找快乐道路的成本加大，就是因为人们修造寻找快乐车船的成本加大。当一个人能在"这里""这一刻""这一个""这一口""这一步""这一声"中找到最大的快乐,那么他就不会耗费大量的"燃油"千辛万苦地到远方去寻觅。我们自己本身就是快乐的矿藏、幸福的矿藏、财富的矿藏,但是我们却要舍近求远。这个"灯下黑"真是天下再大不过的冤枉。因为这个弥天大冤,一些人可能直到终年,也不知道快乐是什么,也不知道如何回到我们"本身",回到快乐之源。埋藏在本体的这一份最为宝贵的矿藏就永远成为一个沉睡,天下难道还有比这更遗憾的事情吗?

安详不是别的,安详正是快乐的方法论。它让我们从伪快乐回到真实快乐,从寻找快乐回到在现场打开快乐,直接享受快乐;坦然地活着,健康地活着,唯美地活着,低成本甚至是零成本地活着;喜悦着,快乐着,幸福着,满足着,同时又是最高质量地活着。

快乐是生命的意义,是生命无上的尊严,也是生命最大的动力。如果一个人从孝敬中体会不到快乐,那么孝敬就无法走远;如果一个人从尊师中体会不到快乐,那么尊师重道的倡导就会成为一纸空文;如果一个人从奉献中体会不到快乐,那么奉献就会成为一种作秀;如果一个官员从廉洁中体会不到快乐,那么反腐倡廉就会永远成为一个难题。

我孝敬是因为我快乐,我尊师是因为我快乐,我学习是因为我快乐,我环保是因为我快乐,我奉献是因为我快乐,我安详是因为我快乐,同样,我诵读是因为我快乐。这既是生命的意义所在,也是道德的意义所在。否则,道德就有可能是一个虚伪和欺骗，学问就有可能是一个虚伪和欺骗，生命就有可能是一个虚伪和欺骗。

安详本身就是喜悦。就像月光，无论照在谁家的屋顶上，它的清辉都是皎洁的；就像清泉，你用什么勺子舀出来，用什么杯子去喝，它的味道都是一样的，都是甘醇的。

请问，除过喜悦，我们还要实现什么？

我们追求财富，不就是追求财富带来的喜悦吗？

我们追求爱情，不就是追求爱情带来的喜悦吗？

我们追求荣誉，不就是追求荣誉带来的喜悦吗？

可是，如果我们在当下就能让喜悦充满，我们为什么还要舍近求远？

如果我们和安详错过，就是和喜悦错过，和时间错过，最终和生命错过。生命就成了一个大大的亏损。不管我们绘制多么宏伟的蓝图，从事多么伟大的事业，如果属于喜悦的账面上有出无进，那么我们肯定在和生命错过。

现代人的共同体会是离幸福越来越远，却不知从欲望中寻找幸福犹如缘木求鱼，用物质解决心灵疾患犹如拿油灭火。刺激欲望不但不会解决我们的心灵饥渴，反而火上浇油，只有水一般纯净的安详才能真正浇灭燃烧在人们心头的火焰。

一列列车，如果方向正确，速度越快越好；假如相反，越快越糟糕。细节决定成败，方向更加决定成败。生命的绚烂和精彩，快乐和幸福，固然来自细节，更来自一个正确的方向。对于生命来说，安详既是目的，又是方向。

如果一个人向外寻找幸福，生生世世也找不到幸福。现代人犯的一个最大的错误是，本身开着幸福的车子却满世界寻找幸福，最后把车子都开爆了，最终却和幸福擦肩而过。当一个人内心存有安详，仅仅从一餐一饮、半丝半缕中，就可以感受到世界上最大的幸福。否则，即使他拥有世界，也可能和幸福无缘。因此，安详既能给富人提供心灵着陆，又能给穷人提供心灵温暖。中华民族的古传统是向"内"寻找幸福，因为幸福就是我们"本身"，只是我们已经习惯了向"外"看，那束天生的打量幸福的目光已经永久睡眠。正因为这种向"内"寻找幸福的文化，造就了中华民族五千年的辉煌和灿烂，也造就了中华民族五千年基本的社会稳定和安宁。

安详是一条离家最近的路，又是家本身；安详是全然的喜悦，无条件的快乐；安详既是生命的方向，也是生命的目的。

让我们一同在安详中获得生命的尊严和幸福。

想写一本吉祥之书

编辑老师约我就《农历》写个创作谈，不敢推辞，但对于拙著本身，心想还是留待读者评判，在此仅就农历的贵重，谈些浅见。

"农历"是中华民族的底气

我把《农历》的写作视为一次行孝。因为在我看来，"农历"是中华民族的根基、底气、基因、暖床。昔日，列强可以摧毁中华大地上所有的建筑，但无法摧毁农历；时间可以让岩石风化，但无法风化农历。"农历精神"无疑是中华民族的生命力所在，凝聚力所在，也是魅力所在。

和先祖相比，现代人的"营养"很不平衡，"体质"很寒，动不动就"感冒",就"生病",究其原因,就是接不上"天气"和"地气"了,久而久之,"元气"大伤。而一个人要想恢复元气,就得首先接上天气地气。"农历"正是向人间运送天气和地气的,是告诉人们如何才能接上天气和地气的。

我不反对外来文化,但现在的问题是,中华文明本有的一些文化精华被淹没,被轻视,主体营养在沉睡。正如我不反对西方节日,但我也不赞成忽视自己的节日。国家近年来倡导"过好我们的节日",倡导"经典诵读",真是英明至极。想想看,一个人把自家的地荒着,却去种别人家的地,这个人是不是有问题?

民间传统比经典传统更牢靠

依陋见,中华传统文化主要由两部分组成,一部分是经典传统,一部分是民间传统。经典传统固然重要,但民间传统更重要。因为经典只有化在民间,成为气候,成为地力,才能成为营养,也才能保有生命力,否则就只是一些华美的句段,也不牢靠。民间是大地,是土壤,经典是大地上的植物。只要大地在,就会有根在,只要有根在,就会春来草自青。

经典传统是可以断裂的,但是民间传统不会断裂。焚书坑儒时代,经典传统断裂了,但是民间传统没有断裂;"文革"十年,经典传统断裂了,但是民间传统没有断裂。民间传统就像水,再锋利的刀,也是无法斩断河流的。如果说"农历"是一个民族的命脉，那么"农历精神"就是一个人的血脉。一个民族，如果有强大的民间传统，就会永远屹立于世界民族之林，一个人，如果有强大的"农历精神"，就会随处结祥云。

从这个意义上说，"农历"才是真正的中国符号。

"农历精神"比"农历"更重要

诚然，我们可能无法回到"农历时代"，但是我们完全可以找回"农历精神"。只要每一个人心中还有"农历"，还有"农历精神"，那么这个人就拥有了健康之根、快乐之本、幸福之源。国家和民族也同样。因为"农历"本质上是生命力的"统觉"，是"与天地合其德，与日月合其明，与四时合其序，与鬼神合其吉凶"。这个"合"，在我看来它就是"顺"，而"顺"，就是"利"，所谓"顺利"。但现在的情况是，我们已经不知道如何去"顺"，于是天灾人祸成了每天新闻的主角，依我浅见，天灾是因为大地失去了"农历"，人祸是因为人心失去了"农历精神"。

近年来，在走进"农历"的过程中，我渐渐低下了自己一度十分骄傲的头，弯下了自己一度十分自负的腰，"农历"如一面镜子，让我看到了自己的狭隘、自私，包括自恋。在《农历》之《中元》一节中，我把《目连救母》一出戏全部搬了进来，因为它让我看到了古人的心量，也看到了古代文化人的心量。在我看来，它事实上是东方"救文化"的寓言，目连所救的，不单单是自己的母亲，更是大地母亲、自然母亲、斯文母亲、仁爱母亲。而《目连救母》作为一出戏，世世传唱，代代完善，却没有作者署名，这样的"作家"，该是多么让人崇敬。因此，对我来说，《农历》的写作还是一次深深地忏悔。

"祝福"比"批判"更有效

"农历"是另一个大自然，在这个大自然里，有天然的世界，天然的岁月，天然的大地，天然的哲学，天然的美学，天然的文学，天然的教育，天然的传承，天然的祝福。这个"天然"，也许就是"天意"。而"天意"，在我看来，就是"如意"，"吉祥如意"就是从此而来。

而作为一本书的《农历》，它首先是一个祝福，对岁月的，对大地的，对恩人的，对读者的。同时，我还在想，小说是要为现实负责，但更应为心灵服务，就像"点灯时分"，把灯点亮才是关键，至于用哪个厂家出产的火柴，并不是十分需要考究的。

"农历"的品质是无私，是奉献，是感恩，是敬畏，是养成，是化育。一个真正在"农历"中自然长大的孩子，他的品行已经成就。反过来，做父母的要想让孩子养成孝、敬、惜、感恩、敬畏、爱的品质，就要懂得"农历"，学会"农历"，应用"农历"。"农历"是一个大课堂，它是一种不教之教。就像一个人，当他一旦踏上有轨列车，就再也不需要惦记走错路，列车自会把它送到目的地，因为它是"有轨列车"。"农历"就是这个"轨"，它既是一条人格之轨，也是一条祝福之轨，更是一条幸福之轨。它的左轨是吉祥，右轨是如意。

看完《农历》，读者就会知道，其中的十五个节日，每个都有一个主题，它是古人为我们开发的十五种生命必不可少的营养素，也是古人为后人精心设计的十五种"化育"课，古人早就知道，"化育"比"灌输"更有用，"养成"比"治疗"更关键。

因此，关于《农历》，我说过这样一段话——

奢望着能够写这么一本书：它既是天下父母推荐给孩子读的书，也是天下孩子推荐给父母读的书；它既能给大地增益安详，又能给读者带来吉祥；进入眼帘它是花朵，进入心灵它是根。我不敢说《农历》就是这样一本书，但是我按照这个目标努力了。

瑜伽

郭文斌　著

中华书局

目录

陪木子李到平凉

思考题：

1. 那玉红于我有意义吗？如果有，那意义何在？如果没有，上帝又为什么让我在那个胡同口看到她？

2. 那玉红于木子李有意义吗？如果有，那意义何在？如果没有，上帝又为什么让他从我口里听到她？

吃过早饭，我们向平凉进发。

同每天出发时一样，木子李问平凉最好看的是什么呀。

我说，那玉红。

木子李回过头看了我一眼，不解地问，平凉有这么一个地名？

我说，是。

石书棋就在后面哈哈哈地笑起来。

一路上，我常常指鹿为马。在木子李就要相信了时，石书棋才站出来告诉他真相。

木子李接着问，那玉红在平凉城？

我说，是，我们这里有句话叫"进了平凉城，先看那玉红"。

木子李问，是个什么景点？我说，你猜吧。木子李说，一种庄稼？我说，不对。木子李说，树？我说，不对。木子李说，花？我说，不对。木子李说，石头？我说，不对。

石书棋又在后面哈哈笑起来，说，他说的是一个人，一个女人。

木子李才知道上当了，说，这么有名？我说，当然。木子李急切地问，我们能见到吗？我说，这可得讲条件。木子李说，行啊。

木子李让我给他讲讲那玉红。

我说，一说那玉红，我心里就难受。

木子李说，那就再难受一次吧。

那时我在县一中上学。一天，我到对面门市部买东西，看见一位穿着一身邮电服的大姑娘也在买东西。一看，我的眼睛就再也放不下了。老实说，长了那么大，我还没有见过那么漂亮的姑娘。那是一种霸道的漂亮，或者说漂亮得有些霸道。胸脯高挺，身体水直，像是一个经过特别训练的军统特务。特别是那双眼睛，又大又黑又深，被长长的睫毛掩映着，让你不敢多看一眼。

那个大，让你觉得不是人的眼睛，既温暖，又寒冷。说起来有些不好意思，上课铃都响过好几遍了，我仍然没有力量离开她。就那样尾随着人家，走过一个胡同又一个胡同，直到她最终消失在一个院子里。之后，没事的时候，我就在胡同口等她。慢慢地，我就发现了她出没的规律，一般是上午课间操的时候出来买东西，另外是晚饭后，不过多有小伙子陪着，并且常换常新。

但有一天，我发现她的眼睛肿着，显然是哭过。我想，这样漂亮的姑娘，还有什么不顺心的事？我的心里很难受。想上前问问，但她连看都没有看我一下，挺着长长的脖子，目中无人地从我面前走过。她的孤傲，让人觉得整个世界都是她家的后花园。

有好几天，我没有在胡同口等到她，心里好生难过。一天，我突然想起她不是穿着邮电服吗，怎么不去邮局看一下呢？我当即跑到邮局去看，把前台后院，能看到的都看了，却没有看到她。一连好几天，我都去邮局找她，结果当然是失望。可见她并不在邮局上班。那么，她干什么工作？既然不在邮局上班，为什么要穿一身邮电服？而且总是穿着一身邮电服。我平时只穿一件衣服，是因为穷。但她是城里人，为什么总是穿着一身邮电服？我后来想，穿着邮电服的那玉红身上有种男人的东西。正是这么一种男人的东西更明显地把她从众多女人中区别开来。

知道我一定要考上大学的志向是什么时候立下的吗？就是那时立下的。我对自己说，只许成功，不许失败。为的是将来能够配得上她，能够有资本和她对等。而那时的我觉得自己连想一下她的资格都没有，更别说喜欢了。但又想，等我从大学毕业，她早已嫁人了。说了你们不要见笑，那时，我常常做一个梦，有许多人找那玉红谈对象，她就是看不上，她只看上我。大家说他还够不着你的奶子呢，那玉红说，我就喜欢他够不着我奶子的样子，我只要他够着我的腰就行了。

高二那年，她突然从这个小城消失了。我心里的难受你们肯定是能够体会的。我觉得整个平凉城都随之消失了，整个日子都随之消失了。每天，看着空空的胡同口，说了你们不要笑，我掉过大约两吨的眼泪。

再次见到她是在七年之后，也就是前年，我大学毕业，分配到一所乡下中学任教。

一天，我去县城出差，到招待所住宿。到总台登记了房间，拿了通知单到西三楼，服务台上却没有人。我喊了一声服务员，有人在卫生间应了一声"等一下"。等她出来，我就怔住了。那玉红！当时的那种感觉啊，真是难以形容。当然，我当时还不知道她的名字叫那玉红。是在她走近之后我才知道的。在她的胸牌上，我无限幸福地看到了"那玉红"三个字，三个这个世界上最美好的汉字。她甩着手上的水珠，去服务室拿了钥匙，向我走来，仍然高挺着胸脯，仍然是制服，只不过把当年的邮电服换成了绛红色。当她和我近在咫尺的时候，当她把钥匙插进锁孔开门的时候，我的那个心里啊……

然后，她给我提来了一壶水，很客气地冲我笑了一下，当年的傲慢还在，但已不再锋利，相反有一种沧桑的温暖。

这是我第一次听到她的声音，第一次看到她笑。我板结的记忆开始活起来，被这一笑，被这一声"等一下"打开一个口子，新的东西争先恐后地涌进来。我伫立在窗前，望着当年那个多情的胡同，慢慢消化着这突如其来的幸福，发出许多人生慨叹。平静下来后，我想，她怎么在这种地方工作？每天给客人提水，给楼道保洁，打扫臭气熏天的房间？而且在专供平民住的西楼，到总台也好啊，到东楼为那些大官服务也好啊。可转念一想，如果她在东楼，我们不是就无缘相见了吗？

我为自己住到西楼感到极没面子。西楼是个标签，它强制地体现着你的身份和地位。但后来一想，她压根儿就不认识你啊，所以这又有什么关系呢？

西楼房间里没有电话，我没事就到楼层服务台打电话。尽量找那些有地位的人聊天，尽量把事情说得十分重大。我牛头不对马嘴地给对方说，个人出差么，没有必要住那么贵的房间。

我是多么虚伪啊。

再后来，我向她要过针线包，要过无数次的电话本，没事找事地问过当地的一些情况，等等。她也一一作答，但骨子里还是不倒的傲慢。有时尽管做出那种职业的微笑，但从来不让微笑从眼角和嘴角走远一步。

但时间一长，你就会发现她现在的高傲毕竟已经成为一种若隐若现的底色，你已经能够从她身上体会到更多的随和与经历一切之后的安详与平和。

自然，以后的日子里，我隔一段时间就要到县城出差，当然更多的是私差。同样每一次都要住到西楼，而且要求到三楼。如果当时三楼没有房间，那么我会在第二天换到三楼，我的理由是三楼安静。我是一个"作家"，需要安静。

有一天，我找了一个理由让县委宣传部的部长来我房间。我说我给他带了些特产，找不到家，到办公室又不方便。可以想象宣传部部长的到来为我增添了多少面子。将部长送走，上楼梯的时候，我特意留心了一下她，她的目光中确实有了几分重新打量的意思。我为此很得意。

一次我向她要墨水时，她比较深入地看了我一眼，说，你是个记者？目光中带着赏识。我说，小小不言。她像是没有听懂我的话，抿着嘴向我点了点头。但再没有第二句。而我已是十分的满足，十分的荣耀了。回去躺在床上，心里有一个巨大的甜蜜在融化，它的名字叫"实现"，叫"受宠若惊"。

第二天，我数了数身上的钱，只够买一张返程票了，不得不撤了。我无比精心地收拾了房间，把被子叠得方方正正，把床单拽得平平整整，把地打扫得干干净净，然后退房。

当我退了房就要离去时，没有想到她冲我微笑了一下，用一种很瓷的声音说，好像在什么地方见过？

我的心一下子甜透了，问，什么地方？

她说，想不起来了。

我说，那就再见。

她说，欢迎再来。

听得出来，这一次不是职业应付，而是真心的，我甚至从她的目光中看到了几分依恋和类似于感情的东西。后来，我不止一千次地回想过那个片段，那个生命盛开的片段，不止一千次地陶醉。

我下到二楼，站在卫生间里，对着镜子，看见自己的每根头发上都落满了"欢迎再来"，我的心里波翻浪涌，高潮迭起。那一刻，我觉得自己是这个世界上最幸福的人。

坐在回家的班车上，我一遍又一遍地给自己说，一定要把事情做大，做大，献给"欢迎再来"。

我有种感觉，只要再住一次，就能和她成为"朋友"。元旦，我还给她寄了一张漂亮的贺卡。

木子李着急地问，她回寄了吗？我说，实在不好意思，没有。

我给木子李登记的当然是东楼，我不能让北京来的贵客住西楼。

木子李说，西楼吧。

我说，那不行，那不是给平凉人丢面子吗？

木子李说，西楼西楼，并且三楼。

这时，地方上的要员来迎驾，木子李多少有些不耐烦。我知道木子李和石书棋都急于想见到那玉红。但不行，宣传部已经把去震湖的车准备好了，我们只好出发。

车在斗折蛇行的山路上颠簸，不一会儿就到了震湖。

木子李问为什么叫震湖。

这次我居然忘了和他"正大综艺"，直接告诉他震湖是在举世罕见的民国九年海原大地震时形成的。想想看，在暴烈的阳光下，在连绵不绝的噼噼啪啪冒着火星的灼人眼睛的黄土丘陵群带里，镶嵌着那么一些眼睛一样的湖泊，该是一种什么样的景致。

木子李说，这哪里是山，这分明是一片凝固的黄土的海。

我为他的话叫好。

这样看时，那些点缀在海中的湖倒像是一些凹着的山了。

木子李说，它们很美，美得妖气，注视着这些水，你会觉得在生活之外有着深不可测的神秘和危险。而这样的格局，谁能想到它出自再造八十年前一个晚上的"节目"。那一刻，这里的山在走，湖就尾随着走的山炒豆子一样一个个跳了出来。再造用的是里氏八点五级的火力。那一刻，这片土地上，有二十七万人像庄稼一样被收割，其中有我的祖父，有我的众多亲人。用木子李的话说，八十年前的那个晚上，这片黄土的海曾沸腾，七分钟或者九分钟，然后在某一瞬间，涌动的浪猝然凝固。他在《天地翻覆时——海原大地震八十周年祭》中写道：海原大地震也许是世界历史上最少被人了解，被人记起的灾变，它不过是舞台吊灯几分钟的晃动。他说，那一刻，震波传动，如同向水中投了一枚石子。这真是一个绝妙的比喻。只是他没有说向水中投下这枚石子的人是谁，他的动机何在。

但是这天，坐在湖岸上，看着周围茂密的芦苇，看着深不可测的湖水，我没有想到这些，没有想到我的祖父现在何处，没有想到那个扔石子的人是带着如何的表情做那个"扔"。请原谅，我想到的是那玉红，想到的是她的那双眼睛。我是多么的大逆不道。

当时，我一点也不知道，那个"扔"压根儿就没有结束。

非常有趣，在震湖左岸的靠北的山顶上，有一个十分雄伟的堡子。木子李问，那是干什么的？我说，那是胡宗南军队的营寨。木子李就来了兴趣，要去看。

爬到山顶，木子李一边将军一样雄视四方，一边说，你这个家伙，又在骗人，这哪里是什么胡宗南的兵营，这分明是当年防匪用的官堡。

我认账地笑笑。

木子李说，多可怕，每个山头整这么一个庞然大物。

我说是啊，小时候放牛时，每次坐在堡墙上，看着浮萍一样漂在山的黄色波浪上面的官堡，想到备受匪乱之苦的先人，我的后背就发凉，就觉得阴冷的匪气像烟雾一样笼罩着这片大地，就觉得共产党真伟大。

木子李赞同地点着头。

我说，听老人说，他们每晚睡觉时都抱着一个熟面口袋，一听到狗咬就抱上口袋往堡子里跑，到堡子里一看，多数人怀里抱的不是熟面口袋，而是枕头。

木子李咧了一下嘴唇，做了一个表情，是一个半生不熟的笑。然后说，好玩，一堡子的枕头。

这句话显然是一个隐语，我却一时不能明确它的所指。接着，他说，这堡子管用吗？

我说，对付小股土匪有用。

木子李不再说话，陷入沉思。过了一会儿，他说，土匪围堡肯定不是一天两天，一庄人在里面，水的问题怎么解决？

我说，听老人说，一次土匪围堡四天，大家都快渴死了，村里的私塾先生下山偷水，被土匪逮住，村里的男人下山营救先生，全被土匪打死。还有传说，一次土匪围堡七天，不少老弱都渴死了。那天晚上，只见震湖里腾起一条大鱼，然后独在堡子上方下起雨来，一村人得救了。

木子李说，离震湖这么近，怎么不在地下搞一个秘密的引水系统上来。

我说，临解放那几年，这里有两股土匪因为地盘火并，最后大土匪郭栓子得胜，一段时间盘踞其内，据说就搞过一个秘密的引水系统，但后人一直没有发现。解放平凉时，郭栓子的部下多在解放军的机枪下葬身震湖，而郭栓子一直下落不明，有人说他就是从那个秘密的引水系统逃走了，也有人说他在解放军到来的前一天晚上投湖自杀了。让人想不通的是，就在解放军到来的一个月前，他却把自己漂亮的压寨夫人偷偷送回娘家。

石书棋说，不可能吧。

我说，这事倒是真的，前几年我还见过她，说不定她现在还活着。

木子李说，是吗，那太好了，明天我们就去找她。

过了会儿，石书棋说，北隐，你不应该告诉我们这些。

我说，那应该告诉你什么？

石书棋说，你应该随便编造一个浪漫故事，比如你和哪一位小妹妹在堡子里约会什么的。木子李哈的一声笑出来。

石书棋的这个想法击了我一下，小时候，吃过晚饭，我们常结伴到堡子里玩，却没有谁想到进堡子里约会。

这时，木子李说，大家想想，这里的压寨夫人是什么样的？

石书棋看着我，以商量的口气说，就像那玉红吧？

说得我心里一惊。

我说，那玉红还真应该是这里的主儿，不过不应该是压寨夫人，而是女寨主。

木子李没有将一支烟抽完，就开始丈量堡子的长和宽，看着他十分认真地在堡墙上走来走去，我的心里有种十分特别的感觉。恍惚间，我觉得他不是在丈量堡子，而是在丈量一个概念，或者一条河流。然后，他又在不同的方向拍照，画图。接着，在一个向湖的门洞前停下来，猫着腰，东瞧瞧，西望望，我不知道他望到了什么。我发现，在这个堡子上，他花的时间比任何一处勘点都要多。

在木子李无比细心地把玩堡子的一个个细节，石书棋埋头写札记时，我的目光落在堡院内那片荞麦上，火星一样的荞麦花十分细密十分隐匿地开着，粗心的人会忽略它正在悄悄地绽放，我为自己目光的迟缓感到惭愧，同时，我的心里无端地生起一片怜爱。但就在这时，我的老毛病又犯了。我在想，这片荞麦和堡子又是一种什么关系？它为什么要盛开在堡子里？它是堡子的主人吗？如果是，堡子于它有什么意义？如果不是，它又为什么盛开在堡子里？

随着木子李习惯地一声"嗨"，我们早上的工作宣告结束。天极热，我们坐在堡墙下面的阴凉里，打开行李，开始今天的午餐。堡墙下面的黄土很烫，但阴凉却厚实，受用。就在我一件件打开带来的午餐时，突然，木子李说，土匪来了。我和石书棋一惊，然后会心地附和，是，土匪来了。

下山后，回头再看山顶的堡子，又一种奇怪的感觉莫名其妙地从我心里冒了出来，我觉得那堡子不是别的，正是那玉红，或者说，那玉红本身就是一座堡子。这样想时，记忆中的那玉红的身上再没有任何东西，只有无数大大小小的堡子，包括目光。我不知道，这些堡子，和那玉红的身体的山水是什么关系，和她生命的山水又是什么关系，和那个看到这一切的"看"又是什么关系。最后，我隐约听到了雨点一样的枪声，我同样搞不清楚，它和那玉红又是什么关系。现在想来，那身邮电绿，那声"等一下"，那声"欢迎再来"也是一种堡子的感觉，包括我的心，包括我。

回家的路上，木子李让我给大家唱花儿，我没有推辞，十分投入地唱了我唱过不止一千遍的《白牡丹令》：

上去着高山望平川呀

平川里有一对牡丹

白牡丹白着照人哩

红牡丹红着是要破哩

看上去容易折去时难

折不到手也是个枉然

我没有想到，这曲花儿，把他们两人的眼睛给唱潮了。

晚饭后，我们就去西楼三楼。说实在的，我的心有些跳，有种就要见到亲人的激动。

但出现在我们面前的却是另一张面孔。木子李和石书棋看着我。我问服务员，那玉红今天休息？

服务员疑惑地看着我，说，你找她有事吗？

我说，有点。

服务员问，你是她什么人？

我说，朋友。

服务员说，恐怕不是朋友吧？

我说，你这话什么意思？

服务员说，既然是朋友，你不知道她的事？

我说，不知道，我刚出了趟远差。

服务员讥诮地笑了笑，说，那你就再也见不到她了。

我的心里一紧，忙问，怎么回事？

服务员说，死了。

我就一下子凉在那里。

必须承认，我喜欢那玉红，却从来没有想过"目标"，或者说是"结果"，只是喜欢。包括给她寄贺卡。我还承认，给除那玉红之外的任何一个女孩子寄贺卡，多多少少都是有目的的，但唯独对那玉红没有。或者说，对她，寄本身就是目的。假如一定要从中找个目的来，那就是：在想起要给她寄那张贺卡的时候，在往那张贺卡上写字的时候，在把那张贺卡投向邮筒的时候，有种难以言说的幸福。

此刻，我的眼前是一张贺卡，那是一幅旧年的图案。如果有人在场，他一定会看到，一个穷书生，在一个零星地落着雪花的冬天，在小镇破旧的邮局门口，从一堆贺卡中看到它时，目光像花一样盛开。

贺卡的名字叫《站台》。

显然是冬季，很深很深的枫树林，一个深黑的枝杈间，独独地停着一片叶子，像是一个红唇。

不知多少次被这张贺卡感动过，不知为它写过多少首诗，现在，大多都记不得了，只有一些零星的句子还在脑海：

> 如果说
>
> 你是一片属于我的叶子
>
> 却为何
>
> 兀自凋零
>
> 如果说
>
> 你不是一片属于我的叶子
>
> 却为何，要落在我
>
> 晚点的目光里

但跑遍了所有的摊位，却再也没有找到"站台"。

人真是奇怪，但凡喜欢的东西，总是舍不得给别人。这张贺卡也同样。本来要寄给那玉红的，但下了几次决心，都失败了。心想着等再见到第二张就把这张寄给她。谁想一直没有遂愿。多少年来，它就一直在一个十分隐秘的相册里夹着，和许多隐秘的心情在一起。

不知为何，这年却轻易地把它拿了出来。

并且一想到把它交由她收藏，心里反倒有种大欢喜大轻松。

新年，其实是一种想念的理由

月满西楼的时候

你的钥匙

在打开

谁的房间

向西，那是一种幸福的方向

祝福树上最红的花

为你盛开……

如许句子，最终都否掉了，最后，任何祝福的话都没有写，只在其中夹了一张名片。

不知是什么时候，木子李在我肩膀上拍了一把，才把我拍回来。我问怎么死的？服务员生气地说，你问这么详细干吗，你是公安局的吗？

我们只好知趣地回去。

一直到房间，他们两人谁都没有说话。

打开电视，木子李却给石书棋说，让北隐一个人呆一会儿，我们去街上走走吧。

我把自己关在屋子里，想流泪，结果涌进心里的却是一种从未有过的东西。

有点像是那天把"站台"投进邮箱的感觉。

躺在床上，我在想，是谁收走了我的那张贺卡？

后来，我才知道，那玉红结婚正是我大学毕业那年。婚后那玉红应聘到招待所当服务员。前不久又开了一个茶馆，生意很红火的。但就在她的生意最红火的时候，却不知因何服毒自杀了。

几年之后的今天，我坐在书案前，再次翻阅木子李的《岸边的日子》，当我读到第135页：我们被一条河拦住，河水汤汤，车子不敢贸然开下去，我和北隐下河，脱鞋，试水深浅……

站在此岸，用青草擦鞋时，我突然看到，河水以一种少见的从容向远方流去……

那玉红的名字再次从我的脑海中跳了出来，就像土匪。

今夜我只想你

　　按照刘辉的意思，哪条线都可以去，唯独这条线不能去。但李北烛坚持，哪条线都可以不去，唯独这条线不能不去。喝了点酒的刘辉就火了。他说，如果出了事怎么办？这个责任谁负？李北烛说我负。刘辉说，你能负得起吗？李北烛说，我带来的同学我当然能负得起。刘辉说，但现在在我的地盘上呀，饭是我管的呀，车是我租的呀，心是我操的呀。李北烛说，要不要签一个生死合同？刘辉就叫服务员拿笔和纸。李北烛就果然写了一份说明，说明此行一切责任由他本人承担，和刘辉无关。尽管签字画押，但刘辉仍然苦口婆心，说，你明明知道左春玫的心脏不好，红鼻子外国佬的身体状况我们心里也一点底都没有，可你非要冒这个险。接着举了许多最近"没有下来"（从山上）的例子。说，这事可存不得侥幸，一旦有事，想撤都来不及。李北烛说，生死在天，在劫难逃，如果没犯在青海，就没事，犯在青海，躺在床上也死人。再说，我们可以备足氧气，带够红景天口服液和救心丸。刘辉说，那当然，但我还是要给两位客人说清楚。李北烛说，你可千万别说，这样反而增加他们的心理负担，本来没事都会出事。

李北烛知道，左春玫和导师这次就是冲着塔尔寺、可可西里和昆仑雪山来的。人家好不容易从国外回来，又好不容易到了西宁，这条线怎么能够不去。刘辉看了看李北烛说，真想不到，一个当年连跳蚤都不敢杀死的人，几年不见，竟天胆了。李北烛笑着说，不是说士别三日，当刮目相看吗，何况这么多年了。刘辉说，你小子再表现，也是剃头挑子，别忘了人家现在可是吃西餐喝洋酒的。李北烛说，胡扯什么呀，你又不是不知道人家已经名花有主了，快安排明天的行程吧。

刘辉就极不情愿地给司机拨通了电话，说，七点半吃早餐，八点出发，准备备用轮胎，加足油，带够氧气和速效救心丸。

没想到天不作美，就像刘辉的脸色。司机说，你们赶的真不是时候，天气预报说，明天可可西里地区小雨，怕是看不到雪山了。李北烛说，先别这样说嘛。司机说，青海的天气预报很准的。李北烛说，但愿这次例外。

没想到青藏公路修得这么好，车在上面就像是在水面上漂，让人觉得在这里开车是件极享受的事情。副座上的左春玫的导师已经举着相机不停地拍上了。刘辉在后排睡觉。李北烛和左春玫在中排聊天。

突然，左春玫的导师叫了一声。顺着他指的方向，大家看到了一幅绝妙的色彩组合。上面是蓝，中间是黄，下面是紫，再下面还是蓝。左春玫问那是怎么回事。司机说，上面是天，天下面是油菜花，油菜花下面是格桑花，格桑花下面是青海湖。左春玫说，真美啊，比我想象的还要美。原来最伟大的山水作品被上帝藏在这里。司机说，美的还在后面呢。左春玫说，是吗？那我要晕了。左春玫的导师则用机关枪一样的快门表示着他的惊叹。

随着车子的行进，那片黄成为主调。想想看，在无边无际的高原上，渐次展开这么一片无边无际的黄，你的心里该是一种如何的感受？恍惚间，你会觉得有一个巨大的雾状的蛋黄向你裹来，让你有种被孵化的温暖。李北烛似乎明白了伟大的宗教改革家宗喀巴大师为什么会诞生在这里，明白了他为什么把他创造的教派称作黄教。

左春玫的导师让停车，左春玫跟了过去。左春玫站在油菜花里，一身深红正好派上用场，蝴蝶一样在抢眼的黄里做着造型，满足着导师相机饥渴的胃口。李北烛站在路边出神。左春玫招手让他下去拍照。他说不照了，你们照吧。左春玫就跑过来把他拉过去，然后向他歪着脑袋让导师给他们合影。照完，李北烛说那叫叫刘辉，我们仨合个影？左春玫说，他这几天太辛苦了，让他好好补觉吧，下个景点再叫他，好吗？

快到青海湖时，前方出现了车墙。下车走到长长的车队前面，原来是蜚声中外的国际环青海湖自行车大赛终点段赛事马上要在这里举行。左春玫和导师就到向青海湖斜逸出去的一条公路上去拍照。公路中间有条黄线，一直连到天之尽头，像是这个世界和另外一个世界的一种神秘关系。左春玫站在那条黄线上，展开双臂，和黄线形成一个十字架，就像一架天线。拍完照，左春玫到路边采野花。这个动作大概出乎导师的意料，只见他又如饥似渴地一阵猛拍。

阳光出来了，而且一下子就毒起来。左春玫说，不是说阴天吗？司机说，说的是可可西里。左春玫就拿过李北烛手中的地图，做了一个帽子戴在头上，导师同样一阵猛拍。左春玫导师的举动让李北烛觉得人家外国佬的心态就是年轻，在他们眼里，全是趣味，不服不行。

大约等了两个小时，车队过来了，外国人居多。左春玫导师激动得一边眉飞色舞，一边频按快门。李北烛没有见过这阵势。心想，不期然间竟看了一场免费的车赛。但和左春玫，特别是和左春玫的导师比起来，李北烛承认他的低调。他有点想不通，这些外国仔何以有如此大的热情，竟然跑到中国，顶着烈日，甚至冒着生命危险来参赛。对他而言，就是别人内定他拿第一，他也没有这个热情了。这样一想，又为自己这几天和刘辉的较劲自得。毕竟热血了一回，尽管是为同学。

开机，有信号，李北烛给女朋友路红发了一个短信，告诉她他们在青海湖边，因自行车环湖赛堵车，现在正喂太阳。路红回问美吗？李北烛说满眼的油菜花黄，就像荤（李北烛对路红的戏称）。路红说那边的油菜花开得真晚，就像是第二春。李北烛说还是第一春。路红说想象不出高原上的油菜花，一向都去看江南的。李北烛说参差，接天，伤人。路红说，又险又美？李北烛说，对，宝贝，就像秘密。路红说，身边除了春玫，还有几个妖精？李北烛说，好多，但不是妖精，是仙子。路红说，哼，明明是青海湖的妖精！李北烛转移话题，说，天低得就要趴在地上。路红说，美死了，一个在办公室，一个在旷野，旁边还有妖精，还能伸手摘星辰，不公平。

这时，左春玫举着手中的鲜花向他走来，李北烛一阵紧张。果然，左春玫把花高高地捧到他鼻梁下，说，献给护花使者李北烛同志。李北烛有点认真地说了声谢谢。虽然这可能是左春玫的一个玩笑，但在他的记忆中，这样接受一个女生的鲜花还是第一次。李北烛发现，这一刻，也被左春玫导师的镜头永远地记下了。

解禁，一路的车像蚂蚁堆一样松动。李北烛心里掠过一阵厌恶。相对于油菜花，相对于青海湖，相对于蓝天白云，他觉得这些蠕动的铁玩意是那么的丑陋，那么的滑稽。但几乎在同时，他又觉得自己的这个念头也是丑陋的。

路红又来短信：荤对没到达的地方充满期待。艳羡！李北烛问，那素（路红对李北烛的戏称）算是你到达还是没有到达的地方？路红说，没到，远着呢。李北烛说，真会甜言蜜语，爱听。路红说，要走多长的路才能到达你呢，比格尔木远吧？李北烛说，你觉得呢？路红说，美景最怕打扰，不回了，好好享受，宝贝！李北烛心里的感动就像窗外接天的油菜花一样绵延。

左春玫见他一直在手里擎着鲜花，笑着说，舍不得扔啊。李北烛说，那当然。再看那花时，已经蔫了。李北烛的心里就掠过一阵难过，心想如果自己的手上有一汪水就好了。

车到戈壁，司机突然停下车，说，我怎么有些犯困，稍睡一会儿。大家附和说，我们也困了，一起睡会儿吧。李北烛没有睡意，就下去透风。不知不觉间，就进入戈壁腹地。在一丛红柳后边，他脱掉鞋，盘腿坐了下来。太阳白花花地照着。天像海一样倒扣在头顶。铺天盖地的寂静水一样拥在身边。那种感觉真是美极。恍惚间，他觉得时间不存在了，他也不存在了，只剩下一种巨大而扎实的感动在心里。李北烛幸福得想流泪。他想起一个词"高空"。记得第一次坐飞机，当飞机在万里云海上飞翔时，这个词就跳出脑海。只有"高"，才能"空"。相反，只有"空"，才能"高"。当时，他激动得差点没有从飞机上跳下去。此刻，他再次想到这个词。

真想一直那样坐下去，忘为戈壁中的一块石头。

但是很快，他就想起大家是否已经睡醒，在等他上路。

往回走时，他想，有时间限制的自在是靠不住的。他的脑海里产生了这么一个句子。那么如何才能超越时间？第二个句子。才知道过去那些行者为什么要独自行脚。独自，超越时间的一种方式？第三个句子。假如自己一直这样坐下去呢？当然会死在这里。可见独自也不是超越时间的最完美方式。第四个句子。那死呢？死是超越时间的最完美方式吗？第五个句子。

抬头，左春玫在路边，向他这边看着，目光水汪汪的，有点艳羡，有点激赏，又有点怨。

开始行车。李北烛第一次感到了什么叫"大"地。车子在公路上飞驰，但你觉得它实际上没有动，也许这就是戈壁的效果。李北烛突然想唱歌，却觉得所有会唱的歌都不能抵达他现在的心境，心里一阵憋闷。就在这时，左春玫拿出MP3，让他听一首歌。一听，心里就生出一个巨大的惊叹。真绝，哪里搞来的？左春玫笑笑，说，天堂。李北烛说，这话说得棒，就是，此曲只应天上有。过了一会儿，李北烛说，茫茫荒原上，一个人在行走，无始无终，既大忧伤，又大欢喜，既大无奈，又大自在。对吗？左春玫用滴水的目光表达了她的激赏。李北烛说，在这茫茫戈壁上，听它，有种宿命的和谐。

傍晚时，车子进入柴达木盆地。那种一望无际的平荡，陌生、神秘又夺人。左春玫说，如此寂静的行车，让人怀疑。李北烛知道左春玫是什么意思，赞同地说了声是。

再就无人说话，也说不出话。

不一会儿，海蓝色的暮色就鸟阵一样一层层落下来，温情、暧昧又霸道。不知为何，李北烛的心里突然涌上一阵忧伤。

一个梳着麻花长辫的女子踏着暮色向他走来。他的心里一阵莫名的疼。

那是一个周末的晚上，有人在中文系的女生楼下喊二一三宿舍的女生。大家好奇地到阳台上去看，原来是她们班的"诗人"。"诗人"站在楼下的月影里，手里举着一个笔记本。说是二一三宿舍的女生给了他灵感，让他写了一首可能是世界上最伟大的诗。现在，他要在第一时间献给她们。

姐姐，今夜我在德令哈，夜色笼罩
姐姐，我今夜只有德令哈

戈壁尽头我两手空空
悲痛时握不住一颗泪滴
姐姐，今夜我在德令哈
这是雨水中一座荒凉的城

除了那些路过的和居住的
……今夜
这是唯一的，最后的，抒情

这是唯一的，最后的，草原

我把石头还给石头

让胜利的胜利

今夜月光只属于她自己

一切都在生长

今夜我只有美丽的戈壁，空空

姐姐，今夜我不关心人类，我只想你

　　大家明明知道这是海子的诗，但还是非常的感动。不知谁说了一句，献给哪位姐姐的啊，也不报上名字，大家就齐声起哄。"诗人"说，哪位姐姐下来认领，我就献给哪位姐姐。宿舍门就响了一下，那是左春玫。紧接着窗子响了一下，那是路红。门响是因为左春玫约会回来，窗子响是因为路红跳了下去。幸亏是二楼，路红总算全着身子回来，并且带回来一个为她用热毛巾敷腿的"诗人"。大家一点儿没有因为"诗人"的存在觉得碍事，反倒都劝他留下来继续为伤员服务。"诗人"也不客气，就真留下来为伤员服务。

　　路红伤得不轻。当时他的心都要被感动撑破了，却没有现在这种莫名的疼。那么，现在让他心疼的到底是什么呢？是像这暮色一样的没有理由的茫然吗？还是因为自己的目光透过了茫然？李北烛的目光落在"疼"上，蓦然发现自己走神了。李北烛没有想到自己的思绪会滑出去这么远，好一阵自责。

再看车外，戈壁的苍茫、辽阔、荒凉已被夜的渔夫全部收进网中。眼前的车灯渐渐丰满，无言、狐魅、温暖、慈悲。车子渐渐沉入钢蓝色的海水里。李北烛能够感觉得到，有无数的鱼擦着他的身体飞来飞去。就有一尾自愿落在他的肩上。扫了一眼车内，除过他和司机，大家都在梦中。睡觉的鱼。李北烛的脑海里出现了这么一个偏正词组。他突然觉得这个"睡"是一个十分有意思的事情。现在，左春玫梦的触须就搭在他的肩上，散发着青草的芬芳。但车子却在行进。一辆车，载着一个人的梦，飞驰在茫茫戈壁。一个肩膀，做着梦的花架。这一切，是怎样的一个……李北烛没有把这个问题想完，另一个问题出现在他的脑海中：梦中的春玫在干什么呢？

司机停车让大家解手。男左女右。因为担心有狼，李北烛拿了藏刀，先陪左春玫到路右边去。李北烛有些莫名其妙的紧张，不知该如何完成这个艰巨又光荣的任务。离远了左春玫会害怕，离近了又不好意思。直到左春玫说李北烛你要走到天边去啊，李北烛才意识到自己走得太远了。说话间，身后的左春玫已经蹲下去了。没有任何思想准备，一串水声已经在他身后响起，酣畅、清脆、悦耳、自足，给茫茫大漠无限的温情和滋润。出乎李北烛意料，那一刻，他的心里没有任何男人的念头，只有幸福。

好了，英雄卫士。左春玫说。李北烛开玩笑说，这么简单啊。左春玫说，那你还让我马拉松啊。李北烛说，还真希望你马拉松呢。李北烛觉得，他心里一个高浓度的难题被左春玫用她的轻松稀释了，这让他既感轻松又觉得有点淡淡的遗憾。

更让他没有想到的是经过水声响起的地方时，他的心里竟升起一缕格外的亲切。

回到车边，刘辉和司机拼命地抽烟，导师架着三脚架拍夜景，左春玫到车上拿水。李北烛看着水声响起的地方出神。在茫茫宇宙，在漫漫人生长河，让他和左春玫有这么一次特殊的合作，这是谁的安排？在他的生命中，这一合作又有什么意义？这样想时，左春玫拿了一瓶绿茶过来，李北烛才意识到自己十分的渴。左春玫把茶给他。李北烛能够感觉到她动作里的温情。

左春玫说，怎么样，很幸福吧，什么时候喝你们的喜酒？李北烛没有想到左春玫在此时此地突然问这个问题。说，我也说不准。左春玫问为什么，出了什么事？李北烛说，倒没出什么事。左春玫说，那为什么？李北烛说，是我的问题。左春玫说，你小子要做陈世美？李北烛说，我怎么会做陈世美。左春玫问那是什么问题？李北烛犹豫了一下，说，有一个立场一直没有达成一致。左春玫问什么立场？李北烛说，该上车了。左春玫说，我知道了，你非要人家跟着你吃素是吧？干吗非要那么形式啊？小问题，让了人家。李北烛说，是小问题吗？左春玫说，和婚姻大事比起来，当然是小问题。李北烛说，可我不这样认为。左春玫说，什么时候变得如此原则啊。大学时，你可不是这样。在同学们心目中，你是一个最没有原则的人。还记得那次我和路红叫了你去买裙子，她挑了一件灰色的，你说特好看；她挑了一件蓝色的，你也说特好看；接着她挑了一件红色的，就替你说了，还是特好看，对吧？最后她拿了一件非常宽大的，你老人家总算立场起来，说，太宽大了，穿着像个孕妇。她说，我就喜欢像孕妇，怎么着？还记得你怎么说吗？你说，要说宽大的也好，让人看着心里也宽大。到面馆吃饭，我们要的是羊肉面，可服务员却上了牛肉面。我和路红要服务员换，你却说我们要的就是牛肉面。路红说，不会吧，就算我们两个说错了，你平时可是不吃牛肉的，难道你也说错了？你说没说错，你今天就是想吃牛肉面。坚持不让服务员换。现在，倒原则上了。李北烛不好意思地笑笑，说，有这事吗，我怎么不记得了？左春玫说，还有更精彩的呢。

到格尔木时，已经半夜，几人在夜市吃了碗面，就早早歇了。

第二天一早向可可西里出发。果然阴雨。李北烛在心里说，不会吧。但是越来越浓重的云层和不停摇动的雨刷器告诉他，这是事实。左春玫和她的导师神情有些沮丧。这让李北烛不快。但他又坚信事情不会是如此结果的。

海拔标志越来越高。李北烛的心事从能否看到雪山转移到安全问题上。他心里虽然有种大自信，但仍然禁不住留心左春玫的呼吸和脸色。不想左春玫一点反应都没有。中午时分，车到昆仑山口。海拔标志4767米。李北烛下意识地看了一眼左春玫。她还是一点异常都没有。

车在索南达杰纪念碑前停下。左春玫说，忘了在山下请个白色哈达。李北烛就把自己从塔尔寺请的一条白色哈达给左春玫。左春玫没有客气，自家人似的，双手举着，非常虔敬地向纪念碑走去。李北烛心的胶片上，就留下了一个背影，一个像索南达杰的名字一样潮湿的背影。李北烛到碑后，看到了如下碑文：

　　1994年1月18日，青海玉树州治多县西部工委书记索南达杰，带领4名队员在可可西里抓获了20名盗猎分子，缴获了7辆汽车和1600张藏羚羊皮，当他在押送中行至太阳湖附近时，遭18名盗猎分子袭击，不幸壮烈牺牲。当搜寻小组找到他时，已是冰雕般的索南达杰依然保持着半跪的射击姿势。

李北烛在心里说，海拔的高度，就是心灵的高度。

车到不冻泉动物保护站，左春玫要找一个名叫索南顿巴的站长。刘辉问她认识吗。左春玫说，她在电视上看过，一个英俊的康巴小伙，事迹很感人。刘辉就带她和大家进去找，不想索南顿巴正好在陈列室做标本。刘辉向他介绍了左春玫和她的导师。顿巴没有表现出多少热情，但也不让人觉得冷漠，恰到好处的那种温度。倒是在介绍李北烛时，他的目光一亮。李北烛忙闪到一边。

顿巴开始讲解。李北烛才知道，犯罪分子之所以冒死猎杀藏羚羊是因为一条藏羚羊绒的围巾在香港等地要卖十万元人民币。当站长讲到犯罪分子为了省子弹，先打死一只羊，其余的羊就不顾一切地围了那只倒下的羊打转，犯罪分子就趁机开着车冲过去，把它们全部碾死的情境时，他有些听不下去了。他看见，左春玫和导师还有刘辉的眼圈都红了。当顿巴说到有许多被猎杀的藏羚羊肚子里都怀着崽子时，声音是颤抖的。他说，许多志愿者为了巡哨，冻成终身残疾。有的同志，永远献出了生命。整个讲述过程中，顿巴是微笑着的。可那微笑落在大家心里，却是凄风，是寒雨，是承当，是悲壮。

顿巴讲完，陈列室的空气就凝固了。没有人能够说出话。

是左春玫先开口，我们可以捐一些钱吗？顿巴说，不用了，谢谢。左春玫说，如果没有什么规定，我们就捐一些，不多，一点心意。说着掏出两张美元，放在展台上。她的导师也掏出两张。刘辉也掏出两张人民币。李北烛见状，溜出去了。

看完志愿者的住宿，大家到一些标志性的景点拍照。李北烛没有去。他借解手隐蔽在一辆北京吉普的后面，面对一个红色的风车出神。

在高远、荒芜、寂寥的高原上，那抹转动着的红格外让他感动。如果是从前，他会在笔记本上写下一些诸如"在伸手可触的天空下／在海拔五千米的地方／我看见／风在轮回／不动的是蓝／动着的是红"一类的句子。但此刻，他却没有在风里停驻多久。连他自己都没有想到，在风轮转动的地方，他看到了一组音符，一组闪着金光飞翔的音符。那是刻遍藏地的大慈大悲观世音的六字真言，那还是顿巴和他的弟兄们一个个昼伏夜出的日子。烈日酷暑，冰天雪地，寂寞孤独……接着出现在他眼前的是一个宁静的浩瀚的星空，那是可可西里最美的梦，也是昆仑神最美的梦。星空上面，布满了藏羚羊的眼睛。假如这个世界上没有枪声？

李北烛的思绪被刘辉的叫声打断。

从吉普车后面出来，看见大家已经上车了，就不好意思地往车边跑去。刘辉厉喝他不要跑。他才意识到这是在海拔五千米的地方。上车，刘辉问他怎么回事。他说有点闹肚子。左春玫说，北烛还没有和顿巴合影呢。李北烛说，不用了。左春玫说，这地方，也许此生就来这一次，还是合张吧。还有刻着不冻泉保护站的昆仑石造型，也挺好的，去吧。李北烛说，真的不用了，天不早了，上路吧。左春玫说，等一下顿巴，他回去接电话了。

这时，一个小伙子跑过来，隔窗递进四张收据。左春玫问是什么，小伙子说是捐款收据。左春玫看看刘辉说，不要了吧？小伙子说，这是纪律，你们必须收下。左春玫接过收据。看了看，说，怎么多了一张？小伙子说，没有吧。左春玫把票拿出窗外，指着一张票说，这张没有捐款人，是不是弄错了？小伙子眼睛向车里扫了一圈，指着李北烛说，他的。左春玫的目光就很重地打在李北烛脸上。问小伙子，怎么上面没有他的名字？小伙子要说，李北烛挥手阻止。但小伙子还是说出来了，他坚决不留名，我去问站长怎么办，站长说，名可以不留，但收据必须开。左春玫看了一眼李北烛，翘了翘嘴角，说，我替他收下吧。

顿巴走来。大家下车和他一一握手告别。

司机打火时，左春玫突然记起什么似的要下车。刘辉问落东西了？她说，她要一下顿巴的电话和地址，到时好给他寄照片。不想顿巴说他有她的名片，待会发到她手机上。左春玫有点不放心地说，那我等着啊。顿巴说，没问题。

在顿巴和他的弟兄们深情、忧伤而又隐忍的目光里，车开了。

突然，顿巴招手让停车。他跑过来，到了窗前，却一言不发。刘辉问顿巴站长有事吗？顿巴做了一个抱歉的表情，然后把手上的两挂念珠摘了下来，绿色的给左春玫，暗红的给她的导师。左春玫把念珠戴在手腕上，目光潮潮的。

谁想就在这时，顿巴的目光落在了他的身上。出乎李北烛意料的事情发生了，顿巴的手伸进衣领，从脖子上摘下一个东西，端详了一下，双手举给他。

是一个玉观音。

往回走时，天还阴着。李北烛心里有些着急，就在心里举着一把顶天立地的大刀从天空划过。让他感动的是，过了昆仑山口，他的愿望实现了，前面的云层出现了一道亮光。他指给大家看，大家齐声叫绝。沿着那道亮光，厚重的云彩的冰山缓缓分裂，不一会儿，在冰山的裂缝里，隐约可见一位披着哈达的仙女，侧身躺在云海里，像是做着一个美梦，又像是一个千年回眸。

冰山的大幕以非常快的速度拉开，仙女渐次从云层里剥离出来。不同于川西的四姑娘雪山那么严实地包裹着自己，也不同于滇西的玉龙雪山那样半裸着自己，而像一个气质绝佳打扮得体的大家闺秀，该露的露着，该裹的裹着，既超尘，又烟火。

车停到一条河边。左春玫的导师一下车就举着相机向雪山方向猛拍。刘辉、司机到车对面解手。李北烛叫左春玫下车，左春玫没有吭声。回头一看，她的脸上挂着泪水。李北烛从包里掏出一包面巾纸给她，什么话也没有说。

左春玫的导师拍够了空镜头，在远处喊左春玫。

左春玫突然记起什么似的，从包里翻东西，最后手里是那条在塔尔寺请的黄色哈达，两手举成一个蝴蝶，向雪山飘去。

大家拍照时，李北烛向身后的河边走去。他不知道这条河的名字，也不想问司机。就当它是恒河吧。这是他此生见到的最高的一条河，也是最从容的一条河。他不知道是因为高成就了它的从容，还是从容成就了它的高。太阳的碎银撒在上面，闪闪烁烁。李北烛想，如果自己这时是一条鱼就好了。李北烛突然想在水上写字，就蹲下写了起来。但他发现，没有一个字能够在水上面留得住。可他不仅没有沮丧，反而为自己的这一发现兴奋得想跳进河里。

看了一眼身后，他们还在变换着角度拍照。心想，这么难得的美景，他们会拍一阵子的，就往前走了一下，找了一个可以隐身的河湾，脱了鞋，临水坐了，闭上眼睛，倾听河水。涛声就鲜花一样开放在他心里，然后把他填满。最后，连自己都是一片涛声了。没有时间，没有空间，包括自己。

有声音。侧脸，身边坐着一个人，和他同样的姿势，盘着腿，双手结着空心印。

真想一直那样坐下去，地老天荒。

可是不久就有刘辉喊上车的声音传来，像一块巨石落在他心中的水面。他没有理会，继续坐着。左春玫也没有理会，继续坐着。李北烛就理解了一个词，心心相印。

直到刘辉站在他们身后。

但不同于以往，李北烛对刘辉没有任何厌恶，反而觉得他是那么可爱。临风喜悦，御风同样喜悦。坐着美好，上路同样美好。爱那射出的箭，也爱那静止的弓。谁说的？现在想来，真是智者之见。他看见，他的心里也有一条河，左春玫、刘辉，包括他刚才写下的那句话，都是水面上阳光的碎银。

临行，李北烛用中指蘸水，抹在自己的前额上。左春玫也学李北烛的样子，用中指蘸水，抹在自己的前额上。李北烛觉得，他们把河带在身上了。

中午已过，大家都喊饿。但司机说再坚持一会儿，这些路边小饭馆都没法吃。下午两点时，车到一家叫宝银的餐馆前停了下来。坐定，司机悄声说，这条线，就这家有湟鱼。左春玫说不是说一级保护吗？司机说，是，所以只有这一家卖。左春玫说，他们怎么就有这特权？司机示意左春玫声音小点。说，不知道，反正就他们有的卖。左春玫说，我们不要鱼行吗？司机说，来青海不吃湟鱼就等于没来青海，要一盘尝尝吧，真好吃，没听导游说湟鱼十年才长一斤吗？左春玫问多少钱一斤。司机说，一百。左春玫说，太贵了，不要了不要了。刘辉说，贵贱的问题我们就不要讨论。你们一辈子能来青海几次？就算来了青海又能到这地方几次？

对啊，是这么一个理儿啊，我们一辈子能来青海几次？左春玫幡然醒悟的样子让大家有些诧异。接着，左春玫问司机，是活鱼吗？司机说，是。看看好吗？我还没有见过湟鱼是啥样子呢。司机叫来老板，说，自己人，可以看看黄姐吗？老板摇了摇头。左春玫说，黄姐，什么意思？刘辉悄悄地说，湟鱼的代号。李北烛和左春玫面面相觑。左春玫说，那我们可以买一些活的吗？老板还是摇了摇头。左春玫说，两倍的价钱？老板仍然摇头。左春玫说，三倍？老板仍然摇头。李北烛说，春玫别开玩笑了。左春玫像是没有听到李北烛的话，说，四倍？老板看司机，司机说，自己人。老板想了想，说，要多少？左春玫，有多少要多少。老板说，我们每天就能进十斤。左春玫问，还剩多少？老板说，大概六斤左右。左春玫就拿过包数钱。李北烛说，春玫别闹了——老板，她是跟你开玩笑呢——刘辉点菜吧。

刘辉说，鱼还是要吧？左春玫说，你们就发扬一次风格让给我好不好，你们想吃随时可以再来啊，剩下的六斤黄姐我全要了。刘辉说，你真要啊。安检过不了关的。左春玫说，带回西宁，让人做成鱼干总可以带出去吧？刘辉说，这倒可以。左春玫说，我突然想起，湟鱼能够治风湿，我爸风湿病可严重了。刘辉说，还有这一说？左春玫说，你竟然不知道啊，还青海土著呢。刘辉说，惭愧，真没听说，那就全留给你吧。可怎么带呢？司机说，这倒好办，我有一个备用水桶。

可钱不够。李北烛见状，过去问缺多少？左春玫说，一千。李北烛身上正好还有一千，就全给她。

下到海拔三千米时，左春玫和她的导师有了反应。左春玫最严重，备用氧气终于用上了。刘辉就让司机不要停车，开飞车往西宁赶。李北烛多少有些后怕，才理解了刘辉当初为什么要坚持取消这条线。不久，刘辉也开始吐，脸色蜡黄蜡黄的。

李北烛一边掐着左春玫的合谷穴，一边在心中默默地祷告。

那天，左春玫打了水往宿舍走，一个男生提了水壶迎面过来。近前，她说，去提水啊。男生不说话，却挡住去路，盯了她看。她说，犯什么神经啊。还是不说话，盯着她看。她说，讨厌，干吗啊。还是不说话，盯着她看，脸都贴着她鼻梁了。突然，啪的一声，胶一样的目光就惊飞了。是路红，向他的后脑勺上给了一本子。他又转过身去，盯了路红看，左春玫就在那儿开心地大笑。但路红不同于左春玫，当着她的面把他的鼻梁揪住了，直揪得男生大喊春玫姐救命。

是春玫救了他吗？现在，春玫就在他身边，但他却觉得她是那么不真实，那么不能让他相信。李北烛、路红、左春玫……是那所大学让天南海北的他们走到了一起。也是那所大学让他们再次天南海北。然后有那么几对又把天南海北变成结巢而居。那么他呢？假如他不和路红结婚，他将要和她分手吗？假如他和她分手，那他们的这么多年又是为了什么？假如他和她结婚，他们将要相守着一天天变老吗？然后呢？然后的然后呢？假如他和她结婚，那这个世界就是他们两个人吗？那么其他人呢？春玫呢？如果说他和路红是烟雨楼台，那么春玫是什么呢？是楼台上空的月吗？这月和楼台又是什么关系呢？又为何要照着楼台呢？月光不是楼台，但它照着楼台。楼台不是月光，但它却在月光里。而楼台和月光哪个更真实呢？他更需要那个住还是照呢？李北烛的眼前就有无数的水墨画在翻飞，但他却不知道那个画者藏在何处，用心何在，也不知道自己到底该选哪一幅。这背后有着太深太深的水，让他看不透。

这时，车子一颠，左春玫就整个到了他的怀里，这一意外，让李北烛的心一酥。他才意识到，现在的左春玫是这么孤弱，这么需要依靠，他却没有体察到。在此之前，楼台的门窗是一直紧紧关闭着的。他的脑海里闪过一个词：冷月无声。现在看来，冷的不是月，而是他的心。这一发现让他大吃一惊，也羞愧万分。他突然觉得这两天莫名的忧伤和纷乱的思绪不但无聊，而且无耻。这样想着，一直端着的身子就松开了，就变成了一个摇篮，左春玫的身子就舒服地陷进来了。一种来自左春玫身体重量的美好把他的心填满了。接下来，李北烛的所有心思都在保持和维修那个摇篮上，忘了困顿，忘了烟雨楼台，也忘了危险和担心。

傍晚时分，车到青海湖。一直昏睡的左春玫突然醒来，问到了什么地方。李北烛说青海湖。左春玫就坐起来，和师傅说，我们到湖边去一下好吗？引来大家不解的目光。司机说，还去？左春玫说，我想换一桶青海湖的水。我看过资料，湟鱼在别的水中最多只能活两天。司机不解地看了左春玫一眼，说，有这个说法吗？左春玫说，绝对，《动物世界》播的，赵忠祥亲口讲的，我记得清清楚楚。

车到停车场。刘辉说他帮左春玫去换。左春玫说，你就好好歇着吧，让李北烛陪我去，他精神。李北烛说好的，说着，打开后备箱提了桶往码头去。

路上，李北烛问，头还痛吗？左春玫说，还有点，让你担心了。说着举起右手，看着被李北烛掐肿的地方，说，谢谢啊。

当知道左春玫是买来放生，李北烛的心里就被感动填满，有种把左春玫揽入怀里的冲动，但最后还是忍住了。他从兜里掏出念珠，在湖水中蘸了一下，一边往桶里的鱼身上洒，一边诵咒。

诵毕，左春玫说，我可以补充一句吗？李北烛说，当然啊。你也可以送给它们一个祝福。左春玫说，下世做人，去吃他们。把李北烛惹笑了。

李北烛说，春玫你放吧。左春玫就蹲下去，却不动手，只是盯了鱼看。李北烛顺着左春玫的目光看去，就迎着那些婴儿一样乖顺的目光。李北烛的身体打过一个颤，心里突然一阵痛，他清楚地记得，他是在哪儿见过它们的，却一时想不起来，目光就再不敢到桶里去了。

左春玫仍然盯着那些鱼看，不动手。

李北烛担心大家等，说，春玫，该动身了。她这才从愣怔中回过神来。

桶子慢慢地在左春玫手中倾斜。

李北烛第一次发现，左春玫的手是那么好看。他的脑海里甚至出现了一个此刻最不应出现的词：性感。

水随天去

现在，我终于可以认定，事情恰恰是从那时开始的，尽管当时看来，那是一个不错的兆头。

一天晚饭后，母亲让父亲扫地，父亲说，我没觉得地脏啊。母亲说，真没觉得？父亲说，真没觉得，大概是你的眼睛脏了。母亲说，是吗，那你帮我打扫一下吧。说着，要把脸贴到父亲脸上。父亲一边躲开，一边说，都有股馊味了。母亲就去门背后拿了笤帚，往父亲手里递。父亲说，笤帚更脏，我不愿意与脏东西为伍。母亲就拧了父亲的耳朵，把笤帚塞到父亲手里，让父亲扫。父亲一边龇牙咧嘴地扫，一边念念有词：灵龟摆尾，扫其行迹，行迹虽扫，又落扫迹。一笤帚配一个短句，全然是小学生课诵时的那种调子，真能把人笑死。母亲说，我管你灵龟还是乌龟，只要你给我把地扫了就行。那是我第一次听他"灵龟摆尾"。后来的日子里，当母亲让父亲擦玻璃，让父亲洗锅，让父亲洗衣服，父亲同样会一边擦，一边洗，一边"灵龟摆尾"。

对于母亲来说，那是她最得意的一段时光。

我高三那年，一向被母亲称为"冷血动物"的父亲来了一个一百八十度的大转弯，脾气格外地好，好到母亲可以对他耳提面命，好到让人觉得不真实，就像一个几十年被关在黑暗中的人突然见到了阳光。当时，我压根就没有深想那段时间父亲常常挂在嘴边的那句唱诵的深意，只以为是他设法给大家找点乐子而已。直到事情发生，我才知一切都已经从那时开始了。

现在，当我终于能够接受这一事实，静下心来，坐在电脑前，准备为父亲，为母亲，也为所有关心父亲的人写点什么的时候，脑海中参差浮现出的一些片段，不知是他的"行迹"，还是"扫迹"。

印象中的父亲永远是一个坐姿。每天放学回来，老是看见父亲坐在阳台上的躺椅里，像是想心事，又像是什么都没有想，就那么坐着。一直那么坐着，直到暮色重重地落下来，直到母亲把饭做熟，直到我去喊他吃饭。以前，母亲回来，见父亲那样坐着，就会嚷，说，你出去看看，谁家的男人像你一样这样挺尸？你不会和面、蒸米，菜总会洗吧？你这样等着吃，和过去的地主又有什么区别？现在都到社会主义初级阶段了，你还想当地主不成？出乎我们意料的是，父亲对母亲的话竟然没有丝毫反应，好像他压根就没有听见。有时，母亲会拿上一把菜，站在父亲面前，一边拣，一边骂。让母亲气的是父亲依然没有丝毫反应，一副神游八极志在千里的样子。母亲气极了，就会腾出拣菜的手，在父亲的耳朵上拧一下。可父亲还是没有反应，好像那个耳朵压根就不是他的，而是别人寄放在他头上的一个摆设。母亲无奈，只好留下一声比日子还长的叹息，到厨房生火做饭。不一会儿，油盐酱醋的味道就飘散到阳台上来。我敢肯定，父亲的鼻孔里也一定充满了油盐酱醋的分子和原子，但父亲仍然一副老僧入定的样子。

母亲大概是想制裁一下父亲，一个周末，她让父亲做晚饭，父亲仍然没有反应，母亲就把我带出去，在外面吃。吃完晚饭，我们又去串门子，直到十点才回家。你猜父亲怎么着，他竟然坐在阳台上的躺椅里睡着了。母亲定定地看了一会儿父亲，绝望地摇了摇头，然后端了碗出去买饭。

母亲对我说，自从她进郭家的门以来，父亲就没有洗过衣服。父亲宁可把衣服穿得油光发亮，把白衬衣穿黑，把黑衬衣穿灰，但绝不动手洗。在这一点上，母亲倒是早早地就妥协了。我想这大概是母亲为她的名声着想的缘故。父亲是个作家，被几所大中专学校聘请为客座教授，常常在人面前露脸。如果穿着已经发黑的白衬衣站在讲台上侃侃而谈，学生们肯定不会认为父亲是个懒惰的人，反而觉得这就是作家的风度，相反对母亲的印象就不大好。所以每每父亲穿着脏衣服往出走，母亲就抢上前把他的衣服扒掉，换上新的，还不忘给衣领上洒上香水。这时，父亲就会说，你就不怕出问题？母亲说，正吾所愿也，你今天带一个回来，我明天就给你让位，让她伺候你，我实在受够了。就这样，父亲穿着母亲换的干净衣服，带着母亲洒的香水，无限风光地出入于一些大众场合。

一天，父亲下班回来，手里提着一个花书包。母亲问是什么。父亲说，六味地黄丸。我就知道老家又带东西来了。不知为何，父亲把老家带来的东西一律叫六味地黄丸。母亲从父亲手里接过花书包，一看，就皱了鼻子。父亲把一双眼皮直顶到额头，问母亲怎么了。母亲把书包给父亲，说，快去扔了。父亲白了母亲一眼，说，什么？扔了？一边把步子换成鸡步，身子夸张地前倾，一张长脸恐龙一样向母亲挺进。母亲一边像驱赶苍蝇一样厌恶地挥着手，一边后撤。父亲却紧追不舍，请问谢海棠阁下，你姓什么？母亲见父亲态度生冷，大概是动真格的了，就缄了口，到厨房去盛饭。我从父亲手中接过书包，原来里面是一塑料袋咸菜。塑料袋显然已经不止一次地装过东西，都变成黑色的了。打开袋子，一种生萝卜和着塑料的味道扑鼻而来。父亲见我掩了鼻，就像文物贩子听到别人说他的文物是假的一样，从我手里把书包掠走，放在茶几上，掏出里面的塑料袋，到厨房里拿了一个碟子，盛了一碟，就了饭吃，很可口的样子。刺鼻的生萝卜味弥漫开来，让人实在难以忍受。可是电视上正演一休的故事，我只好强忍着，背过身子，边吃饭边看电视。谁想正到好处，电视却关了。回头，遥控器在父亲手中。父亲用一种特别的目光看着我，像是恶作剧，又比恶作剧认真。过来，吃咸菜。父亲的目光像旧社会地主的手杖一样，在我面前划了一下，又一下，最后落在咸菜上。我说我不吃。父亲说，那就别想看电视。无奈，我只好拿出一种英雄气概，硬着头皮去吃。每次象征性地用筷头夹一小片，更多的时候只将筷子在碟子里晃一下。这自然无法逃脱父亲的火眼金睛。父亲索性将碟子里的菜一分为二，让我吃完自己的那一份再看电视。母亲见状，把菜碟子端走。不想父亲发火了。你什么意思？母亲说，报纸上明明说吃腌咸菜容易得癌症。父亲说，你老爹吃了一辈子腌咸菜，怎么没有得癌症？母亲说，胡搅蛮缠，一点科学精神都没有，还当作家呢。父亲说，谁在胡搅蛮缠？父亲放下饭碗，到书房给我们拿来一本《奥秘》杂志，上面有篇文章《破烂王为何一生无疾》。父亲把杂志扔给母亲说，请学习一下，破烂王为什么一生无疾？他可是整天和垃圾打交道的。平时吃的什么，吃的是垃圾堆里的西瓜皮、坏水果。母亲不屑一顾地说，那你怎么不去做破烂王，你为什么要考大学，要当作家，要过文明的生活？父亲说，考大学咋了，当作家咋了，考上大学当了作家就不能吃老家拿来的咸菜？母亲说，吃饭吧，饭凉了。父亲说，你不把咸菜还给我，我就绝食。母亲说，你已经绝过九十九次了，我还怕你再绝一百次？！父亲就放下饭碗，做出一副坚决生气的样子，向书房走去。母亲见状，只好把咸菜还给他。父亲就又回来，极投入极夸张地嚼着咸菜。父亲每嚼一下，母亲的眉头就皱一下，等父亲把一碟咸菜干完，母亲的脸已经和咸菜里的萝卜条差不多了。

说了大家不要笑话，我从来没有见父亲和母亲同床共枕过。父亲的书房里有一张单人床，每天晚上，父亲早早地洗漱一毕，就重重地关上书房的门，重得有点夸张，然后熄灯睡觉。时间一长，我还以为做夫妻的都是这样呢。可是我去姨母家，发现姨父和姨母总是睡在一张床上。一天早上，我和表妹莉娜起来，姨父和姨母还睡着。表妹推开他们卧室的门，我看见，姨母的头在姨父的左边，一只脚却在姨父的右边。这是多么让人羡慕啊。回来后，我就建议父亲和母亲在一块睡。不想父亲说，夫妻分床睡，能活一百岁。我问，为什么？父亲说，等你长大就知道了。我说，我现在就想知道。父亲说，你妈打鼾，吵得我根本睡不着。母亲说，别诬蔑人。但也没见母亲有多恼。

后来读了父亲的文集，才知这种生活方式并不是他的初衷。他曾非常神往地描述过古人"自起移灯为君照，绫罗帐里剪参差""胜游朝弹袂，妙语夜连床"及"红袖添香夜读书"的情景。那么，这种格局是从什么时候形成的呢？又是如何形成的呢？

每当母亲往死打苍蝇时，父亲总要夺下母亲手里的家伙。父亲说，请问你为什么要打死它？母亲说，这还要问吗？父亲说，既然你说不上来为什么，那就没有行凶的权力。母亲说，那就请作家大人说一下为什么不能打死它。父亲说，请你学学《刑法》，只有杀人犯才能执行死刑。母亲说，原来你和苍蝇是一类么。父亲说，我就和苍蝇是一类，咋了？说着，父亲会打开窗子，往出赶苍蝇，一边赶一边说，黑先生，既然我们太太不欢迎你，那就请你出去。可是黑先生却赖着不走。父亲并没有表现出多少不耐烦，反而晓之以理，动之以情。说，都怪当初圈地时，你来迟了，如果你来得早一些，说不定这地盘就是你们的。那苍蝇继续和父亲捉迷藏，总是不往窗口飞。父亲就把另一扇窗子也打开，给苍蝇更大的出路。可是苍蝇实在太顽固了。父亲往往为了赶走一只苍蝇要弄出一身汗。

父亲并不是没有动过杀戒。一次，父亲午休时受到了一只苍蝇的骚扰。也活该那只苍蝇命尽，总是赖着不走，全不顾父亲苦口婆心的劝说。情急之下，父亲失了手，竟把这位黑先生给打死了。当那只苍蝇粘在墙上时，父亲手里的蝇拍就定在空中。父亲无法饶恕自己。父亲就那么站了很久。最后，带着一声听不见的叹息上床午休。父亲躺是躺下了，可是再也难以入睡。这从后来他写的一首诗可以知道：

　　一只苍蝇

　　因为打扰了诗人的午休

　　被钉在

墙上

诗的题目是《悼词》。

父亲因为午休可以对黑先生开杀戒（尽管这是被动的），对我们母子就可想而知了。记忆中父母几次大的干戈都是因为父亲午休。来过我们家的人都知道，我们家有一则门告，是父亲用书法体在宣纸上写的：

各位上宾：

在下有午眠之嗜好，十二点半到两点半之间，请万勿敲门，得罪。

一天，我和父亲从外面回来，发现有人在门告上批了一行字：去你妈的。父亲立在批示下，对我说，知道吧，这位叔叔练过书法，而且是柳体。然后开门进屋。我不知是父亲真的没有生气，还是装的，他依然躺到阳台上晒太阳，看不出有什么不高兴。

据母亲说，在午休这个问题上，父亲现在的表现好多了。母亲说，那时他们还没有结婚，父亲还是一所乡下中学的穷教师。一次，她坐了一早上的车从县城大老远地赶去，父亲的门却从外面锁着。她想这天又不是休息日，父亲到哪里去了呢？她去问父亲班上的学生，都说不知道。她就坐在学校门房等。谁想就在打预备铃时，只见一个学生在开父亲的门。果然，不一会儿，父亲就从宿舍出来了。母亲的心中自然又惊又气，居然还有这么严密的攻守同盟。可见，在这个问题上，父亲是向他的学生下了死命令的。后来，母亲把这件事向祖母告了状。祖母说，不要说你，就是祖父也被父亲这样打发过好几次。祖母每次做些自己认为好吃的，总是舍不得吃，要让祖父给父亲拿一些。那次祖母给父亲带的是父亲爱吃的荞面碗坨。和母亲一样，祖父从老家走到学校，正好是中午，自然，父亲的房门是从外面锁着的。祖父无奈，就把那些东西从通风里扔进去。父亲肯定听见东西落地的声音，但是父亲没有起来看，也就不知道是祖父来。后来，父亲知道把祖父拒之门外，心中自然有些疼痛，就劝祖父今后再也不要来送东西了。可祖父还是来。父亲无奈，只好给祖父一个口令，让他到了门上，发现门外没有人时，轻轻地咳嗽两声，一定要两声。可事实上祖父很少用这个口令。祖父心疼父亲，以后再去父亲那里时，就半夜里动身，正好赶在父亲午睡前一刻把东西送到，然后迅速地撤离。

那时父亲还没有出名，自然就没有名片。后来，父亲有了些名气，也就有了名片。别人的名片上打的都是什么主席什么理事一类的头衔，父亲的名片背后却是门告上的那句话。我至今不明白父亲为什么那么喜欢睡午觉。但有一点是肯定的，那就是父亲绝对不是为了所谓的保证睡眠。

这从父亲对待我的睡觉上可以推断。早晨，父亲被冲厕所的声音吵醒。如果换了平时，父亲是不会理会那种声音的。问题是今天是星期天，我还在睡觉。父亲一想到我还在睡觉，就一骨碌从床上翻起来。再看我的房门开着，心里的火就从一丈一下子蹿到一千丈。他一把夺下母亲手里的拖把，把母亲劫持进客厅。母亲自然十分恼火，就连着踢了父亲几脚。对于母亲的那几下，父亲自然能够承受得了，父亲以一种大人不记小人过的姿态，准确些说是一种压根就没有把母亲的那几脚当回事的男子汉大丈夫的姿态对母亲说，今天我正式警告你，从此以后，如果儿子还在睡觉，你就给我悄悄地。母亲说，我偏要吵。父亲说，那就别怪我不客气。母亲说，你就把我吃了！父亲说，那你就等着瞧。不想母亲没有等着瞧，而是立即做出来给父亲看。母亲抱了她客厅里的被子，要往我的房里放。父亲哪里会让得过她。母亲要强行通过，父亲当然不会放行。两人就在客厅门口展开拉锯战。这一战肯定是母亲告败。因为母亲已经开始向父亲撒泼——你今天就把我杀了，你还算不算个男人，谁家的男人一大早起来就对老婆动武？我辛辛苦苦地把你们父子供奉上，把你们全家供奉上，把你们全村供奉上，你们倒还觉不来了，倒还不知好歹了……对于母亲的这一套，父亲从来不在乎，相反，父亲会过去把阳台的窗子打开，把门洞开。说，你就"唱"吧，让大家欣赏一下你美丽的歌喉。母亲的声音就小了下来，切齿痛骂渐渐变为自伤自叹。

　　听见母亲在哭鼻子，我本来想起来劝一下母亲，可是我实在太瞌睡了。

接着，我就听见父亲穿鞋出去锻炼，我想今天的戏该结束了。

果然，父亲刚一出去，厨房里就有了响动，那响动平静、和气、安详。我知道，可怜的母亲又开始了她一天的功课，洗漱、烧水、扫地、做饭。现在，我还能看见，母亲先往脸盆里盛了四分之三凉水，再往里面兑了四分之一开水，然后挽了衣袖，把双手放进盆里，进入她的第一个"五步曲"：先手掌，次手背，再手缝，继手腕，当然不能忘了指甲，如此反复，大约三分钟。白色的肥皂花在母亲手上盛开，母亲的心里充满了"洗"的快感。接着是脸上"五步曲"，同样大约三分钟。完后把毛巾噜噜噜地洗一百遍，刷地一下抖开，双手托了，敷在脸上，先逆时针方向，后顺时针方向，把脸擦干，折成绝对规则的长方形，搭在盆架上。然后打开煤气灶，给父亲打荷包蛋。

母亲说的没错，我们的生活用度全靠她。父亲的工资基本上都给乡下老家了。老家是个靠天吃饭的地方，一连七八年绝产是常有的事。父亲除了负责一家八口的口粮外，还得供给四个侄子上学。假如仅仅如此，倒还罢了，谁想问题要比这严重得多。在父母后来的一次争吵中，我才知道，差不多村里所有人家都向父亲借了钱。更为可气的是有一个叫牛缠的人把父亲的钱借去要赖不还，并且数额高达六千元。父亲说，那是我帮人家从信用社贷的款。母亲就火了。母亲说，你不要把我们娘俩当傻子。父亲说，借了又咋了？当初牛缠的儿子从拘留所出来，牛缠说只要给他找个媳妇就能把他拴在家里。现在，和他一起混的都二次进了监狱，牛缠的儿子却因为那六千元在家安安稳稳地过日子，这不很好嘛，六千块重要，还是一个人重要？母亲说，问题是别人把你当冤大头待，都几年的事情了，当时说年底就还，现在都过去几个年底了？父亲说，可是我们也没有因为少了那六千元就过不下去啊。母亲全身的血就都到了脸上，说这话也不脸红，请你出去看看，别的不说，就看看对门，人家过的是什么日子，看看人家，再看看我们。父亲说，那又咋了？母亲说，和你这种人说不到一块，这样吧，从这月开始，米面油盐你买，电话费你交，暖气费你交，电视费你交，儿子的学费你出。父亲说，你呢？母亲说，我都出了十年了。父亲说，那也不多啊。母亲说，不多？一个人一辈子有几个十年，没羞的东西！

母亲都进了卧室了，又出来，把脸贴到父亲的脸上说，知道村里人怎么说你吗？父亲问，怎么说？母亲说，傻B一个，然后迅速地逃离父亲。不想父亲丝毫没有恼怒，反而了然于胸地一笑，就像我们班主平时看着我们恶作剧对我们笑一样。

由此看来，钱对父亲是多么重要。但了解父亲的人都知道，父亲的心里没有钱。

一天晚饭后，母亲对父亲说他们单位分了一个副高指标，让父亲托关系给她们领导说一下。父亲说，有什么好说的，轮到你就评，轮不到就别评，说什么。母亲说，如果评上副高，意味着一年收入增加将近四千元。父亲说，四千元很重要吗？母亲说，你是说四千元不重要？父亲说，说它重要就重要，不重要就不重要。知道四千元是个什么概念吗？是一次感冒，一次阑尾炎，一次失火，一次被盗。母亲说，纯粹是混账逻辑。父亲说，你就操心给学生把课上好就行了，别再整天钱呀钱的。老祖先早就说过，平为福。如果平顺，我们的那几个工资足够花了。如果我不嫖风，你不养汉，没有灾，没有病，儿子出息，日子太平，就我们现在的工资，我都觉得花不完了。母亲说，嗨，你吹牛真不怕把鼻子吹歪，把牙吹掉，把嘴吹豁，就你那几个瘦钱儿，还敢说够花了。如果不是碰上本大娘，换了别人，你怕连给人家买化妆品的钱都不够，还敢说够花了。父亲说，是啊，我说的是这个道理啊，就是我命大啊，好老婆就是钱啊，就是职称啊。好儿子也同样，老人不是说过，养下儿子比我强，要它银钱做什么，养下儿子不如我，要它银钱又做什么。母亲说，就你臭词多。父亲说，这可是真理啊。假如你的儿子比你厉害，他会自己挣钱养活自己，假如你的儿子是个败家子，即便是你存下百万千万，他也会一晚上给你挥霍完。你说是不是这么一个理儿？母亲说，如果儿子考上大学呢？如果儿子要出国留学呢？儿子总不能自己先给自己把学费挣好再去上大学吧？父亲说，刘飞不是考上大学了吗，任利敏不是考上大学了吗，他们的父亲又出了多少钱呢？母亲说，你的儿子能比上人家刘飞？能比上人家任利敏？（刘飞和任利敏是省上的文理科状元，学费被所招的大学免掉，另外当地政府还给他们奖励了几万元）也不瞧瞧自己。父亲说，那可不一定，我的儿子咋了？今年不是考上初中了吗，不是给你把一万元插班费省下了吗？一万元，不就是一级职称吗？既然今年能给我把一万元省下，谁说他将来不会给我把几万元省下？父亲说这话时，嗓门特别大，我知道他是要我百分之二百地听见。母亲说，那好吧，你就等着儿子给你把几万元省下吧，从今天起，我可是有几个花几个。父亲说，对啊，就应该是这样啊，人挣钱就是花的，你也别太抠了，也买些高档衣服，也买些高档化妆品，再不要往脸上涂石膏（父亲一直把母亲的低档化妆品叫石膏）了，再不要为了一分钱和小摊小贩讨价还价了。

父亲这样说母亲，并不是说他就有多少"派"。但我不得不承认，父亲有些特别。

在他工作的那个机关大院里，谁不知道父亲是个土起来能够土得掉渣的土老帽，洋起来能够洋得让人胃里直泛酸的酷仔。有时候，父亲会把祖母从老家带来的棉袄、棉裤、棉鞋穿到单位去，配以稻草一样乱糟糟的头发和胡须，纯粹一个农民；有时候父亲又会西装革履，衬衣领带，白脸净面，俨然一个特派员；更多的时候，父亲则是一身深蓝色休闲服，没有一点特别之处。

写到这里，我的脑海中出现了一个黄书包。随着这个黄书包的到来，一个平时再枯燥不过的父亲多少有了一些诗意。在我的印象中，父亲是这个小城第一个背黄书包上班的人。别人肯定十分羡慕，但在当时当地的商场是无法找到那种黄书包的。因为父亲的那个黄书包是当年他考上大学时一个同学送他的。父亲一直没有舍得用，一直保存着。只是不时在母亲不在家时，把它拿出来看看（这是我的猜测）。一次被我碰到了，父亲很有意思地看了我一眼，一脸的甜蜜，然后用一个现在市面上同样找不到的、上面绣着"全心全意为人民服务"的手帕把它重新包好，放进柜子。不知为何，有一天，父亲终于把它拿出来，每天背着它去上班，上街，会友，逛书店，参加一些文学活动，去他兼职的大学上课。想想，一个略带忧郁的诗人模样的中年男子，背着印有"红军不怕远征难"的黄书包有心没肝地在大街上闲庭信步，在校园里款款而行，走进教室，走进会场，黄书包里装着一本杂志，因为书包小，半截杂志就露在外面，人们看不到杂志的全名，只看见露在外面的"人民"二字。想想，那该是多么酷啊。谁能保证父亲的这一佩饰不会让一些感情丰富的女同胞怦然心动？说不定还有不少女孩子因此喜欢上父亲，狂热地给父亲写过情诗呢。真是难说。

那时的父亲是多么好啊。

但是很快那书包就从父亲的肩膀上消失了。有人说是因为这个城市里有了第二个背黄书包的人，有人说可能是父亲不慎丢失了，当然还有许多带有攻击性的说法。对此，我都没有多大兴趣，我所关心的是，父亲为什么要把一个保存了多年的可能是一个"信物"的东西拿出来使用？

　　我相信，每一个有良知的人，看了以上的文字，没有谁不会认为母亲是一个有着非凡承受能力的人，事实上也是一个十分可怜的人。这些记忆来自我的小学和初中，那时我还不知道主动地帮母亲做一些事，整个家政都压在母亲一个人身上不说，她还要戴着父亲打制的一个个镣铐跳舞。但事情仅止于此，也还罢了。事实上这么多年已经过来了，母亲之所以没有和父亲分开过，说明她内心深处已经接受了这个"冷血动物"。但是母亲怎么也没有想到，事情会发展到那个地步。

　　事情变糟是在我上高一那年。父亲先是辞去了几所大学的客座教授，继而拒绝了几家杂志社专栏作家的约请，不再在公开场合出头露面，娱乐场合更是避之唯恐不及，一有时间就回老家。在城里的日子，除过应付上班，就是整天呆在家里听音乐。不是贝多芬，也不是舒曼，更不是柴可夫斯基，而是《挂金锁》和《月儿高》一类。把传呼机送人，把手机送人，家里电话根本不接，有人打电话，父亲就给我招手，强烈地示意他不在，包括那些让别人垂涎三尺的当红美女作家（这是我后来才知道的）。

　　有一段时间，父亲给母亲建议把电话停机算了。母亲不同意。但从此我家的电话明显少了起来。一天，母亲回来，气冲冲地冲到电话旁边，拿起电话就看，才发现接头被拔了。母亲就质问这是谁干的。我说发那么大火干吗，不是我就是我爸，而我显然没干，那还能有谁。母亲就什么话都不说，嘭的一声关上卧室门，再也不出来。其实这一秘密我早就发现了。父亲常常趁母亲不注意把电话线拔掉。而我则等父亲走开又悄悄地把电话线接上。这次疏忽了。母亲的声音慢慢从卧室里出来，由低到高，从小到大，最后变为声讨。父亲书房里的音乐也随之从小到大，从低到高。母亲气得出来把书房门踢了两脚，然后进厨房做饭。父亲为什么就这么害怕电话呢？

从此之后，我们家里的怪事就一天天多起来。

一个星期天，我被一种奇怪的声音惊醒，起床，只见父亲在阳台上嗬嗬地叫着，兴奋像花一样在他身上怒放，口里不停地说，这才是音乐，这才是真正的音乐。一看外面，才知是下雪了。真是难得，已经好久没有见到这么大的雪了。这天的雪有一种霸道的温柔，悄无声息而又惊心动魄，用一种向下的姿势把整个世界揽进怀里，把人心熨平，把世界熨平。

就在这天，父亲把录音机和磁带装进一个纸箱子里。我知道他又要准备送人了。但凡他不喜欢的东西，他都是这样打进纸箱，带回老家，或者在适当的时候送给亲戚朋友。比如那些当年他视之为宝贝的书，比如那些收藏。我担心终有一天，他也会把他自己这样打进纸箱送人。我说，怎么，又要送人？那就送给本人吧。父亲说，全是垃圾你要它作甚。我说，你怎么能这样说话呢？我把音乐老师对几位乐圣的评价搬出来驳斥父亲。父亲说，那是你们音乐老师不懂音乐。我说，这就奇了，音乐老师不懂音乐，这真是奇了。父亲说，不要迷信老师嘛。我说，不信老师那信谁？父亲说，要信自己。

就是那段时间，夜深人静的时候，父亲的书房里会突然传出笑声，我原以为什么时候来了客人呢。不想进去一看，却是他独自在那里傻笑。

他在笑什么呢？

接下来发生的一件事更让我们母子难以接受。

一天，我和母亲回家，屋子里有一股呛鼻的气味。一进客厅，才知是从一个陌生人身上发出来的。父亲正和那人在客厅里聊天。那人破烂而又油腻的衣服让人无论如何也无法把他看成是父亲的客人。但他们的谈兴却是少见的浓烈，大有相见恨晚之感，丝毫没有要在晚饭前结束的迹象。父亲果然要留那人在家里吃饭。父亲到厨房吩咐母亲多做一个人的饭，母亲的脸就直吊到腔子上去了。但母亲没有在现场发作，这是母亲的风格。饭做好，母亲准备了两套餐具，显然是要实行分餐制，却被父亲重新倒进两个大盘子里。按照父亲的规矩，家里来了客人我们必须陪着一起吃饭，并且我和母亲要高度警惕，除了向客人劝饭，还要紧盯着客人的碗，一发现客人碗里没有饭就要马上去盛，不允许有时间差存在。而他自己则装得没事似的，继续和客人谈话，给人一种不屑于操心给客人盛饭，劝客人进菜这些小事的样子。父亲的意思再明白不过，这些小事他的好客的妻子和懂事的儿子已经做得很到家了，用不着他操心。

让母亲万万没有想到的是父亲居然要让这个人留宿。这次父亲倒是没有像往常一样把他安排在我的房间，而是主动提出让我到他的书房去睡，他和那人住我的房间，因为我的房间有两张床。母亲的眉头就攒成了倒八字，铺床的动作明显地带了劲，有了响声。母亲先后找了两个旧床单铺在我对面的床上，又找了两个被套套在平常老家来人专用的被子上，然后特意把父亲的荞皮枕头放在我的床上，示意父亲睡我的床。可气的是父亲偏偏自己睡在客床上，把我的床让给客人。第二天，那人刚走，母亲就气得像一个风箱一样在客厅里扇起来，扇了一些时辰，开始打扫客厅，同时打开阳台上所有的窗户，警惕的目光搜寻着那人沾过的东西，一律扔进阳台上的大洗衣盆里。只见她戴了塑胶手套，开始拖地，把地拖了一百遍，把茶几擦了一百遍，把茶杯洗了一百遍，把放过那人衣服的凳子洗了一百遍，然后躺在床上，做深呼吸。

也真难为了母亲，我不知道母亲是如何挨到天亮，又如何等父亲把那人送走的。还没有等父亲从门外进来，母亲就开火了。母亲说，这还算个家吗？和难民营有什么区别？和乞丐有什么区别？连我都听得出来，这后一句话是指父亲了。奇怪的是父亲并没有像平常那样接火。等母亲打完一个连发，父亲笑着问我，知道什么是乞丐吗？我说这还要问吗？父亲说，说别人是乞丐的人才是真正的乞丐。

之后，父亲就变成一个"植物人"，从单位一回来就往竹椅里一坐，目光或者盯在虚处，或者盯在一只正在偷果子吃的老鼠上，那是范曾仿八大山人的一幅画。看着枯坐在竹椅里的父亲，我的心里常常会出现一些奇怪的念头。比如坐在那里的不是父亲，而是父亲的衣服；比如父亲的体温正在从三十六度迅速地下滑，最终停在零度等等。

每天面对父亲没有温度的表情，我的心里就犯怵，我才知道真正的暴力其实并不是暴力，而是一种巨大的沉默。我在心里说，爸你去听你爱听的秦腔啊，去跳你爱跳的探戈啊，甚至去依红偎翠啊，去嫖风啊。我知道父亲是很喜欢招惹女孩子的。父亲曾带我参加过一次文学活动，穿着藏蓝色风衣的父亲往会场一走，真是掌声雷动。父亲致意之后坐下，那些女孩子的目光就百鸟朝凤似的向父亲哗哗飞来。如果父亲稍一摇尾巴，那些小母狗肯定有一半多会跑过来。可是父亲却对此单单没有兴趣。这真是怪事。父亲的尾巴哪里去了？按照常理，有这么一个从一而终的丈夫，守身如玉的父亲，母亲应该高兴，我也应该高兴，但现在，我宁愿父亲的尾巴像老家满山遍野的狗尾巴花一样盛开啊，怒放啊，惹得一村的母狗汪汪汪地叫啊。

但是没有，父亲的生活中既没有狗吠，更没有鸡鸣。没有。那么，是谁弄走了父亲的尾巴？

这种情形大约持续了半年，父亲终于"活"了过来。不再把电话线拔掉，不再说什么什么是垃圾，开始干一些家务，也参加一些社会活动，但神情终究在事外，像是专注在内心的一个很深的地方。当然，这个秘密只有我知道。和人跳舞，其实没有跳；在讲台上上课，其实没有上；吃饭，其实没有吃。像是有另一个他躲在暗处，正在盯着吃饭的他、跳舞的他、讲课的他看。不动声色地看。盛水，水都从壶里溢出来了，漫了一地，流到客厅里来了，他却浑然不觉，母亲的指头都落在他鼻梁上了，他却压根没有看见似的，仍然在专注地听着什么。他在听水？难道他就不知道自己正在盛水？一次母亲不在，他给我们烧稀饭，直烧得锅里冒烟，差点没有把房子点着。每当母亲做他爱吃的"搅团""馓饭"时，他会十分热情地帮母亲剥蒜。而蒜早剥完了，可他的一双手却仍然在剥。似乎手中还有一个蒜，一个更大的我们看不见的蒜。

父亲到底是怎么了？

高三那年，父亲的情况大为好转，就像本文开头描述的那样，以至于母亲敢提着他的耳朵让他干一些家务。而且一边干着家务，一边"灵龟摆尾"，惹得大家乐。"灵龟摆尾"是劳动配乐，更多的时候，他会问一些莫名其妙的话（但对我们母子来说，这也比那种冰冷而又暴力的沉默好得多）。比如，我正在写作业，身后会突然传来声音，你知道你现在在干什么吗？这不是废话吗。谁不知道是在写作业？我不屑地嘿嘿一笑。父亲说，别以为自己高明，写作业的时候，你知道自己在写作业吗？我说去吧去吧，别浪费人家时间，浪费别人时间就是图财害命知道吗？父亲说，你才整天浪费时间呢，连自己干啥都不知道，才是浪费时间呢。

和父亲一同去公园，对公园里的水光山色，父亲似乎没有多大兴趣。相反，让人扫兴的是就在你为某一处景色陶醉的时候，父亲则会打头里冒出一句，知道你在看风景吗？真是没有办法。以后，我就坚决不跟他出去了。但是躲得了初一躲不过十五。这不，好不容易等母亲做了一顿可口的饭菜，人家正沉浸在美味中呢，他又来了。知道你在吃饭吗？我连说知道知道，傻子才不知道呢。父亲说，别把话说绝，说不定我们都不如傻子呢。一段时间，父亲简直像一个宣传战士一样把他的"传单"撒向凡是能够撒到的地方，空气一样缠着你。你正在睡觉，他会把门推个半开，探进头来，知道你正在睡觉吗？你正在打电话，他会把耳朵附在你耳后，知道你正在打电话吗？你正在撒尿，他会贴在你的屁股后面，知道你正在撒尿吗？真是烦死人了。一次，当父亲这样问我时，我说，知道你在问我吗？不想父亲定定地看了我好一会儿，然后一连说了一百遍"问得好问得好，真是问得好"。

对此，母亲同样深受其苦。知道你正在做饭吗？知道你正在看电视吗？有一次母亲骂兴大发，对着父亲发火。不想父亲不但不恼，反而问母亲，知道你正在骂人吗？竟把母亲给惹笑了。后来，每每想起这个问题，我就想笑，我一直怀疑，他和母亲做爱时，会不会母亲正在兴头，他却来一句，知道你在做爱吗？

但是今天，我突然发现父亲问得还是有点道理，我们真的是不知道自己正在写作业，正在看风景，正在睡觉，正在吃饭，正在撒尿，正在做爱，甚至正在死亡。一点都不知道。这实在是一件危险的事情。

那年春天，父亲基本转入"正常"，性格也变得温和了许多。就以午休来说，如果我们母子不小心惊扰了他，他也不再像从前那样大发雷霆，而是兀自在书房里吟诗唱词，声调抑扬顿挫，大有舞台效果。什么"窗外谁来推绣户，枉教人梦断瑶台曲"，什么"惊残孤梦也无妨，待天黑日暮，再拣深枝飞去"等等。一天，他居然还有兴致挥毫泼墨："绿槐高柳咽新蝉，熏风初入弦。碧纱窗下水沉烟，棋声惊昼眠。微雨过，小荷翻。榴花开欲燃。玉盆纤手弄清泉，琼珠碎却圆。壬午仲春录东坡阮郎归水上行"，而且行笔不再像从前那样翩若惊鸿，矫若游龙，而是自在圆润，神闲气定（不想那竟成了他留给我们的最后一篇墨迹）。

如果说还有什么地方不太让人满意的话，那就是故意（当时我这样认为）说一些让人泄气的话。比如看着我拼命复习，他会说，我不希望你给我考个北大清华，只要能上线就行，假如万一上不了线，也没有关系。在对待我的学习上，父亲和别人有着很大的不同。父亲从不问我的考试成绩，对时下家长比较关心的考了班里第几名的问题似乎一点兴趣都没有。父亲心情好的时候，会偶尔问一下我们班里的同学哪一个可爱，哪一个有趣，甚至开玩笑说有没有女孩子给我递条子一类。一次被母亲听见了。母亲说，你什么意思？父亲笑着说，没有意思。母亲说，没有意思就不要扰乱军心。父亲说，没有意思怎么能够扰乱军心。母亲说，我看你怎么像个国民党特工。父亲说，你才是正经八百的国民党特工呢，你才是最大的扰乱军心者呢，表情既顽皮又认真。母亲就再不说话，而是果断地把父亲拽出我的房间，然后哨兵一样把守在我的门口，不让父亲靠近一步。

庆幸的是，临考前那段时间，父亲完全进入常态，不再问那些低智商的问题，也不再说一些涣散军心的话，还一改平常的老爷作风，主动帮母亲下厨，显然是希望我能够在很短的时间里尽早吃完饭休息一会儿，尽管往往是帮倒忙，却令我非常感动。更让我难忘的是，看着我挑灯夜战，他会来到我的身后默默地站上那么一会儿，像是要说点什么，但最终什么也没说，但我却分明听到了千言万语，感到了一种来自父亲的温暖和力量。

父亲毕竟是父亲啊。

一个深夜，父亲再次站在我的身后。我突然转身，看见他的眼里汪满泪水。

　　去年秋天，一位笔名叫水上行的作家离家出走，为人们留下了无尽的猜测。这个人就是我的父亲。他送我到大学后，就再没有回家。在父亲出走一周年的时候，写下这些文字，算是对父亲的怀念，也算是对所有缘识牵肠的揖告。

第三次

内容提要：邓小婕和吴子善的三次幽会

第二次

当年的那个吴子善死了。这是邓小婕见到吴子善时脑海中闪过的一个句子。

吴子善的确是死了。车窗外的吴子善有些木呆地在那里站着。一身海蓝色运动服，显得过于随便，这让邓小婕感到不快。但她的注意力不久就回到他的神情上。邓小婕想其实说木呆有些不准确，应该是一种弥漫的巨大的收敛，或者说是一种辽阔的睡眠的清醒。到最后，邓小婕还是觉得没有找到能够承担的词。

但吴子善还是在窗外向她招了招手，但那动作却有些像《挥

手之间》上的那位领袖。脸上有层淡淡的笑容，淡得给人以一种
压迫感，就像黎明前那一刻从窗户里透进来的光。

没有拥抱，准确些说是吴子善没有给她拥抱的机会。

吴子善接过她的行李，就在那种"巨大的收敛"中开步走
了。说是"走"，其实是把这种"巨大的收敛"变为流动。踏在
这条有些让人窒息的"流动"里，邓小婕觉得自己的思维有些赶
不上趟儿。

邓小婕看见，吴子善的屁股上有一个十分显眼的补丁，在她
面前一晃一晃的，如同她的思绪。邓小婕还看见，吴子善的后脖
颈有一根红绳子忽隐忽现。

邓小婕没有想到吴子善会住在那样的地方，简直就是难民营。

但吴子善带她去时没有表现出多少难为情。一进胡同，刺鼻
的臭气几乎让人喘不过气来。显然，这是一个打工仔住的地方。

一年来积存的美好向往开始退潮，一路升温的狂热开始降
温。但邓小婕仍然说服自己不要以境取人。

房间倒收拾得十分干净，但因为屋子太旧，还是让人一时难
以适应。

邓小婕想上卫生间，吴子善带她去。胡同深处，有一个简易
的厕所，是一胡同人共用的那种，秽气逼人。里面垃圾堆积，根
本没有下脚的地方。邓小婕出来，吊着脸对吴子善说，再没有别
的地儿？

吴子善说有，但需要走半个小时。

邓小婕就咬了咬牙，鼓起斗志，挽起裤腿，进去办事。

吴子善在蜂窝煤炉上给她热了水，让她洗脸。然后端上了些水果。从放在地上的包装袋看出他是当天买的，也就是说是专门给她买的。

邓小婕接过一个苹果吃着，心里有些酸，有些想哭。但她确实又饿又渴，就努力稳定着情绪，把那个苹果吃完。

尽管一切都不尽如人意，但约会本身的惯性还是动员邓小婕开始上演那个常识性的序幕。邓小婕半躺在床上，做出媚态，期待着在火车上想象过一万遍的那个情景出现。

但是没有。吴子善像个冷血动物似的。为炉子换煤，准备做饭。

邓小婕努力从自作多情中抽出身来，问，这就是一个大老板的家？

吴子善说，你觉得这样不好吗？

邓小婕说，挺好，非常好。

吴子善就什么都不说。但嘴唇在细小地动着，像是和一个看不见的人在说着什么。

邓小婕是带着一腔委屈来的，她等待着吴子善问问她一年来的情况。但吴子善压根就没有这个兴趣似的，只动手做饭。

邓小婕说，我们出去吃吧。

吴子善说，领导就体验一下我们的生活吧。

邓小婕说，如果你请不起了我请。

吴子善说，现在已经由不得你了。

说完接着做。

邓小婕看见，吴子善的案子上全是素菜。有豆腐、茄子、西红柿、青椒、黄瓜、白菜、木耳等。看得出吴子善一直自己做着吃，炒菜的手法娴熟，有种特别的美感。

一种亲情涌上邓小婕的心头。她下床帮忙，吴子善不让，态度十分坚决，对她不信任似的。邓小婕就在一边看。

邓小婕说，你就用这些敷衍我啊。

吴子善说，现在不是流行低碳嘛。

邓小婕说，我想吃肉，我想吃你们老家的羊羔肉。

一说羊羔肉，邓小婕看见吴子善激灵了一下，着凉了似的。很久没有说话。

她又说，听见了吗？我想吃你们老家的羊羔肉。

吴子善说，我最近看到一篇报道，说动物在宰杀的刹那会把它的仇恨全变成毒素注入到血液里，你吃它的肉，就是吃它的仇恨，就是吃毒素，我想你总不愿意让自己变成一个毒蛋吧？

邓小婕说，谁说的？拿来我看看。

吴子善说，你就这么不信任我啊。

邓小婕说，我每天都吃肉，怎么没有变成毒蛋？

吴子善说，当你感到时就晚了。

这时，吴子善已经做好了红烧茄子、清蒸萝卜。开始做另一道邓小婕不认识的菜。只见他把土豆、菠菜、芹菜、胡萝卜、豆腐、香菇等菜一锅烩。邓小婕问吴子善这叫什么菜。

吴子善说，罗汉烩。

饭成了，吴子善在地上放了个小方桌，在方桌两边放了两个团垫。把菜和米饭上好后，对着靠床的团垫给她做了一个请的姿势，自己先盘腿坐在另一个团垫上。像个日本佬。接着有过一个瞬间的闭目沉思，然后给她做了一个请的姿势。

邓小婕吃了一口，说，怎么没有放葱？

吴子善说，忘了。

邓小婕说，恐怕不是吧？

吴子善的脸上掠过一丝淡淡的诡秘，说，你还发现了什么？

邓小婕说，我还发现你从前每餐必吃的大蒜和韭菜也没有了。你不是说，韭菜是壮阳草吗？

吴子善说，我告诉你，如果你戒掉这些东西，久而久之，你的身上就会散发出一种清香味，男人就会更加喜欢你。

邓小婕笑得差点喷了饭。

邓小婕没有想到吴子善会这样回答她。说，那你现在是不是从大街上走过，女孩子就会像蜜蜂一样飞过来？

吴子善说，是啊，大街上的算不了什么，最能说明问题的是从边疆来的。

邓小婕说，看来，我也要戒了。

吴子善说，对，事不宜迟。

之后，吴子善再没有主动说一句话，始终专注在吃上，专注在每一筷子菜上，让人觉得他就是一个"吃"字。邓小婕起初还问一些问题，但吴子善都是用再简洁不过的词答她，让她觉得在这时说话是一种罪过，也就不再多说。

菜太淡。邓小婕把辣椒碟子端起来，倾其所有，才勉强把自己碗里的菜吃完。

等她吃完后，吴子善把碟子里的所有剩菜都刮到自己碗里，然后给每个碟子里倒了开水，辅以筷子，把碗涮干净，不留一点饭粒，甚至一星油迹，然后像品茶一样把它喝完。收拾桌子时，在邓小婕的脚下有一颗米粒，他旁若无人似的捡起来放在自己嘴里，非常非常自然。邓小婕想，对他来说，那个动作肯定已经日常，以致成为一种潜意识活动。

邓小婕说，你每天都在吃这个啊？

吴子善说，今天很丰盛了，平常就一个罗汉烩。

邓小婕要求吴子善带她出去走走。吴子善说可以。但走的结果却是一个巨大的失望。吴子善像个做错了事的孩子似的，始终和她保持着距离，她靠他的那个臂弯里是多么希望有一只胳膊伸进来啊，更别说像视线中的那些红男绿女一样搂肩搭背了。但是没有。吴子善的目光始终在前面一个不远不近的地方停着。嘴唇仍然细小地动着，显得没心没肺。

不想到了一个餐厅门前，吴子善的身体突然有了动静。邓小婕看见，吴子善的目光离开他面前那个虚茫的固定的点，快步走到餐厅门前，弯腰把一个被人扔掉的馒头捡了起来。捡了馒头回来的吴子善脸上没有丝毫丢人的样子，同捡食她脚下的米粒一样自然。吴子善把馒头在她面前举了一下说，明天的早餐。

邓小婕的心里一阵疼。看着吴子善手里的馒头，想流泪，但忍住了。她忙看了一眼周围，有不少人在看着他们。她想幸亏他们都不认识她。

到了花园里，到一条长椅跟前，邓小婕先坐了下来。吴子善犹豫了一下，也坐了，但始终和她保持着一定距离。她靠近一些，他就挪开一些。最后，她突然有了一种恶作剧心态，一下子把他搂在怀里。

吴子善的身体打过一串激灵，嘴唇的动作加快了频率，像只暴风雨中的羔羊。

然后，缓慢而又有力地从她身体里挣脱了。

邓小婕的心里既好笑又悲凉，问，为什么？

他没有回答她，所有神情都专注在嘴唇上，她感觉得出，他的双唇间有千军万马在疾行，在激流争渡。

最后，邓小婕的心里只剩下一种感觉，比刺激浅，比好奇深。

又一个恶作剧的念头从她心里升起。趁他不防备，她一下子抱住他，带着从未有过的狠劲，给了他一个狂吻。当她深深地把自己的双唇压在他的唇上时，她的心里身体里有一种从未有过的快感。

吴子善终于发作了，他再次从她怀里挣脱了出来，给了她一个充满歉意的愤怒。目光泊在天上，喉结一鼓一鼓的。最后，粗着气说，对不起。

邓小婕的眼泪就下来了。

但她觉得今天的眼泪咸涩中有种淡淡的甜味。

回到家中，吴子善给她热好洗脚水后，让她在他屋里睡，他找朋友挂单。

躺在床上，邓小婕寻思，吴子善这是怎么了，着魔了吗？他的几十万资产哪儿去了？怎么突然过起这样的日子来？他现在干什么？

邓小婕想上洗手间，就找了两个塑料袋绑在脚上，打了手电去厕所，谁想折磨了她十几年的便秘竟然好了。那种欣喜真是难以言表。那是一种只有便秘患者才能体会到的通畅。

第一次

邓小婕和吴子善是在网上认识的。当网络最终无法承担他们的感情洪流时，就有了他们的第一次幽会。

第三次

按理说，应该不再有第三次了，但是没办法，她想他，比第一次见完他后还想。第一次她想他，是因为吴子善把什么都给她了。这次她想，是因为他把一切都藏住了。正是这种藏让他的身上有种与日俱增的魅力。

于是，就有了这第三次。

同样让她没有想到的是，他这次是开着车来接她的。两年之后，吴子善的神情和第二次有了很大的不同。举止谈吐间有种霸道的温柔，强硬的体贴。让人觉得他是犯人，又是牢头，同时又是王法；是演员，又是观众，同时又是导演。包括从她手里往过接包，扶她下车，送她上车，都是那么细致、优雅、得体。

但她这次更加感到表达的无力。对于眼前的这个他，这些成形的词真是盲人摸象。

学者邓小婕为寻找能够与之匹配的词，累坏了脑子。

吴子善把车开到一个临河而建的花园小区，停在一个小院前。她预感到，这是他的家。

果然是。

进门，邓小婕就按自己事先设想的节目表环住了他的脖子。

吴子善没有像上次那样拒绝，也没有回应。

这时，卫生间里传出声音：帅哥，洗澡水已热好。吴子善用目光给她做了一个去冲澡的意思。邓小婕没有想到，吴子善温存的目光里有种让她无法抗拒的力量，有种比上次在公园里挣脱她时强大几百倍的力量。

邓小婕冲完澡出来，屋子里弥漫了一种香味。她到厨房一看，吴子善正操勺做饭。她动手帮他，他没有拒绝。

还是素菜，但多了许多品种。有比较贵的蕨菜、刺五加等，还有许多是她叫不上名字的。

还是那样优雅，却比上次多了些轻松，多了些高贵，一举一动有种御风而行的潇洒。

吃饭时，不时地给她夹菜，神态中有种父亲的慈祥和平和。

吃完饭，他提议喝茶。极品观音王，气派的茶海，精致的紫砂茶具，繁复而优雅的泡茶程序，配以悠扬的音乐，都让她觉得自己纯粹是一个俗人，有些和这种氛围不配。

吴子善的神情和吃饭时有很大的不同。既在茶里，又在茶外。每当他凝神于杯口袅娜的香气时，脸上就焕发出一种动态的静，或者说是静态的动。由这种动和静组合的旋律，在邓小婕的心里荡起一阵阵快乐的涟漪。那是一种持久的笼罩的永恒的快乐。

最让邓小婕着迷的是，吴子善沏好茶后，给她做的那个请用的眼神。她承认，那是自己有生以来体会到的无法比拟的快感。

他们一共喝了五泡茶。五泡茶喝完，墙上的钟已经敲过两次了。吴子善带她到卧室，打开被子，让她在他床上睡。

邓小婕说，你呢，是不是还要去朋友处挂单？

吴子善说，你没看见，我的书房里还有一张床？

邓小婕的心里凉了一下。这一凉没有逃过吴子善的眼睛。在她躺进被窝里时，吴子善当着她的面开始脱衣服，自然得就像是面对自己的妻子。

邓小婕心里的衣服也一件件脱落了。

当吴子善脱得只剩下内衣内裤时，邓小婕倒觉得有些不可接受，她有些害羞地闭上了眼睛。

让邓小婕怎么也没有想到的是，吴子善上床来，拉开了另一床被子。

吴子善竟然很快就进入了睡眠。

凭着女人的直觉，她断定，吴子善真是睡着了。

邓小婕打量着他的睡相，被一种空前的感觉魔怔。她承认，那是至今她见到的最为美丽的睡相，既具体又抽象，既安详又生动。像是一个婴儿，又像是一个老人；才看是男子汉，再看呈女儿态；一会儿是吴子善本人，一会儿是整个宇宙。

她就那么静静地看着，很久很久。

邓小婕没有勇气把他从梦中弄醒，更别说要求他做点什么了。

瑜伽

儿子：要做一个超越者，最关键的是什么？

父亲：放下。

儿子：放下什么？

父亲：一切。

儿子：真能放下一切？

父亲：对于一个真正的超越者来说，应该是这样。

儿子：假如亲人去世呢？

父亲：不知道，不过庄子的态度是鼓盆而歌。

儿子：做超越者到底有什么好？

父亲：先是自己快乐，再把这种快乐分享于他人。

儿子：您说，当庄子鼓盆而歌时，别人是一种什么感受？

父亲：可能会不理解——小心脚下的蚂蚁！

儿子：在庄子眼里，死亡真不存在？

父亲：在他眼里，死亡应该是一个假象。

儿子：就像活着也是一个假象？

父亲：对。

儿子：如果让您在超越者和国王之间选择，您选择什么？

父亲：超越者。

儿子：真的？

父亲：当然。

儿子：我觉得您放不下。

父亲：你怎么知道？

儿子：您的情执太重。

父亲：我倒没觉得。

儿子：如果我爷爷走了，您是哭呢还是唱呢？

父亲：小心蚂蚁！

儿子：我得给您老人家认个错。

母亲：说。

儿子：其实我借给万东平一万元。

母亲：啊，那另外五千元哪里来的？

儿子：是我上大学时爷爷、奶奶、伯伯、舅舅、姨姨和几个叔叔给的，我瞒了你们数目，现在给您老人家认错。

母亲：这不算错，老妈倒高兴呢。

儿子：老妈真伟大！

母亲：帮助万东平没错，幸亏那年你叫上他去卖菜，被免去学费，不然，他的学费我和你爸准备出呢。

儿子：啊，那您和我爸都伟大！

母亲：我和你爸都商量好了，没想你替我们省下了这笔钱。

儿子：我当时也没记者写的那么高尚，也许是上苍安排吧，就想上街卖菜，就叫上他去卖，谁想那个司长正好下基层，把他做了典型。

母亲：也是他的福气。

儿子：他现在还要供妹妹上大学，一万元对于我们不算少，没有也能过得去，但对他们家来说，是个大数字。

母亲：老妈同意你的意见，我到时给你爸说一声。

儿子：今后您给我爸吃好一点，您看那个身体，都成芦苇了。

母亲：等你回来，亲手给他做啊，你爸最爱吃你炒的菜了。

儿子：哎哟，您烧水了啊？

母亲：妈还忘了。

孙子：爷爷您要向我奶奶学习，除了阿弥陀佛，心里再什么都不要想。

爷爷：我现在什么都不想，就想着抱重孙。

孙子：那也是想，您要把重孙的那个位置替换成阿弥陀佛。

爷爷：我担心到时认不出阿弥陀佛来。

孙子：您认不出他，他能认出您，《无量寿经》您读过那么多遍，佛是不打妄语的，只要您诚心念他，他肯定会来接您。

爷爷：爷爷肯定会念，就怕他老人家听不到。

孙子：怎么会听不到呢，他老人家就在我们心里呢，就像我们小时候走丢了，找不见家，一喊您，您老人家准能找到我们。

爷爷：那当然，孙子是爷爷的心头肉。

孙子：我们也是阿弥陀佛的心头肉。

爷爷：好的，爷爷答应你，向你奶奶学习，每天念一万遍。

孙子：一万遍不够，要念到一心不乱，到时才能有保证。就像一个人走路，不防闪了一下，都会不由自主喊一声妈，但念佛人不能喊妈，要喊一声阿弥陀佛，这样才能保证在任何时候往生得了。

爷爷：那不容易。

孙子：我奶奶能做到，您老人家就能做到。

爷爷：好，爷爷慢慢赶。

孙子：不能慢，网上都传疯了，2012年12月21日是世界末日，您老人家要赶在这个日子之前往生。

奶奶：那就在眼前了，我们得抓紧念。

爷爷：那只不过是个传言，老天爷就是收人，也要留些好人做种子呢，所以你不但要好好学习，还要好好做人。

孙子：孙子记住了。

儿子：看完《论语》，觉得孔老夫子真悲壮，明知难为而为之；看完《道德经》，觉得老子真智慧，明知难言而言之；看完《无量寿经》，觉得阿弥陀佛真慈悲，明知难度而度之，竟然用五大劫为苦难众生建造一个极乐世界，而且发下四十八大愿，只要众生愿意去，他一定前往接引，这是多大的心量啊。

父亲：是啊，我们都要向他学习，小时候听《地藏经》，想不通地藏王菩萨为什么要发下那样的大愿，地狱不空，誓不成佛。

儿子：但我怎么觉得，极乐世界不在远方，就在心里，当一个人在活着时能够做到不起心不动念，就已经在极乐世界了。

父亲：小心蚂蚁——是啊，无论是极乐还是六道，都是我们的心。但对于这个花花世界中的众生来说，要做到不起心不动念几乎不可能。

儿子：所以说，念佛就成为一个大方便、大实惠、大慈悲。

父亲：那要先相信。

儿子：就是，我奶奶比我爷爷快乐，就是她信。

父亲：这是她没读过书的好处。

儿子：所以说，学习的过程，其实是播种烦恼的过程，大学生的烦恼比中学生多，中学生的比小学生多，小学生的比幼儿多。

父亲：但人不能不成长。

儿子：成长肯定是要成长，但要让智慧成长，而不要让烦恼成长。

父亲：这是哲学家的事。

儿子：也是我们每个人首先要搞清楚的事，不然活着就是行尸走肉。

父亲：那你说生命的意义到底是什么？

儿子：提高生命的层次，而不是在一个平面上重复。

父亲：但许多人就连在一个平面上重复都无法保证，多数人都在不断地堕落，生生世世。

儿子：因此我觉着，对于世人来讲，无论是孔子、老子还是佛陀，都十分重要，他们给试图提高生命层次的人提供了无限的超越空间和可能。

父亲：是啊，但无论是老子、孔子，还是佛陀，都谆谆教诲我们首先要把人做好，要有爱心，这是基础。

儿子：对，喜欢上老祖先留下的这些经典之后，我才觉得自己真正爱国了，以前爱国只是一个概念，没有温度，现在是发自内心地爱。

父亲：可以理解。

儿子：现在才有些懂得夫子"朝闻道，夕死可矣"是什么意思了。

父亲：是吗？

儿子：您说，人到下一世后，这一世学的东西还在吗？

父亲：应该在的，不然苏东坡为什么说"书到今生读已迟"。

儿子：您说，人到下一世后，还认得他这一世的父母吗？

父亲：这要看他在换乘过程中的清醒程度。

儿子：我们在这儿坐会儿吧。

父亲：好。

儿子：今早起来我有种感觉，不知对不对。

父亲：什么感觉？

儿子：死亡可能和睡着差不多。

父亲：你最近怎么老是想这些问题？

儿子：您听着，也许对您的超越有帮助。如果我们把睡眠看作死亡，那么死亡就没有什么可怕的，因为我们天天都在死。但这并不重要，重要的是，我们在睡着之后，还有一个知道我们睡着的，那个"知道者"，是不是就是我们的本体，或者接近我们的本体呢？

父亲：不知道。

儿子：您注意听，这个我觉得很重要，由此推想，既然我们睡着了还有一个知道我们睡着了的，那么我们死去后肯定还有一个知道我们死去了的，这个"知道者"，您说是不是就是六祖讲的那个不生不灭的"自性"呢？

父亲：不知道，但你这样联想有点意思。

儿子：我想申请六千元。

母亲：干吗？

儿子：给我爷爷奶奶买个按摩椅，代替您老人家，您老以后腾出时间把我爸的生活搞好。

母亲：你是说我亏欠你爸了？

儿子：您老已经做得很好了，但他更辛苦，他做的事很有意义，我们都要全力支持他。

母亲：你看吧，反正你奶奶有老妈平时给按。

儿子：买一个，您和我爸平时也可以按嘛，我爸写累了，可以躺在上面看看书，提提神。

母亲：说白了，你还是为孝敬你老爸。

儿子：他可是您将来的老伴儿。

母亲：我将来不靠他。

儿子：那靠谁？

母亲：儿子。

儿子：还是他靠得住，儿子都是娶了媳妇忘了娘。

母亲：我儿子肯定不是那样的。

儿子：那也难说。

孙子：爷爷您知道李世民吗？

爷爷：知道，少有的明君。

孙子：可是他居然刚从地狱出来。

爷爷：是吗？你怎么知道？

孙子：他附在一个女人身上说的，网上有录像。

爷爷：他怎么能下地狱？

孙子：他自己说是因为当时杀了许多人，事实上他已经做过一次畜生，然后到地狱道。

　　爷爷：看来因果真是不虚。

　　孙子：他当时肯定不明白这个道理，不然就不会杀那么多人。

　　爷爷：也许知道，但他不信。

　　奶奶：看来还是做老百姓好，造业的机会少。

　　孙子：是的，但还是会造，只要是人，就要造业。老百姓锄地时，一铲子下去，多少虫被杀死了。

　　奶奶：照这样说，奶奶也杀过很多生。

　　孙子：对啊，因此您老人家要发奋念佛，只有念佛可以带业往生，不然到时要还人家命。

　　奶奶：那还得了。

　　孙子：只要您老往生西方极乐世界，它们不但不要账，还跟上沾光呢。

　　奶奶：那就好好念！

　　儿子：对于眼前流过去的水来说，这段渠和它们是什么关系？

　　父亲：一个是经历者，一个是被经历者。

　　儿子：对于这段渠来说，眼前的水只会经历一次。

　　父亲：一次也是所有次。

　　儿子：太玄奥了——您说，这渠水知道它们流向哪里吗？

　　父亲：那你要去问水。

　　儿子：等忙过这阵子后，您和我妈出去旅游一次，您的节奏也太紧了。

父亲：等你大学毕业了，带你妈出去旅游啊。

儿子：那不一样。

父亲：好吧，等把你爷爷奶奶送回家，我们就出去一次。

儿子：我知道给您说是白说，您现在已经执著于公益，要让您停下来，除非……

父亲：除非什么？

儿子：事实上，对于那些认同于声色犬马的人来说，他们还觉得搞公益的人特无聊呢。

父亲：可是有不少人已经厌倦了声色犬马的生活，又找不到超越的方向，公益倡导就有了用武之地。

儿子：这倒也是，不过实在太辛苦了，我想动员一位同学把网瘾戒掉，想了那么多办法，都没有如愿，您老也真有耐心，一茬一茬地往过扫，您有没有调查过，依教奉行的有几个？

父亲：这倒不是我们要考虑的，只要你按照你的心愿做了，你已经完成了一份责任，至于他是否愿意信受，那是他自己的事了。

儿子：这倒也是，您老人家肯定是从中尝到甜头了。

父亲：知父莫如子。

儿子：我也有体会，当时我从网上给郑君明搜寻游戏对人的危害的资料时，还差点流眼泪了，觉得挺幸福的。

父亲：是啊。

儿子：你老就这么干下去吧。

父亲：那肯定，不然，活着做什么呢？

儿子：如果上苍给您说，还有一件更重要的事要做呢？

父亲：那就听上苍安排。

儿子：您会抱怨吗？

父亲：有何怨？

儿子：等我毕业，您就把工作辞了，专门给我爸搞生活吧。

母亲：只要你能养活得了我们。

儿子：像您和我爸这种活法，能花多少钱，您辞了工作，还可以给年轻人增加一个就业岗位。

母亲：你总是替别人着想。

儿子：我爸实在需要一个人专门搞生活了，许多像他这样疯忙的，家里都请保姆了。

母亲：就是，老妈都有些受不了了，觉得日子就像是一个飞轮在转，你看他那架势，能停下来吗？

儿子：这您别愁，该停下时，自会停下来的。

母亲：你再别惠你爸了，他本来就觉得他做的事很崇高，你再惠，他更觉不着了，平时多给他泼些冷水，如果他有一天累趴下了，该怎么办？上有老下有小的，你看你爷爷，都快九十的人了，你奶奶也八十多了，你伯伯都快六十了，你两个弟弟，谁供给上大学？

儿子：这您不用愁，老天会有安排的。

爷爷：你买那么多书干啥？

孙子：这是我爸需要的。

爷爷：你爸哪能看完那么多书？

孙子：爷爷您别心疼钱，网上买这些书很便宜，有些书还不到书店的一半价钱。这些都是用得着的，他今后不用再跑书店了。

爷爷：这个书柜多少钱？

孙子：才四百，在家具城买，至少得一千元。

爷爷：大学也上木工课吗？

孙子：是啊爷爷，您看我这手艺咋样的？

爷爷：我看和你大伯差不多，你大伯学木匠三年才出徒，你这一上手就能做柜子。

孙子：嘿嘿，我只是把人家做好的零件组装起来。

爷爷：那你爸也不会。

孙子：我爸啊，他宁可把书堆在地上，也不愿意去买一个柜子。

爷爷：最近花过一万了吧？

孙子：没有呢爷爷，您别心疼钱，我马上就要挣工资了。

爷爷：那个洗衣机还能用，换了怪可惜的。

孙子：都二十年了，一洗整个楼上都响，多亏人家邻居素质高，换了忍性不好的，早告到环保局了。

爷爷：和环保局有啥关系？

孙子：噪音太大了。

爷爷：那淋浴器没必要换的。

孙子：那个也快十年了，电路不好，我爸又大脑子，我怕会出事。

爷爷：那应该换，但电饭锅还能用。

孙子：电路也不好了，您没看你家媳妇子都拿透明胶带粘电源线，我怕也会出事。

爷爷：那应该换，但台灯没必要买。

孙子：哈哈，别人家像您儿子这样的，卧室比宾馆还豪华。您看我爸那卧室，跟民工宿舍一样，床头那个牛头灯，刺眼不说，还直接在墙上的插座上插着，一按开关全屋子都冒火花，也很危险。

爷爷：那应该换，他们咋这么不注意安全呢。

孙子：你家儿子平时够省的了，从来没有好好享受过，您和我奶奶来时，我妈把他平常穿的内衣藏起来了，他平常穿的内衣，都补丁摞补丁了。

爷爷：真的？

孙子：我这就去找，您正好和我奶奶参观一下。

儿子：我现在才明白真正的超越者为啥要出家。

父亲：为啥？

儿子：一个人如果有家，就不可能一心为公。

父亲：那也不一定。

儿子：一定的，您自己觉得现在一心为公，但潜意识中肯定还有一个私心。

父亲：说说看。

儿子：那就是子孙后代。

父亲：那是两个概念。

儿子：不，如果您手上有一笔钱，您是先给您的儿子还是更需要的人？

父亲：当然是更需要的人。

儿子：这不是您的真实境界，您自己也知道言不由衷。

父亲：你怎么知道？

儿子：您平时和我妈表现得特别大方，接济困难的人，我知道有时是演给我看的，是为了教育我，但你们肯定把多一半财富留给儿子。

父亲：我才不给你留呢，养下儿女比我强，要它银钱做什么？养下儿女不如我，要它银钱又做什么？

儿子：这是理论。因此，古超越者或为童男子出身，或走出家庭，不再回头，是有道理的。如果一个人还没有出家，就说明他还没有彻底放下。

父亲：那也不一定，也有一些在家出家的高人。

儿子：您是说身在家，心出家？

父亲：对。

儿子：那很难说，一个人要把亲情放下，等于把世界放下，也等于把自己的心放下。

父亲：这倒是。

儿子：因此我想，真正的大超越者是被逼出来的，就是说，有一种外力，让他看破放下，一个人要主动放下，几乎没有可能。

父亲：那也不一定，佛陀就是主动放下的。

儿子：他怎么是主动放下的，他正是看到人生无常才追求解脱的。

儿子：当初哄我爷爷奶奶念佛，是为了让他们免于死亡恐惧，但看进去后，发现那是一个大智慧境界。古人像您老这个年龄，都会放下万缘，专门解决生死大事。今后您也念念，也动员我爸念念。一念进去，烦恼就会自动脱落。我爸再惹您老生气时，您就念佛，一念，再大的火也就灭了。

母亲：你看我有时间念吗？

儿子：怎么没有，做饭时可以念，走路时可以念，睡觉时也可以念。

母亲：那我试试。

儿子：也劝我爸念念，将来碰到再大的事，一句佛号都可以顶过去。

母亲：那要你去动员，你看他有时间听我说话吗？

儿子：今后他要是不听您说话，您就满屋子大声念佛，他不想听也听到了。

母亲：知道了，你把心思好好放在学业上。

儿子：这和学业不冲突，您老人家又不是不知道，你儿的失眠就是念佛念好的。

弟弟：记着告诉大妈、姑姑，爷爷奶奶走时，千万不能哭泣，不能气还没断就给拉拉扯扯地穿衣服，那样他们就往生不了了。

姐姐：为啥？

弟弟：因为哭泣会让他们留恋，一留恋，就又回到六道中了，回到六道就要受苦。

姐姐：真的吗？

弟弟：你有空上网看看，有本书叫《临终备览》，人在咽气时非常痛苦，如生龟剥壳，那时任何人动他的身体，都会让他万箭穿心，因此古人在那时连他睡的床都不会动，但是咱们老家现在有个不好的习惯，恰恰在那时给他穿老衣，他会非常仇恨，因此好多人家在人去世后往往家里会不吉利。

姐姐：真的吗？

弟弟：《临终备览》说的，大爸和大妈都听你的话，在爷爷奶奶要往生时，家里人最好都在他们头顶念佛，提醒他们记住佛号，这才是真正地尽大孝。因为在那时会有好多趟车在他们面前，还有一些开黑车的吆喝，家人为他们念佛就会提醒他们不要搭错车。

姐姐：知道了。

弟弟：在他们咽气后，八小时内不能动他们的身体，不能打扰他们，但是咱们老家最糟糕的是人一咽气就忙着落草。

姐姐：为啥？

弟弟：因为身心灵分离需要一个过程，那个过程需要绝对安静。

姐姐：我怎么觉得你不像个大学生。

弟弟：那像什么？

姐姐：大先生。

弟弟：嘿嘿，看到大奶奶去世时那么痛苦，我就上网查找如何才能不痛苦，一看，才知道痛苦来自无知，你有空也上网看看，确实可以让人活得轻松。

姐姐：好的。

父亲：你说得对，当一个人看破之后，剩下的事就是放下了，但放下不是一件容易的事，人的习气太强大了，比如占小便宜，比如爱面子，比如爱听好话，比如好大喜功，包括控制欲、占有欲等等。老爸这些年通过做公益，把这些习气冲淡了一些，但老爸明白，离你说的彻底放下，还远着呢。

儿子：我觉得每天读经典是个好办法，有那么两天，如果不读经典，就觉得心收不住了。

父亲：没错，因此古人才创设早课晚课。

儿子：我们已经明白这些道理，尚且如此，您说那些一点都不知道这些道理的人，内心该是多么纠结，多么痛苦。

父亲：这正是超越者存在的因由，点亮一个是一个。

儿子：但要点亮别人，首先要把自己点亮。

父亲：是啊。

儿子：要把自己点亮，就得先放下一切，包括点亮别人的想法。

父亲：你的意思是，老爸已经进入一种点亮别人的执著？

儿子：有点儿，与其您用手中时明时暗的蜡烛一个一个地去点亮，还不如先把蜡烛换成火把。

父亲：这倒是。

儿子：正如您常说的，要把充电电池换成交流电。

父亲：这个道理我懂，但我就是着急。

儿子：人着急时还能保持清净心吗？自己都没有清净，能给别人带去清净吗？

父亲：这倒是——不说这些了，说说工作的事吧。

儿子：不是早给您说过了嘛，就给您老做助手。

父亲：那你当初为什么要学外语？

儿子：不学怎么知道它的无用？

父亲：学了不用可是造业。

儿子：在这个世界上，只要活着就是造业。

父亲：那倒是，但我们可以造善业啊。

儿子：善业也是业。

父亲：超越者可以不落善恶两边做事。

儿子：那除非是倒驾慈航者。

父亲：这不像是你的专业，怎么这么熟悉？

儿子：给您老说实话，自从看了老祖先留下的这些经典，我觉得当初选择学外语真是愚昧，真是守着金山讨饭吃，自家的宝贝都没有读，却去读别人家的东西。

父亲：这你就落于分别了，都是世界文明。

儿子：我没说外语不好，我只是说……打个比方吧，就像一个人对自家老人不管不顾，却去敬老院做义工，您说这个人是不是有神经病？

父亲：有点。

儿子：别说外文，就是中文，给您老说实话，我现在读白话文觉得如白开水一样无味，当初提出废止文言文的那些人真是中华民族的罪人。

父亲：那是潮流，不可阻挡。

儿子：所以我说，生活在潮流中，就一定要造业。

父亲：那怎么办？既然我们来到这个世上。

母亲：你把你爸的书给他们每人送一本多好。

儿子：那有炫耀的意味，还是送枸杞好，既低调又真诚，还有象征性。

母亲：你一直没有给他们送过你爸的书？

儿子：没有，我就压根没让同学们知道我爸是谁。

母亲：啊，真低调。这次买什么样的枸杞呢？

儿子：这次我自己去买吧，选些精致的，最后一次送他们了。

母亲：也对，那你多带一些，也给老师们送送。

儿子：一想到和老师同学就要分别，还怪伤感的，其实他们都对我不错——越临近毕业，越觉得自己当年没做好，无论是对老师还是对同学，孤傲、清高，如果有机会向他们忏悔一下就好了。

母亲：你心里忏悔，他们会感觉到的，送枸杞就是一种方式。

儿子：不过在大二时，我已经委婉地给大家忏悔过一次，要说也可以了，现在最觉得对不起的是郑君明，我应该更耐心一些，把他教育过来。

母亲：你已经尽力了。

儿子：我还是有私心，如果我把他看成是自己的弟弟，就会更耐心一些。

母亲：一切都是命，强求不得的。

儿子：您说他该怎么办，他已经离不开游戏了。

母亲：这个世界上有许多这样的孩子。

儿子：是的，我当时应该把他的电脑给锁起来。

母亲：那他会跟你急。

儿子：没关系啊，挨他几拳都没关系啊。

母亲：那他会到网吧去玩。

儿子：其实他刚进校时，非常棒的，就被这个游戏给害了。

母亲：他的父母知道吗？

儿子：知道，他爸特疼他的。

奶奶：这个菜架子多少钱？

孙子：二百元。

奶奶：这么便宜？

孙子：网上买就是便宜。

奶奶：这个买得好，厨房里一下子不乱了。一层放米，一层放面，一层放菜，一层放杂物，你的脑瓜子，怎么就想起买这个东西呢？将来一定是个侍候媳妇的货。

孙子：我要我媳妇过神仙一般的日子，不要像我妈，找了您儿子，除过双手能画一个八字，再什么都不会干，家务全是我妈的。

奶奶：嘿嘿，这是奶奶的错，没有教育好。

孙子：其实也是我妈给宠的，当年他还能干些呢。

奶奶：就是，小时候，他就是你这个样子。

孙子：奶奶您看，您用电饭锅时，把这个按钮一压，用微波炉时，把这个按钮一压，烧水时，把这个按钮一压，很安全，也方便，再不用拔来拔去了。

奶奶：这真方便。

孙子：这还不算方便。

奶奶：还有更方便的？

孙子：对，西方极乐世界更方便。想吃了，只要一想，食物就在眼前；不想吃了，一想又没有了；不用做饭洗碗，不用上厕所；想凉快了，一想风就来了；想热乎了，一想热就来了。

奶奶：想孙子怎么办？

孙子：也一样的，一想，孙子就到了。

奶奶：听见了吗？还不下定决心。

爷爷：下下下——这个娃娃，连厨房里的事都操心，我看你爸妈十年内再不用添置家具了。

孙子：我就是这么想的，如果我不换，他们会凑合一辈子的。

奶奶：你平时连件衣服都舍不得给自己买，给家里置办起东西来却这么大方。

孙子：反正不是我的钱，嘿嘿。

爷爷：你大爸要是看着你这样花钱，不知该咋心疼呢。

孙子：我大爸不知道，城里像我爸这样的，十年前这东西都淘汰了。其实我爸我妈够抠的了，您看小区里，车都没地方放了，我动员我爸买车，他说可以，给你两千元，买一个旧的先开吧，你们听听，两千元让我买个车。我的驾照都拿上五年了。我妈平时上班骑的那个自行车，破到什么程度？在大街上放了好几个晚上，都没人捡。

奶奶：都是我们两个拖累的，坐在这里白吃饭。

孙子：你们两个能花多少钱呢，他们是自愿过苦行僧的生活。

爷爷：每年给老家也不少呢。

孙子：那都是应该的，关键是，他们压根就没有想着过好日子。

父亲：回吧，抓紧收拾东西返校，没几天要毕业了。

儿子：再坐会儿吧——我想再陪爷爷奶奶几天，他们上来一次不容易。

父亲：看你爷爷奶奶那精神，还早着呢，倒是毕业就这一次，别耽误了和女朋友话别。

儿子：如果我有女朋友，这时还能呆在家里吗？

父亲：那也要抓紧表白啊，再不表白就没机会了。

儿子：说了您老别怪儿子不孝，我已经想好这辈子不结婚。

父亲：何出如此惊人之语？

儿子：最近突然悟到的。

父亲：我想你这个想法不会长久的。

儿子：您以为我是您啊。

父亲：宿舍里没多少东西了吧？

儿子：基本都拿回来了。

父亲：能送人的就送低年级同学，就像电扇，就没必要拿回来。

儿子：我看您老人家在阁楼上快煮熟了，正好可以用——等我走了，您就搬到下面去睡，别在阁楼折磨自己了，要做公益，先要有一个好身体。

父亲：我们尽管用心给上苍打工，生死的事交给他老人家安排。

儿子：理论上可以这么讲，但生命是有规律的。

父亲：老爸已经死过几次了，没关系的。

儿子：要说也是，以前一直搞不懂"无无明，亦无无明尽，乃至无老死，亦无老死尽"，最近突然像是明白了。

父亲：是吗？说说看。

哥哥：长春现在很舒服吧？

弟弟：也有点热，但肯定比北京好多了。

哥哥：如果热你就买个小电扇，花的钱还有吗？

弟弟：有呢。

哥哥：没有了你就给二爸二妈说。

弟弟：好的。你的工作联系好了吗？

哥哥：我打算回家。

弟弟：啊，你春节不是说要出国吗？

哥哥：最后还是决定回家。

弟弟：你应该先出去几年，回来再作决定。

哥哥：我最近想明白了，只有回家才能帮上老人。

弟弟：那你当年还不如上人大。

哥哥：都是命，当初爸妈也让我上人大，但我没听他们的，这就是不听老人言付出的代价，不说这些了——来校之前我把爷爷奶奶送回老家了。

弟弟：噢，送回去好，城里已经很热了——还去谁家了？

哥哥：两个外奶奶家，大姑二姑家，还有几个舅舅家，都转了一圈。

弟弟：那你这次等于全见了。

哥哥：只有我姨，一直没打通电话，没有见上。

弟弟：那就下次再见——今年粮食怎么样？

哥哥：非常好，看来是个丰收年。

弟弟：那太好了。

哥哥：子诚，记着哥的话，世界上什么事都可以等，只有孝敬老人不能等。

弟弟：记住了。

哥哥：你的专业很好，要发奋学，到时好好治病救人。

弟弟：记住了。

哥哥：一定要把《黄帝内经》背下来，一个人肚子里装不了几部经典，就等于白来这个世上了。

弟弟：记住了。

哥哥：我穿过的衣服，用过的东西，有些还新着呢，昨天给你寄过去了，你不要嫌弃，能给老人省些就省些。

弟弟：好。

哥哥：子诚……

弟弟：嗯。

哥哥：就这样吧，你早点休息，明天还要上课。

弟弟：没关系的，哥你说吧。

哥哥：正好手机也快没电了，也再没啥说的了，挂了啊。

上岛

　　李小鸥给程荷锄打电话时，程荷锄正在办公室枯坐，享受下班后那种人去楼空的美好。程荷锄问李小鸥在哪里。李小鸥说就在他们办公楼下面。程荷锄说，你怎么知道我在办公室？李小鸥说，因为我吃了一礼拜素。程荷锄心里一阵热，笑着说，那要向小鸥同志致敬！李小鸥说，今晚请你听钢琴，怎么样？程荷锄问，在哪里？李小鸥说，上岛。程荷锄说，如果我说晚上有事呢？李小鸥说，那我将会很沮丧。程荷锄说，女孩子沮丧容易变老。李小鸥说，那就快点下来，迟了就没座了。

　　程荷锄下楼，看见身着黑皮夹克，紫底红格短裙的李小鸥背靠大门站着，马尾辫被微风轻轻地掠动，有种特别的味道，心里不由温暖了一下。但几乎在同时，他就追问自己，你动心了？程荷锄自嘲地翘了翘嘴角，轻手轻脚地出去，绕到李小鸥面前，把李小鸥惊得叫了一声天。李小鸥戴着大口罩，只把亮亮的额头和潮潮的眼睛露在外面，有种犹抱琵琶半遮面的效果。程荷锄说能不能一睹庐山真面目。李小鸥就听话地把口罩拿下来了。程荷锄发现，几个月不见，李小鸥变得有些清瘦，却有一种清瘦之后独有的简约和美丽。

李小鸥盯着程荷锄看。程荷锄说，怎么，政审啊？李小鸥没有搭理程荷锄，又看了一会儿，说，今天还算正常。程荷锄说，难道哪天不正常了？李小鸥没有回答他，问，想吃什么？程荷锄说，面，哪里的好？李小鸥说，北塔那里有一家新开的素菜馆。程荷锄激动地说，太好了。

等待上菜时，李小鸥说，你要出家了？

程荷锄笑笑说，我本无家，何以出家？

李小鸥对程荷锄说，准备什么时候剃度？

程荷锄说，空手把锄头，步行骑水牛。

李小鸥说，太深奥了。

程荷锄意识到自己走得远了，忙说，帮你做一会儿脑力体操。

李小鸥不解地看着程荷锄说，不可思议。

吃完晚餐，李小鸥说，我们打个的去吧，就两个小时，耽误了好可惜的。

程荷锄说，只要你心里有钢琴，钢琴也在路上嘛。

李小鸥看了程荷锄一眼，没再坚持要打的。

李小鸥说，你变了。

程荷锄说，怎么个变法？

李小鸥说，你从北京回来，我就发现你变了。

程荷锄说，说说看。

李小鸥说，那天在大街上，其实我早就看到你了，但我很久喊不出你的名字，我好像被什么魔怔了。

程荷锄笑着说，你什么时候学会夸张了。

李小鸥说，真的，你知道是什么把我定在那里吗？

程荷锄说，不知道。

李小鸥说，是你的目光。

程荷锄说，是吗？

李小鸥说，你那天的目光让人觉得大街上只有你一个人，换句话说，好像这大街只是你一个人的，那么目中无人地从人群中穿过，不，是飘过。

程荷锄心里一震，停下脚步，不由深情地看了李小鸥一眼，面前的李小鸥一下子变得贴心贴肺起来。

程荷锄说，是目中无人，还是视而不见？

李小鸥说，既目中无人，又视而不见。

程荷锄略作沉吟，说，其实你看到的不是我。

李小鸥说，那是天外来客？

程荷锄冲李小鸥笑笑，说，知道你看到的是什么吗？

李小鸥说，什么？

程荷锄说，是你的心。

李小鸥吃惊地看了程荷锄一眼，像是要说什么，又没有说出来。

程荷锄既高兴又遗憾，高兴是因为茫茫人海中终于有了这么一个知音，遗憾是因为他觉得李小鸥把他曲解了。

程荷锄和李小鸥的交往有些传奇。十年前，他们在基层城市有过一面之缘之后，就音讯全无。十年后，他调到这个城市工作。那天早上，办完调令，刚一出人事局的大门，就碰到了她。就是说，她是他落脚在这个城市之后碰到的第一个"熟人"。激动之后，彼此通报了近况，留了电话。然后就有奇迹频频出现，说来有些让人难以相信，但事实确实发生了。就像这次从北京回来，第一天去单位的路上，他们又是不期而遇。

但是，到这个城市已经三年了，他们的近距离接触却总共只有三次。一次是她请他去参加她的生日聚会。一次是她请他去听俄罗斯乐团音乐会。一次是他从北京学习回来在街上碰上她。不知为何，对于这个别人眼里的绝色美人，他的心里总是有种强烈的排拒。她的许多约请，他都婉言谢绝了。

程荷锄说，那么今天呢，还是那样的目中无人吗？

李小鸥说，有点，但今天好像还有一个人。

程荷锄说，你是说，我那天的表情非常漠然？

李小鸥说，是目光。

程荷锄说，你以前没有见过这样的目光吗？

李小鸥说，如果见过，就不那么震惊了。

程荷锄说，你觉得那种目光好吗？

李小鸥说，反正我喜欢。

程荷锄说，那你说说我以前的目光是怎么样的？

李小鸥说，有点杂质。

程荷锄说，今天呢？

李小鸥说，不同于那天，也不同于以前。

程荷锄在心里说，这女人真厉害。

上岛到了。程荷锄没有想到李小鸥已经订了最里面靠窗的一个咖啡座。李小鸥问程荷锄喝什么。程荷锄说，听你的。李小鸥说，那就要巴黎香榭吧，我喜欢那种甜中微苦的味道，还有它的颜色，像是悼词。程荷锄说，好，我也喜欢悼词。

第一个曲子是《梅花三弄》。

曲终，李小鸥说，可以问一个唐突的问题吗？

程荷锄说当然。

李小鸥说，你这辈子真心爱过一个人吗？

程荷锄怔了一下，说，我们今天不是来听钢琴吗？

李小鸥说，你既然同意了，就得回答我。

程荷锄沉默了一会儿，说，我觉得"爱"这个字太高贵了，为卑贱者不配，只有高贵的灵魂才有资格享用。

李小鸥说，你说一个人不能和自己最爱的人在一起，这样的生命有意义吗？

程荷锄把目光投向茶杯，双手紧剪，顶着下颌，什么也没有说。

李小鸥见状，低了头，以手衬额，良久。

过了一会儿，她又换了轻松的语气说，以后呢？以后你会真正地去爱一次吗？

程荷锄定定地盯着李小鸥看了一会儿，说，过去心不可得，未来心不可得，现在心不可得。

李小鸥抬起头，眼睛里蒙着雾，看着程荷锄，说，太深奥了，我不懂。

程荷锄说，一得永得，一失永失。

李小鸥似有所悟，但程荷锄从她的目光里能够看得出，她又曲解了他的意思。

又一曲终了时，李小鸥说，你说一个人一辈子没有真正爱过，算不算过了一辈子？

程荷锄略作沉吟，说，爱不是这辈子的事，爱是你的前世，也是你的来世。

李小鸥的神情漾了一下，说，你说真有来世？

程荷锄说，你觉得有来世不好吗？

李小鸥说，可以问一个不该问的问题吗？

程荷锄说，当然可以。

李小鸥说，你体验过高潮吗？

程荷锄一惊，心想李小鸥今天是怎么了。但随即，他又否定了自己的这一念头。他觉得自己刚才的不适真是荒唐。

程荷锄说，你呢？

李小鸥几乎没有怎么思索就说，没有。

程荷锄说，知道为什么没有吗？

李小鸥说，不知道。

程荷锄说，高潮是爱的代名词。

李小鸥赞同地看着程荷锄，有种想靠过来的感觉。但程荷锄十分强烈地觉得，李小鸥又把他曲解了。

李小鸥神情一暗，接着说，没想到你这么专业，那前天的性学讲座你为什么不去？

程荷锄笑笑，说，傻瓜，性是能够靠一二三来讲的吗？

李小鸥说，那为什么有性学专家？

程荷锄说，既然能够讲出来，请问最高级的爱是怎么做的？

李小鸥说，你肯定是说用心吧？

程荷锄说，是，也不是。

李小鸥追问，愿听高见。

程荷锄说，诞生，或者死亡。

李小鸥一下子提高了目光的湿度，盯了程荷锄看。程荷锄从李小鸥的眼睛里看到了一个水乡，或者说她的眼睛就是水乡。

随着一个强音，又一首曲子弥漫开来。两人立即同时进入状态，有点斩钉截铁，早就约定好似的，不说一句话，不制造一丁点声音。对此，程荷锄十分满意。音乐里，他觉得对面坐着的不是一个人，而是一个十分抽象的东西，或者说，就是音乐本身。

一曲结束，李小鸥问程荷锄听到了什么。

程荷锄说，你说。

李小鸥说，你先说。

程荷锄说，一个人背着行囊，行走在苍茫大地上。

李小鸥兴奋地举起酒杯，程荷锄没有急着和她碰杯，说，前不见古人，后不见来者。接着，他又说，但不是文学课上老师讲的那种"前不见古人，后不见来者"。

然后二人同饮。

李小鸥激动地说，一切都在音乐里。

程荷锄说，知道他的名字叫什么吗？

李小鸥陷入深思。程荷锄害怕李小鸥再次曲解了他的意思，抢先说，行者。

李小鸥对程荷锄的答案十分赞赏，目光里闪着水花，再次把杯子举向程荷锄，程荷锄端起杯子，接受了李小鸥的激动。

但很快，李小鸥就陷入忧伤，说，知道我平常在家里是什么时间听音乐吗？

程荷锄说，不知道。

李小鸥说，要么等我那口子不在，要么在梦里。

程荷锄翘翘嘴角，想说一句话，却打住了。这一点没有逃出李小鸥的眼睛。她说，想说什么，就说嘛。

程荷锄说，烦恼也是音乐。

音乐再次响起。出乎他们意料的是，这次他们都不约而同地把目光投向杯子。他们发现，就连杯子的把都在同一个方向，还有伏在杯子旁边的小勺，也是出奇的一致。这种一致让人觉得两个杯子是有过某种约定的。玻璃杯中梅子色的巴黎香榭，被摇曳的烛光一映，让人容易想起爱和忧伤，两个小巧的不锈钢勺静静地趴在坐着杯子的碟子旁，像酣眠中的猫一样，无比安详。

服务员要添水，两人不约而同地举手阻止。只不过李小鸥举起的是右手，程荷锄举起的是左手。服务员不解地看了一会儿他们两个，带着一丝嘲笑离去。

曲终。李小鸥问程荷锄看到了什么。

程荷锄说，你先说。

李小鸥说，你先说嘛。

程荷锄说，什么都看到了，什么也没看到。

李小鸥说，这次你错了。

程荷锄说，请你说出对的。

李小鸥说，我看到了一种美。

程荷锄说，我看到了两个杯子状的心，两个勺子状的等待。

程荷锄说这话时，李小鸥的神情出现了一个明显的落差，她说，我没有看到心，但是我看到了等待。

程荷锄笑着说，其实我们说出来的都不对。

李小鸥说，什么意思？

程荷锄说，过去心不可得，未来心不可得，现在心不可得。

李小鸥这次理解地点了点头，脸上洋溢着觉悟的喜悦。看得出来，她自认为对这句话彻底理解了。

但程荷锄仍然觉得她在曲解。

李小鸥把手伸过来，让程荷锄给她看手相。程荷锄已经很久不给人看手相了。但李小鸥已经把手伸过来，他就看了一下。他的心里吃了一惊，李小鸥的生命线是断着的。这时，李小鸥说，你不用骗我，我知道我的生命线是断着的，就是说，我在这个世界上活不到老。

程荷锄什么也说不出来，定定地看了李小鸥一会儿，说，我可以给你唱《心经》吗？李小鸥说，当然可以。

程荷锄唱得非常投入，投入得让他自己觉得已经没有了那个唱的人，只有那个"唱"。

还没有唱完，李小鸥已经泪流满面。

这次是程荷锄先举杯。杯子举起来时，程荷锄觉得，在他手里的却不是杯子。

是什么呢？

这时，李小鸥泪眼迷蒙地说，你说真有来世？

程荷锄笑笑，没有回答。他觉得他今天说得太多了，他表面上笑着，但心里却无端地对自己今天的夸夸其谈非常厌恶。他不想再多说一个字了。但随之，他觉得自己的这个想法过于自私，这时，他看到他的心中有一团火升起，就像大海。

李小鸥如果留心，肯定会从程荷锄的目光里看到这个厌恶，以及由此生出的一种坚硬，一种柔软的坚硬。但是没有，此刻的李小鸥正沉浸在自己的心事里。

就在程荷锄心里的那团火升起的刹那，李小鸥说，如果真有来世，我来这里等我要等的人，如果等不到，我会伤心死的。

程荷锄的心里一阵疼痛。几乎在同时，程荷锄意识到自己走神了，他的心里一阵羞愧。沿着羞愧，那团火走过来，款款地坐在他的心上，安详又狞厉地看着他，父亲一样。

睡在我们怀里的茶

和大多数人比起来，徐小帆觉得她的爱情还是够浪漫的。

徐小帆喜欢"说"，所以大学毕业就到广播电台应聘播音员，结果聘上了。徐小帆干得很投入。不久，徐小帆的声音就被电视台科技部的一位编导"看"中。于是徐小帆又到了电视台。编导给徐小帆分的是农业节目，主要任务是宣传农业科技，比如如何养牛养羊。徐小帆仍然干得津津有味。徐小帆的片子很快赢得了观众。徐小帆做的《鸡的生活起居》《鸡的婚姻》这些栏目因为过于人格化在台里受到人们的指责，但却受到观众的极大欢迎。那个理工科就是在看了她的节目后闯进她的生活的。

《鸡的婚姻》播出之后，接连几天，有花店的玫瑰信使给她送来鲜花，署名都是理工科。大概是第九次的时候，她向信使问了他的电话。接下来是一个庸常的认识过程，却甜蜜。和众多追求者不同，理工科的可人之处是善于"听"，他能够保持一个倾听者的姿态听她把一个又一个在别人看来也许十分无聊的故事讲完，从不走神。这是她接触过的别的男孩子所不具备的。徐小帆为此很满意。理工科的可爱之处还有很多，比如他和她一样喜欢在电影院看电影。如果晚上没事，他们大多都在电影院里度过。在离她家不远的金凤凰电影院，有时候一场电影只有他们二人在看，让人觉得这个世界就是他们二人的。那时候，常常有一种十分美妙的优越感在徐小帆心里升起，随之而来的当然还有知音一类感觉。她觉得生命中能够碰到理工科，真是她莫大的福分。

徐小帆决定嫁给他。

事情定下后，徐小帆给在南方上学的妹妹打电话说，她可能要结婚了。

妹妹说，就是那个理工科？

她说是啊。

妹妹就拍着肚皮笑起来。笑够了，说，不瞒你说，我总觉得那个理工科像是个假的。

徐小帆说，那你帮姐找一个真的啊。

妹妹说，天真，真是天真。只有流动的水不会发臭，只有转动的门轴不会生虫，这就是真。男人就像空气，需要常换常新，这就是真。知道吗？我大名鼎鼎的徐小帆同志，世界上有那么多帅哥，为什么要急着把自己挂在一棵树上，多亏啊；世界上有那么多风景要看，为什么要急着把自己关在一个屋子里，多闷啊。

徐小帆说，我和你不一样，我需要一种家的感觉。

妹妹说，是啊，但是你别忘了，当一个人无家时处处是家，有家便是无家，知道吗？

徐小帆说，太哲学了，听着让人晕。

妹妹哈哈大笑，说，结婚这个词才让人听着晕呢。

徐小帆说，你不回来参加姐的婚礼？

妹妹说，知道这边把婚礼叫什么吗？

徐小帆问叫什么。

妹妹说，死亡演习。

徐小帆说了一声放肆，就把电话挂了。

男朋友要贷款买一套新房，徐小帆说没必要。徐小帆住的是电视台分的旧房子，不大，但小两口过日子足够。男朋友说那就把房子装一下。徐小帆还是说不用。最后他们只是把房子重新粉刷了一下，然后按照徐小帆的意思，搞了一些甜蜜出来，就算是新房了。

男朋友要去买家具，徐小帆不让。男朋友坚持。徐小帆说如果一定要买，就给书房买一条大号羊毛雕花地毯吧。徐小帆喜欢喝功夫茶，而且喜欢席地而坐，她觉得只有这样才能进入茶，进入茶特有的那种时间和空间。现在要成家了，眼前的这块地毯显然太小了。

差不多把这个城市所有的商店和地毯专卖店都转到了，徐小帆也没有看中一条让她特别满意的地毯。看来，她心里的那个花色，这个世界上没有人能够生产得出来。

最后，她选择了一条钢蓝底暗镶碎紫红花的，不想拿回家来却和她的那套红木茶具珠联璧合。徐小帆才发现，有些美好，其实是搭配出来的。

徐小帆没有等到第二天。当天晚上，她就和男朋友坐在书房新买的地毯上，试了新茶，觉得真是好。

徐小帆和男朋友的第一次矛盾，发生在照相馆。徐小帆看中了一套白色的婚纱，特别喜欢，就穿了。

老板说，你穿白色的确好看，你配这身白。

徐小帆很高兴。

男朋友也高兴。

进到摄影棚，老板一边打灯光，一边感叹地说，这套衣服自进后别人都没有穿过，你是第一次。

徐小帆说，我穿它是因为我喜欢，和第一次没有关系。

老板说，是，但第一次毕竟是第一次啊。

谁想就在这时，男朋友叫停。徐小帆问为什么，男朋友说，我还是觉得你穿红色好看。

徐小帆说，可我喜欢白啊？

男朋友说，听我的，应该是红。

徐小帆说，什么是应该？

男朋友说，别闹，浪漫是有尺度的。

一句话把徐小帆的眼睛说潮了。徐小帆转过身去，稳定了一下情绪，然后去更衣间。一到更衣间，徐小帆的眼泪就下来了。

本来他们打算旅游结婚的，但父母不同意。徐小帆就动员男朋友依了他们。让徐小帆高兴的是妹妹也回来了，帮她料理了许多事情，让她心里既踏实，又温暖。

于是就有了一个皆大欢喜的婚礼。

一个当红电视台主持人的婚礼，给人的印象当然是时尚和情调，就像是一出节目。徐小帆的幸福，是洋溢在脸上的。

当爱人给她戴上戒指时，徐小帆哭了。主持人问她哭什么，徐小帆说，不为什么，就是想哭。

当丈夫深情地搂着她，轻轻地吻去她脸上的泪水时，掌声响起来。

在众人眼里，他们是天造地设的一对。

两把锁变成一把，两张床变成一张。从此，徐小帆进入了可以用美满幸福来形容的夫妻新生活。

徐小帆一点也没有想到，所谓的婚姻其实是一个个水落石出。

徐小帆喜欢在影院看电影，喜欢坐在影院里面对屏幕的那种感觉。但是丈夫没有陪她看几场就托辞不去了，和婚前判若两人。一次，朋友给了一张丈夫婚前最爱看的电影《无间道》的续集票，下班后她兴冲冲地拿给丈夫，不想从丈夫脸上没有看到一点激动。那天是周末，丈夫找不到不去看的理由，就陪她去看。不想看到中途，竟然要回。她问为什么。丈夫说，突然想起单位上有件急事要处理。她不知道说什么好。丈夫不经她同意，说，我先回了，到时来接你，然后走人。

从此，她再不约丈夫看电影。

徐小帆到工艺店，看到一个瓶塞，很好看，就买了回来。一天参加一个朋友聚会，大家喝完酒，徐小帆要一个造型别致的酒瓶，丈夫不高兴地问她要这干吗。徐小帆说回去就知道了。回到家中，徐小帆从书柜里拿出那个瓶塞，正好塞在酒瓶上。徐小帆很为自己的组合高兴，但丈夫一脸的不以为然。徐小帆没有理会丈夫，继续进行着自己的创作，她给这件作品起了个名字《幸福的瓶塞》。放在她的床头柜上。她希望丈夫有一天能够发现她的创意，说一句肯定的话，却一直没有等到。从此，她做这些自己觉得开心的事时，就趁丈夫不在家。

徐小帆和丈夫去看老师，看到老师书房里的一个花瓶很好看。就说，太好看了太好看了。老师说喜欢就送给你。徐小帆走时真就拿上了。丈夫当时没有说她，一出门就开始埋怨。说怎么人家客气一下你就当真呢？徐小帆说，你怎么知道老师是客气？丈夫说，你怎么知道人家不是客气？徐小帆说，那我送回去！丈夫却不让她送。丈夫说，改日买个东西还还人家的情。徐小帆想，真这么复杂吗？

徐小帆喜欢在有月亮的晚上喝茶，喜欢月光洒在茶杯里的那种感觉；丈夫却喜欢在有月亮的晚上做爱，做完爱就睡觉。

丈夫喜欢把家里搞得像经理室那样整洁，而她却做不到那样。她喜欢到处写写画画，把家里弄得到处是纸片，到处都是笔，包括卫生间和厨房。

丈夫喜欢铺张，她却不喜欢浪费。就拿吃剩的菜来说，丈夫坚决要她倒掉，丈夫说吃剩菜得了病不是更大的浪费吗？她却不以为然。只好给丈夫做新的，她自己热着吃。但也在丈夫不知道时做手脚，比如偷偷地把上次剩下的虾油做在面里面，丈夫不但发现不了，而且吃得很香。由此徐小帆得出一个结论：婚姻需要一些小手脚。

十·一那天，徐小帆正在洗衣服，妹妹给她打来长途，让她猜她现在在哪里。

徐小帆说别浪费电话费了，快说吧。

妹妹说，海边哎。

徐小帆说，海边有什么激动的。

妹妹说，你知道我现在在想什么吗？

徐小帆问，想什么？

妹妹说，从现在起我相信佛，相信佛说的前世今生，相信乘愿再来，我决定，下辈子一定要生活在大海边。

徐小帆笑笑，说，祝你梦想成真。

徐小帆想，妹妹等不到下一世，妹妹性子太急。果然，妹妹一回来就动员她去青岛打天下。她说她不想去。

妹妹说，你不喜欢大海？你知道每天看着大海是一种什么感觉吗？

徐小帆说，只要你心里有海，就能在任何地方看到海。

妹妹说，按你的逻辑，只要你心里有一百万，就能在任何地方拿到一百万，现在，我需要五十万在青岛买房，你有吗？

徐小帆说，有，比一百万多，但是你不认识它。

妹妹说，这话太哲学了，我听不懂。

妹妹去单位办停薪留职，单位不同意，妹妹一怒之下，炒了单位的鱿鱼。也不听徐小帆和父母的劝告，执意踏上了向海的列车。父母差点没有气死。妹妹毕业，父母差不多拿出了全部积蓄，托人分配在省计委工作，不想干了不到一年，就这样弃之而去。

不久，妹妹打来电话，说有位帅哥在大海边给她租了一间大房子，和大海朝夕相伴，怎么样，羡慕了吧？

徐小帆说，祝贺你，如果看够了大海就回来。

同学会上，同学钟如月的丈夫开着宝马送钟如月，引来同学们一阵艳羡。散会后，钟如月让丈夫带徐小帆回家。徐小帆没有拒绝。第二天，徐小帆照样走路去上班，心情同以往一样好，但丈夫却是好几天闷闷不乐。

又过了几天，丈夫和她商量买车，她说哪儿来的那么多钱？

丈夫说这你就不用管了。

她说，如果我不知道钱的来路，是不会同意的。

丈夫说，同学大都有车了。

徐小帆说，如果你真有钱了，要买就买个大房子吧，我想给自己搞一个工作室。

丈夫说，房子要那么大干吗，两个人能住就行了。

徐小帆说，我知道你的意思，房子是自己住的，车子是给朋友看的，是吗？

丈夫说，也是需要嘛。

徐小帆说，反正我不需要，我需要一个自己的空间，用来听音乐，写作，画画，做MTV，我需要的是自己快乐。

丈夫坚持买，叫徐小帆去看车。徐小帆说，如果你一定要买，那买来你自己坐吧，我是不会坐的。丈夫只好屈从，按徐小帆的意思，张罗着买大房子。

《羊的家庭生活》播出那天，省畜牧局宣传处的蒋方舟要请她吃饭。徐小帆拒绝。徐小帆从来不接受合作单位的宴请，这倒不是她有多廉洁，而是她不喜欢那种场面。每次出去，采访单位招待摄制组，她总是找个借口逃脱，自己找一个面馆，吃上一碗面，然后躺在房间看书，或者睡觉。但这次蒋方舟请她，她却没有拒绝得掉。后来她想，之所以没有拒绝掉一方面是因为对方十分执著，另一方面也是她潜意识中想应约。她不得不承认，她有点喜欢这个小伙子。

徐小帆问什么地点。

蒋方舟说，"长相忆"怎么样？

徐小帆说，吃个饭嘛，到那么高档的地方干吗？

蒋方舟说，那你推荐一个地方。

徐小帆推荐了"陕西老乡"。

蒋方舟说，那太寒酸了吧。

徐小帆说，但我喜欢。

蒋方舟让徐小帆点单，徐小帆要了碗陕西油泼面，一个小菜。蒋方舟还要点，徐小帆就不高兴了。

徐小帆说，如果你觉得花钱少，就多请几次，怎么样？

徐小帆把一碗面吃得干干净净，然后要了一碗面汤，用筷子把碗涮了一遍，然后喝掉。

蒋方舟说，像你这样吃饭的女孩子，我还是第一次见。

徐小帆说，不入流，是不是？

蒋方舟说，哪里。

徐小帆说，不入流就不入流，反正我已经习惯了。

蒋方舟说，向你学习。说着，也把碗涮了，喝。

徐小帆说，这么汪的油，倒了岂不可惜？

蒋方舟说，是，但目光却到处流窜，他显然是留意旁人怎么看。

徐小帆略略有些失望。

吃完饭，蒋方舟提议去喝茶。徐小帆没有想到自己会答应。

蒋方舟问徐小帆喜欢哪个茶楼。

徐小帆说，我带你去一个地方吧。

蒋方舟说好。蒋方舟要打的，徐小帆不让。

蒋方舟说附近没有茶楼。

徐小帆说，有的。

蒋方舟没有想到徐小帆把他带到了她的办公室。

一到办公室，徐小帆就有些后悔把蒋方舟带上来。黄昏时分，办公室沉浸在橘黄色的阳光之中，非常美。再加上整个办公楼人都走空了，有一种空空荡荡的美好。徐小帆贪恋于下班时候一个人呆在办公室，听着音乐，静静地喝一泡茶。现在，身边多了一个人，尽管喜欢，但仍然觉得多余得厉害。

但徐小帆很快就释然。徐小帆开始进入茶。徐小帆拉开工作台的二层，是一套红木茶具。徐小帆问蒋方舟喜欢喝什么茶。

蒋方舟说，乌龙。

徐小帆就打开一包观音王。

徐小帆从电脑里放了一曲音乐。从蒋方舟的反应看，这小子压根就没有听过它。徐小帆问，喜欢吗？

蒋方舟说，太喜欢了。

徐小帆说，比茶楼里如何？

蒋方舟说，你的问题就是答案。

徐小帆很开心。

蒋方舟说，你这是变着法子为我省钱嘛。

徐小帆说，省钱不时尚是不是？

蒋方舟说，你总得给我一个表现的机会吧。

徐小帆说，难道花钱就是表现？

蒋方舟说，那倒不是。

茶沏好了。徐小帆示意蒋方舟喝茶。不想蒋方舟端起一杯，说，我敬编导一杯。徐小帆再次失望。喝第二杯时，蒋方舟又说，真美！

徐小帆就忍不住了，说，知道你身上哪一点最可爱吗？

蒋方舟说，不知道。

徐小帆，静。

蒋方舟的脸就红了。

自此，蒋方舟再没有说一句话，直到把一泡茶喝完。徐小帆不但满意，而且感动。

蒋方舟要替徐小帆擦洗茶具，徐小帆不让。徐小帆从来不让别人给她洗茶具，徐小帆觉得，静静地把一套茶具擦完，也是一泡茶。换句话说，能够纯粹地进入那个"擦"，那种感觉不亚于"喝"。

徐小帆说，天不早了，你太太等你了，你先回吧。

蒋方舟说，我先送你回家。

徐小帆说，谢谢，我还要编一会儿片子。

蒋方舟站在那里，有些手足无措，目光中却有复杂的内容。

徐小帆装作没心没肺的样子，说，谢谢。蒋方舟往徐小帆面前走了一步，徐小帆借着拿茶巾，绕到桌子背面，向蒋方舟伸出手。蒋方舟捏住徐小帆的手，用力，把徐小帆捏疼了。徐小帆同样装作没有反应的样子，抽出手去，说，再会。

蒋方舟走后，徐小帆又觉得有些失落，有些遗憾。但她很快给自己说，对，徐小帆你做得对，对极了。然后，她拿起茶巾，进入那个"擦"。

不知是哪一天，徐小帆突然发现丈夫回来得越来越晚了，当这个发现以一种概念的形式出现在徐小帆心里，就不由让她大吃一惊。但徐小帆很快就把自己说服了。徐小帆决定适应这种晚。她想起在大学里读到过的马尔克斯的一句话：一对夫妇，重要的不是多幸福，而是多稳定。当时，她深不以为然，现在，却觉得它是一种力量，可以给她莫大的支撑。谁想不久，事情就发展到那一步。

丈夫已经有好几个晚上不回家了，调查的结果和丈夫电话上说的大相径庭。徐小帆想，难道我们的婚姻真的出现了问题？莫非在众多家庭出现的问题也要在我们家上演？徐小帆被自己的这个想法吓了一跳。

一天，丈夫又打电话说，晚上单位有事，可能回不来，让徐小帆不要等他，徐小帆就说服不了自己了。

临下班的时候，徐小帆到丈夫单位对面的咖啡馆，要了一个临窗的咖啡座，等丈夫出来。

看着窗外的车水马龙，还有马路对面的那幢大楼，徐小帆不由得一阵伤感。她问自己，有必要这么做吗？她听不到自己的回答。她的心有些乱。咖啡厅里，多是一对对情侣，他们的亲热，让她不由想到当年。

过了一会儿，丈夫出来了，没有骑车，进了一个向北的胡同。

徐小帆尾随其后。

徐小帆有些紧张，也有些滑稽。小时候看过的那些革命题材的电影镜头不听话地从脑海里闪出来。她不知道是自己变成了电影，还是电影变成了自己。

真是好笑得很呐。

胡同拐弯处，丈夫从徐小帆的视线中消失了。

徐小帆上前，发现丈夫消失的地方，有三个店面，中间是一家名叫"百眉健康快车"的皮护中心，左面是一家广告公司，右边是一家超市。广告公司已经打烊，那么，丈夫只能在超市或者"健康快车"。徐小帆在一个广告牌下等了一会儿，发现丈夫没有从超市里出来，那么丈夫在那个"百眉健康快车"已经无疑了。

徐小帆在广告牌后面，和自己做着斗争，有一百个方案在她心中翻腾。

可是不多时，一个店员模样的姑娘出来，把落地门锁上了。

徐小帆说，难道自己错了？

但直感告诉她，故事肯定不是这么简单。既然门已经锁上，她就可以实地踏勘一下了。她到左近的报刊亭买了一份报纸，轻着脚步走到"快车"窗前，做出一边看报纸一边等人的样子。

没有等到人，却等到了一种刺心的声音。徐小帆当然再熟悉不过，那是丈夫的。

徐小帆一阵恶心。

徐小帆想起了他们的初夜，想起那个让人销魂的夜晚丈夫的信誓旦旦。

第二天一早，徐小帆来到"快车"门前，等待丈夫出来。丈夫出来，一看徐小帆站在门口，当然惊惶失措。但他万万没有想到，徐小帆神态十分安详，并且还带着淡淡的微笑，就像一个母亲逮住了正在做错事的孩子。

徐小帆什么话都没有说，就那么定定地盯着丈夫看，直看得丈夫头上冒出汗来。

过了一会儿，徐小帆说，能跟我去一趟民政局吗？

丈夫眼泪汪汪地说，我错了，我是个混蛋，我承认错误行不行？

徐小帆说，我没有时间听你朗诵，去不去？

丈夫说，给我一次改过自新的机会，好吗？

徐小帆说，那我就叫你们单位领导。说着，掏出电话。

丈夫急了，说，我听你的。

和丈夫从民政局出来的时候，徐小帆看见街上到处都是流动的月饼广告，她才意识到，不久就是中秋了。

徐小帆搬回父母处住，父母问徐小帆怎么了？徐小帆说没什么，就是想回来住一段时间，如果你们不愿意，我也不麻烦你们。父母当然同意。

但纸里面终究是包不住火的。父母最终还是知道了。母亲要去丈夫单位找他们领导，被徐小帆拦住了。徐小帆说，如果你们真是为我好，就千万别这样。

差不多半年过去了，许多人还不知道徐小帆离了婚。徐小帆这种静悄悄的离婚方式，给了许多直闹到鱼死网破才不得不撕票的冤家许多感慨，一时成了有同样爱好的人们互相教育对方并最终效仿的偶像。

天渐渐凉了的时候，徐小帆意识到自己该去一趟海边了，就赶着做好了下期片子，到银行提了足够的钱，准备出发。

给蒋方舟打电话，说她要去青岛，问他愿意不愿意陪她去。蒋方舟当然求之不得。徐小帆就带着一种特别的心情订了两张软卧。

但在出发的那天，徐小帆却改变了主意，她给蒋方舟打电话说，单位有紧急采访任务，行期只能推后，以后再说。

徐小帆退掉一张票。上了火车，徐小帆把自己的下铺换成中铺，想在火车上好好睡一程。

徐小帆一上车就上铺睡觉。

火车开动了，躺在晃晃荡荡的火车上，徐小帆莫名其妙地一阵伤心，不由泪流满面。

尽管一切都在预料之中，但徐小帆没有想到，等待泪水的还是泪水。

妹妹一见徐小帆就哭。徐小帆说，你这样大海会笑话的。妹妹哭得更厉害。

妹妹果然混不下去了，已经欠着人家好几个月房租了。徐小帆替妹妹交了房租，问妹妹，继续看海，还是跟我回去？

妹妹沮丧地说，你知道我是怎么离开单位的。

徐小帆笑笑说，如果你愿意，就跟我干节目，怎么样？

妹妹说，我真没有脸回去见咱爸妈。

徐小帆说，没什么，人生浪漫一次也好嘛。

妹妹说，别讽刺我。

徐小帆说，真的，姐没有讽刺你。但你要记住，生活也是海啊。

在蒋方舟那里，徐小帆获得了一种爱情的感觉。

两年之后，徐小帆向蒋方舟降下了她高挂的寨门。但徐小帆有一个要求，不领结婚证，不办婚礼，不请客。

妹妹这次没有说蒋方舟是假的，也没有说什么是真的，妹妹的手里有了一串念珠，檀木的。

徐小帆真是觉得自己有些俗了。

但徐小帆就是喜欢有个"家"，就像是瘾君子喜欢海洛因，一点办法都没有。

两把锁变成一把，两张床变成一张。一个平常的日子，徐小帆住进了蒋方舟的公寓。

"新婚"之夜，夫妻二人免不了一番缠绵。事情到了好处，蒋方舟的激动传导到声带。可一个"我爱你"说了一半，就被徐小帆伸手堵住了。

蒋方舟显然有些扫兴。

徐小帆说，请原谅。

事后，听着蒋方舟和前夫几乎没有什么区别的鼾声，她被突然在心里生起的一个想法惹笑了。

她觉得，熟睡在自己怀里的蒋方舟，就是一泡茶。

甜根

　　敲门声响起时，陈子旭正在复习，准备迎接县实验中学的录用考试。对于没有背景且家境贫寒的陈子旭来说，这是跳出小镇的唯一机会。陈子旭抓得很紧。通常情况下，陈子旭是不会开门的。但现在是假期，并且是早晨，他想不会有闲人来串门吧，犹豫了一下，还是去开了。

　　陈子旭没有想到门外站着王雨薇。

　　王雨薇一身苜蓿花的确凉休闲装，胖乎乎的小胳膊和小腿肚露在外面，显得饱满又夸张，有些淘气，有些野味，同时透出一丝成熟少女的潮湿气息。加上两手抱在胸前的白底红花洋瓷盆子，就有了一种装裱的效果，一种负重的美。陈子旭不敢相信，这就是每天给他送作业的王雨薇。

　　王雨薇大大方方地说我给你送好吃的来了。陈子旭心里一热，一边说什么好吃的，一边接过盆子，让王雨薇进门。揭开盆盖一看，是一盆甜根。陈子旭已经有好些年没有吃过甜根了，就对着甜根，大加赞美了一番，将王雨薇带到宿舍。

到了宿舍，陈子旭又端详了王雨薇一会儿，说，真好看，真好看，新做的？

王雨薇说，不是。

陈子旭说，怎么没有见你穿啊。

王雨薇说，上学时哪里敢啊。

陈子旭说，那今天就敢了？

王雨薇用一个清纯的微笑回答了他。

王雨薇说，有些小吧。

陈子旭说，小了好，小了出效果。

王雨薇努了努小嘴，做出嗔怪的样子说，你笑话我。

陈子旭说，真的，这套衣服就是这样穿法。

王雨薇见老师是真诚的，就换了家常的口气说，是城里姑姑去年夏天送的，一直没有敢在外面穿。

陈子旭说，我还差点不想开门呢。

王雨薇说，如果你再迟开几秒钟，我还真就走了。

宿舍里只有两把椅子，一把上面搭着昨夜洗的衣服，陈子旭就让王雨薇坐在桌前的那把上。王雨薇说，你坐这趁热吃吧，说着自己坐在床上。

陈子旭的心里就毛了一下，床上乱且不说，被子没有叠且不说，更为糟糕的是床头还有一本《电影画报》，正翻在《一江春水向东流》，画面上有不少学生不宜的镜头。陈子旭正想采取什么措施把它拿开，不想王雨薇已经看到了，而且大大方方地翻了起来。这让陈子旭觉得有些没面子，一个人民教师的床头上居然有这种消遣读物，而且还翻在这一页。现在，它已经在王雨薇手里，也就无可奈何了。

接下来，陈子旭就想该用什么招待一下王雨薇。想来想去，能上档次的就数那盒从福建带来的金肉桂了。上次去福建学习，到了茶乡安溪，别人都买观音王，他没有带多少钱，就买了两盒金肉桂。就这金肉桂，也是五十元一盒，是他半个月的工资。回来后，一盒孝敬了父亲，另一盒就留着，准备着派更重要的用场，一直没有舍得喝。但今天陈子旭却很大方地打开了。陈子旭说，这可是上等茶。王雨薇口上说她不会喝茶，行动上却没有阻止。

陈子旭给王雨薇沏好茶，就自个拿了一根甜根吃起来。王雨薇是语文课代表，每天要给陈子旭送来作业，可陈子旭却没有怎么注意过她。一个在门外喊报告，一个在里边喊进来，一个放下作业，另一个或许头都不抬说一声好，就完成了交接工作。但今天陈子旭的目光却老是往王雨薇身上跑。直到事情发生了，陈子旭也没有搞清楚当时的自己是怎么回事。

王雨薇斜着身子，翻床上的杂志。在那个年月，能看到《电影画报》是件比较困难的事。王雨薇看得很入神，身子在陈子旭眼前就曲成一个弧，腰身处就露出一月动人的白。这样的画面好像在陈子旭记忆中没过。陈子旭的身体一下子有了想法。陈子旭意识到这是一个危险的信号，忙警告自己说，你是一个人民教师，你要管住自己。陈子旭调动了许多历史上的正人君子一排排码在心里，轮流给他做思想政治工作。但陈子旭发现，今天的他有些我行我素。

王雨薇仍然在看画报，脸上的表情随着画报的内容变化着。

陈子旭把一根甜根吃完，就不知道自己该干什么了。

陈子旭看到桌上的茶杯，找到了依靠似的说，王雨薇喝茶吧。王雨薇突然惊醒似的，欠了欠身子，有些不好意思地说了声好。

陈子旭将茶递给王雨薇。王雨薇很亲近地看了陈子旭一眼，然后专注在茶里，一点一点地品。

那一月白随之消失，陈子旭就有些后悔。但他马上觉得，眼前没有了那一月白，他的心里一下子轻松了许多。喝茶的王雨薇娴静又端庄，要比刚才更耐看。他这才发现，女人的美同样需要日常生活的道具来表现。平时在课堂上，他真是一点都没有注意到王雨薇身上的这种细微的美。

王雨薇说，真香哎。

陈子旭说，是吗？香就送给你。

王雨薇说，那还不把人丢尽，一个学生哪里敢喝茶。

陈子旭说，你现在不是正在喝吗？

王雨薇有些撒娇地说，我说过不喝的嘛。

陈子旭说，政治课上又没有规定学生不能喝茶。

王雨薇的嘴角就翘了起来，脸蛋上就有了两个对称的酒窝。

陈子旭就觉得自己心中的一件什么东西一下子陷进去了。

但王雨薇马上又换了另一种表情，看着他说，听说你下学期不教我们了？

陈子旭说，你听谁说的？

王雨薇说这你别问，是不是？然后定定地看着他。目光潮湿而又追究。

陈子旭的心里就怦然一动，说，你可得给我保密啊。语气是认账的，交底的。

王雨薇体己地说，那当然。语气是理解的，平和的。接着，她说，如果你走了，大家肯定都觉得语文课没有意思了。声音有些怨。

陈子旭的心里就一酸。沉着气说，如果你们不想让我走，我就不走了。王雨薇着急地说，这可别，水往低处流，人往高处走嘛，可千万不要因为我们耽误了你的前程。

陈子旭说，我也舍不得你们，但这次不努力一下，以后就再没有机会了。

王雨薇理解地点了点头。

陈子旭接着说，你看陈老师在这里连个对象都处不上，我又是个外地人，总不能打一辈子光棍吧。陈子旭知道不应该给王雨薇说这句话，但心底里有种怪怪的东西在撺掇他，好像不单单是为了和王雨薇开玩笑。

果然，一句话把王雨薇的脖子骨说软了。陈子旭发现，王雨薇低着头害羞的样子更是好看。

王雨薇好长时间不说话，咬着嘴唇，把茶杯在手里转来转去。时间一长，就让陈子旭有些受不了。陈子旭接着说，说不定还考不上呢。起身给王雨薇添水。王雨薇接过水壶，说她自己来，动作很家常。陈子旭的心里就涌上许多亲切来。就觉得只一杯茶，有些对不住王雨薇，对不住她的理解，也对不住她对秘密的承担，就决定提高一下招待水平。就给王雨薇说，你慢慢喝，我出去办点事。王雨薇说，不会很久吧？陈子旭说，你不是很急吧？王雨薇说，我的任务是保证家里人从田里回来有饭吃。陈子旭看了看表说，那还早呢。

正是麦收时节，镇上的门市部大都关门了。陈子旭跑了很远的路，才找到一家营业的，里面却大多是油盐酱醋一类的日常用品，唯一上档次的就数当地产的一种尚未熟好的花红梨再就是菠萝罐头、橘子罐头、花生米、饼干和蜜枣一类的，他就各样要了一份，然后跑步回家。

陈子旭一进门，浑身的血一下就热了。王雨薇正蹲在地上，刺刺刺地给他洗被套。他听见自己的喉头响了一下，又响了一下，却没有说出什么成形的话。

雨薇你这是？话既出口，他吃了一惊，竟然叫她"雨薇"，竟然把"王"给省略了。但王雨薇似乎很乐意地接受了他的这一称谓，抬头，看着他甜甜地笑了笑，说，马上就洗完了。今天给你把被套洗了，改日洗床单吧。

陈子旭就觉得有种什么东西冰糖一样渗进他的心里，身体里。

陈子旭把买来的东西一样样打开来，摆在桌子上，让王雨薇停下来吃一点。王雨薇说，谁知你是去胡花钱啊？像是一个大人责备小孩子了。接着仰起头，动员似的说，你去提一桶水吧？陈子旭就去提水。路上，他想起了不久前看电影《天仙配》，听牛郎和织女在那里对唱，觉得挺无聊的，此刻，他才体会到了其中的奥妙，心里一下子被幸福充满。今天给你把被套洗了，明日洗床单吧。谁知你是去胡花钱啊。你去提一桶水吧。这话听着多舒服啊。

往回走时，陈子旭看见，王雨薇改变了姿势，不再蹲在地上，而是半弓着身子，加大了动作幅度，像是在做广播体操上的屈体运动，长长的辫子从肩上滑过来，掉在胸前，一拍一打的，一下一下落在他的心上。

接着，就有一对原子弹在陈子旭眼睛里爆炸。那是王雨薇的小乳房，一对初出茅庐的小动物。陈子旭呆立在门口，酥软无力。做着屈体运动的王雨薇向他提供了一个绝好的视角，让他没有丝毫免疫力的目光通过敞开的领口畅通无阻地抵达。

怎么，连一桶水也提不动啊。王雨薇抬头看了他一眼。他忙回过神来，有些忙乱地把水提进去，倒在王雨薇已经腾好的盆子里，也倒进他一派电光火石的心里。

王雨薇开始淘最后一遍，陈子旭就端了脏水去倒，人在倒水，心却还在那对小动物上。

倒完水回来的那段路就成了他人生最幸福的时光。

然而幸福的时光马上就要结束。王雨薇已经淘完了被套，站起身来，示意他过去，和他一起把被套拧干。他就和王雨薇各拿一头拧，直把被套拧成一个麻花。然后默契地哗哗抖开，折了。王雨薇说，你自己去晒吧，我要回了。他说，那不行，先把这些东西消灭了我才能让你走。

王雨薇冲着他笑了笑，说，你先去晒被套吧。

回来时，王雨薇已经把屋子收拾干净，洗了脸，在门背后他用来放洗漱用具的玻璃架上找润脸油。陈子旭说，实在不好意思，我从来不用那个。王雨薇说，可你的皮肤怎么让人觉得不像是没有用过润脸油的啊。陈子旭说，是吗？王雨薇说，真的，像个南方人。陈子旭说，谢谢夸奖。陈子旭在心里说，没想到这小家伙还会给人上呢。但他又觉得这种上还是很滋润人的。

陈子旭先给王雨薇削了一个梨，王雨薇没有推辞，不紧不慢地吃完了。但到其他东西，却是蜻蜓点水，甚至在吃完一个蜜枣后，干脆洗了手，一副任你怎样劝，再决不动口的样子。这让陈子旭心里很疼。花了这么多钱买了来，你不吃，这钱不就白花了？但很快他就发现自己错了，人家一个女孩子，难道让人家硕齿大嚼不成？就觉得自己刚才的苦劝有些丢人，有些没有风度。

但他马上有了办法，走时让她带上啊。这样一想，他的巨大心理压力就大大减轻了。

王雨薇要走，陈子旭不好坚持，就把东西打包让王雨薇带上。王雨薇显出生气的样子。陈子旭只好作罢。

谢谢雨薇啊。这次是有意省掉了"王"。这次王雨薇的反应倒是明显，一副意外的样子，深情地看了陈子旭一眼，说了声再见，就要出门。

事情是在王雨薇开门的那一刹那发生的。

多少年来，陈子旭一直在回忆，当时的自己是怎么回事，是如何做出那个让他后悔一生的决定的，不早不晚，就在人家开门的刹那，从后面抱住了人家，然后举起来，在屋子里疯狂地转圈儿。

大概在转到第三圈的时候，王雨薇似乎意识到了什么似的说，不要这样。陈子旭没有听进去。王雨薇加大了音量，说，不要这样嘛。陈子旭听到了王雨薇声音中的不高兴，才将王雨薇放到床上。王雨薇鼻翼一扇一扇的，惊兔似的看着陈子旭。陈子旭笑了笑，王雨薇却没有笑。陈子旭的嘴就出动了，像一个久未出圈的羊，急切地奔向青草。

请问你还是不是个老师？

陈子旭像被谁当头一棒似的，僵在王雨薇身边，脑海里一片空白。

就在这时，王雨薇从陈子旭手下挣脱，向大门跑去。

陈子旭突然从梦中惊醒似的开始检查自己的行为，结论在断无可赦之列。他的目光从屋子里扫过，桌上的水果刀兴奋地向他招手。

接下来他看到的情景是，人民教师陈子旭的一只手被钉在桌子上。

鲜红的血液顺着刀把流了出来，他突然觉得那只手有些冤枉，明明是眼睛惹的祸，却要手来承担。这样一想，他就用另一只手把它给释放了。

他等着王雨薇的家人来算账，却一直没有等到。

那个洋瓷盆子就成了他的难题。

九月份，陈子旭接到了县教育局的调令，通知他到县实验中学任教。同学们都来送他，唯独没有王雨薇。

他就把那个洋瓷盆子打进行囊上路了。

开学后，他给王雨薇写了封信，表达了深深的歉意，并表示如果王雨薇愿意，他能够帮她转到县实验中学学习，却一直没有收到王雨薇的回信。之后，他又写了一封，托一位可靠的同事收转，同样石沉大海。

后来，他有了女朋友。在约女朋友第一次来宿舍时，他将那个洋瓷盆子包起来，放到壁柜的最深层。

不久，他就把这事给忘了。

结婚那天，班里的同学一个个都来了，同样没有王雨薇。他就知道王雨薇此生是再也不会饶恕他了。他的心里一派悲凉。

仅此，就完全可以宣告你的教师经历是失败的。陈子旭给自己说。

晚上，躺在新婚妻子身边，那天的事情却固执地在眼前浮现。

陈子旭再一次回到这个小镇，已经是十年之后。

陈子旭已调到省城工作。这年，他被单位派到和小镇相邻的乡的一个村上扶贫半年。一个星期天，他借了辆车到小镇看望一位当年多次资助过他现已退休在家的老同事。

当车就要开进小镇时，他的心里涌上一种难以言说的东西。他将车停在路边，抽了一根烟，稳定了一下情绪。然后整了整衣帽，缓缓从街道驶过。

到了学校门口，他下意识地把车停了下来。

正在上课，校园里十分安静。他的目光急切地在校园里穿梭，却是怎么也找不见他原来的那间宿舍，操场四周的一排排杨树也看不见了，还有那几排土坯房教室，还有那个墙上写着毛主席语录的老水房，都不在了。展现在他面前的，是一个气派的全新的学校。陈子旭的心里不由涌上许多感慨。

下课铃响了，陈子旭像逃似的把车开走，不知为何，在省城时常常想念这个小镇，想念小镇上的这所学校，想念那些同事，那些同学，真到面前，却有些莫名的怕。

怕什么呢？打着这个问号，他把车开到街的尽头，却发现这里全是电焊加工土豆收购一类的店铺。只好等上课时将车再开回去，在学校偏左的一家小卖部门口停下。他要给老同事买些礼物。

买好东西，都要上车走了，听见有人喊陈老师。回头，和刚才那家小卖部相邻的水果店门前站着一个抱孩子的女人，正在看着他。

女人走上前来，说，是陈老师吧。

陈子旭的心里就打过一个闪。一个已经从记忆中淡去的名字跳出他的脑海。王雨薇。陈子旭紧张了一下。

不想女人的眼神中丝毫没有当年那件事，很亲热地看着他说，你啥时回来？他说昨天。女人用了"回来"这个词，让他心里一阵痛。他避过王雨薇的目光，看着她怀里的孩子说，这是你的孩子？话出口，才觉得太废话了，不是人家的孩子还是谁的。陈子旭的脸一阵烧，接着在身上一阵乱摸，摸出几张票子，说，第一次见你的小孩，算是我的见面礼吧。

出乎他意料的是王雨薇没有拒绝，这让他很感动。接着，王雨薇问他小孩多大了。陈子旭说上初一了。王雨薇说这么快啊。陈子旭说是啊。

就不知再说什么了。王雨薇说不在镇上呆几天？陈子旭说最近单位很忙，以后吧。

接下来，陈子旭就有些仓皇地告辞了。

都要上车了，王雨薇跑过来，说，能不能把你的地址留一下？陈子旭感觉她的语气中没有不友好的因素，就留了。

陈子旭将车开出镇子，就停了下来。刚才狼吞虎咽结束的一幕撑得他心慌气短，如果不马上消化就要撑破他似的。

见到王雨薇不但意外，而且潦草。这是冒出他脑海的第一个句子。她的眼神中好像压根就没有当年那回事。第二句。或许当年本就没有发生什么事，一切都是一场梦？第三句。这时，他的手掌隐隐地痛了一下，他举起来，看到了那个伤疤。伤疤提醒他，那件事是真实发生过的。

那么，是什么，消除了她心中的仇恨？

我们心中的雪

大年初二的早上，我正和几个侄子在厢房炕上打牌，听见母亲在上房里喊。过去，有个小伙子正给父亲磕头。母亲说，这就是长生，杏花最小的弟弟。我的心中就一下子涌上许多亲切来。等他磕完头，就格外殷勤地递烟上茶。母亲也把能拿出来的干果小吃都拿出来了，显然是把长生当上宾来对待。

寒暄过后，长生问我，今天有空吗？我说没啥事。长生说，如果没啥事，我娘让你去下面家里一趟，给我姐写封信。母亲说，我正要问你呢，杏花今年又不回来了？长生犹豫了一下，吞吞吐吐地说，反正没见信。母亲问，多少年没回来了？长生说，就我爹过世那年回来过一次。母亲的神情就暗了一下，怅怅地望着长生，像是要从长生的脸上努力找出些杏花的消息来。父亲说，不过回来一趟也不容易，那地方，光想一想都觉得费力气呢。

母亲动手给长生热暖锅，被长生拦住。母亲就生气了。长生说，改天吧，我怕过会儿来了亲戚，我如意（我的乳名）哥就走不开了。父亲说，那就让他们早点去吧，过会儿改改（我姐）两口子一来，还真走不开了。说着，打开炕柜，把我给他买的工字牌卷烟拿出两条，让我给长生娘带上。长生不让。父亲说，大过年的总不能让他空着两只手进门吧。母亲帮腔说，这两条烟本来就是你东东哥给你娘买的，他昨天还给我说哪天要去看你娘呢。长生的目光就在我脸上掠了一下，说，那我就替我娘谢谢如意哥了。

和长生走在通往下庄的路上，心里有种说不出的滋味。这条当年最亲最近的路，当年糖葫芦一样结着我一个又一个美梦的路，竟然十多年没有踏上过了。是路生分了，还是我的脚生分了？抑或是别的什么？

长生始终低着头走路，不主动和我说一句话。而我则满肚的话头，却不知从何说起。就那样默默地走着。好在路不远，很快就到了。

门口站着一个人。我竟没有认出来。而对方的笑容却说明她已经认出我来了。长生说，是我姐。我的脑门上就亮了一下。是杏花？渐渐和记忆吻合的一些神态告诉我，没错，就是杏花。

我的心窝子里一下涌上许多东西。伤感而又温暖，亲切而又疼痛。

杏花的眼睛里也全是惊叹。出现在她面前的这个叫高如意的人，肯定不是当年的那个毛头小子了。

看着我在一个劲地发呆，杏花说，怎么，把你给吓着了？我说还真有点，都多少年了。

一个小女孩站在杏花面前，扑闪着眼睛，仰着头盯了我看。我说，这是你女儿？杏花说，是。我的心里又痛了一下，没有缘由的那种痛。当年我们玩过家家时，她用杏核当女儿，我用大豆当儿子，她摆一百个，我摆一百个，然后娶亲，然后生子，子子孙孙无穷尽也，直到院子里的"家"满得摆不下。不想岁月在不经意间真点豆成兵，转眼，她的女儿就在眼前了。

我说，还好吧？杏花说，还好，你呢？我说，马马虎虎。杏花说，听长生说，你都上了电视了。我说，那是闹着玩的。

杏花似乎一时找不到要说的话，就那么盯着我看。我也不知说什么好。

我当即后悔自己怎么没有把胡子剃一下，怎么没有把衣服换一下。为了让老家人容易接近，回来后，我就换上母亲做的棉袄布鞋，胡须也不修，黑茬茬的。但这一想法马上就过去了，因为站在我面前的杏花也比我洋气不到哪里去，都一个地道的农村妇女了。如果说和别人还有一点什么区别的话，就是眼神里还残留着那么一点点"文化"。

还是杏花先找到话，怎么，吃不饱还是穿不暖，这么瘦？当年的口气了。那时，我们家穷，真是吃不饱，穿不暖，上学时，杏花就常常把她的窝头给我吃。

我说，既吃不饱，又穿不暖。杏花说，那说一声啊，我给你借啊。我说，还真要向你借呢。

快进来啊。杏花突然回过神来，手往起扬了一下，像是要在我肩上拉一把，却在半路上停住了。

这一停，让我心里好一阵难过。当年她可不是这样的。冬天上学，我的脸冻僵了，她就把自己的一双手霍霍地搓热，贴在我的脸蛋上，给我暖。我就觉得全世界都在那一双手上了，伟大领袖毛主席都在那一双手上了，共产主义都在那一双手上了。现在，她的手明明到我的肩上了，却突然改变了主意。

为什么？是我的肩变了，还是她的手变了？

手也皴得不像个样子，到处都是孩子嘴一样的小口子。可以想象，这十几年的日子，就是在这一双手上展开的。给猪和食，给牛拌料，给孩子洗衣服，穿针引线，缝新补旧，春播夏收，哪一件不是这一双手！

一进院子，我的目光就脱兔似的搜寻起来。

哪是我们玩过家家的地方，哪是我们跳过房子的地方，哪是我们剥过玉米的地方……最后，在那个高房子上停下来。显然，那个高房子已经很久没有人住了。花格窗框里都结上蜘蛛网了。应该说，杏花看着它肯定要比我心痛得多。看看我面对高房子出神，杏花说，前些年她回来还把上面收拾一下，住几天，今年却没那个心劲了。再说，也漏雨了。

就有滴答滴答的雨一声声落在我的心里。

雨滴滴答答地在房顶上落着，我和杏花趴在热炕上写作业，身子挨着身子，脚丫碰着脚丫，多好啊。作业还没有写完，炕洞里的土豆却熟了。杏花跳下炕去，拿了长长的灰耙，猫着腰，七上八下，它们就一个个乖爽地躺在炕洞口了。她拿起一个，噗的一口，拿起一个，噗的一口，直吹得一脸的灰。一个个土豆在杏花撮成喇叭的双唇前显出本来面目——黄脆黄脆的，看着就让人流口水。杏花拣了最大的给我，说，吃吧。我说吃就吃吧。一口下去，没有散尽的热气扑出来，那个酥啊，胜过前苏联的面包。杏花吃土豆的样子可真是好看，真是要多好看有多好看。你看，她的嘴皮只是往土豆上一搭，并不咬，就有一块自动落在她的嘴里。一搭两搭，土豆的肉就没了，手里只剩下一个金碗一样的壳儿，举在我的鼻梁面前，说，我老汉牙不行，送给你娃娃吧。那时，我还真以为是她的牙不行，现在想来，她还是想让我多吃一点。吃完土豆，心思一时无法回到作业上，就趴在窗前看雨。整个村子躺在雨的怀里睡觉，缠绵的鼻息结成一层层雨雾。窗前的杏树同样在雨中做着最甜的梦，安恬而又幸福。还有生产队里的玉米，眼看就要熟了。雨把玉米的味道送过来，直往我们的鼻子里钻，往我们的骨头里渗。

现在，我还能看见，茫茫秋雨中，有那么一个高房子，高房子上有那么一个小木窗，小木窗里有那么一对小脑袋，拼在一起，四只黑眼珠上长长的睫毛眨呀眨的，看雨。

他们看到了什么？

他们懂雨吗？

他们的目光到底有多长？

是目光长还是岁月长？

是岁月长还是雨长？

……

下雪了，我们并排站在院里，比赛着伸出长长的舌头，屏着呼吸，耐着性子，等待着天上的雪花一片一片落下来，落下来。然后用心体会雪花留在舌头上的轻浅的脚步，体会着一种带着淡淡温热的冰凉的美好，一种无声无息心甘情愿的消失的美好。

啥味道？

好像是甜的。

不，是苦的。

那是你的舌头苦。

明明是雪花苦。

就是你的舌头苦。

谁说我的舌头苦？

我说。

你敢打赌？

当然。

如果输了呢?

输了就做你媳妇。

我就挺着肚子把舌头伸给杏花。杏花的舌头就在我的舌头上点了一下，又一下，然后正着神色，咂咂嘴，像是品茶。最后宣布：经本大人检查，不是苦的，不是甜的，而是咸的。

雪下大了。纷纷扬扬的雪花落在我们的头上，睫毛上，鼻子上，身上。关于舌头和雪的争论仍在继续。想想看，一对雪人儿，站在白茫茫的雪地里，热火朝天地争论雪。

这时，从大门外跑进来一个水灵灵的女孩，杏花说是她的大丫头。

这不是当年的杏花吗？我在心里说，杏花还在，逝去的只是日子。

就有些后悔没有把儿子带了来，让杏花看看。

杏花问，你几个？我说，一个班。她笑了笑，男孩女孩？我说男孩。杏花说，没有想着再生一个丫头？我说，丫头不是你给我们生下了么。杏花就笑，是当年我拉着她的衣角说杏花杏花你当我媳妇吧时的那种笑。

我掏出五十元钱给丫头，丫头却撒开腿跑了。杏花有些不高兴地说，不要这样。语气很重。我就觉得自己不小心做了一件错事。现在，城里人春节串门子，不就是这样做的吗？但是面对杏花，面对杏花的孩子，我却无缘无故地觉得，那五十元是脏的，见不得人的。我不记得自己是如何把那五十元钱重新装进兜里的。我的手很尴尬。

杏花意识到话说重了，忙换了口气说，就这样唱露天戏啊？进屋啊。说着用手揭起门帘。但我却觉得杏花的手上不是门帘，而是一片铿锵的锣鼓声。

村里的戏台上正在演已经演过十几遍的革命样板戏。下着雪，雪水渗进我们的脖颈里，单布鞋里，却无法浇灭我们的一腔革命热情。铁梅的红灯照过来，照过来，直照到杏花的脸上。把杏花冻得通红的小脸蛋照成一盘月亮，把穿着花棉袄的杏花照成一棵月亮树。

那盘月亮就挂在我当时直冻得打战的心上。

我的心里是多么甜啊，铁梅的红灯不左不右，偏偏照在杏花身上。那可是革命的光辉啊，就有无数金光闪闪的五角星鸽子一样在我心里啪啪啪地飞。

很冷，但我们没有谁希望戏快点演完。

但胜利的枪声还是不可抗拒地响起。

满腔的激动需要时间来消化。铁梅就月亮一样被我们带到回家的路上。路程走了一半，杏花才从刚才的幸福中喘过气来，对我说，你说共产主义一实现，我们的生活该有多幸福？我说，大概每个人都有一双新棉鞋吧？杏花显然对我的回答不满意，认为

我的革命觉悟不高，说，一双新棉鞋算个啥，是四个现代化，是
点灯不要油，耕地不要牛，找媳妇不用愁，天天坐着飞机天上
游。我就后悔得不行，本来这些我也知道，可是我怎么就说了
那么一句没有水平的话？现在想来，肯定是我快要冻坏的双脚让
我那样说的。到了杏花家门口，杏花像从前大多看完电影时一样
说，不回去了吧？这当然是我求之不得的。到杏花家里，我忍着
脚痛，无比夸张地添油加醋地给杏花父母讲铁梅的红灯是如何照
到杏花身上，直讲得杏花脸上红梅花儿开，朵朵放光彩。又是给
我端来热水，又是拿来饼子。直到两位老人的鼾声响起，我们还
在兴奋地谈论着，谈论着那个密电码，谈论着那个扳道工，谈论
着革命胜利之后的幸福美满生活。那时，我们是多么希望快点长
大啊，长大过无比幸福美好的生活啊。

到了屋里，地生娘却没有在。我问长生，你娘呢？长生一
笑，说去他舅家了。我说，你不是说你娘叫我给你姐写信吗？长
生就抿了嘴笑。杏花的脸上也多少有些不自然。长生忙着给我
倒茶，端油饼，还有我们从小就吃不够的"甜醅子"（用莜麦发
酵而成）。我就端了一碗吃起来。那时，我们家很少做得起甜醅
子，即使在过年的时候。杏花家做好了，就悄悄地来叫我。那个
甜啊。当时我想，怎么就没有生在杏花家呢？要是成为杏花家的
一口人就好了，要是让杏花做我的媳妇就好了，就可以想啥时吃
甜醅子就啥时吃了。

一天，我拉着杏花的衣襟说，杏花杏花你做我媳妇吧。

杏花红了脸说，那要看你的心肠好不好。我就把上衣扣子解开，把肚子挺给杏花，让杏花看。杏花像侦察员一样左瞧瞧，右看看，然后拿出钢笔，无比庄严地在我的肚皮上写道：

抓革命，促生产

备战备荒为人民

经革命委员会检查：合格

接着，我又在杏花的肚皮上写：

日落西山红霞飞

战士打靶把营归把营归

就在我快要写到肚脐眼那儿时，杏花说，好了，把我的肚皮当本子写啊。我说，吃亏了你也写嘛。说着，嗵地一下躺在炕上，双手把衣襟揭开，看着房顶，等待着杏花在上面抒写最新最美的画卷。

杏花拿起笔，却不知写什么好。自言自语地说，写个什么呢？

我说，你就写"跑步进入共产主义"吧。

杏花就写。可是她只写到"入"就把笔停下了。只见她的鼻子抽了抽。说，不对，差点上了阶级敌人的当，本大人要重新检查你的心肠问题。我虎地从炕上翻起来，盯着杏花问，为什么？杏花说，你闻，你的肚脐眼那儿有股馊味，像是什么东西坏了。听我爷爷说，每个人都是从那个地方开始变坏的，看来你也要变坏了。然后一脸的严肃。

我就把头弯到肚脐眼那儿闻，果然有股馊味。头上一下子冒出涔涔热汗来。

我腾地一下跳下炕，一口气跑到沟里的泉边，把肚脐眼儿洗了一百遍，直到闻不到馊味，再去让杏花闻。

差点没有把杏花笑死。

后来，杏花就不让我在她的肚皮上写字了。再后来，她又不让我和她同一个被窝写作业了。再后来，等我说杏花杏花你是我媳妇时，就要招打了。

杏花上完小学，她爹就不让她念书了，我的上学路上就少了一个伴儿。我上学早，加之身体单薄，常受外村孩子欺负。杏花就护着我。杏花一走，我的日子就不好过。父亲去给杏花爹做工作，却一直没有做通。为此，我把眼睛都哭肿了。父亲无奈，就让我住校。但杏花却没有就此死心，顽强地坚持自学初中课程，钉了几个大本子，一本一本地抄我的课本。我放学一回家，她就找我给她讲。为此，我每周放学后，都是跑着回家的。能够为杏花做点什么，我觉得很幸福。

谁想我们的两人课堂不久就夭折了。

杏花是我上初三那年的春天被人领走的。

等我从学校回来，杏花已经走了。

一个很远很远的地方。

母亲给我转来一支钢笔，说是杏花留下的。我问杏花还说什么来着。母亲说什么也没有说。

从此之后，我再没有见到杏花，也没有听到杏花的消息。倒是那支英雄牌钢笔，我一直没有舍得用，到现在还存着。

长生给我用茶罐炖了几杯茶，就借故出去了，屋子里只剩下我们两个。又不知说什么好了。我没话找话地问，日子过得还好吧？杏花说，还好，就是想家。我说，我也想，每天晚上做梦都在这个山沟沟里，都是我们在玩过家家，跳房子，唱革命样板戏。杏花说，我也同样，可是要回一趟家，实在是不容易啊，就是这次，也不知下了多少次决心。我说，说起来惭愧，我比你近得多，但回家的次数也比你多不到哪里去。总想找个空档，在老家，在父母身边多呆几天，可是每次回来屁股坐不热就起身了，像我们小时候被狼追赶着似的，总觉得手边有干不完的活儿。杏花说，你说得太对了，我们都被狼追赶着。不过，你总算忙出名堂来了。我说，还不是瞎忙。杏花说，听地生说你都出书了，带回来了吗，让我看看？我说，正好没带，到时给你寄吧。是的，怎么就没有想到给杏花寄本书呢？

我问孩子的学习怎么样？她说还行。我问她老公对她还好吧。她说还好，不打不骂就是好了。我说是啊，能遇上一个不打不骂的丈夫也真不容易呢。杏花的嘴角动了一下，像是要笑，却没有展开。

接着，杏花问我啥时走。我说，明天就要动身了。杏花说，这么紧张？我说，人在江湖，身不由己。杏花的目光就重了一下，又重了一下，像是要说什么，却打住了。我说，正好，我们一块走，在我那里住几天。杏花说，那还不给你把人丢尽。我说，看你说的。杏花说，弟妹长得肯定非常漂亮吧。我说，还可以。杏花说，一定很贤惠吧。我说，不是母老虎就是贤惠了。

还真想带杏花到城里住几天，在这方面，妻子还算通达。就真诚地邀请。杏花说，不了，马上要种地了，我得赶着回去。我说，看来，我们都放不下啊。杏花笑着说，如果能放下就好了。说着，起身从炕柜上拿下一个花布背包，犹疑了一下，放在我面前。说，这是我给你、你媳妇和儿子带的一点东西，不要嫌弃。我说，啥好东西？打开一看，是两包葡萄干，一枝雪莲，一条羊毛围巾，一个羊毛织花书包。我的心里突然一阵难过。那么我该给杏花送些什么呢，我总不能再给她送钱吧。

我拿起羊毛围巾，在脸上贴了贴，然后围在脖子里，身上不禁涌起一股暖流。

抬起头，正迎上杏花甘甜、满足而又潮湿的目光。心就变成一个舌头，一个童年伸向天空的舌头，任凭杏花目光的雪花，落下来，落下来。

门

如意揭开被子，看见鸡鸡正在向天瞄准，就在心里下达了射击令。就有一万发想象的炮弹射向空中。炮弹一一在天上开花，把那些苍蝇一样的敌人打得稀巴烂，打得落花流水。

水就真流了出来。

如意一个跟斗翻到地下，对准门转窝就是一阵扫射。

有风从门缝里吹进来，把如意的尿线吹成一个弧，也把如意的小身子吹成一个弧。如意没有等最后一滴尿水落地，就像猫一样钻进被窝。

哎呀呀那个冷，比张寡妇的尻蛋子还冷。

张寡妇何许人也，如意并不知道。如意是从父亲口里听到这句话的。父亲从外面回来，一边刺刺刺地搓着手，一边吸着气，一边跺着脚,一边说,哎呀呀这天,比张寡妇的尻蛋子还冷。母亲就笑。

你知道张寡妇的尻蛋子比天还冷?

父亲上炕,把脚伸进被子里,说,那当然。

有一股风随着父亲的脚钻进被子里来,舔如意的肚皮。如意伸手拉了一下被子,就碰到了父亲的脚。父亲的脚像冰一样凉。如意不由打了一个冷颤。

那么,啥地方热着呢?母亲问。

如意感觉到父亲的脚在笑。笑了一会儿,父亲说,那还用问。

母亲突然吸了一口冷气。如意觉得母亲的这口冷气吸得有点岔。如意陡地想看一眼母亲。就用头悄悄地把被子顶起一个缝。

母亲坐在窗前,就着窗台上的煤油灯给他的棉袄上扣子。棉袄当然是三面新的,面子是青缎子的,里子是大红洋布的,棉花也是当年下来的。看着母亲手中的棉袄,如意心里一阵热。父亲今年早早地就准备着给他扯新棉袄了。父亲说,我就这么一个老孙胎(最小的),可不能让他受罪。

棉袄是父亲交了土豆给他扯的。

父亲为了把那车土豆交到淀粉厂,光排队就排了三天。母亲说交不进去就算了。可是父亲不。父亲一定要让如意今年穿上新棉袄。

母亲的脸被棉袄里子映得红彤彤的。如意发现,母亲的脸上停着一种谷红色的笑,就像是谁把一把红谷子撒在上面。

如意的视线沿着红谷子下移，到了脖子那里被被角堵住了。如意又把被子顶起一些，就发现谷子一直红到母亲的脖子那里。如意继续往起顶着被子。突然，如意的心里跳了一下。母亲的当胸衣襟下面有个什么东西在动。

像是揣着一只兔子。

如意把另一只眼睛放出被窝，看见母亲正在穿针引线。

父亲说，我看这天，怕是不敢去了。

兔子突然静下来，那就别去。

我想再交一车子，给老二也扯一身新的。

兔子又动开了，那就去交，啥时动身？

如意猛然把头探出被子：母亲的衣襟下面竟然是父亲的手。

如意虎地翻起来，一把把父亲的手从母亲衣襟下搜出来，说，暖一会儿对了，炕这么热的，要暖在炕上暖。

父亲讪讪地袖着手说，热炕你占着呢。

如意挪了挪身子说，我让给你。

父亲就把那只手放在如意挪开的炕上暖，直暖到如意拉起鼾声来。

如意就喜欢撒完尿后带着一阵凉重新钻进被窝的那种感觉，就像是口渴了美美地喝一口凉水那么美。如意像是含着冰糖一样细细地品味着这种美。

如意的目光在房顶上停下来。如意首先看到的是檩子。檩子上有一副对联：

> 左青龙扶起玉柱
>
> 右白虎架起金梁

如意突然嗨地一下笑起来。明明是个木的，还说什么玉柱金梁。

那天，如意问父亲那两行字念啥。父亲就给他讲。

他说他咋看不见青龙和白虎？

父亲说，等你长大就看见了。

如意说，如果青龙和白虎睡着了咋办？

父亲说，睡着了就睡着了呗。

如意说，那房不就塌了？

父亲说，青龙睡着了还有青龙儿子么，白虎睡着了还有白虎儿子么。

如果青龙和白虎的儿子也睡着了呢？

还有孙子么。

那天如意忘了问父亲为什么叫玉柱金梁，明明是个木檩子，又怎么叫玉柱金梁。

如意的目光落到那些椽上。如意从房檐数到房背，又从房背数到房檐。一畦总共是三十六根。如意不知道这些椽是活的还是死的。如果是死的，这房怎么不塌？如果是活的，它怎么不发芽？如意再一次嗨地一声笑起来。如意在想，如果这些橼都发起芽来，那才有意思呢。你想想，一房的柳条、榆条，最好还有杏条。一到夏天，他就可以躲在炕上吃榆钱，吃杏子。只要一张口，杏子就会自动掉到他的嘴里。这样想时，如意的嘴里就来了酸水，小肚子那里就汩汩地响起来。

如意用被角擦去嘴角的涎水。想起杏花。杏花该是醒了吧。他急于想把这个新发现告诉杏花，却动员不了自己的身子。他抬头看了看窗外，太阳才从院墙角上照过来，寒森森的。如意重新躺下。如意想，杏花怎么就不睡到他们家来呢？还有杏花娘，大家睡到一起该是多好啊。爹中间，娘左边，杏花娘右边，他下炕，杏花也下炕。杏花爹呢？杏花爹虽然现在不在家，可是他总有个回来的时候，如果他回来了呢？那就睡到爹旁边。爹不是说男人要和男人睡到一起，女人要和女人睡到一起。

可是，爹怎么和娘睡到一起？

如意突然发现爹在骗人。

爹，你怎么骗人，你不是说男人要和男人睡到一起，女人要和女人睡到一起。可是，你怎么和娘睡到一起？看爹怎么回答。

如意同样想把这个想法尽快告诉杏花。可是如意依然发动不了自己的身子。如意的目光就穿过前墙，又穿过院墙，到了杏花身边。嗨嗨，看那个傻样，还在黑城子（睡觉）呢。如意拿了一根鸡毛在杏花鼻孔里搔，可是杏花睡得实在太死。如意就索性一把揭掉杏花身上的被子。嗨嗨，看那熊样，纯粹是一个五八年生的，比本将军差远了。如意突然想伸手摸一下杏花，如意的手就出去了。

谁想摸到的却是前墙。

如意简直恨死这前墙了。如果没有它，就没有房，没有房，他就可以想啥时摸到杏花就啥时摸到杏花。

可是，如果没有这前墙，这"玉柱"和"金梁"往哪里放？"玉柱"和"金梁"没地方放，这椽就没地方放，椽没地方放，房顶就没地方放，没有房顶，下雨的时候怎么办？刮风的时候怎么办？

要是有土行孙那套本领就好了。刷地一下穿墙而过，刷地一下又回来。

来回飞的是如意的一双手。如意的眼前就出现了无数彩条。

如意的手就停了下来。如意突然发现他的手指是红色的，差点是透明的。如意奇怪，这手怎么就突然间变成红色的呢？

如意突然渴望身边有个人，好让他把这又一个新发现告诉他。可是如意的身边没人。如意的眼前只有阳光。有了阳光也好，有了阳光就不那么冷了。如意把一双手变着花样在阳光里玩了一会儿。终觉无趣。

如意突然有点孤独，如意想和人说话。如意一骨碌从炕上翻起来，几下穿上衣服。

又嗨地一声笑了。这不是新棉袄吗，让杏花看我的新棉袄啊。

如意向杏花家飞去。

如意敲杏花家的门。

杏花跑了过来。杏花从门缝里递出钥匙，如意把钥匙拿在手里，却够不着锁子。

如意搬了土块过来，站在上面，还是够不着。

如意根不能一下子长高，长得比门还高。

如意就把钥匙还给杏花。

杏花说，那该咋办呢？

如意说，你在门缝里看一下我。

杏花就在门缝里看了一下如意。杏花啊地叫了一声，你穿新棉袄了？！

如意说，那当然。你娘给你缝新棉袄了吗？

杏花说，还没有，不过也快了。

你得让你娘快点，我爹说，这天比张寡妇的尻蛋子还冷。

张寡妇的尻蛋子有多冷呢？

我爹说张寡妇的尻蛋子能把小伙子冻死呢。

是吗，反正我们不是小伙子。

对，我们不是小伙子，她就冻不着咱。

穿上新棉袄啥感觉？

就像穿上新棉袄一样。

等于没说么。

我们玩个啥吧。

隔着一道门能玩啥呢?

如意想了想说,我们猜谜吧。

杏花问怎么猜?

如意说,我在外面门上画画,你猜我画的啥。

如意几下子画好了一个奶头,然后问杏花画的啥。

杏花说,太阳。

如意说不是天上的。

杏花说,土豆。

如意说不是地上的。

杏花说,特务。

如意说不是书上的。

那么你说是啥?

如意启发杏花说,你爹平时爱用啥暖手?

杏花说,羊毛手套。

那是在外面,家里呢?

炉子。

那不是暖,是烤,我说的是暖。

炕。

除过炕呢?

除过炕还有啥呢?

你真笨,你咋就这么笨呢?

杏花说，你骂人我还不猜了，说着做出转身往回走的样子。

如意忙说，来来来，我告诉你。

杏问说，快说。

如意说，是你娘的奶。

杏花生气地说，是你娘的奶。

如意说，不对，你爹的手冻了，怎么能在我娘的奶上暖呢？

杏花想了想，觉得如意说得有道理。说，现在轮到我画你猜了。

杏花还是画了一个奶，让如意猜。

如意说是大炮。

杏花说不对。

坦克。

不对。

手枪。

不对。

那么你说是啥？

你咋这么笨啊，你爹平常最爱吃啥呢？

烧土豆。

除过烧土豆呢？

还有荞面搅团。

除过荞面搅团呢？

还有豆面糁饭。

除过豆面糁饭呢?

还有粘蛋。

还差一点点。

你就直说吧。

不是粘蛋,是你娘的奶蛋。

奶蛋?我爹最爱吃我娘的奶蛋?你咋知道的?

你不知道?

如意正要追问杏花到底怎么知道的,天上飞过一个飞机。

如意看了飞机,就把猜谜的事给忘了。

飞机飞过,在天上留下一道烟。如意问杏花,你说这是苏联的飞机,还是美帝的飞机?

杏花说,不是苏联的,也不是美帝的,是咱们西吉的。

你还日能,你咋知道是咱们西吉的?

你不看它尿(放)了那么长的一个屁,如果不是天天吃土豆,怎么能有那么长的一个屁?

差点没有把如意笑死。如意笑得栽跟打斗的。

如意好不容易稳住自己。然后从门缝里往进看杏花。如意发现杏花也笑着,可是杏花的笑上带着一层霜。

如意突然觉得身上有点冷。如意同时发现自己的牙在打颤。看来再新的棉袄也有冻透的时候。

杏花说,如意你冷吗?

如意说，冷。

杏花说，我们家的炕可热了。

如意说，可是进不去啊，你说你娘讨厌不讨厌，把个门锁住干啥嘛。

杏花说，不说你没有本事，还怨人家。

如意说，我爹说再有十年我就长得像枪杆那么高了。那时，就是你娘锁上一百个锁子，我也能开开。

杏花笑着说哪里能等到十年。

如意问为啥等不到十年。

杏花说再有七八年我早过门了。

过啥门？

我爹说，再有七八年，我就要过门，给别人家当媳妇子。

给别人家当媳妇子？

是。

当媳妇子干啥呢？

我咋知道干啥呢。

我知道了，是去别人家给你儿子缝棉袄。

那我可不会。

让我娘教你嘛。

你娘教我吗？

那当然。如意的牙颤得连话都说不清楚了。

如意你很冷吗？听得出杏花的牙也在打颤。

是。

那你回去啊。

可是我不想回去。

那怎么办呢？

如意突然不说话。

过了一会儿，如意说，杏花你知道我现在想干啥吗？

杏花问，想干啥？

我想在你的奶上暖一下手。

最上面的那只梨

　　满屯和满年是在那年秋天的一个傍晚看到那个酸梨子的。酸梨子树在老院的墙根下。满屯和满年不知道那地方为什么叫老院，也不知道那棵酸梨子树是什么人栽下的。他们差不多每天都在那里开展战争。那个傍晚，满屯和满年玩累了，躺在一个石碾盘上休息。太阳从酸梨子树上照过来，非常非常的美。满屯和满年沉浸在那种美中。突然，满年跳起来，猫腰指着酸梨子树说，那里有一个酸梨子。满屯同样猫着腰，顺了满年的手指去看，果然看到了一个酸梨子。那个酸梨子在那棵老高老高的酸梨子树的最顶上。他们没有想到那棵酸梨子树还结酸梨子。

　　满屯看了看，翻起身，虎地一下爬到树上去，像一个爬鼠，唰唰唰不几下就到了半腰处。可是到了半腰处，满屯向下看了一下。这下完了，满屯的腿颤起来，像筛糠一样。满屯倏地一下溜下来，一个仰八叉。满年拍着手在树下跳，边跳边说，噢，钻头出来了，噢，钻头出来了。满屯一看，钻头果然在外面，并且擦破了皮。娘的烧火棍就在满屯眼前晃。满屯把祸闯下了。娘攒了三年头发，仍然没有给他攒够一条裤子，那次货郎子来时，娘就把她的头发齐耳剪下来，才给他换了这么一条裤子，他穿在身上，总觉得像是穿着娘的头。现在，他把娘的头弄破了，满屯好像能够看见弄破了的娘的头里面冒出了森森热气来。

满屯的气就上来了，他虎地翻起来，继续爬树，一下子爬到顶着那个梨的枝上。满屯稳了身子够梨，够得很艰难。满年看见满屯的脖子像娘手里的面团一样往长里伸，比平时至少伸长了两三倍。满年的脖子跟着满屯往上伸。满年看见满屯的手指快要够着那个酸梨子了。满年的心里就有一百只兔子跑过。

那枝就被兔子压得闪起来。

树枝一闪，又一闪。满年看见，满屯够酸梨子的手胶皮一样缩回来，死死地抱了树枝。可是那枝却依然闪个不停。满年急得手心都抓出汗来。满年说，如果你万一要掉下来，就先把气门关住。满年就看见满屯吸了长长的一口气，像是要把整个村子都吸到肚里去。满年接着看见，整个满屯像吹胀的猪尿泡似的鼓起来。

那枝越发闪得厉害。

满年想说满屯你还可以退啊，你就不能往回退吗？可是满屯已经飞起来。

飞啊飞。满年看见满屯把傍晚的阳光搞得一团糟，就像是雨后他们向蓄满水的涝坝里扔了一块大石头。

满屯没有来得及感觉这种飞的美好，就听到咣的一声响。他睁开眼睛一看，满年在他眼前跳舞，身上全是光圈。接着，他听到满年说，你的嘴里怎么流红颜色。满屯伸手一摸，手心里是一颗血红的牙。满屯就哭。这是他最好看的一个前门牙啊。满年说，赶快安上。满屯这才想到怎么不能重新安上呢。就安。安上之后，满屯的头就不敢勾，直挺挺的。满年说，你没有关气门？满屯含糊不清地说，关了，可是不顶用。满年说，环环不是说，如果关好气门，从一万丈深的崖上跳下去都没事么。满屯说，环环狗日的肯定哄我们呢。说着，抬头看那个酸梨子。这一看，气就把肺冲炸了。就脱了裤子，唰地跳到树上，继续爬。满屯爬得无比凶狠，像是要把整棵树都吞到肚里去。太阳在满屯的光屁股上一闪一闪，满年觉得美极了。满屯带着一闪一闪的太阳向上攀升。

满屯就要爬到酸梨子跟前了，谁想满年却忍不住笑起来。这一笑，就坏了事。满屯再次在空中飞。

这次满屯的眼前不再是跳舞的满年，而是满天闪烁的繁星。满屯觉得十分美妙。

满年见满屯好长时间趴在地上不起来。就说，满屯你怕是要死了。经满年这么一说，满屯的心里突然害怕起来，心想他怕真的要死了。娘说队里马上就要分玉米了，他还没有吃呢，就这样死了，多遗憾啊。这种遗憾让他忘了自己的死正是满年造成的。在死的前一刻，满屯别无他求，满屯的心里只有一个玉米。满屯给满年说，你快去给哥掰一个玉米来。满年问掰玉米干啥。他说，你总得让哥吃一个玉米再死吧。

满年想想也对，就飞也似的往生产队的玉米地里跑。满年忍着疼痛，越过了王大爷的铁丝网，一下子掰了几个玉米往回跑。满年没有想到他今天会跑得这么快，简直比苏联的火车还要快。就在满年体会这种速度感时，头上突然嗡地响了一下，满年看见怀里的几个玉米在眼前像松鼠一样一跳一跳。接着，满年就什么都不知道了。

满屯等不见满年，就断定满年被王大爷截获了。满屯决定去营救。满屯想不到自己竟然能够站起来。这个平时谁也不在乎的动作此刻却让满屯高兴得直哭。满屯哭了一会儿，又想起满年还在敌人的手里。就化悲痛为力量，擦了眼泪向敌人挺进。

向前进，向前进，战士的责任重，妇女的冤仇深……

满年果然躺在离玉米地不远的一块糜地里。满年中了王大爷的"流弹"。满屯叫了几声满年，满年没有答应。满屯急得哭起来。满屯想，满年是为了他而死的，这个仇非报不可。他的脑海里出现了许多报仇的方案。他又叫了几声满年，满年还是没有答应。满屯就把满年的头搬正，掰开嘴，掏出钻头往里撒尿。

满年果然就活过来了。

满年蓦地翻起来，朝满屯的干腿梁骨踢了一脚。满屯被满年踢懵了。就在他站着发懵时，满年又来了一脚。满年的这一脚比较重，踢得满屯想哭。可是满屯没有哭。满屯想，只要你活着，你就再踢一脚吧。可是满年的脚再没有来。

来的是泪。满年一哭，嘴里的尿水就沿着嘴角流出来。满屯这才记起自己的一泡尿还没有尿完。就背过身去，继续尿。可是无论如何却尿不出来。满屯想，满年踢的是他的腿，又不是钻头，这水门怎么就失灵了呢？满屯心里有些急，回头问满年。不想满年还在生气。满年的一张小嘴像一把老镰刀似的瘪着，以致眼泪流到鼻翼处不得不向两边改道。满屯笑了一下，突然有了尿意。谁想就在这时，满年突然"倒地身亡"。满屯顾不得收起钻头，上前抢救。不想迎接他的却是一声断喝：走开！满屯没有走开。满屯盯了满年看。满屯说，满年你可千万不能自绝于人民，支书不是说共产主义马上就要实现了吗？不是说马上就要点灯不要油，耕地不要牛吗？不是说一到十八岁就可以上大队部凭票领媳妇了吗？想领多少就领多少，想领多漂亮的就领多漂亮的吗……走开！不想满年翻起来，又朝满屯的干腿梁一脚。这次满屯的气就上来了。满年看见满屯挺着钻头，紧握拳头，向他逼来，忙说，那会儿我正梦着吃玉米呢，谁让你把我灌醒？满屯没有想到是这样，就很后悔，就让满年躺下继续梦。满年再次躺在地上，梦啊梦，可是怎么也梦不见，反而觉得头痛得厉害。我的头怎么这么痛？满屯说你肯定中了敌人的"流弹"了。满年说，是吗？

是你娘的个蛋。满屯的屁股上挨了一脚。回头，原来是王大爷站在身后。这次满屯没有跑，反而表现出十分勇敢的样子和王大爷练目功。满屯的目光铁骨铮铮，风雪飘飘，就像狼牙山五壮士。王大爷被看得怕起来，说，这次就饶过你们，如果下次再让我逮住，那就别怪大爷不客气。说着，转身离去。满屯捡了一个瓦片向王大爷瞄了一会儿，终究没有扔出去。满屯不知自己为什么没有扔出去。

满屯问满年还痛吗。满年没有回答他，而是问，我的头是不是破了？满屯凑上前抓住满年的头，拨开头发看。满屯在满年的头发里找到了一撮土。满屯用手往下一抠，满年就疼得叫起来。满屯想，说不定把这撮土一拿掉血就会出来，就再没有动它。满屯让满年起来。满年起来，却是步履蹒跚，就像刚学会走路的样子。满屯忙上前扶住，满年就索性靠在满屯的怀里。满屯就扶着满年，无限深情地往家里走去。

可是到了那棵酸梨子树下面，他们的头都不约而同地仰起来。一切都是因为这个酸梨子。满屯想。老子如果不把你弄下来，就誓不为人。满屯在想办法。满年说，我们得找个长东西。满屯被满年的话提醒，满年看见满屯的眼珠子转了转。果然，满屯有了主意，你等着，我给咱们弄个家伙去。满年说，我也去。满屯问，你的头不痛了？满年说，不痛了。

二人就去弄家伙。

满屯把满年领到自家后院，满年就知道满屯要干什么。满屯选中的目标是一棵新疆杨，据说那是队里从一个叫新疆的地方买来的，一家分了一棵，队长说用它盖上房一百年都不得折。满屯想了想队长说的话，就不忍心对它下手。可是如果不对它下手那个酸梨子就下不来。满年问满屯在想什么。满屯说，队长说用它盖上房一百年都不得折。满年说，谁能等到一百年啊。满屯说，可是咱们那房也快塌了。满年说，没关系，我们打完酸梨子还可以再栽上么。满年就看见满屯的眼睛里射出一道光彩。满屯在满年的肩膀上拍了一把，说，你比"侦察员"还聪明。满年自豪地笑了笑，觉得很开心。满屯就猫了身子往出拔。满年也搭上了手。可那新疆杨却岿然不动。满屯脱掉上衣，一边呸呸地往手心吐唾沫，一边说，石油工人一声吼。满年接上说，地球也要抖八抖。说着，满年也把上衣脱了，弟兄二人光着身子，左拧拧，右努努，不想新疆杨还是岿然不动。满年说，得弄个铲子。满屯说，对，得弄个铲子。满屯就到家里拿铲子。

新疆杨最终被弄了出来。

满屯和满年顾不得擦一下淋漓的汗水，掮着新疆杨向酸梨子出发。斗志昂扬，步伐豪迈。

满年说，这下子敌人非投降不可。满屯说，人民军队是不可战胜的。就齐声唱：

大刀向鬼子们的头上砍去

全国武装的弟兄们

抗战的一天来到了

……

满屯爬到树上，满年把新疆杨接上去，可是满屯怎么也没有想到，他在树上无法把那根新疆杨成功地举起来。满屯折腾了半天，丝毫没有进展。就在他再一次调整身体时，新疆杨从他手里滑走，满屯下意识地用脚一挤，把新疆杨的头挤在树杈里。谁想就坏事了。只见被队长吹得神乎其神的新疆杨的下身在满屯脚下一个挣扎，就噌的一声折了。满屯一下子软得像面条一样。满年看见满屯像一滴清鼻涕一样从树上溜下来。满屯拿起新疆杨，把断茬按在一起，试图接上。可是新疆杨不听他的话，他的手一松，新疆杨的口就照旧裂开来。满屯往地上尿了泡尿，和了些泥，抹在断茬上，然后和满年一人执了一头用劲搋，直搋得头上热气腾腾。可是才一放开手，那口还是跟着张开来。满屯和满年反复接了几次，终于没有接到一起。满屯就哇的一声哭起来。满年跟上哭。哭声让他们回想起半天来的种种遭遇，弟兄二人不禁大放悲声。突然，满屯止了哭声，说，我们这样会暴露了目标。

娘回到家里，发现新疆杨不见了，就把满屯和满年叫到跟前问。满屯和满年说他们不知道。娘说，真的不知道？满屯和满年说，真的不知道。娘问，那么你们说是谁弄的？满年说，是王大爷。满屯立即附和说，对，是王大爷。娘吃惊地说，怎么是他，你们看见了？满年和满屯说，我们看见了。娘就去找王大爷。

满屯就看着满年吐舌头。满年嘬起嘴，把鼻子顶到下眼皮上，正在从眉头往出挤主意。

果然，就在娘走出大门时，满年妈哟叫了一声。娘回过头来，满年已经在地上打滚。娘忙问满年怎么了。满年什么也不说，只是抱着肚子妈哟妈哟地叫。娘就忙去叫保健员。看见娘一出去，满年给满屯说，赶快把那两截新疆杨扔到王大爷院背后去。满屯心领神会，立即去办。等娘回来，他们连怎么对付保健员都商量好了。满屯无比欣赏地对满年说，你已不是一个普通的战士，而是一个无产阶级先锋战士了。满年刷地立正，给满屯敬了一个军礼。

娘叫来了保健员。保健员检查了好一会儿，也没有检查出什么病。倒是在满年的头上发现了一个肿块。保健员问是不是摔了一下。满年说，没有啊。保健员说，肯定是摔了，你看头顶还有土呢。满屯说，是中了王大爷的"流弹"，我们两个在场里跳房子，突然满年就倒下了。我一看，正是王大爷的"流弹"。

满屯看见娘脸上的仇恨像汗水一样流下来。

保健员给满年留了些药走了。娘就去找王大爷，不想中途被爹堵了回来。满屯和满年就觉得爹堵得既英明又不英明。至于为什么英明又不英明，他们也说不清楚，总之，他们觉得有点遗憾。

娘上厨房做饭，让满屯去后院背柴，满屯叫了满年，可是到了柴垛下满屯就一屁股坐在地上起不来。哎呀，我老汉是乏得连凉水都咬不动了。满年同样一屁股坐到地上，说，我老汉也是乏得连凉水都咬不动了。娘等也不见等也不见，就到后院去看，原来他们靠在柴垛上睡着了。

吃完晚饭，满屯和满年又开始为那个酸梨子费神。满年说，如果有个向日葵秆子就好了。满屯心里一亮，说，是啊，可是葵园的墙太高了，过不去啊。二人经过密谋，得出了一个可行的计划。

那晚的月亮就像是从《渡江侦察记》里照过来的，就像是敌人的一个探照灯，满屯和满年好像能够听见它在什么地方咳嗽。满屯和满年用蒿草编了两顶防空帽戴在头上，然后猫着腰沿着地埂向葵园匍匐前进。满屯的怀里揣的是爹的套牛鞭子，只不过进行了改装，即在鞭梢上又接了一截细麻绳。

不一会儿，满屯和满年就站在果园的墙上。只见满屯掏出鞭子，抡了几圈，然后向向日葵秆放去。那鞭梢就缠住了一个向日葵秆。接着，满屯把绳子一收，向日葵秆就随着鞭梢飞出墙外。

满屯跳下墙，抱着满年亲了一下，然后拿着向日葵秆迅速逃离。

谁想又中了敌人的埋伏。敌人在葵园外埋了"地雷"。满屯被"地雷"炸得臭不可闻。满屯在那里抱着腿呻吟，满年却在研究敌人的"地雷"是怎么设计的。满年发现，敌人挖了一个大坑，把屎埋在里边，然后在上面搭了树枝，铺上草，再敷上土。满年为自己的发现高兴得不得了。他想这下子可以报那一弹之仇了。

就在满年给满屯报告他的计划时，看园的兔生站在了他们面前。兔生比王大爷温柔些，没有揍他们，而是让他们吃羊粪蛋。起初，他们怎么也吃不下去。后来，满屯问如果吃了羊粪蛋可以把这个向日葵秆给他们吗？兔生说可以。满屯就吃。满屯觉得羊粪蛋像梨一样香甜。

满屯和满年总算得到了一根向日葵秆。他们拿了秆子向酸梨子树飞奔而去。

向前进，向前进，战士的责任重，妇女的冤仇深……

满屯和满年高唱"进行曲"，飞速接近目标。跑了一会儿，满屯就把满年扔到后面。满年看见，满屯像一股烟一样在落满了月光的路上飘。满年喊了几声满屯，他都没有听见。满年又喊了几声满屯，他还是没有听见。满年的眼泪就出来了，眼泪模糊了满年的视线。满年觉得自己就要爆炸了。

就在满年感到自己将要爆炸的那一刻，突然发现满屯站在他面前。满屯什么话也没有说，一把抓了满年的手，继续飞奔。被满屯拉着的满年像个拖挂一样身不由己地在后面掠着。他的两条腿已经不属于自己，而是满屯的两个后轮胎。满年看见满屯的头顶有无数的敌机在呼啸，听见满屯的胸膛里先是鸡鸣狗吠，继而一片杀猪宰羊声。满年着急地说，满……满屯，你慢……慢点好么，你就没有觉……觉出来？你的腔子里，已经乱……乱套了。

满屯对满年的话没有丝毫反应。满年想满屯的耳朵肯定也乱套了。接着，满年觉得自己也乱套了。

快到目的地时，满年感到满屯抓着他的手开始泄气。果然，满屯慢慢停了下来。满屯放开满年，蹲在地上，大口大口地喘气。满年被满屯放开后，就像一件衣服一样落到地上。落在地上的满年看见满屯在说话，可是他却什么也听不见。满年上气不接下气地问，满屯，你在说话吗？满屯同样看见满年像在说话，可是什么也听不见。满年，你在说话吗？满屯问。突然，满屯哇哇哇地吐起来。

满年忙在满屯的背子上拍。拍了一会儿，满屯终于止住了吐。满年看见，满屯连眼泪都吐出来了。满屯停了吐，把嘴张成一个夏天的大蛤蟆，一个一个地往出扇字，你说，我们该怎么分，那个酸梨子？

满年想了想，说，你说，是往下打重要呢，还是发现重要呢？

满屯笑了笑说，你说呢？

满年说，你说吧。

满屯说，打下来后，你先别动，咱们回家，用刃子，切成四份，让爹和娘，也尝尝。

满年无比佩服地点点头，觉得还是满屯想得周到。

说着，满屯拉了满年，继续向目标挺进。

谁想到了树下，满屯却迟迟不肯动手。满年看满屯，满屯的目光搭在梨上，眼睛却是空的。再看，还是空的。满年不知满屯怎么了。满年想问满屯怎么还不动手，话到嘴边，却打住了。满屯的神情中有一种他从未见过的东西，难以琢磨的东西，汪在月光里，有点冰凉，又有些炙人。

这时，满屯开口说话了。满屯问，满年你能不能忍住？

满年没有想到满屯会问这个问题，强咽着口水说，你呢？

满屯说，如果能忍住，就明天吧。

满年被满屯的话震了一下。满年当然不能显得没水平，就以一种加强了的领袖的口气说，那就明天吧。

清晨

六月的眼睛比人醒得早。六月醒来，发现自己的目光已经在花瓶上，可是花瓶里什么都没有。睁大眼睛看了一会儿，就看到一种声音，刷啊刷啊的，水滟一样。再听，发现它是从窗外进来的。趴在窗口一看，原来是娘在扫院。六月就笑了。我这个老娘真是奇怪，这么冷的天，放着热炕不睡，偏要早早地起来干这些没用的事，又不是炕，扫那么净干啥，而且每早要扫一遍，即使农忙时节，也要扫完院才上地。再说，院里啥脏东西都没有，还要扫，真是劲多，真是闲得没事干，而且，恰恰没扫的半面比扫了的半面看上去干净，扫过的半面，倒留下一道道扫帚印儿。不过六月觉得，那些扫帚印儿非常好看，花纹一样，也许，它们就是院子开出的花。但是，它明明是娘扫出来的呢。就在这时，六月发现了一个问题，娘的手所到之处，就有花出现。这一发现让六月吃惊不小。六月开始认真地打量娘的手，可是凭他怎么看，都看不出花的消息，娘的手里，只有一把竹子扫帚。

娘扫完院，进屋来，把手伸进被窝暖了一阵，又开始下一个节目：打扫屋子。好多个清晨，六月睁开眼睛，娘不是扫地就是擦柜子，抹桌子，还要把桌子上所有的东西揩一遍，那两对花瓶当然是娘的重点节目。姐说，娘天天早上都如此，更多的时候，他们还在梦中，娘已经把这些活都干完了。娘难道就不烦吗？现在，娘又在擦桌子上的那两对梨木花瓶。阳光从地窗上照进来，落在娘身上，桌面上，让人觉得娘和桌子都在一个阳光做的美梦里。花瓶在娘手里转着，抹布从上面揩过，那种贴切、亲昵的样子，就像那花瓶不是花瓶，而是娘的一个乖孙子。

娘你为啥每天要擦它们呢？

娘怔了一下，有点吃惊地看了六月一眼，说，小懒虫睡醒了？

你为啥每天要擦它们呢？

你说娘为啥每天要擦它们呢？

我在问你呢。

因为上面有灰尘。

有灰尘有啥关系，再说，过一会儿不就又有了吗？

娘又看了一眼六月，说，是啊，灰尘是擦不尽的，但现在擦着娘心里舒坦。

为啥擦着你心里就舒坦呢？

娘想了想，说，大概是人喜欢个净。

为啥人就喜欢个净呢？

这娘倒没想过，你说人为啥就喜欢个净呢？

大概是因为人不喜欢脏。

娘笑了一下，等于没有回答，小鬼精。

我爹呢？

压粪去了。

为啥要压粪呢？

种庄稼啊。

为啥种庄稼就要压粪呢？

因为没粪庄稼就不长啊。

那说明庄稼喜欢脏，对吗？

娘像是被六月的话吓着了似的，停下手里的活，看着六月，说，你的个小脑瓜该不是科学家造的吧，怎么尽想些科学家才想的事呢？

我就是一个科学家，你说，庄稼为啥就喜欢脏呢？

我也不知道，你去问庄稼吧。

其实这是前天早晨的事情。六月昨天起迟了。屋子里特别的静，也特别的空，阳光像一块白布从门缝里斜拉进来，把屋子隔成两面，一面阴，一面阳。有一个花瓶在阴里，有一个在阳里，还有两个在半阴半阳里，左边的阴多，右边的阳多。六月把眼睛眯成一条缝，用目光量着阴阳在花瓶上的比例，量着量着，一个花瓶里就探出一个小脑袋，接着第二个，接着第三个，接着第四个，样子像极了爹给他教的那个"心"字，然后啪地一下齐刷刷地绽开。啊，那样子好熟悉，好像在哪里见过的，但又说不上名字，显然不是狗尾巴，也不是杜鹃花，也不是杏花，更不是桃花，总之，他去过的山上和沟里都是没有的。

六月一跃从炕上跳起来，下地，花却不见了。这是怎么回事呢？六月复又回到炕上，钻到被窝里。花又回到花瓶里。真是怪事，这次本大人要来个突然袭击，直接跳到地上去，但就在自己打算跳的那一刻，花已经不见了。六月终于认定，花的动作要比他快得多。只好老老实实地躺在被窝里看着它。看着看着，六月就发现，每个花心里是有一个小人儿的，样子和他像极了，只不过是把自己缩小了一百倍。六月急于想把这个发现告诉爹和娘，但又舍不得离开这些小人儿。过了会儿，六月问，你们是从哪里来的？小人儿说，我们是从"净"那里来的。六月说，是吗，"净"是一个啥地方？小人儿说，"净"是一个没有灰尘的地方。六月问，你们叫啥名字？小人儿说，你咋这么话多呢？说着，倏地一下就没了。六月就后悔自己不该话多。说，你们出来吧，我再不问了。但它们再也没有出来。六月就第一次体会到了什么叫怅然若失，也第一次对"话"这种东西有了看法。

几下穿上衣服，跑到后院。爹和娘在给牛铡草。六月就把刚看到花瓶里开出花来的事给他们说了。爹说肯定是你看花了眼，花瓶里怎么能够平白无故地开出花来呢。六月说，跟你们这些人没说的，那我现在咋不看花眼呢，难道我眼前的你们不是你们吗，难道我眼前的麦草不是麦草吗？爹说，那你给爹折一朵来啊，折一朵来爹就说你没有看花眼。六月说，别说折，我一下地人家就藏起来了，我一说话人家就回去了呢。

娘就看爹。六月从娘的目光中看到了一个从怀疑到相信的过程。娘说，你的意思是说，那花只让人看，却不能动手，而且只能安静地看，不能烦人家是吗？六月说，正是的。娘说，那说明我儿子心是花做的，你奶奶说，所有看到的，都是你心里的。六月说，可是我现在看到的是麦草，难道我心里就是麦草吗？娘就笑了。

今天早上，六月醒来，爹和娘都在。爹坐在火炉边读经，娘在做针线。六月问爹今天咋没有上山去压粪呢。爹说，今天老天爷替爹压着呢。六月说，你还面子大，老天爷都替你压粪呢。爹说，怎么，你觉得爹连这么一点面子都没有？六月说，我说牛在天上飞，原来爹在地上吹。爹就笑了。六月又问娘今天咋不去扫院呢。娘说，今天老天爷替娘扫着呢。六月说，是吗，说着起身向窗外一看，原来天在下雪，云层里果然有一个白胡子老汉，头戴白来身穿白，浑身上下一片白，长胡子白得满天飞。六月向白胡子老天爷做了一个鬼脸，下炕，出门，站在房檻上向外撒尿，尿水落在雪上，刺喇喇响，有种特别的爽。

回到炕上，弓身顶了被子，凑在爹身边，仰头看爹手中的书名，又是那本《五灯会元》，六月想不通，一本老掉牙的《五灯会元》，爹都看了无数遍了，为什么还要看。

爹你为啥要老看《五灯会元》呢？

因为它能擦人心上的灰尘呢。

六月扑哧一声笑了，它又不是抹布，怎么能擦人心上的灰尘呢？

它是世上最好的抹布。

明明是一本书，怎么是最好的抹布呢？如果是最好的抹布，我娘为啥每天早上不用它抹桌子呢？

爹笑着说，它是人心的抹布。

那你在你心上抹一下，我看看？

爹正在抹着呢。

我咋看不见？

因为你还没有"一目了然"。

啥叫"一目了然"呢？

字面意思是一眼就看得清清楚楚；目，眼睛也；了然，清楚也。

我两只眼睛看，还不如"一目了然"？

对，两只眼睛就是不如"一目了然"，只有"一目"才能"了然"，就像只有"无聊"才能"透顶"，就像只有"无中"才能"生有"，就像只有"忍辱"才能"负重"，就像只有"安贫"才能"乐道"，就像只有"心花"才能"怒放"，所以你长大要好好读经。

我才不读呢，地生爹说天下读书人最穷了，要不怎么说穷书生。

差矣！此言差矣！孔子曰，无道为贫，失道为困，天下最穷的人是那些不明道理的人。

啥叫道理？

爹像是没有听到他的话，继续摇头晃脑：

我有明珠一颗

久被尘劳关锁

今朝尘尽光生

照破山河万朵

何言穷也。

爹一背诗，六月又觉得爹是世界上最富有的人。

六月回到窗边，披了被子看雪。看着看着，就觉得那雪不是雪，而是一大群人在赶路，大概是赶着回家过年吧。再看，又觉得雪就是雪。这么好的雪，姐却看不到，可惜了。我姐啥时回来？娘说，快了。六月问，快了有多快？娘笑笑说，就像刀子那么快。六月说，那你还不如说就像刀快。娘说，想你姐了？六月的心里一软，他真有些想姐了，姐出门已经一个月了。当这个"想"经过心里时，六月蓦然发现，这从天而降的鹅毛大雪，就是那个"想"。

小心把脖子冻掉了，娘说。六月就觉得脖子真要掉了，就又躺回被窝里。一会看看爹，一会看看娘，有意思，一个在读经，一个在做针线。等我将来娶了媳妇，也让她像娘这样做针线，我呢，也像爹一样坐在火炉边读经，我儿子呢，就让他躺在被窝里看我读经，看我媳妇做针线，天呢，最好下雪，或者下雨也可以。

爹你啥时给我娶媳妇呢？

爹把眼睛从经上拿开来，说，你想啥时娶？

我想今天就娶。

爹和娘齐声笑起来，笑得雪花一样，栽跟打斗的。

爹说，等你能当家做主时，爹就给你娶。

我现在就能当家做主。

好大的口气，知道什么叫当家做主吗？

就是掌柜的嘛。

嗨嗨，是，也不是，老实给你小子说，这天下的人啊，没有几个能当得家，做得主。

你能够当得家，做得主吗？

爹才到家门口，还没有登堂入室。

六月的心里就哎哟了一声，连爹才在家门口，那当家做主该是一个什么样儿呢？想想又觉得不对啊，你明明在炕上坐着，怎么说还在家门口？

爹笑着说，这个问题留给你去想，为啥爹在炕上坐着，却还在家门口。

这个问题让我娘去想吧，那啥叫登堂入室呢？

登堂入室就是到炕上坐了。

那你现在已经登堂入室了啊。

才到家门口，怎么叫登堂入室呢？

你说登堂入室就是炕上坐啊。总算把爹给套住了，看他怎么回答。

爹果然认输，说，你小子还学会拾人牙慧了。

啥叫拾人牙慧呢？

就是学着别人说话。

那你读经也是拾人牙慧了？

爹伸手在六月头上抚了一下，说，对，爹就是在拾人牙慧，不过这个牙慧全是舍利子。

啥叫舍利子？

舍利子是佛的骨头。

六月就倒吸了一口冷气，原来你读的是佛的骨头啊？

也能这么说。

花瓶里终于开出花来，接着，四朵花变戏法似的开起来开起来，都快要把屋子开破了。最后，整个屋子都成了一个花海，他躺在花瓣铺成的软绵绵的海面上，左看看，右看看，目光却被一堵堵花墙挡回来。最后，六月发现，自己躺在一个巨大的花的世界里，但四面花墙却是落满花瓣的水面。六月的小身子随着花浪一漾一漾，心也随着花浪一漾一漾，那个美啊，那个舒服啊。

六月享受够了，突然觉得这是被花劫持了，他已经找不到回家的路了。他大声地喊娘，不想一张口就被花瓣塞满。最后，六月被改造成一朵花。你就在我们这里落户吧，花王说。你就在我们这里落户吧，花群众说。六月想，落户就落户，落在花的国家也不是什么坏事，但我先得给我爹和娘说一声。花王说，休想。六月说，你们怎么这么无理？花王说，我们就这样无理。六月说，你们再无理我就问你叫啥名字了。花王说，我们不怕你问，我们就是名字变成的。六月说，那你告诉我你们叫啥名字？谁想花屋就呼啦啦一声倒塌了。六月眼看着一个花的世界坏了，后悔得要死，自己怎么老是犯同样的错误呢？

六月把刚才的梦向爹和娘说了。娘说，那个花真是奇怪，不愿意让人问它叫什么名字，就像过去那些行脚郎中一样。爹说，看来名字不是一个好东西。六月问，名字怎么就不是好东西呢？爹说，如果你再看到那花，你也就变成一朵花，他们就欢迎你了。六月说，是吗，那我试试。说着，闭上眼睛续梦。

但他却什么都没梦见。醒来，爹还在读经，娘却不在了。六月问，我娘呢？爹说，你到窗子前看。六月一看，娘在院子里扫雪，都成了个雪人儿。六月一阵心疼，这么好看的雪被面，却被娘扫掉了，多可惜。但六月又想，扫掉还会下的，好看的雪被面还会铺上的。既然还会铺上，娘为什么要扫呢？而且下得那么大，娘能扫到哪里去呢？但娘就是扫。那雪像是故意和娘闹着玩似的，娘在前面扫，它在后面跟，就像一个尾巴。

六月扑哧一声笑了。娘回过头来，看了他一眼，说，你狗日的笑啥呢？六月说，我笑你不能当家做主。娘说，娘当然不能当家做主。六月问，为啥？娘说，娘如果当了家做了主，让你爹去干啥呢？六月知道娘说的当家做主和爹说的不是一个意思。六月说，娘你回头看看。娘回头，刚才扫过的地方已经被雪盖上了。娘笑笑，说，那也得扫，不然一厚就扫不动了。

原来如此，六月的心里就有了一个"明白"。

看着看着，娘手里的扫帚就变成一只猫，雪花则是一群淘气的老鼠，在逗猫玩。这些大胆的白老鼠，居然不怕猫。不但不怕猫，连人也不怕，趴得娘满身都是。还霸道，不让娘在院里扫出花纹来。嗨，本大人终于明白了！这雪，不就是一种既干净又美丽的灰尘吗？

爹眼睛一亮，脑门大放光明，说，哎呀我儿这话说得好啊，完全可以收进《五灯会元》里。六月的开心就不用说了，他没有想到自己的话也能够当抹布，他终于知道《五灯会元》里都装着些什么东西了。六月说，那你别读了，听我给你说。爹说，好啊，那就不叫《五灯会元》了。

那叫啥呢？

《六灯会元》。

嘻嘻。

那样我们老祖先的灯就不怕没有传人了。

啥叫橡人，是橡做的人吗？

爹说，对，就是橡做的人。

我才不做橡做的人呢。

那你要做什么样的人？

我要做能够当家做主的人。

那就穿上衣服到院里帮你娘扫雪啊。

扫雪就能当家做主吗？

扫雪不能当家做主，但可以让你接近当家做主。

六月就迅速地穿上衣服，拿了笤帚和娘一起扫雪。

一扫，六月就把当家做主给忘了。

却第一次感觉到了一种扫的美好。

雨水

　　傍晚时分，雨停了。扣扣拿着刃子和竹篮，绕过门场上狂欢的人群，到韭菜地里割韭菜。刚刚经历了透雨的村子润润的、鲜鲜的、晃晃荡荡的，同时又生生的，让扣扣觉得谁在不经意间将天地重新换了一次，使人在惊喜之余不由生出许多陌生感。往日生硬而又焦黄的韭菜地也变得酥酥的、青青的，如同一个方才出浴的农家姐姐，蓬蓬勃勃地散发着一股青草味，看着让人心里往外直渗水。

　　扣扣蓦然觉得执着刃子的她像个杀屠。这韭菜非割不可吗？

　　扣扣将刃子扔在竹篮里，自个儿跪在地里生起气来。

　　这韭菜非割不可吗？

　　可是谁也没有强迫你来割啊。

　　这样想时，扣扣觉得小腹处隐隐有些胀。扣扣不知道是因为自己在生气还是潮湿的地气穿过鞋底涌上来。

扣扣想找个地方方便一下，就放下刃子和竹篮，向地头走去。

地头是村里的打麦场，打麦场的四周是高高低低的土围墙。土围墙的北面是一片柳林，南面是一块苜蓿地。每天割完韭菜，绕过麦场到苜蓿地里小便，然后依在苜蓿地边的杏树下看一会孩子们玩游戏，已经成了扣扣的习惯。之所以去苜蓿地，是因为一泡尿能救活几株苜蓿呢。今天，那些苜蓿再不需要她的一泡尿水，可她仍然向那里走去。

绕过墙角，扣扣的心里突然痛了一下。扣扣被面前的景象惊呆了。她的面前是一片落红。一树的杏花就这么落了，它们静静地躺在地上，像是已经长眠，又像是刚刚睡定。

扣扣的眼里就汪了泪。她蹲下身去，捡了一朵杏花放在手心里。心里就响起一片雨声，眼前就挂起一个雨帘，雨帘里飞着点点红。

那一刻，她也许正在灶前想心事，也许正在被窝里睡懒觉，也许正在凭窗看雨，看雨如何将一缕缕炊烟绾成麻花……

怎么就没有想起去给它们打一把伞呢？

抬头看天，天已经放晴，好像刚才的那场雨压根就不是它下的似的。扣扣的目光落在杏树上，就有一粒青杏进入她的视线。她的心猛地跳了一下，她说不清这是为什么，但是她的心的确在咚咚咚地跳。

扣扣又看了看脚下的杏花，隐隐觉得杏花和青杏之间似乎有一种什么联系。但有一点是明确的，风雨之中，花会落去，而杏子却留在了枝头。她不知花的落是因为花，还是雨，抑或是杏？

恍惚之间，扣扣觉得杏树枝头上的那些青杏其实也是一滴滴雨水。

扣扣的思绪在雨水中穿行。

记不清是春天还是冬天，反正天很冷。她和地生几个玩"跟集"，同样记不清谁是"一四七"，谁是"二五八"，谁是"三六九"，反正是地生先"赶完集"。照游戏规则，先"赶完集"的要蒙了后"赶完集"的眼睛，让另一个中间人去藏"赶集"赢的"羊"。等藏好了再打开被蒙者的眼睛，让他去找那些"羊"。那一天她输了。双晴就站在她身后用双手蒙了她的眼睛，地生就去藏。她让双晴将指头放开一条缝，让她看看地生将"羊"藏在什么地方，谁想双晴非但没有将手放开，反而双手用力，捂得更严实了。扣扣没有怪罪双晴，倒是觉得双晴的小肚子贴在她的后背上很暖和。那种暖和在她的心里莫名地产生了一种无法言说的美好，被双晴定定捂着的双眼像放大器一样将这种美好加倍地放大。最后，扣扣觉得她就要像雪一样被化掉了。

就在这时，地生站在她眼前说，好了。

她在心里埋怨地生过于急了一点。几乎在同时，双晴松开了手。不知为何，眼前的世界竟有一种不真实的感觉，晃晃荡荡的，包括地生和双晴。地生见扣扣定定地看着他，问她怎么了。她说，我怎么看着你们像假的。

地生说，你才是假的呢。

她就带着这种不真实的感觉在麦场里找。她在一个墙缝里找见了三个羊粪蛋，在韭菜地边上找见了三颗石子儿，在苜蓿地边上找见了一个麻钱，但是无论如何却找不见那个杏核。

地生和双晴就"打砂锅"决定谁来刮她的鼻梁。她心里拿不准应该让谁赢让谁输。双晴刮起来柔柔的，不痛。地生过于冒失了，指头在你鼻梁上虎虎生风，一指头下去，虽然刮在鼻梁上，可是脚心都发麻。可她却有点喜欢这种刮法。

那一天好像是双晴赢了，双晴就将唾沫唾到指头上刮她的鼻梁。双晴的指头软绵绵的，没有他的肚皮给她的感觉好。要是将地生的指头长在双晴的手上就好了，或者将双晴的肚皮长在地生的肚子上也可以。地生捂她眼睛时总喜欢动，让她不能静静地体会那种黑。

不想第二年苜蓿地边上就长出一棵杏树来。

看着那棵杏树，扣扣觉得那分明是地生呼啸而来的一个手指头。

杏树长得追上他们时，地生和双晴被他们的父母赶到学校去了。"跟集"的游戏只能等到他们放学回来玩。扣扣就觉得日子被谁挖了一块去。扣扣忙完家里的活，就到杏树下等地生和双晴回来。

再玩"跟集"时，扣扣发现，事情有了不小的变化。地生和双晴一下子客气了许多。不再因为出错了指头争得脸红脖子粗，也不再因为谁做了假就罚谁去"买水"。更让她难过的是地生和双晴的肚皮和指头也变了。地生的指头上更多的是虚张声势，如同挥舞着一根鸡毛，而双晴的温柔里也掺了不少水分，让人感到不真实。捂着她眼睛的手指里好像有无数兔子在奔跑，曾经给她温暖的肚皮也被一片空代替。

是谁带走了地生指头上虎虎的风声？是谁在她和双晴的肚皮之间加了一层空？

杏树长得超过他们时，他们基本上告别了"跟集"的游戏。每次割完韭菜到场背后小便时，看到他们曾经埋过"牛羊"的地方，扣扣心里就一阵难过。韭菜割了一茬又上来一茬，可是他们的日子却一去不复返了。

一次，她到场里去揽草，在她和地生几个玩过的地方，妹妹环环和几个小孩在玩同样的游戏。一个叫从从的男孩犯规了，同样被罚去"买水"，他顺从地从环环的裆下钻过去。蓦然间，扣扣觉得叉着双腿立在那里的不是妹妹，而是她自己。

地生从她的裆下往过钻时，她会趁机骑在他身上。地生不是一个前翻就是一个后仰，将她压在身底下，用他的后脑勺在她的鼻梁上碾小米。双晴则不然，他会像一个听话的小驴驹一样驮着她左走走，右走走。她一手抓着他的项圈，一手背过去在他的屁股上拍着，随着她嘚嘚嘚地喝喊，双晴的小身子一起一伏。她心里的快乐也一起一伏。"小驴驹"乐呵呵地走着，走了一圈又一圈，直到汗水将她的裤裆湿成一片。"小驴驹"从她的裆下出来，衣服都变成水了。

你那时怎么那么狠心啊。

这时，妹妹环环跑过来，不等扣扣回过神来，揭起她的衣襟，将一个杏核藏到她的肚兜里。看来是从从又输了。

看着从从找啊找的，扣扣的心里有些急。从从的眼睛睁得圆圆的，鸭子嘴一样东啄啄，西啄啄，就是啄不到地方上。你怎么就想不到女孩子总是喜欢将东西往肚兜里藏呢？

要说肚兜还是不保险，如果再往深里藏一些，凭你再聪明也是找不见。扣扣的心里就被后悔填满。当初自己怎么就没有想到将杏核藏到她的那个地方去？总是让地生他们赢。

可是，如果藏到那个地方，长出一棵杏树怎么办？

那样的话，春天一来，她的肚皮就会开花；杏子熟时，她一弯腰就可以吃一个，一弯腰就可以吃一个。那该多么让人高兴。

也许他们压根就不知道女子娃的那个地方能够藏下一个杏核呢，或者两个？

想到这里，扣扣的心里一阵惊喜，这个秘密可以告诉地生和双晴呀。但只能告诉他们中间的一个人。是告诉地生呢，还是双晴？

思想间，环环将从从领到她面前揭谜，环环将手从她的衣襟下伸进去，拿出那个杏核，在从从面前一晃，从从惊得眼仁子快要跳出来。

好长一段时间，扣扣拿不准应该将这个秘密告诉地生还是双晴。

随着星期天的一天天临近，扣扣心事重重。

最后，扣扣决定让他们两个"打砂锅"，谁赢了她就告诉谁。

然而，扣扣没有等到那一天。

地生和双晴家要搬了。说是要搬到一个叫吊庄的地方去。扣扣问爹吊庄有啥好。爹说，吊庄吃自来水。扣扣问啥叫自来水。爹想了想说，就是你想叫天啥时下雨他老人家就啥时下雨。扣扣说，这么说窖里的水永远是满的？爹说，非但窖里的水永远是满的，还有一根管子接到炕头上呢。扣扣说，那该多好啊，我们也去呀。爹的脸上就挂了愁云，要先交五千块呢。扣扣不知道五千块到底是多少，也许是一竹篮，也许是半窖吧。扣扣的心里就生出一条河来，河水变戏法似的由小到大，不由分说将她和地生、双晴分到两岸。

再次见到地生和双晴时，扣扣的心里有了许多不自在。地生和双晴也是整日沉浸在搬家的兴奋中，见了她只是匆匆打个招呼，根本没有再和她玩一次"跟集"的意思。这让扣扣很伤心。

多亏他们搬了家，如果不搬，她早已将丢人的事做下了，如果真是那样，那还不将人羞死。

太阳刷地一下从云层里娩出来，给雨后的西天涂了半边红，整个世界蓦然间变得不真实起来，让人觉得像是在梦里。扣扣突然有点伤感。她的脑海里莫名其妙地闪过一个地名，里望。

那个叫里望的地方如一头巨大的猛兽向她扑过来。

她突然觉得十分无助，十分虚弱，忙靠了杏树。

自从走了地生和双晴，她就觉得这个村子是空的，空得让她心里像是被什么堵着。村里人发现，扣扣常常在那棵杏树下站着。扣扣的思念就在那棵杏树上开花，结果，由青变黄。春天，看着一个个青杏挑破花瓣，她就会想起他们；夏天，看着黄透的杏子一颗一颗落下来，她就会想起他们。想得伤心时，她会对自己说，不想了不想了，可是过上一会会，还是想。那棵杏树就成了扣扣的日子。

每次吊庄来人，她都会找个借口跑过去，希望能够从他们口中听到一些地生和双晴的消息，可是结果常常让她失望。

杏花几度开过。

一天傍晚，扣扣同样依在那棵杏树下发呆，将黄未黄的杏子散发出的气味让她迷醉，她不由自主地靠在杏树上，微微闭上眼睛，有点放任自流。她的心里，也是一个将黄未黄的杏子。那杏子，像一味烛光一样亮在她的心里，让她完全忽略了沉沉落下的暮色，悄悄升起的弯月。

扣扣心里有几个字，快要被身后的杏树长破了。

那一天，扣扣给羊捋树叶时，发现杏树上有一行字。别的她不认识，但是扣扣两个字妹妹曾经教过她。扣扣啥啥啥啥啥？扣扣猜了半天，没有猜出个结果来。妹妹放学一回来，她就叫妹妹去看。妹妹一看就笑起来，笑得七扭八歪的。她问妹妹到底写的啥。妹妹说，我给你念吧：扣，扣，你，是，我，媳，妇，吗？扣扣就追着打妹妹。扣扣看上去是追着打妹妹，实际上是让妹妹分享她的甜蜜。扣扣的心里是多么甜啊。扣扣的心都快要被迅速上涨的甜蜜淹过了。扣扣的心里有一条甜蜜的大河在奔涌。蓦然间，她觉得被双晴和地生挖空的村子一下子充实起来。

那时双晴和地生还没有上学。早上，她还睡着，地生和双晴就等在她的炕头。她往往还要在他们的等待中再睡上一会会，然后才慢腾腾地起来穿衣服。这时，地生和双晴就拉着她的衣角问，扣扣你是我媳妇吗，扣扣你是我媳妇吗？她往往不耐烦地说，等我尿完尿再告诉你们……

突然，扣扣的眼前一黑。接着，她就意识到发生了什么。可是她给自己说，不可能，绝不可能。有一双从杏树后面伸过来的手捂住了她的眼睛。随之而来的记忆告诉她，是双晴。她在心里祈祷着那双手千万不要放开，可是就在这时，他却偏偏放开了双手，闪在她面前。扣扣事后回想，首先进入她眼帘的是一双眼睛，一双新填了许多内容的眼睛，有一种吊庄的味道。之后是一双手，同样比从前多了许多内容，但是这次扣扣没有细想，因为双晴的手里有一个东西在发光。

借着月光，扣扣看见，那是一个漂亮的蝴蝶结。

如果扣扣稍微细心一些，就会发现双晴的目光中充满着期待，期待她惊喜地叫一声，然后双手攀了他的脖子，至少深情地看着他。可是他的期待落空了。这时的扣扣产生了一个连她自己都觉得十分不应该的想法，怎么不是地生呢？

双晴是第二天走的。双晴走到村外时，扣扣追了上来。双晴停住脚步，等扣扣近前。可是扣扣也停下了，像是在思考是不是要改变主意。双晴看见，扣扣的手里拿着一件东西，心里一喜，就迎上前去。双晴看见，扣扣的眼睛红得要滴血。双晴正要开口说句什么，却被扣扣抢在前面，她说，我们家的小羯羊找不见了。

就是那天晚上，爹将扣扣叫到他屋里。说，爹老了，你娘身体也不好，环环在上学，家里没个得力人不行。听到这里，扣扣的心就跳起来。爹继续说，平峰的四姓你知道，这几年生意做得还可以，有人说他愿意和咱们家搭灶过，你看……爹还没有把话说完，扣扣就双手掩面跑出去。扣扣风一样跑着，跑着，仍然跑不出爹一张一合的双唇，爹的话像尾巴一样跟在她的屁股后。然而，扣扣现在能够做的只有跑。她一口气跑到麦场里，心都要从腔子里跳出来了。这是怎么一回事呢？爹这是干啥呢？他老人家怎么能向女儿说这种话呢？

从一团乱麻中，扣扣理出了一个事实，一个女孩子到了这个年龄必须接受的事实：嫁人。

爹再次提起这事时，扣扣说，你的心事我知道，这事你老人家别急，我保证不让你老人家断了香火就是。之后，陆续有人来提亲，都被扣扣一一拒绝了。

扣扣爹就有点急。他每次让老伴去问扣扣，扣扣都是一副仓里有粮，心里不慌的口气，也就赌气不再问。

直到有一天扣扣莫名其妙地病倒。

扣扣同样是在去地里割韭菜时听到地生伯伯说的。地生伯伯敲开从从家的门，向从从爹借他们家的黑骟驴。从从爹说，天干火着的，要驴干啥。地生伯伯说，地生和双晴明天娶媳妇着呢。

扣扣不防就被半空里落下的一记闷棍给打愣了。他们娶媳妇我咋不知道？人家娶媳妇为啥要让你知道？扣扣你是多么羞多么羞啊，让你再骚情让你再骚情。扣扣在心里啪啪啪地扇着自己耳光。

一切都完结了，只有一串蹄声落在扣扣心里。

完结了也就完结了，只是可怜了那些正在做梦的七彩蝶，还没有来得及从梦中醒来，就死于这个畜生的蹄下。扣扣的眼前是一片七彩蝶的花泥，真是惨不忍睹。

那些七彩蝶在扣扣的心里藏了多年。那是她这么多年来一针一线绣出来的。每个深夜，她都要打开箱子看看它们。看着它们静静地卧在那里，扣扣的心里是多么甜啊。现在，却被这个畜生的一阵飞蹄给踩死了，扣扣觉得她一下子成了一个空巢。扣扣能够看见它们被踩死时的不情愿，可是又有什么办法呢？那是她的多少个不眠之夜啊。

黑骟驴像个干部似的走着，蹄上带着花泥。

黑骟驴啊，我把你妈 × 死了。

已经记不清自己是怎样回到家里的，只记得她气急败坏地找了剪刀，打开箱子剪鞋垫。通过狂欢的剪刀，扣扣看见了两双脚，被她一针一线绣在心里的两双脚，被她的心事一遍遍丈量过的两双脚，将她手里的鞋垫一只只撑大的两双脚。不一会儿，这两双脚就在她的剪刀下变得面目全非。

这时，如果七彩蝶回一下头，就一定会看见，扣扣的眼泪悄然落下来。

也许那天就应该将鞋垫送到双晴手里的，可是当时怎么就变卦了呢？扣扣突然想起小时候玩过的一个游戏来。她和双晴（还是地生？）拉着手转圈儿，转着转着，她就突然松了手，给他一个仰八叉。当时她是多么开心啊。不想这次却被他们抢在前面松了手。

扣扣已给人高不可攀的印象。好长一段时间里，没有人来家里提亲，村里比她小的女孩子都一个一个地嫁出去了，环环都到了嫁人的时候了，可是扣扣的事却一点动静都没有。扣扣爹再也坐不住了，只好拉下脸面倒央媒。庄里能说起话的几个"专业媒婆"由于屡次碰扣扣的钉子，心里都有气，不愿接受这个任务。扣扣爹想来想去，就想到了远在盐池的表姐。大年一过，扣扣爹借了从从家的黑骟驴，北上盐池去给表姐拜年，表姐一见妹夫大老远地来，知道是下达任务来了。

表姐同样借拜年四处搜罗，最后在更北边的里望选定了一个叫得水的小伙子。

扣扣爹就叫扣扣去看人。扣扣说她不去，让爹看着办，只要能给他老人家续住香火就行。扣扣爹去看了人，觉得还过得去，小伙子长得像一株旱地里的高粱，虽不讨人喜欢，却也不惹人憎恶。让扣扣爹感到不满意的地方是，这里吃水比他们那里更困难。这从小伙子本身就可以看出来。小伙子的脸和手显然都是突击洗的，个别地方白生生的，并且带着毛茬儿，像是刚刚刮了皮的树。可是另一想，反正是招女婿，以后小两口又不在这里过，也就不必太计较。

扣扣爹就请了邻村的张乡佬做媒人，让他通知对方来订亲。张乡佬问彩礼要多少。扣扣爹说由对方给吧。乡佬说，这你得想好。他说想好着呢，反正在女子身上发不了财。再说是人家倒插门。临行，他告诉媒人，他只有一个心愿，那就是早上订婚，最好下午就办事。

正月十五那天，对方来订亲。由于双方都好说话，没有打任何麻烦。扣扣爹在心里说，看来是一个可靠的亲戚。在乡佬的撮合下，双方说定在正月二十办事。让扣扣爹没有想到的是，就在办事的前一天，乡佬带过话来，让他们等一等，说是那边有些事情还没有办好。扣扣爹问啥事，乡佬说，他也不知道。

在扣扣爹焦急的等待中，立春过了，雨水也过了，接着惊蛰也过了，对方却迟迟不肯给话。

惊蛰过后，乡佬来了，说他刚去过里望，得水爹说天太旱了，等落上一场透雨，他就张罗。扣扣爹说，照这么说，如果天一直不下雨，还让我养老女不成？如果是一时拿不上来彩礼，就先欠着吧，可是事情是不能再等了。乡佬说他再去催。

可是一催就催到清明。扣扣爹实在坐不住了，就去找乡佬。乡佬说，他刚从得水家回来，实在是因为没水啊。这么大的事，家里总要来几个贺喜的人吧，可是窖里的水连自家吃的都没有了。得水到外村去偷水，被派出所抓去关了一星期。你就再等等，你亲家说了，他没有别的意思，只要早上下一场透雨，他下午就给人。

谁想这鬼地方就是落不下一场透雨。种下去的粮食一颗也没有出来，即使你把眼睛瞅得滴血，也从山上找不见一星半点的绿色。整个村子如同一个过了年龄却怀不上娃娃的女人，就这么白花花地闲着。能出去的都出去逃荒了，出不去的，就整天窝在家里望着下火的天唉声叹气。如果天是一堆干柴，终有一天会被人们直冒火星的目光点着。

扣扣爹病倒了，可他却拗着不让扣扣送水送饭。他给扣扣娘说，他一看见扣扣心里就着火。扣扣娘说，天爷的事，急也没用，你就想开些。扣扣爹说，粮食黄得咯吧咯吧直掉穗，你说让人急不急。扣扣娘说，这女娃子一大，还真要早搭镰呢。

可是扣扣却是一副有心没肺的样子，好像不知道她这辈子有嫁人这么一回事。相反，看着爹焦炭一样的目光，倒很开心，倒希望天一直这么旱着，最好能够将整个村子都点着，轰的一声。

　　整整一个春天出来，天都没有落下一个雨星子。谁想都立夏了，老天却像睡醒似的下起雨来，而且是一场透雨。扣扣不由想起里望那个叫得水的男人来。订亲那天，他到她屋里将一个玉石坠子放在炕头上，那一刻，她竟想起小时候"跟集"的事情来。谁也没有想到赢家竟是他。天地间原来还有那么一个杏核一直隐藏着，难以捉摸而又无法抗拒，让人不由心生绝望。

　　带扣扣走出绝望的是一阵奇怪的声音。声音来自麦场里，乍一听像是一个男人在打女人。扣扣正要翻过土墙到场里去拉架，不想打架的人却说话了：

　　好么？

　　好。

　　咋么个好？

　　就像看着天下雨那么好。

　　你呢？

　　我也是。

　　就是有些迟了。

　　总比不下的好。

　　就是，糜子跟不上了，荞麦还来得及呢。

　　要下就扯展了下吧。

　　那种声音又传过来。扣扣的心里不由一阵慌乱。不防碰了一下杏树，头上便落下一阵雨来。扣扣想拔腿走，又想起她的刀子和竹篮还在韭菜地里呢。犹豫之间，那种声音又响了。

好么？

好。

咋么个好？

就像一场透雨那么好。

好个一场透雨，真把人美死了。

你声音小点。

那人恶作剧似的故意将嗓门放大：真把人美——

"死"字没有出来，像是被什么突然捂住了。

扣扣老公公死了。

咋死的？

为了给我姐办喜事，到川里去驮水，死在半路上。

我说你爹一直催呢，他们就是不给话。

再过三天就是老汉的百日，听说白事红事一起办呢。

那行吗？

有啥不行的，天这么旱，咋都行。

扣扣才听出来，是从从和环环。

扣扣的心里就起了风，风里，有一千只兔子在奔跑。

环环呀环环，你啥时学会的割青苗啊，你的胆子可真够大啊，大得把天都能装下。环环呀环环，天还没有黑透你就敢将那个小叫驴往麦垛里领，你是从哪里学来的这一手呢？环环不会绣鞋垫，却能把从从那个小叫驴拴在自己槽上，真是叫人佩服啊。

不知过了多长时间，扣扣才意识到，太阳已经像一只倦鸟似的归窝了。天地重归于静。扣扣被这种静打击了一下，这种打击使她重新回到现实中来。她蓦然觉得眼前的这个世界是这么新鲜。村头村尾的灯火次第亮起来，一家两家的炊烟次第升起来，随风而来的清香夹杂着从从和环环制造的气息把她的身子注满。

扣扣的目光落到一柱柱炊烟上。扣扣发现，眼前的炊烟竟比往日嫩了许多，丰满了许多，也妖娆了许多。

你不就是一缕炊烟吗?

这样想时，就有一处农家小院鸟一样落在扣扣的心里，小院向阳的一面有房子，房前有窗，窗前有灯，那是扣扣的忧伤和感动。

曾经的胡思乱想是多么无聊啊。

糜子跟不上了，荞麦还来得及呢。

再看那些铺在地上的杏花时，扣扣觉得那是一面花床单。

接下来，扣扣的所有思想都被小腹处的一种感觉代替。扣扣决定痛痛快快地撒一泡尿，就在这棵杏树下。扣扣开始撒尿，扣扣听见，尿水落在地上的声音无比悦耳。

难道，它就不是一场透雨吗?

扣扣被自己的这个想法惹笑了。

玉米

听见红红喊时，东东都从红红家门前走过了。东东回头，看见红红追上来。到了东东面前，红红的脸突地红了一下。半天才说，东东你说我现在去上学老师要吗？东东惊喜地说，要呀，肯定要呀。红红说，你别哄姐，如果我去人家不要，可就把人羞死了。东东说，我敢保证，肯定要的。红红盯着东东看了一会儿，说，那你等等，我换件衣裳。

红红转身向家里跑去，两个又粗又长的辫子在屁股上生动地舞着。

东东激动得简直要爆炸了。红红终于要上学了！

红红穿了一身半新旧的军装出来，一下子像换了一个人。

红红转身锁大门。东东问，小红呢。红红说，还在"黑城子"（睡觉）呢。东东说，把她一个人留在家里？红红说，她天天都是一个人在家里。东东说，那不等于把小红专政了。红红说，专政了少费五谷。说着，手里的铜锁咔嚓一声。

那个院子一下子孤立起来，还有正在做梦的小红。东东看见小红的梦炊烟一样从院子里蒸腾出来，散发着烧炕味。心里有种说不出的滋味。可是很快他就把小红忘了，因为红红正在向他走来。

红红上前，冲东东笑笑，把一颗水果糖塞在东东手里，然后揽了东东的肩向学校走去。东东就觉得被红红揽着的肩上有一百个伟大领袖毛主席。

不想红红却忽然停了脚步，紧着脸说，可是我该咋上呢？我总不能和卫兵他们坐在一起吧。东东想想也是，卫兵今年才报名上学，比他还低一个头，而他又要比红红低一个头。但东东马上就有了主意，你可以插到我们班啊。红红说，这行吗？东东说，有啥不行的，还有一下子插到四年级的呢。

红红就又揽了东东走。

走着走着，又停下来。东东问，又咋了？红红说，我咋觉得不好意思的。东东说，有啥不好意思的。不知从哪里来的胆量，竟不由分说拉了红红走。

借了东东的力量，红红走走停停地到了学校。

东东领红红到老师跟前。东东发现老师看见红红时怔了一下，像是被谁从身后抽了一棍。好在老师马上正常了。东东说，报告老师，她叫红红。老师问，有事吗？东东说，她想插班。老师说，欢迎欢迎，热烈欢迎！东东就看见红红的脸变成一张红纸。

一切都出乎红红的意料之外。老师不但收下了她，还让她当了三年级的班长。

红红上任第二天班里就出了事。老师正神采飞扬地讲课，东东的同桌李东升却哎哟了一声，从座位上闪出来哭。老师问怎么了。李东升不说话，只是哭。老师问东东。东东说他也不知道咋回事。老师又问李东升，李东升还是不说话。老师就说东东故意捣乱课堂纪律。就让班长打东东竹棍。红红就拿了竹棍走到东东跟前。老师让东东伸出手。东东就伸出手。红红看见东东的指头竹棍一般细。执行！老师命令。红红就狠狠地举起竹棍，狠狠地抽下去，却轻轻地落。老师问，谢红红你吃饭了没有？红红就更狠地举起竹棍，更狠地抽下去，却仍然轻轻地落。

老师生气了，从红红手中夺过竹棍，只听嗖的一声，竹棍在东东手上断去一截。红红就看见东东咬了一下牙齿，小身子抖了一下，挂在脸上的泪水清凉凉地落下来。红红忙说，东东你给老师交待。东东仍缄着口。竹棍就又一次落下来。这时，李东升又哎哟了一声，从座位上闪出来，哭。红红忙去座位上看，就看见一个很大的蛤蟆，蹲在李东升的桌仓里向她眨眼睛呢。

回家时，红红说，东东你咋不给老师说么。东东说，肯定是"一撮毛"放的，班里只有他敢捉蛤蟆。红红说，你咋给老师不说么。东东复又缄了口。红红就举起东东的手。东东的手上肿起两条，青休休的，好像肉皮底下趴着两条虫，好怕人。红红问，疼吗？东东说，不疼。红红说，你真能忍，你说了，他就吃了你？东东低了头，不说话。红红说，我明天告老师。东东忙说，别别别。那种过分的惊恐，让红红看着心里好一阵痛。

但"一撮毛"并没有领东东的情。东东依然是他们军事演习的主要目标。蛤蟆事件过去不几天，东东再次进入他们的埋伏圈，中了他们设在沟底的"地雷"。红红像拔树一样把东东从"地雷"里拔出来。东东痛得差点闭了气。东东想他的腿肯定是断了。红红给东东揉了揉，效果不大。红红说，我背你走吧。东东忙说，不不。红红说，那咋办，前不着村后不着店的？

后来还是红红背了东东走。太阳早已落山了，沟底已是一片蛙鸣。红红两步并作一步地走着。东东努力忍着疼痛，配合着红红的步伐。不多时红红的身子就被汗洗过。东东要下来自己走。红红不让。东东的眼泪就下来了。红红说，东东你真能忍啊，我没见过像你这么能忍的人。你难道就不气？别人都把你害成这样了，你就不想咒他们一下？你可以咒他们吃炒面呛死，喝凉水噎死，找的媳妇塌鼻子，养下娃娃没屁眼。东东说，我咒不出来。红红说，少见，真是少见。

就在这时，沟岸上响起一片吼叫声：

噢……噢，行驹着呢。

噢……噢，行驹着呢。

……

吼叫声鸟阵一样压下来。红红气得像一个引燃的炸弹滋滋作响，东东仿佛已经从红红的身体里听到了那一声巨响。随着这一声巨响，红红的脚下呼地生起一阵风来，十几个小鬼同时趴到红红的脚下，抬着红红飞起来。

等东东回过神来，红红已经在岸上。然而那个鸟阵已经不在。红红的眼泪就下来了。

东方动时，红红照例到后庄去叫东东。不想东东的腿肿得像面口袋。红红说，我去叫我爷爷。东东奶奶说算了，弄不好，连累了他老人家。红红说，天还没亮，我悄悄去叫。东东奶奶的眼睛就潮了。东东隐约知道红红爷爷是个能得很的人，能坐鬼抬轿，能让死人给他放羊，啥都胜，只是胜不过工作组和批判会。

让东东万万没有想到的是红红爷爷的手段竟是如此简单，只是趁他不注意在他的肩膀上拍了几巴掌，然后就告辞。

爷爷走后，红红让东东试着起。东东就试着起。果然起来了，也不疼了。东东皱了一下鼻，咪咪一笑。红红咧咧嘴，咪咪一笑。东东说，真神，比红嫂还神。红红忙正了脸色说，可不敢给别人说。东东忙点了点头，接受了一个特大任务似的，一边到炕台上拿书包。奶奶说，东东你就歇一天吧。红红说，对，你就歇一天吧。

东东奶奶送红红到大门口，千谢万谢。

过了一会儿，红红又回来，领着妹妹小红。红红说，我给你领了个伴儿。你们两个好好耍，别淘气。东东说，炕热热的，上来吧。小红就上去。东东把被子揭了一个洞，小红顺势钻进去，嘴里吸溜着。红红问，奶奶呢？东东说，上工去了。红红问，中午回来吗？东东说，说不上。

红红一走，小红机密地说，我爷爷昨晚来你家了？东东想起红红让给谁也不许说，那么这个小红是不是这个"谁"呢？正想着，小红说别装相了，我都听见了，他们还以为我睡着着呢。我爷爷骂我姐多管闲事，不来。我姐就哭。东东问，你见过你爷爷坐鬼抬轿吗？小红说，你猜？东东说，肯定没有。小红说，你才没见过呢。东东说，那么你说鬼是个啥样儿？小红就把眼一翻，舌一吐，吓得东东忙捂了眼睛。小红问，我爷爷给你咋治的？东东说，他只念了句毛主席万岁万万岁。小红说，真的？东东说，真的。小红就在东东的手上掐一下，东东疼得直吸溜。小红口里念念有词：毛主席万岁万万岁……

红红进门，小红就虎地从被窝里翻起来，让红红给她讲故事。红红脱鞋上炕，先是看了看东东的伤，肿已经消下去了，就钻进被筒。红红说，讲个啥呢？小红说，就讲《半夜鸡叫》吧。红红就讲，万恶的旧社会，没有钟表，人们起床干活呀，都靠鸡叫……

小红说现在也没有钟表啊。

红红说听着——长工高玉宝给地主周扒皮家干活，就靠鸡叫。每天鸡叫头次，长工上地干活。

和咱们上学一样早。

听着——可是长工干了好长时间，天还没亮。又干了好长时间，天还没亮。

鸡叫错了吧？

听着——有一天，高玉宝刚睡下，鸡就叫了，高玉宝想啊，连鸡也压迫人，就悄悄地去鸡窝里看。高玉宝擦着火柴，你猜怎么着，是周扒皮拿着烂簸箕一拍一拍地学鸡叫呢。

周扒皮真能！

住口——伟大领袖毛主席教导我们，千万不要忘记阶级斗争！

小红跟上说，住口，千万不要忘记姐的肚子！

笑得红红差点闭过气去。

突然，红红正了脸色说，可不敢在外面这样胡说。

地雷事件之后，红红时刻像一只母鸡一样护着东东，像一位侦察兵一样提防着敌人，让"一撮毛"的许多阴谋一时无法得逞，东东受人欺负的生活暂时告一段落。东东感动得不知如何是好，就以用心给红红补课来投桃报李，从一年级直补到三年级。

现在，红红都能读下来爹的信了。上学之前，每次爹来信，娘都让她叫来东东读。东东读信的声音真是好听啊，东东读信的神态真是惹人啊，红红能够从东东的声音中闻到知识的香味儿，就像刚出锅的玉米一样，就像冒热气的白面馒头一样。后来的日子里，每次东东来家里时，她都向东东问些学校里的情况，东东就给她讲。时间一长，红红只有一个家那么大的心，只有一个村子那么大的心，摆满了锄头粪筐柴米油盐锅碗瓢盆的心，就被东东捅开了无数的窗子，无产阶级的春风吹进来，社会主义的阳光洒进来。真是"广阔天地，大有作为"啊，"做人就要做这样的人"。红红上学的念头就是这样慢慢地从心里萌发出来的。

今天，她能成为明星小学的一名学生，一个班长，一个共产主义事业的接班人，胸前飘着先烈们的鲜血染成的红领巾，肩上挎着绣有伟大领袖毛主席的教导"好好学习，天天向上"的花书包，还真要谢谢人家东东呢。同时，心底里还为能和东东做同学感到自豪，为能成为东东"最亲密的战友"感到自豪。是谁每天和学习尖子走在一起？是我谢红红。尽管学校不给他评"三好"，尽管"一撮毛"一伙骂他狗崽子，但老师对他的器重她还是能感觉出来的，爱学习的同学对他的羡慕她还是能感觉出来的。

上学真好，和东东在一起上学，真好。

这天放学，小红早早地在村头等红红，说爷爷被队长派到油坊去了。红红吃惊地问，队长为啥让爷爷去油坊？小红说，听说油坊闹鬼，别人都不敢去。东东说，我咋没听我舅说过。红红说，就是啊，你舅就在油坊里啊。东东问，你爹你娘啥时回来？红红说，说不上。红红问，你爹你娘回来过吗？东东说，前天晚上回来了一次，天没亮就走了。红红说，看来大会战比打日本鬼子还难缠呢。东东说，我爹说支书让他们今年就实现共产主义。红红说，那么迟啊，我爹说他们支书让他们这一月就实现呢。

大家的神情里便都有了期待，好像共产主义已经敲着锣打着鼓进村了。无数的白面馒头，无数的肉菜，无数的黄军大衣，无数的翻毛皮鞋，无数的电影，无数的铁梅，无数的李玉和……他们都吃得快要撑破肚皮了，卡脖眼了；都穿得比座山雕阔气了，即使北风扬雪也能像在自家被窝里一样坐在场里看电影了，再不必啪啪啪地跺脚了……爹已经从大会战的地方回来，整天坐在家里过年；阶级已经消灭了，"一撮毛"已经被正法了……他们想啥时上北京天安门就啥时上北京天安门，想啥时见到伟大领袖毛主席就啥时见伟大领袖毛主席；伟大领袖毛主席都拍着他们的肩膀了，握着他们的手了；伟大领袖毛主席的那个手绵啊，比凉粉还绵，伟大领袖毛主席的那个笑甜啊，比蜜还甜……

红红情不自禁地唱了起来：

大海航行靠舵手

一副忘我的神态，小红和东东跟着，同样一副忘我的神态：

——靠舵手

万物生长靠太阳

雨露滋润禾苗壮

干革命靠的是毛泽东思想

……

到了红红家门口，红红问，东东不回去行吗？东东说，我奶奶没人做伴儿。红红说，你奶奶是大人做啥伴儿。东东说，但我得给我奶奶说一声。红红说，说一声就来，在我家吃饭，正好我外奶奶前天偷着捎来一碗莜面，我给咱搅搅团。东东说，我奶奶要是不让我来呢？红红说，小红去跟上叫。

东东和小红没有屁大工夫就来。红红说，你们两个给咱们剥蒜，看谁剥得快。两人就比赛着剥。蒜辣得指甲疼，但东东坚持着，因为小红没有叫唤指甲疼。

红红一手拿了擀杖在锅里搅，一手从碗里抓了莜面，一撮一撮往锅里籴，籴完了又很快地往灶里喂一把柴，又抓面……面在锅里熬得吧嗒嗒响。莜面的味道就弥漫了一屋子。

今天的饭真香啊。三人就着蒜汁，把碗里的搅团吃成山，又削平，又吃尖。吃啊吃。小红说，她都吃到脖子那儿了。用手指着。东东说，他到嗓门那儿了。

吃完饭，天就黑尽了。红红边洗锅边说小红你去把大门关上。小红不敢去。东东说，我去。小红说，有鬼呢。东东说，我不怕，但心里却咚咚跳着，脊背凉嗖嗖的。红红说，哪里的鬼呢，老师说要信伟大领袖毛主席不要信牛鬼蛇神。

红红和东东趴在炕上读课文，小红在被筒里捣蛋，红红就一边读一边伸手把小红压住。小红身子拱起来。红红压下去。暮色苍茫看劲松——压下去，乱云飞渡仍从容——压下去，天生一个仙人洞——压下去。

小红就要脾气背过身去睡，一边嘟囔，我看你就像个仙人洞。

红红一下子笑得像个下蛋母鸡似的。母鸡一把把小红抱住，一个劲地咯咯咯。东东不知道红红为什么这么高兴，反而怔住了。

小红没有领红红的情，继续说，我看你就像个仙人洞，里面钻着个谢东东。

红红的笑就突然打住，就像是一个骑飞车的人突然发现前面跑过一个小孩，一把拉死了车闸。小红意识到自己说错了话，就悄了声，等待着红红的处理。就在这时，红红转脸看了东东一眼，接着松开车闸，再次变成一个下蛋的母鸡。咯咯咯，咯咯咯，咯咯咯。东东就觉得他的心里摆满了鸡蛋，白花花的一片，又一片。

突然，红红止了笑，把脖子伸到窗前听了听，悄声说，外面啥响着呢。二人就都耸了耳朵听。红红一口吹了灯说，悄悄睡。

不一会儿，红红就听见东东和小红睡着了。月亮从窗缝里挤进来，在对面墙上划了一道窄窄的白，在被子上留了一个尾巴儿。听得见谁家的狗在叫。就有一袭伤感无端地涌上红红的心头。这时，窗子哐啷一下开了。红红吓了一跳。伸进来的却是老花猫的头。老花猫腾地跳到炕上，月亮跟了进来，照到东东的脸上，让红红觉得东东就像一缕烟要飘走似的。这种感觉真是奇怪，课堂上，东东领读课文时，读着读着，她就觉得东东飘起来飘起来，轻烟一般，收也收不住。她不由伸手给东东拽了拽被角。一拽，竟拽出了心事。突然想揭起被子看看。揭开，才知道三个人都和衣而卧。猫到地上转了一圈儿，又跳到炕上，从她和东东中间钻进去。她一把抓出来，放在她和小红中间。

红红下地小便，不知怎地就碰着了顶门的长凳。她忙看了东东一眼，东东睡得很死。就在她小完便上炕时，东东伸长脖子看了她一眼，又睡着了。红红这才发现东东枕着爹的枕头，梗着脖子，就把自己的换过去。托着东东的头时，红红的心里蓦然间升起一种奇怪的东西，十分十分缠绵，十分十分纤细，十分十分宽厚，十分十分深沉，又十分十分高贵，像是要把人的心融化。现在，不知陪伴了自己多少个夜晚的枕头就在东东头下。这是多么好啊。看着眼前这个瘦长瘦长的脖子上吊着的大脑袋，这个瘦削的双肩不堪重负的大脑袋，这个总是考全校第一名的大脑袋，这个秘密似的，让人着迷，让人猜想，又让人可怜的大脑袋，刚才给他换枕头时在心里升起的那种东西就蓬蓬勃勃地生长起来，变成一种十分美好的东西，一丝一丝在她身体里流淌，让她无端地感动，几乎都要流泪了。

不知为何，经过这么一夜，她们一下子成了亲人似的。等东东和小红洗完，红红把一个高粱面饼掰成三块儿，一大块给东东装上，中等给小红，小的留给她。关上房门，锁上大门，一个拖一个走进黎明。

星期天中午，东东给红红去送信。红红家的大门锁着，几个小孩说红红和小红去沟里洗衣服去了。东东就去沟里。他找不见到沟里的路。左走走，右走走，总是找不见。前庄里他不常来，生着。庄里一点声音都没有，只有几个鸽子从沟这边飞到那边，又从那边飞到这边。蓦地，东东看见了一个黑头顶儿，像蘑菇一样贴在沟岸上。往前走了几步，正是小红。就想吓小红一下，从后边捂住她的眼睛，让她猜是谁，她肯定猜不着。

就悄悄地走过去。

沟岸一点点近了，对面沟帮一点一点往下掉着。

他轻着脚步儿，就要到小红跟前了。

不想却把小红给忘了，一下子就忘了。

他看见了红红。红红在泉边上。红红弯一下腰从盆里捞一把水到身上，弯一下腰从盆里捞一把水到身上。

东东正看得出神，不想红红突然一个仰脖，东东愿意相信他是在红红仰起脖子前就缩下身子的。

等东东再次探起头来，红红已端了一盆水从头上往下浇，阳光在红红身上闪闪烁烁。

当东东再次把目光投向沟底时，红红已穿上了衣裳。东东就后悔得不行，当时怎么就看起太阳来了呢。这时，他才意识到他本来是要吓一下小红的，就悄悄地走过去，捂了小红的眼睛，小红却没有反应。原来，小红睡着了。

红红从沟底上来，说，东东你咋在这里？东东说，送信。说着把信给红红。红红惊喜地问，谁的？东东说，你爷爷的。

红红当即拆封，不想爷爷的信只有一句话：

红红：

晚上千万不能出去，睡觉前一定要把大门顶好。

大队长说这月底让爷爷回家，快了。

记住爷爷的话。

红红才放心了，折了信，装在兜里。

东东问，你下午做啥去？红红说，挣工分啊。东东说，那我也去。小红突然跳起来说，我也去。红红说，好吧，收工你就不回去了，正好再给我们做一晚上伴儿。

收工，天已黑实了。红红让小红帮她烧火做饭。小红问，做啥饭？红红说，当然是"红烧"啊。小红不高兴地说，又是"红烧"！红红说，"红烧"咋了，老红军说毛主席最爱吃"红烧"了。小红说，别骗人，人家毛主席天天吃的是土豆烧牛肉。红红说，你问东东，老红军是不是这样说的？东东抿着嘴点了点头。小红说，我才不信呢，毛主席如果吃"红烧"，那还不把北京人民臭死，说着，很响地放了一个屁。红红笑着说请注意公共卫生。小红一本正经地说，管天管地，管不了老爷放屁。

红红往锅里放红薯时，东东说，他回去一下。红红说，没啥事么回去做啥？东东说，我一会儿就来。

东东走后，红红生气地给小红说，明知道家里早就没面了，还胡嚷。小红就抬头看红红，目光软软的。红红的心里就痛了一下。不要说小红，就连她，也实在是不爱吃"红烧"（煮红薯片）了。但又一想，就这"红烧"，也不是人人都能吃上的，就像东东这些高成分家。就忙把心里的埋怨打住。爷爷常说，无论啥时候都不能埋怨，即便是灾难；要时常心存感念，即便是灾难。这样想时，红红的心中就又平和下来。就换了玩笑的口气给小红说，都怪你，一个臭屁把人家东东冲走了。小红说，屁能把人冲走？屁如果能把人冲走，苏联的飞机过来，咱们就用屁冲，让全国人民把屁眼对着天上，看它苏联再讨厌，还省得修防空洞。红红笑得把一把红薯片都捏成碎末儿了。直到小红喊红薯片红薯片！红红才顺过气来，说这倒是个好想法，我一定让民兵连长报告伟大领袖毛主席。小红的黑眼珠就转到眼角上，问，东东能想出来这样的好办法吗？红红笑笑，说，小红我正要和你商量件事呢。小红听红红要和她商量事，一下子做出一副大人的样子，正了神色看着红红。红红说，东东已经好几天没有拿馍馍了。小红问，为啥？红红说，还能为啥，没啥拿了呗。小红说，那还不饿趴下？红红说，东东是硬撑着，我看他快要撑不住了。小红说，你的意思呢？红红说，姐有个想法，你看行不行。小红说，你说。

红红犹豫了半天，最后下定决心说，如果我们两人每天吃个半饱，就能给东东省一顿，你看咋样？出乎红红的意料，小红十分爽快地说行啊，就从今天开始。口气斩钉截铁。红红说，看来小红真是长大了。小红就觉得自己一下子长高了一寸，又一寸，都快赶上铁梅了。红红说，但这事可千万不能让外人知道。小红就学着江姐的样子庄严地点了点头，脸上泛出动人的革命红色。

突然，小红说，我去叫东东吃红薯吧。说着，一丈子跳出门去。

不想东东正在喝菜汤。小红说，你咋哄人呢。东东笑笑，说，小红你喝点汤。小红说，说好了在我们家吃的么。东东奶奶给小红端了一碗汤。小红不喝。东东说，你不喝我就不去你家。小红就喝。小红喝时，看见她在汤里，才发现东东家的汤是能当镜子照的。忙给东东说，你看我在你家的汤里面呢。东东就低下头。东东奶奶也低下头。小红就觉得东东和奶奶也像两碗绿菜汤。

小红一进门就兴冲冲地给红红说，东东家的汤能当镜子照呢。不想红红厉声说，住口！一边看东东。东东做错了事似的。红红忙把给东东留着的红薯片端了出来，让东东吃。东东说他吃饱了。红红就生气了，挤也挤着吃些么，有多饱呢。东东就拿了一片，但吃得很慢很慢，就像饱得了不得的样子。

红红果然发现，小红吃到平时饭量的一半时，就停了下来。看着她那副坚决和自己的胃口作斗争的样子，红红心里好一阵难过。

红红洗锅时，东东已关好了大门，小红已提来了尿盆。

都乏了，三人早早地上了炕。红红从书包里往出掏书。小红说，咱们耍一会儿吧，书有啥看头。红红问，耍啥呢？小红说，耍领新媳妇吧。红红问，谁当新娘？小红说，你当。红红问，谁当新郎？小红说，当然东东啊。红红问，驴呢？小红说，我。

说着，小红已给红红头上盖上了头巾，让红红哭；给东东交叉绑了两个红领巾，说是挂红。红红不哭。小红说，不哭也得淌眼泪。说着在手指上唾了唾液往红红脸上抹。红红就忍不住笑。小红说，不准笑，一笑就不像了。红红就忍住。然后小红趴在炕上，让红红骑。红红就骑了。驴就把新娘驮到新郎家。

小红让新郎给新娘揭盖头。东东就咬了嘴唇，十分小心地揭，好像手里是一块玉，不小心就被打碎了似的；好像头巾下面是一个小鸟，不小心就飞了似的；好像头巾上有一个梦，不小心就惊醒了似的。平常的红红一点点一点点露出来，还真有些新娘的味道呢。就在头巾揭到一半时，红红蓦地瞥了东东一眼。东东的小身子就不由得颤栗了一下，东东觉得有一百只百灵鸟从红红的眼睛里飞出来。

突然，红红又笑起来。小红说要么嘎，不要了算了。红红咬住笑。小红给东东端来一碗白头到老饭，让给新娘喂。东东就喂。东东就把一片红薯片喂进红红的嘴里。

然后是打头。红红和东东只是笑，却不肯打。小红说要么嘎，不要了算球子唡。东东说那么来来来，就先主动趴下用两只手撑了炕，羊的样子。小红就把红红的头压下去压下去，然后一手按住东东的头一手按住红红的头，压水瓢似的，猛一用力。然后无比开心地看着搓着额头的红红和东东，笑。

下来是圆房。小红让红红和东东背靠背坐了。把红红的头发从肩上搭过去，让东东抓住，她拿了一把梳子一边梳，一边念念有词：

头一梳子短

后一梳子长

张家的女儿跳过李家的墙

一梳子，两篦子

两口子好上一辈子

……

念完，一把从东东手里把红红的辫子夺走，说，攥上一会儿对了，还像真的一样了。东东的脸就红了。

下来是撒核桃枣儿。小红跳到地上找了几个杏核，让新娘新郎互相掳了对方的眼睛，然后，一边往被窝里撒，一边念念有词：

> 双双核桃双双枣
>
> 双双儿女满地跑
>
> 坐下一板凳
>
> 站下一大阵

红红的眼睫毛在东东手心里毛绒绒地扑闪着。

> 生女子，要巧的
>
> 石榴牡丹冒姣的
>
> 生小子，要好的
>
> 戴顶子，穿袍子

下来是宣誓。东东说他不会，小红就把东东的手捏成一把拳头，举在头顶，然后领读：

> 恋爱要走红色路线！

红红和东东跟读：

恋爱要走红色路线！

红红和东东笑得七扭八歪，无法把胳膊伸直。小红就老师一样在这个腿上踢一脚，说，严肃一点；在那个手上敲一下，说，严肃一点。

小红领读：

结婚不误革命生产！

红红和东东跟读：

结婚不误革命生产！

最后是吹灯。红红不吹。小红又生气了，说，不吹灯还当个啥两口子呢，吹！红红的脸就一下子红透了。吹，谁家当两口子的不吹灯？吹！说着掌了红红的下巴。红红吹了一口，没有吹灭。小红让再吹。红红说假装着要着呢么，吹灭要费一个洋火（火柴）呢。小红才没有坚持。

耍完领新媳妇，小红还要耍埋人。红红问，谁当死人呢？小红说，你当。红红说，我不当。小红说，那就东东当。东东说，我不会。小红说，那就我当。说着长挺挺地躺下闭上眼睛一动不动。可红红和东东都不哭。小红说该埋了还不哭。红红说，咱不要埋人了吧我心烦。东东看了红红一眼，红红的神态有点陌生。小红说，那么耍看病吧。我和东东当大夫，你当病人。红红说，算了，睡吧。小红说，这个耍完就睡。红红看了一眼东东，说，那就耍完吧。

小红就让红红脱裤子，红红不好意思地趴在炕上，解了裤带。小红往下拉裤子，红红紧紧抓着裤腰。小红说，病得上了还怕害羞，害羞就不得病了，说着双手往下拉。红红就让了一点点，露出一点点屁股来。小红就拿了一支铅笔在红红屁股上给东东做了一番示范，然后给东东。东东接过去，有点不好意思地学着"注射"。就在东东把铅笔搭在红红屁股上时，小红惊叫，还没消毒呢。说着从被子烂了的一个角儿上撕了一丝棉花给东东。东东就往棉花上唾了些唾液在红红屁股上拭，然后把左手轻按在红红的屁股上，就有一股凉透过手心渗进他的心里。

东东草草"注射"完，马上闪开。小红说，还没摸肚子呢。东东说，我不会摸。小红说，我给你教，一边摸着红红的肚皮说，正常。东东就学着摸摸红红的肚皮说，正常。小红说，请做好定期检查。东东说，请做好定期检查。东东才想起这是前不久北京来的医疗队说过的，他怎么就没记住呢？让小红占了便宜似的。

红红说，睡吧，我乏了。小红说，还没戴环呢。红红说，戴啥环，睡觉！小红说，戴环总比结扎好。红红说，算了算了，快睡，明天还要挣工分呢。小红说，戴完环谁不睡就是狗娃子。东东说，红红姐说睡就睡吧，正好我也不会。小红说，我给你教么。就拿了一个钥匙链上的环儿，要给红红戴。

红红说，行了，要得时间长了肚子不得到天亮。小红一惊，平时吃饱着呢，要得时间一长，半夜都被饿醒来，今天吃了个半饱，又要了这么长时间，还不把人饿死。就乖乖地躺下，身上的疯劲一点都没有了。

红红和东东就看书。东东看语文，红红看算术。红红有一道题不会。这道题是：

　　红旗公社东方红大队太阳升生产队遵照伟大领袖毛主席的教导，发扬人定胜天的革命精神，深抓革命，狠促生产，今年的玉米产量比去年提高了999%，去年的玉米产量是500公斤，请问今年的产量是多少。

就让东东给她讲。东东说他也不会。红红说，学习委员还架子大起来了。东东一笑。就接过红红的笔在草纸上几下子算出来。小红说，东东还日能。红红说，你还当啥呢。

这时，小红说，睡吧睡吧，灯里都没油了。红红一看，灯里果然没油了。就睡。红红让东东睡下炕，她上炕，小红中间。红红见小红和东东都囫囵身子睡，说，都把衣裳脱了，磨坏了。红红就看见被子下的东东和小红一阵动，衣裳像杏核似的蜕出来。

就睡。东东很快就睡着了。接着是小红。比烟还轻的鼾声让红红的心里再次升起一种十分动人的东西，红红这才明白，那就是柔肠。

二十多年后的一个晚上，妻子小红才把实情告诉东东，就是那天后半夜，红红去偷生产队里的玉米，被人强奸了。

剪刀

你得想办法给我看病，女人说。

知道，男人说，我这就给你叫医生去。

你再别哄我了，我再不想吃那些"牛饲料"（中药面）了。

那我怎么给你看？

你别给我装聋作哑，你给我把病看好，那些钱我能给你挣回来。

我知道，给你看病的钱，你早就挣回来了。

你把头抬起来，让我看看你的眼睛，我就知道你心里是怎么想的。

男人没有把头抬起来，男人蹲在地上编竹席，两条竹篾在手指间跳跃，像是两条飞鱼。

你得再想想别的办法，靠你打席，就算有十个我，早都死过手了，你听见没有？

听见着呢。

你白天上哪里去了，我让娃娃把村子的肠肠肚肚都找到了，就是找不见个你，如果你烦我，你现在就动手，把我阴治了算了。

你声音小点，娃娃刚睡着，明天还要去学校呢。

女人像是被什么吓了一下似的，侧过脸去看两个孩子，看着看着，眼泪就下来了，就再不说话。

男人把一顶席子打完，侍候女人吃药，女人不吃。我知道，你盼着我死，我就成全了你。

你可千万别吓我，我的胆小。说着，左手把女人的嘴捏开，右手把半杯汤药灌进女人嘴里。一边给女人用毛巾擦嘴，一边说，你就别嚷了，老实给你说吧，我没钱给你看，你知道，医院那鬼地方，是个专门吃钱的地方，上次我们才住了几天？七天，知道吗？就五千。不就动一刀子吗？就五千，五千，我们两个躺下吃，能吃五年，为啥要把这么多钱给医院呢？

男人这样说时，女人的神情反倒好了一些。她帮男人脱下汗褂，脱下臭气冲天的袜子，揭起被子，把男人让进被窝，然后在男人背上挠。男人说，向上，左，再向左，好。再说你要想开些，你都五十的人了，动上一刀子，再活上五年，花上五千元，值得吗？

男人的腰上就挨了一掐，又一掐。

富贵娘四十五就死了，吉祥娘也没有活到四十，和她们比起来，你都算高寿了，再活，还是这么个样儿，还能活出个啥名堂来？还能活成个黄花闺女？还能跟一次男人？还能上台唱戏？显然不行么。不行就凑合着，能多赚一年是一年，一天是一天，省着那些钱，我给你买吃，买穿，供给儿子上学，你总不愿意看着儿子失学吧，如果你是因为舍不得我，我们现在就说好，下辈子还睡一个炕，咋样？

想得美，下辈子我跟牛跟马也不跟你。

那我就做牛做马。

女人说，你真要气死我吗，那我现在就死给你看。

女人就真死了。

男人忙从箱子里取出老衣给女人穿。不想女人一把把男人打开。女人一看男人手里是一个枕巾，知道上了男人的当，说，把你想得美，我才不死呢，我还要活二十年，活到儿子上大学，上完大学娶媳妇，娶了媳妇生孙子，生了孙子过满月，把你老干气死，你总不至于把我活埋吧，把我掐死吧，给我灌老鼠药吧，往头顶钉钉子吧？

那也说不定，如果等急了也说不定。

如果你真这样做了，还算一个孝子呢。

你以为我就不敢？如果我今天把你弄死，明天就可以出丧，后天就可以出葬，七天烧一七，十四天烧二七，二十一天烧三七……七七之后，我就能出门了，我再不用每天给你倒尿壶，不用给你喂那些"牛饲料",不用听你烦人的唠叨,知道你的唠叨有多烦吗?能把鸡烦得不下蛋,把猪烦得不吃食,把牛烦得脱毛,把虱子烦得不咬人……

往出滚。男人的腰上就真挨了一重掐,又一重掐。男人感觉出女人真的生气了,就有些后悔。这样拌嘴是他们夫妻几十年的家常菜,可现在女人犯病了,自己是不该这么损的,但他就是想说。他觉得只有这样说上一通才能轻松一下,要不他都快要支撑不住了。

我知道你为啥盼着我死,你以为我不知道?

男人提着的心就放了下来,女人接他的茬,就说明她没有把他的话放到心里去,这让男人再度轻松一下的念头又冒出来。我就是要让你知道,一过七七,我就可以出门了,说不定还有黄花闺女看上我,不是说男人五十一朵花吗?

我知道你老簧胀了,你舍不得钱给我看病,原来就是省着买尻子。你也不怕把你老挣死?

男人嘿嘿嘿笑,一边说,也没听说谁干那事给挣死了。

女人说,就算挣不死,就算有黄花闺女给你干,就算换上一百个,也就是那么二分地,还能是银尻子不成?还能是金尻子不成?还会是双眼皮不成?还会长舌头不成?还会开花不成?一次还得一百元。咳,咳咳。女人咳嗽。

男人在女人背上拍着。女人接着说,给别人一次你就舍得一百元,老娘呢?我们结婚都二十八年了。二十八年啊,你把老娘干了多少次？你也不算算？一月少算四次，一年就是四十八次，结婚二十八年了，算算，多少？至少一千次吧。你得给我多少钱？少说也得一百万吧。我动十次手术都够了。还不算刚结婚那几月，一晚上不停地拱，像个饿了几辈子的猪。那时你是怎么说的？

男人笑得把一根烟都捏成了末末子，说，你算得好，真是好，这么简单的一件事，闭上眼睛都能做的事，我们竟然干了一千次。其实你算保守了，两千次都冒过了。两千次，就这么一件事，就和你一个人，就那么两下子，竟然做了两千次，你说傻帽不傻帽，寡味不寡味？再说干来干去，干了个啥结果呢？

这话把女人给惹笑了。

男人说，你叫我掏五千元把你治好，就是为了再干这个，我才不干呢。

我还真想再和你好好干一次呢。那事长人精神呢。干上一次，第二天干啥都是有劲头的。

还劲头呢，腰都直不起来，就那一锅烟工夫的美，剩下的时间都是后悔。

儿子突然从被窝里把头伸出来说，娘，你刚才算错了，不是一百万，是十万，我爹应该给你十万。

原来儿子还醒着，夫妻俩就觉得把人丢大了，一时面面相觑。男人就索性给儿子说，你说有这十万是给你娘动手术呢，还是留着给你娶媳妇呢？

儿子说给我娘动手术。

为啥？

我不想和我媳妇干，干了腰都直不起来。

女人睡了，可男人却无论如何睡不着。大前天，他去北集把一头猪卖了三百元；前天，他去南集把几根准备盖房用的檩条卖了六百元；昨天，他去东集把老黄牛卖了一千元，但离动手术需要的钱还差着一大截。这可怎么办呢？我总不能抢银行吧，总不能去偷人吧。如果是女人，我还可以卖身；如果是过去，我还可以卖水。而现在呢？上次动手术时，他把能借的亲戚邻居都借到了，这次实在是再也开不了口了，即便是两个出嫁的女儿。再说她们都在农村，还得过日子啊，总不能把嘴封起来给娘看病吧。但女人的病是不能再耽误了，看来只有卖口粮了。

就在这时，女人把男人搂进怀里。温存了一会儿，女人说，我想通了，你就把这五千元省下，供儿子上学，给儿子娶媳妇。

男人说，这才像个当娘的。

女人说，上次动手术时欠的账还有多少？

男人说，那早还清了。

女人说，你别骗我，我全知道。就像你说的，我就这样试着活，能活几天算几天，说不定老天爷一眨眼，还好起来呢。

男人说，那也说不定，世上的奇事多着呢。

女人说，我得早些给你察访着找一个可心的，万一我这病好不了，好歹给你父子有个动锅动灶的。

男人说，对，我就按你说的办，要找，就找个和你一样的。

女人说，你就不想换个口味？

男人说，我就觉得你顺口。

女人说顺口你就再吃一次。

男人看了看儿子的被窝，轻声说，等你好了，我还像刚结婚时那样吃你。

天快亮时，男人醒来，发现女人坐在炕头梳头。男人惊异，女人今天的精神怎么如此好，平常下个地都十分困难的。接着，男人又发现女人给他将火炉生着了，这是女人几十年不变的功课。女人病了后，男人就自己生，却总是不得手，把个屋子弄得烟熏火燎的。几十年了，男人的火总是女人生，都成了习惯了。女人不像别人家的女人，早早地就将男人赶起来干活，自己却窝在被筒里睡懒觉。女人喜欢在男人还在炕上睡着时起床干活，喜欢男人从被窝里散发出来的带着汗腥味的梦的气息。女人从不主动将男人叫醒。农闲时节，等女人将早上要干的活干完，如果男人还睡着，她就上炕偎在男人身边做针线。有时不防就被男人扳倒，拉进被窝里，女人就将一双冻得冰凉的手伸在男人那个地方，把男人的火焰凉下去。其实女人也想，但女人疼男人。女人想，日子长着呢，不要将男人三下两下刮干。男人就将女人的两只手抓住，一边握着，一边寻找话头和女人拌嘴。农忙时，女人将火生着时，男人也就起来了。等男人喝完茶，女人已经将牛套好了。天还没亮，露水尚未散去，但有女人和牛伴着，男人就不觉得天有多黑，地有多湿。

女人病后，这事就颠倒过来，每天早上都是男人早早起来，给女人生火熬药，给儿子收拾吃喝。现在女人起来给他生火，倒让他觉得不习惯的。端起茶杯，手上像是有什么东西在蹿，心里有种说不出的感觉。

女人将一把剪刀拿在男人面前，让男人一边喝茶，一边磨一下。

男人问女人磨剪刀干啥。

女人说她想做点针线。

男人说，你就歇着吧，都做了一辈子针线了，又不在乎这两天。

女人说，你以为我是给你表现干活？我是想做针线改个心慌，这样窝在炕上，都要把人闷死了。

男人就找磨石磨。

男人磨剪刀时，女人问男人今天干啥去。

男人说去集上。

女人说，天天去集上干啥？

男人说，眼看就要开春了，想买些菜籽。

女人说，也真到买菜籽的时候了。

男人说，大夫说你这病要多吃菜。

女人说，大夫还说什么了？

男人说，大夫还说，今年的气候潮湿，说不定你能躲过那一刀子。

女人说，是吗，如果能躲过那一刀子，也真把天叫喘了。说着把床头糖盒里的白糖全倒到男人茶杯里。

男人吃惊地看着女人说，那是给你喝药的，你怎么？

女人用勺子把糖搅化，双手递给男人说，你看你的嘴皮干的，都要成十八瓣桃花了，到了集上，还有谁家的女人看得上啊。

男人的心里就潮了一下，说，也好，今天再给你买些红糖，大夫说，红糖补血。

女人说，难得你有这份心，买就买些吧，买着备一些也好。说着打开地柜，拿出小铝锅，在炉子上打鸡蛋。

男人见女人一次打了两个鸡蛋，说，今天有胃口了？

女人说，今天有胃口了。

男人说，只要有胃口了就好。

女人说，开春了，鸡也到下蛋的时候了。

男人就再没有说什么，继续哧哧哧地磨剪刀。

炉火正着到旺处，鸡蛋不一会就打好了。女人盛在碗里，却端到男人面前。

男人说，你今天怎么了，你知道我不吃鸡蛋。

女人说，就学着吃一次吧。女人知道，男人是舍不得吃，刚结婚那几年，男人一次能吃八个鸡蛋。

男人说，我最近胃里满，一点都不想吃，你就吃了吧。

女人说，正是春乏的时候，你把身子吊倒了，我们娘们靠谁去啊，谁给我挣钱治病啊。说着，从男人手里拿过剪刀，把毛巾递给男人，让男人擦了手。男人端起茶杯，失神地看了看，喝了一口，显得有些不忍心。

女人已经端着鸡蛋碗等着了，看架势是不看着他吃下去决不罢休。男人只好接过去，吃了一个，将另一个放下了。

女人说，赶快吃了我洗碗。

男人说，如果你不吃，就留给得富和得贵吧。女人看了看还在熟睡的两个儿子，说，就剩一个鸡蛋，他们两个谁吃？再说，他们吃的时间还长着呢，你就吃了吧。男人的眼睛就湿了，端起碗，几下刨到口里。

男人把茶杯里的茶喝完，背上席出门。

女人送男人到大门口。天还没有亮透，背着席的男人看上去隐隐约约的。男人都到门口了，女人叫了一声三亿儿。男人一惊，三亿儿是他的小名，已经好多年没有人叫过了。按当地的习俗，男人有了孩子后，人们称呼男人都是用儿子的名字，包括自己的女人。女人今天却怪怪地叫了一声。男人心里一惊，回头看女人。男人想，女人肯定有啥心事。女人果然走上前来，一下子抓住他，拼命地亲。搞得男人一阵慌乱。结婚这么多年，他们还没有这样站着亲热过，这让他觉得有些生，有些难以适应。

男人觉得，女人都快要把他的骨头啃出来了。

路上，男人想，她这是怎么了？是病好转了，还是因为打春了？

男人出门后，女人就奔到厨房打饼子，女人一口气打了七七四十九个大饼。

打啊，打啊，直打得瓷白瓷白的饼子整整摆了一面板。

看着眼前热气腾腾晃人眼扎人心的饼子，女人想，等他们父子把这四十九个大饼吃完，也就出了七七了。

女人是在儿子放学之前动手的，用的就是那把剪刀。

开花的牙

早晨起来，牧牧发现爷爷不见了。

牧牧喊了声爷爷。没有人应。牧牧又喊了声爷爷还是没有人应。

每天早晨，牧牧起来首先干的事就是喊爷爷。但现在凭他怎么喊，爷爷就是不答应。

牧牧爬到窗口，看见院里全是人，上房角子那里还搭了一个大帐篷。帐篷里有人拿着斧子，有人提着锯子，弄出一片叮叮当当的响声。同时，牧牧还发现厨房里有人在出出进进。更让牧牧惊奇的是有人将爷爷喝茶用的红泥火炉也搬到当院。搬到当院的红泥火炉有一种特别的意思，似乎比平日放在炕头上一下子多了许多东西，至于多了些什么，牧牧不大明白。就像那个花灯，平时挂在墙上就那么回事，可是等到大年三十挂到院里，在里边点上灯，就一下子美气多了。这种美气让牧牧兴奋异常，他一丈子跳下炕奔到院里，看见放放在大门口，还穿着一个白衫子，就跑过去。

牧牧觉得爹有点不对劲，可是到底不对劲在哪里，他也说不清楚。转眼，他看见大门边上立着一个门扇，上面写了许多字。有的字上画了红圈儿。门扇的下边有个香炉，里边点着一炷香。香烟歪歪斜斜的，比平时从爷爷烟锅里冒出来的那股细多了。

爷爷。

哎。

你说你的烟锅里为啥要冒烟？

因为烟锅里装着烟叶子。

那这个烟盒怎么不冒烟？

它是烟盒怎么会冒烟。

可它里面也装着烟叶子啊。

爷爷被牧牧惹笑了。

光烟叶子也不会冒烟。

那怎么才能冒？

还得这样吸。

牧牧就将一个手指头伸进嘴里学爷爷吸，可是怎么没有烟啊？

爷爷就差点笑死过去。

……

放放见牧牧对着香炉出神，问他看什么。牧牧没有回答。他在想，这个香明明在冒烟，那么是谁在吸它呢？

这时，放放附在他的耳朵上说，爷爷死了。

牧牧觉得他的耳朵凉了一下。他抬起头，看见放放的眼睛红红的。他的脑瓜里突然过了一下电，转身向院里跑去，非常非常地快，快得连比他大两岁的放放都追不上。

等放放扯住他的后衣襟时，他已经到了上房地下。一股特别的芳香刷刷地钻进他的鼻孔。

他看见上墙根的桌子被挪到门口，上面摆了许多东西，桌子后面挂了长长的一溜纸，让他看不见里面。下面露着几个人的脚，他们在里边干啥呢？

就在牧牧往起揭纸时，放放一把将他拽住。他一边往外走，一边回头打量着桌子上的东西。桌子上同样有一个香炉，里边同样有一炷香。香炉的前边有一个碗，里边装着清油，碗上面横放着两根竹子，夹着一枚铜钱，钱孔里穿着一个棉线搓的捻子，捻子头上挑着一星火，一晃一晃的。牧牧纳闷，大白天点灯干啥？

到了当院时，他突然记起当时跑进上房是要问件事的。可是怎么一来就给忘了。他要问件什么事呢？

牧牧和放放在大门外"跳房子"，看见老辈子抱着一只公鸡往沟里走。牧牧喊，老辈子你抱公鸡做啥呢？老辈子说，给你爷爷带路呢。牧牧问，我爷爷去哪儿呢？老辈子说，回老家呢。牧牧一边往过追，一边大声喊：

老家在哪儿呢？

这你得问鸡。

牧牧撵上老辈子，叫了几声鸡，鸡没有应。

鸡咋不说话？

黏球个蛋，鸡怎么能够说话。

那它怎么给我爷爷带路？

你爷爷能听见它的话。

咱们为啥听不见？

咱们活着呢，当然听不见。

我知道了，我们睡着了就听见了。

睡着了还能听见个屁。

我爷爷说，人死了就像睡着了。

放放插话说，爷爷说是像，只是像。

就是么，那还不是睡着了就像死了。

放放说，你个黏蛋，睡着了还能够醒来，可是死了就再也不能醒来了。

老辈子说，咋不能？你爷爷早已经在人家媳妇子肚子里扭秧歌呢。

你不要骗人。

谁骗你个碎仔仔，不信你去问你爷爷。

那么大的一个人，怎么能进人家媳妇子的肚子里呢？

他拿钥匙着呢。

牧牧想了想，突然转身往回跑。放放问他干啥去呢。他也不回答。放放就追。

直到家里才追上。放放还是像上次一样从后衣襟子上将他往出拽。他就猛地转身向放放小腿踢了一脚。放放就抱了腿在院里哭。他才脱身跑进上房里，他边跑边喊娘，娘问咋了。他问，我爷爷在吗？娘出来，十分吃惊地看着他。牧牧又问，我爷爷还在吗？娘说，你胡说啥呢。牧牧没有理娘，一把揭开纸帐。爷爷果然还在。

老辈子怎么哄人呢。

就又拔腿往沟边上跑。不想老辈子正在往回走，看到他就问，见鸡了吗？他说没有。老辈子说，鸡跑了。他说，你咋哄人呢。老辈子说，我哪里哄你个球仔了。我爷爷明明还在家里呢，你说到人家媳妇子肚子里去了。老辈子就差点笑得岔过气去。你个碎仔，快去给我找鸡，找来了你就明白了。

牧牧找了半天，也没有将鸡找见。老辈子又差了几个娃娃，也没有将鸡找见。

老辈子说，难道它真给老人家看路去了不成？

无奈，他又让放放和牧牧去家里捉了一只来。

老辈子再次往沟岸上走时，牧牧依然跟着，因为老辈子还没有回答他的问题。

你说等找见鸡我就明白了，可我还不明白。

鸡没有找见，你咋能明白。

那么鸡也去了人家媳妇子的肚子里了？

老辈子又笑得差点岔过气去。他哈哈大笑着说，到人家媳妇子肚里去的是你的那个鸡。

我的鸡？牧牧不明白，你是说我们家的吧。

不对，就是你的那个鸡。

你是说，我用泥捏的那个？

是你爹给你捏的那个。

我爹没有给我捏过鸡啊？

到了沟岸上，老辈子将刀子从帽檐上取下来，在鞋底上擦了两下，说，要怪就怪刀子，不要怪本人……突然，老辈子就连人带鸡跌到沟里去了。牧牧吓得直哭，边哭边往回跑。

牧牧叫了爹和蛮子到沟岸上时，正遇上一个泥人往回走。牧牧吓得抱了爹的腿。

泥人看见他们几个，哈哈笑了一下，牧牧才听出是老辈子。近前，老辈子说，看来今天的鸡是杀不成了。爹说，那都是闲事，只要你老人家好着。爹去看老辈子掉下去的地方，吓得一个劲地抽冷气。老辈子问，看见鸡了没有？爹说，没有。老辈子说，这就怪了，沟里没有，岸上没有，难道它上天去了不成？爹说，这都是闲事，一点没摔着？老辈子说，没有，一点没有，真像驾了一次云。

爹说，没摔着就好。

老辈子说，人家早留下话他走后不许杀引路鸡，这个阴阳硬犟呢。

爹说，就是。

老辈子说，你不好说了我给他说。

爹说，好。

牧牧赶在老辈子前面回到家里，兴冲冲地向人们讲述着老辈子掉到沟里去的过程。大家非常感兴趣，这让牧牧很高兴。于是，他力争将整个过程讲得更加生动一些。

那么鸡呢？

鸡坐着飞机上天了。

你看见它坐着飞机上天了？

我看见它坐着飞机上天了。

是鸡先上天呢，还是老辈子先掉到沟里去？

是鸡先上天。

是吗，老辈子？见老辈子进来，人们问。

不想老辈子却说，赶快出迎。

牧牧不知道出迎是什么意思。只见院里的人突然慌张起来，有人拿着盘子，有人端着酒壶，还有人提了一大串鞭炮，都在往出跑。爹倒踏着一双蒙着白布的鞋，穿着长长的白褂子，戴着一种很可笑的帽子，手里拄着一根缠着白纸条的柳木棒，腰弓着，鸡啄米一样往出跑。

牧牧和放放出去时，刚才的那些人已经跪在大门上了。放放用手压着他的头让他跪下，他就跪下。可是一跪下他就什么都看不见。他趁放放不注意，一下子跑到最前面跪下。爹喊他到后面来，他没有理。爹就一下子将他抱到后面去，并且在他的屁股上狠狠地抽了一巴掌。他就哭，边哭边喊爷爷。让他想不通的是喊了半天，爷爷竟没有应。平时，要是爹打他，只要他一喊爷爷，爷爷就会咳嗽一声，爹就会马上停下他的"爪子"，虽然继续龇牙咧嘴，可是再也不敢动手。今天这是怎么了？爷爷怎么就不咳嗽一声呢？他又放大声喊了声爷爷，还是没有人应，他就彻底失望了。这种失望让他心里很难受。他突然产生了一种真正哭一场的想法，就大放悲声哭起来。惹得在场的人都掉泪。

他放大了声叫爷爷，他想借助这种哭的力量将爷爷从什么地方喊出来。他觉得他的身上一下子全是嘴，有一万张那么多，喊一声就是月亮也能听得见。

爷爷果然出来了。

爷爷在一个长长的队伍里。队伍前面的一个人用一根高高的棍子顶着一面红绸子，上面写着些字，在风中飘啊飘的。旁边的两个人顶着两面小的。后面的一个人举着一个比天还高的东西，纸做的，一层层一圈圈一串串，很好看。再后面的人都举着些小的。牧牧刷地一下跑过去，在里边找。从前面找到后面，又从后面找到前面。

可是没有爷爷。

突然，鞭炮响起来。他有点害怕，忙捂了耳朵。这时，他看见前面跪着的那些人都在向他这边磕头。他觉得很有意思。前不久，爷爷过八十岁大寿，他们就这样给爷爷磕头。山那边的堂哥新院边磕头边给爷爷说，爷爷你怎么还活着啊，麻烦的，还要我们每年来给你磕头。爷爷笑着说，我去阎王爷那儿报到，可阎王爷串门子去了。

现在这些人倒给他磕头，莫非爷爷一死他们让他接班不成？他就学着爷爷的样子说，起来起来，地上土厚的。一下子将大家惹得笑起来。他也笑起来。突然，他看见爹在向他翻白眼。这时，跪在最前面烧纸的老辈子说，孝子们给纸火磕头！

爹就顾不得瞪他，赶忙磕起头来。

磕完头的爹站起来。他以为又要来揍他，拔腿就跑。跑了一气，回头一看，爹正在鸡啄米似的回家去，好像将他忘了一样。这又让他很失望。但是很快他就快活起来，因为有许多纸东西供他一个劲地看。他挨齐问放放这是啥那是啥，放放有的能够认出来，比如金银斗，是专门给爷爷装钱的，爷爷到那边会有用不完的钱。比如童男童女，是专门伺候爷爷的，爷爷要怎么伺候他们就怎么伺候；比如白龙马，是供爷爷骑上跟集串门子的，爷爷想让它走多远它就走多远；比如这往生船，是供爷爷过河用的，爷爷想过多少河就过多少河；比如这白仙鹤，是供爷爷在天上飞

用的，爷爷想飞到哪里它就飞到哪里。牧牧问，能飞到共产主义
吗？放放说，当然可以……

听着听着，牧牧就羡慕起爷爷来。他突然产生了个想法，不
知道爷爷走时能不能带上他。他想问放放，可是又怕提醒了放
放，放放肯定像他一样非常想让爷爷带上自己。

是村头的狗叫打断了牧牧在纸火前的想入非非，他很快就将
放放刚才给他描绘的美好世界忘了。

他放开步子往村头跑。

原来是几个舅舅来了。他们每人提着一个篮子，里面装着献
瓜瓜。二舅舅要给他一个，大舅舅说还没献呢。二舅舅就又将献
瓜瓜收回去。大舅舅说，牧牧你咋没有哭。牧牧说，我刚哭过。
大舅舅说，你是伤心着哭呢，还是装洋相着呢。牧牧说，伤心着
哭呢。这时，蛮子迎了过来，将献瓜瓜篮子接了过去。牧牧觉得
不对，就上前去要篮子。蛮子呵他走开。牧牧理直气壮地说，又
不是你爷爷死了。惹得大家笑起来。

舅舅们一进大门，站在上房门口的老辈子就喊：亲戚来了。
跟着，上房里就响起了哭声。牧牧跑进去，揭过桌子后面的纸一
看，原来是娘、大妈和几个姑姑在哭。

她们的后面躺着一个人，脸上苫着一张白纸，张着的胸口上
面放着一个面圈圈，圈着一圈圈水，肋巴两边立着两块水生生的
砖。他突然意识到这就是爷爷。他大声地喊了一声爷爷。爷爷就

翻起来。他又喊了一声爷爷，爷爷就飞起来。爷爷在他的头顶眯眯笑着，就像他平时突然睁开眼睛时看到的一样。

那么我吃肉的牙啥时候才能长上来啊？

等共产主义实现了就长上来了。

共产主义啥时才能实现啊？

等你吃肉的牙长上来那一天就实现了。

……

爷爷——

娘将牧牧抱在怀里。大娘说，怎么没有给牧牧鞋上缝孝？娘说，我还给忘了。娘就掏出针给他往鞋面上缝了一片白布。他问，缝白布做啥？娘说，这是孝。他问，啥是孝？娘说，你爷爷死了，你是他的孙子，孙子就要戴孝。他还是不明白，问，死了还能活过来吗？他没有想到娘会非常紧张地一把将他的嘴捂住。大娘说，牧牧，出去看你姑父来了没有，给他堵狗去。

牧牧想想也对，是该出去看看，不然蛮子也许会将献瓜瓜拿到他们家去。牧牧出去，果然看见蛮子在大门上站着。他想，是我爷爷死了，关你啥事，站在这里出闲劲。但又一想，这样也好，反正他又没有将献瓜瓜拿到他们家去。

村头的狗咬起来。牧牧放开步子往村头跑。原来是几个姑父来了。他们手里同样提着篮子，里面同样是献瓜瓜。牧牧就想到死了人的好处来。要是有几百个爷爷就好了，一天死一个，那就会天天吃上献瓜瓜。或者爷爷一天死一次也可以。就像爹和娘一样，隔几晚上就说美死了美死了。

"美"是个谁呢？

牧牧这次学聪明了，他没有像前次那样攒上前去拉着他们的手傻笑，而是学着蛮子的样子将姑父的篮子从手中接过来。这样就不必担心蛮子在他不注意时将献瓜瓜提到他们家去。姑父问牧牧，爷爷啥时死的？牧牧想了想说，昨晚上。姑父问，看见爷爷咽气了吗？牧牧说，看见了。姑父问，爷爷怎么个咽法？牧牧想了想说，就像喝茶一样。

他们一进院子，站在上房门口的老辈子就喊，来亲戚了。上房里一下子传出哭声。牧牧本来要给姑父说老辈子没有换衣裳之前的可笑样子，描述一下他掉进沟里去的过程，谁想娘她们恰恰就在这时哭起来。牧牧本不想哭，可是经娘她们这么一带动，就一下子伤心得不行，也跟上哭了起来，将大家的眼泪都惹了出来。

哭完，他看见蛮子将篮子里的献瓜瓜取了两个放在上房桌子上，然后将篮子提出去。他悄悄地随在后面，结果蛮子并没有将献瓜瓜提到他们家去，而是到厨房里交给大姨。大姨说，这是谁家的，做得汪的。大姨看见他进来，就拿了一个给他。他接了过来，可是很久却不吃。大姨问他怎么不吃。他说，吃了就不好看了。大姨就又从篮子里拿了一个，掰开给他。他就觉得大姨既好又不好。好的是她又给了他一个，不好的是她竟然将这么好看的一个献瓜瓜给掰开了。突然，他问大姨，你啥时候死啊？

滚！牧牧没有想到旁边的二姨会这么生气。

他的眼里就汪上了泪。

他觉得没有力量从门里出去，可是站着又不是办法，最后，他就哭起来。大姨就将他抱起来，问，你说大姨什么时候死啊？他想了想，如果为了吃献瓜瓜，那么最好是献瓜瓜吃完的那一天。可是他并没有急着回答，而是回头看了二姨一眼。二姨正在瞪着他。他就改变了心里要说的话，说，大姨永远不死。果然，他看见二姨笑起来。他的心里就有了一个想法。她们怎么这么害怕死呢，这死不是很热闹的吗？趁着大姨她们高兴，牧牧从厨房里出来。

大姨让他和放放给挖坟的人送饭去。天非常非常冷，可是他们还是觉得大姨的这个建议不错。走时，大姨说，到了坟上要给人家磕头。放放说，忙生要将我叫爷呢我还给他磕头？大姨说，今天就是你爹也要给人家磕。

往坟上走时，牧牧心情非常好。不觉间又哼起爷爷放羊时教给他的那首《花儿》：

　　　　南山上下来的是吴三桂

　　　　背子里背的是帐房

　　　　哪儿好了就往哪儿睡

有心事不在炕上……

牧牧唱完，又情不自禁地说，死了爷爷真好。

突然，牧牧问，爷爷知道他死了吗？

放放想了想，说，当然知道。

那我们叫他他咋不应声？

放放想了想，没有想出合适的答案就说，他嫌你烦人。

牧牧说，看你日能的。

到了坟上，他们的手都冻僵了。让他们高兴的是坟上有一堆很大的火，他们将饭菜给挖坟的人，然后就去玩火。他们的心里有种说不出的兴奋，他们觉得这里简直比家里有意思多了，这种兴奋让他们忘了大姨走时安顿的话。他们满山遍野地找干树枝架火，不一会儿就将火架得像正月二十三燎干那样冒尖冒尖的。风将火头刮得忽东忽西。突然，牧牧又闻见早晨的那种香气。接着，他就看见了爷爷。他给放放说，我看见了爷爷。放放说，胡诌啥着呢。牧牧说，真的。放放说，你还能球子得很，你说说，爷爷啥样子。牧牧说，爷爷就像风里的火。

挖坟的吃完饭动工了。这时，牧牧才发现就在不远处有一堆湿土。不知为何，他感到那堆土非常非常的舒服，就像娘的身子一样。他走了过去，看见那堆土的旁边有一个一人深的坑，他问蛮子，这堆土是干啥的？蛮子说，你说是干啥的。他想了想，说，是爷先问的你，你先说。说着，一丈子跳上去，弄了忙生一

头的土。忙生说，我把你个碎仔仔子。牧牧说，你才是个碎仔仔
子。过了一会儿，又问，你挖坑干啥呢？忙生说，让你爷爷放羊
时避雨呢。

我爷爷死了。

你爷爷死了羊还活着呢。

羊活着又咋呢？

剪毛呢。

剪毛咋呢？

擀毡呢。

擀毡咋呢？

铺炕呢。

铺炕咋呢？

炕潮着呢。

炕咋潮着呢？

身子光着呢。

身子咋光着呢？

灯吹了。

灯吹了咋呢？

灯吹了吃馒头呢。

吃馒头咋呢？

想呢。

为啥想呢？

不想哪达的你呢。

突然，放放向忙生头上扬了一把土，忙生，我×你妈。忙生就爬上坑追着打放放。兔生说，别闹了，小心老辈子看下不日踏了你。

说笑了一会儿，牧牧突然说他要到坟坑里去。忙生突然变了脸说，不敢胡说。紧接着，兔生就掰了一块馍馍捏碎，在牧牧头上绕了一下，然后扔到坟坑里去。牧牧看见他们的脸色很难看。这是怎么回事呢？

牧牧觉得很扫兴，就独自转身回家去。

村头的狗再次咬起来时，牧牧已经没有热情再去接了。看来，今天的献瓜瓜会一篮接一篮地提来。即使蛮子给他们家提去一篮，也没有什么。并且，他还从大姨那里要了几个，分送给蛮子家的改改和环环。然后和他们一起在改改家玩死人的游戏。一遍又一遍，不厌其烦。玩得饿了，牧牧就去大姨那里要来献瓜瓜分给大家，吃完再玩。他们做了一排又一排的棺材，扎了一串又一串的纸火。死了一次又一次，活来了一次又一次。

傍晚时分，牧牧叫改改和环环去他们家吃饭。大姨给他们每人舀了一碗菜，给了几个白面节节子，让他们几个趴在南房台子上吃。牧牧让改改和环环趴在台子上，他却趴在窗台上，南房里坐了许多人。他们好像在说爷爷。说爷爷咽气的那个时辰真好，有瑞相，都是因为他一辈子吃斋念佛。说爷爷年轻时如何将一个石碾子一只手放到一棵大树上；如何将土匪的一匹马举到头上去，吓得土匪跪到地上直叫爷；如何从南里（甘肃）没费一文钱将人家州爷的女儿领到北里（宁夏）来，州长又是如何派着几路骑兵也没有追得上；如何只看一遍就能够将一出戏背下来；如何光着身子在雪地里坐一晚上；如何几天不吃一口饭只喝水；如何放着好好的官不做，却要回家种地，县长请了三次他都没有去……

牧牧正听得出神，爹端着盘子进去了。爹将一壶酒倒在几个盅盅子里，双手递给挖坟的和做棺材的，然后跪在地上给他们磕头，牧牧忍不住笑起来。几个球仔仔子(比爹小得多)还正儿八经地坐在那里盛人的头呢。同时，牧牧还发现炕桌上添了许多他平时很少见到的好吃的。他就觉得这些人今天有点不平常，心里不由增加了许多敬意。他想象着他有一天能够像他们一样给人家打坟或做棺材，那该多神气。

牧牧添牙了。一会儿添一个，一会儿添一个，添得牧牧心惊胆战的。牧牧忙喊爷爷，却没有人应。放放说爷爷乘着白仙鹤上天了。他一把将仙鹤撕破，发现仙鹤是空的。放放说，爷爷在金银斗里数钱着呢。他一把将金银斗搬倒，发现金银斗是空的。放放说爷爷在往生船里睡觉着呢，他一脚将船踢翻，发现船是空的。牙仍然在一个接一个地添着，牧牧非常非常着急。他不再信放放的话，开始到处找爷爷。

突然，他看见爷爷在开花，一片一片的，将他的眼睛都开红了。

生了好还是熟了好

明明听见爹叫，一骨碌从炕上翻起来，下地洗了手脸，接着拓纸。他和阳阳昨天拓了一天纸，手都拓肿了，但明明神情中有种把革命进行到底的坚忍。明明一边拓纸，一边叫阳阳快起。阳阳仍然装作睡着，赖在被窝里不出来。爹一边喝茶一边说，这可是你爷爷最后一年纸了，要好好拓，不然以后想拓也拓不上了。阳阳突然把头从被筒里伸出来问，为啥不烧四年呢？爹回头看了看阳阳，笑着说，三年就到头了。阳阳问，为啥三年就到头了？爹说，因为三年你爷爷就到了好处了。阳阳问，好处？怎么个好处？爹说，就是一个不受苦的地方。阳阳问，不受苦的地方？那是一个怎样的地方呢？

明明说大概就是共产主义吧。爹笑得把一口茶吐在地上，说，明明说得对，就是共产主义。阳阳问，共产主义又是个啥样子呢？明明说，你快起来拓纸，只要你一上学，老师就会给你讲的。阳阳说，我现在就想知道。明明说，共产主义就是想要啥就有啥。阳阳的眼睛就变成两个手电筒，向明明照去，直照到明明的肠子里去了。要啥有啥？明明说，当然。阳阳说，你再不要听你们老师胡诌。明明说，老师是按书上说的。阳阳说，那我想要爷爷。爹惊异地看了阳阳一眼，又看明明。明明停下了手中的印板，作思考状。阳阳把脖子像鹅一样伸出被窝，向明明伸去，伸去，伸去，讨要答案。

突然，阳阳说，爹啥时给我奶奶烧三年呢？

不想爹却陡地变了脸，错着眼珠盯了阳阳看。阳阳正在兴头上，不防被爹这么逼住，一时转不过弯来，尬在被筒里。明明忙过来从炕床子上取下阳阳的衣服，帮阳阳穿上，拉阳阳到院里去。阳阳一边不情愿地往院里走，一边用小嗓子低声说，我就知道你舍不得给我奶奶烧，要留着给你烧呢。明明慌得一把把阳阳的嘴捂住。

在明明和阳阳的心目中，烧纸比过年还要好。过年有这么热闹吗？没有。过年有这么多好吃喝吗？没有。要是天天烧纸就好了。昨天拓纸时，阳阳突然这样说。明明想想也对，要是天天烧纸，这日子也真和共产主义差不多了。可是这又怎么可能呢？就别说天天烧，就这一年一次，也到头了。爹说三年一烧就再不烧了。

不过也没关系，明明说，爷爷烧完，还有奶奶，奶奶烧完，还有爹，爹烧完，还有娘。阳阳接过明明的话，那么娘完了呢？明明一时回答不上来。阳阳说，笨蛋，分明轮到你了。

阳阳就看见明明的脸上有一百只鸽子一下子被惊飞了，明明愤愤地说，我才不死呢。

你不死想活多少呢？

明明瞪着眼睛想了想说，一万吧，最少一千。

那不成神仙了。

神仙有啥不好。

我才不当神仙呢，当上神仙，就不能死，不能死，就不能烧纸，不能烧纸，能吃上这么多好吃的吗，能有这么多钱吗？

你以为这是钱？

不是钱是啥？

你个瓜蛋，这全是假的。

谁说是假的，爹明明说是真的。

真的你见了？你见爷爷花了，你见爷爷拿着它去称盐，去倒油？

假的你见了？你见爷爷没花，你见爷爷没有拿着它去称盐，去倒油？

既然没见，那就是真的。

既然没见，那就是假的。

反正我相信是真的。

反正我相信是假的。

如果是真的，那你拿到商店试试。看能不能买来一个铅笔，能不能买来一个擦子。

但明明很快就转变了话题，明明说，如果是真的，那咱们就是世界上最富的人了。

才不是呢，最富的人是造纸的人。

还有中华民国冥府银行行长，爹说，这一烧，就全存在中华民国冥府银行了，爷爷要用时就派金童玉女去行长那里取，行长就把钱儿子给爷爷。

要是钱儿子取完了呢？

当然还有钱孙子。

哇，那爷爷的钱可真是越取越多了。

那当然……

可是爹为啥要生阳阳的气呢？明明想。

娘在扫院，见阳阳嘟着个嘴，笑着说，想你爷爷了？还没有到哭的时候呢。阳阳说，我才不哭呢。明明说，爷爷最偏你你还不哭，也太没有良心了。阳阳说，爷爷不偏你？明明说，偏是偏，但没有你偏，姑姑拿来的饼干，他一次给你两片，给我才半片。阳阳说，你咋不说爷爷让你去买烟。明明说，买烟咋了，买烟又不是偏。阳阳说，还不是偏，本来一盒羊群是一毛钱，你给爷爷说是一毛五。明明的眼睛就立起来了，谁说的？你咋冤枉人呢？

阳阳看见明明要来真的，忙缩到娘身后。娘说，我不信明明会干那种事，我不信，明明从来都不胡日鬼的。阳阳说，真的，庄庄给我说的，剩下的五分钱他们两个买了两个铅笔。娘说，买铅笔，买铅笔没有错。阳阳说，还买了六个蜜枣呢。明明说，六个蜜枣你就吃了三个，我和庄庄一人才吃了一个半。娘说，阳阳你要向人家明明学，看人家明明思想多好。阳阳突然站在明明面前，像没有刚才这回事似的说，你说我们说话爷爷能听见吗？明明爱理不理地说，谁知道呢。阳阳说，如果能听见就好了。明明说，听见又能咋。阳阳说，如果能听见，我们向爷爷要些钱花啊。娘笑着说，这要看啥人说。明明和阳阳看着娘。娘说，你们的一举一动爷爷都清清楚楚，如果你们做好事，爷爷就会把钱偷偷地装在你们兜里，如果你们学坏，他老人家不但不给你钱，还要把你兜里的钱悄悄拿走，让你一辈子受穷，娶不上媳妇，盖不起新房，过不上好日子。明明和阳阳同时吸了一口冷气。阳阳说，我和明明给他拓纸，这总算好事吧。娘说，这当然是好事。阳阳掏了掏衣兜说，可是我的兜里咋没有钱啊。娘说，你也太性急了，要想爷爷给你兜里装钱，还不能一个劲地想钱，一想，也就不灵了。明明说，我知道了，就是偷着做好事，就像雷锋一样。娘说对，看来明明的学没有白上。阳阳说，那我试试看。

明明和阳阳复又回到上房拓纸。明明掌印，阳阳揭纸。两人配合得就像一架印钞机。阳阳再也不和明明抢着掌印，纸也揭得比昨天更加认真，像是一下子长大了似的。拓了一会儿，阳阳掏了一下衣兜，给明明说，我一直没有想钱，可是兜里咋还没有钱呢？

明明说，你明明想了，还说没有想。

阳阳说，没有啊，没有啊。明明说，你个笨蛋，你没有想，又怎么知道你没有想呢？

阳阳的白眼仁就直翻到天上去了。

这时，改娃在大门外喊，纸火到了，准备迎纸火！阳阳问明明啥叫纸火。明明说纸火就是一些纸做的东西。阳阳在心里又笑了一下，既然是纸做的，还迎个屁呢。阳阳要把自己的想法告诉明明，可是明明已经跳出大门外了。阳阳赶了出去，只见明明和庄庄争夺鞭炮。庄庄说是总管让他放的，打昨天就说好了。明明说，总管是个啥球东西，是我买来的炮，是我拿我们家的钱买来的炮。庄庄说，那你去给总管说。明明突然急了，你给不给？庄庄说，不给，就是不给。明明说，那好，你爱放就放，但你放完就别进我们家，别吃我们家烩菜。庄庄一怔，说，我给你分一半吧。明明想了想，接受了这一建议。明明跑回家，找了一根柳条，和庄庄一样在上面拴了鞭炮，等着纸火。这时，爹和小叔已经穿着孝衣跪在大门一侧，像是两只披着羊皮的狼，不停地向纸火队伍点头。爹和小叔的前面站着总管和香老。总管手里拿着几张黄表，三根香；香老端着盘子，站在总管身后，像是一个走狗。总管和香老的后面站满了数不清的庄家，一张张脸向着村口，像是一朵朵向日葵。

明明没有想到，就在他发呆时，阳阳一把把他手里的鞭炮抢走了。明明大声骂着追阳阳。阳阳跑到爹的身后，早把早上被爹呵斥的事忘在一边。爹让阳阳把炮分一半给明明。阳阳说，让庄庄分给明明。庄庄就很自觉地过来给明明又分了一半，说，我早就想分给你呢。明明跑到上房里，点了三炷香，分发给庄庄和阳阳。三人就擎了炮立在门口，等待纸火的到来，神情庄严得像是三位持枪守卫祖国疆土的共和国卫士。

纸火来了。真是好看啊。阳阳没有见过纸火。一看，才知道所谓的纸火，原来是一些纸做的花花绿绿的东西，就像电影上国王的仪仗队。总管说，鸣炮。三人就同时点燃鞭炮。啪啪啪啪啪啪啪……三人高兴得就像是三串鞭炮。阳阳说哎呀把人美日巴了。明明和庄庄跟上说真把人美日巴了。三人正美得不知该如何收场，总管大声喊了一声行礼。所有的人就都向纸火跪了下来。总管和香老跪在纸火前，点燃黄表和木香，说，这是女婿外甥的功德，请你老人家收讫。

最前面举着接引佛的年轻人说，收下了。

跟在后面掌着金银斗、花圈、香幡等一应纸火的年轻人齐声唱：收，下，了。

总管说收下了就叩头。所有人就把头点了三下。明明和阳阳仍然沉浸在炮声中，等一些被炸开的零星的炮响完，跪着的人已经站了起来。庄家们从外甥女婿手里接过纸火，把亲戚让进院

里，一部分庄家早已给这些外甥女婿们准备好了洗脸毛巾。外甥
女婿洗脸的时候，另一些庄家已经把纸火搭在院里，红红绿绿的
纸火把院子打扮得新郎官一样，春天一样。

明明和阳阳在纸火中穿梭，就像两只叫春的燕子。

突然，阳阳的目光在向着上房的方向凝固了。明明顺着阳
阳的目光看去，只见改娃和庄庄坐在上房地上，端着一碗烩菜
吃。明明的嘴里就流出口水来。明明没有说话，拉了阳阳到厨房
里去。娘就给他们每人发了一个油饼。明明和阳阳接过油饼，仍
然站着不走。娘问还站着干啥？明明看了一眼阳阳，阳阳会意，
说，庄庄和改娃都吃烩菜了。娘就咳的一声笑了。娘说，庄庄和
改娃当然要吃烩菜，庄庄是会上定下的炮手，改娃是会上定下的
接引生。阳阳说我们也是炮手，我们也是接引生。娘说，你们的
炮手是谁定的，你们的接引生是谁定的，总管说了吗？

阳阳就看明明。明明吐了一下舌头，拉了阳阳出去。可是就
要迈出门槛了，姑姑叫住他们。姑姑前来给他们每人蜜饼，把脸
贴在他们耳边说，不要让别人看见。

明明和阳阳点了点头，迅速穿过人群，跑到后院。站定。
两人相互看了看对方，然后把蜜饼搭在嘴上，开始享用。奇怪的
是他们不约而同地采用了一样的吃法：先用前门牙尖刮上纸那样
薄的一层，在嘴里品，等品够了，再送到肚子里去。整个过程静
悄悄的，谁都不说话，彼此能够听见对方的前门牙从蜜饼上瓷实
地刮过、面丝被舌头紧张地搅拌、面泥向肠子里欢畅地运动时发

出的巨大的轰鸣声，能够看见面泥从嘴里到嗓子再到肠子每一个环节的惊天动地。他们每吃一下，都要把蜜饼擎在面前看一下。无可奈何的是，那蜜饼在不可阻挡地少着，少着，少着。少到一半时，两人不约而同地停了下来。明明知道阳阳要说话了，阳阳都快要被想说的话憋坏了。阳阳说，把个放炮么，咱们两个谁不能放，还一定要请个庄庄呢。明明说，那没关系，等庄庄爷爷死了，我们也去报名当炮手。阳阳说，对，还有改娃爷爷，也快死了。两人掐着指头把庄里快要死的老头子算了一遍，总共可以放二十三次炮。过了一会儿，明明又说，不对，是六十九次。一个人死了要烧三年纸，二十三个不是六十九次嘛。

明明和阳阳回到家里，发现他们刚才算过要死的老人中好几个都来了。他们站在纸火前，左瞧瞧，右看看，互相开着玩笑。明明和阳阳同样不约而同地在他们脸上打量着，像是在计算着他们什么时候动身。突然，阳阳拉过明明，把嘴贴在明明耳朵上问，你看谁先死？明明复又把阳阳的头扳过，把嘴贴在阳阳耳朵上说，我看是庄庄爷爷，你呢？阳阳这次没有等到把耳朵换过，就说，我看是改娃爷爷。没想被改娃爷爷听到了。改娃爷爷问他咋了。阳阳说，我看你就要……就在后面的那个字到了阳阳的嘴边上时，明明向阳阳干腿上踢了一脚。那个"死"字就被"啊"字代替。阳阳的眼泪就出来了。接下来，明明的干腿也就挨了阳阳几脚。明明始终笑着，以一种君子风度接受了那几脚。接着盯住那几个老人看。阳阳看见明明开始了新一轮侦察，当然不愿意落后。明明就看见庄庄爷爷已经骑着仙鹤踏云而去。阳阳就看见改娃爷爷已经往中华民国冥府银行一麻袋一麻袋地存钱了。他们两人呢，已经放完鞭炮，正儿八经地坐在他们家上房炕上吃烩菜了。吃完一年吃两年，吃完两年吃三年，直吃得嘴角流油，肠子撑肚皮儿。

明明和阳阳在想象中把庄庄和改娃家的烩菜大吃一顿，把目光从肚子里掏出来时，起风了。风把纸火吹得哗啦啦响。一些没有粘牢的纸片像树叶一样在院里飞。明明仿佛能够听见那些老人身体里也有同样的纸片在飞。明明蓦然想起爷爷。新院爷爷烧三年时，爷爷带着他去吃嘴，纸火来了时，爷爷就是这样观看的。当时他问爷爷这些东西是干啥的。爷爷说是骂眼睛的。明明不懂，再问，爷爷的眼睛就潮了。

总管请几位老人到上房里陪爷爷的舅家奶奶的娘家和三年前给爷爷打坟的坟匠、做棺材的木匠坐席。明明和阳阳凑到门口去看。明明和阳阳发现，这桌饭有点和别的不一样。不再是汤菜，全是干的，还加了几个干果碟子。馒头也换成了油饼，居然还有蜂蜜。这他们可连一点都不知道。明明突然觉得，这烧纸就像搞地下活动似的。阳阳咽了口唾液，给明明说如果把这些油饼放着让咱们自己吃，能吃半个月呢。明明点了点头，向阳阳表明他知道事情的严重性。

阳阳索性骑在门槛上，目光追随着大家手里的筷子，发现许多人吃了第一个油饼，还要吃第二个；吃完第一碗，还要吃第二碗。出乎阳阳意外的是，明明不但心里不痛，还居然进去，公然站在大家面前，学着大人的样子说，再吃，就这么一点菜菜子，吃不好，吃饱。把大家都惹笑了。一个远舅太爷给明明几个水果糖，明明竟然不要，而且不要到底。阳阳在心里佩服着明明，就凑到明明身边了。那位舅太爷的手却已经收了回去。阳阳想，如果舅太爷再给他，他也说不要。阳阳都被自己的决心感动了。这时，一位干部模样的人看见了阳阳，问阳阳叫什么名字。明明替阳阳回答说，叫阳阳，就是两个太阳。那位干部赏识地看了一眼明明，接着问阳阳，长大想干啥？阳阳说，造纸。干部惊讶地说，噢，你的这个理想真怪，为啥不当科学家，不当文学家，却偏偏造纸？阳阳说，不告诉你。明明要说时，阳阳在明明腿上掐了一把。

亲戚越来越多，几个屋子都快要被人撑破了。由几个远孙子组成的侍应生队伍一个劲地从厨房往出端肉菜、馒头、献瓜瓜，累得头上都冒汗了。在新来的一拨亲戚堆里，阳阳发现了回缠。回缠没有庄庄大，还像模像样地坐在炕上，让人端吃端喝。阳阳就来了气。阳阳上前，盯着回缠说，人家大人都在院里，把你虎在炕上，有脸没脸？

一下子把回缠的脸说成一张红纸。一屋子的人笑得稀里哗啦响。好在回缠拿出一副大人不记小人过的样子，没有停下手里的筷子，继续吃他的菜。阳阳还要说时，屁股上挨了爹一脚。阳阳说，你说家里来大人了娃娃不能坐在炕上吃饭。爹说，滚，滚蛋。阳阳不服气地嘟着一张嘴，退出上房。明明说，你咋胡说呢，人家回缠今天是亲戚，是代表舅家来的，冲撞了舅家，以后媳妇都娶不成。阳阳说，你哄瓜子去吧。明明说，不信？不信你就等着看。到时候媳妇都进门了，如果舅家不发话，你就是不能入洞房，不能和媳妇睡觉，看把你个能急死么。阳阳说，你才急呢。明明说，你娶媳妇，我急个啥。阳阳说，我媳妇就是你媳妇嘛，咱们联合起来共同对付舅家。明明就笑，差点把牙都笑掉了。明明说，媳妇谁的就是谁的么，咋能你的就是我的。阳阳说，咱弟兄，一家不说两家话，我的就是你的，你的就是我的，咱们联合起来把舅家赶走。明明说，那娘还不把你打死，知道舅家都是啥人吗？全是娘娘家里的人。阳阳说那爹娘家里的人呢，咱们不会让爹娘家里的人来对付娘娘家里的人？明明又笑，和你这种人真没法说，真没法说，爹哪里来的个娘家人？阳阳说，这么说舅家就没法治了？明明说，那当然。阳阳说，那我也要当舅家。明明说，舅家也不好当，外甥领媳妇时要给外甥挂被面，外甥家死了人要做白献、买祭幡，都是重礼，咱们哪儿来的那么多钱啊。阳阳说，还这么麻烦。

　　经明明这样一说，阳阳再看炕上的回缠时，就多了几分敬畏，回缠头上的汗气和舅家的光芒交织在一起，把阳阳的心都弄潮了。

又有几拨亲戚到来，屋子里终于坐不下了，一些人就从屋里漫出来，蹲在房台子上，蹲在院里。总管给明明和阳阳两盒"羊群"，让他们给院里的人"做孝敬"。阳阳不明白啥叫"做孝敬"，问明明。明明说，就是给大家发烟。阳阳笑笑说，发烟就发烟，还这么倒牙干啥。明明不屑地说，你不懂就悄着。说着，把烟盒撕开。阳阳照明明的样子也把烟盒撕开。两人就颠颠地给人们敬。他们每到一个亲戚面前，就一手很洒地把烟盒一抖，另一手抓出一根来，给对方敬，抽上，抽上，抽不好，抽饱。惹得一院的人嗨嗨嗨地笑。最后，两人发现孝敬烟的最大收获是能落下一个烟盒，烟盒上的那群羊真肥啊，草原真大啊，天真蓝啊。更为重要的是在蓝天白云的里边，还有一片闪闪发光的金箔纸，可以做飞机，做轮船。他们就期待着总管再次让他们给大家烟"做孝敬"。

烧纸的时间到了，爹叫明明和阳阳赶快穿孝衫。孝衫是爷爷死那年做成的，明明和阳阳的都小得穿不上去了。阳阳就把明明的抢先穿在身上。明明就嚷。爹说，孝衫不能乱穿的。阳阳问，如果乱穿就咋了？爹说，乱穿爷爷就认不得人了。阳阳看着爹，带着一种考究的目光。爹却一本正经，丝毫没有哄人的意思。阳阳就把明明的还给他，两人就勉强把孝衫穿在身上。帽子也小得只能顶在头上了。明明说，等奶奶死了，把孝衫缝大一些。奶奶就在身边，笑着说，奶奶死了你们都不要穿孝衫，省下这些钱给你们买好吃的。阳阳问，奶奶你啥时候死呢？奶奶说，奶奶想现在就死，只是阎王爷不发话。阳阳说，你让我爷爷给阎王爷说一下嘛，走个后门嘛。奶奶说，你爷爷那老鬼早把奶奶给忘了。阳阳说，老鬼？鬼还有老的？惹得大家一阵笑。

总管看见孝子们已经把孝衫穿好，大声喊了一声上坟。院里的人应声都向大门外涌去。明明和阳阳出门，看见门前通往坟院的路上是一个长长的队伍，就像学生在出操。外甥女婿们搭着纸火，走在前头；庄家们和别的亲戚跟在后面；最后面的是孝子。正是挖土豆的时节，家家地里都有人在挖土豆，一片一片挖好的土豆金子一样躺在黄土里，躺在阳光里。男人们都来烧纸，挖土豆的就剩下些女人娃娃。这时，女人娃娃们一律停下手中的锄头，一边歇着，一边看着烧纸队伍。

一出庄，明明和阳阳就听见大家开始谈论今年的收成，谈论今年的土豆价格，谈论土豆贩子是如何在收土豆时做手脚等等。明明和阳阳的气就来了。他们被人们如此漫不经心的样子给激怒了。尤其是明明，阳阳听见他的气都粗了起来。明明甚至悄声骂了起来：烧纸就专心烧纸么，这样胡说八道的像个啥；这样吊儿郎当的还不如不要来；跑着来烧纸的，就像回事么。

让明明没有想到的是爹也搭上说了，爹说，看来这土豆也种不成了，明年咱们试着种冬麦。明明就上前，拽了爹的孝衫一下。爹问，干啥？明明说，你们也太不像话了，这是去烧纸呢，又不是跟集呢。爹的脸一红，伸手在明明的头上抚了一下。明明的满腔愤怒就被爹的这一抚给打消了。

坟院到了。总管先在祖太爷的坟上烧了黄表和纸钱，又在左近的别人家的坟旁边烧了。明明不明白他们为什么要在别人家坟院旁边烧纸钱。正要问时，只见姑夫把他和阳阳拓了整整两天的一大麻袋中华民国冥府银行发行的纸钱掏了出来，分出一小堆，拿出打火机，轰地一下点着了。明明心里痛了一下。姑夫给他一根长棍，叫他往开里拨纸。明明一人无法把那棍擎起来，阳阳搭上手，弟兄二人就齐心协力地给爷爷烧钱。烧着烧着，明明看见爷爷向他走来，后面跟着中华民国冥府银行行长，爷爷给行长大人说，这是我的两个孙子，老大叫明明，老二叫阳阳。行长说他记下了。是总管打断了明明美好的想象。总管在太爷和太太的莹前烧了纸，回到祭桌前，用一张黄表把更大的一堆纸钱点燃，神色严肃，精神抖擞，高声朗诵：

郭老太爷灵验，自您老人家驾鹤西去之后，子孙们恪守孝道，乡亲们无不感念，不觉三年，如今功德圆满，想您老人家必是到了好处，三年祭日，略备孝敬，伏惟尚飨，尚飨。

阳阳悄悄地问明明"尚飨"是啥意思。明明说，大概就是"好好学习，天天向上"的意思。阳阳说，你是说爷爷到了那一边还要上学，还要念书？明明说，那当然，老师说学习是没有止境的。阳阳说，可是爷爷已经死了啊。

再问时，一阵风过来，半人高的火苗直往弟兄二人身上蹿。看见两人被火烤得难以自持，爹过来接过木棍。明明和阳阳趁机退后，跪在爹后面。爹不几下就把火挑大，像是从地底下一下子奔出来几个火的牛犊子，在人们面前撒欢。眼见他们辛辛苦苦拓了两天的纸钱在迅速减少，阳阳心疼地给明明说，好端端的一袋子钱，就这样烧了？明明忘了早晨和阳阳的争论，说，大概只有烧了爷爷才能花上。阳阳疑惑地看了看明明，那又为啥？为啥一烧爷爷才能花上呢？明明说，大概火通爷爷着呢。阳阳说，胡扯，火就是个火嘛，咋能通爷爷呢。

肯定就是，火肯定就是阴世的门。明明被自己的这句话震了一下，明明没有想到自己会说出这么有水平的话。明明一边欣赏着自己的发现，一边看着在心里缓缓洞开的通向阴世的那扇门。

啥是阴世？阳阳问。

明明仍然沉浸在欣赏中，没有搭理阳阳。

阳阳又问，阴世好吗？

哪有阳世好！

阳世才不好呢，想吃个蜜枣都没有，想花个钱都没有，想要个媳妇都没有。

你个仔仔，没有巴掌长，还想要个媳妇，小心叫媳妇一尻子压死。

她能压住我？"丈八长矛手中攥，来上两个挑一对，来上十个挑五双。"

明明惊讶地看了阳阳一眼，心中不禁生出几多佩服来，他没有想到阳阳会如此巧妙地把爷爷教给他他又教给阳阳的一句戏文用到这里来。

突然，明明发现阳阳脸上的皮肤僵住了。细追究，就发现阳阳的目光胶一样黏在总管手上。总管往火堆里扔着献饭，姿势优美又大方，那只抓着筷子的手上就像带着多少粮草似的，就像开着工厂似的，就像北京天安门似的，让人觉得每扔一下，爷爷的日子就红火一下，每扔一下，爷爷的日子就红火一下。

事实却是，每扔一下，明明和阳阳的心里就痛一下。他们不知道爷爷能否真的吃在嘴里。

突然，阳阳说，我知道了。明明问，你知道啥了？阳阳说，知道为啥要烧吗？明明问，为啥？阳阳说，一烧这钱就成了熟的，只有熟的爷爷才能花上，爷爷不是没牙么。

明明哈的一声笑出声来，说钱还哪里有个生的熟的。

钱咋没有个生的熟的，连人都有个生的熟的。

真是胡扯，你说怎样的人是生的，怎样的人是熟的？

活着的人是生的，死了的人是熟的。

屁话，纯粹是屁话，照你这么说，那爷爷现在是熟的？

当然，就像烧土豆一样，都熟透了。

那你说生了好还是熟了好？

当然熟了好，土豆不熟你能吃吗？饭不熟你能吃吗？我现在明白了，烧纸就是把钱往熟里烧哩，把人往熟里烧哩，把所有所有东西都往熟里烧哩。

草场

桃花赶了羊出门时，娘说等一下她也去。桃花惊讶地说，你这身体能够赶山？娘说她试试。桃花看见娘手里提了一个包，知道娘是早就准备好了的。桃花说，娘你提包干啥？娘说，拿了些针线。

桃花就在前面押住羊，等娘锁大门。

娘赶上来，笑着说，看咱家的人丁多兴旺啊。

桃花高兴地说，"八公主"眼看又要下（崽）了。

娘就在羊群里搜寻"八公主"，最后目光却落在"尕司令"身上。"尕司令"是公主群里唯一的男性公民，也是"八公主"的老公。现在，它不陪太太，却在"九公主"身边骚情。桃花瞥了一眼娘，娘的神情却在羊群之外。

过了会儿，娘说，你这"尕司令"也该到阄的时候了吧？

桃花一惊,说,好端端的为啥要阉人家?

娘侧脸看了桃花一眼,笑了笑,说,傻丫头。接着说,也没个人去赶了和群,你爷爷在时年年都要赶了去大山里和群。

为啥要到大山里去和群呢?

大山里有好羝羊,这年月近处连个好羝羊都没有。

那我们去大山里啊?

你以为大山里就那么好去——看,那个羊吃人家麦子。

桃花正要扔鞭杆,那羊却乖乖地回到集体中。

娘笑着说,好个懂事的。

桃花说,啥懂事不懂事的。

吃了人家的麦子还躲掉了一顿打,怎么不是个懂事的。

桃花被娘的话击了一下。她觉得娘的话很远也很深,她琢磨了半天也没有琢磨出个底来,又觉得它分明是有个底的。

到了一个十字路口,就有两个羊抄小道走。桃花的鞭杆就过去了。那两个羊挨了一顿打,很不情愿地回到队伍中。娘笑了笑,说,它们并没有错,你为啥要打它们。桃花说,天天从这儿走,它们又不是不知道。娘说,这个小路你走过吗?桃花说没有。娘说,那你怎么就认为从小路走不对呢。桃花说,这我倒没想过。娘说,你怎么就不想想呢。桃花又被娘的话击了一下。她好像能够嗅到娘话中的后味,酒干一样。桃花说,那么走小道?

娘说,不,既然走了大道,就走大道,现在小道上就是有再好的草,已经是回头草。

啥叫回头草？

回头草是一种惹人但不能吃的草。

桃花想，这是一种什么草呢？她放了这么多年的羊，还没有见过哪种草惹人却不能吃。

上到半山腰时，太阳出来了。回头看村子，村子一派氤氲。娘说，平时让人泼烦的那个家，现在看来还真好呢。桃花说，那是你第一次出来。娘说，算你说对了一半。桃花不解地看着娘。

娘说，不是第一次，是隔了些时间。你看，只隔了些时间就觉着它这么好看。桃花想了想，觉得还是娘的话更准确。

这时，桃花看见娘的气很虚，就问娘是不是很累。娘说，也不觉得。桃花说，要不就先歇歇。娘说，赶着羊，怎么个歇法。桃花想了想，也是，两边都是庄稼，的确无法停下来。娘说，人就是这样，一旦和啥牵连，就难以自主。就像现在，如果身边没有这群羊，你就可以闭上眼睛走这段路，就可以想在啥时歇就在啥时歇。桃花就抬头看娘，好像要从娘的脸上找出些什么来。

上笔架梁时，娘突然转入沉默，好像在记忆中翻拣着什么，又像是无法腾出多余的体力来和她说话。桃花想找一些话和娘说，可是娘的神情却是拒绝的，不容打扰的。桃花一时有些不知所措，就像时间凝固在路上，让她每前进一步都要设法推倒厚厚的时间之墙。桃花的呼吸都有些接不上了。桃花奇怪，自己一个人出山时，什么时候又有过这种感觉呢？怎么身边添了一个人，有时倒会让人觉得寂得慌呢？好在那个小羔羊不时给她找些事出来，可以让她借助制止事端暂时逃脱凝固了的时间地界，透上一口气。

总算翻过了笔架梁。

一过笔架梁，就到了主山的脖子处了，行进的羊群猛然顿了一下，同时得了秘密号令似的，一齐低下头吃起草来。娘也像重新换了一个人，软软地靠在坎子上，好像是从什么地方刚刚回来。桃花感觉得出来，娘要说话了。娘果然问桃花，喜欢放羊吗？桃花说，有时喜欢，有时不喜欢。娘又问，就说喜欢，你是喜欢放呢，还是喜欢羊？桃花想了想说，有时喜欢放，有时喜欢羊。娘笑了笑，像是对桃花回答的认可，又像是对桃花没有说出来部分的遗憾。娘又说，娘像你这个年龄时，要是有群羊放就好了。桃花立即问娘，你那时干啥呢？娘神情含糊了一下，说，要说也在放羊呢。桃花愤愤地说，啥话么，一阵放一阵不放的。娘错了一下嘴角，桃花你说，咱们有啥道理要赶着这么一群羊呢？到底是谁让我们赶着这群羊呢？

桃花听不懂娘的话，侧了脸看娘。娘说，我咋觉得我们身后也有一个鞭子呢，桃花你说，这个执鞭子的人该是个谁呢？桃花发现，这时娘表面上是和她说话，其实是在自言自语了。桃花你说，到底是放羊的人快乐呢，还是羊快乐呢？桃花说，这个问题么，得问羊。桃花就真的问起羊来，咩咩，咩咩，我娘问是你们快乐呢，还是我们快乐？惹得娘笑起来。

这时，"尕司令"虎地跳到"九公主"的身上，差点把"九公主"压趴下。桃花跑过去用鞭子抽，可是"孕司令"却是一副轻伤不下火线的样子，好像那些落在身上的鞭子和它没有多大关系似的。桃花再打时，就看到了一双眼睛，桃花不由打了一个冷颤。那双眼睛是"九公主"的，"九公主"回过头来，极其不满地看了她一眼。这一眼把桃花给看愣了。桃花一时觉得无地自容。再看娘时，娘的目光又到了远处，如同一片秋天的树林。

几乎是在同时，山底下传来一阵花儿：

阿哥的肉哎，咋熟的呀

还不是自己把自己烤熟的

心里的火哎，咋起的呀

还不是老天爷点下的

……

桃花看见娘的眼里有泪花在打转。桃花想，不就一段骚花儿么，她天天听呢，也没听出个啥来，可是娘怎么就这么伤心呢？

桃花就赶了羊离开山脖子，向山顶走去。被山啃成一个月牙的天渐渐丰满起来，让人心里觉得宽敞。娘的头上虽然渗出许多汗来，气也有些喘，可是神色却比刚才好了许多。

当那个月牙变成满月时，她们到了山顶。母女二人坐下喝水。娘说，到山顶的感觉真好啊。说得桃花心里颤了一下。桃花就觉得娘简直在挑着拣着说早就放在她心里的话。她每天赶着羊上山，好像就是为了这一刻，每当这时，她的身体里就好像有花在开放。无边无际的开放中，像是有许多东西一下子涌进来，又像是有许多东西一下子涌出去，接着，她就觉得自己在融化了，和天一起，和地一起，最后，自己就是天了。但平常，这些感觉都在心底的一个暗处，不想被娘一下子挑明了。

娘向山下看了一会儿，又说，平时我们觉得一个家就有多大多大，现在你看，还没有指头肚大。桃花想了想，觉得娘今天了不得，这些事情平时自己也隐隐约约地感觉到，但是没有像娘这样说得丁是丁卯是卯。就说，娘你今天怎么句句都是语录。娘笑笑，娘今天心情好。

桃花看娘，娘脸上真的有一层往日没有的光彩。娘今天这是怎么了，天气一样，一会儿晴，一会儿阴的。

突然，娘定定地盯了她看，看得她心里毛毛的。接着，娘的目光恍惚了一下，说，当年娘把你带回来时，你还不会走路呢。那时，娘真担心带不大你呢，不想一转眼就成了个大闺女了，知道吗，已经有人来提亲了。

桃花低了一下头，就在娘又要开口时，倏地上前向娘嘴里放了一片杏干。

娘看着桃花笑了一下，说，这杏干还真比杏子味长呢。

桃花说，啥味长味短的，我只觉得它好解渴。

娘说，是的，它就是能解渴。

虽然是同一句话，但娘的口气和她不一样，桃花觉得娘把自己的意思给篡改了。

再看娘时，娘的目光已经在对面山上。娘说，看你爷爷睡的那个地方，多像个竹篮儿。桃花就觉得爷爷睡的地方真像个竹篮。自己平时怎么就没有看出来呢？娘怎么处处都高自己一筹呢？如果娘死了，你就把娘埋在你爷爷的脚下面。桃花说，你胡说啥啊。娘说，娘真觉得那地方好呢，如果不是给你做伴儿……娘打住了后面要说的话，再次盯了桃花看。把桃花的眼睛都看花了。

突然，娘收了目光，说，桃花你猜我今儿带啥来了？桃花说，你早说过是针线了。

娘摇摇头。

好吃的？

娘还是摇摇头。

桃花怎么也没有想到，娘竟带了一个很好看的风筝，竹子做骨，绸子做面，活像一只彩蝶。小时候，每当她哭闹时，娘就哄她说要给她拿风筝去，可是每次都说没找见。桃花问，这么好的做工，娘从哪里弄来的？娘说，说起来，它还是你姥姥给娘的呢。那时每当娘去放时，你姥姥总是说，风筝上有一辈子人呢。当时娘还以为你姥姥在说胡话呢。

桃花问，那么现在呢？

娘说，等你嫁了人就明白了。

桃花说，娘你说的啥话么。

娘笑了笑，说，今天风正好，你去放。

桃花就去放。可是放了一会儿，总是放不起来。娘就又从包里拿出一团线拴在风筝上，教桃花怎么放。桃花就依娘教的放，果然越放越高。看着风筝乘风在天上飞翔，桃花高兴得像一个彩蝶一舞一舞的。连正吃草的羊都回头看着她。

等桃花放够了，娘问，好玩吗？桃花说，娘，你怎么不早拿出来？娘说，我还真舍不得呢。桃花说，不就一个风筝嘛。

娘叫桃花。

桃花应。

你想想，风筝为啥要有个线？

没有线不就跑了。

娘说，当初没有线，它怎么没有跑？

桃花想想也是。

桃花说，为了让它飞起来。

娘说，算你说对了一半。

这时，娘把风筝又放起来了。桃花看见娘的神情有点异样。娘一直把线放到头。然后定定地看了一会儿风筝，叫，桃花，这线还有一个用处，你再想想看。桃花想了想说，是为了让风筝飞高。娘摇了摇头，难为你了，你就好好看着吧。说着，就把手中的线松开了。桃花大叫了一声。风筝已经上天了。

再也没有下来。

桃花看见娘的眼里闪着泪花。

桃花气愤娘把好端端的一个风筝给放走了，但是看娘脸上挂了泪花，又觉得其中必有缘故，就小心地给娘递上手帕，说，不就一个风筝么。娘接过手帕说，就是，不就一个风筝么。说着，脸上换了笑容。

娘的气有些喘，桃花扶娘坐下来。再看天上的风筝时，已经和蓝天隐约难辨了。风筝上有一辈子人呢。什么意思呢？嫁了人就自个儿明白了。不嫁人怎么就不能明白呢？嫁人，不就是多了个男人么。

桃花，知道娘为什么不供你读书吗？

娘终于开口说话了。声音像是从地底下渗出来的。

桃花说，穷呗。

娘说，是，也不全是。

桃花问，那是为啥？

娘说，其实娘也很矛盾，娘不就是半个读书人吗？不也在城里混了半辈子吗，但最后还是回来了，知道为啥吗？

桃花说，因为娘病了。

娘说，你是娘的女儿，娘不怕丢人，娘今天告诉你，娘不是病了，是脏了。

桃花惊得说不出话来，大睁着眼睛看娘。

桃花你别怪娘，娘现在觉得其实在山里做个羊倌真是挺好的。

娘的声音几乎小得听不见。桃花把水给娘，娘喝了一口，缓了缓，接着说，如果你听娘的话，就嫁给地生吧。

桃花生气地说，娘你胡说啥呀。羞得勾下了头。

娘说，娘已经盯了好久了，村里的小伙子差不多都到城里去打工，就他安心地种地。

娘是在为桃花订完亲的第七天走的。

娘上路时，"八公主"正在分娩。

附录：

文学最终要回到心跳的速度
——答姜广平先生问

问：在论及你的作品时，我们无法回避两个问题，一是关于西部作家的问题；一是关于作家与外部世界——当然，在你这里，更主要地是表现人与土地、人与文化的关系问题。我们先就第一个问题来聊聊。你对自己作为一个西部作家是如何界定的？

答：无疑，我是一个西部作家，这是无可更改的地理身份。但从本质上来讲，作家是不存在地理身份的，因为心灵不存在分别，它是"一"，不是"二"，如果是"二"，它就无法实现"感应"，也就无法实现"共鸣"，所谓"心心相印"，就是从此而来。

问：李建军在《论第三代西部小说家》和《诗意叙事及其意

义》里曾反复说及西部作家这个概念。过去，我们一些评论家就"南方叙事"谈论得比较多。这两个文学概念都有非常强烈的地域性。当然，西部作家这一说法，可能更加具有强烈地域性色彩，某种意义上，它是与"南方叙事"不同的两个概念。我觉得，"南方叙事"更像小说修辞，而西部文学或西部作家肯定是就题材本身而言。应该是这样理解吧？

答：李建军先生的论述我看过，按照他的行文逻辑是成立的，我也同意您的"修辞说"，从气质上讲，作家是存在南北方区别的，因为水土有别，这就像羊必须生活在大地上，鱼必须生活在水里一样，但是无论是羊，还是鱼，它们首先是生命，文学既要敏感于水土之异，更要敏感于水土之同。

问：毫无疑问，你写的是西部，西部的民情、民风，西部的文化特色。你是在写作之初就为自己设定了这样的文学使命吧？

答：那倒没有，最初的写作是混沌的，我是在写西部，但西部只是外衣，核心还是人，就像《农历》，看上去是西部题材，但"农历"本身是天地人之间的关系，是充盈在天地人之间的一种和谐力，它是"根本快乐"的保障，也是"根本幸福"的来源，无疑，这又是人类共需的。

问：先锋文学之后，这样的一种文学设定，在作家们那里，肯定是越来越少了。这是一种文学的回归。有时候，我们固然要强调"怎么写"，但技法是能穷尽的，有时候，我们还是要回过头来，或者，文学也应该倡导一种"慢"的艺术。走得太快，肯定也是违背文学规律本身的。

答：非常正确，文学最终要回到心跳的速度，因为那是"感动"的速度，感动只有在心灵同频共振的时候才能发生，为此，"慢"是归途。但也仅仅是归途，还不是"家"，文学的家在"静"里。

问：但一味地"慢"下来，可能会使小说过于繁冗、沉闷。当然，毫无疑问，这使小说的品质有了一种回归。正像很多读者所发现的，现在很少有作家再用那种工笔描写的方法来写小说了。

答：因此我说"慢"仅仅是归途，但"静"则不然，真舞者在进入舞之后，速度可能很快，但她的心是静的。真正打动读者的就是这个"静"，因为它是生命的来处。对于作家来说，这种"静"和他用的手法没有关系，如果他的心是静的，那他即使写意，读者看到的也是静，如果他的心是闹的，即使他用工笔，读者看到的也是闹。

问：我们还发现，在你这里，其实还有另一种文学虔诚：正像李建军所言，我们现在的文学，在很多作家那里，让人感受到的是"价值观上的虚无主义"，是"面对文学的玩世不恭，是对人物的冷漠和无情"。而现在，你重拾这样的虔诚感与敬畏感。也许，我们今天的对话的一切出发点都必须从这里开始。

答：是，如果文学离开了虔诚，那就失去了根，因为读者的阅读，本质上是寻求一种"温暖"、一种"感动"，而温暖和感动的前提就是虔诚。孟子说，"不诚，未有能动者也"。就是这个意思。

问：优秀的文学技巧和出色的才思，在我们作家这里并不缺少，但为什么缺少优秀的作家，可能原因就在这里。我们的作家，我以前讲，中产阶级化了，相当危险。现在，我还是这种感觉，多数作家，现在差不多仍然是吟风弄月，是在构筑自己的象牙之塔。其实，离真正的生活是非常遥远的，离生活中的"真善美"同样遥远。

答：对，文学需要技艺，但技艺不是文学。至于作家中产阶级化是否会影响文学品质，倒不是绝对的，关键是要看他的心是否已经"中产化"。

关于"真正的生活"，我也有些不同于通常的看法，我理解，"真正的生活"应该是发生在"心灵大地"上的，借用古人的一个词，就是"心地"吧。如果一个作家，他没有发现这块新大陆，或者说他的这块大陆是沉睡的，他即使走遍世界，也找不到"生活"。

问：反观世界范围，舔舐伤口的作品仍然有增无减，而且也得到诸多重视，其影响也不可小视。然而，总觉得关注当下与今天的作家不多。而你在这方面，则特别注重揭开当下生活的真实，特别善于发现当下生活中的美。

答：我非常喜欢"当下"这个词，古人讲，"泉水在山乃清，会心当下即是"，"是"什么？是真之所在，是美之所在。显然，

"伤口"不是当下,"舔舐"更加隔离了当下。现代大多人犯的一个错误是,舍近求远,舍本求末,结果是一生都在追逐,到头来既见不到"山",也见不到"水",当然也见不到"心"。

如果我们在品"这一口"茶时错过了茶,我们即使把《茶经》背个滚瓜烂熟,也找不到茶,如果我们在喝"这一口"水时错过了水,我们即使泡在大海里,也找不到水。

问:联系你的安详文化,汪政与晓华的判断同样是我们的判断,你是在以宗教般的虔诚,来礼赞生活的美好。所以,现在的问题是,我们发现,往往一个伟大的作家,是有哲学思想、宗教意识或文化意识来支撑的。但这可能恰恰是当代中国作家最为缺失的东西。这是个大的话题了,涉及的东西可能也将会很多。人们意识到了这一点,但是,我发现多数作家并没有准备这些东西就匆匆上路了。

答:您讲得非常对,这就像一个人没有准备好灯就开始赶夜路,结果可想而知。因为我吃过赶夜路的苦,所以我知道灯的重要。

问:但问题是,我们是不是可以说,你的描写其实已经与沈从文、汪曾祺这一代作家不同了?

答:不敢和这两位大家相提并论,也有评论家说我的创作受他们影响,还有废名,但说实话,这几位大家的作品,我恰恰读得很少,如果说气质上有些接近,那大概是因为我们的心性相近吧,就像相同的土壤上容易长出相近的果实。

问：与此相关的是，可能很多作家也并不是不擅长此道，而是因为"文学已进入到一种后小说的时代"。"文学已进入到一种后小说的时代"是我与评论家费振钟对话时，谈到的一种观点。当然，这首先是费振钟先生的观点。既然是后小说时代，可能我们所说的小说的一些东西，哪怕是最为精粹与优秀的东西，也可能会被抛弃，被改写，被重置。

答：古人讲，境由心造，相由心生，在我看来，心也由境造，心也由相生，当然我这样讲有些大逆不道，我只是想说，强大的环境是可以影响心灵的，一个人面对镜子久了，就会把镜子视为自己。因此，当世事纷乱到极致，我们要让小说家保持初衷，几乎是不可能的事了。当差不多所有的作家都在随波逐流的时候，有那么几个人站在源头，或者说是岸上，冷眼旁观，他们的目光，就有可能是真理，这也许是我们在后小说时代的一种奢望。

问：所以，我们不得不这样问：我们可不可以认为你的小说是对传统意义上小说定义的回归呢？

答：不敢说，但我认为，小说的首要使命应该是祝福，如果我们抛弃了小说的祝福精神，等于我们抛弃了人。

问：在你的作品里，我们首先可能遭遇的是关于节奏的问题，像《生了好还是熟了好》《点灯时分》这样的作品，肯定是以某种节奏上的让步才能成立的文本。像这样牺牲节奏以全小说意味，除了想呈现一种民俗与礼俗，你是不是还有什么目的？

答：《点灯时分》之所以呈现出现在这种节奏，是因为它的主题是"灯"，既然是灯，就不能有风，因此，这也是一个天然，一个水到渠成，在写作时，我是没有想过"目的"的。

问：你在作品里，大多都刻意选择了儿童视角。儿童视角的选择，一方面，我觉得是解决了"怎么写"的问题，但另一方面，它又是一个重要的"写什么"的问题。很多作家也选择了儿童视角，但是，儿童却被悬置。在你这里，儿童视角与儿童心灵，是并在的。除了神秘性、诗性等原因，选择儿童视角是不是在你觉得更便于展开呢？我曾想过，这可能也是你的方向，毕生的追求方向，让文字从现在回溯，用你的话讲，就是寻找到"回家的路"？

答：有这个意思，事实上，儿童和成人也是一个分别，如果我们的心是没有经过污染的，那成年也是儿童，如果我们的心是经过污染的，那儿童也是成年。我这样讲，可能有些不是特别恰当，但是一个孩子在没有性成熟之前，他是天然的，当他的性成熟之后，欲心就产生了，随之，私心就产生了；而一个人一旦有了私心，平常心就失去了，清净心也就失去了；而一个没有清净心的人，是无法准确地打量世事的，当然更无法准确地打量心灵了；而一个作家，他的作品不能准确地描绘心灵，它怎么能够打动读者？

问：在儿童视角的引入中，我还发现了另一个意味深长的问题，往往，你是以儿童来面对年深月久的"传统习俗"与"礼仪习惯"。这种时间上的对峙，你是在写作之前就想好的，还是在写作过程中突发的灵感？我们发现，就是在新作《农历》中，你也是这样设定的。当然，我并不是说你仅仅让儿童去面对了四时八节。这不可能，也做不到。但是，你没有忘记儿童。你一直让儿童共时、在场。

答：我前面讲过，儿童的心是清净心，就像一盆水，只有在它非常安静时，我们才能看到映在其中的月。同样，要打量这轮"农历"之月，成年人的目光显然是不合适的。至于是否在之前就想好，还是突发灵感，可能突发灵感更准确，因为真正的"灵感"，还是来自于清净心。

问：有人说，像《大年》等作品里，还是写到了西部自然的严酷与物质生活的贫困。但我觉得，这里，一定不是所谓的苦难叙事。我倒觉得这是一种提醒，提醒人们，我们过去的美好生活里，就有这样的元素。所以，我时常觉得，你选择儿童视角也是一种提醒，提醒我们发现儿童，提醒我们用赤子之心看待一切。这也是一种回归与回家吧。

答：对，我在《大年是一出中国文化的全本戏》一文中写过，"大年"有可能是人类的童年。

问：话题回到当下的文学生态。总觉得，中国没有真正的儿童文学，没有童话。而你笔下的儿童叙事，以及很多作家的儿童视角下的作品，人们又习惯地以纯文学的眼光来看待。

答：在我看来，真正的儿童文学，恰恰应该是成年文学，真正的成年文学，恰恰应该是儿童文学，这就像母子对话，你能分清哪个是儿童，哪个是成年吗？我这样讲有些绕了，还是那句话，当我们一旦有了儿童和成年之分时，平常心已经失去了，平常心一失去，文字就落在现象层面了，文字一落在现象层面，心灵那一层就被遮蔽了，心灵这一层被遮蔽，感动就无法发生了，更不要说发挥文学的认识、娱乐和教育功能，当然更谈不上发挥它的祝福功能了。在我看来，真正的娱乐是享受"根本快乐"，真正的认识是关于"根本快乐"的认识，真正的教育是关于"根本快乐"的启迪。

问：对了，你的儿童视角的叙事策略，有没有对当下一般意义上成人叙事的否定？饶有意味的是，我们发现，很多杰出的经典，竟然大多都是用儿童叙事视角或者用一种所谓的"白痴视角""傻瓜文学"来替代。其实，说及这一层，我深有感触的是，我们很多作家的写作其实非常危险或者了无意味，"怎么写"的问题，其实并没有得到解决。正像我经常感叹的，很多作家的语言问题也并没有得到解决，却以井喷的速度在写小说。

答：我不敢说否定什么，我只是觉得我现在的表达方式是一种自然的流淌，这就像小溪有小溪的流淌方式，江河有江河的流淌方式，瀑布有瀑布的流淌方式。我在写《农历》第一篇《大年》之前，有两个孩子蹦在了我的面前，他们是那么快乐，那么幸福，那么天意，我的笔就跟了上去，流淌就发生了，之后的日子里，我的眼前当然也出现过其他的人物意象，但都没有他们那么让我感动。

至于您讲到的"怎么写"的问题，古人的逻辑是"应答原理"，就是说，真理不会耳提面命，它有求才应，一如良医，只有患者求医他才下药，但是现在的不少医生，你不求他也下药，那就会出问题。文学行为也一样，就像今天我们这个访谈，如果没有您的问，就没有我的答。但是现在的情况是，不问也答，这已经失去"自然"了，当写作变成一种强加，一种推销，一种勾引，一种商业订货，事实上已经成了一种暴力了。想想看，有这么一家人，丈夫从早到晚的演讲，妻子能够受得了吗？还像个家吗？自然的情况应该是，丈夫问妻子，他的衬衣放在什么地方，妻子告诉他，在某一个衣柜里，妻子问丈夫这顿想吃什么，丈夫说香椿炒鸡蛋。因此，家的逻辑是一种问答逻辑，因为问答，家成为一种和谐，一种温暖，一种温馨。

问：当然，这里又必须谈到分类了。就像我们开头所说的西部作家问题，我其实不赞同将作家分类。譬如在你这里，没有必要将你贴上标签，谓之民俗作家或乡土作家。但说到底，我觉得，优秀作家的品质都是相似的，那就是对文学母题的回答与回应。在你这里，我觉得，回归是一个母题，回溯我们曾经失落的，也可以是一种母题。

答：非常正确。

问：这方面，我觉得李敬泽也说得非常到位，其实每一位作家在写作时，都将自己的立足点当作世界的中心，然后从这个地方向远方出发。

答：敬泽老师讲得非常对，事实上，按照古人对世界的认识，我们每一个人本来就是宇宙的中心，全息论也证实了这一点。

问：所以，突然发现，我过去评价金仁顺时曾说过一句，她是身居北方进行着南方叙事。我也突然发现，从你的行文的细腻、唯美、婉约角度看，你是西部作家中的南方叙事者。这让我觉得，你便是从这个角度弥合了地域与作家的地理特性，同时也使你在两部作家中显得格外跳脱。

答：啊，您这么认为我很高兴。

问：前些时，我参加我们家乡一个作家刘春龙的作品研讨会，讨论他的《乡村捕钓散记》这本书。我突然发现，像你的很多作品，与刘春龙这本书有着某种共同的东西，就是你们都试图在打捞那些将要消逝的事物。所以，从某种意义上讲，打捞历史的努力，既是文学母题的需要，也是文学的任务之一。如果没有《诗经》，我们还能从哪里听到先民的呼吸与歌吟呢？

答：是，也不单单是打捞，如果说是打捞，也是打捞我们自己，因为人的成长本身是一个走失的过程，人类也同样，因此，诗意不存在进化，诗意在根那里，就像花朵，究其本质，它是根的诗。

问：所以，这又让我想起文学的功用了。文学的功用之一，可能就在于它的无用之用。人们太重实用，却忽略了这样的无用之用。

答：赞同您的观点，无用之用，才是大用。这就像"当下"，相对于目标来说，它是无用，但事实上，它是大用，是生命的全部。

问：关于性的描写，肯定也是我们不能回避的一个方面。你在性的描写方面，其实仍然是用儿童视角。

答：是，我讲过，性本无美丑，这是相对于清净心而言，就像色无善恶，只要打量它的目光是清净的。

问：至于"死"这个文学母题，你同样没有回避儿童视角。《开花的牙》和《生了好还是熟了好》里，我只能认为，那种童年与死的绾结，是一种神来之笔。

答：啊，先生过奖了。在我看来，好的文字，都是神来之笔，从本质上来说，我们都是上苍唇边的一支长笛，只要我们的笛声来自苍意，那么它就会动人。至于"死"，更多的作家是戴着有色眼镜来写它的，事实上，如果我们了解了真相，"死"是不存在的，它是一种开花。

问：现在，我的困惑是，我们大家都可能明白你的唯美叙事或诗意叙事的意义与价值，特别是那些农历文化、民俗文化的价值我相信更是具有久远的意义的。然而，现在的问题是，人们都向前走，还会有谁带着这些东西上路呢？当然，我的意思还有另一层，在你的作品里，这些可能都只具有了标本意义。

答：恰恰相反，不久前，有一位读者让我联系一下出版社，批发给她两千册书，她要捐给一些愿意接受捐助的学校，让孩子们去读。说来惭愧，当时我的心里闪过一个念头，这个人要么是富翁，要么是一时冲动。如果是一时冲动，几万元花掉，家里成员找我的麻烦该怎么办，就没有急着联系出版社，心想等两天再说。不想过了两天，她又打来电话，问联系得怎么样了。我就提出到他们家，和他们家人商量一下再说。大概是她感觉到我想探究虚实，就让我到他们家，说儿子在家里。

结果让我大吃一惊，也羞愧不已。房子面积不到六十平方米，很旧的楼，却收拾得很温馨。儿子刚刚大学毕业，居然特别支持家人做这件事，而且买了包书纸，要把这两千册书包好皮，然后在扉页上盖上"像五月六月那样成长"的章子，然后送给孩子们。

真是非常感动，也非常惭愧。我这些年也做一些公益，但和他们比起来，真是太差劲了。同时，作为一个作者，觉得自己的书能够被一位读者用她微薄的工资收入购捐，真是非常安慰。

问：我曾与王旭烽聊她的《茶人三部曲》，谈到了一个话题，就是小说文化与文化小说。今天，在你这里，我觉得，我们仍然要面对这个话题。我觉得，某种程度上，你的小说是一种文化小说。或者说，你以一种文化理念来引导你的小说写作。我觉得，在你的作品里，已经有了很好的呈现。并不是所有作家都能将文化作为小说的元素之一的。

答：在我看来，文化和小说本是水乳交融的，母乳之所以什么营养都有，就是因为它来自母亲，母亲在给孩子哺乳时，只把奶头塞进孩子嘴里就行了，她并不需要拿个勺子，按照奶粉那样，多少蛋白多少钙多少糖地兑。好的小说也是一个有机体，因此，好的作家首先应该是一个母亲，她是带着爱去哺乳的，事实上她的心里连爱这个词都没有，但她提供的乳汁，却什么都不缺。

问：此外，在你的作品里，我们要谈到一个非常重要的问题就是时间。时间的特点，很多人都在谈，我在你的作品里发现的是时间的延滞。也就是说，其实，时间这个东西，在很多人那里，是没有什么感觉的，那就是几十年如一日。当然，我们也得允许一部分人有另一种感觉，就是度日如年、一日三秋什么的。然而，问题是，在你写的那些人物那里，我觉得，可能时间的感觉是前一种。不要说他们，即使是我们自己，这几十年来，似乎对外界的变化，也感觉稍显迟钝。我读运沂那篇《是评者误读还是作者张冠李戴》觉得很多人实在还是未能懂得文学，特别是未能读懂文学里的时间。

答：对，一个没有弄懂当下的人，是无法弄懂时间的，因为时间是"当下"做的一个游戏。我在《农历》之《大年》一节中，借五月六月和"父亲"之口探讨过时间。"父亲"说，如果人们能够把妄想除尽，时间就消失了。

问：关于时间，其实是有个读者阅读心理期待在内。即如我读你的小说，每一篇，我可能都会设定为作者是写当下。直到进入了小说的深处，才与作者笔下的东西共在，也才更深刻地体认读者笔下的时间。说《大年》是写"文革"也好，是写"文革"之后也好，我觉得，我们可以这样认为，在西海固，可能，六十年代与七十年代是差不多的，七十年代与八十年代也没有多少差异，而八十年代与九十年代，对这样一个独特区域的改变，恐怕同样微乎其微。不要说西海固，即如我生活的苏北乡村，几十年来的变化，也同样微乎其微。所以，我觉得要纠缠于时间，但不必在时间上纠缠过多。一篇作品之能否真正成立，时间当然是关键，但毕竟，如果不是以时间为主人公的书，时间是可以模糊的。

答：赞同您的观点。

问：何况，即使是写"文革"，也未必"文革"时期的中国到处都是红色恐怖吧。很多东西，是存在于方外的，很多东西并没有因为"文革"的出现而停止。在我看来，西海固那里，"文革"的形态肯定是与别处不同的。我也曾经与阎连科探讨过，其实，在中国，乡村是没有政治的。或者说，乡村政治，是另一处形态，不是我们所看到的纸上的政治。作家的任务之一，倒是要写出这些纸上政治以外的东西。

答：非常正确。

问：也因此，我觉得，你作为作家的意义，在这一点上，肯定是完成了自己的使命的。不但完成了，而且，你把那个地方特别的意味写了出来并使之成为一种具有价值引领意味的东西。这种价值引领，我觉得，最重要的，是让人们发现，什么是我们所不具有的？我们如果不具有会不会更加不堪？

答：对，知道我们不知道的，才是知道。

问：从这个意义上讲，作家其实是一种叩问者的角色。虽然，你满纸吉祥与如意，但我能体会出背后的叩问与苍凉。不然，为什么会那么震动文坛呢？现时代，能够震动我们的东西太少太少了。

答：您过誉了。但您的目光确实触到了我的心底，我的心中是常常有种苍凉感，但这苍凉不是来自自己，而是一种不自量力的心愿，那就是希望天下吉祥如意，希望每个读者吉祥如意，而吉祥如意就在人们面前，人们却不识得。

问：《水随天去》看来是一篇特殊的小说，特殊性首先在于它是对你自己的革命，既不同于所谓的西部小说，也不同于像《小城故事》这样的都市小说。这篇小说可能显得过于空灵与超拔。不知你是否有这样的感觉。

答：是，那是在寻找安详路上的一篇东西，虽然超拔，却也真实，那个父亲，希望儿子先弄懂"知道"，再做人生功课，但儿子就是"不知道"，一个父亲，不能让儿子知道"知道"，你说他的心里该是多么苍凉。

问：水上行无疑是个有深度的人物，但这一人物的刻画，是否过于理性了？事实上，这时候的父亲水上行，代表包括你我在内的中国知识分子的灵魂状况。只不过，水上行遭遇的矛盾，虽然也为我们所面对，但是，水上行不愿意就这么过去，而我们，轻易地将一些东西忽略了。所以，我理解这篇小说，可能是对中国知识分子灵魂的提醒与提问。

答：是，是对所有人的灵魂的提醒和提问。

问：这里，我又想问一句，水上行是否有点画地为牢的意味呢？其实，这个时代与社会，并不需要他为自己设定什么。当然，我知道，你是为自己设定了一个界限的，"要使自己手中的笔具足方便之德"。然而，在这里，水上行却没有对自己行方便啊！

答：他是行大方便，读者之所以认为他不方便自己，是因为我们现代人太随便了，太习惯了随波逐流，最大的方便是方便他人、方便社会、方便自然、方便环境、方便伦理和道德。

问：说到文化小说，我觉得这也是一篇文化小说，你将儒释道集中于水上行一身。但父亲的结局，放逐自我，是不是意味着你并没有找到有效的解决之道的原因？当然，非常欣喜的是，这篇小说开始对着我们自己下刀了。似乎从某一个时代开始，我们的小说中，知识分子开始缺位。既已缺位，就更遑论灵魂与自省了。

答：对，水上行最后选择了出走，但出走是一个象征，一个手段，他的目的是为了归来。

问：当然，我们也发现，这类小说在你的笔下，显得还是贫弱了点，我的意思是，数量显然还不是太多，因而，可能也没有能形成一种丰厚的文学资源。

答：那倒不是，《农历》中的"大先生"，还有"大先生"膝下的五月和六月，都是他的同道，并且比他的道行深多了，因为他们回到了生活，回到了自然。

问：我本来不打算与你谈先锋文学的问题的。然而，看来六十年代出生的作家，势必都绕不过先锋文学。坦率说，八十年代以来，文学历经嬗变，然而，我只认为先锋文学尚可以一时之盛而成为一种文学潮流与文学流派。虽然，我与很多作家谈到先锋文学的技术性，但不管怎么说，先锋文学已经成为一种坚硬的文学存在，几十年来，都在发生着影响。以后还会不会发生影响，谁也说不好。毕竟，这是一个将西方百年文学在中国进行了一次全方位演绎的文学时代。我终于从《陪木子李到平凉》这里看到了先锋文学对你的影响，同时，我也读到了博尔赫斯的影子。只不过，这种判断是否确切，是要等待你的判断的。

答：让我惊异的是，评论家包括您认为影响了我的人，恰恰是我最少读到的。至于先锋文学，正如您所言，我们不可避免地受到了它的影响，因为我们走上文学道路时，正是先锋文学遍地开花的时候。

问：《陪木子李到平凉》可以解说的东西非常多，语言风格似乎在这里也有一种"突兀"般的逆转。文体上也似乎更注重一种新人耳目的修辞效果，有人说，那两道思考题，"突兀"而"霸道"。

答：是，当时出那两道题，我有一种快感，有种一棒把人打愣的冲动，但这种冲动的背后是"慈悲"，因为作者的动机是让人们通过"这一愣"，从梦中醒来。

问：但这样的小说，在你的全部作品中仍然与我们刚才说到的《水随天去》一样，似乎只是偶一为之。这算不算你想向读者进行一次小说的炫技表演呢？你想借此告诉人们，对那种民俗与礼仪习惯的叙事，没有影响你的小说现代性技巧的形成。

答：也许潜意识中有这种想法。但在我看来，最现代的，恰恰是最传统的。换句话说，只有传统才有保鲜功能，现代的风雨在变换，不变的是天空和大地。

问：我们了解到，你的安详文化已经丰沛到足以自成体系的地步了。你觉得安详文化的追求与研究是不是对你的小说写作形成了重要影响？

答：也许吧，这就像一头牛，它自会产牛奶，一只羊，它自会产羊奶，一个人的心泉里是什么，就会流淌什么。

问：可能，当代作家像你这样既写散文、又写诗歌的小说家，已经不多了，然而，你还有一种文化的世界在你的精神领域里。这可能就更其鲜见了。我可不可以认为，你这是一种努力成为大作家的"野心"呢？

答：老实给您讲，我在写作上没有野心，恰恰一直不自信，我从来没有想过自己会成为一个大作家，当年和好友石舒清聊天，他说他的理想是成为一个大作家，我还在心里笑呢：我们这些人，怎么可能会成为一个大作家。不想后来石舒清真成了大作家，我的作品也出乎意料地被大家认可，让我常常有种受宠若惊之感。事实上，我一直有种准备放弃写作的打算，常常想等写完这篇就封笔吧，就去解决生命的根本问题吧，就像水上行那样。后来之所以坚持了下来，是因为回到了平常心，因为"解决"之想本身就是一个对立。但现在看来，这种解决之想绝对有用，它让你笔下的文字变得超脱，变得"仁慈"，这种"仁慈"有时以"无情"表现出来，但它恰恰是一种"有情"，也许正是这种"有情"，为我赢得了读者吧。

问：我们现在不得不谈到《农历》了。这本书，看来是想为过去的写作做一次漂亮的总结吧？

答：您可以这么认为。

问：十五个节气，不再是农事与季节的事，而是一种生命营养，一种化育。这可能是很多人都没有能识透的大自然的生命情怀。

答：是啊。

问：这样看《目连救母》，就更有意味了。但反观你过去的同类题材的写作，发现"饥饿"确实真的是一个大主题，并对应了我们所历经的时代。所以，中元节何曾能够缺失啊！

答：感动于您的相知。

问：不过，聪明的读者，还应该看到另外的东西。至少，我们谈到这里，发现，我们刚刚津津乐道的文化小说或小说文化，更应该具体到一种小说的伦理上。我觉得，你的小说，在这方面为当代文学提供了一个非常重要的关键词，就是伦理小说或小说伦理。这种伦理追求，我觉得从梁启超时期便开始被人注意了。然而，现在，这一追求，恰恰在一些作家在对所谓的现代性、后现代性的追求中，再不就是一种多元时代的浮躁与狂欢中丢失了。

答：是。

问：我的意思是，你的小说首先是一种善的小说。然后，才是一种真的小说与美的小说。

答：事实上，这三者是无法分离的，善是动机，真是目的，美是手段。

问：所以，这样看《农历》，其实是你的一次对天对地对人的双手合十。你以这样的方式，为过去所有中短篇中那些吉祥、如意、礼赞、虔敬，做了一次百川归海的集成。

答：谢谢您能这么理解。

问：这本书，我们也可以看成是对人性的救赎。在这本书的阅读过程中，我们可以暂时远离尘埃，远离经济时代的恐慌，回归到农历，在中国文化传统中实现自我救赎和自我回归。这本书的世界性意义，我觉得也在这里。这是一本奇书，也是一本宁静而至于震惊的书。

答：先生过誉了。

问：我非常相信，之后，仍然会有一天，人们将《农历》当作一个事件，同时，我也相信，《农历》，就是这样的中国《农历》，会以这样的面目走向世界。所以，我们不妨这样认定，这是一本值得期待的书，也是中国当代文学几十年中重要的斩获之一。

答：我也希望它有一个好的前景，因为我是把它作为此生最大的一个"善"来完成的。

问：构思这本书，看来用了你不少心力。

答：其实这本书就像一朵花，它是一个自然生成，倒觉得没有怎么构思，只是一个从朦胧到清晰的过程，这个过程中，李敬泽老师给了我不断地鼓励。

问：最后，我们回归到一些常规性的问答吧。你什么时候走上文学之路的？在你的写作之途中，哪些作家给了你影响？

答：说句开玩笑的话，我想我是在前世就走上文学道路了，对我影响最大的应该是"农历"，还有"农历"中的父老乡亲，还有生我养我的那片土地。

问：作为一个六十年代出生的作家，显然，域外的文学营养同样会对你产生大的影响。对你影响最大的国外作家有哪些？

答：都有，要说对我影响最大的，还是"农历"。

问：这次未能就你的全部写作进行探讨，深为可惜。更重要的，是未能就《农历》进行展开。期待今后有更为深刻的合作，我期待自己的是，将会以专章论述的方式来写一写我所读到的《农历》。

答：谢谢先生！

农历

郭文斌　著

中华书局

图书在版编目（CIP）数据

郭文斌精选集：全 7 册/郭文斌著. —北京：中华书局，2015.11
ISBN 978-7-101-11252-8

Ⅰ.郭…　Ⅱ.郭…　Ⅲ.中国文学－当代文学－作品综合集
Ⅳ.I217.2

中国版本图书馆 CIP 数据核字（2015）第 227575 号

书　　名	郭文斌精选集（全七册）
著　　者	郭文斌
装帧设计	崔欣晔
责任编辑	祝安顺　梁　皓
出版发行	中华书局
	（北京市丰台区太平桥西里 38 号　100073）
	http://www.zhbc.com.cn
	E-mail:zhbc@zhbc.com.cn
印　　刷	北京市白帆印务有限公司
版　　次	2015 年 11 月北京第 1 版
	2015 年 11 月北京第 1 次印刷
规　　格	开本/880×1230 毫米　1/32
	印张 62⅛　插页 14　字数 1200 千字
印　　数	1-4000 册
国际书号	ISBN 978-7-101-11252-8
定　　价	520.00 元

目录

元宵

六月在外边玩回来时，娘正端了爹的红泥小火炉往厨房里走。六月问，娘你把火炉端到厨房里干啥？娘说，打个寒气。六月跟到厨房，五月在洗蒸笼。看见六月从门里进来，五月说，咋不在别人家点完灯盏再回来？六月说，你管不着。五月停下手中的活，回头看着六月说，你说啥？六月说，我又不是你女婿，管得宽。五月就做了一个扑的姿势，六月一闪躲到娘的身后。娘说，别闹，快帮你姐洗笼。五月说，才不让他帮呢。六月说，谁爱帮啊，除非八抬大轿来抬。娘扑哧一声笑了，好大的架子啊，说着从灶膛夹了几块木炭到火炉，端到面案下。六月才看见深红色的杏木面案上卧着一大团荞面，胖娃娃一样，要多暄有多暄。就有一个懊悔从心里升起，天天盼着正月十五到来，不想真来了时，却让自己玩忘了。

给娘帮个忙行不行？六月说，当然行。那就去上房里给我们拿木凳。六月应声而去，不到一个哈欠的工夫，把三条木凳都扛来了。娘把木凳放在面案前，和五月围炉坐了。六月说，我也要捏。娘说，欢迎啊。五月说，先把爪子洗净再说。六月就飞出去到上房里拿了一个脸盆来，从水缸舀了水洗手，然后擦都没顾上擦就凑到面案前。只见那个大胖娃娃已经变成了几排小面仔，队伍一样整装待发。一个小面仔正跟着娘的双手在面案上刷刷刷地欢腾，一下，又一下，一个小茶碗一般的灯坯就脱胎了。这让六月暗暗叫绝，让人觉得娘的手已不再是手，而是一个神奇的灯模。五月学着娘的样子捏，已经有些捏家的味道了，但和娘相比还有很大的差距，不是面跟在手上，而是手跟在面上；声音也是瓷瓷的，就像一个还没有熟好的杏子，有点涩，而娘的已经熟透了。六月想，这个"透"，也许就是娘和姐的区别。

看着娘和五月捏了几个之后，六月也拿了一小团面学着捏，当一团面在他的手中渐渐变成一个灯坯时，六月体会到了一种创造的美好。六月突然想，为啥单单要在今天才捏灯盏呢？如果天天捏该多好啊。正要问娘时，娘却让他算算一共需要捏多少。六月就停下手中的活，把眼珠子当算盘珠子，骨碌碌地一转，又一转，说，三十。娘说，那就三十六。六月问娘，为啥三十六？娘说，到时你就知道了。六月说，你就现在说嘛，把人牙都等长了。娘说，你猜呢？六月说，莫不是给五月女婿的？五月一下子羞红了脸，说，娘你管管你家儿子。娘开心地笑着说，那你得先给你姐找一个啊。娘！五月有点生气了。六月说，你不是已经给地地答应了嘛——哎哟——六月的腿梁上挨了一脚。六月龇了一下牙，做出甘愿承受的样子说，得罪了本大人，到时不下马，看你咋办？娘笑着说，那还真不好办，所以五月你要早早地巴结着点六月。娘！五月的两个脸蛋红得要破。娘装作没听见，接着说，德成姐出嫁时，德成不知哪一根筋抽了，还真骑在马上不下来，大小总管轮流下话，他就是不下马，可把新女婿整了个够。六月听着，脸上就浮上一层水彩，那是一个娘家兄弟的威风。偷偷地瞥五月，五月虽然面子上生着气，但目光已经全是巴结了。谁想五月突然换了轻松的口气说，假如我不嫁人呢？六月心里一惊，那倒真没地制她了。就在这时，另一个喜悦却浮上心头，不嫁人当然好啊，这不是本大人一直盼望的吗？

不一会儿，面案上就蹲满了憨憨的主灯坯。主灯每个人的都一样，六月感兴趣的是副灯，因为副灯是生肖，生肖多有趣。在六月早就开始了的倒计数声中，第三十六个主灯在五月的手里完成了。

接着捏副灯。六月属蛇，娘就捏一个蛇；五月属兔，姐就捏一个兔；爹属虎，娘就捏一个虎；娘属鸡，姐就捏一个鸡；过世的爷爷属牛，娘就捏一个牛；奶奶属羊，姐就捏一个羊。娘给六月捏完蛇，六月让娘给他再捏一个。娘说，不行的，一个人只能两盏灯。六月问，为啥只能两盏灯？娘说，你奶奶说每个人一辈子一直有两盏灯跟着，一盏人人都一样，一盏不一样，所以要捏两盏灯。六月愣了一下，说，我咋看不见？娘说，所以才点明心灯。六月问，啥叫明心灯？娘说，咱们捏的就是明心灯。六月说，明心灯一点就能看见那两盏灯了？娘说，对，只要你心诚。六月就抬头看窗外，催促太阳动作快一点，早点回家歇着去。

捏奶奶的时，娘问六月，知道人是咋来的吗？六月说，当然是娘生的。娘说，是娘生的没错，我是说最早的呢？六月说，最早的也是娘生的啊。娘说，既然是最早，哪里来的娘呢？六月就停下手中的活，不解地看着娘。五月说，我知道了，娘是说生最早的那个娘的娘是咋来的。娘欣赏地看了一眼五月，说，对，你奶奶说最早的那个人既不是娘生的，也不是爹养的，而是老天爷捏的，就像我们这样捏灯盏一样，然后噗地吹了一口气，那个小人儿就像雪花一样飘到人间来。常言说，人活一口气，就是这么来的。你看人一刻也不能不喘气儿，对不对？六月说，如果不喘气呢？五月就咯咯咯地笑，这还要问，不喘气不就死了。六月突然意识到这是一个大问题，有点担心起来，假如某一天这气跑掉呢，就像娘正蒸馒头，蒸得气腾腾的，他忍不住把锅盖一揭；就像他正睡觉，睡得热腾腾的，姐突然把被子一揭。

一想到睡觉，六月更加紧张起来，这人睡着之后怎么能保证那气不跑掉呢？娘说，这你不用担心，假如你是一个好人，一个对世道有用的人，老天爷就不会收去那口气，假如你是一个坏人，一个对世道无用的人，老天爷就让阎罗王派黑白无常来收气了。六月说，是不是"向阳门第春常在，积善之家庆有余"？娘说，这个娘不懂，你去问你爹。六月没有去问爹，他的脑海里出现了两个人，一个黑，一个白，提着一个气篮子，走村串户地收气。那些做了好事的人家把大门敞开着，他们只是探头看看就过去了；做了坏事的人家尽管大门紧关着，他们却嗖地一下穿墙而过，只见他们按住坏人的脑袋，把气帽一拧，只听倏地一声，那人就瘪了。

六月问娘，捏灯盏为啥单单用荞面？娘说，荞面是灯命。六月问，为啥荞面是灯命？娘说，你看那荞麦，秆子是灯红色，花也是灯红色，还有那穗子，就像一个个红灯笼。听娘这么一说，六月觉得还真是那么回事。在粮食里面，荞麦最好看了。每年荞麦花开的季节，满山遍野都是灯红色，蜜蜂嗡嗡嗡地悬在上面，热闹得让人觉得荞麦家在过喜事儿。娘说，知道这荞麦是咋来的吗？五月和六月说不知道。娘说，这荞是一个姑娘的名字，她是观音菩萨的一个女弟子，非常漂亮，也非常聪明，却是个瞎子。一个大阴天的晚上，她从观音菩萨那里上完课回去时，观音菩萨让掌灯师拿来一个灯笼让她打上。荞说瞎子打灯笼有啥用。观音菩萨说你是瞎子，但别人看见灯笼可以让开你啊。荞觉得师父说得有道理，就打了。不想路上还是和一个和尚撞上了，她摸着撞痛的额头，有点生气地说，难道你没有看到我手里的灯笼吗？那个和尚说，你灯笼里的灯早已灭了。就在那一刻，荞的眼前出现了一片光明,她开悟了。知道那个撞她的人是谁吗?五月和六月说不知道。娘说,就是观音菩萨。观音菩萨给荞说,任何外面的光明都是不长久的,靠不住的,一个人得有自己的光明。荞才知道师父的良苦用心,为了报答师父,就发愿投生为荞麦,来到世上,做众生的明心灯。六月说,那荞啥时才能回去呢?娘说,等天下所有人都找到自己的光明她就回去了。六月说,如果她回去我们拿啥做明心灯呢?娘说,所以她就不回去。六月觉得荞有点傻。

捏好灯坯,娘开始用剪刀剪灯衣。一转一圈儿,一转一圈儿,几圈下来,灯就穿了一身花裙子。五月从卯子家借了一把剪刀来。六月要剪,五月不给,二人就争。娘说,六月你去后院让你爹把麦秆取来给我们做灯捻吧,你去年做的灯捻你爹还夸奖呢。六月还是要剪,娘就把剪刀给六月,说,那你可要剪好,不然月神不验收。剪刀却在六月手里不听话。六月看着五月的那把小,要和五月换,五月不肯。六月说,娘刚才说过,做坏事的人黑白无常要来收气的。五月说,我又没有做坏事。六月说,不给我换剪刀就是坏事。五月说,强要别人手里的剪刀才是坏事呢,不听娘的话才是坏事呢,爹不是说过,百善孝为先,万恶淫为首嘛。六月的心里打过一个闪,心想,自己刚才没听娘的话,也许真是坏事。看娘,娘不在屋里。六月以为娘生他的气了,就扔下手里的剪刀,到院子里找娘。

娘正扛了梯子往后院走。六月撵上前去问，娘你扛梯子去干啥？娘没有接他的话，问他咋不剪灯衣了，这么快就厌烦了？六月说，我还是给咱们做灯捻吧。娘回过头来看了他一眼，有点不相信地说，为啥又要做灯捻？六月笑笑，没有回答。娘把梯子靠着崖面放了，让六月上去从蜂窑里取麦秆。六月二话没说，十分敏捷地攀上梯子，从窑里取出麦秆。下来，六月问娘，为啥要把麦秆放这么高？娘说，敬神的东西，放在低处就弄脏了。六月说，麦秆咋能敬神呢？娘说，麦秆本身不能敬神，但做了灯捻就能敬神了。六月就觉得这麦秆一下子神圣起来。

到了厨房里，娘把麦秆剪成火柴棍那么长，取出新棉花，让六月往上面缠。六月做得果然比剪灯衣得心应手，不一会儿，一排可爱的灯捻就并排躺在碟子里。

缠着缠着，六月的问题又来了。为啥要在麦秆上缠了棉花才能当灯捻？娘说，因为棉花吸油。六月说，为啥棉花就吸油，麦秆自己不能吸吗？娘说，你为啥就这么多的问题呢？六月又问，为啥只有吸了油才能着呢？娘就咳的一声笑了，说，这老天爷就造了这么一个理，你去问他。六月想想也对，一问老天爷不就啥都知道了吗？可是到哪里去找老天爷呢？天上吗？可是哪里有登天的梯子呢？自家的那个梯子显然太低了，连梨树上稍微高一些的梨都够不着。

莫非这老天每天没事干，专门坐在那儿皱着眉头造理儿？

那天堂里的理肯定多得放都放不下了，都溢出来了，溢得遍地都是。比如阎罗王专收那些坏人的气，比如每个人身上都有两盏灯。想到这里，六月的另一个问题又来了，既然每个人身上都有两盏灯，那老天爷噗地一吹不就灭了？问娘。娘说，那两盏灯是吹不灭的。六月说，世界上还有吹不灭的灯？

晚饭前，娘让五月和六月给卯子家送六个灯盏。六月问，为啥要给卯子家送灯盏？娘说，因为卯子家今年有孝。六月问，啥叫有孝？娘说，有孝就是家里过世了老人还没有过三年。六月问，没有过三年为啥就不能做灯盏？娘说，老古时留下来的规程，有孝的人不但三年内不能做灯盏，还不能嫁女儿，不能娶媳妇，不能贴红对联，不能唱戏，如果是大孝子还不能吃肉，不能杀生，如果是更大的孝子还要每天做一件好事，一直做三年。六月说，是不是我爹写的那句话，"慎终须尽三年孝，追远常怀一片心"？娘说，这个娘不懂，你去问你爹。

六月就去后院问爹，爹一边打扫牛圈一边说，"慎终追远"是曾子的话，意思是一个人要想不做坏事，就要从心里不起做坏事的念头，用你奶奶的话说就是众生畏果，菩萨畏因。这个对联的意思是告诫后人常念先人养育之恩，行孝期间，发大愿心，做大善事，好感动老天爷给过世的先人加分儿，让他投生到好处。六月不懂爹的话，但心里有一个自己的"懂"发生。六月问，那有孝的人家为啥不能做灯盏？爹说，你说呢？六月说，是不是一点灯盏死人就又活来了？爹笑着看了一眼六月，说，太阳落山又没落，老天爷说话又没说……莫道此生沉黑暗，性中自有大光明。六月又不懂了。六月在心里说，爹啥都好，就这喜欢背古词儿的毛病不好。六月想让爹解释一下这些古词儿的意思，不想一个更加严峻的问题出现在脑海，想立即给爹说，但又有些怕爹，就风一样跑回厨房，十分郑重地给娘说，你和我爹一定要等到我娶上媳妇再死。正在擀面的娘惊讶地看了一眼六月，问，为啥？六月说，不然要我等三年，还不把人干急死。

不想死的不是他六月，却是娘。只见娘像中了魔法似的，松开手里的擀杖，两手捂了肚皮，蹲在地上，用后背呼扇呼扇地喘气。五月和六月吓得上前拍着娘的背一个劲地喊娘，才把娘喊过来。等六月听清娘喉咙里的音节，才知她是在笑呢。娘笑得半天才顺过气来，我这个瓜儿，把娘差点笑死了。六月问娘，你笑啥呢？娘没有回答他，而是接着他刚才的话说，这要看你平时听话不听话，如果不听话，娘就不答应，就让你个碎仔仔干着急。不想六月陡然严肃了神情，用更加郑重的口气说，这事没商量，你不但要等到我娶上媳妇再死，还要等到我儿子娶上媳妇再死，不然要我儿子等三年，还不把我儿子干急死。娘又笑得喘不上气来了。这次六月没有在娘后背上拍，而是背了手扬长而去。走到当院，才意识到自己这样扬长而去是没有目的的，才记起娘刚才是让他和姐给卯子家送灯盏去呢，却又不好意思回去，好像刚刚和娘红过脸似的，就站在那里等姐端了灯盏出来。

五月和六月出门，地生正从门巷里走过来，手里同样端着一个盘子，里面也是几个灯盏。六月问，干啥去？地生说，给卯子家送灯盏。六月说，你们也给卯子家送灯盏啊。地生说，我们咋不能送，难道只能你们送？六月看了看地生盘子里的灯盏，又看了看自己盘子里的，觉得还是娘和姐捏的好看。

你们也是给卯子家送灯盏吗？六月回头一看，是德成。德成手里是一个碟子，碟子里是两个灯盏。六月在心里说，德成家真小气。德成跑上前来，看了看六月盘子里的灯盏，说你家的灯盏真好看，是你媳妇捏的吧？六月说，是，咋了？德成说，我咋觉得不是你媳妇捏的。六月说，那你说是谁捏的？德成说，我咋觉得像是你媳妇生的。五月骂德成死狗。六月说，是我媳妇生的又咋了？五月急得喊六月闭嘴。六月说，你有本事也让你媳妇生一个出来。德成说，我媳妇生的已经在我身边走着呢。啪！德成的后脖颈里就挨了地生一巴掌。德成伸手摸着后脖颈，歪着头，龇牙咧嘴地看着地生说，我吃了你们家的还是喝了你们家的？地生说，比吃了我们家的喝了我们家的还严重，知道我为啥揍你吗？德成用又一个龇牙咧嘴作了回答。地生说，别看人家六月人小，辈分却是我们的爷呢，你咋能说人家是你媳妇生的呢，你小子不怕雷殛头？德成意识到自己说错了话，一边摸着后脖颈，一边讪讪地看了六月一眼，算是认了错。六月做出一副大人不记小人过的样子，端了身架，真像个爷了。

到卯子家一看，六月就觉得死人并不是一件坏事。卯子家的面案被各式各样的灯盏放满了。卯子娘眼睛红红的，说你们都这么有心。说着接过他们手里的盘子和碟子，往面案上拾灯盏，往回递盘子时，眼泪就出来了。五月六月看着，心里升起一股莫名的感动，一下子觉得他们的此行有了无比重大的意义，再看房门上爹写的对联"慎终须尽三年孝，追远常怀一片心"时，又有一个新的"懂"从心里生起。

往出走时，六月再次回头看了一眼卯子家的面案，觉得放满了灯盏的面案就是爹讲的大同世界。

卯子娘亲自把他们送到大门口，说，谢谢几位小掌柜。六月带头说，不谢不谢，回去吧，回去吧。纯粹是掌柜的口气。

吃完荞麦长面，月亮已经到院墙头上了。爹让五月和六月抓紧收拾，开始献月神。二人就迅速洗了手脸，六月往院子里抱供桌，五月拿盘子往出端灯盏。献月的灯盏必须是最周正的，爹和娘刚才已经挑好了。供桌必须用清水洗三遍，五月已经洗过四遍；盘子也要拿清水洗三遍，六月洗了五遍；供桌必须放在当院，六月拿尺子量了六遍。在娘蒸灯盏时，他们已经把这些活干好了，这些规程，他们去年就已经掌握了。

六月把供桌放在院心，左挪挪右挪挪，最后认定是那个"当"了，就开始往上面拾灯盏。拾好灯盏，五月已经从厨房里端了半碗清油来。二人就拿小勺子往灯眼里添。说是灯眼，其实是一个窝儿，半个鹌鹑蛋那么大的一个窝儿，正好能盛一勺油。

看着红润红润的胡麻清油开心地流到灯眼里，六月觉得他的心也是一个灯盏。

准备就绪，月亮恰好到当院。六月没有想到点灯会这么不容易，按照爹以前的做法，他先点着一个公捻，然后再点每个灯。不想一个公捻都快着完了，那些灯捻却无动于衷。六月突然想，这些灯捻为啥非要人点呢，为啥不自己着起来呢？问五月，五月说，就你问题多，快点灯，不然错过月亮了。但六月努力了半天，还是连一个灯都没点着。去后院问爹。爹让他把灯捻顶头的棉花撕出几缕来，就能点着了。六月回到供桌前，按爹说的做了，果然一下子就点着了。心里不禁生出对爹的佩服来。原来这个世界上有这么多秘密爹知道，他却不知道。他仿佛看到有无数的秘密隐约在四面八方向他做鬼脸。

但很快，这些纷乱的想法就被一束束火苗代替。六月手里的公捻走过，一个个灯盏就睡醒似的，次第睁开眼睛。当供桌变成一个灯海时，六月说磕头吧，五月说磕头吧，二人就磕。天上的嫦娥就笑了，六月听见嫦娥在说，你看那个院子里有两个会磕头的灯盏。月神说，我早看见了，他们一个叫吉祥，一个叫如意，说着，从她身边的篮子里抓了一把桂花撒下来，只见那桂花在空中呼地一下变成五彩花雨，飘飘洒洒，落在他们头上、身上、屁股上，直给屋子、院子、村子苫了一个花被面儿。接着，吴刚又把他手中的酒坛倾了一下，又有无数酒香的彩注从天而降，直把他和姐的小身子浇透了，也把整个世界浇透了。

天有点冷，地有些凉，但姐弟二人没怎么觉得，静静地跪在桌前会供。没有风，一个个灯盏像婴儿似的偎在娘一样的月光里。恍惚间，六月发现有一种神秘的交往在灯和月之间进行。接着他又发现每个灯里都是怀着一个月亮的。六月想立即把这两大发现告诉五月，但五月专注的神情拒绝了他。六月才把刚才的问题忘了，就发现了另一个问题——眼前的五月极像一盏灯，或者就是一盏灯，在一个他难以明确的地方也有那么一碗油，有那么一个灯捻，有那么一个灯花儿。那么我呢？六月看自己，却发现自己是看不见的。他被自己的发现吓了一跳，我怎么就看不见自己呢？要问五月，又被五月的专注拒绝了。五月的目光在灯花上。六月的心里荡漾了一下，他突然发现，这时的五月比任何时候都漂亮，都好看。一天，他从梦中醒来，看着面前熟睡的姐姐，觉得美极了，比醒着时美一百倍，他盯着她看了好长好长时间，直到把她看醒。不想今天的五月比那天梦里的还美，这是怎么回事呢？

五月说话了，六月你觉着了没有？六月问，觉着啥？五月说，你有没有觉到每个灯上都有月神的牙印？六月心里一震，既意外又佩服，他没有想到姐姐会说出这么有水平的话来。但六月没有表达他的佩服。他淘气地说，我觉得你的身上才有月神的牙印呢。五月侧脸看了一眼六月，笑着说，那你身上更多。六月的心里就有一个满是牙印的自己。

所有的灯在月光下着出灯胎来时，二人起身按事先爹的授记往各个房间里端。每个人一盏，每个牲口一盏，包括猫、狗、鸡，每个房间一盏，包括牛圈、羊圈、鸡圈、蜂房、磨房、水房、粮食房；当院灯笼里要有天官的一盏，厨房里要有灶神的一盏，上房供桌上要有过世的爷爷奶奶的一盏，大门供台上要有游魂野鬼的一盏，后院梨树下要有树神的一盏，草垛旁要有草神的一盏。

往梨树下放灯盏时，六月看见树身里走出一个人来，从他手里接过灯，然后又回到树里去，影子一样。六月抬头看了一下，那人却再没有出来，倒是有一轮明月挂在树梢，就像一个大大的梨。六月盯着那梨看了一会儿，心里升起一种特别的温暖，觉得那梨不再是梨，而是他们家的一个亲戚，什么亲戚呢？丈人啊，那嫦娥就是我媳妇了，嗨，六月被自己的这个想法给惹笑了。

往牛圈、羊圈和鸡圈放灯时，六月看见，它们个个都像早等着他似的，用水汪汪的目光迎接他。牛圈、羊圈和鸡圈被爹刚刚用新黄土铺了地，换了新干草，散发着黄土和干草混合的香味。当六月到牛圈把灯盏放在爹在半墙上挖出的灯龛上时，他好像能够听到大黄说了句什么话，他用手在大黄的鼻梁上抚了一下，大黄伸出舌头舔了一下他的手。六月说，明心灯一点，你就不迷了，这辈子好好劳动，下辈子争取做人吧。六月奇怪地发现，大黄的眼睛湿了。六月又在它的脖子里抚了抚，这次大黄没有像平时那样投桃报李地回过头来亲他，而是定定地站着，像是伤心，又像是举念。往出走时，六月的心一软，觉得把大黄独自丢在这里有些孤单，有些可怜。但又惦着他的灯，不得不离开。六月就到屋里端了油碗回到牛圈，给大黄把油添满。这样做了时，又觉得不公平，就又到羊圈、鸡圈给它们添油。但看着它们"人多势众"，显得没有大黄那么孤单，心里就平复一些，就以飞快的速度给它们说了一遍"莫道此生沉黑海，性中自有大光明，这辈子好好劳动，下辈子争取做人吧"，然后跑步回屋。

六月看见，五月已经把第二轮油添满。按照爹的说法，第一轮油是添给神的，第二轮是自己的。爹还说，今晚的灯要自己守着自己的，不能说话，不能走动，不能对着灯哈气，不能想乱七八糟的事情。六月问，能想发财吗？爹说，不能。六月问，能想当官吗？爹说，不能。六月说，那总该想个啥？爹说，只是守着灯花，看那灯胎是怎样一点点结起来的，最后看谁的灯胎最大。

一家人就进入那个"守"。守着守着，六月就听到灯的声音，像是心跳，又像是脚步。这一发现让他大吃一惊，他同样想问爹是咋回事，但爹的脸上是一个巨大的静；看娘，娘的脸上还是一个巨大的静；看姐，姐的目光纯粹蝴蝶一样坐在灯花上。六月突然觉得有些恐慌，又想刚才爹说只是守着灯花看，看那灯胎是怎样一点点结起来的，就又回到灯花上。看着看着，就看进去了。他仿佛能够感觉得到，那灯花不是别的，正是自己的心，心里有一个灯胎，正在一点点一点点变大，从一个芝麻那样的黑孩儿，变成一个豆大的黑孩儿，在灯花里伸胳膊展腿儿。六月第一次体会到了那种"看进去"的美和好，也第一次体会到了那种"守住"的美和妙。

突然，六月意识到灯碗里的油快要着完了。看爹，爹老僧入定一般；看娘，娘也老尼入定一般；看五月，五月正看他。五月用目光把他的目光带到她面前的灯眼里。没油了，怎么办？六月用目光让五月给爹说，五月用目光让六月给爹说。就在他们的目光争执之间，灯花迅速地下移，就像一个渴极了的人扑向泉水。六月终于忍无可忍了，他兀自离开板凳，迅速到炕台上拿油碗。不想还是被爹逮住了。爹一把抓住他的手腕说，再多的油都是要着完的。六月斩钉截铁地说，见死不救非君子！爹说天下没有不散的宴席，没有不灭的灯。六月更加斩钉截铁地说，见死不救非君子！爹说天下没有不死的东西。六月说天就不死，月亮就不死。爹说我说的是天下。

眼看灯要灭了，六月急得哭起来。六月想这月神也不管灯一下，刚才灯也给你献了，头也给你磕了，你怎么就见死不救呢？六月急得跺起脚来了。娘说话了，让他们再添一次吧。爹说，就这些油了吧？还有一个二十三呢。娘说，二十三再说吧。爹看了看娘，极不情愿地松开了手。六月咳的一声笑出声来，没有顾上擦去鼻涕眼泪，抢救伤员似的盛了一勺先倒在自己的灯眼里，又盛了一勺倒在五月的灯眼里。只见那奄奄一息的灯花深深地吸了一口气，然后身子一舒，一伸，开始往灯捻上爬。六月感激地看了一眼娘，要给她的灯里添油，被娘制止了。六月有点不想给爹添，但看那灯正在死亡线上挣扎，就拿出一股大人不记小人过的样子过去添，还是被爹制止了。娘说，我们想早点凉冰了打牙祭呢，快守着你们的灯吧。六月就无限怜惜地看了看爹和娘的灯，收了油碗。

两个灯活了过来，两个灯正在咽气。六月突然发现，姐姐的身子一拱一拱，原来她在哭。随着五月一个激灵，爹和娘的灯挣扎了一下，咽下了最后一口气。

嫦娥的彩带就从天上掉下来了，那是五月和六月的眼泪。娘说，两个瓜蛋，忘了守灯时是不能不开心的？二人就刷地一下止了哭声，泪汪汪地看了娘一眼，继续守灯。

不多时，六月的灯胎里就出现了一个人，六月奇怪，怎么这么面熟呢？

干节

难陀出家后一直不开心，佛知道他想媳妇，就使出神通带他去看海。佛让难陀抓着他的袖管嗖地一下就到了大海边。难陀睁开眼睛，眼前是一望无际的大海，海滩上躺着一个光着身子的女人，漂亮得没办法形容。佛看见难陀的眼睛都直成干梢了。佛让难陀近前去看她是咋回事。难陀上前，女人还是没有动静。

她睡着了？六月问。

听我说，难陀也以为她是睡着了，不想就在这时，难陀看到她的鼻孔里钻出一个虫子来。难陀才知道她死了。接着，难陀看到那虫又从女人嘴里进去，待会又从耳朵出来了。佛问难陀知道那个虫是谁吗。难陀说不知道。

知道那个虫是谁吗？

六月摇头。

五月说，你打够十根干梢，姐告诉你。

六月就带着这个问题去打干梢。

六月能够一眼从树上认出干梢来，只要棍子撞到它，它们就会自动掉下来，让人觉得那干梢是乐意接受他的棍子的，或者说早就等着他的棍子了。干脆这么说吧，与其说那干梢是他扔上去的棍子打下来的，还不如说是被那棍子领下来的。这让他觉得手里的棍子不再是一个棍子，而是一个娘，一个把那些在外面可劲儿疯玩忘了回家的孩子带回家睡觉的娘，又好像改弟，每天盼着他去叫她，好跟了他出来玩。

每有一个干梢落地，六月就感动一次。这些掉在地上的干梢，就是树的尸体吧？可是同一棵树上，为啥偏偏就它死了呢？难道它是后娘养的不成？不对，大概这树早就知道他和五月今天要来打干梢，就早早让它死了。可是，那个海滩上的女人为啥要死呢？那么漂亮的女人，漂亮得没法形容的女人，为啥要死呢？

干梢干得就像火。六月突然觉得拿在手里的干梢是甜的，六月能够看到干梢里的甜，那是一种红色的干和甜。当他把一根根干梢交给五月，五月不费吹灰之力把它折成几截，塞进背篓里时，他觉得那干梢就像他每天搂着睡觉的花花，乖得让人心疼。

打够了十根干梢，六月迫不及待地问，从美女鼻孔里钻出来的那个虫是谁？五月说，就是她自己。六月说，骗人，她自己明明躺在海滩上。五月说，那个躺在海滩上的是她的尸体，那个虫子是她的魂变的。六月问，她的魂为啥要变为虫子？五月说，因为她太喜欢自己的美貌了，死了还要变成虫和她的美貌在一起。

自己喜欢自己的美貌？自己又不和自己瞅媳妇，为啥要喜欢自己的美貌？

是啊，不然佛为啥要带难陀去看她们呢。

难陀听了咋说？

难陀觉得那个虫很愚蠢。

佛咋说？

佛说难陀你就是那个虫啊。

佛为啥说难陀就是那个虫？你刚才不是说那个虫是女人的魂变的吗？

因为难陀老想着漂亮媳妇，离不开漂亮媳妇，因此佛说他就像那个虫。

佛为啥不让人家难陀想漂亮媳妇呢？

不知道。

接下来呢？

接下来等一会儿再告诉你，好好打干梢吧。

佛接着把难陀带到天上，一下子有五百个同样漂亮得无法形容的玉女围上来，知道她们是谁吗？

当然是仙女啊。六月一边回答，一边在想，如果自己能够被佛带着在天上飞一次就好了。六月使劲想象那种嗖地一下上天的感觉。

她们是一个人的媳妇。

啊，一个人五百个媳妇？

是啊，这还是少的呢，爹说，天人至少五百个媳妇。

那得多大的一个锅做饭啊。

想知道她们是谁的媳妇吗？

等你再打够十个干梢，姐告诉你。六月学着五月的腔调说。

你太聪明了，都能比上善财童子了。

六月说，我不打了，回去问爹。说着转身往回走。

五月说，完不成任务，爹也不会告诉你的。

六月回头看了五月一眼，就地做了一个转身的动作，向左走走，换了一棵树，仰了脖子在树上找干梢。这一仰，就把六月给乐炸了。

六月看到了一个喜鹊窝。只要能把这个喜鹊窝端下来，足够美美地燎一个干了。六月就用足力把棍子朝那个喜鹊窝扔去，不想棍子老是到不了喜鹊窝那里。看来这鬼喜鹊早就知道本大人要来的。

六月脱了鞋，往手心里唾了唾沫上树。

不想脚后跟却被五月抓住。六月回头问五月抓他干吗？五月说，那是人家喜鹊的家。六月问，喜鹊的家咋了？五月说，知道喜鹊搭一个窝多难吗？六月问，有多难？五月说，娘说它们为了搭一个窝，可能需要整整一年时间，它们要一根一根地衔干梢和刺根，费好大好大的劲才能搭一个窝。再说，天这么冷，我们把它的窝端了，那些小喜鹊会冻死的。

你咋知道它们会冻死？

肯定的啊，要不你现在脱了衣裳试试？

人家穿着毛马甲呢，不像你，脱都不敢脱。

五月的脸红了一下，接着说，娘说从前有一个馋痨拿枪打死一只小鸽子吃肉，第二天推开房门一看，发现门槛上蹲着一只老母鸽，已经死了。那人照样把这只母鸽开剥了，发现它的肠子是断成几截的，从此这个馋痨再也不打鸽子了。

老母鸽的肠子为啥断成几截？

因为它的儿女被人打死了。

它的儿女被人打死，它的肠子为啥就断成几截呢？

娘说这叫肝肠寸断，从此那人不但不打鸽子，连肉也不吃了。

六月笑了一下，说，我们这又不是杀喜鹊。想挣脱五月，继续往上爬。不想五月抓得更紧了。

忘了爹的话了？

哪一句？

将心比心啊，凡事都要将心比心啊，要是有人现在来拆我们的家，你心里该是啥滋味？

六月想，当然恨啊，跟他拼命啊。就倏地一下从树上溜下来。

继续打干梢。树很高，六月需要费老大劲才能把一个干梢打下来。风又大，棍子扔出去就像进入烂泥里一样，六月能够看到棍子在泥里穿行的难度。而且扔出棍子时还要把这烂泥一样的风可能给棍子飞往目标造成的误差算出来，更为准确地说，是一次次地试出来。

本大人已经猜出来那五百个玉女是谁的媳妇了。

谁的？

玉皇大帝的啊。

玉皇大帝的媳妇是王母娘娘啊。

王母娘娘是大老婆，这五百个是他的小老婆。

只见五月像她手里的干梢一样，噌的一声折在背篓边上了。

怎么，对于玉皇大帝，五百个小老婆算个啥，还少了呢，本大人如果是玉皇大帝，就要她一万个——哎哟妈——

咋了？五月把牵肠挂肚的笑声像干梢一样折断，收进背篓里，看到六月捂着肩膀龇牙咧嘴，知道他这次侦察失误，把棍子扔在活梢上，活梢把棍子反弹回来，砸在肩膀上了。遂放了心，一边说，这就叫现世报，不过两秒钟，看你再掂着一张嘴胡说八道。

经五月这么一说，六月就觉得这一棍真是玉皇大帝惩罚他的，就在心里忏悔，心想如果真是这样，再疼一些也没关系，他也愿意忍受。

就过去拿了棍子，做了一个扔的动作，发现胳膊还管用，心里就生出一百个庆幸来。

还不感谢神恩，是他让棍子偏了两寸，不然，如果落在你的个宝葫芦上，说不定真要上天给那五百个玉女当女婿了呢。

六月的嘴角就猫胡子一样翘起来，在心里给玉皇大帝磕了一千个头。

又扔了几下，却没有一根干梢落下来，六月就一屁股坐在地上，拖了哭腔说，我们干脆折一些树枝拖回去算了。五月说，那不行，燎干呢，燎干呢，折下的树枝，咋能燎干。六月问，为啥不能？五月说，能够打下来的是早已死了的梢子，打不下来的就说明人家还活着，你能把一个活人拉到火葬厂去烧吗？

人是人，树是树。

又忘了，爹不是常说众生平等嘛。

那是说动物，有命的，会动的。

树也是命，也会动，不然咋会长大啊。

会动你让它走几步我看看。

你这纯粹是胡搅蛮缠。

你才胡搅蛮缠呢。

爹说一立冬就不能砍树了，也不能折树。

为啥？

因为冬天树已经睡觉了。

那要啥时候砍？

如果要放倒一棵大树，只能在秋天，如果要调树苗栽新树，可以在春天，而且放树时还要祭树神，经过树神同意才能放。

经五月这么一说，六月觉得眼前的树不再是一棵树，而是一个站着睡觉的人，他仿佛能够听到从它的鼻腔里发出的鼾声。嘿嘿，你还比人旦能，能站着睡觉呢。

再往树上扔棍子，就有些小心翼翼了，尽可能地瞄准干梢，尽可能地轻，像是一不小心就打搅了树的美梦似的。

背篓满了，六月也累得趴下了。看着背篓里的干梢，六月觉得那不是一背篓干梢，而是树一冬天做的梦。

五月依着六月坐下来，一手抱着膝盖，一手抓着背篓绳儿，猜出来那五百个玉女是谁的媳妇了吗？

六月想，如果不是玉皇大帝的，至少也是关圣大帝的，可是爹说关圣是一个正人君子，每晚在门外边给嫂子站岗一点邪念都没有的人，一个志在春秋功在汉心同日月义同天的人，他肯定不要五百个媳妇。要不，是杨二郎的？

就知道你猜不出来，看在你今天的表现上，告诉你吧，她们就是难陀的媳妇。

啊，难陀不是在人间吗，咋天上还有媳妇？

爹说难陀用功修行的目的就是为了能够上天做五百个玉女的女婿，他动了这个念头，玉帝就早给他准备好了五百个玉女。

原来那五百个玉女都在等他啊，可是等难陀修成，她们还不都成老太婆了？

爹说天上一天，人间一年，难陀在人间就是活一百岁，天上才是一百天，一百天会使人变老吗？

难陀要那么多媳妇干啥？五百个，比我们背篓里的干梢还多。

不知道，大概天上不产庄稼只产玉女吧。

难陀见了他的媳妇咋办？留在天上了吗？

难陀当然想留，但是他的福不够，想留也留不住，就像是一个脱底的桶子，存不住水，这次是佛靠神通把他带到天上的。

这不让难陀很难过吗？爹不是常说佛是世上最善良的人吗，为啥要让难陀难过？

爹说有时狠心就是善良，只要你是为了对方好。佛是想骗难陀，你不是喜欢漂亮媳妇吗，那好好修行吧，只有好好修行才能上天做五百个玉女的女婿。

那我也要好好修行。

好啊，现在为师就给你剃度，五月说着转身，左手抓了六月的脑瓜，右手把她头上的卡子拔下来，在六月的头上"一刀"又"一刀"：

第一刀愿除一切恶，

第二刀愿修一切善，

第三刀愿受一切苦，

第四刀誓度一切众。

不防被六月夺了卡子，抓了辫子，同样"一刀"又"一刀"：

金刀剃下娘生发，

除却尘劳不净身，

圆顶方袍僧相现，

法王座下伟丈夫。

只不过他的个头比五月小一截，这"一刀"又"一刀"只能在五月的后脖颈上进行。

难陀最后修到天上去了吗？

没有。

为啥？

从天上回来后，难陀虽然不再为了媳妇老是偷着往回跑，但却因为想急于修成去见天上的媳妇，用功过度，出现了魔障，佛只好再次使出神通带他到地狱参观。佛带难陀参观了十八层地狱之后，最后把他带到一个大油锅旁边，只见几个小鬼正把一个炸成干果的人往出捞。捞出来之后，头鬼大喝，押下一个上来。一个小鬼说，下一个还未到来。你猜下一个是谁？

秦桧？

不是。

陈世美？

不是。

纣王？

不是。

那是谁？

五月正要说，一阵狂风刮过来，把她的嘴封上了。

二人共同护着背篓，找了一个避风的地坎坐下来。

六月看五月，五月的脸上只剩下两个眼睛。六月想，刚才出门时姐还像个鲜桃子一样，现在看上去却像一个土豆，看来这美真是一个靠不住的东西。

六月想伸手给五月擦一下脸上的土，不想五月的袖子过来了。接着六月就觉得自己的脸没了，接着就闻到了一股土味，里面夹着汗腥味儿。五月的袖头在六月的脸上走了几圈儿离开，又在她自己的脸上左一下，右一下。六月看到，五月脸上凸起的地方露出肉色，凹进去的地方还是土，就凑上前去，给五月吹。把五月的眼睛吹闭了。

六月一下子愣住了。六月发现，五月闭着眼睛的样子就像是一个喜鹊窝。

五月睁开眼睛，拿过褡裢，掏出一块干粮，掰成两半，给六月一半。六月接过干粮，一咬，嘴里就像是放进去一疙瘩黄土。六月说，不吃了不吃了，忍忍回去再吃吧。五月说，你先用唾沫把嘴漱漱，再吃就不土腥味了。六月转动舌头，却发现嘴里早已没有唾沫可以调动了。为啥姐的嘴里有他的嘴里没有呢？一看身边的棍子，才发现他为了扔棍子把唾沫全唾在手心里了。六月十分干脆地把干粮装进褡裢，说，正好留下肚子吃干吊。五月说，那我也不吃了，说着也把干粮装进褡裢里。六月说，你就吃吧，反正坐着没事干。五月就又掏出干粮，咬了一口。

六月觉得这样躲在地坎下避风的感觉真是美极了，一边看着五月吃干粮，一边听着风在坎子顶上呜呜地叫。这么大的山，四周却一个人都没有，只有他们姐弟俩，在这里避风，真是太享受了。幸亏改弟没来，来了说不定就没有这种两个人在地坎避风的感觉了。

身后的地坎像个鸟窝一样，有一种家的味道。

知道下一个是谁吗？

其实现在六月并不想急着知道下一个是谁，他想再细细体会一下这种两个人躲在鸟窝里避风的感觉。但是五月问了，就不好不应声。谁？

难陀也这么问。

佛说是谁？

佛说别急，会有小鬼从阎王爷那里拿来名单。

不多时，只听一个小鬼拖着长腔高呼，下一个犯人到！

头鬼问，姓甚名谁？

你猜小鬼报的谁？

谁？

小鬼说就是你。

我？六月的脊梁骨不由麻了一下。

对。

我现在不是好端端地在这儿坐着吗？

五月就笑。

六月看见，五月眼睫毛上的土随着笑声像一对蛾子一闪一闪。

瓜蛋，佛说的那个"你"是指难陀。

六月的心里就咔嚓一声，直觉得头顶的蓝天裂开了一道口子，天外的明光哗地一下打进来。是啊，自己又没有犯法，怎么就好端端把那个"你"听成自己呢？真是太丢人了。难陀不是跟着佛修行吗，咋又要被下油锅呢？

难陀也想不通，再咋说，修行也比不修行好啊，咋还要让他下油锅呢。其实，这是后来他问佛的话，当时他被吓晕过去了。

佛后来是咋回答他的？

佛说，难陀啊，知道为啥阎王爷早早就判你个地狱报，而且油锅侍候吗？

难陀说，弟子愚痴，请师父开示。

佛说，让小鬼告诉你吧。

小鬼大声说，孙陀罗难陀修行举念不正，别人修行是为了修成正果为人民服务，他修行的目的是为了上天让五百玉女为他服务，因此油锅侍候。

佛接着给难陀说，天上其实比人间还危险，因为天上没有烦恼，人们往往会忘了自己，尽情作乐，乐一作尽，就会掉下来，大多数都要掉到地狱去，因此真正的修行人要修出六道轮回。爹说天道虽然比人道快乐多，寿命长，但终归还在六道中，天福享尽，就要掉下来。

五月还想给六月讲讲啥叫六道轮回，啥叫三途苦，可是六月急着问，接下来呢，难陀真被扔进油锅了吗？

五月正要回答，风里传来娘的唤声。二人这才发现风已经小了，忙背了背篓回家。

快到村口时，回头再看刚才给自己贡献过干梢的树，六月的心里一阵感动。你老人家就好好睡吧。多亏了五月告诉他喜鹊和树的知识。

最终的佩服却是给爹的，爹怎么啥都知道呢？你说爹知道他死了要上天还是入地吗？

大概知道吧，他说好好修行的人都能预知时至呢。

啥叫预知时至？

就是自己早早地就知道啥时候要往生。

啥叫往生？

往生嘛，就是修行人的死。

死？又为啥叫往生？

爹说修行人的死是一种生。

死是一种生？

对。

他们知道死后上天还是入地吗？

大概知道吧，不过也难说，爹说人在没有投胎之前啥都知道，一入胎就糊涂了。

咋糊涂的？

被胎风吹糊涂的。

胎风？就像今天的风吗？

大概是吧。

那风咋把咱们没有吹糊涂？

大概是因为吹咱们的风没有胎风大吧。

看来这风不是个好东西。

爹说真正的风在人的心里，只要人的心里没有风，胎风也吹不动。

为啥？

不知道。

爹还说男女亲热的时候，有无数的魂儿瞅机会投胎呢。

亲热？啥叫亲热？

亲热嘛，亲热嘛，大概就是男女在一起又亲又热吧。

有多热？

听着，爹还说男女亲热的时候，男人会放出几百万个小男羔去抢女人的一个小女羔，最后只有一个小男羔赢了，他就住在那个小女羔家。同时，无数的野魂儿为了进入新羔家展开世界大战，最后有一个缘分最大的会赢，这样三军会师，就会变成一个胎儿。如果有两个小男羔打个平手，就是双胞胎；如果有三个小男羔打个平手，就是三胞胎。

太复杂了，本大人听不懂。

本大姐也不懂，这是上次爹给德本讲时，姐在窗外偷偷听来的。

莫非那野魂儿有千里眼不成，人家男女亲热，他们咋知道？

爹说这些专等男女亲热的野魂儿，都是才死还没有过七七四十九天的，他们不但有千里眼，而且有万里眼呢，就是说，世界上所有的事情，他们都能看见呢，只要哪儿有男女亲热，他们都会看见。

那别的事情呢？他们能看见吗？

当然能。

坏人干坏事他们也能看得见？

当然能。

那他们为啥不把世界上的坏人全部消灭掉？

坏人专门有别的神管，爹说这些野魂儿离开身体多天，又渴又饿又冻又孤单，心思都放在快快找个人家住进去上面。

这么说，男女亲热都是给这些野鬼盖房子？

大概是吧。

看来男女亲热很危险。

就是，太危险了。

五月六月回到家，看见爹在房台上封戏箱，心里就凉了一下。他们知道，这一封，意味着大年彻底结束了。接下来，爹和娘就要忙着选种、散粪、准备耧耙，单等二月二龙抬头之后下种。六月陡然觉得，那些封在箱子内的戏人儿，不单单是戏人儿，而是一段无法挽留的时间，一种就要淡了的年味儿，心里不由一阵忧伤。

爹抬了一下头，说，胜利归来？

六月和五月快步上前，报功似的把干梢背篓放在戏箱旁边。爹又赏识地看了他们一眼，心疼地说，快去洗脸吧，都成土地神了。六月心里滋润了一下，给爹说，能让我再看一眼灯影吗？

爹吃惊地看着六月，说，都看了一正月了，还要看啊。

五月说，爹都封好了，算了吧，七月十五不就又要开箱吗？

六月想想也是。

决定不看了？爹问六月。

六月说，那就算了吧。说着和五月去厨房倒水洗脸。

端着水出来，看到干梢背篓停在戏箱边，六月陡然觉得，那些戏箱里的人儿，其实也是干梢。这么说来，这些背篓里的干梢莫非也是一个个戏人一个个灯影儿？那么，当它们被点着、燃烧、成为火焰的时候，莫非也是一种开箱？一种爹常说的解放？

原来火是木头的解放啊。

六月放下脸盆，奔到爹身边，给爹说，我知道为啥要燎干了。

噢，为啥？

为了演解放。

演解放？啥叫演解放？

就是像演戏一样演，演解放。

啊？六月看见爹的眼里放出万丈光芒，妙啊，真妙啊。

看来本大人出智慧了，也就说明本大人明心见性了？爹常说只有明心见性才能出智慧。

就背了双手，在院子里踱来踱去：

何期自性，本自清净；

何期自性，本不生灭；

何期自性，本自具足；

何期自性，本无动摇；

何其自性，能生万法。

哈哈，本大人出智慧了，哈哈。

回去捞了一把水在脸上，那么水呢？水是啥的解放？

背了手，再次在院子里踱来踱去：

何期自性，本自清净；

何期自性，本不生灭；

何期自性，本自具足；

何期自性，本无动摇；

何其自性，能生万法。

智慧却迟迟不肯到来。看来这"自性"也并不那么大方，乌龟一样，探一下头，又缩回去了。想请教爹，但又不好意思，也不甘心。刚参到火，为啥就参不出个水呢？

就继续参。爹常说参参参，看来参不是一件简单的事情呢。本大人连那么高的树上的干梢都能参下来，还把个你给参不出来。水，水，水，本大人唤三声之后，你再不出来，就让你下油锅。

但水就是不出来。

回去继续洗脸。当手伸进水里，水就出来了。原来这水啊，是脸的解放。看五月，五月已洗完，在梳头了。啊呀，六月同志，怎么这么笨啊，这水，是净的解放啊，漂亮的解放啊，美的解放啊。

今天娘做的是清油拌干吊。六月这才发现，房檐上的那串干吊没有了。这正月二十三真是有意思，燎干要用干梢，吃饭要用干吊。如果干梢是树的尸体，那么干吊是萝卜的尸体吗？一想到尸体，六月就想到从那个漂亮女人鼻孔里钻出的虫，觉得眼前的饭里全是虫子。就不像从前那样着急着催爹供。

树死了还能烧，萝卜死了还能吃，人死了呢？

六月问爹。

爹说，你的个小脑瓜里咋尽生出这些稀奇古怪的问题？

六月说，我就想起了这个问题，你不是说只有起疑情才能出智慧吗？您老人家告诉我啊？

六月觉得他这次把万能的爹给考住了。

爹说，人死了也能吃呢。

能吃？我咋没有见？

你咋没有见，每个人死了都被黄土吃掉了，不是说人吃黄土一辈子，黄土吃人一口吗？

六月的眼皮就搭到天上去了。他一下明白了山是怎么回事了，原来它是黄土的肚子，只因为吃的人太多，才那么鼓。他接着看见，山的血盆大口像黑白无常一样到处转着，寻找着快要死了的人。

六月第一次感到人的无常，也第一次感到活着的危险。

萝卜在房檐上吊了半年，现在被娘一煮，拌了清油，吃在嘴里柔筋筋的。莜面花卷也好吃，一层一层的，里面夹着苦豆子，特别地香。六月知道，这正月二十三一过，年就彻底过完了，年一过完，就到过日子的时候了。

要是永远过年就好了。

吃完晚饭，天还早，爹说，我喝一罐茶吧。娘说，炉子灭了。

五月说，就用我们打的干梢啊。说着去拿了几根来。爹说，那我就贪污一次吧。说着，团了半张废纸，点着，放进炉膛，然后接过五月手里的干梢，放在上面，只听干梢叭叭叭地一阵响，火就上来了。

六月把手在火上绕了几圈，嘿嘿，我们提前燎干了。为啥要用干梢燎干？

你说呢？

因为干梢五行俱全。

怎么个俱全法？

树长在土里，所以它含土，树要靠水长，因此又含水，干了能够烧火，所以含火，风一吹火就旺，所以含风，地水火风全有。

五月暗暗吃惊，六月把爹平时说的话给记住了。

那现在它死了，就是它身体里的地水火风死了吗？

爹和五月同时被六月的话惊了一下。

可是树能够一根一根地死，人呢？

人也能够一根一根地死，比如人的头发，比如人的指甲。五月说。

六月突然明白，打干梢不是罪过，因为它已经死了，就像剪指甲不是罪过，因为它不疼痛，但是拿刀子戳人就是罪过，因为它会痛。同样，拿刀子剃头，那么多头发掉下来，人不痛，但是刀刃稍微把头皮划破一点点，就痛得受不了。这老天爷真是有意思，既造下痛的东西，又造下不痛的东西，为啥呢？还有，这干梢，为啥就能变成火呢？

六月一下子觉得这燎干里原来是埋伏着许多秘密的。

天暗下来时，五月和六月往大场里背干梢。场里一个人都没有，场不知被谁扫得很干净，空空落落的，坦坦荡荡的，光光亮亮的。五月六月就在记忆中去年燎干的地方放下背篓，往出掏干梢。正掏着，改弟来了，斜着小身子背着一个大背篓。近前，五月六月看见，改弟背篓里不是干梢，而是麦草。

啊，你们还真去打干梢了啊，这么大的风，改弟大声说。五月、六月没有理她，十字一交十字一交地摆着干梢。改弟凑过来，把背篓放在一边，一脸的惭愧。五月说话了，掏下吧，还得一背篓。改弟说，知道。说着掏了背篓里的麦草，再去背。六月说，应该让她背三背篓才对。五月说，两背篓也行了，多了白白烧掉也是浪费。六月觉得也对，这时，更加觉得今天顶着风去打干梢是正确的，如果他和五月今天因为怕风不去打干梢，现在就没有心里这种美滋滋的感觉。

说着，白云来了，接着地生来了，接下来是德成，德成后面是雨雨。白云背的刺根，地生背的胡麻秆，德成则抱着两个老扫帚……

不多时，干堆就高过六月了。

人们渐渐往场里涌来，拖儿带女的。

方长金生把社火队用过的纸马、纸船架在干堆顶上之后，开始往干堆上扔"用物"，先是一把葱蒜皮，再是一片干肉，还有一撮头发。接着，把一瓶白酒泼在干梢上。

然后点着手中的黄表，跪在地上，大喝一声，跪！

众人齐跪了。

又大喝一声，请大先生读祭火之文！

爹就清了清嗓子，开读祭火文。说是读，其实是唱。

听了几句，六月就发现爹唱的是《心经》，就拽了五月衣角一下。五月却没有呼应，反而抓住他的手掐了他手心一下。六月就明白五月是不让他声张。六月想，莫非爹不知道祭火文，用唱《心经》来应付大家？反正大家又不懂。这时，五月把嘴贴到六月耳朵上说，说不定祭火文就是《心经》，爹说《心经》是一切经的心脏，那也该是火的心脏。

六月觉得有道理，就跟了唱：

　　……是诸法空相，不生不灭，不垢不净，不增不减。是故空中无色，无受想行识，无眼耳鼻舌身意，无色声香味触法，无眼界，乃至无意识界，无无明，亦无无明尽，乃至无老死，亦无老死尽。无苦集灭道，无智亦无得。以无所得故，菩提萨埵，依般若波罗蜜多故，心无挂碍，无挂碍故，无有恐怖，远离颠倒梦想，究竟涅槃。三世诸佛，依般若波罗蜜多故，得阿耨多罗三藐三菩提。故知般若波罗蜜多，是大神咒，是大明咒，是无上咒，是无等等咒，能除一切苦，真实不虚。故说般若波罗蜜多咒，即说咒曰，揭谛揭谛，波罗揭谛，波罗僧揭谛，菩提萨婆诃。

接着金生说，请童男子幸运点火！

永生就抱着儿子幸运到干堆前，举着他胖墩墩的小手，接过金生手里的黄表，蹲下身去点燃了干堆下面的黄表。只见那黄表噗地一下引燃了麦草。麦草哗地一下，火头就蹿到天上去了。

这时，六月看见对面村里的火也飚起来了，接着山背后也亮了，让人觉得这天地间整个就是一个大火田。

火烧着头发、葱皮和蒜皮，发出一股刺鼻的味道。

为啥要往火里扔头发？六月问爹。

因为那是三千烦恼丝。

头发怎么是三千烦恼丝？

等你长大就知道了。

为啥要往火里扔葱皮蒜皮？

这是除秽。

为啥烧葱皮和蒜皮就是除秽？

因为它们代表污秽。

为啥它们就代表污秽？

因为它们里通外国。

为啥它们里通外国？

等你长大就知道了。

何期自性，本自清净；

何期自性，本不生灭；

何期自性，本自具足；

何期自性，本无动摇；

何其自性，能生万法。

六月再次念诵智慧咒，可智慧的龟头就是不肯出来。六月开始对爹说的这个开智慧咒产生了怀疑。但他马上否定了这一想法，并且忏悔。如果不灵，那就是你心不诚。爹的话。

怎么样才算是诚呢？他们都没有顶着大风去打干梢，我和五月却去打了回来，难道还不能证明我们的心诚吗？

如果做一件事是为了达到一个目的，就是有求心，而求则不得，故名"求之不得"。爹的话。

做事如果不是为了达到一个目的，到底是为了什么呢？

大善人以无求心做事，所谓"施恩不图报，与人不追悔"是也；所谓"受恩莫忘，施惠毋念"是也；所谓"善与人见，不是真善，恶恐人知，便是大恶"是也。爹的话。

六月有些想不明白了，看来爹说得对，有些事，大概只能等到长大才能明白。

火头降下来一些时，金生说，胆大的开始跳火吧。

说时，就有一个小伙子应声跳了过去。六月看见，那个人是地生。与其说他是从火上跳过去，还不如说是从火里穿过去。六月这才发现，只要人速度快，即使从火里穿过，火也烧不着人的。就也壮了胆子，铆足劲穿了一次。事后回想，那也许就是佛带难陀在天上飞的感觉吧。

六月还想体会一下在天上飞的感觉，但是准备跳火的人已经排了一个长队，他想插队也插不进去了，就从队伍的尾巴里错出来一些，看着那些小伙子一个个从火里穿过。六月看见，每当一个人从火里穿过，那火山就闪开一道口子，每当一个小伙子穿过，那火山就闪开一道口子，就像是一个倒立的海一样。六月突然发现，这火乍一看是水，乍一看是山，乍一看又是风，乍一看又是树。

它们一年四季睡在干梢里，现在得解放了。

说风是风，过来一阵风，那火就跟着摇摇摆摆，让人觉得是一个穿着红裙子的姑娘在跳舞。说不定仙女就是这个样子呢。如果找这么五百个媳妇，那还不把人跳着累死。

他急于想把这个想法告诉五月，但是五月到了女队里，脸被火映得红彤彤的，使劲地拍着手。

六月放弃了跳火的打算，到爹那里，问，为啥要跳火？

你不是说是为了演解放吗？

但我现在觉得跳火是为了练习上天。

爹的眼仁险些掉出来，你咋想到这个答案的？

你先说我猜对了吧？

对了一半。

一半？还有另一半？

先去跳火吧，现在火小了。

六月的目光回到火上，他发现许多大人抱着小孩从火上跳过，再看五月，五月仍然在娘身边拍着手。六月的心里就有了一个冲动，抱着五月跳一次火。

就一丈子跳到五月身边。

可是当他站在五月身边时，就知道自己的这个想法是一个空想。

但他还是在想象里抱着五月跳了一次。

火的山头渐渐矮下去了，六月的心里充满了惋惜和无奈，就像他好不容易堆起的雪人，太阳一出来，就眼睁睁地小下去，小下去，最终化为一院子的水。现在，以他和五月打来的干梢支撑的火山，也渐渐小下去，最终化为一堆灰烬。

火也会死，就像人咽气一样。六月想。也许人死了也就是身体里的火山小下去了。六月觉得这又是一个重大发现，想去问爹。但爹的手里已经执着一个木锨，准备扬灰看种了。

等众人散到四周，金生大声宣布，请大先生扬灰看种。

爹就庄严了神情，铲了一木锨火灰，顺风扬上天空。

每扬一锨，人们的目光就齐刷刷地跟着划一个弧，带着火星的灰烬就在天上散成一片星空。

大家看像啥？金生问。

莜麦！

再扬，再划，再问。

最后大家一致认为是莜麦。

结论：今年莜麦成。

种莜麦吧。种莜麦吧。种莜麦吧。

有些女人就抱怨男人，没有把莜麦种子留够，还得找人家换。

六月突然记起白天五月还欠他一个问题没有回答，难陀到底进油锅了没？

五月说，佛给阎王爷说情，再给难陀一个改正错误的机会。阎王爷说，那你得打个保证给我。佛就向阎王爷保证。阎王爷知道佛是最诚实的，不说谎话的，就让佛带难陀回人间修行去了。

难陀回到人间，这才下定决心修行，终于在有一年的正月二十三修成正果。

但是，这不坑了那五百个玉女了吗？

这天晚上，有一个青衣仙子来到五月面前，告诉她，今年扬灰看种是错的，大家误把麦子看成了莜麦，让大家改正吧。五月把这个梦告诉爹，爹只是笑笑。他扬了这么多年的灰，都没有出过错，这次怎么会错呢？五月又把这个梦告诉娘。娘说，要不让你爹打一卦吧。爹却坚信自己的判断，也是大家的判断。

这天早上，六月醒来，说他做了一个奇怪的梦。娘问他梦见了啥。六月说，他梦见有一个青衣仙子来到他面前，告诉他今年扬灰看种是错的，让他告诉大家把莜麦改成麦子吧。

娘就越发觉得蹊跷，告诉爹。爹问娘，你觉得呢？娘说，两个娃娃做了同一个梦，你得考虑一下，你不是常说随缘随缘嘛，连着同样两个梦到来，我觉得是个缘。

爹就穿上衣裳出门，走村串巷，把这个梦告诉了大家。

龙节

　　龙像还没有睡醒，有些不愿意睁开眼睛，但是地上的人们已经唱开了：

　　　　二月二，龙抬头，
　　　　大仓满，小仓流。
　　　　……

　　它就不得不抬头了。

　　这龙一抬头，就看见爹在炕头拣五谷，爹的手里是一个簸箕，簸箕里是五谷杂粮，爹刷地一下把五谷杂粮拨到左边，挑出一个破的，又刷地一下把五谷杂粮拨到右边，挑出一个秕的，那五谷杂粮的队伍就跟了爹在簸箕里撒欢。

咋还在被窝里啊，你就不怕错过龙抬头？娘从门里进来。

六月就应声从炕上翻起来，几下子穿上衣裳，跳下炕，奔到院里。

五月正展了脖子向天上张望。天还没有完全放亮，雾蒙蒙的。六月透过雾，同样展了脖子望了一阵，到底没有望到龙在哪里抬头，倒是小肚子那里开始闹水了，就奔到厕所撒了尿，然后回到院里，跟着五月向天上张望。

手脸都没净，龙会给你显形吗？五月说。

六月有些不高兴，但觉得有道理，就奔进屋里，在洗脸盆里倒了水，快速洗完手脸。

出门时，被娘叫住了。

娘跪在炕上，正在开箱子。

二月初一龙睁眼，二月初二龙抬头，二月初三龙出汗，我咋看不见？

娘一边掀起箱盖，把他和五月姐的夹衣拿出来，一边说，那是没有换上夹衣，叫你姐进来换夹衣。

为啥没有换上夹衣就看不见龙显形？

因为夹衣是龙衣。

夹衣为啥是龙衣？

龙节上身，当然是龙衣。

六月就长长地叫了一声姐。

声音还没有落地，五月就进来了。

六月躲在爹的身后换了夹衣，然后让娘把他棉袄袖子上的小手帕拆下来，缝在夹袄袖上。

娘说，等明天吧。

为啥？

二月二是不能动针线的。

为啥？

二月二动针线会扎伤龙王的眼睛。

龙我们看都看不见，咋会扎伤它的眼睛？

正因为看不见，才怕扎伤呢。五月说。

六月转向五月，说，你还日能，为啥看不见才怕扎伤呢？

我看不见，但我又能看见，只不过是用心里的那个眼睛看。

那你说，龙是个啥样儿？

就像是……就像是……就像是风一样，不对，就像是……雨一样，不对，既是风又是雨吧。

那就是风和雨嘛，还叫个啥龙。

其实说是闻到的更对，我像是能够闻到龙的味道。

龙的味道，龙的味道是怎样的？

就像是二月二的味道。

哈哈，废话一句。

娘说，现在的人不太讲究了，过去每到二月初一，你爷爷一早就在家里喊，你们给我听着，从今天起，三天内可千万不能动刀啊、剪啊、针啊、锥啊的。你奶奶甚至把这些东西索性全部藏起来，直到过完二月三，才告诉我们在啥地方。

假如有人不知道这些规矩，用了针呢？

那就把龙眼睛扎伤了啊。

龙在天上，人手里的针咋能扎伤它呢？

龙在海里。五月说。

龙既在天上，又在海里，还在地上。娘说，过来，五月，换夹衣啊。

五月就爬上炕，同样躲在爹的身后换夹衣。

六月的心里就出现了一个庞然大物，大得直要把他的心撑成天地玄黄、宇宙洪荒了。既在天上，又在海里，还在地上，这个龙，让他的脑瓜有些转不过来了。

这三天人们也不能到水井里打水。

那喝啥啊，二月头上喝的水要在正月尾巴上挑，把水缸攒得满满的。

如果这三天在井里打了水呢？

当然不吉利啊，你想桶子一下去就会落到龙头上，龙会高兴吗？

那这几天我们可要算着用水，三天用一缸水啊，还要饮牛、饮羊、饮狗、饮鸡、饮猫。

还是我们六月有觉悟，这几天的水，你就给咱们掌管吧。

好啊，从现在起，每个人用水，都要本大人恩准，敢有趁机犯法，辄以军法从事。

六月穿上夹袄夹裤，一下子像是把半个身子给脱去了，觉得一不小心会一下子飘起来，那不就成龙了吗？这二月二还真日怪，棉袄穿在身上还真有些热，夹袄上身正合适，但又稍稍有些凉。仔细一觉，又觉得不是凉，而是一种突然脱了棉袄棉裤的轻快。再仔细一觉，其实是一种生分，夹袄在箱子里放了一冬，和身上的肉生分了。

看着娘把他和五月换下来的棉袄棉裤叠起来放在地上的提篮里，六月突然想到了爹让他们背的"二十四节气"中的惊蛰。记得爹说，青蛙、蛇、蚯蚓等许多动物，一到冬天便进入冬眠，叫入蛰。转年二月，天气回暖，这些虫物陆续结束冬眠，开始出来活动，就像是被震耳的春雷从睡梦中惊醒了一般，因此叫惊蛰。

这穿了夹袄夹裤的他，现在不就是在惊蛰吗？六月看五月姐，也像是一个惊蛰。六月还发现，穿了夹袄的五月比平时小了半圈儿，但又像杏子一样熟了半圈儿。

再看过年时贴在后炕墙上的竖披"卧听春雷"，突然明白了是什么意思。如果把地上的虫物看成是三军，那么这春雷就是号令了。

六月的心里就滚过一声春雷，直从他的脊头缝里穿过。

六月把目光从"卧听春雷"上移开，突然发现了一个问题。你和我爹为啥不换夹衣呢？六月发现爹和娘的身上还是棉袄棉裤。

爹和娘老了，迟换几天。

那不行，龙节换龙衣，要换就都今天换。

好，就今天换，爹说，你们两个先去引龙线，我和你娘这就换。

五月和六月就到厨房，五月端了簸箕，六月拿了锅铲掏灶灰。

然后二人到后院井房边，六月端了簸箕，五月抓了灶灰，齐声念了句"请青龙出水"。五月便猫着腰在地上引青龙，一直引到厨房的水缸边，围着水缸转三圈。一边转，一边念：

二月二，龙抬头，

兴彩云，布甘霖。

然后二人又到后院黄土墙根下，五月端了簸箕，六月抓了灶灰，齐声念了句"请金龙出仓"，六月便抓了灶灰，猫着腰在地上引金龙，一直引到粮食房的粮仓边，围着粮仓转三圈。一边转，一边念：

二月二，龙抬头，

大仓满，小仓流。

引完，六月看着五月笑笑，五月看着六月笑笑。

你引青龙时啥感觉？

就像是有个青龙在后面跟着呢。

你引金龙时啥感觉？

就像是有个金龙在后边跟着呢。

害怕吗？

六月点点头，接着又摇了摇头。

接着，五月和六月又到灶膛掏了一簸箕灰，从大门口开始围院。五月说，爹把这不叫围院，叫围社。六月说，我觉得还是围院好。接着，六月又问，你觉得叫龙衣好还是夹衣好？

当然龙衣好啊。

我咋觉得还是夹衣好，龙衣让人觉得全身都是鳞甲。

哈哈，那就夹衣吧，你围还是我围？

六月转着眼珠想了想，说，一人围一圈吧。五月觉得六月的主意既狡猾又周全，笑着说，好，你先围。说着把簸箕展在六月面前。六月抓了灰，猫了腰，念了句：

　　二月二，龙抬头，天官叫我把东头。

接着迈开碎步，沿着院墙根儿开始撒灰，五月在六月左手端着簸箕随着，就像是龙图上端着种子的那个皇后。哈哈，五月被自己的这个想法惹笑了。如果本人是皇后，那猫着腰撒灰的六月到底是皇帝呢还是宰相呢？

　　二月二，龙抬头，土地让我守西头。

六月一边念着，一边直起腰来，回头看了一眼自己撒的长长的灰线，直觉得把热气腾腾的龙气全圈在院里了。

二人进院，正对上娘拉开上房的双扇门露出面来。

娘一露面，天就哗地一下亮了。借着亮光，六月觉得娘更像是一个惊蛰。

穿着夹袄和夹裤的娘有些不好意思似的从门里走出来，你们引完了？

二人齐声回答，引完了。

那就准备围仓吧。爹的声音。

同样换了夹衣的爹显得有些单薄，就像是一个馒头一下子变成了饼子。五月陡然觉得鼻腔有些酸，不知为啥。记得有一次，爹给老咩剪毛，老咩一点也没有反抗，乖乖地躺在地上，当爹把它的半身毛剪去，让它翻身再剪另半身时，她的眼泪就出来了。她也不知道为啥。

五月努力控制了自己，可不能让龙看到，如果龙抬头时正好看到她眼里汪着的泪水，那可就太不吉利了。

爹带着五月六月在当院跪了，把碗里的五谷杂粮倒成五个小仓，然后把碗展到身后。五月的目光跟过去，娘的手早在那里等着了。娘一手接了空碗，一手把一个灰簸箕给爹。五月的心里就有了一个惊叹。娘老是讲家门和顺要靠夫唱妇随，这就是夫唱妇随吧？

爹接过灰簸箕，抓了一把，一边沿着最中间的一个小仓围灰圈儿，一边问五月六月，还记得"一把灰"歌吗？

二人同说记得，接着唱：

> 一把灰，两把灰，龙王龙母你醒来，
>
> 一把灰，两把灰，龙王龙母享用来，
>
> 一把灰，两把灰，龙子龙孙降雨来，
>
> 一把灰，两把灰，五谷丰登跟着来。

爹让五月六月围。六月抢先学着爹的样子从簸箕里抓了一把灰，沿着一个小仓围，不想围到半路上手里的灰就没了。五月把握得好，圈儿转完，手里的灰刚完。六月就不好意思地笑了一下，又抓了一把，接着刚才的灰茬儿十分均匀地从手缝里往下漏，不想漏完，手里还剩半撮。六月就发现，这围仓，也不是一个简单的事情。六月就把剩下的半撮灰补在那些窄细的灰线上。接着用心围另一个。

五个堆儿，爹围了一个，他和姐各两个。娘呢？六月突然发现娘没有围。我娘咋不围？

爹说，围仓是男人的事啊。

那我姐为啥围？

你姐嘛，待会爹告诉你吧。磕头！

磕头磕头。五月六月一边应承着，一边把额头点在地上。

最后一次额头挨到地面，六月有些舍不得离开。六月从未有过地觉得，这额头挨着地面，是如此的享受。

往上房里走时，爹问，你们看到龙在哪方抬头了吗？

五月说，我看到龙在东方抬头呢。

六月说，我看到龙在西方抬头呢。

爹你看到龙在哪方抬头呢？

先保密。

为啥？

不然这龙节就没意思了。

你见过龙吗？六月追着问。

不想把爹的背瘾又引发了：

龙者，鳞中之长，能幽能明，能细能巨，能长能短，春分登天，秋分潜渊。龙者，万兽之首也，其虾眼、鹿角、牛嘴、狗鼻、鲶须、狮鬃、蛇尾、鱼鳞、鹰爪，九合一之九不像之像也。龙有九子，老大囚牛，好音喜乐，常常蹲立琴头；老二睚眦，嗜杀喜斗，常常刻镂于刀环剑柄；老三嘲风，平生好险，殿角走兽是也；老四蒲牢，受击便吼，充作洪钟提梁兽钮，助其鸣声远扬；老五狻猊，形如狮，喜烟好坐，于香炉足吞烟吐雾；老六赑屃，似龟有齿，喜负善荷，碑下龟是也；老七狴犴，因形似虎好讼，而常守狱门官衙正堂两侧；老八负屃，雅好斯文，愿绕碑碣，衬托妙手华章；老九螭吻，口阔嗓粗好吞，常驻殿脊两端，专司灭火消灾。

哎呀呀，五月和六月都听愣了。

爹过足了背瘾，在脸盆里倒了热水，让六月醒头。

六月说，老爹你还没告诉你儿，我娘为啥没围仓呢。

爹说，过来，醒完头你自己就知道了。

六月就过去，把头伸进盆里，又弹出来。啊呀，这么烫啊。

爹说，就是要烫啊，只有烫才能醒透啊。

为啥要醒透？

只有醒透刀子才吃不进肉里去啊，你总不愿意刀子吃进肉里去吧。

六月就屏了气，咬了牙，冲进去一下，又弹出来，冲进去一下，又弹出来。

如此冲了十几下之后，爹说，行了。让他在板凳上坐好，接着，左手抓了他的头，右手把刀子在他面前显了一下，说，这可是真刀白刃。意思是让他定着，不要动弹。

当六月极为强烈地感受到刀刃落在他的头皮上，然后噌的一声贴着头皮刮过时，他的心里就再次生出对爹的佩服来。这是一种不同于以前的佩服。以前的佩服来自爹的智慧，这次的佩服来自爹的功夫。爹能够拿着刀子从他的头皮上噌噌噌地刮过去，一下一下，快如闪电，刀子却不吃肉，头皮却不出血，换了他，才不敢呢。同时对刀子也生出许多感想，你看它立一下，就能让人出血，纯粹平行也没作用，而只有搭斜了，就既能不吃肉，又能把头发剃下来。同样的刀子，只是因为角度不一样，就能生成不同的作用。看来这个角度有时候比刀子本身更重要，更厉害。莫非这个角度就是爹平常说的那个中庸之道？爹说中庸之道就是既能把自己想做的事做成，又不伤及他人。这不正是讲剃头吗？

想问爹，眼前却出现了五月。

五月蹲在他面前，两手托着下巴，看笑场似的盯着他看。

看啥看，难道本大人的脸上有大戏不成？

悄着！六月的头皮紧了一下，觉得爹的话不是从口里出来的，而是从手上出来的。

六月皱了眉头，咬牙切齿地忍着。

五月就再次想起乖乖地躺在地上让爹剪毛的老咩，鼻腔又不由得酸了一下。那一刻，她觉得拿着剪刀无比耐心地给老咩剪毛的爹也是老咩的爹。恍惚间，五月觉得现在这个在爹的手下咬牙切齿的六月不是六月，而是一个可怜的羊羔。这样想来，就觉得生为女子真是好，可以不必忍受这剃头之苦。

五月后来回想，大概是在爹剃第四刀时突然想到《剃度偈》的，就后悔自己没有在爹剃第一刀时跟上念，唉，把这么巧的一折戏让她给耽误了。

但现在演也不算太晚，就学了剃度师父的口气念起来：

　　第一刀愿除一切恶，

　　第二刀愿修一切善，

　　第三刀愿受一切苦，

　　第四刀誓度一切众。

爹笑得不得不停了刀子。六月问，下面呢？

五月接着念：

　　金刀剃下娘生发，

　　除却尘劳不净身，

　　圆顶方袍僧相现，

　　法王座下伟丈夫。

　　六月的心里就生起一种豪情，它的名字叫伟丈夫。就在心里盘算着该如何除一切恶修一切善受一切苦度一切众。

　　爹止住笑，正要按了六月的头接着剃时，六月的问题又来了，老爹你说佛当年为啥放着国王不做而要出家当和尚？

　　因为当和尚比做国王快乐。

　　当和尚有多快乐？

　　爹刚弯下来的腰又直了起来。那只有你当了和尚才会知道。

可是我咋没有从剃头当中感到快乐？

爹就盯了六月看，一脸的严肃。六月不由得紧张起来，以为自己说错了话。谁想爹却扑哧一声笑出声来。那是因为你还不知道啥叫痛苦。

你说啥叫痛苦？

将来你会知道的，现在给你说也是白说。

六月的眼前就出现了一条长长的马路，马路两旁生长着荒草一样的痛苦，不怀好意地向他招手。可是六月马上就轻视了它们，因为爹说君子能忍人所不能忍，行人所不能行，成人所不能成，把些荒草算什么。

炉子上的罐罐茶开了。五月给爹倒到盅子里。爹让六月再醒一下头，他喝一盅茶。六月就醒。还有啥问题赶快问，等刀子上头你就闭嘴。

话音刚落，六月的问题就来了，你说，做和尚快乐还是做君子快乐？

哈哈，看来还是要剃龙头，这龙头一剃，问的问题也不同寻常了。六月听出来，爹的口气是赞赏的。

五月也觉得六月的这个问题问得好。就是，爹你说，是颜回快乐呢还是目连快乐？

爹同样赞赏地看了一眼五月，说，都快乐啊。

谁更快乐？五月问。

颜回没有让金刀剃下娘生发，肯定不如目连快乐。六月这样说时，目光在五月的脑袋上缠绕。

不想爹再没有搭话茬，让六月归位，接着剃。

六月回到板凳上，勾了头，有些紧张地等爹的刀子到来。不想刀子还没有到来，问题却先来了，老爹你说老天爷为啥要给人造头发呢？

悄着！

你说为啥？五月再次蹲到六月的面前，轻声问道。

既然长长了要剃，为啥当初不就造个光头呢？多省事。

你再多话，刀子就要打牙祭了。

随之到来的问题把六月的肚皮都憋痛了，但为了头皮的安全，就强忍着。

爹再次停下来在刀篦上篦刀子时，六月抓紧问，为啥给我姐不剃？

因为她是女子啊。

女子为啥就不剃？

你咋不问为啥公鸡不下蛋。

现在就问，为啥公鸡不下蛋？

公鸡下蛋叫母鸡干啥去。

母鸡可以叫鸣啊。

哈哈，母鸡叫鸣，公鸡下蛋，这世道不就乱了吗？

世道乱了就咋了？

乱了人就要受罪啊。

爹把刀筐挂在门环上，左手拽了，右手执着刀子翻来覆去地篦。六月看着爹手里明光闪闪的刀子，心里有些寒。但又一想，反正是爹拿着，就没有啥可怕的。看来刀子只有掌握在爹手上才是安全的，如果它掌握在坏人手上就是不安全的。看来刀子不是关键，关键的是掌握在谁手里。

我娘不是说二月二不准动刀子吗？为啥你还要给人剃头？

剃头是另外一回事。

正月里为啥不剃，单要等到二月二才剃？

正月里剃头死舅舅。五月抢着说。

为啥正月里剃头死舅舅？

因为因为，所以所以。

六月要反驳，爹已抓了他的头，搭了刀子。六月越发强烈地听到刀刃从头皮上经过时噌噌噌的响声，就像是爹平时割高粱一样。

爹又停下，让五月把脸盆里的水端出去倒掉添些开水。五月端了往出走，六月放开嗓门问问题，你说人为啥要别人给他剃头？

别人不剃难道自己剃？

我问的就是这个意思，为啥人不能自己给自己剃？

这就是爹常给你讲的那个"仁"字。人自己一不会生,二不会死,就连剃个头,都得靠别人,因此要对别人好,要对天地感恩,要对众生感恩。

五月停在门外听完爹的话,正要开步走,六月又问,啥叫感恩?五月想听,但实在不好意思再磨蹭了,想跑起来,但盆里的水晃得不行,就以最快的速度往出走。

爹说,不要往院里倒啊,倒到牛槽里去。五月说,知道了。

爹接着给六月说,感恩就是念着别人对你的好。再往宽里说,你看这阳光人自己不会制造,空气人自己不会制造,粮食人自己不会制造,土人自己不会制造,水人自己不会制造,火人自己不会制造,还有很多,但是我们却天天在用它,你说人不感恩能行吗?包括这剃头的刀子,我们也不会制造,也是别人制造的,你说我们不感恩行吗?

六月似乎明白了一点点。

五月跑步进来,爹已说到"你说我们不感恩行吗",五月就让爹把刚才的话再重复一遍。爹说,让六月给你重复吧。六月就学着爹的腔调说:

感恩就是念着别人对你的好。再往宽里说,你看这阳光人自己不会制造,空气人自己不会制造,粮食人自己不会制造,土人自己不会制造,水人自己不会制造,火人自己不会制造,羊毛人自己不会制造,牛粪人自己不会制造,鸡叫人自己不会制造……

爹笑得无法把一把热水捞到六月头上,就索性停下来,听六月发挥：

……花人自己不会制造，草人自己不会制造，树人自己不会制造，还有……还有爹人自己不会制造，娘人自己不会制造，姐人自己不会制造，哥人自己不会制造。还有……还有……总之还有很多，但是我们却天天在用它，你说人不感恩能行吗？包括这剃头的刀子，我们也不会制造，也是别人制造的，你说我们不感恩行吗？

五月感动得脚心都热了。等爹提了壶给盆里倒水，她才意识到把倒水的事给忘了。爹显然是有意让她专心把六月的发挥听完。

爹兑好水，左手抓了六月的头在盆里，右手捞了水醒。

六月被烫得龇牙咧嘴。

爹说，你看，这剃头里也有大道理，你要剃时不痛，就要在醒时挨些烫。你要将来享幸福，就要现在多受苦。

那我现在就想享幸福。

爹和五月就笑得没办法收拾了。

下一个节目是敲梁劝鼠。爹用一个长竹竿敲打房梁，一边敲，一边说，二月二，打房梁，蝎子蚰蜒不下墙。

为啥二月二打房梁，蝎子蚰蜒不下墙？

因为蝎子蚰蜒睡了一冬天觉，睡过头儿了，突然惊醒，会掉到人身上来。因此敲打一下房梁，让它们先醒透，再出窝，再扫地儿。

六月发现，爹今天多次用到一个词，醒，看来很重要。

你要让它们挪到哪儿去？

挪到外面去啊。

挪到外面干啥去？

过它们的日子去啊。

它们的日子是啥样子？

你跟上看看就知道了。

六月就把目光跟在爹手里的竹竿上，看有没有蝎子和蚰蜒出来。

盯了一会儿，果然就有一个蚰蜒出来，顺着房梁倏地跑到哨眼里去了。六月就飞出门外，去趴院墙台，却被五月抓了后腿。

你拉我干啥？

你要去干啥？

我要去看看蚰蜒咋过日子。

蚰蜒早跑到爪洼国去了，你根本追不上。

六月就又从墙台上溜下来。

　　二月二，扫炕席，

　　清清爽爽到年底。

　　二月二，扫锅底，

　　省柴省火不费米。

五月六月听到娘在厨房里唱歌，跑过去看，原来娘在扫锅底，锅底上粘了厚厚的一层灰痂。

让我扫一下。六月从娘手里接过笤帚，扫了一下，却发现那灰痂已牢得早不是他能够降伏的了。

娘就又接过笤帚，用笤帚把往下刮。

娘你就用刀子刮吧。

忘了？不是早说过今天不能动铁家具吗？

我爹都用刀子给我剃头了。

剃头除外。

为啥？

因为今天的剃头不是普通的剃头，叫剃龙头，因此除外。

为啥剃龙头就除外？

因为龙头特殊嘛。

明明是人的头，又咋叫龙头呢？

因为是龙节剃的头啊。娘一边回答，一边用劲刮着灰痂，把笤帚把都刮弯了。看看，灰尘一旦结痂是多么牢固。

灰尘为啥会结痂？

因为时间长了。

为啥时间长了就结痂？

因为时间就这么个脾性，因此要防着时间。

防着时间，时间咋防呢？

就要紧紧盯着它，做事不能留尾巴。你们现在亲眼看到了打扫锅底上的灰痂是多么费劲吧，但你们肯定不知道打扫人心上的灰痂更加费劲呢。

人心上咋能结上灰痂呢？

私心就是人心上的灰痂啊。

六月想，私心就是私心嘛，怎么是灰痂呢？

和上古比起来，现在人的私心越来越重了，你奶奶说，终有一天，人的心会变得比锅底还黑，那时候，就到天收人的时候了。

天把人收去放在哪儿呢？

放在……放在……放在粮仓里吧。

放在粮仓里，难道人是老天爷的粮食不成？

娘说得不准确，应该是放在天仓里吧。

是不是冬眠？

大概是吧。

那啥时候才能惊蛰呢？

得等到另一个盘古开天辟地，另一个三皇治世。

啊呀，那要多长时间？

你奶奶说得万万万个万万万万万年。而且再来，还不一定能得到人身，你奶奶说，得人身如盲龟穿木，知道啥意思吗？

不知道。

就像一个浮在大海里的瞎乌龟正巧碰到了一截木头，那截木头上正巧有个洞，瞎乌龟的头正巧就撞进那洞里，想想看，有多难。

啊呀。五月和六月同时倒吸了一口气。

你奶奶说，那些心变黑的人，今后就永远没有做人的机会了。不知你爹给你讲过没有，当年佛从地上抓起一把土问他的堂兄弟阿难，说，阿难啊，你倒说说看，是我手里的土多呢，还是大地上的土多？阿难说，哥你别取笑我了，当然是地上的土多啊，这一点我还是分得清的。佛说，那你知不知道失去人身的人的数量就像这大地上的土，而得到人身的人的数量就像我手里的土。阿难的眼泪就下来了。

啊呀，那有啥办法不使人心变黑呢？

读圣贤书啊，按圣人教行事啊。

六月一下子明白了爹为啥要背那么多圣人的书，一下子觉得被爹逼着背那些圣人的话有了了不得的意义。

娘又唱开了：

> 身是菩提树，
> 心如明镜台，
> 时时勤拂拭，
> 莫使染尘埃。

娘的唱音刚落，爹的歌声又从上房里传来，就像是和娘比赛似的：

敲呀敲，敲炕头，

吉日吉时龙抬头。

敲呀敲，敲炕头，

子子孙孙占鳌头。

二人就到院里，从扫帚上各抽了一根竹子，回到上房，也像爹一样到处敲敲打打，一边敲一边念：

二月二，敲锅底，

烧陈菜来吃陈米；

二月二，敲炕头，

吃香喝辣不犯愁；

二月二，敲屋山，

金子银子往家搬；

二月二，敲砖台，

蝎子不蜇光腚孩；

二月二，照房梁，

蝎子蜈蚣无处藏；

二月二，龙抬头，

孩子大人要剃头。

当一股窨窨的豆香钻到六月鼻眼儿，他就知道娘开始炒豆豆了。娘昨晚就把豌豆泡上了。盐水泡一碗，糖水泡一碗。

六月跑到厨房里，看到娘正赶着一锅的豌豆在锅里跑。

二月二为啥要炒豆豆？

你咋就这么多为啥呢？五月说。

管得宽。

五月在六月的脸蛋上轻轻拍了一巴掌，六月要还击，被娘拉在身右，娘以前没告诉过你为啥今天要炒豆豆？

没有啊。

那娘告诉你——

相传，武则天当了皇帝，玉帝便下令三年内不准向人间降雨。但司掌天河的龙王不忍百姓受灾挨饿，偷偷降了一场大雨，玉帝得知后，将司掌天河的龙王打下天宫，压在一座大山的下面。山下还立了一块碑，上面写道：龙王降雨犯天规，当受人间千秋罪。要想重登灵霄阁，除非金豆开花时。人们为了拯救龙王，到处寻找开花的金豆。但是咋也找不到。有一年的二月二，一个人正在翻晒豌豆种子，突然想到，把豆子炒开花不就是开花的金豆了吗？于是家家户户炒豆子，并在院里设案焚香，供上开花的金豆，专让龙王和玉帝看见。龙王知道这是百姓在救它，就大声向玉帝喊道，金豆开花了，放我出去！玉帝一看人间家家户户院里金豆花开放，只好传谕，诏令龙王回到天庭，继续给人间兴云布雨。从此以后，每到二月二这一天，人们就炒豆子，来感念龙王的大恩大德。

武则天当了皇帝玉帝为啥不准龙王向人间降雨？

因为武则天是个女人。

女人咋了，女人不能当皇帝吗？

老古时就这么个规矩，女人就要安安分分地在家里相夫教子。

六月就看了一眼五月，有些替她遗憾。

但五月却一脸的轻松，一副准备甘愿安安分分在家里相夫教子的样子。

六月有些明白了娘为啥不围仓了，但还一时无法十分明确。

豆子出锅了。娘让五月六月洗了手数数儿，二十二颗装一碟儿。不用娘说，五月六月也知道，第一碟是天官的，第二碟是龙王的，第三碟是灶神的，第四碟是祖先的。然后一个屋里放一碟，牛也一碟，羊也一碟，猫也一碟，狗也一碟，水房一碟，蜂房一碟，梨树下面也一碟。

给咩咩送豆子时，五月想到了老咩。爹说他原本打算给老咩养老送终的，可是要过年了，她和六月没有新衣裳，爹就把它卖了。五月说，今天，不知是谁给老咩送金豆呢？

六月说，说不定已经被人给宰了。

五月就一下子傻在圈门口。

六月看见五月的睫毛上挂了泪珠，就抬起袖口，让她拿自己的手帕擦，可是等抬起胳膊，才记起手帕还没有从棉衣上换过来。

老天爷为啥就不收了那些刽子手呢？为啥就不让那些刽子手万万万年个万万万万年也不要出世呢？

都怪自己，如果不是为了那身新棉袄，爹就不会把老咩卖掉。六月才发现，这刽子手里，也有自己的影子。就打心底里恨起自己来。

这天的午饭有些复杂。娘把大年留的馒头十五留的元宵二十三留的饺子早上新擀的长面新烙的饼子放在大盘子里，说元宵是龙眼睛，面条是龙胡子，饺子是龙耳朵，饼子是龙皮，馒头是龙蛋，让大家每样吃一点，说是沾龙气。五月和六月就挨个往过吃，一边吃一边记数，可千万不要落下哪一个，可千万不能错失了龙气。

吃着吃着，六月就发现了一个问题，这些龙的零件他们都吃到肚子里去了，那龙不就在人的肚子里了？

爹说，吃饭时专心吃饭，不然龙王会伤心的。

龙王为啥会伤心？

因为他把这么多好吃的贡献给你，你却错过了它的味道，他咋会不伤心。爹把一个饺子夹在六月碗里，把另一个饺子夹在五月碗里，把盘子里的最后一个饺子夹给娘，接着说，而且一年就这一次。

明白了！专心！专心！专心！

六月一下子知道了问题的严重性，就像娘早上打扫锅底一样用力扫掉冒出脑海的问题，全力回到味道上。

吃完午饭，娘给爹剃头。五月和六月就看戏一样站在一旁看。五月发现，娘拿刀子的姿势和爹不一样。爹是执着刀子，娘是抓着刀子。刀子在爹手上是雄赳赳的，在娘手上是乖顺的。五月还发现，给爹剃头要比六月难度大得多，因为爹的头上已经有了褶皱，刀子再也不能像在六月头上那样大步流星，而要挪着碎步，并不时变换角度，才能顺利前进。

而且爹的头上还有个难题，那是一个瘊子。娘为了把那个瘊子周围的头发剃尽，变换了不少手法，费了不少工夫，但最终娘还是一根不落地把它们剃掉了，这让五月既佩服又感动。更让五月感动的是娘的左手在爹的头上轻轻地不停挪动的样子，还有她跟在刀刃上的眼神，让五月觉得这坐在凳子上的爹不是爹，而是娘的另一个儿子。

给爹剃完，娘让五月赶快把地上的头发扫了，绾在一起，装在一个旧信封里，放在门顶的台板上。五月知道，让她赶快扫是对爹的尊重，放在门顶的台板上是等秦安的货郎子来换花线。

接下来是一段悠闲的时光。爹坐在炕头读经，娘在炕上打褙子。

五月和六月坐在娘身边，面前是两个豆碗，一碗是甜的，一碗是咸的，他们品尝完甜品尝咸，品尝完咸品尝甜。

品着品着，六月的问题就来了，爹，你说为啥会有甜和咸？

我不明白你是啥意思啊。

我是说，为啥糖是甜的，盐是咸的……不是……我是说，这糖咋就是甜的，盐咋就是咸的。六月说了半天，发现还是没有说出他心里要问的那层意思。

爹说，老天爷造的啊。

老天爷为啥要造这么多味道？甜啊咸啊辣啊苦啊酸啊的。

因为世上的人都是馋猫变的啊。

六月看了一眼在他身边睡觉的花花，原来人是它变的啊。

六月把目光从炕上睡觉的花花挪到窗格里的吃献饭的猫，突然想到年前爹从书箱里取窗花样时让他们看过的那张画，就要爹取出来再看一遍。

爹就从地柜顶上取下书箱，打开，十分小心地取出一张旧画来。还记得它叫啥名字吗？

《皇爷耕田图》。六月抢先说。

也对，还有一个名字呢？

《御驾亲耕》。

都对。

但六月还是觉得五月姐答的《御驾亲耕》比他答的《皇爷耕田图》更有水平。

爹小心地展开，一个头戴王冠、身穿龙袍的皇帝就出现在他们面前。皇帝手扶犁把耕田，身后跟着一位大臣，一手提着竹篮，一手在撒种，记得爹说过，这人就是宰相。牵牛的是一位身穿长袍的七品县官，远处是挑篮送饭的皇后和宫女。

边上有一首诗。

还记得吗？

五月六月齐声念：

> 二月二，龙抬头，
>
> 天子耕地臣赶牛。
>
> 正宫娘娘来送饭，
>
> 当朝宰相把种丢。
>
> 春耕夏耘率天下，
>
> 五谷丰登太平秋。

爹说，先皇伏羲重农桑，务耕田，每年二月二这天，皇帝都要御驾亲耕，皇娘送饭。后来黄帝、尧帝、禹帝效法，到周武王时二月二被定名为农头节，朝里要举行盛大的仪式，文武百官都要亲耕一亩三分地，也就有了这首百姓喜欢的民谣，再后来，农头节就变成了龙节。

正说着，改弟来了。手里端着一个碗。

给你们一碗大豌豆。

五月六月同时伸出双手去接，最后还是五月让给六月。六月就端了碗，举到爹面前，让爹抓一把，然后举到娘面前，让娘抓一把，然后举到五月面前，让五月抓一把，剩下的，他撑开自己的夹袄口袋，全倒进去了。不多时，肚皮上就热乎乎的，原来这大豌豆是才出锅的。

六月把空碗给了改弟。

娘说，就那么把空碗给人家改弟啊。

六月就明白了，跑到厨房，在瓦盆里舀了一碗豌豆，端到上房，给改弟。

改弟也没推辞，接过，放在地桌上，说，你们看到龙在哪方抬的头？

六月问，你呢？

改弟说，我看到龙在东方抬的头。

六月有些羡慕地问，咋抬着呢？

就像牛抬头一样，只不过有一万个牛头那么大。

啊，五月说，一万个牛头？

抬了多长时间？六月问。

就像打个盹的时间。

现在又回去了？

对，很快就回去了，你们没看见？

六月才发现自己的问话把馅儿给露了。忙说，看见着呢。

你看见龙咋抬头着呢？

我看见……五月要说，被六月掐了一下手心。

我看见龙就像狮子一样抬头着呢。六月接上话茬说。

啊，你看到的和我看到的不是一个龙？

可能吧。

你看到龙抬了多长时间的头？

我看到龙头抬起来就再没有放下。

啊，现在在哪里，你指给我看。

六月就带改弟到院里看。一边往院里走，脑瓜一边飞速地转着，该指着哪个方向说呢？

谁想飞速转动的脑瓜却转到《弟子规》上，然后嘎地一下停了下来：

　　凡出言，信为先，

　　诈与妄，奚可焉。

　　……

　　过能改，归于无，

　　倘掩饰，增一辜。

六月的脑瓜再次飞速转运起来，寻思着该如何改过，不想头顶轰的一声，一个炸雷从天上滚过，接着，豆大的雨点就噼里啪啦落了下来。

五月六月忙转身进屋，拿了簸箕笤帚，冲到当院，抢收围仓。

清明

东走走西走走，东瞅瞅西瞅瞅，总是拿不定主意买谁家的纸。六月有些着急，说，随便买上些算了。五月回头看了六月一眼，说，"宗祖虽远，祭祀不可不诚"。五月的"不可不诚"还没有出口，六月抢先说，"子孙虽愚，经书不可不读"。把旁边一个卖纸的给惹笑了，说，这么好听的句子，谁教你的？六月说，没人教，自己会的。哈，好一个自己会的，再背两句听听。

居身务期质朴，教子要有义方；勿贪意外之财，勿饮过量之酒。

与肩挑贸易，勿占便宜；见贫苦亲邻，须多温恤。

刻薄成家，理无久享；伦常乖舛，立见消亡。

兄弟叔侄，须分多润寡；长幼内外，宜法肃辞严。

听妇言，乖骨肉，岂是丈夫；重资财，薄父母，不成人子。

嫁女择佳婿，勿索重聘；娶媳求淑女，勿计厚奁……

厚奁……厚奁……六月接不上来了。五月补台：

见富贵而生谄容者，最可耻；遇贫穷而作骄态者，贱莫甚。

居家戒争讼，讼则终凶；处世戒多言，言多必失。

勿恃势力而凌逼孤寡，勿贪口腹而恣杀生禽。

乖僻自是，悔误必多；颓惰自甘，家道难成。

狎昵恶少，久必受其累；屈志老成，急则可相依。

轻听发言，安知非人之谮诉，当忍耐三思；因事相争，焉知非我之不是，须平心暗想。

施惠勿念，受恩莫忘……

五月背到这里，好多人围了上来，看戏的一样。五月有些紧张了，鼻梁上渗出汗来。六月见状，捏了五月的手，放大了音量：

凡事当留余地，得意不宜再往。

人有喜庆，不可生忌嫉心；人有祸患，不可生喜幸心。

善欲人见，不是真善；恶恐人知，便是大恶。

见色而起淫心，报在妻女；匿怨而用暗箭，祸延子孙。

家门和顺，虽饔飧不继，亦有余欢；国课早完，即囊橐无余，自得至乐。

读书志在圣贤，非徒科第；为官心存君国，岂计身家。

守分安命，顺时听天；为人若此，庶乎近焉。

接下来，姐弟二人就不知该干什么了。六月看五月，五月的脸蛋红扑扑的，熟透的柿子一样。五月看六月，六月的脸蛋也红扑扑的，也像熟透的柿子一样。

这是谁家的一对？一个女人问。六月看了看五月，五月示意不要回答。六月却说，她是我姐，叫五月。

你呢？你叫啥名字？

六月。六月铿锵作答。

一定是乔家上庄大先生家的。一个女人说。

当这女人说到"大先生"三个字时，六月的心里忽闪了一下，就像捉迷藏被人找见似的，但这种"找见"却是一种渴望，一种对光荣的渴望。

下次跟集时还来吗？

六月不知如何回答，看着五月。五月说不知道。

再来好吗？还到我们这个摊儿，我把我儿子带上，你背一下给他听，让他见识一下你们的学问，可以吗？

六月说，那要看我爹让不让来。

女人说，你爹一定让来呢。说着，转身刷刷刷地卷了一卷纸给六月，这卷纸送给你。

六月说，不要钱？

女人说，不要钱。

六月就接过了。

五月说，不行，爹说白拿人家的东西就是偷。

六月说，爹还说如果是人家允许的就不是偷。

五月想了想，也对，就默许了。

我赞助一把蜡烛。

谢谢大娘。

不用谢，下次我也把我儿子带上，让他长长见识。

你们这不是逼人舍散嘛，看来我也得赞助一把香。口气不好听，表情却十分的亲热。

谢谢叔叔。

还有两双手在往五月六月的口袋里装糖果，一边装一边说，人家祖先肯定烧过长香的。

二人抱着满满当当的两包东西，乐颠颠地回家。五月和六月没有想到，一出《朱子家训》会换来这么多东西。六月想，回去一定要再背几出来，爹让他背《弟子规》，他嫌太长了，看来得下决心背下来。

总不能一直背《朱子家训》吧。六月说。六月把五月想说的一句话给说出来了。六月说，咱们回去就背《弟子规》吧。五月说，《弟子规》太长了。六月说，总没《目连救母》长吧。五月想想也是，《目连救母》那么长的剧本，他们都背下来了。咱们今天应该给他们唱几段，五月说。六月说，就是啊，咋就没记起呢，如果唱几段《目连救母》，说不定他们还有更多的奖赏呢。五月说，下集吧，下集咱们给他们唱几段——你说，下集爹还让我们来吗？六月说，肯定让来，一次挣这么多东西，爹为啥不让来。五月说，你才说错了，得意不可再往，爹肯定又是这句话。六月说，可爹还说，几百年人家无非积善，第一等好事只是读书呢。五月说，是读书，又不是背书。六月说，背书也是读书。五月说，不过没关系，就算爹不让我们下次到集上来，五月五马上就到，五月五爹总要让我们来买香料吧，买花绳儿吧。六月说，谁能等到五月五，把人牙都等长了。五月说，看把你急的。六月说，如果一月有一个节就好了。五月说，那你给咱们创造个节啊。六月说，好吧，你说四月该设个啥节呢？五月说，你说呢？六月说，就设个"听背"节吧。五月不懂，"听背"节，啥叫"听背"节？六月说，听咱们背经啊。哈，哈哈，五月把全部的目光变成佩服，送给六月。这真是个好节日，一集的人都听咱们背经，那该多过瘾。六月说，就像正月唱大戏一样，就像七月十五唱皮影一样，一戏场的人都听咱们背经。可是，那该背多少经才能够啊。五月有些负担了。六月说，没关系啊，我们可以教改弟、改改、地地、白云一起背啊，就像唱大戏，一人一出轮流上。

五月就把目光开成一束花，送给六月。

六月的胳膊抱酸了，要把包背到背上。五月说，不行，祭祖宗的东西，咋能吊到屁眼上呢。说着，接过六月的包，自己抱了。六月说，爹说书中自有黄金屋，看来是真的。五月说，书中还有颜如玉呢。你说，为啥第一等好事只是读书？五月说，因为书中自有黄金屋啊，书中自有颜如玉啊。六月又问，那你说，几百年人家为啥无非积善？

把五月给问住了。五月想了想说，大概是为了"庶乎近焉"吧。六月问，啥叫"庶乎近焉"？五月说，大概就是像神仙一样吧。

上到山顶，二人坐下来歇息。六月望着远方说，你说，姐夫是不是佳婿？五月问，你啥意思？六月说，爹说，三月姐出嫁时，他啥礼都没要，那姐夫一定是佳婿了。五月就笑了。六月说，你出嫁时，是要"重聘"呢，还是要"佳婿"呢？五月就在六月的额头上点了一下，说，那你是要"淑女"呢，还是"厚奁"呢？六月说，我两个都要。惹得五月笑翻了天。

突然，六月说，我们今天只顾接着"子孙虽愚，经书不可不读"背了，把前面半截给忘了，语气里透着遗憾。五月说，是啊。六月说，下次一定要补给人家。五月说，是啊，爹说省下不该省的劲，也是偷。六月说，爹还说，该做的事不做，也是偷。五月说，对，做该做的，拿该拿的，就是吉祥——爹是咋讲如意来着？六月说，爹说，只有吉祥才能如意。五月说，爹好像还有个说法。六月说，好像是……就像天意，只有合乎天意，才能如意。五月说，对对对，就是这么说的。六月说，但天意人咋能知道呢？五月说，爹说经上说的，都合乎天意。六月说，那《朱子家训》是天意？五月说，当然啊，按爹的说法当然啊。

> 黎明即起，洒扫庭除，要内外整洁；既昏便息，关锁门户，必亲自检点。
>
> 一粥一饭，当思来之不易；半丝半缕，恒念物力维艰。
>
> 宜未雨而绸缪，勿临渴而掘井；自奉必须俭约，宴客切勿留连。
>
> 器具质而洁，瓦缶胜金玉；饮食约而精，园蔬胜珍馐。
>
> 勿营华屋，勿谋良田。
>
> 三姑六婆，实淫盗之媒；婢美妾娇，非闺房之福。
>
> 奴仆勿用俊美，妻妾切忌艳妆……

二人情不自禁地又把全文背了一遍，和以前的感觉大不一样了。

因为她是天意。

今　天

一早起来，爹就让五月裁纸。五月跪在地桌旁的椅子上，就着地桌把纸折成一寸宽的绺儿，拿刃子裁。那刃子就从六月的心上噌噌噌地走过。这么好的白纸，眼看着变成纸条了，如果订成本子，该写多少字呢。六月说了自己的想法，五月想想也对，但又觉得没有理由不裁。就说，也许爷爷也需要本子写字呢。六月说，爷爷用这么窄的本子写字？五月又说，也许爷爷要它卷旱烟呢。六月觉得这个说法有道理，爹常把他们写过的本子裁成这么窄的纸条卷烟抽呢。每当爹点着用他们的本子裁成的纸条卷的旱烟棒时，他就觉得爹把许多知识抽到肚里去了。

那是爹第一次打他。

他撕了姐姐的一页废本子擦屁股，被爹看见，爹的巴掌就过来了。

爹打完他，才说，我没有告诉过你敬惜字纸吗？

告诉过。

告诉过为啥还要拿有字的纸擦屁眼？

那你为啥拿字纸卷烟？

卷烟和擦屁眼一样吗？

当然一样。

他的屁股上就麻辣了一下。

是不是上面的就是干净的，下面的就是脏的？六月问。五月说，你啥意思？六月说，爹不让我拿字纸擦屁眼，他却拿字纸卷烟。

五月放下刀子，使劲看着六月，觉得六月提出了一个十分重大的问题。是啊，为啥人们把下半身上的东西都看成是脏的，把上半身看成是净的？你说呢？六月说，我发现凡是进去的地方是净的，出来的地方是脏的。五月想想，觉得有道理。人的下半身大多是出的，上半身多半是进的。可是鼻子里流出的鼻涕不也是脏的吗？六月说，那也没有屎脏。五月觉得对，又不完全对。六月说，那你说，把人埋进土里，是进去呢，还是出来呢？五月睁大眼睛，说，你咋想到这么怪的一个问题。六月说，我们一会儿不是要上坟吗？要给爷爷奶奶挂纸吗？你说，那坟是进去的地方还是出来的地方？五月说，当然是进去的啊。六月说，那过年时我们去请他们回来过年，不是又是出来吗？五月的脑筋就转不过来了，说，大概既是进去的，又是出来的吧。六月没有想到姐姐会这么回答他，但又觉得这个回答很美。

突然，五月说，赶快忏悔。六月问，为啥要忏悔？五月说，爹说准备供品时，不能胡思乱想。六月觉得五月说得对，他们不但胡思乱想，还想到脏，快快忏悔。

忏悔就是洗心对不对？六月问。五月从炕桌上直起身来，看着六月。六月说，爹说手拿了脏东西要洗手，眼睛看了脏东西要洗眼，那心想了脏东西也要洗心吗？五月说，对啊，很对啊，赶快把你的心掏出来洗啊。六月就打过一个战栗。如果把心掏出来，人不就死了吗？人死了，不就又要让没死的人给他过清明嘛。一想到自己将要享受清明，六月又觉得死了挺好的。如果没有死，就没有清明。如果没有清明，这个三月该多没有意思啊。清明时节雨纷纷，路上行人欲断魂。原来是为了清明时节雨纷纷，路上行人才欲断魂呢。

雨就下起来了。不过不是大雨，是毛毛雨，像五月和六月的心情。

爹从门里进来，让六月把炕桌放到炕上。六月看见，爹的手里是一个花瓷碟子。六月就把炕桌抱到炕上。爹把碟子放在炕桌上，从地柜顶上取下来小木箱，打开，拿出一包颜色，倒在碟子里。碟子里的水就哗地一下红了。爹用一个竹签搅了一会儿，等颜色化匀了，就把一团新棉花放在里面。不一会儿，颜色就被棉花吃掉了。爹又从小木箱里拿出印版，交给六月。

六月就端庄了身子，开始印钱。

印纸钱是一件难活，要把颜色蘸得刚刚好，要不印出来的纸钱不是一塌糊涂，就是缺东少西。尽管六月努力把握，但开始几张还是印不到火候上。爹也不责怪，仍然让他印。印了几张纸，就好看了，而且越来越好看。六月喜欢印版不轻不重落在纸上的感觉，喜欢提起印版时，纸上出现的恰到好处的图案。

六月的心里被一次次成功的喜悦充满，那是一种水红色的喜悦，一种清明一样的喜悦。

水红颜色印在白纸上，让人觉得那纸钱不是纸钱，而是一张张年画。也许对于爷爷来说，纸钱就是年画呢。

忽然，六月的脑门亮了一下。

姐你说清明是啥颜色？

清明啥颜色？清明就是清明，还啥颜色。

我觉得就是水红色。

五月停下手里的刀子，看了看炕桌上的纸钱，又看看窗外雨蒙蒙的天，觉得六月说得有道理。

六月的另一个问题来了，你说为啥今天是清明？

五月说，又忘了，印纸时是要专心的。

六月就发现自己果然把一张十元票子印歪了，"冥府通用"四个字都有些不通了。

六月第一次觉得思想是不安全的。

爷爷的坟在麦地里。麦苗绿油油的，像个绿被面一样苫在地上。毛毛雨把地皮刚刚打湿，不沾脚，也不起土，正是清明的样子。六月看着五月姐错着脚在麦行里行走，身子一扭一扭的，花格夹袄一扭一扭的，心里一阵感动。他也错着脚在麦行里走，但有时难免不小心把麦苗给踩着。

昆虫草木，犹不可伤。

宜悯人之凶，乐人之善；济人之急，救人之危。

见人之得，如己之得；见人之失，如己之失。

不彰人短，不炫己长；遏恶扬善，推多取少。

受辱不怨，受宠若惊；施恩不求报，与人不追悔。

……

姐，我们下次可以给他们背《太上感应篇》啊。五月说，你能背下来吗？六月说，差不多了。五月说，好啊，你背会，我跟着你背就行了。六月说，你背会我跟着你背。爹问，给谁背啊？六月看五月，五月停下脚步，回头看了六月一眼。六月就说，给我爷爷背。爹说，好啊，那你爷爷一定会奖励你的。我爷爷奖励我，他咋奖励我？爹说，他会让你考一个状元。六月问，状元能干啥？五月说，状元能招驸马呢。爹笑着说，就是，状元能招驸马呢。驸马能干啥？能娶皇帝的女儿当媳妇呢，五月抢先说。六月说，那皇帝家的女儿是淑女吗？五月说，当然啦。爹就嘿的一声笑了，六月又觉得爹刚才的一声笑就像是清明。

三人继续错着脚步在麦行里前进。

草木为啥不能踩？六月问。

因为草木也是命。

啥叫命呢？

活着的都是命。

麦子活着吗？

当然活着啊。

那它咋不说话？

它说呢，只是你听不见。

六月就听见了。六月听见麦子真在说话呢，六月看见满山遍野的麦子在说话呢，麦子在说什么呢？

坟院到了。荒草都老得不像个样子了。六月又觉得，这老得不像样子的荒草就是清明。

爹把纸条分成四份，盘里留了一份，他们仨人各一份，开始往坟院内的草上挂纸。一绺绺纸条挂在枯草上，一下子活了起来，风一吹，就像戏台上的戏子在舞袖。那么戏子呢？是爷爷吗？但这些纸条分明又是他、五月和爹挂上去的。六月第一次觉得风的不可捉摸，纸条的不可捉摸。

姐，你看这挂纸像不像是戏子在舞袖？

六月一直搞不明白那袖子是怎么舞起来的，至少一丈长的袖子，都要擦着台沿下他的脸了。问五月。五月说，因为她是嫦娥。六月说，嫦娥是淑女吗？五月说，嫦娥当然是淑女，怎么，想娶嫦娥做媳妇？六月说，我娶了嫦娥做媳妇，还不把你给伤心死。五月说，我才不伤心呢，如果你真能够娶了嫦娥做媳妇，我还能沾你的光到月亮上浪亲戚呢。六月说，那没问题，到时你带上爹和娘，我让吴刚给你们一人一瓶桂花酒。五月说，我不要酒，我要长生不老药。六月说，你想长生不老？五月说，当然啊，谁不想长生不老？六月说，如果我早娶了嫦娥，就可以让爷爷不死，让奶奶不死。五月说，可这戏台上的嫦娥又不是真嫦娥，爹说，要做真嫦娥，得做无数无数的好事才能行呢。

讨厌！不想六月突然变脸了。

五月吃惊地问，咋了？

六月说，谁让你提醒她不是真嫦娥？

五月停下来看了看说，我觉得不像。

那你说像啥？

我觉得像是想念。

六月没有想到五月说了这么有水平的一句话，把在风里飘舞的挂纸说成是想念，这就是爹说的诗吧？

咋这么看着姐？姐的脸上又没有戏。

六月突然换了十分老成的口气说，你想爷爷了？

你不想吗？

六月想了想，觉得既想又不想，但终归还是想。

经六月这么一说，五月也觉得飘在风里的纸条是活着的，它有头，有身子，有胳膊，有腿。五月似乎明白了为啥叫"挂纸"，它是不是和"牵挂"有关？

这时嫦娥的袖子又过来了，真真切切地在六月脸上拂了一下。五月还发现，在六月脸上拂了一下的，还有嫦娥的眼神，准确些说，不是拂，是挖。大概嫦娥真是看上他们家六月了。

之后，每当遇到六月出神，五月就说，是不是想人家嫦娥了？六月就打她。

现在，她似乎能够明白一点嫦娥舞袖中的意思了。

五月能够看见，嫦娥的舞袖中有一个清明。

六月看着五月愣神，提醒说，宗祖虽远，祭祀不可不诚。五月忙把心思收回来，专心地挂纸。但她分明觉得，祖宗并不远，就在她身边呢，就像拂过脸颊的风，就像这手里的纸条，就像……

六月把最后一绺纸用一个土块压在爷爷的坟头，直腰一看，坟院已经白了，六月的心被一种活着的"白"强烈地震撼了一下。

有风，爹用右手把上衣下摆张开，挡了风，左手捏了三张黄表。六月十分默契地擦着火柴。爹先把一张黄表点燃，然后点大堆的纸钱，等大火旺了时，把香点着，插在土里，然后夹了碟子里的献饭，往四周扔。六月的小身子就打过一个战栗，眼前出现了一张张模糊的嘴，一种让人不能明确形状的嘴，在享用爹的泼散。

六月太喜欢这个场面了：

一张张白色的纸钱在火里消失，就像那火是纸钱的家，它们一个个跑回去了。六月也喜欢看炉塘里的火，但那火过于从容，掌柜的一样，慢条斯理，不像纸钱这样匆忙，不假思索地赶路。

六月还喜欢和爹和五月跪在坟院里的这种感觉，跪在风里的感觉。

当火光变成灰烬时，爹右手拿起酒壶，左手托了右手，向坟地里奠酒，酒水落在土上，散发出一种清明的味道。六月学了爹的样子，端起茶壶，向地上奠茶，微温的茶水落在黄土上，同样散发出一种清明的味道。六月没有想到，奠茶的过程是如此的过瘾。

爹说，磕头吧。三人就伏在地上磕头。

爹磕了三个，起来作揖。五月也磕了三个，起来作揖。

六月多磕了两个，起来作揖。把爹给惹笑了，你小子干啥都是个贪。

六月笑笑。心想多磕两个头总不是坏事。

五月的目光却在三炷香上。

五月觉得，它们就像一个暗号。

修补完坟院，爹点了支烟蹲在地埂上抽，二人也挨了爹的身子蹲下来，有种难言的幸福涌上心头。

过了会儿，爹让他们看看村子，有什么发现。五月和六月就看。五月说，四面山坡上一片一片地开出白花。六月说，这个村子其实是两个村子。爹问，为啥是两个村子？六月说，一个是清明里面的，一个是清明外面的。爹有些吃惊地看了六月一眼，说，清明还有里外？六月咬着嘴唇，有些吃力地说，他刚才说的其实不是心里感到的，反正是两个世界。爹沉吟了一下，说，有道理，有道理。说着，起身端了盘子，却并不回家，而是朝相反的方向走去。

五月和六月一下子明白了。就后悔把一道极简单的题没有答出来。爹的盘子里明明还留着挂纸和供献，他们怎么就给疏忽了呢？

再看那两个没有挂纸的坟院，显得那么可怜，就像两个孤儿。

　　爹把那个脏小子带到家里来时，娘正好把饭做熟。五月和六月就有些不高兴。不想爹一边给脏小子洗脸，一边让他们先吃，说他已经吃过了，他的那份留给那个孩子。

　　爹的那份就一直留给那个孩子，直到后来县上成立孤儿院。爹说，他的父母都不在了，父母都不在的孩子叫孤儿。后来学了《太上感应篇》，他们才明白爹这是在"矜孤恤寡，敬老怀幼"，就从心底里对爹生出无比的敬意。

　　假如县上不成立孤儿院呢？爹会一直让他在咱们家长大吗？六月问。五月说，你说呢？六月说，假如他一直在咱们家长大，还得爹给他找淑女，还得再打一处院，最后死了，还要埋在咱们家坟里吗？五月说，这你得去问爹，我听娘说，爷爷年轻时就收养过两个孤儿，不过后来都害天花死了，那时，爹还没有出生呢。

六月就看见，有两个孤儿，在长长的清明里，向他们走来。

给乱人坟挂纸时，五月有些害怕，一步也不敢离开爹和六月。六月装出一副胆大的样子，其实心里也在打鼓。

爹看出了两人的胆怯，说，知道啥叫清明吗？二人说不知道。爹说，不浊为清，不迷为明，一个人只要在清明中，就没有什么可怕的。

六月不懂，悄悄地问五月，你在清明中吗？五月说，当然在啊，今天谁还不在清明中啊。

六月再次把目光投到自家的坟院，觉得爹把他心中的那个清明给篡改了。但六月很快就放弃了追究这个问题，因为另一个问题出现在他的脑海。

姐，你看咱们坟院里的那些纸条，像不像山的胡子？

五月盯着自家的坟院看了一会儿，说，你是说，山是一个人？六月说，是啊。五月的眼睛就眯成一条缝，对着山又瞅了半天，说，还真是一个人呢，不过是躺着的一个人。

六月又说，可是这山老人家，为啥只有到了清明才长胡子呢？

五月说，清明时节雨纷纷嘛。

雨就下了起来。

五月和六月的心里疼了一下，可惜了那些挂纸，全被雨打湿了。

小满

　　五月和六月被一阵敲门声惊醒。睁眼，地上站着哥。哥上气不接下气地说，娘，快，我媳妇要生了。娘一边穿衣裳，一边说，你小子还真行啊，赶着日子当爹，恭喜啊。哥不好意思地笑笑，说，夜凉，娘你穿暖和。娘说，没事，惯了。爹也穿了衣裳，坐起来抽烟，一脸的开心。爹把烟盒放在哥面前，意思是允许哥抽烟。自从哥娶媳妇后，五月和六月就发现，爹不再阻止哥抽烟，另家后进一步，哥和嫂子搬到天水去更进一步。每次哥来家里，爹就先自己装上一烟锅，然后把旱烟盒往哥面前一放，只不过不像对外人那样出口让。哥说，我不想抽。六月说，抽吧，平时逼着让我们从爹这里给你偷烟抽呢，这时倒装起人来了。哥瞪了六月一眼，但很快又换了大度在脸上，真像一个要做爹的人了。娘一边系扣子，一边说，真快，才几天，这小子也要当爹了。

哥弯腰把娘的鞋摆顺，好让娘快点出发。娘说，这么心疼媳妇啊？哥说，她反应重。娘说，别急，先让她疼一会儿。哥就笑，接着问，娘，你的家当呢？娘看了一眼地柜。哥会意，就过去拉开柜门取出一个保健箱，背了，立等要走。娘却在盆里倒了水，慢条斯理地洗脸。哥就急得在地上直挪脚步。五月和六月趴在被筒里看着这一幕，觉得好玩。他们无法想象，哥做了爹该是一个什么样子。平时，他还混在他们中间玩呢。突然，六月说，哥，你还没有磕头呢。哥被六月的话惊了一下，忙放下保健箱，跪在地上，说，娘我给你磕头。娘像是没有听到哥的话，倒带着一个特别的表情看了被筒里的六月一眼。这让五月很羡慕，她也知道每个请娘的新爹都要给娘磕头的，却怎么没有想起来，让六月给赢人了呢？看六月，六月一脸的得意，像刚刚抓到一个特大俘虏似的。六月把脖子伸到炕沿前笑呵呵地看哥磕头，觉得既好玩又解气。

嫂子没过门的时候，哥和六月一起睡，有时五月不想到娘和爹身边去，也就在他们这边睡，哥上炕，五月靠窗，六月中间，既热闹又自在。可是嫂子来的那天晚上，哥就不和他们睡了，六月和五月只好回到爹和娘身边睡。

闹完洞房，村里的人都散尽了，新房里剩下哥、嫂子、六月和五月。娘叫六月和五月到上房里睡觉。六月不愿意去，六月想和哥、嫂子一起睡。但哥一点留他们的意思都没有。嫂子同样，生铁一样，一点人味都没有。娘来叫他们，六月说，炕这么大，我和姐在这里睡吧，能睡下。娘就笑。娘说，这有讲究，新房里只能睡新郎和新娘。六月问，为啥？娘说，等你长大就知道了。六月问，啥时候才能长大？娘就一把把六月抱起来，一手拖了五月，走出新房。六月指望着哥能够留他一下，但哥一个响屁都不放。

到了上房，六月问五月，你觉得哥像个啥？五月说，新郎官啊。六月说，再想。五月想了半天说，哥就像哥嘛。六月说，叛徒，瓜蛋。六月这么一说，五月就觉得哥真像一个叛徒。六月说，你说，哥咋说叛变就叛变了呢？五月说，都是因为嫂子。六月说，对，嫂子肯定是个女特务，不然好端端的一个哥，咋说叛变就叛变了呢？我们得去侦察一下。

二人就悄悄溜下炕，光着脚片到新房窗下。

哥起来作揖时，六月扑哧一声笑了。五月就觉得身上的被子也笑了。五月问，你笑啥？六月说，再让你当爹，放着好好的新女婿不当，偏要当爹，看要磕头吧。惹得爹和娘好一阵笑。哥的脸都红到脖子根了。不想六月又说，刚才的揖不恭敬，重作。五月说，对，揖深圆，拜恭敬。哥就认错地重作了一个。六月乐得直鼓掌。五月说，看把你乐的，人家只是磕了三个头，作了两个揖，又没掉一根毫毛。六月说，虽然没掉毫毛却掉了架子，臭蛋你就别磕了吧。爹就喝了六月一声，说，没规矩。六月的头就缩进被子里。五月也把头缩进被子里，问，假如人家不磕呢？六月说，敢？如果不磕，娘就不去，娘不去，他媳妇就得一直疼。五月说，你咋知道一直疼？六月说，一泡屎拉不下来还憋得肚子疼呢，何况一个人。五月就佩服得不行，她也应该想到生一个娃娃是要比拉一泡屎难，可怎么又让六月说出来了呢？

突然，六月说，不过姐你别怕，你想啥时候生就啥时候生，反正娘在身边。五月说，我想现在就生。这次轮到六月着急。是啊，假如姐现在就生呢？娘走了怎么办？但他立即放下心来。可是你的肚子还没有疼呢。五月想想也对，好像听娘每次回来都说生娃娃是先要肚子疼的，有些人都快疼死了。过了会儿，六月问，你说嫂子肚子里的小人儿是咋成的呢？五月说，大概就像瓜一样。六月的脑海里就伸出一个长长的瓜蔓。可那瓜，是谁种的呢？

哥和嫂子从门里进来，五月和六月的眼睛就直了。他们从嫂子娘家来。嫂子的娘家在一个叫天水的地方。嫂子被娘家喂成一头大肥猪。六月小声说，还知道回来。五月附和，就是，还知道回来。哥带嫂子去浪娘家，不想一去就是两个月。娘成天气得骂呢，想不到看见嫂子却高兴得像啥似的，说，这么显啊，一定是个公子。嫂子就笑。娘客气地把嫂子让进屋。六月给五月说，自家人，还像待亲戚一样。娘回头看了他一眼，示意不要这样说话。六月和五月就把声音压小，坐在门槛上叽叽咕咕。刚才娘看着嫂子的肚子说，这么显啊，一定是个公子，啥意思？六月问五月。五月说，你去问娘啊。六月就上前问娘。娘笑着说，你嫂子要给娘生孙子了，你小子要当叔叔了。六月被叔叔二字激灵了一下。这叔叔二字，平时常听别人叫，没想到今天落在自己身上，就觉得自己一下子高了一截，人物了一截。嫂子，你把娘的孙子掏出来我们看看，六月一本正经地说。嫂子笑得直不起腰，娘也笑得栽跟打斗的。六月没有笑，六月在想，嫂子是从哪里装进去的呢？

娘出门时，六月说，我也去。娘说，人家媳妇生娃娃你去干啥。六月说，我就想去。五月把头伸出被筒说，那你也让你媳妇快生啊。六月的手就在五月屁股上掐了一下。五月疼得叫起来。六月说，你以为你能躲脱那一关，到时再让你胡说八道。娘说，别胡闹，好好睡觉，天还早呢。六月说，要不你带上我姐吧，让她也学一下我嫂子咋肚子疼。又把一家人惹得差点笑死。娘说，肚子疼还不好学吗，多吃两个生萝卜就行了。六月说，可是现在没有生萝卜啊。娘笑着说，我看你就是个生萝卜。说着出门。爹也跟着出去了。

娘把哥和嫂子送出门，又把哥叫回来。说，从现在起，可不许人家做重活，不许气人家，不许参加红白喜事，不许到古院子里去，不许到杀生的地方去，不许吃荤腥，更不许做亏人的事……娘说了许多不许，六月没有记住。六月给五月说，就像给谁把皇榜揭来似的，这不许那不许的。五月说，就是。

更让六月气愤的是，娘把大姐送来的一袋小米给哥了，把舅舅送来的一瓶清油也给哥了。如果仅仅是这样，还倒好说，更让人怒火中烧的是，娘揭开衣襟，掏出钥匙，打开炕柜，柜里居然有一包红糖、一封饼干。娘啥时候放进去的，我怎么一点都不知道？忍无可忍的事情发生了，娘把它们全拿出来，装到哥的包里了。这次哥倒是推辞了一下，说，这是人家送给爹的，留着让爹喝茶吧，饼干给五月和六月两个馋嘴吧。总算说了一句人话。娘说，他们吃的时间还长着呢，再说，都是自己兄妹。哥就不再推辞，从包里拿出饼干封子，打开包纸，给他们每人取了两片。从哥手里接过饼干，六月心里的气总算消去大半。

娘和哥出门后，六月给五月说，你说，娘咋对嫂子这么好？五月说，娘不是说，嫂子要给她生孙子了嘛。六月说，难道孙子比儿子更值钱？五月说，大概是吧。六月问，为啥？五月皱着眉头想了半天，也没有想出答案，舌头却伸到饼干上去了。六月看着那么好看的饼干在五月的舌头下湿了一块，心里一疼，但自己手里的饼干也不听话地到舌头边了。

就在这时，六月有了答案，因为孙子是别家的人生的，儿子是自家的人生的。五月想想，对啊，娘是自家人，嫂子是别家人，娘总是对别家的人好。六月说，那我们也让嫂子生一遍啊。五月说，这个主意倒不错，但不知道嫂子愿意不愿意。

姐，你吃我吧。六月突然说。五月惊得两个眼睛鼓成铜锣，说，你咋能吃？六月说，娘刚才说我就是生萝卜，娘只有吃了生萝卜才能肚子疼，只有肚子疼才能给娘生孙子。五月想刚才娘的确是这样说的，就盯了六月看，却是无从下口。她无可奈何地摇摇头，说，娘肯定骗我们呢，人咋能吃？六月说，肯定能吃，爹和娘不教我们，是留着自己吃呢。五月惊讶地说，是吗？六月说，骗你干吗？有一次，我就听见爹在吃娘呢，娘还问爹啥味道呢。五月的嘴也张成铜锣，真的？六月说，骗你干吗？五月问，啥时候？六月说，早了，一天夜里，我被尿憋醒时听见的。五月说，以后你听到时叫声姐，让姐也听听。六月说，好。

爹进来了。五月再看爹时，就觉得爹一脸的阴谋。五月想，爹也太不够意思了，怎么能够偷着吃，看来娘平时说爹有一嘴中吃的都舍不得吃留给她和六月是假的。这一发现让她的心凉了一大截。但她又立即记起，有好多次，家里做些好吃的，爹就是舍不得吃，硬让她和六月吃。他们强让他吃，爹就说他不爱吃那东西。他们就真以为爹不爱吃。直到后来他们惹爹生气，娘教训他们，他们才从娘的口中知道爹是装作不爱吃的。六月说，不对啊，你说爹吃娘，可爹咋不生呢？五月说，真是个瓜蛋，爹是男人，男人咋生？六月说，你是说男人吃了生萝卜也没用？五月说，那当然，口气中充满着自豪。六月说，我明天就去给你拔生萝卜。五月说，可是我怕疼。六月说，一点疼算啥，再说，有娘在，还怕疼？五月想想也是，就觉得肚子里也有一个孙子了。

爹让五月和六月睡，他出去一趟。六月问，爹出去干啥？爹说，你问这么多干啥？爹走后，六月说，我知道爹干啥去了。五月问，干啥去了？六月说，去庙里。五月问，你咋知道？六月说，我看见他拿了香表。五月说，咋半夜三更去庙里。六月说，没听娘说神仙都在晚上巡逻吗，那些在晚上偷着干坏事的人都被黑白无常记在功过簿上，到时算总账。五月说，爹早不去晚不去，为啥偏偏今晚到庙里去呢？六月说，因为今晚嫂子肚子疼啊。五月想，原来爹是给嫂子走神仙的后门去了。姐记起来了，爹说过去每个人出生家长都要去给土地爷报到，爹一定是去土地庙给孙子报到去了。六月说，可爹说心动则神知呢，去不去都一样，今晚他亲自去，而且半夜三更去，肯定有走后门的意思。五月说，可是，村上人都说爹会法术呢，连鬼都给他抬轿子呢，他还要给土地爷走后门吗？六月说，就是啊，哪一家死了人都叫爹去埋，你说爹就不怕？五月说，再别说了，我害怕。六月说，别怕，有我呢。嘴上这么说，身子却拱到五月的怀里。六月说，爹说当你害怕的时候一直念"太上老君大放光明太上老君大放光明"就不害怕了。二人就念，果然不那么害怕了。

你说，村里人死了有爹埋，爹死了该让谁埋呢？五月没有想到六月会想到这么一个严峻的问题，心里再次生出对他的佩服。是啊，爹死了该让谁埋呢？你得赶快跟爹学啊。六月说，我才不学呢，跟死人打交道，要学你去学。五月说，那我去学，爹说其实死人没啥可怕的，看上去是死了，其实是到新家了。六月说，新家？死了还有新家？五月说，就是，爹说做好事的人死了要么到天堂，要么还做人；做坏事的人死了要么做畜生，要么下地狱。爹还说，那些做好事的人死得容易，就像睡着了；做坏事的人死得艰难，就像活剥皮。做好事的人死了身体是香的，做坏事的人死了身体是臭的。六月问，那埋人是好事还是坏事？五月说，当然是好事。六月想，如果埋人是好事，那爹就是君子了。他的脑海里就出现了一片人的麦浪，爹的收割机轰隆隆地从村里开过，一直开到美国去了。

鸡叫了，六月应声从炕上翻起来，一把揭过五月身上的被子。五月说，神经病，人家正做梦呢。六月说，做梦又不是吃席。五月说，我梦见水生娘坐着火车上北京了。六月说，那是你想上北京呢，快起。五月问，起这么早干啥？六月说，到地里拔萝卜啊。五月问，拔萝卜干啥？六月说，让你个馋猫吃啊。五月说，我吃萝卜干啥？六月说，肚子疼啊。五月就记起娘半夜说的话，就起来穿了衣裳和六月出门。

天还没有大亮，二人猫着腰在自家土豆地里东找找西找找，总算从土豆行里找到一个萝卜。不想挖开土还没有一根筷子粗，就下不了手了。娘说，凡是能够长的，都是一个命，如果没有熟，害了它们是有罪的。这萝卜能够长，肯定也是命。一想到它是命，就下不了手了，就又重新埋上。

六月举着泥手说，现在呢？五月说，干脆咱们替娘一遍儿把穗稳了。六月说，就是，娘今天肯定顾不上。六月说，你说巧不巧，嫂子迟不生早不生，偏偏小满生。五月说，巧了好啊。六月说，巧了好是好，只是没人给咱们做稳穗面。五月说，我给咱们做。六月说，那得回去取铲子？五月问，取铲子干啥？六月说，铲苦菜啊。五月噢了一声，说，不用，下过雨没几天，地软，拔一些行了。六月说，可是我们没有拿篮子。五月想了想，说，没关系，可以包在我的护巾里。

二人就往自家的麦地走去。

他们已经有几天没去麦地了，爹和娘差不多每天都要到麦地看一趟的。

爹是咋说小满来着？六月问。五月说，好像是北斗七星的斗柄指向罗盘上的"巳"时，就是小满了。六月说，你说爹是不是念了咒，故意让嫂子今天生？五月说，不会吧，爹说咒语非到万

不得已不能用的。六月问，为啥？五月说，爹说如果不到万不得
已，用了咒语会折寿的。六月说，那学咒语干啥。五月说，行好
事啊，爹说一个人要学咒语，首先要把私心除尽，要不比不学还
危险。除了把私心除尽，还不能有报复心。六月说，是不是"恩
欲报，怨欲忘。报怨短，报恩长"？五月高兴地看了一眼六月，
说，正是的，爹说一个人如果报复心除不尽，咒语就会成为一把
看不见的杀人刀。

啊，六月的眼仁就立起来了，整个身体出了一口长长的气。
五月说，爹说咒语就是法身大士平常说的话，法身大士最见不得
有报复心的人。六月问，啥叫法身大士？五月说，我也不知道，
只听爹这么说过。

自家的阳坡地到了。二人站在地埂上，从这边望到那边，从
那边望到这边，望不够。清风吹过，麦浪像水一样扑闪，二人的
心也像水一样扑闪。

六月发现麦浪在变脸，才是深绿，又是浅绿，才是浅绿，又
是深绿。定睛一看，原来是风在麦浪上来回走。

就在六月看着风如何在麦浪上散步时，五月发现麦浪蓦然亮
了一下，抬头，就从对面山顶上看到了一抹黄。

那抹黄在悄悄地悄悄地下移。

我咋觉得它们不是麦子，六月说。五月把目光收回来，发
现那抹黄移到六月的眼睛里，让人觉得眼前的六月不是六月，而

是画里的一位仙子。你说啥？六月说，我咋觉得它们不是麦子。五月吃惊地问，那是啥？六月说，像是谁的儿子。五月投给六月一束佩服的目光，说，谁会有这么多的儿子？六月说，天公地母啊。五月看看六月，看看麦子，看看麦子，看看六月，说，有道理，有道理，要不怎么叫麦子，麦子麦子，全是麦儿子。

一下子觉得这阳坡地不再是阳坡地，而是一位老娘。

你说人家的儿子，被我们吃了，它们会高兴吗？六月接着问。

五月就盯了六月看，好一会儿，说，那你就别吃啊。六月说，你看这麦芒，针一样，分明是生来保护它的孩子的。五月说，对啊，就像一个个利箭。说着，捉住一个麦穗，拨开麦芒，从麦仓抠出一个麦粒，已经是一个成形的麦子了，只是还有些嫩绿。小满小满，它们真是赶着天儿长呢。六月也捉住一个麦穗，抠出一个，放在手心，翻来覆去地看了半天，然后放在嘴里，一咬，面生生的，甜兮兮的。五月说，多亏了青衣仙子托梦，要不这块地今年爹肯定全种莜麦了。六月说，对，你说那个青衣仙子为啥要给咱俩托梦？五月说，爹说人行好，就会感得仙人来赐福。

六月突然一拍巴掌说，一定是喜鹊！五月问，喜鹊，啥意思？六月说，给我们托梦的那个青衣仙子啊。五月问，青衣仙子和喜鹊有啥关系？六月说，还记得吗？正月二十三，我要拆一个喜鹊窝，被你拦住。五月说，当然记得啊。六月说，这不，它就想着法子来报恩，先给你托梦，知道爹不信，接着又托给我，爹才信了。

五月毛茸茸的双眼就变成一对喜鹊，在六月面前扑闪扑闪，接着变成两个喜鹊窝，一阵一阵地落满了喜鹊。对啊，青衣仙子，喜鹊，喜鹊，青衣仙子，真神，比神还神，你的个脑瓜为啥就这么灵呢？

太阳把一顶黄帽戴在对面山头上，开始系围巾时，二人动手拔苦苦菜。苦苦菜差不多天天吃，但今天看上去却有一种小满的味道，一些在开花，一些就要开，一些含着苞。

五月说，爹说他们小时候，每当小满，人们都要去龙王庙给麦子稳穗的。六月问，现在咋不稳了？五月说，爹说现在的人都图个简单，只在麦垅里铲些苦苦菜下饭吃，就算是给麦子稳穗了。六月问，如果不稳就咋了？五月说，不稳一怕热风，二怕冷子（冰雹）。六月的心里就紧张起来。这么欢的麦子，听说十年也碰不上一回，如果收不到仓里，那真是可惜死了。心里就生出一个恨来，现在的人咋就这么嫌麻烦呢，难怪十年九旱，都是因为他们不到龙王庙里去稳穗，把龙王爷给惹火了。

我有一个办法。六月说。五月问，啥办法？六月说，咱们可以建个龙王庙来稳穗啊。五月就笑，建个龙王庙，你以为建个龙王庙就那么简单吗？

六月说，你看简单不简单。说着，在地坎上双手刨了起来。

不一会儿，一个袖珍的龙王庙就出现在他们面前。

好了，你说咋稳？六月晃着泥手说。

五月都不知如何表达她的佩服和感动了。看着六月的泥手，想着他刚才屁股一撅一撅奋力刨土的样子，又不由一阵心疼，幸亏前几天下过一场透雨，地坎是软的，要不这么一个龙王庙挖成，他的十个指甲非掰掉不可。

五月说，没有香。六月拔了一个麦芒，插在"庙台"上。

五月说，没有表。六月揪了一片麦叶，放在"香"旁边。

五月欣赏地看了六月一眼，说，那就磕头吧。

二人就磕。磕完，齐声诵念：

　　小满小满，麦王不懒；

　　小满小满，龙王赏脸；

　　小满小满，穗穗保险；

　　小满小满，芒种不远。

六月一抬头，就看见了龙王，正站在麦浪上和一个人说啥呢。那个人是谁呢？怎么这么面熟呢？噢，本大人记起来了，土地爷！

回家放下苦苦菜，六月来了灵感。我们可以向庄里人要啊，说不定谁家还有老萝卜呢。五月想想也是。二人就挨家挨户地去要。

先到地生家。地生娘问，你们要萝卜干啥？五月要说话，被六月抢先，六月说，不为啥，我娘说她想吃一点。五月佩服还是六月聪明，她差点把秘密暴露了。地生娘说，都这个季节了，恐怕谁家都没有了，再等等，新萝卜就下来了。六月心里说，饱汉不知饿汉饥，谁能等得住。

二人又到水生家，不想还是同样的结果。六月想，看来这萝卜是一个季节，不到你吃的时候，想吃也吃不上。水生娘问，你娘在干啥？六月说，我哥叫去了。你哥叫你娘干啥？我嫂子生娃娃。啥时候？昨晚。好啊，这老家伙要抱孙子了。六月问，你抱孙子了吗？也快了。也要我娘接生吗？用她干啥，俺用你爹。五月就跳起来，说，姨骗人，哪有男人接生的。水生娘说，你个小鬼精，回去告诉你娘，就说水生家的也快要生了，让她有个准备。六月的心里就升起无比的自豪，就觉得娘像拔萝卜似的，挨个儿从村子拔过去，留下一村的萝卜坑。水生娘说，你娘行了一辈子脚，起鸡叫睡半夜的，都是给别人做差，这回终于到自家了，她心里该多美啊。六月说，不就生个娃娃嘛，有啥美的？水生娘说，你碎×当然不懂，这世上，没有比生娃娃更美的事情了。六月说，还有呢。水生娘惊讶地说，是吗？还有啥能比生娃娃美？

下着雪，天很冷。六月和五月在窗子外面，脚都要冻掉了，但是没有谁愿意离开。娘说，这前两天，就得有人听床。他们问为啥。娘说，吉利啊。六月问，为啥吉利？娘说，老先人留下来的规矩，从古到今都是这样的。六月的眼前就出现了一个长长的听床的队伍。六月把五月拉远，问，你说我们听床哥知道吗？五月说，大概不知道，他又没有听过床。六月问，你咋知道没有？五月说，他又没有哥，听谁的？六月说，听爹和娘的啊。五月就噗的一声笑出声来，六月忙伸手把五月的嘴捂住。五月悄悄地说，你个瓜蛋，爹娶娘时，哪里有哥啊。六月问，你知道没有？五月说，当然没有。六月说，我们去问娘？五月说，问就问。二人就去问，不想娘已经睡着了。娘的瞌睡真是容易。二人钻到被筒里暖了一会儿，再次回到新房窗下。就听到哥问嫂子，美吗？嫂子说，美。哥问，像啥一样美？半天，嫂子说，就像××一样美。哥说，你是说没有比这更美的了？嫂子说，没有了。六月和五月就捂着嘴笑，把牙都笑掉了。

水生娘快笑死了。这两个碎×，真把人笑死了。五月六月看见，水生娘真要笑死了，突然一阵紧张。不想就在他们不知所措时，水生娘正常了，说，好啊，这下老姨可有酒喝了。六月问，为啥？水生娘说，让你哥给老姨买啊。六月问，为啥叫我哥给你买？水生娘说，不买老姨就把他们洞房里的话当戏词给大家唱啊。六月和五月面面相觑，心想，这下损失可大了。接着六月问，姨你想喝啥酒？水生娘想了想说，当然是隆南春。六月把脸贴在五月耳朵上，悄悄地问，一瓶隆南春多少钱？五月把脸贴在六月耳朵上，悄悄地说，好像是七块。六月的心里就疼了一下。

突然，六月拍着手在水生娘面前跳起来，嘞嘞，把老姨给哄信了，嘞嘞，把老姨给哄信。水生娘说，你哄我？六月说，当然。水生娘就做着鬼脸走到六月面前，一把把六月抱起来。五月以为她要像吃生萝卜一样吃了六月，上前夺六月。不想水生娘根本不理她，吱地在六月脸上亲了一口，然后怪声怪气地说，哄我？你别看我们隔着两道院三道墙，但老姨听见他们就是这么说的。六月不屈不挠地说，哄谁呢？难道你是千里眼顺风耳不成？水生娘又吱地在六月脸上亲了一口，说，我侄子才说对了，老姨不用千里眼顺风耳就知道他们是这么说的。六月摸着脸蛋问，你咋知道的？水生娘说，告诉你个小鸡鸡吧，又在六月的小鸡鸡上吱地噙了一口，因为老姨当年也是这么说的。

六月趁水生娘不注意，腾地跳下来，躲远，问，那你说，生娃娃和××哪个更美？水生娘说，要说嘛，它们是一回事。六月说，怎么是一回事，明明是两回事。水生娘说，你咋知道是两回事？说着，扑过去抱六月。六月一丈子跳开，撒腿就跑。

二人一口气跑到家里，关上大门。爹问他们咋回事。二人只是出气，不说话。爹说，你们去你哥家了？二人还是只喘气不说话。爹过来，看见六月的脸蛋上有两个牙印，问五月，这是咋了？五月上气不接下气地说是水生娘咬的。爹就笑了，一脸的开心。五月说，她都把六月的脸蛋咬烂了，你还这样开心。爹说，那是因为她喜欢，她喜欢娃娃，见着就咬。五月想不通，为啥喜欢反而要咬呢。爹说，你们也不去你哥家看看。六月问，看啥？爹说，看你嫂子给你把侄子生下来了没有。

六月的心里就嘎的响了一声，说不定已经生下了，那该是怎样的一个小人人呢？就二话不说，拉了五月的手跑起来，一边说咋给忘了。五月问，把啥忘了？六月说，嫂子今天生娃娃啊。五月心里就一阵懊悔，就是啊，我们咋就忘了呢。六月说，我们都太自私了，娘说，人一自私就把别人给忘了。五月心里再次升起对六月的佩服，娘是说过这样的话，但她怎么就记不起拿到这里用呢。娘还说过，一事当前，先为别人着想，就是君子，相反，就是小人，看来，她和六月都是小人了。他们只顾忙着找生萝卜，却把这么大的事给忘了。但五月立即释然，我们本来就是小人，哥才是大人呢，爹和娘才是大人呢，就又原谅自己了。

跑了一会儿，五月就跑不动了。但六月拉着她的手。她就像一个拖挂一样由六月拉着在路上飘。接着，嗓子里就冒烟了。六月，歇歇好吗，姐跑不动了。

不想六月突然中弹似的倒在地上了。五月看见，六月像一辆中弹的坦克一样直冒黑烟。五月想，这下总可以躺下好好地歇歇了。但一口气没有出顺，六月却翻起来拉了她继续跑。

一进门，就听到一个女人在大声地号，二人想，大概就是嫂子了。

嫂子突然变成一头挨刀的猪。六月和五月去给娘汇报，说，哥打嫂子呢。不想娘慢条斯理地问，你们咋知道他打你嫂子呢？二人抢着说，他打得我嫂子像挨刀的猪一样号呢。娘就又笑得栽跟打斗的。六月说，虽然我嫂子是别人家的人，但现在已经是我们家的人，娘你咋能这么看笑话呢？娘说，娘高兴还来不及呢。六月说，娘你太过分了，他打我嫂子，你咋还能高兴呢？娘说，等你长大就知道了。

又是长大就知道了，六月和五月着急，就又回到新房的窗子下。不想嫂子不但不号了，还咯咯咯地笑呢。六月看看五月，五月看看六月。心想这嫂子真是狐狸精变的，一会哭一会笑的，哥算是栽在她手里了。谁想嫂子又号开了，六月就忍不住了。六月说，乔四月你听着，君子动口不动手，你打人家一次就够了，咋没个完？嫂子果然就一声不吭了。

看到老院子，六月又来气。另家时，爹本来是让哥和嫂子到新院住的，但娘却让他们住老院，说是她想到新院避心闲。其实是老院子里东西多。不说别的，一看这老院四周的杏树，就让人心疼。六月把自己的这个想法告诉五月。不想五月说，没关系，这是哥，又不是别人，再说，嫂子生完娃娃他们就要到天水去了，这院子还不是爹和娘来住。六月就觉得五月比自己觉悟高，心里一阵惭愧。

那我们就有两个院？六月说。

五月说，爹说新院要卖给葵生。

啊，卖给葵生？肯定是送。

爹说是卖，没说送。

葵生哪里有钱买院子。

一天晚上，我听爹给娘说，那天他去葵生家窑里，看见窑墙上的缝子都一指宽了，再住，怕是要出事了。娘问，那咋办？爹说，等四月搬到天水去，我们就搬到老院，让他们到新院里去住。

娘咋说？

娘说那要问一下四月同意不同意。

爹咋说？

爹说难道我还做不了一个院子的主？

娘咋说？

娘说已经分给人家了，就要让人家同意。

爹咋说？

爹说反正放着也是放着，我们总不能看着葵生出事，一家人呢。娘说那就让葵生给四月打个欠条。

这还差不多，爹咋说？

爹说可以，就让葵生打，啥时有啥时给。

那还不等到猴年马月。

哥在房门外抽烟。六月问哥，你咋不进屋里去？哥没回答他，说，你们咋来了？六月说，我们大后方来支援前线啊。哥的脸上挤出一丝苦笑。五月想，这生娃娃看来不是那么好玩的事情，嫂子从昨天半夜开始疼，到现在还像猪一样号，该是多么受罪。这样一想，肚子也隐隐地疼起来。

这时，娘把门开了一道缝叫哥过去，给他说了一句什么。哥就像飞机一样飞到后院去了。让六月懊恼的是，娘明明看见他们两个在这里，却像没有看见似的。但立即就对生娃娃生出一种神秘感，觉得不是吃一个生萝卜那么简单的事情。

二人悄悄地到了窗下。挨刀的声音一下子放大。五月吓得腿都抖了，使劲握着六月的手。六月问，害怕吧？五月点了点头，说，我今后不当女人。六月没有想到五月会说出这么一句话来。说，你就是女人，还说啥今后。五月说，但我可以不吃生萝卜啊。六月想这倒是个办法，但很快就发现这个办法行不通。嫂子当初肯定也是不吃生萝卜的，但哥就打她，强让她吃，不然过门那晚嫂子咋会那样号。由不得你，你不吃你男人打你，六月说。五月说，那我就不要男人。六月一怔，心里却莫名的甜，心想还是五月有立场。

哥回来了，手里拿着一包东西。推门，门却在里面扣着。过了会儿，娘伸出一只胳膊把哥手里的东西接进去，然后门又严严实实地关上了。六月发现，娘压根就不给哥说话的机会，就又觉得不公平，儿子是人家的，现在却不让人家进门，没有道理。

嫂子号叫的声音一会儿比一会儿大，哥急得像热锅上的蚂蚁。六月既疼哥，又气哥，谁让你强迫人家吃生萝卜。不想哥一把把他揽在怀里了。六月感觉得到哥在颤抖，就为自己能够为哥分担自豪。平时，每当别人欺负他和五月时，总是哥挺身而出。现在，哥有了困难，他能够为哥承当，当然让他开心。就更加挺拔了身子，努力给哥更多的支撑，同时在心里默默祷告，九天圣母你也不显个灵啊，抢头香时头也给你磕了，供也给你上了。又想，也不怪九天圣母，都半年过去了，说不定她早忘了。那龙王你总不能见死不救吧，今早给你庙也建了，头也磕了。

像是听到六月心里的话似的，嫂子号叫的声音果然小了下来。六月还想给哥打个预防针，水生娘诈酒时，千万不要承认，不想爹从大门外进来了。哥一下子松开他，叫了声爹，眼泪汪汪的。这时，六月发现哥还是个娃娃。接着，就看见五月也在用袖筒抹眼泪。

爹什么话都没有说，给哥递了一根烟。哥接过，却老是擦不着火。爹先点着，然后把烟给哥。哥就把爹点着的那根接过，把手里的那根给爹。爹说，没事，我们祖上没有亏过人，肯定没事，说不定是个人物呢。爹的话给了哥巨大的安慰，他一边使劲抽着烟，一边使劲点头。爹问，到灶神前烧纸了吗？哥说，烧了。爹说，那年生你时，你娘折腾了一天一夜，也没事。再说，你娘也是老江湖了，都接了无数个了，难产的是有，但基本上都顺生。哥又点头，鸡一样。

第二天晚上，六月叫哥和他睡。哥口头上说行，但临完还是去和嫂子睡了。他和五月去听床，嫂子还是像挨刀的猪一样号。他要喊乔四月，五月却把他的嘴捂上了。不想嫂子突然打起摆子来，哥也打。打完，哥问，你哭啥？嫂子说，我想我娘。哥说，才两天。嫂子说，两天也想。哥说，明天就回门。嫂子说，你说怪不怪，我娘养我这么大，临完咋就睡到你怀里？哥说，哪个女人不是这样。六月就看了五月一眼。六月一想五月将来也要像嫂子这样睡到别人怀里，不由伤心起来。五月看着六月，似乎在向他保证她将来绝不会像嫂子那样无情无义。但六月分明从哥的口气中听出了必然。六月接着想，这不是叛变吗？她娘养了她那么多年，临完却躺在哥怀里。六月发现，这个世界是日怪的，先是哥嫂双双叛变，眼看着五月也要叛变。

随着嫂子的一阵尖叫，一声小孩的叫声子弹一样射出来。嫂子的号叫就像鬼子的炮火一样停止了。六月看见，哥手里的烟掉在地上。爹掏出一个小本子，在上面快速地写着什么。六月过去问爹，你写啥呢？爹说，时辰。六月问，干啥的时辰？爹说，你侄子出生的时辰。六月才意识到自己真有个侄子了。六月问，记我侄子出生的时辰干吗？六月觉得，当侄子两个字出口时，有种说不出的过瘾。爹说，我看你是要当干部叔叔还是牛倌叔叔。六月说，当然是干部叔叔。爹笑着说，借我六月吉言吧。六月问，你说，我侄子当了干部，我该干啥？爹说，你嘛，就当干部的领导。六月说，干部的领导，是个啥样儿呢？五月看见，六月的小脸儿仰起来，仰起来，直仰到天上去了。

娘把头从门里探出来，一副大丰收的样子，给爹说，是个孙子。爹轻轻地啊了一声，像是咳嗽，又像是被什么噎住了。五月看看六月，六月看看五月，目光的瓜蔓上是一串串带着露珠的瓜儿子。六月突然有种渴望，想进去看看侄子。就问爹，现在总可以进屋了吧？爹说，男孩子不能进屋的。这时，娘叫哥过去。哥一个箭步上前，随着娘的手势进屋去了。六月说，我哥也是男的，咋能进屋？爹笑着说，人家是爹，当然能进屋。六月问，我为啥不是爹呢？爹就笑，你是爹，当然是爹，可是，是预备爹。六月问，啥叫预备爹？爹说，还没娶上媳妇的爹叫预备爹。六月问，你啥时候给我娶媳妇呢？爹说，等你长得像你哥这么高的时候。六月就恨不能一下子长得像哥那么高。

屋里传出孩子嘹亮的哭声，冲锋号一样。

六月问爹，我侄子为啥要哭呢？

因为他高兴。

为啥高兴？

因为来到人世上。

来到人世上为啥就高兴？

因为来到人世上不容易。

为啥来到人世上不容易？

这个问题说来话长，古人说，要得个人身，就像在大海里捞针。

那我们都是大海里的针？

是啊。

过了会儿，六月又问，我侄子叫啥名字呢？

爹想了想说，就叫小满好了。

为啥叫小满？叫大满不是更好吗？

就在这时，有人在大门外喊爹。爹到大门外，原来是金生。金生说，水生娘心脏病犯了，没来得及往医院送。爹拔腿就走。五月和六月的心里就生出一个遗憾，爹还没有见到他的孙子呢，却要去埋人了。

端午

　　五月是被香醒来的。娘一把揭过捂在炕角瓦盆上的草锅盖，一股香气就向五月的鼻子里钻去。五月就醒了。五月一醒，六月也就醒了。五月和六月睁开眼睛，面前是一盆热气腾腾的甜醅子。娘的左手里是一个蓝花瓷碗，右手里是一把木锅铲。娘说，你看今年这甜醅发的，就像是好日子一样。六月看看五月，五月看看六月，用目光传递着这一喜讯。五月把舌头伸给娘，说，让我尝一下，看是真发还是假发。娘说，还没供呢，端午吃东西可是要供的。五月和六月就呼的一下子从被筒里翻出来。

　　到院里，天还没有大亮。爹正在往上房门框上插柳枝。五月和六月就后悔自己起得迟了。出大门一看，家家的大门上都插上了柳枝，让人觉得整个巷子是活的。五月和六月跑到巷道尽头，又飞快地跑回。长长的巷道里，散发着柳枝的清香味，还散发着一种让他们说不清的东西。雾很大，站在巷子的这头，可以勉强看到那头。但正是这种效果，让五月和六月觉得这端午有了神秘的味道。来回跑的时候，六月觉得有无数的秘密和自己擦肩而过，嚓嚓响。等他们停下来，他又分明看到那秘密就在交错的柳枝间大摇大摆。

再次跑到巷道的尽头时，六月问，姐你觉到啥了吗？五月说，觉到啥？六月说，说不明白，但我觉到了。五月说，你是说雾？六月失望地摇了摇头，觉得姐姐和他感觉到的东西离得太远了。五月说，那就是柳枝嘛，再能有啥？六月还是摇了摇头。突然，五月说，我知道了，你是说美？这次轮到六月吃惊了，他没有想到五月说出了这么一个词，平时常挂在嘴上，但五月把它派在这个用场上时还是让他很意外，又十分的佩服，自己怎么就没有想到它呢？随之，他又觉得自己没有想到这个词是对的，因为它不能完全代表他感觉到的东西。或者说，这美，只是他感觉到的东西中的一小点儿。

等他们从大门上回来，爹和娘已经在院子里摆好了供桌。等他们洗完脸，娘已经把甜醅子和花馍馍端到桌子上了，还有干果、净水，在蒙蒙夜色里，有一种神秘的味道，仿佛真有无数的神仙在他们看不见的地方等着享用这眼前的美味呢。

爹向天点了一炷香，往地上奠了米酒，无比庄严地说：

艾叶香，香满堂，

桃枝插在大门上，

出门一望麦儿黄，

这儿端阳，那儿端阳，

处处都端阳。

艾叶香，香满堂，

桃枝插在大门上，

出门一望麦儿黄，

这儿吉祥，那儿吉祥，

处处都吉祥。

……

接着说了些什么，五月和六月听不懂，也没有记住。爹念叨完，带领他们磕头。六月不知道这头是磕给谁的，想问爹，但看爹那虔诚的样子，又觉得现在打扰有些不妥。但六月觉得跪在地上磕头的这种感觉特别的美好。下过雨的地皮湿漉漉的，膝盖和额头挨到上面凉津津的，有种让人骨头酥酥的爽。

供完，娘一边往上房收供品，一边说，先垫点底，赶快上山采艾。说着给他们每人取了一碗底儿。然后拿过来花馍馍，先从中间的绿线上掰开，再从掰开的那半牙中间的红线上掰开，再从掰开的那小半牙上的黄线上掰开，给五月和六月每人一牙儿。

他们拿在手上，却舍不得吃。这么好看的花馍馍，让人怎么忍心下口啊。可是娘说这是有讲究的，上山时必须吃一点供品。五月问，为啥？娘说，讲究嘛，一定要问个子丑寅卯来。六月说，我就是想知道嘛。娘说，这供品是神度过的，能抵挡邪门歪道呢。六月说，真的？娘说，当然是真的。六月说，那我们每天吃饭都供啊。娘说，好啊，你奶奶活着时每天吃饭就是要先供的。

甜醅子是莜麦发酵的，不用吃，光闻着就能让人醉。花馍馍当然不同于平常的馍馍了，是娘用干面打成的，里面放了蜂蜜和清油，爹用面杖压了一百次，娘用手团了一百次，又在盆里饧了一夜，才放到锅里慢火烙的。一年才能吃一次，嚼在口里面津津的，柔筋筋的，有些甜，又有些淡淡的咸，让人不忍心一下子咽到肚里去。

接着，娘给他们绑花绳，说这样蛇就绕着他们走了。六月问，为啥？娘说，蛇怕花绳。六月就觉得绑了花绳的胳膊腕上像是布下了百万雄兵，任你蛇多么厉害老子都不怕了。绑好花绳后，娘又给他们每人的口袋里插了一根柳枝。有点全面武装的味道，让六月心里生出一种使命感。

五月和六月在雾里走着，在端午的雾里走着。六月不停地把手腕上的花绳亮出来看。六月手腕上是一根三色花绳，在蒙蒙夜色里，若隐若现，让人觉得那手腕不再是一个手腕。是什么呢，他又一时想不清楚。六月想请教五月，可当他看见五月时，就把要问的问题给忘了，因为五月在把弄手里的香包。

六月一下子就崩溃了，他把香包给忘在枕头下面了！六月看着五月手里的香包，眼里直放光。六月的手就出去了。五月发现手里的香包不见了，一看，在六月手上。六月看见五月的脸上起了烟，忙把香包举在鼻子上，狠命地闻。五月看见，香气成群结队地往六月的鼻孔里钻，心疼得要死，伸手去夺，不想就在她的手还没有变成一个"夺"时，六月把香包送到她手上。五月盯着六月的鼻孔，看见香气像蜜蜂一样在六月的鼻孔里嗡嗡嗡地飞。五月把香包举在鼻子前面闻，果然不像刚才那么香。再看六月，六月的鼻孔一张一张，蜂阵只剩下一个尾巴在外面了。五月想骂一句什么话，但看着六月可怜的样子，又忍住了。

就在这时，香包再次到了六月手里。六月一边往后跳，一边把香包举在鼻子前面使劲地闻，鼻孔一下一下张得更大了，窑洞一样。五月被激怒了，一跃到了六月的面前，不想就在她的手刚刚触到六月的手时，香包又回到她手里。

嘿嘿，五月被六月惹笑了。这时的六月整个儿变成了一个大大的鼻子，瘫在那里，一张一合。五月的心里又生起怜悯来，反正肥水没流外人田，要不就让他再闻闻吧。就把香包伸给六月。不想六月却摇头。五月说，生姐姐气了？六月说，没有，香气已经到我肚子里了。五月说，真的？六月说，真的。五月说，你咋知道到了肚子里？六月说，我能看见。五月说，到了肚子里多浪费。六月想想，也是，一个装屎的地方，怎么能够让香委屈在那儿呢。要不呵出来？五月说，呵出来也浪费了。

我可以呵到你鼻子里啊。六月为自己的这一发明兴奋不已。五月也觉得这是一个好主意，就闭上眼睛，蹲在六月的面前。六月就肚皮用力，把香气一下一下往五月鼻孔里挤。

但六月却突然停了下来。六月看见，五月闭着眼睛往肚里咽气的样子迷人极了。那香气就变成一个舌头，在五月的额头上亲了一下。

妈哟，蛇！五月跳起来。六月向四周看了看，说，没有啊。五月说，刚才明明有个蛇信子在我头上舔了一下。六月说，大概是蛇仙。五月说，你看见是蛇仙？六月点了点头。五月问，蛇仙长啥样儿？六月说，就像香包。五月看了看手里的香包，说，难怪你这么喜欢它，原来它成仙了。

做香包讲究用香料。五月和六月专门到集上去买香料。五月说，她要选最香最香的那种。要把六月的鼻子香炸。六月说，把我的鼻子香炸有啥用，我又不是你女婿。五月说，反正香炸再说。

二人乐颠颠地向集上走去。

集上的香料可多了。五月到一个摊上拿起一种闻闻，到一个摊上拿起一种闻闻，从东头闻到西头，又从西头闻到东头，把整个街都闻遍了，还是确定不下来到底哪一个最香，拿不定主意买哪一种。五月犯愁了。这时，过来了一个比五月大的女子选香料，五月的眼睛就跟在她的手上。五月问六月，你看这个人像不像是新媳妇？六月看了看，屁股圆圆的，辫子长长的，像。五月说，那她买的肯定是最香的。五月就照刚才那个新媳妇买的买了。

山上有了人声，却看不见人。五月和六月被罩在雾里，就像还没有出生。六月觉得今天的雾是香的。不知为何，六月想起了娘。你说娘现在干啥着呢？六月问。五月想了想说，大概做甜糕呢。六月说，我咋看见娘在睡觉呢。五月说，你还日能，还千里眼不成，咋就看见娘在睡觉呢。六月说，真的，我就看见娘在睡觉呢。五月说，那你说爹在干啥呢？六月说，爹也在睡觉呢。五月说，我们走时他们明明起来了，咋又睡觉呢。六月说，爹像是正在给娘呵香气呢。五月说，难道爹也把娘的香包给叼去了？六月说，大概是吧。

突然，六月说，那是我的香包。说着往回跑。五月一跃，像老鹰抓鸡似的把六月抓在手里，说，你走了，我咋办？六月说，我拿了香包就回来。五月看了看六月，解下脖子上的香包给六月，说，我把我的给你。六月犹豫着，没有动手。五月就亲自给六月戴上。六月看见，胸前没有了香包的五月一下子暗淡下来，就像是一个被人摘掉了花的花秆儿，看上去可怜兮兮的。但他又没有力量把它还给五月。六月想，人怎么就这么喜欢香呢？是鼻子喜欢还是人喜欢呢？

　　然后他们去挑花绳儿。街上到处都是花绳儿，这儿一绺那儿一绺的，让人觉得这街是谁的一个大手腕。六月和五月每人手里攥着两角钱，蜜蜂一样在这儿嗅嗅，在那儿闻闻，还是舍不得花。直到集快散了，他们才不得不把那两角钱花出去。他们的手里各拿着五根花绳儿。那个美啊，简直能把人美死。

　　路上，六月问五月，你说，谁的新媳妇最漂亮？五月说，你的啊。六月说，好好说啊。五月说，你说呢？六月说，要说，肯定是街的新媳妇最漂亮啊。五月一惊，看着六月，问，为啥？六月说，它的一个大胳膊上就戴了那么多的花绳儿，腔子上戴了那么多的香包，身上有那么多的香料，你说不是它还能是谁？五月把眼睛睁得像铜锣一样，贴向六月的脸，笑了一下，说，怪死了怪死了，你咋会有这样一个奇怪的想法，街咋能娶新媳妇，要是街娶了新媳妇，那该是怎样的一个女子才配呢？六月说，你就配啊，我知道你想配呢。五月哈哈哈地大笑起来。那姐就是这个世界上最幸福的人了。六月说，那我就是街的妻舅了。五月说，那我们就有用不完的花绳和香包了。

　　雾仍然像影子一样随着他们。六月的目光使劲用力，把雾往开顶。雾的罩子就像气球一样被撑开。在罩子的边儿上，六月看见了星星点点的人。六月给五月说，你看，他们早已经上山了。

五月说，这些扫店猴，还扇得早得很。说着，二人加快了脚步，几乎跑起来。

到了一个地埂下，六月说，这不是艾吗？五月上前一看，果然是艾。一株株艾上沾着露水豆儿，如同一个个悄悄睁着的眼睛。五月看了看山头，说，他们咋就没有看见？六月说，他们是没有往脚下看。五月说，他们为啥就不往脚下看？六月说，他们没有想起往脚下看。五月觉得六月说得对，欣赏地看着六月说，你咋就想起往脚下看？六月说，我本来也想着山顶呢，我也不知道咋就往脚下看了一下。五月说，山上那些人多冤枉。六月说，但我还是想上山。五月问，为啥，这里不是有艾吗？六月说，我想看大家采艾，我也想和大家一起采。五月说，那姐采你看不就行了？六月说，你一个人采，有啥看头。五月说，可是万一路上碰上蛇呢？六月说，我们不是绑了花绳儿吗？我们不是吃过供了的花馍馍了吗？五月说，那就到山顶吧。五月想，其实她也想到山顶呢。人怎么就那么喜欢到山顶上去呢？脚下明明是有艾的，却非要上到山顶去。

五月缝香包时，六月就欺负她。噢噢，给她女婿缝香包着呢。噢噢，给她女婿缝香包着呢。五月追着打六月。六月一边跑一边说，养个母鸡能下蛋，找个干部能上县。但五月总是追不上六月，这连她自己都奇怪，平时，她可是几步就一把把六月压到地上了。后来，她发现自己其实是有私心的。她就是不想追上，她只是喜欢那个追。说穿了，是喜欢六月一边跑一边这么喊。羞死了，羞死了。六月跑一跑，停下来，把屁股撅给五月，用手拍拍。跑一跑，停下来，把屁股撅给五月，用手拍拍。五月就真羞了，就装作生气的样子回到屋里，把门关上，任六月怎么敲也不开。六月就在外面给她一遍又一遍地下话，一遍又一遍地保证不再欺负她。五月就好开心。她喜欢六月这样哄她。之前，每当六月欺负她，她总是像猫扑老鼠一样抓住他，拧他耳朵，听他告饶。但现在她不喜欢那样了。她觉得这样躲在门后听六月下话，感觉真是美极了。

上到半山腰，六月就跟不上了。六月说，姐慢点行吗，我走不动了。五月回头一看，笑笑。这时，五月发现雾的罩子破了一条口子，从口子里看去，村子像个香包一样躺在那里。五月的舌头上就泛起一种味道，那是娘捂在盆里的甜醅子。五月想回家了。但艾还没有采上呢，这是一年的吉祥如意呢。五月就叫六月快走。不想，六月索性蹲下了。

哎哟，蛇！五月突然叫了一声，跑起来。六月在后面拼命追。不一会儿就超过五月，跑在前面，并且一再回头催姐快跑啊。跑了一会儿，五月的腿就不听话了，就索性一屁股坐在路上，出着粗气大笑。六月回头，看见五月坐在那里大笑，上气不接下气地问，你真看见蛇了？五月说，真看见了。六月说，蛇是

131

啥样的？五月说，就像个你。六月说，才像你呢，你就是一条美女蛇。五月说，你不是说一点都走不动了吗，咋跑起来还比姐快？六月就看见他的心被五月的话划开了一条缝儿。是啊，当时明明走不动了嘛，怎么五月一声蛇，自己反而就跑到姐前面去了呢？

哎哟，你看蛇！五月却坐在那里不动。六月装作真的样子跑了几步，回头看五月，五月还是坐在那里不动。五月说，娘说了，蛇是灵物，只要你不伤它，它是不会咬人的。娘说，真正的毒蛇在人的心里。六月说，娘胡说呢，人的心里咋能有毒蛇呢。五月说，娘还说，人的心里有无数的毒蛇呢，它们一个个都懂障眼法，连自己都发现不了呢。六月就信了，就在心里找。找了半天，也没有找到。最后，他发现问题不是有没有蛇，而是他压根就不知道心在哪里。问五月。五月也说不上来。六月的心里就有了一个问题。

娘说香包要缝成心型，心肩上吊三色穗子，心尖上吊五色穗子。一般情况下，每年的香包都是没有过门的"新媳妇"做好了让人送给婆家的。六月家没有没过门的"新媳妇"，就只能是娘和姐姐自己做了。这让五月六月心里多少有些遗憾。但五月比六月看得远，五月说，其实没关系，娘年轻的时候不也是咱们家的新媳妇嘛。六月一下子对五月佩服得不得了。六月说，是啊，可是她是谁的新媳妇呢？五月都笑死了。五月说，你说是谁的？六月想了想，没有想出个所以然来。五月说，爹啊，你这个笨蛋，娘是爹的新媳妇啊，还能是别人的不成？六月恍然大悟。

经五月这么一说，六月突然觉得娘和爹之间一下子有意思起来。还有五月，今年已经试手做了两个香包了。娘说，早学早惹媒，不学没人来。五月就红着脸打娘。娘说，男靠一个好，女靠一个巧，巧是练出来的。五月就练。一些小花布就在五月的手里东拼拼西凑凑。

但六月很快就忘了这个问题。因为五月真的看见了蛇。六月从五月的脸色上看到，这次姐不是骗他。五月既迅速又从容地移到六月身边，把六月抱在怀里，使劲抓着六月的手，然后用嘴指给六月看身边的草丛。六月就看见了一个圆。姐弟二人用手商量着如何办。六月说，我们的手腕上不是绑了花绳儿了吗，我们不是吃过供过的花馍馍了吗？五月说，娘不是说只要你不伤它它就不会伤你吗？六月说，娘不是说真正的蛇在人的心里吗？难道草丛就是人的心？五月说，人心里的那是毒蛇，说不定眼前的这条不是毒蛇呢。这样说着时，六月的身子激灵了一下，接着，他的小肚那儿就热起来。五月瞥了一眼六月。六月的脸上全是蛇。

就在这时，那圆开始转了，很慢，又很快。当他们终于断定，它是越转越远时，五月和六月从对方身上闻到了一种香味，一种要比香包上的那种香味还要香一百倍的香味。直到那圆转到他们认为的安全地带，五月和六月的目光相碰，然后变成了水，在两个地方流淌，一处是手心，一处是六月的裤管。

娘教五月如何用针，如何戴顶针。五月第一次体会到了用顶针往布里顶针的快乐，把针穿过布的快乐，把两片布连成一片的快乐。五月缝时，六月趴在炕上看。真是奇怪，这么细的一个针，屁股上还有一个眼儿，能够穿过去线，那线在针的带领下，能够穿过去布，那布经线那么一绕一绕，就连了起来，最后变成娘说的"心"。有意思。手就痒了。就向姐要针线。拿我也试试嘛。娘说，男孩子不能拿针的。六月问，为啥？娘笑着说，男孩子要拿大针呢。六月问，啥叫大针？娘说，等你长大就知道了。六月复又躺在炕上，在心里描绘那个大针。有多大呢？五月戴的是娘的顶针，有些大，晃晃荡荡的，针就不防滑脱，顶到肉里去，血就流出来。五月疼得龇牙咧嘴。六月急着给她找布包。娘却没事一样。娘说，这一开始，就得流些血。六月就觉得娘有些不近人情。再看娘手中的针，简直就像是她干儿子一样听话。它在娘手里怎么就那么服帖呢？

山顶就要到了，五月和六月从未有过地感觉到"大家"的美好。每一个人看上去都是那么可爱。即使是那些平时他们憎恶得瞅都不愿意瞅一眼的人。六月给五月说了自己的这一发现，六月悄悄说，我咋现在就看着德成不憎恶呢。五月悄悄地说，我也是。

噢噢，噢噢，你看六月像不像一个新女婿。德成说。大家说，像极了。德成说，还领着一个新媳妇呢，脖子里还挂着红呢。六月有些羞，又有些气，却没有发火。

五月说，我们刚才看见蛇了。地生说，真的？六月自豪地说，当然是真的。地生说，别吹牛了，如果真看见，早尿裤裆了。六月的脸就红了。五月护短说，你才尿裤裆呢，如果是你，说不定都吓死了。地生说，如果是我，我就把它抓了烧着吃。五月说，吹老牛。地生说，不信你找一个来试试啊。

白云说，闭上你的臭嘴，我奶奶说，蛇可灵呢，它能听见呢。我奶奶还说，蛇是不咬善门中的人的。地生问，啥叫善门中的人？白云说，就是一辈子做好事的人家，还不吃肉，不吃有臭味的东西。雨雨说，还有补路修桥的那些人。白云接着说，我奶奶说，那时村子里发生蛇患，人们晚上想方设法关紧门窗，蛇也常常钻到被窝里，有许多人都被蛇咬死了。唯独李善人每晚开着门睡大觉，蛇却从来不去找他。六月说，真的？我奶奶说的，千真万确。说着，白云上前拿起六月的香包看。

喜欢就送你吧，六月没有想到自己会说出这么大方的一句话。白云惊讶地看着六月，就像是发现太阳从西边出来了。六月接着说，喜欢就送给你。白云说，真的？五月咳嗽了几声。不想六月还是说，真的。说着拿下来给白云。白云迟疑着接过，有点担当不起的样子，又有点不相信这是真的样子。

噢噢，白云是六月媳妇。噢噢，白云是六月媳妇。

地生和德成拍着手喊。太阳就从六月和白云的脸上升起来了。

爹让六月舂香料。六月拿起石杵一舂，香料就捣蛋地跳出来。五月说，让我试试吧。爹说，女孩子不能干这个活的。五月问，为啥？爹说，不为啥。五月的嘴就撅起来了。不为啥又为啥不让人舂。爹拿过杵给六月示范。那香料一点儿也不捣蛋了。六月再试，它们还是跳出来。五月说，就那么点香料，都让六月糟蹋完了。爹一边往石窝子里捡跳到地上的香料，一边说，爹刚学时，也是这样，得摸索，说不清的。

六月听爹刚学时也是这样，就大了胆子舂，直舂得香料在石窝子里乱开花。舂着舂着，那香料就服帖了。六月奇怪，当你小心翼翼地舂时，它反倒要跳，可当你不管它三七二十一，不怕它跳时，它反倒不跳了。这一发现让六月激动得头皮一阵阵过电，像是谁伸手一下子把他心里好多窗子都打开了。六月看五月，五月一脸的羡慕。六月就又心疼五月，有些事你是永远不能干的。

突然，六月发现这家里是分着两派的，爹和他是一派，娘和姐是一派。你看，这娘教姐学针，却不让他学。这爹教他拿杵，却不让姐拿。莫非这杵，就是娘说的大针？

五月无望地看着六月舂香料，终于觉得这事和自己无缘，就拿了花布开始缝香包。

随着六月杵子的一上一下，屋子里渐渐地充满了香味儿。

雾渐渐散去。山上的人们一点点清晰起来，就像是一条条鱼浮出水面。六月东瞅瞅，西瞅瞅，心里美得有些不知所措。向山下看去，村子像个猫一样卧在那里，一根根炊烟猫胡子一样伸向天空。娘和爹还在睡觉吗？娘和爹多可惜啊，不能看到这些快要把人心撑破了的美。

不觉间，太阳从东山顶探出头来，就像一个香包儿。山也过端午呢，山也戴香包呢。六月想。再看大家时，大家就像听到太阳的号令似的一齐伏在地上割艾了。六月问五月，为啥不等到太阳晒会儿把艾上的露水晒干了再采？五月说，这艾就要趁太阳刚出来的一会儿采，这样采到的艾既有太阳蛋蛋，又有露水蛋蛋。这太阳蛋蛋是天的儿子，露水蛋蛋是地的女儿，他们二人全时，才叫吉祥如意。六月奇怪五月怎么把太阳和露水说成蛋蛋，蛋蛋是娘平时用来叫他们的。五月这样一说，六月就蹲下来，拿出篮子里的刃子准备采艾。

但是六月却下不了手。一颗颗玛瑙一样的露珠蛋儿被阳光一照，让人觉得它不再是露珠，而是一个个太阳仔儿。六月一下子明白了五月为啥要用蛋蛋来称呼太阳和露珠儿。这样，一刃子下去，就会有好几个太阳蛋蛋死掉。

五月说，你发什么愣，还不趁着露珠蛋蛋刚醒来赶快采。六月说，我下不了手。五月问，为啥？六月说，我觉得这露珠儿太可怜了。五月就扑哧一声笑了，我还以为是你觉得艾可怜呢，真是个二愣，这露珠儿有什么可怜的，你不采，太阳一出来，它们也得死，它们就是这么个命。但是它们又没有死，明天早上，它们又会活过来。六月想想也是。接着心里升起对五月姐的崇拜来，他没有想到姐会说出这么大的道理来。

但六月还是下不了手。五月又笑了，说，如果你觉得它们可怜，你可以先把它们摇掉啊，让它躺到地里慢慢睡去，你再动手啊。六月觉得这个主意好，就动手摇。不想又把六月的心摇凉了。这一摇，让六月看见了一个个美的死去原来是这样简单的一件事。他第一次感到了这美的不牢靠。而让这些美死去的，却是他的一只手。六月看了看他的手，突然觉得它不单单是一只手，它的里面还藏着一些深不可测的东西，是什么呢？他又一时想不明白。但他又不甘心，这分明是我自己的手，怎么连自己都看不明白呢？六月第一次对自己开始怀疑起来。

六月开始采艾。采着采着，就把露珠儿的问题给忘了，把手的问题也忘了。六月很快沉浸到另外一种美好中去。那就是采。刃子贴地割过去，艾乖爽地扑倒在他的手里，像是早就等着他似的。六月想起爹说，采艾就是采吉祥如意，就觉得有无数的吉祥如意扑到他怀里，潮水一样。

一山的人都在采吉祥如意。

多美啊！

　　娘教五月如何往香包里放香料——把香料均匀地撒在新棉花上，然后把棉花装进香包里，然后封口。娘说，这样香包就既是鼓的，又是香的。六月问娘，为啥要鼓？娘笑笑说，就你问题多，你说为啥要鼓？六月说，叫我姐说。五月说，又不是我问的问题。六月说，鼓了五月女婿喜欢。五月就打六月。娘笑得嘴都合不上了。六月说，我看地地对我姐有意思呢。娘说，是吗，让地地做你姐夫你愿意吗？六月说，不愿意，他又不是干部。娘说，那你长大了好好读书，给咱们考个干部。六月说，那当然。等我考上干部后，就让我姐嫁给我。五月一下子用被子蒙了头。娘哈哈哈哈地大笑。六月说，就是嘛，肥水不流外人田，我姐为啥要嫁给别人家？娘说，这世上的事啊，你还不懂。有些东西啊，恰恰自家人占不着，也不能占。给了别人家，就吉祥，就如意。所以你奶奶常说，舍得舍得，只有舍，才能得，越是舍不得的东西越要舍，这老天爷啊，就树了这么一个理儿。六月说，这老天爷是不是老糊涂了。娘说，他才不糊涂呢。

　　等地娘娘把她的女儿全部从艾上收去时，大家开始收刃。六月站起来，看见五月的花袄子被露水打得像个水帘。五月把他采的艾拿过去，用草绳束了，给他。然后用草擦刀子上的泥。太阳照在擦净的刃面上，扑闪扑闪的。五月翻了一下刃面，那扑闪就到了她的脸上。不知为何，六月觉得这时的姐姐就像一株艾。如果她真是一株艾，那么该由谁来采呢？六月被自己的这一想法吓了一跳。这一采，不就等于死了吗？可是，大家分明认为死是一件吉祥的事呢，要不怎么会有一山头的人采艾呢？六月又不懂了。

路上，六月看到别人采的艾要比他们姐弟采的多得多，就觉得他们家小孩太少了。

六月突然想到，爹和娘咋不上山采艾呢？问五月。五月说，因为爹和娘不是童男童女。六月问，啥叫童男童女？五月想了想说，大概就是铜做的吧？六月觉得不对，分明是肉，怎么说是铜做的。六月问，不是铜做的为啥就不能采艾？五月说，不知道，爹这样说的，你看，这上山采艾的，都是童男童女。六月的脑瓜转了一下。不对，这童男童女，是没有当过新娘和新郎的人。五月被六月的话惊了一下，回头看路后边的人，发现真是这么回事。看六月，六月的神情是一个等待。五月用一个揽的动作表达了她的夸奖。六月就感到了一种童男童女的自豪和美好，也感到了一种不是童男童女的遗憾。

七巧

下雨了吗?

没有啊。

没有你咋不去上地?

因为今天是七月七啊。

七月七为啥不上地?

因为牵牛星要约会啊。

牵牛星约会和你不上地有啥关系?

这牵牛星在天上是星宿, 在地上就是咱们家的大黄啊。

咱们家的大黄跟谁约会啊?

跟织女啊。

地上的织女是谁呢?

小牛犊啊。

啊，小牛犊咋是织女？

对啊，给大黄放一天假，让它和小牛犊在一起，就算是约会了。如果你有心，再去给它铲一背篓嫩青草来，它也就算和织女约会了。

六月有些想不通爹讲的这些道理，但他愿意为大黄去铲青草。

光青草不行吧，你还得给它在料上改善一下。

早上爹已经改善过了。

六月就呼地一下从炕上翻起来，这么重要的一个节日，不想让爹给提前过了。一边往起翻，一边揭开五月身上的被子。他得赶快和五月去给大黄铲青草，因为大黄今天已不只是大黄还是牵牛星。

说不定五月就是织女呢。

回头一看，五月一半醒来，一半还在梦里，人在穿衣裳，眼睛还没睁开。

还真有些像织女呢。

五月和六月满山满洼地找，他们要找到最嫩最嫩的草让大黄过七月七。

但找到最后，发现还是自家麦地里的灰菜和小谷油儿最嫩。麦子刚刚收过，灰菜和小谷油儿成了地里的主家，一畦一畦地绿在蛋黄色的阳光里，像是早就等着让五月和六月把它们带回家过七月七似的。

平时六月和五月也常给大黄铲草，但也只是给爹和娘搭个手，今天的感觉就不一样了。

五月说，爹说过去过七月七时，社里还要敬大神呢。

咋敬？

所有的男人敬牵牛，所有的女人敬织女，祭台上供着犁和织布机，不但要给所有的牛放假一天，还要给所有女人放假一天。

现在为啥不敬了？

不知道。

你说牛郎咋那么大胆，敢拿人家仙女的衣裳？

那是因为老牛给做媒，老牛见牛郎受嫂子虐待，太可怜了。

如果嫂子虐待我就好了，都怪爹，把哥和嫂子送到天水去。六月想。

织女和牛郎成亲，玉帝和王母娘娘为啥要大怒？

因为织女是神仙，牛郎是人，人和神仙是不能做两口子的。

人和神仙为啥不能做两口子？

这大概就像人和牛不能做两口子。

六月觉得五月的这个比方打得好。

爹说其实神仙都不愿意下凡的。

为啥？

因为神仙到凡间，就像我们到牛圈里，光人的味道神仙就受不了。

人的味道，人还有味道？

是啊，就像我们能闻到牛身上有一股牛味，狗身上有一种狗味，爹说神仙闻着人味儿就像我们闻着这些动物的味儿一样。爹说神仙之所以不喜欢吃肉的人就是因为吃肉的人比不吃肉的人更臭。

那唐僧被妖精喜欢，就是因为唐僧不吃肉吗？

对，不吃肉的人身上有一种香味，妖精当然喜欢。

那妖精也喜欢爹，喜欢你，喜欢我？

可能吧。

可是咋没有妖精绑架我？

那就说明你还不是唐僧。

六月想，唐僧也真傻，那么多女妖精喜欢他，他还不买人家的账，如果是他，他都美死了。

那神仙为啥还要下山？

因为神仙要度人，爹说如果罗汉不度人，就成不了菩萨，菩萨不度人，就成不了佛。

为啥？

不知道。

你说为啥牛郎站在老牛皮上就能飞到天上去？

大概那个老牛也是神仙变的吧。

我们站在大黄皮上能飞到天上去吗？

不想五月突然变脸了，你咋能这么想，今天是七月七，你咋能想这么残忍的事情？

我只是打个比方，又没有真剥大黄的皮。

爹说一个人心里有啥就会说啥，你这样说，至少说明你心里有，还不快快忏悔。

六月就忏悔。手下的铲子就更加用劲，他要给大黄多多地铲些青草，以弥补刚才的罪过。

爹说过去人们把牛叫恩牛，一直要养到老死，还不吃它的肉，不剥它的皮，要像人一样埋掉，善人家还要为它过七七，为它念经，为它超度呢。

我知道，爹说所有的老黄牛都是没有修成正果的和尚变的，因此不能杀牛的。

六月这样说着，突然明白给牛郎帮忙的那个老牛说不定就是一个像目连那样的和尚变的，本身就有法术呢，不然怎么死时让牛郎剥下它的皮，说将来站在上面可以上天呢。后来牛郎在王母娘娘抓去织女后，站在牛皮上果然就能追到天庭去。

可是，它毕竟不如王母娘娘法术大，王母娘娘拔下一支银簪，就能划出一条银河，就能把它和牛郎隔在河这边，让牛郎眼睁睁地不能过去和织女相会，看来它还没有修成正果。

你说咱们家的大黄现在快修成正果了吗？

啥意思？

既然它是和尚转世的，那它一定在修行？

当然啊，人家一辈子给人耕，给人种，没有怨言，当然是修行。爹说这世上所有的动物都在修行呢，狗在修忠诚，鸡在修守时，牛在修奉献。你看那鸡，每天晚上要报三次鸣。

你说它就不瞌睡？

还有蜜蜂，爹说蜜蜂最能奉献了，它采得百花成蜜后，自己却不吃一口。

你说它就能忍得住？

要不然咋叫修行，爹不是说修行就要忍人所不忍嘛。

我们在七月七还给大黄铲一背篓草，给蜜蜂却啥事都做不了。

是啊，我们给蜜蜂也定一个节日吧。

我们定的谁承认呢？

六月就在心里发下大愿，等他将来当了大官，一定要给蜜蜂定一个节日，也给蜜蜂放一天假，也给蜜蜂改善一下生活。

当五月和六月到牛圈，把新铲来的嫩草倒在牛槽时，大黄感动得都要流泪了。小牛犊跑过来在六月身上亲热地蹭着。

六月惊讶地发现，爹今早竟然在牛料里拌了玉米面。他向五月指出这一事实。五月说，对啊，今天是牛的节日，当然要给它改善一下啊。

六月就觉得自己小气了，特别是当着大黄和小牛犊的面。

忙看大黄，大黄的眼里还是感恩，一点没有计较的样子。

吃啊，趁嫩吃啊。六月指着槽说。

它们现在哪里吃得下，爹和娘昨晚给它们铡的是高粱秆。

高粱秆好吃还是我们铲的嫩草好吃？

各有各的好，关键是早上它们已经吃饱了。

那就让它们中午吃吧。

说着从牛圈出来。

到了门口，二人又回头，齐声说了句，祝你们节日快乐。

大黄和小牛犊像是听懂了他们的话，深情地望着他俩，一直到他们走远。

都出了后院了，六月突然止了脚步，说，虽然今天是大黄的节日，也应该给咩咩改善一下啊。五月说，对啊，我们咋把咩咩给忘了。

二人就又回到牛圈门口，把背篓里剩下的嫩草掏出来，抱了，向羊圈走去。咩咩像是知道今天是七巧节，早早地到圈门迎接他们。

二人把嫩草放在咩咩面前，说，知道今天是啥节日吗？

咩咩点了点头。

你也不找个相好去约会？

五月扑哧一声笑了，散发着一股青草味。

六月接着问，快要做妈妈了，有啥感想？

牵牛今天会织女，知道吗？

想见小羔它爹对吗？

咩咩低了头，伤心得都快要哭了。

五月说，别烦人家咩咩了——咩咩吃，吃了七巧节铲的嫩草，一定会生出一个特别可爱的小羔羔来。

咩咩果然就吃了起来。

吃过午饭，他们就赶着大黄出发了，一庄的牛都往沟里去，一脸的七月七。牛犊们活蹦乱跳的，在大牛中穿来穿去，那种可爱，让人看着好不开心。

说是河，其实是个沟，沟底流着像缸口那么大的一股水，几个庄头的牛都聚到沟底时，那水就看不见了。远远望去，只见一沟底的牛背，荷叶一样舒展着，人们手里起落的盆子，就像一朵朵随风飘舞的荷花。

五月六月有些着急，催大黄快步到了沟底。

只见人们一手拿着梳子，一手拿着盆子，用盆子把水舀起来，从牛身上倒下去，一边用梳子梳牛毛。

六月个子小，够不着牛背，爹就让他和五月给小牛犊洗，大黄他来洗。

六月就让五月梳，他来舀水。

谁想小牛犊不愿意接受他们的好意，老是躲，六月就生气了，上前拍了它一巴掌。

准备拍第二巴掌，眼前突然一晃。定睛一看，大黄横在他和牛犊中间，怒目如环。

爹说，还不离开！

六月就一丈子跳开。爹又抓着大黄的缰绳，把它拉到原来的位置上去。

大黄有些不情愿，但还是给了爹面子，回到原来的位置上去，配合着爹的梳洗。

就在爹给大黄洗尾巴时，六月看到大黄的眼角有泪。

六月的心一下子软了。

下午，爹让五月六月帮他晒书。五月说她还有几首诗没背顺。

六月说，我背顺了，我帮你晒。

爹说，好啊，说着把书箱钥匙给六月，自己往下卸上房的门扇。爹把第一个门扇放到院里时，六月已经把"四书五经"抱出来了。爹高兴地给六月一个眼神，接着卸第二个门扇。五月本来趴在炕上背诗，看到爹和六月这样忙着，就呆不住了，就收了小本子，下炕帮六月抱书。

你不是要背诗吗？

边抱边背吧。

把下庄里那些小笨蛋，有个啥对付头，还这么当事。

爹说做任何事都要认真呢，不然就是浪费缘分。

这我知道。

爹把第二个门扇摆在院里，让五月六月往上摆书，他则回到上房扛了灯影箱到院里，往铁丝上挂灯影。

爹的书并不多，只有两木箱，晒起来并不费啥事。有些其实不是书，是手抄的剧本。

为啥偏偏今天要晒书？摆着摆着，六月的问题就来了。

爹说，今天是魁星的生日。

魁星的生日和晒书有啥关系？

因为魁星是书祖。

那六月六是谁的生日？

为啥想到六月六？

六月六我娘晒衣裳啊，也是谁的生日吗？

对，大禹的生日。

就是那个治水的大禹吗？

对。

为啥要在大禹的生日晒衣裳？

大概是因为大禹是水神吧，这天晒了衣裳虫不蛀。其实更早的时候，六月六是人们晒家谱的日子，也是寺院里和尚晒经的日子，因此既叫禳毒节，又叫晒经。寺院里的经书太多了，和尚一天晒不过来，就叫村上的男女老少去帮忙。

人们去寺院里帮忙，自家的家谱谁来晒？

当然是自己晒，但因为传说女人帮和尚晒经来世会女转男，因此去寺院的多是女人，男的留在家里晒家谱。

现在为啥不晒经了？

现在读经的人少了，这六月六渐渐地就变成女儿看娘节，晒经就挪到七月七了。

为啥魁星的生日这么巧，正好是七月七？

因为他是魁星，魁星通天理。

通天理就能给自己选生日吗？

对，这在佛家叫了生死，就是自己给自己作主，想啥时来就啥时来，想啥时走就啥时走。

六月看了一眼五月，像是征求五月的意见，又像是赞叹，又像是鼓动。

爹接着说，这宇宙中的许多事情，都是"七巧"——人在娘肚子里七天一个变化，如此三十八个七天之后，就要出生了。人死后也是七天一个身体，经过七七四十九天，就要投胎了。这就是《周易》上说的"七日来复"。再比如天有金木水火土和日月共称七曜，人有七窍，脉有七轮，等等。

爹讲这些时，五月六月有些听不懂了，但他们了解了一个事实，那就是这七月七是和天上的星星有关的。

当五月六月的眼睛里装满了星星时，银河就从天上淌过来了。

五月和六月催爹早早在院里供了牵牛和织女，就穿新衣戴新帽，摩拳擦掌地准备"对银河"。

又催娘火速收拾完锅灶，一家人就锁上大门，到大场里去。

大场已经满了。上庄的人和下庄的人都到了。

不一会儿，社长领着从高庄请来的"正"和"直"到了，其实"正"和"直"下午就到了，只是被社长关在他们家，不让庄里人见面。

庄里的小伙子早就给"正"和"直"搬来了椅子，椅子的前面是一个小供桌，上面是一碗清水。

水碗里就有两个袖珍的银河。

护场在大场两头的杏树上拉了两根平行的绳子，把上庄和下庄的人隔开，自然就成了一个银河。

上庄庄主报告，代表上庄出场的牛郎是六月同志，织女是五月同志。

下庄庄主报告，代表下庄出场的牛郎是改正同志，织女是改环同志。

报告完毕，"正"和"直"分别在六月和改正的腰里别了一个牛角，在五月和改环头上绑了一片红布。

然后端起水碗，食指蘸了，向天空弹了一下，向场里弹了一下，向人群弹了一下。

再把水碗放回桌上，等银河再次出现在水碗里时，"正"在两个早就准备好的纸片上写了"先"和"后"，给大家展示了一下，交给"直"。"直"把纸片团成纸蛋儿，搁在手里摇了摇，扔在银河中间，让六月和改正抓。六月抓了"先"，改正抓了"后"。"正"就大声宣布六月是牛郎甲，五月是织女甲，然后抓着他们的胳膊向大家挥了挥手；"直"就大声宣布改正是牛郎乙，改环是织女乙，然后抓着他们的胳膊向大家挥了挥手。

接着，"正"让六月和改正在他的左前右前立于银河东，"直"让五月和改环在他的右前左前立于银河西。

社长大声宣布：

天上牛郎会织女，世上百姓乞七巧。

七巧本是天造就，牛郎织女演恩情。

今晚，我们从高庄请来张得禄作"正"，李有才作"直"，他们非常有文化，非常有水平，和上庄下庄不沾亲不带故，绝对公正，水碗在前，他们一定会凭良心选出"对银河"的状元和榜眼来。

现在，我宣布，两庄"对银河"正式开始。

六月迅速地回了一下头，他想在身后找到爹和娘，但人墙把爹和娘隔在后面。这时，五月叫了一声六月，六月知道是什么意思，迅速入戏。

牛郎甲：

　　纤纤擢素手，

　　札札弄机杼。

织女甲：

　　终日不成章，

　　泣涕零如雨。

牛郎乙：

想哩想哩常想哩，

想得眼泪常淌哩；

眼泪打转双轮磨，

淌得眼麻心儿破；

肠子想成丝线了，

心肝想成豆瓣了。

织女乙：

切刀切了马牙儿菜，

浆水炝下汤着呢。

为你得了相思病，

心上想下疮着呢。

门里门外走不成，

旁人还说装着呢。

牛郎甲：

牵牛在河西，

织女处河东。

织女甲：

万古永相望，

七夕谁见同。

上庄的掌声哗哗哗地响起来，六月觉得这掌声里有无数的银河在流淌。六月还听见，地地的掌声最响亮，就像是社火队的铜锣一样；还有改弟和白云，虽然不像铜锣，也比得上梆子了；德成和地生的就差一些，不过也是一朵浪。

牛郎乙：

日头上来胭脂红，

月亮上来是水红。

织女乙：

白天想你肝花疼，

晚夕想你是心疼。

下庄的掌声响起来，把上庄的淹了。"正"和"直"忙打了一个手势，止住了掌声。大家才意识到走火了，一下子安静下来。

牛郎甲：

河汉清且浅，

相去复几许。

织女甲：

盈盈一水间，

脉脉不得语。

牛郎乙：

尕妹是凉水喝不上，

阿哥们孽障，

渴死着水边里了。

织女乙：

阿哥是火暖不上，

阿妹的孽障，

冻死在火边里了。

牛郎甲：

鸾扇斜分凤幄开，

星桥横过鹊飞回。

织女甲：

争将世上无期别，

换得年年一度来。

牛郎乙：

青稞大麦煮酒呢，

麦麸子拌两缸醋呢。

尕妹门上有狗呢，

织女乙：

后墙上有走的路呢。

牛郎甲：

七夕景迢迢，

相逢只一宵。

月为开帐烛，

云作渡河桥。

织女甲：

　　映水金冠动，

　　当风玉佩摇。

　　惟愁更漏促，

　　离别在明朝。

牛郎乙：

　　河里的鱼儿团河转，

　　为啥不下钓竿？

　　锄草的阿姐们满塄坎，

　　为啥不盘个少年？

　　莫说是小妹妹拾掇得干，

　　还说是阿哥们硬缠。

　　不想织女乙忘词了，只见"直"高举着右手，对着天空掐着指头，当他把五个指头掐完时，牛郎甲开对。六月越发地挺了身子，昂了脖子，把声音提高了七八匝：

　　恐是仙家好别离，

　　故教迢递作佳期。

　　由来碧落银河畔，

　　可要金风玉露时。

织女甲：

　　清漏渐移相望久，

　　微云未接归来迟。

　　岂能无意酬乌鹊，

　　惟与蜘蛛乞巧丝。

牛郎乙：

　　沙里澄金金贵了，

　　银子的价钱们大了。

　　人伙里挑人人贵了，

　　尕妹的架子们大了。

织女乙：

　　越盼小哥越发愁，

　　盼得捻子烧尽油，

　　肠子拧成灯芯子，

　　再拿眼泪当清油。

牛郎甲：

　　别浦今朝暗，

　　罗帷午夜愁。

　　鹊辞穿线月，

　　花入曝衣楼。

织女甲：

　　天上分金镜，

人间望玉钩。

钱塘苏小小，

更值一年秋。

牛郎乙：

上去一山又一山，

一道一道的塄坎。

尕妹是麝香鹿茸丸，

阿哥是吃药的病汉。

织女乙：

前半夜想你没瞌睡，

后半夜想你（者）亮了。

浑身的白肉想干了，

只剩下一口气了。

牛郎甲：

纤云弄巧，飞星传恨，

银汉迢迢暗渡。

金风玉露一相逢，

便胜却人间无数。

织女甲：

柔情似水，佳期如梦，

忍顾鹊桥归路。

两情若是久长时，

又岂在朝朝暮暮。

牛郎乙：

姑娘山来簸箕湾，

车轱辘大的牡丹。

哭下的眼泪拿桶担，

尕驴儿驮给了九天。

织女乙：

天爷阴了雨没有下，

石头上麻啦啦的。

跟前跟后你没有话，

心里头急抓抓的。

五月和六月的心里就真急抓抓的，因为他们记不起词了，准确些说是他们把准备的子弹打完了，二人急得空扣板机。只见"正"高举着右手，对着天空掐着指头，像是比赛着和"直"谁举得更高似的。当他把五个指头掐完时，牛郎乙开对。改正就更加高亢了声音，直要擦着银河边了：

脸如银盆手如雪，

黑头发赛丝线哩。

嘴是樱桃一点红，

大眼睛赛灯盏哩。

织女乙：

> 噼里啪啦的雨来了，
>
> 路滑着我难走了。
>
> 八十里看一回你来了，
>
> 面软着张不开口了。

牛郎乙：

> 大石头根里的清水泉，
>
> 长流水再不能断了。
>
> 我俩是羊毛擀成的毡，
>
> 一辈子再不能散了。

织女乙：

> 石头的碌碡满场里转，
>
> 要两副好脖架哩。
>
> 要让我俩的婚姻散，
>
> 石狮子要说句话哩。

牛郎乙织女乙齐：

> 青石头根里的药水泉，
>
> 担子担，
>
> 桦木的勺勺舀干。
>
> 要想我俩的婚姻散，
>
> 三九天，
>
> 青冰上开一朵牡丹。

麦场里突然响起一片打场声，那是人们在鼓掌。

在人们经久不息的掌声中，社长把状元奖发给下庄。

五月和六月有些不服气，去年他们用春官词打败了下庄，今年他们想着下庄肯定会用春官词，就偷偷地让爹给他们教会了这些从前他们都没有见过的古诗，谁想贼下庄却改变了战术，换成了骚花儿。

骚花儿还能得状元？

对，哪朝哪代用骚花儿考状元？

爹说，没关系，太上老君不是说过，见人之得如己之得啊，你们输了你们不开心，他们输了他们也不开心，如果你想到他现在比你们开心，你们就开心了。

五月觉得爹说得有道理，站在他们的立场上一想，还真就不气了。

再说，要牛郎和织女听着开心呢，只要他俩觉得你们是状元，你们就真是状元。娘一边解着五月头上的布片，一边说。

但六月没有表态，六月的目光搭在银河上，搭着搭着，河水就从眼角下来了。

六月惊醒，心里特别难受，要是能够回到过去就好了，爹说过去从七月一就开始"对银河"了，先是两个方两个方地对，两个社两个社地对，最终评出状元、榜眼和探花，代表社里七月七到县里去对，县里的状元、榜眼和探花，县长要亲自披红戴花呢。

可是现在却没人组织了，只能由他和改环几个自己在麦场里玩一通。

等他和五月从场里回来，爹和娘已经睡着了。

一线月光从窗户里照进来，六月的心里不由得惆怅了一下，不知道现在牛郎和织女是否"映水金冠动，当风玉佩摇"，说不定已经到了"惟愁更漏促，离别在明朝"的时候了。

六月悄悄地起来，穿上衣裳，下地，轻轻地把门开了一条缝，猫一样溜出去。

银河就哗地扑了过来，直把六月淹了。

院子里静得可怕。六月定了定神，坐在房台上，两手托了下巴，看着牛郎和织女。牛郎泪汪汪地收拾着行李，肠子都拧成灯芯子了，千不情愿万不情愿地准备着从织女家离开，织女更是哭得像泪人一样，"哭下的眼泪拿桶担"，只见织女家的地上全是桶子，全都满了。

桶子哪里装得下，都流成河了，说不定这银河就是织女的眼泪淌成的呢。

六月的心里疼了一下，咬牙切齿地发愿，本大人一定要像目连那样用功，早日修成正果，修成比王母娘娘还厉害的正果，用锡杖在银河上搭一座桥，让牛郎想啥时会织女就啥时会织女。

哪还要他们每天"忍顾鹊桥归路",多麻烦啊,干脆让他们天天在一起得了。

对,就让他们"朝朝暮暮"。

朝朝暮暮,多好啊。

六月的嘴角向上一弯,真正的银河就流了下来。

中元

目连在爹的手上驾着祥云出场了，爹一边举着手里的目连飞行，一边开唱：

罗卜自从父母没，礼泣三周复制毕。

闻乐不乐损形容，食旨不甘伤筋骨。

闻道如来在鹿苑，一切人天皆忪恓。

我今学道觅如来，往诣双林而问佛。

尔时佛自便逡巡，稽首和尚两足尊。

左右摩诃释梵众，东西大将散支神。

胸前万字颇黎色，项后圆光像月轮。

欲知百宝千花上，恰似天边五色云。

弟子凡愚居五欲，不能舍离去贪嗔。

直为平生罪业重，殃及慈母入泉门。

只恐无常相逼迫，苦海沉沦生死津。

愿佛慈悲度弟子，学道专心报二亲。

世尊当闻罗卜说，知其正直不心邪。

屈指先论四谛法，后闻应当没七遮。

纵令积宝凌云汉，不及交人暂出家。

恰似盲龟遇浮木，犹如大火出莲花。

炎炎火宅难逃避，滔滔苦海阔无边。

直为众生分别故，如来所以立三车。

佛唤阿难而剃发，衣裳便化作袈裟。

登时证得阿罗汉，后受婆罗提木叉。

罗卜当时在佛前，金炉啪啪起香烟。

六种琼林动大地，四花标样叶清天。

千般锦绣铺床座，万道珠幡空里悬。

佛自称言我弟子，号曰神通大目连。

　　五月发现爹把几句跳过去了，提醒爹，被六月阻止了。六月悄悄地给五月说，这段太长了，外面的人不爱听。五月再看剧本，原来是一段注解。爹接着唱：

目连剃除须发了，将身便即入深山。

幽深地净无人处，便即观空而坐禅。

坐禅观空知善恶，降心住心无所著。

对镜澄澄不动摇，左脚还须押右脚。

端身坐盘石，以舌著上腭。

白骨尽皆空，气息无交错。

当时群鹿止吟林，逼近清潭望海头。

明月庭前听法眼，青山松下坐唯禅。

天边海气无迤焕，陇外青山望戍楼。

秋风瑟瑟林中度，黄叶飘零水上浮。

目连宴坐虚无境，内外澄心渐渐修。

通达声闻居望地，出入山间得自由。

当爹伸出右手从皮影架上往下取"长者"时，六月出了一口长气，因为《目连出场》总算要结束了：

目连从定出，迅速作神通。

来如霹雳急，去似一团风。

海雁啼矰缴，鹘鹰脱网笼。

潭中烟霞碧，天净远路红。

神通得自在，掷钵便腾空。

于时一向子，上至梵天宫。

目连一向至天庭，耳里唯闻鼓乐声。

红楼半映黄金殿，碧牖浑沧白玉成。

锡杖敲门三五下，胸前不觉泪盈盈。

长者出来而共语，合掌先论中孝情。

目连"启言"：

长者相识否？贫道南阎浮提人。少小身遭父母丧，其家大富少儿孙。孤惸更亦无途当。贫道慈母号青提，阿耶名辅相。一生多造福田因，亡过合生此天上。可怜富贵娇奢地，望睹令人心悦畅。钟鼓铿锵和雅音，鼓瑟也以声嘹亮。哀哀劬劳长不舍，乳哺之恩难可忘。别后安和好在否，比来此处相寻访。

爹把右手中的"长者"递到左手，和"目连"一同捉了，腾出右手指着剧本"长者闻语意以悲，心里回惶出语迟"，示意五月"出场"。五月就"出场"了：

弟子阎浮有一息，不省既有出家儿。

和尚莫怪苦盘问，世上人伦有数般。

台外响起热烈的掌声。六月没想到五月"出场"还真有一下子。

乍观出语将为异，收气之时稍似难。

俗间大有同名姓，相似颜容几百般。

形容大省曾相识，只竟思量没处安。

阇梨苦死来相认，更说家中事意看。

爹给五月一个赞赏的目光，"白言长者"：

贫道小时，名字罗卜。父母亡没以后，投佛出家，剃除须发，号曰大目乾连，神通第一。

爹指着剧本"长者见说小时名字，即知是儿"，示意六月"出场"，六月会意：

别久，好在已否？

如此，五月和六月在爹的示意下，按照排练时的分饰角色，盯着剧本，向下唱念做打。

剧本：

罗卜目连认得慈父，起居问讯已了：

慈母今在何方受于快乐？

长者报言罗卜：

汝母生存在日，与我行业不同。我修十善五戒，死后神识得生天上。汝母平生在日，广造诸罪，命终之后，遂堕地狱。汝向阎浮提冥路之中，寻问阿孃，即知去处。

目连闻语，便辞长者，顿身下降南阎浮提，向冥路之中，寻觅阿孃。

今年盂兰盆节的皮影戏爹正式邀请五月和六月一起出演。

其实从前年开始，爹就带他们跟班了。到了去年，全本戏已基本装在他们二人肚子里了，哪个人先出场，哪个人后出场，甲乙丙丁，五月和六月心里都有数了。有时爹忙不过来，他们二人给爹搭一手，从皮影架上往下取的皮影基本上没错。

今年过年时，爹就誊了一个剧本，让五月和六月熟悉。因为看过多遍戏，平时又一直听爹和娘唱，戏词他们大多都会，倒是剧本一放在面前，他们就不认得了。爹就教给他们一个办法，让他们把每行的第一个字先记下，然后往下洇。五月六月一试，果然有效。再对剧本，就有一种格外的欢心，一个个不识得的字形和他们心里早就识得的那个字音一一对号，感觉里就像有一扇扇天窗哗啦啦地敞开了。

目连一路询问：
识一青提夫人已否？
诸人答言尽皆不识。

目连又问：

阎罗大王住在何处？

诸人答言：

和尚，向北更行数步，遥见三重门楼，有千万个壮士皆持刀棒，即是阎罗大王门。

目连闻语，向北更行数步，即见三重门楼，有壮士驱无量罪人入来。目连向前寻问阿孃不见，路旁大哭，哭了前行，披所由得见于王。门官引入见大王，王问目连事由之处：

和尚又没事由来？惭愧阇梨至此间，弟子处在冥途间，栲定罪人生死。虽然不识和尚，早个知其名字。为当佛使至此间？别有家私事意？太山定罪卒难移，总是天曹地笔批。罪人业报随缘起，造此何人救得伊。腥血凝脂长夜臭，恶染阇梨清净衣。冥途不可多时住，伏愿阇梨早去归。

目连启言：

大王照知否？

贫道生年有父母，日夜持斋常短午。

据其行事在人间，亡过合生于净土。

天堂独有阿耶居，慈母诸天觅总无。

计亦不应过地狱，只恐黄天横被诛。

追放纵由天地边，悲嗟悔恨乃长嘘。

业报若来过此界，大王曾亦得知否？

目连言讫，大王便唤上殿，乃见地藏菩萨，便即礼拜：

汝觅阿孃来？

目连启言：

是觅阿孃来。

汝母生存在日，广造诸罪，无量无边，当堕地狱。汝且向前，吾当即至。

大王便唤业官、司命、司录，应时即至。

是和尚阿孃名青提夫人，亡后多少时？

业官启言大王：

青提夫人亡来已经三载，配罪案总在天曹录事司太山都尉一本。

王唤善恶二童子，向太山检青提夫人在何地狱。

大王启言和尚：

共童子相随，问五道将军，应知去处。

申时一到，各方代表齐聚到社长家吃斋饭。社长各庄轮流，和方长一样，一年一换，今年的社长轮到乔家上庄出任，上庄今年的方长是金生，社长自然就是他了。六月不明白为啥人们把庄叫方，把几个每年在一起唱戏敬神的庄子叫一社，把每年中元和上正时月的集中敬神叫"社会"。问爹，爹说这是古人流传下来的，你看高庄虽然离我们最近，但不在一起敬神，就不是我们社的人，周庄和李庄虽然离我们很远，但在一起敬神，就是我们社的人。

六月就觉得这敬神不单单是敬神。

目连闻语，便辞大王即出。行经数步，即至奈河之上，见无数罪人，脱衣挂在树上，大哭数声，欲过不过，回回惶惶，五五三三，抱头啼哭。目连问其事由之处：

……

呜呼哀哉心里痛，徒埋白骨为高冢。

南槽龙马子孙乘，北牖香车妻妾用。

异口咸言不可论，长嘘叹息更何怨。

造罪诸人落地狱，作善之者必生天。

五月唱到这里，六月的目光就穿过灯幕，从观众的脸上一一扫过——这个人平时造罪，可能要进地狱；这个人平时作善，应该能够生天；这个人既造罪又作善，先得加减一番再说……

如今各自随缘业，定是相逢后回难。

握手叮咛须努力，回头拭泪饱相看。

耳里唯闻唱道急，万众千群驱向前。

牛头把棒河南岸，狱卒擎叉水北边。

水里之人眼盼盼，岸头之者泪涓涓。

早知到没艰辛地，悔不生时作福田。

恍惚之间，这河南岸，水北边，不再是牛头，也不再是狱卒，而是幕外那些和他们抬头不见低头见的乡亲。六月不由得打了一个寒颤……

目连问言奈河树下人曰：

天堂地狱乃非虚。行恶不论天所罪，应时冥零亦共诛。贫道慈亲不积善，亡魂亦复落三涂。闻道将来入地狱，但曰知其消息否？

罪人总见目连师，一切啼哭损双眉：
弟子死来年月近，和尚慈亲实不知。
我等生时多造罪，今日辛苦方始悔。
纵令妻妾满山川，谁肯死来相替代。
何时更得别泉门，为报家中我子孙。
不须白玉为棺椁，徒劳黄金葬墓坟。
长悲怨叹终无益，鼓乐弦歌我不闻。
欲得亡人没苦难，无过修福救冥魂。

和尚却归，与诸人为传消息，交令造福，以救亡人。除佛一人，无由救得，愿和尚菩提涅槃，寻常不没，运载一切众生，智慧剑勤伐烦恼林，而诸咸行普心于世界，乃诸佛之大愿。倘若出离泥犁，是和尚慈亲普降。

一种强烈的使命感从六月心里涌起，他要力争唱得再精彩一些，声音再洪亮一些，调子再美一些，让幕外这些地狱边上的人醒悟，好积德行善，争取能生天，再差也应重新做个人。

目连问已，更往前行，时向中间，即至五道将军坐所，问阿嬢消息处——

五道将军性令恶，金甲明亮，剑光交错。左右百万余人，总是接飞手脚。叫喊似雷惊振动，怒目得电光耀霍，或有劈腹开心，或有面皮生剥。

目连虽是圣人，亦是魂惊胆落：

目连啼哭念慈亲，神通急速若风云。

若闻冥途刑要处，无过此个大将军。

左右攒枪当大道，东西立杖万余人。

纵然举目西南望，正见俄俄五道神。

守此路来经几劫，千军万众定刑名。

贫道慈母傍行檀，魂魄漂流冥路间。

若问三涂何处苦，咸言五道鬼门关。

畜生恶道人偏绕，好道天堂朝暮闲。

一切罪人于此过，伏愿将军为检看。

吃完斋饭，代表们开始抬着菩萨、灵官、韦陀等神像游村。五月六月作为主演，被人们簇拥在队伍前面，接受着人们敬慕的目光。

五月六月知道，这天全村人都会早早地吃过斋饭，等游村时，便随着队伍一起游村，然后随着队伍到戏台看戏。

因此，这队伍的尾巴就像是滚雪球似的，从这个庄滚到那个庄，越滚越大，最后就像是一个活动的村庄。

就有一缕缕神圣和庄严直往五月六月的身体里钻。

将军合掌启阇梨：不须啼哭损容仪。

寻常此路恒沙众，卒问青提知是谁。

太山都要多名部，察会天曹并地府。

文牒知司各有名，符卷下来过此处。

今朝弟子是名官，暂与阇梨检寻看。

可中果报逢名字，放觅纵由亦不难。

将军问左右曰：

见一青提夫人以否？

左边有一都官启言将军：

三年以前，有一青提夫人，被阿鼻地狱牒上索将，今见在阿鼻地狱受苦。

目连闻语，启言将军：

将军报言和尚，一切罪人皆从王边断决，然始下来，目连贫道阿孃，缘何不见王面？

将军报言和尚：

世间两种人不得见王面——第一之人，平生在日，修于十善五戒，死后神识得生天上，不见王面。第二之人，生存在日，不修善业，广造诸罪，命终之后，便入地狱，亦不得见王面。唯有半恶半善之人，将见王面断决，然始托生，随缘受报。

游完村，神像依官职大小安放在临时道堂。按照规程，戏在哪一方唱，方长就要把自家的上房腾出来作为临时道堂，把麦场打扫干净搭戏台。今年金生既是方长，又是社长，自然就在他家。

道堂主案上供着南无本师释迦牟尼佛、混元之初太清之祖道德天尊、大成至圣先师文宣王、南无大慈大悲救苦救难观世音菩萨、南无大愿安忍不动静虑深密地藏王菩萨、三界伏魔大帝神威远震天尊关圣帝君。侧案上供着大教爷、二教爷、九天圣母、护世天王风、护世天王调、护世天王雨、护世天王顺，还有土地神、四海龙王、牛王马祖、五猖五福，等等。

香烟缭绕，其乐融融。

金生老爹虽然搬到厢房里，却比平时在上房时更有了一种神仙的味道，就像这院子里出出进进的香客，一边是奔着诸神来，一边是奔着他来的一样。

五月和六月就有些羡慕金生，如果这是自家的上房该多好。

目连闻语，便向诸地狱寻觅阿孃之处。

目连泪落忆迢迢，众生业报似风飘。

慈亲到没艰辛地，魂魄于时早已消。

铁轮往往从空入，猛火时时脚下烧。

心腹到处皆零落，骨肉寻时似烂燋。

铜鸟万道望心撅，铁汁千回顶上浇。

借问前头剑树苦，何如剉碓斩人腰。

凝脂碎肉口似津，莽荡周回数百里。

铁锵万剑安其下，烟火千重遮四门。

借问此中何物罪，只是阎浮杀罪人。

目连更往前行，须史之间，至一地狱。目连启言狱主：
此个地狱中有青提夫人已否？是贫道阿孃，故来访觅。

一进戏台，五月六月直觉得进入了一个感恩的世界。说是戏台，其实是一个帐篷，一个天下最特别的帐篷。五月六月的目光鸟一样在帐篷上飞来飞去，最后停在他们的名字上"信士五月六月大年初一敬献"。

名字上面是爹写的"报答神恩"四个大字。

接着五月和六月就看到了改弟、地地、金生、双全等人的名字。

六月问爹，咋把我们敬献的软匾做成大幕了？不想爹说，做得好啊，要不庙里都堆不下了，都咋了，浪费了。五月六月觉得爹说得对。大年初一他们到庙里上香，看到地上的软匾堆得像山一样。

狱主报言和尚：

此个狱中，总是男子，并无女人。向前问有刀山地狱之中，问必应得见。

目连前行，又至一地狱，左名刀山，右名剑树。地狱之中，锋剑相向，涓涓血流。见狱主驱无量罪人入此地狱。

目连问曰：

此个名何地狱？

罗刹答言：

此是刀山剑树地狱。

目连问曰：

狱中罪人作何罪业，当堕此地狱？

狱主报言：

狱中罪人，生存在日，侵损常住，游泥伽蓝，好用常住水果，盗常住柴薪。今日交伊手攀剑树，支支节节皆零落处。

回到家里，五月六月问娘，为啥没人偷庙里的软匾？那么好的绸子，庙门整天大开着，就是没人偷？

娘说，庙里的东西谁敢偷。

为啥不敢偷？

娘说，我给你们讲一个故事吧。从前村上有一个人，我就不给你们说他的名字了，娶上媳妇都快十年了，但总是怀不住娃娃。

为啥？六月着急地问。

你听娘说，怀了流，怀了流。

啥叫怀了流？

就是坐不住胎。

啥叫坐不住胎？

就是肚子里的娃娃还没有长成人，就流胎了。

流胎了就是咋了？

给你打个比方吧，见过鸡抱蛋吗？

见过。

流胎就是肚子里的娃娃还没有长成那个鸡，还是蛋清，就从肚子里出来了。

从哪儿出来的呢？

这个将来你会知道的，你听娘说下面的，大概是流到第五胎的时候，那个小伙子来找你爹，让你爹打卦。你爹不打，他就跪在地上不起来。你爹只好打，不想卦辞是犯庙神。你爹就问他是不是拿了庙里的东西了。他说没有。你爹说那你回去问问家里人，看谁动过庙上的东西。

结果呢？

你听娘说，过了几天，他就拿来一个软匾让你爹写，说都怪他媳妇不懂事，拿了庙里的软匾做裤头穿。

啊——五月和六月把一口长气直出到天上去。

目连闻语，啼哭咨嗟向前，问言狱主：

此个地狱中，有一青提夫人已否？

狱主启言和尚：

是何亲眷？

目连启言：

是贫道慈母。

狱主报言和尚：

此个狱中无青提夫人。向前地狱之中，总是女人，应得相见。

恍惚间，六月觉得爹手里的狱主在呼吸呢，莫非这时狱主真在戏台？难怪开演前爹要他和五月先到道场给佛菩萨上香磕头，给众神上香磕头，给戏王上香磕头，回到戏台还要给皮影上香磕头。

目连言讫，更往前行。须臾之间，至一地狱。启言狱主：

此个狱中，有一青提夫人已否？

狱主报言：

青提夫人，是和尚阿孃？

目连启言：

是慈母。

狱主报和尚曰：

三年以前，有一青提夫人，亦到此间狱中。被阿鼻地狱牒上索将，今见在阿鼻地狱中。

目连闷绝僻地，良久气通，渐渐前行，即逢守道罗刹问处：

目连行步多愁恼，刀剑路傍如野草。

侧耳遥闻地狱间，风火一时声号号。

为忆慈亲肠欲断，前路不娄行即到。

忽然逢着夜叉王，按剑坐蛇当大道。

当爹把最后一个皮影夜叉王从戏箱拿出来，挂在皮影架上时，场里的人满了。

爹示意鼓乐手开始，就有一阵惊天动地的鼓乐响起。

爹点了一下头，鼓乐声止，爹大声诵念：

夫为七月十五日者，天堂启户，地狱门开，三涂业消，十善增长。为众僧咨下，此日会福之神，八部龙天，尽来教福。承供养者，现世福资，为亡者转生于胜处。于是盂兰百味，饰贡于三尊，仰大众之恩光，救倒愚之窘急。

爹的古腔古调把六月惹笑了，五月忙伸手把六月的嘴捂住，但台外还是有人听到了。

你听六月在笑呢。

六月这才意识到现在不同寻常。就努力把持住自己，全心全意地进入角色。

目连启言：

贫道是释迦如来佛弟子，证见三明出生死。

哀哀慈母号青提，亡过魂灵落于此。

适来巡历诸余狱，问者咸言称不是。

近云将母入阿鼻，大将亦应知此事。

有无实说莫沉吟，人间乳哺最恩深。

闻说慈亲骨髓痛，造此谁知贫道心。

夜叉闻语心遏遏，直言更亦无形迹：

和尚孝顺古今希，冥途不惮亲巡历。

青提夫人欲似有，影响不能全指的。

阿鼻地狱最为苦，灌铁为城铜作壁。

业风雷振一时吹，到者身骸似狼藉。

劝谏阇梨早归舍，徒烦此处相寻觅。

不如早去见如来，捶胸懊恼知何益。

那么我死了该进天堂还是入地狱呢？六月想。记得爹说过，世界上最大的善事是劝人行善，那么这唱"目连大戏"就是劝人为善了，那么本大人当然是进天堂了，还有五月，还有爹。那娘呢？爹说为劝善的人服务也是大善，那么娘为我们服务，当然也要进天堂了。那么爷爷奶奶呢？爹说这出《目连救母》就是爷爷和奶奶教他的，看来爷爷和奶奶也不成问题。

> 目连见说地狱之难，当即回身，掷钵腾空，须臾之间，即至婆罗林所，绕佛三匝，却坐一面，瞻仰尊颜，目不暂舍。白言世尊处：
> 阙事如来日已远，追放纵由天地遍。
> 阿耶惟得生上天，慈母不曾重会面。
> 闻道阿鼻见受罪，思之不觉肝肠断。
> 猛火龙蛇难向前，造次无由作方便。
> 如来神力移山海，一切众生多爱恋。
> 臣急由来解告君，如何慈母重相见。
>
> 世尊唤言大目连：
> 且莫悲哀泣。
> 世间之罪由如绳，不是他家尼碾来。
> 火急将吾锡杖与，能除八难及三灾。
> 但知勤念吾名字，地狱应当为汝开。

爹还说，如果一个人平时不行好，就是再吃斋念佛，也是枉然，就是念佛把喉咙喊破，也是枉然。如果嘴上念佛，却去做坏事，罪过更大。

他问爹哪些事是好事。爹说"十善业"讲的事是好事。他问"十善业"是啥意思。爹说"十善业"是指：一不杀生，二不偷盗，三不邪淫，四不恶口，五不两舌，六不妄语，七不绮语，八不贪，九不嗔，十不痴。相反就是"十恶业"。

他问邪淫是啥意思。爹说邪淫就是不是你的媳妇你却把她当成你的媳妇。

不是你的媳妇你咋能把她当成你的媳妇？

说的是啊，但世上的人就偏偏这么做呢。世人不知道这是烦恼根，但佛知道。

他有些想不透，为啥把别人的媳妇当成自己的媳妇是烦恼根。

那把根挖了不就没有烦恼了？

是啊，但是这个根很大，扎得很深，最难挖。

有老榆树的根难挖吗？

比老榆树的根难挖多了。

他的心里就有一个根疯了似的乱蹿，直蹿到天边去了。

目连承佛威力，腾身向下，急如风箭。须臾之间，即至阿鼻地狱。空中见五十个牛头马脑，罗刹夜叉，牙如剑树，口似血盆，声如雷鸣，眼如掣电，向天曹当直。逢着目连，遥报言：

和尚莫来，此间不是好道，此是地狱之路。西边黑烟之
中，总是狱中毒气，吸着，和尚化为灰尘处。

和尚不闻道阿鼻地狱，铁石过之皆得殃。地狱为言何处
在，西边怒那黑烟中。

目连念佛若恒沙，地狱原来是我家。

拭泪空中摇锡杖，鬼神当即倒如麻。

白汗交流如雨湿，昏迷不觉自嘘嗟。

手中放却三楞棒，臂上遥抛六舌叉。

如来遣我看慈母，阿鼻地狱救波吒。

目连不住腾身过，狱卒相看不敢遮。

他问是不是不行"十善业"的人都要下地狱。爹说这要看罪
的轻重，但佛经上讲贪心重的人会到饿鬼道去，因为鬼是贪心；
嗔心重的人会到地狱道去，因为嗔心重的人容易起杀机，造杀
业；痴心重的人会到畜生道去，因为畜生是痴心。

他问饿鬼道可怕还是地狱道可怕。爹说当然地狱道，但饿
鬼道已经非常可怕了。饿鬼道的人每天见不到日月星辰，天整天
像黑夜一般，人每天觉得就像被人追杀一般，惶惶不可终日。最
可怕的是，饿鬼道的人寿命非常长，往往是千千岁，如果一个生
命堕落到饿鬼道，往往要人间的几万年才能出来。地狱道的时间
就更长了，地狱里面的一天，是我们人间的两千七百年。地狱里

头一年也是三百六十天，而一天是我们人间的两千七百年，你算算。因此地狱道的人短则一万岁，长则万万岁。

一个人活万万岁不是很好吗？

好？你愿意在火炉里呆上万万岁？经上说，地狱道的人每天如坐火焰，因此地狱道又叫火途。

那畜生道呢？

畜生道叫血途，你看畜生没有善终的，都是流血死的。

那饿鬼道叫啥途呢？

刀途，每天觉得被人赶杀，因此叫刀途。

对于爹讲的这些道理，他有些不大懂得，但有一点他明白了，那就是这做人是一件不敢马虎的事情。

目连执锡向前听，为念阿鼻意转盈。

一切狱中皆有息，此个阿鼻不见停。

恒沙之众同时入，共变其身作一刑。

忽若无人独自入，其身亦满铁围城。

万道红炉扇广炭，千重赤炎进流星。

东西铁钻谗凶筋，左右铜铰石眼精。

金锵乱下如风雨，铁汁空中似灌倾。

哀哉苦哉难可忍，更交腹背下长钉。

目连见以唱其哉，专心念佛几千回。

风吹毒气遥呼吸，看着身为一聚灰。

一振黑城关锁落，再振明门两扇开。

六月的头皮突然麻了一下。他分明觉得有无数的妖魔鬼怪也在戏台四周看戏。但他马上想到开演前爹带着他们请来地藏王、韦陀等法力高强的神明收尽了五方鬼煞，并请来五猖神捉寒林和护台。台口又设了禁坛封禁，台下又供了草人镇鬼。妖魔鬼怪是无法近身的，因此也就没有什么可怕的。

目连那边仍未唤，狱卒擎叉便出来：
和尚欲觅阿谁消息？
其城广阔万由旬，仓卒没人关闭得。
刀剑之光阿点点，受罪之人愁忭忭。
大火终融满地明，烟雾满满怅天黑。
忽见阇梨于此立，又复从来不相识。
纵由算当更无人，应是三宝慈悲力。

但是不多时六月的头皮又发麻了，把目光从灯幕上的"地狱"移开。五月看到了六月的紧张，捂着嘴鼻悄悄地说，不用怕的，爹说凡是进入地狱道的众生一般情况下是出不来的。六月同样悄悄地问，那饿鬼道的呢？五月说，饿鬼道的有钟进士对付呢。六月就回头看了一眼钟馗，正碰着钟进士威风凛凛的目光，心里果然一下子正了起来。

狱主启言和尚：

缘何事开他地狱门？

报言：

贫道不开阿谁开？世尊寄物来开。

狱主问言：

寄甚物来开？

目连启狱主：

寄十二环锡杖来开。

狱卒又问：

和尚缘何事来至此？

目连启言：

贫道阿孃名青提夫人，故来访觅看。

狱主闻语，却入狱中高楼之上，迢白幡，打铁鼓：

第一隔中有青提夫人已否？

第一隔中无。

过到第二隔中，迢黑幡，打铁鼓：

第二隔中有青提夫人已否？

第二隔中亦无。

过到第三隔中，迢黄幡，打铁鼓：

第三隔中有青提夫人已否？

亦无。过到第四隔中亦无。即至第五隔中问，亦道无。

过到第六隔中，亦道无青提夫人。狱卒行至第七隔中，迢碧

幡,打铁鼓:

第七隔中有青提夫人已否?

其时青提夫人在七隔中,身上下四十九道长钉,钉在铁床之上,不敢应狱主。狱主更问:

第七隔中有青提夫人已否?

若看觅青提夫人者,罪身即是。

早个缘甚不应?

恐畏狱主更将别处受苦,所以不敢应狱主。

狱主报言:

门外有一三宝,剃除髭发,身披法服,称言是儿,故来访看。

青提夫人闻语,良久思惟,报言狱主:

我无儿子出家,不是莫错?

狱主闻语,却回行至高楼,报言和尚:

缘有何事,诈认狱中罪人是阿孃,缘没事谩语?

目连闻语,悲泣雨泪。启言狱主:

贫道解来传语错,贫道小时名罗卜,父母亡没已后,投佛出家,剃除髭发,号曰大目乾连。狱主莫嗔,更问一回去。

狱主闻语,却回至第七隔中,报告罪人:

门外三宝小时字罗卜,父母终没已后,投佛出家,剃除髭发,号曰大目乾连。

青提夫人闻语，门外三宝，若小时字罗卜，即是儿也。

罪身一寸肠娇子！

狱主闻语，扶起青提夫人，拔却四十九道长钉，铁锁锁腰，生杖围绕，驱出门外，母子相见处：

阿鼻地狱谁造就，生杖鱼鳞似云集。

千年之罪未可知，七孔之中流血汁。

猛火从孃口中出，蒺藜步步从空入。

由如五百破车声，腰脊岂能相管拾。

狱卒擎叉左右遮，牛头把锁东西立。

一步一倒向前来，目连抱母号啕泣。

哭曰：

都怪由儿不孝顺，殃及慈母落三涂。

目连这么孝顺，他还说不孝顺，那我们平时就更不孝顺了。从明天开始，该好好孝顺爹娘才对。六月想把这一想法告诉五月，却见五月手指跟着唱词，已经舔着嘴唇准备"出场"了，就强忍住没有打扰。

积善之家有余庆，皇天只没杀无辜。

阿孃昔日胜潘安，如今憔悴顿摧溅。

曾闻地狱多辛苦，今日方知行路难。

唱到这里，金生探进头来，说，奠台的时候到了。

爹就停了下来。

只看金生一个手势，德本端着一个盘子，里面盘着三条红绸被面，金生先后给爹和五月六月披在肩身。

这时，双全已端着一个铜暖锅在台口等着了，爹问金生，供过众神了吗？金生说，供过了。爹就拿起筷子，夹了一筷头碎菜，往后台扔去。六月悄悄问五月，爹这是干啥呢？五月说，这叫放馅口，是让那些游魂野鬼吃的。六月的头皮就又麻了一下，一时间仿佛能够听到游魂野鬼狼吞虎咽的声音。

接着，爹让五月和六月动筷子。

因为吃过晚饭了，三人象征性地吃了一下，让双全端出去，分给台下的信众。

接着金生给他们每人倒了一杯好茶。喝茶？六月看着五月，五月看着爹。在五月和六月心里，这茶只是爹的事，大人的事，现在一杯属于他们的却突然出现在面前，让五月六月既荣耀又不安。

这平时想都没有想过的事突然到来，有种"如戏"的感觉，但它分明又是真实的。就像这戏，平时只是一出戏，今天却成了一种"真实"，这中间像是有一种什么玄机。

六月这样想时，爹让他们漱口，准备开演。五月和六月就端起茶杯，喝了一口，好香啊，哪里肯舍得吐，咽了。

阿孃既得目连言，呜呼怕搵泪交连：

一见我儿痛伤情，不由两眼珠泪盈。

想儿想得肝肠断，望儿望得眼无晴。

只因在世造下孽，阎罗殿上问典刑。

昼戴枷锁还犹可，夜卧铁床苦非轻。

钢鞭打过上油掌，吞铁弹来饮热钢。

娘今身受百般刑，你在阳间怎知情。

昨与我儿生死隔，谁知今日重团圆。

阿孃生时不修福，十恶之愆皆具足。

当时不用我儿言，受此阿鼻大地狱。

阿孃昔日极芬荣，出入罗帏锦障行。

那堪受此泥梨苦，变作千年饿鬼行。

口里千回拔出舌，凶前百过铁犁耕。

骨筋筋皮随处断，不劳刀剑自凋零。

一向须臾千回死，于时唱道却回生。

入此狱中同受苦，不论贵贱与公卿。

汝向家中勤祭祀，只得乡间孝顺名。

纵向坟中浇沥酒，不如抄写一行经。

排练到这里，六月问，为啥"纵向坟中浇沥酒，不如抄写一行经"？爹说，因为经能让人从梦里醒来。六月说，我昨晚做了好几个梦，经咋没有让我从梦里醒来。爹就大笑，爹说的是另一种梦，没有觉悟的人就像是在梦中。

咋样的人才是觉悟的人？

像佛那样的人就是觉悟的人。

目连算吗？

算，不过他不是大彻大悟，佛是大彻大悟。

目连算啥悟？

目连嘛，算个半彻半悟。

他啥时才能大彻大悟？

那要看他用功的程度。

那么地藏菩萨呢？

地藏菩萨嘛，跟佛差不多了，但他发过愿，地狱不空，他不成佛。

哎哟，地狱啥时才能空呢？

遥遥无期，其实地藏菩萨是故意不成佛。

为啥要故意？

因为众生在六道受苦。

五月六月就觉得地藏菩萨有些傻。

目连哽噎啼如雨，便即回头谙狱主：

贫道虽是出家儿，力小哪能救慈母。

五服之中相容隐，此即古来圣贤语。

惟愿狱主放却孃，我身替孃长受苦。

狱主为人情性刚，嗔心默默色苍茫：
弟子虽然为狱主，断决皆由平等王。
阿孃有罪阿孃受，阿师受罪阿师当。
金牌玉简无揩洗，卒亦无人辄改张。
受罪只今时以至，须将刑殿上刀枪。
和尚欲得阿孃出，不如归家烧宝香。
目连慈母语声哀，狱卒擎叉两畔催。
欲至狱门前欲倒，便即长悲好住来。

青提夫人一个手，托着狱门回顾盼：
好住来，罪身一寸长肠娇子处——
孃孃昔日行悭妒，不具来生业报因。
言作天堂没地狱，广杀猪羊祭鬼神。
但悦其身眼下乐，宁知冥路拷亡魂。
如今既受泥梨苦，方知反悟悔自身。
悔时悔亦知何道，覆水难收大俗云。
何时出离波咤苦，岂敢承望重作人。
阿师如来佛弟子，足解知之父母恩。
忽若一朝登圣觉，莫忘阿孃地狱受艰辛。

目连既见阿孃别，恨不将身而自灭。
举身自扑太山崩，七孔之中皆洒血。

启言：

嬢嬢且莫入，回头更听儿一言。

母子之情天性也，乳哺之恩是自然。

儿与嬢嬢今日别，定知相见在何年。

爹突然停了下来，五月和六月以为又有什么讲究。不想半天爹却不出声，再看，爹的脸上挂着两行泪水。五月忙上前用袖子拭，一边说，爹这是唱戏呢，又不是真的。

爹唏嘘了一下，接着开唱。五月六月听见台外也有不少人在哭泣。

哪堪闻此波咤苦，其心楚痛镇悬悬。

地狱不容相替代，唯知号叫大称怨。

隔是不能相救济，儿亦随嬢嬢身死狱门前。

目连见母却入地狱，切骨伤心，哽噎声嘶。遂乃举身自扑，由如五太山崩，七孔之中皆流逆血。良久而死，复乃重苏，两手按地起来，整顿衣裳，腾空往至世尊之处：

目连情地总昏昏，人语冥冥似不闻。

良久沉吟而性悟，掷钵腾空问世尊。

目连对佛称怨苦，且说刀山及剑树：

蒙佛神力借余威，得向阿鼻见慈母。

铁城烟焰火腾腾，剑刀森林数万层。

人脂碎肉和铜汁，逆肉含潭血里凝。

慈亲容貌岂堪任，长夜遭他刀剑侵。

白骨万回登剑树，红颜百过上刀林。

天下之中何者重，父母之情恩最深。

如来是众慈父母，愿照愚迷方寸心。

如来本自大慈悲，闻语惨地敛双眉：

众生出没于轮网，恰似康蚕兔望丝。

汝母昔时多造罪，魂神一往落阿鼻。

此罪劫移仍未出，非佛凡夫不可知。

佛唤阿难徒众等，吾往冥途自救之。

爹又停了下来。六月问爹，为啥要停下来？爹说，等请的时候到了。

果然，银幕外有人高声大嗓：

我等信众诚心祈请目连仗佛宏力救母，也仗佛宏力解救本社一切罪母，解救社外一切罪母，解救社里社外一切"三涂"罪众。

"目连"答：

目连愿尽全力搭救，只是你等需广修"十善"，力断"十恶"，与佛感应道交，配合于我。

幕外齐呼：

我等愿依教奉行！

如来领八部龙天，前后围绕，放光动地，救地狱之苦处：

如来圣智本均平，慈悲地狱救众生。

无数龙神八部众，相随一队向前行。

隐隐逸逸，天上天下无如匹。

左边沉，右边没，如山岌岌云中出。

崔崔嵬嵬，天堂地狱一时开。

行如雨，动如雷，似月团团海上来。

独自俄俄师子步，虎行侣侣象王回。

云中天乐吹《杨柳》，空里缤纷下《落梅》。

帝释向前持玉宝，梵王从后奉金牌。

不可论中不可论，如来神力救泉门。

左右天人八部众，东西侍卫四方神。

眉间毫相千般色，项后圆光五彩云。

地狱沾光消散尽，剑树刀林似碎尘。

狱卒沾光皆胡跪，合掌一心礼佛尊。

如来今日起慈悲，地狱摧残悉破坏。

铁丸化作摩尼宝，刀山化作琉璃地。

清凉屈曲绕池流，鹅鸭鸳鸯扶泪泪。

红波夜夜碧烟生，绿树朝朝紫云气。

罪人总得生天上，唯有目连阿孃为饿鬼。

地狱一切并变化，总是释迦圣佛威。

目连蒙佛威力，重得见慈母。罪根深结，业力难排，虽免地狱之苦，堕在饿鬼之道，悲辛不等，苦乐悬殊，若并前途，感其百千万倍。咽如针孔，滴水不通；头似太山，三江难满。无闻浆水之名，累月经年，受饥羸之苦。遥见清凉冷水，近著变作脓河。纵得美食香餐，便即化为猛火。孃孃见今饥困，命若悬丝，汝若不起慈悲，岂名孝顺之子？生死路隔，后会难期。欲救悬丝之危，事亦不应迟晚。

出家之法，依信施而安存。纵有常住饮食，恐难消化。儿辞阿孃往向王舍城中，取饭与孃孃相见。

看来要知道太爷和太奶奶是否生天，就得自己修成正果，才能到六道中去查看，如果太爷和太奶奶万一没有生天，还可到佛祖那里求情，否则是没有希望的。因为修不成正果，就连打听个消息都办不到，何况去救。

目连出场时的那段戏词就在六月心里响起，一时间他觉得那不是目连，而是他六月。

佛唤六月而剃发，衣裳便化作袈裟。

登时证得阿罗汉，后受婆罗提木叉。

六月当时在佛前，金炉啪啪起香烟。

六种琼林动大地，四花标样叶清天。

千般锦绣铺床座，万道珠幡空里悬。

佛自称言我弟子，号曰神通大六月。

目连辞母，掷钵腾空，须史之间，即到王舍城中，次弟
乞饭，行到长者门前。长者见目连非时乞食，盘问逗留之处：
和尚食时已过，乞饭将用何为？

目连启言长者：

贫道阿孃亡过后，魂神一往落阿鼻。

近得如来相救出，身如枯骨气如丝。

贫道肝肠寸寸断，痛切傍人岂得知。

计亦不合非时乞，为以慈亲而食之。

长者闻言大惊愕，思忖无常情不乐。

金鞍永绝晶珠心，玉貌无由上庄阁。

但且歌，但且乐，人命由由如转烛。

何觅天堂受快乐，唯闻地狱罪人多。

有时吃，有时著，莫学愚人多贮积。

不如广造未来因，谁能保命存朝夕。

两两相看不觉死，钱财必莫于身惜。

一朝掰手入长棺，空浇冢上知何益。

智者用钱多造福，愚人将金买田宅。

平生辛苦觅钱财，死后总被他分擘。

长者闻语忽惊疑，三宝福田难可遇。

急催左右莫交迟，家中取饭与阇梨。

地狱忽然消散尽，明知诸佛不思议。

长者手中执得饭，过以阇梨发大愿：

非但和尚奉慈亲，合狱罪人皆饱满。

目连乞得耕良饭，持钵将来献慈母。

于时行至大荒郊，手捉金匙而自哺。

青提夫人，虽遭地狱之苦，悭贪究竟未除，见儿将得饭钵来，望风即生吝惜：

来者三宝，即是我儿，为我人间取饭，汝等令人息心。我今自疗，况复更能相济。

目连将饭并钵奉上，阿孃恐被侵夺，举眼连看四畔，左手郭钵，右手团食。食未入口，变为猛火。长者虽然愿重，不那悭郭尤深。目连见母如斯，肝胆犹如刀割：

我今声闻力劣，智小人微。唯有启问世尊，应知济拔之路。

且看与母饭处——

夫人见饭向前迎，悭贪未吃且空争：

我儿远取人间饭，将来自拟疗饥坑。

独吃犹看不饱足，诸人息意慢承忘。

青提悭贪业力重，入口喉中猛火生。

六月开始营救地狱中的太爷太奶，可是关卡重重，总是无法进入。六月飞到世尊面前诉苦。

世尊唤言大六月：且莫悲哀泣。

世间之罪由如绳，不是他家尼碾来。

火急将吾锡杖与，能除"八难"及"三灾"。

但知勤念吾名字，地狱应当为汝开。

六月找遍地狱，未见太爷太奶；找遍饿鬼道，也未找见太爷太奶；又找遍畜生道，还是未找见太爷太奶。

六月又到阿修罗道：

识一六月太爷太奶已否？

诸人答言尽皆不识。

六月又到人道：

识一六月太爷太奶已否？

诸人答言尽皆不识。

六月又到天道：

识一六月太爷太奶已否？

诸人答言尽皆不识。

目连见母吃饭成猛火，浑捶自扑如山崩：

耳鼻之中皆流血，哭言皇天我孃孃。

南阎浮提施此饭，饭有七尺往神光。

将作是香美饮食，饭未入口变成火。

口为悭贪心不改，所以连年受其罪。

儿今痛切更无方，业报不容相替代。

世人不须怀嫉妒，一落三涂罪未毕。

香饭未及入咽喉，猛火从孃口中出。

俗间之罪满裟婆，唯有悭贪罪最多。

火既无端从口出，明知业报不由他。

一切常行平等意，亦复专心念弥陀。

但能舍却贪心者，净土天堂随意至。

青提唤言孝顺儿，罪业之身不自亡。

不得阿师行孝道，谁肯艰辛救耶孃。

见饭未能抄入口，大火无端却损伤。

悭贪岂得将心念，只应过有百余殃。

阿师是孃孝顺子，与我冷水济虚肠。

爹第四次停顿下来时，五月六月知道还愿的时候到了。爹起身在台侧的神案上上了三炷信香，然后带着五月六月向诸神顶礼。礼毕，爹大声向幕外问话：

请问幕外信众，有何愿心要还？

我有愿心要还。

明还还是暗还？

暗还。

请进帐内还愿。

就有一个男子进来，在佛像前磕头，念念有词一番，然后转身向他们爷仨磕头。借了灯光，六月看清是堂叔双代，怎么能够接受他的这个大头，忙要起立，被爹按住。

双代堂叔十分恭敬地退出。

爹又大声问，信众还有谁有愿心要还？

我有愿心要还。

明还还是暗还。

明还。

请讲。

年初天旱，信士弟子曾在心中起愿，愿上苍普降甘霖，救济众生，盂兰盆节弟子出资一份，请唱"目连大戏"。

还愿已毕。

还有愿心要还吗？

有。

明还是暗。

明。

请讲。

犬子外出营生，常有恶梦现前，遂在心中起愿，愿大慈大悲观世音菩萨保佑平安，今年盂兰盆节，弟子出资一份，请唱"目连大戏"。

还愿已毕。

锣鼓重新响起，五月和六月觉得台上台下充满了一种解脱和轻松，包括爹的声音，也是解脱和轻松的。

目连闻阿孃索水，气咽声嘶。思忖中间，忽忆王舍城南有一大水，阔浪无边，名曰恒河之水，亦应救得阿孃火难之苦。南阎浮提众生见此水即是清凉之水。诸天见水，即是琉璃宝池。鱼鳖见此水，即是洞泽。青提见水，即是脓河猛火。行至水头，未见儿咒愿，便即左手托岸良由悭，右手抄水良由贪，直为悭贪心不止，水未入口便成火。目连见阿孃吃饭成猛火，吃水成猛火，捶胸拍臆，悲号啼哭。来向佛前，绕佛三匝，却住一面，白言：

世尊，弟子阿孃造诸不善，堕落三涂，蒙世尊慈悲，救得阿孃波咤之苦。只今吃饭成火，吃水成火，如何救得阿孃火难之苦！

世尊唤言：

目连，汝阿孃如今未得饭吃，无过周匝一年七月十五日，广造盂兰盆，始得饭吃。

目连见阿孃饥，白言：

世尊，每月十三、十四日可不得否？要须待一年七月十五日始得饭吃？

世尊报言：

非但汝阿孃当须此日，广造盂兰盆，诸山坐禅解下日，罗汉得道日，提婆达多罪灭日，阎罗王欢喜日，一切饿鬼总得普同饱满。

目连承佛明教，便向王舍城边塔庙之前，转读大乘经典，广造盂兰盆善根，阿孃就此盆中，始得一顿饱饭吃。从得饭已来，母子更不相见。目连诸处寻觅阿孃不见，悲泣雨泪，来向佛前，绕佛三匝，却住一面，合掌胡跪。白言：

世尊，阿孃吃饭成火，吃水成火，蒙世尊慈悲，救得阿孃火难之苦。从七月十五日得一顿饭吃已来，母子更不相见，为当堕于地狱？为复向饿鬼之途？

世尊报言：

汝母亦不堕地狱及饿鬼之途。得汝转经功德，造盂兰盆善根，汝母转却饿之鬼身，向王舍城中作黑狗身去。汝欲得见阿孃者，心行平等，次弟乞食，莫问贫富。行至大富长者家门前，有一黑狗出来，捉汝袈裟衔著，作人语，即是汝阿孃也。

目连蒙佛教，遂即托钵持盂，寻觅阿孃。不问贫富坊巷，行衣匝合，总不见阿孃。行至一长者家门前，见一黑狗身，从宅里出来，便捉目连袈裟衔着，即作人语，言：

阿孃孝顺子，忽是能向地狱冥路之中救阿孃来，因何不救狗身之苦？

目连启言：

慈母，由儿不孝顺，殃及慈母，堕落三涂，宁作狗身于此？宁在地狱饿鬼之途？

阿嬢唤言：

孝顺儿，受此狗身喑哑报，行住坐卧得安宁。饥即于坑中食人不净，渴饮长流以济虚。朝闻长者念三宝，暮闻娘子诵尊经。宁作狗身受大地不净，耳中不闻地狱之名。

目连引得阿嬢往于王舍城中佛塔之前，七日七夜，转诵大乘经典，忏悔念戒。阿嬢乘此功德，转却狗身，退却狗皮，挂于树上，还得女人身，全具人状圆满。

六月无奈，飞往世尊膝前，绕佛三匝，而白佛言：

弟子遍寻六道，未见阿太，是何道理？

世尊愣神一看，笑言：

因你修成正果，汝阿太已被救出六道轮回，往生极乐世界去了。

六月喜极涕泣，合掌恭敬世尊之后，再次飞身地狱，开始营救外太爷外太奶了。

六月成功地营救出外太爷，接着成功地营救出外太奶之后，终于明白最好的营救是自己修成正果。

六月牢牢地记住了这一发现，他要在戏后告诉五月，告诉爹，告诉娘，如果改弟对他好，还应该把这一机密告诉改弟，还有地地，还有白云……

　　目连启言：

　　阿嬢，人身难得，中国难生，佛法难闻，善心难发。

　　唤言阿嬢：

　　今得人身，便即修福。

　　目连将母于裟罗双树下，绕佛三匝，却住一面，白言：

　　世尊，与弟子阿嬢看业道已来，从头观占，更有何罪？

　　世尊不违目连之语，从三业道观看，更率私人之罪。

　　目连见母罪灭，心甚欢喜，启言阿嬢：

　　归去来，阎浮提世界不堪停。生死本来无住处，西方佛国最为精。

　　感得龙天奉引其前，亦得天女来迎接，一往迎前忉利天，忉利天受快乐。最初说偈度俱轮。当时此经时，有八万菩萨、八万僧、八万优婆塞、八万优婆夷，作礼围绕，欢喜信受奉行。

　　剧终。

　　按照爹的安排，今年由六月扮钟馗收台送猖，六月就手擎钟馗宝像，口念"端为天中醉浊醪，老馗狂态乃人豪。妖魔莫作惊鸿舞，宝剑光寒示尔曹"，先收后台，再收四面八方，然后回到屏幕后，大声宣布：

所有妖魔鬼怪都已经送走，他们发誓从今往后改邪归正，皈依三宝，永不滋扰本社。钟馗保证，所见本社皆是善男信女，孝子贤孙，遂赏你们个富贵相随万万年，百事如意万万年。

最后那个"年"拖得极长极长，就像万万年那么长。

接着，钟馗面朝五猖神"启言"：

五猖神听令！从今往后，你们要恪尽职守，保一社风调雨顺，佑八方四季平安。

五猖神答：

愿听尊令！

钟馗退场。

爹开始揭幕。说是幕，其实是一张白纸。爹把幕揭下来，交给金生。金生身边是几位社员，他们每人手里是一把剪刀。等金生把幕折成等份，他们便按折剪开，另几位社员往上快速地盖好印着目连头像和"百善孝为先"配字的戏印，开始给等在台下的社员分发。六月看见，当大家拿到这一方盖着大红像章的拓片时，已经真正富贵相随，百事如意了。

中秋

　　太阳照到院墙上时，爹带五月和六月到后院下梨。爹先站在梯子上下低枝上的梨。阳光在树缝里流淌，梨也在爹的手里流淌。一只只梨回家似的往爹手里赶。爹把手一伸，一只梨就扑过来，把手一伸，一只梨就扑过来。不一会儿，爹胳膊上的竹篮子就满了。给我一只呀，六月说。爹说，还没供呢，小馋猫。六月说，树早供过了，都供了一年了。爹说，那是树在供，可是我们还没供呢。六月说，啥时候供呢，还是等到月亮上来吗？爹说，对啊，明知故问。六月说，那让人咋能等得住，把人牙都等长了。五月说，那好啊，正好我们可以当拴狗橛啊。六月白了五月一眼，说，拴你女婿。五月就做出一个扑的姿势。六月把屁股一撅，跑掉了。

　　平时六月嚷着要摘梨吃时，爹总是说等到八月十五那天，你想吃多少爹就让你吃多少。可是好不容易等到八月十五，爹却说还是要等到献完月亮。六月就觉得这月亮真是太不通情达理了，什么好吃的都要它先尝。又觉得这样想有些不恭敬，于是坚定了意志，回到树下，看爹下梨。明明是摘梨，爹却叫它下梨，什么意思呢？只见爹把手往梨上一搭，梨就自动落在爹手里了，就像早等着爹来摘似的，就像是爹的干儿子似的。

　　一树的梨就这样到了篮子里，从七杈八股的梢上到了篮子里，通过爹的手，真是有意思。平时再寻常不过的爹的手，一下子有意思起来，神秘起来。

　　高枝上的梨爹够不着，爹把脖子伸得像灯影儿一样，还是够不着。爹就看六月。六月明白爹的意思，开始上树。爹说，等等。六月问，还等啥？爹让五月去取一个挎包过来。五月就跑回去取了娘给她用碎布拼的花挎包，从六月头上挎下去，这让六月看上去就像一个披红出征的战士。六月呸地向手心唾了一口唾沫，搓了搓，开始上树。六月上树的动作之快跟猴子差不多。

　　六月猴子一样在树枝上荡着。爹仰着头，举着篮子，既像是盛梨，又像是随时准备盛掉下来的六月。六月摘完一个枝，下来把挎包里的梨腾到爹手里的竹篮里，摘完一个枝，下来把挎包里的梨腾到爹手里的竹篮里。五月希望六月能够停下来，看她一眼，但是六月狂欢在他的收获里，压根就不往地下瞅。

摘到最后一只梨时，六月的心突然一软，住了手，回头看爹。爹用目光询问六月什么意思。六月说，还是给树留一只吧？爹就嘿的一声笑了，说，如果你想留，就留一只吧。六月就刷地一下从树上溜下来，如同一滴露水。

再看眼前的梨树，一下子轻松了许多。六月的心里也是一个巨大的轻松。五月上前啪啪啪地拍他身上的土，这让六月很受用。六月大红公鸡一样张着胳膊，让五月拍，就像刚刚打了胜仗归来的杨宗保似的。爹从篮子里挑了两只掉在地上摔开口子的给六月和五月。六月说，你不是说要等供完月亮才能吃吗？爹说，不全的果子不能供，你们就先演习吧。六月问，为啥不全的果子不能供？五月说，这还要问吗？不全的果子供神不恭敬。六月说，我又没有问你。五月说，我也没给你说。说着，在衣袖上擦擦土，吃了起来。六月就在心里对五月生起一个佩服，人家五月和自己打嘴仗，却没有忘了擦梨身上的土，而自己还在想着下一句话呢，就立即咽掉下一句话，干脆省略了擦这一个环节，直接动嘴。

第一口梨到嘴里的时候，六月的小身子打过一个长长的战栗。六月后来回想，那也许就是"化"的感觉。六月一下子明白了人们为啥要叫它化心梨。六月从五月的脸上也看到了那种"化"。六月想说说自己的体会给五月，但看五月沉浸在"化"里，就忍住了。

不多时，五月手里的梨就没了，只留一个梨把儿在双唇间，就像一只松鼠，身子已经钻进洞里，尾巴还在外面。但那尾巴是长眼睛的，看着六月，一眨一眨。六月就学着五月的样子，也留了一个尾巴，看着五月，一眨一眨。谁想就在这时，五月抓着尾巴，出来的却是整个松鼠。六月傻眼了。六月没有想到，五月居然像娘削面片一样，把梨削下去，可是最后还有一个梨在，只不过变成了梨儿子。五月炫耀地看着六月。六月把梨把儿举在眼前，才发现自己连核都消灭了，空留了一个孤零零的把儿在手里。

五月看见六月的眼睛有些潮，就把手里的梨儿子递给六月。六月摇了摇头，说，爹说男子汉做事要快。五月就借机把梨儿子又收回去，说，我就喜欢慢。说着，把梨儿子搭在牙上，开始下一轮削。这时，六月惊讶地发现，五月甚至连削都不是，是用牙刮，就像娘用刮刀刮土豆皮一样。这不是慢，这是细，六月说。五月说，我就喜欢细。六月说，喜欢你就嫁给细啊。五月这次没有追着打六月，仍然沉浸在她的细中。六月有点恼，她居然无动于衷。喜欢就嫁给细啊，六月大声说了一遍。五月仍然像没听到似的。六月想，她大概是被梨精给迷住了。哎哟，蛇！说着跑起来。不想五月还是像没听到似的，一只眼睛沉浸在她的细中，一只眼睛看着六月。六月就理解了爹常哼的一个调儿，你有你的连环计，我有我的老主意。这时，五月停了刮，把梨儿子又放进嘴里去。六月的心就酥了。

六月的心里有了一个主意，明年摘梨时，要多让几只梨掉在地上，这样就可以让它不全，不全就不必非要等到供月。但几乎就在同时，六月就把这个想法否决了。因为他发现这有点像娘说的鬼主意。娘说一个人心里有了鬼主意时要招鬼的，要不吉祥的。

当梨再次从五月嘴里出来时，变成了孙子。五月十分真诚地把梨孙子递给六月。六月没有接。五月坚持着，目光坚定、动人、不容推辞。六月只好接了。六月把梨孙子放进嘴里，一股姐姐的味道弥漫开来，通过牙、牙根，"化"遍全身。

回到屋里，爹让五月和六月数数一共多少梨。五月和六月就数。数着数着，六月问五月，姐，你说是嘴幸福还是手幸福？五月说，我听不明白。六月说，如果是嘴幸福，现在它却干歇着，如果是手幸福，它可以把这么多梨摸个遍却不能尝出味儿，你说是谁幸福？五月被六月的话惊大了眼睛，你是咋想到这么怪的问题的？六月说，怪吗？少见多怪。五月说，那你说是手幸福呢还是嘴幸福？六月说，我也说不上，各有各的幸福吧。五月说，哈哈，爹让我们数数儿呢，都叫你捣乱了。

二人就收了刚才的问题，重新数。可是还没数到四十呢，六月又说，我觉得手是能够尝出味儿的。五月说，真的？六月说，骗你干啥。五月问，啥味儿？六月说，说不来，但和舌头尝到的那个不一样。五月说，你还日能，我咋尝不出来？六月说，你闭上眼睛，细细地摸。五月就闭上眼睛，细细地摸。

多少梨？爹从门外进来。二人才发现把数数的事又给忘了。五月要说话，六月抢在前面说，八十五。爹说，真巧啊，八月十五，八十五只梨，真巧。五月说，其实是八十七个。爹问，为啥是八十七个？五月说，还有掉在地上的两只。爹说，也是天意，正好有两个掉在地上，这一掉，就掉了个巧出来。六月就明白了爹心里的那个巧，也觉得这两只梨真是好懂事，就像存心要成全这个巧而奋勇献身似的。六月给爹说了自己的想法，爹赏识地看了六月一眼，说，知道老古时用一个啥词来表达你刚才说的意思吗？六月说，不知道。爹说，牺牲。六月说，牺牲不是死了吗？爹说，那是电影上演的，牺牲的真正意思是供献。但六月又立即想到，这个巧是假设的。

就在六月思谋着如何把这个假设变成真的时，爹接着问，我考你们两个一下，你说这八十五只梨该咋分呢？六月抢先说，给卯子家五只，剩下的全是咱们家的。爹看五月。五月说，还应该给瓜子家五只。爹奖励给五月一束赞赏的目光。然后说，正月十五爹让你们给卯子和瓜子家送灯盏，是因为卯子家有孝不能做，瓜子家不会做，其他人家都有，可这化心梨啊，村里就咱们家有，你说该咋办？五月说，那就每家一只。六月心里一抓，那要十几只啊。爹摇了摇头说，一只咋能送人。五月说，那就两只。六月说，一只行了。爹说，六月这就小气了，一只让他们咋分？有些人家有几个小孩呢。六月小声说，谁让他们不栽，咱们家树上结的，给他们一只都不错了。爹说，是吗？这梨树名义上是咱们家的，但又不是咱们家的。六月要说话，被爹阻止。爹接着说，这一个梨树要长成，需要阳光、地力、水等等。阳光不是咱们家的吧？水不是咱们家的吧？就算阳光是照到我们院里的，水是下到我们院里的，可是当初的那个树种呢？既不是爹造的，也不是娘造的，说白了，压根就不是人造的。六月问，那是谁造的呢？爹说，你说呢？这是第一个不能独占的道理。第二，这任何东西，大家分享才有味道，比如，你娘给你做了一件花棉袄，你穿上的第一个想法是啥呢？是让别人看见。这梨也同样，大家一起吃，就有味道，再说，你吃一只是梨的味道，吃两只还是梨的味道嘛，既然都是梨的味道，还不如让大家都尝尝，你说呢？六月的嘴还是嘟着。爹说，如果还想不通，你就想想那梨树，这八十七只梨都是它辛辛苦苦结出来的，可是它自己又吃掉多少呢？

六月被爹的话一怔，只觉得心里有无数的窗户一下子被爹打开了，平时再平常不过的梨树一下子高大起来。六月问，那送几只呢？爹说，不是让你们算了吗？每家五只，十二户人家，六十只，还余二十五只，给你哥和姐各留五只。当爹说到哥和大姐时，五月和六月心里惭愧了一下，他们都忘了，爹却没有忘。爹接着说，然后还有十五只，是咱们的，你们看爹的这道算术题做得咋样？五月和六月面面相觑。

爹说，如果没有不同意见，你们二人就赶快去送。但二人却迟迟不肯动身。

爹笑着说，还想不通？六月看看五月，五月看看六月。最后，六月说，爹你还是再数一遍吧。爹说，你们不是数过了吗？六月说，我数了八十五，我姐说她数了八十四。然后立即用目光把五月的嘴堵住。五月会意，掩了嘴笑。

爹就数。五月和六月的心就咚咚咚直跳。爹小心地把梨数完，赏识地看了一眼六月，说，我们六月看来是个学算术的料子，没错，就是八十五。六月和五月就整个变成一对惊讶。

装了梨的绣花挎包有些沉，六月先要自己背，但背到身上发现迈不开步子，只好交给五月。不知为何，六月看着背了梨的五月像是一个梨树。六月把这一发现告诉五月。五月说，如果是梨树才好呢，春天可以开那么漂亮的花，秋天可以下那么多果子。六月说，看把你美的，那你变成梨树啊。五月说，如果我变成梨树，你就做我树上的梨吧。六月被五月的话惊了一下，是啊，假如自己也是一只梨呢？那今天是该留在自己家里，还是送给别人家呢？假如送给别人家，那该在谁家留下来呢？白云家吧，留在白云家让白云吃掉吧。吃掉不就没了？就有一只梨在白云的手里，一块一块少着，最后只剩一个核了。六月看见，白云最后干脆把那核都吃下去了。六月的旅行就开始了，他先碰到的是白云的白牙，然后是肚子，穿着红花肚兜的肚子，然后是肠子，花花肠子。不多时，白云的肚皮上就长出一棵梨树，开白花，散香气，招蜂引蝶。那还不如让五月吃了呢，那树就可以长在自己家，长在自己家炕头上，一树的梨，平时他躺在被窝里一伸手就可以摘到它。

汪汪汪。听见狗叫，白云从院里跑出来，抱了狗的头，示意五月六月进门。五月六月用目光把花狗批判了一通，迅速地进门。白云娘已经揭起上房门上的花门帘。五月六月亲戚一样进门，却没有上炕。五月把身子一扭，六月从包里往出掏梨。白云娘说，你爹呢？六月说，在家呢。白云娘有些意外地说，啊，他是提前培养掌柜的啊？五月说，对，我爹说，等白云一进门，他就把掌柜的交给六月。六月的脸就红了，庄严了神情，一只一只往出掏梨。往出掏第三只时，白云进来了。六月看见，眼前的白云就像一朵白云。

够了够了。白云娘过来把挎包口子系上了。六月说，我爹说每家五只，放不够他会生气的。白云娘说，你爹也真是，就一棵梨树，能结多少呢，全贡献了。但六月还是坚持又掏出两只，然后告别。不想白云娘却让他们等等，说着，快步出门。五月六月要走，被白云拦在门口。

不多时，白云娘端了一碗花红果过来。五月六月推辞着，白云娘不由分说，解开五月身上的挎包，倒在里面，说，这是讲究。

五月六月没有想到，往出走时挎包是满的，往回走时更满。二人汇报战果似的往面板上掏着战利品，一边掏一边给娘作解说，这番瓜是谁家的，这花红是谁家的。

说实话，往出走时，他们的心里多少有些舍不得。这一树梨可是他俩看着长大的，从豌豆那么大一点儿直到现在的样子。现在，他们却要把它们送到别人家去，不由人心里酸酸的。但当把六十只梨送到十二户人家，看到大大们的感激，听到他们的夸奖，特别是当他们想方设法从家里搜寻着给他们姐弟俩装各种好吃的东西时，他们就为出门时的小气惭愧，心里暗暗升起对爹的佩服。

现在，厨房面板上少了六十只梨，却多了数不清的番瓜、茭瓜、苹果、花红、玉米，等等。阳光从窗户里照进来，落在这些瓜果上，有一种别样的味道。六月蹲在灶门前，细细地打量着这些物儿，思绪像房檐上的燕子一样翻飞。真是有意思，自家的梨到了别人家，别人家的东西到了自己家。原来这个"自己"和"别人"是可以变换的。六月突然想起爹的那句话，阳光不是我们家的吧，水不是我们家的吧，那阳光是谁家的？水是谁家的？

六月去上房找爹，爹不在。就到后院去问娘。正赶上娘挑了水往回走。五月提着一篮子麦秸秆，看来要下长面了。每次要下长面时，娘就要姐从草垛上撕些麦秸来。娘说麦秸火硬，好下面。真是有意思，长面是小麦磨的白面做的，而下长面却要麦秸，这不是自家人烧自家人嘛。上次帮娘烧火时，他想到这个问题，给娘一说，差点把娘笑死。娘从笑里出来，说，这个烧不是很厚道嘛，麦秸让麦穗在它身上长成，最后还要把它烧熟，这麦秸真是够厚道的，最后自己落了个啥呢？

可是麦秸为啥不直接烧长面，而要隔着一个锅，锅里还要有水？正在切面的娘像是被谁掐了一把似的，停下手里的刀，回头看六月。说，你的个小脑瓜里咋这么多稀奇古怪？六月说，本来嘛。娘跟它们打了一辈子交道，都没有想到这个问题，你往灶门上一坐，问题就比娘刀下的长面还多。六月说，本来嘛。不过这还真是一个问题，那你告诉娘，为啥不直接用麦秸烧长面，而非要有一个锅，锅里还要有水呢？老天爷就造了这么一个理儿，六月学着娘的口气说。娘被六月惹笑了。平时，每当六月向娘问一些不好回答的问题时，娘就说，老天爷就造了这么一个理儿，要问，你问老天爷去。但六月还是想知道个究竟。

就去问爹。爹想了想说，这锅里面是水，锅外面是火，中间是铁，而锅里下的面条是从土里长出来的，可以看作土，麦秸是木，你看看，这不是金木水火土都全了吗？而只有金木水火土全时，我们才能吃到美味，一顿饭是这么做熟的，一个人也是这么成熟的。六月觉得爹的话里有话，却不能明确，但觉得爹毕竟让他把一个混沌的问题分成了渠渠道道儿，心里又给爹加了一个佩服。

但今天六月没有跟着娘去烧火，六月独自去了井边。六月趴在井边，伸长脖子往井里看。他想看看这水到底是怎么回事。但是井里没有答案，只有一个六月。原来水就是本大人啊。那知道了本大人是谁造的，不就知道了水是谁造的吗？

六月立即跑回家，问娘，我是谁造的呢？不想一句话把娘的腰给问折了。六月看见娘被自己的一句话拦腰一刀砍倒了，就像爹一刀把一株玉米砍倒一样。五月见娘捂了肚子蹲在地上，急问娘咋了。一个劲地在娘背上拍。六月见状，忙出去叫爹。爹正好从大门里进来。六月一把拉了爹就往厨房跑。爹问，咋回事？六月不说话，只是拉了爹快跑。爹到厨房，见娘蹲在地上笑。六月才知娘又是假死，出了一口长气。

过了好半天，娘才缓过气来，说，你也不管管你这个儿，我迟早就被这个下家笑死了。爹看六月。六月有点莫名其妙，觉得这个问题没什么好笑的啊。

吃过午饭，爹和娘要上地。六月说，过八月十五还上地啊。爹说，土豆也想回家过八月十五呢。六月一愣，心想爹说得对，大过节的，独把土豆撇在山上，冷清清的，的确让人心里有些不忍。

爹和娘挖着，五月和六月捡着。五月和六月表现出从未有过的干劲，他们恨不得爹和娘一锄下去，把剩下的土豆全挖完，好早点回家过节。

突然，娘停了锄说，你大姐和你姐夫来了。五月和六月向山头一望，果然过来两个人。

六月和五月就跑到山口去迎。真是大姐和姐夫。突如其来的亲切像山口的风一样快要把五月和六月的小身子吹斜了。二人从姐夫手里接过包。五月背了大的，六月背了小的，向土豆地里走去。大姐问五月和六月咋知道他们来了。六月抢先说，我有千里眼。五月说，听他骗人，是娘先看见的。五月要看外甥，姐说等过了风口。过了风口，大姐把被子揭开，小外甥的脸露出来，就像一个刚出锅的白面馒头。六月要抱，可是到了怀里却发现自己的胳膊不够用，只好还给姐。

姐夫问，四月回来了吗？六月说，没有。五月说，他们本来要回来呢，爹不让来。姐夫问，为啥？五月说，路太远，回来一次要花好多钱呢。六月突然记起一个问题，姐夫你说小满现在坐车需要买票吗？姐夫说不需要。六月就地跳了一丈子，拍着手给五月说，看，看，我说不买，你硬说要买。五月服输地笑了笑，问，小满多大时坐车就要买票？姐夫说，像你这么大时坐私人车就要买半票。五月心里就略微难过了一下，看来这长大不是一件好事。五月又问，六月坐车需要买票吗？姐夫说，六月不需要。六月就高兴得直给五月连着做了三个鬼脸。

到了地里，爹和娘停下手中的活，娘拍拍身上的土，接过姐怀里的外孙，眼睛都冒水了。爹给姐夫旱烟袋，姐夫接过，抓了一撮烟叶，先给爹卷了一支，然后给自己卷了一支，点火抽着。

爹问，两个老人身子骨都硬朗吧？姐夫说，还都硬朗。爹说，形式上分开过了，但心里不能分，平时要跑勤些，人老了容易恓惶呢。姐夫说，一直按您说的做着呢。说着，掏出一板水烟给爹，这是他爷爷给带的。爹接过，拿到鼻子前闻闻，看着姐夫说，现在还哪里来的这好东西？姐夫说，一个南里的老伙计正月里来看他时送了两板。爹的目光就稠住了。六月看着，有些不解。接着，爹问姐夫，土豆挖完了吗？姐夫说，挖完了。高粱割倒了吗？割倒了。比去年好一些吧？好一些。老院里呢？也挖完了，割倒了，昨天我们两口子过去把剩下的一些帮着挖了。爹欣赏地看了姐夫一眼，说，好，好。

六月吃不透这些话里的意义，却喜欢听。

娘要收拾了回家。姐夫说，不多了，挖完吧。大姐说，就是，不多了，挖完让土豆也回家过八月十五。六月转身，大姐正在给外甥幸福喂奶。六月吃惊地发现，大姐手里的那个奶子就像一个白梨。

姐夫和爹开始挖起来，娘要起身捡，被大姐拉住，大姐把幸福从奶子上拽下来，交给娘，上前换了爹，爹就和五月六月捡。不一会儿，就把剩下的半块地挖完了。姐夫拉了架子车，五月和六月在后面推着，爹、娘和大姐在后面跟着，回家，那种感觉，真是美极了。

一家人坐在上房炕上吃长面。

吃第二碗时，六月看了一眼五月。五月往嘴里捞着长面，目光却在姐夫拿来的西瓜上。六月看见，五月的目光里有无数个舌头在动呢。六月的目光就直接变成无数个牙。但六月马上想起娘说过只要是别人没有允许的东西，占了都算是偷，就把那些牙咽到肚子里，专心地吃长面。这时，一个问题出现在他的脑瓜里，切开的西瓜还是西瓜吗？五月说，当然是啊。六月说，那为啥要切开？五月说，只有切开才能吃啊。六月说，你女婿到时也把你切开吃吗？五月一怔，板起脸，你咋说这么流氓的话？六月说，谁流氓，娘不是说男人把女人追到手叫"吃情"吗？五月说，那叫"痴情"，我的瓜蛋。六月说，我觉得就是"吃情"。惹得大家笑得差点没把饭吃到鼻子里去。

吃完长面，爹就催大姐夫和姐回家。娘说，大老远的来了。爹说，幸福二叔在外边上学，那边老院里只有老两口和一个小丫头。娘说，那就让他姐夫回去，让三月浪两天。爹没有反对。娘就到厨房给姐夫装了一大包东西提过来。姐夫说，太多了。娘说，一半是给老院里的。爹一脸的满意，笑着，手里举着一块砖茶。姐夫说，他爷爷喝的茶有呢。爹说，有是他的有，这是我的一点心意。姐夫也就没有推辞，装在包里了。

一家人就送姐夫到村口。

这让五月和六月倍感遗憾，好在大姐和外甥最终留了下来。大姐将外甥交给他俩带着，帮娘到厨房烙月饼。不一会儿，就有麦面的味道、蜂蜜的味道、清油的味道、花生的味道、核桃的味道从厨房门里出来。五月和六月觉得，八月十五正式开始了。

夜色大幕一样落下来，爹咳嗽了一声，上房里的灯就亮了。但五月和六月仍然不愿意进屋，沉浸在香喷喷的夜色里。天上的繁星一点点地亮起来，如同一个个从远方归来的小人儿，又像一个个从梦里睁开的眼睛。

你说，瓜有眼睛吗？六月问。五月说，当然没有。六月问，为啥就没有？五月又说，其实有呢，只是我们看不见。

就有无数的眼睛在六月的肚子里同时睁开了。六月觉得肚子里一片光亮，就像星空。六月看着这个星空，突然觉得有些害怕，他们居然要把这么多看不见的眼睛吃到肚里去。最后，肚里就是一个眼睛的世界。但瓜分明是圆的，它的眼睛长在什么地方呢？如果它有眼睛，那么它的鼻子呢，嘴呢，屁股呢？

嘿，六月被自己的想法惹笑了。五月问，你笑啥呢？六月说，我在想瓜的嘴该是个啥样儿。五月说，是啊，瓜的嘴该是个啥样儿呢？它每天都吃些啥东西呢？六月定睛瞅了一会儿五月，说，苦。五月不解地问，啥？苦？六月说，娘不是说，吃得苦中苦，方得甜中甜嘛。五月先是一愣，然后捂着嘴咯咯地笑起来，报蛋的小母鸡似的。六月说，小心吓着幸福。五月的笑声就噌的一声断了。五月噎了一下，又一下，刹住车，不好意思地看着怀里的幸福。

月亮就从幸福的黑眼仁里升起来了。

六月飞速跑到上房，把早已准备好的供桌抱到院里，又反身，一丈子跳回上房，爹已经在炉子上给他把水温好了。他几下子洗过手脸，转身飞到厨房。大姐已经把供品准备好了。六月怀着无比的神圣感把供品盘子端到院里。爹已经把香炉摆在供桌上了。

供献开始。供桌上有五谷、瓜果、蜂蜜、净水，有热气腾腾的月饼，有姐夫拿来的水烟，还有月光，西瓜瓢一样的月光。

爹点燃一炷香，插在香炉里，说：

> 日月无声，昼夜放光。
>
> 天地不语，万物生长。
>
> 桃李无言，下自成蹊。
>
> 君子盛德，耕耘无声。
>
> 如来境界，无有边际。
>
> 有情众生，知泽知惠。
>
> 谨具牺牲，顶香奉献。
>
> 聊表寸心，伏请尚飨！

接着磕头。五月六月就跟着磕。平时再寻常不过的院子，现在一下子神秘起来，六月的额头一落在上面，就有团团仙气直往脑门里钻。

然后，一家人静静地坐在院台上赏月。

三缕香烟信使一样向天上飘去，直飘进月神的鼻孔里了。月神抽了抽鼻子，低头向下界看了一眼，开始下凡。六月听见月神说，我们先去六月家吧。众神听令，齐向六月家而来。月神在空中行走的声音悄无声息又惊天动地。不一会儿，院子里就落满了五颜六色的神仙，堆满了他们带来的吉祥和如意、心想和事成、风调和雨顺、五谷和丰登、幸福和平安。

一炷香着完时，众神离去。五月和六月跪在供桌前磕了三个头之后，把仙气袅袅的供品搬运到上房。按惯例，当晚享用西瓜，其他供品按人头分发。五月和六月抢着给爹、娘和大姐递瓜，神情沉稳，其实口水已经把舌头淹过了。爹和娘只吃了两牙就不吃了。大姐不停地把瓜牙吃出一个尖儿，喂进幸福嘴里，让五月和六月看着很着急，但大姐却是一脸的耐心和欢心。

盘子里剩下最后三牙瓜时，六月把一牙放在大姐的面前，他和五月每人拿了一牙，出去坐在院台上，就着月光慢慢地品。

你说我手里的瓜和你手里的瓜有啥不同呢？六月突然问五月。五月有点生气地说，人家正在品味呢，被你个扫帚星破坏了。六月没有在意五月的生气，接着说，一个西瓜能分成这么多牙儿，一个人咋就不能分成这么多牙儿呢？五月睁大了眼睛，说，怪死了，人分成牙儿不就死了吗？六月说，那西瓜分成牙儿也是死了？五月一怔，心想原来我们这是在吃着西瓜的"死"，可是它明明是甜的，难道"死"是一种甜？或者说只有死了才能甜？

最后一牙西瓜在五月和六月的手里变成一张纸时，六月说，你说甜现在还在吗？五月说，不在了。六月说，我觉得还在呢，如果不在，你咋能知道它不在了？五月不懂六月的意思，一脸茫然地看着他。过了会儿，说，你的意思是，只要知道，就永远在吗？六月点了点头，却有点不彻底。接着说，再说，这一想，不是心里还有一个甜吗？既然一想它就在，我们为啥不想，还要吃呢？五月说是啊，假如一想就能够饱，我们就不需要种地了。六月说，可是我们大多时候吃东西不是为了饱。

五月的脑门上就透进一束月光，直把她的心房照亮了。对啊，就像我们刚才吃西瓜，就不是为了饱，而是为了甜，人咋就这么喜欢甜呢？

爹叫六月。六月进屋，爹说，今年你给咱们主持分供品吧。六月就分，六月的目光在大家脸上扫上一圈，眼珠子一转，分掉一样，扫上一圈，眼珠子一转，分掉一样。最后分梨，十五只梨，每人三只不够，两只余出三只，六月就拉过五月，在五月耳边悄悄说了几句，五月赞同地点了点头。剩下的三只梨就到了爹、娘和姐面前。那多出的三只梨就在爹的脸上开了花。知道今晚的月光为啥这么亮吗？爹问。五月和六月问为啥。爹说，就是因为我们五月六月的公道啊孝心啊。说着，从他的份儿里拿出两只梨，两只花红，两个月饼，分别放到五月和六月的份儿里，这是爹对你们的奖励。娘和大姐跟着拿，五月和六月坚决不要。那娘就替你们存着，娘说。大姐说，看来我们六月长大当官，一定是个清官。六月问，啥叫清官？大姐说，就像你刚才这样分梨。六月说，那五月呢？大姐说，五月当然是清官姐啦。

分完供品，一家人坐在炕上继续赏月。赏了一会儿，娘说，天凉，会凉着幸福的。说着把窗子关上了。

五月和六月不愿意就此结束八月十五。他们先到后院看了看梨树，再到大门上看了看榆树，再到牛圈里看了看大黄，再到羊圈看了看咩咩，还是不愿意回屋，就并排坐在院台上，撑着下巴，静静地看着月上中天。

哎哟妈，五月叫了一声。六月一看，原来是花花从窗子里跳出来，蹲在他们两个中间，瞅瞅五月，又瞅瞅六月。六月无比亲切地在花花背上抚了一下，花花就顺势在他和五月的腿侧卧下来。

六月的目光再次回到月宫，六月看见，月神吃完东家吃西家，吃完赵家吃李家，直把个大肚子撑得像个铜锣了。这不，玉兔正给他扫炕呢，嫦娥正给他稳枕呢。天上的这家人真是够幸福的，点灯不用油，耕地不用牛，吃饭不用愁。可是，我怎么没有看见他老人家动一口西瓜呢？莫非一个西瓜可以被吃两次？或者无数次？既然月神吃完他们还能吃，那他们吃完，那西瓜还应该在的，还有一种什么人在接着吃？六月的眼前就出现了五花八门的各种各样的人儿，喊里咔嚓地吃着已经被他们吃掉的那个西瓜，嘿嘿，一个西瓜上结着这么多嘴。

六月的问题又来了，你说我们两个吃的西瓜是一样的吗？

五月说，当然啊。

一样的咋有的进了你的肚子里，有的进了我的肚子里。

那就不一样。

不一样为啥在一个瓜上？

那你说你和我是一样的吗？

当然不一样。

不一样咋都在一个家里？

在一个家里就是一样的吗？

当然啊。

那你说这个家里既有人，还有牛，还有羊，还有鸡，还有猫，难道我们都是一样的？

是啊，这个家到底是怎么回事呢？怎么里面既有人，又有牛，又有羊呢？他们和这些牛、羊，还有鸡、猫、燕子，该是一种啥关系呢？说大家是独立的，又在一个家里，说在一个家里，大家却是独立的，而且，大姐当初也在这个家里，长大后却不是了，但她又能回来，那就是说大姐现在有两个家。大姐为啥非要嫁人呢？为啥女孩子一长大就要嫁人呢？一想到自己将来也要像大姐那样嫁人，走出这个家，五月的心里一下子难过得要死。五月想到了她和六月送出去的那些梨，也许送出去的都是女梨，留在家里的都是男梨。这样一想，眼前的六月就透出一股主人味儿，亲戚味儿。嘿嘿，原来她和六月是亲戚呢。总算还是亲戚，五月想。

姐夫这会儿该干啥呢？六月问。五月说，肯定也在赏月呢。哥和嫂子这会儿也在赏月吗？五月说今晚谁还不赏月啊。六月说，你说这月亮咋这么日能，天上只有一个它，却能照到万家来。五月说，那是因为它在天上。六月说，看来，我们得想办法到天上。五月说，那你得变成鸟。六月说，爹说过鸟飞的那个天其实并不是天，真正的天是人的心。五月说，那月亮在的那个天呢？难道是一个人的心？假如那是一个人的心，那个人该有多大呢？六月想了半天，也想不出来那个人到底有多大。

　　夜深了，五月和六月关了大门，准备回屋睡觉。就在这时，六月看见了一个月亮小子。姐，你看，月亮在喝水哩。五月顺着六月的手指看去，院台上的小花碗里果然有一个月亮仔儿。那是娘今天给燕子新换的水碗。两人兴奋得不知道如何是好。

　　突然，六月扔下五月飞速向厨房里跑去。五月问，干啥去？六月说，到时你就知道了。转眼间抱了一摞碗过来。五月会意，到上房提了水壶出来。六月说，爹说供月要天麻麻亮从井里打的第一桶水。五月就又跑到厨房，把锅台上爹天麻麻亮打来的专门供月的半瓦盆清水端来。

　　五月和六月发现，只有水安静下来，月亮才会出现。五月和六月还发现，只要有多少碗，就会有多少月亮。六月觉得这些道理太大了，也太厚了，厚得让他想不透。原来月亮是掌握在他们自己手里的。六月说，只可惜，再没有碗了，假如我们家有一千口碗就好了。五月说，够了，娘说做任何事够了就行，多了，就是贪了，贪了要招魔的。六月想想也是。

二人就蹲在桌前，静静地守候着被他们养在水里的月亮之鱼。谁会想到，这平时高高在上的月亮，现在却离他们如此之近。

六月说，我们该叫爹、娘和大姐一起来看。五月说，他们早睡了，你看，灯都灭了。六月的心里就生出一个遗憾。六月在想，对于爹、娘和大姐来说，这些月亮，这些美得人骨头痒的月亮还存在吗？

天上的嫦娥就笑了，嫦娥给吴刚说，你看那两个小家伙在生产月亮呢。吴刚说，对，地上的人都喜欢种，他们在往水里种月亮呢。嫦娥说，那就多给他们些月亮种子，让他们种个够。吴刚就把手里的篮子一倾，就有铺天盖地的月亮种子撒下来，在五月六月心里哗地变成一千个湖泊，亮晶晶的水面上，开满了荷花一样的月亮。五月六月终于相信了爹的那句话，鸟飞的那个天不是真正的天，真正的天在心里。

要说，他们才是真正的月亮种子呢。嫦娥说。

你说啥？六月问五月。五月说，我没有说啥啊。六月说，我明明听见你在说。五月把眼睛睁得像圆月一样，说，真的？六月说，真的。五月说，莫非是月亮在说？六月就动摇了，也许真是月亮在说？假如是，它在说啥呢？

五月说变就变，六月跟着。五月说她要开花了，说着，哗的一声，把天都开白了。六月说他要结果了，说着，刷的一声，把地都压沉了。一村的小子仰着小脑袋咽着口水看着他们，等着八月十五的到来。八月十五就来了。化心梨的香味河水一样在村里流淌，他和五月在河水的这头，爹和娘在河水的那头，大姐、姐夫、哥和嫂子在船上，外甥幸福和侄子小满向着他招手。六月想乘船，却怎么也拔不动腿。原来他的根在大地上。六月用力一拔，就从地底拔出一个大西瓜，一个比天还大的西瓜。六月就把上船的事给忘了。六月在找刀。刀就来了。一把比电影布景还大的刀，从空中呼啸而来。接着，他看到了无数像他和五月一样的手，拿过分开的西瓜牙，向一个个嘴里送。接下来，他就到了一个大得无法想象的肚子里。五月喊他出来。他说，找不见门啊。五月说，你咋进去的就咋出来啊。六月想自己是怎么进来的呢？从肠子里进来的。他就从肠子里往出爬。接下来呢？当然是一个人的肚。再下来呢？当然是一个人的嘴。再下来呢？当然是一个人的手。再下来呢？当然是那把刀，明晃晃的。六月想看清楚拿刀的那个人，不想怎么也看不见。最后，他发现那人就在他看不见的地方。

六月被吓醒。看五月，五月还在梦中。

六月从未有过地感到醒着的美好。

那是一种比甜还甜的味道。

他想立即告诉五月，但五月睡得正香呢，不忍心叫她。犹豫之间，舌头醒来了。舌头告诉他，六月想吃西瓜了。他知道，那是明年的中秋。

没有瓜还有梨啊。六月揭开被头，拿出分给他的三只梨，却拿不定主意先吃哪一只。最后哪一只都没有舍得吃。送给乡亲的那些呢？肯定已经被他们消灭了。一想到被他和五月亲手送出去的六十只梨已光荣牺牲，六月的眼泪就出来了。

六月真是既伤心又感动。

重阳

六月被娘叫醒时，还拖着一个长长的梦的尾巴。六月拖着那个梦的尾巴，像梦一样枝枝蔓蔓地穿着衣裳。五月看着六月拖着梦的尾巴穿衣裳的样子，忍不住在那胖墩墩的脸蛋上拍了一巴掌。六月就顺势倒在五月的怀里。五月喜欢六月倒在自己怀里的感觉，却不愿意承认这种喜欢，于是身子一闪，让六月滚在炕上，压得梦的尾巴咯吧一声。

这个样子，还想抢头山？

娘的话像一瓢凉水泼下来，让六月一下子醒透了。

几下子穿好衣裳，跳到地下，奔到院里。

熟睡中的院子像一块墨，黑在静中。娘把五月六月送到大门外，爹已牵着大黄等着了。爹把五月和六月放在大黄背上，六月在前，五月在后。

随着爹一声"噢食"，大黄大踏步地向着黑漆漆的巷道出发了。

天有些冷，来自五月怀抱的温暖一阵阵钻进六月的骨头里。这是一种不同于被窝的温暖。五月的小肚子贴在他的屁股上、腰上，胸怀贴在他的后背上。大黄一摇一晃，来自五月的这种温暖就一摇一晃。

就在这时，他发现他把爹给忽略了。爹就走在他身旁，牵着大黄的缰绳，可他把爹给忽略了，他怎么就把爹给忽略了呢？看了一眼爹，爹像一只船一样浮在黑暗里，爹只不过是黑暗里的一个动静。看不见爹的眉眼，却能看见爹的呼吸。恍惚间，六月觉得爹的呼吸就是夜的呼吸。

六月发现，是黑暗加强了五月给他的温暖，水果糖一样的温暖。他从未有过地喜欢这种黑暗，他甚至不希望光明早些到来，甚至不喜欢高高山早些到来。六月觉得，有爹陪着的黑暗是一种安全。平时在被窝里，清晨被尿憋醒，他常常发现自己在五月的怀里。爹和娘都上地去了，炕上只有他和五月。他就腾地跳到地下去，解决了问题，然后重新钻进被窝，赖在五月的怀里。五月的怀抱不同于爹的，也不同于娘的。爹的怀抱硬硬的，有一股书的味道；娘的怀抱软软的，有一种墨的味道；五月的怀抱不同于爹的，也不同于娘的，既软又硬，既暄又瓷，还有一种特别的味道，怎么说呢，没法说。六月常常在这种没法说的味道里再次进入梦乡。

六月抬头看天，天还在睡觉。六月发现，现在睁着眼睛和闭着眼睛几乎没有什么区别。就闭上眼睛，体会这种摇摇晃晃的黑。

六月喜欢闭着眼睛看太阳，也喜欢闭着眼睛看天空，还喜欢闭着眼睛看糖。舅舅从南里给他们带来了一包水果糖，娘给他和五月每人两个。他们当然没敢轻易动手，他们在商量一个可以把糖品到家的最佳方案。

最后五月说，我们要闭住气，闭上眼睛，隔着糖纸拿着糖的一端，把糖的另一端轻轻地轻轻地点在舌尖上，让那一点慢慢放大，放大，再放大，大到不能再大，然后再点一次，这样就会让糖永远活着。

开始。开始。开始。

品。品。品。

啊。啊。啊。

……

五月问，六月你把甜放了多大？六月说，像院子这么大。五月说，还是小了。六月问，你放了多大？五月说，像天空那么大。六月就惭愧得不行。可是六月不信，六月说，我咋没有看见那个天空？五月说，你肯定不会看到天空。六月问，为啥？五月说，因为你在品的时候睁着眼睛。

难道只有闭着眼睛才能看到天空？

当然，这眼睛一睁，舌头就失灵了，舌头一失灵，当然看不到天空。

你是说这天空是舌头看见的？

五月惊了一下，不知道该如何回答六月的问题。说是么，舌头上又没有长眼睛；说不是么，又觉得分明不是眼睛看到的，那到底是哪个看到的？

好在六月没有继续追问，他接着说，这眼睛原来是个坏东西，里通外国的坏东西。

是啊，要不爹为啥说孔老夫子教导我们"非礼勿视"呢。

难怪嫂子在品哥的时候要闭着眼睛。

五月眼仁鼓得像青蛙，你说啥？

那天，我在堡墙上睡着了。醒来，听见屋里有人说话，从气孔往里一看，哥正在吃嫂子呢，嫂子问啥味道，哥说水果糖的味道。嫂子说这话时，就闭着眼睛，原来是"非礼勿视"呢。

那才不是"非礼勿视"呢。

是啥？

肯定是为了把哥放大，放到天空那么大。

可是哥还动手呢，爹不是说君子动口不动手吗？

哥咋动手了，他打嫂子？

不是，哥的手从嫂子的下襟伸进去……

不想五月一把把六月的嘴捂上了，孔老夫子不让你害烂眼病才怪呢。

为啥？

这才是真正的"非礼勿视"呢。

咩——羊羔软软地叫了一声，把五月六月的心提了一下。那叫声穿过夜色，既可爱又可怜。五月让爹把羊羔给她抱着，爹说不行，上山时大黄颠脚六月后仰会压着它的。

六月说，那给我抱。

爹说，你把灯笼打好就行。

六月说，那我下来走上，让我姐抱着羊。

爹说，地上露水很重。

六月说，你的鞋早湿了吧？

爹说，爹穿的是旧鞋，湿了没关系。六月就下意识地翘了翘自己的新鞋，觉得那双脚板也变成了新的，觉得被脚板划过的夜色也变成了新的。

这人为啥这么喜新厌旧呢？

可是，这新鞋迟早得落在地上啊。

还是旧的好，只有用旧的东西才不怕用旧。

咩——为啥羊羔不穿鞋？

羊羔想吃奶了。五月说。

羊羔知道今天是重阳吗？

人家当然知道的，要不然咋叫重阳呢。

重阳是九月九的意思，傻瓜。

谁不知道。

知道咋胡说呢？

谁胡说了，重阳再加一个羊，就是三个羊。

哈哈，那叫"三羊开泰"，傻瓜。

六月能够这么巧妙地把爹的春联用在这里，让五月既佩服又嫉妒。

五月不甘示弱，羊羔本来就是"高"，再加两个，就变成三个"高"，比高高山还高。

那也没有人的嘴高，人们嘴一张，就把这个"高"给吃了。

娘说凡是吃羊羔的人都要倒大霉的。

为啥？

因为"三羊开泰"。

这次轮到六月佩服了。

娘说那些吃羊羔的人，上再多的高高山也是没有用的。

为啥？

因为重阳神最讨厌吃奶嘴（还在吃奶的动物）的人。

六月接着说，如果娘来就好了，她还可以把小鸡抱了来，把花花抱了来，让它们也重阳一回。

那还有小狗呢，还有燕子呢，还有鸽子呢。

娘说有羊羔代表就行了。

六月要骑在五月后面，爹不让，六月问，为啥？

爹说，让你坐在前面打灯笼啊。

六月说，我姐坐在前面也可以打灯笼啊。

爹说，重阳节的灯笼要少爷打呢。六月的腰杆里就蹿上一种东西，旗杆一样呼呼呼地拔向天空。一种来自旗杆的优越感烧着他的心，也烧着他的后背。五月像是感觉到了这种烧，把胸怀挪开，又让六月失落。六月说，爹，现在把灯点着吧。爹说，现在还是大路，爹能看得见，等上小路再点。六月换了一只手提了灯笼，虽然灯笼还在睡觉，但他却能从中看到一种亮，但不分明。没有点着的灯笼还是灯笼吗？

但六月很快就忘了这个问题，因为六月想到了娘，娘为啥不来呢？

爹说，你娘在山底等着接你的锅盔呢。

六月说，我们家的锅盔最大最圆了，肯定能够第一个滚到娘怀里。

五月摸了摸背上的锅盔，觉得把这么大的一个白面锅盔从山上滚下去，多可惜啊。可是她立即又发现自己的这个想法小气了，就表态似的说，从高高山上滚下的锅盔已经不是锅盔了，是吉祥如意……

六月拦截，是五谷丰登，是风调雨顺……

是国泰民安！

六月和五月傻眼了，他们居然同时"国泰民安"。

六月嘿嘿。五月嘿嘿。

随着山顶越来越近，六月觉得天也越来越大。

一次，六月问爹世界有多大。爹说：

> 佛国有河名恒河，
>
> 恒河之沙不可数；
>
> 恒河一沙是一河，
>
> 沙沙为河不可数；
>
> 河河之沙不可数，
>
> 沙沙河河不可数；
>
> ……

这样不停地想下去，直到你想不动，世界就这么大，爹接着说。

五月和六月就比赛着想。突然，五月两手捂了脑瓜说，我的头咋没有了？六月就在五月的脑门上一考儿（中指借大拇指发力弹人）。

五月没有感觉。六月就害怕起来，莫非五月的头真没有了？可是他分明看见在她脖子上啊。又一考，就把五月考哭了。

可是这次五月没有还击他，而是十分认真地哭。

哭了一会儿，扑哧一声笑了。

神经病。六月说。

我现在能感觉到我的头还在，口气是庆幸的，表情是劫后余生的，有惊无险的。

六月的眼睛就直了，莫非五月的头刚才真没了？

你呢，难道你的头一直在？

六月说，我的头倒是一直在，可是上面挂满了恒河，比头发还多，哗里哗啦地响呢。

娘不是说上古时的人把头发叫三千烦恼丝吗？你的头上倒有三千烦恼河。

六月的眼睛又直了，怎么今天奇迹都发生在五月的身上？怎么今天好想法都出现在五月的脑瓜里？

六月问，今天全世界的人都要滚锅盔吗？美国人也要滚锅盔吗？日本人也要滚锅盔吗？啊我把你压（阿尔巴尼亚）人也要滚锅盔吗？毛里求死（毛里求斯）人也要滚锅盔吗？

五月说，那当然，不但全世界的人在滚，而且……

我看你而且个啥。

不想五月滚豆子似的说，而且全宇宙的人都在滚。

五月抢先回答了这个问题，又有些后悔。这本来是爹回答的一个问题。就回头看了爹一眼。

哈哈，现在把灯笼点着吧。爹说。

六月把火柴一划，灯笼里的灯就醒了，灯笼里的灯一醒，夜就醒了，夜一醒，路就醒了。六月回头看了一眼五月，五月整个背上是一个锅盖一样的锅盔，就像一个红军女战士。再看，又不像了，像个什么呢？还是像新媳妇。怎么女孩子骑在大黄上就像个新媳妇呢？又看爹，爹就像个新媳妇她爹，爹怀里的羊羔就像是新媳妇她外甥。又看大黄，大黄倒像个新郎官。如果大黄是新郎官，我呢？六月想看一下他自己，可是看不到。六月的心里就有了一个遗憾，如果他是五月就好了，就可以看见他，就可以想啥时看他就啥时看他。可是，他又如何变成五月呢？当然要把鸡窝里的鸡打飞。然后呢？还要辫一个辫子，还要穿上花衫子，还要……可是既然自己变成五月，那么六月就不在了，六月不在，五月又在哪里看六月呢？六月被自己搞糊涂了。

爹，你说人为啥不能自己看到自己？六月问。

也能看见，只是能看见自己的那只眼睛被尘土遮住了。

那只眼睛长在哪儿？尘土又遮在哪？

等你像目连那样时，你就知道那只眼睛长在哪儿，尘土又在哪儿了。

目连和孙悟空谁厉害？

当然孙悟空。五月说。

孙悟空是小说家写出来的，目连确有其人，两个没法比。就像济公，也是小说家写出来的，现在的人都拿他做榜样，酒肉穿肠过，还说佛祖心中留，一句话带坏了多少人，写这部小说的人是要下地狱的。

那写孙悟空的呢？

写孙悟空的那个不错，孙悟空的境界不低呢。

孙悟空厉害还是佛厉害？

当然佛啊。

佛也有神通吗？

最有神通的是佛，佛的神通是漏尽通，啥意思呢？并不是漏光才能通，而是把所有漏全消灭完才能通；就像一个水管，如果有沙眼，就不可能让水通过去，因为它有漏；就像一个桶子，如果桶底有缝儿，水就装不满，因为它有漏。佛已经把这些沙眼和缝儿全堵上了，一点漏都没有了，因此他最有神通。

那如何才能成为佛呢？

那不容易，你得先成为目连，再成为观世音，才有希望。

目连就从六月的舌头上出场了：

　　罗卜自从父母没，礼泣三周复制毕。

　　闻乐不乐损形容，食旨不甘伤筋骨。

　　闻道如来在鹿苑，一切人天皆忱恤。

　　我今学道觅如来，往诣双林而问佛。

　　……

东方动时，四面八方的人到山头，四面八方的牛羊到山头，四面八方的灯笼摆在黄土香案上，四面八方的小脑瓜映在灯光里。

金生清了清嗓子，神情庄严地点燃了主烛。然后手捧一束檀香，屏息点燃。向着祭台跪了，虔虔虔地诵唱：

良善民上山来双膝跪倒。

众人哗地一下齐齐跪了，合唱：

良善民上山来双膝跪倒。

金生领唱：

金炉里点着了十炷信香。

众人合唱：

点着了，点着了，十炷信香。

金生插一炷香，唱：

一炷香烧予了风调雨顺。

众人合唱：

　　烧予了，烧予了，风调雨顺。

金生又插一炷香，唱：

　　二炷香烧予了国泰民安。

众人合唱：

　　烧予了，烧予了，国泰民安。

金生插第三炷香，唱：

　　三炷香烧予了三皇治世。

众人合唱：

　　烧予了，烧予了，三皇治世。
　　……

三皇是咋治世的？六月问爹。爹示意六月不要分心。六月这才发现，今天的爹和平时是不一样的。六月从爹的脸上看到了一个空，一个无比坚决的空，铁板钉钉的空。

依次，金生向黄土香炉插了十炷香，唱了十句词，信民附和，依次为：

良善民上山来双膝跪倒，

金炉里点着了十炷信香，

一炷香烧予了风调雨顺，

二炷香烧予了国泰民安，

三炷香烧予了三皇治世，

四炷香烧予了四海龙王，

五炷香烧予了五方土地，

六炷香烧予了南斗六郎，

七炷香烧予了北斗七星，

八炷香烧予了八大金刚，

九炷香烧予了九天仙女，

十炷香烧予了十殿阎君。

接着，金生把一面上面写着"报答神恩"的大红绸匾披在众神位的身上，然后长腔拖地：

一叩头。

只听刷的一声，山头上就垂下了沉甸甸地麦穗。

二叩头。

谷穗。

三叩头。

糜穗。

礼成。

叩头一毕，三声磬响，就有一种声音的波浪在山头上荡漾开来，在无边无际的天地间留下一道道涟漪，也在五月和六月的心上留下一道道涟漪。

在五月和六月心上留下涟漪的还有"报答神恩"四个大字，那是爹的杰作呢。爹为了写这四个字，专门到集上买了新毛笔、新墨汁、新衬纸；爹为了写这四个字，把身子洗了十遍，把脸洗了二十遍，把手洗了三十遍；爹为了写好这四个字，用旧毛笔在旧纸上演习了四十遍，用新毛笔在新衬纸上演习了五十遍。

现在，这么多人对着它磕头，怎不让人自豪得脚心发痒。

接着诵经班齐诵《孝经》。诵经班是去年爹张罗着恢复的，五月和六月当然就成了主诵。六月一声"开宗明义第一章预备起"，天地间就刷地长出无数的青禾，那是孩子们带了露珠的"之乎者也"：

开宗明义章第一

仲尼居，曾子侍。子曰："先王有至德要道，以顺天下，民用和睦，上下无怨，汝知之乎？"曾子避席曰："参不敏，何足以知之？"

子曰："夫孝，德之本也，教之所由生也。复坐，吾语汝。身体发肤，受之父母，不敢毁伤，孝之始也；立身行道，扬名于后世，以显父母，孝之终也。夫孝，始于事亲，中于事君，终于立身。《大雅》云：'无念尔祖，聿脩厥德。'"

天子章第二

子曰："爱亲者不敢恶于人，敬亲者不敢慢于人。爱敬尽于事亲，而德孝加于百姓，刑于四海，盖天子之孝也。《甫刑》云：'一人有庆，兆民赖之。'"

诸侯章第三

"在上不骄，高而不危；制节谨度，满而不溢。高而不危，所以长守贵也；满而不溢，所以长守富也。富贵不离其身，然后能保其社稷，而和其民人，盖诸侯之孝也。《诗》云：'战战兢兢，如临深渊，如履薄冰。'"

卿大夫章第四

"非先王之法服不敢服；非先王之法言不敢道；非先王

之德行不敢行。是故，非法不言，非道不行；口无择言，身
无择行；言满天下无口过，行满天下无怨恶。三者备矣，然
后能守其宗庙，盖卿大夫之孝也。《诗》云：'凤夜匪懈，以
事一人。'"

士章第五

"资于事父以事母而爱同，资于事父以事君而敬同。故
母取其爱，而君取其敬，兼之者父也。故以孝事君则忠；以
敬事长则顺。忠顺不失，以事其上，然后能保其禄位，而守
其祭祀，盖士之孝也。《诗》云：'凤兴夜寐，无忝尔所生。'"

六月能够看到从他们嘴里出去的"之乎者也"敲打在天上发
出的叮叮当当的声音，能够看到从他们嘴里出去的"之乎者也"
种子一样落在土里的声音、发芽的声音、开花的声音。六月觉得
脚下的高高山不再是高高山，而是一个别的什么东西，至于是什
么东西，他一时想不清楚，也不敢想，因为他得记句子。爹说，
背诵就凭着个专心，要像锥子那样，扎下去，扎下去，一直扎
到底。

这时，有一只鸟从人群里飞出来，在厚厚的经的海面上翩
翩起舞，那是五月的声音。六月加了一个码追上去，和五月比
翼齐飞：

庶人章第六

"用天之道，分地之利，谨身节用，以养父母，此庶人之孝也。故自天子至于庶人，孝无终始而患不及者，未之有也。"

三才章第七

曾子曰："甚哉，孝之大也！"子曰："夫孝，天之经也，地之义也，民之行也。天地之经，而民是则之，则天之明，因地之利，以顺天下。是以其教不肃而成，其政不严而治。先王见教之可以化民也，是故先之以博爱，而民莫遗其亲；陈之以德义，而民兴行；先之以敬让，而民不争；导之以礼乐，而民和睦；示之以好恶，而民知禁。《诗》云：'赫赫师尹，民具尔瞻。'"

……

在漫山遍野的《孝经》中，黑暗散去，曦光微露。接着出场的是一个画了脸的人。六月问爹，他是谁？爹说，是重阳神。

只见重阳神手捧一个锅盖那么大的大饼，开口了：

重阳神下界来手持大饼，

它本是玉皇帝赏于黎民。

一个饼赏予了吉方宝地，

两个饼赏予了福寿双星，

三个饼赏予了孝子贤孙，

四个饼赏予了平安四季，

五个饼赏予了五谷丰登，

六个饼赏予了六六大顺，

七个饼赏予了七七有巧，

八个饼赏予了阴阳八卦，

九个饼赏予了九九重阳，

十个饼赏予了十全十美。

重阳神赏饼时，六月早已双手端着大锅盔，无数次地向自家院子瞄准了。

重阳神的那个"美"一落地，六月手里的锅盔就第一个起跑了。

接着有无数的锅盔跟着出发。

就有一山的锅盔在转，就有一山的重阳在转，就有一山的六六大顺在转，就有一山的十全十美在转。

十全有多全？就像天一样全。

十美有多美？就像地一样美。

……

对面是一个茫茫雾海。

在人们的欢呼声中，太阳的头皮冒了出来。

几乎在同时，六月听到大家的喉结嘎地响了一下。

六月的目光在钢盔和太阳之间快速地闪回，六月发现，今天的太阳不是升起来的，而是滚上来的。

就像锅盔，十全十美一样旋转的锅盔。

寒节

天下着地溜子，六月不明白为啥人们把这种小雪粒叫地溜子。但从六月记事起，每年的十月一都是这种天气。不像雪，不像雨，而是不紧不慢的雪星儿。那雪星儿像是有什么心事，沥沥拉拉地落着，到了院子里，也是想化不想化的样子。

要么你就大大地下，要么你就晴来。六月抬头看天，天就像有啥心事。再看屋顶，屋顶也像是有啥心事。嗅嗅空气，也是一种心事的味道。

这样想着时，大姐从门里进来了。六月就报喜似的高呼一声，我大姐来了，一边跑过去接过背包，咋没有领幸福？

路这么滑，连我差点都上不来，还哪里敢领幸福。

六月就后悔自己问了一句很没水平的话。

大姐的手里是一卷报纸，六月知道里面是彩纸。

前天，他和五月要去集上买彩纸，娘说不用去，你大姐肯定会带来的，缝寒衣的彩纸年年都是你大姐买的，果不其然。

五月听说大姐来了，也从厨房里奔出来，迎接大姐。见了大姐却不知道说啥好，只是傻傻地看着大姐笑。

大姐抓着五月的辫子，细细地打量着五月，说，越长越漂亮了。

有你漂亮吗？六月问。

大姐侧脸看着六月说，当然啦。

娘说你小时候是咱村上最漂亮的。

那也没有五月漂亮。

五月的脸蛋就红了。

娘也从厨房出来了，操着面手。六月指望着娘能给大姐说一句欢迎的话，但娘同样啥话都没说，只是盯着大姐看。

最终还是让大姐抢了先，娘和面呢？

娘才答应说，就是的，幸福乖着吗？

大姐说，乖着呢。

爹就从牛圈出来了。六月知道，爹才进牛圈，肯定是听到大姐来了提前出来了，这让六月很开心。如果听到大姐来，却在牛圈里不出来，那多不好。

大姐叫了一声爹。

爹应了一声，说，今天没办法领幸福来。

大姐说，就是的。

你老公公老婆婆身体还好吧？

大姐说，很好的，他们问候爹和娘呢。

六月觉得还是爹有水平，能够想到问她公公婆婆。他就没有想起来，他只想起他的外甥。

赶快进屋，手都冻红了。六月这才看大姐的手确实红得像柿子。我怎么就没看出来呢？

难怪爹今天早早地就把火生着了，原来他早知道大姐的手会冻红的。

大姐把手搭在炉子上烤着。爹把茶罐架上了，却没有往里面放茶，而把几个枣子夹在火钳上，举在火上烤了一下，掰开，放在茶罐里，然后让五月去厨房取两片姜来。

六月就知道这罐茶是给大姐的。

心里既高兴又有一种说不出来的滋味。

大姐喝了一盅茶，洗了手脸上炕。五月跟着。六月有些犹豫，不想大姐邀请他上去。他就脱了鞋，腾地一下跳到炕上。炕热腾腾的，六月心里也热腾腾的。六月希望爹和娘也上炕，那该多团圆，多美好。可是娘和大姐说了一会儿话就去厨房了。爹出去得更早，娘和大姐说话的时候，爹说他正给牛拌料，让她们娘俩先唠，就出去了，不知道是怕他的大黄饿着，还是觉得这娘和大姐的唠会扎着他的耳朵似的。

大姐把两块娘早几天就洗净的头巾铺在毡上，然后把彩纸放在上面。

当彩纸徐徐展开时，六月觉得他的心也像彩纸一样徐徐展开了。

三人评说了一会儿彩纸之后，大姐看着说，还得麻烦大兄弟一下，给姐拿一块胡墼去。

六月就腾地跳下炕，到后院捡了一块胡墼回来。

这个胡墼是从哪儿捡的？爹跟在他屁股后面问。

六月回头说，是从垫圈的土堆上捡的。

爹说，你说垫圈的土堆上捡的胡墼能画寒衣样儿吗？

六月就尴尬在地上了。

大姐抬头看了一眼六月，说，不怪六月，是我没有交待清楚。

五月说，我给咱去弄。说着，腾地跳下炕，穿了鞋奔到后院。

爹刚洗完手脸，五月举着一块胡墼进来，向着爹，说，从崖墙上掰的，总可以吧？爹笑了一下，没有说话。

大姐就接过，开始画衣样。

六月就有些懊丧，他怎么就没有想到从崖墙上掰一块回来呢？

大姐画完蓝纸画黄纸，画完黄纸画白纸，画完白纸画红纸。有对襟的，有大襟的，有裤子，有帽子，还有一样六月不认识，问大姐，大姐说叫旋襕。六月问，啥叫旋襕？大姐指着衣样说，这就是旋襕。六月仔细把旋襕和棉袄棉裤对比了一下，其实就是把上衣和裤子连在一起，只不过裤子只有一条腿，却有两条腿那么宽，又短了半截。

这旋阑咋穿到身上呢？

大姐说，从头上直接套下去。

那是女子穿的？

过去男女都穿。

你咋知道过去男女都穿？

爹告诉我的啊。

这个"过去"有多"过"？

那你要问爹。

六月因为爹刚才驳了他，不想问。

不想爹却说话了，其实我们现在穿的衣裳，都是过去胡人穿的衣裳，包括这旋阑，都是为了打仗方便。正儿八经老祖先的衣裳是汉服，就像老戏上人们穿的那种。

那为啥不恢复成老祖先的呢？五月问。

这正是六月要问的话，不想五月替他问了。

爹说，这就是世道，说不定啥时候又会变回去。当年你太爷问我知道人们为啥要改穿裤子吗？

为啥？五月问。

你们猜。

五月和六月的眼仁就转起来，但最终没有转出答案。

你太爷说这叫勒紧裤带过日子，说明人要挨饿了。

结果呢？五月六月齐声问。

结果被你太爷言中了。

说话间，大姐已把衣样全部画好了。然后拿起一张黄色的放在一张白纸上面顺着胡墅画的印儿剪。

像是知道大姐已经把衣样剪好似的，娘从厨房拿来一个洗得明油油的簸箕。

大姐就把剪完的衣面衣里放在簸箕里。六月问，这是给谁的？大姐说，祖太爷的。大姐接着拿起一张红色的剪。六月问，这是给谁的？大姐说，太爷的。大姐剪蓝色的时，六月说，这是爷爷的吧？大姐说，六月真聪明。

接下来是女式的。不用问，六月知道是祖太奶奶、太奶、奶奶的。

之后，大姐还剪了一些，六月问这些是给谁的？

大姐说，给邮差关卡的。

给邮差关卡剪完，六月原以为可以结束了，不想大姐还在剪。

还给谁剪？

大兄弟咋忘记了，爹一再说不能忘了那些断子绝孙的人家。

六月就不好意思地拍了拍自己的脑瓜盖。

总算剪完了。大姐打开一个小包，里面是一团白得晃人眼睛的新棉花。五月说，这么白净的棉花，留一些咱们正月十五做灯捻。大姐说，好啊，你早些拿过。五月就从棉团里撕了一些出来，又撕了一些出来，然后用一块剪下来的彩纸边角料包了，跳下炕给爹。爹接过，从地柜上拿出香盒，拉开盒盖，放在里面。

五月就觉得爹把一片光明提前放在盒子里了。

大姐开始往剪好的衣里上铺棉花时，六月问，人死了也会冷吗？

大姐说，大概是吧，要不然咋要送寒衣。

这时，娘又进来了，说，你们谁去帮我烧一下锅？爹看了看炕上的五月，说，我去吧，让他们姐弟给先人缝寒衣。说着出去。五月就一脸的感谢。六月心里升起的却是一种责任，就像爹把一件天大的事委托给他似的，要不爹怎么会说"他们姐弟"，"姐弟"是两个字，两个姐姐才占了一个，他一人就占了一个。

娘到炕头看了看大姐拿来的棉花，说，真白啊，雪一样。

大姐说，就是，很难碰上这么暄白的棉花。

你爷爷奶奶穿在身上不知该咋高兴呢。娘说着，转身往出走。

六月的问题又来了，我大姐来给我爷爷奶奶缝寒衣，娘你咋不回去给你爷爷奶奶缝寒衣？一句话把娘问得怔在门槛上。

娘的娘家太远了。大姐看着娘的后背说。

娘在这儿缝也一样的。大姐接着说。

那你为啥要来咱们家缝，你在你们家缝不也一样吗？

大姐在六月额头上点了一指头，笑着说，姐离咱家近啊。

娘就把后面那个步子从门槛上迈出去了。

　　大姐在里子上铺好棉花，盖上面子，和五月一起合缝子，只听得她们手里的针从彩纸上穿过时彩纸发出的不同于布的清脆响声。

　　六月的眼前就出现了各种各样的脸，就像爹戏箱里的那些脸谱，但又比脸谱薄。那是他没有见过的祖太爷、祖太奶奶、太爷、太奶，还有各种各样的亲房邻居，还有那些断子绝孙的人，等等。

　　这些脸柳絮一样飘在空中，越来越多，越来越多。

　　天就阴了。

　　就下起了地溜子。

　　两个姐姐缝得特别快，不一会儿簸箕里的衣裳就冒出簸箕沿儿了。花花绿绿的彩色衣裳堆在一起，让人心里既温暖又踏实，而且富有。

　　如果人也能穿纸衣就好了，那他想穿什么样的衣裳就可以随便穿了。

　　六月的眼前就出现了一个街道。家家户户的祖先们正在给自己挑选着过冬的料子，这料子是花花绿绿的彩纸。突然，他从层层叠叠熙熙攘攘的祖先中看到了一个人。怎么这么面熟啊。仔细一看，原来是六月同志。

　　什么时候本大人才能变成祖先呢？

　　现在，做了祖先的六月穿着彩纸做的衣裳大摇大摆地在街上行走。

一不小心被地溜子滑了一下。

哈，彩纸做的衣裳咋能防寒，一场透雨不就完蛋了？

六月向大姐提出这个问题。

大姐说，说不定一烧就变成布的了。

六月想不通，纸的一烧怎么会变成布的，但他又努力给自己做工作让自己相信起来。

六月再次看到，在那些花花绿绿的彩纸中间，队伍一样行走着家家户户的祖先、亲房邻居、游魂野鬼，大姐夹杂在中间，有些危险。明年的彩纸该让爹去买才是。爹会咒语，游魂野鬼是不敢近身的。看来本大人也得学一些咒语，好将来到街上给祖先买彩纸。

那么我死了呢？该谁到街上给我买彩纸？

我女儿啊，我儿子啊。

六月就着急起来。

得快快地生一些女儿和儿子出来啊。

六月有些等不急了。

六月想把这十万火急的大事告诉大姐，但大姐和五月正十分专心地给衣里子上铺棉花，又没好意思打扰她们。

我可以帮你们铺棉花吗？大姐说，当然可以啊。五月说，先洗手。六月就往脸盆里倒了水，迅速地洗了手帮两位姐姐铺棉花。一铺，他才知道自己的水平跟两位姐姐差远了。她们能够把棉花铺得像纸一样薄，但又特别匀称。

这等于没有铺嘛，这么薄，还不把老先人冻死。

他们已经死了，还怕冻死吗？

这死真是好啊，只有死了才不怕死，那么死了也不怕饿死，不怕淹死，不怕烧死，不怕打死，不怕病死，不怕……

六月想马上把这一重大发现告诉两位姐姐，但她们的专注再次拒绝了他。他觉得在她们如此专注时说话有些可耻，就强忍住了。

六月就在心里数着等两位姐姐忙完要给她们说的话，甲乙丙丁戊己庚辛壬癸，已经到"丁"了。

当一件件棉衣攥在簸箕里时，六月就知道鬼有多大了。现在簸箕里放着十件寒衣，那就是说簸箕里至少能放下十个鬼。

有一个问题突然冒出六月的脑海，既然爹说人在六道中轮回，如果太爷和爷爷现在在人道呢？这些衣裳不是白烧了吗？

六月终于没有忍住，问大姐，大姐答不上来。

六月就到厨房去问爹。正在灶前烧火的爹说，你的这个问题提得好，但是你的太爷和爷爷很多呢？

我的太爷和爷爷咋能很多呢？

这就说来话长了，因为你很多呢。

六月有些不懂了，我怎么会很多呢？

当你像目连那样时，就知道为啥你很多呢。

佛唤阿难而剃发，衣裳便化作袈裟。

登时证得阿罗汉，后受婆罗提木叉。

罗卜当时在佛前，金炉啪啪起香烟。

六种琼林动大地，四花标样叶清天。

千般锦绣铺床座，万道珠幡空里悬。

佛自称言我弟子，号曰神通大目连。

……

六月的耳边响起了目连的唱词，但他还是无法想明白为啥自己很多呢。

六月你现在哪里？六月甲问六月乙。

问话的这位可是六月甲？

正是，你可见到六月丙？

刚刚见过，他正在给祖上缝寒衣。

哈哈，哈哈，六月的面前就出现了一个队伍，那是六月的甲乙丙丁戊己庚辛壬癸。

六月向爹提的第二个问题是，谁能保证这些寒衣能到爷爷奶奶的手里？爹说，当你用心做时，你爷爷你奶奶已经穿在身上了。

六月虽然不懂，但觉得这个问题事关重大，就跑到上房，给两位姐姐说，一定要用心做，只有用心做，爷爷奶奶才能穿在身上。就像这个道理是他发明的一样。

大姐就笑。

一定要用心，用心是关键，懂吗？六月像个掌柜的一样重复。

对，六月讲得对。爹和娘进来了。娘在脸盆里洗了手，脱了鞋上炕。大姐问，娘你忙完了？娘说，忙完了。爹给炉子里添了两块炭，把茶罐架上了。

六月发现，娘缝起寒衣来果然比两位姐姐更用心，就像平时给他和五月姐缝似的。

为啥只有用心做时，我爷爷我奶奶才能穿上呢？爹和娘没有想到六月把厨房的问题移到上房里，一齐笑了。

爹说，叫你娘给你解答吧，一边从地柜上把砚台拿下来，用清水洗。

我咋能回答得了六月同志提出的问题。

爹就不谦虚了，说，这天地间，既有我们吃喝拉撒的俗人，还有一个不吃喝拉撒的真人，还有一个念想的人。当你想着给一个人缝寒衣时，那个人已经从想生了，当你不想时，他又从不想灭了。

六月觉得爹的这个理论和从前讲的有些不一样，但他倒愿意支持今天的。

娘说，你爹说得对，就像娘，就觉得你奶奶和外奶奶一直没有过世，还在这世上，你奶奶还在这院子里，娘每天早上起来，都能听到她的咳嗽呢。

六月说，我咋听不见？

娘说，等娘将来死了，你就能听见了。

六月心里突然一惊，又一个十万火急的问题生在心里，要问爹，爹却出去了。

六月撵了出去，爹正在往后院的垫圈土堆上倒刚才洗了砚台的脏水。

你得赶快给我找个媳妇。

为啥？

我得让她乘我娘还活着把这缝寒衣的技术学会。

为啥？

不然等我娘死了就没人教了。

爹的鼻子就没了，接着眼睛没了，接着嘴没了，最后脸也没了。

六月耐心地等着它们从爹的脸上恢复。

爹努力收拾了残笑，问六月，你给爹说，要一个啥样的媳妇？

首先得手巧。

为啥？

手巧才能学会缝寒衣啊，才能让您老人家到阴间不受冻啊。

真是个孝子。

还有啥条件？

还有嘛，孝顺。

再？

再就是心疼（漂亮）。

这样吧，你先在咱们庄找找，看有没有符合你的条件的。

六月就想，想了半天，觉得都不满意。

没有看上的？

没有。

别庄的呢？

六月又想，想了半天，还是没有他满意的。

那爹给你到哪儿找去？

这我不管，反正你得给我想办法。

寒衣缝好，天已黑了。娘让大姐收拾炕上，她去厨房烙馍馍。

不多时，一股钻人骨头的香味就窜了过来。六月被这香味黏过去。娘正从锅里起麻麸馍馍，麻麸馍馍油汪汪的。六月在锅边旋，但娘像是一点都没有发现六月在身边。平时，六月还没有从门里进去呢，娘就知道他到了，但是今天他像蜜蜂一样在地上旋，娘就是看不见。娘是装作看不见还是真看不见？

就在这时，娘不小心把一个铲坏了。

娘举着锅铲，回过头来，突然看见六月，我说这锅铲咋不听话，原来是有个馋猫在背后念经呢。娘右手执铲，左手托在下面，小心地移到六月面前。

还没有供呢。六月没有想到他会说出这么一句话。

娘也没有想到。娘的脸上出现了惭愧，像是为小看了六月道歉。

铲坏的馍馍不能供神的。

我爹说就是喝一口水也要供呢，不然就是偷吃。

娘说，没错，你可以在吃前供一下啊。

那我不是吃在会供前面了吗？

是啊，那就等会供完再吃吧。

娘就又把锅铲小心地移回去。

六月又觉得后悔，假如刚才自己不要说这一番大话，现在就可以品尝美味了。但六月立即否定了这一想法，爹说君子就是要在平时不好的念头才冒出来时就一棒把它打下去，就是要狠斗私字一闪念。

六月就连着在自己刚才的后悔上又打了几棒。

六月不知道为啥要单等到十月一才吃麻麸馍馍。其实麻八月十五前就收了，麻秆爹都剥了麻衣拧了好几把绳子了，娘都用爹拧的绳子纳了好几双鞋底了。可是麻籽一直放着，昨天娘才把它炒了，在石磨上推成麻麸，今早拿它烙麻麸馍馍。说是麻麸馍馍，其实是麻麸馅饼。

这麻麸刚进锅时还乖乖地呆在面皮里，一烙就出油了，让人觉得不是面皮包着麻麸，而是黄璁璁的油包着麻麸。

等最后一个出锅，娘让六月到大门外泼散，然后上饭。

说是饭，其实就是馅饼。

一家人总算全坐在炕上了。六月的目光在大家的脸上扫来扫去，觉得十月一的味道总算全到了。

自然先是会供。一家人闭着眼睛，请天地君亲师享用美味。

六月听见，天地君亲师一边品味，一边议论着娘的好手艺，一边商量着该如何奖赏娘才对，另外还要捎带着奖赏一下六月，因为六月同志今天成功地战胜了好几次自己，包括拒绝了娘让他先吃铲坏的那块馅饼。

等众神吃完，用袖子抹嘴的时候，爹让他们动手。

但哪里能动得了手，麻麸馍馍汪得人手不敢往上面放。娘早就料到这一点，在每人面前放了一个小碟儿，爹就用筷子给大家往碟里夹。

一吃，六月才知道，说是麻麸馅，其实大多是萝卜丝儿，但这已经很香了。

十月一的味道，原来是麻麸馍馍的味道。

一家人静悄悄地吃着，没有谁说话。

六月更是千品万尝，因为他知道这麻麸馍馍一年只能在十月一吃一次，如果因为说话或者想事情错过这香这味，就太可惜了，就是罪了。爹常给他们说，错过是罪错过是罪，真是太对了。

六月知道，如果他们一家吃，那麻麸还够吃两顿的，但剩下的娘已经作了安排，大姐和公婆家各一份，哥和丈人家各一份，就没了。

娘也太开舍了，如果给大姐和哥家，他没有意见，把个他们的公公婆婆丈人丈母算上，就让人想不通。

六月猛然发现因为想这一句话把一口麻麸白吃了，没有尝来"这一口"的味道，就把这一口白白地葬送到肚子里去了。就在心里狠狠地拍了自己一巴掌，同时努力专注在每一次咀嚼时牙的感受上、舌头的感受上，严防死守，不让一丝丝味道轻易滑脱。

六月吃惊地发现，这舌尖和舌根"碰"到的味道是不一样的，这门牙和后牙"碰"到的味道也是不一样的。如此，六月把自己的舌头分了十等份，把自己的牙分了十等份，一份一份地对比着"生"在它们上面的味道到底有什么差别。

当六月成功地把一个麻麸馍馍品完，终于没有一丝杂念闪过时，他的开心就像汪出面皮的麻油，真是汪得没法说。

这样，再想起娘要把剩下的那些麻麸送给哥的丈人丈母和姐的公公婆婆时，就不觉得特别心疼了。他想，即使娘再给他们烙一次，也不过是这个味儿。

吃过麻麸馍馍，爹净了手脸，开始缝包冥纸。爹把冥纸包成一个大银锭，在外面糊了一层白纸，压得方方正正，恭恭敬敬地放在供桌上，然后从笔架上拿下早晨就已用清水洗好的小楷毛笔，在砚台里蘸了新倒的墨汁，开写——

中线：乔氏门中三代宗亲俯启。

右上：敬献。

左下：儿占林，媳月英，孙三月、四月、五月、六月、重孙小满谨具。

"儿占林媳月英"在上并排，"孙三月、四月、五月、六月"在中并排，"重孙小满"在下，再下面是"谨具"二字。

六月问爹，"俯启"是啥意思？

爹说，是弯腰开封的意思。

为啥要弯腰开封？

这是古人尊敬别人的话，表示开封包裹的人很高大，要弯下腰才能开封信物。

自家人还这么客套干啥？

这不是客套，是礼。

对，君子就要讲礼。五月说。

六月转脸斜了五月一眼，意思是你就知道拍爹马屁。

接着问，我们咋能知道我爷爷奶奶收到了呢？

爹说，当你觉得心上不冷时，你爷爷奶奶就收到了。

接着，爹拿过一张白纸，折成竖格，提笔在右上方写道：

焚往乔氏门中寒衣清单。

然后让大姐逐一报告寒衣款式和名下。

六月本来还要追问爹为啥当我心上不冷时爷爷奶奶就收到了，但大姐已经开始报告了：

祖太爷棉袄棉裤一套，旋阑一件，鞋一双，棉帽一顶。

祖太奶棉袄棉裤一套，旋阑一件，鞋一双，围巾一条。

太爷棉袄棉裤一套，旋阑一件，鞋一双，棉帽一顶。

太奶棉袄棉裤一套，旋阑一件，鞋一双，围巾一条。

爷爷棉袄棉裤一套，旋阑一件，鞋一双，棉帽一顶。

奶奶棉袄棉裤一套，旋阑一件，鞋一双，围巾一条。

游魂野鬼棉袄棉裤三套，旋阑三件，鞋三双，棉帽三顶。

邮差棉袄棉裤一套，旋阑一件，鞋一双，棉帽一顶。

水陆关卡棉袄棉裤一套，旋阑一件，鞋一双，棉帽一顶。

又让六月数一共多少件。

六月就数，棉袄棉裤十一套，旋阑十一件，鞋十一双，帽八顶，围巾三条。

爹问，一共多少？

六月的眼珠子转了转，说，四十四。

爹说，四四得八，大吉。

爹接着写：

　　因寒节之期，兹有乔氏后人焚寄祖先寒衣棉袄棉裤六套旋阑六件鞋六双冠三顶巾三条共十一套四十四件，烦请冥府邮差速递，劳请冥府水陆关卡放行，敬请仙界三代宗亲验收。另备三份由本村游魂野鬼认领。

儿占林，媳月英，孙三月、四月、五月、六月、重孙小满谨具。

六月想提醒一下爹还有嫂子，但想爹已经写好了，再写还要费一张纸，就把要出口的话压在了舌头下。

天黑尽时，一家人开始到村头送寒衣。

四面山坡上已经有星星点点的灯火。

六月不由得把身子往爹身边靠了靠，他仿佛能够听到近处就有鬼的脚步声。他看了五月一眼，五月几乎贴着大姐的腿行走。

这时，他发现娘没有来。

我娘咋没有来？

娘在后边呢。大姐说。

六月回头，娘真在后边，六月想娘的胆子可真大。

六月说，娘你快些。

娘就加快了脚步。

六月看见娘身后有许多游魂野鬼也加快了脚步，就像娘的尾巴一样。

莫非这鬼就是人的尾巴？

爹找了一块净地，跪了下来。大家跟着跪了下来。爹在面前的地上画了一个圈儿，向爷爷奶奶坟的方向留了一个门，把寒衣放在里面。在圈左圈右各画了一个圈儿，分别把邮差关卡和游魂野鬼的放在里面。

开始上香。爹先把三炷香给六月，自己擦火柴。爹把火柴擦着，两手背风捧了火，把六月手中的香点着。六月举着香十分恭敬地作了个揖，一炷插给天，一炷插给地，一炷十分小心地插在自家的圈儿里。

爹又把三张黄表给六月，他擦火柴。

六月把黄表伸向爹捧着的火焰，黄表就哗地一下着了起来。

六月就觉得爹用一根火柴把另一个世界的门一下子打开了。

爹先拿过寒衣边角料，向六月手中的黄表引了火。

然后拿过祖太爷的寒衣，放在边角料燃起的大火上，然后是祖太奶，然后是太爷，然后是太奶……

看着两位姐姐和娘精心缝制的寒衣在火中化为灰烬，六月心里有些可惜，但马上又觉得自己的这一想法是错误的。

为啥只有烧了我爷爷奶奶才能收到呢?

因为只有烧了才能变为无，只有变为无才能生出一个有。

六月不懂，六月担心爹也不懂装懂。

但六月比较相信爹的那句话，当你觉得心上不冷时，你爷爷奶奶就收到了。

现在，他在努力地体会，他的心上是不是已经不冷了。

冬至

从坟上回来，已是掌灯时分。六月没让爹提醒，就进屋把五月早已洗干净的供桌抱到当院，左挪挪，右挪挪，放在院子的当心。然后跑回上房。爹已经把米酒、奠茶和两碗清水放在供盘里。六月跃跃欲试地要端，但爹没有放口话。就在六月有些不知道该干啥时，爹把三炷香和几页表递到他手里。六月十分庄严地接过，双手举着，心里充满了神圣。爹端了盘子出门，六月随着。到了院里，五月早已站在供桌边，胸前也是一个盘子，里面是刚刚出锅的两碗一碟扁食。

三人在供桌前向南跪着，爹先把盛着清水的蓝边碗放在供桌的最南边，中间是香炉，左边是一碗扁食，右边还是一碗扁食。爹照例上了香，焚了表，奠了米酒，然后磕头。

第一个头磕完，爹让五月和六月背诵祭文，五月和六月就齐声背诵：

> 黄土生时百姓生，
> 清水生时恩情生。

二叩头毕，姐弟俩又背：

> 世人若把恩情忘，
> 择良留种到时辰。

三叩头毕：

> 天时人事日相催，
> 冬至阳生春又来。

作揖毕：

> 人言福在水中藏，
> 今日为我现真身。

　　五月和六月从爹的神情中看到，他对他们的朗诵很满意。但让五月和六月惭愧的是，他们还是忘了一句话。

爹紧跟他们的话尾巴补充：

冬至时节，谨献扁食两碗，清水一皿，伏惟尚飨！

一皿？一皿是啥意思？

就是碗的意思。

碗就说碗嘛，为啥要说成皿？

传统如此。

接下来爹从盘子里端了素边水碗，放在供桌下面。去年六月已经问过爹，知道这叫陪水，是给那些受不起头的众生饮用的。然后爹把五月刚端来的一小碟扁食放在供桌下面的陪水旁边，不用问，六月知道这还是给那些受不起头的众生吃的。和前几个年节不同的是这次把它们放在供桌前面，而不是到大门外泼散。

六月要问爹为啥，不想娘喊他去端献饭，就把这个问题给忘了。

六月到了厨房，说，已经献在院子里了还端啥献饭？娘说，你忘了还有先人呢。六月就噢了一声，把两碗献饭端到上房里，端端正正地放到地桌上，十分恭敬地磕了三个头，起身说，各位祖宗吉祥，冬至时节，谨献扁食两碗，伏惟尚飨。

六月对自己的发挥很满意，回头看爹，爹一脸的开心。

然后一家人坐在炕上吃扁食。

六月隐约记得，去年爹讲过这扁食其实是一种药，好像是上古时候，一个姓孙的医仙看到冬天人们的耳朵都给冻掉了，然后大发慈悲心，用百草制出一种药，让人们服用，人们的耳朵就再也没有冻掉过，从此每年冬至，人们都用吃扁食来纪念这位好心的医仙。

明明是饺子，今天却偏偏叫扁食。

六月这样想着，一个扁食已经下肚了。就有些后悔刚才不应该想这些名词，错过了扁食的味道，太可惜了。好在吃第二个时他就意识到了。

接着回到专心。

爹还说这饺子过去不叫饺子，叫煮角子。

讨厌，这个"想"过来，又让一个饺子滑到肚子里去了。看来这"想"真不好对付，得想个办法。有什么好办法呢？有了，每个扁食到口，本大人把它嚼个一百遍，看你能不能错过。

不想这招也不灵，因为当自己数数时，"想"又黏在数上，依旧把味道给错过了。

天啊，该咋办呢？

爹、娘和五月一齐把目光投向他，问他咋了？

六月拉着哭腔说，这"想"老是管不住。

哪个"想"管不住啊？吃饭时就专心吃饭嘛，还管个啥"想"。娘说。

你儿说的就是专心，我爹说只有啥都别想吃饭，才能品尝到真正的味道，可是这"想"老是赖皮一样缠人。

对，爹说过多少遍，只有啥都不想吃喝才能对得住吃喝，才能对得住美味，不然就是错过，而错过是罪。

六月就更着急了，自己觉得错过是可惜，好不容易吃一次扁食，却屡屡错过味道，不想爹又把它上升到罪，就更恨这"想"了。

不用急，爹刚开始时和你一样，这得慢慢训练。

你平常吃饭时咋没事，偏偏今天吃扁食，"想"就来了。五月说。

六月觉得五月说得对，还不是自己太重视这扁食了，一重视，反而"想"就来了。

六月就放轻松继续开吃下一个扁食，成功了。

但就在咽的时候，还是有一个"想"出来了，这个"想"是——看来今后得少学些知识，知识一多，"想"就多，思想就容易抛锚。

哎呀天，又上当了，原来这不让自己抛锚的思想也是抛锚。

六月开始深呼吸，把全部的"锚"都清理掉，然后全心全意地吃下一个扁食。

终于成功了！啊，终于成功了！本大人终于成功了！

下一个。

可是下一个扁食怎么到舌头上的，还是没跟住。哎呀妈，自己又上当了。原来这总结自己成功的"想"，也是抛锚。

不怕念头起，但怕觉来迟。我十月一那天不是告诉过你吗，要想把"想"堵住是不可能的，关键是它一来你就要识破它，发现它，时间一长，它就知趣，就不来了。爹说。

为啥识破它就不来了？

因为"想"是来跟你捉迷藏的，它藏在哪儿你都能找见，它当然就不跟你要了。

六月把一个扁食举在空中，定定地看着爹，觉得爹太能了。就按照爹说的办，果然有效。他的心里猫一样出现了无数"发现"，专等着"想"的老鼠来临。

六月把最后一个扁食吃完，觉得问题的关键还是节太少了，如果天天过节，天天有迷藏可捉，那他就能够巩固住了。

脑海里就冒出了下一个节：腊八。

吃完，姐弟二人到院里收供桌上的扁食，不想天已经黑得很了。

但正是这黑，让供桌上的一点红格外动人。等五月把扁食端到厨房回来，六月还盯着那点红看。五月知道，那是正燃着的香头。难道香头上有戏不成？

六月没有回答，仍然专注在那点红上。五月就意识到自己刚才多话了，打扰了六月的安静。就悄悄地顺着六月蹲下来，和六月一起守着那一点红。守着守着，就觉得那一点红里有一个世界。

二人终于冻得发抖了，眼前的那点红也回到香炉里睡觉去了。六月说，回屋吧，把人冻成扁食了。五月说，我有些舍不得水。经五月这么一说，六月也觉得舍不得。再说，天这么冻，他们回到屋里有热炕，水却要在院里受冻，怪可怜的。要不把它端回去吧？

端回去怎么出字？

是啊，只有受冻才能出字，那我们陪着它？

陪着它？陪一晚上？还不把你瓜蛋给冻扁。

那咋办？把火炉端出来？

这倒是个办法。

二人就进屋端火炉。

爹问，你们端火炉干啥？五月说，不干啥。说着端了往出走。六月猫腰端了炭匣子，跟着。

五月把火炉放在供桌旁边。六月把炭匣子放在火炉旁边。然后围着火炉蹲了。五月看着六月笑笑，六月看着五月笑笑，然后二人同时抬头看天，天蓝得就像一碗清水。

你说天上有水吗？

肯定有啊。

你凭啥肯定的？

这还用问，如果天上没水，雨水从哪里来？

你说天上咋那么多的水，年年下，也下不完？

鸡年年下蛋，也没见下完。

一说鸡，六月就觉得屁股蛋有些冰凉，就到屋里拿了爹的皮袄出来。五月受到启发，到后院取了羊毛驴垫背，放在火炉边。二人坐在上面，然后披了皮袄，守着杏木供桌。

五月的右胳膊把六月的左胳膊暖热，六月的左胳膊把五月的右胳膊暖热，皮袄把他们的后背暖热，炉子把他们的胸膛烤热，接着把他们肚子里还没有消化的扁食烤热，五月和六月就感到，他们的心是热的，肠子也是热的，冬至也是热的。

老子手指黄河，对孔子曰："汝何不学水之大德欤？"

孔子曰："水有何德？"

老子曰："上善若水。水善利万物而不争，处众人之所恶，此乃谦下之德也；故江海所以能为百谷王者，以其善下之，则能为百谷王。天下莫柔弱于水，而攻坚强者莫之能胜，此乃柔德也；故柔之胜刚，弱之胜强坚。因其无有，故能入于无间，由此可知不言之教无为之益也。"

孔子闻言，恍然大悟道："老君此言，使我顿开茅塞也。众人处上，水独处下；众人处易，水独处险；众人处洁，水独处秽。所处尽人之所恶，夫谁与之争乎？此所以为上善也。"

老子欣然曰："汝可教也！汝可切记：与世无争，则天下无人能与之争，此乃效法水德也。水几于道：道无所不在，水无所不利，避高趋下，未尝有所逆，善处地也；空处湛静，深不可测，善为渊也；损而不竭，施不求报，善为仁也；圆必旋，方必折，塞必止，决必流，善守信也；洗涤群秽，平准高下，善治物也；以载则浮，以鉴则清，以攻则坚强莫能敌，善用能也；不舍昼夜，盈科后进，善待时也。故圣者随时而行，贤者应事而变，智者无为而治，达者顺天而生。"

孔子道："老君之言，出自肺腑而入弟子之心脾，弟子受益匪浅，终生难忘。弟子将遵奉不怠，以谢先生之恩。"

姐弟二人演完《孔子拜教》折戏，一时不知干什么。六月的目光在火上。五月的目光在水碗上，你猜我看见了啥？

你先猜我看见了啥？

五月说，火。

六月说，水。

五月说，我看见蓝边水碗里有个福像小鸡一样从蛋里出来了。

六月说，真的？

五月说，当然是真的。

六月就欠起身子看蓝边水碗，却什么也没有看到。

五月就笑，你用眼当然看不见。

那你用啥看见的？

姐用心看见的。

嘿，那是想见的，不是真正看见的。

爹说真正的看就是不用眼，用眼看到的全不是真的。

那爹每天看着你和我，难道我们不是真的？

五月觉得六月说得有道理，但她又不愿意怀疑爹的话。

六月说，我觉得火炉里的火也是一碗水，只不过它们是红颜色。

是吗？你说火炉里的火是水？在六月手心掐了一下，你总没有在说梦话吧？

你才说梦话呢，我现在就是这种感觉，红颜色的水。

经六月这么一说，五月再看火炉里的火，还真有些像是水。

你说，火能还是水能？六月问。

五月想了想说，当然水能。

为啥？

水能把火扑灭。

可是火却能把水烧开啊。

火烧开水还要靠木柴。

看来还是水能。

要不咋冬至偏偏要敬水。

那二十三还敬火呢。

爹说世界都是地水火风组成的，人也是地水火风组成的，因此地水火风是平等的。

我咋看不见你脸上有地水火风啊？

五月就噗地向六月脸蛋上吹了一口气，这是啥？这不是风吗？

那水呢？

五月说，你的眼泪不是水吗？

那火呢？

你发火的时候不是火吗？

地呢？

五月回答不上来了，接着说，爹说这水不但是最能的，还是最高尚的。

为啥？

> 孔子观于东流之水。子贡问于孔子曰：君子之所以见大水必观焉者，是何？孔子曰：夫水，遍与诸生而无为也，似德；其流也埠下，裾拘必循其理，似义；其洸洸乎不淈尽，似道；若有决行之，其应佚若声响，其赴百仞之谷不惧，似勇；主量必平，似法；盈不求概，似正；淖约微达，似察；以出以入，以就鲜絜，似善化；其万折也必东，似志。是故君子见大水必观焉。

五月一口气背完，流畅得让六月惭愧。他清清楚楚地记得这一段在爹的本子的哪一页，但就是背不会。六月觉得荀圣的文章不如《弟子规》《朱子家训》《太上感应篇》和戏词儿好背。但他记住了爹的解释，那就是水是天下最软弱的东西，但它又是最能的东西。能到可以把火浇灭，能到可以滴水穿石，能到可以把人淹死，能到可以把脏东西洗净，能到可以让人当镜子照，能到可以上天入地，能到可以钻到人钻不到的地方去，能到可以把散土聚成块，能到人离开它就活不了，树离开它也活不了，庄稼离开它也活不了，等等。总之一句话，它就是一个能字。

但爹把这不叫能，而叫水德。爹说，水一辈子都在想着别人。而心里只有别人没有自己的人就是上善之人，就是圣人。

大公无私是圣人，公而忘私是贤人，公私兼顾是常人，私字当头是小人，徇私舞弊是罪人。水当然是圣人了。

　　　　到江送客棹，出岳润民田。

六月突然记起了一句爹常给他们讲的诗句，现在，对着冬至的供水吟诵出来，别有一种味道。

还记得爹的解释吗？五月问。

当然，就是水在哪儿都行好事，在江里运送客船，到田里生长庄稼。一想到田，六月又想到土，那你说，水能还是土能？

当然是水能啊。

水能它咋成不了山？

五月想了想说，咋成不了，大海就是倒着的山，底朝下的山，就像碗里的水，如果冻住，把它翻个过，不就是山吗？

六月觉得五月回答得棒极了，让人都佩服到骨头里了。

可是爹教他背的这段话分明在说山是最能的：

夫山者，岿然高，岿然高，则何乐焉？夫山，草木生焉，鸟兽蕃焉，生财用而无私为，四方皆伐焉，每无私予焉。出云雨以通乎天地之间，阴阳和合，雨露之泽，万物以成，百姓以食。此仁者之乐于山者也。

六月背完，五月说，可是太上老君又说上善若水啊，索性连腔带调地背起来：

上善若水。水善利万物而不争，居众人之所恶，故几于道矣。居善地，心善渊，与善仁，言善信，政善治，事善能，动善时。夫唯不争，故无尤。

六月问，水为啥不争？

因为水是君子啊。

啥是君子啊？

君子就是不争的人啊。

那孔子的七十二位弟子都是水做的？

哈哈，应该吧？

那就是说，水也有鼻子有眼睛？

应该吧。

有心有肺？

应该吧。

这样一想，六月不由打了一个寒战，平时喝了那么多水，原来进到肚子里的全是君子，全有鼻子有眼，有心有肺。原来这人的肚子就是一个大杀场啊。看来，这人只要吃饭，就是作恶。人要真正行善，除非不吃饭。六月觉得自己发现了一个天大的道理。这才是老天爷造的最大的理呢。就翻起身往上房跑。

五月说，要当逃兵？

不想六月却折回来了。

原来爹和娘已经睡了。

六月钻进皮袄屋子，把这个发现告诉了五月。五月同样大吃一惊，觉得自己的肚子里堆满了君子的尸体。赶紧念《往生咒》：

南无阿弥多婆夜，哆他伽多夜，哆地夜他，阿弥利都婆毗，阿弥利哆悉耽婆毗，阿弥唎哆毗迦兰帝，阿弥唎哆毗迦兰多，伽弥腻，伽伽那，枳多迦利娑婆诃。

六月从五月发出的声气知道，她在念《往生咒》，但他自己却一直没有背会，一出《目连救母》他都背会了，但这个咒子他就是背不会。看来非得背会不可，不然自己杀了这么多生，结了这么多冤家，却不能打发他们走，怎么得了。

六月感到脊梁骨有些寒。

接着好寒。

接着好寒好寒。

但一直咬着牙没吭声。五月给炉子里添了一块炭，六月借吹火把身子向炉边靠了靠，但又觉得自己这样投机太不男子汉了，就又回到原位，坚持着。

不想就在这时，发生了一件让六月一辈子也忘不了的大事——

五月转过身，把背靠在他的背上，双手抱了膝盖。六月感动得心里全是君子。直觉得后背哗地一下热了起来，直热到心里去了。不对，是心先哗地一下热了起来，直热到后背去了。不对，是后背先哗地一下热了起来，直热到心里去了……

六月一下子明白了什么是"庭前垂柳珍重待春风"，什么是"春泉垂春柳春染春美，秋院挂秋柿秋送秋香"，什么是"试数窗间九九图，余寒消尽暖回初。梅花点遍无余白，看到今朝是杏株"。

二人静静地品味着来自对方后背的温暖，好长好长时间，直到静得不能再静，长得不能再长。

恍惚间，六月觉得两个人变成了一个人。

如果两个人变成一个人，娘就可以少缝一套衣裳，还可以省一份饭出来，当然，五月背会的东西也就是我背会的了。还有，我的高兴就是五月的高兴，我的幸福就是五月的幸福了。

老天爷为啥不把全世界的人变成一个人呢？六月终于忍不住

说话了。

五月说，你咋又想到了这么一个奇怪的问题？

如果老天爷把全世界的人变成一个人，就没有爹常说的分别了，当然也就没有仇恨了，人们也就不会吵架了，不会打仗了，不会……总之好处多多。

那有啥好。如果老天爷把全世界的人变成一个人，那世界上要么只有一个爹，要么只有一个娘，要么只有一个姐，要么只有一个弟，有啥好。如果老天爷把全世界的人变成一个人，你连媳妇都没办法占，有啥好。

你就单说你连女婿都没办法瞅吧，哎哟，你掐人干啥。

你看那对联，只有对，才好听，只有上联没有下联就不好听。

那当然，只有左眼没有右眼，只有左胳膊没有右胳膊，只有左腿没有右腿，都不好看，也不好劳动。我是说假说，假说老天爷把全世界的人变成一个人，你说该是一个啥样儿呢？

肯定是老天爷的样儿吧。

六月觉得五月回答得棒极了。

六月感到寒气又从脚上来了。这倒好办，只要把脚伸到炉子边就行了。六月就在想象中把脚伸到炉子边。就真想伸到炉子边。可是如果把脚伸到炉子边，这后背就要从五月的后背上离开。这当然是他一万个不愿意的，那就让脚受些委屈吧。

继续在想象中把脚伸到炉子边。但又立即缩回来，因为他马上意识到这对供水不恭敬。

就强忍着。六月突然想到爹说过，当你哪儿疼痛的时候，你就看着那个疼痛，一直盯着它看，看到熟时，就不痛了，那么现在脚上冷，是不是盯着它看，也会不冷呢？

开始实验。心里就有一个"看"开始和冷较量。看着看着，看着看着，到了那么一个火候，噌地一下，那冷果然就断掉了。

六月无比激动地把这一成果告诉五月。

五月说，真的？

六月说，当然是真的，不信你可以实验啊。

五月就实验。但是五月发现，她的"看"老是抛锚，不能永恒。问六月是咋回事。六月不解地说，咋会抛锚呢，自己的"看"咋会抛锚呢？

五月说，不知道，大概就像你吃扁食吧。

六月就一下子同情上了五月。对啊，怎么吃扁食时那么容易抛锚，看着冷时却没有抛锚呢？看来这幸福容易抛锚，痛苦不容易抛锚。六月一下子明白了爹常说的话，任何好里都有一个不好，任何不好里都有一个好。

这样想时，冷又来了。六月就继续"看着"那个冷。看着看着，看着看着，同样，到了那么一个火候，噌地一下，那冷再次断掉了。六月第一次体会到"看住"的美妙，也第一次体会到了"看住"的威力，原来老天爷创造下这冷和热，痛和疼，吃和喝，火和水，等等，都是为了让人们体会这个"看"。如果不吃，你怎么会知道吃？如果不喝，你怎么会晓得喝？如果不冷，你怎么会知道冷？如果不热，你怎么会晓得热？

而这个"知道"，这个"晓得"，不就是爹常说的那个"看"吗？

哎呀哎呀，这冬至就是神气啊，让本大人像破竹子一样连连开悟啊。

哎呀哎呀，原来这世界上最美的事情就是开悟啊，难怪佛要哄难陀离开漂亮媳妇。比漂亮媳妇还美，想想看，到底有多美。

那么，五月的问题该如何解决呢？六月的脑子在飞速运转。接着，就发生了一件让五月一辈子也不能忘记的大事——

六月把双手伸到身后，抓住了五月的脚丫儿，用力捂着。

五月就觉得她的脚丫上不是两只手，而是一对君子。

五月和六月醒来，发现自己躺在被窝里。

我们明明在院里守水，怎么到的被窝里呢？

两个瓜蛋，如果不是你爹把你们抱进来，早都成了冰人了。娘说。

才知他们昨晚居然坐在院里睡着了。六月呼地从炕上翻起来，几下子穿上衣裳，腾地跳到地下，奔到后院撒了尿，冲进屋倒了清水洗脸，然后飞到当院，盯了蓝边碗里的冰看。

啊！真神！真神！果然有个福字！

然后把桌下没供的那碗水端到供桌上看，果然没有福字。

五月应声也从被窝里出来，迅速穿上衣裳，同样净身净脸，然后凑过去看。

却从两碗水里看不出什么区别。

六月就有些吃惊，怎么爹教他们同样的方法，在五月这里就不灵呢？

你眯上眼睛，闭着气，从眼睛缝里看。

五月就眯上眼睛，闭住气，把眼睛挤成一把刀，向水碗里的冰捅过去。

果然！果然！果然！

上香吧上香吧。六月说。

磕头吧磕头吧。五月说。

一叩头：

　　黄土生时百姓生，
　　清水生时恩情生。

二叩头：

　　世人若把恩情忘，
　　择良留种到时辰。

三叩头：

天时人事日相催，

冬至阳生春又来。

作揖：

人言福在水中藏，

今日为我现真身。

揖毕，六月学着爹的腔调说，冬至时节，谨献扁食两碗，清水一皿，伏惟尚飨！

五月说，错了，早都献过了，还扁食两碗清水一皿呢。

六月的口水就出来了。他想到了昨晚收回去的那两碗扁食，就麻利了手脚收拾供桌。

一股香气从厨房里出来，五月和六月知道娘在热扁食，就到厨房去端。

娘揭开锅盖，一边往碗里铲扁食，一边说，这可是冬至神吃过的，你们要用心品尝。

二人从娘手里接过炒得黄璁璁的扁食，挪着碎步小心翼翼地到了上房里。

六月问爹，还用供吗？

爹说，供过的东西不能再供了。

二人就脱鞋上炕，把腿伸进被窝享用扁食。

五月夹起一个要吃，突然想起《弟子规》上说"或饮食，或坐走，长者先，幼者后"，就先夹了一个给爹。爹也没有推辞，张开嘴十分开心地吃掉了。六月再夹，爹就摇头，说供过的扁食，你们多吃一点，好开智慧，长记性。

六月就腾地跳下炕，端着碗，到厨房里，夹了一个扁食，给娘喂。娘也没有推辞，张开嘴享用了。六月再夹，娘却十分坚决地摇头，示意让他快回去吃。

六月就回到上房，复又脱鞋上炕，和姐一起，品尝冬至神吃过的扁食该是一种什么味道。

牙还没有搭到扁食上，一股神的味道已钻到嗓子眼了，接着，六月就觉得整个身子都被冬至充满了。

二人吃完扁食，把碗筷送到厨房，回到上房里，爹正从地柜上往下取老宣。五月六月知道，爹要制《九九消寒图》了。

六月就把炕桌抱上炕，双膝跪在一旁，目光热切地望着爹收拾墨汁和毛笔。

娘也回来了。

一家人就坐在炕上，一边看爹制《九九消寒图》，一边等待蓝边碗里的供水在地桌上慢慢融化。

爹伏在炕桌上，手里是一支非常纤细的毛笔，用双勾描红法画字。五月和六月知道爹要画什么字。爹画好前一个，二人就背后一个，就像他们的"背"是那字的笼头似的，一个个字的黄牛被他们牵出来。最后落在纸上的是"庭前垂柳珍重待春风"九个正体字。爹说，这九个字每字九画，共八十一画，从冬至开始每天按照笔画顺序填充一个笔画，每过一九填充好一个字，直到九九之后春回大地，一幅《九九消寒图》才算大功告成。填充每天的笔画所用颜色根据当天的天气决定，晴则为红，阴则为蓝，雨则为绿，风则为黄，落雪则填白。

还记得爹教给你们的《填色歌》吗？

五月抢先背出上句：

上阴下晴雪当中，左风右雨要分清。

六月跟了下句：

九九八十一全点尽，春回大地草青青。

爹制完字版《九九消寒图》，又开始制画版。只见他在老宣上绘制了九枝寒梅，五月和六月也知道，九枝寒梅代表九个九，然后每枝上面还有九朵梅花，代表九九八十一天。这些寒梅，和上九个字一样，同样只勾了边，里面是空心的，供他们在今后的九九八十一天添色。

制完版图，爹又开始制联版。一边绘，一边给五月六月说，你们背背看。

五月就抢先背：

> 春泉垂春柳春染春美。

六月也没落下：

> 秋院挂秋柿秋送秋香。

爹说，先人们常常用这个对联推测这一年的雨水多寡和丰歉。

六月问，咋推测？

爹说，我记不大清了，但你爷爷会。

六月就觉得太遗憾了，爹当时应该把它记在本子上才对。我可一定要记牢，到时传给我的儿子，再让我的儿子传给我的孙子，再让我的孙子传给我的重孙，子子孙孙，孙孙子子……我可不愿意让他们遗憾。

正遗憾着。五月又背了：

> 试数窗间九九图，余寒消尽暖回初。
> 梅花点遍无余白，看到今朝是杏株。

爹说，这诗说的是妇女晓妆染梅。过去大户人家，冬至后，妇女会贴梅花一枝于窗间，早上梳妆打扮时，用胭脂点一朵梅，八十一朵点完，就变作杏花，说明春回大地了。试看图中梅黑黑，自然门外草青青。

六月想，爹小时候一定吃过无数供过的东西，不然他怎么就能记下那么多古诗呢？可是他怎么偏偏就把爷爷教的推测雨水和收成的秘招给忘了呢？不然，每年他们专拣那些能成的庄稼种，那不天天有扁食吃了，那不天天过年了？

但他又隐约觉得，爹之所以记住了这么多在他看来无用的东西，却独独把这件他看来最有用的秘诀给忘掉，肯定有他的道理。

试看图中梅黑黑，自然门外草青青，多好的句子，爹重复道。六月能够感觉到这句诗从爹嘴里出来爹心里的过瘾，简直比他吱儿吱儿品罐罐茶还过瘾。

爹吟诵时，五月想，如果我是大户人家的女儿就好了，就可以晓妆点梅了。

又立即否决了这一想法。因为《朱子家训》中的话从她脑海里冒出来了：

见富贵而生谄容者最可耻，遇贫穷而作骄态者贱莫甚。

头九初寒才是冬，三皇治世万物生，
尧汤舜禹传桀事，武王伐纣列国分。

一直没有说话的娘背开了：

二九朔风冷难当，临潼斗宝各逞强，

王翦一怒平六国，一统江山秦始皇。

三九纷纷降霜雪，斩蛇起义汉刘邦，

霸王力举千斤鼎，弃职归山张子房。

四九滴水冻成冰，青梅煮酒论英雄，

孙权独占江南地，鼎足三分属晋公。

五九迎春地气通，红拂私奔出深宫，

英雄奇遇张忠俭，李渊出现太原城。

六九春分天渐长，咬金聚会在瓦岗，

茂公又把江山定，秦琼敬德保唐皇。

七九南来雁北飞，探母回令是延晖，

黄夜母子得相会，相会不该转回归。

八九河开绿水流，洪武永乐南北游，

伯温辞朝归山去，崇祯无福天下丢。

九九八十一日完，闯王造反到顺天，

三桂领兵下南去，大清皇爷坐金銮。

呵呵呵，娘一口气背完，不好意思地笑起来。

娘背得真好啊，五月六月齐声夸赞。看爹，爹也一脸的自豪。

六月问，娘你啥时候学会的啊？

娘说，小时候你外奶奶教的。六月就觉得外奶奶真有学问。

这是你外奶奶家的《九九歌》，你爷爷教的和你外奶奶教的略有不同，爹说。六月让爹背一下，看哪儿不同。爹就背：

头九初寒才是冬，三皇治世万物生，
尧禅舜位禹得桀，武王伐纣列国分。
二九朔风冷难当，临潼夺宝各逞强，
子胥力举千斤鼎，一统江山秦始皇。
三九纷纷降雪霜，斩蛇兴兵汉刘邦，
霸王自刎乌江死，辞职归山张子房。
四九滴水冻成冰，青梅煮酒论英雄，
孙权独占江南地，鼎足三分属晋公。
五九迎春地气融，红拂私奔出深宫，
英雄奇遇张忠俭，世民出现太原城。
六九春分天渐长，咬金聚会在瓦岗，
骣马单鞭胡敬德，扶主明君小秦王。
七九南来雁北飞，精忠报国是岳飞，
秦桧本是奸丞相，假传金牌解公危。
八九河开绿水流，洪武设宴火焚楼，
伯温辞朝归山去，崇祯自叹化作尘。
九九八十一日完，闯王造反到顺天，
三桂领兵下南去，大清皇爷坐金銮。

爹背完，六月听出来确实有几处不同，最明显的是娘背的没有岳飞，爹背的有岳飞。就问爹，那到底哪一个正确呢？爹说，两个都正确。六月问，那我和五月姐该学哪一个呢？爹说，两个都学啊。娘说，你就和你姐分开学，你姐学娘背的，你学你爹背的。六月就觉得还是娘体贴人。

午时，那碗福水融化了。六月端着它，让爹先喝，爹，你喝一口福吧。

爹说，好，喝一口福。

娘，你喝一口福吧。

娘说，好，喝一口福。

姐，你喝一口福吧。

五月说，好，喝一口福。

六月看见一个个福仙气一样到了爹和娘的嘴里，也到了五月的嘴里，接着把屋子充满，把院子充满，把天地充满，也把九九充满，把所有的日子充满了。

剩下的是自己的。六月把嘴搭在碗边，有些不忍心下口。

最后极小心地呷了一口，让它先到舌尖，再到舌面，再到舌根，再到嗓门，再到嗓眼……嘴里一下子"春泉垂春柳春染春美"，一下子"秋院挂秋柿秋送秋香"。

六月不停地咂着嘴。

难怪关公要"志在春秋功在汉，心同日月义同天"，原来关公是尝到福了啊，原来"志在春秋功在汉，心同日月义同天"快乐啊。

喵——低头，小猫花花正蹲在炕沿上看着他。六月就找了一个小瓶盖，极小心极小心地往里面倒了一杯"福"，展到花花嘴边，让它舔。

花花舔完"福"，跳到炕上，躺在炕角，无比温柔地"念起了经"。

六月就开悟了。原来花花天天都在念《福字经》：

福福福，福福，福福福，福福……

腊八

五月换了一个脖子。

吃过晚饭，炉上铁壶里的水已经冒气了。爹从厨房提了一桶水来，往澡盆里倒了一半，使劲捅了一阵炉子，又往里面添了几块炭，然后往水里掺热水，一边让六月脱衣裳。

六月说，你先洗。

爹神情专注在从壶口挂出来的那弧水注上，加强了语气说，脱！

六月就刷刷刷地几下脱掉衣裳，嘴里嗞嗞嗞地吸溜了几声，钻进水里。

六月蹲在盆里，抱着身子。

爹的手就过来了，先是在他的屁股上拍了一巴掌，然后左手握了他的脖子，右手抓了他的两只脚，把他抻展在水里。

六月只好顺了爹的劲，乖乖地躺在盆里。

目光就正好和爹的对上了。六月心里不由感动了一下。和平时不同，此刻爹的目光是笼罩下来的，宽大的，温热的，就像盆里的水。

六月觉得五月的脖子像一个白萝卜，不像是田里的，也不像是窖里的，而是佛国的。

看着六月用两手捂着小鸡鸡，爹扑哧一声笑出声来，一边把一片麻织的搓布给他，说，自己动手。六月用一只手接过搓布，另一只手仍然捂着小鸡鸡。不想爹又递过来一块搓布。六月就把手里的放在水里，伸手来接。

爹说，抓紧时间，一只手一片，把前身赶快搓完。

六月说，那你走开。

爹又扑哧笑了一声，果然走开，谁想却隔了窗户叫娘来取六月换的衣裳。

六月说，不，不，我知道衣裳在哪儿。

爹却没有阻止娘。

六月着急地说，我娘一来，我姐肯定就跟来了，她是个随屁风。

咋能这么说你姐？一边从他的棉袄上往下扒外套。

六月就从盆里跳出来，冲到门边，插上门栓。

不想爹不但没有生气，反而欣赏地看了他一眼，说，为啥这么怕你娘和姐呢？

六月怔了一下，心想是啊，为啥这时这么怕娘和五月呢？

五月把脖子一换，整个人也换了。

爹过来给他搓背，爹蹲在盆边，左手托了他的胸脯，右手拿了搓布从下往上搓，一茬一茬的，有些痛，但可以忍得住。爹似乎能够感到他的痛，手又轻了一些。到脖颈里时，爹把手掌变成两个指头，在两个颈窝里推动。六月看见随着爹的动作，垢痂一片一片地落在水里，但是平时他却没有意识到它们的存在。而它们就潜伏在他的身上，每天跟他吃，跟他喝，跟他睡，这是多么危险的一件事情。如果没有腊八，就没有腊七澡；如果没有腊七澡，就没有炉边的这个木盆，也就没有木盆里的这盆水；如果没有这盆水，这些垢痂就下不来。六月再次感到水的不可思议。

六月想看看自己的脖子，可是够不着。

搓完后背，爹拿过炉上的水壶，先倒在自己的手里试了一下，好像有些烫，又提起桶子，往壶里添了一些，再试，再添。这让六月想起《弟子规》中的一句话："亲有疾，药先尝。昼夜侍，不离床。"爹试水的样子，就是水先尝吧，只不过爹不是用嘴尝，而是用手尝。爹一手抓了六月的下巴，把他托起来，一手悬了水壶，从他的头上往下浇水。一股来自水的爽就把六月融化了。

六月闭上眼睛，细细地体会这种来自水的爽快。

就有一条鱼在眼前游来游去，就有无数的鱼在眼前游来游去，他仿佛能够看见，这无数的鱼中，有一条是自己。

五月的脖子这样好看，身子一定更好看。
六月的心里就有了一个预谋。

抓住六月的胳膊冲两个腋窝时，爹发现六月的小鸡鸡叫鸣了。就放下水壶，用食指从六月的小尾巴尖上压了一下，然后顺着后脊梁往上滑，一直滑到头顶，再从头顶滑下来，经过鼻梁和下巴，一直滑到肚脐眼那里，说，再次小鸡鸡叫鸣时，就按这个路线想。

六月问，为啥？爹说，当你能这么把小鸡鸡想着卧回去时，相当于你往银行存了一百万。六月睁大了眼睛，不相信地扭过头看着爹，真的？爹说，当然是真的。六月看见爹的神情是认真的，不像是骗人。

那你呢？你存了几百万？爹就嘿地一声笑了。说，爹存了一万万了。六月哇的一声叫出声来，那咱们就是世界上最富的人了。那我娘呢？我娘存了多少万？

爹就笑得闭过气去。

还有我姐呢？

六月突然想到，爹让他把小鸡鸡想着卧回去，五月怎么办？五月拿什么卧回去？

问爹。不想爹正在和笑老鼠较量呢，爹用牙把笑老鼠咬住，可是笑老鼠却从鼻子里出来了。

想笑你就放开笑嘛，还要装个不想笑。

假如我将来做了大官，一定给五月单独造一个澡堂，让她天天洗，那样，五月就是天底下最好看的了，就一定是佛最喜欢的了。

六月没有穿衣裳，而是光着身子钻进被窝里，趴在热炕上，看着地下的爹。六月看见爹进入那盆黑水的时候表情中没有任何嫌弃，又感动了一下。六月同时发现，爹进入澡盆的时候是穿着裤头的。六月问，你为啥不脱掉裤头？爹说，我是爹啊。

六月跳下炕扑过去扒下爹的裤头，说，在你儿子面前还怕羞吗？爹嘿地笑了一声，就索性脱掉了。但背对着他蹲在盆里。

六月再次回到被窝里，看爹擦洗身体。六月突然发现，蹲在盆里的爹，不像是爹，而是一座山。

五月拿什么卧回去，爹还没有回答我的问题呢。

完了吗？五月在门外喊。还早呢。六月大声回答。这样回答时，六月有一种无法言说的优越感，看看，我和爹是一派，你现在只能在门外边。但六月马上意识到这时的五月有些可怜，就想放她进来。就给爹说，可以让我姐进来吗？爹说，不可以。如果我放她进来呢？那爹就赏你两个饼吃啊。嘿嘿，咱们两个一派，我姐和娘一派，一人一个兵，可是不打仗，只把曲儿唱。爹笑着回头看了六月一眼，说，想打仗啊？还不下来孝敬老爹。

六月就跳下炕，接过爹手里的搓巾，学着爹的手法，给爹搓背。近里一看，才发现爹的背上有许多伤疤，问爹这是咋来的。爹说，往大背你背来的。六月想了想，爹背过他那么几次，但没见哪次流过血啊。就小心地绕过那些伤疤，一茬茬推进。

搓着搓着，就扑哧一声笑了。爹问六月笑啥。六月就在爹的尾巴尖上按了一下，然后顺着后脊梁往上滑，一直滑到头顶，再从头顶滑下来，到肚脐那里时，被爹抓住了。六月以为爹会让他吃饼，谁想爹不但没有让他吃饼，反而表扬他是个好学生，一次就记住了，长大一定是个好管家。六月问，啥叫管家？爹说，管家就是保管家里财产的人，看守家里财产的人。六月说，他也管那一万万吗？是啊，那一万万是最值钱的，比什么家产都值钱，你可要给咱管得严严的。

假如世界上没有水呢，姐怎么变得好看起来？六月被自己的这个想法吓了一跳。假如没有水，人都无法活，更别说洗腊七，更别说好看。

六月的心里就再次升起对水的感激。

一次，他问爹泉里的水是从哪里来的。爹说从地底下来的。他又问爹地底下的水是从哪里来的。爹说是老天爷造的。他问老天爷拿啥造的。爹说拿金子造的。他问为啥偏偏是拿金子造的。爹说因为金生水。他就不懂了。难怪金子那么值钱，原来它可以生水。

那么金子又是拿啥造的呢？

土。

土又是拿啥造的呢？

火。

啊，土是火造的？

是。

那么火是啥造的呢？

这你还要问，去到灶膛看。

你是说木柴？那么老天爷厉害呢，还是佛厉害呢？

都厉害。

六月有些提不动水壶，但还是努力提起来了，双手颤颤巍巍的。爹就曲着身子，让他从头上往下浇。这时，六月就巴不得自己能够一下子长大，好把水壶提到足够高，让水高高地挂下来，像水帘洞那样挂下来。

五月觉得六月今天的目光怪怪的，糯子似的，老黏着她的脖子看。

穿戴一毕，爹端了盆里的脏水往茅厕里走。六月说，倒在院里算了。爹说，脏水咋能往院里倒？明天就是小年了，记住啊，从今天开始，任何脏水都不能往院里倒了，更不能在院里撒尿啊。六月问，为啥？爹说，因为一进入小年，这家就不是家了。六月问，为啥一进入小年，这家就不是家了？爹说，一进小年这家就成了诸神海会的地方。六月问，为啥一进小年家就成了诸神海会的地方？爹说，因为要过大年了。六月问，过大年就这么牛吗？爹说，那当然。六月问，是因为过大年才有诸神海会还是因为诸神海会才有大年？爹就回头看了六月一眼，想说个啥，却停住了。爹的一只脚已迈出大门，另一只脚正在往出迈，不想被这个问题卡住了。六月看到爹的目光就像裆下的那个门槛。

你这个问题问得好。

把另一只脚也迈出去。

你这个问题问得真是好。

六月说，那当然，我是谁。

你是我儿子。

爹说佛一天只吃一粒米，这是真的吗？

那是在修苦行的六年里。

六年时间每天只吃一粒米，他就不饿吗？

肯定饿，但他忍着。

他真能忍啊。

爹不是说一个人只有忍人所不能忍，才能行人所不能行，成人所不能成吗。

为啥只有忍人所不能忍，才能行人所不能行？

因为忍是心上一把刀。

这是爹的话，我在问你呢。

五月笑了一下，说，爹说如果韩信当年不忍就成不了大事。

还是爹的话，你就会热剩饭。

再问你一个问题，是因为你是我爹我才是你儿子呢，还是因为我是你儿子你才是我爹呢？

爹手里的澡盆就突然坐在门道，爹也跟着坐在门道。盆里的水扑淹扑淹，爹也扑淹扑淹。

六月绕到爹的面前看爹，爹的脸一半在哭，一半在笑。

可是，他为啥后来又要喝牧羊女的乳糜呢？

因为只有喝了牧羊女的乳糜才能悟道。

那他为啥早不喝呢，为啥一直要等到六年后呢？

爹说，这六年苦行把他心上的垢痂都洗干净了，只有把心上的垢痂洗干净才能悟道。

苦行咋能洗垢痂，苦行是水吗？

大概是吧。

他为啥偏偏要选腊月八这天喝牧羊女的乳糜呢？

大概是因为腊月八是小年吧。

那今天也是小年，我们能悟道吗？

爹说佛是腊月八这天坐在菩提树下悟道的，咱们到哪儿去找菩提树。

六月的眼仁就翻到迦毗罗卫国去了。

悟道很美吗？

肯定很美吧，要不他为啥放着国王不做，放着一国的漂亮女子不亲，放着一国的银钱不花，放着一国的好吃的不吃，放着

313

一国的好喝的不喝，放着……而要翻墙逃走，去做苦行僧，去悟道。

那我们也去悟道啊。

五月的目光就蜂一样叮在六月脸上，好半天，你能做到一天只吃一粒米吗？

六月想了想，觉得是个难题。有没有既可以吃饱，又可以悟道的办法？

爹说脑满肠肥，肠肥脑满，当一个人吃得太好时，脑子就废了。

悟道后会非常聪明吗？

那肯定。

悟道后会长生不老吗？

那肯定。

再次回到院里时，觉得这院已不是平时的院了，六月能够看到诸神从四面八方涌来。抬头看天，天黑压压的，却又光明无比。低头看院子，院子里满是神仙的脚印。

你说，佛真会吃我们的供粥吗？

那肯定吧。

既然他能吃我们的供粥，说明佛还活着？

爹说佛一直不会死，佛就在我们每个人的心里。

那我们为啥还要来庙里供佛，我们把粥放在心里就好了。

粥能放在我们心里吗？咋放进去呢？

六月想了想，觉得又是一个大难题。

过了会儿，他又说，可是，我咋在心里看不到佛呢？

五月说，你能看到你的心吗？

六月指了一下自己的胸脯说，心不就在这里吗？

五月说，是在那里，但是你能看见吗？

六月使劲看了看，觉得既看见了，又没有看见。

既然你连你的心都看不见，咋能看见心里的佛？

六月的脑门就响了一下，那是对五月的佩服。对啊，只有先看见心，才能看见心里的佛。看来，得首先设法看见心。

你说这心的门该在哪里呢？

五月停下脚步，吃惊地看着六月，心咋会有门？

如果心没有门，佛是从哪里进去的？

回来，爹用清水冲了盆子，又往旺里捅了一下炉火，往炉上热了一大壶水，然后往脸盆里收六月换下来的脏衣裳。

六月问爹，你说衣裳过腊八吗？爹把眼仁顶到额头盖上看了他一眼，你说呢？

我问你呢。

当然过啊。

那它明天也会到庙里去供佛吗？

当然啊。

这次你老人家上当了，它明明连脚都没有，咋能到庙里去供佛？

你就是它的脚啊。

六月没想到爹会这么回答他。是啊，衣裳虽然没有脚，但它却能把人当它的脚。

这么说，衣裳也有手，有嘴，有鼻子，有眼睛，有心？

六月这样说时，看见爹手里的衣裳依次有了手，有了嘴，有了眼睛，有了心，有了呼吸，有了面孔……六月一下子有些紧张，但又想，反正现在我已经沐浴过，爹说沐浴过的身体佛喜欢呢，既然佛喜欢，我还怕什么呢？

如果佛在我们的心里，那我们每个人都是一座庙？

五月觉得六月的这句话棒极了。假如爹的话是真的，那每个人真是一座庙啊，一座会走路的庙。

会走路的庙，六月觉得五月的这句话更棒。可是，四方一社的人为啥要到沟对面盖一座庙呢？

收完衣裳，爹又开始扫地，爹平时是不扫地的，都是娘和五月扫，但现在爹却突然扫起地来，这让六月既新奇又感动。六月想问爹为啥今天突然想起扫地，却又着迷于爹扫地的样子，就忘了要问的问题。爹扫地的样子真好看呢。六月看见，刚刚还在他和爹身上的垢痂，被爹手中的苕帚赶得跑呢。

你说庙里的神平时能看见我们吗？能知道我们干啥吗？能知道我们想啥吗？

那当然，因为神是千里眼顺风耳。

人为啥就没有千里眼顺风耳？

爹说人原来也有千里眼顺风耳，后来被老天爷收了。

老天爷为啥要收呢？

因为人学坏了，不可靠了。

人为啥要学坏呢？

因为——你说呢？

你说千里眼是不是爹说的一目了然？

大概是吧。

你说为啥人不能一目了然？

爹说人们用着两个目，就不能了然，只有佛能够一目了然。

看来，还是要修行，还是要悟道，假如能够对啥都一目了然，那该多过瘾啊。

爹说要一目了然，就得先做到《弟子规》，再做到《太上感应篇》，再做到《朱子家训》，然后还要背《孝经》《论语》，最后佛才能让你修成正果，否则，就等于在空中盖房子。

为啥？

因为只有做到这些，佛才放心你，佛不放心你，就不会让你一目了然。

为啥？

爹说一个一目了然的坏人比没有一目了然的人还可怕呢。

说到这里，六月觉得有了希望，因为他和五月已背会了《弟子规》，背会了《朱子家训》《太上感应篇》，背会了《孝经》，正在背《论语》呢。

等炉上的水嗞嗞响时，爹让六月到厨房叫娘和五月。六月问，叫我娘和姐干啥？爹说，沐浴啊。嘿嘿，明明是洗澡，还叫沐浴。

六月往厨房跑时，心里就映过一个娘和五月沐浴的场景。六月的小身子里不由涌过一阵感动，没有缘由的感动，像娘把锅盖揭开，白面馒头从雾里露出来时的感动。

出村，对面沟岸上地庙哗的进入他们的眼睛，让五月六月觉得沟岸不再是沟岸，而是爹说的净土。庙门口已经有红旗飘舞。六月紧张地搜寻四面沟坡，终于没搜见人，心里才踏实下来。

今年本大人总算抢了个头粥。

房门夸张地响了一声，六月回头一看，关严了。六月能够听出来，这是五月关门的声音。接着听到娘和五月在房里说话。说个话还把门关住干啥。就轻手轻脚地过去，隔了门，六月听到水的声音。六月突然意识到，娘和五月要洗腊七了。嘿嘿，不就洗个腊七嘛，还把门关这么严干啥。

哼，还是我给炉子里生的火呢，还是我叫你们来沐浴的呢。当沐浴这个词跳出脑瓜盖时，面前的屋子一下子不同寻常了，面前的窗户一下子不同寻常了，六月能够感觉到这屋子、这窗户、这门正隐隐往外放射着七彩祥云。

还是爹说的沐浴好，洗澡不但让人觉得平常，不神气，还有些恶心。

沐浴，沐浴，木鱼，木鱼。

传来一种声音，像鸟翅膀一样的声音。

六月竖起耳朵，却是一阵沉默。

接着，那沉默就伸出一双胳膊，把他抱了起来。

谁想佛台上已经有人供了粥了。五月六月原以为他们是最早的呢，没想到有人还比他们早，心里就有些懊丧。

这些扫店猴真扇得早，六月嘟哝。

在庙里可不能起恶念，再说"见人之得，如己之得"呢。

六月的心里就惭愧了一下，也暗暗嫉妒着五月像爹一样把《太上感应篇》中的话巧妙地用到这里来，看来光背会还不顶事，还得会用。

六月没有来得及叫一声，就被爹抱到上房里了。

爹让他洗香盘，六月手在洗，心还在东厢房，他想像不出来娘和五月沐浴的场景该是什么样子，娘是否也按着五月的尾巴尖说，要把鸡鸣卧回去，要做一个好管家，把那一万万管得严严的。

啊，你已经洗香盘了啊。抬头，是改弟。改弟接着给爹说，太爷，我娘说你们的澡盆用完了吗？

六月抢先说，白云家借……

嗯——爹鼻腔重重地哼了一声。六月忙说，等一会儿，我娘和我姐正洗呢。

六月后悔刚才又犯了悭吝的毛病，但他心里确实不想给改弟家借，改弟家借所有的东西都可以，唯独澡盆他有些舍不得，为啥呢？

六月这才发现，他昨晚之所不愿意给改弟借澡盆，是怕她洗得比自己更干净，六月后悔自己不该这么小气的。

改弟的脖子今天该是个啥样儿呢？又后悔走时没有叫上改弟，五月本来是要叫改弟的，他说那样又得好一会儿工夫，会耽误了抢头粥的，再说也会把粥放凉的，爹说这粥最好要趁热供，凉了会把佛肚子吃坏的。为此爹专门买了一个带盖的新瓦盆，在里面放了三块炭，把粥碗放在炭中间。

要是叫上改弟就好了。

六月突然记起刚才的那个预谋，侧脸看五月，五月刚把手里的蜡烛点燃，六月就看见心中的那个预谋变成一尊佛，在烛光中向他微笑。

接着，佛的目光落在五月的脖子上，一挥笔就打了一个二百分。

今天佛真是开心死了，五月一个人的脖子都让他这么喜欢，待会全村的脖子到来，还不把他老人家给喜欢炸。

六月没办法想象那个喜欢。

六月非常想做佛。

灶前是一个小炕桌，炕桌上是一簸箕豌豆，娘让他和爹拣豌豆。六月说，拣豌豆是女人的事啊。娘说，熬腊八粥的豌豆要沐浴完才能拣呢，反正你爷俩现在闲着，还不如做点功德。

六月和爹就坐在小凳子上拣。

爹告诉他，熬腊八粥的豌豆要挑最圆的最饱的最好看的，破的秕的形象不好看的，都不能要。说着，给他做拣的示范，先是一排一排，后是一个一个。

六月没有想到，腊八粥还这么路数多。也就随了爹去拣。拣着拣着，心就哗地一下开了，六月发现，这猛一看差不多的豆子，其实是千姿百态的，六月觉得自己一下子进入了另一个世界。

上香。磕头。

当额头挨到地面上的时候，六月的心里爽了一下。

六月哈哈大笑。

六月觉得他悟道了。

大年

　　爹挑水回来，五月和六月已经把炉子生着，把茶罐架上了。爹笑着在他们两人的头上抚了一下。五月说，今年早点写，争取到中午写完。六月说，中午晚了。五月说，对，中午以前。爹说，那你们就赶快准备纸墨。五月和六月齐声说了一句戏词"高台已筑就，单等东南风"。惹得爹笑起来。

　　爹看了一眼后炕，他们果然已经把要准备的都准备好了。炕桌上放着碟子，碟子里倒了墨汁，墨汁里泡着毛笔，大红纸也裁好了。

　　爹说，五月和六月到底是长大了，今年的对子就你们写吧。五月搓搓手，笑笑，六月挠挠耳朵，笑笑。爹说，那样的话，爹就单等着过年了。五月说，如果对联能拿钢笔写，我就给咱们写。爹说，为啥不学毛笔？我像你们这么大时，都拿毛笔给人写状子了。五月说，那时没有钢笔嘛。爹说，也有，可是你爷爷不让用，老师也不让用。六月说，那么现在呢，现在老师咋让用？爹说，现在的人都图个快么。

爹见五月和六月站在地上不停地搓手，就让他们先到炕上暖着。可是五月和六月都说不冻。说着，五月给炉子里添了一块木炭。六月歪了头噘着嘴从炉眼里往进吹气，吹得木炭叭叭响。就按你们的意思，今年我们过个早年。爹脱鞋上炕。五月说，可是你还没有喝茶呢。爹说，等开了再喝。六月就呼地一下跳到炕上，压了纸的天头，等爹开写。

爹提笔想对联。五月说，天增岁月人增寿，春满乾坤福满门。爹欣赏地看了五月一眼，开写。五月和六月跟着毛笔念：天，增，岁，月，人，增，寿。几乎在爹毛笔离纸的同时，五月已经把对联接过，顺墙放到地上。

从五月能记事起，全村的对联都是爹写，年三十写一整天，直写到天麻麻黑，还写不完。别人家都在吃年饭了，他们才忙着贴对联，请"三代"（家神牌位）。今年他们决定早早地动手，争取过个早年。

五月接过"春满乾坤福满门"往地上放时，六月抢先说，向阳门第春常在，积善之家庆有余。爹高兴地说，六月出息了，去年写的对联，今年还记着，上学肯定是个好学生。五月说，六月还记下哪一句？六月想了想说，还有"三阳开泰从地起"。五月问，下一句呢？六月咬了嘴唇想，没有想起来。是个啥呢？刚才还记着呢。五月说，算了吧，刚才还记着呢，咋就这时记不起来了。六月说，就是么，刚才还记着呢，都怪腊月八吃了糊心饭。五月说，那是迷信，咱们都吃了，可是我咋记着呢？六月说，那你说是啥？"五福临门自天来"，五月拨算盘珠子似的飞快地说。可是六月还是从"自天来"跟上了。

这时，爹哎哟了一声，提了笔看着对联。五月就知道爹把字写错了。看时，爹果然把"在"写成了"来"。五月念了一遍"向阳门第春常来"，说，可以的。爹没有肯定，也没有反对。又看了一会儿，说，通是通，可是别扭。五月说，只要通了就行。爹说，不行，别人看了要笑话的，尤其是你舅舅。五月说，我舅舅说今年不来，堆堆要来呢。说着，拿了对联去地上放了。爹说，堆堆也识字呢。六月说，要不重写吧。爹说，那不白白地把一绺纸浪费了。六月说，要不等一会给别人家。爹说，那不行，咋能把一个错对联给别人家呢，六月你这点不好。说着，写下"积"字。六月说，那就给瓜子家，反正他家没人去。不想爹陡地停了笔，定了神看六月。五月知道爹生气了，忙说，马上就要过年了。

五月的提醒见了效，爹把刚才端得很硬的架子放下来，一边写"善"字，一边给六月说，正因为是瓜子家，就更不能给他们，知道吗？五月和六月不知道，却屈从地点了点头。爹说，只有小人才欺负瓜子，知道吗？五月和六月又点了点头。五月说，六月年一过就长大了。爹说，我说的小人，不是没长大的人，而是那种品德不好的人，有些人即使活到一百岁，还是小人，知道吗？

五月看见六月的脸色一时转不过来，就接着刚才的话题说，堆堆肯定不看，堆堆只爱耍枪。五月说这话时，爹的笔落在"家"字上。爹好像没有听到五月说的话，而在端详那几个字，在里面寻找什么似的。五月和六月突然觉得这对联不单单是对联，就不再多说话，只是默默地配合着爹，爹写完一个字，六月把纸往前拽一下，写完一个字，把纸往前拽一下。写最后一个字时，五月已经右手把天头拿在手里，左手等着地角了。

茶开了。五月迅速提起茶罐，悄悄地倒在茶杯里。她想等再开一罐，倒在一起再叫爹喝。可是爹却像长着后眼似的，把手伸到后面来。五月就把一块馍馍塞在爹手里，可是爹长时间地不肯接受，五月无奈，只好把茶杯给爹。爹接过茶杯，手里的毛笔果然就停下来。爹放下毛笔，直起腰喝了一口。爹的茶罐很小，一罐茶完全可以一口喝完，可是爹却把它喝成了猴年马月，好像端在手里的不是一杯茶，而是长江黄河。五月和六月就急得抓耳挠腮。

六月睁开眼睛，眼前没有爹，当然也就没有长江、黄河，当然也就没有抓耳挠腮的五月和他，只有一片漆黑。六月的心里就轻松了一下，但轻松过后又是着急，日子仍然像老牛车一样磨蹭着。六月把胳膊从被窝里伸出来，展在空中，十个指头掐来掐去。

干爹，起来了吗？是葵生的声音。他们已经来了！六月急得差点要尿裤子了。葵生一来，地生就会来，地生一来，金生肯定跟着，金生之后还有德全、德成、回缠……而他们一来，爹就会放下自家的给他们写，等给他们写完，天就黑了。

爹果然放下自家的，给葵生写。葵生把裁好的对联往炕桌上一放，让五月和六月压着，他自己则坐在茶炉旁吹火喝茶。把人忙的，连喝口茶的时间都没有。说着，一连往炉子里添了三块木炭，噗噗噗几下把火吹旺。

爹让六月去厨房看馍馍熟了没有，给葵生端些。

六月到厨房里，娘正把锅盖揭开，一锅的白面馒头气腾腾地冲他笑。六月的口水都要下来了。伸手拿时，被娘挡住。娘说，灶爷前还没有献呢，大门上还没有泼散呢。说着，给碟子里抓了三个，放在锅后面。六月说，灶爷还没有贴上呢。娘说，贴不贴心里要有呢。六月想，灶爷本来是一张纸么，怎么能在心里有呢。接着，娘拿起一个馒头掐了几小块，让六月去大门上泼散。六月问，为啥要到大门上去泼散？娘说，过年时有许多无家可归的游魂野鬼会凑到村里来，怪可怜的，就给他们散一些，毕竟在过年嘛。六月的眼前就出现了五花八门的游魂野鬼，队伍一样排在大门口。

六月把手里的馍馍又往小里分了一下，反手向门两边扔去，然后迅速跑回厨房。娘正把馒头往簸箕里拾。六月向娘脸上看了一下，娘就拿了一个小些的给六月。六月掌在手里看着，一时不忍心下口，直到口水把嘴皮打湿。娘说，你咋不吃，一年到头了。六月说，一年到头了，你也吃一个吧。娘说，我的肚子里现在全是馒头气。娘又问，五月呢？六月才记起自己是爹差来端馒头的，就压低声音给娘说，葵生来了。娘问，领改娃着吗？六月说，没有。娘就拾了几个馒头让六月端过去。六月想不通娘为啥和爹一样开舍，就说，等下一锅吧，下一锅黑面的出来再端吧。娘说，要端就端白面的么，过年呢，咋能给人家端黑面的呢？

为啥一定要等到腊月三十才过年呢？腊月初十不是很好吗？或者腊月十一也行。如果腊月初十过年，那么今天就是腊月三十了。如果今天是腊月三十，哈哈，那该多好啊，叭叭叭，先美美地放几个炮再说。

六月想说话，但爹和娘都在鼾声里。

葵生到厨房，给娘说，干娘，年做好了么？娘说，好了。葵生揭起上衣下摆，捉虱子似的从腰里掏出五角钱给娘，我提前来把你看一下，初一我就不来了，我和别人走不到一块。娘推让着，不拿那五角钱。葵生就生气了，干娘你不拿这五角钱，就是看不起干儿。如果你看得起干儿，就拿上，现在干儿没有多的，等将来干儿日子过好了……娘说，好着呢，一家人只要平平安安、吉吉利利，就是好，就是福，这五角钱你拿回去，就当我给改娃的，让他上学买本子吧。葵生说，本子有呢，上次他干爷爷送的还没用完呢。最后葵生竟然无礼到自己动手揭起娘的上衣襟子，把那五角钱装在娘的棉袄口袋里。

六月再看娘时，娘已经伸手抹眼泪了。不知为何，六月的眼睛也潮起来。六月过去拉了娘的手。葵生说，等年过完，我来接干娘到我那里去浪。娘说，你知道，这家里离不开人，闲了我自己会去的。说着放开六月，往碟子里抓了三个白面馒头、三个黑面馒头，让葵生端回去。可是葵生却无论如何不拿。娘说，这不是我给你的，是给你媳妇和改娃的。最后，葵生从头上摘下破暖帽，拿出帽里子，往里面放了一个白面的、一个黑面的，一拧，提在手里。娘拿起另外四个，坚持让葵生装上，可是葵生却无论如何不装了。

过了初十，十一就不远了。过了十一，十二就不远了。过了十二，十三就不远了。过了十三，十四就不远了。过了十四，十五就不远了。十五一过，前半个腊月就过了。前半个腊月一过，就还剩后半个腊月了，后半个腊月等起来就容易多了。

人越来越多，屋里坐不下了，就蹲在房台子上。爹让五月把旱烟放到院里，把火炉也端到院里。今天没有工夫招呼你们啊。大家说，你把毛笔招呼好就行。德全说，五爷把年写红了。爹就笑。德成说，五爷你也到过手的时候了，不然，你这一百年（过世），谁还能提得起笔啊。爹说，村里的大学生多着呢。大家说，现在的大学生，哪个能往红纸上写字。爹就写得更加起劲，好像大家的好日子就在他的笔头上，点金是金，点银是银。

写成的对联房地上放不下了，房墙上挂不下了，五月就放到院里。不多时，就是一院的红。五月能够感觉到，满院的春和福像刚开的锅一样热气腾腾，像白面馒头一样在霭霭雾气里时隐时现。大家看着满院红彤彤的对联抽烟，说笑，五月和六月幸福得简直要爆炸了。

常生等了一会儿，院里的对联迟迟不干，就拿了对联到炉子上烤。大家就笑，你这么急，咋还没有把孙子抱上。常生说，我给你们腾地方呢。大家说，怕是急着回去给媳妇烧锅呢。常生说，烧锅咋了？烧锅又不犯法。常生烤好一对，折了，烤好一对，折了。一边说，趁太阳好，赶快贴上，不然天一冷，糨子还没有抹到墙上就冻住了。

经他这么一说，有人也跟了烤。院里十分整齐的对联就显出参差来，让五月和六月觉得可惜不说，心里更加急起来。五月和六月心里的急传到手上，给爹按着对联天头的六月明显用了劲，让爹不得不加快速度，否则那字就要身首两处。而五月往往还等不到爹把最后一个笔画写完就把对联从爹手里夺走。

十五一过，就是十六了。十六一过，就是十七了。十七一过，就是十八了。十八一过，就是十九了。十九一过，就是二十了。二十一过，就还剩少半个腊月了。剩下少半个腊月就离年只有十个指头了，十个指头掐起来就快了。二十一，二十二，二十三，二十四，二十五，二十六，二十七，二十八，二十九，哈哈，大年三十到了。本大人先放一个炮再说，叭叭叭，叭叭叭。

人们陆续把对联拿走，家里渐渐安静下来。爹放下笔，坐在炕头抽烟，抽得十分狠，就像是一头渴急了的牛一猛子扎进泉里喝水。抽了一会儿，爹问，谁家的对联还没有写？五月掐着指头算了算，说，全写完了。爹说，现在干啥呢？五月说，别家的都贴好了。五月说这话时，六月跑到院里把火炉抱进屋内，又添了几块炭，埋了头拼命吹火，屁股一撅一撅的，不一会儿就吹开了一罐茶。

五月往茶罐里添水时，爹说，行了，有一杯行了，叫你娘在小锅里弄些面来，把糌子打上。六月哎了一声，一丈子跳到门外，很快端来一口小锅。

五月打糨子时，六月已经拿了老刃子站在凳子上刮门上的旧对联。六月刮得十分卖力，小身子一屈一伸，有种披荆斩棘的豪迈气概。

五月把糨子打成，六月已经把几个门框刮完，把炕桌放在地上，把对联翻过放在炕桌上，手里执着一个老笤帚，不停地捯步子，准备随时出击的样子。

五月把锅端到地上，看了一眼六月，哈的一声笑起来，六月的头上脸上全是灰尘。五月突然止了笑，抱了六月的头噗噗地吹，把六月吹成一个炸弹。

硝烟尚未散尽，六月已经把老笤帚伸进锅里，蘸了糨子往对联上抹。五月找了新笤帚，夹在胳膊下，两手提了抹好糨子的对联到大门上。

爹见状，把一摞对联搭在肩上，端了锅提了炕桌跟了出去。

对联讲究要从大门开始向里贴。爹从五月手里接过"天增岁月人增寿"和新笤帚，左手拿了"天"，按在门框上边，右手里的笤帚搭在"增"字上往下一扫，"天增岁月人增寿"就乖乖地趴在门框上。五月一下子觉得右边的这个门框有意思起来。接着，爹又把"春满乾坤福满门"贴在左边的门框上。

整个门洞哗地一下红了起来。五月看了看爹的脸，爹的脸红彤彤的；看六月的脸，六月的脸也是红彤彤的。五月想，这也许就是年的颜色吧。

无边无际的炮声中，六月的嘴里长出了一棵树，嗖嗖嗖，嗖嗖嗖，几下就蹿到天上去了。

贴好对联，爹让五月和六月帮娘抬一桶水，他收拾供桌。

五月和六月把水抬来，爹让他们赶快洗脸准备上坟。

五月和六月就倒了盆水在院里洗。五月和六月比任何一天都洗得认真，一副陈年旧账一起算的架势，一副不从脸上揭下一层皮绝不罢休的架势。六月甚至连脖子都洗了。平时六月洗脸总是洗个脸面子。

洗完脸，六月问，现在可以穿新衣裳了吗？五月想了想说，可以把上身穿上，裤子穿上磕头时就跪脏了。

五月本来还要说一句什么话，却被一声炮响炸断了。六月喊，爹快点，别人都到坟上了。说着，一跃到上房里，帮爹收拾好纸钱香表、奠酒奠茶。

出门时，山上已经布满了人。大大小小的炮在山上开花，庄稼一样。五月说，快点走，不然太爷叫三爷爷家请去了。

五月说这话时，六月已经掏出一个炮拿在手里端详，五月说的什么，他根本没有听见。

坟院到了。爹在爷爷的脚下跪了，五月和六月跟着跪了。太阳懒洋洋地照着，让坟院有一种特别的温暖，既像家，又像梦。有风，爹把上衣襟子揭起，在里面擦着火，捧在手里。五月把一页黄表折成条状，接了火，再把纸钱点燃。

六月急着点燃一根香去放炮，五月喊了一声，六月，头还没有磕呢。可是六月不理她。而爹也没有让六月回来磕头的意思，任由六月去放炮。

在爹和五月磕头的时候，六月把炮点响了。六月高兴得就像一个响了的炮。五月看了看爹，爹也很高兴。五月想，六月没有向爷爷磕头，爹怎么不呵责，反而如此开心？

六月的肚子饿了，但他已经合不上嘴。

树还在长，咯巴咯巴的。

回来，娘已经把上房打扫干净了。爹站在地桌装备成的大供桌前点香行礼。五月和六月跟在后面。大红纸"三代"坐在桌子后边的正中央，前面的红木香炉里已经燃了木香，木香挑着米粒那么大的一星暗红，暗红上面浮着一缕青烟，袅袅娜娜的，宛若从天上挂下来的一条小溪。左右两边的红木香筒里插满了木香，像是两个黑喇叭花，又像是两支就要出发的队伍。香炉前面已经摆好了献饭，献饭当然是最好吃的东西做的，是五月和六月平时望想不到的。但是现在，五月和六月却一点没有生出馋来。献饭左前是一叠纸钱，右前是一个蜡台，上面已经插了蜂蜡。黄黄的蜂蜡顶着一朵狗尾巴花一样的火苗，让五月觉得爷爷如果不在那缕香烟上，就在这烛火苗上。

点完香，二人竟不知道接下来要干什么，就从厢房到上房，从上房到厢房地跑。天色暗了下来，院里像是泊着一层水，新衣裳发出的光在院里留下一道道弧线，就像鱼从水里划过，五月能够听到鱼从水里划过时哗哗的响声。六月跟在五月身后跑着，有点莫名其妙。但他没有理由不这样做，他想五月之所以要这么跑，肯定有她的道理。

五月在上房停下来，六月也在上房停下来，影子一样。坐在炕头上抽烟的爹微笑着看了他们一眼，没有说话，只是看了他们一眼，一脸的年。桌子上的蜂蜡轻轻地响着，像是谁在小声地咳嗽；炕头的炉火哗哗飚着，映红了爹的脸膛……

那个美啊！

娘喊五月端饭。五月哎地应了一声，跑出屋去；六月噢地叫了一声，飞出屋去。娘正把筷子伸到锅里往出捞长面。五月和六月的目光跟着娘手里的筷子划出水面，上，上，上，然后落在碗里，前折一下，后折一下，再前折一下，最后由臊子苫面。五月问娘，现在可以端了吗？娘说，先去泼散吧。五月这才看见娘早已把散饭舀好了。

六月说，我去。话音未落，已端了碗飞到大门口把散饭泼出去。大概泼出去的散饭还没有落地，人已经站到厨房地下。声音先进去，现在可以端了吧？娘说，先去献了。六月又端了一碗在供桌上献了。

下一碗五月端给爹。爹说，等你娘来了一块儿吃。五月六月就到厨房去叫娘。娘说，我正忙呢，你们先吃吧。六月一把拽了娘的后襟子，把娘拽到上房里。娘说，我刚才把些馍馍渣子吃了。爹说，年三十么，一块吃吧。爹说这话时，五月端了一碗饭给娘，娘不好意思地接过，看了看，给爹说，我给你拨一些吧，我吃不完这些。爹说，你就吃吧。五月和六月跟上说，你就吃吧。说着，一人端起一碗长面，预备赛跑似的等爹和娘动筷子。

只听嗵的一声，树就穿进天里去了。

树梢上传来一阵炮响。哎呀，天那边已经开始过年了。爹呢？娘呢？五月呢？回头一看，身后一个人都没有。还有哥，不是早就说过今年要回来过年吗？咋一个人都找不见呢？他们莫非要存心扔下本大人不成？他们莫非在背着本大人分年不成？

　　吃完饭，爹开始分年。当爹把炕柜上锁着糖果的抽屉拉开的时候，五月和六月的眼睛同时变成探照灯。爹手里的糖纸被点燃，叭叭地响着，包在其中的水果糖开始融化，刹那间整个屋子就被糖的味道充满。爹开始分类，把核桃归到核桃里，把枣归到枣里，把水果糖归到水果糖里。然后凝神计算。五月和六月就觉得爹的眉头上有一个仓库。等明年一定给你们每人一百个。爹说着，把糖果分成七堆。其中三堆少四堆多。六月知道，多的四堆，两堆是他和五月的，两堆是哥和大姐的。大姐正月初三会来，哥虽然今年在天水过年，但娘说等嫂子生娃娃时会回来。假如等哥回来，糖化了该咋办？六月问。糖又不是冰，咋会化？五月说。假如等哥回来，枣子生虫了该咋办？六月问。怕是你的心里生虫了，五月说。经五月这么一说，六月觉得他的心里真有一个虫，忙一笤帚把它扫去了。

　　少的三堆，一堆是三代宗亲的，一堆是娘的，一堆是爹的。五月先把三代宗亲的献了，然后把娘的拿到厨房里。六月跟着。娘说，我就不要了，你和六月分了吧。五月说，一年到头了，你就吃一个吧。六月说，对，一年到头了，你就吃一个吧。说着，五月给娘剥了一个水果糖，硬往嘴里喂。娘躲着，我又不是没吃过。六月抹了一下口水说，娘，你就吃一个吧。娘看了六月一眼，就张开嘴接受了五月手里的那枚水果糖。六月的心里一喜，口水终于流了下来。娘看见，弯下腰去给六月擦。一边擦着，一边把嘴里的水果糖咬成两半，一半给五月，一半给六月。五月和六月不接受。娘说，娘吃糖牙疼呢，再说，我已经噙了半天了，都已经甜到心上去了。可是五月和六月还是不要。

这时，爹喊五月。五月一边答应着，一边揭起娘的上衣下摆，把糖果装给娘，然后跑出厨房。

六月就按了一下翅膀的气门，倏地一下飞起来，一直飞到树顶。不想却从树根处传来一串炮声。哎呀，本大人刚离开，地上的人们就开始过年了。六月回头，看见爹果然在分年，爹的面前是一个大年场，山一样堆满了各种年货。

今年爹给五月和六月每人分了三十个糖果，分别是十枚枣、十颗水果糖、十个核桃。五月和六月翻来覆去地数着，从未有过地感觉到数数的美好。他们本来已经把糖果装进兜里，可是等上那么一会会，又掏出来数。如此反复了差不多一百遍。他们只有在这样不停地数着时才感到心里踏实，才觉得这些糖果是真实的，就像它们随时可能趁他们不注意飞走似的。

突然，五月发现爹看着她，脸一下子红起来。给你留的太少了，明天拜年时不够散，五月不知自己为啥要说这句话。爹说，差不多了。六月说，永生媳妇又生了一个，明天永生肯定会抱上他来挣核桃的。五月说，还有德全媳妇，也生了一个。爹说，这不要紧，生的生着，老的老着，添一个小的，就去一个老的，总数不变。爹的话让五月的心里开了一个窍，大大减轻了她心里的负担。看来谁家娃娃多谁家就占便宜，六月说，让娘给咱们多多地生些。五月说，就是，娘总是给别人接生，自己却攒着。爹就笑起来，笑得像核桃一样。

六月接着说，我们明天一早就去拜年，不然一迟，有些人家都散完了。五月说，那不太丢人了。六月说，那有啥丢人的。爹说，看来五月已经出息了，六月你要跟着你姐学。拜年是要早些，但不要一心想着挣核桃，那样即使挣来的核桃也是坏瓢子。六月想，核桃就是个核桃么，怎么是个坏瓢子呢？五月说，明年过年时专门买些小核桃，这样就够散了。六月说，把糖也买成小的，最好买成豆豆糖。豆豆糖咋能给人散？五月笑笑说，关键是爹的辈分太大了，一庄的人都要来给爹拜年。说着，掏出一个糖，剥了纸，给爹。五月把糖给爹时有些舍不得，这样自己就只剩下八个了，就比六月少一个了。年还没有过呢，就只剩八个糖。不想爹却说他不爱吃糖。五月的心里就出了一口气。六月说，那就吃个核桃吧，说着要给爹砸核桃。爹说，他也不爱吃核桃。五月说，那就吃个枣子吧。五月想，是给爹呢又不是别人，怎么能有舍不得的想法呢？这样想时，五月从自己兜里往出掏枣子时就不那么吝啬了。五月很大方地把枣子给爹，可爹照样说他不爱吃枣子。

五月无法把属于自己的糖果散给爹，就到院里拿了几块木炭，放在炉子里，给爹炖茶。到厨房里舀水时，五月问娘，家里还有白糖吗？娘问，要白糖干啥？五月说，用一点。娘犹豫了一下，大概想正是年三十，终于决定取给五月。可是五月突然改变了主意，复又到上房里拿了爹的茶罐，用勺子往茶罐里舀了两勺子糖，然后把糖袋还给娘。娘才知道五月是什么意思，心里生出许多感动来。五月想，这次爹再也推辞不掉了，等他知道，糖已经化在水里了。

给爹炖好茶，五月和六月每人剥了一个水果糖，含在嘴里，到当院站下。五月问六月，甜吗？六月说，甜。五月问，在哪里甜？六月说，在嘴里甜。六月问，你在哪里甜？五月说，我在心尖尖上甜。六月问，怎么个甜？五月说，像糖一样甜。五月问，你怎么个甜？六月说，我就像过年一样甜。

六月就沿着树往回溜，却发现天的门已经关上了。

六月同志，你就不用回去了，留在我们这里过年吧。黑白无常非常友好地说。六月想了想，觉得也行。

黑白无常噗地吹了一口气，天就暗了下来，暗得让六月有些害怕。又是一口气，那暗里就透出点点灯光。接着那灯光又哗地一下开成了花。

那花开得呀，就像是无边无际的福。

夜色落下来时，一家人坐在炕上给灯笼贴窗花。五月要贴"喜鹊戏梅""五谷丰登"和"百鸟朝凤"。可是六月不喜欢，六月挑的全是猫狗兔。五月说，猫狗兔有啥看头呢。六月说，我就觉着猫狗兔心疼。爹说，把你们二人挑的各样贴一些。说着，六月已经把挑好的猫狗兔贴在爹裁好的白纸上，然后再把白纸往灯笼上贴，不想给贴反了。爹说，贴窗花的那面应该在里面。六月说，在里面人咋能看得见？爹说，灯一打就看见了。六月说，灯咋这么能。五月说，灯就是光明么。

把油灯放在里面，灯笼一下子变成一个家。坐在里面的油灯像是家里的一个什么人，没有它在里面时，灯笼是死的，它一到里面，灯笼就活了。五月和六月把灯笼挂到院里的铁丝上，仰了头定定地看。灯光一打，喜鹊就真在梅上叫起来，把五月的心都叫碎了。而猫狗兔则像是刚刚睡醒，要往六月怀里扑。

一丝风吹过来，灯花晃了起来。就在五月和六月着急时，灯花又稳了下来，像是谁在暗中扶了一把。就有许多感动从五月和六月的心里升起。在灯笼蛋黄色的光晕里，五月发现，整个院子也活了起来，有一种淡淡的娘的味道。

五月和六月在院里东看看，西看看，每个窗格里都贴着窗花，每个门上都贴着门神，门神顶头粘着折成三角形的黄表，爹说门画没有贴黄表之前是一张画，贴上黄表就是神了。

现在，每个门上都贴着门神，让五月觉得满院都是神的眼睛在看着她，随便一伸手就能抓到一大把。

这位官人，请用天官所赐年糕。一位比嫦娥还要漂亮一百倍的仙女，端着一大盘仙桃一样的年糕，另一位比嫦娥还要漂亮一千倍的仙女，举着一樽琼浆玉液。六月拿了一块年糕，往嘴里一送，却被一棵大树挡住。

这个简单，拔掉不就行了。说着黑白无常抱住六月嘴里的树，憋了气拔起来。

谁想那树却纹丝不动。

黑白无常就去找天官大人。

天官大人过来一看，把牙都笑掉了，这分明是人家六月的门牙，你们为啥要拔掉啊。

　　五月叫六月去外面。家家门上都是"天增岁月人增寿，春满乾坤福满门"，家家门墙上都是"出门见喜"，"出门见喜"的下边钉着一个用红纸折的香炉儿，里面插着木香。

　　五月和六月挨着家门看了一遍，最后在村头的一个麦场里停下来。五月似乎有些累，一屁股坐在场墙上。六月说，把裤子弄脏了。五月像触了电似的站起来。可是五月的腿有些软，就往起提了提裤管蹲在场墙上。六月见五月蹲了，也蹲了。六月不知道五月蹲在这里干啥，却不好意思问，他想五月蹲在这里肯定有她的理由。

　　五月说，多美啊。

　　六月才知道五月蹲在这里是为了看美。六月把眼睛睁成铜锣，也没看出什么美来，可是他不得不随着五月说，真美啊。

　　不想一说话，嘴里的水果糖掉了。六月腾地一下跳到地上寻起来。五月问，咋了？六月打着哭腔说，我的糖掉了。五月说，你是七十（岁）了还是八十了，咋就敞门子着呢？六月说，都怪你，我说了这么多话它都没有出来，就一说"美啊"它就出来了。

　　六月在地上摸了半天，终于把糖摸到手，可是糖上面已经沾了土。他在手背上擦了擦，然后放进嘴里，皱着眉头嗍了一口，吐出来，把唾沫吐掉，再嗍，再吐，不几下，那土味就可以忍受了。复又嗍了。

这时，五月说，我们回家吧，到坐夜的时候了。六月说，回就回吧。

到了巷口，五月突然站住。六月问，咋了？五月说，你看。六月顺着五月的手指看去，就看到了小巷的腰身处有两排红米，一直红到小巷的尽头，像是两排悄悄睁着的眼睛，像是谁身上的两排纽扣，又像是两列伏在暗处的队伍。

那是巷里人家插在大门墙上的香头。

六月就觉得这巷道不再是一个巷道，而是另一个世界。

六月问黑白无常，玉皇大帝在哪里？

请问大人问玉皇大帝作甚？

告状。

请问大人状告何人？

年。

告年，为啥要告年？

因为它把我的牙等长了；不但把我的牙等长了，而且等成了一棵树；不但等成了一棵树，而且撑破了天；不但撑破了天，而且天上已经过大年了，天门都关了，都要开始守夜了。

一家人坐在上房里，静静地守夜。

守着守着，五月就听到了蜡烛燃烧的声音，越来越大，

越来越大，最后就像糜地里赶雀的人甩麻鞭一样，叭叭叭的。

守着守着，六月就听到了自己的心跳，越来越大，越来越大，最后就像是上九社火队的鼓声一样，咚咚咚的。

守着守着，五月就看到了爷爷和奶奶，爷爷和奶奶也在守夜，静得就像是两本经书。

守着守着，六月就看到了太爷和太太，太爷和太太也在守夜，静得就像是两幅年画。

守着守着，五月就觉得时间像糖一样在一点一点融化。

守着守着，六月就觉得时间像雪一样在一片一片降落。

守着守着，五月就觉得那化了的糖水一层一层漫上来，先盖过她的脚面，再淹过她的膝盖，现在都快到她的腰了。

守着守着，六月就看见一个穿着大红衣裳的女子款款从雪上走过，留下一串香喷喷的脚印。

守着守着，五月就发现那糖快要化完了，心里不由地紧张起来。

守着守着，六月就看见那女子就要走出他的视线了，心里不由地惆怅起来。

带五月和六月走出紧张和惆怅的是一声惊天动地的炮声，五月六月知道，那是地生用差不多一腊月时间制造出的土炮发出的声音。

你说人们为啥要守夜？六月问爹。

刚才你们没有体会到?

我就是想考一下你老人家,看你能说对路吗。

哈哈,这个考题出得好,守夜守夜,顾名思义,就知道为啥要守夜。

啥叫顾名思义?

就是从名称知道这个词的含义。

那就是守着夜嘛,我是问,夜为啥要守呢?咋不守白天,偏偏要守夜呢。

因为一夜连双岁,五更分二年。五月说。

谁不知道一夜连双岁,五更分二年,我是问,为啥要守夜?

爹说,六月的意思我明白,你看那个"守"字咋写?

五月和六月就在炕桌上用手比划。

爹说,你看这"宝盖"下面一个"寸"字,就是让你静静地呆在家里,一寸一寸地感觉时间。

一寸一寸地感觉时间,这正是他们刚才的感觉,不想被爹说出来了,而且是借"守"这个字。"守"这个字一定是造字先生在腊月三十晚上造出来的。六月想。

其实爹的老师讲,这个"寸"字代表法度,意思是做官要守规矩,但是在爹看来,最大的规矩就是光阴,如果一个人懂得了光阴,他就不会犯法了。

五月和六月有些听不懂,但他们特别赞同"静静地呆在家里，一寸一寸地感觉时间"这个解释。他们觉得这造字先生真是不简单，难怪爹说他造字时都要天地震动，鬼哭狼嚎呢。

如果大人真告了它，玉帝就会把它关起来。

六月想，这倒是个问题，如果人间没有大年，还是人间吗？

得饶人处且饶人，还是放过它吧，六月说，但是你要告诉它，如果再把本大人的牙等长，那本大人就不客气了。

明白大人！我们天上天天都在过年，你这么喜欢过年，为啥不留在天上？

莫非你们天人连"出必告，反必面"的道理都不懂？即使留在天上过年，本大人也得先回去禀报爹娘一声。

太爷我给你拜年。改弟一进门就跪在地上给爹磕了一个头。改弟平时总和五月六月在一起，天天见爹，今天一来就给爹磕头，让人觉得可笑的。可是改弟磕得十分庄严。改弟给爹磕了头，又去厨房给娘磕。爹把糖果拿在手里，喊改弟，可是改弟却像没听见似的。改弟肯定听见着呢，五月想，改弟真是志气。改弟家比她家还穷，平时上山铲草时，她总是偷偷地给改弟拿一个馍馍，可是好多次都给不到改弟手里。

改弟给娘磕了头。娘掏出糖果给改弟，不想改弟却一死不要。娘就掰开改弟的手把一个核桃一个糖硬塞给改弟。六月想，自己怎么没有想起来给娘磕头呢，或者去给改弟娘磕头？

出乎五月和六月意料的是改弟竟然要给他们磕头。

碎爷，我给你拜年。改弟都把一个头磕在地上了，六月才回过神来。六月一把把改弟抱起，说，你咋胡来呢。改弟说，你是大辈么。

爹要给改弟糖果。改弟说，我太太给过了。爹说，你太太是你太太的，我是我的。可是改弟却再也不肯伸出手。

爹问改弟，你爹干啥着呢？改弟说，睡觉着呢。爹说，大年三十咋能睡觉呢，你去告诉他，叫他起来糊灯笼。说着，让五月和六月拿了些窗花过去。

六月回到人间，发现日子还在腊月初十停着，身边仍然是爹和娘的鼾声。

就把手伸到席下面，抽掉一个纸条，初十总算过去了。六月把指头压在十一上，开始了新一轮计算。既然今早已经是初十，那么就已经不算一天了。不算一天，当然可以抽掉它了，抽掉它席下面的纸条就少一张了，少一张隔着年的时间就薄一层了。

五月和六月到了改弟家，同样趴在地上要给改弟爹磕头。改弟爹惊得一骨碌从炕上滚下来，一手提起五月，一手提起六月。你们咋胡来呢，这不是让我造罪么，哪有大辈给小辈磕头的呢。五月和六月才知道还有这一说。可是他们每年都给小乔老师磕头，如果按辈分，小乔老师是他们的孙子，可是爹不但没有阻止他们，反而每年让哥带了他们去拜年。

五月掏出兜里的窗花说，我爹让你起来糊灯笼哩。改弟爹说，他老人家还有心思糊灯笼？要啥没啥的，还糊个啥灯笼。

五月和六月回去，爹问，改弟爹真在睡觉？五月说，真在睡觉。爹问，把窗花给他了？五月说，给了，可是他肯定不会糊的，他说还哪里有心思糊灯笼，要啥没啥的，还糊个啥灯笼哩。爹说，你和六月去取他们的灯笼，我们糊，一个年轻人，也太没有精神了。

五月和六月出门时，又被爹叫住。爹说，叫你娘给包上几个馒头。

六月昨晚在炕席下悄悄压了二十一张纸条，依次在上面写着"初十""十一""十二""十三""十四""十五""十六"……直到腊月三十。他想一天抽掉一张，等把这些纸条抽完，就到过年的时候了。只有在每天抽掉一张纸条的时候，他才觉得这一天确确实实过去了，不然，他总觉得过去的那一天又会变回来。

假如时间像纸条一样就好了，本大人就可以把它们团起来，装在兜里面，等腊月三十一到，再把它们掏出来。

可是时间不是纸条，时间到底是个啥呢？

五月和六月到改弟家时，改弟爹果然又睡下了。五月说，我爹叫你把灯笼给他，他给你糊。改弟爹就呼地从炕上翻起来，眼睛潮潮地说，这是五爷打我呢。说着，眼里噙了泪，惹得改弟娘和改弟也抹眼泪。五月把几个馒头放在炕头。改弟爹就定定地盯了五月和六月看，看得五月和六月心里直发怵，他们担心改弟爹会突然向他们扑过来。好在改弟爹马上收起了目光，十分和气地说，五月，你能不能给老任帮个忙？五月说，那还用说。改弟爹说，你回去给五爷说，就说我早已把灯笼糊好了，正和改弟娘唱《华亭相会》呢。

五月不明白改弟爹的意思，却分明觉得自己接受了一个无比光荣的任务，决心再加一些令人高兴的事情，说给爹。

时间就像一堵比天还高比地还厚的墙，把六月挡在一边，让他一点办法都没有。假如本大人能够把沉香请来就好了，他就可以一萱花神斧把这时间之墙劈开，本大人就可以直奔腊月三十了。

交过夜时，有人喊着去庙里。五月和六月问爹去不去。爹说，去啊，抢头香去啊。五月说，我看这神还是不灵，去年给它戏也唱了，愿也还了，谁想今年它却连一点雨都不下。爹笑了笑，说，那是人们心里没有雨，一旦人们心里没有雨，神也没办法，巧妇难为无米之炊。五月有些听不懂爹的话。正要问爹啥意思，不想六月说，去吧去吧，去庙里很欢的。爹说，这就对了，错过欢是有罪的。说着，拉开炕柜抽屉，取了一个核桃、一个枣、一个糖，用一块红纸包成"县官帽"，放进香匣里。不用爹说，六月知道这是献给神的。神也吃核桃枣？六月问。爹说，祭神如神在啊。说着，出去从房檐上的蜡座上抽了一根蜂蜡，放在"县官帽"旁边，然后把香匣给六月。六月正要问啥叫"祭神如神在"，不想爹传授衣钵似的给他说，君子主敬，今年你就给咱们当掌柜的吧。

六月看了五月一眼，五月不但没有不高兴，反而十分欣赏地看着他。六月就从爹手里接过香匣，庄严了神情，转身出门，步伐里充满了掌柜的气派。

掌柜的，手脸还没有洗呢。娘笑着说。

六月噢了一声，回屋，和五月洗了手脸，然后提了灯笼抱了香匣去叫改弟。

一出大门，五月和六月的眼睛猛地一亮，一庄的灯笼在动，就像在梦里一样。改弟家的院顶头也亮了，看来改弟爹真的把灯笼糊好了。

五月六月进门，改弟爹和改弟正在贴窗花。五月问改弟去不去庙里。改弟爹说，去去去，替我给土地老人家磕个头。五月问，关圣呢？改弟爹说，也磕一个吧。五月问，九天圣母呢？改弟爹说，见神就磕。六月说，一下子捎带这么多头，咋捎得动。

走庙里——门外传来金生悠长的一唤。三人就迅速出门，紧步跟上大部队。

庙在几个村子中央的沟台上。远远地就看见，那边的天已被灯光映得透亮。

一出庄，只见四面山上的灯笼都往沟台上涌。

五月的心里一下子被感动充满，同时责怪自己刚才不该抱怨神的。那是人们心里没有雨，一旦人们心里没有雨，神也没办法，巧妇难为无米之炊。那么，人的心里咋样才能有雨呢？

这时，改弟问，今年喜神在哪一方？五月向四面天上看了看，说，在西方。六月说，你咋知道在西方？五月说，西山里今年考上了两个大学生，那还不是说明喜神在西方。六月又向西方看了看，觉得西边的天真比其他几方的天要亮。可又马上反驳说，爹说，喜神到处转着呢，它专往那些善人家的房上落。喜神落在谁家房上，谁家就要出状元，说不定今年就落在咱们房上。

可是爹又说，命由我造福自我做种瓜得瓜种豆得豆，你肚子里没有装上东西，喜鹊咋会找上门来呢？五月说。改弟说，对，天上下乌纱帽，还要自己把头展出去呢。六月觉得五月和改弟说得对，就在心里暗暗下着决心，一定要把爹说的那些经背个滚瓜烂熟，好让喜鹊落在自家房上，最好是落在自己肩膀上。这样想时，再看五月手里的灯笼，就能闻到腊梅的香气，听到腊梅上喜鹊无比动人的报喜。

庙墙上已是一片红：

　　山门不锁白云封，古寺无灯明月照。

　　金炉不断千年火，玉盏常明万载灯。

　　志在春秋功在汉，心同日月义同天。

　　保一社风调雨顺，佑八方国泰民安。

　　天上行云驱魑鬼，人间作雨济苍生。

　　……

红红的对联让六月觉得眼前的庙不是庙，而是一个新郎。

一进庙院，六月就觉得他们来晚了。

庙院里已经站满了人。

六月拉了五月和改弟，从人缝里往前钻。但是钻到一半处，就钻不动了。

这时，只听社长说，子时到，信士行礼。

众人就应声跪到地上。

一叩头。

二叩头。

三叩头。

礼成。

接着是惊天动地的炮声。

众人散去，六月仍然不愿意离开。改弟说，咱们跟上他们回吧，要不一会儿路上没人了我们不敢回去了。六月说，下庄还有好多人没来呢，咱们等他们来了一起回吧。改正每年抢头香，都要给我两个两响炮呢。五月说，原来你是等炮啊。六月就笑笑。五月说，那就等下庄里人来了一起回吧。改弟问五月，你说下庄里人咋不来抢头香？五月说，咱们上庄以子时到来为头香，下庄以十二点到来为头香。改弟问，啥叫"子时"？五月说，"子时"就是晚上十一点到交过夜一点钟。六月接上说，"午时"是中午十一点到下午一点。看着改弟十分羡慕地看着他们，五月和六月心里美滋滋的。改弟问，为啥上庄和下庄的头香不一样？五月说，上庄人古，下庄人新嘛。古了好么新了好？当然古了好，五月说。各有各的好吧，如果没有下庄人的新，我们跟谁回去啊，六月说。

五月想想也是，各有各的好，但她还是喜欢把时间说成"子丑寅卯辰巳午未申酉戌亥"，觉得有一种特别的味道，和几点几点相比，觉得"子丑寅卯辰巳午未申酉戌亥"暖乎乎的，就像是一个个小人儿或者小动物，有鼻子有眼，伸胳膊展腿儿，会听话，会出气儿，会说会笑的。

那日，吕祖正在蒲团上闭目静坐，忽觉心中翻腾，屈指一算，沉香要来华山救母。心想这是一桩义事，我定要助他一举成功。吕祖便亲身前往山下等候。

沉香来到山下，迎面走来一位道长，急忙施礼：

请问道长，这山可是华山？

这位官人问华山做什么？

拯救母亲。

你母何人，现在何处？

我母玉帝之女三圣母，被舅父二郎神杨戬压在华山，故到此来救。

去不得！去不得！杨戬乃是天上凶神，心毒手狠，武艺高强，你小小年纪，岂是他的对手，劝你罢了此念！

为了救出母亲，哪怕粉身碎骨！

有志气！有志气！如不嫌弃，我愿收你为徒，授你武艺，不知意下如何？

沉香听罢，欢喜满怀，急忙跪拜师父。

五月仰着脖子看大殿两侧悬挂的献匾，和外面墙上的对联一样，上面的字不少是爹写的，五月能够认识的有：

道济群生，孚佑下民，慈航普渡，黎庶沾恩，神恩浩荡，威灵显应，仁慈远被，有求必应，求子灵应，护我顺产，佑我出行……

五月看到"佑我出行""护我顺产"时，想到了哥和嫂子，还有大姐和姐夫，应该替他们也供一下。手就伸进棉衣兜里，摸了一个核桃，接着又变了主意，换成糖，接着又变了主意，换成枣，十分恭敬地献在神案前。

为了确保神能够享用，她又上了一炷香，磕了三个头，敲了九下磬。

六月问，为啥还要加献？五月说，给哥和大姐他们带一个啊。六月的心里就哗地热了一下，接着好一阵惭愧。觉得自己今天虽然被爹任命为掌柜的，但境界仍然差五月十万八千里，就说，那我也加一个吧。说着从兜里掏出一个核桃，献在神案前，上香，磕头，作揖。

作揖时，心中默念十殿阎君九天圣母八大金刚北斗七星南斗六郎五皇五帝四海龙王三宵娘娘二位灵官一元始祖等等等等众神众仙保佑哥哥嫂嫂大姐姐夫吉祥如意！

念完，又在心里念了一遍《祈雨歌》：

天上没有一丝儿云，

半年没下个雨星星，

火土烫得人脚面疼，

已经两年（者）没收成。

跪请玉皇生怜悯，

也请我佛发悲心，

降旨龙王把雨下，

普降甘霖润群生，

来年为你塑金身。

这样念过，觉得能够对得起爹给他的这个掌柜的了，五月再周全，料她也没有想到在神前求雨，为哥和大姐他们加献是不错，但是私，而为众人求雨则是公，爹说一个人只有公心，才能吉祥如意，因为上苍不喜欢私心的人。六月为自己一下子从私跳到公上得意洋洋。

从此，沉香便在吕祖门下学艺。他每天起早贪黑精心学练，十八般武艺样样精通。这天吕祖外出，嘱咐沉香在家好好习艺，等他回来做饭。沉香便闭了庙门舞枪弄棒，用心非常。天色向晚，仍不见师父回来，但他没有停止练习。就这样练了又练，等了又等，直到太阳偏西，肚子实在饿得不行了，才去厨房做饭。进了厨房，发现笼里蒸好了九头面牛两只面虎，觉得有些奇怪，但饥饿难忍，便顾不得许多，吃了起来。不觉间，就把"九牛二虎"给吃完了。一时全身充满了力气。来到院中，拿起平时用的武器，竟然轻得像鹅毛一样。转身，见墙角放着一根碗口粗八尺长的铁杵，用手一抓，不轻不重，挥舞起来，很是得心应手。

好了好了！师父哈哈大笑着回来了。

沉香收住铁杵，双膝跪下。师父对他说，你的武艺已经学成，可以上山救母了，开山的钥匙在你舅父杨戬那儿放着，他有一鹰一犬，十分厉害，师父赐你药丸二枚，圆的伏犬，长的降鹰，到时自有用处。

一阵风吹进来，三烛蜂蜡晃动了一下。

五月忙关上庙门。蜡烛就又静了下来。三烛蜂蜡中，右边的一烛是爹腊月里亲手灌的，是她刚才亲手点的。在这么一个安静的地方，有这么几烛蜂蜡在静静地燃着，多好啊。五月问改弟，你看这些烛光，像个啥？改弟想了想，说，像神。不想六月说，像娘。

像娘？五月吃惊地问，你咋想到这个"像"的？

我也不知道，就是觉得像，现在又觉得像爹。

哈哈，五月在六月的头上抚了一下，你的个脑瓜就是和人不一样，经你这么一说，还真觉得像爹和娘呢。

接着，五月找了一个笤帚扫起地上的炮皮和纸灰来，表情恭敬端庄。六月的心里就又添了一个敬佩，同时多了一个惭愧。目光就在四处搜寻，寻找着自己能干的活儿。

六月看见，有两格窗纸被炮炸破了，就找了个空香盒拆开，在窗格上比划了一下，折成同大，裁了，镶在窗框里，香盒上九天仙女的彩袖就在窗格里挥舞起来，倒是别有一种味道。往另一个窗框里镶时，六月想，神也辛苦，一年四季住在这里，刮风下雨的，冬天更不好过，连个炕都没有。可是马上改变了想法，神才不辛苦，定定地坐在这里，就有这么多供献享用。六月的目光又往那些供献上跑，却被五月挡着。

天呀，五月竟然把神案抱起来擦上面的土，这个举动大大地出乎六月的意料。五月的神情无比专注，她甚至连那些刻字上的灰都擦掉了。随着五月的手指移动，六月看见了一行字：四海龙王之神位。

沉香听罢，拜别师父，提着铁杵，迈步上山，去找杨戬。到了天门，看见许多天将簇拥着一位威风凛凛、傲气十足的大神，便躬身问道：

请问大仙，杨戬在哪里？

你是何人，问他作甚？

我叫沉香，前来救母，问他要开山的钥匙。

那天神听了，双眉竖起，两眼圆睁，吼道：

胆大畜牲，竟敢放肆，早早滚开，免你一死！

沉香看他那股神气，料是杨戬，以礼相待：

舅父息怒！请把开山钥匙给愚甥。

孽障！看来你是有备而来，那就给你点颜色看看！

说着拿起三尖两刃刀，朝着沉香的脑前砍来。沉香举起铁杵，奋力一扬，只听当啷一声，三尖两刃刀断为两截。杨戬又气又急，一声咆哮，叫来了哮天犬。哮天犬张着血盆大口，腾空扑来。沉香抛出圆形药丸，哮天犬张口吞下，霎时间牙关紧闭。杨戬看见哮天犬死去，又放出神鹰。神鹰双翅一展，遮天掩地，两只利爪，犹如尖刀。沉香又抛出长形药丸，把那神鹰的两只翅膀钉在半空。

威风一世的二郎神杨戬满脸紫青，扑通一声，坐在一块石头上。

对面传来一阵人声。五月知道抢第二茬头香的人来了。

就给六月说，现在放炮吧，不然他们一来，又淹在声海里了。六月就拿出香匣里的炮，从香炉里拔出一根香，到外面去放，一边放一边说，看一下今年是个响炮么还是哑炮。

六月点着炮，看见五月和改弟捂着耳朵，就倏的上前，一把把五月和改弟的手掰开，就听着个响声，你们还把耳朵捂住，这不等于白放了。五月和改弟觉得六月说得有道理，就把手放开，同时往远里跳了一下。

是个响炮。三人的心里都乐开了花，好像把一年的日子都点响了似的，好像把雨都点下来了似的，好像把白面馒头都从地底下点出来似的，好像……

沉香向前，索要开山钥匙，二郎神只得命天将取来。沉香一看，原来是一柄闪闪发光的萱花神斧。沉香提着萱花神斧，娘啊娘啊地喊着，从北峰喊到南峰，从南峰喊到东峰，这边叫那边应，却始终找不见娘在哪里。沉香心想，纵然有了开山钥匙，不知娘在何处，也是枉然。于是放声大哭，直哭得天昏地暗，日月无光。何仙姑听见沉香的哭声，深受感动，近前说，好一个孝子，去西峰寻找你娘。沉香这才抖擞精神，迈步登上西峰，大喊一声"娘呀"！惊天动地。

为娘在此！

沉香朝着顶峰，高举萱花神斧，奋力劈下。只见万道金光一闪，霹雳之声震天，峰顶裂开一道缝子，三圣母徐徐走了出来。

一觉醒来，院里的灯笼还亮着，五月的心里疼了一下，做了一件对不起人的事似的。五月下炕，到灯笼下面。灯里的油已经着下去了一半。我竟然睡了半盏油的时间，我怎么就给睡着了呢？灯笼该是多么伤心啊。五月决定守着灯笼。五月把爹的红泥小火炉抱到房台子上，在上面添了些木炭，一个人坐在房台子上守着灯笼。

不觉间，身边坐了一个人，一看，是六月。五月说，你咋不去睡觉呢？六月说，三十晚上睡觉太可惜了。

　　鸡叫头遍时，五月和六月张罗着开门。五月含了一嘴蒜末，六月拿了一串鞭炮。五月猛地开开大门，把蒜喷出去，嘴里大声念，过新年开新门，过新年开新门。接着，六月的炮响了。

　　五月开开大门，念：

　　　　炮响三声吾门开，

　　　　明灯蜡烛点起来；

　　　　增福财神当中坐，

　　　　二位仙姑两边排；

　　　　西山有人来呈祥，

　　　　和合二仙跟着来；

　　　　东山有人来进宝，

　　　　珍珠玛瑙献上来。

　　六月接着念：

　　　　哎——

　　　　天官赐福来也！

　　　　这是一家善人家，

　　　　本官到此有五赠：

　　　　一赠金，二赠银，

三赠骡马成了群，

四赠人烟多兴旺，

五子登科跳龙门。

话音刚落，爹从大门外进来，后面跟着花花。六月说，爹咋这么巧。五月说，爹是新年的爹么。爹笑笑，一边往进走一边问五月，还有红纸吗？五月说，没有了。爹怔了怔，向粮房走去。

五月和六月没有想到爹会把粮房门上的对联剥下来。五月和六月心里可惜着，看爹把剥下来的对联夹到胳膊下，到上房里端了糨子盆，拿了笤帚，向大门外走去。

五月和六月跟着。

爹到瓜子家的门上停下来。六月要说话，爹作了个手势，五月就捂了六月的嘴。原来瓜子家门上没有贴对联。没有贴对联的门看上去不像个门，就像个死人一样。五月的心里就一阵惭愧，昨天爹让她算还有谁家没有写，她说全写完了，谁想把瓜子家偏偏给忘了。

五月和六月给爹帮忙把对联贴好，"死人"就哗地一下活了起来。

三阳开泰从地起，五福临门自天来，是哪五福呢？往回走时，五月问。

爹说，第一福长寿，第二福富贵，第三福康宁，第四福好德，第五福善终。

那就等于把我们的五福给瓜子家了？六月说。

对啊。

那我们家没有五福咋办？

哈哈，忘了爹说的"命由我造，福自我做"了？

那为啥对联上说"五福临门自天来"？而不是"自我来"？

哈哈，这个问题问得好，明年你就给咱们改过来。

三阳开泰从地起，五福临门自我来，六月念了念，觉得还是"三阳开泰从地起，五福临门自天来"对仗。

六月定睛一看，这徐徐向前走来的三圣母，不是别人，正是大年三十。

过年喽。

回到家，爹把糨子盆和笤帚给娘，自己却向粮房走去。六月想，上次爹到粮房是剥对子，这次又来干啥呢？就随着。只见爹打开粮房门，从仓架上把大鼓端下来。一看见鼓，六月的手心就往出冒火。没等爹把鼓放到地上，六月就迫不及待地在鼓面上拍了一巴掌。不想那鼓却像感冒了一样，嗓子哑哑的，发不出响亮的声音来。

爹把鼓提到上房，放在炉子旁边。六月的心里就生出一个佩服，爹总是把事情想得这么周到，如果现在不烤，出行的时候就来不及了，迎喜神的时候该咋办？

不想这"喽"字一出口，嘴却合不拢了。六月咬了咬牙关，发现前门牙长出了一大截。

天亮了，五月和六月出去，看见天也过着年，地也过着年，山也过着年，树也过着年。年像一个大面包一样，把人都香懵了。二人一口气跑到对面山头。站在山头朝下看，村子静静地躺在村子里，就像一个睡着的年。五月说，到咱家的阳坡地里看看吧。六月说，看就看看吧。

二人又一口气跑到阳坡地里。五月问，好吗？六月说，好。五月说，你听，地下面好像有人在说话呢。六月倾了身子听了半天，什么也没听出来，可他不愿意表现出没听出来的样子，说，真的，就像是爹和娘在拉闲呢。六月的话把五月震了一下，她觉得地下面有人说话只是一种感觉，而六月却把它说得这样具体，这很让她感到意外。

五月又说，咱们去老戏台上看看吧。六月说，看就看看吧。二人又向老戏台跑去。戏台当然也过着年。二人蹲在戏台下，仰首静静地看了一会儿。然后又蹲在戏台上，静静地看了一会儿村子。

一家两家的烟囱里开始冒出烟来，如同一根根大白菜，又像是刚刚睡醒的村子在打哈欠。

六月说，我们回家吧，五月说，回就回吧。

娘点亮灯盏，让爹给六月看看。

爹就下地拿过针箱，取出干针，给六月扎。

这一扎，果然就不那么痛了。就把刚才梦游天堂和救年的经历给爹和娘讲了一遍。爹和娘笑得差点没把身上的被子颠到天上去。

你说大年为啥不能跳过来？

咋跳？

从腊月三十跳到明天来，就像我们跳房子一样。

老天爷造下时间，就是让人一天一天过的，如果能像跳房子一样，那就不是时间了。

回到家里，娘在扫院。刷，刷，刷。初一早上的娘是多么好啊。五月要从娘手里往过接扫帚，娘说，你们去耍吧。六月说，娘，你也耍吧。惹得娘笑起来。娘说，娘还耍啥呢。六月说，我们跳房子吧。娘的脸上掠过一层光彩，说，好，等娘扫完了我们就跳。五月说，我还没有见过你跳房子呢。六月说，我也没有见过。娘说，娘小时跳房子总是赢。

五月和六月就想象着娘小时跳房子的样子。接着,六月就要在院里画房子格。五月一把拉住六月说,把院弄脏了,要跳我们到大门外去跳吧。六月说,大门外有啥跳头,别人看见,肯定也要来,大过年的,应该自家人关起门来跳——我们还是打牌吧。五月说,对,就打牌吧。二人就帮娘快快地收拾了院子,把娘连推带搡地弄到上房里。

爹已经把火生着了,炭烟弥漫在屋子里,有一种湿湿的年的味道。五月到厨房给爹端了些馒头,然后和六月上炕坐定。咋分家呢?六月说,我和爹吧。五月说,那就我和娘。六月问,赢啥呢?五月说,就赢核桃枣吧。六月想了一下,反正是自家人,核桃枣就核桃枣。

就打起来。

大红被子在他们腿上绵绵地苫着,花花在他们身边静静地卧着,炭在炉子里叭叭地响着,木香在供桌上袅袅地飘着,火炕在屁股下暖暖地烙着,牌在四人手里你一张我一张地揭着,不怕输,赢也无所谓,只是这么一张一张地揭,一张一张地出。

那个美啊,真能把人美死!

你说老天爷为啥要造时间?

因为人们有妄想。

为啥人们有了妄想老天爷就要造时间?

讲给你也听不懂。

你没讲咋知道我听不懂？

如果人们能把妄想除尽，时间就消失了。

六月真不懂。

给你讲个故事吧。唐朝有一位智者大师，有一天念《法华经》，念到《药王品》时入定了，在定中他看到佛还在灵山讲《法华经》。智者大师出定之后告诉弟子，灵山一会至今未散！这时离佛灭度已经一千五百多年。

真的？

当然是真的啊。

那就是说我们还在过年？

是啊。

那你说我们是在过去年的年呢还是前年的年呢还是上前年的年呢还是上上前年的年呢？

当然都过啊。

那我们为啥还要年年过新年？

因为人们无法超脱时间。

那就是说，过去的每一天都还在？

对啊。

那不都堆成山了，都满得没地方放了？

要不为啥世界上有那么多山。娘说。

刚刚放下饭碗，金生和地生就来取锣鼓，不一会儿巷道里就是一阵猛烈的打闹台，五月六月知道，这是他们通知大家出行。

六月端了早就准备好的供盘，站在大门口，一边欣赏着锣鼓，一边等爹和五月到后院赶了大黄和咩咩过来。到了门口，五月朝院里喵地叫了一声，花花就跑了出来。头上绾着黄表花的大黄和咩咩喜气洋洋的，比平时一下子精神了许多，而花花则在他们面前扭起了秧歌。

一出巷道，只见一庄的人和牲畜正往西方涌。五月说，我说今年的喜神在西方，没错吧？六月就觉得五月还真有两下子，说，看来你能接班了。

接啥班？

爹的班啊，做大先生啊。

五月说，那你呢？

六月说，我嘛，就做喜神吧。

五月惊得睁大了眼睛，看爹，爹不但没有生气，还是一脸的开心。

爹注意到了五月的神情，宽慰她似的说，其实每个人都是喜神。

那为啥要迎喜神？

因为人们的心里已经没有欢喜。

人们的心里有了欢喜就能成为喜神吗？

对，当一个人的心中全是欢喜时，他就成了喜神了。

全是欢喜？一点烦恼都没有？

对，就是任何事情都不能影响他心里的欢喜。

任何事情？假如没饭吃没衣穿呢？

如果一个人心中全是欢喜，真的全是欢喜，他就不会没饭吃没衣穿，他走到哪儿哪儿就是吉地，他任何时候出行都是吉时，任何人见到他都会心生欢喜。

为啥任何人见到他都会心生欢喜？

因为他会随处结祥云。

那你教大家啊，让大家都成为喜神，我们就不用出行了，就可以省下时间在家里打牌了。

好啊，这个任务就交给六月吧。

六月没想到爹会让他去教，做喜神的老师，那该背多少经呢？

众人在一块名叫"大地"的地里停了下来，围成一圈，把香表统一交给爹。爹便撮土插香，供奉了食物，奠了酒茶，然后高声念道——

吉年吉月吉日吉时，全体乡亲，同声共祝：

新春元旦，迎喜接福；风调雨顺，国泰民安；一社吉庆，万户安康；五谷丰登，四季平顺；全村和合，四邻和睦；一籽下地，万石归仓；贼来迷路，狼来封口；大的无灾，小的无难；好人相逢，坏人远避；瘟疫消散，百病不生；空怀出门，满怀进门；东干东成，西干西成；千祥云集，百福并臻；骝马成群，牛羊满圈；祥光永照，大吉大利！

喜神已到，众人恭迎！

大家齐呼：

恭迎喜神！

向喜神行礼！

一叩头！

二叩头！

三叩头！

向四面行礼！

一叩头！

二叩头！

三叩头！

向八方行礼！

一叩头！

二叩头！

三叩头！

礼成，鸣炮！

"大地"里顿时一片炮声，让五月觉得这炮声早就埋伏在地里，就像种子一样，单等着这天出苗。牛羊不知是被炮惊了，还是因为欢畅，满山满洼地狂奔，又像是比赛谁更威风，直踏得黄土飞腾，喜气冲天。

接着，爹拿过各家供奉的酒水和泥，在每个小孩的额头上点了一点。轮到六月，他让爹多点一下，爹说，多了就成了贪了，喜神是不喜欢贪心的，但还是在他头上多点了一下。

接下来，大家相互拜年，互换年点。

最后，每人铲了半篮脚下的黄土，提着回家。六月知道，这些黄土大家会分成几份，撒在当院、灶前、炕角、牛圈、羊圈、鸡栏、麦田菜地、桃前李下。

六月的眼前就涌现出无数的山。接着，六月的目光就飞了起来，像目连一样从海一样的山上飘过，飘啊飘，飘啊飘。六月想找到过去的那些年，还有上九、正月十五、正月二十三、二月二、三月三、四月八、五月五、六月六、七月七、七月十五、八月十五、九月九、十月一、腊月八……

出行回来，一家人继续坐在炕上打牌。

没打几轮，就听到德成在大门外喊，去给三爷爷拜年了！

五月说，这德成也扇得太早了。爹说，他辈分小，早些也应该。六月说，再早也不能刚出完行就动身。爹说，还不快去！

五月和六月就极不情愿地下炕，去给三爷爷拜年。

岚萍公主睁眼看，
我面前跪倒包爱卿；
开封府外忙放赦，
包爱卿莫跪将身平。

叩一头，谢恩情，
谢过公主把臣容；
问公主不在木墀宫，
驾临臣府因甚情？

从三爷爷家房顶大喇叭上传来的秦腔《三对面》，像一
阵清风把五月六月的不开心拂去了，五月六月的步子踩着板
眼，往三爷爷家小跑。

驸马今早过你府，
却怎么不见转回宫？

为臣未见御驸马，
有一个犯官受法刑。

犯罪官儿是哪个？
包爱卿讲来皇姑听。

犯罪之人陈世美，
秦香莲本是原告名。

她告驸马因何故？
从头至尾说分明。

欺公主，瞒圣上，
后婚男子招东床；
生身父母不孝养，
要杀发妻害儿郎。
……

六月找到腊月八上，眼皮就掉了下来。

不过掉下来也好，就索性由了眼皮，正好再次进入梦乡，好让时间过得快一些。老天爷为啥要创造瞌睡，原来是为了让时间过得快一些，不然，这世界上的人大概都是满嘴的树，哈哈，想想吧，每个人的嘴里都有一个树林，想想吧。

德成一进三爷爷家的门就说，三太爷你咋还活着呢？不想三爷爷不但没有恼，反而乐呵呵地说，就是，又要费你一个头。

好一大胆秦香莲，

敢和公主论正偏；

常随官儿一声唤，

先打泼妇四十鞭。

德成点完香，趴在地上磕头时，屁股上挨了两脚。挨这两脚时德成正把第二个头往地上磕，就是说整个身体正在往前下方送，往前下方送的身体再加上这两脚，情景就十分美妙。直听嘭的一声，德成的头重重地磕在地上。

上前忙把官人拦，

莫要打来一旁站，

问公主打她为哪般？

回头，六月已经跳到院里。六月骂，德成你个小人，我三爷爷又不靠你们家养活，你盼着他死干啥？

她言说先娶她来她为正，

后招我来为小妾。

秦氏讲话理端正，

你应该和她姐妹称。

德成被骂得哈哈哈笑起来。三爷爷更是笑得栽跟打斗的。栽跟打斗的三爷爷让德成坐了，给他散烟。

我本是金枝玉叶国王女，

怎和她庶民百姓一般同。

百姓也是娘生养，

哪点与人不相同。

六月在一片七彩树林中飞行，好不痛快。不多时，灵山就到了。佛陀果然在那里讲《药王品》，佛说，《药王品》其实很简单，就是教人们如何推倒时间之墙，让六月同志天天过大年。

六月？您是说乔家上庄的那个六月吗？难陀问。佛说，正是。难陀回头，六月果然在他身后站着，背上的两个翅膀还在扇动，脸上沾满了菩提树叶，睫毛上全是露珠，满脸的欢喜下面，掩盖着一点点怨气。

佛说，别看你们跟我多年，六月同志虽然才来，但他最懂时间。过来，今后就常随本僧左右如何？六月说，谢过佛陀，我得先回去告爹和娘一声。佛说，好一个孝子，去吧。

六月回头，院里又进来一茬人。让六月没有想到的是，他们一进门就异口同声地说，三太爷你咋还活着呢。这让六月犯了难，一个德成他还可以对付，人一多，他不知去踢谁的屁股骂谁的娘了。六月急得在大门上哭起来。五月说，娘说过年不能哭的。六月说，娘也说过年不能说"死"的，可是他们一个劲地说。五月说，我们去告爹。

开言再问包爱卿，
偏袒秦氏因甚情？

秦氏讲话理端正，
公主讲话理不通。

你向秦氏因何故？

陈世美杀妻害子罪非轻。

你能问他什么罪？

定赴铜铡不留情。

当朝驸马你焉敢？

龙子龙孙依律行。

我要传令把秦氏斩!

为臣在此你不能!

要斩要斩实要斩!

不能不能实不能!

欺君闯上包文拯!

理直气壮为百姓!

你敢和我见国太?

哪怕上殿见主公!

……

六月飞回人间,变了主意。还是在人间过年过瘾。还有上九、正月十五、正月二十三、二月二、五月五、七月七、七月

十五、八月十五、九月九、十月一、腊月八……本大人至少还要把这些节再过一遍，不，两遍，不，三遍，然后再考虑是否常随佛陀左右。

爹不在。娘正在后院的牛圈里给牛拌料，一听，笑得拨浪鼓一样。娘说，他们是给你三爷爷说吉利话呢。五月说，明明在咒呢还说吉利话呢。娘说，他们这样说你三爷爷才高兴呢。

五月你咋还活着呢？六月把嘴搭在五月的脸上说。慌得娘忙捂了六月的嘴。这让六月很纳闷，你不是说这样说人才高兴吗？娘说，给老年人这样说意思是说他们寿命长，他们才高兴，对娃娃可千万不能这么说，这么说就是咒人家了。五月就踢了六月一脚，又一脚。六月很大方地笑笑，显出愿意接受这两脚的样子。被人咒了就咋了？六月问。娘说，也不咋。六月说，这么说我把德成错骂了？娘说，新年头上是不能骂人的。六月说，可是我已经骂了。娘说，不知不为错，以后不要骂就行了。六月问，如果骂了呢？娘说，骂了有罪呢。六月问，有多大的罪呢？娘说，这要看你骂了啥话。五月就把六月骂德成的话学了一遍。娘就笑得捂了肚子。五月一边给娘拍着背子，一边问，那么过年要说啥话呢？娘说，要说吉利话。五月问，咋样的话才是吉利话呢？娘说，对联上写的都是吉利话。五月说，我明白了，一边拉了六月往出走。

不想和改改碰了个迎面。改改两手捧着一个洋瓷碗，三爷爷让我给你们端些饺子。六月咂吧着嘴唇说，三爷爷就是好。

吃完饺子往出走时，五月给了改改一个枣子，六月给了改改一个核桃。改改说，美吗？五月问，啥美？改改说，过年啊。五月说，当然美。六月说，要是天天过年就好了。

你们没去挣核桃？是地地。地地按了一下他的裤兜说，我都挣满了。六月的心里就咔嚓响了一声，怎么把挣核桃的事给忘了。六月什么话也没有说，一把抓了五月就往庄头跑。

睁开眼睛，娘已坐在窗前穿针引线。六月知道，这是给他缝过年的新棉袄呢。顽固的日子再次回到眼前。如果能够永远睡着就好了，那不就是爹说的涅槃了？难怪有那么多人要追求涅槃，他们肯定都是为了忘掉时间。

冷了难受，但还没有等待难受；热了难受，但还没有等待难受；被针扎了难受，但还没有等待难受；被狗咬了难受，但还没有等待难受；病了难受，但还没有等待难受……

看来这时间才是苦的根，不然为啥佛一讲《药王品》，时间就消失了。

人们见五月和六月像一对燕子一样在巷道里飞，问出了什么事。五月和六月也不回答，只是飞。一同在飞的还有他们的思想。刘木匠家的核桃大概已经被地地他们挣完了。五月说，六月你慢一点好不好，小心把我们肚子里的饺子抖出来。六月想想也是，他们刚刚吃过饺子，千万不能让它抖出来。可是刘木匠家的核桃催着他，让他的步子慢不下来。六月的大脑飞速转着，终于转出一个办法来，如果你觉着饺子要出来了，就用手堵住。五月想想也对。一只手下意识地举到口边，让人觉得只有半个五月在跑。刘木匠一定把大核桃散给地地一伙了，地地真不是人，每天早上他和五月还没睡醒呢就在大门上嘶哇嘶哇地喊，到挣核桃的时候却独自去。得想个办法，大核桃没有了，小核桃多散些也可以。对了，就按娘说的，见了刘木匠多说吉利话。

六月实在找不到挖掉苦根的办法，但他发现可以借助忘掉暂时从时间里跳出来，好让心里的着急暂时减轻一些，但忘掉也是一件比登天还难的事。

娘说，你可以背经啊，背经就把时间忘掉了。

六月觉得这倒是一个好办法。

就从《朱子家训》开始背。不想背着背着，思想就滑到过年上去了，背着背着，思想就滑到过年上去了。六月有些拿年没办法了。

六月拉着哭腔给娘说，还是不行，年还是从经缝里冒出来。

娘就笑，那娘也没有办法了。

就在六月着急时，爹进来了，一身的白。

下雪了？

下雪了，还不起来看雪去。

六月翻了一个身，把五月捅醒，说，还不起来看雪去。

五月揉了揉眼睛，说，讨厌，人家正在过年呢。

六月就觉得自己犯了一个天大的错误。

那你闭上眼睛继续过吧。

你有这个本事？能够把断了的梦续上？

六月想想也是，断了就很难续上了。

老爹，你说灵山一会真的还没有散？

当然啊，咋又想起这个问题？

你说人如何才能没有妄想呢？

吃饭时吃饭，睡觉时睡觉。

可是我吃饭时也想过年，睡觉时也想过年，你说咋办？

那就想吧。

可是想得人心像猫抓，你说咋办？

那是你还没学会把每一天当成是年，当你学会把每一天都当年过，你就不会想年了。

谢天谢地，刘木匠家总算到了。

六月一进刘木匠的屋就说，三阳开泰从地起，五福临门自天来。五月跟着说，刘伯伯天增岁月人增寿，春满乾坤福满门。刘木匠一脸的稀罕，捏了捏五月的辫子，抚了抚六月的脑瓜，说，两位小先生，快坐快坐。一边拉开炕柜抽屉取核桃。六月又说，刘伯伯向阳门第春常在，积善之家庆有余。刘木匠噢噢应着，往二人棉袄口袋里装核桃。六月做出一副不在乎的样子，继续说，刘伯伯抬头迎春春满院出门见喜喜盈门。刘木匠拍着手说，好好好，再加核桃。说着，又从抽屉里抓了一大把，往六月的兜里装。五月拉了一下六月的衣角，意思是可以了。可是六月已经刹不住车了，刘伯伯第一等好事只是读书几百年人家无非积善刘伯伯种就福田如意玉养成心地吉祥云刘伯伯迎新春牛羊满圈辞旧岁骡马成群。

刘木匠就笑得像供桌上的蜂蜡一样，快要坐到地上了。

五月一边穿衣裳一边说，要是刘木匠还活着就好了。六月问，为啥？五月说，今年拜年时咱们就可以给他背《孝经》啊。六月说，对，咱们把《孝经》编成对联给他说，还有《论语》，整整说它一个时辰。五月笑着说，那他得准备多少核桃啊。六月说，我不要核桃。五月吃惊地问，为啥？六月说，我要让他给我们做一个小书架。

五月的表情就整个变成一个成语：刮目相看。

五月和六月回到家里，院里密密麻麻地站满了人。不用说，他们是来给爹和娘拜年的。出乎五月意外的是，人群中还有不少外村的孩子。

五月的心里紧张了一下，飞速绕过人群，贴到爹身边，两只手插在棉袄兜里，神情警觉而又机敏，如同一个贴身警卫。

五月在等一个时刻的到来。

领头的德全祭奠一毕，跪在供桌前大声说，给五爷拜年了。院里的人都跟着跪了下来，齐声说，五爷，把核桃准备好。

就在大家伏下身去磕头的时候，五月几下子把自己的糖果转移到爹裤兜里，整个过程就像是几次闪电。爹一边哎哎地应酬着大家，说，你们今年的头简直像好年成的麦穗子一样，一边低头看了一眼五月，用目光和五月说了好几句话。

五月的心里就落起雪来。爹说的是什么呢？五月没有去细想，五月只是觉得，被爹看着的那一刻很幸福。五月甚至觉得，那就是年了。

老天下雪花，五月六月剪窗花。二人手里各是一把小剪刀，按照爹给他们的花样剪。

当剪刀在三色纸上噌噌噌地剪过时，六月突然觉得，年是一朵花，已经在他和五月的手上开放了。

上九

社　火

头戴乌纱官帽，身着大红官衣，耳挂黑色口条的六月像模像样地走在队伍前面，领头羊一样，让五月自豪得脚下直生风。五月突然觉得，眼前的六月已经不是六月，而是一个"大哥哥"了。她的目光蜜蜂一样在六月身上盘旋，最后黏在那双雪白靴子上。加厚的靴子让六月的步伐更有一种"走"的味道，五月一下子明白了爹说戏时常讲到的一个词，步步生莲。爹说正旦走起路来要有一种步步生莲的感觉，当时她怎么也不明白，走路就是走路么，又怎么能够步步生莲，不想现在她在六月的脚下看到了，虽然六月不是正旦。

正要把这种感受说于六月，听到有人在后面喊她。回头，原来是改改，被"害婆娘"挡在队伍的尾巴上，还有白云、雨雨和改弟。五月就觉得这样把她们甩开怪不好意思的，但出发时爹又特别叮嘱她要一路紧跟着六月，帮他把个场儿。就给六月说，现在还没啥事，姐先到后面去？六月摇了一下官帽的左耳，表示同意。

五月闪到路边时，六月看了一眼身后，那是一个长长的彩龙。紧跟着他的是锣鼓班子，锣鼓班子后面是两位无比威严的灵官，灵官后面是两对旱船，旱船后面是高跷队，高跷队后面是总管和香童，总管和香童后面是两位"害婆娘"，他们提着锅灰竹篮，拿着老笤帚，脸上涂着厚重的油彩，奇丑无比。如果他们不让道，看社火的人，特别是孩子，就不敢靠近社火队。现在，改弟、改改、雨雨和白云就被他们二位唬在后面。六月一下子同情起她们来。往年，他也是被他们唬在后面的，那么，是什么让他今年到了最前面呢？当然是仪程。如果他平时不背下这么多仪程，现在就不能到前面来。还有勇气，如果背了仪程但不敢接受这个任务，现在也不能到前面来。

这样想时，眼前已经是大庙了。按照规程，社火出庄首先要到庙里请神、游庙，六月一下子紧张起来。给神说仪程，可不是一件小事。就快速地在心里复习通常在庙里说的那些仪程。

不多时，队伍已到了旗门前。六月按爹教的站了子午相，一挥鹅毛大扇，开句：

社火来到旗门前，

金生和地生的锣鼓跟着，咚咚咚，锵锵锵，咚咚咚，锵锵锵，咚咚咚咚咚咚，锵锵锵锵锵锵锵。六月又把扇子一挥，锣鼓歇下。接着说：

二面载的是旗杆。

锣鼓再起，咚咚咚，锵锵锵，咚咚咚，锵锵锵，咚咚咚咚咚咚咚，锵锵锵锵锵锵锵。六月又把扇子一挥，锣鼓再次歇下：

旗杆上面四个字，

锣鼓再起，扇子再挥，再说：

国泰民安万万年！

社火队员和到庙里敬完神等着看仪程的信众一下子炸开来，纷纷议论六月说得不比水生差。五月和改弟、白云、改改、雨雨、地地不停地鼓掌。六月当然非常在乎他们几人的掌声，就更加进入角色，一句仪程，一段锣鼓，说了下去。

庙门前：

远看雾沉沉，

近看是山门，

香烟闹嚷嚷，

此地有福神。

庙里面：

进得庙来雾沉沉，

双膝跪倒敬尊神。

香在炉里花在瓶，

蜡在架上放光明。

正殿：

一儒一释又一道，

和和气气住一庙，

一树不开两样花，

三教原来是一家。

昔日提刀上灞桥，

五关斩将称英豪，

虽说兄弟恩义重，

桃园结义胜同胞。

……

敬完神，请了"三皇爷"出来，队伍先到周庄开锣，接着是李庄。周庄和李庄因为没有安排对诗，就耍得快，晌午时分，永生已经率部开向下庄。

快到下庄时，五月上前给六月嘴里喂了一个水果糖，六月噙在嘴里，甜在心上。回头看五月，五月的眼睛里有一千张嘴在喊加油。

听到鼓声，孩子们已经在庄头等着了，他们叽叽咕咕地指着六月议论。议论的啥，六月没听清楚，也没心思去听，他的心思在仪程上。下庄虽然没有社火队，但改正的仪程很厉害，肯定要和他对诗，得好好对付。

改正果然反穿皮袄手执鹰扇，威风凛凛地立于大场门口，上庄的社火队一进场，他的扇子就挥起来了：

远看旗飘人马动，

疑似天神降凡尘。

近看原来是年兄，

快步上前礼相迎。

六月谦声回应：

>
> 远看灯火一片明，
>
> 近看亲戚把我迎。
>
> 不要接，不要迎，
>
> 咱们都是自家人。

喧嚷的人们一下子闭了口，接着一种啧啧赞叹。他们都知道六月会唱皮影会背经，不想还会说仪程，简直是神童。

悄着，那是人家爹娘会教育，再神的童，如果碰上你这么一个害婆娘，只会变成饭桶。六月听见根生在骂媳妇。不想根生媳妇一点也没生气，反而为根生的挖苦喝彩似的，一脸的开心。

改正：

>
> 理应接，理应迎，
>
> 一迎财神和喜神，
>
> 二迎远方众亲朋，
>
> 三迎年兄耍仪程。

六月：

>
> 这位年兄有敬心，

财神喜神早进村。

灵官开路天官随，

后有刘海撒钱来。

改正：

本官抬头用目观，

年兄队伍真体面。

老翁划桨摇彩船，

船上姑娘赛貂蝉。

六月：

本官抬头用目观，

年兄队伍不一般。

仪程官来尤其帅，

潘公见了往后退。

改正：

双方的社火对了阵，

我把年兄问一问

手执羽扇头戴纱，

何人留下的要仪程？

六月：

反穿龙袍戴王帽，

惹得娘娘呵呵笑，

烽火台上照一照，

周幽王留下的这一套。

改正：

十字路上莲花开，

多日不见年兄来。

年兄到来乐开怀，

双膝跪地礼相迎。

说着真的单腿跪了下来。六月同样单腿跪了，说：

年兄见我双膝跪，

我把年兄搀起来。

十字路上莲花开，

社火到处春如海。

改正：

设的堂是假公堂，
我的人役站两旁。
我把众位年兄请，
众位年兄登大堂。

六月：

榆木桌子四条腿，
四面八方龙戏水，
象牙筷子龙交架，
海菜碟子十三花。
都说九九冰难开，
年兄盛意发春花。

改正：

年兄不必过夸奖，
只是心中一点香，

我把众位年兄请，

再请年兄登大堂。

六月：

一股香烟往上升，

下官焉敢坐大堂，

若要下官登春座，

敬过三皇好升堂。

这时，根本点燃一张黄表，交于六月，六月接了，一边烧
于香案前，一边说：

一张黄表四四方，

青龙八卦在纸上。

吉时吉地烧一张，

保佑一方都安康！

根本又点着一张给六月，六月接了，说：

点燃黄表火一团，

好像瑶池一蓬莲，

莲花开处喜神到，

风调雨顺太平年！

六月落扇，改正已经起身，从根本手里接过一杯酒，躬身举在六月面前。六月起身，搭躬行礼之后，接了，说：

菜碟层层似鸳鸯，

香盘重重摆大堂。

年兄费心多费意，

礼该年兄你先尝。

改正：

兄的人马到我村，

就像一家亲弟兄。

一杯水酒来洗尘，

还请年兄莫辞呈。

六月：

亲戚给我把酒看，

为弟人小不敢端，

酒杯在手礼在怀，

为官在此有四奠：

一奠天长地久，

二奠地久天长，

三奠国泰民安，

四奠四方吉庆。

根本又看了一杯，交于改正，六月知道这是逼他多说仪程，就迅速地在肚子里搜寻一番，发现还绰绰有余，就接着往下说：

酒杯虽小重千斤，

为弟量小不敢饮，

将酒奠在吉祥地，

来年黄土变成金。

改正：

春风打得乾坤转，

两村社火喜团圆。

礼不过三年兄请，

不饮薄酒是浅看。

六月就接过酒杯，递于改弟爹，改弟爹一仰脖子喝了杯中酒。改正知道六月听爹的话，酒不沾唇，也就不再坚持。接着，根本把一个红被面披在六月身上，把另两面披在两位灵官身上。被面长，六月个子小，被面就拖到地上，六月就捞起来，索性作了水袖用。

接着是小演出，演出前，仪程官照例要说一两段要把式的仪程。六月让改正先说，改正就扇子一挥，说起《十字歌》：

> 说个一字一杆枪，张飞站在古城上，
> 老君勒马回头望，擂鼓三声斩蔡阳。
> 说个二字二根椽，王孙公子到江边，
> 洛阳桥上花世界，洞宾船前戏牡丹。
> 说个三字三圣公，桃园结义三弟兄，
> 要知兄弟名和姓，刘备关张赵子龙。
> 说个四字四四方，女娲庙里去降香，
> 风吹竹帘动神像，将诗留在粉白墙。
> 说个五字五杆旗，十八驾五子都来齐，
> 十八驾五子都来齐，英雄好汉伍子胥。
> 说个六字六句长，刘秀十二跑南阳，
> 江淮太子坐云南，花和尚出在五台山。
> 说个七字七贤良，唐王马灿入泥浆，

白袍小将来救主，救主唐王李世民。

说个八字两撇开，八洞神仙过海来，

双手掌的月牙板，动起龙须惹祸端。

说个九字九个能，九反天堂孙悟空，

花果山上为元帅，水帘洞里称猴王。

说个十字实在好，倒骑毛驴张果老，

四大名山驴上捎，才把神仙渡过河。

六月承认，改正的《十字歌》的确说得好，用爹的话说，就是满宫满调，既没有冒场，也没有晕场，当然更不要说走场，锣鼓家什也非常合弦。该用哪一段压过他呢？《劝世文》？《朱子家训》？还是《天官福词》？

六月一时拿不定主意，也多少有些紧张，侧脸看五月，五月的眼睛里有一万张嘴在喊加油。五月看见六月的一只眼睛看着她，另一只眼睛像飞轮一样旋转，而改正的扇子放下已经有一会儿了，再不说就冷场了。就索性出口递话，"二十四"。不想她的"四"字还没有落地，六月的扇子就起来了：

正月立春雨水多，春雨相连节气和，

初一初二定分明，临行一时受皇封。

二月惊蛰与春风，冰雪消融杏花红，

一年之计在于春，谁也不愿错时辰。

三月谷雨清明灯，家家门上秧子青，

一粒落地生万籽，家家种地望收成。

四月立夏小满前，家家户户忙锄田，

早出门，晚回家，日后才有余钱花。

五月芒种忙又忙，艾蒿飘香又端阳，

家家门上插青柳，一年四季保安康。

六月大暑和小暑，麦子一夜遍地黄，

夏至三庚伏又到，挥汗如雨连枷响。

七月立秋处暑来，处处财门大大开，

莫说年年多富贵，且看日日广招财。

八月白露和秋风，媒婆才出月宫门，

有缘千里来相会，无缘对面不相逢。

九月寒露刮秋风，风扫红叶满墙根，

家家烧起重阳酒，杯杯相连香喷喷。

十月霜降要立冬，雪花满天风满门，

农民要把庄稼务，皇天不负有心人。

十一月小雪大雪飘，人人袖手站南桥，

寒苦一时春又到，又是来年好征兆。

十二月小寒又大寒，去了今年又来年，

俗人不知新春历，月大月小要俱全。

造下皇历十三本，传与天下十三省，

州传府，府传县，春官进城领路线。

鼓声还没有落，人们的掌声已经像炒豆子一样响起。六月一点没有怯场，火候到位，尺寸合卯，既没有荒腔，也没有冒调，锣鼓给他留的气口也非常好，真是既警内行又警外行。六月用一束目光把大家的掌声转送给五月。多亏了五月提醒，假如说《天官福词》，爹年年唱；假如说《劝世文》，家家户户都有；假如说《朱子家训》，他和五月已给人背过多遍。只有这个《二十四节气歌》，才是爹年前教他背会的，大家听来，当然新鲜，当然稀奇了。六月的心里，就全是对爹的感激，如果没有老爹，他拿啥在外面要人呢。

这样想时，改正走了过来，说，六月你虽然人小，但比老哥有文化，说得真好。六月说，比年兄差远了。把在场的人都惹笑了。改正接着说，你再好好学学，把腔口变硬一些，完全可以说红的。

永生说，对啊，到时咱们到县政府去要他一回。

金生说，我看六月这苗头，不但可以到县政府去要，还可以到省政府去要。

根本说，我看完全可以到天安门去要。

地生说，我看完全可以到联合国去要。

大家就笑得一塌糊涂。

接下来是小表演。狮子在舞，旱船在划，高跷在走，特别是德成和德贵装的"害婆娘"东扭扭，西晃晃，跑跑跳跳，往来穿梭于人群之中，挤眉弄眼，往人身上涂脂抹粉，想着法儿丢丑，简直把大家都笑翻了。

爹说，他们年轻时，社火队要大得多，仪程官对诗仅仅是一个序幕，重头戏在上天官和禳社上。六月问，上天官是不是晚上演的《天官赐福》？爹说是。六月想，那该是一个多么大的阵势啊。六月问，禳社是啥意思？爹说，那是一出大傩戏，要整整演两个时辰。六月说，我们恢复起来啊，像恢复诵经班一样。爹说，好啊，你给咱们恢复啊。六月就在心里暗暗下着决心。

表演之后，六月和改正会师一处，开始串户。下庄第一家是根生家。改正示意六月先说，六月示意改正先说，改正就说了：

> 大门楼子高院墙，
> 两只鸡儿赛凤凰，
> 凤凰展翅人发旺，
> 辈辈儿孙状元郎！

六月扇子一挥，说：

> 双扇门儿大大开，
> 春官送的福到来，
> 一开东方甲乙木，

又晋高官又进禄。

二开南方丙丁火，

招财童子笑呵呵。

三开西方庚辛金，

秤称银子斗量金。

四开北方壬癸水，

天大的是非连口吹。

是非口舌说出去，

金银财宝说进来。

五开中央戊己土，

丁财两旺势如虎。

里添人口生贵子，

外受皇恩状元来。

六月说完，地地双手把"春牛"举在根生面前说，给大人送福来了！根生十分恭敬地伸手接了，迎进家里，供于当院的香案上，伏地行礼。礼毕，二位灵官举着神器在院子里转了一圈，立于六月身后。狮子就在各屋除瘟送瘴。

狮子回到当院，根生媳妇已抱着小儿子等着过关了。那狮子就挺起前身，张了大口，把孩子吃进嘴里。接着就有一串哭声从狮子肚子里传出来。六月忍不住笑出声来，不知双虎和双全在里面把这娃如何作整一番。又马上警觉，爹说仪程官在整个演出过程中要非常庄严，忙止了笑声。看两位灵官，他们果然没有掉角儿，就在心里给德全和回缠送上一个佩服，平时他们嘻嘻哈哈的，不想一进角儿，还真像回事儿。

爹说，过去他和爷爷上九（正月初九）出傩，只要脸一画，行头一上身，就再也不能说一句话，那时游的村子多，往往要整整一天。想想看，整整一天，你不能说一句话，那是一种啥感觉。

六月就想，明年装一次灵官试试吧，可是，谁说仪程呢？永生说孝子三年之内不能说仪程，水生当然还要守孝两年的。真是要感谢水生妈，如果她不死，今年就轮不到本大人说仪程。接着，六月就在心里扇了自己一耳光。"人有喜庆，不可生嫉妒心，人有祸患，不可生喜幸心"，怎么又忘了呢？

那就感谢庄家和永生。

从新年社会开始，社长方长交班，金生把社长交给了下庄的根本，把本庄方长交给了永生。腊月二十三，永生召集一庄人在他们家开社火大会，六月和五月姐代表爹去领任务。会上，永生说，各位庄家都知道，水生娘过世还没一年，按咱们的老规程他三年之内不能说仪程，大家看由谁接替他。大家的目光就在人群里扫来扫去，最后一齐落在六月身上。

永生说，既然大家都推举六月，六月同志你就好好准备吧。六月说，我得回去问一下我爹。永生说，不用问，就这么定了。六月说，那不行。说完就跑回家去问爹。爹说，好事啊，当然接啊。六月就接了。其实六月早就想接了，他的心里不但装着水生常说的那些仪程，而且还有许多大家没有听过的呢。

狮子把孩子吐出来，根生媳妇满脸欢喜地接过，两位灵官分别摸了一下孩子的头，神情十分庄严，又十分慈善，就像往孩子的运气里安装吉祥和如意的密电码似的。

根生盘子里端着一包花生、一包饼干、一瓶酒，临时总管改弟爹收了。香童地地从"春牛"身上解下一根红线，挂在孩子脖子里，然后把"春牛"收走，走时，把一张红纸黑字的"春帖"压在香炉下。

春帖的主要内容就是刚才六月准备在官场耍把式的《劝世文》。六月早已背得滚瓜烂熟。爹说，如果不背熟，万一到时有人问，你这个仪程官可就丢人了。春帖的正面是一个小孩骑在牛背上，爹说那就是人皇伏羲，下面是二十四节气，再下面是八个大字：

不惹天地，便得吉祥。背面就是《劝世文》：

> 兄弟同居忍便安，莫因毫末起争端，
> 眼前生子又兄弟，留与儿孙作样看。
> 财物区区莫认真，一家到底是天亲，
> 万般要看爹娘面，骨肉同胞有几人。
> 都受爹娘养育恩，桃花千朵本同根，
> 莫将姊妹来轻薄，十指咬时总有痕。

酒肉之朋不可亲，结交须结正经人，
善良自有芝兰气，缓急相依见性真。

省识家和万事兴，夫妻勤俭等良朋，
存心各把名声爱，稍有差池互劝惩。

劝人朝闻夕死性天真，圣域贤关万古春，
莫待老来方学道，孤坟多是少年人。

年少光阴最足珍，都缘两字误因循，
毕生事业知何限，那得工夫走市尘。
清早黎明便起身，家庭内外费艰辛，
君看败产倾家者，都是贪眠懒惰人。

处世持家年复年，总须虑后更思前，
有钱常想无钱日，莫待无钱想有钱。

钱财有命古来闻，理欲关头一念分，
识破此中原有数，自然一笑等浮云。
不结良缘与善缘，若贪财利日忧煎，
岂知在世金银宝，借尔权看数十年。

二八佳人体态酥，腰间仗剑斩凡夫，

虽然不见人头落，暗里催人骨髓枯。

　　背到"劝人朝闻夕死性天真"时，六月问爹，"朝闻夕死"啥意思？爹说，这是孔老夫子的话，原话是"朝闻道，夕死可矣"。意思是早上闻道，晚上即使死了，也不遗憾了。六月问爹，"闻道"是啥意思？爹说，就是……怎么说呢，就是明白人到底是咋回事，宇宙到底是咋回事。六月说，人就是人嘛，宇宙就是宇宙嘛，为啥还要明白个咋回事？爹说，这可不一定，比方说，这小孩子刚生下来，你知道他是先出了一口气呢还是先吸了一口气？六月就真不知道了。六月想了想，说，肯定是先吸了一口气啊，不然哪儿来的气呼出来呢？爹说，看看看，你正好答错了，正确答案应该是先呼了一口气，要不为啥叫"呼吸"。六月的心里就咔嚓响了一声，原来"呼吸"这个词是这么来的。爹接着说，对于人来说，这才是一个小秘密，大秘密就可想而知了，而人和宇宙比起来，又是一个小秘密了，因此，孔老夫子说的这个"道"啊，可不是一件简单的事。六月问，为啥早上明白道理，晚上就要死呢？爹就笑，不是说早上明白了道理，晚上就要死，孔老夫子的意思是说，这人就是为明白道理而来，如果明白了道理，那就意味着你可以毕业了，如果你没有明白道理，这辈子就是一个错过一个浪费一个辜负。六月问爹，那如何才能明白道理呢？爹说，孔老夫子一辈子就是教人明白道理，你按他的话去做，就会明白的。

六月这样想时，根壮家的鞭炮已经响起，根壮家做生意，改正先说：

> 说到有，真个有，
> 金砖银砖装枕头。
> 说到富，真个富，
> 掌柜开的倒金铺。
> 倒一倒，翻一番，
> 富贵大发千千万。
> 十个儿孙九个官，
> 还有一名考状元。

接下来是根缠家，根缠是刘木匠的徒弟，六月先说：

> 过了一户又一户，
> 碰见木匠老师傅。
> 一根梨木过不长，
> 长在昆仑山顶上。
> 枝对枝，叶对叶，
> 乌鸦过来不敢歇。

根对根，盘对盘，

狼虫虎豹不敢旋。

鲁班弟子神通大，

手里钢斧斩脚下。

不要根，不要尖，

两头一截要中间。

一根墨线软如绵，

肯在木郎背上缠。

左缠三转生贵子，

右缠三转生状元。

斧子砍，锛子锛，

一锛锛个方礅礅。

只有师傅手艺巧，

手拿刻刀把花雕。

雕起龙来龙会跑，

雕起虎来虎翻身。

师傅手巧活儿精，

再说三天说不清哎——

这段仪程大家从来没有听过，就更加佩服六月，觉得他的仪程水词少，硬货多。五月知道六月为啥要新学这段仪程，也感动于他一字不落地把它说完，上前又给他一个糖。六月说，留着等到晚上唱皮影时再嗡吧。五月就收回去，说，爹说，如果觉得嗓子冒火，就打开"宝葫芦"，往上调气。六月说他知道了。

就这样，六月和改正说完赵家说钱家，说完宋家说李家，一直从下庄说到上庄。

上庄最后一家当然是永生家，照例，社火队要在永生家吃卸装饭。仪程官当然要表示，改正让六月说一段，六月没有推辞：

> 走了一山又一山，
>
> 眼看太阳到半天。
>
> 春官生来眼儿尖，
>
> 看见你家炕上宽。
>
> 站了店了没店钱，
>
> 吃了饭了没饭钱。
>
> 春官吃了你家饭，
>
> 明年麦子打万石。

大家同样没想到六月会说出这么一段来，觉得非常新鲜。其实是老词儿，是爹给他讲的《春官求宿词》。爹说过去春官走村串户，天黑了，要找人家求宿，就说这一段，讨人家高兴。不想他借过来一说，大家还都喝彩。爹说仪程官其实就是过去的春官，那些春官往往要走村串户半个月，免不了要求食问路，借宿过夜。人家施你饭吃，借你炕睡，你总得给人家一些吉利话儿。
爹说，春官有时也会遇到一些不欢迎借宿的人家，他们就唱：

> 谁家女儿不成人？
>
> 谁家男子不出门？
>
> 谁家房子背进城？
>
> 谁家炕儿背上行？

娘说还有那些特别抠门儿（吝啬）的主，春官就唱：

> 如若给我没盘缠，
>
> 我来给你下黄连。
>
> 春官来了门关了，
>
> 祖祖辈辈穷干了。

爹说这个不要教他。娘就不好意思地笑笑。六月却暗暗记
下了。

灯　影

六月在永生家换了行头，和五月回家歇了歇，就跑步来到下
庄。新年之后，社会转到了乔家下庄，临时道堂就设在社长根本

家。从正月初九开始的皮影草台，也就搭在根本家的老院里。五月六月进台，爹已整好了晚上要演的两场戏的皮影。二人抓紧熟悉了一下影架上的人物和次序，就各就各位。

首先开演的是帽儿戏《天官赐福》。

梆子响起，众乐器争相欢畅。六月的小脑袋摇着想象中的帽耳，两个肩膀一耸一耸，小腰身如同几个孩子同时闹场走台，脚尖点地，脚跟在地上打着拍子，数着点子。五、四、三、二、一。

六月一声"哎"字叫板，勾人心尖的板胡拉起了花音拦头。六月跟板唱了一句"头戴七星宝鼎冠"，然后举着王灵官出场。头戴金将盔，身穿红靠，背插靠旗，胸佩大红花，手执钢鞭和金砖，金面花脸的王灵官好不威风。六月接着一句"西北角上列乾坎"，转入花音二六：

洪眼一睁天黑暗，混沌初分没几年。

跨下火龙高万丈，左手金鞭右手砖。

金鞭打恶不打善，监察御史王灵官。

六月五指抓了签杆，举着王灵官，在灯前幕后来来回回地耍了一阵把式，接着道白：

吾当哎！监察御史灵官王，天官下界赐福，命俺前哨开道，这般时候，不免跨上火龙马去去去者！

幕外已是掌声一片。爹赏识地看了他一眼，接着示意五月出场。五月就举着黑面花脸的赵灵官出场了。赵灵官头戴黑花将盔，身穿黑花大靠，背插四面金龙靠旗，胸佩大绿花，和王灵官一样威风。

> 生吾当天昏地暗，降吾者星斗未全。
> 出世来神鬼皆怕，修炼在峨眉仙山。
> 伐西岐耆兵鏖战，七箭书正位归天。
> 灵霄宫排班站殿，手执掌正一玄坛。

> 吾当哎！插花财神黑虎赵！天官下界赐福，命俺前哨开道，待俺执定金斗，跨定黑虎，前哨开道一回了！

五月的假男生唱白听来别有一种味道，把场外的人好生希罕了一番，更加热烈的掌声中，五月六月举着二位灵官，互相行礼之后，站在台口。

王灵官、赵灵官齐声（白）：

> 天官登台，早来侍候！

一阵锣鼓过后，唢呐响起，爹举着手中的天官出场了，只见天官一身朝服装束，大红官袍，龙绣玉带，手拿大如意，脚蹬朝靴，慈眉悦目，五绺长须，好不喜气洋洋，好不雍容华贵。他身边随着五个善童，善童手中分别捧着仙桃、石榴、佛手、春梅和吉庆鲤鱼灯。

天官（唱）：

> 吾在九重做天官，常在玉帝宝殿前，
>
> 世人若把阴功满，天官赐福降临凡。

（白）：

> 吾乃上元一品赐福天官中央紫微大帝，人间称为福德星君，所临之地，无不吉祥如意。上九吉日，朝罢玉帝神王，恰值功曹来报，有华夏神州乔家上庄、下庄、周庄、李庄四方一社，在乔家下庄设下祈福道场，祈请上界天神人间赐福。玉帝闻言，说早闻下界福主乐善好施，积德累功，便令吾领众位福神降临下界。

那天复习剧本到这里，六月问爹，为啥"下界福主乐善好施"，天官就要下界赐福？爹说，这就是天理，天官喜欢那些能舍的人。六月问，能舍，啥叫能舍？爹说，这个舍字，要说起来，三天三夜也说不完，简单地说，就是拿出财物给别人，拿出力气给别人，拿出智慧给别人。六月问，拿出智慧，智慧怎么往出拿？爹说，比如你白天说仪程，晚上唱戏，就是啊。六月问，唱戏也是舍啊？爹说，当然啊，而且比给人钱物更有功德。先人写下剧本，是大舍，我们唱，是小舍。六月说，那我将来也要写剧本。爹说，好啊，但是要写那些劝人为善的剧本，把人带向正大光明的剧本，如果不是劝人为善的，把人带向正大光明的，那可是要受因果的，要被罚作狐狸的。六月就吸溜了一下舌头。

爹接着说，唐朝有一位非常有名的禅师百丈怀海，每天升堂讲演，都有一位老人来听，可是有一天讲完课，众人散去，这位老人却站在道场不走，他问老人有啥事吗？这位老人说，他于五百世前曾住此山，也像百丈禅师一样每天给大家讲法，因为讲错了一句话，被罚作五百世狐狸，现已期满，请百丈禅师以僧礼烧送。百丈禅师就带弟子到后山寻找亡僧，弟子十分不解。不想到了后山，一块大磐石上果然有一只死狐狸，百丈就让弟子以亡僧礼把它火化安葬。

六月问，真的？爹说，出家人不打妄语，怎么会有假呢，等你长大自己去看吧，就在爹常给你说的那本《无门关》里。

六月就觉得说话是一件十分危险的事情。

五月说，那个老人讲错了一句被罚作五百世狐狸，那讲错两句就是一千世，讲错三句就是一千五百世？爹说，是啊，一句话五百世，你想想，那些写下整本书整出戏来诲淫诲盗的人，还有出头之日吗？

六月问，啥叫诲淫诲盗？爹说，就是教人学坏啊，有时教人学坏比杀人还罪重，因为杀人只是杀了他的身体，而教人学会是杀了他的灵魂，杀人你大不了也就杀上一个两个，但是一本书一出戏一杀人就是一大片，因为它们会流传，会世世代代去造杀业，就像洪水猛兽，一旦出笼，就再也难以管束了。

娘说，是不是可以这么比方，教人学坏就是把杂草种子撒在田里，要除尽就很难了。

爹看了一眼娘，十分赞赏地说，对对对，你娘的这个比方打得好，人的心就像是一块田，要四季守护，精心守护。因此，耕也是读，读也是耕，有耕有读才是家。

这时，爹叫了一声"童儿"，五月应，"在"！六月才发现自己走神了。

爹接着说，有请众福神！

六月就和五月齐声说，有请众福神！

五月六月就举着南极老人、五谷牛郎、天孙织女、送子张仙、增福财神"上场"，并按排练时的分工，往下唱念做打。

剧本

南极老人（唱）：

称觞献寿乐延年！

五谷牛郎（唱）：

五谷丰登喜事全！

天孙织女（唱）：

绫罗绸缎铺满地！

送子张仙（唱）：

桂子飘香沾雨露！

增福财神（唱）：

财源茂盛福绵绵！

齐（白）：

天官在上，吾等参见！

天官(白)：

　　诸位福神少礼！

众仙(白)：

　　相召吾等有何台谕？

天官(白)：

　　是吾领了玉帝圣旨、佛家宝号、王母金牌，道——下界福主阴功浩大，积德累功，特命吾统领诸位福神，前往阶庭，颁赐福禄，以彰积德之报。诸位福神可一同前往！

众仙(白)：

　　蒙颁上谕，敢不领遵！

天官(白)：

　　童儿——催动祥云，哎走啊走了！

（唱）：

吉庆堂前禄寿齐，富贵荣华正当时。

年年日尽子香报，天官赐福永不离。

驾祥云奔福地莫可久站！

爹举着天官，五月六月举着五位福神，在唢呐牌子声中绕场，东走走，西走走，前走走，后走走。

众仙（唱）：

则美他功深德浩，则美他功深德浩，因此上赐福天曹。逍也么遥，一门贤孝，则看这福自天来将官品超。争如为善好，这的是福缘自造。恁看那寿算弥高，恁看那寿算德这弥高。

已到福地。

天官（白）：

妙呀！簇簇花香凝画阁，青青瑞草满阶庭。果然好福地也！

众仙(白)：

请天官赐福！

这时，帐外响起一阵鞭炮声，接着，社长根本端着一个盘子走了进来，里面是三面大红绸子被面、一条卷烟、两瓶酒。六月知道，奠台开始了。和中元一样，被面给他们三个掌影人披了，卷烟和酒给响乐班子。和中元不一样的是，上九的奠台名叫"迎天官"。

社长给他们三人披红戴花之后，向台外大声喝唤：迎天官！

外面的观众就齐呼：请天官赐福！

接着叩头行礼。

礼成之后，天官开始赐福：

来在福地，待我抬头一观。观见香烟缭绕，瑞气盈庭，一片兴隆之地，真乃是宝庄福地一处，待吾展开万卷图，赐福赐福。

天官（唱）：

福地福地真福地，福地世代真风流。

周公卜来鲁班修，修在八卦甲字头。

宝庄宝庄真宝庄，青龙白虎列两旁。

前面紧靠龙戏水，后面紧靠卧龙岗。

左青龙，右白虎，祖祖孙孙福满堂。

福如东海长流水，寿比南山不老松。

六月发现，爹今年唱天官格外入戏，格外欢畅，简直就像真天官一样。平常爹给他和五月讲"四功五法"，说"五法"中最关键的还是心法，就是说，演员演谁，就要变成谁，人戏不分，这样才能出戏。而祝福戏，就更要如此，只有这样，才能把祝福戏变成真正的祝福。

六月问，怎么样才能人戏不分？

爹说，要做到人戏不分很难，但有一点你可以检验自己，就是在演出时，你的心里是否还在想戏之外的事情，如果在想，那就说明你还没有做到人戏不分。

六月就检验自己心里现在还有没有戏之外的事情。一检验，就大吃一惊，别说是前阵子想过的，就是这一刻，他就在想爹平常给他和五月姐如何讲戏，在想赐福时让爹给自家多赐一些。

忙忙忏悔。

天官（念）：

福地福地真福地，天官在此把福赐。

420

赐它个——风调雨顺，国泰民安；一社吉庆，万户安康；五谷丰登，四季平顺；全村和合，四邻和睦；

赐它个——一籽下地，万石归仓；贼来迷路，狼来封口；大的无灾，小的无难；好人相逢，坏人远避；瘟疫消散，百病不生；

赐它个——空怀出门，满怀进门；东干东成，西干西成；千祥云集，百福并臻；骡马成群，牛羊满圈；祥光永照，大吉大利！

赐它个——牛羊马匹低头吃草，抬头长膘；秋风细雨下在平川，冰雹冷子下在旷野深山；大吉大利，万事如意！

天官就在爹的手中上布福下布福左布福右布福前布福后布福一番。

（念）：

赐福已毕，世人焉能得知，吾喜之不尽，有诗留在此地——

香在炉中蜡在台，花在瓶内四季开。
年年月月常茂盛，天官赐福下瑶台。

这两段爹用的是"念"。爹说"念"最难把握，懂行的人就听你的"念"，它像是唱，又不是唱，像是白，又不是白。六月听完爹的"念"，心想幸亏爹没有同意他演天官，不然，乡亲们一听，准拍倒掌。这样想着，六月就专心地听爹唱念白，细心地看爹的做和打。

排练时，爹给六月和五月说，要让幕外人看到皮影活灵活现，关键是掌影人的心要先活起来，如果掌影人的心是死的，那么观众看到的皮影也就是死的。六月问，人的心如果是死的，人不就死了吗？如果人死了，咋还能掌皮影呢？爹有些惊讶地看了一眼六月，说，对啊，大多数人看上去活着，但他事实上是死的。六月不解地看着爹说，我咋听不懂。爹说，这是一个大话头，一句两句说不清，好好排戏吧。六月说，它比闻道还难吗？爹就赏识地看了六月一眼，说，它们其实是一回事。若人识得心，大地无寸土，要想使心成为活的，首先就要识得心。六月问爹，如何才能识得心？爹说，爹让你背的那些经典，唱的这些古戏，都不离这个啊。六月说，可是，我咋还不识得呢？爹说，"终日寻春不见春，芒鞋踏破岭头云，回来偶把梅花嗅，春在枝头已十分"，到时候你自然就识得了。

嗨，真是没办法，爹就是爱背诗，就像娘爱做针线一样。爹除过种地，就是背诗，莫非这诗也是庄稼不成？

天官（白）：

本官已奉上帝敕旨，为此四方一社男女老少统统进爵一品，愿长生不老，公侯世代，出门见喜，抬头迎春。诸位福神可一一增之。

南极老人（白）：

老人无以为赠，今献《南极百寿图》一轴，愿人寿年丰筹添海屋！

五谷牛郎（白）：

小仙今献岁岁平安年年如意，愿麦生双穗五谷丰登！

天孙织女（白）：

天孙织女今献天孙锦一端，愿蚕桑茂盛丝帛丰盈！

送子张仙（白）：

小仙特送麒麟儿为嗣，愿子孙万代瓜瓞绵绵！

增福财神（白）：

俺财神特赠黄金万镒，愿财源茂盛积玉堆金！

天官（白）：

妙啊！

众仙（唱）：

哎呀，哎呀！万千春享富贵乐陶陶，庆长生酒泛香醪。看牛郎早报了田丰兆，织女献丝帛鲛绡。积德的一门寿筹添海屋遥，南极星福寿弥高。盈仓廪积米豆谷满仓廒，麒麟儿早登廊庙。佐皇家永享官爵，财源发德行招，财源发德行招。乐善事福禄根苗。恁只看窦燕山五子登科早，又只见半空中魁星现的祥云来罩。

六月就举着魁星上来了。六月举着魁星上场时，心里充满着崇敬，因为爹说魁星就是专管状元和秀才的，专管读书人的。

魁星（念）：

一举登科日，双亲未老时。锦衣归故里，端的是男儿。一赐解元，二赐会元，三赐状元。连中三元，喜报登科！

天官（白）：

妙呀！你看文星照耀，真乃全福也！

众仙（念）：

呀呀呀福分高，呀呀呀福分高。

早早早，早佩着玉带金章把鼎鼐调。

美美美，美文才锦绣好。

看看看，看德门呈祥曜。

贺贺贺，贺百福骈臻妙。

庆庆庆，庆福门千祥照。

道道道，道万民欢天乐。

拜拜拜，拜福主恩荣耀。

俺俺俺，俺将这喜事儿留与后人标。

赐福已全。

天官（白）：

二位灵官！

二灵官同（白）：

侍候天官!

天官（白）：

请将乔家上庄、下庄、周庄、李庄，庄前庄后庄左庄右瘟蝗染疾、冰雹冷子，统统搜检!

二灵官同（白）：

得令!

爹向油灯吹了一口，又一口，外面应声响起吁声。"吹天火"这个技巧六月一直没有学会，既不能把灯吹灭，又要让灯焰随气移动，让幕外人看到"天火"，这就得把出口的气控制到家，六月在家里试过好多次，都没有成功，六月想，这也许就爹常说的看家本领吧。

跟着爹喷出的"天火"和着紧密的鼓点，五月六月举着二位灵官，挥动手中神器，赶完上庄赶下庄，赶完周庄赶李庄。最后回到吉庆堂前回禀道，搜检已毕!

天官（白）：

搜捡已毕，统在吾的袍袖内边，带在上天，压在一十三天，永世不能下凡。

爹接着调板，六月觉得不对，以前到这里是不调板的啊，想提醒爹，但爹已经开唱了：

> 世人不知瘟疾因，我把灵丹予百姓——
> 痛到肠断能耐得过，苦到舌根能吃得消，
> 烦到心乱能忍得住，困到绝望能行得通，
> 屈到要死能受得起，怒到发指能息得平，
> 恨到切齿能消得散，急到燃眉能若无事，
> 喜到极处能若平常，话到唇边能停得下，
> 财到眼前能看得淡，色到情动能脱得开！

六月把目光投向五月，剧本上没有这一段啊？不想五月的目光里是同样的问题。六月就一下子开悟了。难怪爹唱这段时，就像拿着刀子一刀一刀在木版上刻字。

爹唱完，才接上剧本上的话：

> 除瘟已毕，扭向观看，观见南天门首又是一朵红云，不知哪个大仙来也。

六月举着刘海驾云上。

刘海（唱）：

　　家住周至聚宝村，爹娘生来有仙根。
　　修成玉帝台前过，封咱福禄和财神。

（念）：

　　唔——下八仙刘海哎——正在东海岸边路过，戏了金蟾，吸了金钱，忽听天官下界赐福，待俺前去助兴一回了。
　　天官在上，刘海行礼！

天官（白）：

　　免礼，请问赤足大仙到此为何？

刘海（白）：

　　吾来撒钱。

天官（白）：

钱带哪里?

刘海（白）：

聚宝盆内。

天官（白）：

有数无数?

刘海（白）：

怎能无数?

天官（白）：

多少数目?

刘海（白）：

一十万贯有佘。

天官（白）：

为何不撒？

刘海（白）：

说撒便撒！

哎吾赤足大仙刘海，是吾炼就了十万贯金钱，五福堂前香烟茂盛之处，天官命我撒钱，说撒便撒。

一撒者风调雨顺，二撒者国泰民安；

三撒者三阳开泰，四撒者四季发财；

五撒者五谷丰登，六撒者六六大顺；

七撒者七子八孙，八撒者八仙庆寿；

九撒者九常富贵，十撒者十全十美。

撒钱已毕。等我留诗一首——

刘海携金蟾，步步撒金钱，

金钱落贵地，富贵万万年。

撒钱、留诗已毕，天官请来过目。

天官（白）：

好诗好诗！赤足大仙撒钱已毕，留诗亦毕。遍地生黄，遍地诗篇，喜之不尽，降诗一首！

（念）：

发福生财地，堆金积玉门。
怀抱摇钱树，足踩聚宝盆。

（白）：

刘海撒钱已毕，本官观见南天门口祥云缭绕，不知又是哪位大仙来也。

五月举着五福判子驾云上时，六月打开了《调寇准》的剧本，按照规程，上正时月的皮影戏要从上九开始演六个晚上，第一晚的正戏通常演《调寇准》或《将相和》。今年爹决定先演《调寇准》。

五福判子（念）：

哎咳！
青脸红发赛鬼判，腰系宝带镇山川，
手中常拿斩杀剑，咱是赐福一判官。

　　五福判子哎陶荣，忽听天官下界赐福，待俺前去助兴一回了。

　　天官在上，五福判子陶荣有礼！

天官（白）：

　　免礼！请问五福判子到此为何？

五福判子（白）：

　　听见天官赐福，故来赠送五福方子。

天官（白）：

　　是甚妙方，何不说与喜庆堂前？

五福判子（白）：

　　这便说来——
　　人生五福古难全，若要全时行十善；
　　长寿原是护生果，富贵来自布施因；
　　仁义又名康宁药，善终本是好德成。

五福方子说毕，只见四方一社福根已成，喜之不尽，降诗一首——

一福启开凤凰楼，二福文章贯斗牛，

三福四福生贵子，五福挂印又封侯。

留诗已毕，天官请来过目！

天官（白）：

五福判子植福已毕，遍地五福喜之不尽，降诗一首——

五福挂中堂，万事多吉祥，

天降麒麟子，辈辈状元郎。

留诗已毕，回上灵霄交旨去也。

正是——

（念）：

赐福本是快乐事，积善之家必余庆。

世间本是一福字，只是世人识不得。

福地本是安作土，安心之田谁会耕。

佛说万法心想生，我把道德作籽种。

回首再把人间望，福在大地已生根。

六月就看见，一个世界上最壮的根向大地深处扎去，扎着扎着，刷地一下，发芽，发着发着，刷地一下开花……

那福开得呀，让天官都舍不得离开。

望

因为忙碌，今年的大年是在没有丝毫心理准备的情况下到来的，就像一列飞奔的列车，突然遇到了路障，不得不刹车。腊月三十下午，处理完单位上的事回到家中，妻在洗衣服。我说，总该准备一下吧？妻说我这不是在准备嘛，如果你愿意就去擦玻璃吧。我说，洗洗衣服擦擦玻璃怎么算是过年的准备呢？妻说，那你说还要怎么准备。想想，也的确没有什么可准备的。就去擦玻璃。但总觉得还应该为年准备些什么。可是几个窗子都擦完了，脑海里除过一副对联要买，还真想不起有什么需要准备的。

就上街买对联。一出小区门，发现许多人跪在门口左侧的空地上烧纸，按照老家的习俗，这应是"请祖先"了。不知为何，看着这些"请祖先"的人,我的心里一阵难过。那地方是平时倒垃圾的地方,怎么能够"请祖先"呢。停下来打量,发现他们是那么的底气不足,紧张、瑟索、局促,小偷似的。细想起来也是,这本来就不是自家的地盘,而且身后是喧闹的车水马龙,一个人怎么可能从容自在呢?思绪就飞到老家去了。"请祖先"的时辰到了,一家或一族的男众向着自家的祖坟走去,远远看去,一串串葡萄似的挂满山坡。阳光温暖,炮声悠扬,在宽阔绵软的黄土地和黄土地一样宽阔绵软的时间里,单是那种不疾不徐地散淡地行走,就是一种享受。一般说来,坟院都在自家的耕地里。宽阔、大方、从容,让你觉得那坟院就是一幅小小的山水画,而辽阔的山地则是它的巨幅装裱。说是坟院,其实没有院墙,区别于耕地的,是其中的经年荒草,还有四周的老树,冠一样盖着坟院,让那坟院有了一种家的味道。坟院到了,一家人跪在经年的厚厚的陈草垫上,拿出香表和祭礼,焚香、烧纸、磕头,孩子们在一边放炮,那是一种怎样的自在和安然。且不管祖先是否真的随了他们到家里来过年,请祖先的人已获得一份心灵的收成。

这样想时,觉得留在乡下的哥不再那么苦了,而且有了一种正当理由,老人坚持住在乡下也有了一种正当理由。物质上他们是拮据一些,但他们却享有另一种富裕。而且因为有他们在乡下,自己就不需要在这个污秽的地方"请祖先"了,这些跪在垃圾场里"请祖先"的人,肯定是从乡下连根拔起了。

　　街口就是一家卖对联的摊儿。在老家，每年全村的对联都是父亲写的，后来父亲把衣钵传给我。有一年自己因病没有回家，村里人就只好买对联贴了。第二年再回去，乡亲们就又买了红纸让我写。我说，买的多好看啊，也省事。他们说，还是写的好，真。一个"真"字，让我思绪万千。现在，也只有在乡下，老乡们才认这个"真"。其实我知道，我那些蹩脚的字，并没有买的好看。那么这个"真"到底指的是什么呢？现在，一个平时给大家写对联的人，却来地摊上买对联，心里一阵好笑。但写嘛，一则嫌麻烦，二则连红纸在什么地方买都不知道了。

　　想想自家能贴对联的门也只有防盗门了，却买了两副。另一副往哪儿贴心里无数，先买上再说。心想，在老家，只有那些特别穷的人才写一副对联，只在大门上贴贴，表示这个家还有烟火。

　　摊主说，不请门神？我说，不请了。一个"请"字，让我想起小时候请灶神的事来。随父亲上街办年货，发现父亲买别的东西叫买，买门神和灶神却是"请"。问为什么。父亲说，神仙当然要请。我说，明明是一张纸，怎么是神仙？父亲说，它是一张纸，但又不是一张纸。我就不懂了。父亲说，灶神是家里的守护神，也是监察神，一家人的功过都在他的监控之中，等到腊月二十三这天，他会上天报告一家人一年的功过得失，腊月三十再回来行使赏罚。父亲还说，这请灶神是有讲究的，灶神下面通常画着一狗一鸡，那鸡要向屋里叫，那狗要向屋外咬。仔细看去，确实有些狗是往外咬的，有些是往里咬的，就看你家厨房在东边还是西边。还有那秦琼和敬德，一定要脸对脸。我问，为什么一定要脸对脸？父亲说，脸对脸是和相，脸背脸是分相。贴灶神也有讲究，一定要贴得端端正正，灶神的脸还要黄表盖着，不能露在外面，不然将来进门的新媳妇不是歪嘴就是驼背。这样，再次走进坐了灶神的厨房时，一股让人敬畏的神秘气息就扑面而来。

买好对联之后，主意又变了，心想再往里边走走，说不定会发现自己没有想到的年货。

在一家买香表的摊前，脚步不由自主地停了下来。以往，腊月三十天一亮，父亲让我们十的第一件事是拓冥纸，先把大张的白纸裁成书本宽的绺儿，用祖上留下来的刻着"中华民国冥府银行"的木板印章印钱。小的时候觉得非常不耐烦，及至成人，觉得一手执印，一手按纸，然后一方一方在白纸上印下纸钱的过程真是美好。不知从什么时候起，开始有了机印的冥钱，上面的面值是一万元，有的还是华盛顿的头像，显然是来自国际接轨的思路。但父亲还是坚持用手印，有时来不及了，哥就拿出祖父传下来的龙元（一种上品银元），夹在白纸里用木桩打印纸锭，父亲虽然脸上不悦，但终没有反对。纸锭虽然讨巧，却总要比从大街上买的那些花花绿绿好得多。买不买，要收摊了？小贩说。我说，不买了。他说，过年不给先人送点钱花啊，市场经济社会，哪儿都得用钱的。我说，我们祖先那边还在计划经济时代。

到了炮摊前，花花绿绿的炮群让人眼花缭乱。想买，但一想儿子坚决不让买，就打住了。儿子已经对放炮没有了兴趣，他现在感兴趣的是考重点。而一个不放炮的年还是年吗？小时候，一进腊月，父亲就带着我们做炮了。父亲先用木屑、羊粪、硝石、硫磺一类的东西做火药，然后用废纸卷大大小小的炮仗，剩下的火药装在袋子里，侍候铁炮。铁炮有大有小，小的像钢笔一样细，大的像玉米棒子那么粗，屁股那有个眼儿，用来穿引信。过年了，只见小子们差不多每人手里都有一个沉沉的铁炮。村前的空地里，一排排铁炮对着美帝国主义，整装待发。小子们先把火药装在炮筒里，然后用土塞紧，然后点燃引信，人再跑开，捂着耳朵等待那一声来自大地深处的闷响。父亲还给我们用钢管做长枪，用车辐条做"碰炮"。长枪大家知道，和当年红军用的那种差不多，只不过腰身小一些。说碰炮——把一个车辐条弯成弓形，在弓尾绾上橡皮筋，橡皮筋的另一头拴着半截钢条。这种碰炮不用火药，用的是火柴头，把几个火柴头放在辐条帽碗里，用钢条碾碎，然后把系在皮筋上的钢条塞在辐条帽碗里，拉长的皮筋起到了用拉力把钢条撬在辐条帽碗里的作用。这样，你的手里就是一张袖珍的长弓。然后高高举起，把钢条向砖上一碰，就是一声脆响。现在想来，那时的父亲真是可爱，在那么贫穷的日子里，在五两白面过年的日子里，他居然有心思给我们做这一切，他的开心来自哪里？而现在，什么都不缺了，但是我却没有见过哥给他的儿子做过这一切。而在城里的我，别说做，就是想给儿子买个炮，他自己却不要了。

到了电灯笼摊前，手又痒了。往出掏钱时，却是一股煤油的味道扑面而来。那是三十年前的供销社，父亲带着我，站在那个比我还高的大油桶前，把带嘴的油壶放在木板柜台上，那个穿着蓝卡其制服的漂亮的女售货员用一个竹竿舀子，把油从油桶里提上来，往油壶里倒。父亲拿出布做的钱包，把几角钱错来错去，艰难地做着是否还要第二提的决定。女售货员的舀子就停在空中，一脸理解的微笑，等待父亲的决定。我仰起头来，看着父亲的眼睛，父亲的眼里是一万个铁梅。最终，女售货员悬在空中的那提煤油一路欢歌进了我家的油壶。父亲说，就是再穷，腊月三十晚上每个屋里的灯都是要亮着的。有时实在买不起煤油，就先保证院子里的灯笼。

有那么几年，日子好过一些，父亲就用清油和蜂蜡做蜡烛，为的是敬神。当然，如果充裕还可以用来照明。做蜡的具体细节记不准确了。只记得父亲在一个个竹棍上缠了棉花，然后伸在清油和蜂蜡混融之后的锅里一遍遍地蘸，几次之后，一个黄萝卜似的米黄色的蜡烛就成了。一个个蜡烛插在麦秸编的塔形的蜡座上，看上去像个宝塔。最后一个蜡烛做完后，父亲就把那个宝塔倒提起来，挂在房檐上。刚包产到户的那一年，房檐上玉米辫一样挂满了蜡烛串儿，每天看着它们，心里就是一个灯海。在后来的作文课上，我好像写过这么一句话：那不是蜡烛，那是一串串在房檐上睡觉的光明。赢得了老师的表扬。接着几年，父亲都是亲手做蜡烛。再后来有了洋蜡，虽然比自己做成本低，但父亲还是坚持自己做。父亲说，这敬神就是一个诚字，买来的东西怎么能够敬神呢。

要说这红灯笼，比父亲竹做骨纸糊面的灯笼好看多了，却一点也没有父亲做的那种"活"的感觉，但还是买了一个。人山人海，车不好打，就提了灯笼往回走。走着走着就走到老家的土路上了。在老家，年三十早上讲究跟抢集。一大早，差不多每家都有人到集上去，没买的再买，没卖的全部出手，有些几乎是送了。有那么一个时刻，街上哗地一下就没人了，一下子成了空街，看着让人心里有些害怕。多少年来，那种哗地一下就没人的情景一次次在梦中出现，让人思索这个"年"到底是什么，为何如此的神通广大，让人们一个个心甘情愿地自投罗网，无可抵抗。

看时辰，这一刻老家应该是上坟回来了。心里一下子着急起来，小跑回到家里。一看儿子挥汗用功的背影，又被刚才行色匆忙的自己惹笑了，今年本来就没有打算过年的啊。一放寒假，儿子就一再重申今年春节不回老家。一天，我动员儿子说，回去把三天年一过就回来，你也放松放松。儿子用不容商量的口气说，不可能！妻子附和，年，年年过，高考只有一次，就依儿子。再说，等你儿金榜题名日，咱们再衣锦还乡，那种感觉该多好。儿子抱了他妈的脖子说，俺妈说得太对了，我们可以回去住它个十天半个月，好好显摆显摆。我说，那你娘俩在城里过，我一人回去。妻说那不行，单位安排她从初二晚上开始卖戏票。二比一，今年过年不回家的决议形成。当时是那么地不可接受，觉得这过年不回老家就像结婚不进洞房一样不可思议。现在，儿子坚毅的背影似乎又在重申，对不起老爸，今年你就先把你的那个年瘾放放吧。

看来这年贴只能在书房里进行了。书房在阁楼，因为是斜窗，不好弄窗帘，搬进来后，为了给自己制造一个相对隐秘的小天地，就顺手把几张报纸贴在玻璃上，不知为何，当时感到的却是"年"的味道。我知道，这种感觉肯定来自老家八卦窗里新贴的窗花，来自被父亲熬罐罐茶熏黄的房墙上新贴的年画。就过段时间把旧的剥下来，换上新的。每换一次，年的味道就被复习一次。小时候，一进腊月，父亲就早早让我们裁窗花：用纸搓针，把上年的花样钉在一沓新买的红黄绿三色纸上，衬了木板，然后照着花样裁窗花。刀子从纸上嚕嚕嚕的划过，一绺绺纸屑就从刀下浪花一样翻出来，那种感觉，真是美好，更别说看着一张张窗花脱手而出的那种喜悦了。父亲还教我们画门神，画云子（一种往房檐上挂的花饰，我不知道父亲为何把它叫"云子"），包括给戏子打脸。

报纸已经贴好，年的味道再次扑面而来，那是一种被阻止了的光，或者说是一种被减速之后的光。恍然大悟，原来年的味道就是停下来的味道。那么，这个停下来又是谁的发明呢？而人又为何如此地喜欢这个"停下来"呢？莫非它是一个速度和惯性制造的阴谋？我的胡思乱想被窗外的一声炮响打断，好一阵懊悔，多少年神秘在心里的一种美好，一种鸡蛋清一样漾在心里的美好，满月一样圆在心里的美好被刚才的胡思乱想划破了。从未有过地觉得思想这东西的坏。"时时勤拂拭，莫使染尘埃"，才觉得这话说得真是好。就用一把想象的大扫帚把这些胡思乱想从心里扫去，连同懊悔。

再次回到腊月三十进行时。下来该干什么呢？在老家，应该是安喜神和天官神位的时候了。喜神位在大门，天官在当院，或者正面的山墙。显然，这两项在我的书房是无法完成的。就把书柜打开，找出《论语》，放在书柜的最上方，然后找了一个茶杯，在里面装了米，算是香炉，却没有地方放，就把一本精装书抽出来一半，用一摞书压了另一头，把香炉勉强放在抽出的那半面上。人民群众的创造力是无穷的，自己把自己惹笑了，一个模仿年俗的城里人。不知孔圣看着他的这样一个不地道的供奉人，该作如何感想。父亲说，他们上私塾时，每天早上起来都要在"大成至圣文宣王"的神牌前磕头的，赶考前也是一定要到文庙上香的，考回来也是一定要到文庙谢恩的，大年三十也是要先到文庙敬献的。现在，文圣的牌位有了，那么祖宗三代的呢？想填一个牌位，却找不到红纸，而白纸是不能设牌位的。再想，就是设了，先人们也识不得城里的路；况且他们压根就不想到城里来。父亲算是半个现代人了，但来城里没住几天，就要嚷着回家，别说先人。还是让他们在老家列席吧。

贴好窗纸，设完祭坛，拖完地，还是觉得不像，发现问题出在这地板砖上。老家的黄土地面，扫净，洒上清水，有一种来自地气的氤氲，感觉就出来了。还有，地上没有一个炉子，也就没有那种炭火的香味，没有一壶水在炉子上嗞嗞作响；没有炕，也就没有炕上的爷爷奶奶，当然也就没有一个偎着他们打盹的猫。"猫儿吃献饭"，这是窗花，也是老家"年"的经典意象，而此刻，这一切，于自己都是梦想。最后发现，城里最大的问题是没有地方祭祀，老家年的气氛多半是上房里那个天地供桌渲染出来的。才明白，这个"年"，它是"土"里长出的一朵花儿，它姓"乡"名"土"，它本来就和这个一厢情愿者是两路人。

老家把张贴对联、门神、云子一应叫"贴巴"。贴巴一毕，该干什么呢？该做泼散和供献了。所谓泼散，就是饭前由长男端半碗饭菜到大门上去布施，大户人家一般有一个节日专设的散台，一般人家就由泼散的人挑了碗里的饭菜反手向四方扔扔，让无家可归的游魂野鬼们享用。所谓供献，就是一家人团坐在上好的饭菜前，供养天地，供养众神，供养祖先，也有点请他们给年夜饭剪彩的意思。然后一家人坐在上房里吃头道年夜饭。头道年夜饭通常是长面，这个妻子倒是做了。妻子也是从农村出来的，这个年俗她懂。

吃过长面该干什么呢？在老家，对于男人，这段时间是一年中最为享受的时光。准备工作做完了，香已上起，烛已点燃，酒已热上。孩子们在院里噼噼啪啪地放炮，男人们就坐在炕上过年。

那个"过"，真是只可意会，难以言传。勉强说，有点像"闲"，但你又觉得它非常的紧张，是非闲；是静，但你又觉得它非常的热烈，是非静；是温暖，但你又觉得它非常的清凉，是非温暖。那是什么呢？是和祝福的同在，是躺在一叶时间的舟上赏月，任舟下碧波荡漾，只不过那月不是月，那碧波也不是碧波，而是一种叫"年"的东西。如果一定要我找个词来称呼它，那就叫它逍遥，或者静好也可以。后来回想，这种静好大概和神同在有关，神像一个过滤器一样把平时浮泛在我们心海的那些杂七杂八的东西"过"掉了，让你心里的水还原到当初的纯净，那是一种液体的烛光。当然，这种静好还和供桌上请的是家神有关系。因为和神同在，大家比平时有些庄严；又因为是家神，就不必像庙里那么肃穆。

如果说年是岁月的精华，那这段静好就是年的精华。多少年来，只要一闭上眼睛，我就能闻到它的香味，那种超越一切香味的香味；看到它的颜色，那种超越一切颜色的颜色；感到它的温暖，那种超越一切温暖的温暖；听到它的脚步，那种超越一切脚步的脚步，糖一样的脚步。

好了，该给您说实话了。上面之所以写下这么多文字，只是想向您说明您从这些文字中看到的都不是那个"过"。回过头来，觉得能够表达那个"过"的，还是那个"过"字。我反对把汉字简化，但对"过"这个字的简化却非常的赞佩，一寸一寸地，过，多好。

男人们"过"年的时候，女人们大多在厨房里煮骨头，收拾第二轮年夜饭。给孩子们散糖果、发压岁钱一般都在第二道年夜饭上来时进行，论时辰应该是亥尾，十点半左右。因此，这段十点半之前的时光，男人们就像茶仙品茗一样，陶醉而又贪婪。

回过头来说泼散，城里人显然没有条件做。因为没有地方可供你去泼，去散。你不可能把一碗饭端出楼道，泼散在小区里，那样别人会认为你是神经病。

供献倒是可以做，就三口人坐在一起献了饭，然后开吃。

吃完长面呢？应该是品尝那段静好的时间了。在老家，为了把这段静好延长，由我带头，把贴对联的时间一再提前，后来干脆不跟抢集了，一大早就开始贴了。依次类推，上坟的时间也提前了，有时如果效率高赶得快，那段无所事事的静好就从黄昏开始。按照习俗，一般情况下，只要大门上的秦琼敬德贴好，黄表上身（把黄表折成三角，贴在神像上方，意为神仙已经就位），别人就不到家里来了，即便是特别紧要的事，也要隔着门，这种约定俗成的禁入要一直延续到第二天早上行过"开门大礼"，就是说，这是一段纯粹属于自家人的时光。

但是放下碗筷，却一点也没有那种感觉。儿子已经迫不及待地打开电视，手机也不安分，祝福的短信频频响起。是啊，该给师长、领导和亲朋好友拜年了。就躺在沙发上编词儿。儿子见状，拿了饮料和干果就着春节晚会自斟自饮。编了许多句子，都删掉了。祝福的时刻也是感恩的时刻。年年岁岁，每当写下那个"祝"字，心里就有一种莫名的感动。才知道什么叫词不达意，再美好的贺词也难以表达心中的那份感念，对亲人，对师长，对善缘，对大地，对万物。真是岁月不尽，祝福不尽。

从小，父亲就给我们灌输，一个不懂得惜缘和感恩的人是半个人，常言说，受人滴水之恩，当以涌泉相报，可是你想想，一个人一生要用掉多少水，造化的这个恩情，一个人怎么能够报答得了。当时不懂得父亲话里的意思，及至年长，每次打开水龙头，就觉得父亲的话真是至理名言，假如这地球上没有水，没有粮食，没有阳光，别的一切又从何谈起？我们还谈什么荣耀，谈什么理想和幸福？这样想来，就觉得在我们生命的背后确实有一个大造化在的，她给我们土地，让我们播种、居住；她给我们水，让我们饮用、除垢；她给我们火，让我们取暖、熟食；她给我们风，让我们纳凉、生火；她还给我们文字，让我们交流、赞美，去除孤独和寂寞。要说这才是真正的"供献"，但对此勋功大德，造化却默默无言，无言到普通人连她在哪儿都不知道。

再想祖母生前的一些恪守，比如饭前供养，不杀生、不浪费、施舍、忍辱、随缘、无所求，等等，不禁油然而生敬意。父亲说，这人来到世上，有三重大恩难报，一是生恩，二是养恩，三是教恩。因此，他的师父去世后，师母就由父亲养老送终，因为师父无后。当年我们是那么的不理解，特别是在那吃了上顿没下顿的日子里，他却拿最好的衣食供奉师母，就连母亲也难以理解。现在想来，父亲真是堪称伟大。

受父亲的影响，感恩成了我的一大情结。以至于在这个赤裸裸的利益社会中，自己的一些古旧的做法在别人看来可能有些可笑。但要改变，似乎已不容易。父亲说，感恩是一个人的操守，应该知行合一，落实在默默的行动上，不要修口头禅。那么短信呢？短信当然不是行动，有些口头禅的嫌疑，但不发心里又过意不去。可身为作家，却写不出一句自己满意的贺词来。就在作难时，一句春联出现在脑海，天增岁月人增寿，春满乾坤福满门，横披，出门见喜。觉得不错。在春联中，最喜欢这句了，尤其"天增岁月""春满乾坤"这对，真是大美。就把按键想象成毛笔，把彩屏想象成红纸，书完赵家书钱家，写完孙家写李家。恍然间又回到了老家，身前是一个方桌，左边是研墨压纸的侄子，右边是排队立等的乡亲，身后是一院红。又被自己惹笑了，一家家住在火柴盒一样的单元楼里，哪里有什么院啊。突然觉得这城里人真是可笑，一个家，怎么可以没有院呢？

如上所述，觉得祝福是一种近似于祈祷的庄严行为，就算做不到虔诚，至少也应该真诚，因此不喜欢那些从网上下载的段子，尤其厌恶群发，就逐个发。

发完已是老家上第二道年夜饭的时间。一般家庭，第二道年夜饭的主菜是猪骨头，我们家因为祖母信佛，父亲又是孝子，尊重祖母的信仰，也就变着花样做几道素菜。妻子征求儿子意见，把这个环节干脆省掉了。但压岁钱是要发的，虽然要比老家散的多得多，可儿子却丝毫没有几个侄子从我手里接过压岁钱的那种开心，手伸过来了，眼睛还在电视上。

老家也有电视了，多少对那段静好有些影响，但深厚的年的家底还是把电视打败了，大家还是愿意更多地沉浸在那种什么内容也没有又什么内容都有的静好中。说到电视，思绪就不停地往前滑。凭心而论，有电是好事，但在没有电之前的年却更有味。想想看，一个黑漆漆的院子里亮着一盏灯笼，烛光摇曳，那种感觉，灯泡怎么能够相比。再想想看，一个伸手不见五指的村子里，一盏灯笼在鱼一样滑动，那种感觉，手电怎么能够相比。假如遇到雪年，雪打花灯的那种感觉，更是能把人心美化。细究起来，灯是活的，灯泡是死的；灯笼是活的，手电是死的。这到底是怎么回事呢？为什么越先进的东西越是给人的感觉是死的呢？怎么社会越发展活的东西越少，死的东西越多呢？

　　刚才说过，尽管有了电视，有了春晚，但老家的孩子却没有完全被吸引。吃过第二道年夜饭，他们就穿了棉衣，打了手电，拿了香表和各色炮仗，到庙里抢头香了。几个同敬一庙之神的村子叫一社，那个轮流主事的人叫社长。说来奇怪，那一方水土看上去极像一个大大的锅，那个庙就在锅底的沟台上，但是这种体制并没有限制锅外面的信众翻过锅沿来敬神。特别是那个灯笼时代，一出村口，只见锅里的、四面锅沿上的灯火齐往庙里涌，晃晃荡荡的，你的心里就会涌起莫名的感动。如果遇到下雪，沟里路滑，大家就坐在雪上往沟底里溜，似乎那天的雪也是洁净的，谁也不会在乎新衣服被弄脏。

　　然后，一方人站在庙院里，静静地等待那个阴阳交割的时刻到来。通常在春节联欢晚会主持人宣布新年的钟声敲响的时刻，庙里的信俗两众就一齐点燃手里的香表。这里不像大寺庙那么庄严，大人的最后一个头还没有磕完，一些胆大的小子们已经从香炉里拔了残香去庙院里放炮了。这神仙们也不计较，爷爷宠着淘气的孙子似的乐呵呵地看着眼前造次的小家伙们。不多时，香炉里的残香都到了小子们的手里，变成一个个魔杖。只见魔杖指处，火蛇游动，顷刻之间，整个庙院变成一片炮声的海。现在，窗外也是一片炮声的海，但怎么听都让人觉得是假的。想想，是这高楼大厦把这炮声给破碎了，不像在老家，炮声虽然闲散，却是呼应的，"聚会"的。还有一个不像的原因，就是这小区不是院子，再好的炮声也让人觉得是野的。

小子们放炮时，有点文化的成年人则凑在庙墙下欣赏各村人敬奉的春联。什么"古寺无灯明月照，山刹不锁白云封"，什么"志在春秋功在汉，心同日月义同天"，什么"保一社风调雨顺，佑八方四季平安"，等等。长长的一面庙墙被春联贴满，假如你是白天到庙里去，一定会远远地就看见一个穿着大红袍的老头蹲在那里。庙院里插满了题着"有求必应""威灵显应"一类的献旗，庙堂里"感谢神恩"一类的丝质挂匾堆积如山。每年社上的还愿大礼上，社长就叫人把那些丝绸献匾缝成一个帐篷，供戏班子搭台用。

从庙上往回走的那段时光也非常爽。脚下是宽厚的大地，头顶是满天繁星，远处是隆隆炮声，心里是满当当的吉祥和如意。上了沟台，坐在沟沿上歇息，你会觉得年是液体的，水一样汩汩地在心里冒泡儿。要是天天过年就好了，一个说。人家神仙天天过年呢，另一个说。目光再次回到庙上，觉得年又是茫茫黑夜中的一团灯火。可是现在，我站在自家的阳台上，目光望断，那团灯火却固执地不肯出现在我的视线中。

从庙上回来，一家人往往要同坐到鸡叫时分，由孙辈中的老大带领去开门，然后留一个人看香（续香火），其他人去睡觉，但也只是困一会儿，因为拂晓时分，长男还要去挑新年泉里的第一担清水，等太阳出山时全家人赶了牲口去迎喜神。再想想看，一村的人，一村的牲口，都汇到一个被阴阳先生认定的喜神方向，初阳融融，人声嚷嚷，牛羊撒欢，每个人都觉得喜神像阳光一样落在自己身上，落到自家牲口的身上，那该是一种怎样的喜庆。一村人到了一块净土的正中间，只见社长香华一举，锣鼓消歇，众人刷地跪在地上。社长主香公祭。祭台上有香蜡，有美酒，有五谷六味，也有一村人的心情。社长祷告完毕，众人在后面齐呼，感谢神恩！然后五体投地。牲口们也通灵似的在一边默立注目（更为蹊跷的是，有一年，在大人们叩头时，有一对小羊羔也跟着跪了下来）。

那一刻，让人觉得天地间有一种无言的对话在进行，一方是大有的赏赐，一方是众生的迎请。一个"迎"字，真是再恰当不过。立着俯，跪着仰，正是这种由慈悲和铭感构成的顺差，让岁月不老，大地常青。现在想来，那才是原始意义上的祝福。礼毕，大家都不会忘记铲一篮喜神方向的土回家去，撒在当院、灶前、炕角、牛圈、羊圈、鸡栏、麦田菜地、桃前李下。

大年初一的早上，通常是吃火锅。那火锅和现在城里人用的火锅不同，是祖上留下来每年只用一次的砂锅。说是砂锅，又和现在饭店里的那种砂锅不同，中间有卤灶，四周有菜海，卤灶中装木炭火，下面有灰灶。木炭把年菜熬得在锅里叫，就菜的是馒头切成的片儿，那种放在嘴里能化掉的白面馒头片，热菜放在上面一酥，你就知道了什么叫化境。菜的主要成员是酸菜、粉条、白萝卜丝，主角是酸菜，一种母亲在秋天就腌制的大缸酸菜。现在一想起它，我就流口水，那种甘苦同在的酸，只有母亲能做出来。进城之后，我曾让妻子按母亲的方子做过好多次，都失败了。妻子无奈地说，有些东西，城里人就是无福消受。

初一下午的那段时间也不错。记忆中永远是懒洋洋的阳光，就像那阳光昨晚也在坐夜，没有睡好的样子，现在虽然普照大地，但还在睁着眼睛睡觉。我和哥走在那种睡觉的阳光里，去找那些长辈和填了"三代"的人家拜年。一般来说是按辈分先后走动，但最后一家往往是我们爱去的地方。因为我们会在那家坐下来，喝着小辈们炖的罐罐茶，吃着小辈媳妇端上来的甜醅子，有一搭没一搭地说着在心里存了一年的闲话，直到晚饭时分。不知内情的人会想这家肯定是村里的大户人家，其实情况恰恰相反，他是我的一个堂哥，论光阴是村里最穷的，但他却活得开心，永远笑面弥勒似的，咧着个大嘴，让人觉得没有缘由的亲，没有缘由的快乐，没有一点隔膜感。自己虽然穷，却不抠门儿，假如有些什么好东西，往往留在这天让大家分享。大家都愿意上他家的那个土炕，无论是大人还是小孩。大半村的人，炕上肯定坐不下，小子们就只能围了炉子坐在地上。通常情况下，炕上的大人在说闲，地上的小子们在打牌。那种感觉，让人想起共产主义。有时我们干脆不回家吃饭，接着打牌，堂嫂就给我们做大锅饭。吃完大锅饭，接着打，堂嫂就把馒头笼子提了来，放在牌桌下，谁饿了只要一伸手就可以解决问题。父亲说，奶奶活着时，上正时月，一村人差不多都围着奶奶过。奶奶去世后，这坛场就转到堂哥家去了。

　　父亲还说，那时的年要过整整一正月的。而年的准备工作一进腊月就开始了。父亲说，家里有两台石磨子，四头驴换着推，要转整整一个月，因为奶奶磨的是一村人吃的面。腊月八一过，村里的戏班子就住到我们家了，开始排戏。腊月二十四彩排之后，大家回家过年，三天年一过，出庄演出；演出回来，戏班子就干脆住在我们家打牌，等下一方人下红帖。不过那时村里人不多，正好一台戏，父亲说乔家河的戏是远近出了名的。关于郭家河的戏，有许多的故事可讲，别的不说，单说有一年，伯父为了做一位龙王，三九天在沟泉边往麦草扎的龙骨架上浇水，整整浇了一个月，硬是冻出了一尊活生生的龙王，一出庄，把外方人的眼睛都惊直了，代价是伯父的手指差点被冻掉。多少年来，我一直在想，伯父的这种近似着魔的热情到底从何而来？

　　相比之下，城里的初一就有些百无聊赖。傍晚，我打开电脑，开始写这些文字，以一种书写的形式温习大年，我没有想到，它会把我的伤心打翻，把我的泪水带出来。

潮湿年代

郭文斌　著

目录

一个人最为私密的家产

突然发现诗的含义就在诗本身："言"加"寺"为"诗"。为什么？就是因为这个"言"是远离尘俗的，远离功利的，或者说是反尘俗的，反功利的。

为此，它才配得上"教"，以诗为教。这是中华民族的光荣，也是中华民族的福祉。

《三字经》《弟子规》《太上感应篇》《朱子家训》，既是绝佳的诗，也是一个民族最为宝贵的家底。正是因了这些家底，才成就了一个民族的从容、安详、中和。

"言"加"寺"为"诗"，这是一个民族的大秘密。

一天无事，到花园去散步，看到园丁在移栽花。初一看，一个美，一个丑。美的是花，丑的是根。但是细一想，假如没有根，那花就无从美起。再看时，整个就倒过来了，突然觉得那花丑陋起来。但是马上又发现，丑陋的是自己的这个念头。因为它已经带了偏见了，分别了。事实上它们都是美的。根的美在于它的自愿向下，花的美在于它的自愿向上。一个向下，一个向上，看起来是背道而驰的，其实有一个我们看不见的方向，它们是一致的。由此发现，在这个通常世界的后面是还有一个东西的，那就是秘密。

那个秘密，本身就是大美。

妻子是别人的漂亮，儿女是自己的可爱。有一天，发现这句平常的话里藏着不平常的道理。儿女的可爱是因为我们对儿女的爱是无条件的，血缘的。而我们当初选择丈夫和妻子却是有条件的。儿女是无法选择的，他是一个赏赐，一个祝福。而妻子和丈夫本身就是选择的结果。由此想来，美来自赏赐，来自祝福。它是没有缘由的，也是说不明道不白的。它也是一个秘密。

每次打开水龙头，看到水，打开窗子，看到阳光，我都会激动不已。突然一天，领会了一个词："天工"。造化创造了这么美妙的东西供我们使用，到底是为了什么？还有文字，他把文字交给人类，又是为了什么？还是一个秘密。

多年来有一种用诗歌写日记的习惯，有相当的部分肯定是不能公之于众的，拿出来发表的只是冰山一角，浮出水面的一角。即使拿出来发表的这些，也是我最为私密的财产。现在，它们就要公之于众了，真是让人惴惴不安。

而这个"众"，是怎样的一种缘分呢？

又是一个秘密。

记不得在哪儿读到一篇关于掘藏师的故事，才知道好文章是被赋予的，不是写成的。所谓文章本天成，妙手偶得之。而在什么时候写成，在什么时候被挖出来，都是一个秘密。有那么一些智者生前写了许多著作，却不行世，而是把它埋在深山，若干年后，机缘成熟时，由一个特定的掘藏师在特定的时空把它找到，然后贡献给有缘人。想想看，世界何其大，而掘藏师却要在那个特定的时空点把它找到，那几乎是不可想象的事情。但他却找到了，而且恰恰在世人需要它时。掘藏师的使命就是等待那个时空点，或者说他就是那个时空点。世人需要哪部，他就正好找到哪部。从这个意义上说，编辑也好，作家也好，都是掘藏师。只不过是被造化赋予了特定的心灵掘藏权。但是，到底谁能够得到这个权力却又是一个秘密。

由此想到有位朋友说，写作就是找到属于自己的密码。这话说得棒，但不全对。因为那个密码是被赋予的，而不是找到的；是配不配的问题，而不是能不能的问题。这就像干部任命，是领导选择你，而不是你选择领导。国家核武器的遥控器是只能掌握在一个人手里的，不是所有人想拿着就拿着的，一般公民甚至连看一眼都不可能。我们只能拿着自己家门上的那把钥匙，甚至有时连拿着自己家门上钥匙的权力都没有。我们没长大时，父亲是不放心把钥匙交给我们的。差不多所有人都有过为拥有一把钥匙而苦恼的经历。因为女同学给自己写了一封情书啊，送了一张照片啊，没地方放啊。但是父亲就是不给自己一把锁，当然就没有钥匙。因此，人的成长过程其实是拥有钥匙的过程。

圣人之所以为圣人，是因为他掌握了比别人多得多的钥匙，或者说密码，或者说接近本体宝库的密码。我们之所以不能成为圣人，是因为我们离享有那个密码的距离还太远。

从另一个角度来说，古智者把自己的著作埋在深山，那是一种怎样的自信，又是一种怎样的随缘行。假如后人找不到呢？那不就白写了吗？而写作不就是为了发表吗？不就是为了成名成家吗？而且不是说成名要早吗？把倾其一生心血写出来的著作埋在深山，那是一种怎样的超脱和淡定！

既然是掘藏师，面对自己的勘挖对象，除了小心翼翼，恐怕更多的需要敬意、谦卑、神圣感。造化赋予人类以文字，本身就是赋予人类以神圣感。不然，仓颉造字时，为什么会天地皆惊呢。因此，我是从来不拿字纸垫屁股坐的，我认为文字是有神性的。

发现这个秘密之后，我不再以一个作家自居。心里更多的是感恩、谦卑和忏悔。回想自己从前发表的那些文字，真是诚惶诚恐。突然之间，从前像火焰一样燃烧在心里的发表欲没有了。倒是越来越喜欢《诗经》中的一句话：战战兢兢，如临深渊，如履薄冰。

做人是这样，写作也同样。

那么，这些诗呢？

第一辑 比思念轻

一片雪地

看着

千万不要去碰它

1

想回家。

并且知道家之所在。

车票都检过了，起程时却找不见心。于牵
扯的方向，才发现——

心被衣裳系着。

2

世界这么大，我却知道你的名字。

并且牵挂。并且等待发生一些事情。

3

我是一把锁。

却丢失了钥匙。

不知最终是否能够找到。

抑或最终要被榔头撬开？或者，风雨中锈

损于千年之后，而为风尘。

4

活着是因为爱。爱是因为可爱。

寂寞是爱的一只眼睛。

孤独是爱的另一只眼睛。

而夜，是爱的路。

5

将目光风筝一样拽回来。

沿着血管，走向心。就发现心中有一个发货通知。地址已看不清了。明白无误的是，自己是被寄出来的，而且，还在路上。我的主人，你在哪里，请你告诉我——

我让谁来领？邮资又让谁来付？

6

为你留着门。不怕强盗进来。

而强盗来过好几次了。

强盗拿走了我的衣服。你却偷走了我的梦和泪水。

尽管你一直在我的夜之外。

7

最深的痛苦，是从你生命中舀走幸福的那个人，用的是最浅的勺子。

最好的风景，在最近的地方。有个地方很近，却没有路。

其实没有路是最宽敞的路。而人们的眼睛，却被风景挡着。

路，就属于盲人。

8

我不知道我是什么东西。但我渴望变成金子。

我的主人说，金子就是你的心，请将俗物清除出去。

而我，又是那么犹豫。

9

突然发现心里堆满了状子。被告和原告。

都是自己。什么时候开庭呢？

让谁赢，又让谁输呢？

10

审问心灵，先得将法庭拆除。

11

明知走错了路，却回不了头。并非因为惯性，而是路上的风景，及其人们不断地喝彩。人们为我使劲地拍着粉红色的手。掌声将我的心率不断提高，成为高血压。

尤其是风景中怒放的花。

我沾沾自喜。忘了自己越走越远。

12

既然这条路已经走错，怎么不挡住我？

13

名字是什么呢？

14

夜深人静的时候，一个人走路、做事，就没有人知道吗？有一双眼睛，空气一样注视着你。

在这双眼睛的注视下，世界正在悄悄地悄

悄地往回走。而为婴儿。

15

等到你的花朵堆满房子，你已开不开门。

16

既然一切错误都出于记忆，我们为什么不将它开除呢？

17

是谁给我穿上衣服，我的一日三餐为谁而进，我的脚步为谁而行，我的眼睛是谁的窗子？

18

花木注定要在春天发芽。再生是因为埋藏。林冲是被逼上梁山的，因而才有林冲。我渴望不朽，却害怕火烧草料场。

19

我的主人已经不高兴了，因为我的踌躇。

蹰躇并非因为心被衣裳系着，是怕世上的人儿，
受不了这惊吓。

20

也许最温柔的是夜了。你拥被……而卧。
但是你太大胆了。你是不该睡觉的。你又怎么能
够保证明天早上一定醒着呢？假如明早不再醒
来呢？岂不可惜了巨额存折、倾城之貌、炙手大
印以及曾经的汗水和泪水……只要你承认睡着
了，不就什么都不知道了，那么，你同样不知道
是否能醒来。

但是我依然认为最讨厌的事情是午休时有
人敲门。可见，我在说胡话。你们就当没听见。

好好睡觉。

21

真正的灾难是什么呢？
是人们新设计出的一个又一个天堂。
如果不信，你就等着看。

22

请你不要用那种目光看犯人。

我们都在农场。

劳改。

看守就是自己。

23

当你而且只有当你的眼睛闭上的时候，你才能看见自己。

那么我的主人为什么要造下眼睛？

24

那时，花朵任意开合，季节被废除了，连同知识。

可是为什么还有那么多的人在学习，在攻读？

25

你说，语言和文字，是一片尘雾。

那么我呢，当我写完这一行文字后，就扔掉笔吗？

26

人的一生其实长不过一根草。

27

要说"死亡"这个词最初就被弄错了。它的意思相当于现在的毕业典礼。

人的一生都是给自己奋斗一个文凭。

一个。为文凭而生生不已。

可是,梯子恰恰是文凭扯掉的。

28

如果有一天你蓦地发现了站着睡觉的树。

如果有一天小溪从你的爱情中穿过。

退学就发生了。

这时,你已上了回家的路。

没有关卡,无需养路费。

甚至连走也不用。

29

我什么也没看见。

也没说。

一只手拍手的声音

1

灯下

小孩看见墙上有一只凤凰

小孩去捉时

凤凰已经飞了

小孩就哭

奶奶说你走开凤凰就会活的

小孩走开

凤凰果真活了

小孩问那我怎么办

奶奶说

看着，不要去捉它

2

早晨

站在阳台上晒太阳

挡住了身后的花

花说，请你让一下

我说，我为什么要让

花说，难道要我让不成

3

这个秋天

相思已经熟透

却果人却迟迟不肯到来

一场大雪

果子落了

月亮看见

雪上有一对唇印

4

如果你睁开眼睛

就能看见人们无不拖着

包括自己

倘若有人能够在今天起程

他一定知道了

5

有一个杏子

择高枝而栖

小孩够不着

就连枝折下来

6

月亮

你是谁

丢失的一颗

当胸的

纽扣

7

蝴蝶是在无意中看到玫瑰的

蝴蝶忘了飞

蝴蝶就被小孩捉住

蝴蝶想

玫瑰一定不知道

8

至今

我还没有得到我

我仍是件没有开封的礼物

我不知它是出于谁的感激

我将它看作一个奥秘

9

月光来时

窗子开着

窗子很满足

10

你并没有动手

是我早就准备了伤口

11

人们因为衣服

被树嘲笑

12

抽刀断水

水未断

是因为水

总是留着门

13

这个世界

只有一种声音

那就是种子

14

当你

而且只有当你

把眼睛变成一朵玫瑰

你才会知道

什么是芬芳

15

晚上

窗子在等月光

可是风进来了

16

让我成为一个渡口

等待一只无人之船

17

月亮之所以还活着

是因为

她还没有教会人们

如何守约

18

带领你到达的

不是速度

是指针

19

灾难是动员

生命是滑翔

20

枝将果子养大

却不自己动手

21

花朵开放

是因为花朵被信任

22

借助停止我们到达

借助投降我们回家

23

因为在水中

鱼不知道它自己就是海洋

24

一旦你醒来

叫醒你的那个人已经不在

25

你冷

是因为

你盖着被子

在天山

一

在天山，我听到一棵树对我说

啊，你终于来了

在天池，我听到一捧水对我说

啊，你终于来了

在灯杆山，我听到一盏灯对我说

啊，你终于来了

对于它们的盛情

除过深深鞠躬

我没有别的文字能够表达

二

在天山，我看到，一群得道成仙的树

和一群得道成仙的牛

它们没有区别

在天山，我看到，一条得道成仙的小溪

和一座得道成仙的山

它们没有区别

是天山，让我知道了

什么是天，什么是山

三

在天池，我看到了一顶帐篷，和帐篷旁边
的炉灶

一位妇女，在烧馕

两个锅扣在一起，四周缠绕着火

我看到，馕的味道上，粘满了阳光

飞天一般飘在空中

歇脚的邵振国先生说

真想在这里坐两小时

我嘴上应着，却在心里说

应该是两世

四

有一种水，叫碧，有一种碧，叫天池

鹰在长空飞翔，牛在天山吃草，人在感动

小贩手里的雪莲花，已经蔫了

但他的目光是嫩的

映妹说，天山的小伙，从来不知道骗人的

他们，一是一，二是二

五

在看风景的路上

我饿了，我把眼睛停下来，吃馍

在上山的路上

我累了，我把脚停下来，听风

在听风的时候

我明白了，什么是故乡

六

女孩把奶茶倒在我的杯子里

我把奶茶倒进肚里

杯子空了

我招招手，女孩走了过来

我不知道是我的手，还是杯子

召唤了女孩

七

一杯奶茶，把一头牛

带进了我的胃里

我不知那是一头花牛，还是一头黄牛

总之，是它，用它的乳头

写下了世界上最动人的诗

这时，我的胃其实不是胃，而是一个想念

想念一头牛的时候

我的胃，无端地有些疼痛

这时，我才明白，世界上最好的营养

是惭愧

八

如果说博格达是水的睡姿

那么，天池就是水的坐姿

这一刻，我在感谢一艘船

船说，不要感谢我，感谢水吧

水说，不要感谢我，感谢大地吧

大地说，不要感谢我，感谢天吧

天说，不要感谢我，感谢船吧

九

在天池，我看到一弯月亮

在听诗，陪伴她的

有一棵老榆树，一池碧水，一座毡房，一
轮彩舟

还有挂在老榆树上的红灯笼

天有些凉，许多人都没有带外套

好在有诗，可以取暖

十

有一位长者，名叫博格达

他戴着一顶永不破败的帽子

洁白，安详

有一位淑女，名叫天池

她穿着一条永不褪色的裙子

碧绿，安详

有一位游子，名叫郭文斌

他怀揣一兜小米一样的思念

金黄，安详

十一

曾经，我在看风景

看风景的时候我看不到自己

但我看到了"看"

曾经，我在听风

听风的时候我听不到自己

但我听到了"听"

此刻，我在写有关风景的诗

写诗的时候

我看到了

挂在手指的瀑布

在北京看雪

在北京

我看到雪用它的温柔

把树压折

把灯光压垮

把一个人的心压成故乡

无言的故乡

在雪中成长

渐渐地

我觉得眼前飘飞的 其实

不是雪

而是一群回家的游子

脚步匆忙得有些栽跟打斗

如同相思

伫立雪中

我才明白

雪的姿态其实就是相思的姿态

雪的道路其实就是怀念的道路

面对这群扑向大地的飞蛾

我的心是一床翼羽的被子

以她准备了整整一年的盛宴

洁白的盛宴

等待自己

走失多年的孩子

以一种站着的姿势

躺在这面

温暖而又寒冷的被子里

我终于看清纷乱的心思

也懂了雪为什么要

以一种舞蹈的方式

走近拥抱

开在北京的窗子

我的面前是一个院子

北京的四合院

院子里有一棵柿子树

灯笼一样的柿子

像是凭空挂着

让人忽略了枝的存在

红红的柿子

美得忧伤

却安详

柿子树下

有一位姑娘在看书

同样安详

院子的旁边

也是一棵树

那是一个

名叫紫的饭店

阳台上

当我端了一杯茶

站在阳台上时

对面的楼

已经空了

小区很静

草坪绿着

辣椒红着

阳光在睡觉

能够这样看着它们

我是多么满足

夏天的原野

要知道什么是沙场秋点兵

请走进夏天的田野吧

这时，你就会听到一望无际的掌声

透过掌声，你会感到

夏天的田野如一个刚刚分娩过的孕妇

慵懒而又闲散

腼腆而又喜悦

山里人的夏天从镰刀开始

镰刀的光芒将这个季节照亮

稍加留心

你就会从镰刃上看到农历深处的微笑

看到中秋的社火

腊月的大红喜字

以及父亲炕头的一壶热酒

妹妹手中的一片花布

连同被热酒和花布装饰的日子

就有扑鼻的米香喧天的锣鼓惊天动地而来

镰刀啊镰刀

是你将父亲酿造了整整一年的夏天

深情地打开

太阳也许暴了点

麦芒也许扎了点

麦土也许痒了点

但是乡亲们并不在乎

如同牧马人于那些刚刚出笼的烈马

如同新郎官于那些性情刚烈的新娘

他们倒愿意被扎一扎呢

在乡亲们眼里

它们都是一根根银针

能挠日子的痒痒呢

经历了一百多个日日夜夜

麦穗被麦秸带回家

留下麦茬

麦茬的心情是夏天的心情

沿着这种心情

你就会听到一片从远古传来的连枷声

连枷声中，一种原始意义上的迎亲队伍

川流不息

夏天，在一个个打麦场里稍息

关于农历的所有想象

于此展开

麦场的平坦就是乡亲们心里的平坦

心事

一种白色的血液

选择了北方

注定寒冷

心事白着

而且湿润

注定与北方有关

注定被春天埋葬

或者分手

都是因为阳光

到达是因为离开

离开是因为到达

雪

原来是一种

接近爱情的

姿态

无援

我的手里是一首诗

父亲的手里是一秆庄稼

天不下雨

诗和庄稼

谁安慰谁

家书

下雨了

一个个久旱的孩子

在雨中翻飞如燕

故乡，是谁让你

热泪盈眶

雨啊，此刻

我什么都不做

只想坐在窗前

听你赶路

大荒之年

打工的妹妹

成了老家唯一的庄稼

而我心里的露珠

早已结成火苗

今天

一个游子

什么都不做

只用雨声

书写家书

关门雨

到底是在门外

还是门内

对于农民

这些都不重要

农民只知道

有一个叫老天爷的主儿

答应了他们一桩心事

土地之门被雨关上

隔窗而望

正是九月

订亲的消息

在老家流淌

荞

是你将江东的大红

江南的大绿

兑出紫色的忧伤

对月谈情

迎霜说爱

打着黑灯笼赶路

迎着白镰刃回家

荞啊

你这粮食中的情种

就连死

也是情意绵绵

用一腔热血

为人们

生血

败火

平静心气

荞啊

你的身子

本是菩萨的身子

四月下种

五月绽蕾

七月开花

八月招蜂

九月引蝶

十月赴会

试问你

那袭红装

到底

为谁而穿

正月十五

你一身戏装

带着十二生肖

于溶溶月色中

温情脉脉地提醒人们

不要玩过了头

你说

蜂的相思是蜜

人的相思是庄稼

在乡下

只有你能够教村姑

认识爱情

而娘

干脆将你的衣裳

装在枕头里

让儿子

做梦

被花灯装饰的夜晚

这是一个再热闹不过的夜晚

人们倾巢而出

蠕动于火树银花和喧天炮声之中

其势泱泱

奉命带着两个儿子

一个是自己的

一个是别人的

去看花灯

谁想总是开小差

希望能够在人群中

看到一个地上的月亮

尽管这是没有可能的

视线中更多的是一些旧了的风情

以及虽然陌生却依然熟悉的面孔

有几个小青年

总是偷偷地在姑娘的身后放炮

姑娘很开心

身边的旱船一列列划过

让人联想到西海固

狮子已是疲惫不堪

还要被不时奔驰而过的机动车挤兑

据说他们都是从乡下来给城里人拜年的

仪程官手里的鹰翅

已经和鹰无关

戏楼上仍然是当年的王宝钏

戏楼下是一只手搂着两个小孩的薛平贵

唯有那些被小花灯装饰的小孩

在真正装饰他们的母亲

突然间我想起老家的油灯

还有油灯下的娘

广播上说有几个小孩弄丢了

请问

其中可否有郭文斌

镰刀

认识夏天，我们必须认识镰刀

认识镰刀，我们必须借助

烈日、磨刀石和磨镰水

以及它以身相许，贴着大地飞翔的身姿

还有它远离果实，从最低处走过的勇气

镰刀啊镰刀

莫非这就是你对爱情的表白？

于无声处寂然守望

冷眼百花开合

哪怕千帆过尽

唯等麦熟的消息悄然到来

镰刀啊镰刀

你所追求的该是怎样的一种赴约？

早也是过迟也是过

不料这人间的妙处

最是你老兄参得透彻

没有你，麦子纵有冲天大志

也将功亏一篑

镰刀啊镰刀

不料你寒光凛凛

却是一副菩萨心肠

麦子的当初就是你的当初

麦子的涅槃

就是你的涅槃

月亮

月华初照时

谁家的床背负着夜的孩子

潜入水下

谁的眼睛被对面的窗户灼伤

谁的枕头被相思压扁

谁在梦里盖着梦的房子

又是谁被梦里的炊烟驮着

飞向故乡

看昔日的恋人远嫁他乡

看逝去的爹娘深埋地下

故乡的田野上

已没有游子的庄稼

久埋心中的鸟声被阳光唤醒

所有的日子

在梦中丰富

又惆怅

活着

无非是为了让梦赶路

让梦赶路

不过是为了活着

这一切

其实

都是一个人的诡计

病了

吃中药

祖传秘方

很苦

给我惹下是非的

除过嘴

更多的是眼睛

鸟用歌声将天空拉长

人用赞美将幸福延长

你看不见太阳，是因为你正看着太阳

爱着，就必然寒冷和疼痛

能够让寒冷开花，说明女孩已经长大

活着仅仅是为了活着

第二辑　齐肩软枕

一棵名叫郭文斌的树（组诗17首）

拯救

劳动的人找不见自己的手

行走的人找不见自己的脚

读书的人找不见自己的眼睛

手被手占着

脚被脚占着

眼睛被眼睛占着

你用什么把你的手

你的脚

你的眼睛

拯救

无名氏

哪个鸡下了这么小的

一个蛋

鸡蛋上有个小城

小城里有个小学

小学里有个小孩

是我的儿子

炉子

我是我的炉子

又是我炉子中的煤

炉中的煤看见

火里睡着一朵莲

其中藏着我的孩子

如同我的娘

苹果

一个苹果坏了

苹果本来是好的

却因为我的耽误

坏了

面对一个坏了的苹果

我不知该如何写它的悼词

秋天

那一刻所有的银子都开了花

年轻人浑身都是手

年轻人跟着开了花

年轻人带着银子

回家

年轻人万万没有想到

他迷路了

种子

谁把一粒种子种进前世

谁把一把镰刀带到后世

谁把路扛在肩上

步履匆匆

谁又没心没肺地坐在别人的路口

抬头看天

然后叫鼾声

从天堂深处落下来

雨水一样

把剩下的日子打湿

冬 天

谁在停止奔跑中学会了奔跑

谁在射击中饮弹身亡

谁在白天点灯

谁在黑夜沐浴阳光

谁用米粥养育着一个美梦

日子

在梦中播种

于醒后收割

这是三十岁发现的秘密

犁闲置在家

镰刀已经生锈

星期一

我们上市

交易

大事记

一九九八年末

一个肾阳虚的人

从药瓶中穿过

像一个旧挂历

陌生人

陌生人就站在门外

窥视着你

你将门关上

而你的手在不经意间

留在门上

让陌生人有机可乘

你也许不会相信

陌生人在你准备从窗户逃走时

从门里进来

一朵花的开放

花是突然之间盛开的

比突然还突然

让人防不胜防

没有人曾经能够

也没有人将会能够

把花消灭

常识

拥抱你

无非是因为

父亲给我

两只胳膊

语文

你冷

是因为

你盖着被子

算术

几只鸟在阳光里游泳

几只手在岁月中穿梭

寻找脚印的人

迷失在脚印中

自然

给你写信

并非因为我爱你

而是因为

前面正好是邮局

烟花

以一千只眼睛

告诉人们

回头一望

是多么美丽

秘方

甩掉冰的方式

是将冰抓在手里

物理

月亮是在中秋的那天感到孤独的

月亮月亮

走遍梦中的长廊

你在寻找谁

之所以在外流浪

难道是因为你有个家吗

我被我的眼睛带坏（组诗18首）

消息

三月

是谁

将一束杏花

插在老家的爨间

公判

母亲看见哥哥欺负弟弟

就让哥哥长出了胡须

悼词

一个苍蝇

因为打扰了诗人的

瞌睡

被诗人

钉在墙上

迟疑

一个好心人

正给庄稼锄草

蓦然想起

一个穿裙子的女人

日子

一个女孩

在河边看雪

一个男孩

在岸上看女孩

女孩的眼睛将雪染红

男孩的眼睛将女孩染黑

哲学

青草被兔子追赶

兔子被猎人追赶

猎人被故乡追赶

故乡被青草追赶

位置

谁在风口点灯

风口里没有女人

风口里只有一双

被流言篡改的

眼睛

算术

从前喜欢根据时间

推断到了什么地方

现在喜欢根据到了什么地方

推断到了什么时间

秘密

除过屏障

还有房子

除过房子

还有黑

行程

令箭一夜盛开

像是不防

放出的一窝兔子

又像是存心

拥谁入怀

追悼

田头

等待男人的

除了一块白丝手巾

一床红花被子

一个齐肩软枕

还有

一碗姜汤

工作

一匹狼

从唐朝走来

把种子留下

打马而去

天意

一盏灯

熄灭在山头上

一株含羞草

守候在黑夜里

一驾马车

找不见它回家的路

问题

从什么时候起

人们用手看人，做画

美术

被活活气死

消息

妻子和丈夫吵架

原因是妻子正在丈夫午休时

洗衣服

劝架人问妻子为什么

偏要在丈夫午休时洗衣服

妻子说等丈夫睡起来

水就凉了

公理

雁走过

将天空留下

云走过

将雨留下

人走过

将人留下

广告

说话的人

为说话的人抬着棺材

走路的人

为走路的人提着鞋子

追赶花朵的人

被花朵追赶

表达

回忆是糖

是我们活着的

全部理由

感激之花

将剩下的时间

开完

镶嵌着杏子的梦境（组诗12首）

怀念猫

有人说今晚可能要来土匪

村子里所有的人都藏起来

土匪的消息汪洋一片

就连娘都没有了主意

守望的人一个个出去就再没有回来

父亲说都怪现在的人手无寸铁

乡佬买了一大筐水果糖

还有酒

然后去请灶神

我在抓紧时间收拾行李

可是不久我就睡着了

接着我就成了钦命大将军

抓紧吃肉喝酒

小小土匪算得了什么

可笑，这才是凌晨

就叫我起来

岂有此理

穿衣服时才发现衣服已经不在

还有我的瑞士牌手表

我什么都可以丢

唯独手表不能

那是一个女孩子送给我的

剩下的时间都用来寻找

女孩子就决了堤

据说我就是在这时死的

没有救生衣

没有挽歌

只有悄悄睁着的眼睛

确凿无疑的是

有一位打着口红的老鼠

正在吹口哨

镶嵌着杏子的梦境

一片绿原

落满红色的星星

父亲说

那是老家走失的杏子

星星说父亲在撒谎

父亲说你到杏园看看就知道了

去杏园，我果然看见

一则招领启事

我在哪里

院墙矮矮

风声悠悠

日子长长

棺材往来穿梭

成熟的桃子擦肩而过

如烟的女孩随风而去

陌生人在伸手摘星星

我在写诗

没有抬棺人

咒语匆匆

父亲落在雪中

母亲落在粮食中

我在哪里

广告

那是腊月二十八的早上

办完事已是中午

四处的香火庄稼一样长起来

我喜欢的蓝颜色被别人穿在身上

我还以自己充当着新郎

而沾沾自喜

突然意识到

这是冬天里的春天

在这个春天

我再次将自己弄丢

像个进宫的太监

今天是父亲生日

我将赶回去给他老人家磕头

明天就是年了

可是我该怎么回家呢

小院

米黄色的黄昏里

有一个小院

小院无人

只有两棵无名之树

背靠夕阳

睡着或醒着

比神话轻

比童话重

比风淡

比雪深

东边的小屋

因为无言

已经不是屋子

西边的古道

因为无人

已经不是古道

亮闪闪的黄土小院

宛若一段米黄绸子

既然无人

是谁将它打扫　　如此

纤尘不染

恍惚间什么逃走如飞

顷刻间谁的心

如一片片叶子落下

难道仅仅是因为

这个小院

似曾相识

凌空飞来一棵杏树

黄墙绿院

凌空飞来一棵杏树

在娘的叙述中

开花

杏树悠悠

填补着苍苍日子

身着虚土

无力前行

粥在远方

一路花红酒绿

设若趟过

需要怎样的脚力

回门的女子

一身红装姗姗而行

能否抵挡

速朽的记忆

钥匙

找钥匙的异乡人还在等待

抽烟的女孩涉河而过

壁画在深处窃笑

手持面条的人沾沾自喜

男人和女人的赌博还在继续

冠冕堂皇

柜台前看不见父老乡亲

盈耳都是假冒的乡音

谁在打架

谁在离婚

想你的人就在咫尺

你想的人在梦里

谁在点灯

马车行过大街

洪水蛀空院堡

黄土四处飘零

丈夫被掠

妻子的枝头无梦可栖

月光闲着

风在夜游

谁在点灯

觅心十年祭

记不清哪一个是我的房子

忘了自己曾有一辆车子

还有我唯一的恋人

隐约在人群里

面目依稀

妻子在洗衣服

我用黑线

缝着

那个黄书包

身后的同事一脸的秘密

有一座教室

已被梦

风化

金牌令箭

肯定是子夜

我去看医生

医生说我

像个历史课本

头发倒是一个好拂尘

只是太监不在

舌苔上刚刚发生过一场火灾

消防车被一个女孩

弄坏在通往天堂的路上

生得一对朱唇

可是没有办好执照

眼睛里满是马蹄声

夜夜无眠

有一个小母鸽

被吊销了路牌

通过小母鸽

我终于看见了回家的路

路上

总统府正在发生核爆炸

有人指望以此复辟

我说门外有很不错的素菜包子

还有一声婴儿的啼哭

我很高兴

可是无法停下来

医生说你还是做医生吧

不然你会死的

我觉得这话有道理

于是，我看见

我的指甲在一天天长长

有历史那么长

羊皮筏子

记不得从何而来

因何所住

眼看着天色一片片黑下来

却总是找不见回家的路

秋天的葡萄熟透了

看园人在暗处

悄悄注视着

有一条狗正在睡觉

我坐在树下

等待一串

或者一颗葡萄落下来

依然没有带路人

打着眈过河入林

有一个庄子

听不懂我的话

暮色苍茫

我逗留着

是因为那些人

仍然听不懂我的话

我说有户人家

在城背后

我保留了后面要说的话

他们突然说那条河干了

我忘记了他们根本听不懂我的话

我想如果我能飞就好了

事实上我正致力于做羊皮筏子

我肯定忘了

羊皮筏子于无水之河

是一点用处也没有的

葡萄说

事实上

并不是你找不见回家的路

是你压根

就不想回家

身前身后

亡魂如雪飘落

戊寅晚秋

父母仙去

无根的日子无人守护

咒语作衣

匆匆重逢

今天

是谁奉三牲奠礼

五方香烛

陈酒红花

于皇天之下

后土之上

拜谒太岁

风流泪（组诗9首）

一

风流泪

是因为　雨

已死去

二

白天裸着

是因为

夜　抢走了人们

所有的衣裳

三

花被别人夺走

如果那花不是假的

就是　你不爱花

四

喜欢葡萄酒

是因为　一种表情

五

羡慕鸟

是因为　鸟

总没有脚印

喜欢石头

是因为　石头

不怕寒冷

六

车站很渴

不是因为班车晚点

而是　站台上

总有一朵冬天的花

在等待雨

七

屋外有美酒

屋内有好茶

心中有血

眼中有泪

但是　谁也拯救不了我

因为　它们

都是液体

而我

早已漏底

八

爱情

是上帝遗失的一个花坛

被魔鬼捡到

降价处理

九

拒

好大的一只手

第三辑　爱情报告

爱情报告

这个季节

爱情已经像杏子一样黄透

胆小的小伙子却

翻不过东家的墙

可怜的杏子

最终经不住成熟的重量

随风落地

而小伙子仍在

做着一个竹竿的梦

你有一条上好的牛皮裤带

一片森林

又一片森林

一只鸟

在寻找妈妈

或者自己

在一个山头停下来

观望另一个山头

鸟儿看见了一片血迹

染红了它的羽毛

有一只发卡

和一张菜票

都无言

雪花说

她太累了

一到家

就睡觉

无补习班可上

复习是自己的事情

雪花说

这很好

自己欺骗自己

是一种真

你是冬天撤走的

忘了留下心的钥匙

只有一张照片

雪花说它可以做被子

雪花说

你是一个好女孩

你有一条上好的牛皮裤带

葡萄干下酒挺好的

之所以选择晚上

是因为你的心已习惯走夜路

当年的小径

打不开曾经的记忆

相思的路上一片泥泞

多少人被闪了腰

多少人正在向回走

请教高人这路怎么是斜的

高人说

不是路斜

是你丢失了鞋子

而且是一只

丢失了那只鞋子

就丢失了所有的日子

发现一只脚长

一只脚短

是在那个冬天

妈妈说不是她的错

爸爸也说不是他的错

雪以一种逃跑的姿势

慌慌张张地从天上赶来

雪说天上太冷了

有一种桃果

看上去像杏子

可是要比杏子妩媚许多

而且丰满

老板说它的名字叫小蜜

味道绝了

而且是甜核

能治百病

包括脚气

有人在专门贩卖旧衣服

也有人在买

那些顾客

一定是觉得旧的和新的差不多

心不再寒冷

衣服成了程式

新鲜的葡萄更是很难找得见

就无所谓酸与甜

其实也没关系

葡萄干下酒挺好的

能否绕着感情走路

区别了圣者和凡者

鞋子说

爱情是一座桥

经历它

但是不要将房子盖在它上面

因此鞋子成了智者

总是沾满泥土

潮湿年代

梅雨如期而至

爱情手里的那把小花伞

却无法打得开

伞说

有个密码

因过时

而作废

爷爷说

芍药一旦穿上裙子

就起风

好大的风

根小的孩子

往往会被拔起来

孩子们不知道

常常将它叫妹妹

不用手

拿走一个人的心

当然是高手

明明看着让心越狱的那个人

算不算奸细

有一种走法

不是父亲教的

母亲当然也不会

为了走路而走路

一个向前

一个向后

就走出一个新世道

路说

它冤枉

从什么时候起

音乐成为一种借口

让一种阴谋

有机可乘

没有一个园丁能够看住一朵花

摘花人说

放文明点

园丁不但糊涂

而且害怕

不怪雪

抢救过来之后

才知道

爱情的路有多滑

不怪雪

还有风

以及鞋子

等待灾难是很久以前的事了

灾难很温暖

没有什么比时间更寒冷

还有一个叫水的名字

弄丢了我的心

都怪爱情无法讨伐

没有这个道理

所有的故事

都是一片秋天的叶子

谁说落叶不是处方

谁说爱情不是病

对于一个爱情牛仔来说

歌唱

是唯一的行李

正在做梦的玫瑰

大雪纷纷而下

道路已经变节

黄土失去立场

曾经的苹果深埋地下

裂谷遍地

群山倾覆

谁敢抢救一朵正在做梦的玫瑰

集体宿舍里

一位陌生的女孩为我收拾着床铺

好像是深夜

枝头的牡丹尚未绽放

仅仅是一缕月光

我就被打开

那串鞭炮还用得着吗

浪涛声里

谁被尴尬

月光是月光的妈妈

我是我的儿子

无人赦免

一冬无雪

春天看起来提前来临

可是总让人觉得假惺惺的

事实上要说的都与此无关

这个年底什么都不想做

似乎是在逃避

而逃避是多么艰难

敲门声

还有一片片落下的灯花

不防就会放走那一个你

是谁失职

窥视者被窥视

图谋者被图谋

迁徙不知不觉

原地不动

心疼，是因为时间的碎银已经花光

半截铅笔怎么能够跑过相思

无处可藏

我到底做了什么

你要判我无期

淡如开水就淡如开水

悬着

如此而已

爱情流水账

谁把思念存成定期

谁把往事零存整取

无雪之冬

曾经的爱情成为呆账

多少次试图盘活你的名字

无奈生命已成赤字

谁说痴心可以典当

谁说青春就是银根

我的小水鸟

要飞你就飞吧

在这个通存通兑的世界

我不怪你

谁能为我守住千年月光

给我一个好姑娘

让我懂得忧伤

可是姐姐

已经在歌声中出嫁了

可心的妹妹

还未出生

这个世界

还有谁

能为我守住

千年月光

第四辑　非梦经历

中文系的小郭

起床就穿上一身形容词

然后洗掉病句

用馒头蘸了诗作早餐

突然既鲁又迅地奔向教室

老师说懒惰再没若郭了

小郭复习了一句阿Q说过的话坐下

用现代化的耳朵听古代汉语

不一会儿　静静的顿河就从桌框里流出来

小郭在河中游得很浪漫

小郭打饭的时候也排队

排队的时候说

路漫漫其修远兮

有时候也不排

不排的时候说

吾将上下而求索

小郭打了一份黄瓜说

人比黄瓜瘦

小郭扫视了一眼餐厅说

稻花香里说丰年

小郭指了指漂亮女孩说

秀色可餐

小郭喜欢在黄昏中独步

独步的时候踏着诗的节奏

踏着诗的节奏想起那个小女孩

小女孩的笑声绿了一串脚印

一串脚印载不动那羞涩的一吻

羞涩的一吻惊落那条红纱巾

红纱巾飘飞成校园的黄昏

晚自习小郭上阅览室看杂志

也看看人

看杂志时很开心

看人时很伤心

很伤心是因为找不见那个红纱巾

夜深了的时候

小郭脱去一身方块字

复习了一遍那个小女孩

将两粒安眠片吞在口里

又吐掉

然后

躺在庄子上

逍遥而去

某个元宵的后半夜我从梦中惊醒

某个元宵的后半夜我从梦中惊醒

有一种光从窗户里进来

我才知道我这是和衣而卧

睡觉前连窗帘也忘了拉上

烦人的鞭炮声已成昨夜黄花

有一家两家的门前灯笼还在亮着

尽管是电灯笼但还是提醒人一些心情

入睡前我的心情好像很不好

是单身汉在节日常有的那种

按理说我应该去看夜市

或者去跳舞

但是不知怎么我竟窝在床上睡着了

大约在九点不到的时候

那时候的街道一定无比抒情

公园里的石椅上大概已坐满了人

舞曲刚刚弥漫了这个城市

甜甜的元宵在蠕动

我怎么在这个时候就睡着了呢

既然是后半夜

拉上窗帘似乎没有必要

重新睡去却又没有力量

有点冷

尽管从小就学会了自己给自己拽被子

但还是有点冷

突然想起一个江南女子

据说她只用一个拽被头的动作

就打动过所有的中国男人

如果这个时候有人打个电话来

肯定是世界起初的声音

但是没有

有几个好朋友自从成家后都从地球上消失了

妻子说不定爱我是真心的

但是终究抵挡不住如潮的瞌睡

还有人说我和妻的冷战已经持续一个世纪了

我是小人物

我知道我没有面对记者说点什么的必要

但是仅有的一个情人去年秋天名花移主却

是事实

我的娘肯定记着我但是老家没有电话

炕墙上那盏荞面灯盏里虽然一再添了油

却也照不到异乡来

想拉风琴却怕吵醒邻居

而口琴已被儿子做了玩具

还有那把笛子

记得儿子问我笛子为什么响

我说因为它是空心的

儿子说那你也是空心的吗

我说要是空心的就好了

儿子说空心有什么好啊

想唱歌却发现所有的歌都记不起歌词

想不到一个人被歌声遗忘竟是这么快的事情

拿起书才记起眼睛患病已经两个年头了

名医王明润开的清明眼药水乳瓶一样躺在

头顶的茶几上

打开收音机但凡频道都拒绝表达

就连一支哀乐也没有

某一个元宵后半夜的郭文斌就看见自己

一点点一点点变成一堆红色的骨头

继而为水

继而为火

继而为虹

虹在报销差旅费

我说虹你怎么骗人，你这不是白白让人耗命伤财么

虹没听见我的话，虹好像给谁说他丢了一样东西

一个长官问什么东西

虹说一个叫水的女孩

长官就啪的给虹一个耳光

我就听见某个地方有个小孩哇的叫了一声

或者有个青春女子做了一个开天辟地的梦

或者什么也没有

但虹在飞翔却是事实

飞翔的虹看见太空中除了那个女孩

还有无比辛苦无比美丽的庄稼

以及同庄稼一样辛苦一样美丽的生存

以及同生存一样辛苦一样美丽的神

还有一篇《为人民服务》

棉被一样苫在小小的地球上

才让这个小东西不至于冻着烫着

可惜很少有人悟透

它是再版《般若波罗蜜多心经》

往生的路已经失修好久好久了

有人在唱：我被爱情吓了一跳

有人在喊：这年月流行一种疼

有人表示：玩的就是心跳

有人宣称：过把瘾就死

虹照旧闭上眼睛

虹闭上眼睛就看见满山遍野的诗

已经黄透了的满山遍野的诗

诗说大哥你就带我私奔吧

虹却没有听见

虹想我该去什么地方买一把镰刀呢

虹在买镰刀的路上后悔了

反正诗满山遍野地长着

割不割又有什么关系呢

虹倒是想起几个女人

几个好女人

很不容易的女人

船一样的女人

路一样的女人

其中有他的娘

虹有点伤感

他抹了一下眼泪

女人们就感冒了

一个喷嚏打来，我才发现自己的确是感冒了

在某个元宵的后半夜

或者以前

非梦经历

通天的路晦暗不明

好像时间就要到了

大家都在准备行李

可是我的铅笔还没有削尖

走之前我得填一张表

那是我的差事

想上厕所

蓦然间发现毕业在即

空气里散发着一种紧张的气息

有一句话我还没有向那个女孩说

为时已晚

黄黄的院子

白白的天

刹那间

曾经的班级已经散尽

视线里没有一个认识的同学

就这样散了

学校里再也没有认识的人

有一个篮球滚过来

是新生的

我得去宿舍整理东西

哪里是我的宿舍

有一个房子四面摆着书柜

其中的小伙子花白了头

我好像和他认识

我说好好考吧

他们一个个都去了哪里

你在忙什么

连个地址都没有要

就这样散了

跟着谁的队伍在走

和谁说话

那张表尚未填好

回头

却忘记了初衷

我好像再也没有回去

哥说车子他骑去了

我沿着一条大街游荡

老街苍黄

我好像有点伤心

不知为什么

那个队列正在前进

我的表还没有填好

那个队列中好像有我认识的女孩子

似乎这次一开过去就再也见不着

好在我跟着

可是督差追了上来

记忆中我好像再也没有填过什么表

然而那个队伍已经不在

好在后来我总算跟上了一个队伍

虽然都是些初中的同学

一个的馍袋从腰间掉到地上

一个从地上抓起一块胡墼

松开手却是一只松鼠

走着

从一片荒地到一片庄稼地

麦子都长野了

在风中飘啊飘

我在一个避风处撒尿

差点尿到庄稼人的裤子上

等我完事

队伍已经远去

沟底的小孩问我渴吗

我好像有点渴

可是很快我就忘了

我在想怎么能够回家

在剩下我一个人的时候

我的身上大概还有不少钱

这地方没准有强盗

从什么地方来着

一个叫固原的小城

好像又不是

就在这时我看见了一个女孩

她说我们等你都半天了

记忆中当初没有她

其他人在玩一只千年老笙

另一个初中同学竟然能吹出好听的曲子

可惜我没有将它记下来

那是万劫之初的一个黎明

或者是昨天凌晨

我在睡觉